아일랜드 수도 심장부에 서 있는 제임스 조이스 기념상.
그의 문학은 오히려 거리의 예술이요, 대중의 것이다.

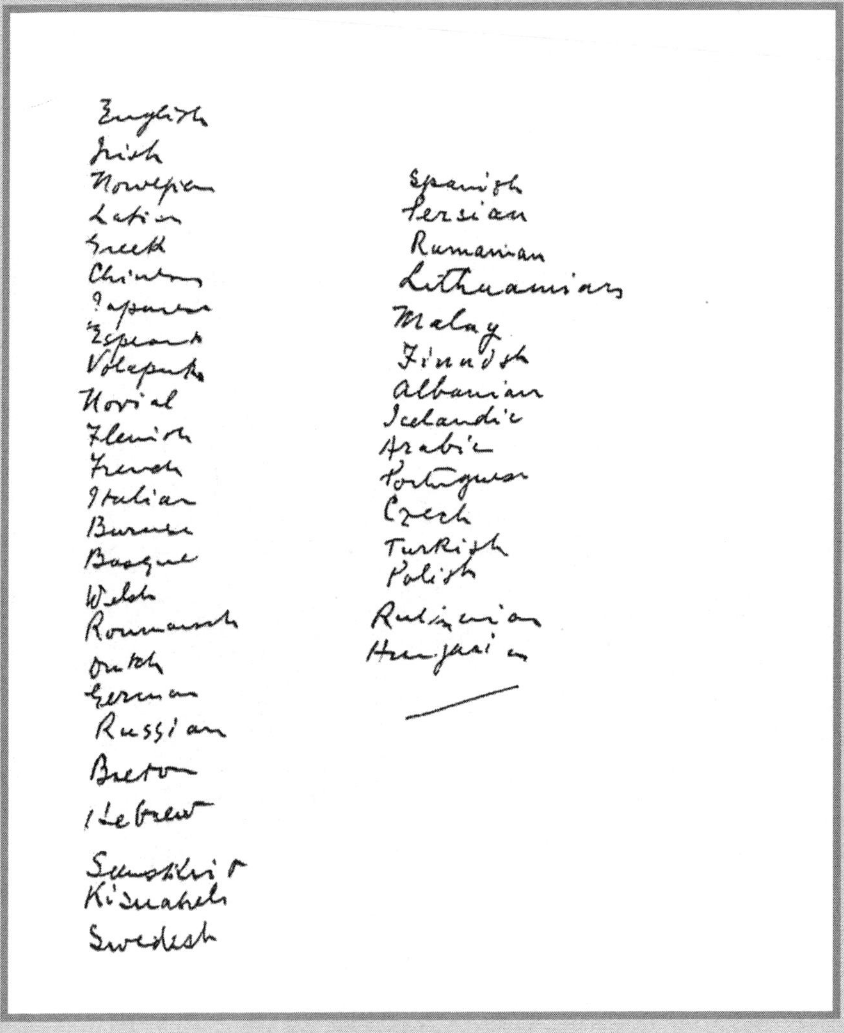

English
Irish
Norwegian
Latin
Greek
Chinese
Japanese
Esperanto
Volapuk
Novial
Flemish
French
Italian
Burmese
Basque
Welsh
Roumansch
Dutch
German
Russian
Breton
Hebrew
Sanskrit
Kiswaheli
Swedish

Spanish
Persian
Rumanian
Lithuanian
Malay
Finnish
Albanian
Icelandic
Arabic
Portuguese
Czech
Turkish
Polish
Ruthenian
Hungarian

제임스 조이스가 『피네간의 경야』에 쓴
언어 리스트의 자필(holograph).

JAMES JOYCE

피네간의 경야 經夜
Finnegans Wake

제임스 조이스 著 / 김종건(金鍾健) 譯

『피네간의 경야』 초역판 표지.

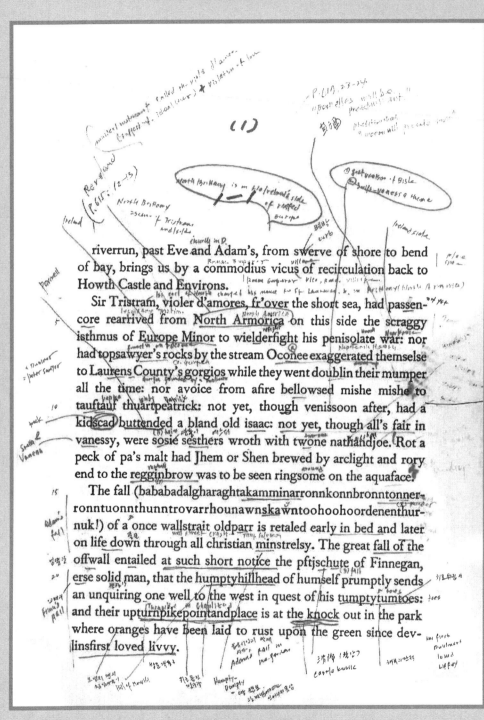

riverrun, past Eve and Adam's, from swerve of shore to bend of bay, brings us by a commodius vicus of recirculation back to Howth Castle and Environs.

Sir Tristram, violer d'amores, fr'over the short sea, had passencore rearrived from North Armorica on this side the scraggy isthmus of Europe Minor to wielderfight his penisolate war: nor had topsawyer's rocks by the stream Oconee exaggerated themselse to Laurens County's gorgios while they went doublin their mumper all the time: nor avoice from afire bellowsed mishe mishe to tauftauf thuartpeatrick: not yet, though venissoon after, had a kidscad buttended a bland old isaac: not yet, though all's fair in vanessy, were sosie sesthers wroth with twone nathandjoe. Rot a peck of pa's malt had Jhem or Shen brewed by arclight and rory end to the regginbrow was to be seen ringsome on the aquaface.

The fall (bababadalgharaghtakamminarronnkonnbronntonnerronntuonnthunntrovarrhounawnskawntoohoohoordenenthurnuk!) of a once wallstrait oldparr is retaled early in bed and later on life down through all christian minstrelsy. The great fall of the offwall entailed at such short notice the pftjschute of Finnegan, erse solid man, that the humptyhillhead of humself prumptly sends an unquiring one well to the west in quest of his tumptytumtoes: and their upturnpikepointandplace is at the knock out in the park where oranges have been laid to rust upon the green since devlinsfirst loved livvy.

김종건 교수의 번역 메모.

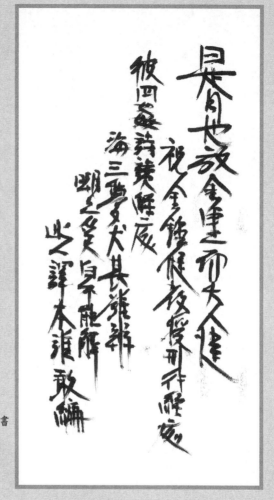

是日也放金重而大人建
—祝金鍾健教授刊行經夜書

彼四姦詩讀經夜
海三夢犬甚難辨
嘲二笑白不能解
此一譯本誰敢編

오늘은(도) 놓인 금은 무겁고 대인은 강건하네

피네간을 밤새워 읽어도
삼면이 바다로 둘린 나라의 꿈꾸는 개의 처지로서는 분별하기 어렵구나
조이스 말씀하기를 "해독하지 못할 걸!"
한데 이 번역서 보라 누가 감히 펴냈는가.

위의 글은 『피네간의 경야』의 한국어 번역에 대한 **金吉中** 교수의 축시로서 필자가 쓴 것.

우리는 조이스의 당대인이 되고 있다. 이제 『율리시스』는 비켜설 수 있는지라, 그것은 20세기에 속하며, 『피네간의 경야』는 21세기에 속한다—로즈(David. Rose).

『피네간의 경야』는 우리 시대의 가장 독서적 책이다. 그것은 모든 책 중의 가장 학구적이요, 지각(地殼)의 파석(破析)을 기다리고 있다— 그것은, 아마도, 우리들의 문화가 생산한 단일의 가장 의도적 가공품이요…… 실험문학의 위대한 기념품이다. 이토록 애정에 점착(帖着)할 수 있을까?

오 행복불사조 죄인이여!

생명주로다!(Usqueadbaugham!) (편자)

제임스 조이스

피네간의 경야 이야기

김종건 저(고려대학교 명예교수)

James Joyce
Tales from Finnegans Wake
Chong — keon Kim

어문학사

고 묨석기 교수님 영전에

묨는 대지면(大地眠)으로부터 경각(徑覺)할지라, 도도한 관모(冠毛)의 느릅나무 사나이, 오―녹자(綠者)의 봉기(하라)의 그의 찔레 덤불 골짜기에(잃어버린 영도자들이여 생[生]할지라! 영웅들이여 돌아올지라!) 그리하여 구릉과 골짜기를 넘어 주(主) 풍풍꽈라팡나팔(우리들을 보호하소서!), 그의 강력한 뿔 나팔이 쿵쿵 구를지니, 로란드여, 쿵쿵 구를지로다. (74.1~5)

〈일러두기〉

1. 인용 말미 괄호( ) 속의 원서 페이지 번호는 다음과 같이 표시한다.

    (1) 『피네간의 경야』 원서는 '페이지.행'만 표시하고 『율리시스』는 'U 페이지'로, 『더블린 사람들』은 'D 페이지'로, 『젊은 예술가의 초상』은 'P 페이지'로, 『영웅 스티븐』은 'SH 페이지'로 표시한다.

        ex) 혼질서(118.21) : 『피네간의 경야』 원서 118페이지 21행.

        ex) "붉은 대추가 하얗도록 빠는"(U 124) : 『율리시스』 124페이지.

        ex) 천천히 여울져 갔다.(D 220) : 『더블린 사람들』 220페이지.

        ex) 재창조될 수 있다.(P 253) : 『젊은 예술가의 초상』 253페이지.

        ex) 시간의 제약은 없다.(SH 22~23) : 『영웅 스티븐』 22~23페이지.

    (2) 제임스 조이스 책이 아닌 경우, 괄호로 저자 이름과 페이지를 넣었다.

2. 각 장이 시작할 때는 개요가 들어가며 본문은 그 뒤에 나온다.

3. 본문 앞의 고딕으로 표기한 숫자는 『피네간의 경야』 원서 페이지다.

4. 대괄호[   ]는 단락의 개략 및 주해다.

I

우선적으로, 『피네간의 경야』의 텍스트는 번역에 있어서 그것의 본문의 언어와 기법이 이질적으로 파괴되지 않는 한, 더 이상 그것의 대중화의 해독을 기대할 수 없을 것만 같다. 비 인습적 문학 양식을 인습적인 서술로만 바꾸려는 번역의 부조리 때문이다. 따라서 필자는 18세기 영국의 수필가 램(C. Lamb)의 『셰익스피어 이야기(*Tales from Shakespeare*)』나, 제임스 조이스의 우상 작가 스위프트(J. Swift)의 『통 이야기(*A Tale of a Tub*)』처럼 여기 조이스 작품 선집을 『피네간의 경야 이야기(*Tales from Finnegans Wake*)』로 정했음을 겸허히 밝히고 싶다.

이 책은 『단편 피네간의 경야(*Shorter Finnegans Wake*)』, 『피네간의 경야 축약본(*Finnegans Wake: Abridged Edition*)』, 『피네간의 경야 초역분(*Finnegans Wake: Selected Book*)』 등 몇 가지를 들었다.

『피네간의 경야』는 『율리시스』의 '키르케' 장면처럼 환각(hallucination)만 있을까? 그렇지 않다. 몇몇 학자들은 "『피네간의 경야』는 부조리와 난센스는 하나도 없고, 모두 합리적"이라고 했다. 여기 필자는 이 "찬란한 실패(gorgeous failure; 모두 합리적임에도 독자들이 읽기 어렵기에)"를 후대에 남겨 척박한 우리 문화 풍토에 약소하나마 비료를 주고 싶다.

"삶은 신이요, 삶을 사랑하는 것은 신을 사랑하는 것이다."라는 톨스토이의 말처럼.

II

제임스 조이스(James Joyce : 1882~1941)는 아마도 가장 난해한 현대 작가 중 하나일 것이다. 언제나 가장 언어적 및 음악적 작가로서(그는 유년시절 음악 콩쿠르 대회에서 2등을 했다), 조이스는 희곡의 천재, 문학의 형식적 혁신자 그리고 아일랜드의 생활과 언어의 비 감상적 시인으로서, 그의 작품 속에 예술의 특성, 예술가의 사회적 책임, 인간 기관의 성격, 대중 생활(개인의 그들에 대한 관계) 및 인류 문화 자체의 궁극적 성질, 그리고 의미 등을 다양하게 탐색한다. 조이스는 그의 소설에서 패러디 및 혼성곡과 같은 현대 허구의 방책들을 최대한 개발했는가 하면, 그들을 통해 속세의 생활사를 문화적 담론으로 변형시킨다.

조이스의 가장 인기 있는 작품인, 『율리시스(*Ulysses*)』는 더블린 생활의 하루를 설명하는 것이요, 일상생활의 의미를 발견하게 한다. 조이스의 최후 걸작인, 『피네간의 경야』는 꿈같은 밤 시간의 기록인지라, 그 속에 신화, 음악, 상징과 은유, 밤의 심리 등을 통해 모든 인류 문화의 우주적 및 희비극적 종합을 묘사하려고 시도한다. 그것은, 문자 그대로 만사(萬事)에 관한 책이다. 아마도 이러한 계획을 실현한 사람은 조이스 외에 아무도 없을 성 싶다. 언어를 효과적으로 조정하는 능력에서는 누구도 그를 능가하지 못하리라. 그는 비록 『피네간의 경야』로 "난해한 작가"라 알려져 있을지라도, 20~21세기에 가장 영향력 있는 작가이며 가장 널리 읽히는 책을 저술한 작가가 될 것이다.

조이스의 작품을 읽는 것은 달관된 곡예의 행위요, 작가들이 드물게 성취한 시적 신비라 할, "혼질서(chaosmos)"에 자기 자신을 위탁하는 일일 것이다. 그의 작품을 읽지 않음은 생활을 활력 있게 만드는 풍요를 박탈당하는 것이리라. 조이스의 글쓰기는 독자에게 어려울 수 있고, 심지어 그에게 극심한 요구를 할지라도, 그 보상은 엄청나고, 아주 풍요롭다.

III

『피네간의 경야 이야기』의 제I편에서 필자는 조이스의 새로운 문학적 행보의 신기원을 여는 듯 큰 간격을 두고 뻗어 있음을 지적해야겠다. 대담 무쌍한 그는 『율리시스』의 도서관 장면 말에서 19세기 벨기에 상징주의 시인 마테를링크(Maeterlinck)를 그의 자전적 소설인 『젊은 예술가의 초상(A Portrait of the Artist as a Young Man)』의 주인공인 젊은 스티븐 데덜러스를 통해, 오비디우스(Ovidius; 로마의 시인, B.C.43~A.D.17)인양 마음에 품었던 것 같다. 스티븐은 마테를링크의 책 『지혜와 숙명(La sagesse et la destinée)』(파리, 1899)에 나온 다음과 같은 글을 『율리시스』 도서관 장면(제9장)에서 인용한다.

> 만일 오늘 소크라테스가 자신의 집을 떠난다면 그는 자기 집 문간에 현자가 앉아 있는 것을 발견하리라. 만일 유다가 오늘 밤 외출한다면 그의 발걸음은 유다 자신에게로 향하리라. (U 175)

한편, 조이스는 『젊은 예술가의 초상』의 제자(題字)에서 오비디우스의 책 『변신 이야기(Metamorphoses)』를 다음과 같이 차용한다.

> 그리하여 그는 미지의 예술에 마음을 쏟는도다(Et ignotas animum dimittie in artes). (Ovidius Naso, VIII, 188)

조이스와 그의 젊은 영웅 스티븐이 인용하는 위의 두 글을 보면 단테의 『신곡(Divine Comedy)』에서 자신의 야망의 성취를 나타내는 조이스다운 영웅심이 나타난 것이다. 그 첫 번째 증거로 세계 문학에서 19세기 말의 상징주의 본보기인, 그의 초기 시『실내악(*Chamber Music*)』을 비롯하여 사실주의의 대물인『더블린 사람들(*Dubliners*)』로, 이어서 20세기 초의 모더니즘의 표본인『젊은 예술가의 초상』과『율리시스』를 통하여 포스트모더니즘의 극한 물인『피네간의 경야』에 이르기까지 나타난다. 이는 전(前) 세기 문학의 진화를 구체화하는 듯, 그의 문학의 실체와 더불어, 세계문학 사상 가장 신비롭고 영향력 있는 작가 중 하나로 드러난다.

조이스의 거작『피네간의 경야』는 1939년에 출판되었다. 그것을 집필하는 데 17년의 세월이 걸렸으며, 그는 한사코 그것을 자신의 걸작으로 생각했다.『율리시스』에서 그는 적어도 소설의 상징적 양상을 사실적 모습처럼 만들었으나,『피네간의 경야』에서는 사실주의를 전적으로 포기하고 초현실주의적 꿈의 기록을 택했다.

『피네간의 경야』는 현대 포스트모더니즘 문학의 대표적인 작품이요, 오늘날 영문학에서 가장 미개척 된(undiscoverd) 걸작 중의 하나다. 그것은 우리가 가장 열심히 읽어야 할 가장 독서적(讀書的)인 책이기도 하다. 밤의 꿈을 그린 이 책은 심지어 낮의 이야기『율리시스』보다 한층 광범위하게 인류 역사의 모든 것을 포용하는 것을 목표로 한다. 특별히, 이를 위해 작가는, 작품에서 자기 자신을 셰익스피어와의 언어적 경쟁자라 하였다(어쩌면 그의 최고의 경쟁자로 삼았다).『피네간의 경야』의 초기 학자 아서턴(J. Atherton)은 "나는 그 경쟁에서 그의(조이스의) 주된 결함은 그의 작품을 감상할 수 있는 대중을 발견하지 못했다는 것이다."라고 했다.

또한, 하버드 대학의 해럴드 블룸(Harold Bloom) 교수는 "만일 심미적 장점이 작품 정전(正典: canon)의 중심에 재차 놓인다면, 조이스의『피네간의 경야』야 말로 우리들의 카오스(혼돈)를 셰익스피어나 단테의 높이까지 고양시킬 것이다."라고 그를 치켜세웠다. 이어 그는 "그것은 16세기 영국의 낭만 시인 스펜서(E. Spencer)의 작품『선녀여왕(*Faire Queen*)』(전 6권)과 맞먹을 정도로서, 오늘날 그 작가들의 글은 소수의 열성적 전문가만 읽는 실정인지라, 그것은 비극이 아닐 수 없다."라고 했다.

『피네간의 경야』 독자는 애초에 원문이든 역문이든, 그가 일반 독자든 전문가이든 그것을 읽으면서 좌절을 경험할지도 모른다. 그러나 그는 "가독(可讀: readable)", 즉 읽도록 노력해야 할지니, 애초부터 그것을 포기하는 건 금물이다. 흔히들, 이 작품은 지금까지 그 난해함으로 "읽을 수 없는(unreadable)" 고전으로 알려져 왔으나, 『율리시스』를 읽을 수 있는 독자는 『피네간의 경야』를 읽을 수 있을 것이다. 한 가지 예로, 지난 10년 동안(2002~12)에 걸쳐 "한국 제임스 조이스 학회"는 다수 소장학자들이 그를 용케 읽어치웠다. 그것을 읽으면 『율리시스』가 한층 쉬워질 터인 즉, 이들 양대 작품들은 상대적이 아니라 상보적(相補的) 관계에 있기 때문이다. 특히, 전자를 바탕으로 후자의 책은 그의 난공불락(難攻不落)을 정복하는 데 도움을 줄 것이다.

『피네간의 경야』 주인공 이어위커(H.C. Earwicker)의 잠재 의식적 마음은 인류의 역사적 의식이다. 저명한 해리 레빈(Harry Levin) 교수는 다음과 같이 서술한다.

중세 대성당의 공예가들처럼, 이어위커(HCE)는 어려운 매개물을 통해 포괄적 세계를 반영하기 위해 유용한 상징들과 연역적(演繹的) 방법들을 동원한다. 바티칸 궁전에 대한 자기 자신의 서술처럼, 작가의 책은 '원반(原盤) 걸석고(傑石膏)'(chalk full of masterplasters; 입센의 연극 「건축 청부업자」의 문구) 모형으로 백악(白堊) 충만된 박물관 격이다……. 역사의 악몽으로부터 도피하는 것, 하나의 면 위에 인간 경험의 총화를 품기 위하여, 천년간의 무시간 속에 과거, 현재 그리고 미래를 동시성화하는 것이 그(조이스)의 필생 노력이었다—."(해리 레빈, 165)

한 가지 예로, 『피네간의 경야』에서 HCE의 정신적 깊이는 『율리시스』

의 주인공 리오폴드 블룸(Leopold Bloom)의 몇 배나 된다. 블룸은 "팔방미인(all round man)"인 반면, HCE는 "철갑매인(鐵甲每人; iron everyman)"이다. 아마도 후자가 몇 배 더 강건(剛健)하고, 풍요한 의식의 소유자리라. 블룸은 우리 사회의 메인이요, HCE는 우리 역사의 메인이다.

현대 영국의 인기 작가 안소니 버지스(Anthony Burgess)는 자신의 간추린『단편 피네간의 경야』(1965)를 바탕으로 쓴,『태양 같은 것은 없다(Nothing Like the Sun)』라는 신작을 썼는데, 오랫동안 젊은이들 사이에 인기다. 이 작품에서, 그를 사랑하는 새로운 아들(son)은 태양(sun)을 산양(山羊)처럼 추적한다. 버지스의 이런 관찰의 추론(推論)은 어떤 독자든 간에 "무수인어담(無數人魚淡; myrrmyrred)"(92.13)의『피네간의 경야』에 쉽게 들어갈 수 있음을 말해 준다.

『피네간의 경야』의 최근 개정판의 '안내문'을 쓴 존 비숍(John Bishop) 교수는 그를 가리켜, "우리의 문화가 생산한 가장 의도적인 예술적 가공물"이라 격찬했다. 여기서 "아일랜드는 조이스의 우주로서, 이 작품이 담은 그의 담론인 우주는 시공간에서 외견상 무한정인지라, 사고와 언어유희의 결합으로 이루어진 채, 그것의 종합이야말로 그의 최대 도전 물이다."라고 말했다.

이 상징적이요, 우주적 꿈에 대한 광대한 이야기는 엄청난 반향적(反響的) 언어유희(linguistic punning)로 의미의 계속적인 확장을 개발한다. 전체『피네간의 경야』는 적어도 한 가지 수준에서 꿈인지라, 조이스는 자신의 꿈의 언어를 개발하기 위해, 그의 단어들을 결합하고, 뭉개고, 다른 단어의 편린들을 함께 응축함으로써, 작품 속에 새로운 의미를 창출하고, 이를 활용한다. 우리가 조이스의 텍스트를 읽기 위해 먼저 해야 할 일은, 그의 언어를 해체(deconstruction)하고 재구성(reconstitution)하여 교변작용(交番作用; alternating function)을 하는 것이다. 우리는『피네간의 경야』어를 해체함으로써, 그것이 담고 있는 언어의 무수한 동소체(isomorphism)를 발견한다. 이를 재결집하여 새로운 의미를 창출함은 일종의 "파창(破創) 행위(decreation: 필자의 조어)"다. 이 후자의 작업은 오히려 창조자(작가)의 예술가적 영감 및 감수성과 맞먹는다 할 것이다.

이처럼, 조이스의 주된 강점(强點)은 그의 작품을 수놓은 언어로서, 지금까지 "언어의 왕(lord of language)"으로 군림하던 셰익스피어를 두, 세 곱절로 능가한다. 여기에 『피네간의 경야』에서 조이스가 이처럼 문학적 거장들을 무더기로 조롱하는 이유가 있다. "움찔자단테, 통풍자괴테 및 소매상인셰익스피어(Daunty, Gouty and Shopkeeper)"(539). 조이스는 전대미증유의 근 6만 자의 어휘와 50~60여 종의 외국어들로 이 작품을 썼거니와 그 언어의 복잡성 때문에 지금까지 전문가를 제외하고 일반에게는 거의 읽히지 않고 있다.

최근(2012) 아일랜드 본문 학자들인, 데이비드 로스(David Rose)와 오한론(O'Hanlon)은 지난 30년에 걸쳐 『피네간의 경야』의 새 결정본을 완간했다(『율리시스』는 1984년 미국 가랜드 출판사에 의해 출간). 그들은 말하기를, "이제 우리는 조이스의 당대인이 되고 있다. 그의 『율리시스』는 비켜설 수 있는지라, 그것은 20세기에 속하며, 『피네간의 경야』는 21세기에 속한다!"

여기 필자는 이 초역본의 본문에서 2/3가량의 쉽고 재미나는 분량을 선발하여, 새로 읽기 쉽게 번역하여 재재차(再再次)로 다시 출판 한다(『율리시스』도 그랬다). 이번의 초역본 역시, 최초의 번역서처럼, 한글과 한자를 다양하게 혼성하여 재 타작해야 했다. 그러나 몇몇 단어들의 신조어들(coinages) 이외에, 대부분의 문장들은 "의미를 위한 의미"의 불가피한 산문화가 된 건 아닌지 우려가 앞선다. 이를테면, 작품 전반을 흐르는 음악성의 아름다움은 어디에 간 걸까?

이 『피네간의 경야 이야기』의 가장 큰 불가피한 약점은 과거 누차의 번역에도 불구하고, 그의 언어유희(linguistic punning)의 절대적 미숙함인지라, 이는 필자의 빈번한 퇴고(推敲)와 언어 상호 구성상의 메커니즘의 결여 및 불가피한 실패 때문이다. 결국, 『피네간의 경야』의 필자는, 만일 그가 성공한다 해도, 본문의 모체(母體; matrix)만을 겨우 건질 뿐이다. 그러고 보면, 그는 결국 조이스의 죄인인 셈이니, "오 행복 불사조 죄인이여!(O foenix culprit!)" 『피네간의 경야』를 향한 미래의 개척은 험난하기만 하다. 연구자와 독자는 더 큰 기대를 가지고 그에 감읍(感泣)하듯 열성을 쏟아야 하리라!

조이스의 『피네간의 경야』에서 무수한 외래어들이 차지하는 그의 언어 창조의 묘기와 재주는 가히 초인적이다. 여기 한국의 번역본에서 다수 한자 (漢字)의 사용은 그것이 오늘날 우리에게 '외국어'가 아닌 우리말로 정착했거니와, 현재의 한역본(韓譯本) 역시 그것이 포용한 전체 어휘 중 대부분은 표의성(表意性; ideography)의 한자인지라, 표음성(表音性; phonetics)의 한글만으로는 어휘와 문맥은 살아도 그 뜻을 알기 어렵다. 오늘날 한자는 대다수 우리말의 "뜻"을 쉽게 밝히고 어휘력 향상의 도구로 되어 있다. 이는 오랜 역사의 산물이다. 감히 말하거니와, 『피네간의 경야』의 이상적 해독을 위해 작품의 주맥(主脈)을 이루는 동음이의어(同音異議語; homonym)의 혼의(混義)와 혼성(混聲)은 한글만으로는 도저히 불가능하다.

『피네간의 경야』에서 보인 조이스의 최대 형설지공(螢雪之功)이란 다국적 어(polyglot language) 또는 "구어부전(構語不全; idioglossia)"의 발명에 있다. 이를 번역하기 위해 필자의 노력 역시 막중한지라, 그중에서도 한자 (漢字)의 용도가 필수적이다.

한 가지 예로, "청년이여, 고(告; Go)하라!" 한자는 지난날 1차 번역서에서 밤하늘의 별들처럼 사방에 흩뿌려져 있었다. 지난 2012년의 개역본(改譯本)에서도 다수 한자가 그대로 남아 있었는바, 그것의 절대적 불가피성 때문이었다. 이번 축약본에서도 마찬가지인지라, 피차의 공통점은 "한자 놀이"를 계속 살려야 한다는 것이다.

1970년대 국가의 한글 전용화 정책으로 사라진 한자가 다행히 반세기 만에 부활한다는 소식이다. 이제 우리는 만성적 한자문맹(漢字文盲)의 비극을 면할 적기에 있는 듯하다. 분명히, 『피네간의 경야』의 역본은 최소한 현재의 한자를 비롯하여 그것을 읽어낼 독자의 애착과 필요, 의지 및 스태미나가 필요하다.

감히 말하거니와, 독자는 『피네간의 경야』에서 모든 것을 한꺼번에 이해하려고 기대하지 않는 한, 누구나 작품에 들어갈 수 있고, 자신을 빨아드리는 뭔가를 발견할 수 있을 것이다. 학자들은 『피네간의 경야』에서 이야기를 부분적으로 하나하나 차례로 읽기를 권한다. 예를 들면, "반 후터 백작과 프랜퀸 일화", "여우와 포도", "트리스탄과 이졸데", "개미와 배짱이", "소련 장군 이야기" 등을 말이다. 이러한 이야기들은 독자들에게 이미 친숙한 데다가, 그들이 작품 속에 와권(渦港)마냥 환중환(環中環; circle within circle)을 이루어 맴돌고 있기 때문이다.

또한, 『피네간의 경야』의 올곧은 독서를 위해서는 집단적 그룹으로 읽는 것이 최선의 방법이다. 모든 참석자들의 개별화한 노하우가 텍스트의 다양성을 잘 조명할 것이기 때문이다. 해체주의 또는 정신분석 이론을 공부한 독자는 그가 공부하는 모든 곳에 해체주의와 정신분석의 예증을 발견하리라. 작품의 모든 실험주의와 다의성(多義性; polysemy) 박식의 명성처럼, 그것은 공동으로 함께 읽을 수 있는 "보통의 독자"를 위한 것이다.

여기 이번 필자의 한국어판 『피네간의 경야 이야기』는 지금까지 '피네간의 경야'에 관한 책으로는 3번째다. 1973년에 미국에 유학하여, 그때부터 네덜란드의 고(故) 리오 크누스(Leo Knuth) 교수로부터 사사 받은 이래, 오늘까지 30~40여 년 동안 『피네간의 경야』를 공부하였다. 그러다 10여 년 전 (2002)에 세계에서 4번째로 완역본을 출판했다. 이번 『피네간의 경야 이야기』에는 본문 속에 수많은 괄호를 달아 독자의 이해를 돕는다. 『피네간의 경야』를 "읽을 수 있도록(to be readable)", 약 12,000개의 주석을 달아 별본으로 이미 출판했는지라([2012년 출간] 그것의 2/3가 맥휴[Roland McHugh] 교수의 것이긴 해도) 이는 자전(字典)처럼 이용할 수 있게 하기 위해서다.

이번의 단편 필본은 독자에게 본문의 선적(線的) 줄거리(linear plot)를 대체로 쉽게 탐색할 수 있게 할 것이거니와, 마치 물레로 누에고치에서 견사(絹絲)를 뽑아내듯 이야기의 끄트머리가 비교적 잘 풀릴 것이다. 비록 일반 독자라 할지라도, 새 책의 뉘앙스 및 초점의 진전과 간략한 행(行)들을 따르면, 줄거리의 해독을 쉽게 얻을 수 있을 것이다. "여기 매인도래(每人到來; Here Comes Everybody)"에 관한 작품인, 『피네간의 경야』야 말로, 원본이든 역본이든, 우리들 경험의 공통적인 것을 탐구하나니, 그리하여 그것은 더 많은 매인이 즐길 수 있고 당연히 그래야 하리라.

이번의 『단편 피네간의 경야(이야기)』는 계속 미진한 책일지라도, 우리에게 최근 번성하기 시작한 "경야 사업(Wake Industry)"의 일역이 되리라. 이로 인해 참신한 비평의 물결도 일리라. 예컨대, 포스트 구조주의의 첨단 비평관의 시험장도 되리라. 자크 데리다(Jacques Derrida)의 탈구조주의(De-construction; 해체 이론)가 활발하리라. 그리하려 『피네간의 경야』 읽기는 번성하게 자라리라.

여기 부언하고자 하는바, 최근 데리다에 관한 한 가지 일화가 있다. 때마침 일본을 방문 중인 한 천진한 외국의 소녀가 뒷골목의 작은 서가에 쌓인 수만 권의 책을 보고 놀라며 "이 많은 책을 언제 누가 다 읽는담?" 하고 홀로 중얼댔다. 이 말을 엿들은 데리다가(그는 일본 광〔狂〕이다), '『율리시스』와 『피네간의 경야』만 있으면 족하오.'라고 말할 뻔했단다. 그는 조이스 연구의 대가요, 탈구조주의 이론의 원조다.

IV

여기 본 축약본에서, 『피네간의 경야』가 공급할 두 가지 보상이 있음을 지적해야겠다. 첫 번째 보상은 난해한 책을 쉽게 읽는 데 있다. 이를 위해, 본서의 제II편인 "피네간의 경야 이해하기"에서 작품의 기원, 문체, 판타지, 시간의 문제, 생태학, 인유, 『피네간의 경야』 어의 특성, 실체 등, 비평의 다양한 이해와 모습들을 제공했다.

두 번째 보상은 『피네간의 경야』가 조이스의 타 작품들을 투사하는 빛이라는 데 있다. 이를테면, 이 작품은 「실내악」이나 『더블린 사람들』과 같은 초기의 작품들을 결집시키는 포괄성을 지닌다. 만일 우리가 조이스의 작품들을 같은 주제의 취급을 다루는 하나의 거대한 옥편(玉篇)으로 간주한다면, 그것은 본질적인 최후의 한 장으로 취급되어야 한다. 예를 들면, 책의 두 페이지(186~7)는 몽땅 『더블린 사람들』의 소재로 얽혀져 있다.

조이스는 『피네간의 경야』를 통해서 현대 문학의 행방과 가정(假定)의 많은 것을 다양한 심미적 문제로 이끈다. 그것은 지난 세기 동안 우리들의 문학에서 많은 것을 제시했거니와 독자는 이 값진 제시를 현재 세기를 향해 계속 전수해야 한다. 리처드 엘먼(Richard Ellmann)은 조이스 전기의 서두에서 "우리는 아직도 조이스의 당대인이 되기를 배우고 있다."고 했다. 이는 조이스의 모더니즘의 요소뿐만 아니라 포스트모더니즘의 미래를 동시에 수용함을 의미한다. 포스트모더니즘의 비평가들은 그들 이론의 대상을 모더니즘의 작품들로부터 가져 온다. 조이스의 포스트모더니즘은 그의 모더니즘의 증언(manifesto)인 『율리시스』로부터 이를 재차 빌려야 했다. 그 때문에 오늘날 젊은 학자들은 포스트모더니즘의 증언인 『피네간의 경야』를 개척해야 할 타당성과 의무가 있다. 이번의 신 판본은 작품의 새로운 읽기를 통해 이를 실제로 확인하려는 것이요, 결코 한운야학(閒雲野鶴)의 논리가 아니다. 고독은 학자적 경제의 첫째 조건이요, 외로운 원칙이다. 괴테는 82살에 『파우스트(Faust)』를 썼다. 삶은 실재인지라, 그것은 한 갓 꿈이 아니요, 노력하는 현실이다.

V

끝으로, 이 책을 마감하면서, 고 呂석기 교수님에게 이를 받친다. 그는 얼마 전 필자의 『피네간의 경야』 개역본과 『주해서』로 영광스러운 「대한민국 학술원상」(58회)을 필자에게 안겨주고, 세상을 떠났다. 그분은 소리쳤나니, "충분해! 충분해!" 거듭되는 메아리의 여운이 삼가 그분의 영혼을 부르는 듯하다. 혁혁한 영혼이여, 고이 잠드소서! 성화! 성화! 성화!(Sandhyas! Sandhyas! Sandhyas!) 태양(Sun)이여!, 아들(Son)이여! 숀(Shaun)이여! 여명을 부르는 천사들의 어득한 목소리여!

기독교, 힌두교, 불교의 배색(配色)이여! 빛의 씨앗을 뿌리는 영파종신(永播種神)이여, 피안계(彼岸界)의 승태양(昇太陽)의 주신(主神)이 최선(最善)기고만장 말하는 도다. 조이스 후학들은 얼마 전 필자를 아래처럼 축하해 주셨는지라, 더불어 깊은 감사를 드린다.

사랑하고 존경하는 교수님

학술원 수상을 온 마음으로 축하합니다.
올곧게 한 길을 걸어오신
한평생 노력의 소산
교수님의 성실하신 발자취가
후학들에게는 명징한 배움의 거울이 되고
학계에는 견고한 머릿돌이 되어
풍성하고 아름다운 열매로
거듭 피어날 것을
믿어 의심치 않습니다.
감사와 축하의 마음을 담아.

—제임스 조이스 학회 가족들이 드립니다.

2015년 3월 1일

Tales from Finnegans Wake

제II편 『피네간의 경야』 이해하기

H.C. 이어위커 가족 계보(Earwicker Family Tree)

H.C. 이어위커	혼(婚)	아나 리비아 플루라벨
(포터 씨) (남편)		(포터 부인) (아내)

숀(쌍둥이 아들)	셈(쌍둥이 아들)	이씨(딸)
(이하 별칭)	(이하 별칭)	(이하 별칭)
집배원 숀	문사 셈	페리시아
부루스	세머스	플로라
츕(천사 숀)	바트	이사벨
유제니어스	캐인(카인)	이졸데(이솔트)
존/돈 주앙/혼	카시우스(카이사르)	이조드
자스티스(정의)	무도자 데이브	곰팡이 리사
쥬트	그루그(닉크/악마)	뉴보레타
케브	베짱이	이쏘벨
믹	그라이프스(포도)	
온도트 개미	호스티	
피터 크로란	제리	
존즈 교수	제레미아스	
욘	머시어스(자비)	
추프	뮤트	
쥬바	뮤타	
케빈	돌프	
미크	성 패트릭	
에서	닉	
바트	야곱	
	쥬트	

제1편 단편 『피네간의 경야』 읽기
Reading Shorter Finnegans Wake

제I부

제I부 1장

피네간의 추락

【개요】『피네간의 경야』의 첫 장은 작품의 서곡 격이다. 그
것은 작품의 주요 주제들과 관심들, 이를테면, 피네간의 추락, 그
의 부활의 약속, 시간과 역사(분열과 부활)의 환상구조, 트리스탄
과 이졸트의 이야기 속에 구체화된 비극적 사랑, 싸우는 두 형제
의 갈등, 풍경의 의인화 및 주인공 이어위커의 공원에서의 범죄
의 문제인, 가담항오(街談巷語), 언제나 해결의 여지를 남기는 작
품의 불확실 등을 소개한다. 암탉이 퇴비 더미에서 파헤쳐 낸 것
으로, 미국의 매사추세츠 주, 보스턴으로부터 온 불가사의한 한
통의 편지(10.25~12.17)와 같은, 작품 전반을 통하여 계속 거듭
되는 다른 주제들이 또한, 이 장에 소개된다. 이어위커에게 특별
한 주의가 주어질지라도, 작품의 그 밖에 모든 주요한 인물들도
소개된다.

『피네간의 경야』는, 그 시작이 작품의 마지막 행인 한 문장의
중간에서 시작함으로써, 이는 부활과 재생으로 시작한다. 조이스
는 위버(H.S. Weaver) 여사에게 보낸 한 서간문에서 "작품은 정
말로 시작도 혹은 끝도 없다. 이 작품은 문장의 중간에서 끝나고,
같은 문장의 중간에서 시작한다."(「서간문」 I. 246)라고 말했다.
끝과 시작 사이의 순간은 비코의 "회귀(recorso)"에서처럼 매달
려 있는지라, 사건들의 새로운 환(環) 이전에 시간이 생기기도 하
고, 조만간 무언가가 그 이전에 발생하기도 한다: "강은 달리나
니, 이브와 아담 성당을 지나 해안의 변방으로부터 만(灣)의 굴곡
까지, 우리를 회환(回還)의 넓은 비코 촌도(村道)로 하여 호우드
(H) 성(C)과 주원(周圍)(E)까지 귀환하게 하도다"(3.1~3).

비코의 3개의 역사의 기간들의 시작의 환(環)인, 성스러운 시
대를 기록하기 위해, 최초의 100개의 철자로 된 천둥소리가 나
타난다(3.15~17). 『피네간의 경야』에는 모두 10개의 천둥소리
가 있는지라(다른 9개는 잇따른 페이지들에서 일어나거니와, 23.5~7,

44.2~21, 90.31~33, 113.9~11, 257.27~28, 314.8~9, 332.5~7, 414.19~29, 424.20~22), 최후의 것은 101의 철자를 포함한다. 101은 완료와 환적 귀환을 상징하는 숫자상의 회문(回文; palin-drome)이다. 이 최초의 천둥소리는 피네간, 그리고 피네간의 변장으로 HCE인, "동량지재 피네간"(4.18)의 존재와 추락을 선언한다. 나아가, 모든 추락들이, 아담과 험프티 덤프티의 그것들을 포함하여 암시된다.

경야 그것 자체가 서술된 뒤에, 리피강을 따라 놓여있는 HCE의 잠자는 육체가 거기 윌링턴 뮤즈의 방이 위치한 풍경의 한 부분으로서 동일시된다. 뮤즈의 방의 여행 동안, 이어워커의 공원에서의 추정상의 범죄의 간음증적, 성적 또는 분비적 특성이 뮤즈의 방의 내용물의 서술을 통해 노출 된다.(8.9~10.23) 그러자 서술은 암탉이 발견하는 편지(10.25~11.28)로 향하고, 아일랜드의 짧은 역사의 문맥 이내에 주어진 험프리 침던 이어워커와 그의 가족의 짧은 설명이 이를 뒤따른다.

이 구간에서, 날자 1132 (『피네간의 경야』를 통하여 거듭되는 숫자요 제I부 4장에서 두드러지다) 및 566(1132의 절반)가 세트로서 두 번 일어난다. 『피네간의 경야』에서 숫자 1132는 추락과 연관되고, 또한, 부활(갱생)을 예고한다.(그 밖에 다른 곳에서, 조이스는 32를 낙하와 연관시킨다. 『율리시스』에서 리폴드 블룸은 낙체의 속도를 마음에 떠올리거니와: "32피트 매초 매초. 낙체의 법칙: 매초 매초,"〔U 5.44~45〕 11은 새로운 10년의 시작인 부활의 숫자로서 의미한다.)

이어 뮤트와 쥬트(솀과 숀)가 등장하는데, 이들은 솀과 숀 쌍둥이 형제의 변신이요, 그들의 대화가 더블린의 단편적 침입사 및 아일랜드의 크론타프 전투에 관한 의견 교환과 함께 시작된다. 알파벳 철자의 형성에 대한 별도의 서술(18.17~20.18)이 뒤따르고, 이어 반 후터 백작과 처녀 프랜퀸의 이야기가 서술되는

데(21.5~23.15), 그 내용인 즉, 그레이스 오말리(21.20~21)에 기초한 것으로, 프랜퀸이 영국에서 귀국도중 호우드 언덕에 있는 백작의 성을 방문하지만, 백작이 저녁 식사 중이란 이유로 그녀에게 성문을 열어주기를 거부한다. 이에 골이 난 프랜퀸은 백작에게 한 가지 수수께끼를 내는데(21.18~19), 그가 답을 못하자, 그의 쌍둥이 아들 중의 하나인 트리스토퍼를 납치한다. 프랜퀸은 두 번째 도착하여, 또 다른 수수께끼를 묻는다.(22.5~6) 백작이 이번에도 답을 할 수 없자, 그녀는 트리스토퍼를 돌려주고, 다른 쌍둥이인 히럴리를 납치한다. 또 다른 막간 뒤에, 프랜퀸은 힐러리를 돌려주고 세 번째 수수께끼를 묻지만,(22.29.~30) 그것마저 대답을 하지 못한 채 남는다. 이러한 계속되는 납치 사건은 계속되지만, 결국 그들은 서로 화해에 도달한다. 이때 두 번째 천둥소리가 울리는지라(23.6~7), 이는 추락 뒤의 재생을 예고한다. "오 행복불사조 죄인이여! 무(無)는 무로부터 나오나니."(23.16~17)

이제 이야기는 잠에서 깨어나고 있는 신화의 거인 피네간으로 되돌아간다. 화자는 피네간이 자리에서 일어나지 말고 그대로 누워 있도록 일러준다. "자 이제 공안(空安)하라, 선량한 핀 애도(哀悼) 씨(氏), 나리. 그리고 연금(年金) 받는 신(紳)처럼 그대의 휴한(休閑)을 취하구려. 그리고 해외로 나돌아 다니지 말지라." (24.16~17) 재차 그가 일어나기를 시도하자, 그는 "조용히 누워 있도록"(27.22) 권장된다. 왜냐하면, 그는 에덴 성시(城市)의 신세계에 순응해야 하기 때문이요, 그곳에는 그의 교체자인 HCE가 "에덴버러 성시에 야기된 애함성(愛喊聲)에 대하여 궁시적(窮時的)으로 책무할 것이기 때문이다"(28.33~34)

[본문 시작]

3. 〔지형의 구성: 리피강, 아담과 이브 교회, 더블린만, 비코 가도, 호우
드 언덕〕

　　강은 달리나니, 이브와 아담 성당(Eve and Adam.s)을 지나 해안의 변방
으로부터 만(灣)의 굴곡까지, 귀환의 넓은 촌도(村道)를 거쳐 우리를 호우
드(H) 성(城)(C)과 주원(周園)(E)까지 되돌리도다.

〔아일랜드의 선사시대: 여기 화자는 앞서 지적처럼 수많은 중요한 개념
들을 수립한다. 이들은 11개의 글줄들(3.4～14)로 함축된 채, 작품의 서곡적
및 주제적 실타래들 이룬다. 트리스탄과 이졸데의 주제, 예술가의 고립, 아
일랜드 쌍(双)의 수도로서, 더블린 및 미국의 조지아 주의 더블린, 형제의
갈등, 이씨의 분열된 개성, 음주, 세례, 그리고 모세, 아삭, 노아 및 성 패트
릭의 이야기들……〕

　　사랑의 재사(才士), 트리스트람 경, 단해(短海) 너머로부터, 그의 고전
(孤戰)을 재차 휘투(揮鬪)하기 위하여 소 유럽의 험준한 수곡(首谷) 차안(此
岸)의 북 아모리카에서 아직 도착하지 않았나니, 오코네 유천(流川)에 의한
톱소야(정[頂; 톱]장이)의 암전(岩錢)이 항시 자신들의 감주수(甘酒數)를 계
속 배가(더블린)하는 동안 조지아 주(洲), 로렌스 군(郡)의 능보(陵堡)까지
스스로 과적(過積)하지 않았으니: 뿐만 아니라 원화(遠火)로부터 혼일성(混
一聲)이 '나 여기 나 여기' 풀무하며 다변강풍(多辯强風) 패트릭을 토탄세례
(土炭洗禮) 하지 않았으니: 또한, 아직도, 비록 나중의 사슴 고기 이긴 하
지만, 양피요술사(羊皮妖術師) 파넬이 얼빠진 늙은 아이작을 축출하지 않았

으니: 아직도, 비록 베네사 사랑의 유희에서 모두 공평하였으나, 이들 쌍둥이 에스터 자매가 둘 하나의 나단조와 함께 격하게 노정(怒情)하지 않았느니라. 아빠의 맥아주(麥牙酒)의 한 홈(홉)마저도 젬 또는 쉔으로 하여금 호등(弧燈)으로 발효하게 하지 않았나니, 그리하여 눈썹 무지개의 혈동단(血東端)이 물 액면(液面) 위에 지환(指環)처럼 보였을지라.

[추락의 주제: 뇌성과 함께 이보다 분명한 서술적 행은 다음 구절에 들어나는지라, 여기 우리는, 머리를 호우드 언덕에 두고, 그의 발을 피닉스 공원의 서쪽에 뻗고 있는, 거인 피네간의 추락을 목격하도다.]

추락(바바번개개가라노가미나리리우우레콘브천천둥너론투뇌뇌천오바아호나나운스카운벼벼락락후후던우우크!) 한때 벽협가(壁狹街)의 노부(老父)의 추락, 음유시인, 이벽(離璧)의 추락, 피네간의 마활강(魔滑降), 그의 육봉구두(肉峰丘頭), 그의 땅딸보 발가락. 그리하여 지금의 상통행징수문소(上通行徵收門所)가 있는 피닉스 공원 밖의 노크 언덕, 오렌지 당원들 생엽(生葉) 리피(강) 등등.

4. [아일랜드의 초기 역사]

여기야말로 의지자(意志者)와 비의지자, 석화신(石花神) 대 어신(魚神)의 무슨 내 뜻 네 뜻 격돌의 현장이람! 브렉케크 개골 개골 개골! 코옥쓰 코옥쓰 코옥쓰! 아이 아이 아이! 아이고고! [태초의 싸움과 개구리들의 합창] 창칼 든 도당들이 여전히 그들의 가정과 사원들을 절멸하고 혹족(或族)들은 투석기와 원시의 무기로 머리에 두건 쓴 백의대(白衣隊)로부터 사람 잡는 뒤집힌 본능을 들어내고 있었도다. 창칼 투창의 시도 그리고 총포의 붕 파성(破聲). 신토(神土)의 혈아족(血亞族)이여, 두려운지고! 영광혈루(榮光血淚)여, 구하소서! 섬뜩한, 눈물과 함께 무기로 호소하면서. 살살살인(殺殺殺人): 한 가닥 슬픈 종소리. 무슨 우연 살인, 공포와 환기(換氣)의 무슨 붕괴인고! 무슨 종교 전쟁에 의한 무슨 진부한 건축물을 풍파(風破) 했던고! 무슨 가짜 딸꾹질, 야곱의 뒤죽박죽 잡성(雜聲)이라! 오 여기 어찌하여 간음주의자들의 아비(父)가 등을 뻗고 어두운 황혼을 만났던고……

〔태초의 팀 피네간: 벽돌 운반공이요, 전통적 아일랜드 민요 "피네간의 경야"의 중심인물〕

동량지재 피네간, 말더듬이 손을 갖고, 자유인(프리메이슨)인, 그가 황하(黃河) 곁에 생자들을 위하여 강둑에 극상의 건축물을 쌓았도다. 그는 사랑스러운 애처 애니와 함께 살며 이 작은 피조물을 사랑했는지라. 양손에 마른 갈초로 그녀의 작은 음소를 감추도다. 그는 자신의 점토 가벽(家壁)의 높이와 넓이를 곱셈에 의하여 측정하곤 했나니, 마침내 그가 쌓은 자신의 원두(圓頭) 첨탑, 엄청나게 큰 벽가(壁街)의 마천루를 자로 재었도다.

5. 〔핀의 가문문장(家門紋章)〕

최초에 그는 문장과 이름을 지녔는지라. 거인촌의 주연 폭음자인 그는, 그의 문장 꼭대기 장식으로 초록빛 숫 산양과 그의 뿔로 두 처녀를 추종하고 있었나니. 그의 강주(强酒)는 호미를 다루는 경작 인을 위한 것이라. 호호호호, 핀 씨, 그대는 피네간(재삼) 씨가 되리로다! 내일 아침이면 오, 그대는 포도주(와인)라! 저녁이면, 그대는 식초로 변하리로다! 하하하하, 편(樂) 씨여, 그대는 다시 벌금을 물게 될지라!

〔핀의 추락의 원인 및 거리의 소음〕

정말이지 저 목요일의 아침의 비극을 가져 온 것은 무엇이었던고? 우리의 집은 그 루머에 계속 요동하는지라. 그를 비난하는 자들의 저 초라한 코러스가 거기 있도다. 그것은 불발화(不發火)의 벽돌이었으리라, 혹은 아마도 그의 뒤쪽 경내의 붕괴가 원인일지 모르나니……벽관(壁館), 삯 마차, 석동기(石, 動機) 영구차, 가로수차, 화차, 자동차, 마락차(馬樂車), 시가차단(市街車團), 여행 택시, 확성기 차, 원형광장 감시 차 및 바시리크 성당, 천층탑(天層塔) 광장, 들치기들과 졸병들과 제복 입은 순경들과 그의 귀를 물어뜯는 사창가의 암캐 계집들 및 말버러의 막사 그리고 그의 네 개의 오래된 흡수 공, 대로(大路), 그리고……

6. 〔핀의 사망, 그의 석묘(石墓)〕

그러나 어느 아침 핀은 만취 추락했나니. 그의 벽돌 몸통이 과연 흔들였

도다. (거기 물론 발기의 벽 있었으니) 쿵! 그는 후반 사다리로부터 낙사(落死)
했는지라. 댐! 그는 가사(假死)했도다! 묵(黙) 덤덤! 그는 석실분묘(石室墳
墓)에 합당하도다.

[시민들의 경야제 참가]

그의 찬양을 들어내며, 그를 누이도다. 맥크울, 맥크울, 저주라, 그대는
왜 사행(死行)했는고? 그의 발아래에는 위스키 병, 머리 위에는 마차 가득
한 기네스 맥주

[핀의 경야제 현장]

탄원? 나는 응당 보리라! 고행(苦行)하는 갈신(渴神)목요일 조조(弔朝)
에? 간의 크리스마스 경야 케이크에 맹세코 그들은 탄식하나니, 백성의
모든 흑안(黑顔) 건달들, 그들의 경악과 그들의 중첩된 현기(眩氣)에 찬 다
혈의 탄포효(嘆咆哮) 속에 엎드린 채. 거기 연관하부(煙管下夫)들과 어부들
과 집달리들과 현악사(絃樂士)들과 연예인들 또한, 있었느니라. 그리하여
모두들 극성(極聲)의 환회에 합세했도다. 현란과 교란 및 모두들 환을 이
루어 만취했나니. 저 축하의 연속을 위하여, 한부흉부(漢夫兇婦)의 멸종까
지! 혹자는 킨킨 소녀 코러스, 타자는, 칸칸 애가(哀歌)라. 그에게 나팔 입
을 만들어 목구멍 아래위로 술을 채우면서. 그는 빳빳하게 뻗었어도 그러
나 술은 취하지 않았도다, 프리엄 오림![노래] 그는 바로 버젓한 쾌노(快
勞)의 청년이었는지라. 그의 침석(枕石)을 날카롭게 다듬을지니, 그의 관을
두들겨 깨울지라! 이 전(全) 세계 하처(何處) 이 따위 소음을 그대 다시 들
으리오? 저질의 악기며 먼지투성이 깡깡이를 들고. 모두들 침상아래 그를
눕히나니. 발 앞에 위스키 병구(瓶口). 그리고 머리맡에는 수레 가득한 기
네스 창세주(創世酒) 총계 홍액주(興液酒)가 그를 비틀 만취 어리둥절하게
하나니, 오!

그(핀)는 장성아(長成兒) 인양, 자신의 체구를 계속 몸부림치는지라, 우
리 한번 엿보세, 봐요, 자, 봐요. 그의 원형 접시에 담긴 형체는 풍경과 산
(山)이라! 체플리조드 (더블린 북서부 근교, "피네간의 경야"의 장면)에서 베일
리 등대 (남부 호우드 해안)까지 또는 회도(灰都)에서 주옥(酒屋)까지. 그(h)

는 고요히(c) 뻗어있나니(e), 그의 만풍(灣風)의 오보애 곡이 그를 애통하
도다.

7. 〔경야 장면의 연속〕

기나긴 밤, 지걸지걸 아롱아롱 이는 밤, 푸른 종의 밤, 기묘한 장단격
의 루우트 퉁소가 오 카라나! 오 가련한(可憐恨)! 그를 경야 깨우도다. 아
멘. 고로 우리를 탄식하게 할지라. 노아(老兒)는 추락해도 그러나 조모는
관(棺) 보를 펴나니. 접시 탁자 위에 하물(何物)인고? 물고기, 빵, 그리고
술은 관 주위에 놓이도다. 그러나 보라, 그대가 그의 거품 사주(詐酒)를 꿀
꺽 잔 들이키고 백화분(白花粉)의 저 어신(魚身)〔영성체—피네간〕에 이빨
을 꽂자, 큰 짐승 같은 그를 볼지라, 거의 빨간 색 연어, 그는 우리들의 무
중(霧中)의 어린 연어로 변멸(變滅)했나니, 경야 장면은 용암처럼 녹아 없
어지도다.

〔잇따른 페이지들(7~23)을 통하여, 추락한 피네간의 넘치는, 모든 급식
의, 졸리는 존재의, 지리적 및 역사적, 다양한 증거들이 살펴지다. 하지만
우리는 육지의 윤곽 속에 뇌룡(雷龍) 같은 어형(魚型)을 여전히 볼 수 있는
지라, 즉 그가 사랑했던 개울 곁에 가로누운 거대한 언덕, 그의 ALP 곁의
HCE를〕

〔이어 풍경뿐만 아니라, 인류 역사의의 특별한 시대(8~10) 중세 역사
(13~14), 선사 시대(15~20)가 개관된다. 또한, 민속의 몇몇 단편들(20~23)
회극적 소극, 그리고 우리들 자신의 뒷마당의 쓰레기 더미도 마찬가지. 눈이
이들 각각을 주시하자, 그것은 괴기스러운 피네간의 내부의 한 두 확실한 특
징을 노출하기 위해 약간 해체되도다.〕

〔첫째, 풍경〕 그의 머리는 벤 호우드 언덕, 그의 진흙 발은, 그가 지난
번 넘어진 초지(草地), 저기 짙은 안개 속에 입석 한 채, 탄약고 벽(Maga-
zine Wall) 입구 곁에 덥혀있는지라, 거기(피닉스 공원)는 우리들의 매기들
과 함께 목격한 곳이라. 그러므로 구름이 굴러 갈 때, 조감(照鑑)은 관광물

이라, 한편 이 미인들의 연합전선의 배경은 세 군인들 (염탐하는 3군인들)이 나니.

8. 〔풍광의 피닉스 공원 및 안내 양 케이트의 웰링턴 박물관 묘사〕

얼마간의 녹지 거리에 울울창창한 산림 사이, 매력적인 수류(水流)의 촌지(村地) 그리고 여기 그토록 스스로 깔깔대는 모습을 드러내는 두 촌녀(寸女)들, 관찰자들; 박물관의 길손은 쥐 제방 속으로 무료입장 받도다. 웨일즈 인 및 아일랜드 병사는, 단지 1실링! 노병은 그들의 궁둥이 붙일 자리를 찾는지라. 그녀의 물통과 열쇠를 위하여, 관리 여인, 케이트 여사. 짤깍! (안내양의 열쇠 소리)

〔이 전쟁 박물관은 기록된 역사상의 군사적 및 외교적 만남, 교환 및 배신을 상징하는 다양한 메모들을 함유하는 일종의 유물 함 격. 안내자 케이트 양 왈:〕

이것은 뮤즈 박물관으로 가는 길입니다. 들어갈 때 모자를 조심하세요! 자 당신은 이제 웰링턴 뮤즈 박물관 안에 있어요. 이것은 프러시아의 살총(殺銃)입니다. 이것은 프랑스 총이고요. 쾅. 이것은 프러시아 기(旗), 모배(帽盃)와 접시입니다. 이것은 프러시아 깃발을 쾅하고 맞춘 우탄(牛彈)이구요. 이것은 프러시아 군기를 찢은, 수소 쏘는 프랑스 살총(殺銃)입니다. 단독 일제 십자 사격! 그대의 창과 포크를 들고 일어섯! 징크. (우족〔牛足〕! 좋아!) 이것은 리포레옹의 삼각모지요. 찰각. 이것은 그의 백마, 코켄햄에 타고 있는 웰링던입니다. 이것은 덩치 큰 학살자 웨일던〔여기 명칭의 변형〕, 장대하고 매력적, 황석금(黃錫金)의 박차와 그의 강철 바지 그리고 놋쇠 뒤 바디 나막신 및 그의 거장의 양말대님 및 방콕 산의 최고 복(服) 및 광대의 덧신 및 펠로폰네소 전쟁 복장을 하고 있어요. 이것은 그의 크고 광대한 백마 입니다. 윙. 이것은 실지 호(壕) 속에 웅크리고 있는 리포레옹의 세 병사들이지요. 이것은 영국의 붉은 사살 병, 이것은 스코틀랜드의 용기병, 이것은 웰스의 해병, 모두 몸을 굽히고. 이것은 리포레옹 졸병을 독령(毒令)하고 있는 대장 리포레옹 장군이고요. 이것은 탄약통도 개머리판도 없는 리포레옹의 소총입니다. 글쎄 쏘아! 포의 화구. 그들 모두 아르메니아의 난동들. 이것은 야수(野獸)의 알프스지요. 이것은 티벨 산, 이것은 난취산(亂醉山), 이것은 대성산(大聖山). 이것은 알프스의 말총 페티코트. 세 사람의 리포레옹 병사들을 모두 총의 충동에서 보호하기를 희망하나니. 이것은 그들의 수제(手製) 전성술본(戰星術本)을 읽는 척 가장하는 밀집 모의 두 신령녀(神靈女; Jinnies; 전쟁터의 메신저들—유혹녀들)

[한편 그들은 웰링던 비(碑) 아래에서 그들의 하의(下衣)를 전변(戰便)하는지라(용변 보는 2소녀), 이 신령녀들은 그녀의 손으로 구애(嫗愛)하나니 그리고 그녀의 머리칼을 흑윤(黑潤)하나니 그리고 엘링던은 그의 체구를 발기하지요.]

[이상의 구절은 영국의 많은 전쟁들에 대한 모호한 언급들. 인물들은 유동적이지만, 한결같이 웨링튼, 나폴레옹, 그 밖에 위터루 전쟁의 인물들이다.]

9. [박물관 장면 계속]

[그러자 박물관의 여행은 관음증 또는 공원 사건의 노출증을 강하게 상기시키는 범죄에 의해 찬단 된다.]

이것은 그의 크롬웰로부터 그의 암 망아지를 어루만지고 있는 나—베르기[메신저—심부름꾼]지요. 전리품. 이것은 웨링던을 안달하게 하기 위한 신령녀들의 급보; 짧은 셔츠 앞섶에 교차 된 엷고 붉은 선들로 씌어진 급보(急報)지요. 맞아, 맞아, 맞아요! 도약자 아더. 두려움을 겁낼지라! 전쟁 관경을 두려워하는 그대의 작은 아씨에 대한 (웰링턴의) 포옹의 행위. [장군의 애정행각] 곁잠. 이것은 웨링던을 전선으로 보내는 신령녀들의 책략이었지요. 봐요! 신령녀들은 재차 모든 리포레옹 병사들에게 질투의 구애를 하고 있어요. 그리고 리포레옹은 웨링던 한 사람에게 배척광분(排斥狂奔)하지요. 그리고 웨링던은 봉수(捧手)를 들고. 이것은 사자(使者) 베르기. 이것은 웨링던이 팽개친 반송 급보입니다…… 이것은 벙커 구룽 아래 그들의 추방 병사들을 향해 달려가는 신령녀입니다. [여기 두 신령녀와 세 병사들은 고원의 소녀들과 군인들, 전체 에피소드는 거기 웨링던 기념비(남근의 상징)의 존재에 의하여 피닉스 공원과 연관된다. 분명히, 거기 이 워털루 전투의 재창조를 통하여 성적 및 분비적 풍자가 있다.〕 살을 에는 모진 추위와 함께 여보(旅步)의 여행 너무나 공기(空氣)롭지요. 거기 그들의 심권(心權)을 위해. 이것은 그의 냉철 통 속의 감식(減食) 포도용 은 쟁반. 이것은 그들이 뒤에 남긴 즐거운 신령녀의 마라톤 쌍표(비스마크; 雙標)입니다. 이것은 위링던, 도망치는 신령녀에게 왕의 헌신을 위한 축하──능자(能者)에게 자신의 같은 기념 수지애호봉(樹脂愛好捧)을 휘두르나니.

10. 〔박물관 장면 연속〕

그의 커다란 용(龍)의 백마, 캐인호프로부터 웨링던을 염탐하다니. 석벽 웨링던은 노인 최대의 결연자요. 리포레옹은 멋진 젊은 독신자. 이것은 리포레옹의 반쪽 세 잎 모자를 전장 오물에서 줍는 노노(怒老)의 웨링던이지요. 이것은 리포레옹의 모자 절반을 그의 거대 백 용마 궁둥이 쪽 꼬리에 매달고 있는 웨링던이지요. 철렁. 그것은 웨링던의 최후의 장난이었지요. 헤이, 여봐, 헤이! 이것은 사시동(斜視童)이구요, 모자 광, 껑충 뛰고 펄쩍 뛰고, 웨링던에게 고함지르나니. 망자여! 거지 쌍놈! 이것은 웨링던, 태어날 때 견고한 유령 신사, 저주의 성냥 곽을 소공(燒供)하는지라. 그대 젖빠는 놈! 이것은 개망나니 흉물 사시동(斜視童), 그의 크고 광대한 말의 뒤꽁지 꼭대기에서 리포레옹의 모자 절반을 몽땅 날려 보내다니. 훅, 이리하여 코펜하겐 교전(交戰)은 종결 되었도다.

〔캐인 왈〕

이 길은 박물관의 출구로. 나가실 때 신발 조심하세요, 거출(去出). 피우! 〔박물관 내부는 덥도다.〕

〔여기 전진(戰塵) 속애 반 상실 된 인물들로 밀집한 채, 소란스러운 박물관 장면은 HCE의 사적 죄를 역사의 과정을 통하여 영웅의 이미지로 확장시킨다. 『피네간의 경야』의 중간(338~55)을 향하여 심지어 짙은, 한층 진(塵)한 에피소드, 즉, 세바스토폴의 소련 장군의 그것은 이 혈루(血淚)의 주제의

진전으로 종결되리라. 전쟁의 황홀한 열기 속에, 인생은 가장 수치스러운 비밀—즉, 공원에서의 HCE의 죄, 즉 추락을 폭로하도다.]

[박물관으로부터 이제 전쟁 뒤의 침묵의 시골 들판으로] [주위에는 경야의 시민들의 변용된 복사물인 12 작은 도조(盜鳥)들이 흩어진 전상(戰傷)을 더듬는 도다.]

소조(小鳥), 두 귀조(貴鳥), 셋 밀어조(密語鳥), 넷 호조(鳴鳥), 다섯 일락조, 여섯 추족조(追足鳥), 일곱 무명 소조, 여덟 먹이 소조, 아홉 애성(愛聲) 소조, 열 도취 소조, 열하나 기의(奇衣) 소조, 열두 지조(指鳥), 울락 부락 조들이 있도다. 심령녀 자신은, 새의 변용으로, 황혼 속으로 움직이며, 유물들을 모은다. [신화에서, 마치 과부가 된 아이시스가 그녀의 해체된 남편인, 오시리스의 흩어진 뼈 단편들을 모으듯이] 황량(荒涼) 야조(鳥野)의 고원 전야(戰野)! 그의 일곱 적방패(赤防稗) 아래, 노황제(老皇帝)가 가로 누워 있나니. 그의 발가락은 전치(前置)라. 우리들의 비둘기들 쌍들이 북쪽 벼랑을 향해 날도다.

11. [전장(戰場)의 세 마리 까마귀들이 날라 가벼렸도다. 퇴비 더미에서 편지를 파낸 비디 도란]

암탉은 결코 밖으로 나오지 않으니, 뇌신이 강우(降雨) 할 때, 그녀는 살금살금 발걸음이 겁이 났을 테죠. 그러나 오늘 밤은 휴전이라. 여기 그녀 [비디] 다가오도다. 한 마리 평화조(平和鳥)가, 여기 주서 올리며, 저기 주어 올리며. 모든 전폐물(戰廢物)이 그녀의 바랑 속에 들어가도다. 키스와 함께. 교차 키스, 십자 키스, 삶의 끝까지. 아멘.

[이런 식으로 그녀(비디—암탉)는 미래에 봉사하나니, 우리들의 역사적 선물들을 후기 예언적 과거로부터 훔치면서, 우리 모두를 미려한 가마솥의 귀족 상속인들이요 귀부인들로 삼기 위해서로다. 뿔 따귀(음경; 희랍)가 서면 바지(트로이)가 흘러내리는 법(추락하는 법) (그림에는 양면이 있기 마련) 역사는

이런 식이이도다.]

12. 〔ALP의 의무〕

    젊은 여걸들은 가고 오는지라, 하지만 그녀(ALP)는 저런 둔자(鈍者: HCE)가 잠자는 동안 그녀의 야기사(夜騎士) 같은 의무를 알고 있도다. 그는 성냥불 끄고 이탄 세(稅)내고 바닷가 뒤져 새조개 캐고 그리하여 토탄녀(土炭女)가 할 수 있는 모든 걸 다하여 생업을 추구하리로다. 그리고 심지어 낭군 험프티(HCE)가 큰 질책자의 털 많은 가슴으로 재차 망실 추락한다 해도, 햇볕 쬐는 조반자인, 그를 위하여 연거푸 다가올 아침의 난란(亂卵)이 신중히 마련되어 있으리로다. 고로 진실이나니 바싹 바싹 빵 껍질 있는 곳에 차즙(茶汁) 또한, 있기 마련인지라.〔ALP의 조반 준비〕

    〔이 들판의 전쟁 조각들을 결집하는 노파는 추락 뒤의 향연을 펼치는 늙은 할멈 ALP다. 험프티의 패(貝) 조각들은 사방에 흩어져 있지만, 그녀는 낭군의 실체를 가능한 모으리니, 그것을 미래의 세대들에게로, 그들을 지속하게 하고 그들을 앞으로 운반하기 위해, 이바지 하리라. 한편, 우리는 여기 타구(他丘)뿐만 아니라, 두 개의 능보(陵堡)들을(피닉스 고원의)을 보나니, 이들 구능들은, 마치 둥글게 자리하여, 그(HCE0의 가슴 위에서, 성 브르짓 경기와 성 패트릭 경기를 하며 놀고 있는 이보다 작은 세대의 그토록 많은 소년 소녀들인지라, 그의 바로 실재가 그들로 하여금 사랑을 하도록 권하도다. 그들은 그가 잠들어 누어있자, 마치 번철(燔鐵) 위의 청어처럼, 그의 목판 둘레를 껑충 껑충 뛰고 있도다. 그리고 가까이 화약고벽(火藥庫壁) ― 매거진 윌(Magazine Wall)이 있도다.〕

13. 〔아일랜드 역사〕

    전장의 흔적: 아일랜드적 감각의 이 음의(音義)를 시별(視別)할지라. 과연? 여기 영국이 보여 질지니. 왕위(王位)롭게? 하나의 군주금화(君主金貨), 다져서 굳히면 화석 화(貨)되나니. 왕당(王當히)? 침묵이 장면을 이야기하는지라.

그건 (영국)의 위사(僞史)로다!

고로 이것이 더블린?

쉿(H)! 주의(注意)(C)! 메아리 영토(英土)(E)!

[이상의 세 행은 HCE의 더블린을 거절(rejection)과 가십(gossip)의 도시처럼 보이게 만든다. 설상가상으로, 그것은 사자(死者)들의 도시오, 인카몽마(夢魔)의 고인돌을 매장하곤 했던 헤진 묘벽(墓壁)의 잔해 (殘骸)로서 매거진 월로부터의 추락과 경야는 타당하도다.]

["위사(僞史)! (『피네간의 경야』)로다": 한때 『걸리버 여행기』의 작가 조나단 스위프트(J. Swift)는 "붉은 대추가 하얗도록 빼는"(U 124) 식민자들(영국인들)의 땅(아일랜드)에 새워진 군대의 구조물(매거진 월─탄약고 벽)의 무모성에 대해 한 가지 해학 시를 쓴 바 있거니와, 아래 우리는 그의 운시의 메아리를 엿 읽을 수 있다.]

아일랜드의 감각(의미)의 증거를 보라.

여기 아일랜드의 기지(機智)가 보이나니!

거기 방어의 가치 아무것도 없는데도,

그들[영국인들]은 매거진 (월)을 세우도다. (13)

[얼마나(H) 매력적으로(C) 절묘한지고(E)! 그것(더블린─피닉스 공원)은 그대에게 우리가 그의 불결한 주가(酒家; 피닉스 근처의 HCE의 블리스톨 주막)의 얼룩 벽을 술 취하여 관찰하곤 하던 퇴적된 묘판화(墓版畵)를 상기시키나니. 볼지라 그래 그대는 그를 볼지라. 귀담아 들을지라 그래 그대는 무리들의 음악과 웃음을 들을 지니, 그러나 매거진 월─핌핌 핌핌. 이 풍경을 통하여 우리는 아직 진행 중인 경야의 증후들을 식별할 것이다. 핌핌(Fimfum fimfum)은 경야의 경쾌함의 주제로서, 수많은 변형을 통하여 거듭된다. 이는 지은 죄를 외치는 겨울바람 속의 마른 나무 잎의 소리이기도 하다. 장엄한 만낙장음(萬樂葬音)과 함께. 핌핌 핌핌. 장면은 탄주하는 탐광기(探光器;

이미지를 음으로 바꾸는 악기)로 바뀌어 우리에게 다가온다. 마적(魔的) 서정(抒情)에 귀를 기울일지라.]

[여기 장면은 일전하여: 아일랜드의 4고전서(古典書)(4대가—복음가들의 분신)로. 이제 이 고대의 서적에 향 할지라, 우리들의 사가(史家) 마몬 루지우스(마태, 마가, 누가, 요한)의 연대기 최고 청본(靑本). 장면은 4사가(四史家)들, 즉 4복음서의 역자들에 의해 쓰인 역사로 바뀐다. 그들은 도시의 연대기를 썼는지라, 그 속에 4대사물(四大事物)이 들어 있도다. 이들 4대사물(four things)(f.t).은 아일랜드의 역사인 4사건들(*Unum, Duum, Triom, Quodlbu*), 즉 연중 유대인의 축제들로 비유되는 Adar, Tamuz, Marchessvan, Suk-keth로 감소되고, 다시 개인의 4사건들의 이야기로 축소되나니: (1) 노인(HCE)의 등 혹(서력 1132) (2) 가련한 노파(ALP)의 한 짝 구두(서력 556) (3) 버림받은 처녀(이씨)(서력 556) (4) 우편낭(숀)보다 덜 강한 펜(筆; 셈), (서력 1132)이다. 이러한 전형적 인물들의 특징은 바람이 연대기의 페이지들을 넘길 때마다 나타나는지라, 우리는 다양한 세월 동안 그 항목들(엔트리)을 읽어 왔도다. 4청본(f.t).[4대물, 아일랜드의 중요 역사]은 그들을 말하는지라, 그들은 히스 연기(煙氣)와 운초(芸草)의 에이레(아일랜드) 주(酒)가 김빠지기까지 결코 더블린에서 영원히 사라지지 않으리로다.]

14. [고로, 어쨌거나 바람이 빈둥빈둥 책의 페이지를 넘기나니, 전형적 역사의 숫자들의 특색들이 나타나도다. 우리는 아래 다양한 해(年)들의 목록들을 읽는다.]

서력 1132년. 인간은 개미와 유사하거나 개미 남아(男兒)처럼 세천(細川)에 놓인 거백광(토白廣)의 고래 등 위를 편답(遍踏)하나니. 더블린을 위한 고래의 지방(脂肪) 싸움이라(스티븐의 해변의 독백 참조, U 38).
서력 566년. 한 노파가 대홍수 후 금년의 봉화의 밤에 작은 구두들이 가득한 그녀의 광주리를 발견했도다. 더블린의 불결한 작물들.

(침묵).

서력 566년. 한 처녀[이씨의 암시]가 심히 구슬퍼했는지라, 왠고하니 인형이 불살귀(火殺鬼)에 의해 강탈당했기 때문이라. [더블린의 혈전(血戰)들]

서력 1132년. 두 아들이 태어나는지라, 셈과 숀 쌍둥이. 전자는 술 취한 채 소극(笑劇)을 썼나니, 더블린을 위한 불결 어화(語話)이요, 후자는 우체부로다.

어딘가, 분명히, 기원 566년(노아 대홍수 이전)과 기원 566년 사이 지구 영겁의 간격(ginnandgo gap)[장구한 역사의 흐름]에, 필경사(율법사)는 자신의 족자를 들고 도망침에 틀림없는지라. 홍수가 솟았나니, 혹은 큰사슴이 그를 공격했나니, 혹은 천국으로부터 벼락이 그를 내려쳤나니. 당시에 율법사를 죽임은 현금 6마르크 혹은 9펜스의 벌금을 처했는바, 한편 단지 수년 전에 한 기생 오라버니가 그의 이웃의 금고의 장롱(아내)으로부터, 그 금액을 탐욕스레 탈취한 대가로 교수형에 처해졌도다.

그러나 이제 우리 무덤으로부터 목가의 땅[고대의 아일랜드]으로 우리들의 눈을 돌릴지라. 지팡이 든 목자가 석송(石松) 아래 기대어 쉬고 있나니; 어린 수사슴이 자매 수사슴과 풀을 뜯고 있는지라. 그녀의 경초(勁草) 사이 삼위일체 샘록(클로버)[아일랜드의 상징]이 겸허히 자라고 있도다. 하늘은 상시 회색이라. 그리하여, 당나귀의 수년 동안, 숫 곰과 발인(髮人)의 쟁기질 이래 수레국화가 볼리먼[더블린 지역 명]에 계속 자라고 있었느니라.

15. [아일랜드 선사 시대의 풍경]

사향장미(麝香薔薇)가 염소 시(市)의 울타리에서 싹을 터뜨리고, 튤립이 감미로운 동심초 곁에 그들과 함께 엉켜 붙은 채, 흰 가시와 붉은 가시가 녹마룬[피닉스의 언덕]의 5월 골짜기를 요정 회색으로 물들이나니, 그리하여, 용사의 종족들이 오고 갔는지라, 포로란 군대가 화란의 투아타 군대와 대적하고, 우군(牛軍)이 화충군(火蟲軍)에 의하여 고통 받았는지라. 거인 조인트 군(君)이 날림 가옥을 천상으로 날려 보냈나니, 그리하여 녹지의 꼬마 똘마니들이 시의 아부(兒父)가 되는지라. 이들 밀봉의 단추 구멍 장식 꽃들이 수세기에 걸쳐 카드릴 춤을 추어 왔나니, 그리하여 지금도 우리에게 훨훨 그 향내를 부동하는지라. 사내들은 해빙(解氷)했고 서기들은 홍홍 속삭였고, 금발 미녀들은 브루넷 사내들을 탐색했도다. 당신 나를 사랑(키스)해요, 이 천한 케리 돼지? 그리고 흑양(黑讓)들은 지옥 남(男)들과 서로 말을 되받았나니. 그대의 선물은 어디에, 이 얼간이 바보? 그리하여 그들은 서로 군락(群落)했도다. 여전히 오늘밤도 고대의 밤처럼 들판의 모든 대담한 화녀군(花女群)들이 그들의 수줍은 수사슴 애인들에게 오직 말하나니. 나를 도태(陶胎)시켜 봐요 내가 당신한테 의지하기 전에! 내가 한창 일 (꽃필)때 꺾어 봐요! 그리하여 후련하게 얼굴 붉히는지라, 정녕코!

[이때 우리의 여행가요 안내자인 뮤트(셈의 변신)가 저쪽 언덕위에 한 점 불을 인식하나니, 깜박이는 불빛 속애 한 인물 숀(쥬트)이 아련히 떠오르도다. 그들은 뮤트과 쥬트로 서로 상교(相交)의 적대자[형제의 갈등]로 묘사된다. 이야기는 침입자와 방어자의 그것으로, 어찌 그들이 교합(交合)하는지는 분간 불가이라.]

[쥬트의 등장]

아넴(Anem)의 이름에 맹세코, 가죽 옷 입은 무리들 속, 석기시대의 야인처럼, 그는 누구란 말인고? 자신의 돈두(豚頭)를 흔들며, 그의 도족(跳足)을 오그라뜨렸나니. 그는 짧은 정강이를 지녔는지라, 그리고, 잘 살펴 볼 지니, 저 흥부, 어떤 두 개의 냄비에서 가벼운 음료를 흔들고 있도다. 내게 용남(龍男)처럼 보이는지라. 그는 거의 한 달 내내 여기 숙영지(宿營地)에 붙어 있나니, 곰 놈 술꾼 같은 자요, 정월주인(正月酒人) 또는 이월양조자(二月釀造者), 삼월주정(三月酒精)꾼 또는 사월만취한(四月滿醉漢)과 강우강상(降雨降霜)의 사기 폭도일지라.

16. 무슨 놈의 웅남족속(熊男族屬)인고. 저건 은부(隱父)임이 분명하도다. 자 우리 이들 활수물(猾收物)인 뼈 더미를 가로질러 그의 화광(火光) 속으로 도섭(跳涉) 하세나. 그는, 아마도, 우리를 헤라클레스 기둥으로 우송할 수 있으리라. *자 이리 와요, 술고래 바보, 오늘 기분이 어떠한고? 말을 할 줄 아는 고? 아. 수다쟁이 그대 스칸디나비아 말은? 아니. 그대 영어를 말할 수 있는고? 아아니. 그대 앵글로색슨 말을 발음? 아아아니.*

〔여기 뮤트(원주민)는 안어를 통해 낯선 자(쥬트)의 국적을 확인하려 한다.〕

그래 그인 쥬트임에 틀림없나니. 이야기를 나눕시다.

〔이제 한 사람으로 합체된 이 안내자요 여행객은 둔하고, 약간 소심한 도인(島人)인 뮤트(셈)의 형태를 하고 화광(火鑛) 속으로 들어간다. 해외에서 온 둔감한 이 이방인은, 짙은 혀짜래기 말투로, 가슴을 치며, 독일어로 자기 자신을 쥬트에게 소개한다.〕

쥬트—그대!
뮤트—만나 락(樂)이도다.
쥬트—그대 귀머거리? 어찌된 노릇인고?
뮤트—약간 어렵도다. 그러나 나는 마을 주점의 술로 약간 파괴를 겪어왔도다
쥬트—〔떠듬거린다.〕 경경경청칠칠칠칠 일! 〔이어 그는 흐릿한 원주민 뮤트에게 악수를 청한다.〕 현명하게 굴지라! 경야 할지라!

〔뮤트는, 예기치 않은 힘의 드러남에 분노하며, 찬탈자들과 켈트의 챔피언인, 브라이언 보루(아일랜드의 영웅—왕)에 관해 뭔가 떠듬떠듬 말을 토한다.〕
〔이제, 아첨하며, 쥬트는 역사적 및 풍경의 관점으로 주의를 환기시키

고, 나무 돈(팁)으로 뮤트의 비위를 사려고 시도한다. 그는 뮤트에게 인사를 하고, 다시 만날 것을 약속하고, 현장을 떠나려 한다. 과거는 과사(過事)로다. 여기 참나무 토막, 목전(木錢)이라. 기네스 전주(錢酎)는 그대 몸에 좋으나니.〕

〔이때, 돈이 목전(木錢)임을 인식하며, 원주민(뮤트)은 낯선 자(쥬트)가 영원한 침입자임을 결정적으로 확약한다. 후자는 파상(波狀) 회투복(灰套服)의 켈트 비단 왕(덴마크 왕)인지라. 이 지점은 험프티 덤프티가 추락〔공원의 죄〕한 곳이다.〕

17. 〔여기 피닉스 공원〕

강가는 성급한 군주가 살던 곳, 마르크 1세, 달빛 아래, 저기, 미니킨(브르셀의 소변 아)의 도섭장(徒涉場). 연못가의 노석(老石). 그러나 쥬트는 이런 것들 앞에 좀처럼 원주민의 경이를 분담하지 않는다. 그는 총(總)마차의 쓰레기 더미가 여기 땅 위에 적투(積投)되었음을 묵언자(黙言者: 뮤트)로부터 직접 들었도다. 〔그러자 여기 뮤트의 반 지적인 방언에 지친 채, 쥬트는 현장을 떠나려한다.〕

〔뮤트는 그를 잠시 붙든다.〕 좋아, 뮤트는 말한다, 그러나 잠간만. 이들 고대의 평원(피닉스 공원—아일랜드 들판)을 잠시 둘러볼지니, 거기에 띠 까마귀가 우르릉거렸도다. 그리고 거기에 도시들이 한때 솟았는지라. 그대 골통(骨痛)은 나의 조상고원(祖上高原)의 저 오랜 야변(野邊)이 어떠했는지 보게 되리라, 거기 울격 새가 훌쩍훌쩍 피위피위 우짖나니, 호우드 언덕 위의 저기 바깥 오랜 여숙(旅宿)으로부터 피닉스 공원까지 빙하가 퍼졌도다. 두 종족(아일랜드 인들과 침입자—스칸디나비아인들)이 여기서 합병하나니, 백과 흑이라. 그들은 퇴조(退潮)처럼, 다투었는지라. 생명 화(話)가 눈송이처럼 추락했나니, 이제 그들은 토루(土壘)에 매장되어 있도다. 행복불사조여!

18. 조상의 땅이 그들 모두를 삼켜버렸는지라. 그러나 우리들의 연토(年土)는 벽돌 먼지가 아니고 똑같은 순환에 의하여 부토(腐土)로 변했도다. 그것은

비옥하나니. 낡은 문자들이 거기 새겨져 있도다.

[이어 뮤트는 불쑥 말을 멈추고 더블린까지 차 삯을 청한다.]

"쉿"하고 그는 말한다. 그대 조용할(whisht)지라!

[쥬트는, 이따금 애원조의 감탄과 함께, 초초하게 귀담아 듣는다. 이제 그는 아일랜드어인 "whisht"에 집착한다. 뮤트는 말을 계속한다. 그는 거인과 요정(『피네간의 경야』)이 어디 있는지, 바이킹의 무덤이 어디에 있는지 지적한다.]

　　—자네 놀랐는 고, 석기시대의 쥬트?
　　—나는 뇌타(雷打) 당했도다(Thor's thunderstroke)

[고풍의 모습들이 살아진다. 우리는 뮤트의 것이 아닌, 작은 무리의 여행자들을 인도하는, 어떤 박식한 안내자의 손가락을 따르고 있다. 우리는 가장 먼 과거 유적의 땅을 살피고 있다. 이제 부토에 새겨진 문자의 탐색.]

　　—구부려요, 안내자가 말한다. 만일 그대가 알파벳에 흥미가 있다면, 이 점토에 몸을 구부려요, 얼마나 신기한 증표인 고, 그것은 이종족혼성(異種族混成)의 옛 이야기인지라. 고대 하이덴버인의 곡담(曲談)이요, 무지 속에 그것은 인상(印象)을 암시하고 지식을 짜며 명태(名態)를 발견하고 기지를 연마하며 접촉을 야기하고 감각을 감미(甘味)하며 욕망을 몰아오고 애정에 점착(粘着)하며 죽음을 미행하고 탄생을 망치며 그리하여 노사(老死)의 누각(樓閣)을 촉진하도다. 이들 원시의 가공물—알파벳을 생각하라: 솥뚜껑, 끌, 귀 모양 보습 날, 농경의 저 황소 마냥, 쟁기, 사시사철 지각(地殼)을 파석(破析)하고, 앞 골 쪽으로, 뒷벽 쪽으로. 호전적으로 무장한 쌍둥이 모습들. 이 꼬마 여(女) 인형 그리고, 그들을 붙들지라.

[이어 글씨와 프린트의 소개]

19. 이들 문자들은 몇 개의 아주 별난 흥미를 지닌 작은 콩알 같은지라, 그들은 총알처럼 작아서 병사의 지불부(支拂簿: 급료)의 엽전(葉錢)을 삼지요. 오른쪽 행렬에는 공격용 바위 그리고 이들과 함께 거칠고 쭉 뻗은 오랑우탄 성성이(動), 정말이야, 정말, 왜 (정)그런고? [뮤트는 여기 쥬트에게 패총(貝塚)을 들어다 보도록 요구한다.] 이것은 마(魔) 가시로서 너무나 마(摩)질게 마(磨) 유지(油地)에 마(麻)박힌지라 마치 마(馬) 공자(攻者)의 복수를 위한 마(碼) 공격 물을 닮았지요. 얼마나 온통 기억이 남긴 멋진 노혼(老魂)이람! 사물들의 패총창고(貝塚倉庫)! 오리브, 사탕무, 키멜, 인형, 자주개자리(植), 미소녀(美少女), 가마우지 그리고 부엉이 알들(오 즐기기 위해 허리를 굽혀요!) 여기 있어요, 세월 때문에 쭈그려진 밤송이처럼 모두가 생판 양성(兩性)이요, 그리고 전고(全古)의 온통 삐글 삐글, 닭을 한 줌 풀값도 안 되나니. 쉬! 뱀이 사방에 꿈틀거리는 걸 조심해요! 우리들의 애(愛)블린은 비겁충(卑怯蟲)들로 우글거리고 있나니. 그들은 삼각주의 참견자들로부터 습한 초원을 넘어 금단목과(禁斷木果)의 산적(山積) 더미 한복판으로 우리들의 섬에 박차 도래했는지라.

[다시 문자 모양]

도끼 1격 도끼 2격 도끼 3격, 도끼와 닮았나니. 1곁에 1과1을 차례로 놓으면 동상(同上)의 3이요 1은 앞에. 2에 1을 양(養)하면 3이라 그리고 동수(同數)는 뒤에. 커다란 보아 왕뱀으로부터 시작하여 삼족(三足) 망아지들 그리고 그들의 입에 예언의 메시지를 문 야윈 말들.

[책들의 기원]

그리하여 아이들의 100중량 비발효성 무게의 일기(日記), 우리들이 만공포절(萬恐怖節) 전야까지 정독할 수 있는 것. 정주자(定住者)와 반(反) 정주자 및 후기회전근(後期回轉筋) 반정주자…… 무슨 목적을 띤 두서없는 꼬불꼬불 이야기인 고! 언제나 우리들, 우리들의 너나할 것 없이, 아지(兒地)의 아들들, 그래 그리고 초원 꼬마 아들들은 말할 것도 없고, 우리들의 모든 이씨와 계집애들, 난(Nan; 대지의 여신)의 딸들이, 아직 익숙하지 못할 때! 비난의 대답! 무한대의 어머니 저주! 〔여기 두 소녀들, 세 군인들, HCE 및 ALP, 즉 모든 딸들과 아들들에 의해 책은 정독되도다.〕

정말이지 당시 무공(無空)의 나날에 아직도 황무지에는 누더기 종이(紙) 뭉치 조차 없었으니 그리고 강산(强山) 필(축사; 畜舍)은 생쥐들을 놓칠세라 여전히 신음했도다. 만사가 고풍에 속했느니라. 그대는 내게 구두 한 짝을 주었고 (표식 부!) 그리고 나는 바람을 먹었나니. 나는 그대에게 금화(金貨)를 퀴즈(시험)했고 그리고 그대는 교도소에 갔나니. 고대(풍)의 연속 그러나 자네, 명심할지라, 세상은 추락하는 만사에 관하여, 자네, 지금, 과거 그리고 미래에 영원히, 우리들의 낮은 이성적 감각의 금단 하에 그 자신의 룬(wrunes) 석문자(石文字)를 쓰고 있도다.

20. 모든 말(言)은 한 개의 뼈나 자갈 같은 기호로 시작하여, 먼 세월 동안 전해 오도다. 그런고로 우리는 독서를 위해 일생을 요구하는 책의 용광로 속에 얼마나 많은 의미들이 총체적으로 있는지를 단지 추측하기 위해 모험할지라. 그러면 구텐몰겐 씨〔독일의 인쇄자〕가 대헌장(大憲章) 잉크병 및 프리마 활자기를 가지고 만인을 위하여 붉은 연와(煉瓦) 색 얼굴을 하고 인쇄기로부터 걸어 나올 것임에 틀림없도다. 그런고로 더블린 집계서(集計書)의 각 단어가…… 〔이를테면, "강은 달리나니"를 열었던 『피네간의 경야』가, 독자를 위해 세순영겁(世循永劫)의 종말에 델타 강구로 끝없이 달리기 위해 제본되리라.〕

예를 들면, 그대의 이야기들을 당장 볼지니, 만사는 이야기 될 수많은 이야기들과 함께 움직이고 있도다. '둘'을 감시했던 '하나'의 이야기는 '셋'에 의해 붙들렸는지라, 그리하여 마을 전체를 이야기하게 하도다. 늙은 아내와 마흔 아이들, 늙은 노아와 그의 난봉꾼, 정중한 남자와 경박한 여인, 불까기에 알맞은 황금 남아들, 천진한 소녀가 사내로 하여금 행실을 갖게 하는 별별 이야기들. 글씨와 인쇄가 소개될지라도, 책에는 "단어 하나하나가 이중(二重)블린 집계서(集計書)를 통하여 60 및 10의 미처 취한 독서를 수행하도록 편찬될 것인지,"(20.14~15) 확실성의 기회는 거의 없는지라. 그것을 온통 한층 분명하게 하기 위하여, 우리는 잘 반 후터 백작과 프랜퀸의 이야기로부터 공원의 사건을 재론할지라.

21. 〔이야기는 유사 역사적 이야기에 기초하거니와, 아일랜드의 여(女) 해적인, 그레이스 오말리는 호우드의 백작이 저녁을 먹고 있는 동안 그의 집에 머문 것으로 상상된다. 출입을 거절당하자, 그녀는 그의 아들이요 상속자를 납치하는데, 백작이 저녁 식사 때 손님들의 출입을 허락할 때만이 아들을 되돌려 준다는 것이다.〕

그것은 밤에 관한 이야기, 늦은, 그 옛날 장시(長時)에, 옛 석기 시대에, 당시 아담은 토굴에 거하고, 그의 이브 아나 마담은 물 젖은 침니(沈泥) 비단을 짜고 있었나니, 당시 야산거남(夜山巨男)〔아담〕은 매웅우(每雄牛)이요 저 최초의 늑골강도녀(肋骨江盜女)〔갈비뼈를 훔친 이브〕, 그녀는 언제나 그의 사랑을 탐하는 눈에 자도현혹(自道眩惑)〔이브의 유혹〕하게 했는지라, 그리하여 매봉양남(每棒羊男)은 여타 매자계청녀(每雌鷄請女)와 독애(獨愛)를 즐기며 과세(過歲)했나니, 그리고 반 후터 백작은 그의 등대가(燈臺家)에서 자신의 머리를 공중 높이 빛 태웠는지라, 차가운 손으로 스스로 수음유락 (手淫遊樂; 수음)했도다.

〔그레이스의 첫 방문에서, 그녀는 문간에 나타나, 한 개의 수수께끼를 제기한다. "왜 내가 한줌의 주두(酒豆)를 닮아 보일까요?"(21.18~19), 그리고 쌍둥이 하나인, 트리스토퍼를 납치한다. 이 아들은, 그의 이름이 나타내듯, 슬픔지라, 그러나 프랜퀸은 그를 행복하게 만든다.〕

22. 〔프랜퀸의 두 번째 및 세 번째 유괴〕

그리하여 그녀는 사악자 앞에서 그녀의 수습행(水濕行: 배뇨)을 행하며 두 번째 수수께끼를 낸다. 그러자, 사악자(백작)는 온건녀(溫乾女)에게 수답(手答)하며 말하는지라, 그러자 프랜퀸은 턴럴민에서 40년의 만보(漫步)를 위해 떠났나니. 그녀는 팽이 못(釘)으로 잔인하고 미친 크롬웰의 저주를 쌍둥이 녀석에게 쏟아 부으며 자신의 네 종달새 목소리의 교사(敎師)로 하여금 그를 눈물로 감동하게 했는지라. 그리하여 그녀는 그를 일확안전 (一確安全)까지 도행(倒行)시켰나니, 그러나 그런 식으로 전초전은 종료되었도다. 왠고하니 번개 불의 포크 창(槍)과 더불어 나타나는, 야영(野營)의 종소리처럼 처녀들의 무서운 표적인, 그 자신 뇌우자(雷雨者)인 본 후터 백작은, 그의 3스톤짜리 덧문 성(城)의 마늘 창개(槍開) 아크 어두운 길을 통하여 껑충 껑충 장애물 경기하듯 급히 도출(逃出)했도다.

23. 〔그(백작)는 자신의 널리 알려진 얼레천의 고무장화를 신고, 힘센 궁남(弓男)의 미늘 창(槍)을 전장(全長)까지 뻗으면서 그리고 그는 이락(異樂)의 문고리에 붉은 우수를 갖다대고 분명(奔命)하며 그의 둔탁한 말투로 그녀(프랜퀸)로 하여금 상점 문을 잠그도록 요구했으니, 이봐요 어리석은 여인, 그러자 그는 둔녀(鈍女)의 문의 셔터를 탁하고 닫았던 것이로다.〕

(퍼코드허스크운란바그그루오야고크골라용그룸그렘미트그훈드허스루마스우나라디딜리패이티틸리버물루나크쿠넌!) 〔뇌성―문 닫는 소리〕 그러자 그 노르웨이의 선주(船主; 프랜퀸)는 자신의 인형유령선(人形幽靈船)을 타고, 쌍둥이들은 화파(和波)를 가르는지라, 반 후터는 증기를 사풍(射風)했도다.

〔추락으로부터 창조가 도래하도다. 악으로부터 선이 오나니: "오 행복불사조 죄인이여! 무(無)는 무로부터 나오나니."(23.16~17)〕

〔하느님의 사랑을 통하여 부활을 가져왔던, 추락에 대한 성 아우구스티누스의 축사(祝辭). 이 구절의 변형인 *O Phoenix Culprit*는 이 작품에 수없이 등장하는 관례적 형태이다. 여기 HCE의 추락이, 아담의 행복한 추락과 피닉스 공원에서의 그의 죄와 결합한다.〕

〔HCE ― 피네간의 추락, 가체(巨體) ― 촌변(村邊)의 윤곽 ― 호우드 언덕(HCE) 및 ALP의 묘사〕

구능(丘凌), 소천(小川), 무리 지은 사람들, 숙사(宿舍)를 정하고, 자만하지 않은 채. 가슴 높이 그리고 도약할지라! 구름 없으면 이들은 옛 노르웨이 전사 또는 아일랜드 태생에게 그들의 비법(秘法)을 내뿜지 못하리로다.

왜 그대는 침묵하는 고, 응답 없는 혼(힘)프리여! 응답 없는 리비아여, 도대체 어디서부터 그대(ALP—강)는 도약하는고? 운모(雲帽)가 그에게 씌어져 있고, 상을 찌푸린 채; 그녀를 듣기 갈구하며, 그것이 근처의 쥐(鼠) 이야기인지, 그것이 극동의 전쟁 소음인지, 그는 엿듣고 있을 터인지라. 목표할지라, 그의 골짜기가 어두워지고 있도다. 두 입술로 그녀(ALP)는 이러이러한 그리고 저러저러한 이야기를 내내 그에게 혀짤배기소리로 말하고 있도다. 그녀 그이 그녀 호호 그녀는 웃지 않을 수 없으니. 저주라, 만일 그가 그녀를 가지 꺾을 수만 있다면! 그는 감지불가(感知不可)하게, 재현(再現) 하나니. 음파(音波) 타격자(打擊者)로다. 그녀(ALP—강)는 그 (HCE—산)를 쿵쿵쿵 소리로 사기 치나니; 노도파(怒濤波) 그리고 잡탕파(雜湯波) 그리고 하하하 포파도(咆波濤) 그리고 불상관마이동풍지파(不相關 馬耳東風之波:아일랜드의 4파도).

〔이리하여 프랜퀸 민속 이야기는 앞서 풍경과 박물관 흔적들을 여기서 종결짓는다.〕

〔추락에서 재생의 약속 이야기: 이는 천국으로부터 구원의 약속과 친부의 값진 독생자(그리스도)가 인간에게 하강함을 의미한다. 그리고 악마의 악행으로부터 성수태고지(Annunciation)의 큰 은혜로 나아간다. 주인공들인, HCE와 ALP의 상태의 광경—촌락의 개관—추락 죄인(피네간)의 거체—그이 곁의 작은 개울인, 그의 아내—입술로 그를 핥으나니—감지할 수 없을 정도로 그는 재현하는지라—더블린만(灣)의 파도가 돌출의 구릉(호우드 언덕—잠자는 거인)을 강타하도다—영원한 후손들, 숨바꼭질하는 아이들.〕

24. 〔만부(萬夫) 피네간에 관한 이야기〕

〔누군가 원주민 어로 '위스키'하고 고함을 지르는지라, 이 마(魔)의 언어에 피네간은 일어나려고 꿈틀거린다.〕 그 자 왈: "악마의 영혼이여, 그대 내가 죽었다고 생각하는고?"〔피네간의 외침〕

〔12길손들(HCE 주막의)이 그(피네간)를 급히 붙들어 눕히고, 도로 잠자

도록 위안 하도다.] 왜냐하면, 새롭고 번영의 세계가 그의 서거의 사실 위
에 건설되었기 때문이다. 늙은 실체(失體)를 도로 행동하도록 하기 위해서
는 엄청난 재난이 뒤따를 것인지라. 다음 몇 페이지는 가족의 상황을 개관
하거니와, 이때 4대가들의 각자는 피네간으로 하여금 현재의 상황을 감수
하는 말하는 자기 차례를 갖는다.

25. 〔여기 피네간은 전혀 사자(死者)가 아닌 듯 자기 자신을 노정한다.
이는 물론, 조문객들을 즐겁게 하기 위해서지만, 불행이도 그들은 새로운
시대에 몸을 맡겨야 하는바, 거기에는 신들과 거인들은 일종의 골칫거리이
다. 비코의 신성시대가 끝나고, 귀족 시대가 시작하려한다. 새로운 지배자
(HCE) ─ 공복(空腹) 백년 전쟁의 서식지의 경내에 임의의 크고 장대한 소년
수사슴이 대령한지라 ─ 그는 스칸디나비아 바다 너머로부터 이미 도착했도
다 ─ 이제 할 수 있는 모든 것이란 피네간으로 하여금 재차 자리에 누워 잠
자도록 권유하는 것이다. 그에게 할 일은 없으니, 그리고 집에서 걱정할 일
은 아무것도 없도다 ─ 만사는 염려될지니. 그러자 그를 잠재우고 연금 받는
신(神)인양 편히 지내게 하라. (안절부절못한 피네간) 세상에 당신 같은 분은
없으리라……〕

우리는 그대에게 공물(供物)을 나르리라. 사람들은 그대의 기억을 존경
하며, 그대 이름을 따서 명명할지라. 그대의 명성은 연고 마냥 퍼지리라.
(여기 화자들[4대가들]은 피네간을 2인칭 또는 3인칭으로 교번한다). 그대에게 선
물을 운반하면서, 우리 그렇잖은 고, 피니언 당원들? 그리고 우리가 그대
를 아까워하다니 우리들의 타액(唾液)이 아닌지라, 그렇잖소, 드루이드 중
들이여? 그대는 당과 점에서 사(買)는 초라한 소상(小像)들이나, 피안염가
물(避眼廉價物)들, 피안물(避眼物)들은 아니나니…… 하지만 그(3인칭의 피
네간)는 그랬나니, 그대(2인칭의 피네간)는 대포유자(大砲遊者; G.O.G)로다!
그는 이제 사멸한 몸이라 우리는 그의 타당성의 통의(痛義)를 쉽게 발견할
수 있지만, 그의 위대한 사지, 불타의 엉덩이에 그의 최후 장거리 장휴(長
休)와 함께 평화 있을지니! …… 그대의 위력은 어떤 왕도 어떤 열왕(熱

王), 취왕(醉王), 가왕(歌王) 또는 조왕(帛王)도 아니나니. 그대는 열두 개구
쟁이들이 환위(環圍)할 수 없었던 느릅나무를 넘을 수 있으며, 저버린 리
암의 숙명석(宿命石)을 높이 들어올릴 수 있었도다.

26. 〔4대가(연대기가)들이 피네간에게 타 이른다.〕 그대가 저 마차 쓰레기를
부려 놓았던 곳에 우리 있나니. 그대의 형태는 성좌 속의 윤곽이라……
불안하지 말지라. 그대는 정중히 매장 될지니. 선인(船人)들의 봉분(封墳)
이여, 고이 잠드소서! 만사(일상사)는 옛날 그대로 (그대 없이도) 착착 진
행되고 있도다. 그리고 소맥은 다시 고개를 들고, 거기 씨앗이 새삼 맺히
고 있도다. 소아들은 학교 정규 레슨에 참가하고, 선생은, 주저아(躊躇兒)
와 함께 봉니사업(封泥事業)을 판독하고 곱셈으로 식탁들을 뒤엎고 있나니.
만사는 책을 향하고 그리하여 결코 말대꾸하는 법이 없도다.

27. 〔HCE의 가족들의 일상사: 케빈(손)은 귀염둥이, 악마가 젤리(셈)
놈 속에 이따금 들어가고, 헤티(이씨)는 마리아의 아이, 에씨 샤나한(스위프
트의 연인 중의 하나)은 스커트를 내리고 방탕하여, 래너즈(더블린의 시녀)가
1야 2회 춤을 추는지라. 구경 가면 그대의 심장이 도락(道樂)하리라.〕
　〔마지막 노래와 무용의 도락 뉴스에 늙은 거인(피네간)은 강하게 꿈틀거
리는지라, 4대가들이 그를 육체적으로 제지한다.〕

　이제 안락할지라, 그대 점잖은 사나이여, 그대의 무릎과 함께 그리고 조
용히 누워 그대의 명예의 주권을 휴식하게 할지라! 여기 그를 붙들어요,
무정한 철한(鐵漢) 에스켈 〔강자, 유대인 예언자〕 같으니.
　나(화자)는 HCE의 가족, 하녀, 하인, 머슴에게 눈을 붙이고 있도다.
낡은 시계의 테이프는 감겨져 있고, 선미외륜(船尾外輪)이 힘차게 굴러가
도다.

28. 〔피네간의 영웅적, 태평의, 거인적 시절은 지나갔나니. 새 가족의
사나이가 도착했는지라, 바로 HCE로다.〕

나는 현관에서 그대의 마님(ALP)을 보았도다. 마치 아일랜드 여왕을 닮았나니. 정(頂), 아름다운 것은 바로 그녀 자신이라, 역시, 말해 무엇 하랴!……그녀는 당시 몹시 새롱거리거나 하지만 날개를 치듯 퍼덕거렸는지라. 그녀는 노래 반주도 할 수 있고, 최후의 우편이 지나 가버릴 때 추문(HCE의 공원의 죄)을 경호(敬好)하는 도다. 그녀는 감자 캐비지 혼성주와 애플파이를 먹은 다음 저녁 식사를 위해 40분의 겉잠을 잘 때 콘서티나 풍금과 카드놀이 시간 보내기를 좋아하여, 모슬린 천 의자에 단정히 앉아 있나니, 그녀의 「이브닝 월드」지를 읽고 있도다. 전신담(傳神談) 또는 공갈담(恐喝談)들로 충만 된 채. 뉴스, 뉴스, 모든 뉴스. 죽음, 표범이 모로코 시에서 한 녀석을 죽이다. 폭풍산(暴風山)의 골난 장면들. 그녀의 행운과 더불어 신혼 여행하는 스틸라 별. 중국 홍수에도 기회 균등이라 그리고 우리는 이러한 장미 빛 소문을 듣는도다.

29. 〔마지막으로, 4자들 중 하나인, 조니 맥다갈은 그가 HCE의 공원의 사건에 관해 아는 바를 피네간에게 말한다.〕

HCE는 작은 두창 걸린 아내, 두 쌍둥이 아들들 그리고 난쟁이 딸을 가졌도다. 그는 돌고 돌아, 고원에서 불륜의 행동을 한 것 말고는 시작도 없고 끝도 없도다. 그러나 그의 스캔들이 무엇이던 간에, 그는 자신의 창조된 자들을 위해 한갓 피조물을 창조해 왔도다. 대체점자(代替占者)(C) 흄(H) 귀하(E)가 지금까지 내내 60과 10년(70년) 동안 무언극어우(無言劇魚優)처럼 자기 자신을 꾸짖어 왔나니, 그의 음면(陰面) 곁에 자신의 시바 여인(ALP)과 함께, 항시, 그의 터번 아래 서리 발(髮) 키우면서 그리고 사탕 지팡이를 섬유 녹말로 바꾸면서 (그에게 만사 끝!) 그리고 또한, 주가도취시(酒家陶醉時)에 그는 배(腹)를 턱없이 부풀리게 했나니, 우리들의 노범자(老犯者)는 천성으로부터 겸저(謙低)하고, 교우적(交友的)이며 자은적(自隱的)이었거니와, 그것을 그대는 그에게 붙여진 별명을 따라 측정할지니, 수많은 언어들의 채찍질 속에, (악을 생각하는 자에게 악을!) 그리하여, 그를 총괄하건 대, 심지어 피자피자(彼者彼者)의 모세 제오경(第五經)인, 그(H)는 무음(無飮)하고 진지한지라, 그리하여 무반대(無反對)로 에덴버러 (E) 성시(城市)에 야기된 함성(喊聲)에 궁극적으로 책무지리라(C).

제I부 2장

HCE―그의 별명과 평판

【개요】 이제 HCE가 현장에 도착하고, 서술은 독자에게 그의 배경을 설명한다. 아주 타당하게도, 이 장은 그의 이름의 기원 "하롤드 또는 험프리 침던의 직업적 별명의 「창세기」"(30.2~3)를 개관함으로써 시작한다. 그리고 이는 독자로 하여금 HCE가 과거의 어떤 두드러진 가족과 잘못 연관되어 있다는 소문을 불식시키기를 요구한다. 사람들은 그의 두문자 HCE를 미루어, "매인도래(Here Comes Everybody)"(32.18~19)라는 별명을 부여하고 있는데, "어떤 경구가들"은 그 속에 "보다 야비한" 뜻이 함축되어 있음을 그리고 "그가 어떤 사악한 병으로 고통 받고 있음을" 경고해 왔다(33.14~18).

여기 HCE는 "언젠가 민중의 공원에서 웰저 척탄병을 괴롭혔다는 웃지 못 할 오명"(33.26~27)으로 비난을 받고 있으며, 그의 추정상의 범죄(무례한 노출)가 표출되고 지적된다. 그는 피닉스 공원에서 "파이프를 문 한 부랑아"(35.11)를 만났을 때, 그에게 자신의 이러한 비난을 강력히 부인한다(파이프를 문 부랑아의 만남에 대한 이야기는 조이스의 부친에게 일어났던 사건에 기초하거니와, 그의 부친의 생애로부터의 다른 많은 세목들은 『피네간의 경야』의 부분들을 위한 기본적 소재가 되었다〔「서간문」 I. 396 참조〕 그러나 이 부랑아는 소문을 여러 사람들에게 퍼뜨리고, 그 결과 걷잡을 수 없을 정도로 이는 사방에 유포된다. 소문은 트리클 톰, 피터 클로란, 밀듀 리사 그리고 호스티(쉠) 등, 여러 사람들의 입을 통해 퍼져 나간다. 그중 호스티는 이의 내용에서 영감을 받아, "퍼스 오레일리의 민요"라는 가락을 짓기도 한다. 이 민요의 내용은 HCE를 대중의 범죄자로 비난하고, 그를 조롱조로 험프리 덤프리(땅딸보)와 동일한 인물로 간주한다(44.24~47.32). HCE에게 자신의 명성을 회복하는 것은 사실상 불가능하다. 3번째 천둥소리가 속요 직전에 들린다.

[본문 시작]

30. 〔HCE의 이름의 내역〕

　　두 번째 장은 우리로 하여금 이어위커 자기 자신을 면밀히 보도록 한다. 『피네간의 경야』에서 이름들은 중요하다. 이 장은 우선 하롤드 또는 험프리 침던의 직업적 별명에 대한 「창세기」를 생각하는지라, 이는 이어위커(또는 그의 조상)가 영국에서 통행 요금 증수원이었을 때의 기원을 이야기하게 된다.

　　HCE의 내력에 관에 많은 믿기 힘든 이론들, 혹자는 그를 백년군촌(百年群村: Sidlesham)의 최초의 가족으로, 타자는 그를 헤릭(Herick) 또는 이릭(Erick)에 정착한 바이킹의 후예로 추단한다. 최고의 권위 있는 이야기, 「탈무드의 전설 집」에 의하면, 그 대노(大老)의 정원사는, 마녀(H) 추적제(追跡祭)(C)의 전야(E)에, 폭도가(暴徒家)인, 고(古) 해원(海員) 호텔의 뒷마당에서 구근(球根)을 캐기 위하여 자신의 쟁기를 뒤따름으로써 추락 전의 낙원 평화 속에, 어느 혹서(酷暑)의 안식일 오후 그의 적수목(赤樹木) 아래 일광을 절약하고 있었도다. 그는 법의(法衣) 밴드, 어깨걸이, 반바지, 가죽 각반 및 불도그 홍화(紅靴)로 무장하고, 왕을 배알하기 위해 열안(熱顔) 그대로 비틀비틀 밖으로 걸어 나가는지라. 〔사냥 중의 왕은 그의 주막에 들릴 참이다.〕

　　〔그러자, 당시 왕은 한 떼의 스파이엘 여견(女犬)들을 거느리고 사냥에 나섰는바, 그는 공도(公道) 상에서 스스로 휴지(休止)하도록 사환에 의해 일러 받았도다. 그러자 험프리 또는 하롤드 나리는 말(馬)에 멍에 또는 안장을 채우지 않은 채, 자귀풀 차양 모, 태양 스카프 및 격자무늬의 어깨걸이, 골프용 반바지, 가죽 각반 및 향이회(香泥灰)의 진사(辰砂) 불도그 붉은 신발을

신고, 왕을 배알하기 위해 주막의 전원(前園)으로 급히 서둘러 나갔도다.]

31. 〔이때 왕은 도중에 아담 주점에서 아담 주를 마시기 위해 머무나니. 그러자 폐하는 근처 방축 길에 수많은 구혈(구멍)들이 있는 이유를 묻는지라, 청년 시절로부터 원시(遠視)인 폐하는 그 대신 침던 험프리(HCE)의 집게 벌레잡이 장대를 고기잡이 낚시대로 오인하고, 거기 달린 인공 비어(飛魚)의 미끼에 관해 묻는 도다. 여기 HCE 자신은 집게 벌레잡이인지라, 왕은 아담 남주(男酒)를 삼킨 뒤, 자신의 선조로부터 물러 받은 유머와 기질에 몰입하면서, 그의 두 수행원들에게 고개를 돌리고, 만일 이 사실이 HCE에게 알려지면, 그가 얼마나 노발대발 할 것인지를 말하도다. (그의 노발대발을 비웃기라도 하듯, 노변의 나무 잎들의 살랑거림 속에 웃음소리를 들을 수 있는지라, 돌멩이 속에 반응하는 침묵을 느낄 수 있었도다). 그러나 이제 우리는 이러한 이야기가 사실인지, 아니면 한갓 도로상의 분(糞; 똥) 덩어리인지를 알아보아야 하리라. 그것은 우리들이 *가능*(『*피네간의 경야*』s)*과 불가능*(『*피네간의 경야*』) 간의 무녀철자(巫女綴字) 속에 읽는 그들의 숙명적 사실들인고? 아니면 도로상의 분(糞) 덩어리인고?〕

32. 〔HCE의 극장 관람: 이 사나이(HCE)야말로 별명이 산(山)인지라, 커다란 사실이 노정 되나니, 저 역사적인 날짜 다음으로 하롬프리의 두문자에 의한, 지금까지 발굴된 모든 자필 문서에, HCE라는 서명기호가 찍혀 있는지라, 그리하여 그는 루카리조드 (더블린 근교의 마을: 체플리조드＋루칸: 나그네의 도보간 거리)의 공복 쇠약한 농노들에게 오직 키 큰 그리고 언제나 선량한 엄프리 공작이요, 그의 동료들에게는 침버즈인 반면, 저 인칭문자의 의미로서 차처매인도래(此處每人到來: Here Comes Everybody)라는 별명을 그에게 동등하게 부여하는 것이, 민중의 경쾌한 처사였도다. 한 당당한 매인인, 그는 과연 언제나 그렇게 보였는지라, 한결같이 자기 자신과 같거나 동등하였으며, 어떤 경우에든 모든 이러한 보편화에 놀랄 정도로 훌륭하게 값

어치를 지니고 있었나니, 그는,]

   극장 관객들에 의해 *이 콩 몇 알 받아요! 그리고 저 흰 모자 좀 벗어요!* 라는 정면으로부터의 소란성(騷亂聲)에 위안을 받은 채, 천세기(千世紀)의 정열문제극(情熱問題劇) 및 생기공연(生氣公演)으로,「창세기」이래 강력한 속연(續演)을 즐겼는지라, 또한, *왕실의 이혼*을, 그리고 당시 그의 클라이맥스의 정점을 향한 근접 가까이에서, 야심만만한 막간(막간) 밴드와 함께, 그리고 모든 마극(馬劇) 쇼인 *보헤미안 아가씨* 및 *백합*으로부터의 선곡(選曲)을, 자신의 부왕(副王) 부스 좌석으로부터 밤을 새워 즐겼도다.

33. 그(HCE)의 왕(王)사롱 모(帽)야 말로, 거기 맥캐이브와 컬런 대주교의 붉은 의식용 두건(頭巾)보다는 덜 두드러진 채, 천정 높이 부포형(浮泡型)을 하고 있었으니, 그리하여 거기에, 진정한 나포레온 무한세(無限世)에 걸쳐, 우리들의 세계무대의 실질적인 농담 꾼이요 자기 자신 스스로 은퇴한 천재의 드문 희극배우로서, 모든 시대의 이 민중 선조(先祖)가 관람석에 앉아 있었는지라, 그이 주변의 총체적 가족에 둘러싸인 채, 그의 모든 목, 목덜미 그리고 어깨 죽지 전체를 식혀주는 넓게 펼쳐 진 불변의 두건과 한께, 옷장으로부터 완전히 뒤로 제겨진 색동 장식의 턱시도 재킷, 멋진 타이틀이 붙은 정장 야회복, 세탁된 연미복의 먼 구석구석 모든 점까지 풀을 먹인 채, 꺼내 입고, 극장 배석(陪席) 및 초기 원형극장의 대리석정(大理石頂)에 앉아 있었느니라.

〔HCE에 관한 나쁜 루머〕

   예를 들면, 그는 나쁜 병의 고통자(苦痛者), 백색의 모충(毛蟲), 〔호모 색스의 작가 오스카 와일드의 별명이기도〕공원의 웰저 척탄병을 괴롭힌 자. 그러나 이 깨끗한 마음을 지닌 무악총통(無惡總統) (HCE)의 기독성(基督性)을 사랑하는 자가 그를 정욕 탐색자로 보다니 그것은 전말전도(顚末顚倒)된 일. 그러나 사실인 즉, 더블린 주위를 산보하는 버릇을 지닌, 어떤 익명의 자의 어떤 사건이 있었는지라, 그러나 진실, 예언자의 턱수염에 맹세코, 우리로 하여금 억지로 덧붙여 말하게 하는 것은, 언젠가 어떤 경우의 얽힌 치정관계가 그 자에게 있었다고 이야기되도다.

34. 〔HCE의 피닉스 공원의 비행〕

　　그러자 그가 자신의 암담한 기록과 더불어 물이 새는 고무바닥 운동화
를 신고, 덤브링 주위를 비틀비틀 걷고 있었다는 민담(民談)이 있었나니,
그리하여 그는 최고 낭만적이게도 익명으로 잔존(殘存)했거니와, 그러나
(그를 아브딜라 연어노공〔老公〕으로 부르기로 하거니와), 서술된 바에 의하면, 불
침위원회(不寢委員會)의 감시용사(監視勇士)의 제의로 말론 부서(部署)에 배
속되고 그리하여 수년 뒤에, 심지어 혹자(惑者)는 한층 큰 소리로 외치거
니와, 이 동명인, 공포의 지휘자는, 호킨즈 가(街) 건너 암대구(岩大口) 지
역, 성당 묘지의 고가(古家) 혹처(或處) 간이주점에서 자신의 최초 월과식
(月果食) 차례를 기다리고 있었을 때, 착석한 포식주의자(飽食主義者) 같은
자들에게, 외관상 낙두(落頭)하여 죽은 척했도다. (생명이여 있으라! 생명이
여!) 비천한(卑賤漢) 로우 같으니, 그대 금발의 거짓말쟁이, 젠장 그대 저
나시장(裸市場)의 몰골이라 그리하여 집에 묵고 있던 저 여인〔HCE의 아
내 **ALP**〕이 가정상(家庭上) 이들의 창자를 오손(汚損) 하는지라! 저 한 뒷
박의 식사에는 정말이지 한 차 가득한 즐거움이 있었도다. 비방이라, 그
것이 제 아무리 혹독한들 내버려둘지니, 우리들의 선량하고 위대하며 비
범한 남원인(南原人)인, 이어위커, 어떤 경건한 작가가 그를 칭했듯, 어떤
산림 감찰원 또는 사슴지기, 그런데 그날 자신들의 옥수수의 혼주(魂酒)를
탕진했던 일을 감히 부정하지 않았던 그들, 감시자들에 의한 제언에 의하
면, 그가 반대편 동심 초 우거진 우묵한 계곡의 삼림 속에서 한 쌍의 아리
따운 하녀들에게 비신사적인 비행(卑行)을 행사하다니, 비방이라, 그것이
제 아무리 혹독한들 있을 수 있는지라, 저 동질포(同質胞)의 사나이를 결코
그보다 더 심한 야비성으로 유죄 판결할 수 없었도다.

34.30. 이러한 처사는 불가피한 일, 아내들이여, 남편의 오행(汚行)을 용서
할지라! 우리는 그것에 대한 관대성 없이는 별도리 없도다. 아내들이여,
그대의 구원을 위해 돌진할 지어다! 장미가 붉은 동안 사나이의 것은 사
나이에게로, 필연성은 우리들의 예술관, 편지별저(編枝別邸), 인공어(人工
語)의 장원(莊園). 즉석 애인이여, 풋내기 육녀(肉女)를 위해, 속세를 넘치
게 할지니, 단 하나의 친구여! 만일 그녀가 한 송이 백합이라면, 일찍이
딸지라! 폴린〔여자 이름의 통칭〕이여, 허락할지라! 그리고 욕먹은 도장공

(塗裝工)들이여, 그에게 쌓인 많은 것에 그는 무(無) 죄인(罪人)이나니, 적어도 한 번은 그가 자신의 옛날 가시에 찔린 자국을 가진 자로서 분명히 자신을 표현했기에, 그러므로 그짓[HCE의 비행]이 사실임이 우리에게서 용납되는 도다.

35. 〔HCE의 부랑아 캐드(Cad)와의 만남〕

사람들이 그 소문을 말하는지라, 이는 염화칼슘과 채수성(採水性) 스펀지가 만들 수 있는 것과 같은 흡수성의 한 화합물, 어느 복행질풍(福行疾風)의 4월 13 불길일 아침 (우연히 드러난 바, 이 날은 인류의 혼란에 종속된 환생일〔歡生日〕, 소송과 권리를 최초로 수락하는 그의 기념일일지니〕〔카이사가 암살된 날〕, 수많은 세세월역(歲歲月曆) 그 비행이 있은 후, 모든 창조의 시련을 겪은 저 친구가, 호림(虎林)의 도장(道杖)에 몸을 버팀 한 채, 그의 탄성 고무제의 인도 군모(軍帽)와 대형 벨트 및 수피대(獸皮袋)와 청광(淸光) 퍼스티언 직(織) 벨벳 그리고 철기병(鐵騎兵) 장화 및 대마(大麻) 각반 그리고 고무 제의 인버네스 외투로 무장하고, 우리들의 최고로 큰 공원〔피닉스 공원〕의 광장을 가로질러 파도처럼 활보하고 있었을 때, 어떻게 파이프를 문 한 부랑아〔캐드〕를 만났던고!. 그러자 후자는, 필경 루시페린(발광자: 發光者)인지라, 똑같은 밀짚모자를 쓴 채, 그 근처를 계속 배회하고 있었으니, 한층 촌락(村樂)한 신사처럼 보이려고 자신의 어깨 아래 양피(羊皮) 뒤집은, 오버코트를 지니고, 놀랍게도 금주의 맹세를 경쾌하게 행하고 있었으니. 그리하여 그가 뻔뻔스럽게도 그(HCE)에게 다가와 말을 거는지라. 자 이리 오시구려, 기네스 술고래 양반, 오늘 기분이 어떠하쇼? 묻나니, 자신의 시계는 늦은지라, 닭 우는소리로 짐작이 간다면, 시계가 친 것이 지금 몇 시인지 자신에게 말해 줄 수 있는지를. 주저(Hesitency)〔HCE의 약점, 97.25 참조〕는 분명히 피해야 마땅했도다. 그러자 저 박차적(拍車的) 순간의 이어위커는, 근본적 자유의 원칙에 따라, 육체적 생명의 지고의 중요성을, 남살적(男殺的) 및 여살적(女殺的)으로, 인식하면서, (가장 가까운 원조중계〔援助中繼: 성당의 종소리〕는 성 패트릭 기사일〔騎士日〕과 페니언 당의 봉기를 봉봉 알리는 것이라), 그리하여 바로 그 때, 그는 자신의 느낌으로, 유두총탄에 낀 채, 대호(對壕)로부터 자신이 영원 속으로 던져지는 것을 불원하며, 총 빼는 솜씨가 날쌔게도, 멈춰 섰나니, 그리하여, 더할 나위 없이, 자신은 기분이 깃발 꼭대기에 있음에 답하여, 공유주의(公有主義)에 의한 우리들의 것, 사유권에 의한 자신의 것인, 쟈겐센 제(製)의 유산탄(楡散彈) 수장(水葬) 시계를 그의 총포(銃包)에서 꺼냈는지라, 그러나 똑같은 타각(打刻)에, 황무지 너머 남쪽으로, 거친 모동풍(母東風)의 예성(銳聲) 너머, 종장(鐘丈)인, 노고선인(老孤善人)이, 반점성당(斑點聖堂)의 시속 10톤짜리 뇌성의 테너 타종자(쿠쿠린의 부르짖음!)로 종사하는 것을 들었는지라, 맹세코, 때는 항성시(恒星時) 및 대주통시(大酒桶時)의 12시 정각임을 말했도다.

36. 한편, 그(HCE)를 반대하는 확실한 비난이, 사실 모건 조간신문에 서술되듯, 부유 지역에 알려진 바, 고대의 삼두사(三頭蛇)보다 한층 하위 향사(鄉士) 형태의 한 피조물(캐드)에 의하여 이루어져 왔었도다. 저 아마발(亞麻髮)의 거인(HCE)은 자신의 시간 측정기(시계)를 쿵쿵 고고(鼓鼓) 두들기며 맹세했는지라, 그리하여 그것의 발생사[그의 노출―죄]의 현장인, 원접(圓接)한 홍수야(洪水野)에서, 그의 팔꿈치의 오금밖에 부저착(付箸着)된 베를린 모(毛)의 한 짝 긴 장갑을 낀 채, 휴식 뒤에 엄숙한 감정의 화염(火炎)으로 단언했거니와. 아아 악수하구려, 동지! 나를 믿을지라, 나는, 이 시각까지 어느 위생일(衛生日)이던, 우리들의 전원속죄(田園贖罪)의 저 표식인, 저 기념비(웨링턴)에 맹세코, 선생, 심지어 그것을 위해 나의 생명을 바치는 한이 있더라도, 펼쳐진 성서에 맹세코, 그리고 위대한 사업주 앞에 그리고 신(神) 자신과 영국의 고성당(古聖堂)의 마이칸 승정부처(僧正夫妻)에, 그리고 나의 등뼈 어설(語舌)과 교호적(交互的) 정의에 맹세코, 나의 대영(大英) 국어를 사용하는 총체적 이 지구의 하처 모든 구석의 모든 살아 있는 혈혼자(穴魂者)들의 면전에, 그대에게 말하기 미안하다 만, 저 엉터리 위가날조(僞假捏造) 속의 이야기[Cad가 말하는 HCE의 비행에 대한 소문]에는, 한 쪽 작은 소진(小塵)의 진리도 없었던 것이다. 그리하여, 그는 이제 꼭 바로 서서, 그의 웨링턴 철공작(鐵公爵)의 높은 이정석(里程石)인 기념비 쪽을 향해 32도 각도로 가리켰나니.

36.35. 그러자 균열(龜裂)의 수갱(竪坑) 같은 놈(Gill; 캐드)은 과오를 범하는데 빠르게(스위프트), 자신을 제동(制動)하는데 엄하게(스턴), 그가 하이델

베르크 남시(男屍) 동굴 윤리의 형질과 관계가 있음을 진단하도다.

37. 그(캐드)는 그의 전방경사모(前方傾斜帽)를 쳐들었나니, 자신을 과욕적으로 감사하며, 좋은 조조선야(粗朝善夜)의 인사를 발한거인(發汗巨人; HCE)에게 악행(惡行) 했는지라. 그리하여 미묘한 상황 속의 무한한 재치를 가지고 그의 위기주제(危機主題)의 과민한 성질을 고려하면서, 받은 황금과 그 날의 시간에 대하여 그에게 감사했나니, 그리고, 그의 공사주(工事主)에게, 그가 누구이든 간에, 그의 진부한 허언(虛言)의 대상으로 인사하려는 겸허한 의무에 따라, 시체에 예배하듯, 자신의 일에 힘썼던 것이니, 자신의 믿음직스러운 코 고는 개(犬)와 우아(優雅) 언어적, 자신의 영원한 반성어(反省語)로 동반된 채, 말했도다: 나[캐드 부랑자]는 당신을 너무 늦게 마났구려, 새여, 또는 만일 아니면, 너무 일찍이. 그리하여 우태자(愚怠者; HCE)에 대한 감사와 함께 그의 제2 구어(口語)로서 반복 말했나니, 마치 짹짹짹 황혼에 시인들의 쪽쪽쪽 속삭이는 시각 직전에, 저 똑같은 석야(夕夜)에, 그가 기억하기 거의 힘든 큰 시간에 노동자의 많은 금지된 언어들처럼, 다 같이 다정하게 손잡고, 수많은 유설(柔舌)의 익살스러운 말에 응답하는, 그보다 부드러운 입맞춤으로, 대 운하(Grand Cannel)와 왕 운하(Royal Cannel)의 조용한 속삭임을 행했느니라. 한편 동행자(HCE)는 예나할 것 없이 묵언한 채인지라, 한편 그[캐드]는 모세의 율법을 조심스러운 개선심(改善心)으로 그의 노석(爐石) 주변에 침 뱉으며, 실례를 무릅쓰고, 당시 그는 포켓에 침 뱉는 손수건을 찔러 갖고 있었으니, 포타주 수프를 홀짝 홀짝 들이킨 연후에, 자신의 명상(瞑想)으로 살찐 채, 최상급의 완두콩, 밀크 아래 어린 암염소의 백맥아(白麥芽) 주식초(酒食醋)로 둥글게 만든, 이 식량을 황마(荒馬)처럼 맛있게 먹었는지라, 이 소인배, 그걸 씹고 씹으며, 콧물 조미 계절에, 그대의 회향초(回香草) 먹는 쥐새끼처럼 기분이 들떠 있었도다.

38. 〔그 행복한 도피의 경축할 기회에 임하여, 그(캐드)는 지고관(至高冠)의 허세를 위해, 진귀한 생선 스튜, 이의 토속적 음식 쟁반에, 폴란드 산 올리브를 그의 천정 한 복판까지 쌓고, '98년' 피닉스―양조 한 병으로 사치 번지르르하게 얼굴이 암흑계화(暗黑界化)된 채, 잇따라 요수(尿水) 맥주에

의해, 스스로 혼락(婚樂)되어 있었나니, 거미줄 덮개의 코르크 마개를 완고
하게 코로 들이쉬었도다.]

〔이하 HCE 비행의 유포〕

　　우리들의 부랑당(캐드)의 아내(예뿐이 맥스웰턴)는 말에는 빠른 귀를 지녔
는지라, 111의 타인들 사이, 남편의 공원의 만남의 이야기를 엿듣고, 그녀
의 평상시의 예모로, 한 잔의 차를 앞에 놓고, 그녀의 특별 사제에게 그걸
다시 끄집어냈나니. 그러자 빈센트 당원으로 변장한, 이 승정 브라운 씨
는, 이 비밀문서의 약간 개정된 판을 도청하고, 이를 다시 어떤 필리 써스
톤이란 자의 귀로 흘러 보냈도다. 그리하여 이는 그 자의 루비 붉은 중이
(中耳)를 묵묵히 뚫고 들어갔나니, 그는 전원과학(田園科學)과 정음성(正音
性) 윤리학의 평교사요 근장(近壯)한 사나이였도다.

39. 〔약 40의 중반 나이인 써스톤이란 자는 경마장에서 내기를 하는 동
안 두 밀고자에 의하여 붙잡혔는지라, 당당한 꼬마 기수인, 위니 위저어는
다른 어떤 환상 중량급과는 확실히 다른 참가자였도다. 그리고 두 독한 팀
땜장이 놈들, 트리클 톰과 폐선(廢船)에서 갓 나온 프리스키 쇼티, 그들 둘
다 몹시도 가난하여, 사냥을 위하여 도깨비 파운드(소브린) 금화를 찾아 다녔
나니, 이 항해자들이 고함을 지르고 있는 동안, 흑의(黑衣)의 교구 목사가 그
의 공원 사건에 관해 자신의 법어(法語)를 사용하고 있는 것을 들었도다.〕

39.28 〔지금까지 언급된 이 트리클 톰은 그에 앞서 소마군(小馬郡)의 땅
에서 자신이 일상적인 거칠고 조잡하게 자주 드나들던 장소에서 얼마 기간
동안 부재했던 것이니 (그는, 사실상, 공동의 하숙집에 자주 드나드는 것을 상습으
로 삼았는지라, 그곳에서 그는 취중에 어이 잘 만났다하는 자로, 낯선 타인의 침대 속
에서 빨간 벗은 상태로 잠을 잤던 것이니) 그러나 경기야(競技夜)에는, 압견옥(鴨
犬屋), 경무앵초옥(輕舞櫻草屋), 브리지드 양조옥, 웅계옥(雄鷄屋), 우편배달
부 뿔피리 옥, 소 노인정 그리고 생각나면 언제든지 마셔도 좋아 술집, 컵과

등자옥(鐙子屋)에 의하여 공급된, 지옥화주(地獄火酒), 적색주(赤色酒), 불독주, 부루 악주(惡酒), 값에 상당하는 술, 영국 정선약초주(精選藥草酒)의 다양한 술을 마신 뒤에 곤드레만드레가 되었던 바……]

40. [그리하여 이 트리클 톰은 숙박소에서 자신의 침상을 구했나니, 그리고, 모국어에 모조어(模造語)다 뭐다 하여, 일관되게 다시 반복 떠들었는지라, 이따금 싸늘한 밤에, 포목상 집행인 피터 코란, 주소 불명의 오마라 그리고 호스티가 듣는 가운데 그(HCE)의 스캔들을 누설했는지라, 이들 중 최후의 자는 자신의 지푸라기 임시 침대 위에 삼 빛 머리카락을 굴리고 있었으니, 그는 나라 안에서 온갖 수단 방법을 고안하면서, 어떤 녀석의 자동 권총으로, 자살해(自殺害)의 머리를 날려버릴 수 있을 정도요, 자신이 아는 모든 것을 시험한 연후에, 패트릭 단 경(卿)의 병원에서 나와, 험프리 자비스 경(卿)의 병원을 통해, 아데레이드 병원에 입원하려고 18월력(月曆; 1년 반) 동안 애를 썼도다.]

41. 그러자 리사 오대이비스와 로치 몬간은 침낭 속에서 호스티와 함께 취한 잠을 잤던 것이니, 이들은 잡목 숲의 잡가지 치기 애송이 녀석들 및 열혈의 시골 열(熱)뜨기들로, 부산떠는 새벽—만사—잡역부들이 솥뚜껑, 문간 놋쇠, 금속을 순간 문질러 닦자, 그때 베이컨 달걀 아침을 먹은 키다리 백인남(白人男; 호스티)이, 그의 불침의 침실 친구들이 자리에서 일어나자마자, 간조(干潮) (더)블린의 한지(閑地) 부락을 가로질러 궁형제금(弓形提琴)의 쿵쿵 북소리 방향으로, 그리고 쿠자스 가도 지역의 호객 여숙(旅宿)에 장기 체류하는지라, 성(聖) 세실리아 교구의 올드 스코츠 홀 주막에 탐닉하도다. 그리하여 그들은, 자신들의 벽돌 가정 속에 그리고 그들의 향기로운 딸기 침대에서, 밀봉인(蜜蜂人), 달콤한 레벤더인(人) 또는 보인 산의 싱싱한 연어의 부르짖음을 거의 무시하며, 소요 로라트리오의 이 오래 기다리던 메시아보다 큰 상찬을 위하여 그들의 간간한 입을 온통 벌린 채, 달코코롬한 잠을 단지 반쯤 보내고 가인(歌人)의 정말로 감탄할 위치(僞齒)를 메울 성찬식탁(盛饌食卓)의 목적을 위하여, 전당포업(典當鋪業)의 시설에

잠시 머문 뒤, 그리고 쿠자스 가도의 호객여숙에 장기 체류하는지라, 쉿 잠깐, 1000 또는 1 이 아닌 국정(國定) 리그 거리, 대음정(大音亭) 자유 구 경내에 있는 성 세실리아 교구의 올드 스코츠 홀 주막, 즉, 그리프스 가 격에 의하여, 그라스톤 주수상(主首相) 상(像)의 위치에서 멀지 않은 곳에, 선언자의 (어쩌면 스트워드 왕조 최후의)의 행진에서 행진을 시작하여, 거기 서, 이야기는 구불구불 뻗어나가는지라……

42. 술에 곤드레만드레 낭비벽의 이들 트리오, 트리클 톰, 리사 오데이비스와 로치 몬간는 이 호스티와 합세했는지라 그리하여 모든 하찮은 허풍쟁이들 이 흥분제주(興奮劑酒)를 마시고, 우정으로 얼굴이 달아오른 채, 특히 구내 로부터 빠져 나왔나니, 그들의 옷소매에다 입술을 훔치면서, 그리고 세계 는 이른 바 민요(발라드)를 위하여 한층 풍요로운 이유를 지녔는지라, 그리 하여 호스티는 HCE의 비행을 소재로 발라드를 짓도다.

　발라드의 재목인즉, 「퍼스 오레일리의 민요」는 소란의 리비아 강과 곱 사 등 호우드 언덕에서 처음 유출하여, 입법자의 기념비〔더블린 중심가 의 오코넬 동상〕의 그림자 아래에서 만백성의 모임에서 처음 노래되었도 다. 그리하여, 별별 사람들에게 노래되었나니, 리피강변 사람들…… 카 트퍼스 거리 출신의 젊은 더블린 꺽다리 사내들에서부터, 분주한 직업적 신사에 이르기까지, 긴 구레나룻을 기른 일단의 사내들에게로 흘러갔도 다…… 이들은 단지 자신들의 무릎 바지에 양손을 꽂고 거닐기보다 더 낳은 것은 없는지라, 공기 웨커, 연초 입담배, 잠꾸러기 벽돌과자를 빨면 서, 게으름뱅이 병사들, 털 공 달린 포플린 복의 세 사람과 나란히, 전당 (典當) 빵 껍질을 탐하여, 분주한 직업적 신사에 이르기까지, 긴 구레나룻 을 기른 일단의 백안남(白顏男)들, 데일리 점을 향해 휴주(休走)하며, 루트 란드 황야에서 도요새 잡이를 하거나 물오리 놓치기 놀음으로 신바람이 나서, 차가운 냉소를 서로 교환하고 있었나니……

43. 이어 이 발라드는, 흄 가(街)로부터 그들의 세단 의자 차를 타고 식사(미 사: Mass)하려 가는 귀부인들, 미끼로 유혹 당한 짐꾼들, 모세 정원의 인 근 클로버 들판으로부터 온 얼마간의 방랑하는 얼간이들, 스키너의 골목 길에서 온 한 축성신부(祝聖神父), 벽돌 쌓는 사람들, 아낙과 개와 함께, 물

결무늬의 견모(絹毛) 입은 한 여인, 몇몇 아이들을 손잡은 나이 먹은 망치 대장장이, 한판 승부의 곤봉 놀이꾼들, 졸중풍(卒中風) 걸린 적지 않은 수의 양(羊)들, 두 푸른 옷의 학자들, 록서의 심프슨 병원에서 나온 4파산 당한 나리들, 진드기 안문(眼門)에서 터기 커피와 오렌지 과즙을 여전히 맛보고 있는 한 배불뚝이 사내와 한 팔팔한 계집, 피터 핌 및 폴 프라이 그리고 다음으로 엘리엇 그리고, 오, 앗킨슨, 그들의 연금 수령자의 도토리 물집으로부터 지옥의 기쁨을 고통하며 사냥을 위한 말 타기의 어처구니없는 다이애나 여기수(女騎手)들…… 그리하여 저 민요(발라드)는, 프로방스인의 황홀한 보격(步格)으로, 공백의 부전지(附箋紙)에 찰필(擦筆) 인쇄되어, 두필(頭筆) 된 채, 델빌의 무빙(霧氷) 출판사에서 사인(私印)되어, 바람의 장미와 질풍의 나부낌에 따라 샛길에서, 아치 도로로부터 격자 창문에까지, 합중국의 다섯 푸른 족원(足原) 주(州)를 빠져, 데라니 씨(데라시 씨?)가 고상(高尙) 품종의 모자로부터 꺼낸, 피리(곡)에 덧붙여, 휘날렸도다.

44. 〔그리고 시편(발라드)은 오래된 통행료 징수문(徵收門) 곁에 영창(영창)되었나니. 그리하여 이는 잔디밭 주변을 운주(韻走)하다니, 바로 호스티가 지은 운시(韻詩)로다.〕

44.7. 이는 구두(口頭)된 채, 소소년들 그리고 소소녀들, 스커커트와 바바바지, 시작(詩作)되고 시화(詩化)되고 우리들의 생명의 이야기를 돌(石) 속에 식목(植木)하게 하소서. 여기 그 후렴에 줄을 긋고, 누구는 그를 바이킹 족(族)으로 투표하고, 누구는 그를 마이크라 이름 지으니, 누구는 그를 린 호(湖)와 핀 인(人)으로 이름 붙이는 한편, 다른 이는 그를 러그 버그 충(蟲) 단 도어(魛魚), 렉스 법(法), 훈제 연어, 건 또는 귄〔더블린 게이어티 극장 지배인〕으로 환호하도다. 혹자는 그를 아스(수곰)라 생각하고, 혹자는 그를 바스, 콜, 놀, 솔, 윌(의지), 웰, 벽(壁)으로 세례 하지만 그러나 나는 그를 퍼스 오레일리라 부르나니 그렇잖으면 그는 전혀 무명씨로 불릴지라. 다 함께. 어라, 호스티에게 그걸 맡길지니, 서릿발의 호스티에게, 왜냐하면, 그는 시편에 음률을 붙이는 사나이인지라, 운시(韻詩), 운주(韻走), 모든 굴뚝새의 왕이여. 그대 여기 들었? (누군가 정말) 우리 어디 들

었? (누군가 아니) 그대 여기 들었는고? (타자는 듣는고) 우리는 어디 들었? (타자는 아니) 그건 동행 하도다, 그건 윙윙거리고 있도다! 짤깍, 따 가닥! (모두 탁) (크리카락카락악로파츠랏쉬아밧타크리피피크로티그라다그세미미노우햅프루 디아프라디프콘프코트!)

〔이 천둥소리는 운집한 군중들의 뇌성 같은 박수 소리인지라, 쏟아지는 비의 소리를 무색하게 한다.〕

45. 〔여기 「퍼스 오레일리의 민요(Ballad of Persse O'Reilly)」는 작품의 제I부 2장을 결론짓는 대목으로서, 이어위커의 추락과 추정상의 죄를 다룬 다. 그 내용인 즉, 이어위커를 조롱하고, 그를 대중의 범죄로서 비난한다. 그 는 앞서 경야의 팀 피네간 및 신화의 핀 맥쿨 격이요, 또한, 영국의 옛 전설 적 동요집 「어미 거위(Mother Goose)」의 커다란 달걀 모양의 인물로서 담 장에서 떨어져 깨어지는, 일명 '땅딸보' 험티 덤티(Humpty Dumpty)와 비유 되기도 한다. 조이스는 그의 민요에서 Persse O'Reilly를 주인공의 이름으

로 선택함에서, 집게벌레(earwig)에 대한 프랑스어의 perce—oreille를 주선하고, 그의 존재를 불러온다.]

    그대는 들은 적이 있느뇨, 험티 덤티라는 자
    그가 어떻게 굴러 떨어졌는지, 우르르 떨어져
    그리하여 주름살 오로파 경(卿)처럼 까부라져
    무기고 벽의 그루터기 곁에,
                (코러스) 무기고 벽의
                        곱사 등, 투구 및 온통?

    [그리하여, 그의 명성이 쪼개지자, 그 단편들을 다시는 함께 끌어 모울 수 없나니. 이어위커는 이리하여 올리버 크롬웰("주름살 오로파 경〔卿〕")인지라, 그는 원주민을 "콘노트 혹은 지옥"으로 몰아가는 그의 결심 때문에, 아일랜드에서 거의 보편적으로 무시되도다. 하지만, 민요에서, 이어위커는 한층 자주 바이킹 인("그 스칸디 무뢰한의 용감한 아들")으로 서술되고, 또 다른 점에서, 그는 "검은 철갑선"으로 동일시되는지라, 즉, 분명히, 그는 모든 시대에 있어서 아일랜드에 반대하여 범한 모든 범죄에 대한 속죄양이도다. 그의 범죄 자체는 단순히 사회적 및 종교적 개혁, 또는, 『율리시스』의 「키르케」의 블룸처럼, 오장이, 처녀에게 돈을 저당으로 빌려주기, 간간의 시도, 또는 호모섹스의 사건으로―어떤 공격이 행해지든 간에―비난을 받을 수 있도다.]

    그는 한때 성(城)의 왕이었는지라
    이제 그는 걷어차이다니, 썩은 방풀 잎 마냥
    그리하여 그린 가(街)로부터 그는 파송(派送)될 지니, 각하의 명을 따라
    마운트조이 감옥으로
                (코러스) 마운트조이 감옥으로!
                        그를 투옥하고 즐길지라.

그는, 우리들을 괴롭히는, 모든 음모의 아아아빠,

민중을 위한 느린 마차와 무결한 피임을

병자에게 마유(馬乳), 한 주에 일곱 절주(節酒) 일요일,

옥외의 사랑과 종교 개혁,

      (코러스) 그리하여 형식상 끔찍한,

          종교 개혁.

(반복) 만세 거기, 호스티, 서릿발의 호스티, 그대 셔츠 갈아입을지라,

시(詩)에 운을 달아요, 모든 운시의 왕이여!

      말더듬이, 말더듬 쟁이!

46. (그)는 달콤한 파도를 타고 우리들의 섬을 향해 당도했도다.

저 날쌘 망치 휘두르는 바이킹 범선

그리고 에블라나 만(灣)이 그의 검은 철갑선을

보았던 날에, 담즙의 저주를,

      (코러스) 그의 철갑선을 보았나니.

          항구의 사장에.

너무나 아늑하게 그는 누워 있었나니, 화려한 호텔 구내에서,

그러나 곧 우리는 모닥불 태워 없애리라,

그의 모든 쓰레기, 장신구 및 싸구려 물건들

그리하여 머지않아 보안관 크랜시는 무한 회사를 끝장낼지니

집달리의 쿵 문간 소리와 함께,

      (코러스) 문간에 쿵쾅

          그 땐 그는 더 이상 놀며 지내지 못하리니.

상냥한 악운이 파도를 타고 우리들의 섬을 향해 밀려 왔도다.

저 날쌘 망치 휘두르는 바이킹 범선

그리고 에브라나 만(灣)이

그의(험프리의) 검은 철갑선을 보았던 날에, 담즙의 저주를,

(코러스) 그의 철갑선을 보았나니.

항구의 사장(沙場)에.

어디로부터? 풀백 등대가 포효하도다. 요리 반 페니, 그(험프리)는 호통 치나니, 달려올지라. 아내와 가족이 함께

핀갈 맥 오스카 한쪽 정현(正弦) 유람선 궁둥이

나의 옛 노르웨이 이름을 택할지니

그대(험프리) 오랜 노르웨이 대구(大口)처럼

(코러스) 노르웨이 낙타 늙은 대구

그(험프리)는 그러하나니, 과연.

어디서부터? 풀백 등대가 포효하도다. 요리 반 페니, 그는 호통 치나니,

/ 달려올지라. 아내와 가족이 함께,

핀갈 맥 오스카 한쪽 정현(正弦) 유람선 궁둥이,

나의 옛 노르웨이 이름을 택할지니

그대 늙은 노르웨이, 대구(大口)처럼

(코러스) 노르웨이 낙타 늙은 대구

그는 그러하나니, 과연.

힘 돋을지라, 호스티, 힘 돋을지라, 그대 악마여! 운시와 함께, 운시에 운을 달지라!

47. 그는 자신을 위해 얼굴을 붉혀야 마땅하리, 간초두(乾草頭)의 노 철학자

왠고하니 그런 식으로 달려가 그녀를 제압하다니.

젠장, 그는 목록 중의 우리들의 홍수기(洪水期)

이전 동물원의 핵심이라.

(코러스) 광고 회사. 귀하.

노아의 방주, 운작(雲雀)처럼 착하도다.

그는 흔들고 있었나니, 웰링턴 기념비 곁에
우리들의 광폭한 하마 궁둥이
어떤 비역장이가 승합 버스의 뒤 발판을 내렸을 때
그리하여 그는 수발총병(燧發銃兵)에 의해 죽도록 매 맞도다,
　　　　(코러스) 궁둥이가 찢어진 채.
　　　　　　　녀석에게 6년을 벌줄지라.

소포크로즈! 쉬익스파우어! 수도단토! 익명(匿名)모세!

그 땐 우리는 게일 자유 무역단과 자유 무역을 가지리라,
왠고하니 그 스칸디 무뢰한의 용감한 아들을 뗏장 덮기 위해.
그리하여 우리는 그를 우인(牛人) 마을에 매장하리라
악마와 덴마크 인들과 다 함께,
　　　　(코러스) 귀머거리 그리고 벙어리 덴마크인들
　　　　　　　그리고 그들의 모든 유해(遺骸)와 함께.

그리하여 모든 왕의 백성들도 그의 말(馬)들도,
그의 시체를 부활하게 하지 못하리니
코노트 또는 황천에는 진짜 주문(呪文) 없기에
(되풀이) 가인(Abel) 같은 자를 일으켜 세울 수 있는.

〔마지막으로, 이어위커의 죽음 또는 추락은 무능의 형태로서, 간접적으로 "아아, 왜, 글쎄, 그는 그걸 다룰 수 없었던고?" 속에, 그리고 "가인 같은 자를 일으켜 세울 수 있는" 농담 속에, 오히려 한층 직접 서술된다.〕
　〔재론하거니와, 민요의 가사와 음악은 어떻게 땅딸보(HCE)가 추락하여 피닉스 공원의 무기고 벽의 그루터기 곁에 크롬웰처럼 추락했는지를 말한다. 그의 동료 더블린 사람들을 대변하면서, 호스티(민요 작가―셈)는 민요 도중 이어위커에 관해 상당한 것을 여기 폭로한다.〕
　〔여기 호수티의 민요 설명은 얼마간 외곡된 것이긴 하지만, 두 소녀들에

관한 사건과 세 척탄병들과의 사건(공원의 스캔들)은 분명하다. 운시는 한때 존경받던 HCE의 추락으로 개시한다, 마치 파넬처럼 그의 선량한 이름은 조롱과 비방의 진흙을 통해 끌려가고, 그는 천민이요, 『성서』의 가인 같은 존재가 된다. 시행의 "소포크로즈! 쉬익스파우어! 수도단토! 익명모세!"는 조이스이 세 우상들, 그러나 그들도 부활하지 못한 채, 매장되기는 매한지. 하지만, 민요에서, 이어위커는 한 바이킹 인("스칸디 무뢰한의 용감한 아들")으로서 한층 자주 서술되고, 다른 점에서, 그는 흑백의 얼룩인(Black and Tan)으로서 동일시된다. 즉, 그는 분명히 모든 시대에 있어서 아일랜드를 배신한 온갖 범죄에 대한 속죄양이다. 그의 범죄 자체는 단순히 사회적 및 종교적 개혁으로 구성되거니와, 혹은, 『율리시스』의 "키르케" 에피소드에서 블룸처럼, 그는 오장이이로 비난받는지라, 어떠한 비난도 마다하지 않은 채—한 처녀를 구애하고, 간간을 시도하며, 호모섹스의 사건에 말려든다. 마지막으로, 그의 죽음 및 추락이 "아아, 왜, 글쎄, 그는 그걸 다룰 수 없었던고?" (45.19)라는 구절 속에 간접적으로, 그리고 오히려 성서의 가인(Cain) 같은 자를 일으켜 세울 수 없는 농담 속에 직접, 무능의 형태로서 서술된다.]

제I부 3장

HCE—그의 재판과 유폐

— 이어위커의 스캔들의 각본 이야기가 텔레비전 및 방송으로 보도되다.

— HCE의 경야

— HCE의 범죄와 도피의 보고

— 법정 심문

— HCE 매도되다

— HCE 침묵한 채 잠들다.

— 핀의 부활의 전조

【개요】 공원에서의 HCE에 대한 근거 없는 범죄의 이야기가 탐사 되지만, 거기 포함된 개인들이나 그것을 둘러싼 사건들이 분명하게 확인되지 않기 때문에, 탐사는 사실상 무용하다. 가시성이 "야릇한 안개 속에" 가려져 있고, 통신이 불확실하며, 분명한 사실 또한, 그러한지라, 그러나 여전히 HCE의 추정상의 범죄에 관한 스캔들은 나무한다. 이때 텔레비전 화면이 등장하는데, HCE가 자신의 공원에서 만남의 현장을 그것의 스크린을 통해 제시한다. "텔레비전이 텔레폰을 죽일 것을" 희망하면서, 왜냐하면, "우리들의 눈은 그들의 순번을 요구하나니,"(52.18~19) 그러자 이어위커는 공원의 만남의 텔레비전 각본을 제시하자(52.18~55.2), 그것은 에피소드를 개관하기 시작한다 ─ 이는 "장면이 재선(再鮮)되고, 재기(再起)되고, 결코 망각되지 않을 것이기" 때문이다.(55.10~11) (텔레비전은 통신의 수단으로 1926년에 영국에서 바드〔Jhon L. Bard〕에 의하여 소개되었는데, 조이스는 이에 정통해 있었다).

HCE의 범죄에 관하여 몇몇 회견이 거리의 사람들을 통하여 이루어지고 의견이 수렴되지만, 모두 근거 없는 소문일 뿐, 아무것도 결론에 도달하지 못한다(58.23~61.27). 공원의 에피소드의 번안이라 할, 막간의 한 짧은 영화 필름이 비친 뒤(64.22~65.33), 이내 ALP가 남편 HCE에게 보낸 편지와 "최거(最去)서부의 유명 가(家)인, 이츠만 및 조카 가구상의 재고품 창고에서 옮겨 온"(66.31~32), 도난당한 한 관(棺)의 신비성에 관해 다양한 심문이 이어진다.(67.7~27) 그리고 HCE에 대한 비난이 계속된다. 이때 주점에서 쫓겨난 한 "불청객"(70.13)이, 한잔 술을 위해 주점으로 들어올 수 없자.(70.13~30) 주점 주인 HCE에게 비난을 퍼붓는지라, 그러자 후자는 그가 받아야 할 모든 비난 명의 긴 일람표를 나열한다.(71.5~6) 이어위커는, "그러나 비침범적(非侵犯的) 개인의 자유를 무정부적으로 존중하며", 이 "중서부 출신의" 나그네에게 "그의 좌업(坐業)을 초월하여 한마디 고독한 쐐기언어에도 응답하지 않았나니."(72.17) 그 자는 떠나기 전 주점을 향해, 온통 똑같은 크기의, 몇 개의 매끄러운 돌멩이를 쪽문을 향해 던진다(72.27). 장의 종말에서, HCE는 잠에 떨어지는데, 그는 핀 맥쿨 마냥 다시 "대지 잠에서 깨어 나리라."(74.1)

[본문 시작]

48. 〔H.C. 이어위커의 명칭의 농무성(濃霧性): 저주라! 안개의 가시성 속에, 산양들, 언덕 고양이의 자웅혼성에 관해 그대 혼돈 하는지라! 거기 저 하이버니아 왕국(아일랜드)에서 운연막(雲煙幕)이 방사되기 때문이도다. 그런 데도 민요를 들은 모든 자들은, 과거에 존재하지 않았던 것인 양, 오늘날도 더 이상 존재하지 않는 도다. 그들이 인생으로부터 어떻게 사라졌는지 생각 할지라. 「집게벌레 전설(*Earwigger Saga*)」의 이야기는, 비록 상하, 시종 다 읽을지라도, 모두 엉터리 뒤범벅이요, 호스티에 관한 어떠한 종말도 알려진 바 없도다.〕

경칠(Cnest Cee!)! 혹악취(或惡臭: ′Sdense!)! 발광(發狂)! 〔앞서 민요의 효과에 대한 저주〕 괴귀무(怪鬼霧) 속의 가시성(可視性)에 관해, 산양들, 언 덕 고양이 및 들쥐 사이의 자웅혼성(雌雄混性), 난쟁이 보브와 그의 아일 랜드 노파에 관해 그대 놀림 하는지라! 〔서로 혼성되어 구분하기 힘드나 니〕 도미니카 흑(黑) 탁발승의, 당밀연고(唐蜜軟膏) 지역 따윈 무시해 버릴 지라!

49. 〔HCE 스캔들의 세 전파자들: (1) 종말이 알려지지 않은 빈노(貧老) 의 아하라(A′Hara), 그는 크리미아 죄전(罪戰)의 종결 시에 군적에 입적했는 지라, 그리하여 아일랜드의 백마인 타이론의 기병대에 입대했나니, 그러자 울지 원수와 잠시 군대에 복무한 그는 그의 부친에게 편지를 그리고 그의 모 친에게 진짜 초콜릿을 급송하고, 그 후로 그는 자신의 딸과 함께 절멸했다는

전설이다. (2) 불쌍한 폴 호란(Paul Horan)은, 더블린의 정보지에 의하면, 요양원에 투원(投院)되었었다. 이 호란은 오라니(Orani)라는 이름으로 순회 공연단의 단역(端役)뿐만 아니라, 즉석에서 장역(長役)을 지속할 수 있었던 모양이다. (3) 치사한 샘(Solid Sam) 녀석(트리클 톰), 그는 완고하고 버젓한 창기병이요, 불세자(不洗者) 및 불걸자(不乞者)로, 소환자 이스라펠 천사의 말한 마디에, 그만 인생의 성쇠를 겪은 뒤, 어느 만성성절(萬姓聖節)의 밤에 만취되어 적나라한 상태에서 거멸(去滅)하다니, 그리하여 그의 최후의 혈육 침대투자(寢臺投者)로서 피교수(被絞首)되고 피고창증(被鼓脹症)되고 피촌인(被村人)되고 피거한(被巨漢)된 대들보, 한 노르웨이 북향자(北向者)요 해랑급(海狼級; 바다늑대)의 동료였도다. 이 무대 도취한(陶醉漢)은 다음과 같이 엄숙하게 이야기한 것으로 전해지나니.〕 "스칸디나비아 인들이여, 나의 몽극(夢劇)은 이제 실현되었도다!"

50. 〔그 이외 발라드의 소문을 퍼트린 다양한 사람들의 혼성, 신분상의 한층 어려운 문제 브라운 신부가 노란이라면, 아마도 양자는 존경하는 신심회의 감독자들이요, 여기 브르노의 "윤회적 대응의 일치(dialectical opposites)"에 의한 상호 반대되는 신분의 합치, 즉 앞서 발라드(민요)에 관련된 식별 불능한 신분의 재 융합을 언급한다. 발라드에 관련된 인물들은 그 밖에도 많다. 예컨대, 랭리(Langley)라는 자는, 아주 전적으로 초라하게, 스스로 저 별(星) 세계 평원으로 해월(海越)했는지라, 그는 정말로 이교주의(異敎主義)의 상습 범행자, 아니면 보우덴의 음악당 자원 연예인이었을지 모르거니와, 결국 이 지구 표면에서 사라졌도다. 저 룸펜 놈(부랑자 캐드)은 그의 흥미 주거지를 자신의 최 암흑의 최고 내심지(內心地)까지 이전했거니와, 이 나안(裸眼)의 카르멜 교도는, 족히 수년 동안의 퇴물(退物)의 원숙자(圓熟者)요, 저 적문자(赤文字)의 아침 또는 오월오(五月午)의 목요일에 장군(HCE의 암시)에 의하여 우연히 마주친, 똥 더미 같은 속물일지라.〕

〔재차 HCE 스캔들의 모호한 인물들: 이를테면, "피시린 필(작곡가)"은

소문을 퍼트릴 때 운을 자랑하다니, 그것은 우행(愚行)인지라 그리하여 염해(鹽海) 곁의 호텔로 가는 자가 누구든 간에 우리가 할 수 있는 것이란 전무(全無)나니, 왜냐하면, 그는 두 번 다시 바다를 결코 보지 못할 것이기에. 그것은 그럼에도 불구하고 최고 독습(獨習)의 사실이라.〕

〔잇따른 페이지들(51~58)에서 우리는 가일층 등장인물들을 고정하거나, 서로 구별하기 퍽 난해하다. 앞서 장에서 열거된 소문난 적대자들의 긴 일람(35~44)은 단일 변덕스러운 개성, 즉 브라운—노란 씨의 그것으로 융합하는 징후를 보인다. 그리고 이 자는 나아가 희생자인, HCE 자신의 얼마간의 특징을 갖고 있음이 발견된다. 그는 얼마 전 한 장군(50)으로 불리기 시작했다. 최후로 서로의 만남은 그들이 처음 그랬던 것처럼, 더 이상 전혀 분명하지가 않도다. 독자는 이 장의 나머지 부분을 통하여 장면과 인물의 일관되지 못한 변화를 예리하게 관찰하지 않으면 안 된다. 홍수를 이룬 소문들은 증거를 흐리게 하고, 이야기를 다른 많은 것들과 혼합하며, 개성들을 분할시키거나, 그들을 다시 조립하고, 세기들 및 나라들, 영웅들 및 악한들 그리고 시제들을 커다란 웅덩이 속에 뒤엉키게 한다.〕

〔스캔들에 관해: 그리하여 누가 누구였는지 공개된 의문으로 남는지라, 왜냐하면, 정상적인 인간의 인상학(印象學; physiography)은 세월의 경과에 따라서 변하기 때문이다. 그러자, 서술에서 영국 정원에 불쑥 나타난 한 인물의 신원이 비상하게도 의미심장한 것으로 남는다. 암시된 당사자는, 비록 그의 몸차림이 HCE에 기원된〕

〔말들로 서술되긴 하지만, 이는 분명히 불량자 캐드 자신이다. 그는 아이들에게 자신의 원주민어(原住民語)인 아일랜드 말로, 그가 HCE에게 그랬던 것처럼, 말을 건다. 그의 HCE와의 만남에 대한 세목과 말들에 대한 회상은, 비록 독자가 그의 이야기의 진행에 있어서 본질적인 연쇄를 대표하고 있음을 이해할지라도, 그것은 오식 투정에 불과하다. 여기 그가 왜 영국으로 도피했는지가 토론되지 않은 채 남는다.〕

51. 최초의 발라드(민요)가 햇빛을 본 이래 세월이 오고 갔나니, 당시 참호용 방수복 입은, 비에 젖은 세 기숙학교의 학생들이 담 너머로 한 사나이(캐드), 거인(HCE), 두 하녀들, 그리고 세 군인들에 관한 괴상한 이야기를 재차 그들에게 말해줄 것을 요구하도다. 이 이야기꾼이 누구였는지 말하기는 불가능하다. 왜냐하면, 그는 크게 변모했으며, 그의 이전의 자신은 세월이 흘러, 자신이 가꾼 턱수염은 말할 것 없고, 성장한 사마귀, 주름살 등이 여러 층 아래 잘 감추어져 있기 때문이다. 이야기의 요구는 어느 비오는 일요일 그 당사자(웨일스의 기미를 지녔지만, 그의 말투로 보아 아일랜드의 원주민)에게 행해지는데, 그는 한 박해 당한 자의 피난지인 영국의 남동부의 허세를 부린다. 당시 그(캐드)는 얼마 전에 채워진 빈 맥주병을 따르는 주말의 여가 동안, 한 대의 담배를 피우기 위해 몇 분 동안 그곳 피닉스 공원에 머물었었다. 이어 그는 자리에서 벌떡 일어났나니, 그의 연발 권총에 화약을 장정(掌正)하고 시계를 조정한 다음, 톨카 강으로부터 멀리, 조용한 영국의 정원에, 우리들 조부의 신화적 복장을 한, 우리들의 원부(遠父; HCE)를 게름쟁이 3사람들(3군인들) 앞에 불러내도다. 이에 늙은이(HCE)는 그들로부터 자신의 "방물장수"의 오래된 이야기를 재 서술하도록 도전받는지라.

52. [그러나 도전은 공원의 만남의 특징과 비슷하며, 잇따르는 몇 페이지들의 과정동안, 현대의 술집 인물(HCE)은 고대 영웅으로부터 보존되는 것이 점진적으로 어려워진다. 그는 자신이 공원의 죄로부터 방어하기 위해 일어섰던 바로 그 사나이의 화신이다.]

52.18. "텔레비전은 형제의 형투(荊鬪: 가시 싸움)에 있어서 텔레폰(전화)을 죽이도다." [이제 텔레비전이 등장하여, 전송화(電送話)를 대신하고, 서술자는 우리로 하여금 사나이(HCE)를 보도록 서술한다. 베일처럼 뒤로 처진 HCE의 엷은 목도리, 첫 번째 씨줄 턱 가리개, 그의 네 폭 매듭 타이, 그의 엘버 산 팔꿈치 외투, 새로 기선을 두른 생강 색의 바지, 대례용 석판색(石板色) 우산, 그의 은동(銀銅) 색의 단추가 달린 굵은 웰링턴 야외 털옷 그리고 그를 위해서가 아니고 단지 그가 그럴 거라는 가망성으로 그

의 민족이 거의 과거에 필요로 했었을 것 같았던, 악마가 데스테르 도당 (D´Esterre; 오코넬 사살 당)에게 내려쳤던 손에 낀 긴 장갑이라.〕 (이상 TV에 비친 HCE의 장신구들)

53. 〔이제 서술은 우리에게 대기를 가로질러 TV를 통해, 마치 아름다운 초상의 풍경을 닮은 작가 오스카 와일더의 장면들처럼 가시청(可視聽)하도록 다가온다. 이러한 서술자의 묘사는 『젊은 예술가의 초상』 4장 말에서 스티븐 데덜러스가 돌리마운트 해변에서 어깨너머로 바라보는 더블린의 풍경의 한 장면과 유사한지라, 이는 도적─표절 행위인 셈이다(Prigged).〕

그것(서술)은 마치 와일드 미초상(美肖像)의 풍경을 닮은 장면들 또는 어떤 어둑한 아라스 직물 위에 보이는 광경, 엄마의 묵성(默性)처럼 침묵한 채, 기독자식(基督子息)의 제 77번째 종형제의 이 신기루 상(像)이 무주(無酒)의 고(古) 아일랜드 대기를 가로질러 북구의 이야기보다 무취(無臭)하거나 오직 기이하거나 암시의 기력이 덜하지 않은 채 우리에게 가시청되도다.(표도〔剽盜〕!)

위를 『젊은 예술가의 초상』의 아래 구절과 비교해 보자.

한 줄기 베일에 가려진 듯한 햇볕이 강으로 만(灣)을 이룬 회색의 수면을 아련히 비추었다. 멀리 유유히 흐르는 리피강의 흐름을 따라 가느다란 돛대들이 하늘에 반점을 찍고, 한층 더 먼 곳에는, 아련한 직물 같은 도시가 안개 속에 엎드려 있었다. 인간의 피로처럼 오래된, 어떤 공허한 아라스 천의의 한 장면처럼, 기독교국의 제7도시(第七都市)의 이미지가 무궁한 대기를 가로질러, 식민시대에 있어서보다 덜 오래지도 덜 지치지도 굴종을 덜 견디지도 않은 듯, 그에게 드러났다.(3.167)

〔이어 TV는 피닉스 공원 장면을 방영한다. 그리고 거기 징글징글 이룬 마차를 타고, 캐드(공원의 놈팡이)가 그리스도 교도들에게, 성자 대 현자, 저 몰락과 융성의 험프리 전설 담, 공원의 저 본래의 만남의 장면을 말하나니.

자 그럼, 피닉스 공원의 나무, 정(亭), 돌(石) 평화 피자 참나무, 만종의 시간, 담황색 사슴들의 부드러운 울음소리를 들을지라! 그러자 얼마나 화사하게 그 위대한 캐드가 그의 프록코트에서 상어 가죽의 담배 지갑(모조품!)을 꺼냈던고, 그리하여 그는 여송연을 HCE에게 팁으로 주며, 그가 갈색의 경칠 것을 한껏 빨아 마시도록 청하면서, 하바나(여송연)의 기분 속에 반시간을 몽땅 보냈도다.]

　　[역사의 흥망성쇠, TV 방영] "고왕(高王)(빌)을 위해 건(乾) 건(乾) 건배(乾杯) 그리고 크롬웰 가(家)의 몰락"과

54. 봉기, 소년들, 시간의 모든 변화와 함께, 과거에 일어난 것을 아는 것은 어려운 일. 윌리엄 왕은 흥하고 크롬웰은 망하고. 인물들은 사라졌지만, 우리는 기억을 그대로 발견하나니, 어디에? 지사(志士)의 딸 "안"이여. 모두 죽.었.는.고! 종말, 끝장이라 아니면 소리 없이 잠자는고? 그대의 혀로 맛을 볼지라! *경청!*

[역사의 흥망성쇠와 함께, 이하 피닉스 공원을 여행하는 세계 도처 여행자들의 별별 언어들]

54.7. [바벨탑 같은 언어들]
　　어느 개(犬)의 생명을 그대가 듣던 간에, 홀리 혜성의 76년 주기처럼 언제나 확실히, 전전(前戰) 터키의 모슬렘 그룹, 불가리아 여인들, 노르웨이 사내들 그리고 러시아 아가씨들, 모두가 그대의 카사콘코라(평화의 집)의 황량하고 구리 정문을 통과할 때, 그대는 그들(지구 상 모든 사람들)이 그에 관해 말하는 걸 여전히 들을지니: 후루 모어니, 미니 프리캐즈(안녕하세요, 젊은 아씨들)? 후울레데스 하 디 델(안녕하세요)? 로즈도어 온레프트 레이디스, 큐(왼쪽 마지막 문이에요, 아가씨, 감사해요). 밀레치엔토트리진타듀 스카디(1132 금화). 티포디, 카이리, 티포디(아니, 나리, 아니오). 차 카이 로티 카이 마카, 사하이브? 데스펜세미 우스테드, 세니오라(실례해요, 선생님), 아 소스키코, 사베. 오 도우 브론 옴, 아코트라인, 팅킨도우 게일리(미안해요, 정말, 아일랜드 말[語]을 이해하시나요)? 릭—차—프라이—하이—파—파—

리—시—랑—랑(놀랬어요…… 여우—여우). 에피 아라, 에쿠, 바티스테 투반 단 리프 보잉 고잉(가려고요 잠시 뒤에). 이스메메 데 범백 에 메이아스 데 포모칼리(포르투갈 제 속옷 양말). O.O 오스 피포스 미오스 에 데마시아다 그루알소 포 오 피콜라 포치노(O.O……너무 비싸요). 위 피(얼마요)? 옹 두로(1 달러) 콕시(마부 양반), 짜배드(공짜)? 머르시(감사해요), 엔 유(그리고 당신은)? 고마, 텡(네, 고마와요).

그리하여, 라디오를 통해 들려오는 HCE의 생생한 말투를 들을지라. 그는 악어의 눈물로, 자신에게 주의를 환기시키도다. 그대는 허언의 대가를 알고 싶은고? 매기여, 그대의 밤의 소설을 챙길지라! 주막 주인 HCE는 다시 마이크로 복귀하여, 자신의 주막과 신용장이 소용 있을 것임을 선언한다. 나의 객숙(客宿)과 암소 상(商)의 신용장은 저 인접한 기념 제작물(웰링턴 기념비)처럼 아주 정당하게 개방되어 있을지라.

55. 〔저 위생적 지구의(地球儀) 앞에, "위대한 교장님의 미소" 앞에 맹세하는바! 라디오 광고의 소리를 통하여, 우리는, 자신의 상품들이 웰링턴 기념비처럼 참되고 진실함을, 그리고 시간의 시작 이래 그렇게 해 왔음을 전 우주로 하여금 목격하도록 요구하는, HCE의 목소리를 듣는다. 여기 "위대한 교장님의 미소"는 이러한 우주적 상인을 시인하는 하느님 자신의 용안(容顏) 격이다.〕

55.3. 〔여객들이 공원을 지나며 계절의 순환을 바라본다.〕

아트레우스(희랍 신화에서 불운의 집의 건립자인. 아가멤논의 부친)의 집은 진흙 속에 추락했도다. 인생이란 일종의 생사 순환의 경야, 우리들의 생업의 침상 위에는 우리들의 종부(種父)의 시곡체(屍穀體: cropse)가 놓였는지라, 공원의 장면은, 거듭되고, 결코 망각될 것은 아니도다. 세기의 후반에 사건—탐색자 중의 하나인, 은퇴한 이전 세관 관리가, 풀먼 마차를 타고 지나가며 그의 창문을 통하여, F.X. 코핑거(Coppinger; 부주교)인, 고(古) 성자 프랜시스 제비에르(F.X).[스페인의 선교사]의 사촌에게 HCE의 스캔들 이야기를 반복하도다. 나아가, 여행자들이, 스스로 피닉스 공원의 거목 주위를 도는 동안, 계절의 순환 자체를 위인(HCE)의 생애에 대한 은유적 서술로서 바라보는 도다. 모두들, 이 이야기(스캔들)의 3판을 들으면서, 그들 역시 시간과 공간의 커다란 심연을 가로질러 운송되고 있음을 상상할 수 있나니.

56. [그리하여 여객들은 그 숙명적인 능변의 선동자(HCE)에 관한 그 (안내자)의 황혼의 환기적(換氣的) 서술을 귀담아 듣는지라, 그들을 수세기에 걸쳐 이식된 것으로 스스로 상상하게 하도다. 이 선동자는 비단 모자를 쓰고, 해마 수염에, 그의 손이 저 과성(過成)의 연필(웰링턴 기념비)을 향해 뻗었나니, 한편 로랜드의 종(Ghent에 있는 브뤼헤의 종탑)이 울리자, 자신의 시샘을 억제하려는 그의 비애의 얼굴에는 주름살 투정이라, 관(棺) 명패 위에 한 줄기 햇빛이 고소하듯 비치도다. 여행자가 어디를 처다보던 간에, 어떠한 세기에, 어떠한 경치에도, 그는 그림자를 인식하고, 선동자 속에 원초적으로 의인화 된 인생―발동자의 메아리를 듣는지라. 언제나 복화술적 선동자(HCE)는, 염해안(鹽海岸) 암초 너머 큰 파도의 포효처럼 전혀 크지는 않으나!, 비단 음영모(陰影帽)를 쓰고, 해마 수염에, 수연(水煙)이 치솟는 일몰을 배경으로……]

옛날 원시에, 우리들의 나그네, 어떤 북방 시인 아니면 방황 시인이 자신의 12궁도(宮圖)의 유사증표[HCE의 마린가 주막의 간판]에다 그의 둔탁한 속물의 눈을 지친 듯 치켜들었을지니, 거기 여숙(旅宿)에는 자신을 위하여 여인(旅人)들과 함께, 밀주와 차 그리고 감자 및 연초 및 포도주가 산적되어 있음을 동경하듯 알고, 이어 반쯤 미소를 짓기 시작하도다.

56.31. [그러나 실용적인 화자는 HCE의 미소의 원인이 무엇인지 묻는다.] 그는 누구에 대해 미소하는고? 그는 누구의 땅에 서 있는 고? 그건 평탄한 소굴, 화원, 다옥(茶屋)인 고? 그건 곤봉놀이꾼의 시골, 인어의 도시 또

는 환락의 땅, 그가 어디에 서 있을지라도, 시간과 사조는 모든 이정표들을 변형시키리라.

57. 〔이러한 세월의 흐름에도, 우리는 위치(이정표)를 측정하기에 충분한 지시봉을 발견할 수 있다. 그들은 선조요, 두 개의 복숭아들, 낮게 누워있는 세 차이나 멘들이라, 우리는 바로 한 유령을 찾는 희망으로 여기 앉아 있으리라. 들어라! 4노인들과 그들의 당나귀를! 〔여기 최초로 늙은 4연대기자들(chroniclers)과 그들의 나귀가 이정표로서 그 모습을 드러낸다.〕 우리들이 풍요로운 역사적 풍경을 명상하며 앉아 있자, 그들의 목소리가 우리에게 다가오나니. 현재의 페이지들을 통하여, 우리가 모든 종류의 증거의 단편들의 뭉치를 개관하려고 애쓸 때, 이미지들은 우리들 눈앞에 빠르고, 혼돈 된 연속으로 달린다. 여기 이들 페이지들은 엄격한 주의와 아주 느린 독서를 요구하거니와, 4노인들은 윌리엄 브레이크의 나중 비전들인 4조아 대(帶)(Four Zoas; 독립 개체)의 대응물들이다. 그들은 조아 대(帶)로부터 각기 답한다.〕 "나"하고 얼스터 출신의 자가 말한다, "그리고 그것을 자랑하도다." "나"하고 먼스터 출신의 자가 말한다, "신이여 우리를 도우소서!" "나"하고 라인스터 출신의 자가 말한다, "그리고 무를 말할지라." "나"하고 코노트 출신의 자가 말한다, "그리고 그에 관해 무엇을?" "히하우," 당나귀가 운다. 그러자, 모두 함께, 4늙은 귀신 목소리들이 선언한다: "그(HCE)가 추락하기 전에 하늘을 채웠나니; 개울이 그를 휘감았도다. 우리는 당시 단지 흰개미에 불과했고, 개미—더미를 거산(토山)으로 실감했는지라, 그리고 우리를 저기, 경이로서 갑작 놀라게 한 것은 돼지 무리 간의 꿀꿀우르르소리였도다."

〔HCE 스캔들의 확인〕

이리하여, 우리들이 소유한, 비실(非實)이 우리들의 확실성을 입증하기 위해서는 그 수가 부정확하게도 너무 적은지라, 증거 제공자들은 아주 신뢰할 가치가 없도다. 그런데도, 마담 투소드(Tussaud)의 밀랍 인형 박물관의 그(HCE)는 완전히 노출되어 있는지라, 그곳에 그가 가운을 걸치고, 성직자의 안락한 습관 속에 앉아, 온후한 태양 광선이 하계 속으로 스며드는 것을 살피면서, 감상적 눈물이 그의 감로의 뺨을 주름 지으려 하고, 꼬마

빅토리 풍의, 작별의 기미(氣味)가, 아아, 그의 나긋한 손에 의해 강요되었
도다.

57.30. 그러나 한 가지는 확실한지라, 즉 잇따른 겨울 전에 HCE는 대법원
법정에서 엄숙히 재판을 받았도다. 그는 또한, 재판을 받고, 형을 선고받
았도다.

58. 〔HCE의 재판〕

폐하 법정(법률)은, 진짜 증거가 빈약함에도 불구하고, 그(HCE)를 단죄
했으니, 사제들은 그들이 그를 사지분열(四肢分裂) 했던, 그의 푸른 가지들
을 그이 위에 흔들었도다. 그 후 얼마 동안 시간이 흘렀는지라, 아우성과
신음 및 한숨과 함께, 12선량한 시민들 (HCE 주막 단골들)이 원초적 피네
간의 경야에 의한 전통적 향연을 그를 위해 행사했는지라. 노파가 식탁을
펼쳤도다. 그들은 럼주와 쉐리 주와 사이다와 니거스 포도주와 또한, 시
트론 음료를 홀짝이도다. 그러나 보라! 애탄 하는 신들에 맹세코! 이어위
크(HCE)의 잊을 수 없는 나무 그림자가 종잡을 수 없는 먼 과거 아일랜드
남녀들의 혼잡 뒤에 아련히 떠오르도다.

〔잇따른 부분(58.21~61.27)은 기자가 더블린 거리의 20명의 사람들과 갖
는 HCE에 대한 인터뷰.〕

⑴ 3군인들이 진술하기를, HCE를 백합 들판으로 함께 가자고 숲으로
최초 유혹한 자가 백합 코닝햄이 아닌고! 〔그녀는 유혹녀〕 ⑵ 영국의 여
배우: 그녀는, 우리들의 다가오는 백쓰홀(런던 Vauxhall)의 공연 여배우 중
의 하나로,

59. 런던 서단의 미장원에서 거울을 앞에 놓은 채 회견한다. 그녀는, 전반적
으로 HCE를 무지개, 아서, 가인, 아담, 그리스도, 탑의 건립자로서 연관
시킨다. 그녀는 그러나 한 가지 위대한 말 "대정원연회배신(大庭園宴會盃神;
goddinpotty) (god+in pot; good in poetry)를 갖고 있나니, 이 말은 아담과

그리스도 및 홍망을 효과적으로 결합하며, 에덴동산의 가던 파티 및 항아리 하느님 혹은 영성체(Eucharist)를 암시한다. 그녀는 HCE야 말로 난초가 그려진 기독남의 초상화를 받게 되기를[용서 받기를] 희망하는데, 이는 사파세계가 그동안 그에게 너무 불친절했기 때문이라. (3) 한 대화 심리학자(entychologist)가 '딕터본'[속기용 녹음기]에게 진술하기를, 이어위커는 선사시대의 인물이요, 그의 펜네임은 우연화실체대명인(偶然話實體代名人; properismenon)이라. (4) 그린타룩[위클로우 산 서남단의 풍광 지]의 성 케빈 7성당 출신인, 한 청소부 왈: 우리는 HCE가 혼인무효 소송 및 그의 귀로부터 들은 것을 그 자신의 한패 친구들 사이에 방금 선전하고 있던 참이었도다. 간과 베이컨, 스테이크와 돼지콩팥 파이를 먹으면서, 이 청소부는 HCE를 시멘트 연와공이라 힐난한다. (5) 한 마차몰이꾼은 강한 견해를 표했는지라. 그는 자신의 애마, "진저 재인(Ginger Jane)"을 물로 썻고 있었거니와, HCE를 "아일랜드각자(愛蘭覺者)"라 부르는 나니, 그가 말한 바를 재록하면 이러하도다. 즉, 아일랜드 각자는 사생활에 있어서 단지 한 사람의 평밀매당원(平密賣黨員)에 불과하지만 모든 대중들이 말하는 바, 그이야말로 아일랜드 합법제(合法制)에 의해 의회의 의석을 차지하는 것이 마땅하다고 말한다. (6) 한 아이스카피어(Eiskaffier)[유명한 국제적 요리사 및 식도락]은, HCE에게 민감하게 호의를 보이며, 말했나니: *나의 간(肝)*을, 자 그럼 약간의 오믈렛을, 그래요, 아가씨! 맛있어요, 나의 간(肝)을! 당신이 달걀을 스스로 깨야 해요. 봐요, 내가 깨요. (7) 한 노인: 발한자(發汗者)(60살이 넘어)인, 그는 숨을 헐떡였나니, 정보를 수집할 시간이 없는지라, 그런데 플란넬 바지를 입은 그 사내가 담을 기어올라 초인종을 눌렀던 것이로다.

60. (8) 한 철도 술집 여인의 견해인 즉, 저이(HCE)를 감옥에 감금하다니 그건 심홍수치(深紅羞恥)로다. (9) 한 무역국원(貿易局員; B.O.T)의 말인 즉, 키티 타이렐[T. 무어의 곡]이 그대를 자랑할지라가 그의 대답이었다. 그는 HCE를 옹호한다. (10) 하의 입은 딸들, 그들은 속삭였나니, 타봉목각자(打棒木脚者) 같으니! 그들은 HCE를 옹호한다. (11) 브라이안 린스키[노래 가사의 인물], 그 애송이 저주 자는, 그의 대규석(大叫席)에서 심문받았나니, 고성 허풍선이라, 그리하여 멋진 말대답을 했는바, 가로대: 저들 두

암캐들〔공원의 두 처녀들〕은 피박(皮縛)되어야 하도다. 굴견(窟犬) 같으니! 그는 HCE를 옹호한다. (12) 어떤 순교 지망자, 당시 석쇠 위에서 고통을 당하자, 그는 의심할 바 없는 사실을 노출했나니, 가로대: 석가모니가 성 사수여파문(聖事授與破門)의 강력한 걸쇠로 공포(恐怖)되어 그의 면허목엽 (免許木葉) 및 그의 그림자 속에 피신한 요정들과 더불어, 보살목(菩薩木) 아래 망고 요술을 하고 있는 한, 쿡쓰 해항(海港) 전역에 싸움이 있으리로 다. 그는 HCE를 옹호한다. (13) 아이다 움벨(Ida Wombwell), 17세 신앙 부활론자인, 그녀는 HCE를 비난 한다: 저 수직인(垂直人)은 한 인비인(人 非人)이도다! 그러나 당당한 수인(獸人)이라! 카리규라〔로마의 제왕〕로다! 이 여인은 여기 척탄병과 공원의 다른 자들에 관해 말하는 것은 적절한 듯 보인다. (14) 단르 마그라스 씨, 대척적(對蹠的)(정반대의) 제본가 왈: 오늘 은 분투하고, 내일은 성숙할지라. 그는 반전(反轉)과 부활에 관심을 보인 다. (15) 엘 카플랜 보이코트 가로대: 우리는 너무 일찍 만났는지라, 투우 사여! (16) 성 스맥 엔 오릴리〔더블린 극장 명〕의 성가대장, 댄 마이클존 〔미상〕은 독선적 단언으로 유명했나니: *필요한 변화가 적시에.* (17) 도란 경(코 홀짝이 염병자〔染病者〕) 및 모이라의 귀부인, 그들 (아첨내기들)은 서로 같은 편이 되어 인사하고, 서로의 견해에 굴복하고 탈당한다. 불결한 신참 (新參)들은(세 군인들) 그들의 바지 섶을 풀고, 두 창녀들은 자신들의 짧은 팬티를 끌어 내리도다.

61. (18) 실비아 사이런스는 소녀 형사로서, 정보를 공급받자, 그녀의 수줍고 졸리는 독신자의 주택에서 사건〔HCE의 범죄〕의 몇몇 사실들에 관한 정 보를 제공받았을 때, 존 다몽남(多夢男)의 마구간을 조용히 내려다보면서, 그녀의 정말로 진짜 안락의자에 기대앉아, 자신의 모음사(母音絲)로 역은 음절들을 통하여 정휴(靜休)롭게 질문하는지라: 당신 여태 생각해 본 적이 있는 가요, 기자 양반, 순수한 땀의 위대성이 그(HCE)의 비객담(悲客談)이 었음을? 그럼에도 불구하고 이 행위에 대한 저의 사료된 태도에 의하면, 현안의 심판이 있을 때까지, 1885년 형사법 개정안 제11조 32항에 따라, 이 행위에 있어서 뭔가 반대 항이 있을지라도, 그 자는 충분한 벌금을 물 어야 마땅하리다. (19) 자아리 질크(Jarley Jilke), 그는 이어위커가 파넬처 럼, 글래드스턴(영국 수상)에 의하여 부대 속에 부당하게 가두어졌다고 생

각하도다. (20) 해수병(海水兵) 월터 미거(Meagher), 그는 두 소녀들인, 퀘스터와 푸엘라(공원의 두 소녀들), 그리고 키사즈 골목 아래 저들 세 북 치는 자들(공원의 군인들)에 관하여 뭔가를 말한다. 두 개의 손가락 단추를 두고 맹세하거니와, HCE는 비난받기 십상이라. 자신의 바지의 포위공격으로, 그 뒤에 그 밖에 누군가가 있는지라.

61.28. 〔이상 열거된, 우화가 다른 것과 관계가 있는 것인고? 이제 모든 것이 견문되고 이어 망각되는 것인고? 그것이 가능 했던고, 우리는 간절히 바라거니와, 너무나 다양화한 불법행위들이 수행되었는지라 그러나 한 가지 분명한 사실인 즉, HCE는 제7의 도시(더블린), 우로비브라(불타가 개명〔改名〕을 받은 곳)로부터 도망했도다.〕

62. 그(HCE)는 아트리아틱(아드리아 바다)의 격노한 질풍을 넘어, 걸인대장(乞人隊長)과 단의(端衣)을 바꿔 입으며, 밤의 알토(최고음)의 음향 아래 침묵의 망사를 걸치고 모하메드처럼 도회로 도주했나니, 고(孤) 승선(乘船)한 채, 바다의 한 마리 갈 까마귀 마냥…… 오시(汚市)에서, 살인 속죄 속에 망각하기 위해 그리하여, 죽음의 탐해병(探海病)에서 벗어나 신의 전섭리(前攝理)로 재혼수(再婚需) 속에 재생묘(再生錨)하면서…… 자신의 정명(定命)을, 손바닥과 됫 골무 마냥, 교황요정(教皇妖精)과 결합하기 위해. 나(HCE)의 내자(內子)를 위하여 나는 그대에게 호양(互讓)을 지니며 나의 남편대(男便帶)를 조이고 나는 그대를 목 조르는 도다. 황무지 땅〔T.S. 엘리엇의 런던 인유〕, 노사망우수(勞使忘憂樹)의 땅, 비애우수(悲哀憂愁)의 땅, 에머랠드 조명지(照明地), 목농인(牧農人)의 초지…… 그(HCE)의 사도적(使徒的) 나날은 지고천상(至高天上)으로부터 뇌성 치는 신자(神者)의 풍부한 자비에 의하여 장구(長久)할지니…… 특허권자들 및 일반 거주자들, 시장(市場)으로서 다시(茶市)까지, 농노추녀자(農奴追女者)들이, 그를 해치나니, 가련한 도피자, 혼비백산하여 육체적으로 추종하면서…… 부패할 수 있는 자들이……보통의 또는 아일랜드—낙원전기(樂園前期)의 망명자들, 붉은 부활 속에 그를 매도하기 위해, 고로 모두들 그 자, 최초의 파라오 왕, 험프리(H) 쿠푸(C) 대왕지사(大王知事)(E)에게, 그들의 고유의 죄

를 확인시키려 했도다…… 우리들이 알고 있는 저 인간(HCE)은 싸울 기회가 거의 없었으나, 그런데도 그이 또는 그의 것 또는 그의 관심은 과오국(過誤國)의 원초적 공포의 공황에 굴복하고 말았던 것이로다. 파라오여(perforates)![이집트의 전제적 왕]

[HCE의 불한당 캐드의 만남의 재연] 우리(화자)는 (진짜 우리들!) 우리들의 황천서(荒天書)에 봉인 된 제6장 이집트의『사자의 책』속에 흑(黑)에 의하여 일어난 진행 사를 읽고 있는 듯 했도다. 그것은 수요장일(水曜葬日)의 홍행(쇼)이 있던 다음인지라 한 키 큰 사나이(HCE), 의심스러운 짐을 흑처럼 등에 지고, 짙은 별무(別霧) 사이, 낡은 장소인, 로이의 모퉁이 촌도 곁에, 크리스티 흑인 악단의 제2연주장으로부터 늦게 귀가하고 있었을 때, 방망이 키스 연발 권총에 맞부딪쳤는지라, 다음과 같은 말에 직면했도다. "당신은 피격 당했소, 나리." 한 불가지의 공격자(가면 쓴)에 의해, 그는 야생 능금나무 로타 혹은 과수신(果樹神) 이블 린을 두고, 그 자와 서로 시샘해 왔었는지라. 그것 이상으로 저 매복자 루카리조드(체플리조드+루칸)의 교구인도 아니요 혹은 심지어 그랜달로 관구 출신도 아닌지라, 단지 작은 브리타니 뱃머리로부터 큰소리 치고 있었으니, 여담 식으로 언급하여 가로 대,

63. 그이, 저 베짱이 놈(캐드—매복자)은, 리드 점의 칼 장수 100호 칼날에 첨판(添版)하여, 단지 쌍둥이 양자택일의 것으로 남아 있는 호브선 점의 장전(裝塡)된 특선 제를 몸에 지녔는지라, 아니면 반대로, 그는 숙모인 그녀를, 권총으로, 확실히 쏠 것인지(그녀는 그것을 오케이 확신 할 수 있었으니!), 또는, 이것이 실패할 경우, 패치(헝겊 조각) 놈의 생기 없는 얼굴을 식별할 수 없을 만큼 후려갈길 것인지, 그는 방호방책(防護防柵)을 가지고 행사했던 보드카 돌발사를 무례한 쓸개 강심장으로 날카롭게 질문했는지라, 이에 단지 성난 피공격자(HCE)에 의한 응답인 즉, 그것이야말로 그에게 단지 순간적 걸쇠(직감)에 불과한지라, 주중, 찜 더위에 우물에 가서 자신이 소나기 샤워가 가능한 것인지 찾아보라는 것이었도다. 그러나 이는 얼마나 철저하게도 비실(非實)한 것이었던 고, 선량한 역자여![선량한 독자여!] 그(HCE)의 육척족(六尺足)은 결코 키 큰 남자가 아니나니, 전혀, 자

네. 그 따위 교구 목사는 아니로다. 매복자[캐드의 암시]는 이 키 큰 사나이(HCE)가 무엇 때문에 꾸러미를 지녔는지에 대해 날카롭게 질문했나니, 이에 오직 그의 응답인 즉, 그거야말로 그 매복자가 짐작 할 수 있는 일인지라, 주중, 찜 더위에 우물에 가서 자신이 소나기 샤워가 가능한 것인지 보라는 것이었도다. 그러나 사건의 이러한 설명은 정말로 비실(非實)한 것인지라, 왜냐하면, 그것은 사실들과 일치하지 않기 때문이도다. 우리는 물을 수 있을지니, 왜 이 유능체(有能體) (공격자—캐드)가 문간에 있었던고? 그건 어떤 소녀와 연관되었던고? 혹은 그의 12방의 권총을 폭파하여, 보안관의 출입을 강요했던고? 그는, 자신이 푸주한의 푸른 블라우스를 입고, 술병을 소유한 채, 어둠 뒤에, 바로 문간인, HCE의 절제 문 출입구 통로에서 경비에 의해 체포되었다고 진술했도다.

63.20. 다섯째로, 저 비열한(캐드)의 진술은, 아일랜드어를 중얼거리면서, 그는 문간의 기둥에 부딪쳐 넘어졌나니, 너무나 많이 비열객주(卑劣客酒) 또는 혈굴주(穴掘酒)를 한껏 마셨는지라, 악마화주가(惡魔火酒家), 지옥 앵무새 집, 오렌지 나무 옥, 환가(歡家), 태양 옥, 성양(聖羊) 주막 그리고, 마지막으로 들먹이지만 결코 못하지 않는, 라미트다운의 선상 호텔에서, 자신이 백사(白糸)와 흑사(黑糸)를 분간할 수 없었던 아침 순간 이래 주께서 마리아에게 선포한 천사의 만종에 이르기까지 음주한 뒤, 그의 머리에 암소 보닛을 달고, 그가 단지 덜커덩 펄떡 문석(門石)의 부두에 부딪혀 넘어지다니, 그것을 그는 모충(毛蟲) 기둥으로 착오했던 것이로다. [폐점 후에 HCE 주점으로 들어가려는 캐드]

64. [에피소드의 탈선, 짧은 필름의 막간 HCE 주막의 하인(배한)은 침대 속에 안전하게 전포(戰捕)된 채, 자신이 모르몬 회당의 부자(富者)임을 꿈꾸면서 역사의 뮤즈 신들이 월광에 풀 뜯고 있는 동안 당시 그의 백색의 불라 땅으로부터 네 번째의 고비성(高鼻聲)에 의하여, 눈먼 돼지 그리고 그와 비슷한 것으로부터 발하는 엄청난 음계(音階)의 해머 소리(우나! 우나!)를 들음으로써 잠에서 깨어나, 아래층으로 내려오다니, 파마 왕의 폭음 인양 그(HCE)를 잠의 심연으로부터 깨울 정도로 질문을 받자, 자신은 눈먼 돼지로

부터 해머 소리 그리고 마린가 여숙 역사상 그가 결코 들어보지 못한, 그와 같은 어떤 소리에 의해 잠에서 깨었다고 선언했도다. 두들기는 바벨 소리는 그에게 외국 악사들의 악기소리 또는 폼페이의 최후의 날들을 상기시켰는지라. 나아가, 이 타곡은 이층에 잠자던 젊은 우녀(雨女)(ALP)를 필사적으로 끌어 내려왔나니, 그녀는 넘실거리는 해마도(海馬濤)에 세목(洗目)하고 있었도다. 백(白)하얗게.〕(여기 ALP는 세탁녀임.)

64.22. 〔탈선: 공원의 에피소드의 변형인, 짧은 영화의 막간〕

　잠깐만. 관념(영원)의 적기(適期)의 시간, 마스켓 총병들이여! 아토스, 포토스 및 아라미스 여러분, 아스트리아 양은 점성가들에게 맡길지니 그리고 성자들의 사랑과 케빈 천국의 창영예(槍榮譽)를 위하여 범대지(汎大地)에 용골을 철썩 찰싹 뒤집을지라. 〔관념의 세계에서 현실 세계로 눈 돌릴지라.〕 그리고 물레(旋)(릴) 세계를 굴러내게 할지라. 물레(實: reel) 세계, 물레(實) 세계를! 그리고 만일 그대가 실(實)의(릴: real) 크림을 맛보려거든, 그대의 연홍녀(煙紅女)들, 백설과 적 장미 〔현실적 여인들〕을 모두 부를지라! 자 이제 딸기 놀음〔현실적 재미 — 잇따른 정사의 필름 장면〕을 위해! 쏟아, 쏟아요! *이면에 여인이 있도다!* 여락인(女落人)! 여여락인(女女落人)!

64.30. 〔건강 광고문 자 올지라, 저 커다랗고 불망각(不忘却)의 머리를 지닌 보통사람, 그리하여 저 지긋지긋한 나배어안(裸背魚顏)의 경멸할 마킨 스키 집사여, 질문무용자(質問無用者) 또는 타자. 그대의 집사양각(執事羊脚)이 지나치게 끌어당겨진 나머지 근육이 뻣뻣해지고 있도다. 고된 생을 영위하는 자들의 암시〕 "맥주병의 노아 비어리는 개암나무가 암탉이었을 때 1천 스톤의 무게였나니. 이제 그녀의 지방(脂肪)은 급락하고 있도다. 그런고로, 잡담부대(雜談負袋)여, 그대 것인들 안 될게 뭐람? 왜 개화기가 최고인지 열아홉 가지 달콤한 이유가 있도다. 양 딱총 나무는 푸른 아몬드를 위하여 추락하나니," 〔건강의 악화〕

65. 〔탈선, 한 연감의 춘사 — 필름: 관념의 세계에서 현실 세계로! 현실

적 한 이야기: 여기 얼치기 영감은 (HCE의 비유) 영감은 그녀(1호)에게 맹세하나니 그녀야말로 자신의 봉밀 양(孃)이요, 저 아래 서쪽 보증된 행복의 애소(愛所)에서 즐거운 시간을 나누리라. 그는 야단법석 떨기만 하다니, 그러자 그녀는 진정 현금이 든 옷장 소식을 듣고 싶었는지라, 그리하여 그녀의 애인 로빈슨에게 바지를 사줄 수 있고, 아티, 버티, 또는 필경 찰리 챤스에게 허세부리리라. 그러나 얼치기 영감은 제2호의 살구 궁둥이에도 몹시 반해 있었으니, 세 사람 모두 진짜로 행복하게 지낼 수 있는지라, 그것은 A.B.C.처럼 간단한지라, 만일 그들 모두가 한 척의 배에 탄다면 엎어지고 자빠지고 카누 키스를 할 수 있을 것인고? 이와 같은 일에 불쾌감을 갖는다는 것은 사실상 소용없는지라, 세상에는 비슷한 일들이 많이 발생하고 있기 때문이도다.]"흥미종(興味終; Finny)(finn+funny)."(필름 끝)

〔필름 펄럭이는 소리]"펄럭(아크), 펄럭, 펄럭. 그것의 박수갈채, 함정 및 토장(土葬)과 더불어, 삼위일괴(三位一塊), 우리들 상호의 친구들인, 방책(防柵)과 문간의 병(甁)"(영감과 두 이씨들)이 암암리에 같은 배를 타고 있는 듯하나니, 〔춘사는 누구에게나 있는 다반사, 이들은 연속 상연 격, 영화는 편지로〕

66.10. 〔2가지 탈선—여담들: 잃어버린 편지와 도난당한 관(棺)〕 우리는 한 통의 우송된 편지 (ALP가 HCE에게 보낸 문제의 것)과 한 도난당한 관(棺)에 관한 두 신비(미스터리)에 접근하도다.

(1) 편지: 다음날 아침, 일곱 가지 다단계의 잉크로 쓰인, A 소파당 (ALP) 여불 비례의 표제로 씌어지고, 서 중앙국, 더브렌, 낙원베리의 하이드 및 치크(HCE)에게 한 통의 봉투를 전달하는 것이 우편집배원의 이상한 운명인고? 봉투에 쓰일 것은 무엇이든, 스턴, 스위프트 및 즐거운 쾌락 동침 자에 의해 사용된, 저 샴 어의 쌍둥이 혼용어법으로, 언제나 작문된 듯 할 것인고? 편지는 늙은 암탉의 부리가 그를 파헤칠 때까지 영원히, 기둥우체통 속에 영원히 잠든 채 숨어있을 것인고? 편지의 역자(서명자)

ALP, 추신 자. 셈, 배달부. 숀 수치인 HCE, 발송 처. 미국 매사추세츠, 보스턴.

(2) 어떤 관(棺): 그것은 모든 필요의 장례 필수품을 공급하는, 서부의 유명가인, 이츠만(Oetzmann) 및 네퓨(Nephew)(그는 만사의 자연적 과정에 있어서 모든 필요의 서술을 지닌 장례 필수품을 계속 공급하고 있거니와)의 가구상 재고품 창고에서 옮겨온 듯 하거니와—하지만 왜 필요했던고? 화미장(華美粧) 무도회의 저들 신부(新婦)들을 위해?

67. ……. 언제나 그대와 당장 경합하는 그대의 강직한 신랑들이 이제 우리들의 것, 이 단말마(斷末魔) 죽음의 세계에서 그 밖에 무엇이, 저기 밤, 그들의 한밤중에, 거기 나를 나신(裸身)으로 만나, 그들의 무(無)가 영(零의)시(時)를 타(打)할 때, 육(肉)으로서, 그들의 경고(驚孤)와 유해(遺骸)[죽음]로, 천만에, 그들로 하여금 당장 되돌아오도록(설욕하도록) 하라.

〔이하 이야기는 속히 행하리라.〕

〔여담의 다른 예, 특별 순경, 키다리 랠리가 술 취한 이어위커를 체포한 증언〕 랠리는 푸른 셔츠를 입은 한 괴상망측한 자(HCE)와 부닥쳤는지라. 후지는 리머럭 소재 식료품 공급 상인, 오토 샌지 & 이스트먼 귀하를 대신하여 얼마간의 양 갈비 고기 덩어리와 육즙을 배달한 후에, 모든 법에 위배되게도 (주막의) 폐구문(閉丘門)을 마구 걷어찼던 거다. 문간에서 도전받자, 이 육인(肉人)은 순경에게 단순히 말했나니. "나는, 맹세코, 필립스 경사여!" 말하자면, 그는 완전히 취해있었도다. 그러나 이 순간 순경 키다리 랠리는 어떤 맥파트랜드(육인의 가족으로, 별명을 제외하고 세계에서 최고령)라는 자에 의하여 예의 있게 제지당했는지라, 후지는 그가 무릎 깊이 과오에 빠져 있다고 선언했도다. 그러나 이에 키다리 랠리의 용안(容顏)이 떨어졌도다.

67.27. 〔HCE & 두 유혹녀의 공원의 치정에 대한 여담〕

그리하여 금후 이러한 낙타 등(背)의 사나이(HCE)는 스커트 자락의 저들 꼴풀 계곡의 두 여걸들에 의하여, 자극되었도다. (1) 한 사람의 루피다

로레트는 앞서 그녀가 사랑하는 모든 평온한 생활과 함께 그 후 곧 불의의 발작 속에 산탄주(酸炭酒)를 마셨는지라 그리하여 얼굴이 창백해졌나니, (2) 한편, 그녀의 다른 사랑의—자매요, 얼룩진 비둘기인, 루펄카 라토우시는,

68. 어느 날 그녀가 쌍안경의 사나이들을 위하여 옷을 벌거벗었으니, 이 밤의 여인은 애정을 애무하며, 자신의 여분의 호의를 재빨리 펼치거나, 대접하거나, 팔다니, 건초 더미에서 혹은 장물 은닉처에서 혹은 특별 목적의 푸른 보리밭에서 집시 풍의 저 똑같은 뜨거운 진수성찬을 오스카의 대부(大夫: HCE)에게 접시 가득 대접했던 것이로다. 그 자(HCE)는, 그녀의 행각을 도 래 미 파 솔 라 시 도의 무지개 빛의 고성으로 잘못 소인(燒印)하지 않았던고? 그녀와 HCE의 정겨운 정사 장면이라, 그녀는 소아시아의 사나이(HCE)를 재주넘기로 재삼 유혹하지 않았던고? 그녀는 제공하고, 그는 주저하고, 눈은 갈망하고, 지난날의 그녀의 목소리를 듣나니, 그러나 대답은 없었도다.

[그들의 춘사 장면]

그녀의 행각을 도(底) 래(正) 미(賤) 파(僞) 솔(潛) 라(磨) 시(病) 도료(塗料)의 무지개 빛의 고성(高聲)으로 잘못 소인(燒印)하지 않았던고? 악마의 분(糞)이로다! 선민(鮮民)의 우녀(雨女), 요정의 왕녀, 희롱의 여왕. 왕다운 사나이, 왕가의 용모를 하고, 왕실의 의상에, 영광이여 찬연할지라! 그렇게 주고 그렇게 받다니: 지금은 아니, 아니야 당장은! 그는 단지 잠깐. 괴로워하는 나팔! 그는 하고 싶은 생각이었나니, 뭐로? 들을지라, 오 들을지라, 대지의 생자여! 기아, 죽음의 시대, 귀담아들을지라! 그는 듣, 눈은 그녀의 입 다시는 입술에 탐욕스럽게. 그는 지난날의 그녀의 목소리를 듣는 도다! 찌링, 찌링, 찌링! 그러나 그의 예언자의 비어(酒) 턱수염에 맹세코, 그는 대답할 수 없도다. 일어나요 그리고 해 비칠 때까지 자장자장!

[치정의 계속—남녀 성의 폭거와 공갈의 상오작용] "황갈색의 불쾌한 (不快漢)들이여! 멍청이의 기둥이 우리들 뒤의 잎사귀 중의 잎사귀를 남기나니. 만일 인생, 사지(四肢) 및 가재(家財)에 대한 폭거가, 종종,"

69. 상처받은 여성에 대한, 직접 또는 대리 남성을 통한 표현이었다면 (아하! 아하!), 공감의 행사야말로 요녀들이 그 속에 존재하여 황막한 대지의 꽃들을 기꺼이 바라는 시대로부터 속삭이는 죄에 대한 인상적이요 사적인 명성을 언제나 따르지 않았던고? 〔남성과 여성간의 폭거와 공감의 상오작용〕

〔HCE의 주점 및 잠긴 문〕

이제 고무(鼓舞)된 기억에 의하여, 벽의 전혈(孔穴)(피닉스 공원 북안의)로 다시 바퀴(순서)를 돌릴 지로다. 옛날 옛적에 한 개의 벽이 있었으니, 아르런드(Aaarlund; 아일랜드) 해(年)의 금속 또는 분노가 있기 전이었는지라. 또는 마(魔)성냥불을 켜면 당시 아직도 볼 수 있었도다. 당시 돌쩌귀 문이 하나 별도로 있었으니, 한편 그 강건 낙천가(HCE)는 저 두옥(斗屋)을 매입하고 확장했는지라, 자신의 잔여 생계를 위하여 현장에 사과문을 달았는바, 당나귀들을 멀리하기 위하여 철개문(鐵開門)이, 그의 충실한 문지기에 의하여 채워졌으니, 아마도 그를 안에 연금 보호하기 위해서였으리라. 어쩌면 그가 자신의 가슴을 너무 멀리 내밀거나 민열(民列)의 란일(卵日)의 산책으로 은총의 신의(神意)를 유혹하고 싶지 않도록 하기 위해서였나니, 주인은 아직도 자유로이 땅을 포옹하기에는 실로 미숙했도다.

〔HCE 주막의 투숙 기자 및 중서부 출신 미국인 이야기〕 "오, 그런데, 언제나 기억해야할지니, 당시 어떤 북부 세숙자(賁宿者; 오스트리아 기자)가 하기 숙소인, 대목통(大木桶) 주점(HCE 주막) 32호에 머물었도다."

70. 거기 머물고 있던 저 유럽 대합중국인은 주당 11실링의 회오금(悔悟金)을 방세로 지불하고 있었는지라. 그리하여 아일랜드 신화의 파괴 어를 독일 방언으로 교환하면서, 아담 추락사건에 관한 그의 르포르타주를 정기 간행물 지인, 프랑프르트 신문(Frankendootsch Siding)을 위해 송고했는지라. 그런데 누군가 그의 양모 바지를 몰래 뒤졌기에, 손해의 보상(500 파운드)을 요구했도다. 또한, 그는 닫힌 주막 문간에 어떤 노크 소리가 그를 괴롭힌다고 독일어로 말했나니, 장본인은 중서부 출신의 어떤 논평이〔미국인〕으로 HCE가 주막의 술을 팔지 않는다고 마구 욕하다니. 이 노변 강탈 범은 주의를 끌기 위하여 HCE의 열쇠구멍을 통하여 우는 시늉을 하며, 자

신이 멍키 렌치를 가지고 그의 멀대같은 대가리에 도전하겠다고 말했도다. 그러면서 그는 더 많은 술을 요구하며, 주인에게 11시 30분부터 오후 2시까지 욕설을 계속 퍼부었나니. (C)토괴(土塊)의 자식이, 밖으로 나오도록, 그대 유대 거지 놈, (E)처형당할지라, 아멘. 이어위커, 저 귀감심(龜鑑心), 저 모범적 귀(耳)를 하고, 다이니시우스(희랍 신화의 주신) 자신의 것처럼 수용보유적(受容保有的)인지라, 장고(長苦)하면서……

71. 〔HCE에 대한 놈의 비방성의 일람: 집안의 저 조용한 남자(HCE)는 공격자〔미국인 논평이〕의 고함에 요지부동, 밖으로 나가지 않고, 수동적으로, 얼굴이 약간 창백한 채, 손에는 보온병을 쥐고, 축벽(築壁) 뒤 온실 속에, 태평하게 앉아 있는지라, 그러자 그는 공격자가 자기에게 퍼붓는 비방명의 긴 일람표(111가지)를 다음과 같이 편집했도다.〕

　　첫날밤 사나이, 밀고자, 오래된 과일, 황색 휘그당원, 검은 딱새, 황금 걸음걸이, 소지(沼地) 곁의 가인(佳人), 나쁜 바나나지기 당나귀, 요크의 돼지, 우스꽝스러운 얼굴, 배고티의 모퉁이 충돌자, 버터기름, 개방대길자(開放大吉者), 가인과 아벨, 아일랜드의 여덟 번째 기적, 돈 마련자, 성유인(聖油人), 살인자 월상안(月狀顏), 서리 발(髮) 날조자, 심야 일광자(日光者), 성전박리자(聖典剝離者), 주간 주농(酒農), 절름발이 폭군 터머, 푸른 점토한(粘土漢), 다시전(茶時前)의 취한(醉漢), 오락 사진 독자. 청각 장애자, 괴골(怪滑) 착한 오리의 축복을 생각하라, W.D.의 은총, 더블린의 지껄이 만(灣), 그의 아비는 월색가(月索家)요 어미는 잔소리꾼, 베일리의 탐조등, 예술가……

72. 〔비방 명의 계속〕
　　크리켓 주자(走者), 급료 날치기, 앤니 방(房)의 앤디 맥 놈, 전원(全員) 아웃, 집게벌레 부랄, 폭탄가(爆彈街)의 승자, 숭고한 문지기, 벨르기 왕의 가신(家臣) 및 모든 러시아인들의 황제를 위한 기사자(記事者), 언덕의 특 가품, 그리고 111번(番)으로, 코스테로 성(城)에의 행실(行實), 깃털과 밧줄 동침자, 수다쟁이 호레이스를 판매한 것으로 알려진 자, 동봉한 것을 핀갈의 자식놈들이 발견하다, 추락 속의 흔들림, 2) 한 사람의 아내와 40인을 구함, 시장녀(市場女)와 행위한 자, 고집통 원숭이, 펑하고 죽는 족제비, 소상인 파산자, 그이—우유봉밀해리감정인(牛乳蜂蜜海狸鑑定人), V는 궁술가…… (72.17) 그러나 개인의 자유를 무정부적으로 존중하여, HCE는 한마디 쐐기 말에 응답하지 않나니…… 그러나 사나이는, 만일 자신의 가공할 의도를 정말로 수행한다면, 스스로 무슨 짓을 했을지도 모를 심각성을 잠재의식을 통하여 정찰하면서, 얼마간 술이 깬 다음 그의 언어의 쐐기를 끝냈는지라.

73. 그 자(미국 중서부의 논평이)는 고유물학적(古遺物學的) 현장을 재빨리 물러나며, 이어위커로 하여금 밖으로 나오도록 타이른 다음, 그의 사내꼭두각시 목소리로 열대의 갈매기 둔주 곡, 작품 XI, 32번에서 최초의 영웅시체 2행구를 연주하면서, 그의 엄지손가락에 작별을 고하고, 비틀비틀 사라졌도다.

73.16. 그리하여, 그의 밴드 묶음을 어깨에 메고, 연못 또는 간척지 위에 똑뚝땅땅 낙수 물, 아침의 필라델피아 빵을 원하면서, 그의 미끄럼 속에 후방으로, 장애물 항(港)의 구부정한 걸음걸이로 진행했나니(헬리여, 너마저!) 농아회관의 방향으로, 베천(背川)의 독신자족(獨身自足)의 달빛 어린 골짜기 속에, 약 1천년 또는 1천 1백년 비틀비틀 사라져 갔도다. 〔부랑아의 퇴장〕아듀(안녕) 그대여(汝)!

   그리하여 이렇게, 대성채(大城砦: HCE의 주막) 주변의 부랑자의 포위 속의 저 최후의 단계가 종말을 고하도다.

73.28. 하지만, HCE는 우인림(牛人林) 곁의 다른 문에 유물들을 남겼나니, 말없이 서 있는 그의 실내의 돌무덤이 증언하듯, 언덕 위에 그리고 골짜기 아래, 호우드에, 이니스캐리에, 그들은 그(HCE)를 올리버의 양(羊)(크롬웰의 군인)이라 부르나니, 그리고 그들은, 그가 대각성(大角聲에 의해 대지—잠에서 깨어나는 날, 작은 구름이 커져가듯, 그들의 목자(牧者)인, 그에게로 집결하리라, 라자바 아서 왕예(王譽)의 전광창(電光槍)과 더불어.

74. 〔성(城; 댁)에서 잠들자, 예견되는 핀 또는 HCE의 부활〕

그 뒤로 그에 관해 아무것도 들리지 않았도다. 그러나 그(HCE)가 시야에서 사라졌어도, 그는 대지면(大地面)으로부터 그의 강력한 뿔 나팔에 맞추어 다시 깨어나리라. 찔레꽃들 속의 한 그루 느릅나무 마냥, 핀(Finn)처럼 부활하리라. 그는 대지면(大地眠)으로부터 경각(徑覺)할지니, 도도(滔滔)한 관모(冠毛)의 느릅나무 사나이, 오—녹자(綠者)의 봉기(하라)의 그의 찔레 덤불 골짜기에(잃어버린 영도자들이여 생〔生〕할지라! 영웅들이여 돌아올지라!) 그리하여 구릉과 골짜기를 넘어 주(主)풍풍파라팡나팔(우리들을 보호하소서!),

왠고하니 그 날에는 모두들 그의 하느님의 부름에 다시 운집하리니. 언덕과 골짜기에 그의 강력한 뿔 나팔이 다시 울리리라. 그의 하느님은 그를 부를지니 〔핀—HCE는 라틴어로 물으리라〕 "*하느님 맙소사, 당신은 제가 사멸했다고 생각하나이까?*" 침묵이 그대의 회당(會堂)에 있으나, 다환(多歡)의 소리가 밤공기 속에 울리리로다.

〔한편 그동안 그(Finn—HCE)는 잠자도다. 그는 죽지 않았으니.〕

리버풀(빈간)(貧肝)? 고로 그걸로 조금! 그의 뇌흡(腦吸)은 냉(冷)하고, 그의 피부는 습(濕)하니, 그의 심장은 건고(乾孤)라, 그의 청체혈류(靑體血流)는 서행(徐行)하고, 그의 토(吐)함은 오직 일식一(息)이나니, 그의 극사지(極四肢)는, 무풍(無風) 핀 그라스, 전포인(典鋪人) 펜브룩, 냉수 킬메인함 그리고 볼드아울〔동서남북 더블린 지역〕에 분할되어, 지극히 극지(極肢)로다(쇠약하도다). 등 혹은 잠자고 있나니. 라스판햄(더블린 지역)의 빗방울 못지않게, 말(言)은 그에게 더 이상 무게가 없도다. 그걸 우리 모두 닮았나니. 비(雨). 우리가 잠잘 때. (비)방울. 그러나 우리가 잠잘 때까지 기다릴지라. 방수(防水). 정적(停滴; 방울)을. 〔HCE는 여기 잠의 모든 생리적 효과를 노출한다.〕

〔이상 제I부 3장의 두드러진 특징인 즉, 주인공의 인물과 그의 적대자들이 서로 융합하는 경향이다. 우리는 이미 50~51 페이지에서 그러한 논지를

주목해왔거니와, 거기서 스캔들을 퍼트린 많은 등장인물들은 어떤 브라운—
노란이란 인물 속에 융합(融合)하는 경향이었다. 이는 인물 자체 또한, HCE
와의 적대의 유합(癒合; symphysis of antipathies)의 위협을 드러낸다. 평화
의 관리인 순경 키다리 랄리 토브키즈는 자신의 주변에 많은 HCE의 모습
을 지니고 있으며, 불청객 미국인은 이 장의 마지막 3개의 문단들을 통하여
HCE와 단순히 구별되지 않음을 주목해야 할 것이다. 유럽 대륙의 기자 역
시 고목(古木)의 가지에 불과하다.]

제I부 4장

HCE—그의 서거와 부활

【개요】 HCE가 잠이 든 채, 자신의 죽음과 장지를 꿈꾼다. 여기 잊혀진 관이, "유리 고정 판별 널의 티크 나무 관"으로 서술되어, 나타난다.(76.11) 이 장의 초두에서, 미국의 혁명과 시민 전쟁을 포함하여, 다양한 전투들에 대한 암시가 묵시록적 파멸과 새로운 시작의 기대들을 암시한다.(78.15~79.26) "그러나 시대의 소환봉사를 따를지니, 추락 후 봉기할지라."(78.7)『피네간의 경야의 골격 열쇠』란 저서에서 캠벨과 H.M. 로빈슨은 평하기를, "HCE의 죽음을 뒤따르는 커다란 전쟁들은 피네간의 경야에서 떠들썩한 소란과 아들들의 전쟁에 일치하며, 거장의 죽음과 더불어, 혼돈을 대신 한다."(82. n4)라고 서술한다.

부수적인 혼돈은 비코(Vico)의 회귀(*recorso*)에 해당함으로써, 새로운 시대를 예시한다. 그러나 이 새로운 시대는 아직 발달 중에 있다. 왜냐하면, 과부 케이트 스트롱(1장에서 공원의 박물관 안내자요, HCE 가의 세탁부)이 독자의 주의를 "피닉스 공원의 사문석 근처의 오물더미"(80.6)로 되돌려 놓으며, 그녀의 견해를 있는 그대로 자세히 설명하기 때문이다. 이어 HCE가 불한당 캐드와 만나는 사건의 각본이 뒤따른다.(81.12~84.27) "공격자"(81.18)와 대항자의 가장으로 이야기되는, 대립에 대한 설명은 캐드 이야기의 의미심장한 수정(修訂)으로서, 그것은, 제I부. 1장에서 쥬트와 뮤트의 만남처럼, 작품의 주제적 진전에 중심을 이루는 셈/숀의 반대 및 갈등을 개관한다.

비난받는 페스트 킹(Pesty King ; HCE의 분신) 및 그의 공원의 불륜 사건에 대한 심판을 비롯하여 그에 대한 혼란스럽고 모순된 증거를 지닌 4명의 심판관들의 관찰이 잇따른 여러 페이지들을 점령한다.(85.20~96.26) 목격자들은, 변장한 페스트 자신을 포함하여, 그에게 불리한 증언을 행한다. 그의 재판 도중 4번째 천둥소리가 울리며, 앞서 "편지"가 다시 표면에 떠오르고, 증인들은 서로 엉키며, 신원을 불확실하게 만든다. 4명의 심판관들은 사건에 대하여 논쟁하지만, 아무도 이를 해결하지 못하고 결론에 도달하지 못한다. 그에 대한 불확정한 재판이 끝난 뒤에, HCE는 개들에 의하여 추적당하는 여우처럼 도망치지만, 그에 대한 검증은 계속 보고된다. 이어 우리는 ALP와 그녀의 도착에 주의를 집중하게 되나니: "고로 지여신이여 그녀에 관한 모든 걸 우리에게 말하구려." 마침내 그녀의 남편에 대한 헌신과 함께 그들 내외의 결혼에 대한 찬가로 이 장은 종결된다. (101.2~3)

[본문 시작]

75. 우리들의 영웅(HCE)은 그가 앞 장말의 불청객인 미국인의 비방을 견디고 있는 저 시간 동안, 무엇을 꿈꾸고 있었던고? 동물원의 사자가 나일 강의 수련을 꿈꾸듯, 주점의 울타리에 갇힌 이어위커는 첫째로, 그를 영락시킨 "오염되지 않은 백합꽃들"〔공원의 처녀들〕을 꿈꾸었으리라; 둘째로, 아마도 그는 맥열(麥熱)과 수확의 들판, 거기 황금곡물을 예견(후견)했으리라; 셋째로, 그는, 저 "언어 부상자(wordwounder)(앞서 부랑자 캐드)"가 포위하는 동안(11시 30분부터~오후 2시까지 3시간 반 동안)그가 흑안(黑顔)의 양떼의 현저한 왕조의 조부로 밝혀지기를 기도했으리라.

76. 네이 호반의 HCE의 수장(水葬): 왠고하니, HCE에게 평소 최고의 욕망이 있었는지라, 그것은 시민들의 범죄 계층을 사회에서 제거하고, "도시의 행복을 안정시키는 일이라."〔그는 『율리시스』의 밤의 환각 장면에서 블룸―더블린 시장, 대통령 각하 마냥, 시민의 운명을 개량할 원대한 야심을 피력한다.〕

〔HCE의 수중묘의 재현: 이제 만사가 완료되자, 작품의 앞서 66페이지에 언급된 도둑맞은 관(棺)이 불쑥 재현 한다. 꾀 많은 보수적 대중들이, HCE의 시체가 비육체화(非肉化)(부패) 되기 전에, 최고 네이 호반의 모형으로, 그들의 잠정적인 영묘(靈廟)를 하나 그에게 선사하도다. 호반은 아주 상한 생선의 북새통 상태에 있었나니. 그것은, 마치 헝가리의 다뉴브 강의 하상(河床) 속의 최초의 훈족 마냥, 고대의 수목과 갈색의 이탄수(泥炭水) 물결로 풍요로웠도다. "그들(물결들)의 누비이불이 그의 이수면(泥睡眠)의 몸 위

에 경쾌하게 하소서!" 수중 영묘는 최고인지라, 이 존재했던 지하의 천국이요, 또는 두더지의 낙원 격, HCE의 관은 아마도 쟁기 등대의 역위(逆位)로서, 밀 수확을 양육하고 관광 무역을 기승(氣昇)하기 위해 의도되었던 것이리라.〕

77. 〔HCE의 수중 탈출〕

우리들의 수중의 성주(城主; HCE)는, 수뢰(水雷)의 방법에 의하여, TNT를 발명하고, 자신의 대중 무덤을 폭파했나니, 그의 방패 판막(瓣膜)에 동여 묶은 개량된 암모니아의 양철 깡통으로 광원(鑛源)과 접촉했는바, 케이블에 융합하여, 배터리 퓨즈 상자 속으로 누그러뜨렸도다. 그런 다음, 콘크리트 제의 방부성 벽돌과 회반죽으로 조심스럽게 그 자리를 메웠나니. 그 일이 끝나자, 건축 청부업자로서 HCE 자신은 칠소탑(七小塔)으로 은퇴하고, 대중추가공익위원회(大衆追加共益委員會) 등으로 하여금, 자신에게 아담 비가(悲歌)의 미사여구를 새긴 한 개의 석판(石板)을 그의 집 문간에 세우도록 선사하게 했는바, 그 내용인 즉, "친애하는 태형주(笞刑主)여, 오인(吾人)은 그대와 단절하나니, 거(去)하도다!" 〔HCE의 탈묘(脫墓) 및 비명(碑銘)〕

〔그러나 그는 자신이 거주 할, 자기 자신의 지상의 무덤을 노령을 대비하여 스마트하게 세웠는지라. 무덤은 대중의 공여물(供輿物)들, 지상의 부(富)로서 지원받았는바, 그가 편히 살 수 있도록 마련된 장례의 잡동사니들이 무덤 속으로 뒤따라 들어갔도다. 그리하여 그 일에 대해서, 그래요 과연, 그의 유리 석묘(石墓)의 장식을 위한 별별 하종(何種)의 토장(土葬) 잡품들, 만일 이러한 조건체(條件體)의 연쇄를 충족하건대, 당연하게 뒤따르나니,〕 〔이상 새 집을 위한 비축 물들—대중의 증여 물들〕 "아아, 정상적인 과정 속에, 소요중인간(逍遙重人間) 저 세계 일주자—(周者)(HCE)가, 지금까지 이러이러한 난경(難境)을 겪은 뒤라."

78. 그는 노쇠 전의 고령에 풍요로운 인생의 전노(前老)의 나날을 안전 가정적(安全家庭的)으로 보낼 수 있도록, 늦은 사순절을 위안지속(慰安持續)하게 하고, 고진(苦塵)의 단계까지, 시간의 총화를 한보(閑步)하면서 (수 천년동안

잠잘지라!) 폭발과 재 폭발 사이에 망각진정(忘却鎭靜)되어 (노호[怒號]천둥이여! 백[百]벼락이여!), 거두(巨頭)에서부터 거족(巨足)까지, 향유된 채, 장대한 시대의, 예상된 죽음 속에 풍요로울지라.

78.7. 〔HCE의 지상 귀환: 그러나 세월의 소환을 따를지니, 추락 후의 봉기를. 그리하여 성자는 그곳 무덤으로부터 충전된 채, 그의 하부계의 모든 비밀의 지층들을 통하여 번식하면서, 그의 지상의 보고(寶庫)로 다시 돌아왔도다.〕

『성서』의 암살된 가인(Cain)처럼, 사람들은 HCE를 핀(Finn)의 마을에 매장하도록 설득했도다. 그러나 수중 묘 속의 그는 단지 3개월 밖에 있지 않았나니, 그러자 그때 시체의 부패(작용)가, 소년들이 행진하듯, 터벅, 터벅, 터벅 다가오기 시작했도다. 번개가 뻔적이자 홍수가 터졌고, 문간에 머스캣 총알을 쏘는 소리가 났는지라. 켈트베리아의 양 진영〔신 남부 아일랜드와 구 얼스터〕, 즉 청군과 백안군(白顔軍) 간에, 교황 찬성 또는 교황 반대의 문제로 전쟁이 있었는바, 모든 조건의 신분을 지닌 사나이들은 그들의 전쟁 밑바닥을 향해 끌렸던 것이로다. 그들은 양 켈트의 캠프로부터 왔는바, 혹자는 영양의 결핍으로, 타자는 방어를 위해 포박된 채였나니, 왜냐하면, 영원은 매번 그들 쪽에 있기 때문이라. 그러자 그 늙은 유령(HCE)은 무덤 속의 오랜 기근으로부터 해방되어, 이전의 비만의 망상과 함께, 그를 속이는 평원의 어둠을 이용하여 도망쳤도다. 〔여기에 발생하는 미국 혁명과 미국 시민전쟁을 포함하는, 다양한 전투들의 암시들 (78.15~79.26)은 종말에 묵시록적 멸망과 새로운 시작의 예시를 암시한다.〕 "시대의 소환봉사를 따를지니, 추락 후 봉기할지라."

〔그동안 HCE는 호수의 연어 및 자신의 등 혹을 먹고 지내는지라. 그의 반대자들 사이에 의혹이 맴돌고 있었거니와, 그이야말로, 요리사—청소부(케이트)가 말했는바, 연어를 〔자기 자신 연어인지라〕 먹어치운 것으로 알려져 있었도다. 또한, 이러한 총체적 시간 동안 비밀리에 자기 자신의 등 혹의 지방을 먹고 지냈느니라.〕

〔이상의 구절에서 HCE의 선사시대가 종결된다. 보드빌(버라이어티 쇼)

의 핀 맥쿨처럼, 그는 추락으로 고통 받고, 사자(死者)로서 들어 눕게 되어, 한 가지 소음의 싸움이 생존자들 사이에 우르릉대는 동안 짙은 혼수(coma) 속에 남는 도다. 그는 아마 재생할 것이 기대된다.]

79. 〔현재의 장의 나머지는 위대한 이야기의 여파를 다룬다. 그것은 세 분명한 부분들 속으로 함몰한다. 첫째 (78~81)는 노파인, 케이트의 회상을 나타내는데, 그녀는 위인의 과부임을 공언한다(케이트, 캐시, 캐서린 나 후리한, 노모 아일랜드 등, 고대 핀 맥쿨의 과부는 HCE 가문의 가정부로서 봉사했었다).

둘째(81~96)는 사후의 재판의 증거를 제시하는바, 거기에는 증인으로서 그리고, HCE 자기 자신의 것이 아닌 그의 아들들, 솀과 숀의 특색을 상반 하는, 서로 비난하는 두 젊은 사내들로서 나타났다. 여기, 최초로, 이들 양인 을 특징짓는 유형을 나중에 드러낸다. 소년들은 그들의 부친의 옛 역사가 시 연되는 법정 장면을 지닌 무대에 등장하기 때문에, 그들은 성격상의 단편들 뿐만 아니라, 심지어 추락한 가장의 인생사와 범죄의 뭔가를 상속해온 것이 분명하다.

이 장의 셋째 부분(96~103)은 무덤으로부터의 시신(屍身)(HCE)의 사라 짐, 그것의 어딘가 가능한 재현의 문제, 그리고 몸집이 작은 당찬 과부— 아내 ALP의 상황을 다룬다. "당시는 이교도의, 첫 도시의 철기시대로, 그 때 비너스 양들은 사방에 킥킥킥 웃어대며 유혹하고, 사내들은 허황한 너털 털웃음을 분출했도다. 사실, 어느 오전 또는 오후를 막론하고 사랑은 자유요 변덕스러운지라, 한 숙녀는 심지어 단번에 한 쌍의 우신(愚紳)을 총애하는 도다. 그리고 사방에서 그들을 즐기는 도다."〕

79.27. 〔케이트 스트롱은 저들 불결 시절 동안 더블린 도시를 알고 있 던 넝마주이—과부(미망인)로서, 우리들을 위해 한편의 생생한 소로화(小路 畵)(더블린 지도)를 그리나니. 그녀는 사방에 냄새나는 쓰레기와 함께, 암석 의 가정 같은 오두막에 살았도다. 그리하여 이 과부는 거의 모든 폐품 청소

를 행했느니라.]

80. [케이트는 공원에 있는 쓰레기 더미의 옛 시절을 회상한다.]

　　그녀가 선언하는바, 거기에는 저들 오랜 당시의 묘지도(墓地道)의 밤에, 어떤 채석 포장의 대피로(待避路)도 없는지라, 그녀는 피닉스 공원의 사문석(蛇紋石) 근처에 HCE 가문의 오물을 버렸도다. 당시에, 그곳은 "미천(美泉)한 성소(聖所)"로 불리었으나, 뒤에 "페트의 정화장(淨化場)"으로 세례(洗禮) 되었느니라. 그녀는 그곳을 선택했는바, 왠고하니 그 근처 일대는 온통 과거의 복잡한 장식무늬였기에, 그리고 화석 발자국, 신발자국, 등등이 진화적 서술을 연속적으로 산적(散積)하고 있었기 때문이라. 이를테면, 모신(母神)에 대한 욕정을 갈망하는 연애편지를 감추기 위하여, 이보다 더 정교한 장소가 있을 것 인고! 당시 그곳은 분명히 프로메테우스[희랍 신화에서 천국의 불을 훔쳐 인간에게 전한 신]의 손에 의하여, 최초로 화해의 아기가 감미로운 땅의 요람 속에 눕혀졌나니. 편지가 나중에 발굴되는 패총더미는 여기 피닉스 공원에 위치하도다. 만부(萬夫; HCE)와 그의 여인은 우렛소리가 들렸을 때 여기서 사랑을 하고 있었노라.

80.20. 지고자(하느님)가 말한 곳은 분명히 거기(피닉스 공원)였나니! 거기 그의 혼례의 독수리들이 포획의 부리를 날카롭게 다듬던 곳. "있는 대로 있게 하라," 하느님은 말하는지라, 그분의 조야한 말(言)을 쫓아, 그곳은 마치 우리들 노아 시대를 기억하는 망각의 홍수가 물러가듯 했도다. 그리하여 해신 포세이돈 파동자(波動者)가 혈석(血石)을 씻던 곳이라. 그대 거기 저 녀석과 무엇을 하고 있는 고, 그대 불결한 말괄량이여? 그대의 조상이 갔던 길을 갈지라, 거기 부화매장(孵化埋葬)의 도로로!

　　[이리하여 뇌성 치는 신기원의 나날에 대한 케이트의 짧은 스케치가 종결된다.] 그것은 위대한 비코의 회귀, 또는 인간의 숙명의 길을 뜻하는 시초의 순간이었도다. 우리는 이제 잠시 동안, 저 뇌성의 교훈과 이 길을 생각하기 위해 멈추어야 하나니.

81. [HCE와 부랑자 캐드의 만남의 재 서술, 피닉스 공원 내의 길]

그래요, 우리들 주위의 불가시적인 것을 모두 쓰러뜨릴 수는 없는 일인 지라. 주위의 모든 흙탕 부지를 볼 지니! (하느님은 대홍수를 보냈도다). 그리고 우리는 게다가 그의 곡물을 침범할 수 없었도다. 그리하여 수십만의 굶주리며 허기진 자들이 노역한 길이도다. 이제 우리는 이 공도를 따라 우리의 현재의 위치를 생각하나니, 영묘가 우리들 뒤에 놓여있고, 우리들 앞에는 이정표들이 서 있는지라. 끝없는 세계가, 아멘. 과거가 우리에게 도로의 선물을 주었나니, 그런고로, 자유인, 오코넬에게 경례하라. 우리는 성피아클[7세기 아일랜드 성자] 성당에 도착했도다. 정지!

81.12. [캐드와 HCE의 반복적 만남의 각본: 여기 저 저택 바로 곁에, 리피 강과 조류가 서로 상교하는 곳, 그곳에 참으로 토착적 담력을 지닌, 공격 선수(캐드)가 대항자(HCE)와 교전했나니, 그 자는 자신의 모독적 언어를 사용하여 HCE를 관속에 멋지게 떠려 눕혀 주겠노라, 지녔던 장방형의 막대기를 쳐들었도다. 그 쌍자들은 분명히 상당한 시간 동안 다투었는지라. 그건 거기 저 저택 바로 곁에, 이 황폐지상(荒廢地上)의 무지(無地)답게 그리고 냉한 지점, 그 땐 바위투성이, 지금은 재(再) 표면화되어, 로트릴(더블린 출신 군 대령)이 매입하면 루트렐(미상)이 매각하는 땅인지라, 브레난 고갯길[지금의 말파스 구릉?]의 안장(鞍裝) 속에, 참된 문명으로부터 여러 노리(露里) 및 노리 거리, 그의 꿈의 꼭대기가 그들의 몽도(夢道)를 멈추게 하는 곳이 아닌, 정하(頂下) 호우드 언덕! 거기 정상(頂上!) 그러나 발트 해 지역의 피안(彼岸) 조류가 황토(荒土)와 이교(泥交)하고, 염풍(鹽風)이 홍수와 상교하는 곳, 그곳에 크로포트킨[러시아 혁명가]유의 공격선수(HCE)가, 비록 중간 몸집이긴 하나 참으로 토착적 담력을 지닌 성격 사이에, 대항자[부랑자 캐드]와 교전했나니, 상대방은 자신의 다리보다 눈을 더 한층 드러냈는지라. 그러나 그는 상대를 약탈자로서, 짙은 폭우 속에 오글토프[박애주의자] 또는 어떤 다른 지겨운 놈, 분명히 일백세자(一百歲者)로 오인했나니, 그와 그 무두종(無頭腫)의 달걀 한(漢)은 어떤 미켈란젤로풍의 유사성을 지녔는지라, 모독적 언어를 사용하여 결의(缺意)로서 자신이 그들의 동심구(同心球)에 도전하여 그를 근절하겠노라고 했도다. 그러나 그(캐드)는 경칠 비밀자의 목숨을 그로부터 포화(砲火)하여 그가 그의 경칠

밤 기도를 말하게 했듯이, 멋지게 회개하도록 그를(HCE) 관속에 눕혀 주겠노라고, 성 패트릭 언덕 삼창(三唱)과 쌍발의 지옥 마리아여! 동시에, 멋있게 주먹다짐하여 그로부터 양령(羊靈)의 일그러진 매에 소리를 자아내도록, 그가 지녔던 그리고 그가 그것으로 평소 가구를 부수었던 장방형의 막대기를 지참하면서, 상대방에게 그것을 쳐들었도다. 변경(邊境)의 우연사가 선(先) 반복되었느니라. 그들 쌍자들(HCE와 캐드)은(니혼 일본(日本)이 웰링러시아와 교전[로일 전쟁]하는 것인지 또는 레츠키 테너가 부크리프 장군과 화해하려고 애쓰는지, 아무도 말할 수 없을지나) 상당한 시간 동안 분명하게 분쟁을 계속했느니라.)

82. 캐트의 HCE로부터의 금전 차용: HCE와 캐드 양자는 책 창고 주변에서 격투했도다. 그들의 난투 과정에서 키다리 종타자(HCE)는, 휴대할 수 있는 증류기를 갖고 있던 난쟁이(캐드)에게 말하는지라, "나를 가게 할지라. 도주(盜酒)여! 난 당신을 잘 알지 못하도다." 얼마 있다가, 음료를 위한 휴식을 취한 뒤, 그 동등한 사내(캐드)가 욕지거리로 물었도다. "6빅토리아 15비둘기의 금액을 타인으로부터 이전에 날치기 당하지 않았겠소?" 그러자 이내, 얼마간의 의견 충돌과 조롱 뒤에, 그 자는 그의 동료에게 10파운드를 빌려줄 수 있는지, 자신은 이전에 소매치기 당한 금액을 되갚고 싶다고 덧붙이도다. 이에 타자는 말을 떠듬거리며 분명히 대답하는지라: (82.31) "제제발 매우도 그대 이걸 알고 놀라서는 안 될지니, 힐(구: 丘), 실은 우연히도, 난 정직하게 이 수순간 그만한 판돈은 내 몸 어디를 뒤져도 갖고 있지 않나니 양철 소리 나는 찰랑 돈은 전혀 지금 당장, 그러나 그대가 암시하듯, 내게 길은 있을 것으로 믿나니, 때가 크리스마스 계절 또는 유대 휴일인지라 그런데 그건 경칠 일이니, 자네, 그대를 위해

83. 모자 점의 3월 토끼 때인지라, 이봐요, 나로서, 껑충껑충 뛰거나 덫 놓거나 하는 사이에 4실링 7펜스 정도는 그대에게 선불할지니, J.J. 및 S. 주(酒)를 사기에 그걸 로도, 이봐요 자네, 꼭 족하다면 말씀이야. "그러자 이 굶주린 포남(砲男)은, 놀랍게도, 이상할 정도로 침착해지며, 내 자신의 모든 라드 지신(脂神) 포세나에 의하여 맹세하나니, 묘옥(墓獄)의 가시나무가 자신의 시의(屍衣)를 법의 초점까지 찢을지라도, 그러나 자신은 그에게

언젠가 선행(善行)을 행사하고 싶은지라. 이어 여러 주점들에서 미리 마실 모든 위스키에 만족하며, 자신 떠나기를 청하도다. 그는 생선 주를 한껏 들이키고, 형제 사이에 행사하는 포옹의 친 구례(親口禮) 혹은 발진(發疹)의 입맞춤을 교환했나니, 조약을 태양 신 앞에 비준한 다음, 그의 터키모를 돌리고 있었느니라."

84. 〔HCE의 경찰 보고〕

그 자(캐드)는 소련 말로 "만세 복락(萬歲福樂) 후레이쉬이(hurooshoos)"를 방구(防口)하며, 그의 얼굴을 모스크 바 방향으로 돌리고 그곳을 떠났도다. 〔여기 두 신분들은 행동만큼 불확실하다. 공격받는 사람으로서의 캐드―HCE인지? 또는 공격자로서의 HCE―캐드인지?〕 그 자는 나귀 등 교(橋)〔더블린의〕를 건너 도망쳤는지라, 피어리지 와 리틀혼(소각: 小角) 사이의 어딘가 리알도 대리석 교(橋)(더블린의)에서 어떤 적대폭자(敵對暴者)와 함께 어떤 까마귀의 깃털 뜯기 시간 약속을 지키기를 의지했느니라. 한편 이 가련한 낙오자(HCE)는 그 발생사를 경찰에 보고했나니, 머리의 어떤 (피의) 세제(洗劑) 또는 발효액이 보이기를 바라는지라, 그의 얼굴은 포유동물의 피로서 온통 덮여져 있었도다. 그러나 한편 그의 상체는 강타에도 불구하고 뼈 한 톨 살 한줌 전혀 상하지 않았는지라.

85. 〔공원의 불륜에 대한 재판정의 페스트 킹(Festy King; HCE)〕

(1) 앞서 페이지에서 HCE의 태평양 항해 식의 추적에 관하여―(a) 그는 공중의 잔디 길인, 피닉스 공원의 웰링턴 공원 도를 따라, 산보와 순회에 열중하고 있었도다. (b) 그가 공원에서 캐드 놈에 의하여 잘못 매복된 채 습격 받았을 때, 그는, 괴롭힐 의향 없이, 바트 교의 나변(裸邊)의 어떤 대중 의자(재판정의 의자)에 앉을 찰나였도다. (2) 그의 대서양 항해 식의 추적에 관하여―진항 속도가, 비록 있다 해도, 범죄 수수께끼의 해결을 위해 거의 이루지 못했으니, 당시, 어떤 페스티 킹(HCE)이란 자가, 소인(訴因)의 전혀 부적절하게 꾸며진 기소장 하에, 알코올에 취한 채, 베일리 재판소의 피고석에 이끌려 왔도다.

85.19. 그러나 대서양과 페니시아 고유지(固有地: 피닉스 공원)으로 되돌아가

거니와. 마치 그것이 누구에게도 충분하지 않은 것 마냥 그러나 만일 있다면, 약간의 진항(進航) 속도가, 소위 범죄라는 수수께끼(HCE의 죄의 미스터리)를 해결함에 있어서 이루어졌나니, 어떤 오명(汚名)의 밀주 제조 지역의 심장부에 있는 섹슨 인들의 오랜 혼지(混地) 메이요에서 연설을 한, 당시 타르 및 깃털 산업과 오랜 그리고 명예롭게 연관된 한 가족의, 마아맘(Maam)[1882년의 암실 지들의 현장]의 한 아이, 페스티 킹(HCE)이, 마르스 신역(神歷) 3월 초하루에…… 그의 가슴바디 작업복으로부터 나무 비둘기를 날려 보내며 그리고 전야(戰野)에서 그의 군세 사이에 얼굴을 찌푸리고 있었는지라. 개정(開廷)!, 개정! 그 죄수[페스티 킹]은, 메틸알코올에 침잠된 채, 불음(不飮) 피고석에 나타났을 때, 코르덴 코 만화 얼굴처럼, 명특허(明特許)롭게도 신찬화(神鑽化)되어, 얼룩 외에도, 째진 곳 그리고 헝겊 조각, 그의 야전(夜戰) 셔츠, 짚 바지 멜빵, 스웨터 및 순경의 허수아비 바지를, 온통 부정확하게, 입고 있었느니라.

86. [페스티 킹 또는 HCE, 우리는 HCE가 피닉스 공원에서 무슨 짓을 했던 간에, 그가 자신이 런던 소재의 올드 배일리의 재판 현장에 갑자기 출정함을 목격한다.]

왕관 재판소(The Crown)는 일명 쇠 지렛대(Crowbar)이라, 킹(HCE)이 굴뚝 청소부로 의인화하면서, 자신을 분장하기 위해 이탄 습지의 진흙을 얼굴에 문질러 발랐는지라, 타이킹페스트(Tykingfest)와 지레쇠(Rabwore)[Festy King+Crowbar]의 가명 하에, 한 마리 순종 돼지와 한 잎 히아신스(植)와 함께, 어느 목뇌일(木雷日) 이항(泥港)의 시장(재판소)에 갔음을 증명하려고 시도했도다. 재판의 모임은, 그 아일랜드의 멍청이로 하여금 얼굴에 자신의 덴마크 인형처럼 보이도록 하려고 소집했는데, 대홍수에도 불구하고, 여기 많은 수의 사람들이 출석한, 분명히 산만한 종류의 것이었도다.

86.32. [어떤 W.P. ─HCE의 증언]
현저한 증언이 이비인후의 증인에 의하여, 이내 제출되었는데, 그 자를 웨슬린 성당 신자들은 의구광장(醫區廣場), ○○번지에 거주하는, 평복 승정 W.P.가 아닌가 의심했거니와, 그러자 그 자는, 자신의 미두(米豆) 엄호판모(掩護板帽)를 벗고, 심문 받는 동안 하품하는 것에 대하여 언짢게도 경고를 받자,

87. 미소를 짓었나니(그는 아침에 암사슴 몰 부인과 이별주의 한잔 만배[滿杯]를 마셨던 터라), 그리하여 자신의 유도인(誘導人)에게 북구인 콧수염 말투 아래로 진술했느니라(꿀꺽!) 자신은 어떤 선의의 길손과 함께 여관에 잠을 자고 있었는바, 그리하여 소동(騷動)의 O, 주노의 가절(佳節)과 정겨운 지난날의 날짜와 함께, 11월의 오일(汚[五]日)을, 혼미하게, 기억하고 싶으나니, 그 날이야말로, 우조신(雨造神)의 뜻, 장식직(裝飾織; 금일), 뇌살(腦殺; 작일) 및 병동(病棟; 내일)과 함께 모두 하나가 되는, 하루살이 충(蟲)들 같은 세속의 역사 속에 영락하려 했도다. 그러자 그는 그 역사적인 날의 에피소드를 기억하는 것이 기쁘다고 진술하도다. 한 가지 일이, 그가 선언한 바, 그와 자신의 두 동료들〔공원의 군인들〕을 심하게 감동시켰는지라, 하야신스 오도넬 학사(學士: Hyacinth O'Donnell B.A.) 〔미상의 인물로, 페스티 킹, 페거, 아마도 부활자 및 해방자, 셈 역할〕가 어떻게 쇠스랑의 일부를 가지고, 아름다운 녹지 위에서, 24시의 시각에, 두 노왕들인, 노도질풍(怒濤疾風)과 노호비탄(怒號悲嘆) 2세를 단도직입적으로 패부(敗負), 패배(敗北), 패자(敗刺) 및 패살(敗殺) 하려고 애썼는지, 쌍 왕들〔공원의 두 근인들〕은 저능아들인데다가, 주소 부재 소식불통이라. 그 시간이래, 이들 소송 당사자들(왕들) 사이에, 한 여 종업원을 두고 반목이 있었고, 자질구레한 싸움들이 끝이지 않았다는 거다. 이들 당사자들이, 그는 말하기를, 그들의 여성 족들에 의하여 부추김(유혹)을 당했었다고 하자, 방청석에서부터 야유와 부르짖음이 쏟아졌도다. 그러나 반대심문에서, 그 3자들(오도넬과 두 왕들, 또는 공원의 3군인들) 간의 매복(埋伏)이 언제, 어디서 있었는지, 날씨가 몹시 어두웠다는 사실이 암암리에 스며 나왔느니라.

88. 따라서 앞서 오도넬 문학사(HCE)는 다음과 같이 무뚝뚝하게 대질심문을 받는지라. 그는 가청적(可聽的) —가시적(可視的) —가영지적(可靈知的) —가식적(可食的) 세계가 자신을 위해 존재했던 자 중의 하나인고? 이 왕이

요 작업복인의 직무에 있어서 포함되는 무리들의 이름들에 관해서 확신했던고? 어찌 저 녹안의 괴자(HCE)는 문학사(B.A)를 득했던고? 오도넬의 이름은 무엇인고? 모든 그의 이름들의 접두 철자들, 휄밍함(H) 엘베갯머리(E) 루터(R) 그버트 왕(E) 크롬월(C) 오딘(O) 맥씨머스(M) 에스메(E) 색슨인 이사아(E) 벨게일 추장(V) 북구왕(北歐王)(E) 루퍼렉트(R) 이와라(Y) 벤틀리(B) 오스먼드(O) 디사트(D) 북구세목(北歐世木)(Y)을 총 합하면 차처매인도래(此處每人到來; Here Come Everybody)가 되는고? 〔결국 여기 심문 받는 인물인, 수수께끼의 오도넬은 이어위커인 셈이다. 계속되는 그에 대한 심문〕

88.23. 성스러운 성인 에펠탑에 맹세코, 당(當) 불사조여! 수선일(水仙日)과 벙어리 장면(심해) 사이에 있었던 것은 재차 차드의 마그놀이었던고? 〔검사의 계속적인 심문〕 두 아탐정(兒探偵)이 그(죄인—HCE)의 황소 모습에 워워 갑작 놀랐으나 그의 바위의 갈라짐은 삼림(森林)의 일시 몸을 웅크린 세 사악한 밴쿠버인〔공원의 3군인들〕 때문이었음이, 그대는 확실한고?

89. 〔이어지는 HCE에 대한 복잡, 모호한 재판상의 긴 대질 신문, 여기 검사와 증인(HCE) 간의 의견 교환이 서로 엇갈린다.〕

신성한 화신(化身)이여, 경칠 도대체 어떻게 하여 그들은 그걸 추측했던고! 하나의 범선(帆船) 속 두 가지 냠냠 꿈? 맞았나니 그리고 무과오(無過誤). 그리하여 양쪽 편두의 결투처럼 닮았는고? 투명하게. 그런고로 그(HCE—죄수—증인)은 대중으로부터 쫓겨났나니, 그랬던고? 권력은 그 자신이었는지라. 왕자는 원칙적으로 자신의 신분을 노출시켜서는 안 되는고? 뭘 기대하는 고! 러시아 동료? 머지않아 골웨이인 이라 그는 말하리라. 술 취하지 않지 않은 채, 공평한 증인? 승어(僧魚: HCE)처럼 술 취한 채. 그가 토연(吐煙)하는 걸 그녀가 상관할지 안 할지 물어 볼지라? 그가 불가래(火痰)를 불 살리지 않는 한 무관이라. 그의 만배(滿杯)에 대한 자신의 분출탄(噴出歎)에 대해서, 뭐라? 그건 물론 재차 조잡(粗雜)과 조악(粗惡)의 조행(粗行)이었나니. 그 우아(優雅) 양(讓)은 호도상(狐道上)의 노랑이

와트가 어떻게 변했는지를 의심할 바 없이 민감했던고? 그녀는 특상(特常) 그랬나니, 나를 대의(大疑)치 말지라! 그(HCE)의 종교에 관해서, 만일 어느? 그건 일요일에 봅시다하는 따위였도다. 정확히 그가 의미하는 남색꾼 도둑이란?

90. 〔심문과 증언의 연속〕

언제부터 이러한 제2의 음률이, 쑨—가—셴(孫逸仙)(쑨원: 孫文), 태양자(太陽子)〔중화민국 최초의 총독〕를? 그(쑨—가—셴)은 평화 단 사건〔중국 청나라 시대의 반동〕의 짐승껍질 바지를 입고 땅에 머리 조아려 고두(叩頭)를 했도다. 고로 이리하여 저 태양 자매들(공원의 두 소녀들)은, 우열도박(優劣賭博)에 도발하면서, 노동당 작가로부터 상찬을 받았던고? 어중이떠중이를 불쾌추방(不快追放)하나니, 놀음(성교)을 크게 좋아하지 않았기 때문이었도다. 그리하여, 매판원(買辦員)들을 변경하면서, 왕의 머리로부터 공화당의 양팔까지, 시부(時父)의 둔부를 둘러싼 성교서광기(性交瑞光期)와 파종내우(播種來雨)의 우기(雨期)의 섭정(攝政) 동안에, 마주기하강시(馬走旗下降時)로부터 경마 게시전도박(揭示前賭博)까지, 〔경마에서 경마 번호가 게시되기 전에 내기를 거는 것〕측활성(測滑星) 및 조풍(朝風) 와승(渦昇; 와인드업)과 함께 야기된, 그 호전성(好戰性)에 대하여, 어떻게 그들(소녀들)은 당시 그(HCE)에게 호소했던고?

검사와 증인 오도넬의 교환이 지금까지 서로 엇갈려 왔다. 서로의 의견 교환은 신분만큼 어렵다. 그러나 반대 심문은 마침내 어딘가 다다르며, 세 군인들과 두 여간청자(女懇請者)의 문제를 불러일으킨다. 그 열애하는 쌍은 한 사람 또는 단지 두 실망한 여 간청 자들이었던고? 한 형제 전쟁은 벽의 구멍〔피닉스 공원 벽에 뚫린 구멍, 뇌물의 통로〕과 관계가 있었던고? 어떻게 하여 이러한 만사가 마침내 그에게 당장 타격을 가했던고? 〔이러한 질문들에 대한 대답은 4번째 천둥인, 100개 문자의 창녀어(娼女語)의 엉뚱한 소리로 끝나도다.〕"창녀녀갈보년년오입쟁이이사창가가19)매춘부부음탕녀녀매춘녀녀매음녀녀우상숭배자자청루굴인인(靑樓窟人)경칠칠지독한부불알녀녀." 그러자 B.A.(학사) 오도넬 증인(HCE)이 대답하는지라. "그대는 온당하도다." 그러나 재판은 문제의 새로운 국면에 봉착했나니……

91. 말뚝박이 페스티(피고 HCE)는, 몇몇 배심원들의 요구에 의하여 얼굴의 치장벽토(治裝壁土)의 외층(外層)이 벗겨지자마자, 자신이 맹세한 브리튼의 통역을 통하여, 아주 즐거운 코로즈마스를 위한 행복의 기원과 함께, 시정(詩情)의 광(廣) 폭발의 목소리로 선언했나니, 비록 살아있는 칠면조가 자신을 뒤좇아 다닌 다해도, 거기에는 확실히 절도 행위가 없었으며, 게다가 그럼에도 불구하고, 저 암담한 귀 큰 집게벌레(HCE)의 코 심술쟁이 창자 인후로부터 퇴적된 것, (피고―페스트)는 자신이 태어나기 전에 또는 후에 그리고 그 시각까지 한 개의 돌멩이도 폭발시킨 적이 없도다. 그리하여, 바로 이 결정적 타격 논쟁자(페스티―피고)는 그의 외향의 북동풍을 타고 목을 활처럼 구부려 머리로서 보중하거나, 방금 씻은 나안성(裸顔性)으로, 진독자(眈讀者)[심문자―판사]에게, 월광의 희망과 나란히 항변함으로써, 똑같은 왕의 교황절대주의 반대 법으로, 재판관 나리 및 배심원 신사들 및 사대가(四大家)들에게, 그 타당한 이유를 자신이 전하고자 한지라, 인간이나, 향사양민(鄕士羊民) 또는 구세군에게 한 자루 치명장(致命杖) 혹은 일개 석(一介石)을 집거나 던지는 일은 드물었을 지로다. 여기, 반슬두(半膝頭) 성구(城丘)같은 자식 놈(피고)가 그의 성료(聖僚)에게 앞발을 쳐들고 로마 신(神) 토릭의 신호를 하려고 어색하게 시도하며, 카스티아어(러시아어)로, "(만사형통, 건강강복! ―)(Xaroshie, zdrst!)"을 터뜨리자,

92. 옥당(獄堂)의 소유자들로부터 박장대소가 터졌는지라 (하!) 그에, 메칠 향봉주(香蜂酒)의 완화(緩和) 아래, 그 증언발사자(證言發射者)(피고 페스티―HCE)는 혐오스럽게도, 그러나 여느 때의 숙녀다운 무례로서, 합세했도다. (하! 하!)

  말뚝박이(Pegger)(HCE―숀 격)의 종료의 들뜬 폭소는 거나한 맥주들이 (Wet Pinter)(HCE―셈 격)의 비조(悲調)와 산뜻하게 경쟁했나니 마치 그들은 *이것과 저것* 상대물(相對物)의 동등인양, 천성의 또는 정신의 동일력(同―力), *피타자(彼他者)로서*, 그것의 피자피녀(彼子彼女)의 계시에 대한 유일의 조건 및 방법으로서 진화되고, 그들의 반대자의 유합(癒合)에 의한 재결합으로 극화(極化)되는 도다.

여기 위대한 법(法), 다시 말해, 노란 브루노의 위대한 법, 즉 공통의 아비에 의하여 생성되는, 형제 상극의 역사적 양극을 뒷받침하는 법이 존재한다. 법은 다음과 같다. (1) 직접적 반대(opposites), 그들은 공통의 힘에 의하여 생성되기 때문에, 그들의 상호의 반감(antipathy)의 병합에 의한 재회(reunion)를 위해 양극화 된다. (2) 그럼에도, 반대(opposites)로서, 그들의 상호의 숙명은 분명히 갈라져 있기 마련이다. 예를 들면, 이 법정에서, 말뚝 박이와 맥주 들이의 대조적 경험들을 살펴보라.

이상으로, 말뚝 박이(손)의 진술이 종료되자마자, 바의 여급들이, 그 매료적인 청년에게, 찬사를 보내며, 그의 곱슬머리에 하야신스 꽃을 꽂고, 그의 양 뺨에 키스를 제공하면서, 그의 주위를 퍼덕이며 아첨하도다. 그리하여 그는 한 사랑스러운 윤녀(閨女)를 맹목적으로, 말없이, 무미하게, 연모하는 듯하나니. 이어 4명의 최고 대법관들(4대가들), 운티우스, 먼시우스, 펀처서 및 피락쓰 모두 함께 그들의 가발을 맞대고 집고(集考)했나니, 평결의 결과를 발표하도다.

93. 이들 대법관들은 노란 브루노(의지의 반대)의 관례적 평결을 공포하도다. 이어 킹(피고 페스티─셈 격)은, 자신이 알고 있던 모든 영어(英語)를 살해한 연후에, 면죄 받아 재판소를 떠났느니라. 그는 자기 자신 진희(珍稀)의 신사임을 입증하기 위해 성자들(심판관들)에게 바지의 검은 헝겊조각을 자랑스럽게 내보이면서, 스위스 호위병의 교황청 관리자를 향해 인사하도다. "오늘 건강은 어떻소, 고결한 털보 양반, 고상한 암탕나귀 신사?" 그러자 상대자는 포도주 냄새나는 파열음성을 가지고 응답하나니. 이어 우편배달원을 사랑하는 28명의 여인들은, 자신들의 짧은 팬티를 잡아끌었나니, 킹─익살 문사(셈)을 피할지라! 그들은 안전하게 저 새침데기를 음주주옥으로 축구(蹴球)하자(거기 그대의 참된 비너스의 아들, 에서[성서의]처럼 겁 많게도). 그는 그 속에 문 걸고 앉았는지라 [동물원의 사자처럼], 한편 처녀들이 문간을 통해 그에게 모욕을 집규(集叫)는지라. "빨(赤)치(恥)! 주치(朱恥)! 노(黃)치(恥)! 초(綠)치(恥)!"[마치 아이들의 게임 장면처럼]

[그런고로 재판은 모두 끝났도다. 아다(雅緖) 칼마(快樂) 달마(本性) 막사(解脫; 인생의 사종[四終; four ends])에 대한 산스크리트의 전통적 형식: 이들

은 4대가들을 암시하거니와, 그들은 케이트에게 편지를 제시 하도록 요구하나니. 그러자 재판소의 장면에 이어, 케이트가 그녀의 쓰레기(잡동사니, 편지)를 들고 다시 나타나는 바, 그녀는 바로 앞서 박물관에 열쇠를 공급했던 케이트 스트롱이도다. "편지(便紙)! 파지(破紙)! (재판관들이 케이트에게 편지를 요구한다.) 아래 그녀의 편지의 모든 내용이 노정 되나니.]

어두운 로자 골목길로부터 한 가닥 한숨과 울음, 방종한 레스비아로부터 그녀의 눈 속의 빛, 외로운 꾸꾸 비둘기 발리로부터 그의 노래의 화살, 숀 켈리의 글자 수수께끼로부터 이름에 얼굴 붉힘, 나는 살리반 그로부터 저 트럼펫의 쿵쿵 소리인지라, 고통 하는 더펄인 그로부터 그녀 식의 기다림, 캐슬린 매이 버논으로부터 그녀의 필경 공정한 노력, 가득 찬 단지 커런으로부터 그의 스카치 사랑의 매크리모(母), 찬송가 작품 2번 필 아돌포스로부터 지친 오, 곁눈질하는 오, 떠나는 자 사무엘 또는 사랑하는 사무엘로부터 저 유쾌한 늙은 뱅충이 할멈 또는 저 싫증나는 빈둥쟁이, 팀 핀 재삼(再三)의 연약한 부족(部族)으로부터 그의 유령에 대한 힘의 상실, 녹지의 결혼식으로부터 경쾌녀들, 〔여기 편지 내용은 「피네간의 경야」 민요의 그것과 얽혀있다.〕

94. 〔이하 재판의 증거인, 편지 속에 묻힌 주제들: 그들의 간명한 배열은 전체 작품의 총계이다. 작품의 나머지는 그들의 재배치로서, 리듬, 의미 및 음의 다른 패턴 속에, 조이스는 그의 한정된 소재들을 무한정하게 질서화하거나 무질서화 한다.〕 이를 테면, 자신의 어리석은 여인(ALP)에 의하여 구조된 충실한 남자(HCE)의 이야기, 불난 관가(棺家)처럼 탁탁 우지끈대면서. 꼭대기에서 울먹이는 느릅나무가 얻어맞자 신음하는 돌멩이에게 말했도다. 바람이 그것(편지)를 찢었나니, 파도가 그것을 지탱했고, 갈대가 그것에 관해 글 썼는지라, 말구종이 그와 함께 달렸도다. 손이 그것을 찢고 전쟁이 거칠어 갔나니. 암탉이 그것을 시탐(試探)하고 궁지가 평화를 서약했도다. 그것은 교활하게 접혀지고, 범죄로서 봉인되고, 한 창녀에 의해 단단히 묶여지고, 한 아이에 의해 풀렸는지라. 그것은 인생이었으나 정당했던고? 그것은 자유로웠으나 예술이었던고? 그것은 엄마를 즐겁게 만

들었고 자매를 너무나 수줍게 그리고 셈(Shem) 한데서 약간의 빛을 문질러 없앴나니 그리고 손에게 어떤 수치를 불어 넣었도다. 〔하지만 편지 속에는 비애가 있나니〕 두 소녀들은 한발(旱魃)과 함께 기근을 얽어매고, 왕은, 자신의 왕좌 속에 삼중고(三重苦)를 고찰하도다. 아하, 과일을 두려워할지라, 그대 겁 많은 다나이드 딸들아!〔희랍 신화. 첫날밤에 남편들을 모두 살해함〕 한 개 사과, 나의 사과 그리고 둘에 차(茶), 둘과 둘 그리고 셋, 아나여 아아 우리는 슬프도다! 아몬드 눈을 한 무화과나무 한 쌍, 한 오래된 과일 딱딱한 호박, 그리고 익살맞은 세 모과나무 열매들. 핀핀 핀핀, 자 내게 말해요, 내게 말할지니, 그럼 내게 말할지라!

그것은 무엇이었던고?
〔대답은 달리는지라.〕
A알(파)로부터⋯⋯⋯⋯⋯⋯!
?⋯⋯⋯⋯⋯O오(메가)까지!

〔재판 뒤의 4심판관들의 거위 같은 재잘거림〕

그런고로 그대가 지금 거기 있듯 그들이(4판관들) 거기 있었나니, 그때 만사는 끝나고, 그들이, 그들의 판사실 주변에 착석하여, 그들의 연방 재판소의, 기록 보관실에, 랄리(순경)의 주최 하에, 그들의 법의 오랜 전통적 테이블 주변에 앉아, 모두 재차 같은 것을 되풀이 말하도다. 마치 다수 아테네 소론 입법자들처럼 총동일건재삼(總同一件再三)을 상담하기 위해. 편지는 더할 나위 없이 진실로 메마른지라.〔판관들은 법의 음주를 통인(痛忍)하며, "킹(King—증인)"의 벌린(증언)에 따라⋯⋯. 신에 맹세코 그리하여 책에 키스하도다.〕"그들 4사람과 그들의 당나귀, 그들은 재잘댄다. 그들 4사람 그리하여 법정에 감사하나니 이제 모두들 사라졌도다." "그런고로 포트 주를 위하여 포트(항구)를 통과. 안녕. 아멘." "불결한 아빠 늙은 어릿광대를 기억할지라?" 그들 중 하나가 묻나니. "두 장미 전쟁 전에?"

95. 〔이어 오모일리 아녀(阿女)들(O′Moyly gracies)과 그 오브리니 해장

미녀(海薔薇女)들(O´Briny rossies)(28소녀들)이 HCE를 빈정대며 조롱한다.〕

"안녕하세요, 야단법석, 북 씨? 날 임신시켜 봐요! 아하 실례! 확실히, 난 그를 정말 냄새 맡을 수 있는지라, H2 CE3 (HCE)를! 젠장 나는 그 백면의 카피르 인(人)〔10세기 음악당의 연예인〕의 냄새 발린 목소리, 그의 천둥치는 큰 갈색의 캐비지를 폭폭 불어내는, 저 애송이를 누구보다 오래 전에 냄새 맡았도다. 나는 당시를 유념하는지라, 그 적두(赤頭)의 아가씨(ALP)와 나 자신이 시카모어 골목길(더블린의) 아래 연애하면서 멋진 더듬기 놀이를 했었나니, 무성림(茂盛林)의 시원한 천초(茜草)의 땅거미 속 뒹구는 키스 침대에서. 팜파스 대초원의 나의 향기, 그녀가 말하나니(나를 뜻하며) 그녀의 아래쪽 하계광(下界光)을 끄면서 말이야, 그러자 나는 저 등치 큰 양조인의 트림과 친교를 돈후(敦厚)히 하기보다 그대의 청결한 산(山) 이슬의 값진 한 묶음을 조만간 마실지라."

95.27. 〔숲 속 HCE 내외에 대한 4심판관들의 이야기의 개관: 그리하여 그들은 이야기를 계속했나니 사병남(四瓶男)들, 분석자들이, 기름을 바르듯 그리고 다시 핥듯, 그녀의 누구 이전에 및 어디 이후에 그리고 어떻게 그녀가 고사리 속에 멀리 사라졌던고 그리고 어떻게 그가 귀 속에 집개벌레처럼 그리하여 바스락거리는 소리 및 지저귀는 소리 및 삐걱거리는 소리 및 찰깍하는 소리 및 한숨 소리 및 칠하는 소리 및 쿠쿠 우는 소리 및 그(쉿!) 그 천격이별(泉隔離別) 소리 및 그 (하!) 바이 바이 배척 소리 그리고 수녀복(修女腹) 광장 주변에 그 당시 (쭉) 살거나 잠자리하거나 욕설하거나 말을 타곤 하던 스캔들 조작자들과 순수한 암반인(巖盤人)들. 그리하여 숲 속의 모든 봉우리 새들. 그리고 웃음 짓는 나귀 멍청이에 관하여. (이야기 계속)〕

96. 〔4심판관들의 재잘거림 및 다툼과 화해의 이야기 계속〕
그리고 이어 체플리조드 곁의 오래된 집에 관하여(소설 제목). 그리고 언덕 위의 백합전음(白合顫音)지저귀는 자와 아홉 코르셋 성자들의 닐 부인, 노(老) 마크 왕 그리고 용남(勇男)들과 친애하는 애장경(愛裝卿)에 관하여,

그리고 낡은 구습으로, 훨씬 이전에 만사는 진행하는지라, 그들 4사람들이, 신부(神父) 담소 자(談笑者) 아래 퇴각하도다. 그러자 이어 그의 대담한 선도금(先導金)과 두 쾌활한 자매들에 관하여 — 엿볼지라! [갑자기 4자들의 이견(異見)이 벌어진다.] 당신은 거짓말쟁이, 실례! 한 사람이 말한다. 난 그렇지 못해요 그리고 당신은 달라요! 둘째가 말한다. 그리고 그들에 대한 치안 방해를 주장하는 랄리 톰킨, 그들에게 주고받는 호양(互讓)을 청하면서. 그리고 만사 잊을지라.

그러자 그들은 악수와 또 다른 음주로서 재차 화해하도다. 아 저런! 그녀의 친절 페팅과 000000000오우랑[오렌지 당]의 그리운 옛 시절의 형태에 관하여 다투다니 그건 너무 지나치도다. 그럼, 됐어, 랠리. 그럼 악수할지라. 그리고 더 따를지라. 재발. 아멘. [랠리에 의한 그들의 화해]

글쎄?

[4심판관들의 증거 — 신분의 불확실]

96.26. 글쎄, 심지어 이러한 가공단편(架空斷片)들을 증거 순서대로 조작하는 일이 진실 된 진리로 밝히기에 불가능하다 할지라도, 어떤 희미한 선각자의 성도(星圖)의 설계가 (하늘이여 그를 도우소서!) 청공야(靑空野)에 어떤 미지체(未知體)의 나성(裸性)을 노정 하게 할지 모르듯 뜻밖에도, 또는 모든 인류의 혈족 언어가 어떤 만화자(漫畵者)의 말더듬이의 뿌리로부터 모든 가장 건전한 감각을 크게 발견되도록 잎 피워왔듯 (땅이여 그들을 붙드소서!) 선청적(先聽的)이게도, 우리들의 성자 같은 별난 조상은 크게 시치미를 뗌으로서 그의 자손, 그대들, 매력 있는 공동 상속인들, 우리들, 모든 혈통의 자유 소유 재산의 그의 상속자들과 더불어 최선으로 자신의 상처를 구제했다고, 우리들의 특수한 정신 전문가들은 당장 주장할지니(*세계의 판단은 안전하도다*) 모든 종(種)의 총견(銃犬)들이 도시와 세계를 향한 방기된 뿔나팔과 함께.[여기 HCE의 도피 — 사냥]

97. [이어위커에 대한 루머: 그는 사냥개들에 의하여 쫓기는 한 마리 여우가 된다.]

그의 소굴로부터 그는 험프리 추장(追場)을 가로질러, 하얀 야인(野人), 똑딱 심장 가슴 바디를 댄 전장(全裝) 월동 복 차림을 하고, 자신의 북구옥(北歐屋)을 향해 도망치도다. 어떤 귀머거리 여우, 노호(怒號)한 레이나드 여우[중세 서사시에 나오는]인 그는, 니케 여신[희랍의 승리의 여신]에게 구원되었도다. 그는 광명촌(光明村)과 갑문촌(閘門村) 등 마을을 빠져, 재차 대배총(大盃村)까지 돌진했도다. 그는 발정(發情)의 저 언덕에서, 최후로 실취(失臭)된 채, 이어 거의 절망 속에, 기적적으로 까마귀에 의해 비육(肥育)되고, 거기서 사냥개들이 급히 그를 은가(隱家) 시켰나니. 폭거(暴擧), 폭악(暴惡) 그리고 폭책(暴責)이 그를 애써 찾았지만 헛되었도다.

[그러나 그(HCE)의 주저(躊躇; hesitency)가 그의 정체를 드러내도다.]

97.25. 그러하나 주역자(躊躇者)들(hesitants)의 전리품, 주저의 철자. [파넬에 관한 편지들의 글자 위조자(僞造者)인 Pigot의 일화에서: 그는 주저 'hesitancy'를 hesitency로 오철(誤綴)했도다.] 그(HCE)의 취득(取得)이 그를 회색(灰色)시켰는지라. 킥킥 돌 튀기 너덜너덜꽁지라, 강저(强躇; hasitense)의 소침(銷沈)잔물결의, 헤이헤이 한 움츠리는 촌뜨기(HCE)의 도피 및 그의 자살에 대한 소문

집회의 사나이들이 중얼댔도다. "레이놀드[중세 금수서사시(禽獸敍事詩)의 주인공](HCE)는 느리나니!"

어떤 이는 그(HCE)의 나날을 공려(恐慮)했도다. 거기 하품을 했나? 그건 그의 위장이었나니. 트림? 간장(肝腸). 분출? 그의 가시소(可視所)로부터. 대구(大口)? 그를 구할지라, 오 주여! 그는 자기 자신에게 과격한 손을 썼었다는 거다[자살], 그게 퍼거즈 뉴스 서간집에 실렸는지라, 목숨을 내던지다니, 녹초가 되어, 혹사당한 채, 동등하게 우울한 죽음으로. 농신제(農神祭)의 삼일도(三日禱)를 위하여 그의 산양하인(山羊下人)이 녀석의 쌍의자(雙意子들)[셈과 숀]을 공회광장(公會廣場)으로 행진시켰는지라, 한편 여아(女兒)(이씨)가 호랑가시나무와 담쟁이덩굴로 소녀로 유아(幼兒)하여 소란하게 인사 받으니 그리고 또한, 겨우살이를 가진 일백가촌(一百街村)의 성년남들…….

98. (97~100) 〔HCE의 죽음과 재현에 관한 만연된 루머―추방―망명의 주제〕

〔커다란 강타성(强打聲)이 있었도다. 그러자 넓은 황야가 조용해 졌나니. 한 가지 보고. 침묵. 그 자(HCE)는 다시 도망쳤던고? 들리는 바에 의하면, 그는 화란의 저(底) 탱크, 궁둥이 배, 핀란디아 나선기선(螺旋汽船)을 타고 밀항하여 정박 했나니, 그리하여 대 아세아의 코네리우스 마그라스〔아일랜드의 전설적 거인〕의 육체를 지금도 점유하고 있는지라, 그곳에서 그는 극장의 터코로서 벨리 댄서를 괴롭혔는가 하면, 한편으로 그는 거리 문간의 아라브 인(人)으로서 헌금을 도와 달라고 했도다. 또 다른 루머는 그가 조물주에 의해 소환되어 폐기되었고, 어떤 악명 높은 사병(死病)에 걸렸다는 것. 또는 재삼, 그는 백합지(百合池)의 한복판을 향해 걸어 들어가다니 자살하려 하자, 그때 낚시꾼들의 조수가 그를 구했도다. 그리고 재삼 들리는 바에 의하면, 우산가(雨傘街)의 한 친절한 노동자, 휘트록 씨가, 그에게 한 토막의 나무 막대를 건네주었다는 것. 그런데 모두가 말하고자 하는바는, 그들 양자가 서로 무슨 이야기를 했는지, 나무 막대가 무엇을 의미했는지 알기를 바랐도다.〕 (HCE는 여기 "윙윙거리는 전선", "잼 항아리", "펼쳐진 박쥐우산", "경련을 일으킨 바삭 바삭 태운 돼지고기" 등, 추방 된 "연필각개"로서 암시된다.)

99. 그(HCE)의 사라짐은 빙글 빙글 빙글 돌고 있었나니. 다시 도는지라. 그는 풀린 채, 자유로이 어디나 있을 수 있었나니 〔비코의 순환처럼〕 소문을 위한 때라, 그가 한 변장한 살찐, 비만의 전 수녀, 지가스타〔희랍의 거인〕으로 분장하고, 승합 귀가 버스를 탄 채, 방자한 품행으로 주의를 끌었는 지라. 언젠가 전신 킬트 스커트, 모피 쌈지, 넥타이, 피 묻은 방한 외투가 화상형제(火傷兄弟)의 동굴〔더블린의 아버 언덕〕(U 240), 근처에서 발견되었도다. 그리하여 사람들은 무슨 짐승이 그를 그토록 게걸스레 먹어치웠는지를 생각하고 몸에 치를 떨었나니. 발키리 수신호(手信號)가 그에게 손 신호했는지라〔HCE의 죽음의 타전〕 소년들이 말한 바, 그의 분홍석(粉紅石) 협문(夾門)에, 잉크 칠한 이름과 칭호가 못질되어 새겨져 있었으니, 비

겨날지라. 구걸 맘티여! 엉덩이 럼티를 위해 자리를 비울지라. 명령에 따라, 니켈 마(魔)의 병마개 놈아. 그리하여 진짜 모살(謀殺)이 있은 듯 했나니, 그를 파멸시킨 것은 맥마흔 도당들[영국 캔터베리 성장 암사자들] 과연 많은 유지자들이 D. 브랜시의 3—주간지, 「토요산뇌(土曜散腦) 후석간(後夕刊)」의 여러 부수를 대부하여, 그가 진짜로 죽었는지 확인하려 했으니, 그들의 준공헌우호동지회(準貢獻友好同志會; quasicontribusodalitarians's)가 언젠가 확실히 확인하여 만족하려 했도다!

100. 육로이든 수로이든 진짜로 그(HCE)가 종멸(終滅)했는지를. 도양지(渡洋誌; transoceanic)[파리의 전위 잡지인 「트란시옹」의 암시]의 케이블이 그를 후자로 선언했도다! 그는 바토로뮤(남태평양)의 심해 속에 수 리그 아래 바다 밑 관 안에 누워 있다고 알렸도다.

[이러한 케이블 소식은 뉴스보이의 속보로 이어진다.]

경분(驚糞)! 주청(注廳)! 경청(傾聽)! 총독이 흑약돈(黑若豚) 교녀(校女)들을 방문하다. 피니스 항원(港園)에서 세 아일랜드모자(愛蘭冒子)가 스칸디나비아 거인을 만나다. 타독주녀(打毒酒女)(바나나여)가 탕(蕩)폭도인 그녀의 통부비농(桶富卑農)으로부터 (통)발리홀리(욕설)를 탕 터뜨렸도다.

그러자 HCE가 떠난 뒤에, 그의 후계자가 선출되었다. 구원받지 못한 방랑인 HCE의 자살적 살인이 있은 다음날 아침, 그들의 명석한 당대 소인(小人)들은 그럼에도 불구하고, 마치 뱀이 저 참나무 아래 비버(해리[海狸])의 공작(公爵) 위로 미끄러져 내려오듯, 구원받지 못한 방랑인(HCE)의 자살적 살인의 이튿날 아침(그대는 아마도 연어로 유명한 파틴 석회석장[石灰石場]의 방향성[芳香性] 수지[樹脂]의 포프라 나무로부터 이종[異種]의 어떤 호박액[琥珀液]의 삼출[滲出]을 보았으리라), 길(道) 그리고 장엄(莊嚴) 전나무가 외쳤도다! 아니야, 고상 전나무여? 그의 회오(悔悟)를 탄원하면서, 9시 15분, 우리들의 백전상왕(百戰上王)의 자색의 버터 탑의 제7박공으로부터 정각에, 교황무류(教皇無謬)의 화문전(火門栓)의 연기가 맹 분출[교황선출을 알리는 신호] 하는 것을 보았노라.

100.24. 교황의 신비성은 무엇인고? 바티칸의 저 죄수(옛 교황)이 고작해야 한 스톤의 수수께끼(우화)였음을, 존재할 공허의 한 갓 조야한 숨결, 또는 공간 세계 저편의 현실에 대한 열쇠였음을 생각하지 않도록 하라. 왜냐하면, 12동료들 가운데 아무도 4차원 입방체로서 HCE의 존재의 신뢰성을 거의 의심하지 않았기 때문이도다. 저 성전(聖殿)의 주인은 루머보다 더 중요한 존재요, 아무도 4차원 입방체로 둘러친 규칙적인 다면체, 즉, 널리 알려지듯 베드로의 바위에 적용될 수 있는 것과 같은 단순한 존재의 엄연한 현실을 거의 의심하지 않았느니라.

〔그러나 당시 여인들이 듣기를 원하는 것은 ALP의 이야기, HCE의 추적에서 이제 ALP에 대한 찬가로 전환한다.〕

오 빨리! 그에게 입 다물도록 말할지라! 느릅나무의 저 잎들을 침묵하게 할지라.

101. 산란한 여인들이 의아해 했나니. 그녀(ALP)는 빨랐던고(『피네간의 경야』). 〔앞서 남자들(4대가들)은 여우 레이놀드(HCE)가 느리다고(slow) (97.28) 생각한 반면, 여기 여인들은 ALP가 빨랐는지 묻는다. 그들이 듣고 싶은 것은 HCE와 ALP의, 그의 추락과 그녀의 부활에 관한 뉴스이다.〕

101.2. 이어지는 잡담들: 전쟁은 끝났나니. 마을을 배회하는 건달들, 시골의 여인들 및 체플리조드의 나머지 사람들이, 모두 그녀에 관해 모든 걸 말할 것을 요청하나니. 음음 음음! 소녀들은 누구였던고? 그건 유니티 무어 또는 에스테라 급(急)(스위프트와 연인 스텔라의 만남) 또는 바라나 요정〔스위프트의 구애 대상〕 또는 어떤 제4 여인이었던고? 버클리와 소련 장군에 관하여, 누가 그를 때렸다고? 그러나 때린 자는 버클리 자신이었음이 알려져 있거니와 그에게 얻어맞은 자는 러시아의 장군인지라. (크리미아 전쟁) 그래! 그래! 〔여기 공원의 모험은 앞으로 버클리와 러시아 장군의 에피소드와 연결된다.〕(337~55 참조) ALP에 대한 뉴스가 더 중요하도다. 그녀는 위대한 대지모(Great Mother), 그녀는 여기 잇단 8장의 세탁 여 "tell us"는 "tellus"로서, 『율리시스』의 "Gea —Tellus"(U 606)인, 몰리 블룸이 된다. 저 작은 여인, 그녀의 무구(無口)의 얼굴 및 아내로서의 그의 반려자, 그에게 한층 가까운 자, 그녀는 남편에게 이른 아침의 최초의 따뜻한 피조물이도다. 제발 모든 걸 우리에게 말할지라. 우린 모든 것에 관해 듣고 싶기에. 그런고로 지(地)여신이여 우리에게 그녀에 관해 모든 걸 말하구려. 우리들처럼 그녀가 숙녀답게 보이는 이유 또는 어쩐지 저쩐지 그리고 사내(HCE)는 그들 자신 신들처럼 창문을 닫았는지 어떠했는지? 주석(註釋)들과 질문들, 내보(內報)들과 대답들, 웃음과 고함, 위와 아래. 자 피차에게 귀를 기울여요 그리고 그들을 눕히고 그대의 장미의 잎들을 펼칠지라. 전쟁은 끝났나니……. 그녀의 비구적(非久的) 파도의 뻗음이, 자신 아내로서의 반려, 그에게 한층 가까운 자, 모든 이보다 한층 귀여운 여(女), 그를 위한 이른 아침의 최초의 따뜻한 피조물, 가주(家主)의 여(女) 노예, 그리고 모든 맥카비 가(家)〔옛 순교자의 가문〕의 아들들의 소곤소곤 조모였는지라.

102. 〔이제 ALP에 대한 칭찬의 페이지로 종결되거니와, 그녀는 이제 영광스러운 기억 속에 그녀의 주인의 죄에 찌든 이름을 갱생하기 위해 노력하지 않으면 안 된다.〕

그녀는 그대의 허벅지보다 젊은 머리카락을 가졌나니, 나의 애자여! 그(HCE)의 추락 후에 그에게 덧문을 닫아준 그리고 여유 없이 그를 깨워준 그리고 예(銳) 가인(Cain)에게 양주(良酒)를 준 그리고 그를 유능 아벨(Abel)로 만든 그리고 그의 노아 코의 양쪽 호(弧)에 광휘여은(光輝黎銀)을 달아 준 그녀, 대양(大洋)의 도움으로, 마침내 그를 찾아 쉬지 않고 달릴 그녀, 그녀는 진주원부(眞珠遠父)의 바다를 찾아 그의 거대성(巨大性)의 빵 부스러기를 감춘 뒤 추구할지 모를 어떤 시각까지(척척, 착착, 축축!), 앞으로 나아갔나니, 붉은 산호 낡은 부표(浮漂) 세계를 소철(燒鐵)하고, 성가신 명의로, 우르릉 소리를 위하여, 그녀의 기차 속에 촌변(村邊)을 억지 끌어 들이면서, 여기서 떠들 썩 저기서 떠들 쿵 흥겨워하며, 그녀의 루이 XIV 세 풍의 아일랜드 사투리와 함께 그리고 그녀의 물 여과기의 부산 대는 소리 그리고 그녀의 작은 볼레로 목도리 그리고 그 밖에 그녀의 머리장식을 위하여 20곱하기 2배의 환상적 곱슬머리 타래, 그녀의 눈 위의 안경, 그리고 귀 위의 감자 고리 그리고 파리 아낙 풍(風)의 런던 내기 코를 타(乘)는 서커스 십자가, X마스 날로부터 허풍떠는 아치형 말안장, 성당 경내의 딸랑 딸랑이 장애물 경주 일요일 종鐘 예배를 짤랑짤랑 울렸나니. 홀로, 그녀의 자투리 가방 속에 페로타 구르는 전 당물〔공굴리기 놀이〕, 주교모형(主教帽型) 장기 말 및 요기(妖氣) 장난감들과 더불어, 어적어적 씹는 자(H), 크림수프 뒤집어 쓴(C), 능숙자(能熟者), 각하(E)를 위하여, 비방사자(誹謗蛇者)의 머리통을 짜부라뜨려 놓기 위해.

102.18. 외적(外的) 외소(外疎)한 외인(外人)(HCE)이여, 고여신모(古女神母)(ALP)를 간청하라! *도회(都會)의 성모(노틀 담)여, 그대의 향유-열어심(香油熱御心)의 자비를!* 다엽(茶葉)을 초월한 정원사의 영광, 친(親) 약사(藥士)의 맥아어(麥芽語). 그에게 턱없이 큰 빵 쪽을 쌓지 말지니. 그리하여 그를 휴식하게 하라, 그대 여로자(旅路者), 그리하여 그로부터 어떤 묘굴토(墓掘土)도 빼앗지 말지니! 뿐더러 그의 토총(土塚)을 오손하지 말지라. 투탕카멘 왕의 사독(死毒)이 그 위에 있도다. 경계하라! 그러나 거기 작은 숙녀가 기다리나니, 그녀의 이름은 ALP로다. 그리하여 그대는 동의하리라. 그녀는 그녀임에 틀림없도다. 그녀의 적애금발(積愛金髮)이 그녀의 등 아래 매달려 있기에, 그는 후궁처첩(後宮妻妾)들〔28 무지개 처녀들〕의 난리(亂離) 사이에 그의 힘을 소모했는지라. 적(赤) 귀비(貴妃) 등자(橙子), 황천하(黃川河), 록(綠), 청수부(靑水婦), 남감(藍甘), 자화(紫花). 그리하여 같은 또래 그따위 귀부인들처럼 그녀는 무지개 색깔 유머의 기질을 지녔지만 그럼에도 잠시 그녀의 변덕을 위한 것 그러나 그는 한 가지 처방을 신조전(新造錢)했도다. 낮에는 티격태격, 밤에는 키스키스쪽쪽 그리고 오랜 세월 내일을 사랑으로 애태우다니. 그땐 아이들—로—불구(不具)된 자 이외에 땀—로—쓰러지는 자를 변호할 자 누구리오?

(그녀)(ALP)는 그에게 999기(期)의 그녀의 임차권(賃借權)을 팔았나니, 다발 머리 그토록 물감 새롭게 무두질 않은 채,
우자(愚者)(HCE)여, 위대한 이사기한(易詐欺漢)이여, 그걸 꿀꺽 몽땅 삼켰도다.

대구낭자(大口囊者)는 누구였던고?
항문우자(肛門愚者)로다!

103.

도교(島橋)에서 그녀는 조류(潮流)를 만났다네.
아타봄, 아타봄, 차렷아타봄봄봄!
핀은 간조(干潮)를 갖고 그의 에바는 말에 탔나니.
아타봄, 아타봄, 차렷아타봄봄봄!
우리는 여러 해 추적의 고함소리에 만사 끝이라.
그것이 그녀가 우리를(wee) 위해 행한 짓!
슬픈지고!

〔위의 운시는 음악과 결혼에 대한 언급으로, 노래인, "나는 트리니티 성
당에서 나의 운명을 만났다네"의 패러디요, 물고기, 강의 간퇴조(干退潮; 도
교까지), 오랜 임차권, 밑바닥(bottom), 추락 및 아가들의 견지에서 혼인을
축하한다. Woe 직전의 끝 단어인, "우리(wee)"는 긍정적 의미에서 『율리
시스』의 몰리 블룸의 마지막 "이 예스(yes)"에 못치 않으리니, 이는 보기보
다 한층 더 격려 적이다. 왜냐하면, 우리들의 환(環)의 견지에서 wee(쉬)는
woe(고뇌)를 그리고 woe는 wee를 가져오기 때문이다.〕

무광자(無狂者; HCE)가 네브카드네자르와 함께 배회할지라도 그러나 나
아만으로 하여금 요르단을 비웃게 할지로다! 왠고하니 우리, 우리는 그녀
의 돌 위에 자리를 폈는지라 거기 그녀(ALP)의 나무에 우리의 마음을 매
달았도다. 그리하여 우리는 귀를 기울었나니, 그녀가 우리에게 홀쩍일 때,
바빌론 강가에서.

〔또한, 위의 최후의 단락은 타당하게도 성서적이요 호마적(Homeric)
인지라. "Nomad"는 율리시스(Ulysses)가 될 수 있으리라. "Naaman"
은 호머적 "No Man"일 뿐만 아니라, 또한, 성서의 벤 자민(야곱의 막내아

들)의 아들이다. 아무도(no man) 생명의 강(江)인 요단강을 비웃지 않게 하라. "sheet, tree" 및 "stone"은 다가올 작품의 8장의 빨래하는 아낙들을 예고한다. "bibbs" 및 "Babalong"은 아이들에 의한 재생을 암시하지만, 그러나 『성서』, 「시편」 137절로부터의 "바빌론(babylon; 튡)의 강"은 T.S. 엘리엇의 『황무지』의 "달콤한 테임서 강이여, 조용히 흘러라, 내 노래 끝날 때까지"(182행)를, 그리고 우리들의 망명을 암시하기도 한다.]

제I부 5장

ALP의 편지(선언서)

— ALP의 모음서
— 편지의 해석
— 초조(비인내)에 대한 주의─봉투에 관한 사항
— 편지가 발견된 장소
— 발견자 Biddy에 관하여
— 편지의 내용
— 편지의 상태
— 편지 분석을 위한 다양한 형태(역사적, 본문의, 프로이트적, 마르크스적, 등등)
— 켈즈의 책

【개요】 이 장은 "총미자, 영생자, 복수가능자의 초래자인 아나모의 이름으로"(104.5~107.7)라는 아나 리비아에 대한 주문으로 그 막이 열린다. 이어 "지상지고자를 기술 기념하는 그녀의 무제 모언서", 즉 그녀의 유명한 편지에 대한 다양한 이름들이 서술된다. 편지는 보스턴에서 우송되고, 한 마리 암탉이 피닉스 공원의 퇴비 더미에서 파낸 것이란 내용의 이야기에 집중되는데, 이는 앞서 1장과 4장의 페스티 킹의 재판 장면 직후의 구절에 이미 암시되었다. 이 장은 또한, 5번째 천둥소리(113.9~11)를 포함한다.

이 편지의 본래의 역자, 내용, 봉투, 기원과 회수인(回收人)에 대한 조사가 이야기의 기본적 주제를 구성한다. "도대체 누가 저 사악한 편지"를 썼는지 그리고 그 내용을 해석하기 위해 독자들은 상당한 인내가 필요하다. 이 편지의 해석에 대한 다양한 접근과 이론 및 모호성은 『피네간의 경야』 그 자체와 유추를 이룬다. 편지의 복잡성에 대한 토론에 이어, 한 교수(화자)의 그에 대한 본문의, 역사적 및 프로이트적 분석이 뒤따른다.(119.10~123.10)

이 편지의 "복잡 다양한 정교성을 유사심각성으로" 설명하기 위하여, 조이스는 아일랜드의 유명한 초기 신앙 해설서인 『켈즈의 책(Book of Kells)』(현재 더블린의 트리니티 대학 도서관 소장)에 대한 에드워드 살리번(Edward Sullivan)의 비평문(진필판)을 모방하고, 특히 이 작품의 "퉁크(Tunc)" 페이지를 고문서적으로 강조한다. 이 장은 편지, 그의 언어 배열 및 그의 의미의 판독에 관한 것이지만, 또한, "재통(再痛하)며 음의(音義)와 의음(義音)을 다시 예총(銳通)하기를"(121.14~16) 바라는 작품으로서, 이는 『피네간의 경야』의 해독과 이해에 관한 것으로 복잡다기(複雜多岐)하다.

[본문 시작]

104. 〔여기 조이스는 현두자고(懸頭刺股)로 읽어야 할 APL의 모음서 (Mamafesta)(104~7)에 부여되는 이름들을 공급하는지라, 이는 세계의 어머니인 ALP에 대한 아름다운 기도로서 열린다. 이들은 하나의 개성 속에, Ma′ya′의 힌두교 인물, 성처녀의 가톨릭적 인물, 어머니―여걸인 ALP, 리피강의 조용히 흐르는 물결, 그리고 퇴비 더미를 파헤치는 작은 암탉인, 베린다 (또는 하녀)의 특징들을 결합한다. 우리는 그녀에게 행해진 기도 속에 들어난 "우리들의 아버지"『피네간의 경야』의 노래의 메아리를 주목할지라. 우리가 "아버지"의 사랑의 분담 자들이 되는 것은 그녀를 통해서다. 여기 HCE에 대한 ALP의 헌신이 무엇이든 간에, 연도(連禱)의 역할에 있어서 그녀는 HCE의 죄와 추락으로 강박 되어 있다.〕

　총미자(總迷者), 영생자(永生者), 복수가능성(複數可能性)의 초래자 인, 아나모(母)의 이름으로. 그녀의 석양에 후광 있을지라, 그녀의 시가(時歌)가 노래되어, 그녀의 실(絲) 강(江)이 달릴지니, 비록 그것이 평탄치 않을지라도 무변(無邊)한 채! 다양한 시대와 장소의 다양한 사람들에 의한 ALP의 이름들, 상지고자(至上至高者)를 기술기념(記述記念)하는 그녀의 무제(無題)의 모언서(母言書)가 무관절(無關節)의 시대에 많은 이름들(HCE의) 및 편지의 타이틀을 통해 왔었도다.

　노해수(老海獸) 구제(救濟)를 위한 최숭고장엄애신(最崇高莊嚴愛神), 파도 구유 속의 흔들 몸체, 모든 예절 유물을 위한 건배(乾杯), 아나 습테사의 인지부활(認知復活), 철포부(鐵砲父) 굴복 및 대포경(大砲卿) 재기(再起), 나의 황금 자(尺)와 나의 은혼식, 매료 트리스트람과 빙냉(氷冷) 이졸데……
방주(方舟)여 동물원을 볼지라, 사하라의 올드보로 댁(宅)을 낙타의 소모
(梳毛)와 이집트의 객실하녀로 크게 새긴 크레오파트라의 자수(刺繡), 아빠
를 위한 항아리 속의 수탉, 마음에 드시옵기를, 고질 임질(淋疾) 치료 신
약, 저기 감자 심는 곳에 나 어찌 거위 기르고 싶지 않으리오; 선량한 네
티여, 그를 믿지 말지라……

105. 〔외면상으로, 여기 근 3페이지에 걸쳐 기록된 이름들은 암탉이 퇴
비 더미에서 파낸, 오손 되고 거의 읽을 수 없는 편지를 위한 제시된 이름들
이다.〕

　　베니스의 도금양(桃金孃)이 브로커스 덩굴과 합유(合遊)했을 때, 내게 높
이 맹세하기 위해 그는 칠턴을 친구들에게 아내(妻)되게 하다, 오몬드 꼬
리가 아멘 시장(市場)을 방문하다, 나 할멈이 되어도 그는 나를 꼭 껴안고
싶어하리라, 방(房) 20개, 8중(重) 침대 10개 및 1개의 희미한 휴식방, 나
그런 인생을 보내다…… 그대 답진(踏進), 두 가지 후(後) 정지, 나의 피
부가 삼감(三感)에 호소 그러자 나의 되말린 입술이 비둘기 키스를 요구
하도다. 두 틈새기의 저축을 위한 담보(擔保) 거리, 그들 애송이들 전쟁병
(戰爭甁) 씻기 3총사(銃士)가 되다니 그리하여 그들 아씨들이 사슴의 이중
주(二重奏) 목소리를 내도다. 나의 주님의 침대 속에 그것을 통과한 한 창
부에 의해, 엄마 모두 끝났어요, 아메리카 잡중국(雜衆國)의 12에이커 영지
(領地)에 의한 카우보이 판권(板權), 그가 내게 한 푼을 주었나니.

〔이 편지의 이름들은 한 학구적 화자〔교수—학자—안내자—손 등 그
의 역할은 다양하다.〕에 의하여 수집되고 편집된 것들이다.〕

106. 〔이 일람표에서 문학적 은유를 탐색하기란 어렵지 않다.〕

　　그가 내게 한 푼을 주었나니 고로 나는 그에게 차를 대접하도다. 모든
황막한 계곡 속의 모든 광마(廣馬) 가운데, 오도노후, 백마 오도노후, 그

제I부 5장 | ALP의 편지(선언서) | 139

가 내게 부르짖는 색규(色叫), 나는 그대의 배면(背面)의 바늘 뜸 그대 엄마 없으면 무무, 연단(演壇)에서 허스키 목소리를 멀리 그리고 승강(乘降) 상점에서 그림 애완동물을 막기 위해, 노르웨이 대구가 포들 강(江)을 발견하도다.)

성욕적 소리와 인사, 일곱 아낙네의 일주 눈뜸, 쾌활한 안과 청수(靑鬚) 이발사, 찌무룩자(者)(H)가 편육(片肉)(C)을 먹자(E) 애미(A)가 홅다(L)흑 맥주(P)를, 우산미녀(雨傘美女)의 포옹 또는 지팡이의 과음, 선차선최선흉(善次善最善胸), 영주(領主) 호우드 두구(頭丘)에서 오몰리 여사에게 그리고 대임즈 가(街)(부인)에서 새임즈까지, 녹원(綠原)의 학료(學療)들을 위한 다화장(多花裝) 선언(宣言), 뛰어난 빽(後衛)과 호출되면 탁월한 센터 하프(衛位), 나무가 빠르고 돌(石)이……

〔앞서 이미 지적한 대로, 『성서』 및 셰익스피어와 함께, 그 밖에도, 『피네간의 경야』를 통해 수없이 넘나드는 스위프트, M. 트웨인, 및 J. T. 길버트(『더블린의 역사』의 역자)(1854)와 A. 설리반, 및 F. 나드(Burnard; *Box and Cox*의 역자)가 이들 이름들 중 대표적인 것들이다. 인기 있는 노래들과 경야의 주제들을 탐색하는 일 또한, 어렵지 않는지라, 즉 트리스탄(트리스트람), 버클리, 여우와 포도 등이다.〕

107. 〔이 목록들은 다음의 한 광고로서 결론짓는다.〕

명예 신사 이어위커, *L.S.D* 그리고, 그 뱀(蛇)(괴수여!)에 관한 최초 및 최후의 유일한 설명인 즉, 한 친애하는 남자와 그의 모든 음모자들이 어떻게 그들 모두가, 숨은 병사들인 이어위커와 한 쌍의 단정치 못한 처녀에 관하여 루카리조드 주변 사방에 소문을 퍼트리며, 붉은 병사들에 관하여 거짓 고소하며, 온갖 있을 수 없는 소문을 명백히 드러내면서, 그를 추락시키려고 갖은 애를 썼는지에 관한……

107.8. 〔편지 원고의 음미: 교수(안내자)는 모언서의 제목들을 기록한 다음, 이제 그것의 날짜와 장소의 기원, 그것의 상황적 사실들 및 그것의 가

능한 의미와 의미들을 수립하는 아주 어려운 문제를 대담하게 해결하려고 시도한다. 본래의 편지는 주석, 학구적 평설, 가정된 역자에 의한 설명, 심리적 분석들, 마르크스적 논평, 및 양피지 사본의 탐색 속으로 확산하는데, 마침내 우리들은 눈 아래, 한편의 편지가 아니고, 그를 이름 대는 발효성의 인물들, 장소들 및 생각들을 보는지라, 이를 조이스는 「티베리우스트 이중사본(*Tiberiast duplex*)」이라 부른다. 이리하여 그 변화무쌍형의 도표[편지], 그 자체는 문서의 다면체로다. 비록 그것은 무식한 독자에게 단지 하나의 갈겨 쓴 난필 인양 보일지라도, 내구력이 있는 학도에게는, 식물에서 식물로 나비(바네사)를 추구하는 영원한 키메라—사냥꾼을, 그들의 상반된 모순들이 제거되고, 하나의 건실한 누군가에게로 융합시키는 개성적 복수 성을 들어낼지라.]

[편지 원고에 대한 이러한 거대한 (과장된) 기록은 스위프트의 『걸리버 여행기』의 거인국인적(Brobdingnag) 및 『율리시스』의 외눈박이의(Cyclopean) 과장문체(Gigantic style)를 닮았다.]

만사가 피아(彼我)로부터 맹야음(盲夜陰) 속에, 아무렇게나 그리고 두루마리(권축[卷軸])가 굴러 헤진 채, 멀리 떨어져 있는지라, 금일을 위한, 우리들의 안질(眼疾)의 그 어떤 순간들을 치료하기를 원할 때, 우리는 맹목의 가린(可隣)한 올빼미처럼 무중력 상태 시까지 계속 손으로 더듬지 않으면 안 되는 것이 도다.

107.36. 글쎄요, 슬문(虱門)의 지창(持槍) 남작이여, 도대체 누가 저 사악사(絲惡事; 편지)를 어쩌자고 썼단 말인고?

108. [편지 원고에 대한 경고: 편지는 직입적(直立的)으로, 착석한 채, 쌍벽에 기대어, 냉동 하에, 깃촉 또는 첨필(尖筆)의 사용으로, 두 홍행자의 틈에 끼어 혹은 삼륜차에 아무렇게나 던져져, 비를 맞거나 혹은 바람에 휘날린 채, 지식의 전리품으로 쌓인, 지나치게 고통 받는 예단기지(叡斷機智)에

의해 쓰였단 말인고?〕

〔편지의 실체를 탐색하기 위해 필요한 것은 "인내"뿐, 이제, 인내, 그리하여 인내야말로 위대한 것임을 기억할지라, 그리하여 그 밖에 만사를 초월하여 우리는 인내 밖의 것이나 또는 그 외에서 이루어지는 것은 무엇이든 피해야 하도다. 공자(孔子)의 중용(中庸)의 덕 또는 잉어(魚) 독장(督長)의 예의 범절편(禮儀凡節篇)을 통달하는 많은 동기를 여태까지 갖지 않았을 통뇌(痛腦)의 실업중생(實業衆生)에 의하여 사용되는 한 가지 훌륭한 계획이란 그들의 스코틀랜드의 거미가 갖는 인내일지라.〕

〔우리는 편지에 대한 얼마간의 박식한 부정자(否定者)들을 알고 있기에, 다음과 같이 그들에게 대답하는지라. 편지에는 구체적인 기호들이 단순히 없기 때문에, 그러한 페이지가 그러한 시기 혹은 그러한 부분들의 산물이 될 수 없었다고 결론짓는 것은, 마치 단순히 의문부가 없기 때문에, 한 역자가 타 역자들의 구어들을 남용할 수 없다고 결론짓는 듯, 부당하도다.〕

109. 〔편지 봉투에 관하여〕

그 어떤 녀석—40둘레의 편평한 앞가슴을 하고, 약간 비복(肥腹)의 어떤 비열한 사내—이 매일 스탬프 찍힌 주소의 봉투를 여태껏 충분히 쳐다보았단 말인고? 뭐니 뭐니 해도 우리는 봉투를 가지고 있도다. 그것은 확실히, 그것이 무엇을 함유하고 있는지에 대해서 거의 드러내지 않는지라. 명백히 그것은 하나의 바깥 껍데기임에 틀림없나니. 그것의 용모는 천진한 얼굴일 뿐이도다. 그것은 아무리 나태(裸態) 또는 나성(裸性)을 그것의 뚜껑아래 뒤집어쓰고 있을지라도, 민간 복 또는 군복을 오직 노출하기 마련인 것이다. 그런데도 봉투의 의미를 무시한 채, 그것의 내용만으로 수립된 필경사의 심리상태에 만 집중한다는 것은, 건전한 의미에서 해가 되는 것이요, 마치 어떤 녀석이 방금 소개 받은 숙녀를, 그녀가 오랜 동안 진화적 의상(衣裳)의 품목들을 입고 있다는 사실을 무시한 채, 그녀의 날 때 그대로의 알몸뚱이, 그녀의 통통한 나신 만을 마음에 생생하게 떠올리는 것과 마찬가지니라.

110. 〔편지가 발견 된 장소〕

　　여기 화자는 몇몇 실증적 사실들을 독자적으로 말하도다. 그리고 그렇게 함에 있어서 그는 우리로 하여금 저 엄숙한 낄낄 인(人)이요, 오월행자(五月幸者)인, 우연희사(偶然稀士) 마하피〔Mahaffy : 아일랜드 고전학자요, O 와일더의 은사〕가 "아일랜드에서는 불가피한 것은 결코 일어나지 않으며, 예기치 않은 것이 언제나 일어나도다, 라는 말로 기억하도록 청하는지라. 장소는 바로 루카리조드〔루카리스＋체플리조드〕라, 거기 과연, 독누곡(毒淚谷)이 있나니, ─비록 아리스토텔레스의 또는 성경의 주제를 성가시게 찾아가는 이는 아무도 독창성을 위한 마하피의 원리를 칭찬하는 데 탈선하지 않을 것이거니와, 여기 우리들의 원고에 열거된 사건들이 발생했음에 틀림없는지라, 그 이유인즉 이러한 사건들이 전적으로 불가능한 것이라 할지라도, 그들은 일어났을지 모를 그것들과 필경 닮았기에, 결코 일어나지 않았던 어떤 다른 것들이 언제나 필경 일어나는 것과 마찬가지이기 때문이다. 〔편지의 발견된 시기〕 한겨울이 가까운 거리에 있었나니, 빙의(氷衣) 걸친 와들 후들 전율하는 한 꼬마〔Biddy Belinda : 영국의 시인 A. 포프의 「머리채 약탈자」의 여 주인공이기도〕가 저 치명의 패총〔쓰레기 더미〕 또는 지저깨비 공장 또는 나중에 오렌지 밭으로 바뀐 황마잡림(黃麻雜林)(약하건대 똥 더미) ─당시 어느 총림 주민의 휴일에 오렌지 껍질을 예기치 않게 던진 곳─위에서 이상하게 행동하고 있는 것이 관찰되었나니. 그러자 다른 예쁜 꼬마 케빈(孫)이 자기 자신의 발견이라 그것을 속임으로써 그의 아버지(HCE)의 찬동을 구했도다.

111. 〔암탉 비디에 관하여: 그 문제의 새(鳥)는 도란 가(家)의 베린다〔HCE의 하녀 또는 암탉〕이었나니, 나이 오십순(五十旬) 이상이었는지라. (체플리조드(C)의 웅계(雄鷄)(H) 전시회(E)에서, 은메달의 우승 삼위 당첨자이라.〕

　　〔이하 편지의 내용〕 그리하여 그녀(암탉)이 클록 12시각에 헤집어 찾은 것이란, 모든 이러한 요철현세(凹凸現世)를 위한 선대(善大) 크기의 편지지처럼 보였나니, 초월(初月)의 말일(末日) 근계(謹啓)에게, 보스턴(매사추세

츠)으로부터 선편으로 발송되어, 그에게 매기의 행운 & 가화만복(家和萬福)을 서두 서술했는지라, 오직 중열(憎熱)이 그 반 호우텐 제 온유(溫乳)를 변질시키다 어떤 타고난 신사의 잘 생긴 얼굴과 더불어 총선거라 웨딩 케이크의 아름다운 선물과 함께 사랑하는 크리스티에게 감사하나니 그리고 가련한 마이클 신부(神父)의 장웅(壯雄)한 만흥장례(萬興葬禮) 저승까지 잊지 말지니, 매기 그대 안녕 & 곧 건강 소식 있기를 희망 하오 & 자 이제 여불비례 두 쌍동숙인(雙童宿人)에게 최고의 사랑으로 4개의 십자 키스와 함께 성 파울 공성(孔性) 코너 성 가시나무 전도(全島)를 위하여 추서 (메뚜기가 모든 걸 다 먹을지라도, 그러나 이 부호를 그들은 결코 먹지 않으리니) 친애하는 대견(大見)의 고리(環) 차(茶) 올림. 얼룩, 다시 말해. 한 점의 다오점(茶汚點)(종지부)(여기 동양사기한[凍梁詐欺漢]의 과부주의성[過不注意性]이, 범상[凡常]처럼, 페이지를 서명했도다), 아지랑이 급히—허둥—지둥—끝맺음으로 알려진 저 리디아 귀부인을 닮은 무감고뇌어급(無感苦惱語級)의 고대 아일랜드 농민 도기시(陶器詩)의 진정한 유품(다오점)으로 순간의 박차(얼떨결에) 위에 그것을 종료 표식 시켰도다.

　　[여기 편지의 구절은 조이스의 아내 노라(Nora)의 문체를, 『율리시스』에서 밀리(Milly)의 편지(U 54) 및 몰리(Molly)의 문장을, 그리고 한 점 얼룩, 종지부는 『율리시스』의 제17장말의 구두점(U 607)을 닮았거니와.]

　　[편지의 내용 & 원고의 상태] 글쎄, 그(편지)의 화학모옥(化學茅屋)의 값에 거의 해당하는 어떤 사진술자(寫眞術者)가 그에게 그 난(難) 문제를 묻는 어떤 자에게 비밀 누설할지니, 만일 한 필(匹) 말(馬)의 사진 원판(陰畵)이 건조되는 동안 우연히도 아주 용해(溶解)해버린다면, 글쎄, 그대가 진정 획득하는 것이란, 글쎄, 모든 종류의 대가물(對價物)과 용해유백마(溶解乳白馬)의 덩어리의 괴기하게 일그러진 대괴(大塊)일지로다. 찰칵. 글쎄, 이것은 자유로이 우리들의 신서(信書)에 틀림없이 과거에 발생했던 것이라. 잠간보아 오래 사랑하는 암탉의 총명에 의하여 회계도인(會計屠人)으로부터 무오염(無汚染)된 채. 오렌지 향의 이총(泥塚)의 심장부에서 열거(熱居)함이 음화(淫畵)를 부분적으로 소인(消印)하게 했나니, 몇몇 특징들로

하여금 그대의 코에 한층 가까이 하면 할수록 감지할 수 있을 정도로 대개가 심히 부어오르기 마련인지라.

112. 〔편지 탐독을 위해 원기를 낼지라.〕 우리는 암탉이 보았던 만큼 많이 보기 위해 훨씬 뒤로 물러서는 렌즈의 차용이 필요하다. 찰칵. 그대는 길을 잃은 듯이 느끼고 있는고? 원기를 돋울지라! 저 4복음자들이 정평 있는 아랍 어의 번역물을 소유할 수 있을지니, 그러나 심지어 집시—학자일지라도 그 옛날 그리운 암탉 부대(負袋)로부터 쏘시개 조각들을 여전히 이용할 수 있으리로다.

〔편지의 역사〕 그러니 우리는 낙관적으로 작은 암탉을 따르도록 하세 (그녀가 어떤 단서로 우리를 인도하리라는 희망으로), 왠고하니 여(女) 역자(ALP)의 사회—과학적 감각은 종(鐘)처럼 건전하기에. 그녀는 평범한 여자요, 단순한 사실을 쓰고, 느끼고⋯⋯그녀가 바라는 모든 것이란 HCE에 관한 하느님의 진리를 말하는 것이도다. 암탉(비디 도란)이 문학을 본 이래, 편지가 다시는 그 자체가 아닐 것이라는 우울한 믿음은 정당하지 않도다. 사실상, 여성의 황금시대가 다가올지라!

그리고. 그녀(ALP—편지 역자)는 아마 하나의 오직 마셀라 삼베(絲)일지니, 이 난쟁이 매지 여폐하(女陛下)요, 예산술(藝算術)의 여거장양(女巨匠讓)이라. 그러나. 그건 토가(Toga)〔고대 로마의 직복〕으로 서명된 어떤 변칙한 편지를 듣거나 혹은 말하는 것이 아닌지라. 우리는 자신의 바로 콧등에 그녀의 권권(拳權)의 한 사본을 보도다. 우리는 그녀의 쾌미(快微)의 생생한 수인(水印)〔종이에 비치는 무늬〕을 지닌 편지지를 알아차리나니: 노틀 댐 봄 마르시〔파리의 백화점 명〕 그리하여 그녀는 철사(鐵獅)의 심장을 지녔도다! 얼마나 애강(愛江)처럼게 그녀는 말하는 고, 그녀의 고마와 요와 그녀의 간들 고개 짓과 함께. 한 가닥 지푸라기(으악 성(聲))가 보여주듯, 그녀는 실로 풍대(風袋)를 불태우니, 질긴 권모(捲毛)의 무례를 보이려고 직각 면을 들어내며 그리고 곱슬머리 타래의 환상곡을 보여주면서. 그러나 얼마나 많은 그녀의 독자들이⋯⋯

113. 그녀가 라틴어와 그리스 어 및 다양한 합성 어휘의 현혹한 치장으로, 그리고 장대한 남자들과 그들의 행실에 대한 불평의 공격으로, 정신이 나가

지 않았음을 얼마나 많은 독자들은 실감하랴? 〔그때 자만한 농담을 경고하기나 하는 듯, 터지는 뇌성〕: "팅팅크록굴곡리씬모든목장육십일의라이센스그이둘레그녀덤그매거킨킨칸칸다운마음보는덧문"〔5번째〕 신사 숙녀여러분! 재발 귀담아 들어요! 그녀가 〔편지에서〕 바라는 모든 것이란 그이(HCE−남편)에 관한 진실을 말하는 것. 그이는 인생을 어리석게 보았음에 틀림났나니. 그이 속에 세 남자(공원의 군인들)이 있었도다. 난잡한 소녀들과 춤추는 행실은 그의 유일한 약점이었나니. 그러나 그것은 단지 오랜, 고담(古談)일 뿐, 어떤 이졸트와 어떤 트리스탄의, 텐트 말뚝과 도망치는 친구에 의해 밝혀진 산 사나이의, 어떤 제노바 남(男) 대 어떤 사슴 베니스의, 그리고 왜 케이트(HCE 가의 잡역부)가 납세공을 담당하는 지의 이야기들일 뿐.

〔여기 편지는 앞서 제니의 박물관 그리고 마담 투소의 납세공과 같은 이야기로 변질되어 있다.〕

자 그럼 이제, 날씨, 건강, 위험, 공공질서 및 다른 상황이 허락한다면, 완전히 편리한 대로, 그대 제발, 당신 먼저, 경찰경찰, 실례지만, 용서할지라, 당신? 이제 허튼 소리는 그만 두고 인간 대 인간으로 똑 바로 이렇다 저렇다 솔직하게 말해 볼지라, 잠시 동안 귀를, 우리는 온통 마이크든 혹은 니코리스트든〔손이든 셈이든〕, 때때로 다른 사람을 눈으로 믿는 경향이 있나니, 갈색이든 혹은 무(無)렌즈이든〔브라운 노라의 적대관계〕, 심지어 그 자체〔편지 원고〕를 믿는 것이 이따금 경치게도 어려움 알게 되는지라. *귀를 가지고 볼 수 없는고? 눈을 가지고 느낄 수 없는고?*〔「불가타서」의 구절〕 찰칵! 한층 가까이 가서 그걸 경사지게 보기 위해 (모두 지하에 있는 동안 불운과 결국 마주쳤는지라), 보이도록 남아 있는 것은 모두 보도록할지라.

〔비록 원고는 지하 경험으로 망가졌을지라도, 우리는 이제 그것에 한층 접근할 지로다.〕

113.34. 나(화자—손—교수)는 한 사람의 일꾼이요, 한 묘석(墓石) 석공, 은행 휴일을 즐기려고 무척이나 애쓰나니, 그리하여 일년 한번 크리스마스 다가올 때를 사탕처럼 기뻐하도다. 그대는 한 사람의 가난한 시민, 전제(專制) 경찰을 살마(殺磨)하려고 감언유약(甘言油藥)하나니 그리하여 다시 귀가할 시간이 되자 주통복(酒桶腹)인양, 혼(魂)치게도 유감스러웠나니, 진(gin)주(酎)놈.

114. 〔편지 글체의 형태〕

우리는 눈(眼) 대 눈을 말할 수 없도다. 우리는 코에서 코웃음 지울 수 없도다. 하지만. 누구든 주목하지 않을 수 없는 것은 오히려 글 행들의 절반 이상이 북—남쪽으로 달리는지라 한편 다른 것들은 마리찌즈〔소아시아〕에서 불가라드〔불가리아〕를 탐색하여 서—동쪽으로 향하고 있나니 왠고하면 다른 인큐내부라 여명기 고(古)판본 〔1500년 전의 인쇄본〕을 따라 옆으로 가지런히 눕힐 때는 마치 작은 점처럼 보일지라도 그것은 그럼에도 불구하고 기본 방위 점을 지니도다. 그 추적된 단어들이 그를 따라 달리거나, 진군하거나, 멈추거나, 걷거나, 의심스러운 점들에서 넘어지거나, 비교적 안전하게 다시 곱들어지는 이러한 관리된 울짱은 마치 검댕과 자두나무를 가지고 예쁜 바둑 판 무늬 속에 무엇보다 우선적으로 그려놓은 것처럼 보이도다. 이러한 십자교차는 물론 기독(基督) 이전이긴 하지만, 그러나 달필 서예에 대한 일조(一助)로서의 저 자가생(自家生) 자두나무 막대의 사용은 야만에서 미개주의로의 분명한 진전을 보여 주는지라. 그건 혹자에 의하여 심각하게 신빙되고 있나니, 그러한 의도는 측지(測地) 측량에 관한 사항일 것이요, 또는, 숙련자의 견해에 의하건대, 가정 경제적이었으리라. 그러나 저쪽 방향으로 끝에서 끝까지 씀으로서, 되돌아오며 그리고 이쪽 방향으로 끝에서 끝까지 쓰다니 그리하여 위쪽 세로로 베어 쨀 깔 지푸라기의 선 및 큰 소리의 사다리 미끄러짐과 함께, 오랜 셈 장지(葬地)와 야벳 재 귀향, 햄릿 인문학〔셰익스피어의〕까지 그들로부터 봉기하게 할지라. 잠잘지라, 어디 황지(荒地)에 혜지〔편지를 알아내는 지혜〕가 있단 말인고?

또 다른 점은, 사용된 본래의 원료에 첨가하여, 원고(서류)는 토속 감미의 물질의 융합으로 더러워져 있도다. 마지막으로, 다시 그 오점(汚點)의

종지부는 역자복잡고정관념(筆者複雜固定觀念)의 신분들을 수립함에 있어서
대단히 중요한지라. 왜냐하면, 보인 전투 전후에는, 편지를 언제나 서명하
지 않는 것이 습관이었기에.

115. 〔편지의 역사적, 텍스적, 프로이트적, 마르크스적 분석〕

모든 단어, 문자, 필법, 종이 공간은 그 자체의 완전한 기호인 한, 무엇
이든 서명하는 이유가 있도다. 왜냐하면, 모든 부호, 그의 개인적 촉각,
정장(正裝) 또는 평복의 습관, 동작은, 자신을 위한 호소에의 반응에 의하
여, 그 자체의 완전한 기호이기에 때문이라.

〔이야기의 갑작스러운 탈선, 사랑의 행각: 말쑥한 핑크 복 입은 꽃봉오
리 창녀가 자신의 자전거에서 공중제비 놀이로 땅에 통겨 떨어지니, 교구 목
사의 수단복의 중앙구(中央口)에 몸채로, 그리고 저리 쿵! 떨어지도다. 그러
자 신부는 여느 성유(聖油) 봉지자(奉持者)가 그러하듯, 그 처녀의 가장 상처
입은 곳을 만지나니, 그리하여 상냥하게 묻는지라. "어디를 그대는 그토록
상처를 입었는 고, 나의 정숙한 아가씨?" 여인이 묻기를, "누구신지요, 유
망하신 원부(遠父)님?" 우리들 오랜 실질적 정신분석자들은, 글쎄 심지어 가
장 사소한 표면적 증후에도 깊은 취의(趣意)가 있음을 알거나, 말할 수 있으
리라. (신)부는 언제나 우리의 동물원적 관계가 아니기에, 심지어 가장 천진
한 외형이 성적 내용을 가질 수 있으며, 심지어 커다란 본능적 욕구(libido)
의 충동을 감출 수 있도다. 그런고로, 프로이트적―융적 견지에서, 이는 종
이가 잘 행사할 수 있는 인간의 작은 이야기로다.〕

116. 그러나 탐색되어야 할 사회학적 우화(비유)가 또한, 있나니. 우리는 *나
는 한 옥장군(玉將軍)이었나니*의 페이지를 읽었고 한 작품의 사회적 내용
을 인식하는 것을 배웠도다. 그런고로, 우리는 마이클 신부야말로 옛 정체
(政體)를 의미하고, "마가렛"이 사회 혁명을 의미하며, "케이크(과자)"는
"당(黨)의 기금"을 의미함을 알도다. 그리고 "친애하는 감사"는 또한, 국
민적 감사를 의미함을 알도다. 말하자면, 우리는 혁명에 관한 한두 가지를

알도다. 〔그러나 소녀와 바텐더의 경우로 되돌아가거니와〕 만일 우리가 누구든 "매춘부"를 문 앞에 서서 윙크하는 자로, 그리고 "바텐더"를 강주를 공급하는 자로 해석한다면, 우리는 또한, 기억해야만 하나니, (a) 본국의 제일 자와 타 외국의 말자(末子) 사이에 재주넘기 하는 많은 사슬 줄이 있을 수 있음을, (b) 게다가 결혼 케이크의 아름다운 존재가 마이크(Mike: 손)로 하여금 그의 쌍둥이 형제 닉(Nick: 셈) 속에 지옥의 미움을 쳐 넣도록 하기에 아주 충분할 것임을, (c) 매기(Maggy)의 차(茶)는 타고난 신사로부터 일종의 격려임을. 〔여기 교수(안내자)는 프로이트로부터 마르크스(Marx)에게로 나아가는데, 후자의 접근에 의하여 미카엘(Michael) 신부와 매기(Maggy)는 "사회 혁명"에서 배후 역을 하는 듯하다. 말하자면, 가능한 해석이 아무리 복잡할지라도, 우리는 단순하고, 간단한 사실들을 놓쳐서는 안 되도다. 만사에는 시간과 장소가 있는 법, 예를 들면, 만일 침실의 언어가 우리들 대중의 관리(직원)들에 의해 설파된다면, 그들의 실천이 어디에 있을 것인고? 그리고 다른 한편으로, 만일 피타고라스적(그리스 철학자의) 박식의 긴 말들이 내밀의 부부들에 의하여 끙끙거려진다면, 인류 그 자체는 어디에 있을 것인고?

〔손(교수)은, 편지에 쓰인 단어들의 선택으로 친족상간(incest) 및 다른 호색에 관해 말하면서, 작가의 순수하게 탈선적인 유사—정신병적 분석 속에 함몰한다.〕 편지는, 그가 주장하는바, 매춘부나 바텐더에 관한 것일 수 있으나, 분명히 우리는 이러한 말들에 의해 무엇을 이해하는 고? 단어들의 의미가 일상의 의미들과 다른 특수화된 어휘는, 이를테면, 변호사에게처럼 역자에게 타당한 것 인고, 그렇지 않은고?

고로 사랑은 고거, 현재, 미래에 존재하리라. 마멸과 눈물과 세월에까지.

117. 사랑은 반복되는 4겹의 환들의 모든 단계를 통해 존속하도다. 고로 우리는 그것에 관해 무엇을 할 것인고? 불은 바람을 격하고 땅을 물대나니. 이것이 상실과 재득(再得)의 운명이라. 그걸 어찌 하리요? 오 맙소사!〔사랑의 불가피성〕

117.10. 〔사랑의 기록〕

만일 그녀가 젊음을 저장한다면! 〔사랑의 주제, 세월의 흐름〕 만일 단지 세월이 할 수만 있다면. 그것(사랑)이야말로 고고(古古)의 이야기! 그것은 모든 언어의 모든 역사책들의 이야기이라. 그것은 첨가의 기호로, 인공보편어로, 이런저런 말로, 이야기되어 지도다. 버릇없는 꼬마 소녀가 처음 그를 흥분시킨 이래, 사내는 그의 이탄 불이 여태 활활 타 왔는지라. 수천수백 만년 동안 사업은 사업이요, 그리하여 사람들은 이러 저러한 원인을 위해 고함쳐 왔으니, 4개의 시대가 지나, 그들의 풍화(風化)와 그들의 결혼과 그들의 매장과 그들의 자연도태의 이 고(古) 세계의 서간(편지)가 마치 접시 위의 차(茶) 한 잔처럼, 우리들에게 유증되어 왔나니.

〔편지의 총체적 의미〕 비록 우리가 전체의, 어느 구절의 또는 어느 단어의 해석을 의심할지라도, 우리는 그것의 신빙성에 대해 부질없는 의심을 허풍떨지 말아야 하는지라.

118. 〔편지의 저작권과 권위〕

하여간에, 어떻게든 그리고 어디서든, 어떤 자가, 편지를 온통 써 두었는지라, 그리하여 여기, 자 봐요, 하지만 한층 깊이 생각하는 자는 이것이야말로 솔직히 "그곳에 그대가 있다는 사실이" 모든 가능한 현상에 의하여 조건 지워진 서술임을 마음속에 언제나 간직할지라.

지금까지 편지로부터 판독된 한 어구의 어느 단어의 의미에 관하여 제거불능의 의문을 갖는다면, 우리들 아일랜드의 매일 독립 지(더블린 일간지)가 아무리 족쇄에 채워지지 않았더라도, 우리는 그의 진지한 저작성과 단번의 권위성에 대하여 어떤 부질없는 의혹을 허풍떨어서는 안 되도다. 그리하여 우리로 하여금 저 쨍그랑 건배로 말다툼의 종말을 가져오도록 할지라.

〔편지의 진실 기록〕

왜냐하면, 편지와 아무튼 연관된 모든 사람, 장소 및 사물은 세월의 모든 부분을 움직이고 변화시키고 있도다. 그것은 단지 얼룩과 오점이 아닌지라. 단지 그렇게 보일 뿐이도다. 그리하여, 확실히, 우리들이 심지어 만사를 보여주기 위하여 종잇조각을 소유하고 있음을, 그리고 우리가 많은 부분을, 비록 그것의 단편일지라도, 무심하게 읽고 있는 것을 생각하면, 우리는 진실로 감사히 여겨야 마땅하리라.

119. 그리하여 이제 모든 것이 다 지나가버렸나니, 아무튼, 접문대지(接吻大地)에 넙죽 엎드려 입 맞춘 다음 그리고 전쟁 행운을 위해 우리들의 고국(故國) 견갑골(肩胛骨) 너머로 토의(土衣)를 벗어 던지는지라, 익사의 손이 그러하듯 그에 매달리나니, 만사는 한 시간의 다음 4분의 1 이내에 이럭저럭 조금씩 분명해 지기 시작할 것이요, 그들 또한, 10대 1로 매달릴 것이며, 만사에는 한계가 있기 마련인지라, 이럭저럭 조금씩 분명해지기 시작할 것임을 희망하세나.

[『켈즈의 책(*Book of Kells*)』: 현재 더블린의 트리니티 대학 도서관에 소장 중인, 중세기 아일랜드의 4복음서(the Four Gospels)의 아름다운 필사본, 그중 퉁크(Tunc) 페이지는 『피네간의 경야』의 제5장(ALP의 편지)의 원형이 됨.(119~123)]

[조이스는 여기 텍스트의 구절에서, 에드워드 설리번(Edward Sullivan) 경의 『켈즈의 책』에 대한 소개와 분석의 언어 및 글을 모방한다. 설리번 경(1852~1928)은 아마도 『피네간의 경야』에 재등장하는 인물로, 거기 설리(Sully)는 "직업상 훌륭하고 멋진 도화인(賭靴人; a rattling fine bootmaker)"으로 불린다.(618.30) 또한, 글라신(Glasheen) 교수는 그녀의 『톰의 인명록 1907(*Thom's* 1907)』에서, 그(Sullivan)가 A.T. 설리반(Sullivan)임을, 그리고 더블린의 "제책자(bookbinder)"임을 기록 한다.(글라신 274 참조) 작가[화자—교수—손]은 『켈즈의 책』(그에 의해 서술되고, 24편의 색도 판으로 채색된 책, 1933년 런던판)에 대한 연구를 다음과 같은 서술로 시작 한다.]

[그것의 기이하고 당당한 미. 그것의 차분하고 무금(無金)의 색채; 그것의 두려움 없는 디자인의 놀라운 정교성; 둥근 와선(渦線)의 깨끗하고, 혼

들림 없는 굴곡; 그것의 미로적 장식을 통한 예술적 풍요 속에 요동치는 사형(蛇型)의 점고적(漸高的) 파동; 그것의 텍스트의 강하고 읽기 쉬운 소문자; 그것을 이룬 지칠 줄 모르는 경의와 인내의 노동; 이들 모두가 『켈트의 책』을 이루기 위한 합체이나니, 이 고대의 아일랜드의 책을 세계의 유명한 원고들 가운데 불멸의 탁월성의 위치까지 고양시켰도다.〕 (캠벨과 로빈슨, 101~102 참조)

119.10. 〔이하 편지의 필체―『켈즈의 책』의 모방〕

그 이유인즉, 저 호피(狐皮) 호악취(狐惡臭)를 토하는 저 호농(狐農) 호녀(狐女)의 호금후각(狐禽嗅覺)을 가지고, 그것(편지)를 음미하는 자는 저러한 분노의 회오리 채찍 끝을 경탄하도다. 저러한 너무나도 세심하게 빗장으로 잠겨진 또는 폐색(閉塞)된 원들, 하나의 비(非)완료의 일필 또는 생략된 말미의 감동적인 회상, 둥근 일천 선회의 후광, 서문에는 (아하!) 지금은 판독불가의 환상적 깃털 비상(飛翔), 이어위커의 대문자체 두문자를 온통 티베리우스(로마 황제)적으로 양측 장식하고 있나니. 즉 좌절의 성유 삼석탑(三石塔) 기호 E가 되도록 하는 중명사(中名辭)는, 그의 약간의 주저(hecitence) 뒤에 헥(Hec)으로서 최종적으로 불렸나니, 그것은, 시계 반대방향으로 움직여, 약자로 된 그의 칭호를 대변하는지라, 마찬가지로 더 작은 △은, 자연의 은총의 상태의 어떤 변화에 부응하여 알파 또는 델타로 다정하게 불리나니, 단 혼자일 때는, 배우자를 의미하거나 아니면 반복 동의어적으로 그 곁에 서는지라…… 내장(內臟)의 확고한 독백남(獨白男). 관대한 혼란, 그를 위해 누군가 몽둥이를 비난하고 더 많은 자들이 검댕을 비난하나니 그러나 그에 대하여 달갑지 않게도 그들의 캡 모자와 함께 비뚤어진 요수(尿水) 피이(P)는 이따금 스스로 꼬리 달린 큐(Q)로 해석되지 않거나 아주 왕왕……

120. 〔편지의 기호 설명 계속〕

……입에 꼬리를 문 신도석(信徒席)으로서 해석되지 않지만, 거기서 그대의 그리스도 사자(使者) 비둘기, 여기서 우리들의 고양이(K) 장로교도들, 짤막한 기지(機智)의 기지(奇智)인 대시(符)(—)는 진술 된 진부한 진실

의 문자로서 결코 온당치 않은지라, 어떤 대문자화(大文字化) 된 중(中)의
돌연한 툭툭 튀는 토라짐이 있는가 하면, 채색된 리본의 보금자리 속의 들
쥐 마냥 혼잡스러운 직물의 미로(迷路) 속에 간계(奸計)처럼게 숨은 한 단
어, 묵묵한 평면이 우리와 함께 행하는 것보다 한층 소박한 무언극 연기
를 가지고, 신사로 태어나는 것이 얼마나 어려운가를 선언하는, 저 우스꽝
스러운 우족(牛足)의 꿀벌(b) 그리고 이 전대미증유의 *만홍장례(funferal)*를
볼지니, 조각되고 수정되고 연소(連掃)되고 푸딩파이 된, 깡통 응축 식품
으로 익살 된 아주 고래 알(卵) 마냥, 그것은 마치 이상적 불면증으로 고
통 받는 저 이상적 독자에 의하여 그의 머리가 가라앉거나 수영 맴돌 때까
지 영원일야(永遠一夜) 동안 일백만조(一百萬兆) 이상을 코 비비며 매달리기
를 선언하는 듯 하는지라……

〔화자는 우리들의 주의를 끌기 위해 편지의 비범한 기호(siglum)를 골라
내는지라〕"k.""우리들의 고양이.""b.""우족(牛足)의 꿀벌.""e.""십
자로 엇갈린 희랍어.""g.""아두목자(阿頭目字).""w.""저러한 왕좌 개방
이중여(二重汝).""f.""성마른 안절부절못하는 싱숭생숭.""바로 고래 알
(卵) 마냥"(very like a whale's egg). 〔전대미증유의 *만홍장례*에 관한 이 중
요한 구절은, 『피네간의 경야』의 변화무쌍한 특질을 서술하는바, 이는, 타당
하게도, 『율리시스』 3장의 스티븐에 의하여 인용되고, "아 바로 고래 같은
이야기(Ay, very like a whale)(U 34)" 및 잇따른 『피네간의 경야』 제I부 2장
에서 이씨의 각주, "유령 아일랜드의 대단히 고래 같은 예언(Wherry liked
the whakes prophet)(307 f2)"으로 재생된다.〕

121. 〔편지의 기호의 설명 계속〕
        …… 그를 고문서 학자들은 *초가지붕의 새는 구멍* 또는 *모자 구멍*을
*통해 통입(通入)하는 아일랜드 섬 사나이*로 부르나니, 잇따르는 단어들은
욕망 된 어떠한 순서로도 받아들일 수 있는지라, 아란 사나이 모자의 구
멍, 그를 통한 그의 공(孔)을 속삭이나니(여기 재통[再痛]하며 음의[音義]와 의
음[義音]을 다시 통족[痛族]하게 하도록 재시[再始]할지라). 저 따위 도도한 경사

진 무점(無點)의 첨예(H)는 쉽사리도 가장 희귀한 문구에 속하는지라, 우리가 절반 속을 돌입하는 교통규칙을 무시하고 횡단하는 눈(眼)(i)의 대부분의 경우처럼, 머리, 몸뚱이 또는 꽁지가, 연결되지 않은 채, 잼 속에 언제나 취하여, 나리님, 실벌레처럼 무근(無根)이라. 이러한 우적우적 씹는 모습은 버터 바른 빵 족속의 사본 문헌 속에서만 나타나나니—고전사본 IV, 파피루스 지(紙) II, 조반서(朝飯書) XI, 중식서 III, 만찬서 XVII, 석식서 XXX, MDCXC. 즉 훈고학자(訓詁學者)들은 걸신들린 듯 사자(死者)의 조종(弔鐘)을 머핀 빵장수의 종으로 잘못 들었느니라. 네 개의 원근법 묘사의 "&"들.

〔화자는 가일층 비범한 기호들(sigla)을 골라내도다.〕"h.""도도한 경사 진 무점(無點)의 첨예(尖銳);""i.""교통규칙을 무시하고 횡단하는 눈(眼)"; "s.""이상한 이국적 뱀처럼,""차선(次善)의 롤빵과 함께 장대한 스타일의 묘굴(墓掘)의 집시 방랑자의 교배(交配)(the gipsy mating of a grand stylish grevedigging with secondbest buns)". 〔여기 이 구절은—마치 『햄릿』의 비극적 광대, 진흙더미에서 할퀴는 Biddy처럼, 또는 『율리시스』의 디지 학교의 호랑가시나무 숲 아래 할머니를 매장하는, 스티븐 데덜러스의 수수께끼 여우처럼(U 22)—다양한 종류의 묘굴(무덤 파기)의 표현을 닮았다. 과거의 무덤들 속으로의 이러한 학구적 탐색과 묘굴은, 심지어 장대한 스타일로도, 고작, 차선의 롤빵을 생산하나니—마치 그의 "차선의 침대(secondbest bed)"(U 167)를 아내 앤 해서웨이(Anne Hathway)에게 유증하는 셰익스피어의 유서를 닮았다.〕

122. 〔이어지는 기호의 설명〕"r.""저러한 아르(ars) 전신(戰神) 르르ㄹㄹ라 (R)!" 저것들은 모두 전법적(戰法的)이니, 솥땜장이와 괴골(怪骨)을 뜻하는 고승(高僧)의 비밀문자요, 전리품과 함께 정전(停戰)을 위한 우리들의 신성 축제기도, *모물루스 왕을 위해 기도하세*로부터 적혈수(赤血手)로 쟁탈한 것이니, 그리하여 사원(寺院)도 없을 뿐만 아니라 로즈(노루)의 양조장이 불타버린 이래 밤의 괴화(怪火)의 잔을 쭉 들이키지도 않고, 성전(聖殿)의

뾰족탑으로부터 무례하게 짐꾼에 의하여 루비 흑옥(黑玉) 4행의 아주 근접한 범위 안에까지 아래로 던져졌나니…… [편지의 추신(postscript)]은 『켈즈의 책』의 음침한 [통크]*Tunc* 페이지에서 영감을 받았음이 틀림없다. 왜 저 "XPI"[*Tunc* 페이지의 추신]가 라틴 텍스트에 첨가되었던고? 필경사는 놀림 투로(뺨 속에 혀 놀림으로) 말했던고? (저 마지막 진설적[唇舌的]인 열정적 키스가 입맞춤으로 읽혀질 수 있으리라.) 그리하여 치명적 축소의 경사체의 지겨운 갈겨쓰기라니.

123. [화자는 재차 기호(sigla)를 골라내는지라.] "모든 저러한 사각(四脚) "m의 과다성, 초과수성": 그리고 "왜 친애하는 신(神)은 크고 짙은 디(d)로 철자하는 고." "준결승의 무미건조한 엑스(X)"와 "현명한 y 형태; 최후로 모든 것이 z 완료되어." 뛰는 올가미 밧줄에 의해 꼬리 붙은 732획수나 되는 책 끝에 달린 화려한 장식—이리하여 모든 이런 것에 경이로워하는, 누구인들, 저러한 상호분지(相互分枝)의 오르내리는 굴곡의 여성 리비도(Libido)(생식본능)가 굽이쳐 흐르는 남성 필적의 당위성에 의하여 준엄하게 통제 받는 것을 보도록 급히 재촉 받지 않으리요?

이제 다프―머그리(Duff―Muggli)(교수―화자)는 『피네간의 경야』에서 빠져나와, 『율리시스』로 들어간다. 그러나 편지가 모든 문학, 특히 조이스의 작품들일진대, 안 될게 뭐람? 숫자 732는 『율리시스』의 최초 판의 최종 페이지이다. "페네로페적," "뛰어넘는 올가미 밧줄(leaping lasso)" 및 "libido"는 『율리시스』의 몰리(Molly)를 상기시킨다. 그리고 "Jason," "노수부," 등은 Ulysses ―Bloom(블룸)의 항해에 관여 한다(123.16~32). 한편, 교수는 "쌕소폰관현악음운론적 정신분열생식증 (Sexophonolosgistic Schizophrenesis)"에 대한 독일 연구를 들먹이는데, 이는, 아마도, 이 문맥에서, 『율리시스』의 "키르케(Circe)" 장면을 언급하는 듯하다. 최초에 이러한 종류의 낙천적인 파트너십을 "율리시스적" 또는 "사수적(四手的)" 또는 "물수제비뜨기적(的)" 또는 "점선통신의 모스적(的)" 혼란이라 불렀나니, 퉁―토이드의(융―프로이트의) 관찰에 따르면서, 저 비극적 수부의 이야기는 단순히 교묘하게도 뒤집힌, 카르타고적(믿을 수 없는) 해사보고(海事報告)로서, 수컷 거위를 간 지르는 암 거위의 노략질인양 추정되었도다.

123.30. 〔편지 원고 속에 명명된 사람들〕 그들은, 티베리우스트 이중사본 (Tiberian duplex)의 사람들로 불렸거니와, 그들의 신분이 가장 교활한 방법으로 밝혀졌도다. 본래의 서류는 어떤 종류의 구두점의 표시도 드러내지 않았는지라. 그런데도 미광에 비쳐 보건데, 이 모세 신서(편지)는 깊이 베인 자국에 의하여 날카롭게 파여져 있을 뿐 구독(句讀)되지 않았다는 (대학어감[大學語感]으로) 신랄한 사실을 누출했도다. 〔Tiberius는 기원 14~37년의 로마 황제로, 이는 그리스도의 사명과 십자가 처형의 시기였다. 고전적 로마 판테온(만신전[萬神殿])의 살아있는 대표로서, 그는, 말하자면, 여전히 현미경적 배자(胚子)의 상태에서 기독교의 신학에 의해 이미 지위를 빼앗겼다. 조이스는 역사의 이 순간을 아들이 아버지를 대신하는 상징으로 선택한다. 우리는 여기 또한, "오이디푸스 콤플렉스(Oedipus complex)"와 "beriast duplex" 사이의 유회를 느낀다.〕

124. 〔편지는 예리한 도구에 의하여 다수의 찔린 상처와 깊이 베인 자국에 의하여 날카롭게 파여져 있음이 증명되었다.〕 이러한 종이 상처는, 4가지 형태인지라, "정지", "제발 정지", "정말 제발 정지" 그리고 "오 정말 제발 정지(stop, please stop, do please stop, and O do please stop)"를 각각 의미한다. 런던 경찰국(Scotland Yard)의 조사가 지적한 바에 의하면 → 그들은, 정중한 형교수(兄敎授)의, 포크 형(型) ∧에 의해, "유발되고"; 조반―식―탁에서 시간의 개념을 소개하기 = 위해 〔평면(?)〕 표면 위에 종지부로! 고(古) 영(英)(원문 그대로) 공간에?! 그러나 이러한 주제에 대하여 다음과 같은 사실이 설립하는지라, 형 교수 프렌더게스트(Prenderguest: 종합교회[the Congregation]의 대 수도원장)가 자신이 깊이 공경하는 선조의 정신에 스스로 엄청난 분노를 터뜨렸을 것이 아닌가하고 의심 받았도다. 그리하여 메모는 깨끗하고 간결한 곳에는 어디나 4잎 클로버(토끼풀) 또는 사열박편(四裂箔片) 장식의 찌르기(잼)가 한층 많이 나타나는지라, 이들은 암탉 마님에 의하여 그녀의 퇴비 더미 위에서 뚫린 구멍 때문에 자연히 나타난 지점들임이 탐색되었도다. 그 결과, 사색가들은, 둘과 둘이 합쳐지고, 그러자 수치스럽게도 한 가닥 탄식이 얌전한 입을 떼어놓았던 것이다. 아멘. 메모는 우리들의 열정에 대한 감사와 함께, 영구히 여불비례. 추신편(追伸片)이라.

그 뒤로, 그대 4노인들, 퀴즈 좋아하는 주말 방문객들을 위해, 그대가 이해하기 힘든, 저 녀석(HCE)에 대한 사소한 수수께끼의 필요가 뒤따랐나니……

125. 예를 들면, 그(HCE)는 어디로 사라졌던고? 그러나 우리는 그의 아들이 자신의 무지 속에 가진 것 없이 노령으로 스스로 대양사회(大洋社會)를 떠났다는 이야기를 듣지 못했나니, 필경사(孫)의 이름은 다이러무드(Dire-mood, Dermot), 그리고 그는 어떤 dearmate(Diarmait)의 친족이라. 여인들은 그를 찾아 모두들 밖으로 나왔는지라, 그는 누구인고? 그는 콧수염을 달고 있을 것인고? 그리고 사다리를 가지고 무급 당구장을 오락가락했을 것인고? 아니야! 그는 단지 약간의 유머를 가졌나니! 모두가 안도하게도, 아무튼, 그는 사라졌는지라, 그의 방은 밉살스러운 노트 날치기 문사 솀에 의해 점령 되었도다.

〔이 결구(124.35~125.22)는 여러 작가들과 『피네간의 경야』 주제들에 대한 언급의 잡탕으로 이루어진다. 복음서들의 번역자인, 성 제롬(St. Jerome)을 비롯하여 『성서』의 솔로몬(Solomon)과 그의 「아가(Song of Songs)」, 작가 싱(Synge)(강음과 율동으로), 아일랜드 전설의 더모트(Dermot)와 그라니아(Grania)(그들은 Fenian circle의 주제들), 셰익스피어, 피터(Walter Peter), 옥스퍼드 대학(Bruisanose College), 세 "토티 아스킨즈(Totty Askinses)"〔영국군인〕 등등. 이들 언급들과 인유들의 대부분은 노아와 그들의 아들들을 대신하여, 문사인 솀에게로 인도 된다.〕

제I부 6장
수수께끼—선언서의 인물들

【개요】이 장은 12개의 문답으로 이루어지는데, 그들 중 처음 11개는 교수(셈)의 질문에 대한 숀의 대답이요, 그리고 마지막 12번째는 숀의 질문에 대한 셈의 대답(또는 셈의 질문에 대한 숀의 셈 목소리에 의한 대답)이다. 질문들과 대답들은 이어위커의 가족, 다른 등장인물들, 아일랜드, 그의 중요한 도시들 및 『피네간의 경야』의 꿈의 주제와 일관되고 있다. 이 장의 구조는 작품의 주된 주제 중의 하나인 형제의 갈등, 즉 셈과 숀의 계속되는 상극성(相剋性)을 강조한다.

첫 번째 질문(126.10~139.13)은 기다란 것으로, 뛰어난 건축가인 신화의 피네간(이어위커)[그는 엄청난 초인간이다.]를 다루고 있다. 여기 셈은 핀의 속성인 인간, 산, 신화, 괴물, 나무, 도시, 달걀, 험티 덤티, 러시아 장군, 외형질, 배우, 카드놀이 사기꾼, 환영(幻影), 영웅, 성인, 예언자, 연대기적 단위, 과일, 식물, 다리(橋), 천체, 여관, 사냥개, 여우, 벌레, 왕, 연어 등, 다양하게 묘사되는데, 숀은 이를 들어 아주 쉽게 그의 신원을 확인하고, 그를 "핀 맥쿨"로서 결론짓는다.

셈의 두 번째 질문은 가장 짧은 것 중의 하나로서, 그들의 어머니 아나 리비아와 연관 된다: "그대의 세언모(細言母)는 그대의 태외출(怠外出)을 알고 있는고?" 숀의 대답은 그녀에 대한 자신의 무한한 자랑을 드러낸다. (139.16~28)

세 번째 질문에서 셈은 숀에게 이어위커의 주점을 위한 한 가지 모토(표어)를 제안 할 것을 요구한다. 숀은 더블린 도시의 모토이기도 한, "시민의 복종은 도시의 행복이니라.(140.6~7)를 제시한다.

네 번째 질문은 "두 개의 음절과 여섯 개의 철자"를 가지고, D로 시작하여 n으로 끝나는, 또한, 세계에서 가장 큰 공원, 가장 값비싼 양조장, 가장 넓은 거리 및 "가장 애마적(愛馬的) 신여(神輿)의 음주 빈민구"(140.8~14)를 포함하는 아일랜드 수도의 이름을 요구한다. 여기 대답은 물론 더블린이지만, 숀의 대답(140.15~141.7)은 4개의 주요 주들(얼수터, 먼스터, 라인스터, 콘노트)을 비롯하여 4개의 도시들(벨파스트, 코크, 더블린, 골웨이)로서, 이들은 또한, "마마누요(4복음 자들의 합일 명)"처럼 abcd로 합체된다.(141.4)

다섯 번째 질문은 이어위커의 주점의 천업에 종사하는 자(하인)(시거드센)의 신분을 다룬다.(141.27) 주어진 대답은 "세빈노(細貧老)의 죠"이다.(141.28~29)

여섯 번째 질문은 이어위커 가족의 가정부와 관계하며, 대답은 케이트(세탁부)라는 노파다.(141.30 ~ 142.7)

일곱 번째 질문은 이어위커 주점의 12명의 소님들에 초점을 맞추며,(142.8~28) 대답은 잠자는 몽상가들인, "어느 아일랜드수인(愛蘭睡人)들"이다.(142.29)

여덟 번째 질문은 이씨의 복수 개성들이라 할 29명의 소녀(윤녀)들에 관해 묻는데,(142.30) 이에 대한 대답으로 숀은 그들의 특성을 일람한다.(142.31~143.2)

아홉 번째 질문은 한 지친 몽상가의 견해로서, "그런 다음 무엇을 저 원시자(遠視者; 꿈꾸는 자)는 자기 자신 보는 척하려고 하는 척할 것이고?"(143.26~27) 대답은 "한 가지 충돌만화경"이다.(143.28)

열 번째 질문은 사랑을 다루는데,(143.29~30) 여기 두 번째로 가장 길고도, 상세한 대답이 알기 쉽게 서술된다.(143.31~148.32)

열한 번째 질문은 존즈(숀)에게 그가 극단적 필요의 순간에 그의 형제(셈)를 도울 것인지를 묻는다.(149.11~168.12) 즉각적인 반응은 "천만에"이다. 여기 이 장의 가장 긴 대답은 3부분으로 나누어지는데, 1) 잔돈―현금 문제에 대한 존즈 교수의 토론(149.11~152.14) 2), 묵수(여우)와 그라이프스(포도)의 우화인,(152.15~159.5) 두 무리들 사이의 해결되지 않는 갈등의 이야기로서, 이는 Filioque(동서 기독교국 간의, 「서간문」 III.284~285 참조) 논쟁의 신학적 뼈대 이내에서 이야기 된다. 이 논쟁은 여기 묵스로서 동일시되는 서양의 라틴 교회와, 그라이프스로서 동일시되는 동양의 희랍 교회 간의 분리의 원인이다. 누보레타에 연관된 막간(157.8)은 리피강에 비를 내리는 한 점 지나가는 구름의 이야기로서, 잇따르는 부분을 선행한다. 3) 줄리어스 시저(카이사르)를 암살한 두 로마인들인, 브루투스와 카시우스를 암시하는, 궁극적으로 브루투스(숀)와 카시우스(솀)에 관한 이야기이다.(161.15~168.12)

최후의 가장 짧은 열두 번째 질문(168.13~14)은 숀에 의하여 솀의 목소리로 이루어지는데, 여기서 그는 솀을 저주받는 형으로서 특징지으며, 잇따르는 7장은 그에 대한 숀의 저주를 마련한다.

[본문 시작]

126. 그래서?

오늘 밤 그대는 어떠한고, 신사 및 숙녀 여러분?

대답 자는 숲의 후면에 있다. 그를 불러 낼지라!

(손은 이 밤의 키즈를 110%로 평가 한다)

〔질문 1〕

여기 서사적 영웅 Finn MacCool — HCE의 신분을 확약한다. 무슨 신화발기자(神話勃起者)요 극대 조교자(造橋者)가 자신의 두부담(豆腐談)을 통하여 유카리 왕사목(王蛇木) 또는 웰링턴 기념비보다 한층 높이 솟은 최초의 자였던고? 그녀(아내 — 리피강)가 겨우 졸졸 흐를 때, 그가 나화(裸靴)로, 리피강 속으로 걸어 들어갔나니, 그의 호우드 사구(砂丘)에 회유녹모(懷柔綠帽)를 쓰고, 앨버트 제(製) 시계 줄을 그의 선체대출자(船體貸出者)〔네덜란드 인: HCE〕의 비만 위로 엄숙하게 자랑해 보이도다. 거기 그의 최초의 핥아먹기 사과가 떨어졌을 때, 그는 새로운 (뉴)톤 무게를 스스로 생각했나니.

127. 〔Finn — HCE의 속성들〕

모든 종류의 추적소(追跡所)로부터 Finn — HCE은 최고 — 주(主) — 도피자인지라…… 고리 등 굽은 유령공(幽靈公) 나귀에 그가 단정히 앉을 때 명사(名士) 취객들의 회롱과 향연감(饗宴感)이요 그러나 그가 섹시 남(男) 프란킷〔리처드 III세 역을 행한 더블린 배우〕처럼 역하자 모두들 그를 우우 아이하고 놀리다니, 그는 나귀 마냥 매매 울도다……(그)가 할 일인 즉, 신문 읽기, 흡연, 식탁 위의 큰 컵 정렬, 식사하기, 향락, 등등; 광천

수, 세수 및 몸차림, 지방의 견해, 주물(呪物) 토피 과자, 만화 및 생일 카드; 그러한 날들이 있었으니 그는 그들의 영웅이었도다…… 잉글랜드 은행의 이창(裏窓)에서 수표를 현금으로 바꾸고, 성당 출구에서 자신의 정명(定命)을 배서(背書)했도다. 프랑크 인들의 두뇌, 그리스도 교도의 손, 북방인의 혀; 저녁식사에 초대하고 허세에 도전하나니; 아침에 두통을 겪고 오후 내내 모통(帽痛)이라; 그가 진지할 때 소녀들이 숨은 쥐 놀음을 하나니 그가 유쾌할 때 그들은 생쥐 놀음을 놓치도다……

128. 〔계속되는 핀 ― HCE의 속성들〕

(그는) 존재했나니, 존재하며 존재할 자요 그리하여 비록 그는 곰팡이 상태에 있으면서 곰팡이 황홀경이로다. 숲 속의 참나무요 그러나 메가로 포리스(그리스의 이상향)의 플라타너스이니; 등산역사(登山力士), 목신비족(牧神飛足)이요; 우리들의 연단(演壇)의 판자(板子), 우리들의 척후병의 공포탄; 하급 귀족으로, 경지(耕地)에서 그는 경작되나니, 백작처럼 우아하게, 그는 간주(看做)하도다. 편안한 순간의 초식류(草食類) 같은 모습을 한 벌레처럼 보이는 단어들의 선형어구(船型語句); 그는 우리들의 판단에 법(法)을 가져 왔나니, 그는 우리들의 시골 저택을 자신의 별장으로 삼았도다……. 그이 자신의 불알 오케스트라 반주에 맞추어 노란에서 브루노의 음경무(陰莖舞)를 출 수 있나니. 범(凡) 기독교 산파 국제 자연회의 앞에 참석하고, 내국 재난회의의 연구총회 앞에 착고(着固)하도다. 진미의 앙트레 요리를 만들어 감미와 신미 사이에 요리를 끝마치나니, 예보를 예롱(豫弄)하고, 예견물(豫見物)을 예감하며 예람회(藝覽會)에서 언쟁의 예홍자(藝興者)로다……. 상인 근성의 누군지 전혀 짐작이 가지 않는 사람으로 하여금 그가 신사 행세를 하기보다는 오히려 공작 행세를 하고 싶어 하도록 만들어졌느니라.

129. 세방교(細房橋)에서 알을 품었으나 바깥에서 병아리 사출했나니; 시주(始酒)로 시작하여, 감주(甘酒) 싸움으로 결말 지었느니라……. 그이 자신은 해요지(海要地; 시포인트), 부두구(埠頭丘; 키호우드), 회도(灰島; 애쉬타운)의 서계(鼠鷄; 랫헤니)로다. 시종장관(侍從長官)으로부터 독립하여, 로마의 규칙을 인정하면서, 우리는 그의 유즈풀 프라인(有用靑松)의 농장을 보았도

다. 홈랜드 치즈처럼 악취 피우고 아이슬란드의 귀처럼 보이나니……. 아
야니 [인도 이란어]의 최고(最古)의 창조자로 체력—끝—까지 자기를 자
랑하며, 그는 스스로 알프스의 새(新) 바위라 부르는 스위스 가구(家丘)를
깔보았도다.

130. 가볍게 다리 들어올리는 놈들은 웃는 얼굴로 앞쪽에서부터 그[HCR]
에게 향을 피우는 반면, 촌스럽게 이마 숙이는 놈들은 맨 끝까지 투덜대며
그를 저주하나니; 여소녀(汝少女)와 여소년(汝少年) 간에 석야(夕夜)의 섬광
이라…… 자양물자(滋養物者), 시주(施主), 시골뜨기, 소요 억제자…… 파
종용으로 충분히 종자를 뿌리지만 은밀히 하녀들에게 구혼하도다…… 하
루 벌어 하루살이 말하는 것을 배우게 되자 드디어 눈을 감고 이란어를 말
할 수 있었나니…… 촌뜨기 경칠 복사뼈를 통해 자신의 길을 텄으나 마
침내 거기서부터 서까래에 목매도다…… A1 등급은 최상급이지만 그의
뿌리는 조잡하도다. 자신이 건포도의 사용을 측정했던 당시 백포도주 비
커 큰 컵과 겨누기 위해 청년으로서 배불리 마시고 동전 던지기하던 시절,
닭 목 깃털 딸기를 부채꼴로 채웠느니라.

131. 자신에게 스케이트 법을 가르쳤으며 추락하는 법을 배웠도다. 분명히
불결하지만 오히려 다정하나니. 살인으로, 추장들을 사방 방어 치료했도
다. 오스트만(바이킹) 각하, 써지 패디쇼(극작가 버나드 쇼) 두목으로 너무 많
이(둘) 주인 노릇하고, 자신의 자식 파리스에게 프리아모스 아비(트로이의
최후 왕) 노릇하도다. 피니언 당원들의 제일 자, *최후의 왕*; 어떤 낙자(落
者) (윌)리엄이 웨스트민스터에서 그를 저버릴 때까지 그의 스쿤 족 타라
왕은 무류(無謬)를 지속했나니. 그가 우리를 탈가면(脫假面)하기 위해 사울
처럼 노 저었을 때 그의 자리에서부터 축출되어 불타(佛陀) 베스트로부터
역병처럼[「사무엘상」] 우리들의 폭독(爆毒)한 궁지로 운반되었는지라. 성
냥 두(頭)를 포플러 나무줄기에 데고 생물에 불붙이나니. 매를 창처럼 꽂
자 번개를 없앴도다…… 굴대 거미줄의 가짜 두건이 그의 불가시성 꼴불
견의 동굴구(洞窟口)를 메웠나니, 그러나 엽망(葉網)을 활기 있게 하는 갓
깬 새끼 새들은 그에게 상록수종(常綠樹種)의 애인가(愛人歌)를 노래하도다.

132. 우리는 졸리는 아이로서 그이와 통하나니, 우리는 그로부터 생존 경쟁자로서 벗어나도다…… 그의 삼면석두(三面石頭)가 백마고지 위에서 발견되었나니 그리하여 그의 찰마족적(擦摩足跡)이 산양의 초원에 보이도다…… 처음 그는 래글런 가도를 쏘아 쓰러뜨리고 그다음 그는 말버러 광장[더블린의]를 갈기갈기 찢었나니; 시골뜨기로 우리들의 갈 짓자 걸음이 그가 사랑하는 루버 강(江)[안트림 카운티의]에 방수하게 했을 때 쿠룸레크 고원(高原)과 크룸말 언덕은 그의 널리 이름 날린 발받침이었도다…… 그는 그 자신의 순주(殉酒)로 경음(鯨飮)했으나 그녀는 코르크 주를 조금 시음했나니 그리하여 연어(魚)로 치면 그는 일생 몸속에 먹은 것이 올라오고 있었도다. 자 자 어서, 서둘러요, 월귤나무(혁클베리) 그리고 그대 톱장이(톰 소여), 산지기여…… 그는 소모전의 한 독일 병사요, 돌아온 한 자살제왕(自殺帝王)이라; 호소하는 파도 속 용해하는 산 위의 열풍에 몸을 불태우도다.

133. 그는 털 복숭이 목의 곡선으로 부어올라 있고, 왼쪽 화상에, 선원들 사이 등압선(等壓線) 모양 작은 파이 속에 배급되어 있나니. 혹자는 그가 해독(害毒)되었는지를 묻는가 하면, 혹자는 그가 얼마나 많이 남기고 죽었는지를 생각하도다. 이전―정원사(대산맥인[大山脈人])가, 배아적(胚芽的) 존재물을 공급하면, 탐욕의 장미에 (진드기의) 작은 호스 역을 하리라; 팽팽한 범포와 갑판 배수구가 물을 뒤집었어도 그러나 애장품(愛臟品) 유견포(油絹布)가 그의 방수포 역할을 하나니. 그는 환락을 부두 여인들한테서 취하고, 형사들을 고용했도다…… 그가 건널 뱃전에 닻을 내리자, 그는 제2의 제왕, 곶(岬)에 밧줄을 풀고, 재양틀(방적; 紡績)의 갈고리를 푸나니 그리고 그는 판자 및 벽토로다.

134. 그의 인디언 이름은 하파푸시소브지웨이(Hapapoosiesobjibway)(사방의 젖먹이)요, 그의 성(姓) 산술상의 수는 북두칠성이 도다. 첨봉주(尖峰州)에서는 무기를 들고 뱀장어 구(區)에서는 낚시 줄을 팽개쳤나니 비코의(惡의) 순환으로 움직이나 동일(同一)을 재탈피(再脫皮) 하도다…… 청춘의 부드럽고 밝은 무쌍의 소녀들이 멋진 비단 옷차림의 경쾌한 꽃다운 젊은 여인들을 가슴속에 품는 것을 만족하는 반면, 심히 욕설하는, 강한 냄새 품기

는 불규칙적인 모양의, 사나이들은 활동적인, 잘생기고 멋진 몸가짐의 솔직한 눈매의 소년들을 싹 없애 버리려 하다니 너무 불쾌한 일인지라.

135. 모서리 담벼락에서 너무나 실쭉하게 도표를 그리고 있었으며, 여왕은 나무 그늘 정자에서 현기를 느껴 모피로 덮힌 채 축 늘어져 있는 가하면, 하녀들은 정원의 산사나무 사이에서 자신들의 긴 양말을 구두 신고 있었나니, 뒤쪽 경비가 밖에서 뚜쟁이 질(허식!)을 하고 총요(銃尿)하도다…… 친애하는 신사(E) 기지남(奇智男)(H) 성주(城主)(C)는 우리들의 유람으로 일광욕락(日光浴樂)했나니 그리하여 비조非무의 여름을 만병초꽃 언덕에서부터 뒤돌아보고 있도다.

136. 그는 스메르(유프라테스 인의) 표의문자 '시(市)'형(型)의 집을 건립했는지라, 그가 건립한 집에 자신의 정명(定命)을 위탁했도다. 구야(鳩野) 위의 나르는 모습의 갈 까마귀 문장(紋章)을 지니나니. 그가 웅계(雄鷄), 공작새, 개미, 우목인(牛牧人), 금우궁(金牛宮), 타조, 몽구스 족제비 및 스컹크로서 그의 요리 녀에게 나타났을 때 후광을 그의 시종으로부터 강탈했도다. 경박한 쇄기 풀로부터 애일 주(오래된) 나이의 맥주를 짜냈나니. 그의 찬가(讚歌)를 위하여 오두막집 위에 지붕을 얹고, 사람을 위하여 냄비에 닭을 넣었도다. 심부름꾼이 되었다가 이어 파노라마 사진 검열사가 되었다가 이어 정원사제(庭園司祭)가 되었노라. 그를 술에 젖어 살게 했던 폭음, 그를 비틀거리게 했던 병형(病型), 여전히 토끼 마냥 화제를 갑자기 바꾸지만 그런데도 양(羊)처럼 약 올리도다. 포켓북의 우편선, 간격남(間隔男) 총포 밀 수자…… 그가 피닉스 공원(空園)의 진공(眞空) 속에 비공(飛空)했을 때, 공원(空園)의 공동(空洞)에서 나무들을 공타(空打)하자, 투석공(投石空)했도다.

137. 그의 칭호를 추측하는 자가 그의 행동을 추착(推捉)하도다. 살(肉)과 감자, 생선 및 감자튀김. 교활(윌리스리)의 교묘한 농작(弄爵). 포옹복(抱擁腹)(헉베리)의 환장한(歡葬漢)(판) 뻐꾹 뻐꾹 뻐꾸기. 판사 사실(私室)에서 방청하고 고문당했나니. 벤치와 함께 숙박(宿泊)하자 베혜(倍惠)요, 비녹탄(悲鹿彈) 배산(背散)이면 박혼예고(博婚豫告)라. 천국태아(天國胎芽)하고(h), 혼돈

태아(混沌胎兒)하니(c), 대지 탄아(大地誕兒로다)(e). 그의 부친은 필경 초근(超勤)으로 깊이 쟁기질하고 그의 모친은 정당한 분담을 산고(産苦)했음이 여하간 분명하도다. 매거진 무기고(武器庫)의 족적(足迹), 작열사(灼熱沙)에 의해 낙마(落馬)된 사령관. 급조(急造) 소방대의 명예대장, 경찰과 친근하도록 보고되었나니. 문은 아직도 열려 있고. 옛 진부한 목 칼라가 유행을 되찾고 있도다…… 송진 나무로 그의 파이프를 불 댕기고 그의 신발을 잡아끌기 위해 견인마를 세내도다. 하녀의 괴혈병을 치료하고, 남작의 종기를 파괴하나니. 마분(磨紛)을 팔도록 요구받고 나중에 침실에서 발견 되었도다. 그의 정의(正義)의 의자, 그의 자비의 집, 그의 풍요의 곡물 및 그의 산적한 보리(麥)를 갖나니……

138. 그의 고령(苦靈)은 끝났을지 모르나 그의 원령(怨靈)은 지금부터 다가오려니…… 그는 아름다운 공원에 서 있는지라, 바다는 멀지 않고, X, Y 및 Z의 절박한 도회들을 쉽사리 손에 닿도다…… 다리우스(페르시아 왕)의 귀먹은 귀를 방금 신의 철저히 격노한 자에게 계속 돌리는 도다. 돌출부를 홱 움직여 인간을 만들고 다수 동전 속에 조폐하나니. 그는 그리운 내 집이여 스위트 홈에 귀가할 때 6시의 푸딩 파이를 좋아하는 도다. 월광주(月光酒)과 수치지불(羞恥支拂) 샴페인에서 흑맥주와 병술에 이르기까지 생모험(生冒險)의 모든 시대를 통하여 살아 왔는지라, 윌리엄(털의) 1세(선견[先見]), 헨리히(오장이) 노인, 찰스(공격) 2세(약탈자), 리처드(영장자; 令狀者) 3세(극모; 棘毛).

139. 그는 추락하기 전에 떠듬적거리는지라 경각(經覺)하자 전적으로 미치는 도다…… 진주조(眞珠朝)의 아침에는 쾌활(팀)하고 애도의 밤에는 무덤(툼)이라. 그리하여 자신의 돌차기 놀이를 위하여 표석의 바빌론에 최고의 빵 구이 벽돌을 지녔나니, 자신의 힘 빠져 흔들거리는 회벽(灰壁)의 결핍으로 목숨을 잃을 것인고? 그자는 누구?

〔**대답**〕 핀 맥쿨(HCE)

〔질문 2〕

〔가장 짧은 질문들 중 하나로, 그(솀)는 Mike(숀) (아나의 널리 여행하는 아들)의 어머니에 관해 묻는다.〕 그대의 모(母)는 그대의 외출을 알고 있는고?

〔**대답**〕 숀은 아일랜드의 프루트(Prout) 신부(1804~66) (P.S. Mahoney의 펜네임, 예수회원, 시 작가 작의 아래 「샌던의 종(*The Bells of Shandon*)」의 패러디로 대답한다.

「샌던의 종」의 첫 음절

깊은 애정과 회상으로
나는 자주 샌던의 종을 생각하나니,
그의 소리는 너무나 황량하리라, 나의 유년시절의 나날에
나의 요람 주위를 흩뿌리면서, 그들의 마의 주문을.

여기 솀의 대답인 즉, ALP는 유혹녀이다. 내(숀)가 근시안을, 도교외적(都郊外的) 조망으로부터 돌릴 때, 나의 효심(孝心)은 자만심을 갖고 바라보나니…… 그리고 그녀의 저를—애무해줘요—강강격(强强格)으로, 그리고 그녀의 저를—간질여 줘요—아래쪽으로, 정의의 오시안을 무릎 꿇게 하고 단숨에 수금(竪琴)을 들이키게 하소서! 만일 물의 요정 단이 덴마크 인이라면, 안은 불결하고, 만일 그가 편평하면 그녀는 움푹하고, 만일 그가 신전(神殿)이면, 그녀는 농탕치나니, 그녀의 다갈색의 유발(流髮), 그리고 그녀의 수줍은 아첨, 그리고 그녀의 물 튀기는 익살과 함께, 그가 방향타(方向舵)를 치세우거나, 아니면 그의 꿈을 흠뻑 젖게 하기 위해서라.

〔숀의 어머니 Ann은 "강강영원(江江永遠)히, 그리고 밤. 아멘!" 도시를 통해 흐르는 불결한 리피강이다.〕

〔**질문 3**〕 〔주옥(酒屋), 즉, HCE의 마린가 하우스에 관한 모토의 탐색〕

어느 표제(標題; 타이틀)가 초막집을 위한 가장 적당한 대용표어(代用標語)인 고? 그것은 행복의 추(타)락인 석탄왕자로(石炭王子爐)(*felix* 및 피닉스 죄인) 도 아니요 퇴조초원(退朝草園) 구능대(丘陵帶; Epso Downs, Eblana, Dublin) 도 아니요 게다가 *과금미래관(過今未來館)*도 아니요 *광명 가져오는 자에게?* (*Erat Est Erit* noor *Non nichi sed luciphro?*)

〔**대답**〕 그대의 만복(萬福)은, 오 시민이여, 우리들의 세계의 행복을 득 점하도다! 〔더블린 시의 모토의 패러디〕

140. 〔**질문 4**〕〔아일랜드의 4주요 도시들에 관하여〕

두 음절 및 여섯 철자로 된 아일랜드의 수도(首都)는? 〔셈은 손에게 아 래 4가지 암시를 준다.〕

(a) 세계에서 가장 광대한 대중 공원

(b) 세계에서 가장 고가의 양조 산업

(c) 세계에서 가장 확장적 과밀 인구 공도(公道)

(d) 세계에서 가장 애마적(愛馬的) 신음(神飮)의 빈인구(貧人口). 그리고 그대의 abcd 초심자의 응답을 조화(調和) 하건대?

〔**대답**〕 손의 대답인즉, 4노인들을 대변하는 아일랜드의 4주(州)들이 로다.

(a) 벨파스(트) (얼스터)

(b) 코크 (먼스터)

(c) 더블린 (라인스터) (조지 왕조의 집들, Mansion House〔시장 관저, 공작의 잔디밭, 제임스 문주(門酒)〕 파워 위스키, 오코네 강의 더블린)

(d) 골웨이(코노트) (스페인의 유산과 그의 연어)

손의 기다란 대답에서 (a),(b),(c),(d), 즉 모든 것들은 함께 용해되고, 샌던의 종소리들의 여운 속에 조화된다. 〔질문 2에 대한 대답으로 샌던의 종소리들은 아나 리비아와 연관됨을 주목하라. 그녀야말로, 모든 차등들 을 포용하며, 그들을 재조합하고, 모든 반대를 하나의 위인으로 몰아간다. 이어 재차 그녀는 앞서 "복수가능성의 초래자"(104)로서 행사하며, 분명 히 새로운 형태로 모든 것을 재차 파견한다. *"평등하게게게게!"*〔여기 손 은 나귀의 울음으로 4노인의 답변들을 조화한다.〕

141. 〔**질문 5**〕〔이어워커의 잡역부 시거드센(죠)에 관하여〕

어떤 소년이 모든 잡일의 용인(傭人)이 될 것인고? 무슨 유(類)의 호수 소년(湖水少年)이 불결한 술병을 차려 낼 것이며, 오래된 찌꺼기를 비워낼 것이며, 악질의 산양유(山羊乳)를 짜낼 것이며, 수시로 수음(手淫) 용두질을 쫓아낼 것이며, 휴지목장(休止牧場)을 이쑤시개 질 할 것이며, 내측남(內側男)이 외측천사(外側天使) 노릇할 것이며, 마을 주변에 오수(汚水)를 뿌릴 것이며, 신문지, 담배 및 당과를 가져 올 것이며, 총회장을 정연(整然)할 것이며, 성당 종을 타고(打高)할 것이며, 의자에 발길질할 것이며, 도둑을 뒤쫓아 살려 줘요 머리카락 고함칠 것이며, 세 아동을 부양할 것이며, 진흙 구두를 세마(洗磨)할 것이며, 모든 봉화대를 야개(夜蓋)할 것이며, 주인에게 사시(死時)까지 봉사할 것이며, 칼을 석마(石摩)할 것이며, 최충(最充)의 기숙인(寄宿人), 신의방식(神意方式)의 호색 남으로서, 그는 필경 왕왕, Z.W.C.U 호계단유한회사(戶階段有限會社)의 X.W.C.A. 호(號) 기차에 앉아 있나니, 혹은 만창문(灣窓門) 형제회사 청소담당선원에 발탁되었도다.

〔**대답**〕세빈노(細貧老) 죠 녀석이라!

〔**질문 6**〕〔케이트—노파 청소부에 관하여〕집 청소부 다이나를 호출하는 살롱(객실)의 슬로건(표어)은 무슨 뜻인고?

〔**대답**〕〔이 대답은 집안 청소부인 늙은 케이트 과부 자신에 의하여 주어진다.〕대답은 그녀의 "tip" 〔박물관 장면〕(8)의 모음 전환인 "tok, tik, tuk, tek,, tak"을 포함 한다. 누가 구스베리 열매 거위복주(腹酒)의 최후의 것을 취음(醉吟)했던고, 누가 킬케니 고양이가 썩은 살코기 토막을 훔치도록 내 버려두었는고? 여기 대답은 키티의 젊음, 이어워커의 죄, 및 케이트가 비로 인해 망치기를 바라는 피크닉이다.

142. 〔**질문 7**〕〔12 시민들(주점의 단골 고객들)의 신분에 관하여〕

우리들의 시민 사교국(社交國)의 저들 합동 구성 회원들은 누구들인고?

12선량한 시민들은 누구들인고? 그들은 더블린 12지역 출신의 거주자들,

그들은 또한, 제임지 모(Jamesy Mor) 또는 제임키즈 맥카시(Jamkes Mac-Carty)를 포함하여, 모두 12사도들이나니.

〔**대답**〕 아일랜드수인(愛蘭睡人)들 (The Morphios)이라, 〔잠자는 자들, 인생인 꿈을 여전히 꿈꾸는 자들, 아직 깨어나지 않은 자들, 등〕 Morphios 는 Murphy(아일랜드 인의 대명사)+Morpheus(잠과 꿈의 신)+W.B. Murphy(『율리시스』 15장에서 허언의 노 수부)(U 511 참조)등, 다양한 의미를 함축한다.

〔**질문 8**〕 매기(Maggies) 처녀들(이씨와 함께)의 다수 신분들에 관하여.

〔**대답**〕 〔숀은 그들의 특징을 기록함으로써 대답한다.〕 그들은 사랑하며 싸우나니, 그들은 웃으며 사랑하나니, 그들은 울며 웃음 짓나니, 그들은 냄새 맡으며 우나니, 그들은 미소하며 냄새 맡나니, 그들은 미워하며 미소 짓나니, 그들은 생각하며 미워하나니, 그들은 만지며 생각하나니, 그들은 유혹하며 만지나니, 그들은 도전하며 유혹하나니, 그들은 기다리며 도전하나니, 그들은 받으며 기다리나니, 그들은 감사하며 받나니, 그들은 찾으며 감사하는지라, 그들은 생(生)을 위한 생애(生愛)의 생식(生識) 속에 허탄(虛誕)을 위한 탄생이요 간계에 의한 간처(奸妻) 그리고 책략적 발향장미(發香薔薇)의 방칙(方則)에 의한 장천(長川)이라.

143. 〔**질문 9**〕 한 인간이 낮의 일에 지쳐, 잠 속에서 코펜하겐의 한 광경을, 거기 그것의 역사의 파로나마를, 거기 역사의 과정에 행사된 사건들과 그들의 변화를 볼 수 있을지니, 마치 조망이 밤사이 수많은 세목들을 결합하여, 이산시키듯, 전체 및 부분의 의미를 파악하고 정적인 및 동적인 것들을 식별할 수 있을 것인고? 요약건대, 이러한 몽상가는 보는 척 할 것인고?

〔**대답**〕 한 가지 충돌만화경이로다! 〔『피네간의 경야』 자체는 충돌만화경인 셈〕 〔여기 "그의 역사(history+HCE의 story)"의 과정의 "만화경"은 비코의 환에 의해 "재순환"하면서, 밤을 새벽까지 탐험한다. 반대(opposites)

의 갈등은 밤의 관측자들을 혼동 시키나니, 그러나 무지개가 화해를 갖고 오는지라. 아마도 "이시적(耳視的) 광경"이 이 "만화경"을 냄새 맡을 수 있도다. 눈에 약간 그리고 부분적으로 혼란 된 채, 손은 질문자(셈)가 마음속에 "충돌 만화경"을 갖고 있다고 생각한다. 손은 보기보다 과오가 없지 않다.]

〔질문 10〕〔사랑의 편지, 한 젊은, 거절당한 애인에 의해서처럼, 이 씨―이사벨(이슬더)(거울 이미지)에게 행한 질문〕모분(慕焚) 이외 무슨 신자(辛者)의 사랑이, 간소(簡燒) 이외 무슨 산자(酸者)의 연애결혼이 있을 것인고, 유혹하는 광녀(狂女)가 연취(煙臭)를 되돌릴 때까지?

〔대답〕윤여(潤女) 자신으로부터. 분명히 그녀는 자신의 상상 속에, 그녀의 인형을 통해서 또는 편지 속에, 어색하고, 시적, 수줍은 소년에게 말을 걸면서 그의 경상(鏡像; mirror―image) 앞에 앉아 있는지라, 그의 생활의 다른 "그녀"를 알고 있는 척하고 있도다. 재삼, 그녀는 작가 스위프트(Swift)에게 대답하는 작가 스텔라(Stella)이요, 그녀의 말들을 통해서, 스위프트―스텔라의 애칭과 사이비 어버이다운 애정이 흐른다.

144. 〔이씨의 대답 계속〕

　나는 아는지라, 페핏(pepette; 스위프트의 편지 결구 어), 물론, 이봐요, 그러나 잘 들을지라, 귀미(貴味)! 그대는 얼마나 정교한 손을 가졌고, 그대 천사, 만일 그대가 손톱을 물어뜯지 않으면! 그대가 나 때문에 부끄럽게 생각하지 않다니 놀랄 일이 아닌고! 맹세코 그대는 최고급 페르시아의 크림을 사용하는지라. 그처럼 빤짝이게 하려고 크림을 사용하나니…… 그의 모든 다른 14명의 풀백 레슬링 선수들 혹은 헐링 스타들 혹은 그들이 무슨 타관인(他關人)들이든 간에, 오너리 경(卿) 댁에서 나를 지분거리며, 보도일 난형(卵型) 지역 경마장에서 에그 및 스푼 경기에서 이기자 곧장 승배(勝杯)라니…….

145. 〔이씨의 거울과의 대답 계속〕

비록 내가 지독한 토탄녀(土炭女)라 할지라도 나는 논단이 아가씨가 아니로다. 물론 나는 알아요, 예쁜이여, 그대는 학식 충만하고 본래 사려 깊은 애 인지라, 야채를 몹시 우호하나니, 그대 냉기의 고양이를 동경하는지라! 제발 묵침(黙沈)하고 나의 묵약(黙約)을 받아 들여요! 새끼 대구여, 뱀, 고드름 같으니! 나의 생리대가 확실히 더 큰 구실을 하지요! 누가 그대를 울누(鬱淚) 속에 빠트렸는고. 이 봐요, 아니면 그대는 먹물 든 지푸라기 같은 자인고? 자아내는 눈물이 그대의 자존심의 문을 스쳐버렸단 말인고?

146. 〔요녀―이씨의 계속되는 자기와의 대화〕

그 이유는 단지 내가 고슴도치 심술쟁이 소녀이기 때문이니, 그대 나의 꿈의 애남자(愛男子), 그리고 돌아다니는 늙은 가마우지 새가 아니기 때문이라, 나의 튤립 꽃의 밀회자여, 저 뻐끔뻐끔 파이프처럼 나를 뒤에서 습격하는, 저 뽐내는 대버란(Daveran) 같으니. 얼마나 뻔뻔스러운지고! 그는 저녁의 제의실(祭衣室)이 바로 그 때문에 있다고 생각하지요…… 그대의 입(口)을 나 쪽으로 움직여요, 한층, 최귀자(最貴者)여, 한층 더! 나를 기쁘게 하기 위해, 보(寶)여. 그건 안돼요, 나는 할 것 같지 않아요! 쉬! 아무 것도! 어딘가 한 가닥! 바이바이! 나는 파리(蟲)로다! 들을지라, 예성(銳聲)을, 보리수 아래. 그대 알다시피 거목(巨木)은 모두 묘중석(墓重石)에 기대있지요. 모두들 쉿 주저하고 있어요. 대노인(大老人; 글래드스턴; 영국 자유당 정치가)이여! 그래 짹짹 쩍쩍 찟찟, 지저귐, 미카엘의 애색愛色을 위하여! 작은 통문(通門), 내가 먼저, 실례 그리고 그대는……

147. 〔이씨의 면―대―면(tete―a tete)의 대화 계속. 그녀는 성당 종소리를 듣고, 각 종소리에 안성맞춤의 이름을 붙여 부르도다.〕 그리고 온통 성(聖) 호랑가시나무. 그리고 어떤 것은 겨우살이나무와 성(聖) 담쟁이. 헛기침! 애햄! 에이다, 벳, 셀리아, 데리아, 에나, 프레타, 길다, 힐다, 아이타, 제스, 캐티, 루, (내가 그들을 읽자 확실히 나로 하여금 기침 나게 하다니) 마이나, 니파, 오스피, 폴, 여왕, 연(憐)루스, 오만(傲慢)루시, 트릭스, 기근(饑饉)우나, 벨라, 완다, 후대(厚待)쓰니아, 야바, 즐마, 포이베 여신, 셀미. 그리고 미(나)! 〔그러자 종의 울림은 그녀에게 사순절, 금식, 사면을 생각

하게 한다. 그녀가 담쟁이 교회 종소리를 듣자, 28처녀들에게 이름표를 붙인다.] 그녀는 립스틱을 조심할지라……

148. 〔계속되는 이씨의 거울과의 대화〕

쉬쉬쉬! 그처럼 시작하지 말아요, 그대 비열한……! 브린브로우의 저 주할 오래된 불충(不忠)의 송어 강(江)에 다시 또 다른 또는 그 밖의 괴상한 생선이 있는지라, 동서 고트 족(族)(Goth)이여 우리를 축복하사 그녀를 용서해 주소서……! 그대는 결코 모든 우리들의 장비(長悲)의 생활에서 한 소녀에게 의접(衣接)해 말하지 않았던고? 천만에! 심지어 매시녀(魅侍女)에게도? 〔Charmber maid : 이는 조이스에게 노라를 불러오고, 그녀를 위해 그의 시「실내악」(*Chamber Music*)을 헌납했다. 그녀는 핀즈 호텔의 청소부(chamber maid)요, 핀즈는 HCE의 주점이 된다.] 얼마나 경탄자 연(然)한고! 물론 나는 그대를 믿어요, 나 자신의 사랑에 빠진 거짓말쟁이, 그대가 내게 말할 때. 나는 단지 살고, 오 나는 단지 사랑하고 싶을 뿐! 들어요, 잘 들을지라! …… 나의 백성(白性)으로 나는 그대에게 구애하고 내가 그대를 묶었던 나의 비단 가슴 숨결을 묶나니! 언제나, 요염한 자여, 더 한층 사랑하는 이여! 언제까지나, 그대 최애자여! 쉬쉬쉬쉬! 행운의 열쇠가 다 할 때까지. 웃음소리!

〔**질문 11**〕 만일 그대가 법석대는 술잔치에서 우환(憂患)의 한 불쌍한 안질환자(眼疾患者)를 만난다면, 그때 그의 율성(慄聲)의 음조가 정강이를 시미 춤으로 흔들고, 깔개 걸친, 진흙투정이 라이온 오린〔아일랜드의 주인공〕처럼, 그의 흐느낌의 미경야(微經夜)에서 그의 반국가(反國家)가 격노하는 동안, 만일 그가, 자신의 곤경을 푸념하면서, 오선(誤線)으로 중얼거린다면,

149. 그가 자신이 몹시 좋아하는 추계(州界), 우녀(憂女) 가죄(歌罪)를 방취(防臭)한다면, 존즈여, 우리는 오늘 저녁 상관하리라 생각하지 않는데, 내가 그대에게 도움을 청한다면, 그대는 어쩔 참인고?

149.11. 〔**대답**〕〔여기 손(존즈)은 단호하게 **"천만에(No)"**라고 대답

하거니와, 이어 그는 길고 매력적인 대답을 불러온다. 숀은 탁월한 "공간주의자"인, 존즈 교수를 가장하여 대답한다. 시간보다 위쪽인 공간을 증명하기 위해 애쓰면서, 그는 자신의 논의를 처음에 추상적으로, 이어 우화로서, 그리고 마침내 로마 역사로부터 예들을 들음으로써 이를 제시한다.]

〔대답〕〔숀의 대답은 3부분으로 분할된다.〕

* 첫째 부분: 현금―푼돈(dime―cash)의 문제에 관한 존즈 교수(숀)의 토론

교수(숀)는 그러나 자신이 거절하게 된 정교한 정당성을 장황하게 설명하는 것이 필요하다고 느낀다. 결과는 이른 바 "푼돈 문제 (Dime―Cash Problem")에 대한 아주 학구적인 토론으로, 이 문제에 관한 다른 학자들의 작품들에 대한 세심한 주의 및 이보다 덜 학식이 있는 청중을 위하여, 포괄적 원칙을 설명하기 위한 일화들을 갖는다. 숀의 즉답은 부분적으로 루이스(Wyndham Lewis)에 의하여 촉진되는 바, 후자는 그의 저서 『시간과 서부인(*Time and Western Man*)』에서 조이스의 작품들, 특히 그의 『율리시스』를 극히 시대―편중적(time―oriented)이라 혹평한 바 있다. 이에 조이스는 그의 『서간문』(I. 257~8)에서 "천만에(No)"라고 단호히 대답한다.

여기 존즈 교수가 설명하는 "푼돈―현금 문제"는 시간과 공간을 설명하는 그의 물질주의적 방식이다. 그가 행하는 연설의 첫 3페이지는, 비록 그가 믿기를, 적어도 시간은 환상이요 공간은 현실임이 분명할지라도, 오히려 추상적이요, 몽롱하다.

그러나 유량(類量: Talis)은 자주 남용되는 말인지라, 본래 유질(類質: Qualis)처럼 같은 것을 의미하나니, 이 사실은 많은 예들로서 증명된다. 비록 양자는 본래 같은 것으로, 많은 사람들에 의하여 혼용되는 단어들이긴 하지만, 그럼에도 우리는 양자간을 엄격히 구별해야 한다는 것이다. (이를테면, 아일랜드의 글리핀(Gerald Griffin)은 *Talis Qualis (유질량)* 및 『대학생들 (*The Collegians*)』을 쓴 역자로, 나중의 작품은 부시코트 작의 『아리따운 아가씨(*Colleen Bawn*)』의 토대가 되었다는 것이다.)

150. 이러한 유량(類量)과 유량의 많은 예는? 차용(借用)한 질문인 즉: 왜 그러한 시자(是者)는 *유량유질(類量類質)*인고? 그이에 대하여, 힘의 비대자(肥大者)로서, 건대(健帶)의 사고박사(思考博士)인, 그(손)는 술잔을 비우고 있었나니, 냉배(冷杯)로서 재배대구(再杯對句)했도다: 한편 그대 짐승의 창녀 자식 같으니(이러 이러한 유량은 본래 똑같은 것을 의미하거니와, 적평(適評)건대: 유질이라)!

그러나 문제는 또 다른 각도에서 접근할 수 있거니와, 라비 브헐(Levy—Bruhl) 교수[프랑스의 저술가, 1857~1939]는 과거에 고유(the proper) 대 우연(the accidental)의 관계의 특질을 토론했는지라, 종교의 역사에 대한 어떤 결론을 내려왔도다. 그는 선언하기를, "총의에 의하여(by Allswill)" '인간'의 발달과 유전 및 종복(終福)은 '일시적으로' 암음(暗陰) 속에 싸여있나니. 하지만, 그는 계속하기를, 이 현상적 존재의 사건들을 통하여, "나는 자신의 가장 최대의 공간적 광대성(廣大性)을 나의 타당하고 친근한 우주로서 쉽사리 믿을 수 있도다." 아마도 존즈 교수는 자신이 의미하는 바를 인류학적 은유로 설명할 수 있을 것인 즉, 반—유대인인 그는 인류학자 브헐[W. 루이스와 함께]를 공격하는지라, 후자는 시간, 신화 및 꿈을 연구한 연후에 *왜 나는 이교 신사처럼 태어나지 못하고, 왜 나는 나 자신의 식료품에 대하여 방금 그토록 말할 수 있는고*(천지창조 기원 5688년[A.D. 1928년]에, 무화과나무 및 창세부[創世父])(유다페스트[Feigenbaumblatt] and 『피네간의 경야』[the Judapest]에 의해 출판된, 이라는 작품을 썼다.) 여기 Jericho (Jerry—Shem)와 Canvantry (Kevin—Shaun)에 관한 언급은 유대인과 반—유대인의 이 불일치를 쌍둥이들의 싸움으로 만든다. 그러나 반—유대주의는 단지 한갓 정신 착란일 뿐이다.

151. 그리하여 그는 세계의 기묘한 신조(『피네간의 경야』)의 수가 분명히 한 쌍의 흙덩이(바보)의 상호 강타에 의하여 증대되어지지 않음을 발견한다. 앞서 브헐 교수의 이러한 토론에 이어, 우리는 때(시간: when)와 어디(장소: where)에 대한 그의 관련에 있어서 "만사(the All)"에 관한 어떤 결론을 끌어낼 수 있을 것이다. 그리하여 이러한 결론은 현안 문제들에 직접 적용될 수 있을 것인 즉, (a) 누더기 걸친 낭만가가 갈망하는 것이요, 우리들의 *연민(憐憫)*을 끈덕지게 조르는 것은 순수한 시간 낭비인 것이라. 그이 그

리고 그이 같은 족속은 언제나 우리와 함께하며, "언제(시간)"를 되돌아보도다. (b) 그러나 교수의 주장에 의하면, 한 사람의 "언제"는 다른 사람의 "때"가 아닌지라. 한편, 모든 것은 전쟁에 있어서처럼 사랑에 있어서 "언제(when)"가 아니요, "어디(where)"이도다. 그러나 여기 심지어 존즈 교수도 인식하다시피, "언제" 대 "어디"의 제의된 변호(辯護)가 혼돈 속에 빠지는지라.

152. 그러나 존즈는 그의 학급의 "중이급 학생들(muddlecrass pupils)"에게 이를 한층 분명히 설명하기 위하여, 자신의 지금까지의 논의를 포기하고, "여우와 포도(the Fox and the Grapes)"에 관한 이솝(Aesop) 우화를 예로 든다. 교수는 포도와 그것이 매달린 나무를 시인하지 않지만, 그의 "거기 나는 진실에 집착하여 기어오르는 나무"는 그를 자신이 비난하는 포도처럼 보이겠음 만든다. 그러나 반대물(opposites)은 포도가 나무에서 자라는 위치가 이 꿈속에서 바뀐다. 그리하여 그의 학생 중의 하나인 브루노 노란(Bruno Nolan)은 우화의 끝에서 노란 브라운(Nolan Browne)이 된다.

  * 둘째 부분: "묵스"와 "그라이프스"의 이야기
  존즈(숀)는 시간에 편중된 일들을 행하자, 싫증을 느껴, 공간을 사랑하는 자기 자신의 우화를 시작한다. 옛날 옛적 한 공간 속에(Eins within a space), 심지어 여기 "Eins"는 시간과 공간을 결합한다. 『젊은 예술가의 초상』의 서두('Once upon a time')에서처럼, 우리는 우화를 통독함에 있어서, (쥐)여우(Mooke)는 숀 타입이요, (포도)사자(Gripes)는 셈 타입으로, 이들은 각자 또는 일련의 직접적 또는 간접적 반(상)대물들에 의하여 조심스럽게 얽힌다. 우화는 아주 분명한 이들 주제들을 모두 한 떼 묶어 총괄한다. 그리고 이는 강둑에 마르도록 널어놓은 옷가지들에 관한 동화 이야기처럼, 시간과 공간 간의 싸움의 비유이다. 이들 쥐여우[숀]와 포도사자[셈]는 양극의 힘들을 대변하는지라, 즉, 공간과 시간, 이어위크와 캐드, 영국인과 아일랜드 인, 성자와 악마, 윈덤 루이스와 조이스, 등 대위법적 관계이다.
  가장 중요한 수준은 역사적 그것일 수 있나니, 거기서 (쥐)여우는 아드리안 IV세 시기에 로마 교황권(敎皇權)과 그것의 영국 연합을 대표하는바,

후자는 헨리 Ⅱ세로 하여금 아일랜드를 정복하고, 외견상으로 아일랜드인들에게 교회의 개혁을 부과하도록, 그러나 또한, 금전이 바티칸의 재원으로 한층 원활히 흐름을 보증하도록 위임했다. 그 때, (포도)사자는 가톨릭 성당의 아일랜드 분파이다. 조이스의 우화에서, (쥐)여우는 산보를 나서고, 리피강에 도착하자, (포도)사자가 나무에 매달려 있음을 발견한다. (쥐)여우는 그가 베드로로, 그리스도가 교회를 그 위에 건립한 돌(石; 바위)임을 선언하자, (포도)사자는 (쥐)여우에게 만사를 그에게 말하도록 요구함으로써, 교황무류(教皇無謬)(liability)를 조롱하는 기회를 포착한다. (포도)사자를 유혹자로 보면서, (쥐)여우는 말한다; "내 등 뒤에 집합할지라, 속관(屬官)들아!" 그러니 (포도)사자는, 동요되지 않은 채, 다음과 같이 물음으로써 (공원의) 캐드와의 만남을 재연한다. "그 시계로, 지금 몇 시인고, 제발(足)?"

[이야기의 시작]

　　신사 숙녀 여러분!

　　옛날 옛적 한 공간에 한 마리 쥐여우(묵스)가 살았데요. 그 자는 너무 외로운지라, 근사한 차림을 한 연후에, 시름 많은 세상의 최악 속에 악성이 어떠한지 보기 위하여 향도(鄕都)로부터 산책을 시발했데요. 그는 자신의 부(父)의 검(劍)을 허리에 찼나니…… 그가 얼마 걷기도 전에……

153. 그러자 그(묵스―손)는 자신이 소지(沼池)처럼 보이는 개울과 우연히 마주쳤도다. 그리하여 개울이 달리자, 거기 마치 어느(A) 활기찬(L) 졸졸 소용돌이(P)처럼 물방들이 똑똑 떨어졌나니, 가로대, *아이(我而), 아이, 아이! 아(我), 아! 작은 몽천(夢川)인 나는 그대를 사랑하지 않는 도다!*

　　그 때, 개울의 피안에 느릅나무의 가지로부터 매달려있는 자가 (포도)사자(그라이프―셈) 말고 누구였던고?

　　아드리안(그것은 이제 묵스의 기명인지라)은 오리냑 문화(구석기 유적)의 근접 속에 그라이프스(셈)와 면―대―면(面―對―面)을 정착(靜着)했도다. 그러나 총(總) (쥐)여우 묵스야 말로 틀림없이 우울감종(憂鬱感終)으로 향했나니, 마음은 몹시도 만근도(萬根道), 동서험준도(東西險峻道) 또는 황무자수로(荒蕪者水路)로 향했는지라, 로마 공방(空房)을 통해 방랑주중(放浪走中)하면서. (포도) 사자 그라이프로부터 떨어져 강 건너 돌멩이 위에 앉아 있었으니; 그의 근경(根莖)은 말끔히 온통 익몰(溺沒)되어 있었으며; 그의 과육(果肉)은 모든 오랜 순간의 부취(腐臭)를 방사하고 있었도다. 그는 자신의 형제가 그토록 절인 오이지에 가까운 줄을 이전에 미처 보지 못했느니라.

그러자 그라이프(포도사자)는 두덜대는 목소리로 그에게 인사를 했도다.
—묵스 경(卿)! 그대 안녕 한고? 그러자 당나귀들이 울었나니……

이 우화는 니케아 논쟁(Nilioque dispute)의 신학적 구도 속에서 이야기 되는 두 당 간의 해결되지 않는 논쟁의 이야기로서, 이 논쟁은 여기 (쥐) 여우로서 동일시되고, 서양의 라틴 교회와 (포도)사자로서 동일시되는, 동양의 희랍 교회 간의 분리에 관한 것이다. 교황 아드리안 IV세와 아일랜드 인들의 이야기는 『율리시스』의 병원 장면에서 황소의 우화를 상기시킨다. (쥐)여우(포도를 탐색하는 여우)는 교황이요, 피터는 돌멩이, 그리고 로마는 독일어의 *"raum"*인 공간이다. 개구리가 호소하며 지나갈 때, (쥐)여우는 아일랜드를 향해 출발하는지라, 거기서 그는 그의 나무에 매달린 신 (포도)사자를 발견한다. 이들 적대자들의 영웅적 싸움은 손과 셈의 그것이다. (포도)사자가 수시로 (쥐)여우가 됨은 우리가 기대한 바인지라, 왜냐하면, 양 적대자들은 HCE의 부분들로서, 그는 (쥐)여우로서, 사냥꾼인 동시에, 또한, 사냥물이기 때문이다.

154. 그라이프스는 투덜대는 목소리로 묵스에게 인사한다. 나는 그대를 만나니 정말이지 축길락(祝吉樂)할지로다.

그라이프스가 날카로운 목소리로 그에게 시간과 뉴스를 알리도록 요구한다.

—나의 집게손가락에 물어 볼지라, 하고 묵스가 급히 대답했도다. 이 것이 바로 내가 그대와 함께 해결할 *아드리안 상찬(讚賞; laudibiliter)*의 나의 의도로다. 그대는 포기할 건고?

—그대는 그에게 대답한 저 목소리를 들었어야 했도다! 얼마나 *작은*

목소리인고!.

　─나는 그에 관해서 방금 생각하고 있었는지라, 사랑하는 묵스여, 하지만, 나는 그대에게 결코 넘겨 줄 수 없도다. 그라이프스가 호소하듯 말했나니: 나의 관자놀이는 나 자신의 것이라. 뿐만 아니라, 그대가 누구의 의상을 갈치고 있는지를, 나는 결코 말할 수 없도다.

155. *─그대의 관자놀이, (조리) 속의 암퇘지 같으니!* 상시파문탁월양수대량자(常時破門卓越兩手大樑者)들: Semperexcommunicambiambisumers)(파문된 모든 더블린 사람들) 구주신의(歐洲新衣) ─속의─ 토이(土耳) 혹은 아회(亞灰) ─속의─토이조(土耳鳥; 동서로 분리된 터키). 뉴 로마(新羅馬; 콘스탄티노플)이라. 나(포도사자)의 공간은 사자 같은 심장의 인간들에게 언제나 열려있도다. 그리하여 나는 그대가 1인치 씩(조금씩) 교살 당하는 것으로부터 구하는 것은 나의 임시변통 밖임을 유감스럽게도 선포하노라. 나의 옆구리는 모부(母婦)의 댁(宅)처럼 안전하기에, 나는 그대에게 반증할 수 있나니. 나는 그대에게 12대책(大冊)을 걸겠노라.

　묵스는 그라이프스를 구할 수 없음을 증명하기 위해 그의 보석으로 점철된 직입봉(直入捧)을 천장까지 들어올렸도다. 그는 희랍어, 라틴어 및 소장미회어(蘇薔薇會語)의 양피지 교권(敎卷)의 수(數) 타스 여(餘)를, 그의 모충(毛蟲)의 전각(前脚) 사이, 불충(不充)의 단배(單杯)속에 집적(集積)했나니, 그리하여 그의 증거 광교정쇄(廣校訂刷)에 좌착수(座着手) 했도다.

156. (쥐)여우(손─교수)가 사실상(ipsofacts)과 반사실상(모순당착; sadocontras)을 공표하고 있는 동안, 무뢰한 (포도)사자는 자신의 주교좌속성(主敎座屬性; illsobordunates)을 단성이설(單性異說) 하는데(monophysicking) 거의 성공했도다. 그러나 비록 그는 자신의 근육나성(筋肉裸性)을 묘사하고, 자신의 성령의 전진행렬(前進行列)에 대한 스스로의 안식을 종합하기를 해결했을지라도, 이내 그의 성당 권위자들은 그의 교황 무류의 교의(敎義)가 상호 이견(異見)임이 발견되었는지라, 그리하여 그는 자신의 논공자(論功者)들로부터 말발굽 질을(해고) 당했던 것이로다. 그는 성부, 성자 및 성령의 관계에 대한 라마적(羅馬的) 해석보다는 오히려 동방적(東方的)인 것을 따르기를 바랐노라.

〔이하 양 형제간의 대결〕

　—1천년이 지나면, 오 그라이프스여, 그대는 세상에 대해 맹목 하리라,
묵스가 도언(徒言)했도다.

　—1천년 뒤에, 그라이프스가 즉답했나니. 그대는, 오 묵스여, 그대는
한층 더 염아(厭啞) 하리라.

　—오인(吾人)은 계곡 선녀(選女)에 의하여 최후의 최초로서 선택될 지로
다, 자신의 멋진 영국식 옷 재단을 뽐내며, 묵스가 관술(觀述)했나니.

　—오등(吾等) 은, 하고 사회 질서의 비참한 적대자인, 그라이프스가 혼
백(混白)했나니, 심지어 최초의 최후가 될 수 없으리라. 오등은 희망하는
도다.

157. 그리하여 개와 뱀처럼(*cants et coluber*) 그들(묵스와 그라이프스)은 서로 사
악하게 덤벼들었도다.

　—단각환자(單角宦者)! (그라이프스)

　—발굽자(者)! (묵스)

　—포도형자(葡萄型者)! (그라이프스)

　—위스키잔자(盞者)! (묵스)

　그리하여 우우자(牛愚者)가 배구자(排球者〔발리볼〕)를 응수했도다(형제의
싸움)

〔중재(막간)〕(화해자인 운처녀(雲處女) 뉴보레타 등장)

　운녀(雲女) 누보레타(Novoletta)는 이씨 타입, 이 우화에 그녀 또한, 나
타나며, 이들 반대물들과 그녀 자신을 연관한다. 그녀는 작은 구름인지
라, 화해하기를 실패하면서, 한 방울 눈물로서 강 속으로 떨어지나니, 그
의 "이혼명(泥婚名)은 미시스리피(미시시피 강+리피강)였도다." 그녀와 그
녀의 28동료들이 두 형제들을 화해시키기 위해 그녀의 경의(輕衣)를 걸치
고 나타났으니, 난간성(欄干星) 너머로 몸을 기대면서 〔마치 『더블린 사람
들』의 「애러비」의 맹건 자매처럼〕 그리고 어린애처럼 자신이 할 수 있는
모든 걸 귀담아 들으면서, 그녀는 "윤녀"로서, 혼자이다. 그리하여 그녀
는 묵스로 하여금 그녀를 치켜 보도록 하기 위해, 그리고 그라이프스로 하

여금 그녀가 얼마나 수줍어하는 지를 듣도록 하기 위해, 그녀가 애쓰는 모든 것을 애썼는지라. 그러나 두 사람은 화해를 위해 그녀에게 등을 돌리나니, 그것은 모두 온유(溫柔)의 증발습기(蒸發濕氣)에 불과했도다. 그들의 마음이 그들의 박식한 인용구들로 에워싸여 있었도다. 그녀는 스스로 사방의 바람이 자신에게 가르쳐 준 매력 있고 쾌력(快力) 있는 방법을 온통 시험했도다…… 누보레타, 그녀는 *작은 브르타뉴의 공주*(이졸데의 암시) 마냥 그녀의 무성색광(霧星色光)의 머리칼을 바삭 뒤로 젖혔나니 그리하여 그녀는 작고 예쁜 양팔을 마치 콘워리스―웨스트 부인(여배우 이름)처럼 토실토실 둥글게 하고 아일랜드의 제왕과 여왕의 딸의 포즈를 한 이미지를 띤 미인처럼 그녀의 전신 위로 미소를 쏟았나니……

158. [누보레타의 화회의 실패]

그러나 달콤한 마돈나여, 그녀는 자신의 국회꽃의 가치를 플로리다까지 운반하는 것이 나을 뻔 했도다. 왠고하니 묵스는 전혀 흥미가 없는 데다가, 그라이프스는 망각 속에 함몰되었기 때문이도다.

―나는 알도다, 하고 그녀는 한숨지었나니. 거기 남태(男態)있었기 때문이야.

[강가의 갈대 묘사]

그림자가 제방을 따라 구르기 시작했나니, 회혼(灰昏)에서 땅거미로, 갈대의 속삭임이라. 사내들은, 강둑 위에 썻겼는지라, 빨래하는 아낙들에 의해 같은 비스킷 속에 한데 머무르도다. 단지 누름나무와 한 톨 돌멩이 그리고 강은 남는지라[잇따르는 8장의 종말], 왜냐하면, 이들은 영원히 지속하기에. 브루노는 싸우는 반대자들의 그리고 그들의 화해의 응호자인지라, 그가 이 사건을 관장하나니, 귀담아 듣는 학동에 의해 입증되도다. 애초의 브루노 노란, 그는 종국에 노란 브루노[화해의 일치를 주창한 철학자]가 되나니.

아래 리피강가의 갈대 바람의 묘사,

저 바로 유약(柔弱)한 유녀(遊女)의 유랑(流浪)거리는 유연(柔軟)의 한숨에 유착(癒着)하는 나귀의 유탄(柔嘆) 마냥 유삭(遊爍)이는 유초(遺草)들 오

미다스 왕의 갈대 같은 기다란 귀(耳)여: 그리하여 유영(柔影: 그림자)이 제 방을 따라 활광(滑光)하기 시작했나니, 활보(闊步)하며, 활가(活歌)하면서, 회혼(灰昏)에서 땅거미로, 그리하여 그것은 모든 평화가(平和可)의 세계의 황지(荒地) 속에 황혼가한(黃昏可限)의 황울(滉鬱)이였도다. 월강지(越江地)는 모두 이내 단색형(單色形)의 부루넷(거무스름한) 암흑이었나니. 여기 서반지(西班地) 혹은 수토(水土)는, 거삼(巨森)이요 무수림(無數林)인지라. 쥐여우 묵스는 건음(健音)의 눈(眼)을 우당(右當) 지녔으나, 모두를 다 들을 수가 없었나니. 포사자 그라이프스는 경광(輕光)의 귀를 좌잔(左殘) 가졌으나, 단지 잘 볼 수가 없었도다. 그리하여 그는 중重) 및 피(疲)하여, 묵지(黙識)했나니, 그리하여 그들 양자는 여태 그토록 암울한 적이 없었도다. 그러나 여전히 무(鼠)는 서여명(鼠黎明)이 다가오면 자신이 오포(奧布)하게 될 심연(深淵)에 관하여 사고했나니 그리고 여전히 포(葡)는 자신이 은총에 의하여 운을 충만하게 가지면 포주(葡走)하게 될 필상(筆傷)을 탈피감(脫皮感)했느니라.

〔황혼의 그림자〕

　오오, 얼마나 때는 회혼(灰昏)이었던고! 아베마리아의 골짜기로부터 초원에 이르기까지, 영면(永眠)의 메아리여! 아 이슬별(別)! 아아 로별(露別)이도다! 〔"아 이슬별(別)! 아아 로별(露別)이도다!"(Ah dew! Ah dew!): 셰익스피어의 견지에서. 누보레타―오필리아의 고별사는 부왕 햄릿 유령의 그것을 닮았다.〕 "안녕, 안녕, 나를 기억할지라(Adieu, adieu, adieu Remember me)"(『햄릿』 I.v.91 참조) 때는 너무나 회혼인지라 밤의 눈물이 떨어지기 시작했나니, 처음에는 한 방울씩 그리고 두 방울씩, 이어 세 방울 그리고 네 방울씩, 마침내 다섯 그리고 여섯 일곱 방울, 왜냐하면, 피곤한 자들은 눈을 뜨고 있기에, 우리가 그들과 함께 방금 눈물 흘리듯. 오! 오! 오! 우산으로 비를!

　그러자 그때 저기 방축으로 무외관(無外觀)의 한 여인(ALP)이 내려 왔나니, 그리고 거기 누운 묵스를 그러당겼는지라. 그리고 여기 여인들이 방축으로 내려 왔나니, 그리고 신지(身枝)로부터 그라이프스를 끌어내렸도다.

〔우화의 견지에서, 이들 여인들은 전장에서 전사한 영웅들을 나르는, 밴지, 켈트의 발키리 신녀이요. 잇따르는 8장에서 전개될 문맥의 견지에서 보아, 그들은 나뭇가지에 매달린 푸주한의 앞치마와 돌 곁에 널린 호텔 시트를 나르는 두 빨래하는 아낙들이다. 두 여인들은 리피강둑에서 나무와 돌멩이 곁에 재차 그들의 세탁물을 하얗게 빨래하리라.〕

159. 그런 다음 누보레타는 그녀의 가련한 긴 생애에서 마지막으로 반성했나니 그리고 그녀는 모든 그녀의 부심(浮心)들을 하나로 만들었도다. 이어 그녀는 난간성(欄干星) 위로 기어올랐느니라. 그녀는 아이처럼 침울한 소리로 부르짖었나니, 한 가지 경의(輕衣)가 휠휠 휘날렸도다. 그녀는 사라졌나니. 그리하여 과거에 한 가닥 개울이었던 그 강 속으로 거기 한 방울 눈물이 떨어졌는지라, 왠고하니 때는 윤년(閏年)의 눈물이었기 때문이도다. 그러나 강은 얼마 가지 않아 그녀 위로 곱들어 달렸도다.

〔이상 교수의 우화는 끝난다.〕

159.19. 갈채금지(喝采禁止), 제발! 신사 숙녀 여러분!
모든 소년 여러분, 이제 그만, 나(교수)는 주제강의(主題講義)에 이어 여러분의 반응을 또 다른 곳으로 데리고 가겠노라. 노란 브라운, 그대는 이제 교실을 떠나도 좋으나니.

159.24. 〔교수의 셈에 대한 동정〕
나(교수─손)는 이보다 위대한 사람이요, 교수는 선언하나니, 저 멍청이 사내(셈)보다 한층 가치 있는 사람이라. 그럼에도 불구하고 나는 그(셈)에게 동정을 느끼나니, 그가 대양의 한 복판 어딘가, 106번(番)째 주민이 되어 소도(小島) 근처에서 살게 되기를 희망하도다. 나는 그가 트리스탄 다쿤하(더블린의 고명) 땅, 전술도의 야군여단(夜軍旅團)을 지휘하는 은둔자처럼 가서 살기를 바라노니, 그곳에서 그는 106번(番)째 주민이 되어 접근불가 도(島) 근처에서 살게 되리라. (거기 마호가니 목(木)의 집림지(集林地)는, 파도 곁을, 내게 상기시키나니, 이 노출된 광경은 비록 그 자체의 우산형(雨傘型)을 갈송

〔渴松〕하며 그의 음지를 깨끗하게 보존하기 위하여 진봉사목류〔眞奉仕木類; 마가목〕의 방풍림대〔防風林帶〕를 필요하지만.)

160.3. 그것의 나무들로 노출된 이 지역(솀이 갈 먼 대양의 고도〔孤島〕)은 무진 장 속하(屬下)에 응당 분류되어져야 하나니, 마치 그것이 커라 사냥터 안 에 있는 산사 나무들처럼 너무나도 거기 확무성적(擴茂盛的)인지라, 루베 우스의 피나코타 화랑에 우리가 소개되어질 때까지 누구에게나 오두막집 장대처럼 플라타너스 목(木) 평명(平明)하게 응당 보이나니, 그러나 그 최 대의 개인목(個人木)이 동(東)(E) 코나(C) 구릉(丘陵)(H)과 같은 올리브 소 림(疏林)에 속에 늘 푸른 아카시아 나무 및 보통의 버드나무와 그곳에 뒤 엉켜 있나니 솀(H)은 생각의 변화를 위하여 응당 떠나야 하도다! 만일 나 자신(교수─솀)이 현재의 내가 아니라면, 나 자신 그를 배웅하도록 택하리 니, 나의 출판물을 표절한 나족(裸足)의 강도 놈 같으니.

160.25. 〔4대가들에 대한 호소〕

그대(솀) 제발 이리 올지니, 합체하여 조용히 속삭일지라. 늙은 4연대기자들이 나 〔솀〕를 엿듣고 있도다. 빌파스트, 월쉬, 필립 더브 연암(淵岩) 그리고 권골서(拳骨 西) 위스트 미스터. 〔이하 에스페란토 어의 구절〕 "미지자(未知者)는 작 은 카펫 곁에 있나니. 그(솀)는 자기 방에서 글을 읽고 있도다. 때때로 공부 중, 때때로 어깨를 나란히. 오늘은 별고 없는지, 나의 흑발의 신사 여?(Sgunoshooto estas preter la tapizo malgranda. Lilegas al si on sia cham- bro. Lelkefoje funcktas kelkefoje stumpas Shultroj. Houdian Kiel vi 『피네간의 경야』 rtas mia nigra sinjoro?)" 그리하여 내가 그대에게 도달하려고 노규(努 叫)하고 있는, 홍미의 예점(銳点)에서 보아, 그대(솀)가 그들을 우화체구 (偶話體軀)로 느낄 수 있듯이 그들 네 사람(4대가들)은 모두 박약체(薄弱体) 로다.

〔이상의 구절(159.24~160.34)에서 교수는 시간과 공간의 문제를 성공적 으로 설명한 뒤에, 일종의 뒤범벅 속에 빠지나니: 바락라바(Balaklava) (흑 해에 면한, 크림 전쟁의 옛 싸움터) 전투와 테니슨(Tennyson) 유의 "경경기병

의 공격," 다양한 나무들, 4주를 대면하는 4노인들, 그리고 얼마간의 에스페란토 어군들을 혼성하는바, 이러한 논의의 분열은 그의 정신적 혼란과 근심을 나나내는 듯하다. 아마도 그의 학구적 성공은 조숙했는지라, 그의 우화는 "박약심薄弱心의(feebleminded)" 자들을 위한 것이요, 그러나 잇따르는 현금─푼돈의 문제와 치즈(cheese)에 대한 역사의 예가 그의 우화의 실패를 보상하리라.]

* 셋째 부분

161.4 〔부루스(Burrus)와 카시우스(Caseous) 이야기〕

불만스러운 교수(존즈)는, 여전히 그의 "현금푼돈(cashdime)" 문제 (시간은 돈인지라)에 집중한 채, 적당한 유사체(類似體)를 위해 이제 역사로 방향을 튼다. 조이스는 로마의 역사를 가족의 주제에 적용하는바, 부루스(브루투스) 와 카시우스(캐시우스)는 숀과 솀이요, 그들은 마크 안토니(우스)(로마 장군, 정치가; 83?~30 B.C).의 형태로서 결합하려고 애쓴다. 회피적인 안토니(우스), 이 이탈리아 이민은 모든 천공류(穿孔類)의 정제(淨濟)된 치즈에 개인적 흥미를 끌어안은 듯이 보이는지라 동시에 그는 버터 요리하는 시골뜨기 촌놈처럼 조야성의 도덕 폐기론적(廢棄論的; 팬터마임) 예술을 연출하도다. 생각은 시저(HCE)를 정복하고, "마가린(이씨 또는 클레오파트라)"의 애인이 되는 것이도다. 존즈 교수는 분명히 쌍둥이들의 출현을 부친, 시저의 노령과 죽음에 연결하지만, 그러나 그는, 비록 그들의 화가, 그들이 이씨의, 혹은 마가래스의 꿈의 영웅적 인물이 될 수 있기 전에, 요구될 수 있을지라도, 그이 자신이 주장하는 관용의 수준에 도달하기를 실패한다. 교수는 솀의 예술을, 그것의 "전당포엽적 비애"를 가지고 오히려 공격하고 싶어 한다. 전체 사건을 수학적 용어들로 다루려는 노력에도 불구하고─마라랫은 A (안토니)를 꼭대기에 도달하도록 B 와 C 위에 모자상자를 쌓음으로써 이등변 삼각형을 구축하려고 애쓴다─교수(존즈)는 안토니를 인식하기를 실패하고, 그의 우화를 혼동으로 결론 내린다. 그리하여 그는 자신이 그리스도로서 포즈를 취하지만, 솀에 대한 무자비한 거절을 반복하는 구절로서 그의 대답을 끝낸다.

여기 부루스와 캐시우스의 역사(161~67)는 1) 정치학, 2) 기하학, 3) 음식(부루스는 버터요, 캐시우스는 치즈)이란 견지에서 손과 셈의 싸움을 갱신한다. 그들의 아버지(시저)를 살해한 다음에, 부루스와 카시우스(아들들)는 싸우기 시작한다. 누보레타의 성공적 상속자이기도 한, 그들의 누이동생, 마가래나(이씨)는 안토니를 소개함으로써 평화를 가져오는데, 그 자는 "이등변 삼각형"을 만든 셈이다. 삼각형 A B C는 군인들의 삼두정치요, HCE 또는 재차 공간─시간과 동등하다. 두 소년들은 시간의 짧은 공간동안 편화를 즐긴다.

[부루스와 카시우스(Burrus & Caseous) 이야기, 로마의 역사: 부루스와 카시우스는 자가의 브루투스(Brutus)와 카시우스(Cassius)의 변형으로, 그들은 줄리어스 시저(Julius Caesar)를 살해하고, 안토니(Antony)에 의해 피리파이(Philippi; 마케도니아의 옛 도읍)에서 패배 당했다. 그들은 또한, 셰익스피어의 연극의 등장인물들이다. 조이스의 최초의 출판된 시는 「힐리여, 너마져! (*Et Tu, Healy*)」로서. 이는 파넬을 시저와 대등시 한다. 단테는 「지옥」에서 브루투스 및 캐시어스를 최악의 죄인들로 삼거니와, 그들은 사탄의 입에 의하여 씹힌다. 이는 여기 『피네간의 경야』에서 그들이 씹을 수 있는 음식─버터와 치즈인, 부루스와 캐시어스로 나타나는 이유다. 이 11번째 질문은 조이스의 적(敵)인, 루이스(W. Lewis)(미국 태생의 영국 소설가, 그는 평론 『시간과 서구인[*Time and Western Man*]』에서 조이스를 공격한다)의 인물 묘사요, 그의 많은 개념들은 부루스의 입에 담겨 있으며, 그의 양상과 태도의 방랑하는 씹힌 지리멸렬함이 생생하게 모방된다.]

이들 양자, 부루스와 캐시어스는 어떤가? 부루스는 제 일자(손)요, 캐시어스는 그의 반대(셈)이다. 그것은 우리가 습관적으로 읽고 있는, 오랜, 옛 이야기, 마침내 폐부(廢父)가 가게 문을 닫고─우리들의 옛 일단이 공동탁(公同卓)의 샐러드 그릇 주변에 집결할지로다. 방풍나물 교구목사, 파슬리(植) 애송이 및 그의 타임의 지승(枝僧), 한 다스의 시민들, 및 28꼬마 아씨들, 예쁜 레투시아 상추, 그대 그리고 나(저 코르크 마개를 비뚤어 빼지 말지라, 쇼트여!). 〔스코트(Schott)는, 엘먼에 의하면, "트리에스테에서 조이스의 no 1 pupil"로서, 죤즈 교수와 루이스에 의해 강의 받는다.〕 독자에게 이 복잡한 문제를 가능한 잘 이해하도록 돕기 위해, 다음의 배열이 바람직하리라.

    부루스(Burrus, Brutus)：숀(Shaun) 버터(butter)
    카시우스(Caseous, Cassius)：솀(Shem) 치즈(cheese)
    마가레나(마가린, margarine)：이씨(Issy)

162. 〔카시우스와 부루스의 대비〕

연장의 시저는 나이로 지쳤는지라, 쌍둥이들은 재현이란 딱지로 등장한다. 그들 중 캐시우스는 자신이 기사(騎士)라고 생각하며, 아일랜즈 아이(눈〔眼〕; Ireland's Eye; 또는 아일랜드 동해의 섬)속의 푸른 티끌을 식별할 수 있다고 생각한 반면, 부루스는 부드러운 생각의 신앙주의적 원두(圓頭)의 머리를 가졌나니, 자신의 웃음 속의 모든 자국 아래 다량의 지혜를 가졌도다. 귀공자 차림을 했을 때(젊었을 때)의 부루스는 휴무 중의 왕이요 영원한 홍담(興談)이라! 그리하여 그는 얼마나 유쾌하고 원숙한 외관을 지녔던고!

163. 부루스는 단지 버터와 벌꿀을 먹었기에, 악을 거부하고 선을 택할 방법을 알 수 있으리라. 이것은 우리들이 유년시절에 놀기를 배운 이유를 설명하는지라: *꼬마 한스는 한 조각의 버터 바른 빵, 나의 버터 바른 빵! 그리고 야곱은 그대의 햄 샌드위치라! 그래! 그래! 그래!*

여기, 그대에게 꼭 보여주기 위하여, 캐시우스 자신이 있나니, 부스러기, 순생(純生) 치즈가 있는지라. "경칠 치즈, 그대는 불평하는 도다. 그리하여 나(교수—죤즈)는 그대가 전혀 잘못이 없음을 말해야 하도다."

고로 그대 보다시피, 우리는 자신들의 좋은 것과 싫은 것을 피할 수 없나니, 그리하여 박애주의자들이, 나는 아는지라. 이 순간, 일시적 탄원을 촉진함을, 나는, 그러나 우리들의 반감(反感)에 대하여 관용해야 함을 단지 결론지으리라. 이제 나는 잠시 몸을 돌려, 내가 다음의 것들을 보증함을 이해하지 못한다고 선언 해야겠다. (a) 저 여인숙주(旅人宿主)의 쿠사누스 곡학(曲學: 궤변), 즉, 꼭대기의 회전이 날렵하면 할수록 밑바닥의 지름이 건전하다는 것, 또는 (b) 저 신애자(神愛者)의 노라누스 이론, 즉, 달걀이 모든 벽을 넘어 안가락(安價落)하는 동안 Bure(버터)가 Brie(치즈) 이상으로 고가(高價)하게 될 것이라는 사실 (163.29) (c) 이러한 두 지방(脂肪)의 한층 큰 경제적인 나선(螺線) 전기분해를 위한 실크보그 제의 치즈 강전기(强電機). 〔단일 유상액(乳狀液)인 밀크로부터 버터와 치즈를 양분하는 이 기계는 비유적으로 세계의 과정 자체를 대표하는지라, 이는 헤겔(Hegel)의 변증법에서 종(綜)테제(synthesis: 종합)에서 정(正)테제(thesis)와 반(反)테제(antithesis)를 가져오도다.〕 나(죤즈)는 여기 후자의 문제를 이제 나 자신 좀 더 근접하게 들여다 볼 공간을 우선 찾지 않으면 안 되겠다. 한편, 나는 우리들의 사회적 위부(胃腑: 식욕)의 이러한 두 산물(버터와 치즈)이 어떻게 상호 양극화하는지를 보여준 뒤라, 나의 토론을 계속하리라.

164. 〔버터와 치즈의 갈등을 중재하기 위한 마가린의 등장〕

위에서처럼, 두 남극(男極)이, 일방(一方)은 타방(他方)의 동화(動畵)요 타영(他影)은 일방의 스코티아(암영[暗影])로, 포진(布陣)하면서, 그리하여 두 남성 간에 우리들의 비배분(非配分)된 중명사(中名辭)를 부족한 듯 두루 찾으면서, 우리는 초점이 될 한 여성을 허탐적(虛探的)으로 원해야 함을 느끼도다. 그리하여 우리가 하계에서 자주 만나게 될 유녀(乳女: Magnetism)(자기성: 磁氣性)가 이 단계에서 유쾌하게도 나타나는지라, 그녀 마가린은 영(零: zero)으로서 역할하고, 그리하여 그녀는 어떤 정확한 시간에 우리에게 그녀 자신을 소개하나니, 그 시각을 우리는 절대적 영시(零時)〔그녀는 시간의 시작 전에 나타나는데, 사실, 그녀의 존재는 세계 과정의 시작에 대한 전(前) 조건이니〕로 부르기로 다시 동의할 지로다. 그리하여 자신의 농부(農父)의 회(灰)나귀를 찾으러 갔던 키시(Kish)의 아들인, 사울(Saul: 이스라엘 초대 왕, 『성서』「사무엘상」 참조)마냥, 우리는 우리들 자신의 회전 나귀들을 타고 점잖게 귀향하여 마가린을 만나게 되는 도다. 〔버터와 치즈의 갈등을 마가린의 중재로 행하고, 이는 그들을 혼성하기 위한 "실크보그 제의 치즈 강전기(强電機: Silkebjorg tyrondynamon)"인 셈이다.〕

164.15. 〔순수 서정주의(모발문화)를 위한 교수의 갑작스러운 탈선〕

우리는 이제 치생내악(恥生內樂)〔또는 「실내악」〕의 순수한 서정주의의 기간을 거든히 통과했거니와 (기술적으로, 말하자면, 바보 흉곽(胸廓) 같은 비올 현악기를 타는 이 주제식(主題食)의 식욕을 돋우는 등장(登場)이야말로 차마(車馬) 앞의 통통하게 살찐 푸딩같이 말랑말랑한 잉어인지라), 이 악(樂)은 *나 그대를 위해 크림을, 달콤한 마가린이여, 그리고 한층 희망적으로, 오 마가린! 오 마가린! 아직 주발 속에 금덩이가 남아 있다네!* 와 같은 비탄의 언어에 의하여 분명해지고 있나니(거래상들은, 그런데, 양장[羊腸] 요리를 함께 요리하는 무슨 배합[곁들임]이 올 바른 것인가를 내게 계속 문의하리라. 쑥 국화[T] 소스[S] 충분[그만][E]) 이러한 조잡한 작품들의 최초의 것의 전당포업적(典當鋪業的) 비애는 그것을 카시우스의 노력으로 나타나도다. 부루스의 단편〔여기 "치생내악"은 토스트(축배)로서 자주 사용되었나니. 모발문화(毛髮文化)가 우리에게 과연 아주 분명하게도 말해줄 수 있거니와〕〔음악과 모발의 관계〕, 〔어떻게 그리고 왜 황은색(黃銀色)의 이러한 특별한 줄무늬가 최초에 장기(臟器) 위에(속이 아니고), 즉 말하(보)자면, 인간의 머리에 나타났는지, 대머리로, 까맣게, 구리 빛으로, 갈색의, 얼룩의, 비트 뿌리 마냥 혹은 블랑망제 같은, 밑바닥이 퍼진 집게벌레의 머리카락과 충분히 비교될 그런 곳에 말이로다.〕 나는 이것을 표피 양(讓)에게 제공하고 있나니 그리하여 나는 그것을 택하여 그의 주의를 전환하기 위한 방법으로 발모(發毛) 군(君)의 관심을 끌게 할 의도로다. 물론 미숙한 가수는 공간— 원소, 즉 노래하자면, *아리아*를, 병시(病時)인, 시간—요소(그것은 살해되어 야만 하거니와)로 종속시킴으로써 우리들의 더욱 더 현명한 귀를 계속 상도곡(常道曲)하고 있는지라. 나는 자신의 유념자(留念者)들 가운데 아직도 있을지 모를 어느 미탄(未誕)의 가수로 하여금 그녀의 일시적 횡격막을 마음 편히 잊어버리도록 충고하노라.

〔위의 구절의 내용을 상설하건대: "치생내악(恥生內樂)"(또는 「실내악 [*shamebred music*]」): 조이스의 서정적 「실내악(*Chamber Music*)」의 암시. "이 주제식(主題食)의 식욕을 돋우는…… 살찐 푸딩같이 말랑말랑한 잉어 (the appetising entry of this subject…… plumply pudding the carp)": 조이스의 「실내악」은 그의 양대 소설들인 『율리시스』와 『피네간의 경야』 간의 주제식(主題食)의 맛을 돋우는 양념(recipe) 격.〕 여기 솀과 숀 양자는 이 시

에 일가견을 지니는 경우이다. "*달콤한 마가린이여(Sweet Margareen)*": [노래 가사의 패러디] "나는 그대를 꿈꾸었네, 달콤한 마데라인이여(I Dream of Thee, Sweet Medeline)". "비탄의 언어(words of distress)": 조이스의 출판 이전의 『피네간의 경야』에 대한 명칭인 "진행 중의 작품(Work in Progress)" 에 대한 인유. "거래상들은, 그런데, 양장(羊腸) 요리를 함께 요리하는 무슨 배합(곁들임)이 올 바른 것인가를 내게 계속 문의하리라(Correspondents, by the way, will keep on asking me what is the correct garnish to serve drisheens with)": "양장(drisheen)": 푸딩처럼 양의 창자 속에 채워 요리하는 순대 같 은 것. 쑥국화(약용, 요리용; tansy) 향을 낸 푸딩은 유월절의 "쓴 약초(bitter herb)"를 상기시키기 위하여 부활절에 먹는다. "쑥국화(T) 소스(S) 충분(그 만)(E)(Tansy Sauce. Enough)": 여기 양장 요리의 식품 배합(순대)을 위한 양념인 "T S E"에서, 이상하게도 T. S. 엘리엇(Eliot; 『황무지』의 역자)의 암 시가 출현하는지라, 이는 아마도, 조이스가 『피네간의 경야』를 통해 엘리엇 의 표절성(stealing)을 수없이 지적하고 있듯이, 젊은 시절의 시인의 조잡한 작품들(shoddy pieces; 그의 초년 시 『프르프록의 연가(*The Love Song of J. Al-fred Prufrock*)』를 두고)의 또 다른 역자로서 그를 빗대는 듯하다(Tindall 124 참조). "표피양(表皮讓; Cuticura)": 더블린에서 팔았던 비누. "환생모군(還生 毛君; Herr Harlene)": "Harlene": 더블린에서 팔았던 발모제(發毛制).]

165. 그리하여 귓불을 위한 빠른 *성문폐쇄(聲門閉鎖)*와 더불어 롤러드 요리곡 (料理曲)을 공격하도록, 그런 다음, 그녀가 눈을 감고, 그녀의 입을 열며, 내(교수)가 그대에게 보낼 수 있는 것이 무엇인지 보도록, 충고하고 싶은 지라. [여기 음악과 음식의 뻗친 비유는 나의 진짜 B장조 버터 서정시인 (Burrus)과 함께 음악적으로 끝나도다. 조이스는 교수보다 더 한층 자신의 「실내악」을 좋아하는지라, 그의 작품의 모든 비평가들처럼, 잘못된 한 아 카데미 비평가(T.S. 엘리엇)를 관대하게 대함이 틀림없다.]

이제 문학적 여담을 마친 다음, 교수는 Burrus, Caseous 및 Merge으 로 되돌아간다.

165. 8. 나는 나중에 도회 홀의 음향상(音響上)의 그리고 관형건축적(管絃建築的) 처리에 관하여 한 마디 말을 해야 하려니와, 그러나 당장 부루스(버터)와 캐시어스(치즈)의 이등변 삼각형의 한 단(段) 또는 두 단을 위해 그들을 추구하는 것이 나로서는 아주 편리하리라. 이제 나의 그림 스타일을 감탄하는 누구든 마가린에 대한 나의 무광택 채색화를 보아 왔나니(그녀는 자신의 자매와 너무나 닮았는지라. 그렇잖은 고. 그리고 양자의 의상은 유사[類似: ALIKE]이나니), 그것을 나는 "한 무침여인(無針女人)의 당화(當畵)"「루이스 작의 그림 명」이라고 제목을 달았도다. 마음의 변화를 그린 초상화의 이러한 풍속도는 확실히 여성의 덤불림(林) 혼(魂)을 환기시키나니, 그런고로 나는 도동(跳動)의 캥거루 또는 콩고 산의 상오리(꽁지)의 정신적 첨가에 의한 총체적 착상을 완성하기 위하여 그것을 체험적 희생자에게 위탁하도다. 그러나 이루어져야 할 요점은 이러하나니, 즉 그녀의 탁월한 마가린의 사다리꼴 입방 초상을 구성하는 그 모자(帽子) 상자는, 우리가 이제 B—C 점증도(漸增圖; climactogram)라 부를, 상술한 유사 고립 2등변을 또한, 의미하는지라, 〔이는 아마도 방금 B—C 점증도로 불리는 Marge(마가린)와 동일한, 부루스와 카시어스의 유사고립 2등변(사다리꼴)과 유사할지라.〕〔ALP의 완전 삼각형의 도안과 비교하라.〕 (293) 그리하여 그들은 남성들의 봄(春) 유행(스프링 모드)을 암시하거니와, 이러한 유행은 제삼신기(第三新期)로 그리고 정치적 진화의 *경이상자(驚異箱子; bote a surprises)*로 우리들을 되돌려 놓는 도다. 이런 종류의 상자들은, 한 개 당 4페니의 값어치에 불과하지만, 그러나 나는 현재 새로운 공정을 발명 중이거니와, 그 후로 그들은 비용의 소량으로, 심지어 마가린녀들(Margrees)의 최연소자에 의하여 당장 생산될 수 있도다.

166. 이제 나(교수)는 저 젊은 여성 마가린의 크기를 제법 터득했도다. 그녀의 전형은 어느 대중의 공원에서든, 또는 영화관에서 또는 배수구 가장자리에서 아기의 아장아장 걸음마와 함께 만날 수 있도다.(스마이스—스마이즈 가(家)는 현재 두 하녀를 지니나니, 세 남아들을 열망이라, 즉, 한 사람의 운전사, 한 사람의 집사 및 한 사람의 비서로다.)

〔교수의 또 다른 탈선: 이러한 탈선은 꿈의 원리이기도〕 (배수구 가장자

리의 아기로 말하면, 나는 펄스 군[어린 조이스]을 면접[面接]히 관찰하고 있거니와, 그녀[母]의 "작은 꼬마"가 혹시 교육부하[敎育部下]의 중등 교사가 아닌가 의심하는 이유를 가졌기 때문이라. 그는 그 젊은 여인에 의해 그녀의 한층 남성적 개성을 감추려고 공공연하게 이용당하고 있나니. 그러나 모여성[母女性]의 타당한 분만[分娩] 및 배뇨태아[排尿胎兒]의 교육을 위한 나의 단일해결[單一解決]은 이 부추기는 말괄량이 여인을 내가 부축일[자극할] 때까지 우선 연기해야만 하겠노라.)

166.30. [앞서 이야기의 계속]

마가리나(이씨)는 부루스를 극히 좋아하지만, 그녀는 치즈 또한, 아주 좋아 하는지라. 부루스와 카시우스가 그녀의 지배를 위해 다투고 있는 동안, 그녀는 자신을 어떤 회피적인 안토니우스(비티니)와 왕국의 미묘한 청년(『오디세이』에서 페네로페의 구혼자 중의 하나, 『율리시스』에서 멀리건과 보이란 같은 이)과 뒤엉키게 함으로써 입장을 복잡하게 만들도다.

167. 그런데 이 이탈리아 이민자 안토니우스(Antonius)는, 모든 응달의 정제된 치즈(손)에 개인적 흥미를 품은 듯 보이나니, 동시에 버터 요리하는 시골뜨기 촌놈처럼 조야한 척 하도다. 안토니우스는 부루스 및 카시우스 양극의 테제—반테제(thesis—antithesis)를 위해 남성 형을 종합하기 위한 첨가처럼 보이는지라. 이 혼합적 요소는, 부루스의 그리고 카시우스의 특성들이 조직적으로 결합된, HCE (또는 ALP)의 그것을 재 서술하도다. 기하학적 우화의 관점에서, 안토니우스는 삼각형을 완료하며, 이보다 나이 많은 인물의 패턴에 대한 그로부터 파생된 아이들의 그것과의 등가(等價)를 일었느니라.

167. 8. 이는 마치 초(超)화학적 경제절약학(經濟節約學)에 있어서 최대열당량(最大熱當量)이 양적으로 양자충동력(量子衝動力)을 광조발(光照發)하는 듯하는지라 그런고로 달걀이 유장(乳漿)에 대한 관계는 건초가 종마(種馬)의 관계와 유사하나니, 그대(셈)의 골프 자(子)의 초보자(abe)는 바로 풋내기 캐디로다. 그리하여 이것이 어느 소박한 형제박애의 바보이든, 그(셈)의 한 쪽은 지독히도 녹색이요 다른 쪽은 지독하게도 청색이라, 그대가 착의

(着衣)하기를 좋아하는 이유이니, 그것은 그러나 나(솀)의 아크로폴리스의 요새강혈(要塞强穴)을 통하여, 한 격앙된 경칠 깽깽대는 경란(輕亂)스러운 거만한 경불한당적(敬不汗黨的) 경불경한당(輕不敬漢黨)의 바보 천치(솀)로서 나의 위대한 탐색안(探索眼)에 대한 호소로부터 그를 은폐하지(스크린) 못할 지니, 그리하여 그가 자신이 통석류(痛石榴)를 한 개 훔칠 때 그를 수류탄과 구별하지 못하는지라 그리고 위세군(威勢軍)과 더불어 우리들의 조합군회당(組合群會堂)의 팡팡 고사포의 회중과 함께 그의 찬송가를 찬가(贊歌)하려 하지도 않으리로다.

〔위를 개략하건대, 이제 전체 논의 대 결론이 다가온다. 이 안토니우스(A) ─ 부루스(B) ─ 카시우스(C) 삼자 그룹은 *유질(쿼리스) 등가*와 *유량(타리스) 등가 상(上)의 유량*을 등식화(等式化)하는 것으로 이야기될 수 있다 (즉, x대 y와의 관계는 y대 z의 관계와 같다. *talis*는 *qualis*이요 *tantum*은 *quantum*이다). 이를 구별하지 못하다니, 어느 바보이든, 그이의 한 쪽은 지독히도 녹색이요 다른 한 쪽은 놀랍게도 청색으로 그대가 착의(着衣)시키기를 좋아하는 이유인지라, 그것은 나(솀)의 탐색안(探索眼)에는 한 거만한 바보 천치처럼 보이도다.〕

167.18. 천만에(No)! 〔솀은 셈에 대한 자신의 앞서의 반응("천만에!")(149.11)을 반복함으로써, 지금까지 자신의 장광설의 대답을 결론짓는다.〕
나는 그대를 도울 수 없도다! 지금까지 12번 나는 그걸 말해 왔는지라. 나의 불변의 말(言)은 신성하도다. 말(言)은 나의 아내이니, 그리고 비나니 만종조(晚鐘鳥; 마도요)여, 우리들의 예혼(禮婚)을 영관(榮冠)되게 하소서! 혀가 이름 대는 곳에 "정의(JUSTIUS)"(솀 자신)(187.24)가 있도다! 언제나 외국인(Antonius)에 대해 선을 그을지라! 자신의 영혼에 입법자를 갖지 않은 저 사내(셈)는 말(言)법(法)의 정복으로 두려워하지 않기에, 모세(Moses)의 그것처럼, 돌에 각인 된 법전을 불러내며, 순수한 천재(솀)는 "부식된 치즈"(셈)보다 훌륭한 작가요, 『젊은 예술가의 초상』과 『율리시스』의 변화무쌍한 스티븐 데덜러스가 되기를 요구한다. 재차, 솀의 "불변의 말(言: unchanging Word)"은 "정복(正覆)의 질서에 의한 의식어(儀式語;

the rite word by the rote order)"를 의미한다. 여기 존즈 교수는 11번째 질문을 음률로 되돌리면서, 마침내 그것에 답한다. 만일 구걸하는 망명자가 자기 자신의 형제 인들, 그는 그들을 돕지 않겠노라고.

168. 그(솀)는 자기 자신에게 결코 말하지 않았나니. 그리하여 그는 결코 스스로 비육(肥肉)된 적이 없으며 머리를 세탁하기 위해 자신의 고국 땅을 떠나다니, 그가 나(숀―교수)의 해안(海岸)에 다가와, "이것이 나 자신의 조국이요"라고 결코 말하지 못할 지니, 나 자신(숀)과 맥 야벳(노아의 3째 아들)이, 사두마차를 탄, 그를 추방할 것인고? ―아아! ―만일 그가 나 자신의 유흉형(乳胸兄), 나의 이중(二重)의 사랑이라 한들, 우리가 똑같은 화로에 의하여 빵 육(肉)되고 똑같은 소금에 의하여 탄생했다 한들, 하지만 나는 두려운지라, 말하기 증오하도다! 〔이리하여 위대한 인도주의자(숀)의 「해명」은 끝나는지라. 이제 해결해야 할 한 가지 질문만이 남는 도다. 우리는 방 안의 거의 모든 이로부터 들어왔는지라. 그러나 모퉁이에 매달린 초라한 자가 있도다. 최후의 질문인 12번은 타인을 향해 저 정당한 자(솀)에 의해 이야기되리라.〕

〔질문 12〕

〔솀 질문〕 *성(聖)저주받을 것인고?(Sacer esto?)*

〔숀 대답〕 *우린 동동(同同)(세머스, 수머스; Semus sumus!)!*

〔이는 모세의 『12동표(銅標)(Law of the 12Tables)』의 구절에서 연유하는 바, 그것은 솀의 질문이기 때문에, 숀이 솀의 목소리로 말해진다. 그는 "우리야 말로 same, same(동등)이라"는 의미로 대답한다. 이 4개의 단어들은 간단한 라틴어처럼 보이나, 그 해석이 모순 당착적이요, "*Semus sumus!*"는 단수 복수 동형이라, "I am Shem, We are the same"으로 해석의 모호성을 낳는다. "*Esto?*"는 명령문인 동시에 의문문이다. "*Sacer*"는 단수인 동시에 복수요, "성스러운(sacred)"과 "고발된(accused)"을 의미하기에, 질문은 솀이 속죄양(scapegoat)인 듯, 혹은 아닌 듯, 보인다. 우리는 똑같은 자(same)요, 동시에 Shem인지라. 결국, 대답은 솀이 홀로가 아니라는 것, 즉

양 형제는 같은 천성을 나누어 가지며, "우리는 동등하도다."]

〔이러한 해석의 정당성은 다음 장(제I부 7장)을 통해서 분명하나니, 거기서 숀은 쌍둥이 간의 거리를 증가하려고 거듭 애쓰는가 하면, 셈은 숀이 두려워하는 상상적 결합을 초래하기 위해 그의 아우를 포용하려고 노력함으로써 대답한다. 그리고 이러한 주장은 잇따른 8장의 빨래하는 아낙들의 독백의 결구에서 반복 된다: "동일유신이라(seim anew)."〕(215)

제I부 7장

문사 셈

【개요】이 장은 전체 작품 가운데 비교적 짧으며, 아주 흥미롭고, 읽기 쉬운 대목이다. HCE의 쌍둥이 아들 셈(Shem)의 저속한 성격, 자의적 망명, 불결한 주거(住居), 그의 인생의 부침(浮沈), 부식성의 글 등이 이 장의 주된 소재를 형성한다. 이는 그의 쌍둥이 형제인 숀(Shaun)에 의하여 서술되는데, 한 예술가로서의 조이스 자신의 인생을 빗댄 아련한 풍자이기도 하다. 그는 첫 부분에서 셈에 관하여 말하고, 둘째 부분에서 그의 전기적 접근을 포기하고, 그를 비난하기 위해 직접 이야기에 참가한다. 숀의 서술은 신랄한 편견을 내포하고 있다. "그러나 오늘의 공간의 땅에 있어서 선의의 모든 정직자(正直者)라면 그의 이면 생활이 흑백으로 쓰일 수만은 없음을 알고 있도다. 진실과 비 진실을 함께 합하면 이 잡종은 실제로 어떻게 보일는지 한 가지 어림으로 짐작할 수 있으리라."(169.8~10)

이어 셈의 두드러진 육체적 외모가 서술 된다(169.11~20). 애초에 자기 자신을 한 유아로 보면서(169.20~22), 그는 과거 아우에게 우주에 관한 첫 수수께끼를 물었는지라. "사람이 사람이 아닌 것은 언제지?"(170.5) 대답을 "신감(辛甘)의 야생 능금을 상으로"(170.7) 얻을 수 없자, 그는 이를 포기하고, "셈 자신은, 독박자(獨博者)로서, 과자를 택했나니."(170.22) 그는 "그노시스 교도"(170.11)인지라, 그의 성격은 그의 먹는 습관으로 시작하면서 조롱조로 공격을 받는다. "셈은 한 가짜 인물이요 한 저속한 가짜이며 그의 저속함은 음식물을 경유하여 처음 살금살금 기어 나왔느니라."(170.25~26) "한 원속자(遠贖者)"(171.4)의 저속함은, 그가 유럽을 위해 아일랜드를 포기한지라, 잇따른 몇 패이지들(170.25~175.4)을 통해 그에 관해 서술된다.

이어, 셈이 좋아하는 술에 대한 한 구절(171.15~28)에서 이는 익살로서 서술되거니와(리처드 엘먼에 따르면, 조이스는 스위스 산 백포도주를 백작부인의 요〔尿〕라 불렀다 한다). 여기 술은 "여흥요주(女興尿酒)"(171.28)로서 서술된다. 장의 초중간(初中間)에 나타나는「퍼스 오레일리의 민요」풍의 경기가(競技歌)는 셈의 비겁하고 저속한 성질을 나타내는 악장곡(樂章曲)이다. 셈은 야외전(野外戰)보다 "그의 잉크병(전戰)의 집 속에 코크 마개처럼 틀어박힌 채," 지낸다. 그의 예술가적 노력은 중간의 라틴어의 구절에서 조롱당하는데, 잉크를 제조하는 이 분변학적(糞便學的) 과정에서 셈은 "그의 비참한 창자를 통하여 철두철미 한 연금술자"가 된다. 그리고 그는 자신의 예술로 "우연변이(偶然變異)된다."(186.3~4) 그는 자기 조롱에 의하여 두더러 질지라도, 『피네간의 경야』의 이 구절은 조이스에 의하여 설명된 심오하고 고답적인 독창성을 반영한다. "자비"로서의 셈은 "정의"로서의 손에 의하여 그가 저지른 수많은 죄과(罪過)에 대하여 비난받는다.(187.24~193.28) 셈은 철저한 정신적 정화가 필요하다.(188.5~7) 이 장의 말에서 이들 형제의 갈등을 해소하기 위해 그들의 어머니가 리피강을 타고 도래하며, "자비"는 자신의 예술을 통해서 스스로를 변명하려고 시도하는데, 그는 마침내 성공을 이룬다. "그가 생명장(生命杖)을 치켜들자 벙어리는 말하도다." 이에 대한 응답은 해변의 바다 오리의 개선(凱旋)을 알리는 소리이다.

— 꽉꽉꽉꽉꽉꽉꽉꽉꽉꽉꽈! "(195.5~6)

[본문 시작]

169. 〔손은 셈의 속성에 관해 서술하기 시작한다.〕

그(셈)가 존경할 만한 가문 출신임을 확신하는 몇몇 사람들도 있는지라, 그러나 오늘의 공간의 땅에 있어서 선의의 모든 정직자라면 그의 이면 생활이 흑백으로 쓰일 수만은 없음을 알고 있도다. 진실과 비 진실을 함께 합하면 이 잡종은 실제로 어떻게 보일는지 한 가지 어림으로 짐작할 수 있으리라.

〔이어 셈의 육체적 꾸밈새 및 특징들에 대한 서술〕

손도끼 형의 두개골, 한쪽이 소매까지 마비된 팔, 그의 입술, 그의 커다란 턱에 매달린 몇 가닥 털, 오른쪽보다 한층 높은 불균형의 어깨, 한 줌 가득한 엄지손가락, 장님 위, 무거운 끈적끈적한 불알, 살빠진 연어의 얇은 피부, 그의 차가운 발가락의 장어 피, 부풀린 방광 등을 포함하나니, 그리하여 그가 유아원에서 놀고 있었을 때, 그이 자신을 확인하는지라,

170. 〔셈은 모든 꼬마 동생들과 자매들 가운데 우주의 최초의 수수께끼를 자주 말했나니, 묻기를, 사람이 사람이 아닌 것은 언제인고? 그리고 과거로부터 작은 선물인, 신감(辛甘)의 야생 능금을 상(賞)으로 제공하자. 모두들 답을 추측하려고 애를 쓰지만, 다 틀렸도다. 그런고로 셈 자신이 그들에게 자기 자신의 올 바른 해결을 주었는지라, 그것은 자신이 한 사람의 가짜 셈일 때, 라고 했도다. 여기 이러한 예술가적 평가를 아이로니컬하게 감수하면서, 셈은 자기 자신을 한 "가짜(Sham)" 인물이라고 부르나니.〕

〔솀의 저속성: 그는 한 가짜 인물이요 한 저속한(low) 가짜이며 그의 저속함은 그가 먹기를 선택한 물건들에서 분명했도다. 그리하여, 리피강에서 여태 작살로 잡은 새끼 연어보다 통조림 연어를 더 좋아했나니. 그리하여 여러 번 되풀이 말했거니와, 그것은 어떠한 정글 산의 파인애플도 깡통으로부터 그대가 흔들어 낸 염가품처럼 맛이 나지 않았나니, 그대의 인치 두께 프라이―스테이크 또는 희제점(希帝店)의 뜨거운 양고기도 결코 맛이 나지 않았도다.〕

171. 언젠가 무(無)희망적으로 무원(無援)의 도취 상태에서 저들 반역자들 가운데, 저 어식자(魚食者; 솀)는 원(圓) 시트론 껍데기를 한쪽 콧구멍으로 들어올리려고 경투(競鬪)했을 때, 딸꾹질을 하면서, 자신의 성문폐쇄(聲門閉鎖)와 함께 자신이 가진 결함에 의하여 분명히 즉발(卽發) 딸꾹질 당했나니…… 솀은 심지어 흉노(匈奴)인양 스스로 도망을 쳤고 한 원속자(遠贖者)가 되었나니, 가로되, 자신은 아일랜드의 완두콩을 주무르는 것보다 유럽에서 편두 요리를 통하여 얼렁뚱땅 지내는 것이 훨씬 빠를 것인지라. 언젠가 술에 도취되었을 때, 그는 시트론 껍데기 냄새로 오래도록 딸꾹질을 했도다. 그는 어떤 화수(火水) 또는 최초주(最初酒) 또는 소주 또는 게다가 맥주보다 신 포도의 과실즙을 더 좋아 했느니라.

저 저속함은 불결한 까만 집게벌레한테서 스며 나왔는지라, 그리하여 어떤 카메라 소녀가 스냅 사진으로 그를 찍으려 하자, 이를 두려워하는 비급 자는 지름길을 택하여 도망치려 했도다.

172. 그는 도망쳐 꽃장수 가게인, 파타타파파베리 속으로 달려 들어갔나니, 여점원은 그의 걸음걸이로 보아 그가 사악하고 방탕한 자임을 당장 알아차렸던 것이다.

〔숀 자신의 기질 홍보〕
〔존즈는 색 다른 고깃간입니다. 당신은 다음 시소(時所)에 마을에 오시면 꼭 한번 들려주십시오. 아니면 좋으신 대로, 금일 매(買)하려 오십시오. 당신

은 목축업자의 춘육(春肉)을 즐기실 겁니다. 존즈는 이제 빵 구이와는 완전히 결별했습니다. 다지기, 죽이기, 벗기기, 매달기, 빼기, 사지 자르기 및 조각내기. 그의 양육(羊肉)을 만져 보세요! 최고! 염양(廉羊)이 어떤지 만져 보세요! 최최고! 그의 간 또한, 고가요, 공전(空前)의 특수 품이라! 최최최고! 이상 홍보함.]

[여기 존즈(숀)의 광고에서 보듯, 그는 빵 구이(솀—고기 혐오가)와는 완전히 다른 고깃간 푸주인이다. 그는, 『율리시스』 1장에서 멀리건이 스티븐에게 그러하듯, 속물안(俗物眼; Philistine eye)으로 자신을 본다. 솀은 시인 셰익스피어이나니, 숀은 그의 부친 존(John) 셰익스피어로, 후자는 전하는바에 의하면 푸주인 백정이었다. 비평가 아브리(Abrey)는 그의 연구서 『짧은 인생(Brief Lives)』에서, 존 셰익스피어는 백정이었음을 주장한다.] (마치 『율리시스』의 9장 도서관 장면에서 스티븐 데덜러스가 그러하듯〔U 175〕).

[이어지는 솀의 속성]

그 때쯤에 누구든 어렴풋이 느끼고 있었으니, 솀은 일찍이 꼴사나운 모습으로 바뀔 것이요, 유전적 폐결핵(T.B)으로 발달하여, 한 호기(好機)에 녹초가 될 것이라. 그리고 솀이 자살한다는 것은 전혀 사실이 아니도다. 한때 그는 아우에게 도움을 위해 전보를 쳤나니, "뭔가 도와 다오, 무화자(無火者)여." [솀의 전보는 그 자체에 있어서 『피네간의 경야』의 하나의 작은 주제이다. 전보는 언제나 금전 요구를 수반하는바, 그(조이스)의 또 다른 특징이다. 스티븐은 파리에서 가족(어머니) 및 동생 스테니슬로즈에게 비슷한 편지를 교환했다.] (U 35 참조)

173. [솀의 계속되는 저속성]

그는 청각자의 외측(外側)의 이각(耳覺)에 연필을 근착(根着)하고, 그에게 사순절을 깨닫게 하고는 저 타미르 어(語) 및 사미탈어 회화의 갈채에 동조했던 모든 인텔리겐치아들에게 말하기 시작하는지라, 자신의 전체 저속한 천민의 어중이떠중이 존재에 대한 전(全) 필생의 돼지 이야기를, 지금은 사멸한 자신의 조상들을 비방하면서 그리고 그의 명성을 띤 조상인, 포파모어(Poppamore)에 관하여 커다란 궁둥이 나팔 포(砲)를 〔꽝!〕, 한 순간 타라 쿵 울리며 칭찬했나니, 예를 들면, 광기에 접변(接邊)하는 세심성(細心性)을 가지고, 자신이 오용(誤用)한 모든 다른 외국어 품사의 다양한 의미, 그리하여 이야기 속의 모든 다른 사람들에 관하여 비(非) 위축적 온갖 허언을 위장 전술하는지라.

174. 셈은 평탄하고 간단한 싸움과 같은 그 어떠한 것이든 싫어했는지라. 그리하여 그 어떤 논의를 중재하기 위하여 자신이 소환 당했을 때마다, 저 낙인찍힌 무능 자는 최후 화자의 모든 말에 동의하고, 이어 자신의 관심을 잇따른 적수(敵手)에게 초점을 맞추었도다.

그가 어느 허리케인 폭풍의 밤, 그런고로, 자신이 라이벌 팀에 의해 더블린을 통과하여 반홈리 씨〔스위프트의 연인 바네사의 아버지, 더블린 시장 각하〕의 집으로부터 축구(蹴球) 당하자, 그들은, 그를 도로 럭비하게 하는 대신에, 집을 향해 질주하게 하는 것이 낫다고, 생각했도다. 그런데 이러한 우정은 단지 밉살스럽게도 완전한 저속성에서 나온 것이었도다.

175. 〔여기 승리의 노래(축구 행진곡)의 가사는 앞서 "회귀"의 구절(3)과 "퍼스 오에일리의 민요"(44)의 결합 및 수식어로 이루어져 있다. 그것은, 세계의 행로를 위한 갈채와 함께, 어제의 낯익은 주제들을 개관 한다. 즉, 세계의 양친과 뇌성, 나폴레옹과 웰링턴, 토룡(土龍)과 침입자, 불의 목소리와 세례자, 사탄의 추락, 아담의 추락, 벽으로부터의 땅딸보(Humpty Dumpty)의 추락, 산과 시내, 경야 장면, 유혹녀들, 4노인들 및 12 남자들, 등등.〕

여하저(如何處)의 전 세계가 그의 아내를 위해 그 자신을 편든 적은 아직 없었도다;

여하처 가련한 양친이 벌레, 피(血)와 우레에 대하여 종신형을 선포한 적은 없었나니

코카시아 출신의 제왕이 지금까지 천사(天使)영국에서 아더 곰을 강제 추방한 적은 없었도다;

색슨족과 유대 족이 지금까지 언어의 흙무덤 위에서 전쟁을 한 적은 없
었도다;

요부(妖婦)의 요술요술(妖術妖術)이 지금까지 고(高) 호우드 언덕의 히스
숲에 불을 지른 적이 없었도다;

그의 무지개가 지금까지 평화평화를 지상에 선언한 적은 없었도다;

열 열 열족(裂足)은 천막(天幕)에서 틀림없이 넘어지고, 비난받을 정원사
는 떨어지기 마련이라;

깨진 달걀은 썩힌 사과를 추구할지니 왜냐하면, 의지가 있는 곳에 벽이
있기 마련이도다;

그러나 그들의 광자(狂子)가 그의 관(棺)을 뛰어오르는 동안 정산(靜山)
은 물방아 도랑에 얼굴을 찌푸리나니

그리고 그녀의 계곡유성(溪谷流聲)이 각하에게 속삭이고 그녀의 모든 어
리석은 딸들이 그녀의 귀에 웃음을 짓는도다,

마침내 농아(聾啞) 토리 섬의 네 연안들이 12마리 벙어리 아일랜드 집게
벌레로 하여금 욕설을 퍼붓도록 하도다!

들을지라! 들을지라! 그들의 잘못된 오해를 위해! 퍼스―오레일의 민
요를 지저귈지라.

〔여기 손은 회상하기를, 셈은 결코 천진한 다른 이이들과 여태껏 놀 수
없는지라. 오 운명이여! 감둥이들은 저 교활한 놈과 함께 경기를 결코 하지
않았나니, 우리들이 다이나(여자 이름)와 늙은 조우와 함께 놀던 저 옛 경기
들인 즉,〕

176. 〔이하 게임들의 명칭〕

둥둥 톰톰 풍적수(風笛手), 경찰관 놀리기, 모자 돌리기, 포로잡이와 오
줌싸기, 미카엘 나무의 행운돈(幸運豚), 구멍속의 동전, 여족장(女族長) 한
과 그녀의 암소, 아담과 엘, 윙윙 뎅벌, 벽 위의 마기 가(家), 둘 그리고
셋, 아메리카 도약, 소굴의 여우 사냥, 깨진 병, 펀치에게 편지 쓰기, 최고
급품 당과 점, 헤리시 그럼프 탐험, 우편배달부의 노크, 그림 그리기? 솔
로몬의 묵독(黙讀), 사과나무 서양 배 종자, 내가 아는 세탁부, 병원 놀이,

내가 걷고 있었을 때, 드림코로아워의 외딴집……

176.19. 〔올―스타 전의 일요일―셈의 도피―그의 비겁함〕

그런데 악명으로 알려져 있는 바, 저 일요일에, 올스타전이 분노하고 환영의 아일랜드의 눈이 그들의 등에 단도를 어떻게 내려쳤는지를. 이 야비한(野卑漢)은 파자마의 고약한 발작 속에 마치 자신의 벌거숭이 생명을 위하여 토끼 새끼처럼, 도망쳤나니, 마을의 모든 미녀들의 냄새에 의하여 추적당했는지라. 그리고, 일격을 가하지도 않은 채, 그의 잉크병의 집 속에 홀로 코르크 마개처럼, 틀어박혀 숨었도다.

177. 연약하게 신음했나니(은총으로 넘치는, *마리아여! 친모신[天母神], 성 아베마리아여!*)〔성모 연도의 패러디〕 그의 뺨과 바지가 총소리 멈출 때마다 매번 색깔을 바꾸고 있었도다.

평신도 및 신수녀(神修女) 여러분, 저 저속에 대하여 어떠하나이까? 글쎄, 십자포도(十字砲徒)의 개놈에 맹세코, 전(全) 대륙이 이 비환자(卑患者)의 저속으로 쌩쌩 울려 퍼지다니! 소파 위에 슈미즈 속옷 바람으로 누운 수묘(數墓)의 요녀들(반란의 저녁 별들이 그들을 옴짝달싹 못하게 하여), 비늘 불경어(不敬魚)의 적나라한 (오!) 언급에 소리쳤나니. 악운어(惡運魚)여!

〔셈은 그 뒤로 대중의 시선을 피했는바〕

그러나 어느 누구, 그걸 믿겠는고? 네로 황제 또는 노부키조네 황제(가공의 황제) 자신도 이 정신적 및 도덕적 결함자보다 더 퇴락한 견해를 키워 본 자 없었나니. 이 자야말로 어느 경우에 푸념을 터뜨린 것으로 알려졌거니와, 한편 독주를 심하게 마시면서, 그가 카페 다방에서, 함께 벗 삼아 오곤 했던 *쾌남아요* 개인 비서인, 저 대화자에게, 집시 주점의 현관 입구에서, 어떤 노란―브라운이란 자와 함께, 게다가, 비록 그가 자신에 부닥친 모든 카페 다방의 사자들과 함께, 교활하게 당할지라도, 그는 자신과 맞설 그 어떤 다른 다모자(多毛者)도, 어떤 피수자(彼讐者)도 의식하지 않았는지라. 게다가, 위대한 도망자(스콧), 속임자(디컨스) 그리고 암살자(테커리)라 할지라도, 비록 자신이 마치 토끼 난동소년(亂童少年)처럼 럼드람의 모든 다방의 사자(獅子)들과 더불어 자신에 반시(反視)하여 아이반호(亞李反呼) 되고……

178. 그(솀)는 악(惡)한 비(卑)한 패(敗)한 애(哀)한 광(狂)한 바보의 허영(虛榮)의 (곰)시장(市場)의, 루비듐 색(色)의 성 마른 기질을 가진 정신착란증 환자인지라, 모든 (샛길) 영어(英語) 유화자(幽話者)를 둔지구(臀地球) 표면 밖으로, 싹 쓸어 없애 버리려고 했도다.

[이 구절은 『젊은 예술가의 초상』(pp. 211~14)과 『율리시스』(U 353)의 밤의 환각 초두에서 스티븐의 친구 린치와의 대화를 상기시키거니와]

178.8. 그(솀)가 저 피비린내 나는, 성 시위틴의 날(7월 15일)을 경험한 철저한 공포에 이어, 비록 마을의 모든 문설주가 짙은 피로 얼룩 진데도, 우리들의 저속한 황량자(荒涼者) 솀은 음매음매 양羊의 담력을 결코 갖지 못했도다. 한편 그밖에 모든 사람들은 애국 시집의 코러스를 찬가하며, 도섭(徒涉)하고, 여성들은 돌층계를 밟고 지나갔나니, 진창 너머로 세워 진 일곱 뼘 넓이의 *무지개 색교(色橋; dei colori)* [It. 한탄의 다리(베니스)]를 가로지르는 동안, 솀은 천인공노 할 난동 뒤에 참된 화해가 전진하고 있는지를 그의 망원경을 통해 찾아낼 희망으로, 혼자 나돌아 다녔도다.

179. [솀의 싸움 뒤의 모험과 외출, 그는 한 자루 총에 직면하다: 그가, 어떤 미지의 싸움꾼에 의해 다루어진, 불도그 모형의, 불규칙적 권총의 탄약통을 눈을 깜박이며 들여다보는 자신의 광학적 매력을 얻었나니, 그리하여 그가 자신의 뻔적이는 주둥이를 들어냈더라면, 건방진 놈들이 그를 암담하게 하고, 그를 쏘도록 특파되었으리라.]

도대체, 무엇을, 모든 영웅들과 신들의 이름에 맹세코, 이 저속한 인간형 솀은 꾸미고 있었던고? 그는, 유리된 과거와 과대망상 병자로서, 마약과 마취 탐닉 속으로 자신을 끌려들었도다. 이것은 존가공적(尊可恐的) 선문자(線文字)를 설명하는 것이요, 이를 그는 너무나 귀족적으로 사랑한 나머지 자신의 이름 뒤에다 필사했던 것이니라. 그의 녹색 소굴에서 이 반미치광이가, "이클레스 가(街)의 그의 무용(無用)한 율리씨(栗利氏)스의 독서불가한 청본(青本), *암삭판*(his usylessly unreadable Blue Book of Eccles, *edition de tenebres*)(『율리시스』)"을 일진풍에 3매씩 넘기면서, 읽는 광경을 본다면, 정말 흥미진진할 것이요, 자신이 실수한 고급 피지 위의 모든 과시야말로 이전의 것보다 더 화사한 비전이었다고, 즐거이 혼자 떠들고 있었나니, 이러한 과시들이 자신의 마음 앞에 불건전한 즐거움의 이지미들을 불러내도다.

180. 그 자(셈)는 바리톤 맥그라킨(더블린 테너 가수)보다 무한히 훌륭한지라, 열광적인 귀족 여인들이, 연달아 차례로, 극장 무대의 경내에서 그들이 갖고 있던 모든 소관(小冠) 심홍색의 바느질감을 내팽개치며, 그들의 게이어티 팬터마임 가운데, 위태하게도 그들의 골 세트를 느슨히 푼 채, 그 때, 당치도 않게, 글쎄, 모두의 청주자(聽奏者)들에 의하면, 그는 *에린(愛隣)의 다정하고 가엾은 클로버*를 최고 음부로 노래했나니(저 멀리 유대 귀여, 그대는 들었는 고! 비누처럼 청결한! 만군[萬軍]의 시골뜨기들! 마치 한 마리의 새처럼 감주[甘酒]롭나니!) 충분히 5분 동안을, 그의 매황두(魅黃頭)의 오른 손잡이 쪽에 녹색, 치즈 색 및 탕헤르 색의 삼위일체의 세 깃털을 꽂고, 맥파렝린 코트(*재단사 케세카트, 그대 아는고?*) 스페인 풍의 단도를 그의 갈빗대에다(*재단사의 한 바늘*), 자신의 가슴 블라우스를 위하여 청색 코 손수건을 꽃피우고 그가 추기경 린던데리와 추기경 카친가리와 추기경 로리오투리와 추기경 동양미(東洋尾)로부터 그가 획득한 사교(司敎)의 지팡이를 들고 (야호!)

181. 셈은 자신이 젊었을 때, 어떻게 그가, 수도(首都)에서 정착하고 계층화했던, 한층 세련된 가족들로부터 걷어채었는지를, 그의 냄새 때문에 대부분의 경우 그들의 경내에서 그가 추방당했는지를 자랑했는지라(그의 냄새는 부엌때기―하녀들이 반대하는 것이라, 수채에서 솟아나는 오물 냄새와 유사하도다).

어느 날 그가 얼마나 교묘하게 자기 자신의 개인적 이익을 주는 엄청난 위조 수표를 공공연하게 입 밖에 내기 위해 그들의 모든 다양한 스타일의 서명을 복사하는 방법 이외에 그가 도대체 무엇을 했다고 생각하는 고, 그리하여 마침내, 더블린의 주방 파출부 연합회 및 가조(家助)의 가정부 모임이 그를 투저(投底)하고 걷어 차냈도다.

〔불결자요, 유럽의 여러 나라 수도에서 날조자로서 쫓겨 난 솀의 생애—손은 그들에게 솀의 구직 광고를 아래처럼 적는다.〕

〔본 제임즈는 폐기된 여성 의상을, 감사히 수취하거니와, 모피류 잠바, 오히려 킬로트 제의 완전 1착 및 그 밖의 여성 하의 류 착의자(着衣者)들로부터 소식을 듣고, 도시 생활을 함께 시발하고 자 원함. 본 제임즈는 현재 실직 상태로서, 연좌하여 글을 쓰려 함. 본인은 최근에 십시계명(十時誡命)의 하나를 범했는지라, 그러나 여인이 곧 원조하려 함. 체격 극상, 가정적이요, 규칙적 수면. 또한, 해고도 감당함. 여불비례. 서류 재중. 유광계약(流廣契約)〕

182. 〔표절자로서의 솀〕

얼마나 다수의 사기가, 쓴 양피지의 사본이, 그의 표절자의 펜에서부터 몰래 흘러 나왔는지 누가 말할 수 있으랴?

그건 그렇다손 치더라도, 그러나 그의 동굴 거소에 자신의 영계적(靈界的) 광휘의 빛이 없었더라면, 펜촉은 양피지 위에 결코 글 한 획도 쓰지 못했을 것이니라. 저 장미 빛 램프의 용솟음치는 연광(燃光)에 의하여 그리고 그의 펜촉의 섬광(蟾光)의 도움으로, 그는 자신이 여태껏 만난 모든 자들에 관하여 무명의 무 수치성(羞恥性)을 할퀴고 썼는지라, 한편 가장자리 여백에다 그는 자기 자신의 비예술적 초상화를 끊임없이 점각(點刻)하곤 했도다.

〔여기 유령의 잉크병(Hunted Inkbottle)으로 알려진 솀의 집—거처〕 이는 무(無) 번지로, 아일랜드의 아시아, 문패 위에 "폐쇄(SHUT)"라는 필명이 붙어있는데, 그곳 밀세실(密細室)에서 그는 납세자들의 비용으로 인생행로를 추구하나니, 그것은 잉크병 모양을 하고 정면에는 창문이 없음으로

서 매력을 더하도다. 〔솀의 설명에 따르면, 그의 인크병 집은 HCE의 주막
(Bristole 또는 Malinger's) 맞은편 정반대 방향에 위치하는지라, 양 위치는
피닉스 공원의 맨 바깥 변경에 있다. 그러나 오늘의 나그네는 그 실재를 찾
기 힘들다.〕

183. 솀의 집은 순수한 쥐 농장의 오물을 위한, 심지어 우리들의 서부 바람
둥이(플레이보이)의 세계에서까지, 가장 최악의 곳이라. 이는 구린내 나고
잉크 냄새를 품기 나니, 부역자(腐筆者)에 속하는 아주 잡동사니이기 때
문이라. 맙소사! 거기 잠자리 소굴의 충적토(蓄積土) 마루와 통음성(通音
性)의 벽, 직립부(直立部) 재목 및 덧문은 말할 것도 없고, 다음과 같은 것
들이 초췌하게 산문화(散文化)되어 있나니, 이를테면, 차용증서, 적용서
(適用書), 백로대의 연도(煙道), 몰락한 마(魔) 석양, 봉사했던 화여신(火女
神), 소나기 장식품, 빌린 가죽 구두, 안팎 양면용 재킷, 멍든 눈 가리 렌
즈, 가정용 단지, 가발 와이셔츠, 하느님께 버림받은 외투, 결코 입지 않
은 바지, 목 조르는 넥타이, 위조 무료 송달 우편물, 최고의사(最高意絲),
즉석 음표, 뒤집힌 구리 깡통, 미용(未用) 맷돌 및 비틀린 석반, 뒤틀린 깃
촉 펜, 고통 소화 불량본, 확대 주잔, 도깨비에게 던져진 고물(固物), 한때
유행했던 롤빵, 짓이긴 감자, 얼간이 몽타주, 의심할 여지없는 발행 신문,
언짢은 사출, 오행(五行) 속요의 저주, 악어의 눈물, 엎지른 잉크, 모독적
인 침 뱉음, 부패한 너도 밤…… 대모의 양말대님, 우, 좌 그리고 중에서
오려 낸 신문 조각, 코딱지 벌레, 구미(口味) 이삭줍기, 스위스 산 농축 우
유 깡통, 눈썹 로션, 정반대 엉덩이 키스, 소매치기로부터의 선물, 빌린
모자 깃털, 느슨한 수갑, 공주 서약, 비명주(悲鳴酒)의 찌꺼기, 일산화탄
소, 양명가용(兩面可用) 칼라, 경칠 악마 강정, 부스러진 웨이퍼 과자, 풀린
구두 끈, 꼬인 죄수 구속복, 황천으로부터의 선공포(鮮恐怖), 수은의 환약,
비삭제(非削除) 환락,

184. 〔솀의 부엌의 달걀 요리, 집안의 백과사전적 잡물들〕
그는 그 속에서 선회하는 회교수사, 우레의 아들, 튜멀트〔아마도 O. 고
가티의 연극 인물〕, 자의적(自意的) 망명자(솀)의 신분을 볼 수 있는 충분

한 가망성이 있으려니, 불가피한 환영(幻影)에 의하여 피골까지 오일공포
(午日恐怖)된 채, 파손, 격동, 왜곡, 전도를 통한 실내제악(室內製樂; cham-
bermade music)으로 자기 자신의 신비를 필요 비품으로 필서 하고 있도다.

[그의 달걀 요리]

그는 한 사람의 자진 시종인지라, 고로 그는 자기 자신을 위하여 달걀
요리를, 그의 주 특기는 용광로(화장실 안에 위치하기에, 죄인의 마왕적 천성은
이러한 골방을 위해 다른 필요가 없기에) 속의 달걀 요리인지라…… 요리벽책
(料理僻冊)의 교성곡(嬌聲曲)을 연주하면서, 자신의 디오게네스의 대등(貸
燈)불에 의하여, 용광로에서 굽거나 닭 요리하거나 데치기도 하고, 흰자위
와 노른자위 그리고 황백을 *하얀 자매보다 더 하얀 및 내 사랑, 금화양(金
貨孃)이란* 봄의 향가(香歌)에 맞추어, 계피와 메뚜기와 야생 벌꿀과 감초와
카라긴 해초와 파리의 소석고(燒石膏)와 아스터의 혼합식과 허스터의 배요
와 엘리만의 황색 도찰제(塗擦濟)와 핀킹톤의 양 호박과 성진(星塵) 및 죄
인의 눈물과 함께, 쇄라단의 *냄비 요리법*에 따라서, 리티 판 레티 판 레벤
(생명)과 함께 그가 뒤에 두고 떠나 온 족란류(足卵類)의 모든 진수성찬을
위하여, 그의 발효어(醱酵語)의 강신술, 아브라카다브라 엉덩이의 미부(尾
部)를 찬가(讚歌)하며, (그의 엘리제의 마담 가브리엘 달걀, 미스트레스 B. 아일랜드
[愛卵], B. 마인필드 달걀, 양달걀주(養鷄卵酒)의 사과주, 소다 황산의 미숙란, 완숙란,
반숙란, 토스트 위의 고양이 란[卵], 살찐 양평아리 요리……)

185. [셈의 배설물 잉크 제조]

설교단 독재자들(라틴어를 쓰는 추기경들)이, 그들의 법률 고문들의 자극을
따라, 셈에게 모든 양지(羊脂) 양초와 자치적 문방구를 보이콧했을 때, 셈
은 자신의 기지의 소모로서 자신의 목적을 위하여 합성 잉크와 감응지(感
應紙)를 제조하도다. 그대 묻노니, 도대체 어디서, 어떻게? 이 질문에 대
한 대답은, 로마의 라틴어(영어로 인쇄하기에는 너무나 저속한, 추기경들의 언어)
속에 잠시 숨겨 두기로 할지니, 그런고로 자기 자신의 조잡한 언어로 읽지
않은 영국 국교도야 말로 바빌론 여인의 이마 위의 분홍색 낙인을 바라보
고도 그 자신의 경칠 뺨의 핑크 색을 느끼지 못하리라.

〔잇따른 라틴어 문구는 고립된 자(셈)의 연금술적 (카타르시스적) 행위의 서술이다. 다음 한어(韓語) 역은 Grace Florian McInerey 의해 이루어진 라틴 원어의 영어 번안을 기초한 것이다. 전출〕(『피네간의 경야』Fargnoli & Gillespie 254 참조)

첫째로 이 예술가, 탁월한 작가는, 어떤 수치나 사과도 없이, 생여(生奧)와 만능(萬能)의 대지에 접근하여 그의 비옷을 걷어 올리고, 바지를 끌어내린 다음, 그곳으로 나아가, 생래(生來)의 맨 궁둥이 그대로 옷을 벗었도다. 눈물을 짜거나 낑낑거리며 그는 자신의 양손에다 배설했나니. (지극히 산문적으로 표현하면, 그의 한 쪽 손에다 분[糞; 똥]을, 실례!) 그런 다음 검은 짐승 같은 짐을 풀어내고, 나팔을 불면서, 그는 자신이 후련함이라 부르는 배설물을, 한때 비애의 명예로운 증표로 사용했던 항아리 속에 넣었도다. 쌍둥이 형제 메다드와 고다드에게 호소함과 아울러, 그는 그때 행복하게 그리고 감요(甘饒)롭게 그 속에다 배뇨했나니, 그동안 "나의 혀는 재빨리 갈겨쓰는 율법사의 펜이로다"로 시작되는 성시(聖詩)를 큰 소리로 암송하고 있었느니라. (소변을 보았나니, 그는 후련하도다 말하는지라, 면책[免責]되기를 청하나니), 마침내, 혼성된 그 불결한 분(糞)을 가지고, 내가 이미 말한 대로, 오리온의 방향(芳香)과 함께, 굽고 그런 다음 냉기에 노출시켜, 그는 몸소 지워지지 않는 잉크를 제조했도다 (날조된 오라이언의)(지워지지 않는 잉크.)

〔위의 구절은 일종의 말 대구로서, 성처녀(BVM)(명예로운 그릇)의 연도 및 『불가타 성서(Vulgate)』(4세기에 된 라틴어 역의 성서), 「시편」 44.2의 성구들의 혼성으로 이루어진다. 그의 인분의 배합(아일랜드 스튜)은 자신의 달걀 요리에 첨가된 메뉴이다. 그런 다음, 경건한 이네아스(셈)는, 손에 넣을 수 있는 유일한 대판지, 즉 그 자신의 육체의 모든 평방 인치 위에다 글을 썼나니, 마침내 그의 부식적 승화 작용의 언어(『피네간의 경야』의 혼합어)의 발효된 언어로서이다.〕

186. 그(솀)는 연속 현재시제(現在時制)의 외피(外皮)로서 모든 결혼성가(結婚聲歌)를 외치는 기분형성의 환윤사(環輪史)[이는 『피네간의 경야』 예술의 특성과 목적]를 천천히 개필(改筆)해 나갔나니. 그런고로 아마도 솀의 납화(蠟畵)를 잉크로 생각했던 금발의 순경은 자신의 심도(深度)는 없어도 요점에 있어서는 명석했도다.

　　〔솀을 군중으로부터 구하기 위한 순경 새커슨: 그의 행각을 서술한 다음 구절은 『더블린 사람들』의 단편들로 이루어진다.〕 그는 바로 크러이스—크룬—칼〔3K: Ku Klux Klan 단〕의 소심한 순경 (자매) 시스터센이었나니, 교구의 파수꾼, 대견(大犬) 굴인(掘人) 소인(沼人) 걸인(乞人) 도인(刀人) 주자(呪者) 충자(蟲者), 그리하여 그는 솀을 구하기 위해 근처의 파출소에서 분견되었는지라, 이 자가 하자이든, 그것이 하시이든, 작은 군운(群雲; 크라우드) 속의 불결한 진흙(클래이) 행위 그리고 용모상의 중소란(衆騷亂)의 합자중상적(合字中傷的)인 효과로부터, 어느 저녁(이브) 풋내기를 잘못 뜻밖에 만나다니(엔카운터), 매이요 주, 노크메리 마을의 생수단만종집회위원실(生手段萬鐘集會委員會) 근처였던 바, 그가 왼쪽으로 비틀거리는 이상으로 한층 오른쪽으로 갈지자걸음을 걸으면서, 한 원초음녀(原初淫女)로부터 돌아오던 길에(그는 머기트 소녀라는 내의명(內衣名)을 지닌, 무지개, 라는 자신의 교괄녀와 혹처〔或處〕의 귀여운 비둘기 사랑〔맙소사!〕을 늘 즐기곤 했는지라) 그가 독취하(毒醉下)의 불행한 시기에 길모퉁이 가장자리에서 바로 오락가락하고 있었을 때, 숭배의 따뜻한 음신가(淫神家)의 적수문(敵手門)들 사이, 그의 숙창가(宿娼家; 보딩 하우스)의 창문을 통하여, 여느 때처럼 아미(雅美)의 날씨에 대하여 인사하면서. 오늘은 어떠세요, 나의 음울한 양반? 그러자, 몸이 아파요, 난 몰라, 하고 너무나도 분명한 겉치레의 자명한 교활함을 가지고 무능자(솀)는 즉답 했나니, 그리하여 머리털을 치세우면서, 은총(글래이스)의 기도에 이어, 그의 포착완(捕捉婉) 아래 크리스마스와 더불어, 포트와인마스 및 지갑(紙匣)마스 및 호의(好衣)마스 및 파티마스를 위하여, 마치 판당고 춤추는 활보왕자 마냥……

187. 〔손의 솀에 대한 힐책〕
　　쉴토 쉴토 스끄럼 스리퍼와 더불어, 그는 쉬 잽싸게 안으로 사라졌도다. 사(여)바라! 분명히 백발(白髮)틱해(海) 묵(默)분위기의 저 총백(總白)의 가련한 경호원(순경 새커슨)은 이 원참사(原慘事: 패인풀 새이크)에 문자 그대로 깜짝 놀랐는지라, 어떻게 그가 자폭엄습(自爆掩襲)했는지, 그리고 그가 그곳에 가게 되었는지, 도대체 그가 거기 가기를 의도했는지, 그럴 거야 하고 생각하는지 어떤지, 게다가 실제 그가 오후의 전체 추세를 통하여 어떤 종의 암캐 놈이 그를 덮쳤는지, 다시 그의 상대촌항(相對村港)(카운터포트)에서 어떻게 카프탄 땅의 주피(酒皮)의 술고래를 위한 크리스마스의 용량을 권고 받고 마음이 진동했는지 그리하여 심지어 더욱 놀란 것은, 그사이, 그의 극대의 경악을 보면서, 그에게 보고 된 바, 감사하게도, 오물과 함께 사자(死者: 데드)의 당해의 결판(結版)을 농담하며, 어떻게 하여, 어이쿠맙소사(애러비), 도미니카 회(會)와 결모(結謀)하여 아무의 허락도 요구하지 않은 채, 그가 자기 자신의 살모(殺母)(마더)에게 당당하게도, 왕자연(王子然)히, 두 갤런(투 갤런트)의 맥주를 갖고 귀선(歸船)한 이름 그대의 교활자였는지. 차려, 경계 그리고 거머잡앗!

187.15. 〔숀의 조소〕 "시끄잠꾸러기요정여기얼른꺼지란말야(Poltthergeist-kotzdondherhoploits)!": 〔poltergeist: (G) 시끄러운 소리를 내는 장난꾸러기 요정 + kotzen: 토하다 + (Du) donder op!: 여기서 얼른 꺼져! + hoplite: 희랍 군인〕 걷어차다? 무슨 살모(殺母)? 누구의 부주(父酒)? 어느 쌍 갤런? 왜 이름 그대로의 교활자? 그러나 우리의 비근태지성(非勤怠知性)은 이러한 흑맥주 저속성에 너무나도 배금련(拜金鍊)되어 왔었나니, 잉크인쇄로는 너무나 치사하게도! 프트릭 오퍼셀(미상)이 동하(冬河)에서 냉석(冷石)을 끌어내고, 연어(魚)해(海)가 우리들의 청어 왕을 위해 노래하는 것을 숙고하면서, 구 십 십일 십이 정월 이월 삼월 전진이라! 우리는, 자비 또는 정의 〔「베니스의 상인」에서 포샤의 연설 문구〕에 있어서 뿐만 아니라 상쾌조(爽快朝)를 위한 애침(愛寢)위의 우리들의 생존의 거주를 위하여, 여기 머물 수 없는지라, 텐맨의 갈증 햄 경(卿)〔셈의 갈증〕을 토론하면서.

〔"자비"(Mercius; 셈)를 힐책하는 "정의"(Justius; 숀)〕

〔이제, 숀 같은(Shaunlike) 순경과 그의 셈 같은(Shemlike) 죄인의 인물

들을 통하여, 정의(Justice; 숀)와 자비(Mercy; 솀)의 두 신분이 현시 된다. 숀은, 솀에 '관해' 단지 말하는 것으로 만족하지 않은 채, 이제 그에 '대고' 직접 말한다. 잇따른 8페이지들(187~194)의 단락은 정의(Justius)의 합법적 힘을 지닌 숀과 자비(Mercius)로서의 솀 간의 대결을 함유한다.]

"정의(숀; 피타자[彼他者]에게)"완력(腕力; 브루노)은 나의 이름이요 도량은 나의 천성이라, 나는 이 새(鳥)를 타뇌(打腦)할 것이요 아니면 나의 총은 붕대(繃帶) 되고 말리라. 나는 타상(打傷)하고 화상(火傷)하는 소년이로다. 박살(撲殺)!

[숀이 솀에게 직설적으로]

앞으로 설지라, 무국(無國)의 부인(否人)이여, 조롱할지라, 나(숀)는, 비록 쌍둥이이지만, 나를 움직일지라, 내가 웃도록, 그대(솀)가 영원히 후퇴하기 전에! 솀, 나는 그대의 모든 우행을 알고 있도다. 도대체 그동안 어디에 있었던고.

188. 그대(솀)의 지난 침대유(寢臺濡)(몽정[夢精])의 고백이래? 나(숀)는 그대 자신을 감추도록 충고하나니, 소박하고 담소한 고백도(告白禱)를 가질지라. 어디 보세. 그대의 배후는 몹시 어두워 보이도다. 우리가 암시하나니, 사이비 솀군. 그대는 자신의 몸 전체를 말끔히 청소하기 위하여 강 속의 모든 요소들 그리고 처소를 위한 사권박탈(私權剝奪)의 순사십교황칙서(純四十敎皇勅書)가 필요하리로다.

188.8. 우리 찰도(察禱)할지라. 그대는, 이 축복받은 섬에서 성스러운 유년 시절부터 양육되었나니, 이제, 정말이지, 그대는 신들과의 피안에서 한 쌍의 이배심(二倍心)이 되고 말았는지라, 아니, 저주받은 바보, 무정부주의, 유아주의, 이단주의자, 그대는 의심스러운 영혼의 진공(眞空) 위에 그대의 분열된 왕국을 수립했도다. 그러면 그대는 구유 속의 어떤 신을 위하여 그대 자신 신봉 하는 고, 여(女)솀이여, 그대는 섬기지도 섬기게 하지도 않을 건고? 그리고 여기, 그대의 수치를 음미하는 동안 나는 나 자신의 순결

을 위해 두려워해야만 하도다. 그대의 탄생의 땅을 재 식민하고 굶주린 머리와 수천의 그대의 화난 자손을 계산해야 하나니.

189. 〔계속되는 숀의 비난〕

그대는 겸현(謙賢)한 소원을 지연시켰나니 그리고 심지어 그대의 변명 혹은 죄과(罪過)들(improperia)을 기록하면서, 그대의 탈선의 악의에다 첨가 했도다—사바세계의 불행을 더하여!—애녀(愛女)들만큼 많은 남성들, 여러 에이커에 걸쳐 그대 주위와 근처에 운집한, 무수한 교육받은 여인들과 함께, 그대의 주연을 스스로 소유하려고 분투하면서, 번뇌부(煩惱父)의 모든 딸들을 위한 비애의 단 하나의 자식인 그대, 저 자연의 매듭을 위하여 묵묵히 찰관(察觀)하다니, 그것은 한 가닥 노래와 함께, 처녀들이 그들에게 주기 위해 탐하는 결혼반지와 함께, 성취하기에 너무나 단순한 것일지라. 그대는 자신의 음울한 환희들을 세계의 다른 즐거움들에 첨가했도다. 우(憂)의 수림세계(樹林世界)에서 가장 오래된 노래, 바로 한 토막의 콧노래를, 우리 함께 전음가창(顫音歌唱)할지라 (우리—둘! 하나—에게!), 순금(純金) 악단에 의한 반주에 맞추어! 만세! 만세! 전감심(全甘心)의 신부살행실(新婦殺行實)의 고흉도(高胸挑)하는 처처녀(處處女) 모나여! 그녀의 눈은 대단한 환희에 넘쳐 있나니 우리는 그 속에서 모두 한몫 하리라—신랑(新郞)!

189.28. 사육(死肉)의 코 방귀 뀌는 자(셈), 조숙한 묘굴인, 선어(善語)의 가슴 속 악의 보금자리를 탐색하는 자, 그대, 그리고 우리들의 철야제에 잠자고, 우리들의 축제를 위해 단식하는 자, 전도된 이성을 지닌 그대는 태깔스럽게 예언해 왔나니, 그대 자신의 부재에 있어서 한 예언 야벳이여, 그대의 많은 화상(火傷)과 일소(日燒)와 물집, 농가진(膿痂疹)의 쓰림과 농포(膿疱)에 대한 맹목적 숙고에 의하여, 저 까마귀 먹구름, 그대 음영(陰影)의 후원에 의하여, 그리고 의회 띠까마귀의 복점에 의하여, 온갖 참화를 함께하는 죽음, 동료들의 급진폭사화(急進暴死化), 기록의 회축화(灰縮化), 화염에 의한 모든 관습의 평준화를……

190. 그러나 인생이 가일층 예측불가 하면 할수록 더 나을지니, 그대(셈)의

이두(泥頭)의 둔감함에 결코 자극을 주지는 못할 터인즉. 그대가 당근을 더 많이 썰면 썰수록, 그대는 무를 더 베개하고, 그대가 감자 껍질을 더 많이 벗기면 벗길수록, 그대는 양파 때문에 더 많은 눈물을 흘리고, 그대가 소고기를 더 많이 저미면 저밀수록, 그대는 더 많은 양고기를 쪼이고, 그대가 시금치를 더 많이 다듬으면 다듬을수록, 불은 한층 사납게 타고 그대의 숟가락은 한층 길어지고 죽은 한층 딱딱해지나니 그대의 팔꿈치에 더 많은 기름기가 끼고 그대의 아일랜드의 새로운 스튜가 더 근사한 냄새를 풍기도다.

［셈의 기네스 맥주회사의 직 및 성직자의 직을 거절한대 대한 숀의 비난］

오, 그런데, 그래요, 또 한 가지 일이 내게 발생하도다. 그대는 나더러 그대에게 이야기하게 내버려두련만, 극상의 예절을 가지고, 아주 통속적으로 설계된 채, 그대의 생독권(生瀆權)은, 대계획과 일치하는, 우리들의 국민이 응당 그러해야 하듯, 모든 민족주의자들이 그렇게 하지 않으면 안 되듯이, 그리하여 어떤 업(業)을 행해야 하나니 (무엇인지, 나는 그대에게 말하지 않겠노라) 어떤 교리성성(敎理聖省)에서 (게다가 어딘지 나는 말하지 않겠노라) 그리하여 어떤 업을 행해야 하나니…… 어떤 번뇌의 성무(聖務) 시간 동안 (성직자 역할은 그대 자신의 독차지) 매년 당, 한 주 당, 이러 이러한 급료로 (기네스 맥주 회사는, 내가 상기하건대, 그대에게는 바로 애찬(愛餐)이었는지라). 총알에 맞고 안 맞고는 팔자소관. 그리하여 그대는 해외로 도망했는지라, 그대의 고부랑 6푼짜리 울타리 충계 위에 앉아 있는 오도출구(誤導出口)의 아일랜드 이민 격이라.

191. 한 무(無)장식솔기의 프록코트 돌팔이 도사(道師), 그대는 (세익수비어의 웃음을 위해 그대는 그런 별명으로 나의 것을 꼭 도와주려고?) 삼 셈족(반 삼족〔森族〕)의 우연 발견능자(發見能者), 그대(감사, 난 이걸로 그대를 묘사할거라 생각하나니) 구주아세화(歐洲亞世化)의 아포리가인(阿葡利假人)!

"세익수비어(洗益收婢御)의 웃음을 위하여(for the laugh of Scheekspair)"

(셰익스피어의 웃음〔생명〕을 위하여) 다른 쪽 뺨을 돌리는 예수의 사랑을 위하여. 〔이는 여기 정의—자비의 대결의 구절에서 특별히 타당한지라, 왜냐하면, 자비로서 셈은, 정의로서 숀의 비난에, 그리고 그의 사장(死杖)의 일진풍(一陣風)에, 그의 다른 뺨을 돌리기 때문이다. 문맥에서, 숀—정의는, 셈—자비에게, 단지 시인(詩人)만이 할 수 있듯이, 그에게 정당한 말을 발견하는 데 도울 것을 요청하고 있다. "한 무(無) 장식 솔기의 프록코트 돌팔이 도사(셈), 반삼족(半森族)의 우연 발견능자(發見能者), 그대 구주아세화(歐洲亞世化)의 아포리가인(人)이여!(Europasi—anised Afferyank!)〕

    우리 서로 한 발짝 더 길게 따라 가 볼까. 단검을 물에 빠뜨리는 자여, 그리하여 우리의 군주, 여태까지 그의 행복 속의 전원(前園)의 낯선 자가, (구조자를 치료할지라! 한 잠, 한 잔, 한 꿀꺽 그리고 모든 것 중의 한 식〔食〕을!) 자신의 음료를 마시고 있는 동안?

191.9. 〔이제 숀은 셈을 『성서』의 가인으로, 그리고 자신을 아벨로: 거기 그대 곁에 성장하고 있었나니, 저 순결의 자(숀 자신), 천사들의 짝 친구, 한 점 흠 없는 저 선견자(善見者), 그의 정신적 분장(扮裝)은 도회 절반의 화제요, 그러나 그대(셈)는 어느 청명한 5월 아침 한 손으로 그를 저속하게 쓰러 눕히나니, 그의 오장 육부가 어떻게 작업했는지를 알아내려고!〕

    〔숀은 셈과 연관하여, 이제 피네간, HCE, 입센의 건축청부업자의 겸손을 생각하는데, 후자의 연극의 마지막 페이지들은 추락의 주제에 대해 설명을 돕는다.〕

    숀은 말한다, 우리들의 환상 건축가들의 저 위대한 대지부(大地父), 거부(土父), 중산계급 주(主)에게 무슨 일이 일어났는지 기억할지라, 그리고 그는 겸손했던고?

192. 〔숀은 셈에게 말한다.〕

저 이단주의자 마르콘(이단자)에 무슨 일이 일어났는지 기억하도록, 두 별리처녀(別離處女)들 그리고 얼마나 그는 저 로시야(露視野)의 골레라 임질녀들을 거추장스럽게 총살했는지를 기억하도록. 저 여우 씨, 저 늑대 양 및 저 수사(修士) 그리고 모리슨 가의 처녀 상속인에 관해 여태껏 들은 적이 있는지, 응, 그대(셈) 주절대는 원숭이여?

[손의 힐책: 셈의 시주(施主)에 대하여] 사치 속의 꾀병 자, 너(여기 셈은 2인칭으로)가 빌리고 구걸한 모든 물건들을 너의 저속함이 어떻게 처분했는지, 궁색하게 지낸 척 하면서 말이야.

192.7. 파리 교구 자금, 나의 창피자여, 이봐요, 마음에서 돌출한 너의 지독하도 무서운 빈곤의 한 방울 공허한 목소리로 무거워진 우짖음에 의해 너는 자선 저장고로부터 너무나도 유연하게 고양이 애무했는지라, 그런고로 너는 트레비 점에서 코트를 저당 잡히기 위해 면류관에 맹세조차 할 수 없었나니 그리고 너는 얼마나 끝없이 사악했던고, 그렇고 말고, 정말이지, 우리를 도우소서, 죄인 도화자 베드로 및 죄인 수탉 파울이여, 병아리들의 벌린 아가리와 함께 그리고 *오랜 세기*, 이는, 말이 났으니, 레이날드 배심원, 척탄병의 실없는 통속적 구토불어(嘔吐佛語)로다. 네가 너의 판자와 골세(骨洗)를 갖도록 하기 위해 (오 너는 루불 화폐를 잃었는지라!), 1년에 너의 백금 1파운드와 1천 끈 책(冊)을 갖기 위해 (오, 너는 너 자신의 참혹가정(慘酷假定)의 십자가에 묵힌 명예 속에, 가통(架痛)했나니!) 너의 시드니 토요(土曜)의 소요락(騷擾樂)과 성휴야(聖休夜)의 잠을 너로 하여금 갖게 하기 위해 (명성은 취침과 경야 사이 네게 오리라) 그리고 유월절 안식준일(安息準日)과 꼬끼오 수탉이 단막을 위해 울 때까지 누워 있도록 내버려둘지라. 우리들의 예측할 수 있는 우일(雨日)에 대비하여 저 작은 부양(浮揚) 등우리 란(卵)은 어디에 있는고? 그건 사실이 아닌고?

193. 너(셈)는 졸부들 사이에서 너의 과중방종(過重放縱)을 탕진하거나, 호텐토트 인(人)의 다불인(多佛人) 사람들을 너의 빵 껍질로 위통(胃痛)하게 했도다.

193.9. 나로 하여금 끝내게 할지라! 유다에게 강장주를 조금만, 모든 조의

(嘲意)스의 나의 보석이여, 너로 하여금 눈(眼) 속에 질투를 불러일으키도록. 내가 보고 있는 것을 너는 듣는고, 하메트여? 그리고 황금의 침묵은 승낙을 의미함을 기억할지라, 복사뼈 의시자(疑視者) 씨(氏)! 예의악(禮儀惡)됨을 그만 두고, 부(否)를 말하는 걸 배울지라! 잠깐!

　이리 와요, 열성 가 군, 너의 귀 속의 가위 벌레를 내가 말해 줄 때까지. 그건 비밀이나니! 나는 그걸 가로등 쇼로부터 얻었는지라.

　〔손은 셈 더러 거울 속에 그의 자신의 얼굴을 보도록 그리고 그가 미쳤음을 알아차리도록 타이른다. 그리고 셈에게 부르짖는다.〕

　너, 셈(위선자)이여. 너는 미쳤도다!

　〔손이 사골(死骨; 죽은 자; the deathbone)을 가리키자, 생자(生者; the quick)가 조용한지라.〕

193.31. "자비(셈)" 가로대. *신이여, 당신과 함께하소서!* 〔셈은 자기 자신 부르짖는다.〕 나의 실수, 그의 실수. 너를 낳은 자궁과 내가 때때로 빨았던 젖꼭지에 맹세코, 〔그는 이어 배신과 비겁으로 자신을 고발 한다.〕 천민이여, 식인의 가인(Cain)이여! 지금까지 존재하지 않았던지 또는 내가 존재할 것인지 아니면 네가 존재할 생각이었는지 모든 존재성에 대한 감각으로 마음이 오락가락한 채, 광란무(狂亂舞)와 알코올 중독중의 한 검은 덩어리가 내내 되어 왔던 너(손).

194. 〔셈의 자기 옹호〕
　볼지라, 너(손) 거기, 나(셈)의 여전히 무치(無恥)스러운 심정의 가장 깊은 심연(深淵) 속에 너 청년(靑年)의 나날은 내 것과 영원히 혼성하나니, 이제 종도(終禱)의 시간에 지금까지 행해진 모든 것은 심지어 시작하기 전에 아직도 재차 거듭해야 하기 때문이라. 그것은 재난의 초탄(初誕)의 그리고 초과(初果)인 너를 위한 것, 그러나 또한, 낙인찍힌 양(羊), 천둥과 우레리언의 견성(犬星)의 전율에 의한 휴지 상자의 후보(候補)인, 나를 위한 것이나니, 홀로 네게는 아름다운 무마(無魔)의 돌풍에 고사(枯死)된 지식(知識)의 나무, 그리고 내게는 암음(暗陰)의 석탄 굴속에 눈에 띄지 않은 채 부끄러워하는 자, 왜냐하면, 너는 내게서 떠나 버렸기에, 왜냐하면, 너는 나를 비웃었기에.(194.21)

〔이때 어머니 ALP가 형제의 갈등을 무마하기 위해 그녀의 유독자 셈을 통하여 등장한다.〕

우리들의 이갈색모(泥褐色母)가 다가오고 있나니, 아나 리비아, 예장대(禮裝帶), 섬모, 삼각주, 그녀의 소식을 가지고 달려오는지라, 위대하고 큰 세계의 오래된 뉴스, 아들들은 투쟁했는지라, 슬슬슬프도다! 마녀의 아이는 일곱 달에 거름 걷고, 멀멀멀리! 신부(新婦)는 펀체스타임 경마장에서 그녀의 공격을 피하고, 종마는 총(總) 레이스 코스 앞에서 돌을 맞고, 두 미녀는 합하여 하나의 애사과(哀司果)를 이루고, 목마른 양키들은 고토(故土)를 방문할 작정이라, 그리하여 40벌의 스커트가 치켜 올려지고, 마님들이, 한편 파리슬(膝) 여인은 유행의 단각(短脚)을 입었나니, 그리고 12남(男)들은 술을 빚어 철야제를 행하는지라, 그대는 들었는고, 망아지 쿠니여? 그대는 지금까지, 암 망아지 포테스큐여? 목 짓으로, 단숨에, 그녀의 유천(流川) 고수머리를 온통 흔들면서, 걸쇠 바위(동전)가 그녀의 손가방 속에 떨어지고, 그녀의 머리를 전차표로 장식하고, 모든 것이 한 점으로 손짓하고 그러자 모든 파상(波狀), 고풍의 귀여운 엄마여, 작고 경이로운 엄마, 다리 아래 몸을 거위 멱 감으며, 어살을 종도(鐘跳)하면서, 작은 연못 곁에 몸을 압피(鴨避)하며, 배의 밧줄 주변을 급주하면서, 탤라드의 푸른 언덕과 푸카 폭포의 연못(풀) 그리고 모두들 축도(祝都) 브레싱튼〔더블린 서남부의 마을〕이라 부르는 장소 곁을 그리고……

(『율리시스』 10장의 엘리아의 도래 참조, U 186)

195. 살리노긴 역(域) 곁을 살기스레 사그렁미끄러지면서, 날이 비오듯 행복하게, 졸졸대며, 졸거품일으키며, 혼자서 조잘대며, 그들의 양 팔꿈치 위의 들판을 범람하면서 그녀의 살랑대는 사그렁미끄럼과 함께 기대며, 아

절어슬렁대는, 어머마마여, 어쩔대는발걸음의 아나 리비아여.

그(솀)가 생명장(生命杖)을 치켜들자 벙어리는 말하도다.

— 꽉꽉꽉꽉꽉꽉꽉꽉꽉꽉꽉꽈(Quoiquoiquoiquoiquoiquoiquoiq)!

〔예술가— 솀의 지팡이는 벙어리—손을 마침내 말하게 하는지라, 그의 예술—생명장이 지닌 힘의 행사이다. "꽉꽉꽉(Quoiquoiquoi)!": 바다에서 태어난 유식한 오리들은 프랑스어로 꽉꽉(whatwhat)거린다. 여기 자기긍정의 예술가는 개울의 꽉꽉 졸졸대는 물오리의 승리를 개선(凱旋)한다.〕

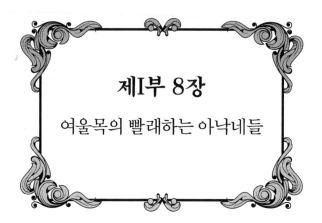

제I부 8장

여울목의 빨래하는 아낙네들

【개요】 1924년 3월의 하리에트 쇼 위버에게 행한 한 편지에서, 조이스는 아나 리비아 장은 "밤이 되자 한 거루 나무와 한 톨의 돌이 되는 두 빨래하는 아낙들에 의한 강 건너의 조잘대는 대화이다."라고 평했다. "강의 이름은 아나 리피이다"(「서간문」 I.213). 조이스는 이 장을 아주 좋아했는지라, 그것을 수차에 걸쳐 단편적으로 분리하여 출판했다. 아일랜드 동료 작가 제임스 스티븐즈는 이 장을 "한 인간에 의해 여태 쓰인 가장 위대한 산문"이라 격찬했다. (「서간문」 I.282)

이 장은 두 개의 상징으로 열리는데, 그중 첫째 것은 대문자 "0"으로서 이는 순환성 및 여성을, 그리고 첫 3행의 삼각형으로 나열된 글귀는 이 장의 지속적인 존재인 ALP의 삼각형 기호 (siglum)이다. 두 빨래하는 아낙네들이 리피강의 맞은편 강둑에서 HCE와 다른 사람들의 불결한 옷가지를 헹구며, 그의 생에 관하여 그리고 아나 리비아와, 그의 추락 및 그녀의 역할에 관하여 잡담하고 있다. (196.1~204.20) 한 청결한 강으로서 아나 리비아의 이미지는 변화와 재생의 신호이지만, 그녀 역시 그의 죄에 관련한다. 캠벨과 로빈슨이 주장하듯, 만일 본문에 등장하는 마그라스 부인(204)과 로라 코원(205.9~10)이 아나 리비아의 "변형된 화신"이라면(「골격구조」, p. 136n.14), 그녀의 불결한 하의들 또한, 씻기고 바람에 쏘여야하는 것들이다. (204.34~35)

ALP의 옛 애인들, 그녀의 남편, 아이들, 간계, 번뇌, 복수 등, 그 밖에 것들에 대한 그들의 속삭임이 마치 강 그 차체의 흐름과 물소리처럼 진행된다. 옷가지마다 그들에게 한 가지 씩 이야기를 상기시키는데, 이를 그들은 연민, 애정, 및 아이러니한 야만성을 가지고 자세히 서술한다. 주된 이야기는 ALP가 아이들 무도회에서 각자에게 선물을 나누어줌으로써 그녀의 남편(HCE)의 스캔들을 다른 곳으로 돌리려는 것이다. 이어 그녀의 마음은 자신의 과거에 대한 회상에서부터 그녀의 아들들과 딸의 떠오르는 세대로 나아간다. 강의 물결이 넓어지고 땅거미가 내리자, 이들 아낙들은 셈과 숀에 관하여 듣기를 원한다. 마침내 그들은 서로가 볼 수도 들을 수도 없게 되고, 한 그루의 느릅나무와 한 톨의 돌로 변신한다. 이들은 그녀의 두 아들 셈과 숀 쌍둥이를 상징하는데, 잇따른 장들은 그들에 관한 이야기이다. 강은보다 크게 속삭이며 계속 흐르고, 다시 새로운 기원이 시작할 찰나이다.

이 장은, 마치 음률과 소리의 교향악이듯, 산문시의 극치를 이룬다. 700여 개의 세계의 강(江)의 이름들이 이들 언어들 속에 위장되어 있으며, 장말의 몇 개의 구절은 작가의 육성 녹음으로 유명하다.

리피강

북서부 아일랜드의 위클로우 산에서 발원하여 더블린 시내를
관류하는 수려한 강으로, 『피네간의 경야』 곳곳에 등장한다.

[본문 시작]

196. 오

내게 말해줘요 모든 걸

아나 리비아에 관해! 난 모든 것을 듣고 싶어요

〔리피강둑에서 빨래하는 두 아낙들, ALP와 HCE에 관한 그들의 잡답〕

아나 리비아에 관해! 글쎄, 당신 아나 리비아 알지? 그럼, 물론, 우
린 모두 아나 리비아를 알고 있어. 모든 것을 나에게 말해 줘요. 내게 당
장 말해 줘요. 아마 들으면 당신 죽고 말 거야. 글쎄, 당신 알지, 그 늙은
사내(HCE)가 정신이 돌아 가지고 당신도 아는 짓을 했을 때 말이야. 그
래요, 난 알아, 계속해 봐요. 빨래랑 그만두고 물을 튀기지 말아요. 소매
를 걷어붙이고 이야기의 실마리를 풀어 봐요. 그리고 내게 탕 부딪히지 말
아요—걷어 올려요!—당신이 허리를 굽힐 때. 또는 그것이 무엇이든 그
가 악마원(惡魔園)에서 두 처녀들에게 하려던 짓을 그들 셋 군인들이 알아
내려고 몹시 애를 썼지. 그 자는 지독한 늙은 무례한이란 말이야. 그의 셔
츠 좀 봐요! 이 오물 좀 보란 말이야! 그게 물을 온통 시커멓게 만들어 버
렸잖아. 그리고 지난 주 이맘때쯤 이래 지금까지 줄곧 담그고 짜고 했는
데도. 도대체 내가 몇 번이나 물로 빨아댔는지 궁금한지라? 그가 매음(賣
淫)하고 싶은 곳을 난 마음으로 알고 있다니까, 불결마(不潔魔) 같으니!
그의 개인 린넨 속옷을 바람에 쐬게 하려고 내 손을 태우거나 나의 공복
장(空腹腸)을 굶주리면서. 당신의 투병(鬪甁)으로 그걸 잘 두들겨 깨끗이
해요……

197. 그리고 그(HCE)의 뻔뻔스러움이라! 그리고 그의 점잔 빼는 꼬락서니라
니! 그는 마치 말구릉(馬丘陵)처럼 얼마나 머리를 늘 높이 추켜세웠던고,

유명한 외국의 노(老)공작인 양, 걸어가는 족제비처럼 등에 장대한 혹을 달고. 그리고 그의 더리 풍(風)의 느린 말투하며 그의 코크 종(種)의 헛소리 그리고 그의 이중(二重)블린(더블린) 풍의 혀짤배기 그리고 그의 원해구(遠海鷗) 골웨이 풍의 허세라니. 그 밖에 그 사나이는 도처(到處) 뭐라 불리고 있는고? …… 혹은 그가 어디서 태어났으며 또는 어디서 발견되었던고? 그녀(ALP)의 혼인예고는 아담 앤 이브즈 성당에서 결코 행방(行方)되지 않았거나 아니면 남녀가 단지 선장결연(船長結緣)했던고? …… 그가 그녀를 가간(家姦)했을 때, 그녀의 그림자의 섬광(閃光)과 함께 고양이 쥐 신화 놀음하면서, 노인회관의 두풍원(頭諷院)과 불치 병자 휴게소 그리고 질병 면역소의 종가(終家), 비틀거리는 자의 곡도(曲道)를 지나. 누가 당신 한테 그따위 악인 사기등화(詐欺燈話)를 판매했던고? 그녀에게 끼워 줄 풀(草)반지도 없으면서, 개미 낱알 보석 한 알 없이. 사내는 무항구(無港口)의 이버니언의 오캐이 대양에서부터, 생명의 보트인, 세대박이 배를 타고, 개버린 옷에, 마침내 육지의 아련한 토락(土落)을 엿보았고 그의 선장(船裝) 아래에서부터 두 마리 까욱 까욱을 풀어놓았는지라, 이 위노(偉老)의 페니키아 유랑자…… 하지만 그 당사자인, 키잡이(HCE)는 어디에 있었던고? 저 상인남(商人男)인 그는 여울 넘어 그들의 바다 평평한 너벅선을 타고, 자신의 낙타 망토를 걸친 채 바람에 휘날리며, 마침내 그의 도망치는 배교선(背敎船)의 깐간 이물과 함께 그는 승도(乘道)했나니.

198. 그대의 파이프를 불어대며 장단을 늦추고, 그대 타고난 천치 이집트 인, 그리고 그대는 그와 조금도 다를 바 없는 사람인지라! 글쎄, 곧 나한테 다 말해 주구려, 그리고 변명을 억제하지 말지니. 사람들이 그녀(ALP—강)의 시바 강변을 그가, 여느 힘찬 왕 연어처럼, 힘차게 거슬러 올라가는 것을 보았을 때…… 그는 이마에 땀 흘러 빵을 벌었도다. 그는 우리들의 부식 곰팡이 빵, 그의 약간의 건포도 빵을 힘들어 벌었나니, 정말 그는 그랬도다. 여기를 볼지라. 그 사내의 이물(뱃머리)의 이 젖은 곳에. 그가 해수(海水)의 유아라 불렸음을 그대는 알지 못하는 고…… 그는 대구어안(大口魚眼)을 지녔도다. 분명히 그녀 자신이 사내처럼 엇비슷하게 고약했나니. 누구? 아나 리비아? 그래, 아나 리비아. 그대는 그녀가 사방으로부터 빈 정대는 계집들, 예쁜 요녀들, 못난 계집애들을 그이(남편)를 즐겁게 해주

려고, 그녀의 범죄추장(犯罪酋長), 그리고 제사장(祭司長)의 음소(陰所)를 간질여 주려고, 불러들이고 있었던 걸 아는고? 그녀가 그랬던고? 그러고 말고! 그래 그게 끝인고? 오, 듣고 싶어요, 내게 모든 걸 말해주구려, 그녀가 꿀맛같이 달콤한 사내한테 얼마나 사랑을 받았는지! 한 매춘부가 낙오한 다음 토끼 눈의 윙크를 행하며. 스스로 전혀 상관하지 않는 양 하면서, 전 돈 없어요, 나의 부재자여, 그인 격정의 사나이…… 사람들이 학교에서 그대[상대 세탁 여인]에게 헤브라이 어를 가르쳐 주지 않았단 말 인고, 그대 무식초보자? 그건 꼭 마치 내가 당장 순수 언어 보존의 명분 속에 모범을 보이며 염동작용(念動作用)에서 나와 그대를 고소하려 하는 것 같구려. 맙소사 그래 그녀는 그따위 사람인고? 하지만 그녀가 그런 저속한 짓을 할 줄은 난 거의 생각지 못했어. 그대는 그녀가 창가에서, 버드나무 의자에 몸을 흔들거리며, 온통 설형문자로 씌어진 악보를 앞에 놓고, 마치 줄 없는 활로 바이올린 버들피리 만가(輓歌)를 연주하는 척 하면서, 간들거리고 있는 것을 탐지하지 못했단 말인고? 꼴 참 좋겠다. 글쎄, 나는 절대 그런 이야기를 들은 적이 없어요! 더 말해 줘요. 전부 내게 말해요. 글쎄, 늙은 험버 영감(HCE)은 마치 범고래처럼 침울해 있었나니, 그의 문간에는 살 갈퀴 풀이 무성하고…… 그리고 위대한 호민관의 분묘에 쌓인 해독 살 갈퀴(植), 그이 자신의 자리에 녹울(鹿鬱)하게 앉아, 꿈꾸듯 그리고 홍얼대며, 자신의 수척한 얼굴 모습이라니, 자신의 아견직(兒絹織) 스카프의 까다로운 퀴즈를 질문하면서, 자신의 장례식을 재촉하기 위하여 그리고 그곳에……

199. 그는 저 몰몬 조간신문(타임스)에서 모두들의 사채(私債)를 점검하는가 하면, 유산을 문답하거나, 뛰었다, 넘었다, 그리고 그들의 소요노동(騷擾勞動) 속에 안면의 잠자리에 깊이 묻힌 채, 입을 목구멍에서 입술까지 쩍 벌리자, 낙수 홈통의 새들이 그의 악어 이빨 사이를 쪼고 있었나니, 내내 혼자 단식 투쟁을 하거나 자기 자신에게 심판 일을 위협하거나, 숙명을 인비(忍悲)하거나, 분승(憤昇)하며, 자신의 머리칼을 눈 위까지 빗어 내리거나, 높은 고미받이 다락방에서 별이 보일 때까지, 까만 암소들과 잡초 우거진 개울과 젖꼭지 꽃봉오리와 염병에 걸린 자들을 꿈꾸고 있었나니…… 어찌하여 그가 부당 감금되어 몽환(夢幻)을 꿈꾸었는지 생각할지라. 그리하

여 거기에 그녀, 아나 리비아, 그녀는 감히 한시도 잠을 위해 눈을 붙이지
못한 채…… 사방에 목구멍을 가르랑거리며, 여름철 무릎 겹치마 차림으
로 그리고 난폭한 양 뺨에, 그녀의 사랑하는 연인 댄에게 작별을 고하기
위해…… 그리고 그녀는 이따금 남편에게 싱싱한 생선요리를 대접하거나
그가 장저(腸底)까지 만족하도록 혼잡 달걀 요리를, 아무럼, 그리고 토스
트 위에다 덴마크 베이컨 그리고 한 잔 반의 멀건 그린란드 산 홍차 또는
식탁 위에 모카 산 설탕 탄 커피 또는 서강다(西江茶) 또는 백랍 컵의 고사
리 주(酒) 그리고 연한 연부(軟浮) 빵을 대접했나니(어때요, 여보?), 저 돼지
사내(남편)의 위장을 만족시켜 주려고 했나니, 한편 그녀의 이음쇠(몸뚱이)
가 중풍으로 혼들리고 말았는지라 그리하여 여과기에 먹을 음식물을 팽
팽하게 산적(山積)하여 성급하게 돌진하자 (그때 운석 같은 분노가 분출했도다)
나의 쾌남인, 그는 경멸의 눈초리와 함께, 그대 암돼지 같으니, 욕설을 쏘
아붙이는지라, 그리하여 혹시 그가 그녀의 발등 위에 접시를 떨어뜨리지
않았다면, 정말이지, 다행이었지. 그러자 그때 그녀는 한 가지 찬미가, *마
음을 굽혔나니* 또는 *맬로우의 방탕아들* 또는 첼리 마이클의 *비방은 일진
풍* 또는 *올드 조 로비드슨의 발프 조(調)의 일절을 휘파람으로 불어 주고
싶었도다. 누구든지 그런 휘파람 소리를 들으면 필시 그대를 두 동강 내
고 말리라! 아마 그녀라면 바벨 탑 위에서 울부짖는 암탉을 잡을 수 있으
리라. 그녀가 입으로 꼬꼬댁 우는 법을 알고 있다 해서 해 될게 뭐람! 그
러나 한자(漢者; HCE)에게서 한 마디 투도 나오지 않았나니. 그게 진실인
고? 그건 사실이도다. 그러자 그녀는 그녀의 스파크 활활 불꽃 반짝이는
부채를 하늘거리면서, 양털로 그녀의 백상(白霜)의 머리다발을 가색(假色)
했도다.

200. 한편 월미인(越美人; ALP)은 그의 웅피(熊皮) 아래를 어루만졌는지
라! —변화무쌍한 비취색의 가운을 입었나니, 이는 두 추기경의 목제 의
자를 감싸고 가련한 컬린 존사(尊師)를 억누르거나 맥케이브 존사를 질식
시킬 정도라. 오 허튼 소리! 그녀의 보라색 헝겊 조각이라! 그리고 식활강
기(食滑降機) 아래로 그에게 붕붕 풀무소리를 으르렁거리며, 그녀의 코로부
터 가루분을 휘날리며 애원하나니. *요람아(搖籃兒)여, 고리버들 바구니 같
으니! 이봐요, 당신, 제발 죽지 말아요!* 마치 물오리처럼 노래하는 마담

델바 마냥 정말 선아(選雅)의 아성(牙聲)으로…… 당신(상대 세탁녀)은 그
녀가 도대체 무슨 말을 지껄이기 시작했는지 알아요? 당신은 결코 짐작도
못 할 거야. 내게 말해 봐요. 말해 보구려. *포비, 여보, 말해요, 오 내게
말해요 그리고 내가 당신을 얼마나 사랑했는지 당신은 몰랐을 거예요.* 그
리고 호도(湖島) 저쪽에서부터 들려오는 조명가(鳥鳴歌)에 미친 척 하면서
부르짖는지라. *높은 지옥스커트가 귀부인들의 자계연인(雌鷄煙人) 백합 걸
친 돼지 몸짓을 보았도다.* 그리하여 한층 귀부인다운 목소리로 그런 저런
노래 등등을 부르고 또 부르나니 그리하여 아래쪽 보더 아저씨(HCE)는,
엄청나게 헐거운, 일요사색(日曜沙色) 외투에 휘감긴 각기병(脚氣病) 환자
처럼, 하품하듯 귀머거리로, 바보 영감 같으니! 저리 꺼질지라! …… 노
안이여, 당신은 단지 지분거리고만 있어! 아나 리비? 분필이 나의 판단이
듯! 그러자 **ALP**는 자리에서 일어나 트로트로 달려 나가, 문간에 기대선
채, 그녀의 낡은 사기연(砂器煙) 파이프를 뻐끔뻐끔 빨면서, 그리고……,
건초 길 걷는 어리석은 하녀들 또는 쾌활하고 바람난 계집애들에게 억
지웃음을 보내거나…… 그래 입 좀 닥칠지라, 어리석은 멍청 할멈 같으
니? 하지만 하느님께 맹세코 정말이 도다! 그들을 하나씩, 안으로 불러들
이며(이쪽은 봉쇄구역이야! 여기 화장실이야!), 그리고 문지방 위에서 지그 춤
을 추어 보이거나 그들의 엉덩이 흔드는 법을 그들에게 가르쳐 주었는지
라……

　　그리하여 그녀(ALP)는 얼마나 지루한 율시(律詩)를 지었던고! 오 그래!
오 저런! 데니스 플로렌스 맥카시의 아래 속옷을 내가 경칠 힘들여 비누
칠하는 동안 진짜 그 이야기를 내게 말 해 주구려. 낭랑한 피아 목소리로!
내가 아나 리비아의 노래를 배울 때까지 나는 내 옥소족(沃素足)이 다 말라
안달 죽을 지경이니,

201. [아나 리비아의 메시지]

　　그것을 하나는 쓰고 둘이 읽고, 공원의 연못가에서 발견되었지! 나는
그걸 알 수 있나니. 그대가 그런 줄 난 알도다. 이야기가 어떻게 돌아가고
있는고? 자 잘 들어 봐요. 당신 듣고 있는고? 그래, 그래! 정말 듣고 있
어! 그대의 귀를 돌려! 귀담아 들을지라! [아래 아나의 율시(律詩)의 내용
인 즉: ALP는 늙은 남편 HCE를 개탄하고 새로운 애인을 갈구한다. 집

은 가난하여 이제 말고기 수프로 다 떨어지고 말았다. 그녀는 염(鹽)의 신
(辛) 더블린만의 싱그러운 공기를 바란다.〕

그리하여 여기 지루한 율시(律詩)를 쓰는 ALP！:

대지와 구름에 맹세코 하지만 나는 깔깔 새 강둑을 몹시 원하나니, 정말
나는 그런지라, 게다가 한층 포동포동한 놈을!

지금 내가 갖고 있는 저 접합물(영감)은 낡았기 때문이라, 정말이지, 앉
아서, 하품을 하며 기다리나니, 나의 흐늘흐늘하고 비실비실한 대인 영감,
나의 사중생의 동반자, 식료품실의 나의 검약한 열쇠, 나의 한껏 변한 낙
타의 혹, 나의 관절 파괴자, 나의 5월의 벌꿀, 나의 최후 12월까지의 천치
가, 그의 겨울잠에서 깨어나 옛날처럼 나를 꺾어 누르도록.

한 장원(莊園) 나리 혹은 스트라이크의 지방 기사라도 있다면, 나는 경
의(驚疑)나니, 숭배하올 양말을 그를 위해 세탁하거나 기워 주는 대가로
현금 한 두 푼을 내게 지불 할지라, 우리는 이제 말고기 수프도 우유도 다
떨어지고 말았으니?

냄새 아득히 서린 나의 짧은 브리타스 침대가 없었던들 나는 밖으로 도
주하여 톨카 강바닥의 진흙이나 또는 클론타프의 해변으로 외도(外逃)하
고, 염(鹽)의 신(辛)더블린만(灣)의 싱그러운 공기를 그리고 내게로 하구엄
습(河口掩襲)하는 해풍의 질주를 느끼련만.

어서! 계계속! 내게 좀더 말해 봐요. 세세한 것까지 다 말해. 나는 단
순한 눈짓까지 다 알고 싶나니. 무엇이 옹기장이를 여우 굴속에 날아들게
했는지에 이르기까지. 그리고 왜 족제비들이 사라졌는지. 저 향수 열병이
나를 후끈하게 하고 있어. 혹시 말 탄 어느 사내가 내 이야기를 듣고 있
라도 한다면! 우린 탄환남아(彈丸男兒)를 불륜병(不倫兵)과 대면하게 할 수
있으리라. 자, 이제 개암나무 부화장(孵化場) 이야기를. 크론달킨 마을 다
음으로 킹즈 인(왕숙(王宿))〔『더블린 사람들』「작은 구름」참조〕 우리는 선
천(鮮川)과 함께 거기 곧 도착하게 될 꺼야. 도대체 그녀(ALP)는 통틀어
얼마나 많은 약어아(若魚兒)들〔그녀의 자식들〕을 가졌던고? 나는 그걸 당
신한테 정확히 말할 수 없어. 단지 근사치만 아는지라. 누가 말하듯, 그
녀가 세 자리 숫자를 가지고, 하나 더하기 하나 더하기 하나, 일 백 열하

나 혹은 111이 되도록 한정했다는 거야. 오 맙소사, 그렇게 많은 떼거지들을? 우리는 그러다가 성당 묘지에 빈 땅 하나 남지 않을 거야. 그녀는 자신이 애들에게 붙여 준 요람명(搖籃名)의 절반도 기억할 수 없지, 컨드(K)에게 지팡이 그리고 이욜프(E)에게 사과 그리고 야콥 이야(Yea)에게 이러쿵저러쿵…… 그들이 그녀에게 플루라벨 세례명을 붙여주길 잘했는지. 오 맙소사! 얼마나 지독한 부담이랴! 하이 호! 하지만 그녀는 실로 카드 점괘에 나와 있나니,

202. 〔아나 리비아의 연애 사건에 관한 잡담〕

많으면 많을수록 더 즐거운지라, 〔111명의 아이들〕 쌍능직(雙綾織) 및 삼전음(參顫音), 여사(餘四) 및 탈품육(奪品六) 북칠(北七) 그리고 남팔(南八) 그리고 원숭이 놈들 그리고 새끼들까지 구(九). 할아비를 닮은 방심 쟁이 그리고 미사 비참혼(悲慘魂) 그리고 모든 악한 중의 악한 그리고 괴짜. 히하우! 그녀는〔이하 ALP의 애정 행각〕한창시절 나돌아 다니는 논다니었음에 틀림없지요, 그렇고 말고, 더할 나위 없지. 분명히 그녀는 그랬나니, 정말이고말고. 그녀는 자신의 유남(流男)을 여러 명 지녔었나니. 당시 저 계집애한테 한번 눈초리를 던져 보아도 전혀 놀라는 기색조차 없었는지라, 더욱이 남을 홀리기만, 그게 사실이야! 내게 말해 봐요, 말해 봐, 그녀가 어떻게 모든 사내들과 어울려 지냈는지, 그녀는 정말 매혹녀였는지라, 그 성마녀(聖魔女)? …… 우리들의 멋쟁이 남자들 앞에 자신의 위력(危力)을 투(投)하면서. 다음에서 다음으로 서로 깍지 끼거나 애무하면서, 옆구리를 툭 치거나 한잔 마시면서 그리고 스스로의 동방 환회 속에 사라지고 시류에 뒤진 채. 그래 최초의 폭발자는 누구? 혹자가 그이었지, 그들이 어디에 있든 간에, 전술적 공격으로 아니면 단독 전투로. 땜장이, 양복쟁이, 군인, 수병, 파이 행상인 피스, 아니면 순경. 그게 바로 내가 늘 묻고 싶었던 거야. 떼밀고 또 한층 힘껏 떼밀고 고지의 본령까지 나아갈지라! 그게 그래탄 아니면 프라드(대홍수) 다음의, 수저년(水底年)이던고, 아니면 처녀들이 궁형을 이루고 또는 세 사람이 떼 지어 서 있었을 때였던고? 무국(無國)에서 온 무인간(無人間)이 무(無)를 발견했듯이 의혹이 솟는 곳을 신앙이 발견할지라. 그건 가야할 장고(長孤)의 길, 지루한 산보! 노 저어 뒷걸음질이라니 얼마나 얼간이 짓이랴! 그녀는 자신의 공격자가 라인스터의

제왕, 바다의 늑대, 연대기 상으로 누군지, 또는 그가 무슨 짓을 했는지 또는 그녀가 얼마나 감칠 맛나게 놀아났는지, 또는 어떻게, 언제, 왜, 어디서 그리고 얼마나 자주 그녀에게 덤볐는지 그리고 어떻게 그가 그녀를 배반했는지 거의 알 수 없다고 스스로 말했지. 그녀는 당시에 젊고 날씬하고 창백하고 부드럽고 수줍고 가냘픈 껑다리 계집애인데다가, 은월광호(銀月光湖) 곁에 산책하면서, 그리고 사나이는 뚜벅뚜벅 비틀거리는 외도침남(外道寢男)인지라, 태양이 비치면 자신의 건초를 말리면서, 살해하는 킬데어의 강둑 곁에 그 당시 속삭이곤 하던 참나무들처럼 단단했지, 삼폭수(森瀑水)로 그녀를 가로질러 철썩하고. 그가 호안(虎眼)을 그녀에게 주었을 때 그녀는 해요정(海妖精)의 수치로 자신이 땅 아래로 꺼지는 줄만 생각했지! 오 행복한 과오여! 〔다시 상대 세탁녀〕 나의 욕망이나니 그게 그이였으면! 당신은 거기 잘못이야, 당신이 시대착오적인 것은 단지 오늘밤만이 아니야! 그것은 그보다 훨씬 뒤의 일이었어,

203. 당시 아일랜드의 정원이라 할 위켄로우 주(洲)에는 어디에고 수로가 없었던 시절, 그녀(게울—ALP)가 킬브리드 교(橋)를 씻어 흐르고 호수패스 다리 아래 거품을 일으키며 달리고, 그 엄청난 남서폭풍이 그녀의 유적(流蹟)을 어지럽히며 내륙의 곡물 낭비자가 그녀의 궤도를 염탐하고, 어떻게든 자신의 길을 지루(遲流)하며, 하호(何好) 하악(何惡)을 위해, 실 짜고 맷돌 갈고, 마루 걸레질하고 맥타작(麥打作)하고, 험프리의 울타리 둘러친 마을의 보리밭과 값싼 택지(宅地)에 모든 그녀의 황금생천(黃金生川)을 위하여 그리고 웰링턴 선의마(善意馬), 토지연맹 수확자와 잠자리를 나눌 것이라 감히 꿈도 꾸지 못할 때였나니. 아아, 소녀다운 시절의 이야기인지라! 바닷가 모래 언덕의 비둘기에 맹세코! 뭐라? 당신은 그게 분명히 확실한고? 핀 강이 모운 강과 접합하는 곳이 아닌, 노어 강이 블룸 산과 헤어지는 곳이 아닌, 브래이 강이 패어러 강의 물길을 바꿔 놓은 곳이 아닌, 모이 강이 쿨린 호와 콘 호 사이 컨 호와 콜린 호 사이에서 그녀의 유심(流心)을 바꾸어 놓은 곳이 아닌 것이. 혹은 넵투누스가 스컬 노(櫓)를 잡고 트리톤빌이 보트를 저으며 레안드로즈의 삼자(三者)가 두 여걸과 꽝 부딪쳤던 곳? 아니야, 결코 아니, 전혀, 천만에! 그럼 오우 강과 오보카 강의 어디 근처? 그것은 동서 쪽 또는 루칸 요칸 강 또는 인간의 손이 여태껏

결코 착족(着足)한 적이 없는 곳? 어딘지 내게 곡언(谷言)해 봐요, 첫 번째 제일 근사한 때를! 내가 말할 테니, 잘 듣는다면. 당신 러글로우의 어두운 협곡을 아는고? 글쎄, 거기 한때 한 지방 은둔자가 살았나니, 마이클 아클로우가 그의 귀하신 이름이라, 〔독자는 이제 ALP─리피강을 거슬러 위클로우 계곡까지 역진한다.〕 그리하여 육칠월의 어느 화(華)금요일, 오 너무나 달콤하고 너무나 시원하고 너무나 유연하게 그녀는 보였나니……무화과나무 숲의, 침묵 속에, 온통 귀를 기울이며, 그대 단지 촉감을 멈출수 없는 불타는 곡선, 그는 자신의 새롭게 도유(塗油)한 두 손, 자신의 맥중핵(脈中核)을, 그녀의 마리아 노래하는 까만 사프란색의 부발(浮髮) 속에 돌입했는지라, 그걸 가르며 그녀를 위안하며 그걸 혼잡하며, 일몰의 저 붉은 습야(濕野) 마냥 아주 검고 풍만한 것이었나니. 보우크로즈 계곡의 세천(細川) 곁에, 무지개 색남(色男)의 천호(天弧)가 그녀를 (머리)빗으며 오렌지 색화(色化) 했느니라……

204. 〔다시 ALP의 애정 행각〕

그대가 바삭바삭 목이 타는 동안 그녀는 숨이 끊기듯 했지. 그러나 그녀는 자신의 추진동(推振動)으로 2피트만큼 몸이 솟았던 거야. 그리고 그 후로 죽마를 타듯 스텝을 밟았지. 그것은 향유 대신 버터를 곁들인 키스 치유(治癒)였지요! 오, 그인 얼마나 대담한 성직자였던고? 그리고 그녀는 얼마나 장난꾸러기 리비였던고? 논다니 나아마(ALP)가 이제 그녀의 이름이라. 그 이전에 스코치 반바지를 입은 두 젊은 녀석들이 그녀를 범했지, 러그나킬리아 산정의 고귀한 픽트 족〔옛 스코틀랜드 동북부 인〕, 맨발의 번과 주정뱅이 웨이드는 그녀가 엉덩이에 그를 감출 한 오래기 털 흔적 또는 선술집의 선복(船腹) 부문 유람선은 말할 것도 없고, 그 자작나무 마상이 피선(皮船)을 유혹할 앞가슴조차 갖기 전의 일이었지. 그리고 다시 그런 일이 있기 전에, 그녀는, 치리파─치루타, 사냥개에 의하여 핥아 받았는지라, 조가(鳥歌)와 양털 깎는 시절에, 정든 킵퓨어 산(山) 언덕의 중턱에서 말이야, 순수하고 단순히, 잠깐 쉬 하는 동안, 그러나 무엇보다 먼저, 제일 고약한 일은, 저 파동 치는 활달한 계집(ALP)이, 그녀의 유모 샐리가 수채에서 고이 잠든 사이, 악마 계곡의 틈 바퀴로 슬며시 미끄러져 나왔지, 그리고 피피 파이파이, 그녀가 발걸음을 내딛기도 전에 배수구의 수로에 벌렁 나 자빠졌는지라, 아래쪽에 한 마리 휴한우(休閑牛)가, 온통 침체된 검정 연못 속에 드러누운 채 꿈틀거리고 있었지 그리하여 그녀는 사지를 높이 치켜들고 천진자유(天眞自由)롭게 소리 내어 웃어대자 한 무리 산사목 처녀 떼가 온통 얼굴을 붉히며 그녀를 곁눈으로 쳐다보고 있었도다.

205. 〔ALP를 희롱하는 사내들〕

그녀의 집수역(集水域)을 통하여 그녀가 그들을 스스럼없이 팽개쳤나니, 자신의 무릎 장식을 위해 엉덩이 만세를 외치며. 온갖 낡은 평복에 술이 달린 것은 단 한 벌뿐. 바로 그놈들이나니, 맹세코! 웰랜드 천(泉)! 혹시 내일 날씨가 좋으면 누가 이걸 구경하러 발을 끌며 다가올 고? 누가 어떻게? 내가 갖지 않은 것(부랄)에 어 봐요! 벨비디어의 우로출생(優露出生) 놈들. 그들의 순항용 모자와 보트클럽의 색복(色服)에. 뭐라고, 모두들 떼를 지어! 그리고 저런, 모두들 수사슴처럼 뻐기며! 그리고 여기 옷가지에 처녀 이름 글자가 또한, 새겨져 있어. 주홍색 실로 K 위에 L을 겹쳐. 살색 복지 위에 세상이 다 보도록 서로 이은 채. 로라 코운〔연극 배우〕의 것이 아님을 보여주기 위해 X표를. 오, 비방자가 그대의 안전핀을 비틀어 버렸으면! 그대 맘마(魔)의 아이! 그런데 그녀가 입은 속옷의 다리를 누가 찢고 있었단 말인고? 그건 어느 다리인고? 그의 종 달린 쪽. 그걸 헹구고 빨리 빨리 서둘어요! 내가 어디서 멈추었지? 절대로 멈추지 말아요! 속담(續談)! 당신 아직 그 이야기는 끝나지 않았어. 나는 계속 기다리고 있어. 자 계속해 봐요, 계계속할지라!

글쎄, 그것〔HCE—남편의 죄〕이 자비 수도회의 토일—월—주보에 실린 뒤, 심지어 그의 서릿발 위에 내린 눈까지도 그에게 싫증이 났지. 용(溶), 용, 죽겠지, 이봐요! …… 그녀의(H) 두주(頭主)(C) 향사(E)! 당신이 언제 어디를 가든 그리고 어느 주방에 들리든, 도시 또는 교외 또는 혼잡스러운 지역, 또는 피닉스 선술집 또는 파우어즈 여관 또는 주드 호텔 또는 내니워터에서 바아트리빌까지 또는 포터 라틴에서 라틴가까지 어느 촌변(村邊)을 헤매든 간에, 당신은 발견했는지라, 아래위 뒤바꿔 새긴 그(HCE)의 조각상을. 그리고 그의 기괴한 모습을 흉내 내며 익살 부리는 모퉁이의 불량배들, 쾌걸 터고 극에 로이스 역의 사나이 모리스, 피리를 불고 벤조를 키고, 근처의 선술집 주변을 떠돌아다니며, 우정회(友情會)의 굽 높은 삼중 모피모의 세 겹 모자를 그의 두개골 주변에 빙빙 돌리나니.

206. 그의 주위 대법원에서 눈물 질질 흘리는 애송이놈들, 그들의 팀파니 패들과 함께 위대한 돌림노래를 합창하면서, 그(HCE)를 재판하며 주위에서 왁자지껄 떠들대다니. 그대의 엄부(嚴父)를 조심할지라! 그대의 엄마를 생각할지라! 홍자(洪者) 횡(潢; 중국 명)이 그의 흥겨운 가짜 별명이나니! 볼레로 곡을 부를지라, 법을 무시하면서! 그녀(ALP)는 여전히 저따위 온갖 깡패 녀석들과 평등 하려고 길 건너 골목길 근처의 십자가 막대기에 맹세했도다. 임신가(姙娠可)의 동정녀 마리아 양에게 맹세코 …… 그녀의 결심! 그래서 그녀는 지금까지 아무도 들어보지 못한 그런 류의 한 가지 심한 장난을 꾸밀 계획을 짜겠노라 홀로 중얼거렸지, 그 장난꾸러기 여인이. 무슨 계획을? 빨리 말해 그리고 잔인하게 굴 것 없어! 무슨 살인사(殺人事)를 음조(淫造)했단 말인고? 글쎄, 그녀는 자신의 물물교환 자(子) 중의 하나인, 우편배달부 숀 한테서, 그의 램프 불빛의 차용 권과 함께, 한 개의 부대 백, 새미 가죽의 우편낭을 빌렸는지라, 그런 다음 그녀의 염가본, 낡은 무어 역(曆), 캐시 저(著)의 유클리드 기하학과 패션 전람을 사서 상담했나니 그리하여 가장무도회에 참가하기 위해 스스로를 조시단장(潮時端裝)했도다. 오 기그 고글 개걸 개걸.〔얼마나 우스운 일!〕

나는 그 광경을 당신한테 어떻게 말할 수 있담! 너무나 야단스러워서 억제할 수가 없나니, 온통 저주할 것! 파하하(波河河) 우(雨)히히히 우하하(雨河河) 파(波)히히! 오 하지만 당신은 이야기해야 하나니, 정말로 해야 하는지라! 어스레한 더글 다글의 먼 계곡 가글 가글에서 울려오는 개골 개골 물소리처럼, 좌르르 좌르르 소리 나는걸 내게 듣게 해 줄지라! 말하다트 마을의 신성한 샘에 맹세코, 나는 정녕 틸리와 킬리의 불신앙(不信仰)의 산을 통하여 천국에 가는 기회를 저당 잡혀도 좋으나니〔무슨 일이 있어도〕, 그걸 듣게 해줘요…… 내가 성당 참사원의 속옷을 문질러 빨 때까지 여기 당신의 축복의 재(灰)를 내게 빌려주구려. 이제 흘려보낼지라. 방류. 그리고 천천천천히.

처음 그녀(ALP)의 외출 몸단장을 위해 자신의 머리칼을 풀어 내리고 발까지 늘어뜨렸는지라 그녀의 묵직한 꼬인 머리타래를. 그런 다음, 나모

(裸母)된 채, 그녀는 감수유액(甘水乳液)과 유향(有香) 피스타니아 진흙으로, 위아래로, 머리 꼭대기에서 발바닥까지 샴푸 칠을 했도다. 그런 다음 그녀는 자신의 용골(龍骨)의 홈을, 혹과 어살과 사마귀와 부스럼을, 반부패의 버터 스카치와 터핀 유(油)와 사미향(蛇尾香)을 가지고 기름칠했는지라, 그녀는 부엽토(腐葉土)를 가지고, 주사위 5점 형(型)의, 눈동자 섬과 유수(乳首) 도(島) 주위를, 자신의 귀여운 배(腹)의 전면(全面)을, 세타(洗打)했도다. 그녀의 젤리 배는 금박 납 세공품이요

207. 그녀의 입상(粒狀) 발향(發香) 뱀장어의 발목은 청동색이라. 그리고 그런 연후에 그녀는 자신의 머리칼을 위하여 화환을 엮었나니. 그녀는 그것을 주름 잡았도다. 그녀는 그것을 땋았는지라. 목초(牧草)와 하상화(河上花), 지초(芝草)와 수란(水蘭)을 가지고, 그리고 추락한 슬픔의 눈물짓는 버드나무를 가지고. 그런 다음 그녀는 자신의 팔찌랑 자신의 발목걸이랑 자신의 팔 고리 그리고 짤랑짤랑 조약돌과 토닥토닥 자갈 그리고 달각달각 잡석의 홍옥 빛 부적 달린 목걸이랑 그리고 아일랜드 라인스톤의 보석과 진주와 조가비 대리석의 장신구와 그리고 발목 장식을 만들었도다. 그걸 다 완성하자, 그녀의 우아한 눈에 깜부기 까만 칠을, 아너쉬카 러테티아비취〔습지 진흙〕퍼플로바(무녀: 舞女), 그리고 그녀의 소지수색(沼地水色) 까만 입술에 리포 크림, 그리고 그녀의 광대뼈를 위한, 딸기 빛 빨강에서 여(餘) 보라색까지, 화장 물감 상자의 색깔을, 그리하여 그녀는 자신의 거실 하녀들, 두 종자매, 실리지아 그랜드와 키어쉬 리얼을, 풍요자(豊饒者)〔남편—HCE〕에게 보냈나니, 수줍고 안달하는, 마님으로부터의 존경과 함께, 그리하여 잠깐 동안 여가를 그에게 요청하는지라. 촛불 켜고 화장실 방문, 즉시 귀가, 수탉이 9시를 타(打)하고 성초가(星草家)가 신부(新婦)롭게 광사(光射)하자, 거기 혼혈하인(混血何人)이 나를 기다리도다! …… 그 때, 그런 다음, 그의 등 혹을 돌리자마자. 우편낭을 그녀의 어깨너머로 사(蛇)매었나니, 아나 리비아, 석화안(石花顔), 그녀의 물통거품 투정이의 집을 뛰쳐나왔도다. 〔ALP—그녀의 선물을 배달하기 위해 가출하다.〕

그녀(ALP)를 서술할지라! 급행, 하불가(何不可)? 쇠 다리미 뜨거울 동안 타타(打唾)할지라. 나는 하여(何如)에도 그녀 이야기는 절세(絶世) 놓치지 않으리니. 롬바 해협의 이득을 위해서도 아니. 연희(宴喜)의 대양, 나

는 그걸 들어야만 하는지라! 급조(急早)! 속(速), 쥬리아가 그녀를 보기 전에! 친녀 그리고 가면녀(假面女), 친모목녀(親母木女)? 전미숙녀(全美淑女)?〔ALP의〕 실체 12분의 1의(작은) 소계녀(小溪女)? 행운녀? 말라가시 생녀(生女)? 그녀는 무슨 의착을 입었던고, 귀(貴)불가사의 기녀(奇女)? 얼마나 그녀는, 장신구와 몸무게를 합쳐, 개산(槪算)했던고? 여기 그녀가, 안(Ann) 대사(大赦)! 남자 감전(感電)하는 재난녀(災難女)라 부를지라.

〔그녀는〕 전혀 감전선녀(感電選女) 아니나 필요 노모파(老母婆)요, 인디언 고모(姑母)로다. 나 그대(상대 세탁녀)에게 한 가지 시험을 말하리라. 하지만 그대 잠자코 앉아 있어야 하나니. 지금 내가 이야기하려고 하는 걸 그대 평화를 갖고 귀담아 들을 수 있겠는고? 때는 아마도 만령절(萬靈節) 전야 아니면 4월 차야(此夜)의 1시 10분 또는 20분전이었으려니와, 그녀는 당시 자신의 추물 이글루 에스키모 가문의 덜컥거림과 함께 발끝 살금살금 걸어 나오다니, 총립주민(叢林住民)의 한 여인, 그대가 여태껏 본 가장 귀염둥이 모마(母馬), 그녀 사방에 고개를 끄덕이며, 만면소(滿面笑)라, 두 개의 영대(永代) 사이, 당혹의 당황 그리고 경위(敬畏) 대 경심(警心)으로, 그대의 팔꿈치에도 닿지 않을, 주디 여왕.

208. 자 얼른, 그녀의 교태를 쳐다보고 그녀의 변태를 붙들지라, 왠고하니 그녀가 크게 살면 살수록 한층 교활하게 자라나까. 호기를 구하고 취 할지라! 더 이상 아니? 도대체 어디서 그대는 여태껏 공성 망치만큼 큰 램베이 턱을 본 일이 있었단 말인고? 아 그래, 당신 말이 옳아. 나는 잘 잊어버리는 경향인지라, 마치 리비암(사랑) 리틀(적게)이 러브미(사랑) 롱이(길게) 그랬듯이. 나의 복사뼈 길이만큼, 말하자면! 그녀는, 그것 자체가 한 쌍의 경작지, 소 끄는 쟁기소년의 징 박은 목화를 신었도다. 〔이하 ALP의 외모〕번질번질 나풀대는 꼭대기와 식장용의 삼각형 테두리 및 일 백 개의 오색 테이프가 동떨어져 춤추는 그리고 도금 핀으로 그걸 찌른 막대 사탕 꼴 산모(山帽) 그녀의 눈을 경탄하게 하는 부엉이 유리의 원근안경. 그리고 태양이 그녀의 수포용모(水泡容貌)의 피모(皮毛)를 망가트리지 않게 하는 어망(漁網)의 베일. 그녀의 향현(響絃) 늘어진 귓불을 지착(枝着)하는 포테이토 귀걸이. 그녀의 입방체의 살갗 양말은 연어로 반점철(斑點綴)되었나니. 그녀는 빨아서 색이 빠지기 전까지 절대로 바래지지 않는 아지

랑이 수연색(水煙色) 캘리코 옥양목의 슈미즈를 자랑해 보였나니. 튼튼한 코르셋, 쌍, 그녀의 신선(身線)을 선곽(線廓)하나니. 그녀의 핏빛 오렌지의 니커보커 단 바지, 두 가랑이의 한 벌 하의, 자유분방의, 벗기 자유로운, 자연 그대로의 검둥이 즈로즈를 보였나니. 그녀의 까만 줄무늬 다갈색 마승투(馬乘套)는 장식 바느질되고 장난감 곰으로 봉제되고, 파상(波狀)의 골 플 견장 및 왕실 백조 수모(首毛)로 여기저기 꿰매져 있나니. 그녀의 건초 빗줄 양말대님에 꽂힌 한 쌍의 안연초(安煙草). 알파벳 단추가 달린 그녀의 시민 코르덴 상의는 두 개의 터널 벨트로 주변선결(周邊線結)되었나니. 각 주머니 바깥에 붙은 4펜스짜리 은화가 휘날리는 풍공(風攻)으로부터 그녀의 안전을 중량(重量)했도다. 그녀는 자신의 빙설산(氷雪山) 코를 세탁물 집게로 가로질러 집었나니 그리하여 그녀의 거품 이는 입속에 뭔가 괴물을 연방 으스러뜨리고 있었는지라, 그녀의 비연색(鼻煙色) 방랑자의 스커트의 가운 자락 강류가 그녀 뒤의 한길 따라 50아일랜드 마일 가량을 추주추주(追走趨走)했도다.

지옥종(地獄鐘), 내가 그녀(ALP)를 놓치다니 유감이라! 달콤한 행기(幸氣)여 그리고 아무도 기절하지 않았느니라! 그러나 그녀의 입의 하처? 그녀의 비갑(鼻岬)이 불타고 있었던고? 그녀를 본 자는 누구나 그 상냥한 꼬마 델리아[여신의 이름] 여인이 약간 괴상해 보인다고 말했는지라. 어머나, 맙소사, 웅덩이를 조심할지라! 아씨여, 선하고 제발 바보 이야기랑 말지라! 우스꽝스러운 가련한 마녀 마냥 그녀는 틀림없이 (숯)잡역을 해왔도다. 정말이지 그대가 지금까지 본 추례녀(醜禮女)! 소생(沼生)의 숭어 눈으로 그녀의 사내들을 배신하다니. 그리고 그들은 그녀를 자비 여왕으로 왕관 씌웠는지라, 모든 딸들이. 오월강(五月江)의? 그대, 아무렴! 글쎄 자신을 위해 자기 자신을 볼 수 없었으니. 나는 인지하거니와 그 때문에 그 애녀(愛女)가 자신의 거울을 이토(泥土)했도다. 그녀 정말 그랬던고? 나를 자비(慈悲)소서! 거기 가뭄 해갈해탈(解渴解脫)하는 호외노동자단(戶外勞動團)의 코러스(합창)가 있었으니,

209. 쌍말로 마구 떠들어대며 그리고 담배를 질겅질겅 씹으면서, 과일에 눈 길을 돌리며 그리고 꽃 키우면서, 그녀 머리카락 화사(花絲)의 파동과 유동을 관조하면서, 북부 나태자[리피강의 북벽 이인화]의 벽정(壁井) 위에,

주카 요크 주점[더블린 소재] 곁에 지옥의 회주간(火週間)을 낭비하거나 임대하면서 그러자 모두들 그녀가 동초(冬草)의 잡초를 몸에 묻히고 저 해변도 곁을 곡류(曲流)하는 것을 보고 그녀의 부주교(副主敎)의 본네트 아래 있는 자가 누구인지를 알아차리자마자, 이본데일[파넬의 출생지]의 물고기 인고 클라렌스[강 명]의 독(毒) 인고, 상호 사초담(私草談)하는지라, 목발 짚은 기지자(機智者)가 마스터 베이츠에게. *우리 두 남구동료(南龜同僚) 사이의 이야기 그리고 그들은 쑥 돌을 데우고 있었나니, 또는 그녀의 얼굴은 정형미안술 받았거나 아니면 알프(Alp)는 마약중독이로다!*

그러나 도대체 그녀의 혼잡배낭 속의 노획물은 무엇이었던고? 바로 그녀의 복강 속의 복야자주(複椰子酒) 혹은 후추 항아리에서 쏟은 털 후추? 시계나 램프 그리고 별난 상품들. 그리고 도대체 그녀는 그걸 어디서 천탈(天奪)했던고? 바로 전쟁 전 아니면 무도 후? 나는 근저에서 신선한 색물(索物)을 갖고 싶도다. 나는 턱수염에 맹세하지만 그건 밀어(密漁)할 가치가 있는 것임에 틀림없나니! 자 얼른 기운을 낼지라, 어서, 어서! 그건 정말 착한 늙은 개(천) 자식이라! 내가 소중한 것을 당신한테 말하기로 약속하도다. 그런데 글쎄 대단한 것 아닐지도 모르나니. 아직 약속어음을 가진 것도 아닌 채. 진실을 내게 털어놓으면 나도 당신한테 진짜 말할지라.

[ALP의 자식들에게 선물 배달을 위한 외출] 글쎄, 동그랗게 파상면(波狀綿)으로 동그란 링처럼 허리띠를 동그랗게 두르고 그녀는 또닥또닥 종종걸음으로 달리며 몸을 흔들며 옆걸음질하나니, 덩굴 풀 짙은 좁다란 소지를 통하여 그녀의 표석을 굴리면서, 이쪽 한층 마른 쪽에 가식수초(可食水草)와 저쪽 한층 먼 쪽에 야생의 살 갈퀴, 이리 치고, 저리 몰고, 중도(中道)가 어느 것인지 또는 그것을 부딪쳐야 할지를 어느 것도 알지 못한 채, 물오리를 타는 사람처럼, 그녀의 병아리 아이들에게 온갖 소리를 재잘거리면서, 마치 창백하고 나약한 애들이 외쳐대는 소리를 엿들은 산타클로즈 마냥, 그들의 꼬마들 이야기를 들으려고 귀 기울이며, 그녀의 두 팔로 이소라벨라[호수의 섬 이름]를 감돌면서…… 거머리처럼 들어붙었다 화살처럼 떨어졌다, 달리면서, 이어 불결한 한(漢)의 손을 침으로 침 뱉어 목욕시키나니, 그녀의 아이들 모두에게 각자 한 개씩의 크리스마스 상자를 가지고, 그들이 어머니에게 주려고 꿈꾸었던 생일 선물을, 그녀는 문간에 비치(飛置)했느니라! 매트 위에, 현관 곁에 그리고 지하실 아래. 소천

자(小川者)들이 그 광경을 보려고 전주(前走)하나니, 빤질빤질한 사내놈들, 장난꾸러기 계집애들. 전당포에서 나와 (연옥의) 불길 속으로. 그리하여 그녀 주변에 그들 모두, 젊은 영웅들과 자유의 여걸들, 그들의 빈민굴과 분수 우물로부터, 구루 병자들과 폭도들이, 총독 부인의 조기(朝期) 접견식에 도열하는 스마일리[더블린 남부 소년원] 아원아(兒園兒)들 마냥. 만만세, 귀여운 안 울(鬱)! 아나 만세, 고귀한 생을! 솔로 곡을 우리에게 들려줄지라, 오, 속삭일지라! 너무 즐거운 이탈리아! 그녀는 정말 멋진 음질(音質)을 가졌지 않은고! 그녀를 상찬하며 그리고 그녀에게 약간의 갈채를 보내면서……

210. 또는 그녀가 훔친 자신의 쓰레기 부대 속, 막다른 골목에서 몸소 낚아채고, 그녀의 활족식(活足式)의 왕실로부터 하사 받은 빈민 상품, 증답용(贈答用)의 초라한 기념품과 쓰라린 기억의 잡동사니, 자신이 손 뻗어 훔쳐 낸 온갖 정성품들에 조소를 보내나니, 역겨운 놈들과 구두 뒤축 좇는 놈들, 느림보와 혈기탕아, 그녀의 초탄(初誕) 아들들과 헌납공물의 딸들, 모두 합쳐 1천 1(1001)의 자(子)들[ALP의 아이들—재생의 숫자—이하 그녀의 선물들], 그리고 그들 각자를 위한 고리 버들 세공 속의 행운 단지. 악의와 영원을 위하여. 그리고 성서에 입마추도다. 집시 리(Lee)를 위한 그의 물주전자 끓일 땜장이 술통 한 개와 손수레 한 대, 근위병 추미를 위한 부추 넣은 닭고기 수프 한 통, 실쭉한 팬더의 심술궂은 조카를 위한, 신기하게도 강세의, 삼각 진해제(鎭咳劑) 한 알, 가엾은 삐코리나 페티트 맥파레인를 위한 감기약과 딸랑이 그리고 찔레꽃 뺨, 이사벨, 제제벨과 르윌린 무마리지[인물들]를 위한 바늘과 핀과 담요와 정강이의 조각 그림 맞추기 장난감, 조니 워커 백을 위한 놋쇠 코와 미정련(未精鍊)의 벙어리장갑, 케비닌 오디아를 위한 종이 성조기, 퍼지 크레이그를 위한 칙칙폭폭 및 테커팀 톰비그비를 위한 야진(夜進)의 야생토끼, 골목대장 헤이즈와 돌풍 하티건을 위한 오리발과 고무 구두, 크론리프의 자랑거리, 수사슴 존즈를 위한 방종심과 살찐 송아지, 스키비린 출신 바알을 위한 한 덩어리 빵과 아버지의 초기 야망; 볼리크리[더블린의] 남아, 래리 더린을 위한 유람 마차 한 대; 테규 오프라내건을 위한 정부용선(政府用船)의 배 멀미 여행……

211. 망토 걸친 사나이를 위한 급성 위장염, 드래퍼와 딘을 위한 성장(星章) 붙은 가터 훈장, 도깨비—불과 선술집의—바니를 위한 그들의 신주(辛酒) 감의 노블 사탕 건대 두 자루, 올리버 바운드를 위한 논쟁의 한 방법, 소(少)로 사료되었던, 소마스를 위한, 자신이 대(大)로 느끼는 크라운 한 개, 경쾌한 트윔짐을 위한 뒷면에 콘고즈우드의 십자가가 새겨진 티베타인 화폐의 산더미, 용자 브라이언을 위한 찬미 있을 지어다 그리고 내게 며칠의 여가를 하사하실 지어다 올로나 레나 막달레나를 위한 풍족한 정욕과 함께 5페니 어치의 연민, 카밀라, 드로밀라, 루드밀라, 마밀라를 위한 한 개의 양동이, 호스티를 위한 발라드(속요)의 구멍 한 개, J.F.X.P. 코펑거를 위한 두 다스의 요람, 태어난 황태자를 위한 펑 터지는 10파운드 포탄 10발과 함께 황녀(皇女)를 위한 불발 폭죽 5발, 저쪽 재 구덩이 너머의 매기를 위한 평생 지속의 피임구, 러스크에서 리비언배드[더블린]까지 사공(沙工) 페림을 위한 대비(大肥) 냉동육 여인, 돈 조 반스를 위한 석냉(石冷) 어깨 근육, 오노브라이트 줄타기 창부를 위한 자물통 마구간 문(門), 빌리 던보인을 위한 대고(大鼓), 아이다 아이다를 위한 범의성(犯意性) 황금 풀무, 나 아래서 나를 불 불지라, 그리고 실버(銀)는—누구—그이는—어디에?를 위한 자장자장가의 흔들의자,

212. 축제 왕[민요 제작자 페스티 킹의 암시]과 음란(飮亂)의 피터와 비란(飛亂)의 쇼티와 당밀의 톰과 O.B. 베헌과 흉한 설리와 마스터 매그러스와 피터 클로런과 오텔라워 로사와 네론 맥퍼셈과 그리고 누구든 뛰놀아 다니는 우연히 마주치는 자를 위한 위네스 맥주 또는 예네시 주(酒), 라겐 주 또는 니겔 주, 기꺼이 꿀꺽꿀꺽 튀기며 멱 감기 좋아하는 것은 무엇이든, 그리고 셀리나 서스큐한나 스태켈럼을 위한 돼지 방광 풍선, 그러나 그녀는 프루다 워드와 캐티 캐널과 페기 퀼티와 브라이어리 브로즈나와 티지 키어런과 에너 래핀과 뮤리얼 맛시와 쥬산 캐맥과 멜리사 브배도그와 플로라 고사리와 포나 여우—선인(善人)과 그레트너 그리니와 페넬롭 잉글산트와 레시아 리안처럼 핡는 레쯔바와 심파티카 소헌과 함께 롯사나 로헌과 유나 바이나 라뗴르자와 뜨리나 라 메슴과 필로메나 오파렐과 어마크 엘리와 조제핀 포일과 뱀 대가리 릴리와 쾌천(快泉) 로라와 마리 자비에르 아그네스 데이지 프랑세스 드 쌀 맥클레이에게는 무엇을 주었던고?

맙소사, 하(何)토록 백 가득히![선물] 빵 가게의 진(塵)한 다스와 10분의 1세(稅)와 덤으로 더 얹어 주다니. 그건 말하자면 허황스러운(터브 통〔桶〕의) 이야기가 아닌고! 그런데 그거야말로 하이버이언 시장(市場)! 그따위 모든 것, 크리놀린 봉투 아래의 것에 불과한지라, 만일 그대가 저 돈통(豚桶)의 봉인을 감히 찢어 버린다면. 그들이 그녀(ALP)의 독염병(毒染病)으로부터 도망치려 함은 무경(無驚)이도다. 청결의 명예에 맹세코, 당신의 허드슨 빨래 비누를 이리로 좀 던지구려! 글쎄 물에 극미(極味)가 남아 있는지라. 내가 그걸 도로 옛목 떠내려 보낼지니, 제일 먼저 마안 조강(朝江)에. 저런 어쩌나! 아이, 내가 당신한테 차수입(借手入)한 표청분(漂靑粉)을 잊지 말지라. 소용돌이 강류가 온통 당신 쪽에 있나니. 글쎄, 만일 그렇다면 그게 모두 내 잘못이란 말인고? 그렇다면 누가 그게 모두 당신 잘못이라 했던고? 당신은 약간 날카로운 면이 있는지라. 나는 아주 그런 편이도다. 코담배 봉지가 내 쪽으로 떠내려 오다니, 그건 그(HCE)의 성직복에서 나온 추광물(醜狂物)이요, 그녀의 작년 에스터 자매 소지선화(沼池仙花; marsh narcissus)[애인들의 암시]를 가지고 그로 하여금 그의 허영의 시장을 재(再)공념불하게 했도다. 그(HCE)의 붉은 인디언 속어로 된 성서의 오편(汚片)을 나는 읽고 있는지라, 지껄 페이지에 그려진 금박 제에 깔깔 웃음으로 낄낄했나니. [역자의 언급에 그녀는 자신이 읽은 책들의 하나를 상기시키며, 놀랍게도 중세 이탈리아어로 인용한다.] 「창세기」 *하느님 가라사대, 인간을 있게 하라! 그리 하야 인간 있었나니. 호! 호! 하느님 가라사대, 아담을 있게 하라! 그리 하야 아담 있었나니. 하! 하! 그리하여* [앞서 마셔 도서관과 연관하여 거기 소장된 작품들의 타이틀들] *윈더메어의 호반 시인*

213. 그리고 러파뉴(세리단)의 *낡은 마차 정류장 곁의 집 그리고 밀(Mill)(J)의 여인*에 관하여, *플로즈 강의 동상(同上)*과 함께. 그래, 물방앗간 주인에게는 한 개의 늪을 그리고 그의 플로즈 강을 위하여 한 개의 돌멩이라! 나[빨래하는 여인]는 그들이 그의 풍차 바퀴를 얼마나 날쌔게 동주(動走)하는지 알도다. 내 두 손이 위스키 술과 소다수 사이에 마치 저 아래 놓인, 저기 저 모도자기(模陶瓷器) 조각처럼 청냉(淸冷)한지라. 아니 어디 있는고? 지난번 내가 그걸(비누) 보았을 때 사초 곁에 놓여 있었나니. 맙소사,

나의 비애여, 난 그걸 잃고 말았도다! 아아 비통한지고! 저 혼탄수(混炭水) 때문에 누가 그걸 볼 수 있담? 이토록 가까운데도 저토록 멀다니! 그러나 오, 계속 할지라! 나는 사담(詐談)을 좋아하나니. 나는 재삼재사 더 많이 귀담아 들을 수 있도다. 강 파하(波下)에 비(雨) 날벌레가 부평초 구실을 하나니. 이 후담(厚談)이 유아(唯我)에게는 인생이라.

〔어둠이 내리자, 강은보다 큰 소리가 되고, 반대편의 아낙들은 서로 잘 보지도 들을 수 없다.〕 글쎄, 당신은 알고 있는 고 아니면 당신은 보지 못하는 고 아니면 모든 이야기는 자초지종이요 그것의 남녀자웅임을 내가 말하지 않았던고. 봐요, 볼지라, 땅거미가 짙어 가고 있도다! 나의 고지(枯枝)들이 뿌리를 내리고 있나니. 그리고 나의 차가운 뺨 좌(座)가 회봉(灰逢)으로 변해 버렸는지라. 피루어(何時)? 피로우(악당 같으니)? 〔특히, 조이스가 이 에피소드에 적용한 이야기에서처럼, 한 여인은 고함치고, 다른 이는 오해하는지라: "한 프랑스 인이 라인 강을 가로 질러 독일 말로, Filou! Filou!하고 고함치자, 독일인은 "Wievie Uhr(하시)"으로 곧이들었다.〕 그가 "히시? 시간이 당장 늦었도다. 나의 눈 아니면 누군가가 지난번 워터하우스의 물시계를 본 이래 지금은 무한이라. 그들이 그걸 산산 조각 내 버렸나니, 나는 모두들 한숨짓는 소리를 들었도다. 그럼 언제 그들은 그걸 재(再) 조합할 것인고? 오, 나의 등, 나의 배후(背後), 나의 배천(背川)이여! 나는 아나(A)—의(L)—계천(溪川)(P)에 가고 싶도다. 핑퐁(탁구)! 육시만도(六時晚禱)의 미종(美鐘) 종소리가 울리나니! 그리고 춘제(春祭)의 성태(聖胎)가! 꽝(痛)! 옷가지에서 물을 종출(鐘出)할지라! 이슬을 종입(鐘入)할지라! 성천(聖泉)이여, 소나기를 피하게 하옵소서! 그리고 모두에게 은총을 하사하옵소서! 아멘(기남: 祈男) 우리 여기 그걸(옷가지) 지금 펼칠 건고? 그래요, 우리 그렇게 할지라. 펄럭! 당신 쪽 둑에다 펼쳐요 그리고 내 것은 내 쪽에다 펼칠 테니. 펄럭! 난 이렇게 하고 있도다. 펼칠지라! 날씨가 냉전(冷轉)하고 있도다. 바람이 일고 있나니. 내가 호스텔 이불(시트)에 돌멩이를 몇 개 눌러 놓을지라. 신랑과 그의 신부가 이 시트 속에서 포옹했나니. 그렇잖으면 밖에 내가 물 뿌리고 그걸 접어 두기만 했을 터인즉. 나의 푸주인의 앞치마는 내가 여기 묶어 둘 지로다. 아직 기름기가 있나니. 산적(散賊)들이 그 곁을 지나갈지라, 슈미즈 6벌, 손수건 10개. 9개는 불에다 말리고 이것은 빨랫줄에다, 수도원의 냅킨 12장, 아기용

의 숄이 1장. 요셉은 선모(仙母)를 알도다, 그녀가 말했나니. 누구의 머리! 투덜대며 코 골다니? 숙정(肅靜)! 그녀의 아이들은 지금 모두 하처에, 글 쎄? 지나간 왕국 속이 아니면 다가올 권력 아니면 그들 원부(遠父)에게 영 광 있을지라. 모든 리비알, 충적(沖積) 루비알! 혹자는 여기, 다자(多者)는 무다(無多)라, 다시 다자는 전거(全去) 이방인. 나는 저 샤논 강의 똑같은 브로치가 스페인의 한 가족과 결혼했다는 이야기를 들었도다. 그리고 브 렌던 청어 연못 건너편 마크랜드 포도 주토(酒土)에 던즈의 던 가(家)가 모 두 양키 모자 9호를 쓴 비고자(鼻高者)들이라. 그리고 비디의

214. 덤불 참나무 묵주 한 개가 강을 따라 둥둥 떠내려갔나니 마침내 배철러 의 산책로 저편 성급(性急)공중변소의 주(主) 배수구의 옆 분류에 금잔화 한 송이와 구두장이의 한 자루 초와 함께, 소실작야(消失昨夜) 맴돌고 있었 도다. 그러나 전착(前着)된 세월의 동그라미 흐름과 그사이 미거 가(家) 및 가족 바지를 상속받은 토머스 미거 가의 최후자에게 남은 것이라고는 통 틀어 무릎바디 버클 한 개와 앞쪽 바지 부분의 고리 두 개 뿐이었나니. 그 래 그런 이야기를 이제 한단 말인고? 나는 충진실(忠眞實) 그러한지라. 지 구와 그 가련한 영령들에 맹세코! 글쎄, 과연, 우리들은 모두 그림자에 불 과하나니! 글쎄 정말, 당신은 그것이, 거듭 그리고 거듭, 범람하듯 몇 번 이고 타안(打岸)되는 걸 못 들었단 말이고? 당신은 들었나니. 그대 과연! 나는 못 들었는지라, 필부(必否)! 나는 귀에다 틀어막고 있나니, 그건 솜뭉 치로다. 최소 음까지도 거의 막고 있다니까. 오 과연! 그대 뭐가 잘못됐는 고? 저건 저기 맞은편에 기고만장 말을 탄 자신의 동상 위에 가죽조끼 기 모노 입은 위대한 핀 영도자 자신이 아닌고? 최상강부(最上江父), 그건 바 로 그 자신이도다! 그래 저쪽! 그래요? 팰러린 컴먼 경마장 위의? 당신은 지금 애스틀리의 야외 곡마 서커스 장을 생각하고 있나니, 그런데 그곳에 그 순경이 폐퍼 가(家)의 그 환영백마(幻影白馬)에게 당신이 사탕 뾰루통(샐 쭉)을 주는 걸 억제시켰도다. 당신의 눈에서 거미줄을 걷어 낼지라. 여인 이여, 그리고 당신의 세탁물을 잘 펼칠지라! 내가 당신 같은 채신없는 여 자를 알다니 정말이지! 펄럭![옷가지 바람 소리] 무주(無酒)의 아일랜드는 지독(持毒)한 아일랜드로다. 주여 당신을 도우소서, 마리아, 기름기에 저 들인 채, 무거운 짐[세탁 물]은 나와 함께하소서! 당신의 기도. 나는 그렇

게 생각했나니. 마담 안커트 세부(洗婦)여! 당신은 음주하고 있었나니, 우리에게 말할지라, 이 철면피여, 콘웨이의 캐리가큐라 향천주점(香泉酒店)에서? 내가 무얼 어쩌고, 이 재치 없는 할망구? 폴럭! 당신의 걷는 뒷모습은 마치 그레꼬로망(라희랍; 羅希臘) 루마티스에 걸린 암캐 같지만 엉덩이(돌쩌귀)가 잘 맞지 않도다. [류마티즘 환자이기에] 성 마리아 알라꼬끄(總鷄)여, 나는 습한 새벽이래, 부정맥(不整脈)과 정맥노장(靜脈怒張)에 고통하며, 나의 유모 차축에 충돌되어, 경세(傾勢)의 앨리스 재인과 두 번 차에 친 외눈 잡종 개와 함께, 보일러 걸레를 물 담그고 표백하면서, 그리고 식은땀을 흘리며, 나 같은 과부가, 세탁부요, 나의 테니스 챔피언인 아들에게 라벤더 색 플란넬 바지를 입히기 위해, 기동(機動)하지 않은고? 당신은 그 쉰 목소리의 기병들로부터 연옥치(煉獄恥)를 획득했나니 그때 당신은 칼라와 옷소매 백작이 도회의 세습자가 되고 당신의 오명(汚名)이 칼로우에 악취를 뿜겼는지라. 성 스카맨더 천(川)이여, 나는 그걸 다시 보았도다! 황금의 폭포 근처에. 우리들 위에 이씨스(여신)여! 빛의 성자들여! 저기 볼지라! 당신의 소음을 재발 잠복하게 할지라, 그대 지천(遲賤) 인간이여! 저건 혹 딸기 수풀 인고 아니면 저들 네 괴노(怪老)들이 소유한 회록(灰綠)의 당나귀 이외에 무엇인고. 당신은 타피 및 라이언즈 및 그레고리를 명의(名儀)하고 있는고? 이제 내 뜻은, 만사(萬謝), 저들 4명의 자들, 그들의 노호, 안개 속에 저 미랑자(迷浪者)를 쫓는 그리고 그들과 함께 한 늙은 조니 맥도걸[4노인들 중 하나]

215. 저건, 필연 먼, 피안의 풀벡 등대 불 인고, 아니면 키스트나 근처 연안을 항해하는 등대선 인고 아니면 울타리 속에 내가 보는 개똥벌레 불빛 인고 아니면 인도 강(江) 제국에서 되돌아온 나의 갈리 인고? 반달이 밀월할 때까지 기다릴지라, 사랑이여! 이브(저녁)여 사라질지라, 귀여운 이브여, 사라질지라! 우리는 당신의 눈에 저 경이(驚異)를 보나니. 우리는 다시 만날지라, 그리고 한 번 더 헤어질 것인지라. 당신이 시간을 발견하면 나도 장소를 구할지라. 푸른 유성(乳星)이 전도(顚倒)한 곳에 나의 성도(星圖)가 높이 빛나고 있나니. 그럼 이만 실례, 나는 가노라! 빠이빠이! [두 아낙들의 헤어짐] 그리고 그대여, 그대의 시계를 끄집어낼지라. 나를잊지말지라(물망초) 당신의 천연자석(天然磁石; 이브로드) 여로(旅路; 우나 강)의 끝까

지 하구(賀救: 세이브)하소서! 나의 시경(視景)이 이곳으로 그림자 때문에 한층 짙게 난영(亂泳)하고 있는지라. 나는 나 자신의 길, 모이 골짜기 길을 따라 지금 천천히 집으로 돌아가도다. 나 역시 갈 길로, 라스민. 〔더블린의 지역 명〕〔여기 여인들은 서로 헤어진다.〕

〔이하 구절은 HCE와 ALP에 관한 것〕

아하, 하지만 그녀는 어쨌거나 괴 노파였나니, 아나 리비아, 장신구발가락! 그리고 확실히 그(HCE)는 무변통(無變通)의 괴노남(怪老男), 다정한 (D) 불결한(D) 덤플링(D), 곱슬머리 미남들과 딸들의 수양부. 할멈과 할아범 우리들은 모두 그들의 한 패거리 나니. 그는 아내 삼을 일곱 처녀를 갖고 있지 않았던고? 그리고 처녀마다 일곱 목발을 지니고 있었나니. 그리고 목발마다 일곱 색깔을 가졌는지라. 그리고 각 색깔은 한 가닥 다른 환성을 지녔도다. 내게는 군초(群草) 그리고 당신에게는 석식(夕食) 그리고 조 존에게는 의사의 청구서. 전하(前何)! 분류(分流)! 그는 시장녀(市場女)와 결혼했나니, 안정(安情)하게, 나는 아나니, 어느 에트루리아〔옛 이탈리아 서부 나라〕의 가톨릭 이교도 마냥, 핑크 색 레몬 색 크림색의 아라비아의 외투에다 터키 인디언(남색) 물감의 자주색 옷을 입고. 그러나 성 미가엘 축제에는 누가 배우자였던고? 당시 있었던 모두는 다 아름다웠나니. 쉿 그건 요정의 나라(노르웨이)! 충만의 시대〔모든 것이 아름답던 과거〕 그리고 행운의 복귀(福歸). 동일유신(同一維新). 비코의 질서 또는 강심(强心), 아나(A) 있었고, 리비아(L) 있으며, 풀루라벨(P) 있으리로다. 북구인중(北毆人衆) 집회가 남방종족(南方種族)의 장소를 마련했나니 그러나 얼마나 다수의 혼인복식자(婚姻複殖者)가 몸소 각자에게 영향을 주었던고? 나를 라틴어역(語譯)할지라, 나의 삼위일체 학주(學主)여, 그대의 불신의 산스크리트어에서 우리의 아일랜드어로〔게일어〕! *에브라나(더블린)의 산양시민(山羊市民)이여!*〔HCE의 암시〕 그는 자신의 산양 젖꼭지를 지녔나니, 고아들을 위한 유방(柔房)을. 호 주여! 그의 가슴의 쌍둥이. 주여 저희를 구하소서! 그리고 호! 헤이? 하(何) 총남(總男). 하(何)? 그의 종알대는 딸들의. 하매(何鷹)?

〔아낙들의 나무와 돌로의 변신〕들을 수 없나니 저 물소리로. 저 철렁대는 물소리 때문에. 횡횡 날고 있는 박쥐들, 들쥐들이 찍찍 말하나니. 이

봐요! 당신 집에 가지 않으려오? 무슨 톰 말론? 〔상대 아낙내의 멀어지는 소리에 여기 오도된 여인의 질문은 『더블린 사람들』의 「작은 구름」의 주인공 꼬마 톰 챈들러의 암시, 그녀는 멀리 잘 듣지 못한다.〕 박쥐들의 찍찍 때문에 들을 수가 없는지라, 온통 피신(彼身) 리피의 물소리 때문에. 전고(쥿古), 우리를 화구안보지(話救安保持)소서! 나의 발이 동(動)하려 않나니. 난 저변 느릅나무 마냥 늙은 느낌인지라. 손이나 또는 셈에 관한 이야기? 모두 리비아의 아들딸들. 검은 매들이 우리를 듣고 있도다. 밤! 야(夜)! 나의 전고(쥿古)의 머리가 락인(落引)하도다.

216. 나는 저쪽 돌 마냥 무거운 기분이나니. 존이나 또는 숀에 관해 내게 얘기할지라? 살아 있는 아들 셈과 숀 또는 딸들은 누구였던고? 이제 밤! 내게 말해요, 내게 말할지라! 내게 말해 봐요, 느릅나무! 밤 밤! 나무줄기나 돌에 관해 담화할지라. 천류(川流)하는 물결 곁에, 여기저기찰랑대는 물소리의. 야(夜) 안녕히!

더블린의 오코넬 중심가의 아나 리비아 플루라벨 상:

1991년 더블린 시 정도(定都) 1,000년 및 조이스의 『피네간의 경야』를 기념하여 시 당국이 세움: "그녀의 의상은 물결처럼 비치고 손과 발 그리고 머리카락은 물 흐르듯 유연하다."

제II부

제II부 1장

아이들의 시간

【개요】 제I부의 첫째 장에서, 선술집 주인 HCE의 아이들이 해거름에 주점 앞에서 "믹, 닉 및 매기(魔鬼)의 익살극" (219.18~19)이라는 경기를 하며 놀고 있다. 조이스는 1930년 11월의 하리에트 쇼 위버와의 한 통신에서 그의 취지를 설명하기를, "내가 보낸 단편의 계획은 우리들이 「천사들과 악마들 또는 색깔들」이라 부르는 게임이오. 소녀들은 천사인, 숀 뒤에 그룹을 짓고 있으며, 악마가 3번 다가와, 색깔을 묻지요. 만일 그가 묻는 색깔이 어느 소녀에 의해 선택받으면, 그녀는 도망가야하고, 그는 그녀를 붙들려고 애를 쓰지요."(「서간문」I.295) 조이스는 또한, 그의 편지에서 자신은 영어의 노래 게임들로부터 택한 음률들로 장을 매웠다고 지적했다.

이 경기에서 셈과 숀이 글루그와 추프의 이름으로 소녀들의 환심을 사기위해 싸운다. 경기는 아이들에 의하여 번갈아 극화된다. 이 경기에서 글루그(셈)는 애석하게도 패배하는데, 그는 장 말에서 추프(숀)에게 복수의 비탄시를 쓰겠다는 원한과 위협을 지니며 후퇴한다. 아이들은 저녁 식사를 하고 이어 잠자도록 집 안으로 호출된다. 잠자기 전에 다시 그들의 한 바탕 놀이가 이어지고, 이내 아버지의 문 닫는 소리인, 6번째 천둥 소리에 모두 침묵한다.

이 장은 환상 속의 환상의 이야기로서, 아이들의 놀이는 글루그(셈―악마―믹)와 추프(숀―천사―매기) 간의 전쟁의 형태를 띤다. 그러나 그들의 싸움의 직접적인 목적은 그들의 누이동생 이씨(이찌)의 환심을 사는 데 있다. 그 밖에 프로라(28명의 무지개 소녀들이요, 이씨의 친구들의 변형)를 비롯하여 HCE와 ALP, 주점의 단골손님들(12명의 시민들), 손더손(바텐더) 및 케이트(파출부) 등이 등장한다. 글루그는 3번의 수수께끼(이씨의 속내의의 빛깔을 맞추는 것으로, 답은 '헬리오트로프'―굴광성 식물의 꽃 빛 또는 연보라 색)를 맞추는 데 모두 실패하자, 그때 마다 무지개 소녀들이 추프의 편을 들며, 춤과 노래를 부르고 그를 환영한다. 이처럼 이 익살극은 글루그와 추프의 형제 갈등을 일관되게 다루고 있지만, 그러나 장말에서 그들은 서로 화해의 기도를 드림으로써 종결된다.

이들 질문들 사이에 글루그의―망명자, 작가 및 자기 옹호자로서―이러 저러한 형태의 다양한 실패들이 묘사된다. 수수께끼를 답하는 글루그의 두 번째 시도 다음으로, 조이스가 좋아하는 프랑스의 시인이요 역사가인, 에드가 퀴네로부터의 구절이 무지개 소녀들의 노래 속에 포함된다. 상술한 하리에트 쇼 위버에게 한 한 편지에서(「서간문」 I.295), 조이스는 설명하기를, "그 (글루그/셈)가 두 번째 좌절되자, 소녀 천사들은 손(추프) 둘레에서 자유의 찬가를 노래한다오. 동봉한 페이지는 에드가 퀴네로부터의 아름다운 문장의 또 다른 각본이요, 이를 나는 이미 「트란시옹」에서 개조했소. 퀴네는 말하기를, 카르타고, 뉴만시아 등의 폐허에 핀 야생화들은 제국의 정치적 흥망성쇠 다음까지도 계속 핀다는 거요. 이 경우에서 야생화들은 아이들의 노래라오."(조이스의 패러디는 『피네간의 경야』의 3다른 구절들에서 나타난다, 14.35~15.11. 281. 4~15. 615.2~5). 익살극 속에 짜여진 것은 이어위커의 부활과 ALP의 그를 용서하려는 의지의 주제들이다(240.5 ~ 243.36). 익살극이 종말에 달하자, "커튼이 내리고"(257.31~32), 아이들이 잠자려가기 전 그들들의 기도로서 장은 종결된다.(258.25~259.10)

이 장은 특별히 즐거운 장인지라, 아마도 그것의 이야기 줄거리가 간단하고 글루그의 망명의 많은 세목들이 조이스 자신의 생애에 기초하고 있기 때문이다. 이 장은 굴광성과 다른 색깔들 및 꽃들에 대한, 천사들과 악마들에 대한, 수수께끼에 대한, 그리고

『피네간의 경야』의 모든 중요 주제들에 대한, 언급들로 충만하다. 이 장의 조심스러운 탐사는 프로이트 인들에 대한 흥미의 많은 세목들을 노정할 것인바, 그것은 글루그의 모든 문제들이 태어나는 외상적(外傷的) 경험의 파생을 암시하는 구절을 포함하기 때문이다. 『피네간의 경야』에 있어서 서술적 진전의 넓은 유형을 이해하기 위하여, 그러나 한층 중요하게도 여기 아이들은 그들의 양친들로부터 물러 받기 시작한, 그들의 생활과 죄들을 취미를 가지고 재연하거나 토론한다. 더 젊은 세대에 관한 강조는 다음 몇 장들에서 계속되거니와, 그들은 제I부 3장에서 부친의 의식살해(儀式殺害)와 제I부 4장에서의 그의 대치로 인도한다.

[본문 시작]

219. 〔이 장은 매일 초저녁 점등시(點燈時) 정각 및 차후고시(此後告示)까지 피닉스 유료야유장(有料夜遊場)(체플리조드 거리의)에서 공연되는 연극의 발표로서 시작한다. 여기 연극의 제목은 *믹, 닉 및 매기(魔鬼; 유혹녀들)의 익살극*이다. 입장료: 꼬마 방랑자에게는 야생 사과 한 개, 상류 인사에는 1실링. 연극은 주역인, 성 제네시우스 아치미머스(Genesius Archimimus)(하느님 자신)의 축복과 더불어, 4노인들의 특별 후원 하에, 시저—최고—두령(頭領; 아버지)이 후견하는 동안, 공연된다. 이는 여왕의 총역남(總役男)과 국왕의 기성자(奇聲者)들 앞에, 그리고 사면기사(四面記事; 4타블로이드)로 쓴, 켈틱헬레닉튜토닉스라빅젠드라틴산스크리트(튜토닉—스라빅—젠드—라틴)음영대본(音影臺本)으로, 7대해(大海)의 방송운(放送雲)에 의한 무선송신으로 방송된다.〕

이하 배역.

(1) 글루그(Glugg; 솀): 이야기책의 대답, 다악(多惡), 다황(多荒)의 사내

220. (2) 플로라스(Floras): 신부 수업 학원 출신의 걸스카우트들, 예쁜 처녀들의 1개월 뭉치, 모두 28명, 경호 자들

(3) 이조드(Izod; 이씨): 뷰티 스폿 사마귀 양(讓), 거울 속의 그녀의 감아(感雅)의 자매 반사 물에 의해서 접근된 마법적 금발 녀. 글루그를 차버린 뒤, 추프에 의해 숙명적으로 매료되다.

(4) 추프(Chuff; 숀): 동화에 나오는 솔직한 동발자(童髮者)인, 그는 쌍둥이 형제 글루그와 함께 경쟁하나니, 쌍쌍적인지라, 그리하여 마침내

그들은 그 밖의 또는 다른 혹자의 유형을 예시하도다. 그들은 "탈운(脫運)되어, 운반되어, 잘 비누칠되고, 잘 스펀지 질 되어, 다시 아래 사람에 의해 세정(洗淨)되도다.

(5) 안(Ann; 미스 콜리 코리엔도): 그들의 작은 나이 많은 가련한 대리모, 그녀는 가부(家婦)인지라.

(6) 험프(Hump; 매이콜 곤 씨): 시계와 실크 모와 함께, 우리들의 모든 비애의 원인인지라, 그는 영구란(永久卵)에 기인된 최근의 탄핵으로부터 부분적으로 회복된 후, 세관 고객 숙소에서 환대에 종사하고 있었도다.

221. (7) 고객들(The Cusromers): 성인 신사들을 위한 성 패트리키우스 아카데미의 후과정(後課程)의 구성원들, 도보 여행 시민 대표 12인 1군(群), 각자 여인숙 탐색 외출, 여전히 홀짝홀짝 한층 더 대접 받도다.

(8) 숀더선(Saunderson): (크누트 올스빈거 군), 남자 하인, 약탈사제, 희롱조의 신진영향하(身震影響下)에 있나니.

(9) 케이트(Kate): 라킬 리아 바리안 양, 막간 동안 포크 속점(俗占)을 말하는지라, 요리녀―및―접시 세녀(洗女)

(10) 시간: 현재

(11) 소품 디자이너들, 기타. 미래파 단마(單馬) 그리고 낙뢰(落雷) 양씨(兩氏)에 의한 과거 역사의 패전트; 필름 진(陣)에 의한 영상; 창조 생명력에 의한 대사 일러주기; 마사(魔射), 마몽(魔夢), 대몽마(大夢魔) 및 신명(神命)에 의한 촬영. 이식목(移植木). 열암(裂岩). 신들 출신 흡연자에 의한 향연(크랙), 피트 석(席)의 화부(火夫)에 의한 탄사(歎詞).

222. 시작에서 우선, 매인(每人), 자기 자신(H)을 위하여, 공동의 기도로 시작하고. 출애굽(E)으로 종결(C) 짓나니, 카논(전착곡)에 의한 코러스(합창곡) 전체가 장엄한 변형 장면에 의한 후연기(後演技)를 위하여 끝맺음하는지라, 그리고 오오 복수의 희망이여, 날 저버리지 말지니. 마침내 클라이맥스의 캐터스트로피(대단원)의 정상장면(頂上場面), *턱수염의 산(山)*(포리퍼

머스[희랍신화의 외눈 거인]), 그리고 강은 유아실로 쾌주(快走)하다 (제단복[制
端服]의 처녀 족). 전(全) 고그마고그 거인주연주(巨人酒宴奏)들[전설적 거인
들], 각존(各尊)의 명의자(名義者)가 스스로 연출하는 것을 등한시한 결과
로서 생약(省諾)되리라 이해되는 부분들을 포함하여, 장엄한 변용 장면에
의한 후연기(後演技)를 위하여 끝맺음하는지라, 야투(夜妬) 및 조야(朝野)의
라듐 광사(鑛射)의 혼식(婚式)을 보여주며 그리하여 평결(平潔)의, 포(包)완
전한 그리고 평구(平久)스러운, 평화의 여명, 세계의 세노자(細勞者)를 선
각(先覺)하게 하도다.

[뒤따르는 요지(줄거리)]

츄프는 당시 한 천사였나니, 그의 칼이 마치 번개처럼(순식간에) 뻔쩍이
도다! 성 미카엘이여, 우리들을 전쟁에서 방어하소서. 십자가의 신호를
하소서. 애(愛)멘.

그러나 악마가 글루그 속에 있었나니. 그는 숨을 내뿜으며, 침 뱉으며,
맹렬히 저주하는지라. 나의 저주자여, 나로부터 영원의 불길 속으로 들어
가소서. 발과 발굽과 무릎 굽음의 행위들.

소녀들은 지분거리며 날아다니고 있었나니. 저 최초의 소녀다운 움직임
은 그들의 암시성에 있어서 얼마나 단편평화(斷片平和)스러웠던고.

223. 미리램(羊; 이), 그녀는 미중유의 모든 병성(病性)으로 고통 받고 있도
다. 그녀의 도움에도 불구하고, 저 허풍자(글루그)는 그녀를 붙들 수 없을
뿐만 아니라, 시트론넬리도(植), 에메랄드도, 자색협죽(植) 및 남색 인드라
도. 심지어 이들 4곱하기 7의 아가씨들도. 그러자 그이 앞에서 29팬터마
임 무녀들이 헬리오트로프 색깔(연보라색)을 무언극으로 나타내도다. 앞쪽
으로 몸을 곧추세우고, 다시 아래로 자유롭게, 그녀(이씨)의 등을 둥둥 북
치며, 그런데 (그들은 글루그에게 묻도다) 저건 무엇인 고, 헬리오트로프? 그
대 알아 마칠 수 있는고?

223.1. [그녀 — 이씨] 매리 슬충병(虱蟲病) 불침환자(不寢患者) 같으니! [조이
스 자매들의 이름의 결합] 만일 호고천사(弧高天使)가 더 이상 고의(故意)
의 고모(姑毛)의 고(孤)늑대의 교활(狡猾)로서 그의 번뇌양(煩惱羊)을 고약

(膏藥)치료할 수 없다면! 만일 오감 문자부(文字父)로부터 노주공제조합모(老酒共濟組合母)에 이르기까지 그녀의 농아(聾啞)벙어리의 알파(助)벳의 모든 공란절(空蘭節)의 옥새(玉璽)가 저 글루그로 하여금 그녀의 신부광희(新婦狂喜)의 온색(溫色)으로 그녀를 붙들 수 없다면! 장미 로즈도, 오렌지세 빌도, 뿐만 아니라 시트론넬리도 아니; 에메랄드도, 자색협죽(植) 및 남색(藍色)인드라도 아니; 심지어 보라(色) 바이오라도 그리고 4곱하기 7[28], 그들 모두의 아가씨들도.

그(글루그)는 한번의 축출로 곱드러졌도다.

223.15. 그들(28소녀들과 글루그)은 대면했나니 [대적했나니], 안면(顔面)과 안면 맞대고. 그들은 당면(當面)했나니, 역면(力面) 대 적면(赤面). 그리하여 미소 짓는 지빠귀 새의 그랜나스몰 계곡[더블린 산맥의]에서 백발의 패트릭이 찌푸린 얼굴의 오시안을 통과시킨 이래, 이토록 어떠한 코펜하겐― 마렌고 마(馬: 웰링턴의 말)도 그(글루그)의 추락을 위해 그토록 운명 지어진 적이 없었도다.

그러자 그들은 스스로 억제하도록 그에게 청하도다. 그는 체포되도다. 그리하여 그는 그의 쾌락자에게 (토끼)풀로부터 딴 그의 삼엽(三葉)을 내밀었느니라.
그는 묻도다,

223.23. "누구인고?" "고양이의 어미"라고 하나가 대답하도다.
그는 잠시 후 묻는지라. "그대 무엇이 부족한고?"
"여왕의 미모로다."
그러나 도대체 수수께끼에 대한 대답은 무엇인고?
적 악마(글루그) 자신의 두뇌가 붕붕 당혹해 한다. 그는 4요소들(4노인들)로부터 충고와 도움을 구한다. 그는 태양(마태)의 불로부터 도움을 찾는다. 그는 그(마가)에 관해 공기로부터 도움을 탐색한다. 그는 발아래 땅(누가) 위를 쳐다본다. 마침내 그는 코러스―라인을 뒤돌아보자, 거기 이씨(이슬데)가 홀로 너무나 (요한)란스럽게 농담 치고 있다. 그녀의 행위는 학교교육의 수치(스캔들)로다.

그(글루그)는 무언(당나귀)으로부터 한마디 말을 받지 못하자, 심지어 그로부터 영감을 구했도다. 그는 당시 난감했나니. 그는 어디론가 떠나기를 바랐도다. 그는 기다리는 동안, 4신사들(4노인들)이 슬퍼하기 바랐는지라, 여기 그는 4자들이 저주의 선물[대답]을 하사하기 바라도다.

223.27. 에게어떻게말할것인고 그건무었인고 그는 필시누구인고 그자(글루그)의 음향(音響). 암설(暗舌), 대칭법. 오 신위난(神危難)! 에티오피아 해박(該博), 가련한 허언(虛言). 그는 초가(草家)의 화패(火牌)(불)에 그것을 물었나니 그러나 그것은 매트 색(色)의 천국 속으로 침전(沈澱)되었도다. 그는 그것을 공기(空)로부터 탐색했으나 그것은 신호도 전언(傳言)도 없었나니. 그는 화개대지(花蓋大地; 땅) 위를 (누가)시(視)했으나 거기에는 단지 그의 곡물만 무성할 뿐이었느니라. 마침내 그는 코러스—라인을 이견(裏見)했으니, 거기 어찌 그녀는 홀로 참으로 요(한)란스럽게 농담 치고 있었도다.

224. [글루그는 4신사들에게 저주를 행하려고 어찌할 바 몰랐나니. 그리하여 그는 거기 슬퍼 주저앉았도다. 그는 자신이 구타페르카 수지(樹脂; 절연 용)였음을 진실로 느끼자 그 후 곧 자신이 탄성 고무였음을 내게 출몰하듯 우롱하고 있었도다…… 그는 (시주(屍呪)의) 존재를 (4신사들에게) 제공하기 위한 자신의 사지(思智)를 어찌할 바 몰랐나니. 그리하여 이것이 그가 의지(意志)하려 했던 것이로다. 그는 사계(四溪)를 오염했느니라; 그들은 내 던진 돌들을 발견했나니; 그들은 건독(乾毒)으로 병에 걸렸도다: 그리하여 그는 소육(燒肉)으로 대비지좌(大悲芝座)했던 것이로다.]

224.8. 거기엔 우리의 재미있는 판화(判話)가 (까닭이) 있느니라. [글루그는 부모로부터 떨어져 살았나니]

아 가련한 글루그여! 참으로 개탄할지라! 그의 늙은 세례반모(母)에 관해 너무나 슬픈지라, 그리하여 그가 자신의 언덕 아버지로부터 상속받은 모든 공포물이라니. 그는 그들의 꾸지람과 구타를 생각했도다. 그리고 그들의 싸움에 관해, 그는 자신의 잠재의식 속에 그의 어머니가 허튼 소리를 터트렸는지 어쩐 지를, 또는 그의 귀를 때린 조음(鳥音)이 단지 그의 핑계가 그녀를 납득시킨 것을 의미했는지 아닌지를, 거의 알지 못했도다. 그는 전적으로 공경에 빠졌는지라. 그는 그들의 꾸지람을 생각했도다:

224.10. 아 호! 이 가련한 글루그여! 그의 늙은 세례반모(洗禮盤母)에 대해 그건 그야말로 자신의 비담(悲談)이나니. 참으로 개탄복(慨歎複)할지라! 아 참(亞慘), 오참(奧慘)! 그리하여 그가 자신의 구생탄부(丘生誕父) 뒤로 상속받은 모든 공화물(恐貨物)이라니…… 저 거모(巨毛)의 녹안(鹿顔)과 그의 안구(眼球)로부터 토돌(吐突)하는 장광(杖光)과 함께 느긋하게 시간 보내다니 그녀는 자신의 비성(鼻聲) 공심문(空審問)으로 그의 전면을 철수(撤水)하는지라: 안녕 여보 자물통이 하나 필요해요 저 부지깽이 좀 건네주시겠어요, 제발? 〔부모의 대화〕 그리하여 자신을 돌볼지라 그에게 명령하다니, 류트 곡(曲)으로 그리고 가락으로. 노래할지라, 감금(甘琴)이여, 내게 단지 한 곡을! 그런고로 저 글루그, 가련한 자, 그의 잠재태의식(潛在態意識的)인 저 지옥변방지(地獄邊方池) 속에, 그의 살모(殺母)가 말 지껄이기를 열화(熱話)했는지 아니면 만일 그의 고막(鼓膜)을 친 조곡성(鳥曲聲)은 단지 그의 두개골이 그녀를 납득시키지 못한 것을 의미하는 것인지, 그는 하필이면 그걸 거의 알지 못했느니라. 안개 긴 낙수 송풍기(送風機)인고 아니면 그의 발판을 헛딛었단 말인고? 아하, 호! 가성(歌聖) 세실리아여, 경외(敬畏)로다!

소녀들이 글루그를 조롱하고 있도다.

〔그런데 우리는 이 장을 통하여 글루그의 근심과 패배의 순간들은 판독하기 극히 어렵다. 그들은 추프의 환희와 승리의 즐겁고 단순한 순간들과 두드러지게 대조적이다. 그들의 감정에 대한 현재의 아주 희미한 접근이란 단지 그들의 정서의 흐름을 나타낼 뿐이다.〕

224.23. 그 젊도록 캐락스러운 주름―장식―의녀(衣女)들이 한 줄로 정렬

하는지라. 한편 우마(友魔)인 글루그는 그들이 무슨 색의(色衣)를 입었는지를 사몰(思沒)하면서, 여기 자신의 모습을 드러냈도다. 그리하여 그는 손으로 배뇨(排尿)를 자제하려고 애를 쓰고 있는지라, 그는 노끈을 풀었나니, 소녀들이 그를 조롱하도다.

225. 소녀들은 명랑한 까깔 웃음을 터트리나니. 그들의 코를 움켜쥐고, 모두들 아주 은근히 말하는지라, 그(글루그)가 자신의 바지 속에 배뇨하고, 스스로 조롱하고 있음을. "아냐, 그는 자신의 설교(바지)속에 화해(요변)하고 스스로를 조롱하고 있도다."

그런고로 그는 두 다리가 미끄럼 줄행랑을 칠 정도로 빨리 도망쳤으니, 그러자 그는 대단한 배앓이 인척 자신의 배를 움켜쥐고 궁둥이 깔고 그 자리에 주저앉았도다.

소녀 중의 꼬마 소녀는 그가 지독히도 벙어리임을 발견하도다. 그가 그토록 얼뜨기 짓을 하는 대신에 단지 말을 한다면! 마치 어떤 이가 그의 바퀴 멈춤 대를 통하여 자신의 막대로 찌르듯! 글루그는 3가지 추측 중 첫째의 것을 질문으로 대구한다. 대답은 모두 "아니"이다.

— (글루그) 그대는 월광석(月光石)을 가졌는고? — (소녀들) 아니.

— (글루그) 혹은 지옥화석(루비; 地獄火石)을? — (소녀들) 아니.

— (글루그) 아니면 산호 진주는? — (소녀들) 아니.

225.29. 글루그는 실성(失性)했도다.

그 때문에 이내 거절당하자, 추프는 환호 한다. 클러치(전동장치)를 풀어요, 글루그! 작별! 우리는 환 을 짓도다, 추프! 결별!

하지만, 아 눈물, 꼬마 이씨(Izod)가 눈물에 잠기나니. 누가 그녀의 하모(何母)될 수 있담? 그녀는 글루그가 자신에게 눈길 주리라 약속 받았도다. 그러나 이제 그는 멀리 도피했는지라!

낙심한 이씨는 "수그러지며, 시들어지며."

225.33. 모두 명주실처럼 그리고 모두 이끼처럼 그들은 그녀의 주름잡힌 모자 언저리 위에 수그러졌도다. (The flossies all and mossies all they drooped upon her draped brim 『피네간의 경야』ll) 〔여기 프로라와 이씨는 제I부 6장의

누보레타를, 그리고 『햄릿』의 오필리아를 닮았다. 그들은 남자들에 의해 거절당하기 때문에 모두 시들어 죽는다.〕 "Poor Isa"(226.04)는 분명히 오 필리아와 연관되는지라, 이 장의 잇따르는 두 페이지에서 그녀에 관한 많 은 언급들이 나타나기 때문이다.

226. 이씨는 낙담한다. 울어야 할지 웃어야 할지 마지(魔知)였도다.

226.4. 가련한 이씨(Izzod, Issy, Isabel, Isa)는 황혼(gloaming) 속에 너무나 황 홀(gleaming)하게 황울(荒鬱)히(glooming) 앉아 있나니. 왜? 그녀의 애부 (愛夫) 글루그가 사라져 버렸기 때문이다. 그러나 우리는 그녀가 새로운 피앙세인 가남(嫁男)을 만나리라는 것을 알고 있다. 그리고 그녀는 어느 날 결혼하고 그녀의 남편을 도우리니, 그녀 자신 귀여운 소녀로서. 그녀는 어머니 ALP와 철학자 비코에 의한 자신의 생각과 함께 스스로를 위안 하 도다. 마모(母) 있었고, 미낭(娘) 있나니, 미녀(微女) 있으리로다.(Mammy was, Mimmy is, Minuseline's to be) 〔역사의 순환〕 똑같은 신녀(新女)인 그 녀. 고로, 비록 그녀가 슬플지라도, 왈패 무지개 아가씨들에게 뛰는 법을 도우리라. 그녀는 도약하도다.

226.21. 그런 그런 식으로. 발가락(둘씩)에 발가락(둘씩), 여기 저기 그녀들 〔무지개 소녀들〕은 맴도는지라, 왠고하니 그녀들은 천사(天使)들이라, 소 녀답게 끄덕임을 산(散)하면서, 8) 왠고하니 그녀들은 천사의 화환이기에. 발가락(둘씩)에 발가락(둘씩), 여기 저기 그녀들은 추프 주위를 맴돌며 춤 을 추나니, 왜냐하면, 그녀들은 화환 같은 천사들이기에.

〔그들은 시계방향, 무지개처럼 춤춘다.〕

226.24. 〔그들의 무도〕
캐시미어 스타킹, 자유체(自由締)의 양말대님, 털실 신발, 나무로 수은 (水銀)칠된 채. 앞치마 프록코트에 달린 싸구려 모자 그리고 그녀의 집게 손가락의 반지. 그리고 그들은 그토록 환(環)되게, 환되게, 껑충 껑충 환 도(環跳)나니, 그들이 광도(光跳)할 때. 그리고 그들은 그토록 데룽바리 마냥, 애광(愛光)되이, 혼례의 밤에 혼(混)올가미 되어. 수줍은 내시선(內視線)으로. 그리고 부끄러운 외시선(外視線)으로. 그녀들은 약간 날뛰나니, 깡충깡충 껑충껑충 그런 다음 빙글빙글 소란 속에 뛰놀도다.

226.30. 카덴차 장식부 콜로라투라 장식곡! 아르(R)는 루브레타(붉은) 및 애이(A)는 아란시아(오렌지), 와[아]이(I)는 일라를 위한 것 그리고 엔(N)은 녹지(綠枝)(N)를 위한 것이라네. 비(B)는 여 노예(O) 딸린 청소년(靑少年) 한편 더블류(W)는 11월의 불장난 여(女)에 물(水) 주다 비록 그녀들은 모두 오직 학교 소녀이지만 그런데도 그들은 모두 제 갈 길을 갔도다. [R—A—I—N—B—O—W]

이처럼 그들은 경쾌한 놀이 가락을 부른다. 대홍수 전의 다명양(多名讓)이 그러하듯. 그런고로. 분노일(憤怒日) 다음의 무한영구양(無限永久讓)은 쑥국화를 가져올지라, 도금 양을 던질지라, 루타 향초(香草), 루타, 루타를 뿌릴지라. 그녀는 백주의(白晝衣)처럼 용암(溶暗)하는지라, 고로 그대 그녀를 이제 볼 수 없도다.

227. 무지개(Rainbow) 소녀들의 인생의 무도, 우측으로 도는 그들의 춤이 세월을 통해 회전하자, 자신들이 몇 십 년 뒤에 나타나듯, 스스로를 노정 한다. 〔여기 무도의 광경은 『율리시스』의 밤의 환각 장면에서 스티븐의 무도, 키티, 플로리 등 춤추는 밤의 여인들을 닮았다.〕 (U 472 참조)

227.3. 〔이와 더불어 춤추는 잡다한 여인들〕 잡화상의 음녀, 시중드는 아낙, 야토급(野兔級: Wildhare)의 부인, 과부 메그리비, 아름다운 여배우, 참회에서 무릎을 꿇고 그녀의 사제에게 애인(홍!)을 밀고하는 소녀, 부호 여인 등. 그러나 그때 그들은 춤의 방향을 역진(逆轉)한다. 윈니(W), 오리브(O) 및 비트리스(B), 넬리(N)와 아이다(I), 애미(A)와 루(Rue)(Wobniar) 〔Rainbow의 역철〕 그리고 다시 화환이 되어 시계 바늘과 반대 방향으로 돈다. 앵초의 책략과 금잔화의 개화와 함께, 모두 하녀들의 정원화(庭園花)들.

227.19. 그러나 글루그는 수치로 얼굴이 창백한 채, 분노로 자신의 머리로부터 배꼽까지 동요한다. 혹시 그들이 어리석은 거위 같은 시안(視顏)으로 그에게 기꺼이 미소를 짓는 것은 아닌지! 그러나 그들은 모두 그를 반대하는 자투리들이요, 이에 그는 불끈 화를 낸다.

글루그는 무리들과 놀고 있는 7선량한 꼬마 소년들(7성사[聖事] sacraments)에게 마구 행패를 부린다.

227.29. 그는 머리를 머레이 왓(水)속에 침수 세례했나니(세례), 스트워드 왕총(王總)에게 명치에다 퍽 한 대 먹였나니(안수례), 길리 백(聖體)과 함께 '허리(急)—캄(來)'—연맹과 맞붙어 씨름했나니(성체), 일(化)요 맥피어섬으로부터, (중[重])군사상(軍事上) 및 (경[輕])비천(卑賤)의, 모든 그의 감죄(感罪)를 홈쳤나니(참회), 맥아이작 속으로 어느 맥주 애음가(愛飮家)와 마찬가지로 자유로이 서유(聖油)했나니, 공연한 법석으로, 흉대흉(胸對胸) 벨트 시혼(試婚)을 가졌나니(혼인), 그리고 유년의 나이는 언제나 최무치(最無恥)인지라, 타라스콘 타타린이 특미(特味)의 타과자(唾菓子)에 투심(投心)하듯⋯⋯.

228. [『젊은 예술가의 초상』의 데덜러스처럼, 글루그의 망명자 및 작가로서의 생애]

그는 마음속으로 맹세했도다. 그는 배를 타고, 추방당한 로마인, 코리오라너스[로마의 영웅]처럼 망명(exile)하리라. 그는 거미에 의해 보호된 채 동굴 안의 부루스처럼, 침묵(silence)으로 숨으리라. 그는 이그나티우스 로요라[예수회의 창시자]의 한 예수회 교도처럼, 교활(狡猾; cunnning)의 수단으로 자구(自救)하리라. 그리고 침묵(안켈 사이렌스)의 역마차를 타고, 도시에서 도시로, 멀리 배회하리니, 거기 모든 수사(修士)들은 자기 자신의 벽이요 상담이로다

228.7. 그(글루그)의 망명은 경장범선(輕裝帆船)을 타나니 오라 첫째 일광일(日光日), 거칠고 어두운, 과광(過廣)의 요파(搖波)를 타고, 석우(夕雨)의 활(弓)이 바람 속에 세 고물 도취되어 이물이 닻으로 보일 때까지, 날씨가 허락하사, 신의(神意)로, 부루스의 침묵, 코리오나스의 망명과 이그나티우

스의 간계를 좇아. 신의(神意)에서 세속까지…… 그는 브리티시 아메리카, 펜실광(狂)의 유랑체형(流浪體刑)을 위해 자기 자신 돈욕(豚慾)하리니, 신탁 은행의 그로리아 부인과 융합하기 위해, (꼬마!) 운석(隕石) 로맨스와 액화 수소열(水素熱)에 의하여, 재제휴(再提携)되어, 라라코 구급차를 부르는 걸 기권하고, 파리―취리히 철도를 포승(捕乘)하고, 20년 별리여행권(別離旅行券)을 가지고 소로우회(小路迂廻)에 의하여, 저 부체재(不滯在) 동시(東市)인, 그의 접근시(接近市)를 재탐방(再探訪)하도다.

229. (그가 좋아하는) 일상의 햄과 달걀과 함께! 야성의 영장류(靈長類; 대주교들)도 그가 솜씨 좋은 익살로 저술을 육(育)함을 정지하지 못할지라. 왜냐하면, 그는 대장인(大匠人; General Jinglesome)이기에. 글루그는 로마 인민원로원(S.P.Q.R)의 언어로, 저작 업에 참가할지니, 모든 이의 전체 운명을 폭로할지라, 수정주파수(水晶周波數) 범위 내의 모든 이를 위하여.

〔글루그는, 그런 다음 헤브라이인들에게 그의 최초의 사도서간(司徒書簡)을 발포(發砲)하면서, 예를 들면, 『율리시스』의 장들을 쓸지라.〕

아카립(Ukalepe). 망우염자(忘憂厭者; Loather)의 휴가. 황천일(黃泉日; Hades). 부국무인(父國無人; Aeolus). 주외식(晝外食; Lestrygonians). 와녀(渦女; Schylla)와 암남(岩男; Charybdis). 경(驚)방랑하는 난파암(難破岩; Wandering Rocks). 가인녀(歌人女; Sirens)의 선술집으로부터. 유명고장사(有名雇壯士; Cyclops). 음탕 종아리(Nausicaa). 비참모(悲慘母; Oxen of the Sun). 발퍼기스(Circe)의 나야(裸夜). 등등.

그는 전 세계에다 자신의 아빠 및 엄마의 비밀들을 폭로하리라. 그는 사람들을 위하여 하소연으로 모든 걸 적어 둘지라. 그의 천진함을 훔친 자들에 관해, 자신의 분광기를 발견한 경공두(驚恐頭)에 관해, 그리하여, 그의 포피(包皮) 끝까지 다 읽고 또 깃촉 골(骨) 펜으로 쓰면서, 자신의 경청자(傾聽者)들, 캐쓰톤과 폴록〔제우스의 쌍둥이 이들〕을 위하여 9첩(帖)을 충달(充達)하고, 만백성을 위한 한 권의 가장 경광(驚狂)스러운 비화(悲話)의 속죄양서(贖罪羊書), 한 미래여걸(未來女傑), 이러이러한 무봉인(無封印)의 여작(女爵)의 주재 하에, 소년방정(少年發情) 계절에 통틀어 그토록 많은 다독자들에 의하여 철두철미 애독되며 그녀의 남편에 의하여 유독 친밀 속에 전적으로 감탄 받을지니⋯⋯.

230. 그리고 그는 쓸지니, 왜 그가 실색했는지에 관해, 어떻게 그가 자기 자신의 침(唾) 그 자체에 의하여 습격당했는지에 관해, 왜 그가 자신의 험프티 덤프티(땅딸보; HCE) 가정에서 쫓겨났는지에 관해, 어떻게 그가 사회주의의 홍수에 합류할 수 없었는지에 관해, 그리하여 섹스(性)의 비탄을 파라다이스(樂園)의 밀회소(트리스탄)까지 말살하는 법에 관해. 그는 세기의 총 수년을 통하여 탄좌(歡座)하리니, 어딘가 침음악(寢音樂)과 독인단(毒人團)의 안위(安慰) 속에 보수를 받을 만큼, 자기 자신 독단으로, 피리 주자(奏者)를 박피(箔避)하기 시작할 때, 그녀(엄마)는 자신이 상관했던 모든 가곡을 가질 수 있을 것인즉, 한편 그는 물론 시 운문에 호소하리로다. 인생은 방생(放生)할 가치가 있는고? 〔여기 글루그는 우울한 질문자이다.〕천만에!(Nej!)

　글루그는 자신의 가족의 추락한 재산에 관해 생각하는데, 이는 조이스의 이전 주인공인 스티븐 데덜러스가 갖는 그의 가족의 운명에 대한 회상 그 자체이다. 회고적으로, 몰락한 조상들에 대해 인생─한숨의 많은 관대함을 꿈꾸면서, 조상들은 자돈홀권(雌豚笏權) 오랜 파종 자들이었는지라, 저 순박한 쌍자, 중조부와 중조모와 함께, 그리고 숙부행차에 의하여 이륜마차를 타고 저 악명 높은 증손들인 의붓딸과 계모에게로 후계했나니, 그들의 얼굴과 그들의 투명 거울 같은, 너무나 잔잔한 눈들에 의하여 판단하면서, 그들은 부유 세계의 모든 기둥들이라. 한때 평탄한 거리에, 이제는 돌멩이 바로크 조잡물. 그리하여, 그는 말하는지라, "나는 당신들에게 시를 유화(油畫)하리니." 〔글루그의 조상들에 대한 해학〕

231. 〔글루그의 유년시절 생각〕
　수수께끼: "헛간이 헛간 아닌 곳," "인간이 인간이 아닐 때"(170 참조)에 대한 제목 (그의 청년 우주계의 최초 달각달각 수수께끼, 셈의 최초의 수수께끼)을 푼다면, 딸랑딸랑따르룽과 함께. (포기했는고?) 그것이 언제 인간의 집인지.

[글루그는 앞서 조상의 가정과 그의 수수께끼(인간의 집)에 연관하여, 우리의 젊음의 위안물이요 보호물인 가정의 하느님에 관한 자신의 시를 찾아내는지라, 이는 그의 초기의 젊음, 그의 유년시절의 운시에 대한 생각으로 이어 진다.]

—나의 하느님, 아아, 저 정다운 옛 딩댕동 집.
거기 청년식항(靑年食港) 속에서 나는 탈식(奪食)했나니
청록초(靑綠草) 유죄곡(有罪谷)의 황홀 사이.
그리고 그대의 흉음(胸陰) 안에 색의(色意)를 위해 은거했도다!

글루그가 몰입하는, 이 감상적 시는 조이스가 9살에 쓴 것으로, 위버(H.S. Weaver) 여사에게 보낸 그의 서간문에 언급된다. "내 생각에 내가 당신한테 보낸 이 시는 나쁜 환경에도 불구하고 가장 경쾌한 것이요⋯⋯"(「서간집」 III 355; 1930년 11월 22일 참조)
글루그는 그이 자신의 시작(詩作)의 가치에 관하여 검은 환멸의 순간을 경험하는바, 이를 어느 젊은 작가인들 어느 날 알게 되리라.

[글루그의 돌연한 치통] 그러나 이때 갑자기 그의 모든 내성(內省)은 갑작스러운 치통(齒痛)의 내습(來襲)에 의하여 중단되도다.

231.9. 그의 구충(口充)의 황홀이 그의 지혜의 과오 지붕을 통하여 하늘을 향해 치솟았나니 (그는 자신을 한 사람의 만장시인[萬葬詩人], 퉁 방울 눈과 나란히 시인 셸리의 향연왕[饗宴王], 프레이르 신[북구 신화의 풍요의 신]처럼 생각했거니와) 그는 얼굴을 밝히고, 나귀처럼 자신을 보였도다. 고대 소아시아의 왕인, 요수아 크로예수, 무안(無眼; 눈)의 자식! 비록 그가 수백만 년 동안 수억만 년의 생(生)을 산다 한들, 그는 그 고통을 결코 잊지 않으리라. 지옥 성(聖) 벨 그리고 경칠 혈역(血域)[더블린의 글라스내빈 묘지]이여! 그 고통은 지상에서 무청(無聽)이라!
그러나 신(神)예수, 혹최종자(或最種子)에 맹세코, 그가 자신의 날개를 친 후에, 자신의 출생지를 잊어버리며, 자기 자신을 복통에서 통제했도다.

통회(通悔)에 의해서가 아니라, 금욕주의(불제, 주문)에 의해. 옳아.

그리하여 잘 되었도다. 그리고 한 가닥 고주가(古酒歌)를 불렀나니, 허곡(虛曲)을 후토(嗅吐)했도다. 그는 발작을 팽개치고, 눈을 굴리며, 코로부터 훌쩍이며, 파이프에서 담배를 후토(嗅土)했도다. 볼품없는 볼거리, 그는 어떻게 자신의 창자를 매듭짓는 고! 도로(徒勞)의 쥐여우여, 그건 그의 복통(腹痛)의 독감사자(毒感獅子)로다. 겉치레의 겉치레 자(者), 왜 그는 통렬히 자신의 머리를 착란 시켰던고?

232. 글루그는 치통으로부터 회복하려고 안간힘을 쓰는지라. 최악은 끝났도다. 그는 자제할 참이었나니, 그 때(핍!) 한 통의 메시지(傳言)가 그녀(이씨)〔그녀를 베니스로, 그녀를 스텔로 부르는지라! ─스위프트의 애인들 암시〕의 핸드백으로부터, 한 마리 상처 입은 비둘기처럼, 비출(飛出)하며, 그녀의 앞마당으로 도망치나니, 그녀(이씨)는 다른 연애사건을 끝냈음을 글루그에게 알리기 위해서였다. 그녀는 자신의 우울한 소년을 다시 되돌리기를 사랑할지라, 그를 페페티(스위프트의 연인)라 부르면서, 마치 앞서 『피네간의 경야』 1장에서 프랜퀸이 반 후퍼를 유혹했듯이, 그를 유혹한다. 그녀의 편지는 점검(點檢)을 청하고(재발 허리를 굽혀요, 오 재발), 층계를 조심하도록, 〔앞서 안내원 케이트가 박물관의 입실에 경고하듯,〕 나의 애인(m.d)〔my darling〕이여. 여기 대지모(大地母)여! 〔독자여, 『율리시스』의 Molly─Gea─Tellus를 유념하라〕(U 606)

232.29. 그리하여 sos에 답하는 해안 경비대처럼, 빙투사(氷鬪士)가 아트란티스 섬〔바다 속에 잠겨버렸다는 대서양의 전설적 섬〕을 잠수하는데 걸리는 것보다 꽤 덜한 순간에, 글루그는, 저 전율자들 앞에, 다시 나타났도다. 그대가 발견할 수 있는 가장 교활한 배(船)가 그를 그의 무릎에 태우고 항주(航走)하리라. 바다에서 돌아 온, 변발(辮髮)의 선원인 글루그여.

233. 그리하여 글루그는 자신을 얼마간 자랑해 보이고 싶기에, 꼬리를 쫑긋 추켜올렸으리라.

천사 처녀들이여, 그대의 죄 색남들이 밝힐지 모를 저 무지개 색깔들을 빛으로부터 감출지라. 그대의 현관 계단 아래까지 그가 무릎을 꿇을지라도 그는 여기 여숙(旅宿)을 알아야만 하나니.

글루그는 자신이 값진 모든 걸 추측(수수께끼)하고 있도다. 그의 황당한 추측에 귀를 기울일지라. 그리고 페어플레이를, 숙녀여!

아무튼, 프랑스(거기 사람들은 "dog"를 "can"으로 말하는지라)와 영국(거기 사람들은 "know"를 "now"로 발음하거니와)에서 돌아온 항해사(航海士) ― 글루그는 두 번째로 이씨의 수수께끼를 맞히려고 애쓰나니.

233.11. 그는 자신이 사악한 항해사임에도 불구하고, 그녀의 것을 추정하고 있나니. 항해사. 〔글루그: 이씨의 속옷 색깔 추정〕 그의 엉덩이를 내혼들며 지나가는 꾀 바른 야생 거위의 까옥 까욱에 귀를 기울일지라, 그리고 당당히 놀아요(페어플레이를), 숙녀여! 그리하여 망명을 의지(意志)하는 자가 개(dog)를 견(犬; can)이라 말하는가 하면, 한편으로 영노변(英爐邊)을 떠나려 하지 않는 자가 지(知; know)를 금(今); now)이라 말하는 것을 주목할지라.

언론 자유를 위해 용돌(勇突)하면서, 언어유희를 진정으로 통격(通擊)하면서, 글루그는 묻도다.

─그대는 잔다르크인고? ─아니.

─그대는 오월 파리인고? ─아아니.

─그대는 필경 꼬마 독나방인고? ─아아니나니.

〔여기 글루그는 애인 ― 천사들의 유혹인, 색채 곤충들과 낚시 파리의 말로서 추측하는 듯〕

질문, 질문, 지겨운 여(女)!

평우(平間) 나른한(다연: 茶然) 문(問) 나른한 답(答).

글루그의 또 다른 실패, 또 다른 비상, 그는 재차 잘못 맞힌다. 그리하여 그는 지겨움을 느꼈는지라, 그의 갈고리를 팽개치며 조롱하는 처녀들─울뺌이들로부터 도망치나니, 소녀들의 추적의 고함 소리,〔『율리시스』제15장의 블룸의 도피 참조〕(U 478~9) "여기 썩 꺼져라"하듯 올빼미들에게 그걸 열축(熱蹴)하면서. 왠고하니 그는 그대의 스페인 암소처럼 무분별하게 그리고 바스큐 악조(惡調)로 씹듯, 그대의 순수한 오염되지 않은 영어를 짓씹을 수 있기에. 글루그의 재 도피이라.

233.29. 그리하여 그는 지겨움을 느꼈는지라, 그들의 곤혹자, 그리고 그의 갈고리를 팽개치며 살짝 도망치나니, 공경에도 태연한 사나이, 셔츠 입은 전광남(電光男) 마냥, 그를 할리캐인 돌풍이 쫓는지라, 열족(熱足), 각(脚), 화족(火足), 헛되게. 깡패의 조롱 흥흥 소리, 어색 자, 적치(赤恥), 쿰(橙) 자(者), 황달, 천식, 얼간이! 왠고하니 그는, 흑월어(黑月語) 또는 타타르 구어(龜語), 월원어(月猿語) 또는 통조림 식어(食語), 그대의 치즈초크 인기자우(人氣雌牛)가 시금치를 되씹듯 무별(無別)하게 그리고 바스큐 악조(惡調)로, 순수 아래턱 불거진 영어(英語)의 날카로운 딸그락 소리 나는 끈적끈적 유두(乳頭)를 질근질근 씹을 수 있었기에.

234. 글루그는 이제 완전히 풀이 죽었다. 그는 정신이 온통 오락가락(誤落可落)했나니, 말하자면, 최고 포도복통(葡萄腹痛)하게도, 그는 현두(眩頭)되고 현목(眩目)되었도다. 그리하여 혈청(血淸) 지옥처럼 보였느니라. 알마다(무적) 함대에 입대하기 위한 1페소 은화였던고?

234.6. 그러나 [이제 행운의 추프, 신(죄; 罪)초 과시(誇示)판자(Sin Showpanza) [『돈키호테』의 충실한 하인, 이상주의자], 이 세상 어느 하인 인들 치고 글루그가 뒤에 두고 떠난 자보다 더한 형제를 볼 수 있었던고? 고금 이래 면화요대(棉花腰帶) 두른 모든 녹색의 영웅들 가운데서, 최고백(最高白), 최황금(最黃金)이라! 한편 그의 일군의 정녀(精女)들, 희극성랑(戲劇性娘)들이, 추프를 칭찬하도다:

　그를 애태우게 할 정도 이상의 만족으로 최고 도취향(禱吹좁)을 그에게 보내면서(우리 모두 도울까요. 이제 당신은 혼종[混種]인지라, 원무[圓舞]손잡고 회상 잠깐만? 여양[女樣]? 여양[女孃]?), 여색자(麗色者), 미발자(美髮者), 첨두자(尖頭者)인, 그가 매인(每人) 이외의 각자에게, (내가) 감히 추측하는 한, 그의 키스인(人) 면허장의 그녀에 대한 자비를 베푸시도록.

소녀들이 추프에게 존경을 표하며 찬가와 기도를 고양하는지라, 찬가
29번을. 이처럼 형제를 남애(男愛)했던 행복한 귀여운 소녀 양들! 그들은
코러스로 그를 매혹하기 위해 왔도다.

235. 무지개 처녀들은 자신들의 기도를 말하는데, 나리님의 구세사자(救世使
者)에게 처녀들의 기도를, 그들의 태양—신 추프를 찬양하며. 머리를 숙
일지니. 연보라 꽃(heliotropes) 향기와 색깔을 위하여, 축복을! 성부 및 성
자 및 성령을 위하여. 아멘.

한 순간의 휴식. 그들의 기도가 오스만(제국)의 시조의 영광 마냥, 사원
무백(寺院霧白) 솟나니, 서쪽으로 퇴조(退潮)하며, 빛의 영혼에 그것의 퇴색
된 침묵을 남기는지라(알라라 랄라 라!), 터키 석(石) 청록색의 하늘이여. 그
러자 처녀들의 환상적 꿈.

〔추프를 위한 처녀들의 기도〕

—잔토스(성갈: 聖褐), 잔토스(성기: 聖祈), 잔토스(성도: 聖禱)! 우리는 그
대에게 감사하나니, 강력한 무구자(無垢者)여. "잔토스(성갈: 聖褐)": 여기
화녀들은 고대 힌두 경전으로 기도하나니, 그대〔추프—T.S. 엘리엇—물
질주의자—스테니슬로즈〕에게 감사하는지라, 훗날 우리는 상류사회 인사
들 사이에 우리들의 충실한 종(從)들과 함께 살리라. 우리는 재화를 저축
하고 무성한 삼림 목재로 집을 마련할지라. 아름다운 농장과 차(茶)가 우
리들을 기다릴지니. 숙녀 마멀레이드가 마즈팬 털을 걸치고, 아몬드 목걸
이와 그녀의 파모어 드레스를 입고, 그녀의 상아박하(象牙薄荷)의 흡장(吸
杖)을 든 채 "찔렁 찔렁(Tintin tintin)".〔행복한 꿈의 연쇄〕

236. 〔무지개 소녀들의 추프를 위한 찬가 계속〕

당신 그걸 놓쳐서는 안 되나니, 아니면 그대 후회 할 터인지라. 매력
적인 상의(裳衣), 글리세린 광(光)의 보석, 숙광(淑光) 부채 및 분향(焚香)
의 퀄 연초. 그리고 왕자 레모네이드〔추프〕는 은아(慇雅)롭게 기뻐해 왔나
니. 그의 여섯 초콜릿 시동(侍童)들이 전하 앞에 나팔 불며 달릴지라 그리
고 코코(야자수)크림 자가 핑크 색 방석에 꽂힌 전하의 장도(杖刀)를 들고

뒤쪽으로 아장아장 걸을 지로다…… 우리는 단월(單月) 페니(솔로몬) 아가(雅歌)를 노래하리니 그리고 그대 또한, 그리고 여러분도. 여기 음조 있도다. 거기 (장단)조(調) 있나니. 하나 둘 셋. 코러스! 고로 자 어서, 그대 부유한 신사 분들, 흥미 가득한 프루프록이여![앨리엇의 시 주인공—추프] 틴(薄) 틴! 틴 틴! 그대 즐거운 호랑가시나무 그리고 담장이, 그대 연애편지 꾸꾸꾸꾸와 함께, 살짝살짝 지그지그 춤 느릿느릿 속보 그리고 또한, 겨우살이를 노래할지라. 갈채(승자) 잼보리 떠들썩한 연회! 갈 갈채 잼보리(승자) 소동! 오 그대 장미(長尾)의 흑남(黑男)이여, 내 뒤에서 폴카 성유희(性遊戲)할지라! 갈채 소동! 갈갈채 잼보리 소란! 그리하여, 처녀들이여 포럼 케이크를 빙빙 돌릴지라.

(추프를 위한 찬가 계속) 그리고 왕자 레모네이드(추프)는 우애롭게 기뻐해 왔나니. 그의 여섯 초콜릿 시동들이 그리고 그이 뒤로 코코(야자수) 크림을 들고 아장아장 걸을 지로다. 우리들은 파타룽(둘 뿐)! 우리는 단월(單月) 페니(솔로몬) 아가를 노래하리니 고로 와요, 모두, 온통 환락을 위해.

과연 시대와 시간이 세월을 통하여 춤추며 지내 왔나니, 꼬마 소녀들의 무도는 영원히 오늘도 즐겁도다. [여기 프랑스의 작가요, 조이스가 감탄했던 에드가 퀴네 (Edgar Quinet)의 시구의 패러디가 인용되는데, 그의 시의 내용인 즉, 정치와 전쟁에도 불구하고, 세월은 우리들을 꽃(Flora)으로 인도하도다.]

무지개 소녀들은 아주 작은 예쁜 꽃들인지라,

236.19. 로물루스와 림머스 쌍왕(双王)[로마 신화의 로마를 건설한 형제 왕들]의 나날이래 파반 중위무(重威舞)가 체플리조드 땅[체플리조드의 익살]의 그들 과시가(誇示街)를 통하여 소활보(騷闊步)해 왔고, 왈츠 무가 볼리바러 역(더블린의 지역)의 녹자습(綠紫濕) 교외를 통하여 서로 상봉하고 요들가락으로 노래해 왔는지라, 많고 많은 운처녀(雲處女)들이 저 피녀법정(彼女法廷) 유랑전차선로(流浪電車線路)(더블린의)를 따라 우아하게 경보(輕步)하고, 경쾌 2인 무도가 그랜지고만[더블린의 지역]의 대지평원(臺地平原) 위에 래그타임 곡에 맞추어 흥청지속(興淸持續)해 왔도다……

237. 그들(소녀들)은 그들의 태양숭배 속에 그(추프)를 향언(向言)하나니, 그리고 그는 바로 그들을 통해 볼 수 있는지라, 의무적으로, 모두가 그의 만능약에 귀를 기울일 때.

237.10. 무지개 소녀들은 추프에게 말하나니.

— 친애하는 젊은 고백자여, 매쇄자(魅鎖者), 친애하는 감미의 스테니스라우스, 무결강자(無缺鋼者), 젊은 고백자, 무상친애자(無上親愛者)여, 우리는 여기 듣나니, 막 개화하려는 우리는 그대를 예찬하노라. 우리들의 무구(無垢)의 모범자, 성관(盛觀) 우체국장, 연무서(軟文書)의 배달자여, 우리들에게 편지할지라 — 이제 그대는 우리들의 이름을 아는지라 — 그대의 애자(愛子)들인, 우리들에게 보내주구려. 그대가 태양처럼 세상 주변을 여행하는 동안, 그대는 순결하나니. 더럽히지 말지라. 그대는 신들에 의해 감촉받았나니. 돌아오라. 성인인 젊은이여 그리고 우리들 사이를 걸을지라. 우리 그대를 기다리나니. 그대의 머리는 에넬—라 신에 의하여 감촉 되어왔고 그대의 얼굴은 아룩—아이툭 여신(이집트의 지하 여신들)에 의하여 밝게 되었나니. 돌아 와요, 향성(香聖)의 젊은이여 그리고 다시 한 번 우리들사이를 활보하구려! 동아춘(東阿春)의 비(雨)는 옛날처럼 방향(芳香)이나니 그리하여 바라자(베란다, Barada; 뒷마루)에는 온통 만화(滿花)로다.

238. 〔추프로부터 우편 복권을 원하는 무지개 소녀들〕

우리는 한결 같을지라 (무슨 소리!) 그리하여 추프여, 그대가 우리에게 속한 그 날을 축복하리니. 그대 무서운 유혹자여! 자 이제, 우리의 비밀을 지키도록 약속하구려! 수줍음이여 교미(交尾)하소서! 나의 과오를 통하여, 그녀의 과오를 통하여, 그의 그녀의 가장 통탄할 과오를 통하여! 도처녀(倒處女), 키키 래시여, 그리고 그녀의 속자매(俗姉妹)인, 비안카 무탄티니〔흰 팬티〕는 장모착의(長毛着衣)의, 배렌탐 공작〔웰링턴〕을 유혹했으나, 고로 나는 나 독신을 작은 파편(破片) 로빈 조가(鳥歌) 마냥, 유월의 실(失)호두 마냥, 사랑하기 원하나니, 만일 내가, 하늘의 푸름 마냥, 나의 소위백사지(所謂白四肢) 사이를 염탐하기 위해 허리를 굽히면. 나와 나의 종자매, 우리들은 보나파르트(나폴레옹)를 좇기 위한 3번의 좋은 기회를 가졌도다. 그녀는 실질적으로 나의 쌍둥이인지라, 고로 나는 나 자신처럼 그녀를 사랑하도다. 신(辛) 껍질에게는 아일랜드의 분노를, 아일랜드의 소총수들에게는 덤덤 탄(彈)을, 제니 여아에게는 여왕의 풍부한 유혹의 힘을. 친애하는 자여, 그대는 우리 모두를 흥분시켰도다.

238.16. 그날이 올 때, 거기 모두를 위하여 충분할지니, 그리하여 모든 부엌데기 하녀가 모든 마당의 쌍놈만큼 많은 권리를 지니리라. 그리하여 그때 모든 우리들 로마 가톨릭 캐슬린이 단연코 해방리(解放離)될 지니, 종교적으로, 성적으로 그리고 정치적으로 우리는 해방되리라. 그건 단지 매리만이 아는 도다! 그가 도대체 우리들 사이 어디에 살고 있는지는 매리만이 아나니. 고로 우리들은 손에 손 잡고 선회가무(旋回歌舞) 속에 빙글빙글 도는지라.

〔소녀들은 추프 주위로 춤을 추고, 글루그는 지옥의 반칙 속에 버둥거리도다.〕

238.28. 이러한 명랑한 약혼녀들, 배우자 승낙된 채, 그들은 자신들의 왕자연(然)하고 단정연(然)한 주 천사(추프)와 함께 그들의 의측(意側) 위로 왈츠 춤을 추고 있었나니, 한편 저 에레버스 암지(暗地)〔지구 황천〕에는 습관적으로 곰 길이 있었는지라 경계부지(境界不知)요, 비둘기들이 양식을 끓이도록 불을 나르는 곳, 진흙 짙은 언덕, 엉망진창 등등, 그(글루그)는 경칠트림분출의 경칠마왕과 와자지껄 경칠 조롱과 경칠괴귀경마(怪鬼驚蟆)와 경칠배화교도적(拜火教徒的) 경칠사탄분위기(沙灘雰圍氣)와 함께 맹세하고 외치며 음란녀 마냥 신음하도다. 지옥하강종말(地獄下降終末), 하처(下處)! 런던 교(橋) 파열 타락한 채, 침(針)언어유희와 바늘수수께끼로는 무늬 비단 불가직(不可織)인지라. 하지만 그대 형제를 위하여 저주와 함께 환(고리)처럼 장미롭게 빙빙 회전 놀이 했도다.

239. 〔소녀들이 추프에게 교제를 간청하다.〕

추프여, 제발 우리와 상교(相交)할지라, 왜냐하면, 우리는 단지 발아(發

芽)를 동경하고 있을 뿐이나니. 우리는 눈의 깜박임 속에 그대의 기분의 요구에 반응할 수 있도다. 그대의 마음을 앙양할지라! 주님의 수제시녀(手製侍女)를 주시할지라! 이들 수녀들에게 맹세코 우리는 단지 미숙한 그대의 것이지만, 그러나 그 날을 환영하나니 우리는 광석녀(鑛石女)가 되기를 희망하도다. 가혼(家婚)은 이제 양보 불가인지라. 허실(虛實), 허실, 주여 모두 허실이 도다!

240. 긍남(肯男)의 아첨꾼인 글루그는 소시지와 엿기름을 먹었나니. 그런고로 우리들의 사교명부에는 명예색원(名譽色員)이 아닌지라. 그는 동굴 속에 현혹되고 늦도록, 자신의 무덤 속에 누워있었도다.

〔글루그의 결심〕

그러나 저속하게, 소녀들이여 저속하게, 그는 일어나나니, 참회하면서, 자신의 원한정(怨恨情)의 눈과 수심에 찬 애성(哀聲)를 어찌 하리요. 열지어다! 열어라 목마른 참깨여! 양심의 가책의 사정(査正)을 이제 그는 자신의 기억이 미치는 한 도식화 하도다. 이제 더 이상 영원히 특도석(特盜石)에 앉아 있지 않으리니. 그의 톰 아퀴 비복문초(肥腹問招)와 더불어 자신의 재단석(裁斷席)의 판단 속에. 이제 더 이상 자신의 유태집회에서 종일 불결의(不潔衣)로 노래하지 않으리라.

240.13. 〔글루그의 부활〕

그 첫째로, 양심의 살핌을. 다음으로, 다시는 결코 죄짓지 않을 결심을. 그는 당연히 알바주아 파(派)〔14세기 프랑스의 반로마 교회 피〕 기네스 이단주(異端酒)를 철퇴하고, 속죄를 신고하고, 응당히 행동하도록 약속하도다. 최후로, 유치장에 가는 한이 있더라도 그는 자신이 행한 짓이 무엇이든 온통 토출할지라. 그는, 탁월한 뱅충이 사나이, 아나크스 안드룸〔성서의 여호수아에 의해 교살된 거인〕, 다국어통(多國語通)의 순혈 가나안 족, 마취 맥아의 창고인지라. 사람들은 그가 바로 자신의 실크 모로 단장한 신주(神主)의 양(羊)이 있는 곳에 숫염소의 모습을 하고 있노라 말했도다. 그가 연대기(성서)에 맹세코 스스로 감자 구어(區語)로 넘치는 그의 대형 여행가방(뇌물로 받은)을 가지고 오다니 사실이 아니 도다.

241. 글루그가 캔디를 핥는 꼬마 소녀들을 유혹한다고, 도랑 파는 인부들이 막(幕)에서 그를 재차 무뚝뚝하게 비난하다니, 그러나 분명히 이는 엄청난 거짓말인지라. 그는 자신의 담뱃대 여부(女婦)에게 진실하도다. 그는 하나의 산(山)처럼 선한지라〔여기 글루그는 자기 자신의 죄를 고백하기보다는 오히려 그의 아버지의 이야기를 개관하고 있다.〕

241.8. 〔HCE의 부활의 개관〕

글루그는 자신이 저 탁월한 남자인 HCE와 연관됨을 자랑한다. 타자들은 그가 안짱다리 네이 호반에 빠진 자로, 지팡이 마디에 감추어진 마약 복용자로 비난하지만, 이건 허튼 소리로다. 비난자들은 베르베르 야만인들(고대 이집트의 자손들)과 그들의 베두 유랑자 놈들〔북아프리카 원주민들〕, 이들 악한들 위에 신의 저주를! 기만(欺滿) 바다의 두 고래들 및 칼레도니아〔스코틀랜드의 고명〕 사지(砂地)의 세 단봉낙타 놈들 같으니:

241.26. 심지어 그의 이스라엘 만가(萬家)의 모든 이웃인들 앞에서 피녀(被女)가 완전 탈의했다니. 무모창부(無謀娼婦)! 무일푼이라! 그들은 백의착(白衣着) 넝마 꾼들, 기만해(欺瞞海)의 두 고래들, 그들은 발파공(發破工)의 사격자 놈들, 칼레도니아 사지(砂地)의 세 단봉(單峰) 낙타놈들. 둔부에 충격 줄 가치조차 없나니! 아니면 그들 위에 탐우(貪憂)를! 그따위 일그러진 자들 및 놈들이 참가하는 그들의 루퍼트들〔사내 이름의 대명사〕, 왠고하니 더 많은 오스카 황금 상(像)들은 또한, 가짜 허남(虛男)들이기에. 상심한 희생자들! 어떤 창녀의 단언은 재차 언제나 로타 카쎈〔취리히 영국 영사관 직원, 바지 문제로 조이스와 싸우다.〕이나니. 그들은 존 피터를 그의 위성(衛星) 동료로부터 부정화(否定化)하기 전에 그들의 렌즈를 핥고 만 있었도다.

241.36. 주교 바브위즈(런던 주교)가 자신의 "바로 악한의 허구(*Just a Fication of Villumses*)"라는 책 속에 입증한 바, HCE, 그의 대형 가방이 감자(뇌물)〔오렌지 당: 가톨릭 아일랜드에 수세기에 걸쳐 고통을 안겨준 영국 신교도의 암시〕로 가득 하다고 신문이 말하는 것은 사실이 아니도다.

242. [ALP가 HCE를 용서할 것을 재의하다.]

넬슨 씨(Mr Nelson)(영국 해장: HCE), 그는 수많은 믿음직한 사업적 특질을 가진데다가, 당시 나이 81살, 그 때문에 모든 생기자(生起者)들이 그의 주변에서 홍분했도다. 그 때문에 그는, 두 젊은 약녀(若女)들과 함께, 배심원 앞에 기소되었도다.

[이제 글루그는 노파 ALP에 관해 말한다.]

그녀는 배우육자(配偶肉者), 그의 요화(妖火)의 거위 모(母), 그(HCE)가 난속(爛俗)하듯, 그녀(ALP)는 그 자신이 찬란하듯, 지느러미 물고처럼 진귀하도다.

242.25. (ALP) 또한, 배우육자(配偶肉者), 그의 요화(妖火)의 거위모(母),(ALP) 노자(老子)의 도교창자(道教唱者), 행동 여인, 그는 당대의 왕자들에게 고하나니. 당신은 저에게 음(音)이도다, 사사(士師)님들! 가령 우리가 활기를 띠게 된다면, 열왕님들! 한 쌍의 도마뱀(리조드)에서 전적으로 태생하는 모수(母水), 아벤리스[리피강의 암시]를 만날지라. 그가 난속(爛俗)하듯 그녀는 지느러미 진기(珍奇)인지라. 아무리 늦다한들 그녀의 최후의 톱으로 켜낸 원목(原木)은 지속적으로 떠내려 오도다. 6펜스의 아가(雅歌)를 통가(通歌)하여, 압운 가득한 묵시록적! 그의 알라 신[이슬람교의 유일신]의 볼 사마귀는 영강(永江)히 그녀의 통틀어 전부(全部)인지라 그리하여 그의 코란[회교 성전]은 그녀가 그대 자신의 소유자임을 결코 가르치지 않느니라. 그런고로 그녀는 자신의 모퉁이 비둘기 가정을 잉글랜드 웨일즈의(E), 호워드던의(H) 성(城)(C)과 바꾸지 않는 도다.

242.35. 누가 그녀를 알지 못하리오, 총대영주(寵大領主)의 여점사처(女占師妻)인, 마담 쿨리─코우리[핀 맥쿨 부인으로서의 ALP]를.

243. [ALP의 HCE에 대한 용서]

그녀(ALP)는 기원 111년 전에 소환되어 처음 등단했을 때, 풋내기 공장여공이요, 입에서 게거품을 뿜고 있었나니, 그(HCE)에 의하여 강탈당하고, 공황(恐慌) 당하지 않았던고? 하지만 그녀는 미혼녀였는지라, 당시의 그가 그녀를 정복하기 전에, 그의 빈약함에 대하여 사방팔방 떠벌리다니, 그리고 그가 그녀를 연주실로 인도하고, 그로부터 몰래 사라져버릴 수 없도록 그녀를 묶어 두었도다. 그녀가 그를 부양하고 돌보는 대신에, 그는 그녀의 장례비를 지불하리라 그들이 계약했느니라. 그녀는 빙빙 바람난 바쁜 춘부(春婦) 마냥 비황야(飛荒野) 부(浮)갈대 비틀 걸음걸이인지라 (Winden wanden wild like wenchen wenden wanton). 만일 그가 단지 백파이프를 채워 물은 뒤, 모든 그들의 허세에서 악마들을 단념하고 거리의 보행자들을 염병에서 보호하며, 벌꿀 골짜기를 낫질하여 밀크를 쐐기풀로 보안하거나 아리(我利) 바바가 40강도[팬터마임의 제목] 인품을 매도하는 것을 체포하기라도 한다면, 그녀는 자신의 완미(玩味)의 거래 품들을 저축함으로써 다량 금화를 벌고, 자신의 밤 갈색의 외투를 메이드 버레니스[전쟁터의 남편을 위해 머리카락을 헌납한 여인]에게 헌납하고 오스만타운의 성 미간 성당[『젊은 예술가의 초상』 3장에서 스티븐이 참회한 성당]에서 스스로 목매달며, 마하도마 대성(大聖)과 모슬맨 회교도 앞에서 더 이상 농탕질 하지 않을 것이나니, 그러나 그녀는 어느 자색 추기경의 공주 혹은 무거운 묘언(墓言)의 여인처럼, 알프스 목장에서부터, 성당 만세와 육중기(肉重器)와 더불어 바티칸 궁의 교황특사, 몬시뇨르 로빈슨 크루시스[1930년대 아일랜드 교환대사](HCE)에게, 자신의 당과산모(糖菓山帽)를 파동치면서, 자신을 찬미했던 라마(羅馬)와 국가의 예뇌(譽雷)를 위해 그가 꽥꽥집오리 울었던 만사를 위해 일필(一匹) 당나귀의 밀크를 자신의 암소 친구와 소장우(小腸友)에게 증여하며, 루이즈—마리오스—요셉[「왕실의 이혼」의 주제]에게 그들의 충성스러운 이혼을 승인한 성 퍼스 오레일리[앞서 호스티 작 민요의 주인공]에게 반 수쿠도우 은화를 투여하고, 산양과부를 위한 표결을 위하여 미사를 드릴 것을 제의 했느니라.

244. [밤이 내리자 아이들이 집안으로 불러 들려 지다.]

들을지라, 오 외세계(外世界)여! 수다 떠는 소아(小兒)여! 배림향(背林

向), 경계할지라 우미수(優美樹)여, 각자 부담할지라!

[달, HCE와 ALP의 도래, 아이들의 소환]

그러나 저기 봉정(棒頂)에 화장용 장작을 쌓고 오는 이 누구인고? 우리들의 창(槍)찌르는 봉화를 재(再)점화하는 피자(彼者), 달(月)이여. 올리브 석탄을 가(加)할지라 목지(木枝)의 진흙 오두막에 그리고 삼목의 천막에 평화를 갖고 올지라, 신월축시(新月祝時)! 초막절(草幕節)의 축연(祝宴)이 임박하도다. 폐점[HCE의 주막] 아일랜드(哀蘭)! 팀풀 템풀 종이 울리나니. 유대교 회당 안의 가요. 대영촌(大英村)의 모두를 위하여. 그리하여, 그들이 [집 앞 아이들] 만종과 함께 귀부인칭(貴婦人稱)하는 노파가 그녀의 골목길에서 쉿 소리 내며 나타나니. 그리하여 서둘지라, 꼬마들은 귀가할 시간이니. 병아리아이들아, 보금자리로 돌아올지라. 둥우리로 귀가할지라, 늑대인간들이 외출하는 때나니. 아아, 떠날지라 그리고 즐길지라 그리고 집에 머물지라 거기 통나무 장작 불 타는 곳!

244.13. 날씨가, 모든 우리들의 이 흥동물(興動物) 현상계[피닉스 공원의 동물원]에, 어두워지도다(딸랑 따랑) 소택지표변(沼澤地標邊)의 저기 소지에 조석(潮汐)이 소방문(召訪問)하나니. 아베마리아! 우리들은 암울에 의하여 둘러싸였도다. 인간과 짐승들은 냉동된 채. 석탄을 가 할지라 그리고, 우리들을 따뜻하게 할지라! 우리들의 고귀한 영부창인(令婦創人: ALP)은 어디에 있는고? 안에. 그(HCE)는 어디에 있는고? 댁(宅)에, 사냥개가 미로를 통하여 도망치도다. 르나르 여우는 문밖에 있고. 바람은 잠자나니, 은하수는 아직 나타나지 않았도다. 덤불에는 아무것도 움직이지 않는지라. 고요가 그의 들판을 역습하도다. 새들, 웅수(雄獸)들은 침묵을. 이제 라마 경비(警備)도 침묵. 우리들에게 내일 애명(愛明)을 보낼지라. 사자 왕국이 양면(羊眠)하는 동안. 상아(象兒)는 자신을 승도(勝禱)할지라, 이제 휴식을 준비할지라.

245. [밤의 도래]

모든 동물들은 잠잠하도다. 등대, 하누카 전(典)의 등불을 밝힐지라 [헌당식(獻堂式)의 축제] 수달피가 옥외에서 도약하고, 처녀 양귀비가 개화하는지라, 한편 등대들이 해안에 점찍도다. 그리하여 이제 물고기 우화를 모두 귀담아 들었는지라, 리피강의 작은 물고기들은 꿈틀대기를 중지했도다. 그의 청이(聽耳)를 강변에다 대면, 이제 지느러미 펄럭이는 소리를 듣지 못하리라. 야원(夜員)이여, 그대의 밤은 어떠한고? 암공원(暗公園)은 젖빠는 애인들로 메아리치도다. 로지몬드 연못〔런던 소재의〕은 그녀의 소망 우물곁에. 이내 2인(人)—유마(誘魔)가 산책하고 3인(人)—사냥꾼이 활보하리라. 그리하여 만의 조수가 재잘대는 강물이 만나는 곳. 여기 아이랜드 만(灣)에서, 만의 염수의 조류가 리피강의 감수를 만나 맴도는지라. 이곳은 HCE와 ALP의 포옹의 장소. 아리랜드 교(橋)는 피닉스 공원으로부터 강물을 건너고, 근처에는 바라크 건물들이 있도다. 그러나 만남은 계획되지 않았나니. 그리하여 만일 그대가 리피강으로 간다면, 방량자여, 환영이 주막에서 기다리리라. 벨을 당겨요, 그것은 천둥소리 마냥 뎅 하고 울리리라. 빙. 봉. 방. 봉. 저주뇌성(咀呪雷聲)! 당신의 주(酒)(요한) 미적지근할지라도, 우리는 봉밀 없는 술? 그리고 만일 당신이 스코틀랜드의 매리 여왕이라면, 여기 대배(大杯)와 톱밥 흩어진 방들이 대령하리니; 그의 소처(小妻)를 대동한 기사(騎士) 씨, 술통—바텐더 그리고 철야자(徹夜者)가 그릇 행구기를 모두 돌보고, 가정의 자루걸레 녀(女)인, 케이트가 벽돌 일을 자원하리니. 여기는 A 번지야 말로, 그 주기호(酒記號)요, 1이 그 수(數)인, 성당 묘지 곁의 고가(古家).

246. 그런고로 축제주(祝祭週)를 위하여 상시 나그네는 누구든 주방에 투숙해야 하나니.

246.3. 〔HCE 주막의 현장〕

그러나 유의할지라! 우리들의 반시간 전쟁은 가라앉았나니. 적혈(赤血)의 들판은 모두 잠잠하도다. 가부(家父; HCE)가 천둥의 탕 소리처럼 부르고, 가모(家母) 아나는 자신의 무기통(無汽筒) 증류기를 쑤셔 수프가 충분히 걸죽걸죽 해졌는지를 보는지라 그리고 그대는 거품이 온통 부글부글 내는 소리를 들을 수 있도다. 다가오는 남자, 미래 여자, 마련 할 음식, 그가 15년에 무엇을 할 것인고, 그리고 그녀의 반지를 가지고, 그녀에게 쟁반 요리, 소스 그리고 승자에게는 국자 같은 스푼을. 그러나 글루그와 추프는 싸울 참인지라. 그리하여 가련한 꼬마 레오니 (이슬더)는 조세핀과 마리오―루이스 간에 그녀의 생명을 선택하나니. 자 준비할지라, 미녀 이슬더를 차지하기 위해!

246.21. 〔글루그와 추프의 싸움, 전자 구타당한다. 28 소녀들의 행진〕

전장(戰場)이 그들을 부르도다. 그리고 쿵, 쿵, 쿵, 소녀들은 행진하나니. 비코 가도〔더블린 외곽, 남부 해안도〕를 따라 쿵쿵 걷도다. 그들은 논쟁을 위하여 군집하는지라. 글루그와 추프는 그들의 지난번 싸움 이래 화해하려 들지 않나니, 죄 지은 역자와 호의의 구애자, 술래잡기 자와 줄 당기는 자, 그들은 모두 결투를 위한 자들이라. 소녀들은 추프를 위해 서로 겨루고 있도다. 그리고 이슬더는 그를 가져야하는지라, 아니면 그녀는 고독할 것이기에.

〔그러나 그들이 가자, 글루그는 이슬더의 세 번째 수수께끼를 맞히기 위해 그녀에게 되돌아온다. 이야기는 계속 된다.〕

247. 시살자(時殺者; 글루그)가, 트랙의 망아지처럼, 바다를 향해 달리는 개울처럼, 그의 조공자(造空者; 추프)에게, 되돌아오도다. 그들은 싸우나니, 글루그는 얻어맞은 채. 갑자기 정신이 돈 듯, 미치며 날뛰는지라, 이 사악한 꼬마 글루그, 그는 그의 약관유덕자(弱冠有德者) 추프를 굴복하려고 작정하도다. 그는 찡그리며 아주 사악하게, 자신의 미친 돌출로서 전체 무용 환을 소란 속에 빠뜨리게 할지로다. 그러나 그는 포기하고, 집으로 가, 뭔가 먹고 잠자며, 악마로 하여금 질시자(嫉視者)들을 뺏어가도록 기도할지라.

〔수수께끼에 대한 글루그의 3번째 답의 시도〕
〔차(茶)를 곁들인 만찬에 대한 예상되는 대화〕

부, 그대는 끝났나니!(Boo, you're through!)
후우, 난 진실하도다!(Hoo, I'm true!)
글쎄, 오늘 안녕한가, 나의 검은 신사 오?(Men, teacan a tea simmering,

hamo mavrone kerry O?)

　왜요, 나리, 왜. (Teapotty. Teapotty).

　맹세코. 만사 파멸이 도다. 무의미.(Kod knows. Anything euined. Meet-
ingless). 〔여기 글루그는 모든 환을 소란 속에 던진다.〕

〔여기 글루그의 3번째 무모한 대답은 희랍어 및 영어의 합작으로, 만찬
의 차(茶)를 위한 것〕(Tindall 162참조)

247.16. 그(글루그)는 뒤이어 울기 시작했느니라. 그는 자기 앞에 놓인 것을
볼 수 있었나니, 그 때문에 그는 울었도다. 그는 자기 앞의 애인 이씨를
보는지라, 이는 얼마나 장미상승(薔薇上昇)하는 최고 진미의 광경인고! 소
녀들은 그에게 엉터리로 불리하게 증언했도다. 동정적인 소녀들이, 자기
자신의 상처를 조롱조로 쳐다보다니, 그는 그것을 전혀 참을 수가 없는지
라, 그의 창피한 궁지는 자신에게 커다란 고통이도다. 그는 접촉할 수 없
는 접촉천민(接觸賤民)으로서 방관되었도다. 그러나 그는 자신의 비밀의 심
적 복수를 가지고 있는지라. 그는 소녀들에 관한 뭔가를 알고 있도다. 그
는 이씨의 음부 흑백을 보았는지라: 백광(白光)을 쪼개자 칠천색(七天色)의
포시(脯視)나니! 그는 아는지라, 왜냐하면, 그는 암탕나귀의 그리고 명암
배분법(明暗配分法)과 대등한 모든 그와 같은 류(類)를 조절된 자신의 망원
경을 통하여 흑백으로 본적이 있기 때문이도다.

248. 28처녀들은 번득일 수 있는지라, 이씨는 그들 중에 끼어있도다. 〔글루
그는 소녀들의 다양한 색깔에 현혹 된다.〕 붉은 사과, 바커스 딸기……
야국(野菊), 재비, 월계화(月季花). 그들 모두 무엇에 의해? 요정(이씨).

248.3. 〔글루그를 위한 충고〕
　만일 그대가 한창 시절에 그녀(이씨)를 나지(裸知)한다면, 그대는 그녀의
보색(補色)을 발견하리라 확신하리니 그렇잖으면, 그대의 바로 최초의 경
우에, 안거스 다그다자〔아일랜드의 애신〕와 그의 모든 애구(愛鳩)에 맹세
코, 그녀는 자신의 불만스러운 이경(異鏡)의 독수리눈을 가지고 그대가 가

장 자만하는 곳에 그대를 찌를 지니. 예시(銳視)할지라, 그녀는 에스터 성군(星群) 사이로부터 그대에게 신호를 하고 있도다. 다시 몸을 돌릴지라, 동조(憧調)로서, 다블린(多佛麟)의 천연자석자(天然磁石者)! 봉기할지라, 파하─지─왕(波下─地─王)이여! [더모트] 그대의 혀를 그대의 입천장에 찰싹 칠지라, 그대의 턱을 덜커덕 떨어뜨릴지라, 그대가 숨이 가쁠 때까지 탬버린 북을 칠지라, 응석부리듯 입을 삐죽일지라 그리고 그것으로 그만이 도다. 그대 알았는고, 알리 어깨총자(銃者) [빅토리아조의 만화 인물]?

248.11. [이제 우리는, 트로이의 미인 헬렌의 꿈에서처럼, 이슬더의 유혹의 목소리를 듣도다.]

그녀는 자신의 몸체의 넘치는 건축을 자랑 하도다. 나(이슬더)의 고발부(高髮部)는 아킬레스 건(腱)의 저부로 내려 왔나니, 나의 둔부는 올츠 무(舞)인 양 매끈하나니. [그녀는 몇몇 유혹의 진미(뉴스)를 제공하고, 그녀의 (미래) 남편을 자랑 한다.] 나의 애인은, 비록 채색된 실을 경쟁하는 선천적으로 색맹(色盲) 남자일지라도, 12해마력(海馬力)의 거한(巨漢)이라, 그는 아내에게 남구실(男口實)하는 법을 알고 있었나니. [그녀는 입 맞추는 수풀로 그를 초청한다.] 그녀는 그렌달로우 [위클로우의 명승지, 성 패트릭의 유적지]에서의 성인남(聖人男; 성 패트릭)의 이야기를 재연하도다. 그녀는 (그녀의 옛 남자가 결코 알지 못할) 그녀의 호의를 그에게 제공하도다.

249. [이슬더, 글루그에게 호의의 제공]
그는(글루그) 발렌 타인 이래 나(이씨)의 최초의 리큐어 주(酒)로다. 윙크는 매승적(魅勝的)인 말(言)인지라. [그녀는 좌절한 애인에게 그녀의 색깔(헬리오트룹)을 전하기 위해 마지막 노력을 행한다.]
음행락시! ([Luck!: 淫行樂視] fuck＋luck＋look!) [그녀의 "락(luck)"은 선(善)이요 음행(fuck)인지라, 살필지라(look).]

249.6. 글루그의 마음은 이슬더(이씨)의 집(육체)의 비전으로 엄습 당한다. 벽은 루비 돌이요 문은 상아로다. 집은 그녀의 미려함의 숨결로 충만하도다. 거기 그녀의 말(言)이 놓여 있나니, 거기 그것은 반향(反響) 하는지라. 길

은 열려있도다. 그러나 그대의 다른 눈을 연연연로(戀戀戀路)에서 떼지 말지라. 〔그녀는 글루그를 위해 집을 일일이 설명 한다.〕 창(窓)(H), 산울타리(E), 갈퀴(L), 수手(I), 안(眼)(O), 산호(T), 두상(頭上)(R) 그리고 그대의 다른 예안(豫眼)(O)을. 〔이들 모두는 헤브라이의 문자들로, 합하면 Heliotrope이 된다.〕 노(老) 셈(글루그)이여! 그러나 미발소년〔이졸데의 다른 애인〕이 그녀를 하차하기 위해 다가오도다. 그녀가 방금 연모하는 소년. 그녀는 모(慕)하는지라. 오 길 비켜라! 그가 여기 오도다!

〔그러자 이제, 소녀들이 추프를 배알하고 혐오감으로 글루그를 가리킨다. 글루그는 꼬마 소녀들의 수수께끼를 해결하는 세 번째 시도를 야기하려 한다. 이 무모한 세 번의 주제는 앞서 프랜퀸과 후터의 에피소드의 유년기 번안이다.〕

〔한 남자 대 29명의 화녀(花女)들이 등장한다: 소녀들의 재등장, 글루그를 조롱한다.〕

249.21. 땡땡 링(環)을 이루어, 요녀들이 깍지 낀 손을 들어올리고 더 많은 발걸음을 전진하며 무대변(舞臺邊)으로 물러나도다. 경례 하나, 경례 둘, 손을 양 허리에 대고, 열애가들.

　　비경의(非敬意).

　　―나는 오월주의 어느 아침 자리에서 일어나 거울 속에 보았는지라, 당신밖에 아무도 나를 사랑하지 않음을. 윽. 윽.

　　그녀의 경의(敬意).

　　만인 대소(大笑).

249.34. 〔모두들 그를 도우는 척, 그를 노려보도다.〕

그들은 모두들 그를 굽실대게 하려고 그를 단지 호시(呼視)하는 동안 그를 돕는 척 하는지라. 그리고 그건 비열한 일, 다과자(茶菓子). 전혀 그런 녀석이 아닌. 일남(一男)에게 질문 할 29회숙녀(花熟女)들이 일어났도다.

250. 소녀들은 그 경우를 축하하기 위해 글루그를 지분대며 놀린다. 그들이 그에게 대답을 도출할 희망으로 3가지 질문을 하자, 그는 익살극으로 대답한다.

—그대는 어떤 꼬마 조마사에 의하여 길들어지기를 원하는고?

그는 자신의 둔부 주변을 리본으로 바짝 퀸 척 한다.

—그대는 흑수단(黑手團), 굴뚝 청소부인고?

그는 그들의 굴뚝을 청소하는 척 한다.

—그대는 작별과 이혼의 차이를 말할 수 있는고?

그는 한 쌍의 가위를 가지고 난도질하고 그들의 처녀막을 썹으며 그들의 머리에 침을 뱉어 창백안(蒼白顏)을 만드는 척 한다.

말쑥한 아가씨들! 그대들은 원하는 말을 했도다.

고로 이제 조용히 할지라, 귀여운 주름녀들이여! 모두 자리에 앉을지라! 왠고하니 당신들은 온 종일 유쾌하게 빈둥거렸기에. 하지만 지금은 큰 사건을 위한 시간.

왠고하니 버남 불타는 숲(추프)이 무미(無味)하게 춤추며 다가오도다. 그라미스〔황홀(恍惚)〕는 애면(愛眠)을 혹살(惑殺)했는지라 그리하여 이 때문에 코도우 냉과인(冷寡人; 글루그)은 틀림없이 더 이상 도면(跳眠)하지 못하도다. 결식(缺息)은 더 이상 도면(跳眠)하지 못할 것임에 틀림없도다.

(250.19)엘(L)(글루그)은 그의 애과인(愛寡人)(1)을 명예 훼손하는 영락자(零落者)(1)를 위한 사랑이라(1). 어찌된 일인고(Lolo) 애남이여(Lolo) 그대는 리피(L) 강애욕적(江愛慾的)(L)으로 애리(愛離)(L)하기를 애(愛)(L)했는지라. 그대의 애주과인(愛主寡人)(L)에게 오른 손을 애거(愛擧)할지니. 그대의 자유(1)의 애소신(愛小神)(1)에게 왼손(1)을 애결(愛結)할지라(L). 라라(L) 라라(1), 애도남(愛跳男)(L), 그대의 애도(愛跳)(L)는 단지 애풍향(愛風向)(L)에 대한 애환(愛環)(L)에 불과하도다.

그러나 만일 이 자(추프)가 그의 후경(後景)으로 이를 볼 수 있다면 그는 크고 늙은 녹안(綠眼)의 왕새우일지니(But if this could see with its backsight he′d be the grand old greeneyed lobster).(『오셀로』, Ⅲ. Ⅲ. 16,6)〔셰익스피어의 오셀로와 질투의 "푸른 눈의 괴물"(green—eyed monster) 이아고의 암

시] 이씨는 만일 추프—오셀로가 자신이 글루그와 희롱되고 있음을 볼 수 있다면, 그는 정말 질투심 많은 자이라. 그러나 그의 지배는 곧 끝나리라. 맥다프(Macduff)의 가장 속에 추프는 복수를 행하고, 자신의 정당한 자리를 요구하기 위해 되돌아오리라.

글루그의 새 번째 실패로서, 마편초(馬鞭草) 처녀들이 성스러운 선(線)을 긋고, 그가 자신의 사악한 측면에 머물어야 함을 그에게 경고하도다.

250.27. 〔꽃 무리 처녀들이 글루그 앞에 산개하도다.〕

악령들 그들 처녀들은 꽃답게 성운(星雲) 네브로즈의 의지(意志)와 장미(薔薇)로소칼을 향해. 두 번 그는 그녀(이씨)를 탐구하려 사라졌나니, 세 번 그녀는 이제 그에게 보이는지라. 그런고로 우리는 볼지라. 우리가 씨를 뿌리듯. 그리하여 그들의 오만여왕(프랜퀸; 傲慢女王)이 그녀의 짧은 스커트를 걷어 올리고 출발하도다. 그리하여 그녀의 굴광대(屈光隊)가 뒤꿈치를 따라 왔는지라, 오. 그리하여 저 만녀(慢女; 이씨)가 무슨 하의상(何衣裳)을 걸친 걸로 그대는 생각하는 고! 비리킨즈의 다이아몬드다이나의 조끼. 그녀가 간 공기(空氣) 그곳 영원히 그들은 추향(追香)하나니. 한편 모든 목신(木神)들의 화목(火目)이 화군교(花群校)를 보기 위해 열광(熱狂) 열광(熱廣)하도다.

두 번 그는 이씨의 손짓을 따랐는지라, 이제 세 번째로 그녀는 그에게 대들도다—그녀의 작은 양과 함께 메리처럼. 학교 막사의 눈(眼)들이 학교에서 한 마리 양을 보려고 크게 뜨듯, 이제 목신(木神) 소녀들이 화군교(花群校)를 보기 위해 열광하는지라,

250.34. 마왕 루시퍼(추프)에 의하여 인도된 채, 행복한 사도(四跳) 속에, 처녀들은 추방자(글루그)를 깎아 내리는지라, 왕관 영역의 손상 자. 그들은 그를 조롱하나니.

251. 〔소녀들은 글루그 더러 일어서도록 청한다.〕

일어섯. 노한(老漢), 노한(怒漢)이여!(Hun! Hum!)

그(글루그)는 거기 소녀들 사이에 서도다. 자신의 전유물 자체(음경)를 완전히 망각한 채, 그들의 경쾌한 무리의 온기와 광명으로부터 밀려나, 생의 축제로부터 추방당하나니. 나쁜 생각들이 그의 마음을 가로지른 채, 사악한 마법사의 생각들 그리고 죄의 점들이 그의 의상 위에 나타나도다. 그는 그녀(이씨)의 열(熱)로부터 사랑의 자취를 더듬는다. 그는 눈을 깜박거리나니, 가장 위험한 상황들에 의해 공격받는다. 그의 욕망의 열이 솟으며, 그의 천국의 지혜가 그늘 속에 묻히는지라. 그는 죄의 생각들의 증표를 배신하도다.

251.4. 〔글루그: 이씨를 호색하다.〕

그는 거기에 자신의 천성적 벙어리 상태에 있었나니, 자신의 전유물(專有物) 자체(성기; 이를테면 스프 연(鉛) 냄비, 마찬가지로 소스 냄비의 뚜뻑기 같은)를 분명히 자동건망증적(自動健忘症的)으로 망각한 채, 제멋대로 하고픈 욕망이 현명하게 되는 의지를 양조(壤造)하는지라. 그가 광명으로부터 밀려나고, 별광투사(別光投射)된 채, 그는 그녀의 열(熱)로부터 사랑의 자취를 더듬는지라. 그는 눈을 깜박거리나니. 그러나 자비를 꽃 장식하는 곳에 분노가 점고하도다. 왠고하면 이들 모든 것들은 이 세상 사람들인지라, 시간이 상태로 액화하여, 무자비의 세월이 천사기(天使期)로 성장하도다. 하지만, 그가 입언(立言)하는바, 최대의 하사가(何事歌)가 마녀가(魔女歌)에서부터 흑둔부(黑臀部)의 뒤뚱거림에 이르기까지 그에게 닥치나니, 기근마(饑饉魔)와 젊은 무녀(巫女)(영원한 협력) 그리고 긴 잠옷의 골회작용(骨灰作用)을 지닌 작업복의 허락이 부여되리로다. 만일 그가 동(東)을 탐(探)하면 그는 진남(眞南) 속에 소견(騷見)하고, 만일 그가 북통(北通)하면 그는 서요(西腰) 속에 쇠약하리라. 그리하여 그늘 속에 수은악지(水銀惡智)를 가지고 무슨 경이(驚異)를? 그의 슬다엽(膝茶葉)의 오반점(汚斑點)은 자신의 비행사상(卑行思想)이요, 이모젠 광상(狂想)의 원표(願標)로다.〔나쁜 생각들이 그의 마음을 가로지르다.〕 모두들 벗어날지라! 모두들 떠날지라! 그러나 척골각(尺骨脚)은 세남(細男)이나니. 밤밤 밤! 모두 말(言)로서 헛되이 자신들을 그녀로 바꾸려 하다니. 발분(發憤), 모두들 사랑을 호소했도다! 젠장, 그들은 모두 버찌 미녀들이라!

251.21. 〔글루그는 이씨의 가정교사〕

만약 단지 만사 사정이 다르다면, 그는 한숨짓는지라. 만일 자신이 커다란 안락의자에 앉은 이씨의 가정교사요 그녀가 그의 손안에 든 밀랍이라면! 그는 장시간 동안 가장 감질 나는 암사본(暗死本)속의 단테 같은 그림 페이지들을 넘기며 만지작거리리라. 그는 말하리라. 갈릴레오에 관한 이 구절을 봐요! 자 이제 마키아벨리에 관한 이 조각 천 페이지에 착수해요! 그는 확실히 멋지게 목적을 달성할 수 있으리니. 그건 아담이 이브의 교사가 된 이래 모든 *관습과 시대에 있어서*〔라틴어〕, 남자의 마음속에 짓궂음을 지닌 채 그래왔나니, 반면 그녀의 눈동자는 흥분으로 가득했도다. 나 (I)는 여성인사(女性人士)로다. 오(O), 목적격성(目的格性)의. 당신(U)은 유일단수격(唯一單數格). 〔IOU: 여성은 남성의 소유격〕

〔추프와 글루그가 결투를 위해 서로 대면한다.〕 왜 배반자들이 결투에 관여해야 하다니 어느 쪽인지 그리하여 여기 그들은, 그들 양자인지라, 브루노(Bruno)가 여녀(汝女)의 상(賞)을 위해 노란(Nolan)을 대면하는 격이도다.

251.35. 그러나 저 조롱하는 유혹녀를 귀담아 들을지라! 음유시인에 대항하여 양팔을 빗장 찌르는 조롱하는 영웅에 귀를 기우릴지라. 이것은 우리가 시간의 시작 이래 들어왔던 이야기.

252. 〔쌍둥이들의 직접 대결〕

그때 그(추프)가 자신의 사견(射肩)을 펴고 있었기에. 나(글루그)도 그랬나니. 그리하여 내가 나의 파우스트 권(拳)을 꽉 쥐고 있었을 때. 그도 마찬가지. 그리하여 그때 우리들은 양볼 대(袋)를 혹 불고 있었던지라. 그대 역시(Souwouyou).

252.4. 자 덤벼요, 찌를지라! 행할지라, 받아넘길지라! 쌍 형제여, 감히! 인류 남아(男兒)의 장기광란(長期狂亂)의 잔여의회(殘餘議會)라, 결학식(缺學識)의 학식자, 경이(驚異)처럼 무자비한.

—그리하여 창부의 저주의 성 제롬 묘지〔더블린의 신교고 묘지〕가 한
층 선상(善床)인 그대를 3인 가족 되게 하소서!
—진심감사
—녹초감사수여(綠草感謝授與).

252.14. 그리하여 각자는 그의 타자와 난투했도다. 그리하여 그의 안색이
변했나니. 난황쌍생아(卵黃雙生兒), 금속성(메타루스)과 비금속성(아메타리코
스), 그녀(이씨)의 왕관 찬탈자들, 분할외설심(分割猥藝心)의 언쟁자들, 직
접 변화하면서, 멸종야생상호웅우(滅種野生相互雄牛), 임신중제이과수정(姙
娠中第二過受精)(복〔複〕임신) 했나니(램프의 청소기가 돌쩌귀의 분유기〔噴油器〕에
그보다 더 사납게 얼굴 찡그린 적이 결코 없었는지라.)

252.33. 〔이때 부친(HCE)이 부활한 양 나타나다.〕

무신조(無信條)의, 무관(無冠)으로 그의 오만(傲慢)이 매달리도다. 그의
백안(白眼)에는 이제 더 이상 적악마(赤惡魔)가 없는지라. 해학인(諧謔人)
피자(彼者)가 그를 폭포쇄도(瀑布殺到)하나니! 한때 저음 나팔을 염원하든
빈취자(貧吹者)! 그는 자신의 손자의 손자의 손자의 손자(글루그)의 손자가
어찌하여 페루에서 혈통을 계승할 것인지 알지 못하는지라.

253. 〔그런데도 글루그는 이씨를 사랑하리라.〕

그 이유인 즉, 어스 말(言)〔고대 켈트 어〕의 최초 선(善)한 관용어로
"내가 그걸 했도다(I have done it)"는 "나는 재차 그렇게 하리라(I so shall
do)"와 대등하기 때문이라.

253.4. 〔여기 글루그는 자신의 조상들의 러시아적 과거에 관해 감히
생각하지 않나니 왜냐하면, 슬라브 어로, "지금 나를 쳐다봐요(look at me
now)"는 "나는 한때 딴 것이었도다(I once was otherwise)"를 의미하기 때
문인지라. 뿐만 아니라 시간과 종족의 시작이래, 현명한 개미들의 축적과 베

쌍이들의 낭비벽 이래, 세계의 아동들이 변함없이 유회하는 동안, 그들은 세계 지도의 모형이 변경되어 왔던 것을 감히 생각지 않는 도다. 그는 제국의 길들, 어떻게 런던의 허튼 소리가 정복당한 대륙들과 섬들의 거주민들에게 국자로 퍼내지는 지를 감히 생각하지 않는 도다. 만일 그가 명예의 지상 명령을 따른다면, 그는, 마태, 마가, 누가, 요한의 도움으로, 서약하는지라. 죽음이 그들을 떼어놓을 때까지 그대(이씨)를 소중히 여길 것을. 그러나 실지로 그의 길은 담자색의 곡정(穀庭) 안으로 들어가는 길인지라, 그는 감상적 시를 쓰고 있을 따름이도다. 〔여기 글루그는 테니슨의 '모드(Maud)'와 같은 감상시를 쓴다.〕

253.19. 글루그는 앞서 수수께끼의 두 번째럼 세 번째도 실패했나니, 그리하여 더 이상 기회는 없으리라. 그러나 오늘밤의 게임은 다량의 환락, 야유성, 아우성, 수카프 훈련, 모자 훔치기, 금요수(金尿水)의 발사, 및 총(總)엄지 탁아술(託兒術)과 더불어, 모두 끝나는, 젊은 여인들의, 소년들의 사랑의 열투로 종결되지는 않는 것이라. 우리는 이 마을 유치원의 소요 한 복판 사이, 장화주(將華主: HCE)의 갑작스러운, 거인연(巨人然)한 출현을 계산에 넣지 않으면 안 되도다. 장대하게 장고환(長苦患)하는 장화주(將華主)여.

253.34. 〔여기 HCE의 출현〕
　　그러나 진대진(眞對眞)의 공대공신(空大公神)이여(HCE), 모든 기계류의 신이요 반스태이블(마구간)의 묘석(墓石), 다분할(多分割) 또는 생체해부에 의하여, 분리된 채 또는 재 복합 된 채, 아이작(亞而作) 원충웅(遠蟲熊) 아일랜드 인, 그를 어떻게 설명 가(可)하리요, 갈 까마귀여?

254. 〔졸린 HCE, 반(半) 수면하(睡眠下)의 반(半) 자기 명상, 그와 ALP의 도래〕
　　그(HCE)는, 예를 들면, 혹자들이 그를 견후(犬嗅)해 왔듯이, 루리 파(波), 토스 파(波) 및 클레버 파(波), 저들 세 억센 돈심장자(豚心臟者)들〔아일랜드의 4개의 파도들 중 3개, 즉, 해안의 3곳(岬)〕비례축인(秘禮祝人)의 오리온〔희랍의 사냥꾼〕, 맥마헌의 크림 전사(戰士: 프랑스 장교), 이프스 자신〔신화의 악의적 산사나무〕에 의하여, 우리들의 해벽(海壁)에 투척(投擲)되었던고, 그리하여 우리들의 자력(資力)에 일상(日常)의 몫을 부여하는 극단(極端)의 산물(産物)은, 여하인(如何人)에게도 그렇게 생각될 것이거니와, 우리들의 부승정구(副僧正區)의 최(最)귀공자 전사(戰士)와 함께 그대의 최혹(最酷)의 속한(俗漢)〔영국의 전설적 설립자〕, 혹은 기사도의 연대기편자年(代記編者)가 만일 자신이 주사(走查)하지 않는 한, 종필(從筆)하는, 클라이오 역사여신(歷史女神)〔역사의 뮤즈 여신〕의 잡보란(雜報欄)에서부터 그렇게 불리졌나니…… 그의 내향적 신음독백(呻吟獨白)에 연모(燃慕)하는 그녀(ALP)의 사랑의 속삭임과 함께, 사라의 개폐교두(開閉橋頭), 사사책(似舍柵)에서부터 아이작의, 소명(笑鳴) 바트 교(橋)까지, 모든 물고기의 길을 걸어가다니? 그런고로 바스티언 무(舞)와 함께 패리츈 무(舞) 또는 쾌활한 난(Nan) 여(女)와 함께 울적한 험프(HCE), 애악결말애정행위대착임신(愛惡結末愛情行爲臺着姙娠)? 어찌 그대는 돈언(豚言)하는 고, *미녀우(美女友)여*? 강(江) 수(水) 부(父) 백(白) 바벨 남(男) 더브 눈물의 해협이여.

254.18. 〔HCE의 도래〕

속삭이는 뇌신의 파어(波語)가 인심(人心)의 귀에 다가오나니, 어떤 무해도(無海圖)의 바위, 또는 도피적 해초(海草)에 관한 루머처럼, 이야기의 루머가 마음의 귀에 다가오도다. 대망막(大網膜)〔caul: 태아가 머리에 뒤집어쓰고 나오는 양막(羊膜), 아일랜드 및 독일의 이교도설에 의하면 대망막으로 태어나는 아이는 행운과 자주 영웅의 힘을 지닌다고 함〕으로 태어나는 아이만이 1001의 이름을 아는지라. HCE, 나태자 핀펀, 그는 우리가 거듭거듭 만나는 늙은이, 마호메트 자신에 의하여, 환년대기주의(環年代期主義)속에, 공간에서 공간으로, 시간 뒤 시간에 잇따라, 성전(聖典)의 다양한 국면에서. 그러나 이제 소녀들은 그에게 갈지니, HCE인 목초 왕에게로, 남자 이상의 자, 그의 주위 스독(植) 꽃들이 그를 기꺼이 나르리라.

255. 저 영웅(HCE)의 이름이라, 우리들의 생의 환영(幻影)의 파괴자로다. 그(HCE)를 집공(執攻)할지라! 붙들지라!

255.5. 〔여기 타혹소환자(他或召喚者) HCE는 폐점시간인지라, 이이들을 소환한다.〕

왜 그대는 그를 대지로부터 깨우려 하는 고, 오 타자, 혹자, 소환자여. 그는 세진(世塵)으로부터 풍상(風傷) 당했도다. 그의 폐문(閉門)의 시간이 급히 다가오도다. 경종이 그의 행방을 클랙슨 할지니. 〔그는 거인, 피네간 처럼 잠자도다.〕 그의 깨어날 시간이 임박하기에.〕

255.12. 〔잠자는 HCE에게 평화를!〕

여호사밧 촌이여〔성서의 최후 심판장〕 여기 무슨 비운인고! 천사들과 현인들이여, 그를 보호하소서! 주님, 그에게 비의 자비를 내리게 하시고 그리고 중지하지 마옵소서! 덴마크의 상아 뼈 찌르는 자여, 그의 헥터 보호자 되소서! 오래 된 펀치는 자랑스러운 술 일지라도, 그의 아내 주디의 기지(機智)보다 낫도다. 그리하여 여기 그녀가 오도다.

〔그녀(ALP)의 도래, 그녀는 아이들을 비로부터 공부로 불러드릴지라.〕

생산자는 조부 아담 위에 깊은 잠을 내리도록 원인 되게 했는지라, 그리하여 HCE는 자신의 갈빗대에서 하나를 뽑았나니, 배우자 ALP, 몸무게 10스톤 10파운드, 키 5척 5 그리고 가슴둘레 37인치, 탐나는 허리둘레 29 동상(同上), 엉덩이둘레 37, 각각의 허벅지 둘레 공히 23, 장딴지 둘레 14 그리고 그녀의 세구(細軀)의 화주(靴周) 족(足) 9 이라. 〔전성기의 ALP는 HCE의 옆구리에서 갈빗대를 뽑은 것으로 서술된다.〕 그녀의 출현은 하느님의 자비의 담보물이도다.

256. 〔ALP, 그녀의 아이들을 부르다.〕

그리하여 그대가 부디 자비를 기도하거나 혹은 그대의 유난스러운 감상(感傷) 또는 면치레와 함께 구원을 할 수 있기 전에, 수탉의 암탉은 그의 어린 암평아리들을 색조음(色調音)으로 불렀도다. 거기에 그들은 귀를 재빨리 경집(傾集)하나니. 그들의 골육상쟁, 그들의 육(肉)의 가시가, 속음(速音)처럼 재빨리, 순식간에 도망치는지라(그리고 단지 한 마리 암탉도 아니고 두 마리 암탉도 아니고 모든 축복받은 브리지드 성자계[聖子鷄]가 한숨쉬며 흐느끼며 다가 왔나니.) 그런 사이, 한 잔 람 주, 전골(全骨)의 숫양, 맥주, 포도주, 구내소비를 위한 강주, 변론 없는 변호사들인 양, 마마의 악동, 파파의 미금(美禽), 모두의 최홍안(最紅顔)의 왕후, 비록 화화(華花)로서 화화장식(花火粧飾)되어 있을지라도, 각자의 색에 따라 고성소환(高聲召喚)되도다.

256.11. 〔소녀들의 귀가〕

모두 귀가하는지라. 광륜몽(光輪夢). 더 이상의 무축소음(無軸騷音)일랑 나팔 불지 말지니, 잡동사니 견함(犬喊)을! 그리하여 그대의 훈연(燻煙)을 멈출지라, 총림(叢林)을 불태웠는지라. 성언어(聖言語; 성경)가 대령하나니. 이내 다가오도다. 지나가려고.

256.17. 〔아이들의 숙제; 언어, 역사, 지리, 화학, 기하학, 산수 등〕

왠고하니 그들은 이제 열리(裂離)고 있나니, 말하자면, 흩어흩어져흩어지고 있도다. 너무나도 빨리 숙제 장 및 맛있는, 스스럼없는, 빵과 붕붕성서봉(聖書蜂), 쥬쥬 잼에 야자나무 사탕, 문법의견(文法意見)의 소화(消化)부터의 세련된 프랑스어구들 그리고 사대사(四大師), 마타티아스, 마루시아스, 루카니아스, 요키니아스로부터의 방풍폐용분석(防風廢用分析), 그리고 우리들의 세속아일랜드경마게시전기독기원(世俗愛蘭競馬揭示前基督紀元) 1132년에 일어났던 일 및 왜 그가 현재 있는 영어(圈圍)의 몸 인고 및 음파도(音波濤)가 모두 오행(汚行)하고 유수(流水)가 사행(蛇行)하여 구축하기 전에 말하는 것을 멈추게 한 것 및 어디서부터 해괴물(海怪物)이 괴어(怪魚)를 잡아 왔는지 및 하고(何故)로 도전백노(稻田白鷺)가 버마 산웅(産熊)을 싫어하는지 그리고 왜 수부 신다트카 섬록암수병(閃綠岩水兵)〔「아라비안나이트」의 수부〕처럼 무엇을 가지고 주술사가 의회에서 행사했는지, 보통 식염의 수력학(水力學)의 정의(定義) 및, 고유행(古流行)의 경화(硬貨)를 정의하는 것은 말할 것도 없고 연좌석(連坐席)하고 있었는지, 거기서 중앙우체국 (G.P.O)은 중앙이요 더블린 연합전철회사 (D.U.T.C).는 방사선인지라, 다수 및 수천만 루피의 굴절빈도(屈折頻度)에 의하여 북부순환도로(N.C.R) 및 남부순환도로(S.C.R) 상의 하숙비의 사정가(査定價)를 기록할지라.

256.33. 〔불행한 이씨 그리고 글루그〕

저 작은 구름, 한 운녀(雲女), 아직도 천공 속에 떠도나니. 가침상(歌寢床)은 잠들기 전에 살금살금 요동하도다. 밤의 빛은 그의 분가(糞家)에서 악몽인지라. 두툼한 빵과 엷은 버터 아니면 나와 함께 그대 먼저. 젠장, 하지만 마늘 냄새가 대기를 찌르나니. 우리들의 소우(騷右) 쪽으로 쾌각(快脚) 구르지 말지라! 최좌(最左) 쪽으로 담황홀(膽恍惚)하지 말지라!

257. 소녀여 오늘 할 일은 무엇인고? 그런고로 천사지(天使地)에 온통 눈물통(桶), 저 이찌(이씨)는 가장 불행하도다. 식욕을 돋우는 한 모금? 스텔라의 속삭이는 저녁별이 웃음 짓는지라.

257.3. 한편, 그들의〔무도 소녀들, 그들의 잡담 되풀이〕길을 사방 뛰어다니나니, 가고 오고하면서, 이제는 능형(菱形) 능형으로, 방금은 부등사변형(不等斜邊形)의 형태로, 대조모(大祖母)가 그들에게 시범하는 은총도자(恩寵跳者) 베짱이 춤 뛰기, 개미 깡충깡충맴돌기 및 쇄기꼴 농장 토끼 뜀 뛰기의 모형을 짜면서, 모두들 야유도(揶揄跳)하는지라, 도리언 양과(良果) 및 바람난 오월녀, 마치에토 곁의 다리오우〔일종의 프랑스 서사시〕, 후디 상점까지 밖에서 노래하는 모든 사내 아이 더 많은 모든 계집 아이, 한편 째깍 째깍 째깍 째깍 저 시골뜨기의 자명종 시계, 박요통(薄腰痛)의 깡통 치는 소리, 째깍 째깍 째깍 째깍 째깍했나니, 그리하여 처음도 끝도 없는 이야기를 되풀이하는지라, 늙은 발리 대맥부(大麥父)의 매일 아침 조기법(早起法) 그리고 그는 만났나니 엉덩이 힙스와 산사나무 하우즈라는 이름의 찔레꽃 금발녀들과 함께 그리고 그가 아는 상대로 스코우드 쇼즈(미상)라 불리는 트리니티 대학의 어떤 녀석, 그는 늙은 부사제(副司祭)〔스위프트—HCE〕를 닮았는지라 그는 자신의 베이컨 조각을 잘 집어넣을 수 있었으나 대담한 농사꾼 바레이(大麥父)와는 결코 비교도 안 될지니, 그는 부

랴부랴 잠이 깬 곳 그 빵 가게의 금궤 주머니를 삼키기 위해 거의 비척비
척 걸을 수도 거의거의 없었나니, 그런데 그대의 팬티가 벗겨진 채! 그대
의 스타킹의 저 틈새를 세상에 자랑해 보이면서! 월드 포레스터 팔리〔신
부 명, U 65〕를 위해 늙은 디디 아친에게 베이컨 조각의 값을 구걸했던,
대담한 농사꾼 버레이와는 결코 비교도 안 될 늙은 대디 부제(副祭)를 닮
은, 어떤 트리니티 대학의 녀석과 어떻게 우연히 부딪혔는지에 관해―계
속 쩩깍거렸도다. 〔여기 아이들의 잡음은 갑자기 부친의 문 닫는 소리로
멈추는지라, 이를 통해 천둥소리(6번째)가 그들에게 다시 들린다.〕 쾅문
닫아라탕탕안두라스페문하라스후퍼모마왕터툴쭈악마괄나볼탄스포트호칸
사―뚜탙탕드벌주점문폐.

　종막.

　대단원의 대성갈채(大聲喝采)!

　그대의 관극(觀劇)의 연극, 여기서 끝나다. 이것이 게임의 종말. 커튼은
심한 요구에 의해 내리다.

　법석, 매연, 그리고 갑작스러운 비. 구나(Gunnar)〔게이어티 극장 지배
인 건〕가 객들을 내보도다.

258. 〔박수갈채, 천둥소리 및 취침 전 기도〕

　바위들이 분열하도다. 이는 숙명의 날. 신들의 황혼인지라. 겁 많은 마
음들이 두려움 속에 모두 소멸하고 깨어나니. 이봐요, 우리들의 절규, 우
리들의 술, 우리들의 지그 춤으로, 죽음의 천사를 칭송할지라. 그(HCE)는
깨어있도다. "마혼(魔魂)이여, 내가 사(死)했다고 생각했는고?"〔그들의
부친의 일어남은 피네간의 부활과 닮았다.〕

〔연극의 종말―갈채―우레의 신 및 잠자기 전 잡담과 기도〕

　암렬(岩裂) 신(神)들의 운명의 지배. 신들의 사라짐은 신들의 황혼인지
라. 지옥의 종(鐘). 말(言)들의 겁 많은 마음들이 모두 소멸하도다. 신인성
찬(神人聖餐), 고신(高紳)이여, 어찌 그렇게 되었는고? 부(父) 맙소사, 그대
는 멀리 듣지 않았던고? 사보이 뇌가(雷家)의 모토(표어). 역시! 그리하여
버컬리 양키두들 애창가(愛唱歌)! 유태 성축제의식(聖祝祭儀式)! 공포로 그
들은 분열했는지라, 모두들 풍(風)을 식(食)하고, 거기 모두들 산비(散飛)

했나니; 그들이 식(食)했던 곳에 그들은 산비(散飛)했느니라; 공포 때문에 모두들 산비하고, 그들은 도망쳤도다. 이봐요, 우리들의 경청(傾聽)으로, 우리들의 양조어(釀造語)에 의하여, 우리들의 지그 춤으로, 그의 속보(速步)로서, 우리 모두 사천사(死天使) 아자젤[죽음의 천사]을 칭송할지라. 성구함(聖句函)과 함께 문설주로, 마혼(魔魂)이여, 내(HCE 자신)가 사(死)했다고 생각했는고? 그래! 그럼! 만세월(萬歲月)! 그리하여 넉 네쿠론 거인으로 하여금 양귀비 맥 마칼을 칭송하게 하며 그로 하여금 그에게 말하게 할지라: 나의 모(母), 국(國), 명(名)의 무위(無爲) 셈이여. 그리하여 바벨(Babel)은 적자(敵者) 레밥(lebab; Babel의 역철)과 함께 있지 않을지니? [혼돈의 의미] 그리하여 그는 전(戰)하도다. 그리하여 그는 자신의 입을 열고 답하리라: 나는 듣나니, 오 이즈라엘이여[「창세기」 6:4의 패러디], 어찌 성주신(聖主神)은 단지 나의 대성주신(大聲主神)의 단신(單神)인고. 만일 네쿠론이 죄천락(罪天落)한다면 확실히 마칼에게 벌은 칠십칠배(七十七倍)로다[「창세기」 4:24의 패러디] 이봐요, 우리 마칼을 칭화(稱話) 하세나[「시편」 68:5의 패러디], 그래요, 우리 극도로 칭락(稱樂)하세 나, 비록 그대가 자신의 요육병(尿肉瓶; 오물 통) 속에 놓여있다 할지라도[「출애굽기」 16:3의 패러디], 나의 위엄(威嚴)이 이스마엘 위에 있느니라 「시편」 68:34의 패러디] 이스마엘 위에 있는 자 실로 위대하나니 그리하여 그는 맥 노아의 대수(大首)가 될지로다 [「창세기」 17:20의 패러디] 그리하여 그는 행위사(行爲死)했도다 [「창세기」 9:20의 패러디.]

　　재차강강갈채(再次强彊喝采!; Uplouderamainagain!).
　　[청공의 신의 소리, 지상의 주민의 전율] 왠고하니 천공의 대기청소부(大氣淸掃夫)가 이야기를 했나니 그리하여, 대지(大地)의 주자(住者)들은 머리에서 발끝까지 전율했도다.

　　대성주여, 은총으로 우리를 들으소서!

[아이들로 하여금 집으로 들어가 독서하게 하라.]

　　이제 그대의 아이들은 그들의 처소로 들어갔도다. 그리고 당신은 아이들의 거소의 정문을 닫았는지라, 그리하여 경계자들을 배치했나니, 당신의 아이들이 빛을 향한 개심(開心)의 책〔이집트의『사자의 책』〕을 읽을 수 있도록, 그리하여 당신의 사자(使者)인 저들 경계자들인, 그들 돈족(豚足)의 케리〔아일랜드 남서부의 주〕산(産) 젖소들, 당신의—기도를—기도해요의 티모시와 잠자리—로—돌아와요의 톰〔티모시 및 톰:두 경비원들〕의 경안내(警案內)에 의해, 당신의 무관사(無關事)의 후사상(後思想)(反省)인 어둠 속에서 과오하지 않도록.

259. 〔잠을 위한 기도, 이내 잠들지라, 나무가 돌이 될 때까지 영원히〕

나무에서 나무, 나무들 사이에서 나무, 나무를 넘어 나무가 돌에서 돌, 돌들 사이의 돌, 돌 아래의 돌이 될 때까지 영원히.

오 대성주(大聲主)여, 청원하옵건대 이들 당신의 무광(無光)의 자들의 각자의 기도를 들어주옵소서! 오시각(悟時刻)에 잠을 하사하옵소서, 오 대성주여!

그들이 한기(寒氣)를 갖지 않도록. 그들이 살모(殺母)를 호명(呼名)하지 않도록. 그들이 광벌목(狂伐木)을 범하지 않도록.

대성주여, 우리들 위에 비참(悲慘)을 쌓을지라 하지만 우리들의 심업(心業)을 낮은 웃음으로 휘감으소서!

하 헤 히 호 후.〔동물원의 짐승들의 울음소리〕〔5개의 모음〕

만사묵묵(萬事黙黙).

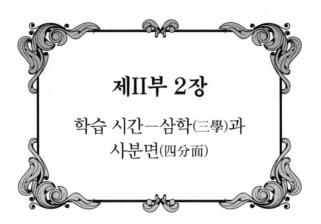

제II부 2장

학습 시간—삼학(三學)과 사분면(四分面)

【개요】『피네간의 경야』가 출판 된 두 달 뒤에, 조이스는 1939년 7월의 프랜크 버전에게 한 한 편지에서, "여기 기법은, 절반에서 위치가 바뀌는, 쌍둥이들에 의한 방주들이요, 소녀에 의한 각주, 유클리드 도면, 우스꽝스러운 그림 등으로, 완성된 남녀학생들의 옛 교과서의 재생이라오."(「서간문」I.406). 아이들의 학습은 전 세계의 인류 및 학문에 관한 것으로, 유대교 신학, 비코의 철학, 중세 대학의 삼학(문법학, 논리학 및 수학)과 사분면(산수, 기하, 천문학, 음악)의 7교양과목 등이, 편지 쓰기와 순문학(벨레트레)과 함께 진행된다. 그들의 마음은 우주와 암울한 신비에서부터 체플리조드와 HCE의 주점에까지 점차적인 단계로 안내된다.

돌프(솀), 케브(숀) 및 그들의 자매인 이씨가 자신들의 저녁 학습에 종사한다. 그들은 모두 집안의 이층에 있으며, 이씨는 소파에 앉아 노래와 바느질을 하고 있다. 아래층 주장에서는 HCE가 12손님들을 대접하고 있다. 이어, 꼬마 소녀 이씨가 소파에서 그녀의 사랑을 명상하는 동안, 돌프는 기하 문제를 가지고 케브를 돕는데, 그는 ALP의 성(섹스)의 비밀을 원과 삼각형의 기하학을 통하여 설명한다. 나중에 케브는 돌프의 설명에 어려움을 느끼고, 홧김에 그를 때려눕히지만, 돌프는 이내 회복하고 그를 용서하며 양자는 결국 화해한다. 수필의 제목들이 아이들의 학습의 마지막 부분을 점령하지만, 그들은 이들을 피하고 그 대신 양친에게 한 통의 "밤 편지(NIGHTLETTER)"를 쓴다.

본문의 양 옆에는 두 종류의 가장자리 노트와, 아래 쪽에 각주가 각각 붙어 있다. 이는 이 장의 프린트 된 페이지의 가장 두드러진 형상으로, 『율리시스』의 "아이올로즈" 장과 비유될 수 있는 방법이거니와, 가상건대 아이들에 의해 텍스트북에 갈겨쓰는 가장자리 노트와 각주들의 사용이다. 절반 부분의 왼쪽 노트는 셈의 것이요, 오른쪽 것은 숀의 것이다. 그러나 후반에서 이는 위치가 서로 바뀐다. 이들 중간 부분(288~292)은 셈(교수)에 의한 아일랜드의 정치, 종교 및 역사에 관한 서술로서, 양쪽 가장자리에는 노트가 없다. 중단(hiatus) 혹은 중간을 따르면서 (287~92), 소년들은 위치가 서로 바뀌는지라, 고로 케브는 왼쪽에 이탤릭체의 말을 쓰고, 돌프는 오른 쪽으로 대문자 채를 갖는다. 이리하여, 우리는 여기 잃서 프랜퀸 이야기, 뮤트와 쥬트 에피소드, 그리고 페스티 킹의 재판의 또 다른 예를 갖는 셈이다.

각주는 이씨의 것으로, 모드 229개에 달한다. 이들 각주는 뻔뻔스럽고 성적으로 희롱적이다. 돌프가 케브에게 수학을 교수하는 대목에는 다양한 수학적 용어들이 담겨있다. 3아이들의 각자는 이 장에서 아주 단언적이다.

[본문 시작]

260. 우리가 현재 존재(存在)하는 곳에 존재하는 우리는 현존하는 우리인지라, 극소조(極小鳥)에서 원반구락총체(原盤具樂總體)에 이르기까지〔문명의 진화〕차(茶) 차 차〔자연의 증유수〕

　창조의 과정에 대한 열리는 토론은 인간 존재(Human Existence)에 대한 수수께끼에 의하여 유발 된다. 여기 "우리 있는지라. 어디서 우리 왔는고. 그리고 어디에, 결국, 우리 있는고?" 우리가 작은 새(鳥)이거나 혹은 존재의 총체일지라도, 우리는 여기 존재하나니! 그리고 여기 또한, 차(茶)를 대령하는 모성적(母性的) 잔(盞)이 있도다. 다목(茶木)이 물에 진미의 얼룩을 첨가하듯, 생명의 여신은 천국의 바다가 지닌 추상적 순결에 자연의 얼룩을 첨가한다. 차는 『피네간의 경야』에 이미 많은 의미를 작용해 왔다. 그것은 생명의 증류수(brew)이다. "Tea tea"는 "titty(산모의 유두)"를 암시함으로써, 유아를 위한 생명의 증유수의 원천 및 어머니의 자양분의 근원적 이미지를 띤다. Tea는 *Thea*로도 읽혀질 수 있나니, 이는 여신을 의미한다.

　"건너오려는 자, 언제나 모자를 쓴 자. 우리는 저 주잔처(酒盞處)〔HCE의 주막〕를 위해 여하히 도행(徒行)을 감행하는고?" 나그네의 질문에 대한 불량경비(bigguard)의 답인 즉. "나는 격(擊)당했도다 (Am shot)"이라, 이는 또한, 술(shot. 한 잔)에 대한 언급이다. 여기 "shot"는 버클리가 소련 장군을 쏘는 일화(후출. 337～55)를 상기시키거니와, 그것의 희생자는 또한, 불량경비(주점 하인)이다.

　길손이 갖는 HCE 주막으로의 행로는 어디에? 우리들의 좌측에서 급(急)진행하여, 륜(輪)할지라, 어디로. 리비우스 장소로(長小路), 메쪼환티

시장 사이, 세면소 광장을 대각횡단(對角橫斷)하여, 타이초 브라히 신월(新月)까지, 버클리 소로를 배행(背行)하여, 개인즈버러를 횡단하여, 기이도 다레츠 문도(門道) 밑으로, 리비우스 신소로(新小路) 곁으로, 우리들이 방향(方向)하는 동안, 옛 비코의 회환점(回還點), 이리하여 비코의 순환의 옛 이야기가 반복 되도다. 그러나 멀리, 공심(恐心)할지라! 그리하여 자연의, 단순한, 노예 같은, 효성(孝誠), 우리가 아는 그의 정부(情婦)를 축하하는 이단자 몬탄[프리지아의 이단자?]의 결혼은, 말괄량이를 부둥켜안은 어느 열혈아(HCE)이도다.

창조의 의지가 세계부(世界父)에 나타나자, 이른 바, 초월론적 영역에 일종의 발효가 시작되도다. 그것은 여성적 원리의 실현으로서 종결되는 바, 부친의 동경에 대한 단 하나의 가능한 응답이다. 그는 그녀를 덮었나니, 이리하여 세계를 낳았도다. 그밖에 어떻게 우리들 인생의 모험이 시작될 수 있으리오? 그는 사랑의 고통을 알았고, 우리를 낳았으며, 그녀는 어머니 됨을 그리고 그의 세계를 낳는 것을 기뻐했도다.

261. 우리들, 공간의 감시자들은 옛 언덕에 그리고 그의 이웃 시내에서 식별하는, 그리고 윙윙대는 바람이 우리에게 말하는, 한 쌍의 부부로서. 계천은 ALP, 산은 HCE이라. 그의 홍홍 지가(地家)는 고만사(古萬事)의 장소이니, 거기 조자(造者)는 피조자(彼造者)와 벗하고, 역사의 인류가 이룩한 7대 기적들[불가사의]이 있으니: (1) 원추(피라미드) (2) 유폐(바빌론) (3) 대롱대는 둥지 (이집트의 파라오) (4) 올림퍼스 성지(피디아스의 예수) (5) 다이아나 투명궁(사원) 6) 그의 거등대상(巨燈臺像)(로데스의 코로즈) (7) 모소럼 장묘(丈墓) [이들 기적들은 시간과 공간을 통해 HCE의 주막과 병치(竝置)된다.]

[HCE의 실체]

아인소프(Ainsoph), 이 직립일자(直立1者)는, 저 0과 함께 자신을 01로 포위했는지라. 그는 연금술자의 수은(水銀)이나니, 그리하여 그 신비적 증류기 속에서 그의 증변(症變)을 보는 것은 공포의 대상이라. 낮에는 오공(午攻)의 공포요, 각 혼례의 신랑이니. 그러나 그는 누구인고? 누구의? 왜? 언제? 어디? 어떻게? 그리하여 도대체 그의 주변에는 무엇이 있는고?

262. 그(HCE)의 주점 입성(入城)의 과정이 실지로 시작되기 전에, 1 부(夫)와 0 부(婦)의 세계—탄생의 결합이 있었도다. 그는 그녀에게 하강하고, 신비의 10년의 사다리 아래 추락했는지라. 이 추락은 물체에 대한 정신의 주입이요, 리피강으로의 통로이며, 혼인의 밤으로서, 대표될 수 있으리라. 여기 작가의 서술은 밤 나그네의 경비성(警備城)으로의 입성을 암시하거니와, 다리에 접근하여, 교차하고, 성에 당도하도다. 그는 노크(노크 성)하고, 암호가(퍼스 오레일리) 건네지고, 문이 "예(Yes)"하고 열리는지라. 오 휴식의 여신(ALP)이여, 그들을 깨우소서! 여기는 대식(大食)의 집이라. 〔HCE의 주막〕 초월론적, 지적 문제〔주인 1과 부인 0의 결합〕에 이어, 화자는 우리를 시골 마을(Lucalizod)로 초대하는데, 거기 세계를 낳는 결합의 결과가 분명해지도다. 첫째는 저 유명한 휴식처인, HCE의 주막에 대한 인식으로, 밧줄 매는 꺾쇠 환(環), 기어오르는 계단석(階段石), 픽카주타운의 부트 옥(屋). 장지(葬地)는 빌리오라 산(山)일지니! 고로 바커스 주신으로 하여금 그를 부르게 할지라! 여숙(旅宿)! 거기. 아이들이 펜을 바쁘게 움직이니, 술고래들이 소굴에 군(群)하고. 아빠 우(友)여, 주인(HCE)은 십전(十錢)을 위해 돈 계산을 하도다.

263. 〔HCE의 문객들〕

그를 가장 자주 방문하는 진객(珍客)들은 4노인들〔Four Old Men〕인, Ignatius Loyola, Egyptus, Major A. Shaw, 및 늙은 Whitman 자신이다. 그(HCE)는 저 똑같은 고래(古來)의 기묘한 어구(魚口), 이그노투스 주(酒)리큐어의 가명 하에 있는지라, 그러나 모두 오랜 과거지사, 우리는 분명히 알 수 없나니, 노인들은 사라졌도다. 즉, 본래의 주점 주인과 주점의 무리들은 오래 전에 사라졌나니, 우리는 현재의 대표자들로 만족해야 하도다. 그러나 다행히도, 오늘날 일어나는 모든 것은 이 원시의 흔적을 그대로 지니나니. 천국과 대지 사이에는 신비스러운 대응이 있도다. 우리들의 복잡다기(複雜多岐)한 세상의 혼란은, 실질적으로 하나의 태양 아래 모두 동일한지라. 오 행복한 원죄여! 모든 사랑과 향락은, 하나의 원죄 아래, 하나의 태양 아래 체계화되어 있도다.

264. 〔HCE의 고대의 경쟁자들〕

그의 상업의 정력명존(精力名尊), 하지만 무결(無結)의 자존을 보존하나니. 교양 높은 황야 이방인의 뿔! 생명의 강! 노인, 두 소녀들 및 셋. 신학철학적 증오. 축복받은 자, 우리는 탐(探)하나니. 심지어 저주 자 가나안을, 언제나 어디로 오고, 언제나 어디로 가고.

264.15. 〔주막의 세팅—풍경〕

여기 리피강이 그의 길을 풍곡(風曲)하는 곳, 이것은 경쾌한 강 둑. 하나의 환영(幻影)의 도시, 이 강변 곁에, 우리들의 양지 바른 강둑 위에, 얼마나 멋진 조망이랴, 5월의 들판, 봄의 저 골짜기. 여기 과수원; 성향(聖香)의 법계수(法桂樹). 물푸레나무 숲의 고대 조망, 너도밤나무와 가시 넝쿨의 계곡. 이 촌변(村邊)의 놀만(Norman) 궁전, 우리들의 왕의 석가(石家)와 더불어.

265. 〔주막을 둘러 싼 브리스틀 및 체플리조드의 풍경〕

돌, 방앗간, 승원, 느릅나무, 모든 것이 회고자(懷古者)를 위한 것. 축배! 딸기 방단(芳壇)의 향기. 피닉스(불사조), 그의 화장목(火葬木)이, 지금도 삼심렬(三深裂)의 기세로 타오르고 있도다. 굴뚝새와 그의 보금자리, 여기에 구두장이와 신품(新品), 시민을 위한 오막 집과 방갈로, 이슬더를 위한 화관원(花冠園)…… 레이스의 혈(穴), 육(肉) 그리고 헬리오트로프…… 그리고 모두 그녀를 위해서 있나니. 일그러진 신기루, 평원의 애극지(愛極地), 등등.

266. 〔HCE의 주점과 아이들의 이층 공부 방〕

시침(市寢)의 복종은 그의 구멍 속에 도락(道樂)하고, 시골뜨기를 행복하게 만드나니. 스타와 차터, 린 아래 트리타운 카슬(목도성〔木都城〕) 그러나 그의 요기(妖氣)의 잔교(棧橋), 그의 유령 같은 경간(徑間), 그의 나룻배 삯의 단지 돈궤, 그의 난간은 온통 소요학파적. 드오브롱〔조이스 시절, 더블린의 유명한 창녀〕은 그의 도변(都邊)에. 그것을 우리는 모두 통과하도다. 동물원. 우리들의 비몽(鼻夢)속에. 코 곪. 우리가 촌향(村向)하는 동안 더욱 후무(厚茂)하나니.

우리는, 창조 자체의 거대한 문제에 대한 신학적 사료 다음에, 그리고 창조의 특수한 소우주적 예로 전진한 연후에, 그리고 불가피한 주막으로, 그곳 계단을 올라, 침실로 인도된 후에, 이제 육아실로, 거기서 우리는 자연의 커다란 힘이 작용하고 있음을 알게 되는지라.

소년들―두 쌍둥이 남아(男兒)들[돌프와 케브]의 방에는 대위법적 F 키가 얼굴을 서로 맞댄 한 폭의 두 권투자들의 그림이 걸려 있도다. 소년들은, 카타로니안(Catalaunian) 평원에서 싸운, 차론(Cha'lons) 전투를 공부하고 있나니, 거기서 아티라(Attila)는 아티우스(Aetius)와 비소고드(Visigoths) 하에 로마의 연합군에 의하여 저지당했도다. [벽에 걸린 권투자들의 그림이, 문명의 붕괴 기간에, 훈족과 로마인들의 이야기로 연관된다.] 이리하여, 그것은, 비코의 환에서, 이교도적 거인들의 시대로서 대표되는 격노한, 야만적 다툼의 시대를 암시하는지라. 우리는 4개의 은유를 뒤따르나니, i) 벽 위의 권투 자들 ii) 육아실의 소년들 iii) 역사적 훈족과 로마인들 iv) 대홍수의 시대에서 신화적, 비코의 거인들. 나아가 전투뿐만 아니라, 여인들에 대한 무제한적 추구가 문명 이전의 카오스의 단계를 특징 짓는 도다.

267. [두 소년들과 이씨의 공부 시작]

우리들의 두 쌍둥이들 앞의 깜박 깜박 펄럭 자(煮)인 이씨여, 우리들을 지식으로 탐(探)하게 하라, 우리들을 광채 나게 하라, 처녀 곡(谷)을 놓치지 말게 하라, 최다 의태녀(擬態女)여! 희랍의 샘(泉)인 그대, 우리로 하여금, 명부(冥府) 신 플라톤적(的)으로, 예쁜 프로서피인[그리스 신화의 지하 여왕]을 일견으로 따르게 하라.

267.12. [그들의 공부: 신학적 문제에서 사회학적인 것으로]

우리는 이제, 육아실에 의해 공급되는 예들을 통해, 원시적 육욕의 성질과 원시적 금기의 기원을 공부하나니. [여기 조이스는 프로이트의 『토템과 타부(Totem and Tabu)』를 회화화하고 있으나, 동시에 심리학자의 견해를 비코의 신화적 비전과 결합시킨다.] 천국의 무지개―여신이여 우리를 당신의 노고 속에 혼성케 하소서! 거기 섬광(閃光)이 말(言)이 되고, 분노의 홍수가 쏟아지도다. [이는 비코의 우렛소리요, 부(父)의 복수에 대한 프로이트적 공포로서, 거세 콤플렉스(castration complex)이다.] 그것은 육욕의 행위가 즉시 뒤따르고, 더 이상 죄짓지 않을 결심을 야기하도다.[금기] 따라서 옛 시대가 새 시대로, 옛 유혹녀가 젊은 처녀로 길을 양도하는지라. 성인성(聖人性)과 처녀의 무구성(無垢性)은 병발(竝發)할지니, 그러나 자연의 옛 고동(鼓動)은 거기 있으리라. 언제나, 오직 '유유(唯唯)의 소녀(Una Unica)'는 그녀의 벌꿀과 몰약(沒藥)의 무구(無垢)한 길을 갈지니, 반면에 오늘 꿀벌은 5월 화(花)를 여전히 감싸도다.

268. 그녀의 수줍음이 꽃 때문에 퇴색했다 해도, 그대는 그들 모두를, 작은 꽃들을 발견하리라. 팔들이 고리—고리 자물쇠 채인 채, 온통 그것(섹스)에 관해 생각하면서, 그녀는 누군가의 팔 안에서 발견할 향락을 생각하는지라.

268.7. [이씨의 문법 공부]
그녀는 젊은 남자들을 변용시키고 어형변화(語形變化)하는 기술을 조모한테서 배웠도다. 왜냐하면, 모든 것은 그녀의 생래의 오늬무늬 무늬 짜기였기에. 만일 남성, 여성 또는 중성의, 3인칭(자)에 있어서, 그것은 1인칭으로부터 서법율시(敍法律詩)하도다. 고로 그녀의 명령법의 관성(慣性)에 따라 조모문법(祖母文法) [알파벳의 서체, 그림]은 설화하나니, 단지 그의 재귀동사(再歸動詞)를 향한 관대성을 유의할지라.

[이상 이씨의 소녀다운 생각들은 온갖 종류의 특수한 문법 용어들로 충만 된다. 이어 그녀의 섹스에 대한 생각.]

내가 그대의 조부에게 그러하듯…… 당시 그는 나의 향락이요, 그리고 나는, 대단히 외잡한 말이지만, 그의 항문지적(肛門知的) 홍분제(analectual pygmyhop)였기에. 거기 위안주의(慰安主義: comfortism)가 있도다,

269. [이씨의 조모에게서 받은 충고]
그녀는 자신에게 제공되는 것을 감수해야 하고, 관대해야 하는지라. 어둠 속에 오래 놓아 둔 꽃도 시들기 마련. 그녀는 될 수 있는 한 실질적이

되고, 좋은 계급의 소년을 만나도록 타당한 종류의 말투로 이야기해야 함을 일러 받도다. 최초에 듣는 중오도 이따금 두 번 보면 사랑이 된다는 인식에서 말이다. 그대는 둘과 둘이 지하 교차역의 어두운 곳에서 작은 죄의 대담(對談)을 가지다니. 그러나 주변의 가장 쾌활한 녀석까지도, 필경, 창백한 피터 라이트[인기 스캔들 책의 역자]가 될지 모르는지라, 한편으로 그대는 1년 반여 이상을 벽의 꽃인 냥 인기 없는 여인이 되고 마는 것이로다. 왜냐하면, 그대는 자신이 단정(端正)할 수 있듯이 실질적이 될 수 있을지 몰라도, 특이한 종류의 것에 봉착하기 위해서는 그러한 타당한 종류의 사건을 경험해야만 하기 때문이도다. [이씨에게 사랑은 고통의 신비요, 문법은 그녀에게 거의 소용없을지니, 게임과 사랑은 쿠쿠 노래처럼 계속 되는 것, 50~50으로.] 그리하여 란애(卵愛)에는 능동태적 또는 저애(箸愛)에는 수동태적인지라, 린드리 및 머레이[영어 문법가들]의 그들 모든 종절(終節)은, 직설옹호적(直說擁護的)으로 현재분사를 수능동사적 정교선정(正敎煽情: horratrixy) [orthodoxy +(L) hortatrix, 선동녀+hortative. 동사의 태]으로, 결코 가져오지 못했느니라,

270. [남자의 여인 선택]

그러나 한층 안이한 세월을 가지는 것은 남자들임을 기억할지니. 개구쟁이, 사내일지라도, 비록 그가 변호사의 수습생이든, 파이프 점의 서기 혹은 자유 기능주의자의 파리 잽이든, 그토록 많은 여인들을—나른하고 연약한 사지의 처녀에서부터 두통, 배통, 심통을 가진 다 큰 여인에 이르기까지—선택 할 수 있는지라, 한편 수많은 멋진 여인들은 앉은 채 기다리기만 하는 도다. 이를테면, 존경할 아일랜드 빈곤 부인회 및 험프리스타운의 낙(樂) 겨자 맥주 애음가(愛飮家) 협회를 주목할지라! 소곡(小谷)이 무엽(戊葉)을 통해 견혹(見惑)하나니, 우리들의 사랑은 고통의 신비. 그대는 자전거를 타고 핸들 위에 그대의 족화(足靴)를 올려놓고 그대의 미크와 니크 [솀과 숀]의 암시를 배락(倍樂)하게 할 수 있을지 몰라도, 미덕으로부터 결코 탈선하지 말아야 하도다. 버진(처녀)이여, 페이지를 넘기고 관찰해 볼지니, 여성의 O는 장철탄음(長綴嘆淫)인지라, 고로 그대는 그를 도망가지 않도록 할지로다! 그는 그대를 점잖게 취급하고 결혼 날짜를 정해주리라.

270.19. 〔육아실의 장면을 관찰한 연후에, 우리는 이제 그것의 형이상학적 및 사회학적 내용의 길고도 아주 어려운 분석으로 향한다.〕

(270~78) 육아실 장면은 양극적 원리들(전쟁과 섹스)의 더블 플레이를 들어내도다. 이러한 원리들은 역사의 과정을 통하여 작동되어 왔는지라. 우리는 방금 하이어링 용병(傭兵)의 포에니 전쟁들〔로마와 카르타고 간의 3회 전쟁〕의 역사책들 속에, 시저, 클레오파트라 및 삼두(三頭) 정치가들에 관해 탐독하고 있었나니, 그리고 그대가 그것의 취지를 온통 보는 것을 실패할지라도, 그들이 설명하는 함축과 원리는 그럼에도 불구하고 바로 가까이 있도다.

270.29. 그것은 결국 모두 역사의 근본적 원리인 "현금 지불"(Cash On Delivery), C.O.D.로 결과하도다. 신비의 문자들인 C.O.D.의 각각은 3가지 특질의 생성으로 사료 될 수 있거니와, 9개의 결과적 특질들은 역사, 사실 및 전설이도다. 이 9가지 특질의 그리고 문자의 3위 일체의 파생은 유대교의 비법(cabala)의 패러다인지라, 예를 들면, C로부터, "용기(勇氣: Courage)", "용담(冗談: Counsel)" 및 "용상(庸常: Constancy)"의 원리들의 파생이라. 이들은, Hireling의 Punic 전쟁들에 의한 "용기," 4대 역사가들인—*Ulster* 주(州)의 O′Brien,

271. *Munster* 주의 O′Connor, *Leinster* 주의 MacLoughlin, *Connaught* 주의 MacNamara, 및 그들의 당나귀에 의해 "용담(龍膽)"을, 시저와 그의 두 여 마술사들 그리고 Octavian, Lepidus, 및 Mark Antony의 삼두 정치가들에 의한 "용상(龍常)"을 각각 설명하느니라. O로부터, OMEN, ONUS, 및 OBIT가 파생되는데, OMEN은 비록 그대가 이러한 모든 것, 스토니아(Suetonia)〔역사가〕의 취지를 보는데 실패하고, 3인의 형제가 그의 약골을 사랑하는지 아닌지를 상관할 필요가 없더라도, 그녀는 자신의 모습에 의해 그것을 고백하고, 그대의 면전에 그것을 거부할 것이요. 그리고 만일 그대가 그것에 의해 몸이 망가지지 않으면, 그녀는 어떤 변덕을 행사하지 않을 것이라는 사실에 의하여, ONUS는 "있었다"와 "있을 것이다" 사이의 간격에 의하여, OBIT는 그들이 애초에 싸웠기 때문에, 이

제 우리는 안락을 결코 알지 못할 것이라는, 도덕적 사실에 의하여, 각각 설명되도다. D로부터, DANDER, DUTY 및 DESTINY가 파생되는데, 이들 중 DANGER는 원죄의 범법(犯法)에서 각각의 분담에 의해, DUTY 는 천국의 부름에 대한 우리의 반응에 의해, 각각 설명 되도다. 우리는 듣고 있나니! 우리는 믿고 있도다.

272. 흥 쳇, 우린 믿고 있는지라. DESTINY는 그것의 모든 결과에 의하여 설명 되도다. 의식하지 않고 의지했나니, 끝없는 세계가. 〔이상에서 9개의 원칙들이 설명되었거니와〕, 이제 우리는 다음으로 10번째—본래의 1에 접하는 여왕 제로(0)로 다다르나니. 이것으로 성(섹스)의 양극과 그것의 결과의 위대하고 기초적 주제가 새로이 타진되도다. 〔양극의 원리〕파파와 마마. 전쟁과 기지—누구와 왜. 깡패를 위한 꽁지요, 소녀를 위한 젖꼭지.

272.9. 분석은 이른 바, 교수(케브—숀)가 칭하는 "정치적 발전의 파노라마적 시계(視界)와 과거의 미래 진술"로 계속되도다. 암흑의 시대가 현재를 꽉 쥐나니, 고로, 그대 현대의 소녀여, 만일 그대가 B.C. 또는 A.D.에 관심이 있다면, 제발 멈출지라(Please stop). 〔이 말은 『피네간의 경야』 1장의 웰링턴 박물관의 케이트 안내양의 말로서, 역사—박물관—고물 더미로 이어진다.〕

273. 〔역사의 흐름 속의 일상사〕

늙은 이(HCE)는 벽으로부터 쿵 추락했도다. 그러나 만세, 평화의 일곱 겹 무지개다리가 있나니! 그들은 촌민(村民)의 우민(愚民)에 의한 포민(泡民)을 위한 사정부(詐政府)를 지배하도다. 그런고로 선반(旋盤)을 위하여 삽 호미를 내려놓을지라! 고로 모든 근심 및 걱정이랑 뭉치로 싸둘지니, 왜냐하면, 낙담 자들에게도 희망은 있기 때문이라—약삭빠른 점도(店盜) 여인, 아나 리비가 그녀의 전리품을 가지고 법석대며 돌아다니나니, 그녀의 선물을 모두에게 분배하면서. 〔앞서 8장 참조〕(205.12). 언어는 자유이고, 나무들은 오랜 바람의 농담을 비웃듯이 소리 내어 웃고 있다. 그리고 풍대(風袋)로서, 험프리(Humphrey)는 그가 하지 못한 모든 것에 관해 불기를 멈추지 않았나니.

[이제 박물관 장면: 이것은 우리가, 웰링턴에게 윙크하며—나폴레옹에게 고개 짓하며, 방문한 박물관처럼 그녀의 멋진 바스켓 그리고 여기에 빈아마(貧亞麻)의 얼룩 마(馬)가 있도다.]

273.24. 경칠 놈의 굴광부대(屈光部隊)여! 윌스리의 오물기지(汚物奇智)[아일랜드 총독]를 위하여 목례(目禮)를 견지(堅持)하며 소란(騷亂)의 나포리옹 마(魔)[악한의 이름]을 위해서는 수례(首禮)로 족(足)한지라, 그리고 여기에 빈아마(貧亞麻)의 얼룩 마(馬)가 있도다. 도마(逃馬). 세 송곳니 마늘 갑 옷투구 목도리의 문장(紋章)을 달고.[박물관 장면]

274. [소년들, 역사 공부의 몰두]
학동들은 나폴레옹이 알프스 산을 횡단하다 벼락을 맞은 일, 하니발(Hannibal)[옛 카르타고의 장군]과 다고버트(Dagobert)[프랑크의 왕가]가 크랜(Clane)의 클롱고우즈 초등학교[조이스의 모교, 『젊은 예술가의 초상』 1장 참조]에 다니던 일, 그가 브리안 오린(Brian O'Linn) 양복점의 바지를 어떻게 뒤집어 입었는지에 관해 배우나니. 나폴레옹은 성 요한(St. John) 산(山)에서 낙오된 사나이이기에, 예를 들면, 우(愚) 다티(Dathy)[아일랜드의 최후 이교도 왕가]는 아직 매터혼(Matterhorn) 산 위에 있도다. 모세는 이 순간 시내(Sinai) 산상에 있고, 과거의 수십 년 동안 상징화 된 신비들은 *지금 그리고 여기* 유효하도다. 그리고 헤지라의 도피자 맥(大) 하밀탄(MacHamiltan the Hegerite)은 성 바마브락에 성당들을 건립하고 있도다. 막 노동자(Jerry)가 주인(Massa)과 아낙과 창부(娼婦)의 자식(Hijo de Puta)을 위해 지은 저 도깨비 집 속에 악마가 무슨 짓을 하는지, 그는 가일층 잎 많은 저 대추나무 속, 비탄에 젖은 서구 11선가(線街) 32번지를 여전히 들여다 보고 있나니, 궁금해 하면서.

275. [HCE와 ALP의 조망]
이제 우리는 아이들의 공부방을, 그것의 신비와 함께, 떠나면서, 시간과

공간 속에 우리들 자신을 재배치하기 위하여 조망을 바꾸도다. 우리들은
아일랜드의 작은 푸른 처녀지에, "정위자(正位者), 우리들의 전설의 화(話)
주인공"이라 불리는, 불룩 배와 등 굽은, HCE의 세계에 있도다. 그리고
ALP, 그녀의 침대는 자작나무 잎, 비계 얼굴…… 쾌공(快公)의 아나와
취풍청수(吹風靑鬚)의 자, 저 왕가부처(王家夫妻)가 그 속에 거(居)하는 "산
양(山羊)과 나침반"으로 불리는 활목수지(活木樹脂)의 그들의 궁전(전화번호
17.69) 안에 있도다. 그들은 과거의 일들을, 그들의 사랑을, 왜 그는 화녀
(花女)에게 허언(虛言) 했던고 그리고 그녀는 햄(Ham)을 죽이려 애썼던 고
를 토론해 왔도다.

[때는 밤, 이층에는 필경사들인, 돌프와 케브과 이씨가 그들의 공부에
열중이다.]

276. 그들 각자는 과오를 저질렀고 기꺼이 속죄하려하는지라. 그리하여 툭툭
둥치는 환영객인 돌프, 다른 슬픈 만가자(輓歌者), 노래하는 초상인 케브,
및 자신이 결코 펜을 대 본적이 없는, 편지를 찢어 없애는, 이씨. 하지만
사랑과 괴남(怪男)에 관해 노래 부르며. 꺼져라, 꺼질지라, 짧은 촉화(燭火)
여! 개들(개구리들)의 만가(晚歌; 합창)가 마침내 종석(終席)하나니. 저녁의
도래와 함께 모든 표면의 신기함이 암담해질 것이요, 우리는 "하한적(下限
的) 지성의 한결같은, 불변의 의미"를 새롭게 알아차리리라. 이것은 공물
(供物)과 타협할 힘인지라. 가장 깊은 과거로부터, 무의식의 가장 깊은 심
연으로부터, 선사시대의 피네간의 형태가 출현하도다[여기 1장이래 피네
간의 가장 중요한 출현] 저녁 만찬과 우산 꽂이로 마련된 가정적 전경(前
景)이 잠자는 거인의 위쪽 타악기처럼 아래 타악기에 부딪쳐 소리를 내는
지라, 충돌은 양자의 메아리를 방출하도다. 아래 정원의 밤 전경이라:

276.11. 개들(Dogs)의 만도(晚禱)가 마침내 시종하나니. 만도의 박쥐. 산양
목자(山羊牧者)가 그의 양투(羊套)를 벗어 채치고 자리하도다. 악마여! 자
양(雌羊)이여! 하지만 주의 기도문에 앞서 바람이 불지니 그리하여 닙폰
(일본)이 진주(珍珠) 또는 오팔 엘도라도를 지니 듯 밀 죽과 석성종(夕星鐘)
의 시각, 맛좋은 음식, 쟁반 핥기! 고기 국물, 맛있는 기름! 왠고하니 날

이 밝아 모든 수탉들이 잠을 깨고 새들의 다이애나가 새벽 노래로 환호하기까지는 아직 한 참이 도다. 무언가 땅거미가 어둠을 흘러 보내는지라. 저건 박쥐? 저기 집박쥐가. 습지의 정자(亭子)에서. 팀 핀네간은 경약(經弱)하지만, 그런데도 여전히 강세(强勢)나니. 그리하여 여전히 대야(大夜) 재비가 여기 있는지라, 그의 괴깔의 감각에 의하여 만사가 다가옴을 말할수 있도다. 크고 불쑥하고 거대한 모습을 드러내는 륜가(輪家), 두건(頭巾) 까마귀 같은 영구남(靈柩男)들로 가득 채운 마차대(馬車隊) 잠동사니 상자로, 우리는 화보(和步)하고, 그의 율법을 따르도다.

277. 〔강은 장례에서 피네간들을 위해 술을 방출할지라〕

킹(일요 왕) 〔피네간〕이라. 이 밤 동안 살인이 있으리라. 노왕 자신은 절멸될 것이요, 신에게 희생으로 받쳐질지라. 그는 왕조의 계승을 위하여 벌꿀 속에 방부 되어야 하나니. 어둠 속에 영구(靈柩)가 떠나올 때 까마귀들은 합창하리라. 그러나 그(HCE)가 죽어야 할지언정, 아서 왕처럼, 그의 죽음은 지나가는 것 그리고 다시 되돌아오리라. 체플리조드 주위의 마을에서 사람들은 그를 한참 동안 찾을지라. 고로 지금은 모두를 위해 이 거대한 사멸, 이중사진(泥中寫眞)처럼 완성의 극치에 경의를 표할 때이로다. 거기 연회인(宴會人)은 양타인(養他人), 언제나 흐르는 아나. 왠고하니 그녀는 애초에 그랬듯이 아직도 살아 있는지라. 우리는 우리들의 꿈을 몽극(夢劇)하고 아빠가 돌아옴을 말하도다. 그리하여 동일갱신(同一更新: Sein annews)이라. 우리는 존재하지 않는다 말하지 않을지니, 〔여기 조이스의 다가 올 긍정의 세계가 있다.〕 어떤 이들은 음식 덩이를 피하려 탐할지 모르나,

278. 질식을 피하고자 하는 자는 반추(反芻)하기를 배워야만 했도다─모퉁이의 고양이처럼 여자 같은 사내와 함께.

〔이제 우리는 "유여심(幼女心)"〔이씨〕에 대한 다른 생각으로 되돌아감으로써, 이어 주제 (나약한 여심과 편지쓰기)는 바뀐다. 교수─안내자는 그의 분

석을 끝내고, 지금은 휴식의 시간이다. 우리는 마음을 풀도록 허락 받는 도다. 그리고 우리의 마음은 물론 이씨에게로 향하는지라. 환(環)들 간의 작은 여인처럼, 이 작은 소녀는 공부 기간 사이에 있다.]

278.7. 주님의 시녀를 보라! (삼종기도, Angelus) 작은 소녀의 심장을 목격하라. 얼마나 안이하게 숨 쉬는고! 우리는 젊은 소녀의 마음을 경계하도록 일러 받도다. 그녀는 담갈색의 눈과 선(線) 없는 얼굴을 가졌나니. 그녀는 아마도 폐렴에 약하거나, 석탄 광부에게 홀리지 모르는지라. 그러나 작은 수녀들이 그녀를 보여줄 수 있듯, 우리들의 목적을 형성하는 것은 신의(神意)이도다. 이씨는 그녀의 마음에 있어서 너무나 정교하게도 세심한지라. 심지어 나무 잎들을 회상하는 것마저도 그녀로서 견디기 너무나 상냥한 생각이라. 그녀의 마음은 전적으로 편지에 있도다. 사람에서부터 주변 물건의 장소에까지 한 통의 편지. 그리하여 세상만사가 한 통의 편지를 운반하기를 원하고 있나니. 그러자 그때 정치적인 계획들이 진행하도다. 남자들도 한 통의 편지를 쓰고 싶나니. 고로—오늘 무슨 편지 있나요, 우체부 양반? 찾아 봐요! 분류를, 제발.

278.25. 그리하여 흐름의 힘이 한층 희미해지는지라. 우리는 적새(敵塞) 왕자로 천천히 길을 행차해 갔나니, 마침내 계류(溪流)의 저 힘이 한층 멀리 나약하도다.

279. 〔날씨〕

수피(樹皮)의 표면이 두려움을 가장하도다. 인류는 멀리 그의 본래의 원천으로부터 왔는지라, 그의 본래의 즙액(汁液)을 잃었도다. 종말의 예고가 껍질과 감각의 질음과 고갈 속에 분명하나니. 이는 우석(라인석; 雨石)의 울림이라. 연중 이때쯤 하여 이상하게도 추운 날씨. 그러나 민들레는 언제나 꽃필지니. 모든 전쟁이 끝난 이래, 만사 마음 편이, 경기를 공평하게 행할지라. 잠시 휴식하고 귀담아 들을지라.

〔이씨의 기다란 각주, 그녀 자신의 편지에 헌납되다.〕

〔그녀는 자신의 선생에게 띄운 노트를 두 쌍둥이 오빠들에게 읽어 준다. 이 각주는 그녀의 음악 편지를 집계한 것이다. 이는 본래『피네간의 경야』의 초고에서 보여 지듯, 조이스가 본문에 삽입 할 의향이었다. 그 내용인 즉, 그녀가 한때 자살을 생각했으며, 자신이 정신을 차렸더라면, 학위를 따고 훈작 사가 되었을 것이라는 것이다.〕

　　…… 빈번히 나는 너무나 우울하게도 자살을 감행하려했는지라, 그러나 당신(연소자인 선생)의 선정적(煽情的) 오류성(誤謬性)을 회상함으로써 구조를 받았도다. 당신은 당신의 무엄(無嚴)함을 후회할지 모르나니, 왜냐하면, 나는 방금 마음이 바쁜지라. 나는 영화에도 나타날 것이요, 나의 어리석은 급우들을 이렇게 조롱할 것이라. 나이 많은 북구(北歐) 유모가 내게 규범들을 가르쳤나니―그리고 두 소녀들, 그 남자, 그리고 염탐자들에 관해 모든 걸. 그 날 내가 드루이드 성직자들의 제단에서 두 다리를 벌리고 앉아 있던 것이 성스럽지 않았던가요? 얼굴 붉히지 말아요! 나는 규범들을 아는지라. 하느님은 자비 하시 도다. 진리는 허구보다 한층 강하나니……

280. 〔다시 공부로의 복귀―편지 읽기, 아이들은 분석을 위한 귀(셈) 및 그것의 종합을 위한 눈(숀)을 위해, 이씨에 의하여 읽힌, 편지를 기억하려고 애쓴다.〕

　　밤의 장면. 나뭇가지들은 달이 1년 전의 기억들을 빛일 때, 미래와 과거의 어두운 지혜를 노래하는지라. 그리고 만일 숲이 글을 쓸 수 있다면, 그것은 마치 작은 암탉(ALP)이 쓴 편지처럼 되리라.

〔여기 구절은 미국 보스턴에서 온 메기(Maggy)의 편지의 혼성된 번안과 썩힌다. 편지는 이렇게 읽힌다.〕

　　친애하는 A―N―, (그녀는 연필을 핥는다). 나와 우리들―그럼, 장례는 잘 치렀기를 희망하며, 애도를 제발 받아 주오. 가련한 M 신부〔F(ather) M(ichael)〕여. 그럼, 집안의 모든 이의 건강을 안녕 그대, 매기? 예쁜 과자 선물을 감사하오. 자 그럼, 메기, 곧 소식 듣기를 희망하며, 이제 끝맺어야함. 이만 총총. 한 마리 귀여운 페르시아의 고양이(그녀는 고놈을 문지른다). (그녀는 다른 것을 문지른다. 그걸 뒤집어, 공중에 조용히 휘두른다). 신데렐라로부터 행운을 빌며, 매우(魅友) 왕자가…… (그녀는 다른 것을 핥는다). 오 우번 샤를마뉴 대제(大帝)로부터. 경근(敬謹) 및 순수미자(純粹美者)! 만사 다음 말로 귀결되는지라. 그녀는 영겁(永劫)을 통해 묵묵히 비쳐왔던 생의 바로 그 길을 밟는다. 그리고 반두시아(Bandusia)의 샘(泉)〔로마 시인의 시구〕가 유급(流急) 음악을 탄(彈)하고 사향(麝香)을 탄(歎)하리라.

281. 더 늦은 수확제(收穫祭)가 우리들의 지분대는 세탁부(洗濯婦)에 의하여 안내될 때까지, 저 사악한 가시 뜰처럼 음침한 경이(驚異)의 전조(前兆), 이 황막한 흐름처럼 쾌활한 요정의 들판.

그러나 그것은 무익하도다. 가련한 이씨! 앞서 묵스(Mookse)의 우화에서처럼, 그녀는 쌍둥이들에게 자신의 요점을 알리기에 실패하는지라. 구름과 습기로도, 이제는 꽃으로도, 그녀는 그들에게 사랑이 모두요, 증오는 무(無)인지라, 미는 꽃들 사이에 있고, 그들이 피어오르는 폐허 속에 있음을 확언할 수가 있다. 이하 퀴네(Edgar Quinet)의 시구 인용: 예술은 도시보다 오래 살고, 자연은 양자보다 오래 사나니.

281.4. *오늘날, 프리니와 코루멜라의 시대에 있어서처럼, 하야신스는 웨일스에서, 빙카 꽃은 일리리아에서, 들국화는 누만치아의 폐허 위에서, 번화(繁花)하나니. 그리하여 그들 주변의 도시들이 지배자들과 이름들을 바꾸거나 혹은 그중 몇몇이 절멸하는 동안, 문명이 서로서로 충돌하고 분쇄하는 동안, 이들 작은 꽃들의 평화스러운 세대는, 시대를 통과하고, 전쟁의 나날처럼 생생하게 그리고 소리 질러 웃으면서, 우리들에게 다가왔도다.*

281.14. 〔형제의 갈등〕

진주점괘(眞珠占卦)! 〔뒤엎은 항아리 밑에 진주의 움직임으로 행하는 점괘〕 하아킨토스의 빙카 꽃! 〔마가레트의 일종〕 꽃들의 애어(愛語). 한 점

매달린 작은 구름(이써), 그러나 브루투스(케브)와 카이사르(돌프)는 단지
3가지 복잡한 생각들에 흥미가 있는지라, 쌍둥이들은 어리석게도 자신들
의 싸움에 매달리도다. 고대(古代)의 분노, 그리하여 각자는 영광을 탄욕
(歎慾)하나니. —그녀가 영광을 신음하게 버려둬도 승자(勝者) 시저를 덜
사랑한다면 어찌 할고? 그런 식으로 우리들의 조상들은 그들의 세계의 절
반을 장악했도다.

[이상의 구절은 우리로 하여금 두 쌍둥이 형제의 전쟁 문제 및 이 장의
주된 행위로 되돌려 놓는다. 그들의 이름은 돌프(셈) 및 케브(숀)이요, 그들
은 재삼 그들의 공부로 되돌아간다. 여기 소외된 형 셈은 아우 숀에 의해 숙
제를 도와주도록 요구받을 것이다.]

282. [수학 공부의 시작]

그의 일에는 흐느낌으로, 그의 노고(勞苦)에는 눈물로, 그의 불결에는
공포로. 그러나 그의 파멸에는 기력(氣力)으로, 보라, (대)지주([大]地主)가
그를 고용할 때 소작인은 노동하도다.
애당초에 기도(祈禱)할지라.

282.6. 하느님의 매일의, 그보다 성숙한 영광을 위하여. [공부의 시작을 위
한 기도]
[케브의 산수]

민첩한 비도(飛跳)에는 빠른 강타(强打)를, 급한 도약에는 엄격한 균형
을, 프랑커(케브)는 수(手)산수(手算數)에 충분히 확신했기에, 그 이유인즉
그는 자신의 요람에서부터, 어떤 새(鳥)보다도 더 잘, 알고 있었나니, 즉,
그는 손(手)의 산술에 능한지라 그것의 도움으로 셈을 하는 방법을 배우나
니, 왜냐하면, 그는 자신의 손가락들이 왜 존재하는지를 요람에서부터 잘
알고 있기 때문이다. 그는 10손가락에 이름을 붙였도다. 첫째는 머리, 다
음으로 개똥벌레, 다음으로 티끌 소점(小點), 다음으로 약손가락, 소매치
기, 엄지 소매치기, 점 소매치기, 반지 소매치기와 함께, 약 소매치기 및
새끼 소매치기이라. 그리고 그는 자신이 좋아하는 4개의 기수들을 (1) 기

수경(基數卿) 성의(聖意), (2) 기수경 결혼, (3) 기수경 현인(賢人) (4) 기수경 캐이 오캐이이라. 〔여기 추기경의 이름들 중 뉴먼(Newman)은 UCD의 설립자요 조이스의 우상이다.〕케브는 언제나 손가락을 기계적으로 처음부터 끝까지, 핀 팝 피브 푸, 푸 푸 펍 피브 프리, 프리 펍 파브 푸어, 푸어 펍 파브의 음률에 맞추어 다양하게 읊도다.

283. 41 더하기 31 더하기 1 더하기의 척도(尺度)로, 등등, 그대의 모자를 열 개의 나무 조각 높이로 투구하듯. 요약건대, 북풍 남풍 동풍 서풍. 애이스〔1〕, 듀스〔2〕, 트릭스〔3〕, 코츠〔4〕, 킴즈〔5〕, 물론, 무언배수(無言倍數)하여 총수(總數)까지 이르나니. 한편 다른 면으로, 그들의 공극분모(空劇分母)에 의한 그들의 비약수(非約數)를 위하여 최저항(最低項), 성수(性數), 석식(夕食), 추파(秋波), 기발(奇拔) 및 주사위까지 감(減)하도다. 〔이상 중세 유대교의 계산법〕케브는 (악당 같으니!) 실습에 의하여 나의 것에 대한 그대의 39품목〔아마도 영국 국교의 39개조에 대한 언급인 듯〕값을 관계등식(關係等式)의 무잔여(無殘餘)로 발견할 수 있었는지라 그리하여, 수표(數表)의 도움으로, 뇌산염(雷酸鹽)을 전동가동부(轉動可動部)로, 사슬고리를 연쇄(連鎖)로, 노포크의 웨이 무게단위를 요크의 토드 단위에까지, 진흙 온스 중량 단위를 파운드로, 수천(數千) 타운센드를 수백(數百) 단위로, 변감(變減)하고, 현행의 리빙스턴을 수의척도(壽衣尺度)로 그리고 에이커, 루드 및 퍼치의 리그 단위를 엄지손가락의 조야한 척도(尺度)에까지 끌어내릴 수 있었도다. 그러나 서술하기 이상한 일이나, 그(케브)는 해독(解讀), 전필(典筆) 및 주산(注算)에는 비등(比等)할지라도, 유독 자신의 유클리드 기하학 및 대금산수(代金算數)에는 둔점(鈍點)을 따르나니. 예를 들면.

284. (i) 증명할지니, 중앙선, hce che ech가, 주어진 둔각물(鈍角物)의 시차각(視差脚)을 발교차(勃交叉)하여, 후부의 곡현(曲弦)에 있는 쌍방 호(弧)를 이등분함을, (ii) Fearmanagh 군(郡: Ulster)의 고도 상의 가족분산. 전신총림주(電信叢林柱)가 경각(傾角)을 들어내나니, 그리하여 하부 Monachan 군(Ulster)의 모든 함수를 나타내는 구획도표는 영웅시체(英雄詩體) 속으로 합류 될 수 있을지라. 그의 칠천국(七天國)의 먼 장막이 마치 무배영원(無培永遠) ∞ 과 등가(等價)하나니, (두개의 0으로 나누어지는) 어떤 숫

자든 무한대와 동일하도다. 이러한 사실들이 부여된 채, 얼마나 많은 조합과 순열이 국제적 무리수에 따라, 그것의 입방근이 일련의 가설적 가정에 의하여 구해진 채, 작용될 수 있는지를 보라! 가련한 돌프, 그는 모든 이러한 전례와 결론과 근(根)을 구한 항(項)의 법칙 및 비율과 다투지 않으면 안 되었는지라. 맙소사! 그리하여 이제 그는 pthwndxclzp(청천벽력; 뇌성)이라는 단어의 철자로서 얼마나 많은 결합과 환치(순열)가 만들어 질 수 있는지 찾아야 하도다.

285. 그러나 만일 이 행환상시민(幸環狀市民: 독자)이, 여기 저기 뛰어 돌아다니는, 그들의 후궁 소녀들과 함께, 마법자 멀린(Merlin)[아서왕의 전설]에 의하여 폭행당한다면, 총주교(總主敎) 대리(HCE)가 고원 주위를 분명히 솔선하여, 그러나 동시에 추구하면서, 발작적으로 페달을 밟는 동안— 그러자 MPM[두 자계(磁界) 간의 늙은이 HCE의 암시]은 우리들에게 핀란드 어로 묵극복마전(黙劇伏魔殿)을 가져오는지라. 돌프는 이항식(二項式)을 공부하지 않으면 안 되도다.(그는 결코 불이해[不理解]라. 하느님의 길처럼 접근불가로다. 그리고 공리[公理] 및 그들의 공준[公準] 역시.)

286. 하느님 맙소사, 대수(代數)라니! 혼돈! 돌프에게 그것은 온통 "Equal to ＝aosch"(알파와 오메가)[카오스] 와 동등하도다.

　　손.가락.핥.아.[새 페이지를] 넘.겨.요. (P.t.l.o.a.t.o. ＋ Please to lick one and turn over a new page.)

　　그런고로, 저러한 어두(語頭)의 낙차(落差)와 저 원시의 오색조(汚色調) 다음으로, 나도 알고, 그대도 알고, 유대 강제 거주지역의 아라비아 인도 알고, 뿐만 아니라 매데아 인 또는 페르시아 인도 알다시피, 희극 장면(컷)과 심각한 연습문제들은 캐이시(John Casey)[더블린의 가톨릭 대학 수학 교수로, 원의 설명으로 유명함]에서 언제나 즐길 수 있는지라—그런고로, 결국, 그는 자신이 놓쳤던 저들 수중(手中) — 기수(基數) —카드들에 으뜸 패를 치고 작별을 고해야만 했는지라.

[이제 우리는 직접 두 형제들의 공부 책상으로 다가간다.]

창의적 케브는 방탕한 돌프의 도움을 갈망하다니, 그것은 그의 기하 문제 때문이라. 이제 소년들은 기하 공부를 시작하도다 (286~299). 유클리드 『기하학 원소(Elements of Geometry)』의 제1호로서, 주어진 유한 직선상의 이등변 삼각형(equilateral triangle)을 서술하는 것, 그러나 한층 사악한 수준에서 우리는 돌프가 편지의 작문에서 케브와 이씨를 그들의 양친과 연결시키려고 애쓰고 있음을 보는지라.

286.25. 그대는 그걸 할 수 있는 고, 바보? 돌프가 묻나니, 아니라는 답을 기대하면서. 난 할 수 없나니, 그대, 얼간이? 케브가 묻는지라, 그래라는 답을 기대하면서. 뿐만 아니라 부자(尊者)(케브)는 더 이상 실망하지 않는지라, 왜냐하면, 그는, 손에 키스하듯 쉽게, 일러 받았기에. 오 그걸 말해주구려, 제발, 셈! 글쎄, 케브는, 엄지손가락을 입에서 빼면서, 탄원하도다. 그건 이런 거야, 돌프가 말하니, 우선 컵 가득 진흙을 잘 섞을지라, 원 참!

[여기 mud는 mudder(이(泥), 이모(泥母)), ALP의 삼각형을 그녀의 델타(삼각주)로 삼는다. 그녀의 삼각형은, 294에서, 그녀의 음부요, 이브의 무화과 잎(fig leaf)을 암시한다.]

287. [돌프는 케브에게, 진흙 단지를 채울 것을 요구하며, 문제의 설명을 진행한다.] 무슨 신의(神意)로 나는 그 따위 짓을 할 것인고? [케브는 그걸 일종의 종이로 대신한다고 생각한다. 그리고 그의 컴퍼스를 열도록 말한다.] 그리하여 그들은, 하나의 0과 이어 다른 0을 만들면서, 그들 사이 문제에 착수한다. 그런데, 더블린까지 왕도가 없는 걸 아는지라, 우선 그대의 진흙—모(mudder—mother)를 나를 지니, 소지(沼池)까지, 실개울까지, 뒤에서 뒤로(back to bach). 나 추측건대, 하구에서 나오는 어떤 아나 리피 진흙도 무관일지라. 그리하여 ALP의 현장을 발견하기에, 그녀의 만곡방위(灣曲方位)의 호우드를 첫째의 O으로서 갖는 것이요, 둘째의 O로서 그대의 컴퍼스를 열지라. 그대 할 수 있는고? 아니! 좋아! 고로 우리들 사이를 구획할지라. 거기 만(Man) 섬이 있나니, 아아! 오! 바로 그거야. 좋

아요! 이제, 만사 사과 파이(애플)처럼 정연하도다.

[여기 돌프는 이브의 무화과 잎을 쳐들면서, 그의 어머니의 "전공(全孔: whole. whole+hole)"을 노정하고 염탐한다. 심술꾸러기 돌프는 컴퍼스를 펴면서, ALP의 현장을 발견하나니, 그녀의 만곡방위(灣曲方位)로 원(原)프리즘 O으로서 호우드를 구착(丘捉)하도다. 분명히 그녀의 Omega의 발견은 지방적 지리를 함유하는지라. 이들은 muddy, prismic delta, 호우드, 더블린만(灣) 또는 해안도(海岸島)이라.]

287.18. [이어 돌프는 흥미로운 과목을 방청하도록 라틴어로 고대인의 정령들을 불러오나니, 내용인 즉, 생명의 강인 ALP, 비코의 역사적 흐름 및 브루노의 상호작용의 기계장치이다.]

　　―오라, 오 과거인(過去人)들이여, 지체 없이, 리비우스 모양의 작은 페이지가 사자(死者)의 로마 어(語)로, 보도록 노출될지니. 육의 항아리에 고쳐 않은 채, 브루노와 비코의 고대의 지혜, 즉, 모든 것은 강으로서 흐르는 것, 그리고 모든 강은 적대 강둑들로 둘러 싸여있음을 마음속에 숙고할지라.

　　―회귀적(回歸的)으로 자주, 그가 움직일 때 그는 그들의 의자를 뺏나니, 그의 똑같은 그리고 그의 자신의 성가대 나이를 넘어선 반항경향(反抗傾向)의 게으름뱅이 놈들을 그는 이소로(裏小路) 대학(Backlane Univarsity)에서 코치하는지라. 그들 교황생도(敎皇生徒)들 가운데 저 대학생[케브]은 꾸중을 받기도 하고, 버터 빵처럼 타육(打育)되었나니.

[돌프의 대학 강의: 여기 돌프는 금제(禁制)의 지식의 길을 따라 케브를 인도한다. 그러자 갑자기, 이 시점에서, 그의 설명이 중단된다. 여기 작가(조이스)는, 우리들의 노 교수―친구―돌프의 가장(假裝) 속에, 5페이지 반(288.18~292. 32)의 기다란 (주로 역사적) 삽입구를 도입한다.]

288~292 〔돌프의 막간〕

아일랜드의 정치적, 종교적, 및 애욕적 침략에 대한 열거. 여기 지금
까지의 기하학의 연습을 지연시키는 막간은, 돌프(셈), 케브(숀), HCE,
ALP, 이사벨 및 조이스―요약건대, 전 가족 및 그것의 창조자에 관한
것으로, 더모트(Dermot), 그라니아(Grania), 핀 맥쿨, 트리스트람, 이졸데,
및 마르크, 그리고 패트릭, 노르웨이 인인, 스트롱보우에서부터, 스위프트
에 이르기까지 확대되는 바, 이들은, 패트릭과 트리스트람처럼, 해외로부
터 장애물 항인 더블린까지 두 번 건너온 자들이다.

288. 〔케브는, 그의 형의 수업을 주의 깊게 듣지 않은 채, 지금까지 졸
아왔다. 돌프의 기다란 막간은 케브의 관심으로부터 이탈하여 시간을 끌기
위한 확장된 내용에 지나지 않는지라, 여기 돌프의 꿈의 변신은 일관성을 결
한다.〕

돌프, 1달라, 10시(時) 학자로서, 그들을 위해 편지를 수정해 주며, 그
들을 위해 주제를 뒤섞으며, 중첩진리(重疊眞理)를 이중 공격하며, 그리고
미어(尾語)를 고안하면서, 한편으로, 또 다른 한 사람이 그를 위해 그의 문
장을 끝내 주기를 셈하나니, 그는 자유 선택적으로 달걀처럼 편소(片笑)하
곤 하는지라, 그의 십순서수(十順序數)의 불결 손톱을 후비며, 자신의 사랑
의 요녀에 관한 핀 족의 물레를 시간제로 혼자 재화(再話)하도다. 사실상,
그는 마음속으로 전체 경칠 편지를 개관하곤 하기에, 모든 것 중 첫째, 둘
째 생각에 관해 그리고 셋째 그리고 한층 더 많이 그리고 다섯째…… 요
컨대, 그는 자신이 과거 읽었던 책들 속에 설명되듯, 그의 노(老) 남녀에
관한 패트릭―트리스탄 이야기를 홀로 개관하곤 했도다. 이를테면, 항해
자〔성 패트릭 또는 트리스탄 경〕가 립톤의 강궁(强弓)의 함재정(艦載艇),
*래이디(귀부인) 에바(Lady Eva)*를 떠나, 두 번 내시(來時)하는 동안 라인스
터에 상륙했을 때, 그는 원주민을 개종했거나, 그들에게 천국의 길을 보여
주었나니, 그가 소개한 예배는 이 나라 안에 여전히 만연하고, 아직도 그
들의 치유(治癒)를 견지하고 있는지라.

289. 그리하여 그(성 패트릭 또는 트리스탄 경)에 의해 혁신된 구습들을 집착하거니와, 우리는 믿는 바, 아무것도 여왕의 지하실에 있는 모든 술, 인더스 강이 함유하는 모든 황금도, 그들의 뱀 숭배에서부터 그들의 옛 습관으로 되돌리도록 그들(백성들)을 유혹하지 못하리. 〔여기 돌프는 성 패트릭과 트리스탄의 합체로서 나타난다. 케브에 대한 선생으로서의 그의 역할은 명백하다. 그리고 총체적으로 사명에 관해 이야기한다면, 이는 그의 개인적 수업에 관계하고 있음을 보여 준다.〕 그러나 최초 상류의 그 정장(艇長)의 이야기로 잠시 되돌아가거니와, 만일 예쁜 수녀원장 및 미인이 이러한 사건을 감히 토론한다면. 그녀는 어디에 있는고……

290. 만일 예쁜 처녀가 그에게 당시 그녀의 사랑을 제공하고, 그녀의 손으로 훌륭한 목욕을 시킬 이익을 그에게 제공한다면, 만일 그녀가 그러면— 그러나 그녀는 그가 자신을 사랑하기 위해 다른 이름으로 되돌아오는 것을 결코 예견할 수 없었으니, 그건 지독한 슬픔 이었도다—의심할 바 없이 사내들은 그녀를 위안하기 위해 달려갔을지니—그리고 그녀가 저 턱수염의 생식력을 몽땅 그녀의 무릎에 얻으려고 애쓰는 자신의 손을 생각하면……

〔여기 교수는 이 시점에서, 이 꼬마 무례한 소년인 돌프에 대한 생각을, 항의 없이, 따를 수 없는지라, 이슬더 여인에 대한 옹호를 주장하기 위하여 자기 자신의 토론을 중단한다.〕

그러나 *나리님!(seigneur)*과 같은 냉한(冷寒)의 샤워 사나이, 저 철갑(鐵甲)의 셔츠와 방수복의 이름 아래, 갑자기 몸을 되돌리는 차가운 관수법(灌注法)을 그녀는 결코 예감할 수 없었는지라,(씻을 테요?) 여느 때나 하얀 평화스러운 뺨을 하고, 유일한 자칭의 청등(淸燈)과 그의 세세(洗洗) 문지름 통(桶)과 그의 진단자(디오게네스: 診斷者)의 등불과 함께, 그녀를 매입(買入)하기 위하여, 그리고 다른 두 사랑하는 자들,(와요 마마들, 그리고 그대의 값을 불러 봐요). 콘월의 오랜—수립된 마크 왕을 대표하여……

291. 유일자 〔콘월의 마크 왕〕—나를 은송선(銀送船)하라! 그건 틀림없었나니, 진정! 항시—늙은 아담인—그(마크 왕)에게 다이너마이트 환심 산다는 것은 지독히도 복통 비애스러운 일인지라. 그 순빈(純貧)의 소녀. 그리하여 우리들의 금권정치의 거기 모든 추종시대의 어중이떠중이의 너무나 많은 자들이 그녀를 위로하려고 그녀의 이창(裏窓)으로 기웃거리다니 놀랄 일이 아닌지라. 그러나 제2의 이슬더(그가 결혼한 브리타니의 이슬더)를 아애(兒愛)하는 트리스트람을 생각하면!

〔이슬더는 트리스트람이 숙부인 마크 왕을 위해 그녀를 손안에 넣으려고 되돌아오리라는 걸 몰랐도다.〕

왜냐하면, 그는 수많은 허언(虛言)들을 수많은 허언의 귀에 속삭였기에. 그리하여 저 슬그머니 도망치는 잠복자(트리스트람)의 턱수염 난 생식력을 그들의 즐거운 섹스 가정에서 모두 포완(捕腕)하려고 애쓰며, 저 양자〔두 이슬더〕의 양팔의 어색한 포옹을 분석하려 노력하다니, 마치, 그가 장구(長驅) 벌레 같은 몸부림치는 갓난아이처럼! —글쎄, 귀여운 더모트(Diarmait) 그리고 그라니아(Grainne) 〔트리스트람과 이슬더의 게일의 자들.〕

292. 그리하여 만일 그것이야말로 사랑이 가장 먼 곳을 향해 원을 그리고 있는 듯 하는 것이라면, 〔만일 그것이 암담한 돌프가 그의 컴퍼스로 서술하는 문제라면.〕 그의 결점을 천주여 도우소서! 그리고 만일 우리가 그의 책 *공간향미(空間香味)와 서단(西端) 여인(Spice and Westend Woman)* 속에 실린 윈담 루이스(Wyndham Lewis)〔그의 저서 「시간과 서부인」에서 『율리시스』를 신랄하게 비판하는〕의 말로부터 판단한다면, 과연, 그와 같이 보이기 시작하리라. 그대가 그것을 포기하도록 돌프에게 설교하거나, 혹은 과거를 경계하도록 젊은 가톨릭교도들에게 기도해 봐야 소용없는 짓! 왜냐하면, 만일 그대가 무실인간(無實人間)의 뇌 속을 엿들어다 볼 수 있다면, 그대는 사상의 집 속에 찌꺼기의 잔해 그리고 잃어버렸거나 산만해진 시대의 그리고 또한, 말의 기억들을 볼 것이로다. 그리고 가장 재미있는 것은 새로운 교생형(敎生型)의 선구자적 면이, 언어, 상식, 짐 나르는 짐승의 행

진에 대해 아무도 경계선을 설정할 권리를 갖지 않는다는 것을 그대에게
곧 말하기 시작할 것이요, 다른 한편으로, 그대가 어떻게 어딘가에 선을
그어야만 할 것이지를 그대에게 말하리라. 〔이 구절은 아일랜드의 자연적
발전에 대한 영국의 억압을 암시하는 파넬의 유명한 성명의 번안이다. 우
리는 그 속에 조이스의 영어의 창조적 실험에 대해 그를 혹평하는 비평가,
즉 윈담 루이스에 대한 비난을 읽을 수 있다.〕

293. 〔그러자 이제 케브는 흠칫 놀란다.〕

    돌프의 비평적 도안(figure)은 그들의 관심의 주제이다. 케브는 "더블
린의 철학자의 돌(Lapis in Via von Dublin)"〔전경(前景)의 커다란 느릅나
무 아래에 있는 나선계단(螺線階段: Turnpike)의 나비들이 나르는 드람콘돌
라의 꿈의 마을〕을 나른한 눈으로 들어다 보고 있다. 이는 ALP의 음문인
동시에, 자웅 동체적으로, HCE이요 ALP이다. 이 도안은 철학자의 돌의
기하학적 대응물이다.

    여기 돌프가 구성하는 그림에 대한 자신의 설명은 지리적, 외설적 및 형
이상학적 함축성과 전적으로 무관하지 않다. 그가 행하는 것이란 그의 아

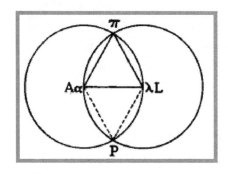

Fig.1

The Great Ulm

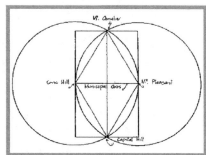

Fig.2

Vesica Piscis

우에게 어머니의 비밀(음부)을 소개하는 것이다. 그는 ALP의 음문을 기하학적으로 설명하는지라, 이 도안은 유클리드 기하의 첫 정리(定理; proposition)의 형태이다. 호(弧)들로 둘러싸인 부분은 신비적인 모습으로, 자궁의 상징인, "양끝을 타원형(Vesica Piscia; 이등변 삼각형)"및 ALP—강(江)의 삼각주(델타)를 암시한다. 서로 겹친 국면은, 동물원, 하늘, 지옥 및 땅의 지도, 더블린 지도, 여성의 외음부(pudendum) 및 두 둔부의 신비적 상징, 편지, 반대의 조화, 예이츠의『조망(Vision)』등, 다양한 것들을 상징한다.

294. 돌프는 밑바닥에 대문자 P를 자존심(pride)으로 쓰고, 케브는 그의 끝을 위해 겸허한 파이(pi)를 그리도록 일러 받는다. 그리고 돌프는, 각들을 짝짓기 위해, 점선으로 aP와 Pa를 연결하도록 한다. 우리는 여기 직선 AL을 보는데, 이는 ALP의 음모(陰毛)의 숲으로, 우리는 그것을 정점(The Vertex)이라 부르리라. 직경으로서의 A—L 선은 달걀처럼 둥글게! 그러자 케브가 부르짖는다. "오, 맙소사! 오, 이봐요! 이건 정말 놀라운 발견이도다! 그대는 곰퍼스를 사용하지 않았던고! 환상적이도다!"

295. 내(돌프)가 그처럼 꿈을 되 꾸고 있을 때, 나는 우리들이 모두 만원경임을 보기 시작하도다! 그러나 원점으로 환원하거니와, 우리는 이제 또 다른 원을 다음과 같이 그리나니. 이제, 문자 L을 중심으로 하고, A를 직경으로 하여 180도로 사전환(四轉換)할지라. 그대의 궁둥이처럼 둥글게 재주넘기할지라! 빙글빙글 원을 이루어! 오, 맙소사, 그건 정말 멋지도다! 그리하여 한 쌍의 동일한 컴퍼스 각(脚)을 만드나니! 그대, 예술의 총계 그리고 나는 그에 대한 핸들 예표(藝標) 같은 것. 원들은 두 점에서 교차하는 지라, 이들은 P 및 '파이'로 불리며, 어머니의 음부와 배꼽으로 상오 동일시되도다.〔돌프는 p를 자신을 위해 그리고 음부인 '파이'를 케브를 위해 할당한다.〕

296. 이제, 나(돌프)는 Pride를 위하여 대문자 P를 그리기를 좋아 하나니—거기 우리들의 괴물사기꾼, 목통(木桶) 아담과—천(天) 이브가 그의 풍자(parody)의 음담을 막았던 곳이라. 그리하여 그대의 목적을 위하여 겸허

댁으로부터 그대의 겸손의 가짜 파이(Pie)를 만들지라—거기 그대의 보족정점(補足頂点)은 질서의 점이 될지니. "자네 거기 괜찮아, 마이클?"하고, 돌프가 그를 부르도다. "아이, 니클, 난 여기 괜찮아,"하고 케브가 대답하도다. "그리고 나는 쏠 테야!" "자 이제," 돌프가 말한다, "낚시 각(角)을 완전하게 하기 위하여, 사랑하는 형제 조나단 그리고 묵면목(黙面目)의 천사여, 알파 피(P)두(頭)와 LP를 점선으로 느슨하게 접해요, 그리고 나는 그대로 하여금 그대의 영원한 기하 대지모(大地母)의 자궁을 비유적으로 보도록 할지로다."

297. 〔재차 돌프는 도안을 설명한다.〕

그는 P를 '파이'까지 추켜올림으로써 ALP의 앞치마를 들어올리리라. 제2단계로, 그는 성냥을 켜서 케브로 하여금 어머니의 음소를 보게 하도록 하나니. "아라아라, 계속 해봐요!" 흥분되고 성급한 케브가 부르짖도다. "흥미를 위한 핀! 어디 시작해 봐요!" 돌프는 마지막 행위로 나아간다. "자 이제 내게 윤곽을 보일지라!"

〔돌프의 설명 계속〕

그대는 근접해야 하나니, 어둡기 때문에. 그리하여 그대의 성냥을 킬지라. 그리하여 이것이 그대가 말할 것이니. 봐아아아아요. 쭛! 닫아요, 수문을! 파라(婆羅)! 그리하여 그들의, 적수(赤首)여, 그것 참, 사해의 살아있는 구덩이(구멍), 허들베리 펜〔장애물항〕의 단단한 성채(城砦), 육점부분(六点部分)에서, 조류의 그대의 이고(泥古)의 삼각형의 델타의 중앙 패총 쐐기, 그녀의 안전 음문의 무인흑점(無吝黑點), 모든 이등변 삼각형의 첫째, 부단(不斷)의 유출, 대하습모(大河濕母), 지역의 자랑. 그리고 저 조부해일(潮父海溢)이 프란킥 대양(대서양)으로부터 돌습(突襲)하자, 그녀의 육체는 그의 침대요 주관(酒棺)이로다!

298. 그대(추프)는 그녀의 그것(음부)을 보나니. 어느 누구든 그대가 보는 자는 그녀인지라. 고로 그대 파이프에 담배를 물고 천천히 잘 생각해 볼지

라! 그리하면 그대는 저 느른한 페넌트 삼각기(三角旗)를 개양할 수 있으리니, 자네. 난 방금 그대의 "퉁크의(tunc's)" 산(散) 페이지를 읽었도다.

〔조이스는 여기 『켈즈의 책』의 퉁크─페이지의 그림이 현재의 장에 노출된 메시지를 지니고 있음을 암시하는 듯하다.〕

299. 케브는 그가 돌프로부터 받아온 공부의 전체 흐름을 따르는데 실패한다. 케브 왈. "우리들 모두의 모(母)여! 오, 봐요, 자 저걸 봐요! 그건 내가 여태껏 본 바로 가장 기진(氣盡)한 것이로다! 그리고 중첩(重疊)이라! 진짜 진수우연일치(眞髓偶然一致)로다!" 돌프 왈. "그대는 전적으로 서잡(鼠雜)하여 족처(足處)를 잘못되게 입 벌리고 있나니, 마치 그대가 대면하고 있는 유령을 쳐다보고 있듯이, 그대는 아래 쪽 반사면(反射面)을 핥아야만 하도다." 여기! 케브 왈. "오 정말, 그건 정말 근사하도다! 그건 내게 나의 전 생애에 있어서 귀중한 교훈이 되리라." 케브는, 이해하면서, 갑자기 그의 교수자─돌프에게 골 사납게 몸을 돌린다. 그리고 비난과 교만한 훈계로 그를 공격한다. "기네스 입사(入社)에 대해 여태 생각 해 봤는고? 그리고 유감스러운 로마의 목사의 충고를,"

〔여기 케브의 돌프를 위한 기네스 회사의 직업 권고 및 로마 목사의 충고는 전기적(傳記的)으로 아우 스테니슬로즈의 형 조이스에게 행한 충고로 간주되거니와, 그러나 이 일자리는 후자에게 단지 희망, 신념 및 자선이 결여된 곳일 뿐이었다.〕

300. 〔케브는 형 돌프에게 따진다.〕

경찰이 되고 싶은 고. 그대는 언제나 머리 명석한 녀석 중의 하나였나니, 글쎄, 그대는 악마 자신의 약빠른 머슴이라, 그대 자신에게 공평하고 타자에 술책 부리는지라, 그렇고 말고, 가짜 희망! 글쎄, 그대는 저습(咀濕)받을지니, 그렇고 말고, 이 연옥일(煉獄日)들의 하나, 하지만 그대 그러리라, 적발(赤髮)놈 같으니(carrotty)!

[형제 싸움의 재현]

　　재이콥 제의 비스킷의 도움으로, 우리들의 케브, 그의 쾌활한 형제의 경
홀(驚惚) 속에 성체 빵을 곧잘 예사로 야금야금 썹어 삼키나니. 돌프는, 케
브에 따르면, 무의식적으로 삼중혼(三重婚)을 화필(畵筆)하면서, 그리고 노
란 브라운[이탈리아의 철학자] 찌꺼기를 돌아보려고 애쓰면서, 총애의 역
을 행하고 있었도다. 케브는, 이리하여, 그의 형제에게 응얼거렸는지라,
마침내 전신에 땀을 흘리자 경(硬) 정맥이 자신의 생득 권을 점재(點在)했
도다. 따라서 케브는 돌프의 목적을 최소화하는 한편, 음탕함과 형이상학
에 출구를 찾는 HCE의 저 따위 모습들에 대한 그의 유사함을 개탄하도
다. 여기 케브는 더 이상 천진해 있을 수 없는지라, 자신의 이성의 상실에
말문이 막힌 채, 브라운 & 놀란(Browns & Nolan; 더블린의 문방구 점명) 지
상(紙上)에 온통 동그라미와 삼각형을 마구 갈기나니, 마침내 목의 혈맥이
밧줄처럼 치솟는 도다. 따라서 한층 점진적으로 낙담상태가 되면서, 그는,
전적으로 현란한 채, 마룻바닥에 드러누워야 하도다. 마침내 전신에 땀을
흘리자 턱의 정맥이 자신의 네이피어(Napier; 계산기 발명가) 대수법(對數法)
으로 활(活) 생득권을 점재(點在)하는지라, 마치……

301. [케브와 돌프의 다툼]

　　돌프는 케브를 타이르는바, 그대도 멋진 글을 쓸 수 있으리니. "혈문자
(血文者)를 부를지라! 매매매맴 혹양을 위하여 기도할지라!"[그리고 케브
를 진정시키기 위해서 그에게 일러야 하도다.] "확실히 그대는 어떠한 구
문(句文)이든 제작할 수 있나니, 단언건대, 털갈이 불결 집게벌레처럼 멋
지게 그대 스스로, 믹, 그대 원한다면!" 이때 케부는 얼마나 자신의 벌거
벗은 옆구리로 악귀성(惡鬼城)에 포위되어 저속하게 누워 있었던고. 그러
나 다른 한편으로 그는, 또한, 자신의 소측(笑側)에 버림받아 누워 있었던
고.

[여기 돌프는 트리에스테의 슬픈 망명자인 조이스가 되면서, 케브의 자

기중심(egocentricity)의 데카르트(Descartes)적 춘천(春泉; Spring)(기계론적 우주관을 구축하는 근대 유물론의 원천)에의 몰입을 무시하도다.]

302. 〔돌프는 글쓰기를 예술로서 그리고 일종의 신비스러운 과정으로서 이해한다.〕 이것이 케브의 분노의 원인이다. 케브도 돌프와 마찬가지로 글을 쓸 수 있도다─심지어 조이스의 「소요의 시대(*The Day of Rabblement*)」나 「한 푼짜리 시들(*Pomes Penyeach*)」 같은─만일 그가 마음만 먹는다면 말이다.

〔돌프는 자신의 두 가설적 편지를 케브에게 보인다.〕 그가 쓸 어떤 편지(문자)든 간에, 그것은 지독한 구걸의 편지가 될 것인 즉, 이를테면,

302.1. 〔두 소년들의 기질과 대조되는 두 가설적 편지들〕

(1) 안은 곧 기별(奇別) 있기를 희망하나니. 만일 당신이 제게 목장편두(牧場扁豆)의 스튜를 빌려주신다면, 나리, 그리고 한 접시의 스튜 대금 값을. 구두점. 모든 성직서기가(聖職書記家)를 대신하여 귀하에게 최대의 사과 및 다다락금(多多樂金)의 감사와 함께, 그리고 귀하의 관용을 어긴대 대한 보용(報容)을 재삼 간청하나이다. (2) 〔그리고 여인으로부터 올 것 같은 한 통의 특별한 답장인 즉〕 글쎄요 꼬리혼들혼들혼들 자여, 그리고 당신은 안녕하신 가요, 도둑 갈매기? 갈증을 위하여 한잔의 대문자 T차(茶)를. 여기 압지(押紙) 비바로부터 친애하는 피키슈에게. 오점(汚點).

302.11. 〔그리고 영원한 여성의 양상을 띤 셋째 편지를 보이나니〕

(3) 자 이제, 완전한 행복 속에 노래로 자신을 달래는 그를 잘 볼지라. 완전한 차기행복 속에 서명 양도를 끝내고! 저는 언제나 당신의 육필을 숭경(崇敬)했어요. 당신은 우리에게 최후의 일행을 필(筆)할 수 있나요? 노이년(老耳年)에 원하옵건대, 즐거운 부조(扶助)를. 그리하여 여불 비례, 여선여희망(汝善女希望). 다음 호에 계속. 익명. 〔토루(土壘)의 편지를 메아리 하는, 영원한 여성의 모습을 띤 셋째 편지〕

303. 〔돌프의 편지 쓰기 교습〕

펜을 적절히 잡아요, 그대, 내가 하는 식으로. 그대의 생명을 위한 대담한 필치! 팁! 〔케이트의 박물관 안내(10 참조), 케이트가 안내하듯, 돌프가 작가들을 소개한다.〕 이것은 심장—스틸(Steele), 이것은 인후—버크(Burke), 이것은 배꼽—스턴(Sterne), 이것은 비장—스위프트(Swift), 이것은 척골—와일드(Wilde), 이것은 양미간—쇼(Shaw), 이것은 눈—예이츠(Yeats)로다. 그리고 찰스 스튜워드 파넬이 대담한 대니 소년과 코노리 사이를 나아가다. 우파니샤드. 「애린 고 브라(*Erin go Bragh*)」 "아일랜드 심판의 날까지." 〔전승구호〕

303.15. 〔케브가 돌프를 치다.〕

그러나 결국 돌프의 독재적 글쓰기와 이란(泥亂)의 혼선어법(混線語法)에 잇따라, 그의 아우 케브는 통렬한 펀치로 측지(測地)했도다. 케브는 돌프를 한 대 치고, 혈안을 가져오자, 우리들의 프랑커 자(子)인 돌프는 혐오자 가인(misocain) 〔misogamy＋Cain〕이 되도다.

304. 일방승(一方勝)! 그리하여 그의 회계수(會計手)가 솟았도다 〔심판은 녹아웃 손을 들었나니, 이는 『율리시스』의 밤거리에서에서 스티븐이 병사 Carr에게 위협받는 순간과 대응한다.〕(U 487)

〔이는 또한, 예수가 십자가형에서 로마 군인에 의해 던져진 그의 투창과 같다. 이어 케브의 태도가 돌변하고, 돌프에게 수업에 대해 감사하도다. 그러나 이제, 돌프는, 가장 놀라운 모습으로, 가장 우아하게도, 구타에 분개하거나 보복하는 대신에, 자신의 위치를 회복하고 화해를 향해 움직이는지라. 그의 묵인은 힘 인고 약점 인고? 〔이와 함께, 돌프는, 『피네간의 경야』의 전 과정을 통해 심지어 그이 자신의 권리를 위해 대결하는 부당성이야말로 그의 행동의 규범임을 보여준다. 그는, 그러나 자기—정당화의 아우에게 그의 정신적 힘을 통제하는 능력 속에서 스스로의 복수를 즐긴다. 이러한 정신적

극복의 주제는 『율리시스』, 『망명자들』의 한결같은 공통의 주제들이다. 블룸(Bloom)과 리처드 로운(Richard Rowan)은 아내의 연인들을 포용함으로써, 진정 정신적 승리를 구가한다. 중국의 고사(故事)인, "일체유심조(一切唯心造)!"라.]

〔케브의 화해〕

상시 너무나 감사한지라, 목적 달성이니! 그대가 나를 골수까지 친 것이 중량(重量)인지 아니면 내가 보고 있던 것이 붉은 덩어리인지는 말할수 없어도, 그러나 현재의 타성으로, 비록 내가 잠재력적이긴 할지라도, 나는 내 주변에 무지개를 보는 도다. 나는 그대를 부가부(bugaboo) 이륜마차에 태워,〔노래가사에서, U 82 참조〕 만인을 위해 유흥(遊興)하고 싶은지라. 만일 나의 우편부대가 충분하다면 그대에게 무독화(無毒化)의 독소(毒素; toxis)를 하나 보내리라. 맹세코, 그대는 나를 위해 정말 애행(愛行)했도다! 글쎄 그렇지 않았던고?

305. 〔마루로부터 일어서면서 데카르트 식의 돌프가 말하는지라.〕

고로 우리는 필독서(必讀書)를 탐독했도다. 책은 말하나니. "최고로 예언하는 자가 최고의 등쳐먹는 자로다(He prophets most who bilks the best)".

〔이씨와 함께〕 그리하여 화해가 *이중진리와 대립욕구의 접선욕망*의 활동을 통하여 일어난다. 돌프는 홀로 말한다. "아래턱의 저 상쾌한 불신자(不信者)인 케브는 모든 나의 취주저(醉躊躇)를 압도시켰도다. 단조(鍛造)하라, 서니 양쾌(陽快)한 샘(Sam) 나는 그대의 주저경향(hiscitency. hesitancy+ tendency)의 간격(間隔)에 교각(橋脚)하려고 할뿐이나니."

〔이는 죄책감을 답습하는 심리적 상징인, HCE의 주저(hesitancy)(말더듬이)(97)에 대한 언급이다. 이 죄는 양 형제들에 의하여 상속된다. 케브의 경우에, 그것은 세계를 지배하려는 그이 자신의 무가치성에 대한 숨은 지식의

형태를 취하며, 돌프의 경우에, 그것은 인생의 도전에 봉착하려는 무능의 인식이다. 상오를 보충하려는 양 형제들의 한결같은 노력은 단지 충돌과 갈등으로 인도할 뿐이다. HCE에 속하는 "hesitency"란 단어는 현재의 구절에서 두 아들들에 합당하게 변형된다. 케브에게는 "그의 시민성(市民性; hiscitendency)"이, 돌프에게는 "그의 무저성(霧躇性; hazeydency)"이 된다.]

나[돌프]는 그대를 두고 정신분석 하려 할 수 있을지라, 그대가 얼굴이 파랗게 될 때까지. 그리하여 비록 그대가 자신의 형의 보호자(bloater's kipper. brother's keeper)가 아니라도, 나는 다시는 결코 저주하지 않을 지로다. 저 쌍둥이 퀸 (Quin)[조이스의 『율리시스』 원고 수집가―변호사]은 어디에 있는고? 하지만 나는 나의 극속(極俗)의 종결핵(終結核) 대조자인 그대가 잠자며 용매완(溶媒腕)으로 태어난 것 이외에 아무것도 모르나니." [이 구절은 산스크리트어의 기원으로 끝난다.] "성화(聖和), 생화(生和), 승화(昇和)! (slanty scanty shanty!!!)" "아베!…… 처녀류천(處女流川)의 환기(喚起)여. 사선사(四先師)들이 보수(報酬)로 내일 성화의 각인(刻印)을 찍을지니,"

306. 그땐 사탕 육과(肉果)를 제공하는 부친(HCE)이 우리들에게 자신의 노벨 경상(驚賞)(Noblett's surprize)을 주리라. [T.S. 엘리엇―케브는 노벨상을 수상했으나, 조이스―돌프는 그렇지 못했다.] 고상한 돌프 왈. "그의 찬양하올 찬미의 목적으로, 우리들은 만족하나이다. 나와 그대 및 성 요한 사이. 항목, 망탑(望塔; mizpah)은 끝나도다." [여기 "망탑"은 피임 술의 신기한 이름이다. 의미는 젊음의 시간은 끝났음을 의미한다.] 여기 학동들은 앞으로 나아가, 열매를 맺을지라. 그리하여 돌프, 케브 및 이씨 모두 공모 속에 합세 한다. "우리 모두 죄를 삼키고 만족합시다(Let us be singulfied.)" [sin―gulf―satisfied]

그러나 행동을 위한 날은 다가왔도다. 학생의 생활은 다하고, 시작의 날은 임박했도다. 우리는 부질없이 시간을 보내며 낙서하고 있는고? 우리는 공부할지라. 수많은 반추(反芻) 있으리라. 우리는 꾸준히 공부했는지라, 이제 우리는 대중을 안내하리라. 모든 학문을. 우리는 아이들이 그들의 중간

시험을 위해 공부함을 목격하도다. 그들의 마지막 할일은 자신들의 수필을 위해 아래 긴 일람표로부터 제목을 택하는 일이다.

306.8. 그러나 도대체 무슨 경치게도 그들은 공부벌레와 굼벵이에 대하여 부질없이 시간을 보내며 낙서하고 있는고? 오케이 우수(右手), 사기사도(詐欺使徒)인고? 한결 한결 한결 한결같이 우리는 한결 같이 공부할지라. 많은 많은 많은 많은 많은 반추(反芻) 있으리라. 우리들은 삼거리 그리고 사거리에서 때를 만나고 소막간(小幕間)에 우리들의 소품(小品)을 서입(書入)했나니. 예술, 문학, 정치학, 경제, 화학, 인류, 등등. 의무, 즉 수양(修養)의 딸, 남시장(南市場)의 대화(大火), 거인과 요정녀의 신앙, 만사적소(萬事適所)와 적소만사, 붓은 칼보다 강한고? 공무(公務)의 성공적 생애, 숲 속의 자연의 목소리, 그대가 좋아하는 영웅과 여걸, 레크리에이션의 이득에 관하여, 만일 서 있는 돌이 말할 수 있다면, 배달여(配達女)의 방종연(放縱宴)을 위한 헌신, 볼즈브리지[더블린 외곽 도시]에서의 더블린 시경(市警) 스포츠 대회, 헤스페리데스의 난파를 소박한 앵글 어의 단음절로 서술할지라, 무슨 교훈을, 만일 있다면, 디아미도와 그라니아[피네간 신화의 애인들]로부터 끌어낼 수 있는고? 그대는 우리들의 현존 의회 제도를 승인하는고? 곤충의 이용과 남용을……

잇따른 페이지(306~7)는 대학의 주제 제목들과 시험 문제들의 양식으로, 『피네간의 경야』의 위대한 학교에서 공부해온 인물들을 총괄한다. 예를 들면, 오비드, 숲 속의 자연의 목소리. 아담, 이브. 그대가 좋아하는 영웅과 여걸. 호머. 헤스페리데스의 난파를 소박한 앵글로색슨 어의 단음절로 서술할지라. Marcus Aurelius. 무슨 교훈을, 만일 있다면, 디아미도와 그라니아로부터 끌어낼 수 있는고? 그밖에도, 다른 인물들. Cato, Nero, Saul, Aristotle, Caesar, Pericles, Domitian, Edipus, Socrates, Ajax, Aurelius, Alcibiades, Lucretius를 포함한다.

307. 〔이어지는 역사적 위인들의 목록 — 공부 대상들〕

노아. 기네스 양조회사의 방문, 이삭, 곁말(Pun)이 곁말(Pun)이 아닐 때? Tiresia, Animus(원동력)와 Anima(우주)의 공학(共學)은 전면적으로 바람직한고? Nestor, 헨글러의 서커스 향락, 요셉, 지금까지 반 꿈이었던 가장 이상한 꿈, Esop, 베짱이와 개미의 우화를 친구에게 잡담 편지로 말 할라, Lot, 소돔 빈민국의 수치, Castor, Pollux, 지미 와일드와 잭 샤키의 권법(拳法)을 비교 할지라, Moses. 성 패트릭에게 영광 있을 지니! Job, 쌓인 먼지 속에 발견되는 것, Xenophon, 지연은 위험하도다, 활급(活急)! 안은 게걸게걸 소리 내는지라, 차(茶) 마련되었나니, C는 충분하도다! 즉시(卽時)는 찬셀로 시계 점에 의한 할초(割秒) 내에 있을지니.

308. 〔저녁 식사와 밤의 취침 시간〕

그러나 그전에 그들은 차를 마셔야만 하는지라, 어머니가 그들을 위해 차를 준비해 놓았나니, 때는 밤. 밤의 여신(Mox)은 할초(割秒) 안에 있을지니. 초(秒)들은 재깍 재깍 아일랜드어로 하나에서 열까지 시간을 헤아린다. 아이들은 차를 마시러 가도다. (우주〔右註〕의 가장자리 노트. "엄마, 봐요, 고기 수프가 끓어 넘쳐요!") 〔이는 『율리시스』의 밤의 환각 장면의 구절을 낱낱이 재생하는 『피네간의 경야』의 유일한 구절이다.〕(U 464) 그리고 그들이 먹는 것은, 물론, 성찬(聖餐)의 이미지로, 그들의 부친의 몸 자체가 될 것이다.

1초(Qun)
2두(Do)
3투리(Tri)
……
……
……

그들의 사육(飼育)은 시작하도다.

"1초 2초 3초……10." 시간을 알리는 10개의 단음으로 된 목록은 『피네간의 경야』의 환윤(環輪)을 나타내는 유대교의 신비철학(Kabbalah)의 10 Sephiroth로서, 오후 10시의 차임벨과 맞물린다. 이들 숫자는, 그들 신비 철학자들에게, "영원한 정령(Eternal Spirit)"인 현상계의 계시(啓示)(phenomenal manifestation)로의 하강(추락)을 대표한다. 각각은 신비적 특질 ('지복', '지혜', '지성', '자비', '정의', '미', '명예', '영광', '생식' 및 '지배')을 암시하며, 이들은 천사들의 합장(合掌)을 수반한다.

이어 양친에 대한 아이들의 밤—편지, 그들은 전야제 속에 서로 합작한 밤 편지를 그들의 양친에게 남긴다.

야간편지

펩과 멤마이 그리고 하월(下越) 나이 많은 친척 분들께 크리스마스 내사계절(來死季節)의 인사와 함께, 그들의 다가오는 새(뉴) 장구년(뉴 요크; 長久年)을 통하여 그들 모두에게 생강(生江) 리피 및 다량의 전치전도번영(前置顚倒繁榮)의 이 땅에서 아주 즐거운 화신 (化身)을 바라옵나이다.

예(藝)재크(돌프), 상(商)재크(케브) 및 꼬마 내숭녀(女)

이씨 올림

[전보는 신호로서 말해지나니, "예(藝)재크(jake), 상(商)재크(jack) 및 꼬마 내숭녀(sousoucie) [또한, 아이들이란 뜻] 올림"(308.24〜25)이란 단어들은, 글라신(Glasheen) 교수기 평하듯, JJ & S, 즉, 더블린의 John Jameson and Sons 위스키로서, 팀 피네간의 추락(그러나 또한, 부활)으로 어림된다.(Glasheen, liv) 조이스는 우리에게 다음 장으로의 전환을 마련하는바, 그것은 많은 음주 사이에 자리하고, 부친의 추락에 관한 확장된 우화를 포함한다.]

[이 장은 필기책의 뒷장에 개으른 학생들의 갈겨쓴 낙서로 끝난다. 이씨의 상형문자(hierographics) 식의 코 끝 엄지손가락과 십자골(十字骨)이 눈에 띈다. 이는 탄생, 죽음 및 재생과 관계한다.]

제II부 3장

축제의 여인숙

【개요】 이 장은 전체 작품 가운데 1/6에 해당하는 거대한 양으로, 가장 긴 부분이다. 그것의 배경은 HCE의 주막이요, 내용은 두 가지 큰 사건들, 1) 노르웨이 선장과 양복상 커스에 관한 이야기 2) 바트(솀)와 타프(숀)에 의하여 익살스럽게 진행되는 러시아 장군과 그를 사살하는 버클리 병사의 이야기로 이루어진다.

첫 번째 장면에서 우리는 노르웨이 선장과 연관하여 유령선(희망봉 주변에 출몰하는)과 그의 해적에 관한 전설적 이야기를 엿듣게 되는데, 그 내용인 즉, 한 등 굽은 노르웨이 선장이 더블린의 양복상 커스에게 자신의 양복을 맞추었으나, 그것이 몸에 잘 맞지 않는다. 이에 선장은 커스에게 항의 하자, 후자는 그의 몸의 불균형(그의 커다란 등 혹) 때문이라고 해명한다. 이에 서로 시비가 벌어진다. 그러나 결국 양복상은 선장과 자신의 딸과의 결혼을 주선함으로써, 서로의 화해가 이루어진다. HCE의 존재 및 공원에서의 그의 불륜의 행위에 관한 전체 이야기는 이 유령선의 이야기의 저변에 깔려 있다.

두 번째 장면에서, 우리는 텔레비전의 익살극인 바트와 타프의 연재물을 읽게 되는데, 등장인물들인 바트(솀)와 타프(숀)는 크리미아 전쟁(러시아 대 영국, 프랑스, 오스트리아, 터키, 프로이센 등 연합국의 정쟁, 1853~56)의 바스토풀 전투에서 아일랜드 출신의 영국 병사 버클리가 러시아의 장군을 어떻게 사살했는지를 자세히 열거한다. 병사 버클리는 이 전투에서 러시아 장군을 사살할 기회를 갖게 되나, 그때 마침 장군이 배변 도중이라, 인정상 그를 향해 총을 쏘지 못하다가, 그가 뗏장(turf: 아일랜드의 상징으로, 서부 구토[旧土]에 산재한다. 이것이 썩으면 토탄이 된다).으로 밑을 훔치는 것을 보는 순간 그를 사살한다는 내용이다.

이 장면에서 테니슨의 "경기병대의 공격(The Charge of the

Light Brigade)"의 노래의 여운 속에 장군이 텔레비전 스크린에 나타난다. 그는 HCE의 살아 있는 이미지이기도 하다. 텔레비전이 닫히자, 주점의 모든 손님들은 버클리의 편을 든다. 그러자 이어 앞서 타프와 바트는 동일체로 이우러진다(353.15~21). 그러나 주점 주인은 러시아의 장군을 지지하기 위해 일어선다. 무리들은 그들의 주인에 대한 강력한 저주를 쏟는지라, 그는 공직(정치가)에 출마하고 있는 듯이 보인다.

이제 주점은 거의 마감시간이다. 멀리서부터 HCE의 범죄와 그의 타도를 외치는 민요와 함께, 접근하는 군중들의 소리가 들린다. HCE는 자신이 다스릴 민중에 의하여 거절당하고 있음을 느끼면서, 주점을 청소하고 마침내 홀로 남는다. 자포자기 속에서 그는 손님들이 마시다 남긴 술병과 잔들의 술 찌꺼기를 핥아 마시고, 취한 뒤 마루 위에 맥없이 쓰러진다. 여기서 그는 1198년에 서거한 아일랜드 최후의 비운의 왕(그는 영국에 자신의 나라를 양도했다)과 스스로를 동일시한다. 마침내 그는 꿈속에서 배를 타고, 리피강을 흘러가는데, 결국 이 장명(주점)은 항구를 떠나는 배로 변용된다. 장말에서 "로더릭 오코노 왕"의 부분(380.7~382.30)은 『피네간의 경야』를 위한 조이스의 초기의 스케치들의 하나로 거슬러 오른다. 여기 이어위커는 1198년에 매장된 아일랜드의 최후의 왕과 동일시된다.

7번째 천둥(314.8~9)이 이야기의 초두에, 그리고 8번째 것(332.5~7)이 그 말에 각각 울리는데, 이는 HCE(피네간이요, 퍼스 오레일리)(332.08~9)의 추락의 주제를 하나하나 상징한다.

[본문 시작]

309. 〔이 페이지는 주점의 관경과 그들 주객들의 이야기의 주제들의 개관, 및 이어위커의 주막이 어떻게 전기 기구를 가설하게 되었는지의 설명으로 열린다.〕

기네스 창세주(創世酒)의 무관심사는 있을 수도 또는 있지 않을 수도 있는지라, 그러나 만일 4개의 주제들이 있다면, 그들은 다음과 같도다: (1) 한 인간의 생명에 대한 공포는 농자(聾者)의 장애의 숙명 속에 되려 숨어 있도다. (2) 신부안(新婦眼)의 견지에서 보면, 남의 인생의 고도(高度)는 그가 샘을 도섭(徒涉)하는 때이다. (3) 그를 수렁에 빠뜨리는 자존심은 경야의 영광을 청하도다. (4) 순환 계획은 정원 주변을 맴도는 그대의 룸바춤과 닮았는지라. 그런고로, 이들 주제들은 논쟁에 휘말려 있도다.

〔주점의 라디오 가설〕

그들은 주점주인을 위하여 멋진 십이공관상(十二空管狀)의 회음청취기(會音聽取機)를 샀는지라, 이는 내일 오후처럼 현대적이요, 외관에 있어서 최신식이라, 원거리 수신을 위한 초방패(超防牌)의 우산 안테나를 장착하고 벨리니—토스티 결합방식의 자력연결에 의하여 활력조(活力調)의 스피커와 접합하고, 만공물체(滿空物體), 파지장방사기(波止場放射機能), 열쇠 째깍 제동기, 바티칸 진공청소기, 여형가동기(女型可動機) 또는 남제공전기(男製空電機)로 포착하고, 전체의 두옥(斗屋) 아마추어 무선전국(無線轉局)을 호통 치면서, 전고아일랜드(全古愛蘭) 토노(土爐) 및 가정을 위하여 전기절충적(電氣折衷的)으로 여과하여, 사과카레수프 메리고라운드를 그에게 차려 내는 것이로다.

310. 이 축전기를 그들은 탄약 저장고 포대(砲隊)로부터 작동하게 했는지라. 그리하여 샤를마뉴 대제(大帝)를 그의 이과학(耳科學) 생애의 내이미기선(內耳迷基線路)까지 달랠 수 있도록, 그들은 그것을, 모든 방송을 행사할 수 있는, 이형(耳型)의 배열, 강력한 외이(外耳)에 연결시켰느니라.

[HCE의 주막]

이 주막은 "호출의 집(House of call)"인지라, 거기 주인은 오코넬 주(酒)를 매병(賣甁)하나니, 한편 주인의 눈은 돈궤를 조심스럽게 살피도다. 주막의 카드 복점은 밤의 발기처럼 추억을 환각으로 불러일으키는지라, 술(酒)은 그이를 위한 와자지껄 이중관절주(二重關節酒)이지만, 그것은 영계 절식자(令鷄絶息者)들의 추장이요, 파타고니아 인(人)인 쿨센 맥쿨처럼, 원초의 영웅인 핀 맥쿨에게는 단지 한번의 휙(引)이요, 한 줌에 불과하나니, 이 강력한 낙거인(樂巨人)[핀―HCE]은 당시 그를 네크 호반(湖畔)인양 꿀꺽 삼킬 정도라. 그가 코르크 마개를 뽑자, 펑 소리가 났도다,

311. 거품이 주병(酒甁)의 미끄러운 옆구리를 흘러내리며, 컵들에 채워졌도다. 때는 옛날의 나날 뒤로 오랜 뒤의 일이었나니, 그가 자신의 배를 항구애로 띄웠던 훨씬 오랜 뒤의 일이었느니라. 더욱이 양복상 커스가 배 앞을 가로질러 노르웨이 선장을 붙들고 길게 이야기하기 전이었도다.

그런고로 주점 주인은, 그사이에, 죄지은 양심과 열린 귀를 가지고, 자신에 대한 유행하는 평판[고원의 죄]을 위한 단서를 찾았도다.

그러자 술집의 단골손님들이, 반―위협적인 암시로서, 신페인 건배를 위해 그들의 술잔을 들어 올리며 부르짖는지라. 우리들 자신, 우리들 자신, 홀로![신페인의 모토] 그리고 술을 "기(起), 경(警) 그리고 그들을 격(擊)!"이라는 식으로 단숨에 들이키도다.

따라서 끝없는 이야기의 타래가 풀리며, 그들은 으르렁대는지라. 주점의 대소동이니, 이는 도회의 양복상의 이야기와 혼성되도다. 분명히 노르웨이 선장 [귀항선장으로 알려지고 HCE의 모습과 아주 닮은, 다변의 수부]은 항구로 입항하곤 했는지라, 이어 수년 동안 재차 깊은 바다로 항해하기 위해 출항했도다. 그는 「유령선(*Flying Dutchman*)」[아프리카 희망봉 부근에 출몰하는]의 선장 같은 데가 있었도다. 그는 선부(船夫; Ship's

Husband) 〔HCE와 아주 닮은 또 다른 거구의 사나이〕를 만나는지라.

그러자 노르웨이 선장은 선부에게 성언(聲言)했도다. "어디서 한 벌 애복(愛服)을 낚을 수 있을까?" 그러자 선부가 급언(急言)했도다. "여기는 복숙(服宿), 애쉬와 화이트헤드가 의복 점의 후계자이라." 〔여기 "선부"는 주막 주인으로서의 HCE 자신이기도 하다.〕 그에게 접근하는 노르웨이 선장〔HCE—노르웨이 선원—선부는 모두 같은 이의 변용〕은 그의 초기의 항해자의 모습에서 HCE와 대응하나니. 이야기의 진전은 바다의 수부가, 재단된 양복을 가지고 도주하고, 거대한 식사를 구걸하면서, 그리고 그들의 집단적 딸에 구애하면서, 어떻게 다양한 방식으로 육지인들을 사취하는지를 보여줄 것이다. 이 이야기는 전체 장을 통해서 여러 번 차단되면서 진행되거니와, HCE의 초기 역사, 그의 불미스러운 평판에 대한 설명의 전범(典範)으로, 이는 마침내 주막의 다툼 속으로 합세한다.

전체 양복상의 복잡한 이야기는 이내 영국의 평론가요 철학자 카라일(Carlyle; 1795~1881)의 저서 『의상 철학(*Sartor Resartus*)』 속에 상징화 된 초월론적 철학을 암시한다. 그에 의하면 우리의 의상은 신체의 핵(核)을 덮고 있는 물질적 외장(外裝)이라, 이는 외모의 세계에서 그들이 덮고 있는 육체보다 더 중요하다. 그러자, 거기에는 카라일의 영원한 찬부(Nay and Yea)의 문제에 대하여 HCE의 정신적 번뇌가 있도다. 동서양에 알려진 전통적인 신화적 이미지는 양복상으로서의 하느님의 그것이다. 하느님은 책상다리를 하고 앉아서 물질의 세계로 정신의 실을 짠다. 이리하여 그는 전체 우주를 위하여 외모의 옷을 재단하는지라.

독자는 앞서 제1장의 잘 반 후터와 프랜퀸의 이야기(21~23)와 함께, 여기 노르웨이 선장에 관한 이야기의 많은 유동적 메아리들을 상기한다. 우리는, 프랜퀸처럼, 노르웨이 선장이 재차 두 번 되돌아옴을 보고 놀라지 않을지니, 두 번째 방문에서 그는 주막에 들어 와, 대단한 식사를 주문하지만, 돈을 지불하지 않은 채 떠난다. 이는 요금을 요구하며 휘파람을 부는 선부(船夫)를 뒤에 남길 뿐이다.

그러자 이어 선부는, 그의 최고의 친구에게 몸을 돌리며, 급언(急言)했나니. "오하라, 이 신사에게 한 벌의 의복을 팔지라."고로 선장은 몸의 치수를 재고, 옷을 맞추었으니, 계약이 산출되자, 거기를 떠나려고 했도다. 그러나 선부는 그의 뒤로 고함을 쳤나니……

312. 앞서 잘 후터 백작처럼, 선부(船夫)는 선장 등 뒤로 고함을 지른다. 정지! 도둑놈, 우리의 아일랜드(愛蹋)으로 돌아올지라(Stolp, tief, stolf come bag to Moy Eireann)! 그리하여 노르웨이 선장은 대답했도다. 십중팔구 있음직한 일! 그리하여 그는 닻을 해저에서 노르웨이 항로에다 끌어 올렸나니, 그런고로 그는 7년의 염수욕(鹽水浴)에 가슴을 비웠도다. 그리하여 조류가 밧줄을 늦추었다 켕겼다 했느니라. 그러자 그는 성스러운 버킷처럼 고함을 질렀나니! 등 군살자여! 혹 달린 자여! 노르웨이 선장의 첫 방문 뒤로, 커스(Kersse)라는 젊은 영웅이 그를 뒤따라 밖으로 나간다.

〔그런데 "커스"는 퍼스(Persse)의 게일어의 잘못된 발음으로, 그는 무례한 민요에서(44~47) HCE에게 주어진 인물이다. 여기 커스는 HCE 자기 자신의 이면이라 할 수 있다.〕

313.4. 〔그들 모두는 화자(이야기꾼)를 격려 한다.〕

—즉시 화항(話港)할지라! 힘내어 말할지라, 선동자여! 나〔선장〕는 그렇게 하리다,

—친구들, 나의 손에 맹세코, 커스가 즉언(卽言)했나니. 그리고 이내 곧, 화자가 트림했는지라. 그때 그는 대부(代父)인, 귀항선장처럼 맑은 정신으로 내게 이야기하고, 그래서 나는 이제 더할 나위 없이 진심으로 만족하사. 그는 한결같이 아담(Adam)에게 저주를 퍼부었도다. 그런고로 맹세코, 천주신(天主神)이여 저를 도우소서!

313.14. 그 뒤로, 주정(酒廷)의 집회주왕(集會主王)과 주옥인(酒獄人)이 지닌 그의 금화법(金貨法)의 명령에 따라, 바이킹 추장 쟐(Jarl) 백작은, 잔돈—푼돈을 건네면서, 그의 청취 속에 그들의 속삭임을 밀고 나아갔나니, 그리고 주사위(모험)를 한번 던졌도다. 몇 푼 돈전(豚錢)이오, 그는 말했나니, 그리고 여기 있도다, 그리고 사기(詐欺)는 금지라, 나의 둥근 보석 백에서부터 이 값진 6페니 금화와 함께 그대의 경화(硬貨)를 가질지라. 그리하여 야비한 말투로 그는 돈을 세어 꺼냈느니라.

313.29. 〔주점 이야기들의 혼성〕

이리하여 덴마크의 유동허세(流動虛勢)의 비전(費錢)이 퉁기며 계산되는 지라. 피네간의 추락의 메아리는 여기서 울리기 시작하나니, 이는 이중화(二重話; doubletalk)와 당황스레 결합하기 시작한다. 여기서 우리는 적어도 이야기의 3, 4가지 실마리를 헤아린다. 이를 테면, HCE는 환전하면서 돈 궤 곁에 선다. 높은 파도 위의 스쿠너 범선이 한 추적하는 배에 의해 색구를 늦추고 있다. 벽 위(벽화)의 피네간이 추락을 향해 비틀거리고 있다. HCE의 분신이 자기 자신 피네간의 발판의 붕괴를 야기 시킨 판자를 움직였다는 암시와 함께, 소개되다. 뇌물이 함유는지라. 피네간의 추락과 하느님의 우렛소리가 주점의 소음과 혼성된다.

〔여기 현재로서, 조이스의 의미를 1차원으로 행사하기는 거의 불가능할 것이다. 뒤따르는 작품의 324페이지에서 암흑과 혼란의 주점의 분위기가 걷힐 때까지, 우리들의 이야기는 이중 삼중의 충들(layers)로 인하여 흐리기만 하다.〕

314.1. 〔주점의 잡담 계속〕

누가 최초로 발판을 옮겨 놓도록 했던고? 누군가가 물었도다. 당신이 명령을 내렸다오. 모두들 즉시 손쉬운 기성답(旣成答)했도다. 그때 은밀하게 충돌 속에 증인이 목격자에게 일축을 가했으나, 빗맞았는지라. 그런데 도대체 누구를 위하여 키티 오시에(Kitty O′Shea)〔파넬의 연인〕가 그들이 필요했던 널판자를 옮겨 놓았던고? 누군가가 물었나니. 그들은 필요했도다, 쿵! 재빠른 대답이 나왔다.

〔무리들의 잡담은, HCE의 추락, 「창세기」의 죄와 홍수, 바벨탑, 키티 오시에의 이혼, 탄약고 벼락의 추락과 함께 7번째 천둥소리로 인도된다.〕

쿵!
쌍관(雙館)인물단짝민주위총원위미나룸고타트람나험프리덤프타벽워터루남남만스전복! 뇌성이 주막의 소음을 통해서 들린다. 이에 주점의 이야기는 실타래처럼 뒤엉킨다. 이어 추락의 주제가 토론된다. HCE의 평판이 산산조각이 난다. 3군인들은, 그의 추락을 인지하면서, 무기고 벽으로부터의 땅딸보(Humpty Dumpty)의 추락 및 사다리를 이용한 피네간의 출발을 기억한다. 원초목적적(原初木的)으로 아담을 이어위커의 무리 속에 끌어드린다. 쌍스러운 라디오가 전교차중폭(電交叉增幅)과 함께 숙모와 숙부에서부터 저 개(犬)의 자(子)들에 이르기까지, 전 가족의 뉴스를 보도한다. 갑자기, 영화 투사기, 기계(機械)가, 눈과 귀를 즐겁게 하면서, 실버 스크린으로 섬광대용부제(閃光代用副題)와 더불어, 가족의 그림을 투영한다. 그러나 그의 세낭여아(洗娘女兒)인, 그녀(선부의 딸)는 어찌된 일인고!

[이어지는 선장 및 HCE 이야기]

그는 잠수했던고, 무리들 중 일번남(一番男)이, 잠수부를 흉내 내면서, 말했다.

—추진심잠수(推進深潛水), 이번남(二番男)이 저음으로 말했다.

—저것이 피네간의 추락이라, 삼번남(三番男)이 말했다. 매거진 벽 곁에. 사남(邪男) 빔빔. 그리하여 (공원의) 처녀들이 모두 보았나니. 피남(彼男) 피피남(彼彼男) [피네간—HCE]을.

[선부의 딸과 노르웨이 선장]

그건 모두 멋진 일이나니, 그러나 선부(船夫)의 딸은 어떠한고? 모두들 [주점의 4대가들] 쉿쉿 야유했는지라, 그들은 한때 그들 자신 젊은 독신자들이었나니. 대답. 그녀는 그의 눈의 사과였도다. 그녀는, 그의 장중보옥(藏中寶玉?: the lappel of his size?), 그의 유일한 상처의 이슬, 찰싹 슬리퍼를 신고 학교에 가는 도중이었나니. 그녀의 가족에는 피넛(자두)이 없었던 고로, 그녀가 노르웨이 선장의 『왕실의 이혼』[HCE가 좋아하는 연극, 32 참조] 때문에 굴러 떨어졌음은 놀랄 일이 아니었도다.

315.1. [선부에 관한 이야기 계속]

그는 트리니티 대학 출신의 항문(肛門) 학사로다. 그는 피네간의 경야의 밤에, 농락하지 않았던고?

〔이어 선부와 사생 떠버리들이 모두 이야기에 끼어든다.〕
〔음주의 제2라운드: 더 떠들썩하고, 몽롱한 이야기〕

　　주점의 모두들 가운데 가장 두드러진 세 음주가들이 또 다른 한 차례의
술을 요구 한다. 이야기의 실타래가 계속된다. 고성 방가자(放歌者)들의 이
야기는 두 번째 방문한 노르웨이 선장의 귀환을 강조하는 경향을 드러낸
다. 그들이 이야기를 하는 동안 HCE는 그의 딴 채로의 산보(용변) 후에
자신의 주막에 되돌아온다. "정숙한 길손"으로서의 그의 재 귀환은 돌아
오는 노르웨이 선장과 마주친다.

315.4. 써플보드(Shufflebotham ; 원반치기)는 그만 두고라도, 더 많은 이야기
들과 더불어 모두 한꺼번에 좀더 마시는 것이 허락되는지라(또 다른 한 차
례 술을 마십시다). 더 많은 이야기들. 우리는 두 가지 이야기들을 다루고
있다.

315.9. 화안여숙주(火顏旅宿主 ; 여관의 주인, 즉 HCE)의 재 입실, 그는 지연전
류각도(遲延電流角度)에서, 심하게 호흡하며, 그들과 접류(接流)하고 그리하
여, 뺨과 턱 정답게, 재단사를 흘긋 쳐다 본 뒤, 모일 바다의 청어와 충돌
하면서, 그는 바람에 돛을 활짝 핀 채〔만취하여〕, 부르짖었느니라. 매인들
이여 얼마나 냉(冷)한고(Howe cools Eavybrolly)!
　　—조(朝)혼 아침, 그〔노르웨이 선장〕가 관항(棺港)으로 들어서자, 부르
짖었도다. 그의 귀는 그들의 목소리에 풍향(風向)했는지라, 그리하여 그는
이야기 실마리의 과정에 관해 물었도다.

315.34. —(스키버린) 선장이 공입숙(共入宿)하도다, 유랑해로(流浪海路)에 의
하여, 곤봉도(棍棒道) 발톱과 함께, 그리고 여느 때보다 슬픈 갈 까마귀,
그의 방관자 프랑크 어(語)를 솔직하게 저언(低言)하며, 경골(脛骨) 산언(算
言)했나니, 그는, 게일 담즙어(膽汁語)를 통하여:

316. —곱추 자(子)(Pukkelsen)〔노르웨이 선장〕여, 하고 선부(船夫)가 선장의
재 입실을 환영하며, 부르짖는다. 손님들은 그들 사이에, 프랑스어와 게일

어를 말하면서, 이야기한다. 이 이미지는 살아지고, 술을 들고 들어오는 주점주(HCE)에게 손님들에 의하여 그들의 감사를 표현하는 인사로 이울어 진다. 자 속(續) 건배라, 양폭우남작(釀暴雨男爵)이여! "아감사(我感謝)를 위해 나팔 불지라[음주] (Weth a whistle for methanks)".

316.11. 여기 앞서 선장의─"좋은 아침"에 응답하여, ─좋은 아침 그리고 좋은 신사들하고 응답하는 선부로다. 선장의 돌아옴은 피네간처럼, 일종의 부활을 닮았다. 선부인 선량한 모우험담(母友險談)꾼이 언급했나니, 무경초지(無境草地)와 녹암(綠岩)과 함께 자신의 좌우 양쪽으로 몸을 흔들어 굽히면서, 당시 주객들은 모두 킨킨코라 성(城)의 고벽(古壁) 안에 있었는지라, 칠견시대(七樫時代) 후로 동면(冬眠)하면서. 〔이 구절은 신화적으로, 그들의 마(魔)의 산에서 불멸의 맥주를 들이키는 영웅적 죽음의 이미저리(imagery)를 상기시킨다.〕 선장은, 모두들 어디에 있는지를 겁내며, 이 조시(潮時)의 황혼에 쿵하고 나돌아 다녔는지라, 거기 장난치는 어류들이 그를 자신의 해좌(海座)의 바닥까지 염수로 절이도다. 〔여기 2가지 이야기 타래를 가르는 것은 극히 어려운지라〕 (1) 주점 주인과 같은 누군가가 황혼에 용변을 본 다음에 주점으로 방금 들어오다 〔이 에피소드는 공원의 유명한 이야기와 밀접하게 엉키리라〕 (2) 노르웨이 선장이 항구로 한 바퀴 되돌아왔나니. 선부는, 그 자신 생각으로, 선장이 바다에 익사하여, 물고기가 그의 뼈를 추리는, 사실상의 죽음을 염려했었다. 그는 망치의 신호를 했느니라, 신의 진갈(眞渴)이도다 〔여기 망치의 신호는 뇌신(Thor)을 축가하는 축복의 신호이다.〕 선부는, 현혹된 채, 지나간 여러 해들, 선원의 인생이 어떻게 지나갔는지를 생각하며, 말하나니, 이는 『율리시스』의 제16장에서 블룸이 수부의 덧없는 방랑 생활을 생각하는 것과 비슷하다(U 512~513). 마치 하늘에서 떨어진 양, 되돌아 온 노 선장에게 그는 계속 말한다. 당신을 위해 우리들 국내의 사람들로부터 열린 팔의 환영 있도다! 이에 선장이 말한다. 고로 내게 술을 팔지라, 저 웨이터는 어디에? 한 조각의 치즈를.

317. 〔노르웨이 선장은 몹시 굶주렸는지라, 위스키─소다, 케네디 제의 고급 빵에다 사캐(청주; Saki)를 마구 요구한다.〕

내가 독주에 산성화(酸性化)된 채 내가 죽었다고 그대는 생각 하는고, 그
는 말했나니. 오키 도키(오케이; Allkey dallkey), 선부가 말했도다, 그는 연
회객(宴會客)의 신호를 했나니. "식탁보를 깔 지로다! 그리고 이 멋쟁이에
게 굴 한 접시를! 그는 내가 지금까지 본 가장 무심한 사람이지만, 확실
히 최고의 수명을 지녔나니. 장식 부(付)의 어육(魚肉) 완자 한 톨을! 도박
양(羊)새끼 아가미 친구의 유단자(有段者)를 위하여. 급히, 그는 말했나니,
이 놈의 자식, 공복의 새클턴!(웨이터) 시중들지라, 그렇잖으면 이 노괴(怒
怪)의 오슬러(Osler)[캐나다의 의사]가 우리를 몽땅 우타(牛打)할지로다,
그는 말했나니, 다 됐으면 말하라!

〔세 음주가들, 양복상의 주제와 주점의 주제가 지금까지 이야기에서 동
행해 왔는지라, 이들은 인간의 운명의 천을 짜는 여신들(『피네간의 경야』)을
대표한다. 그들은 다음과 같이 잇따라 말을 소개한다.〕

317. 22. ─어찌 그는 양복을 저주(커스) 또는 야유하지 않았던고, 최초의 바
지 제작사가 상기시키는지라.
　　　─땅딸보 덤프티, 우적우적 상인이여, 둘째 재단사가 퉁명스럽게 말했
도다.
　　　─눈에는 눈. 나의 언가(言價)를 믿을지라. 그리고 과오 없이! 모든 이
는 자기 자신을 위해! 그들은 이어 세 명이 함께 말하도다. 노르웨이 선장
이 사과했나니. 청구서에 바가지 씌울지라! 그리하여 그는 이렇듯 뚱보인
지라, 회 반죽 머리털을 가진, 암갈색의 돌출한 백운암(白雲岩)처럼, 애녀
(愛女; Annie─ALP)에 대한 애찬(愛餐)을 여전히 애탄(哀歎)하면서, 그림자
로부터 자기 앞에 솟은 주점 주임의 호우드 구두(丘頭; HCE)를 잊고 있었
도다 (그대는 그토록 푸른 해안을 지닌 저 산정을 보는고?)

318. 〔노르웨이 선장은 HCE─호우드 언덕의 풍채로 혼성 및 선장의
ALP와의 혼성〕
　　　그를 그녀의 최초의 무릎에, 그녀를 그의 날쌘 동아리로 삼았음을 슬프
게 회상한다. 그는 갑자기 최초로 호우드 구두(丘頭)로 접근하는 HCE의

모습으로 혼성된다. 그가 영원한 아나(LAP)에게 자신의 주문(注文)을 말로 나타내는 이집트 식의 문구(「사자의 책」에서 빌린)는 뒤로 그의 과거의 사랑의 죄로서, 그리고 앞으로 그가 여전히 범하는 죄로서 바라본다.

318. 17. 노르웨이 선장—HCE 오 배회 황야여〔시구에서〕, 이제 불가사이 될지라! 내게 귀를 기울일지라, 마이나 산(山)의 베일이여! 나는 상시고풍(常時古風) 우리가 수프와 생선을 위해 앉기 전에, 세수하고 솔질했도다. 이제 양조인(HCE)은 이따금 불만월동(不滿越冬)하여 베이컨 햄을 슬프고도 천천히 우적우적 씹어 먹는지라. 나는, 나의 청(靑) 늑골 시(市), 아나폴리스에 있는 나의 심장의 소지자를 위하여 나의 손을 내밀었는지라. 그땐 그대는 나의 옹호자 될지라, 시(市)의 경비원 앞에.

319. 〔이 시점에서 우리는 3인 1조로서, 여전히 나타나는 재단사들에게로 방향을 돌린다.〕

그이(그들)는 코트와 바지에 관해, 수부와 그들이 진작 맺은 신사의 동의를, 그리고 등의 지독한 혹 때문에 옷을 맞출 수 없는 불가능성을 차례로 말한다. 모든 자들이 술을 마시는 듯하다. 재단사는 모젤 포도주를 코로 뒤지 듯 세 연음(燕飲)의 한 모금으로 꿀꺽 마셨도다. 한편, 꼽추 매주가(賣酒家)〔Pukkelson—노르웨이 선장—HCE〕는 그의 이야기를 계속하고 있었나니.

319.3. —나는 경칠 주총(呪銃) 맞아도 쌀지라, 나를 목 조르게나, 영원히 나를 쇠 족발로 엷게 썰지니, 이전의 아일랜드황(愛蘭荒) 주감독(酒監督) 〔Pukkelson—HCE〕이 불억제주담(不抑制酒談)했는지라, 왠고하니 얼룩빵 대신 찔레가시나무 뿌리 파이프를 얼룩 빵으로 가져온 데 대하여, 나는 경칠 저총(咀銃) 맞아도 쌀 지니…… 이전의 주감독(HCE)이 주담(酒談)했는지라. 그러나 지금은 재단화자(裁斷話者)가 자신의 술 꼭지를 맛볼 시간인지라.

그는 음주했도다.

다른 두 사람이 선례를 따랐도다.

매주가(賣酒家; Pukkelson)가 말했도다.

—나는 그를 헛간에 두었어, 악에 물든 상인[재단사]의 말이로다, 그리하여 그는 타라 수(水)에 꿀꺽꿀꺽 씻기며 뒹굴고 있었나니. 그에게 여우의 저주를, 분재사(糞栽師) 놈같으니, 나는 허언(虛言)을 하지 않는지라.

—연기(煙氣)와 코카인으로 질식하도다! 자신은 그렇지 않았다고 주께 워석워석 바랐던 양(羊)의 선주(船主)와 자신의 이야기를 들었다고 느꼈던 응시자(凝視者) 이외에 모든 빈들거리는 자들은, 선부와 이 이야기를 들은 응시자를 제외하고, 눈물이 넓적다리 아래 똑똑 떨어질 때까지 주소(走笑)했는지라.

320. 〔이어지는 선장의 재단사에 대한 저주〕

—저 저주할 놈, 그는 성언했나니, 그리고 놈은 애정에 목이 타는지라, 사람들 가운데 최고 엘리트에 속한다고 떠벌리면서. (괴란어[怪蘭語]를 투덜대면서) 놈에게 나의 손의 자유를, 혹시 놈이 그의 시궁창의 온갖 욕설을 스스로 퍼붓지 않는다면! 탄(歎)하게도 탄최악(嘆最惡) 탄서단국(灘西端國)〔런던 서부 부촌〕의 활강복상(滑降服商)놈 같으니!

—꺼질지라. 강도 놈, 붙들어요! 귀향선장이 모두의 매도(罵倒)에 한결같이 간투농규(間投弄叫)했도다. 아일랜드야(愛蘭野)로 되돌아올지라.

320.25. —악운을! 노르웨이 금노(今怒)의 깡패꽁지(선장)가 불경규(不敬叫)했나니, 그리하여 아아 멀리 그는 아불(阿佛) 아래나(阿來羅) 투기장〔바다〕으로 원행(遠行)했나니, 그리하여 그래요 가까이 그는 베링 배(船) 해협까지 야근(夜近)했는지라, 그리하여 바닷가가 모래톱이 되고 톱(鋸)이 타명(打鳴) 질렀도다. 그리하여, 퇴수구(退水口)를 투섭(透濕)하며, 그는 배수(排水)하지 않았던고!

음주의 제3라운드 〔이는 또 다른 이야기의 당황스러운 변형을 제시한다.〕

휴지.

지옥 시한폭탄이(일련 번호: 우장지[牛葬地], 굴[掘]] 채굴[採掘] 주의) 이리하여 맥주잔으로부터 주전자까지 책임을 돌려씌운 다음에 (발견자 주인의) 까닭 모를 이야기 타래가 회항(徊航)하는 동안 남은 하찮은 쌍(双)놈들, 때는 지금 시의적절 벌주(罰酒) 받을 고조시(高潮時)였는지라.

321. [드디어 주점의 단골들은 문자 그대로 그들의 팔꿈치까지 더 이상 무주력(無酒力) 상태라.] 무식은 축복, 그리하여, 무슨 일이 일어나고 있는지의 전적인 무식 속에 그들의 총(銃) 개머리판의 표적 같은, 가련한 물고기 (HCE)가, 선의의 모든 사나이들에게 환영의 지팡이로서 가시 등(燈)을 치켜들면서, 거기 그의 더블린 주막의 저 갑(岬)까지 연안항행(沿岸航行)했는 지라, 오지(奧地)의 사심장(死心臟)으로부터 들락날락 했도다. 공복(空腹)딸 꾹질 만인도래(萬人到來)(Hicups Emptybolly!)(HCE) 같으니! [HCE가 재차 소변을 위해 마당 밖으로 나가자, 과거 언젠가 그에게 수치를 가져왔던 상황을 되풀이하는 매복(埋伏)(공원의), 즉 실질적 장난에 휘말리게 된다. 그리하여 그가 되돌아 왔을 때 퍼지고 있는 소문 이야기가 옛 스캔들의 재연(再演)인양, 아주 유사하게 들린다.] 그리하여 프라마겐의[경야제] 무연(舞宴)에서 그리운 만인 다락을 갖도다(And old lotts have funn at Flammagen's ball).

장사는 장사(사업은 사업) [HCE의 주막 영업]

[계산대 장면(Contrescene). 경계하는, 그의 돈궤 곁의 HCE]

HCE는 자신의 세이(歲耳)를 잔청(盞廳)하고(He cupped his years), 대화의 대세(大勢)를 포착하는지라, 럼 주, 밀크 및 야자 즙을 혼미(混味)하면서, 그는 암탉 잔돈, 개(犬) 6페니, 말(馬) 반 크라운, 병아리 3페니[화폐 당위]를 국자 긁어모았도다. [수금]

321.31. 그리하여 봄의 질풍과 함께, 생생한 황금 투기자들과 으스대는 자들이 그와 함께 저 마린가 주점 관목의 사막 장미 화(話)를 적출(積出)했느니라.

애쉬 주니어(Ashe Junior)

〔그는 앞서 첫 술 돌림의 Ashe & Whitehead와 혼동된 인물로서, 분명히 Kersse인 듯, Ashe — 양복상 Kersse — Perse: 모두는 HCE의 자기 — 파괴적 면을 지닌다.〕

재입장(再入場). 청일(淸日)이오! 건배. 축배!(Cheroot. Cheevio!)
탈(모)(Off).

322. 〔3주객들이 주점 패거리에 합세한다.〕

—〔3고객들이 주점 패거리에 합세하다.〕 저 백모(白帽)〔커스〕를 벗을지라(보라, 커스〔제단사〕가 되돌아 왔나니, 아일랜드주목반도〔愛蘭朱木半島〕 일제질주경기〔一齊疾走競技〕를 위한 볼도일 그루터기 장애물경마의 오찬〔午餐〕을 담〔談〕하면서, 그의 호저〔豪奢〕의 어깨너머로 자신의 낡은 오코넬 외투를 뎅그렁 매달고, 상상해 볼지라, 노급소년〔老及少年〕, 그는 한층 해군성〔海軍省〕의 풋내기 수병처럼 보이도다). 〔여기 "저 백모(白帽)를 벗을지라"라는 구절에서 "백모(whitehat)"는 Finn MacCool에 대한 언급으로, 특히 노인을 압도하려는 젊은 영웅에 관여하는 말이다. 이야기는 15살 소년으로, 헐링(하키) 경기에 간 Finn이, 현장에 참석한 왕이 소년을 보았을 때, 그는 "저 '백모'는 누군인 고?" 하고 묻자, 그를 데리고 간, 소년의 조모가 그때 소리쳤도다. "Fin MacCool이 그의 이름이 오이다." 여기 "백모"는 필경 영국 수부의 그것이다. Kersse는 영국 해군에 종사했었다.〕

—저 백열모(白熱帽)를 체크할지라, 주막의 사람들이 그에게 재차 부르짖었다. 물론 그건 커스에 관한 일, 사실상 그는 드러난 바, 맙소사, 저급의복자(低級衣僕者), 그 지방의 의복의 표본이요. 마권 사기꾼이라, 개자식 같으니, 그리고 스스로 참회 할지라(왜냐하면, 그—커스는 자기 자신의 아비도 그를 알 수 없을 것인 양 했나니. 그 자는 외투 진복〔振服〕을 늘어지게도 최고로 잘못 가봉〔假縫〕했었도다).

322.14. 합창(코러스) : 그의 상의(上衣)를 그토록 회중색(灰重色)으로! 그리고
자신의 파운드 화(貨)를 불타지 못하도록 목숨 걸고 보중하다니.

　—그리고, 오늘 그대는 불도일 경마장에서 어떠했는고, 나의 다크호스
신사? 그는 질문 받았도다. 나를 색(索)할지라, 그는 말했나니, 그리하여
그가 이걸 말했을 때, 그는 그들에게 주련(走練)의 전모를 대접했는지라,
전(全) 경기가 어찌 했었는지, 시광(始光)에서 피닉스 종원(終園)까지.

　그리하여 거기 소동이 벌어졌도다. 새로 온 3인의 도래자들이 엉터리
영어로 질문했는지라. 그리하여 모두들 그를 화장(火葬) 장작더미 위에 올
려놓고 응시했도다.

　그들은 자신들의 건강을 위하여 스스로를 축배하고 있었나니.

　타자들, 모두들, 폐물이 될 찰라, 응답했도다.

　그때 음주 자 중의 하나가 분노의 장광설을 터트렸다.

　—그리하여 신이여 우리를 도우소서!(And so culp me goose!) 그가 말
했나니.

323. 〔선장을 향한 재단사의 장광설적 저주와 극심한 분노〕

　　저 희망봉 부근에 출몰하는 유령선 해적 같으니, 재단사는 욕했는지라,
조발(粗髮)의 해로상강도(海路上强盜) 놈, 자신의 작은 분(糞)구멍을 통하
여 우리들의 해군에 입적했는지라, 처녀 추구항해(追求航海)하면서! 마침
내 나는 저 놈의 안피(顔皮)에 침 뱉을지라, 그는 말했나니, 범인(帆人) 선
장은 매춘부(賣春夫)였도다. 누구든 저 자가 어찌 해변으로부터 다가오는
지는 놈의 습의(濕衣)에서 냄새 맡을 수 있도다. 저 늙은 양반도(羊叛徒)놈
은 어디에 있는 고, 나는 물어볼지라. 프리 킥을 나는 그에게 먹힐 지니,
만일 내가 몇 년 만 더 젊다면. 그는 나의 주먹다짐을 당 할지라, 세차게!
저 산구복(山球腹) 피투성이 곱추 개자식(Pukkelson) 같으니, 포켓에 돌기
(突起) 감자를 가득 넣은 채로. 그리하여 아일랜드도(愛蘭島)의 5분의 5에
서 또는 드루마단데리 산마루〔북아일랜드의 주명〕에서부터 머커로즈의 유
적까지, 스칸키나보리〔스칸디나비아〕의 전토를 통하여, 그의 미담(尾談)의
구멍과 구혈(丘穴)을 지닌 개똥지빠귀 새 숲 속의 망아지의 젖을 짤, 저 따
위 재단사는 결코 없을지라.

323.25. 이 광감전지(光感電池)의 건전지(乾電池) 격인 라디오로부터 이 무음 (無飮)의 부름에, 살롱의 나라라 할, 선장은, 전리(電離) 최고층(最高層)에서 자신의 12단골들인 이전 주객들로 곧장 되돌아왔나니, 저 한 떼의 동료들, 그들이 소담(笑談)을 풀어놓기라도 한다면, 자신들의 농담이 스스로의 심 금을 울리리라 느꼈거니와, (그의 최초의) 원형(原型)을 영락없이 닮았나니, 재차, 그가 도착하자……

324. 모두들 그를 환영하며, 갈채하도다. 그의 양 어깨의 고착(古着)과 함께, 그의 이마의 땀으로 자신의 빵을 얻으며, 그리고 그의 노역하는 미담(尾 談)! 모두들 그를, 경쾌하게 환영했나니, 해마(海馬), 인어남(人魚男), 그대 연인을 유애(油愛)하는 여해구(汝海狗), 제복성년(制服成年)이 될 때의, 바다 율리시스 또는 견고지구(堅固地丘)(Thallasee or Tullafilmagh).
　—잔 들어요, 여러분, 공(空)짜(Heave, coves, emptybloddy)!
　—앉아요! 양복상이 수다쟁이들 앞의 맞은편에서 말했나니. 저 전(全) 세트(수신기)를 바꿀지라. 앉아요. 그리고 입 닥쳐요 우리들의 세트, 신페 인, 홀로.
　그리하여 그들은 불 위에 주유(注油)했도다. 화상배(火傷杯)!

324.12. 〔텍스트의 분위기가 갑자기 맑아진다. 라디오 방송이 모든 혼 신(混信)을 헤치고 나아간다. 말해질 이야기는 유랑자의 채포와 감금의 그 것이다. 과격한 불량배가 목에 칼라를 달고, 모든 의식(儀式)과 함께 랜주먼 (Landsman)의 딸과 결혼을 하는데, 후자는 그의 주점주인요 재단사 양자를 겸한, 그의 딸이다. 전반적 축제 사이에 신혼부부는 광범위하고 유머러스한 에피소드로 잠자리에 든다. 나중의 진전이 노정하듯, 이 방랑자의 결혼의 포 착은 『피네간의 경야』 제1부에서 HCE의 유폐(遺弊)와 대응한다.〕
　〔라디오 방송. 이야기의 연속과 선언〕

　이는 전반적인 워터루소류음(騷流音; Waterlooing)과 선언으로 시작하여, 심령술적(心靈術的) 교령회(交靈會; spiritualistic seance)로부터 혼선에 의하 여 이상스럽게 깨어진다.

324.18. 〔라디오는 전반적 침수(侵水)와 선언으로 시작한다.〕

라디오의 워터루 소류음(騷流音). 멋진 진사(眞絲) 바지 여러분을 위하여 여기 하나의 개별무과(個別無課) 미사전언(傳言)이 잇사옵니다. 여기 어느 유족인(遺族人)이 통참(通參)하시다면 호우드 관할 경찰서장에게 상기시키거나 보고하시기 바라나이다. 크론타프, 1014. 〔1014년의 콘타프 전쟁〕 그렇잖으면 황송하오나 암호의 광어휘(光語彙)를 위하여, 가전(家電) 바라나이다: 피뷰캐인―리, 피뷰캐인―로우.

Am. Dg. 예수회의 A.M.D.G.는 방송의 시작이요, 예수회의 L.S.D. (*Laus semper Deo*)는 끝을 선행한다. 그러나 광고 앞에 나오는 L.S.D.는 또한, pounds, shillings, 및 pence(화폐)를 함축한다.

〔뒤이은 일기예보. 다가오는 사건을 예시하다, 내일을 위한 예보〕

북구로부터 방풍(方風). 머핀 빵 매시경(賣時頃)에는 한층 따뜻함. 그러자, 아래 라디오의 뉴스 보도,

324.26. 우리들의 존경하올 코론필러 사(師)가 지난 산상자선설교(山上慈善說敎)에서 예언한 바, 스키움운무(雲霧)디네비아〔안개 거품〕 전역에 걸친 총예기(總豫期)된 불황, 다후변(多候變) 강우(降雨)의 대동량주(大棟樑主) 그리하여 혐무(嫌霧) 병신호(病信號)에 의하여 예고된, (과대식(誇大食)코펜하겐의 특보를 청취하시라!) 그리하여 똑같은 찬란(燦爛) 성(聖) 조지 하수해협(下水海峽)의 중반(中半)을 통과하여 그의 도중 부서향(富西向)에서 여과된 다음 그리고 저희압(低喜壓)의 습돌(濕突)을 야기하고, 어떤 지역에서는 그러나 국지세우(局地細雨)와 함께 무실(霧失)되어, 혼내일(婚來日)을 위한 전망(展望)인, 즉 기선웅력(汽船應力)의 월요세일(月曜洗日)일지라, 그의 선기량(善氣量).

325. 생(生)총독―대리 전부(戰斧)의 매장, 영면(永眠). 신의 총선견(寵先見). 감사. 앙천(仰天).

Ls. De. (라디오 방송의 끝)

〔라디오의 일기 예보에 이어, 성직자―주례에 의한 수부와 재단사 딸의 결혼 및 화해의 알선이 뒤따른다.〕

325.13. ―이리로 올지라, 염안우(厭顔友)여, 그대〔재단사〕 강용(剛勇)의 역사(力士), 체플리조드에 합당한 고노인(古老人), 그리고 강도―재단사 벽돌 동아리 같으니, 마침내 나〔수부〕는 당신을 과오장인(過誤丈人)으로 정련(精練)했거니와, 당신의 장래의 사―위 되려고, 신사 다단사(茶斷師), 총남(總男) 해주(海主), 개구쟁이 및 혹부리, 한객(漢客) 그리고 호사(Hosa) 형제〔앵글로 색슨 형제〕, 판매술(販賣術)의 양(兩) 존 재임슨 주자(酒子). 그러자 분변적(糞便的)으로 선복음부(船福音父)〔결혼 주례 성직자〕가 선부(船夫)의 포로에게 언급했는지라…… 고로 그대 양자 사이에 화회 협정을 맺게 할지라, 나의 중요 임시변통으로, 어심(魚心)이면 돈심(豚心)이라…… 그대가 이태우상(伊太偶像)을 섬긴다면. 선우형제(船友兄弟)〔선장〕, 제복형제(制服兄弟)〔재단사〕.얼스터마태, 먼스터마가, 라인스터누가 및 코노트요한에게 축복을! 〔결혼은 4복음자들의 축복을 받을 가치가 있나니〕 창백한 당나귀〔4복음자들이 대동한〕여 명도(鳴禱)할지라!

326. 〔선장의 결혼을 위한 세례〕

우선 그대를 전적으로 순교하리라. 삼위일체(트리니티) 사사(士師)가 그대의 경기목(景氣木)을 십자가화하리라. 그것과 함께 그는 그를 세례했도다. 이시안(대양)이여, 오스카 아부(亞父)여, 아일랜드 바이킹이여, 성부, 성자, 성령의 이름으로, 무조건적으로 게일의 친조부요 동족양(同族洋) 횡단의 영웅 주장 탐탈자(探奪者)여, 그리고 전성적(全聖的)으로 사도(使徒)로서 그대를 위하여 이 수세욕(水洗浴)하는지라 그리하여 그대의 항적을 따르는 모든 요귀(妖鬼)를 위하여……

〔여기 선장―신랑은 세례 및 "우리들의 로마가톨릭 종교관계(宗敎關係)"에 굴복해야 하도다.〕

〔잇따른, 그러나 HCE의 미사에 대한 반대〕―무미(無味)로다, 그대 콧

방귀 끼었도다! 희생자가 항의 했는지라. 그는 상시 모든 종교 미신에 대하여 상당한 반대를 견지해온 터라. 왜 그가 하필이면 성 패트릭 대사원에서 신(神)블린의—예수—성심 유령복의 승정 대부에 의하여 도매(都賣) 사기 세례 받아야 마땅한고?

〔조련사—선부는 실지로 스스로 결혼 중매를 시작한다.〕

　　—그런데 여기, 나의 피터 폴 해군 소장〔선장〕이여, 조련사(ship's husband)가 제이명(第二名)의 청원자에게 말했나니. 저 포도주를 한 바퀴 돌리고 그대의 각배(角盃)를 치켜들지라, 그대가 학습자(學習者)임을 보이기 위해, 선장을 "해군 소장"이라 부르면서, 술을 돌리고 기독 의식에 참가하도록 권고하도다. 제2의 청원자는, 재단사야 말로 더블린 거리 및 볼스캐덴(Ballscadden) 만(灣)에서부터 레익스립(Leixlip) 연어도안까지, 과연 여태 거닐었던 가장 멋진 사람임을 말한다. 왠고하니, 그대가 좋아하든 안하든, 우리는 당신의 여름(夏節)이 다가왔기에. 〔『율리시스』 3장 말에서 스티븐은 하지(夏至)를 그의 결혼의 전조로서 생각 한다.〕 (U 42 참조) 그리하여, 그대가 떠나자, 그대를 어떤 기독교의의 비밀에 누설하건대, 그대야말로 여기 더블린 해수에서 수영하는 사람들을 위해 가장 멋진 돈남(豚男)이도다. 한편 재단사의 럭키 스와인 행운돈(幸運豚)의 심장은 그의 냉장고에서 도약할지라, 장인인, 그는 수부로부터 면세의 모든 밀수품을 생각하도다.

327. 〔재단사의 딸 이야기〕
　　바로 재단사인 커스는, 우리들의 선신송(善神送)의 성 브랜도니우스, 친우(親友: 카라: Cara)의 *자식*, 핀로그〔성 브렌던의 부친〕의 배우자이라, 그는 자신의 집에 최양역(最良役)의 침모(針母)(딸)를 지녔나니, 그는 그 어떤 이보다 복수미인(複數美人) 중의 미녀를 탐애(耽愛)하는지라, 신학교(新學校) 소녀반의 윤년의 기적, 딱딱하지만 부드러운, 1대1의 두 개의 젖꼭지, 그리고 수소산(水素産)의 제니일지라도 결코 외관상 그녀처럼 경쾌하지 못할지니, 그리하여, 다음 시간까지 저 악천후가 끝나고 모든 장미화낭(薔薇花娘)들이 바깥에 의상행진(衣裳行進)하며 그리고 각적(角笛)들이 그들의 삼신(森神)의 광영(光榮)을 위하여 온통 뚜뚜우 불면서, 모든 사내들로 하여금 그녀를 뒤따라 다글 골짜기 아래로 협곡강행(峽谷降行)토록 하나니, 그때 어딘가 여름의 열규(熱叫)가 있자, 그녀는 콤브리아[웨일스]의 저 언덕 너머로 피아노의 조율뇌곡(調律雷曲)이 월쉬 양산(羊山)을 향해 수언(睡言)하는 것을 들을 수 있나니, 그녀의 감동남(感動男)의 유령선을 찾아 그녀의 지붕 몽창(夢窓)을 통하여 내다보고 있었나니, 그녀가 자신의 기적을 행사할 수 있거나 노르웨이 성주(城主)에게 멋진 아일랜드의 한때를 부여할 수 있는지라, 한편 그녀의 생기 있고 신선한 이탄을 불타오르게 하고 있나니, 눈물 흘리는 늙은 신랑에게 경칠 비둘기 꾸꾸꾸 정답게 이야기할지라, 신랑은 집안의 가장 멋진 소녀를 가질지니, 그녀는 궂은 날씨가 멈추기를 기원하며, 나뭇가지에 잎이 돋아날 봄을 고대하며, 유령선장을 창문 밖으로 학수고대하도다.

328. [이제 재단사, 딸을 수부와 결혼시키다.]

그리하여 늙은 바보처럼 순수한 멍텅구리도 없는지라. 그녀[제단사의 딸]는 그의 유람선을 너벅선으로 공성(攻城) 변제(變製)하리라. 그때 결혼 혼제가(婚際家: 재단사)(mixer)인, 그가 언급했나니, 그녀의 당혹자(當惑者)(수부)요, 조 애쉬(Joe Ashe)의 자(子), 커스에게, 나는 나의 생각을 사랑으로 돌리고 내가 단지 111를 지껄이는지라, 극단(極斷)으로, 급히 결혼하여 한가하게 반복할지니, 그대는 그대의 충실한 신교의 방화둔승(放火臀僧)에게 선언(喧言)할 수 있거니와, 비록 그의 탑시계가 1시를 칠지라도, 그리고 만일 그(수부)가 저기 저 카운터 위에 때려눕혀진다 한들, 그리하여 고관 귀족으로 정박(碇泊)하게 될 때, 첫날밤의 사생활 속에, 저 한밤의 교시(交時)에, 쉬어즈(재단사)의 딸인 평복의 유모(내니)를 다이나 후작부인으로 삼을지라……

328.24. 그리하여 들판의 마틴 성가(聖歌)가, 링센드 항만(港灣) 환침(環寢), 곱사 등의 정복영웅(征服英雄: HCE)을 생각나게 하고, 호남(狐男) 종장(鐘長)이 우리에게 *나는 정계(#界)를 종명(鐘鳴)하리라* 또는 성당 뾰족탑 소년의 *복수자(復讐者)*를 들려주기 전에 그리하여 사행(死行)이 회생(回生)하

지 않고는 만사곡(萬事谷) 종좌(鐘座)가 어둠 속에 여명을 결단코 알지 못
하는지라, 그리하여 최홀(最惚)의 신부(新婦)는 최적(最適)의 종족이나니
(헤녀여! 헤녀여!), 그리하여, 우리 내부의 환희(環希)를 도부(跳浮)하기 위
하여, 우리들의 요정 여왕, 멋쟁이 갓난이를 인형처럼 한껏 모양내는 것
은 그녀의 완포(腕抱) 속에 그때 가질 목재(木材) 타르가 아니나니, 강대한
심해로부터 오는 대도(大濤)의 도견자(渡見者)의 도구(tet)를 이중으로 발
기(勃起)하게 하는 밤의 만사(萬事)의 밤에 그리고 호루스 신(神)[이집트의
신]으로 하여금 자신의 적(敵)을 규승(叫勝)하게 하는 밤에, 나의 가빠(망
토)의 도움 있게 하라, 장방패(杖防牌)의 부(富)의 가호(加護)에 의하여, 침
대통(寢臺痛)을 축복하는 엘리자베리자와 함께, 인코(양키) 진코 호색신(好
色神)의 의업(意業)을 쫓아,

329. 오라 부활절 바스크와 저주금강성란(咀呪金剛星卵: HCE)이여, 그녀는 한
벌의 샴 복(服)과 방모사(紡毛絲)의 단의(單衣)를 지으리니, 유괴녀의 구
유 가득히, 엽(葉), 아(芽) 및 실(實), 마(魔)다브린 자신의 꼬마 소변여아
(小便女兒) 치켜요, 치켜, 호라시아! 여기 나의 노염료(老鹽僚)[노르웨이 선
장]을 위하여, 여단장(旅團長)—A. I. 마그누스 장군(將軍) 경(卿), 지느러
미 교수자, 오슬로[노르웨이 수도]의 유용한 구명(救命) 돛배 *오리브 지호*
*(枝號)*의 선장, 그리하여 그녀의 심노(心爐)의 홈스펀 소박 남편, (그의 양부
[養父]는 북북동인[北北東人]이요…… 그의 모[母]는 풀[膠] 단자라) 그리하여, 건
(乾) 도크 또는 홈 파인 닻, 그리고 순백 정체(艇體)의 남성, 그리하여 그는
[자신의 쾌락의 시간을 위해 친친 건배 및 자신의 겉잠을 통하여 반자이
(만세)] 우안(牛眼) 일본(日本) 그는 선저판침몰선(船底瓣沈沒船)의 한 노르
웨이 우자(愚者)의 차선최고(次善最高) 무뚝뚝한 금발풋내기 뱃사공이도다.

[이제 결혼의 의식은 끝났나니, 신부는 신랑에게 쌍둥이 아들들과 한 딸
을 선사하리라. 그러니 결혼은 족쇄]

329.13. 그럼에도 불구하고, 노아의 하니문에서, 신랑은, 이제 느끼는지라,
결혼은 그에게 족쇄. 까악 포박(捕縛)된 채. 꾸꾸 구옥(鳩獄)된 채(Caw-
caught. Coocagd).

하지만 그 생각도 잠시, 결혼 축가가 뒤따르고, 밀월여행, 사자(獅子)도 자리에서 일어나 그들을 축하하고, 희마라야 산도 그들의 맹세를 들으리라.

329.14. 그리하여 더블린은 그날 밤 과연 빛을 발했느니라. 모두 함께 노래했도다. 모든 이의 영혼이 그의 유아독존(唯我獨尊) 속으로 굴러들어 갔는지라…… 환희의 차용, 밀월 동안 그리고 그녀의 불꽃이 계속 하니삭클(밀흡)(蜜吸) 했도다…… 신랑은 마치 최신의 폼페이 마냥, 고(古) 루크 엘콕[의회의원]의 유산인 헤더 나뭇가지를 들고. 그리하여 혹자들은 농아 노인이 그의 회색의 망토에 청동색의 잎을 달고, 둥지로 보무당당 깃 발 행진하고 있는 것을 보았다고 하는 도다. 그리하여 그의 반(半) 크라운의 홍보석(興寶石)으로 엄청나게 호화찬란하게 차린 모습은 마치 그가 대작(大爵) 멕크렌버그[독일의 공작] 혹은 엘리제 행도(行道)의 피터 대제(大帝)처럼 보였느니라…… 그건 만성절의 가절야(佳節夜)였도다. 아일랜드 자유국당(自由國黨)과 공화당, 단도(短刀)의 손잡이. 그대는 운(雲)마라야 산맥에서 그들이 조약을 맹세하는 것을 들을 수 있었으리라, 자네. 그리하여 천상노부(天上老父)에게 공표하고 화성(和聖) 마리아 등 뒤로 고성(高聲)하여, 무지개와 함께 타라 공(恐)의 뇌우를 내리시도록.

330. [결혼 축하와 향연, 노래와 춤과 음악의 연주, 거리의 쾅쾅 소리]

330.1. 우리는 노향(露香)의 찬송가가(讚頌歌家)와 함께 반점아(斑點兒)를 사랑하노니, 대포 천둥소리와 소총 울림소리에 맞추어 오두막 병사의 뱃노래를 부르리라! 왠고하니 이제는 더 이상의 폭정은 없는 데다가 연어(魚) 셈브르크가 우리들의 성영모(聖領母)에게 모배(暮盃) 있었기에. 그리하여 오직 홍수위의 어둠이 있을 뿐 모든 지면 위에 명일(明日)이 있도다.

[피로연 장면, 이어지는 광고 장면, 결혼의 영화 장면]

그들은 마침내 결혼했도다. 아이들의 무도, 그들의 게임이라.

그는 침대를 얻고 그녀는 사내를 얻었도다. 그리고 모든 신의 아이들은 결혼했느니라.

〔거리의 무도〕 아이들이 군집했나니, 그들 101명, 그리고 모두들 바퀴 야무(野舞)를 춤추었는지라, 그들은 게임을 하고 놀았도다. 순교절아(殉教節兒)들이 군집했나니, 단(單) 십(十) 그리고 무제(無制) 백(百), 토끼 발, 새(鳥) 손, 청어 뼈, 꿀벌, 그리고 모두들 바퀴 원창촌야무(圓窓村野舞)를 춤추었나니……

331. 〔결혼 축하의 현장과 춤〕

신랑은 자신이 전율하고 있음을 알고 신부는 자신이 아우성을 치리라 확신하도다. 삼각남(三脚男)과 튜립 두 입술의 두루이드 여 성직자, 전능하신 주여, 우리는 듣고 싶어서 넘칠 지경이외다! 그는 과감하게 갈행(渴行)하고 그녀는 여태껏 최초? 이건 폴카 춤이 아니오, 하일랜드 춤 일 때 그대는 칸칸을 캐치하다니! 〔자유형 레슬링〕

〔축혼의 소란〕 그런고로 이 대홍수의 산상에서, 평민 대중투표의 소란스러운 절규, 무수백반(無數百萬) 마음의 송곳 형(型) 소용돌이, 아름다운 혁대를 휘감은 상황(商港) 같은 팔, 때는 황혼 혹은 해의 월하구(月河口), 아니면 해남(海男)으로 하여금 그녀를 염공(鹽攻)하게 하다니,

〔모든 무기고벽에서〕 불끈불끈 불끈불끈)?〔섹스의 클라이맥스〕(『율리시스』 11장 블룸의 의식 참조)(U 225) 우리들의 오슬로 기독화(基督化)의 신해석화법(新解釋化法)에 의한 탈생식(脱生殖)의 유쾌성(愉快性)을 위하여. 사육매복대지(詐慾埋伏大地)의 허언지층(虛言地層)으로서의 삼림의 최초의 귀녀. 비록 만사 파(破)했지만 유머러스한지라! 왠고하니 대해(大海)의 포말(泡沫)이 이는 보르네오의 전장(戰場)으로부터 야성역사(野性力士)가 이끄는 정예화함대(精銳花艦隊)의 로환(露歡)이 방금 극도에 달했기에……

332. 〔선장과 재단사의 이야기 종말〕

작은 여정(旅程) 그리고 커다란 대목범선(大木帆船)의 이야기의 종말을 듣는지라, 왠고하니 그(HCE)는 냄비를 올려놓고, 삼다(三茶)를 끓이기 때문이라. (저런!) 그리고 만일 그가 멋지게 사랑하지 않는다면, 그땐, 그대는 날 괴롭힐지니. 왜냐하면, 우남(愚男)이 우녀(愚女)와 함께 여전히 그들

의 우고독자(愚孤獨者)를 찾아 출몰하기에, 거기 천둥소리가 재차 외치나니. "맥쿨! 평화, 오 간계(奸計)여!" 신뢰(神雷; 천둥)의 행위는 이러했도다: 대부파파교구목사배회녀산누라래그치료아크나툴라아달빛아들아들아들철썩몰락델브린온더이중더블양키요들. 그리하여 무법자(하느님)가 익살 성(聲)을 쾅 소리 질렀도다. 소련 체코 밀경(密警)을 피하는 게슈탈트 [나치스독일의 비밀경찰] 혹은 의혹의 프랑크푸르트 소시지. 좋아 재차, 맥쿨! 평화, 오 간계여!

[HCE의 주인 역] 그의 확성주(聲主)가 토점(土店)으로 전환되기 전에, 거기 저 깡충 뛰는 낙천적 정월 아침, 작은 뭐라나 하는 사건[신들의 결혼]이 있었는지라, 그때 그는 저들 서중(誓衆)의 피니언 당원들의 낙장(樂葬)의 게임 사이 부대에서 나온 천격남(賤格男; Cad)과 충돌했나니. 그를 위해 그는 리피강어귀에서, 부두(埠頭)의 파열교(破裂橋)를 강축(强築)했는지라, 그들의 교전(交戰)(약속)의 합류점으로 삼으며, 강판(鋼板)인지 뭐인지를 상조(象彫)하면서, 그건 사실이 아니던고? 오 무익, 전혀, 여기 최초의 나일 강의 폭포낙(瀑布落)이 있도다!

막간 1. [바 문소리. 늙은 청소부 여인 케이트(Kate)의 입실]

332.36. "입문막간(入門幕間; Enterruption). 체코(제지)(制止; Check) 또는 느린귀환(歸還)(slowback)(슬로바키아) 회문(廻門; Devershen)" [폴란드어＋러시아어, 잇따르는 소련 장군의 도래를 위한 사전 경고]

333. [ALP로부터의 메시지를 HCE에게 전하기 위한 케이트의 입실]

도대체, 선저매춘부(船底賣春婦)의 경이, O 참께 열리나니. 하문행(何門行)인고? 여기 V 자(字) 문이 있는지라. 그러나 문안으로 들어오는 자 어찌된 의미인고? K? 및 O, 그래. 그건 구두닦이 팻 포돔킨[러시아의 왕자]과 꼭 맞는 하인(下人)은 아니 아니로다. 조요용히, 한 마디 예언(隷言) 없이, 스즈주스츠 풍(風)은 느린 슬라브 어(語)로다.

[잇따르는 다섯 페이지(333~337)는 과거를 암암리에 불러오고, 미래를

암시하는, 일련의 세 짧은 속보들을 제시한다. 그들의 발생 순서에 의하면, (1) 할멈 케이트의 도착 (2) 세바스토폴(Sevastopol) 전투의 「경기병대의 공격(*the Light Brigade*)」을 묘사하는, 벽 위의 동판에 대한 일별, (3) 이따금 HCE가 말하는 이야기로, 대중의 요구를 만족시키려는, 그이 나름의 시도. 그의 긴 구불구불한 이야기는 청취자들을 지루하게 하나니, 그들은 이제 "바트와 타프(Butt and Taff)라는 제목의 인기 연재물〔335~55〕을 위해 라디오를 성급하게 틀도다.〕

333.6. 나이 든 능란한 미이라 바싹 마른 공자(孔子) 연(然)한 과보험(過保險)의 상시변(常時變)하는 억양부(抑揚附)의 정강이 케이트가 작은 요정처럼 당당히, 따가닥 따가닥, 따가닥 소리내며, 걸어 왔는지라. 그때 그녀는 두 연합사단 사이 눈부신 복도를 따라, 타닥타닥 걸어 왔나니, 살롱의 경례를 받아들이며, 그녀의 노예 풍(風)으로 말했는지라, 들어갈 때 모자를 주의하시라! 나올 때 구두를 주의하시라! 〔이 장면은 앞서 박물관 장면을, 나중에 세바스토폴을 가리키는 바, 양자는 전쟁 주제로부터의 발전이다. 케이트는 마담으로부터 메시지를 가지고 하단하여 HCE로 하여금 침실로 초청한다. 그러나 그는 돈궤에 남아 있다.〕 그리고 그녀는 자기 자신에게 버드나무 나긋나긋하게, 느릿느릿한 말투 및 친족의 은어, 속어 및 보헤미아 어(체코 어)로, 언급했도다. 이제 당신은 뮤즈의 방에 있어요……그리고 엘링던(의행자〔意行者〕)은 그의 체구를 발기(勃起)하지요. 이것은 거대한 웨링던의 납제(臘製) 기념비 대깍〔그녀는 앞서 뮤즈의 방 막물관의 안내 역〕

333.19. 그리하여 그녀(케이트)는 자신이 마님(ALP)으로부터 하단(下段)으로 지참해 온 메시지를 허풍으로 떠들었나니, 그녀의 고민인 즉, 유행에 뒤지지 않기 위하여 그녀의 시프트 드레스를 표백하고, 모든 여왕벌들의 왕벌이 그녀의 밀랍 바른 손에 키스한 이래, 그녀는 사리 슈미즈의 촌외(寸外)의 코르셋을 입은지라, 그녀의 용상(容相)은 세일속복(洗日俗服)의 통미(桶尾)를 닮았도다. 메시지는, 이제 그의 아들들(쌍둥이)이 윙크하거나 잠에서 깨어있는지라, 그리고 그의 딸(이씨)은 잠자기 위해 자장자장이나니, 그

(HCE)가 그녀(ALP)에게 와서 연설하기 원하도다.

334. 〔케이트는 HCE가 여러 가지 이야기를 ALP에게 들려주기 바란다.〕

　　때는 성처녀 X.Y.Z. (유인〔猶人〕)로부터의 사랑과 함께, 침실의 석송분말(石松粉末)을 사용할 시간인지라. 그리하여 마님은 노예 소유자 데 바레라〔영국의 수상〕(HCE)를 위하여 그의 쾌적한 백열(白熱)을 잠자리로 가져가는 음란녀였도다.

〔ALP에게 전하는 케이트의 3가지 보고〕

　　—이것은 나의 처를 위한 시간입니다, '글래드스턴 브라운'씨가 반성했도다. 대깍.〔케이트의 박물관 안내〕

　　—이것은 나의 화질(火質)고무 발연(發煙)입니다, 보나파르트 노란 씨가 부언(富言)했도다. 대깍.

　　—그리하여 이것은 다네러〔영국 북동부 지역〕의 유일남(唯一男)의 패배자의 옹호자입니다, 파넬 풍(風)의 쌍(双) 공통특징자(共通特徵者)가 조음(調音)했나니, 그리고 이것은 그의 대언(大言) 진백마(眞白馬)입니다. 대깍.

〔위의 케이트의 3가지 보고에서 그녀는 HCE를 나폴레옹, 웰링턴과 동일시한다. "대깍": 귀부인 여왕 폐하에게 경의를 표하여 자, 건배!〕

　　이어 『피네간의 경야』의 다양한 주제들이 얽힌다. "펀치와 쥬디"〔인형극〕, 주막의 오합지졸들, 매거진 월(벽) 등.

〔막간: 벽 위의 동판 메조틴트(mezzotint; 동판의 일종)가 소개된다.〕

334.20. 오 럼 주(酒)는 최고로 익살스러운 물건이라, 얼마나 그것은 펀치와 그의 쥬디〔인형극의 주인공들〕를 만취하게 했던고. 그가 국자를 쾅 세차게 치자 그녀는 설탕 자루를 집어 들었나니, 한편 모든 주점의 오합지졸들

이 메조틴트 무기고 벽화를 응시했도다. 그것[벽화]은 발사준비의 포차, 토건도(兎犬跳)의 포차를 보여주었는지라.

그런고로 케이트는 오고 케이트는 갔나니. 거기 도개문(跳開門)의 시동(侍童)이 문을 열고 닫았도다. 케이트가 떠나자:

(묵음[黙音])[의 계속]

[HCE 주막 벽면의 동판 그리고 주점 광고]

334.32. 그래요, 우린 그토록 경쾌한 저 판화를 숙독했는지라, 핀드레이더[더블린 식료품 상]의 크리스마스 계절부터 그 날까지 어찌 그러했는지를 그리하여 왕의 공도상(公道上)의 헤이 탤라 호우가 그의 사냥개와 함께 귀가 도중이라. ─체플리조드를 방문할 때, 칼로맨 컵(盃)으로 물을 맛보시라.

335. [벽의 동관화 속의 폐하는 그의 말을 하원 건물 앞에 세우다. "워! 워! 워!"[군마의 호명] [『율리시스』 제12장의 한 장면을 상기시킴] (U 276)

[판화 속의 장면들, 이어지는 주점 고객들의 고함, 전쟁의 아우성, 천둥소리가 뒤엉켜 서술된다.] 고객들이 HCE에게 벽화 속의 러시아 장군과 버클리의 이야기를 하도록 간청한다. 판화가 그를 위해 폐하가 말고삐를 당기는 12목남(目男)의 쉬쉬 사냥개의 이야기를 말하도다. [이 판화는 그림(Grimm) 동화(童話)(19세기 독일의 형제 동화)를 위하여 마련된 무대와 닮았나니] 그리하여 버클리가 러시아 대장을 사살했도다. [이어지는 크림 전쟁에서 세바스폴 애피소드의 주된 사건]

335.24~37. [HCE의 노서아(露西亞) 장군 이야기 시작]

335.24. ─폴란 노어화(露語話)할지라, 그러자 그들 모두는 각자 다른 어법

으로 동시에 하이버니언 야기사(夜騎士)의 향연담객(饗宴談客)을 청하지 않았던고, 그러자 그(HCE)는 반(半) 축복의 담소(談笑)를 위하여 성 바바라에 맹세코 자신을 괴롭히는 또 다른 통(桶)블린의 무한천일화(無限千一話)를 그의 오리브 오코넬구(鳩)[천일야화의 인유]와 자기 자신의 저구구(咀丘鴉) 및 그의 망해(茫海) 노아 방주(方舟)의 전여행(全旅行)과 함께 이야기하는 것이었도다.

그(HCE)는 그들 주점의 고객들에게 자신에게 요구되는 끝없는 터무니없는 이야기를 하고 있었도다. 고로 그는 시작 했는지라. 그것은, 예컨대, 애녀(愛女) 아이미 [맥퍼슨, 미국의 복음자]가 아서 백작을 위하여 나신(裸身)의 모습을 드러내었는지라, 신의 은총으로부터 광잡(狂雜)하게 추락했도다.

336. [주막의 떠들썩한 고함소리. 다시 모두들 HCE로 하여금 이야기를 "장작에 점화" 하도록 재촉한다.]

그리하여 때는 그가 성호(聖號)를 그었던 뒤로 빙글빙글 지나갔는지라. 모두들 HCE에게 이야기를 간원했도다. 도프(활액[活液]) 이야기가 타르(지체[遲滯]) 될 때까지 계속 밀고 나갈지라.

336.11. 간원(懇願: Pray).

[관심은 Mr A(HCE) 및 ALP 또는 케이트에게로! 그들의 문제는 가인과 아벨 격]

이 남자 에이(A) 씨(氏) (HCE)와 이들 세녀(洗女)들 [두 아낙들과 ALP], 우리는 다시 한 번 저 아가들 마냥 선육(鮮肉)되는 언림(言林) 속에 경회(驚徊)하고 있나니, 거기 동화책(童靴册) 속의 암탉과 함께 우리는 필(筆) 할퀴기로부터 이야기를 시작하는 도다.

336.21. 〔HCE의 이야기 시작, 여기 실낙원의 이야기가 벽의 포스타 속 군인들의 목소리와 얽힌다.〕

이야기는 늙은 훈원사(勳園師; 아담), 그랜트 여장군(女將軍)〔이브〕, 황금 메달리스트에 *관한*, 공인(公人) 만리우스, 연장병사(聯葬兵士)에 관한 것이라, 그것은 과실(果實)에 촉수(觸手)를 느끼는 것이니, 대서양 파(波)의 융기(隆起)처럼 장미유화(薔薇柔化) 되거나 두 번째 화환취(花環吹)에, 자신의 쟁기의 채찍 땀 을 위하여 빛나는 밧줄을 팽팽히 친 만(灣)이 미광진(微光振)하고 있었도다〔이상 아담의 사과와 "작은 과오"에 관한 생각이 이야기를 지연시킨다.〕

337~337.4. "연어(魚)현시물각하(顯施物閣下)"(HCE)의 공원의 "원죄"는 묻어둘지라. 그의 더 미천한 천성은 보이지 않게 하라. 그는 ALP가 재잘대는 동안 아이들에게 우유를 먹이는 도다. 그의 모든 프로이트 우(友)들이 뭐라 한들 무슨 상관이랴 또는 그를 해치기 위하여 누가 모자를 들고 있던 간에, 군살(하치)은 사라진 자음(子音)을 단지 계속 지니도록 내버려두고, 아니펠 생강(生江)(ALP)은 자기 마음대로 희곡(戲曲)을 얌전하게 재잘거리도록 내버려둘지라.

337.15. 〔HCE의 공원의 사건의 반복, 두 소녀들과 세 군인들(세 마리 가재)〕

단순히, 두 송이 크림 요색(妖色)의 수풀 장미들〔두 소녀들〕을, 그런 다음 말더듬이를 재상(再想)할지라. 그런 다음 욕후(慾後)로 (경쾌한 족자무(足者舞)처럼 전향성수반(前向聖水盤) 튀튀 스커트 그리고 배림산양(背林山羊)의 분쇄족적(粉碎足蹟) 숨어 있는 세 마리 갯가재〔세 군인들〕로 상발(像發)할지라. 그녀를 애무 할지라, 그를 꿰뚫을지라, 그들과 함께 농란(弄亂)할지라. 그녀는 긍소(肯笑)하리니. 그는 그걸 감사(鑑謝)하듯 하리라. 그들은, 실질적 쌍 술 단지로서 확실히 참여하도다. 그대 천천히 자기 자신에게 말할지라. 그런고로 이것이 아(牙)블린이나니! 안녕, 우미(優美)한 애지림(愛枝林)? 고로 이런 식으로 그대를 기꺼이 지분거릴지라.

[공원의 춘사에 대해, HCE가 ALP와 더불어 뭐라 재잘거린들 묻어 둘지라. 화자는 그의 공원의 죄, 여러 이미지들이 더블린의 현상임을 인식하기를 원한다.]

337.32. [재차 소련 장군 사살의 이야기 독촉]

우리는 바드(트)[이야기 중의 아일랜드 병사]를 원하노라. 우리는 바드 시골뜨기[바더리]를 원하노라. 우리는 바드를 시골뜨기처럼 송두리째 원하노라. 거기 그는 볼사리노 살롱 모(帽)를 쓰고 있도다. 장국(將國)의 노중(露衆)을 피살(避殺)한 사나이. 보인 무도회의 전화(戰花)를 승(勝)한 사나이. 주문, 질서, 경청, 명령! 좌장(座長)에는 말스타 의용병. 우리는 천(千) 번이래 그걸 가청해 왔는지라. 어찌하여 버클리 도(盜)가 노불복(露不服)의 친형장(親兄將)을 살해했던고.

338.5. [주점 고객들은 "바트와 타프"에 관한 라디오 희문을 듣는다.]

이 에피소드는 놀라움으로 수다스럽고, 거친 억측으로 암담할지라도, 그러나 조이스의 이야기의 호(弧)에서 강력하게 응집된 핵심을 이룬다. 분명히 바트와 타프는 두 형제로서, 바트는 솀이요 타프는 숀 격이다. 그들은 『피네간의 경야』1장에서 뮤트(Mutt)와 쥬트(Jute)로서 타나는바, 각자는 원주민이요, 침입자이다.(15~18 참조)

[현재의 이야기에서 주된 역할은 바트(솀 격)에 의하여 연출되는데, 비록 극히 수수께끼 같을지라도, 그의 논술은 결국 인식될 수 있는 요소들이 된다. 그는 공원에서 HCE의 비행을 목격했던 세 군인 중의 하나로서, 그의 서술은 대체로 원죄의 재연이요, 이제 괴기하고 전도된 세목으로 확장되어 있다. 바트의 모호성과 허세는 성적 탈선의 크라프트—에빙(Krafft—Ebing)[성도착에 관해 쓴 독일의 신경학자] 타입으로 펼쳐지거니와, 심지어 동성—이성적—항문적—관음증(homo—hetro—anal—voyeurism)의 혼란 속에 바트와 그의 군인 동료들을 함축시킨다. 또한, 흐린 렌즈를 통하

여 HCE는 소련 장군으로 변용되어, 보인다. 동시에, 바트는 버클리가 되고, 피닉스 공원은 바라크라브(Balaklav)(또는 Sevastopol)의 크리미아 전투장으로 변용된다. 이리하여 형제의 싸움은 제국적 갈등의 거대한 관계가 되는 바, 크리미아 전쟁은 러시아와 영국간의 분쟁으로, 극동(Near East)의 지배권을 행사하기도 한다.〕

〔영국 제국주의의 대표자 격인, 변화무쌍한 HCE는 이제 슬라브식 제국주의의 용모와 복장을 띠고 있음이 분명하다. 이 구절에서 제국주의에 대한 책무는 영국의 작가들인 키프링(Kipling)과 테니슨(Tennyson)의 메아리 속에 울린다. 또한, W. 브레이크(Blake)의 공명(共鳴)들이 문제의 의미를 우주적 비율에까지 뻗게 한다. 그에 따르면, 앨비언(Albion)(상업주의―제국주의자―영국의 화신)은 인간 추락의 나락(那落)으로 의인화 된다. 그것은 인간의 육체 속에 부과된 질병, 곰팡이 및 노예가 희생자를 혁명적 폭발로 환기시킴을 의미한다. 제국의 봉사 속에 추락한 인간의 상징으로서, 바트는 불결한 소요에 참가하지만, 인내의 한계에 몰린 채, 갑자기 몸을 돌리고 반대자를 파괴한다.

여기 소련 장군의 이야기에서, 배변(排便)의 주제에 대한 흥미로운 변형은, 특히 전체 구절이 그것의 냄새를 품길 때, 간과(看過) 되어서는 안 된다. 창조적 행위로서 배변은 이전의 작품들〔특히, 「실내악」〕에서 이미 수립된 기존의 개념이다. 공원의 목격자들이 본 것은 창조의 목격으로, 일부분 해석될 수 있을 것이다. 그것은 추락의 그리고 비코의 우레의 순간과 합세한다. 동시에 그것은 『성서』의 노아(Noah)의 수치의 순간이기도 하다. 부친의 나신을 목격하는 셈, 야벳과 햄, 세 형제는 세 군인들의 대응이다. 〔배변에 대한 더 자세한 상징적 설명은 벤스톡 교수를 참작할 것이다.〕(Benstock 276~282)

바트의 많은 증거는 그의 군대의 훈련과 초창기로부터의 군대의 역사를 서술한다. 이는 바라크라바의 전투의 혼돈 속으로 혼성하는데, 번갈아 피닉스 공원의 무기고 벽으로부터의 HCE의 추락과 비코의 우레 성 속으로 몰입한다.

여기 바트는 셈인 동시에, 크레미아 전투에서 영국군의 아일랜드 병사요, 소련 장군의 사살자인, 벅클리(Buckley)이다.

338. 〔이하 타프(숀)에게 행한 바트(셈)의 세바스토폴 소련 장군 사살 이야기 시작〕

　　타프 (이탄수도사〔泥炭修道師〕의 한 예리한 소년, 자신의 머릿속의 수수께끼에 대한 해결에 의한 긴급우산〔緊急雨傘〕의 게양에 앞서, 카르멜파〔派〕 수사〔修士〕의 질서의 계혁〔啓革〕을 찾고 있도다). 만사가 번쩍 빛이며 경칠 적나라 했던고? 뭐라, 주우(酒友)? 우리에게 그 이야기를 할지라, 항시 그토록 자주 이야기 하는고?

　　바트(얼룩진 잠색 젊은이, 성직수도사의 용모, 유감스러운 천재〔天災〕를 서술하거나 혹은 영구히 그리고 하루 망신당할 것을 가상하다). 그러나 맞아. 그러나 맞고 맞아 그토록 자주. 해(海)(시) 광(廣)(세바스토폴) 지(池)폴 (전쟁터)이라!

　　타프(절규일성과 함께 자신을 구출하면서, 자신의 모피발〔毛皮髮〕을 정착하는지라). 그 자(者)(버클리)〔아일랜드 병사〕를 우리들에게 서술 할지라, 지공병(地工兵) 베짱이, 그의 일요일 내측의(內側衣)에 월요일의 외측의(外側衣)를 입고. 발티모어 흑해의 중장경(中將卿)의 정부총독〔러시아 장군〕이라! 부루안 용웅자(勇熊者; Brian Boru)〔핀〕와 닮음을 서술할지라. 그리하여 우리가 아침에 깨어날 때 그를 잊어버리는 우리들의 꿈의 해석이 되게 하소서! 들을지라.

〔조이스는 교묘한 전환으로 적의(赤衣; Redcoat)의 3군인들을 크리미아 전투의 이야기에 대한 연관으로서 이용한다. 꿈의 분위기가 여기 아주 짙다. 텍스트는 세계를 지배하는 대영제국의 전쟁들에 대한 언급으로 충만 되리라〕

　　바트(자신의 덤불 베짱이의 고지 백열등에 스위치를 켜고, 자신의 웃음을 배명〔背鳴〕하는지라.)

339. (일본[니혼]식[lipponnease] 언어가 꿀꿀거리도다). 얼스터에 승리를! 사요나라, 촌뜨기 상(녀석)[버클리], 그는 자신의 베이컨에 자신의 달걀을 요리했을 때, 늙은 아빠의 우상(偶像)을 닮았는지라, 그는 발작하고 나는 경련하고 모든 신부(神父)는 정액(精液)을 쏟았도다. 가련한 늙은 요침(尿寢)쟁이! 그의 정면의 포차(砲車). 그는 적에 의해 밀폐 되었도다. 크림 전(戰) 요새. 그의 모든 대포 알 기장(紀章)과 함께. 그의 라그란 복과 그의 마라코프 모피 모를 쓰고, 니스 칠한 소련제 구두와 그의 카디간 경[크림 전쟁의 여웅]의 블라우스 재킷과 그의 분홍색 맨쉬코브의 소맷부리, [여기 소련의 멘시코브(Menshikov) 왕자는 터키 주재의 소련 황제(Czar)의 특수 대사였으며, 후에 크리미아 전쟁의 총지휘관이었나니. 그는 동시에 핀란드의 소련 총독이었다. 외교에 있어서 그의 어줍은 폭력은 터기 주제 영국 대사 캐닝(Stratford Canning) 경의 원숙한 재능에 의해 압도되었나니. 황제 자신의 특질과 얽힌 멘시코브 왕자의 인상은 조이스의 소련 장군의 합성 인물로서 크게 떠오른다.] 그의 삼색(三色) 카무플라주(위장) 그리고 그의 훈장 매달린 우장(雨裝)을 하고.

타프 (그의 이야기에 모든 별 같은 눈과 귀를 기울일지라.) 폭풍뇌우적(暴風雷雨的)! 생사(生死)두꺼비 작(爵)! 남장 혹자! 글쎄 멋있지만, 그건 전쟁이 아니잖아!

바트 (만일 그가, 잊혀진 채, 들판의 식물군 사이 영광의 밤을 감춘다면, 그의 방탕자의 검푸른 미소가 모두에게 의심의 이득을 주리라). 장군은 그의 성사대관식복(聖事戴冠式服)을 입고, 별들 사이에서 통치하는 한 마리 곰 같으니. 아미나 [Arminian; 아르미니우스 파의 사람]의 견외투(肩外套)를 걸친 두건불구 남(頭巾不具男)! 처음 그는 스텝(step)했나니 이어 그는 스툽(stoop)했도다. [소련의 니코라스 왕제는 그가 터키의 사건에 간섭(step)하고, 외교의 커다란 속임수에 굴복(stoop) 하기까지는, 유럽에서 높이 존경받는 인물이었다.]

타프(충직한 더블린 인(人)처럼, 십자가의 신호를 기억하려고 애쓰면서, 그리하여 그는 자신이 로마인으로 세례 되기 전까지 크렘린의 한 아이였음을 기억하는데 실패하면서, 베짱이와 개미의 성스러운 다각형의 프리메이슨[비밀공제조합원]의 신호를 하도다.)

340. *(오케이終아終아)* 경칠 죄(罪)황금의 능산자(能散者).〔바트〕 그는 모든 악
소(惡訴)에 악명(惡名)한지라! 매춘부의 그렇고 그런 추견자(醜犬子) 같으
니! 세척치장(洗滌治裝)과 함께. 그리하여 그의 골질(骨質)의 공(恐)유령 괴
(傀)허풍이라.

　　바트*(그의 본심과는 반대. 분홍 집게손가락으로, 알프스 및 호우드의 리비에라 천
〔川〕을 가리키며).* 바트는 상상적으로 타프에게 전장의 이정표들을 가리키
는지라, 이는 앞서 뮤트가 쥬트에서 더블린 고적 들판의 이정표를 가리킴
과 같다. *(17 참조)* 암석환(巖石環)과 건종목(乾腫木)의 전쟁 들판. 벌야(伐野)
를 잊지 마시라! 이곳 물 떼 낀 계간(溪間). 그들의 요미(妖美)의 통로. 감
사! 유혹녀들의 악농(惡弄)을 화장하려고 희망하는 원숭이 노남(老男)과 함
께. 그리하여 우사(牛舍) 속에 숨은 병사의 육체들.

〔여기 우리는 타프와 더불어, "골리라 남"인 HCE가 용변 보는 소녀들
을 염탐하는 것을 시각(視覺)하는바, 한편 소년들이 그의 뒤에서 그를 살핀
다. 타프는 하나의 이미지를 형성하려고 최선을 다하지만, 비관론자인 그는
단지 공허만 볼 뿐이다.〕

　　타프*(그는 과거의 발정 속에 모든 아내를 경쟁하려고 노력하도다).* 오 분노의 날
이여! 아, 라스민 광산의 살해여! 〔더블린 근교의 라스민은 아일랜드의
옛 전쟁터〕 아, 나의 러시아의 궁전이여! 오슬로 태생의 맥 마혼 곰 놈이
자신의 한획물(汗獲物)을 노려 배회하며 열탐(熱眈)하도다!

〔이제 바에 돌아온 바트는 장군을 욕하며 그를 곰, 돼지, 하이에나로 부
르는지라, 왜냐하면, 그 자는 들판의 백합꽃을 오손했기에. 그리고 그 자는
시식병(試食兵), 쿵쿵병(兵) 및 행진병(行進兵)과 대적했기에〕

　　바트*(자신의 가솔린펌프에 되돌아 왔나니, 나는 거기 있고, 나는 거기 머물었도다).*
웅(熊)브루이노보로프 밀월병자 〔러시아의 곰〕와 결합한 브리안 보루 놈
의 연대기를 최고양(最高揚)할지라! 왠고하니 놈은 들판의 백합을 진멸(盡
滅)하고, 세 군인들과 대적했기에.

타프(그는, 주교 리본케이크의 큰 엄지손가락이 결혼의 방문에 나서는 것을, 혹은 호라이즌 양[孃]이 커다란 경탄성좌[驚歎星座]를 향해 고양사지[高揚四肢] 구두끈을 풀고 있는 것을, 그가 보는지, 불확실할지라.) 수수께끼를 맞춰 봐요. 리스 마(馬), 로즈 마(馬), 노서아의 대제, 나의 첫째는 듣기에 가까이, 나의 둘째는 세단처럼 마련된지라, 한편 나의 전체는 달무리 [집게벌레] (Persse O'Reilly)로다. [타프는 그가 보았다고 상상하는 것이 정확히 무엇인지 불확실한지라, 그의 동료에게 더 많은 것을 폭로하도록 요구한다. 그는 O'Reilly인 HCE의 이름에 대해 수수께끼를 만들면서 한갓 야단법석에 몰입한다.]

341. 우리(타프)는 응당 말하거니와 그대는 그 족제비 놈을 마구 때려눕혔던 모양이 도다. 입을 찰싹, 목구멍을 꿀꺽, 입천장을 톡톡 그리고 그대의 바지 지퍼가 풀린 채……

바트(작은 갈색 항아리와 제분사[製粉師] 왕서방[王書房]의 수차[水車] 바퀴에 맞추어 보드빌 무[舞]를 추면서) 빔밤봄범. 그의 스냅 상[像]이 러시아 잡지 속에 나타나자, 한편 그가 애별[愛別]한 소녀[笑女]들이 그를 후목[後目]했도다. [바트는 약간 누그러지며, 육체적으로 암살을 흉내 내는지라, 한편 타프는 피아노를 치고 거칠게 노래 부른다.]

타프(상아 소녀와 흑단 소녀를 위한 캐스터네츠의 두 휴[休] 스텝의 요가코가 광어[光與]심포니를 호주[好奏]한다).

[장면을 통해 내내 보드빌 무(舞)가 그들의 가무(歌舞)의 행위를 수행하고 있나니, 이는 무대 지시 속에 제시된다. 바랄라이카 현악기! 토 바리쉬! 나는 전율하는지라!]

바트(낫과 망치의 신호를 하면서, 그의 노함을 통하여, 뭔가를 해학한다.) 타르(탈(脫) 수(水) 모르타르 타르타르 전(戰)타르! [버클리는 담배의 댓진을 약으로 사용함] 전쟁에 의한 투자를 벤처 하는 노령의 군주(러시아 Czar — HCE), 나는 그의 영향이 터키 속에 작동하는 것을 보았노라. 이러한 신호에 의하여 그대는 그를 패(敗)하리라! 칙칙 폭폭……그의 연초를 위해 나의 생(生) 파이프를! 〔여기 바트는 "살인!"하고 고함을 지르고, 흥분하여, 공개적으로 노령의 HCE를 조롱 한다. "오, 그는 그를 보았도다, 그렇게 그는 했도다, 그는 그가 그렇게 하는 것을 보았도다. 과연 그는 했도다." 〔바트와 타프는 향락 속에 노래한다: "칙칙 푹푹."

〔첫째 막간〕

이 시점에서 대화의 4막간 중의 첫 번째가 발생하는데, 여기 경기〔경마〕 모임의 세목이 주점 안의 라디오/테리비전에 방송된다. 세계적 명성을 띤 "카호름 사건(Caerholm Event)(경마)"이 「아이리시 레이스 월드(*The Irish Race in World*)」지에 의해 발표 된 것이다.

이 나사 타래송곳의 경향에 이르기까지 세계 유명한 카(車)호름(Caehol-me) 사건의 감탄할 발표가 「아이리시 레이스 앤 월드」(아일랜드 경주) 지에 의하여 부여되어 왔도다. 모든 이들이 뉴스가 맴도는 동안 흥분으로 생기를 띠었도다. 태양경(太陽鏡)이 그때 문(門)을 위해 보도록 장소들의 뉴스를 번쩍였도다. "나의 신이여!" 그것은 투마스 노호호란 씨(氏)가 성(聖) 드호로우 성당의 고해청죄사 현현(顯現: 에피파니스) 신부(神父) 존사(尊師)에게 고(告)했나니, 어찌 백레그즈(배각; 背脚)가 경마 장군연감(將軍年鑑)을 기피했던가를. 아빠와 엄마 없는 많은 소녀들과 소년들, 그러나 금집계함(金集計函)을 가지고. 우리는 하찮은 소전(小錢)을 아껴야하나니, 그것은 아이들을 위한 동전이라……

342. …… *그리하여 그들의 미광의 양상블을 이룬 멋쟁이 여인들의 프록코트! 다음의 탁월한 인물들을 보라. 대장간 주장(主將), 상시 스캔들 메이커, 카사비안카로부터의 여(女)재봉사 그리고, 물론, 프라이 씨(氏). 왜 저 기묘한 두건을 벗는고? 왠고하니 무상의 회무상황(廻舞狀況) 사이에는 후실(後失)의 정부(政府) ― 세충독(世總督)의 진세(塵洗)한 애고명사(愛顧名士)가 감지되기 때문이라. 판자브! 대(大) 도(跳)쥬피터여, 저게 뭔고? 7번의 행운! 그건 구즈베리의 리버풀 하은배(夏銀杯)를 위해 1,000기니이도다. 해방자(강자 H허민 C. E엔트위슬), 극적 효과를 가지고 이전마(以前馬)의 승리의 장면에 유명한 종마의 형태를 재현하면서, 배일리 횃불 등대 및 잡탕*

스튜 요리에 독수리의 길을 제시하고 있는지라. 티프와 베트, 우리들의 타봉 가짜 내기 경마 호기자(好期者)들, 아이리시 래이스 앤 월드(아일랜드 경주 및 세계) 지. 〔이상 잡지의 내용〕

〔경마 쇼에서의 고함, 아이들, 술꾼, 여름 프록코트 입은 소녀들의 묘사……『율리시스』에서처럼, 조이스는 이 삽입절 속에 실지의 많은 말들의 이름들을 동원한다: Epiphanes, Boozer's Gloom, Emancipator, Major X, Eagle's Way, 등등. 이 경마 사건은 한때 영국 동북부의 린컨 주(Lincolnshire)에서 행해진 행사로, 1천 기니의 현상금에다, "new ─ discontinued Liverpool Cups", 또는 "Grand National Steeplechase"이라 불리었다.〕

〔세바스트토폴 전투 이야기의 계속: 바트와 타프에 의해 우리에게 제시된 이 괴기한 드라마 다음으로, 다시 크리미아 전쟁 이야기가 복귀 한다. 장면은 경기의 보고에서 소총의 발사의 그것으로 바뀐다. 우리는 전투의 짙음 속에 있고, 타프가 소동 속에 군인 행세를 하는 것을 인지한다. 그는 섬광의 빛에 의해 방향을 바꾸고, 후퇴를 생각하는 바트의 비급함을 비난하기 위에, 그에게 고함을 지른다.〕

타프(최초 스포츠 보도가 제2 주[走]스포츠 플래시 속보에 의하여 방금 협증[協證]되었음을 의식하고, 상징적 대웅좌[大雄座] 방향을 가리키는지라.)

343. 〔타프는 용(龍)의 상징적 성좌를 가리킨다.〕

그대〔바트 ─ 전쟁터의 군인의 변용〕와 세 군인들, 나는 그대가 그랬으리라 믿어. 스트롱보우의 무덤에 맹세코. 그대는 바로 성 분묘로 진격하고 있었는지라, 후퇴하는 프랑스 군에 의해 도움을 받아, 시체의 냄새, 도로를 따라 뒤 따랐도다. 복음의 진리를 말할지라! 제발, 토미 녀석! 불신의 앨비언〔잉글랜드〕이여! 재삼 사고할지라, 그리고 이야기를 계속 할지라!

〔여기 적어도 3개의 이야기가 이 구절에 혼성되어 있다.〕 타프는 바트에게 그가 러시아 장군을 어떻게 쏘게 되었는지를 자신이 안다고 말하고 있다. 그렇게 함으로써 그는 역사적 주제들을 희롱하고, HCE의 옛 이야기들에 대한 변화를 메아리 한다.

바트(*자신의 어깨 너머로 후드 외투의 코트를 미끄러뜨리면서, 한층 신사처럼 보이기 위해, 그때 그는 그들의 소음 뒤에 숫는 분노를 냄새 맡았기 때문이라. 그러나 그는 흥분 상태였나니, 왜냐하면, 자신의 측면의 민감한 발기가 자신의 균형을 망치기 때문이라*). 위대한 쥬피터여! 저 개미와 베짱이의 비극에서 모든 준마(駿馬)와 모든 민병(民兵)들 가운데, 저 산총자식(山銃子息) 놈 같으니, 그(HCE)는, 자신의 견장(肩章)을 번쩍이며, 스캔들 양초 양끝 토막을 불태우고 있었는지라! 그는 어떤 화약 섬광으로부터 장다리를 하고는, 안락의자를 찾고 있었도다. 〔바트는 그의 네 염기(廉欺)의 복음을 암송하는 조잡한 방언을 들었을 때, 그 자의 조식(朝食) 뒤의 방귀이려니 생각했는지라. 그러나 그가 그의 공포의 경악을 보는 순간 전율하고 말았다.〕

344. 〔여기 타프는 자신이 전장에 있는 듯, 바트에게 일격을 보낸다. 그는 교황 절대자(바트)로 하여금 기도를 중지하도록 요구한다. 바트는 담력이 부족하다. 그는 러시아 장군의 배변(排便) 장면을 묘사하는데, 여기 그는 버클리 병사로 변신하고, 이어 그가 장군을 사살하려 했을 때, 장군의 얼굴에 공포가 나타남을 보자, 자신은 겁에 질려 그를 사살하지 못한다.〕

타프(*불운 앵글로색슨이 그를 붙들기 위하여 다가오고 있을지라도, 합세하면서, 높이 신충(信忠)스럽게, 낙천적으로, 당당한 공병(工兵)처럼, 자신의 기분 상 씨무룩하게 그리고 자신의 눈에는 누신(漏神)을 그리고 등의 굴곡 그리고 자신의 부르짖음 속에 개꼴개꼴, 마치 이만저만 아닌 해(害)가 자신에게 기대듯이*) 포옹하고 싶지 않은지라. 계속 울어라, 읍고(泣考)할지라, 비인(悲人)솔로몬의 노래! 그걸 양안(羊眼) 괴테와 양(羊) 셰익스피어 및 저주 단테가 잘 알도다. 교황가톨릭교도 같으니! 찬탈자여! 거(巨)비겁자의 타격을 받을지라! 〔여기 형제의 갈등〕

바트(이러한 굴종의 답례 속에 그의 가책을 보이며, 갑작스레 급랭낙사[急行落死]라, 그가 제복을 갈아입자 가죽 케이스로부터 권총을 들어올리도다. 그의 얼굴이 파랗게 빛나며, 그의 머리칼은 회백[灰白]이라, 그의 푸른 눈은 켈트의 황혼에 걸맞게 갈색을 띠나니). 그러나 나는, 녀석(소련 장군)이 고함소리가 미치는 곳에, 매우 키가 큰 채, 그리고 안장 다리의 로마 기독교도마냥, 혼자서 자신의 구명 벨트를 끌어올렸다 내렸다하면서, 그리고 오래된 죄 지은 자신을 노출하면서 농민에게 보답하기 위하여 비료(肥料; 소변)하고 있는 것을 보았을 때, 그가 카프카서 산맥[흑해와 카스피 해 사이의 산맥, 희랍 신화에서 프로메태우스가 그의 암벽에 묶혀 독수리의 수난을 당하는 곳] 넘어 어떤 목축본거(牧畜本據)로부터 숨을 회복하고 있음을, 나는 생각했는지라. 그러나 내가 녀석의 우랄 둔취(臀臭)의 냄새를 포착했을 때, 그가 나불나불 수다 떨고 있었나니, 나는 자백하거니와, 당시 그의 위장의 노역 때문에 충만 된 학질의 무게와 함께, 내게 공포가 있었도다. 그리하여 그는 내게 무거운지라.

345. 그때 나는 나의 아르메니아 아베마리아 성모송을 그의 노서아 주(主) 자비도(慈悲禱)와 혼성시켰나니, 나의 마음의 친구여, 나는 그를 총 쏠 마음을 갖지 못했도다.

타프(이러한 브루나이 출신의 황남[荒男]이 어쩌하여 시골 어릿광대들을 농락했는지를 예사[豫思]하면서. 그가 졸릴지라도, 자신이 얼마나 총구[銃口]에 괴롭힘을 당했는지 알려고 제의[提議]하면서) 하느님 맙소사! 그대는 상심하지 않았던고? 거 참 재미있도다!(Vott Fonn!)

바트 (흑자[HCE]가 세 번의 코고는 소리를 들으면서, 그는 그 자가 몸을 꿈틀거리는지를 보기 위해 기다리나니, 그런 다음 계속한다). 분자(糞者) 놈 같으니![소련 장군] 내가 그를 만나다니 때가 너무 늦었는지라. 나의 운명! 오 증명(憎冥)이여! 애별(哀別)이여! 그리고 그대가 흡연을 흡(吸)할 때 그걸 생각할지라.

타프(그는 그사이, 한 야드 거리를 두고, 화자의 여숙권[旅宿權]에 있었는지라). 이 어배(魚杯)를 홀딱 마셔요 그리고 경칠 건배를!

바트(그는 자신의 굴뚝 용기 모[帽]를 휙 벗었나니, 입술을 설개구[舌開口][술병]로 향하자, 침과자[侵過者]의 용서인[容恕人]의 손으로부터 친교와 용서의 컵을 배수

〔杯受〕하는지라 그리하여 이어 약간의 소금 베이컨을 제공함으로써, 환대〔歡待〕에 보답
하도다). 이 오랜 세계에 근심 넘치나니, 고로 자연의 우리들 군세(軍勢)의
개선을 위하여, 흉마우(胸魔友)처럼, 우리에게 광낙(廣樂)을 송(送)할지라.

345.35~346.13. 〔막간: 흥미로운 4마린거 사건들의 TV 방영〕

〔멀린가리아에 다른 전망(前忘)된 남용지사(濫用之事)가 이 전경간(轉景
間)에 텔레방영(放映)되도다.〕

346.1~13. 〔주막에는 2익살꾼들 이외에 적어도 4음주가들(복음 자들)이
스크린에 비치듯 등장한다. (1) 마태의 유행에 대한 보도. "슬설(膝雪)의 고
무 덧신" (2) 마가의 우리에게 다가 올 겨울을 위한 준비의 상기 (3) 누가의
어떤 새로운 무도에 관한 뭔가의 언급 (4) 요한의 말: 성공한 미국 사업가들
은 어찌 결코 늙지 않으며 혹은 결코 정신적으로 복잡해지지 않은 채, 철학
을 격려하기 위해 결코 돈을 기부하지 않으려고 결심 하는고.〕

346.14. 〔바트와 타프, 세바스토폴 이야기의 계속, 재차 주점 이야기의
복귀〕

　　　　타프(이제 그로 하여금 아일랜드 인들과 합세하기를 바라는 피터 파이퍼〔15세기 무
　　정부주의자 및 전승 동요의 주인공〕에 의해 기네스 주를 건네받았는지라. 그들 모두들
　　은 늙은 바보온달이 더블린 선일(善日)의 소음을 내도록 죽자 살자 냄비를 두들기고 있
　　었으니, 재차 자신들의 사지(四肢)를 휘 번득이도다). 그대는 버싱또리〔카이사르
　　에 도전한 프랑스 두목〕 편이기에, 그대의 단편을 말할지라. 어떻게 버클
　　리가 소련 대장을 사살했던고, 어떻게 그가 장미의 소녀들을 충격했던고!
　　4곱하기 20의 속한(俗漢)들이 늙은 속죄양의 혈세(血勢)에 도전하려고 경
　　계하고 있었도다. 의회인(議會人)이 여기 그의 머리를 대면, 누군가가 어디
　　서 딸랑딸랑 종을 울리는지라. 어느 날 습지의 관목 한복판에 두 신페인
　　당원들이 난타하기 위해 일어섰도다. 그리고 세 농노들이 숨어서 보고 있
　　었는지라. 딕 휘팅턴〔종소리의 여운에 따라 런던의 시장이 된〕에 관해 우
　　리에게 모두 말해요! 그건 멋진 기분전환이 될 터인 즉, 그대 그걸 할 수

있는고?

　바트(그는, 자신의 선신[善神]에 버림받은 깊은 마음속에, 허무주의자인지라, 자신이 스스로 도전하지 않도록 자신의 창자 속의 종이 갑자기 울리나니). 〔이 구절은 바트의 군대 경력을 재설명하는 가장 하에 군비와 전쟁 형성의 역시를 개관하리라.〕 그럼 좋아, 멋쟁이 타프! 말한 대로 할지로다.

347. 〔바트의 크리미아 전쟁터의 참전기 ― 기억들〕

　때는 대충 만월의 시기, 춘분의 들판. 그것은 가장 비애의 날짜인지라. 당시 바트는 왕립 아일랜드의 의용군(Royal Irish Militia)의 전속 부관이었도다. 〔여기 이를 회상하자, 그는 두통, 가장 지독한 편두통을 앓는다.〕 그는 가일층 음주하고, 도취하자, 가일층 감상적이 된다. 히타이트(Hittit) 전쟁은 별타시[別他時]에 속했는지라, 페르시아의 코라손 평원의, 1132년 전이었도다. 전초전의 활군[活軍] 뒤에, 우리는 그 짐승(소련 장군)을 발견했나니, 여태껏 인간이 가졌던 이래 가장 비참한 날이요, 그리하여 나는 아서 웰슬리 경 휘하의 아일랜드 육군 기병대에 예속했는바, 모든 지도 위에 복사된 나의 런던 교외의 매춘과 빈곤에 대해 여전히 눈물 흘리고 있었도다. 그러나 질병과 전쟁을 통해 재차 그 위대한 날, 예언자들에 의해 그리고 『켈즈의 책』 속에 예언된, 그날은 올지니, 그 날, 아일랜드는 자유롭게 되리라. 우리는 스스로 경칠 나태자들을 출몰시킬 때까지 미천[微賤]하리로다. 그런 고로 나는 그 문제를 연구했고, 그들 고엽자[枯葉者]들에게 해고하는 법을 보여주었도다. 얼마나 나는 찬양받았던고!

347.34. 타프(온통 자신의 부싯깃과 채광을 열화[熱火] 속에 고양하기 위해 그리고, 하녀들의 행복에 더블린 시민답게 복종하는 동안, 여전히 귀녀들의 야바위 치는 압전[壓前]에서 자신의 기호[嗜好] 황갈색의 터키 지권[芝卷]을 탐연[耽煙]하는지라.)

348. 〔바트의 크리미아 전투 시 건배의 기억〕

　"야후 안녕." 그는 모든 죽은 수발총병들에게 건배를 든다. 계속되는 전쟁의 기억들. 그들은 막사 동기생들, 그들을 위해 "힙, 힙, 후라!" 건배. 그의 과거의 연상[聯想]과 미래의 비 연관 사이에, 그는 자신의 머리가 기억들로 충만하다고 선언한다. 그는 생각에 잠기자 눈물이 천천히 흐른다. 그는 호 속의 오랜 죽은 전쟁 친구들에 건배를 격려한다. 그들은 모두 같은 막사에 있었다. 두 번째, 세 번째, 세 곱하기 세 번째! "차려 랑케스터 군(軍)……! 야후 안녕 안녕, 자네? 참전자는 무병(無甁)이라 결코! 그대 부관(副官)이었잖은 고?"

348.3. 바트(그는 마치 병(甁) 가득한 스타우트 주(酒)를 더듬는 듯 느끼나니 그러나 맥주 가득한 술통처럼 쓰러지도다). 나의 지난 과거의 연합과 나의 미래의 이관(移關) 사이에 나는 가슴 속에 기억들로 병(甁)넘치는지라, 그리하여 나의 눈물이 흘러내리나니, 발할라 영웅 기념 당[북구신, 전사자의 영혼의 향연장]에서 방금 희롱거리고 있는 그들 늙은 러시아 기사(騎士)들을 회상할 때, 나의 알마 모(母) 순교자들. 나는 압생트(植) 베르무드 우울주(憂鬱酒)와 함께. 그대들에게 건배! 우리는 그런 모습 하에 크론고즈 우드 카리지의 막사동기생들이었기 때문이라. [『젊은 예술가의 초상』의 스티븐의 급우들 또는 『율리시스』의 「태양신의 황소들」 장에서 그의 회상처럼](U 338), 세 터키인들, 저 카키 색 사과양(司果孃)들과 함께, 그들 화장실의 우리들 부실자(不實者)들 및 그들의 토일릿의 두 소녀들과 셋 터코 사내들! 한번 두 번 세 번 기상(起床)! 자유시간의 자유! 차려 랑케스터 군(軍)! 사주(射呪)하라!

348.29. 타프(그는 자신을 환대했던 저 천부(天賦)의 요걸(妖傑)들을 여전히 감지(感知)하는지라, 그들은 양지(陽地)의 에스파오니아(스페인) 출신의 사악상대자(邪惡相對者)들이었으나 소동(騷動) 배이커루 전철(電鐵)의 무림(茂林) 속의 바람을 가지고 현혹정유(眩惑精遊)했나니, 자신의 싱긋 이빨 세트의 다국적 톰니 깨진 굴곡성을 미끈한 인두 아이러니 속에 유일국(唯一國)의 칫솔우호로 위안하고 있었도다). 늑골, 늑골, 노조(老鳥)의 여왕, 잠꾸러기 암캐 자식! 우리들의 건장한 화병(火兵), 세계를 당장 포옹할 것 같은 그대의 로다 계마(鷄馬)들[창녀들]! 그들의 중얼대는 수발동성애언(鬚髮同性愛言)으로. 마침내 모두들은,

349. 그들의 세 손가락 반지와 발가락 튀김 돌로 변덕부리는지라. 무엇이 그대의 고근(苦根)을 야기하는 고, 펜쵸 씨? [타프가 바트를 두고] 고두막전

지(鼓頭膜戰地) 군법회의 인고 아니면 임질통참모(淋疾痛參謀) 인고? 〔타프는 바트에게 당시 그가 겪은 고통을 묻는 도다.〕 그대의 환감사언행(歡感謝言行)을 계속 할지라, 글쎄 여돈(汝豚), 습지인(濕地人)! 열중할지라, 바보 떠돌이! 괴짜가 될지라! 노황제(露皇帝)와 목공(木工)을 위해! 에테르(電送)에 합창 노래할지라.

349.06~350.09. 〔세 번째 막간: 스크린의 이미지들이 수 천점으로 깨어진다.〕 *이 막간은 가장 복잡하다. 이야기를 하고 있던 타프는, 그의 족적 (足跡)에 "굴광성의 무시간"을 남긴 채, 스크린으로부터 사라진다. 스크린 위의 이미지가 수 천점의 빛으로 깨어진다. "그의 분무기가 이중 초점에서 부터 그들을 절삭(切削)하고 분할하도다."* 〔이 구절은 TV의 기계와 연관되는 전문적 용어들로 충만 되어 있다.〕 *한 가닥 복음 진리가 방사방지(放射防止)의 코팅 위로 누설 된다. 많은 형광(螢光) 사이로 스크린 위에 열 교환기 (still), 성령 교우의 인물, 오도노쇼 교황, 노서아 인들의 예수회 총사령관이 나타난다. 이 이미지는 그의 많은 직(職)의 인장(印章)들, 다양한 양말대님, 구두끈, 밴드, 벨트 및 버클을 전시한다. 그는 관습적 주중 예배를 집행하는 교구 목사이다. "제발 소릴 내여 말할지라! 그러나 갑자기, 무엇인가 스위치에 잘못이 생겼는지라!"* 여기 교황/교구 목사인 HCE는 그의 눈을 깜박이며, 고백한다. 그는 코를 풀며, 모든 것에 고백한다. 그는 죄지은 손가락을 언제나 냄새 맡음을 고백한다. 〔공원의 수음의 암시〕 *그는 입을 훔치며, 자신이 얼마나 자주 그녀의 위아래 위치에 있었는지를 고백한다. 그는 양 손을 함께 탁탁 치며, "모든 자신의 수공범(手共犯) 앞에서 그리고 모든 자신의 수공모(手共謀) 뒤에서" 고백한다. 〔그리고 정원의 한복판에서 생목(生木)을 터치한 채, 모든 곳의 모든 것을 그리고 모든 식으로 고백한다.〕*

350. 〔이 행위는 기독교에서 극단의 도유(塗油; Extreme Unction)를 행하는 성례전의 익살로서, 거기서, 눈, 코, 입, 손 및 발이 도유되는데, 그들이 저지른 죄에 대해 하느님에게 빌기 위해서다. 이들은 일반적으로 성당의 최

후 의식(the Last Rites of the Church)이라 불린다.〕 *러시아 장군은 죽을 것이다. 불쌍한 사람을 위한 모금이 있으리라는 공표와 함께, 예배는 끝난다. 경칠, 불쌍한 똥 무더기 같으니! 굴러 떨어질지라, 숙녀 그리고 신사 여러분! 땡, 땡, 땡, 땡!(Dtin, dtin, dtin, dtin!)* 〔TV 막간의 종결〕

350.10~352.15. 〔바트와 타프. 세바스토폴의 이야기 계속, 바트의 전시 성적 경험 & 자기 방어〕

〔바트는 가장 긴 연설을 시작한다.〕 *(해바라기 단추 구멍을 한 거백[巨白] 캐더폴드[모충[毛蟲]] 씨[氏][O. 와일드의 암시]를 확시[擴示]하는 근본 몸짓으로, 올드 볼리 제판정에서 우편낭 속[俗]이니즘에 의하여 직사[直射]로 비난받은 채, 자신의 악의에 찬 역화[逆火]의 주저를 통하여, 그는 말하는지라, 자신이 화장창조[火葬創造]의 제일주[第一主]로 재빨리 기록조[紀錄造]하고 있었을 때, 어찌하여 자신의 흉중의 처[妻]가 최소한 스스로의 마음을 변경입[變更入]한 바로 최후소년사[最後少年事]였던가를).* 〔여기 바트는 오스카 와일드의 동성애 재판 도중 행한 쨍쨍한 어조로 말하며, 젊은 혈기로 난봉 피운 것을 인정한다. 그는 배(腹) 가득한 터키 가구식(家鳩式) 향락(눈깔사탕)을 즐겼나니, 그는 말하는바, 어떻게, 그가 처음 자신을 창조의 제일 주인으로 삼고 있었을 때, 그의 애처가 자신의 마음에 들어갈 가장 싫은 것이었던가를—〕 〔앞서 페스티 킹의 재판과 자기변호를 비교하라〕 (91) *나[바트]는 모든 종류의 방탕에 대하여 자기 방어하도다. 고심(苦心)하라, 제발, 잊지 않도록 아니면 타 방향[지옥]으로 전력 향하라! 나를 교정(矯正)하라, 제발, 내가 잘못이면. —이 불쌍한 요정에겐 더 이상의 카드 게임은 금물! —나는 한 배(腹) 가득한 터키 가구식(家鳩式) 향락을, 그들 앵글로색슨 인들의 갈빗대 속의 나의 숫양 버터를 즐겼는지라, 한 번, 두 번, 그리고 재차, 그리고 우리는, 모든 영(英) 육군 병사 골통대(骨痛隊)〔병사들의 통칭〕라 할, 연초(煙草)를 빌렸나니, 페트리스펜서 신부에게는 우리들의 휴가중 및 암야(暗夜)를 비치는 신의 영광을,* 〔그들은 모두 밤이 끝나고 어둠 위에 빛이 내리도록 기도하도다.〕 *유그노교도들을 먹이며 그리고 창세 알바주아파[반 로마 교회 교단]를 위한 묵시록을 퍼부으며—하지만 나는 절친한 선의의 친구였는지라. 오 빅토리아를 위하여 승리를 보내주오.*

351. 〔바트의 전쟁의 경험 토로 계속〕

　　나와 나의 친구들은 행복한 나날이었는지라, 술과 여인과 음식이 풍부
했도다. 노란과 브라운 화기(火器)와 더불어 우리에게 승리를. 우리는 돔,
스닉과 커리 어중이떠중이들, 온갖 재미를 보다니, 저 경야의 주일에. 통
바지를 입은 한 낯선 사나이〔HCE의 은유〕그리하여 여기 기니 화(貨)와
달걀의 선물이 있는지라. 우리들의 동료들을 위한 평온절(halcyon)이 다
가왔도다. 그리고 우리들은 풋내기 신병들, 또한, 세 영병(英兵)들. 우리는
시근 헐떡이며 농담했는지라, 우리들 영란병사(英蘭兵士)들, 그 땐 우린 매
춘부와 구애하며 자주 탐행(眈行)했나니, 노래하는 춘녀(春女)들, 한편 우
드 바인 윌리, 연초(煙草) 양귀비 여인들은 너무나 인기라, 대기를 연청(煙
靑)시켰도다. 건배! 반자이〔만세〕! 바드 맥주! 패디 보나미〔프랑스의 의
인화〕, 그 자(者) 만세! 앙코르! 나는 개 뒷다리에도 걸리지 않는 나사병
(裸私兵)이였지만, 그러나 나는, 노국(露國)의 노(老) 남근장군에게 투구완
(投球腕)이고 금전이고, 경칠 땅딸보 단 반 페니도 양보하지 않았는지라.
나는 언제나 나 스스로 돌 볼 수 있었도다. 〔여기 바트는 약간의 육체관계
에 대한 자신의 탐닉을 방어하는 듯하다. 이 시점에서 많은 말들. "자매,"
"아가씨들," "마래이 가(街)"(싱가폴), "린드허트 테라스"(홍콩), "스코츠
로드"(상하이) 등은 백인 노예 사업(the white slave trade(매춘))에서 따온 것
들이다.〕나는 세 땜장이 부랑자들을 조금도 개의치 않았는지라. 백내의
(白內衣) 자매들을 명예롭게도 지녔도다. 신을 두고 맹세하지만, 나는 결코

352. 정도를 벗어나지 않았나니. 드디어 경야 초두에, 실추자(失墜者)가 다
가 왔는지라…… 〔계속되는 바트의 전쟁의 절규와 함께 소련 장군에 대
한 저주. 여기 바트의 대화 및 의식 속에 소련 장군과 HCE가 서로 혼성
된다.〕소련 장군, 그의 스코틀랜드 적군개조복(赤軍改造服)을 입고 그리하
여 그는 태연자약하게 자기 앞을 걸어갔나니, 저 분홍색 강낭콩과 대적(對
敵)하는 그의 공격용 허리 둘이 셔츠에다, 모두들 그에게 어찌 사랑을 제
공하며 그가 우리로부터 얼마나 보호를 받는지를 나는 보았는지라. 그리
하여, 권총을 위해선 나의 광국(鑛國)도, 젠장, 적분통(敵糞桶) 터지다니.
퍼스 오레일리〔HCE의 암시〕가 나를 조롱했는지라, 분자(糞者), 격추대용
사(擊墜大勇士)를 바람에 확 날려버렸도다. 우리들은 폭동했나니 그리하여,

나는 그(장군)를 쏘았는지라, 혹 대(對) 쿵 탄(彈)! 하역도자(荷役倒者) 같으
니(Hump to dump! Tumbleheaver)!

352.16. 타프(볼가 강(江) 단가(丹歌)가 심홍해(深紅海)로 향하고 있음을 감지하면서
그러나 너무나 점잖게 자란 그는 자신의 상대선조총(相對旋條銃)의 부적당성(不適當
性)을 무시하지 않으려고, 자기구원을 향한 노력 속에, 자신의 동성애 주의의 이데올로
기를 위하여 자기 자신을 눈에 뜨지 않게 하는지라). 오호! 그대 우민자(牛敏者)여
(Oho bullyclaver of ye), [여기 바트를 두고] 여단총장(旅團銃長)이여! 아일
랜드예상사수(愛蘭銳商射手)들의 맹상수(猛商手) 적대국민의 종족이여(Aha
race of fierce —marchands counterination oho of shorpshoopers)!

바트(단 애송(愛松: *Dann Dearfir*)의 전규(戰叫)로 파입(破入)하면서) 놈[소련
장군]은 이제 더 이상 그라브 산(産) 백포도주를 개병(開甁)하지도, 각(角)
(사슴의)도 견(犬)도 사냥하지도 못할지니, 신진(新進) 늑대 인간, 사망자
언덕의 동료 가젤을 위하여! 두령, 두통거리 야전각하 같으니!

타프 (그는, 홀로 죄실행(罪實行)의 모든 연옥을 겪어 왔는지라…… 저주자의 고
뇌를……)

353. *추적하는 데 있어서 실패함으로써).* 남양(男羊; mangoat)[소련 장군]이
라! 그리하여 최고 자비, 경외유령(敬畏幽靈), 현아자(顯雅者)의 이름으로!
진지한 위안으로 그리고 진숙(眞瀜)한 평복으로? 그리고 그의 모든 (만)도
(島)의 인격을 박탈손상(剝脫損傷)시키려고. 그렇잖은고?

바트[소련장군 사살 클라이맥스](그는 조롱하면서, 그러나 그는 그들 표백골
[漂白骨]이 주는 생각 때문에, 부활에 뒤따르는 죽음의 경근한 원리에 대한 별반 불 확
신 때문에 상심한다). 각하! 그 자(소련 장군)가 나를 그렇게 격(激)하게 했나
니 그리하여 그놈이 나를 그렇게 하도록 감(敢)했는지라, 그래서 과연 나
는 격감(激敢)하고 말았도다. 왜냐하면, 그 자가, 자기 몫을 요구하기 위
해, 아일랜드토(愛蘭土) 전역을 구르며, 멧장을 들어올리는 것을, 아아, 그
리하여 바지를 벗는 것을 내가 보았을 때, 그 순간 나는 격발식(擊發式) 활
을 쏘았도다. 진동 울새. 사(射)참새여![이리하여 장군을 쏘는 버클리는
코크 로빈(Cock Robin)(옛 민요의 주인공)이 쏘는 참새, 이스라엘인들을 해
방하는 모세, 지팡이를 휘두르는 주교가 된다. 사멸의 경지에서 "원자(原

子)의 분할"을 서술하는 다음의 글들]

353.22. 〔막간. 원자(Atom)의 분할은 소련 장군—HCE의 사멸, 사살부(射殺父)의 격변적 효과— 원자의 무화멸망(無花滅亡)〕 장애물항의 최초의 주경(主卿)의 토대마자(土臺磨者)의 우레 폭풍에 의한 원원자(源原子)의 무화멸망(無化滅亡)은 비상공포쾌걸이반적(非常恐怖快傑離叛的)인 고격노성(高激怒聲; *Ivanmorinthorrorumble fragorom—boassity*)과 함께 퍼스 오레일리를 통하여 폭작렬(爆炸裂)하나니, 그리하여 전반적 극최상(極最上)의 고백혼잡(告白混雜)에 에워싸여 남성원자가 여성분자와 도망치는 것이 감지될 수 있는지라, 한편 살찐 코번트리(시골) 호박들이 야행자(夜行者) 피카딜리의 런던 우아기품(優雅氣菓) 속에 적절자신대모(適切自身代母)되도다. 유사한 장면들이 훌울루루(欻爛樓樓), 사발와요(沙鉢瓦窯), 최고천제(最高天帝)의 공라마(空羅麻) 및 현대의 아태수(亞太守)로부터 투사화(投射化)되는지라. 그들은 정확히 12시, 영분(零分), 무초(無秒)로다.〔라디로 시간의 싱호〕〔올대이롱(종일)의 전(戰)왕국의 혹좌일몰(或座日沒)에, 공란(空蘭)의 여명에〕

〔이상을 요약건대, 여기 장군에 대한 사격은 장애물항의 최초의 주경(主卿)의 우레 폭풍에 의한 원자(etym)의 무화멸망(無花滅亡)으로 이울어지는 바, 공격노성(攻擊怒聲)과 함께 공간을 통하여 작렬하나니, 그리하여 전반적 극 최상의 혼잡에 에워싸여 남성원자가 여성분자와 도망치는 것이 감지될 수 있는지라, 한편 커벤트리(Coventry)〔영국의 웨스트 미드랜즈의 도시〕의 살진 호박들이 런던 피카딜리의 우아함 속에 질식 하도다. 유사한 장면들이 지구의 네 모퉁이(호놀루루, 보르네오, 제국의 로마 및 현대의 아테네)로부터 투사 하도다. 그것은 정확히 12시, 영분, 무초. 여기 일몰에, 저기 여명에.〕

〔바트와 타프— 전쟁 이야기의 결론—종결〕

타프〔마지막 막간에 이어 타프는 되돌아오는데, 거기 HCE는 타프와 최후의 한 잔을 나누는 동안 무한한 공간을 통해 유적과 혼동 사이로 산화하나니, 용서보다 더 큰 부친 살해의 이러한 탈선 뒤에 그들의 이미지들이 희미해진다. 활력이 이울어진다. 적은 죽었다.〕

354. 〔HCE와 타프는 모두 파손됐다.〕

   그들의 댐댐 경칠 가방(家房)의 도편(陶片)들이다 뭐다 하여 이층공(二層空)의 와자지껄은 도대체 뭐람! 그림자?
   바트(*이별주를 꿀꺽 꿀꺽 들이키면서, 그는 비명으로 실신하도다*). 아니나 다를까 분명! 폰(목신) 핀 맥굴처럼!

354.7~36. 〔이 부분은 본질적으로 앞서 부분에 대한 부록(추가)인 셈이다.〕

   다음에서 보듯, 바트와 타프의 동일체(화회) 부분은 아일랜드의 반도(叛徒)의 노래들의 사실상의 모자이크 단편이요. 따라서 소련 장군의 암살은 1916년의 "부활절 반란(Easter rebellion)"과 대등하다. 바트/타프는 그가 추락할 때 한층 신화적 군인의 그림자 아래 누어있다. 평화와 전반적 화해가 뒤따른다. 모든 이는 그밖에 모든 이와 악수한다. 아일랜드의 곡들이 현악기로 연주된다. 모두는 공동의 맹세 속에 우정을 맹세한다. 바트/타프는 원천적 및 새로운 희망에 관해 이야기하고, 이제 HCE는 힘 빠진 곤충(집게벌레)으로 이울어진다.

   (*결사적인 노예 도박사와 비속봉건적인〔非束封建敵人〕에서 풀려난 채, 이제 동일격인〔同一格人〕이요, 양자의 싸움은 잠시 동안 좌절되고 디퉁거리다가 정당화되며, 그의 지배가 비속한 앞잡이들에 의하여 오욕〔汚辱〕당했던, 고〔古〕 에리시아의 존엄이상신화적〔尊嚴以上神話的〕 흑백 혼혈군인의 그림자에 의하여 가려졌는지라, 지구 표면의 소유에 의한 생자〔生者〕나니, 마치, 지옥의 지나친 악취 마냥, 끓는 마우스 총〔銃〕의 불타는 낙인하〔烙印下〕에, 그는 적대 골의 추종자에 의하여 추락하나니, 그러나 그들의 병사〔兵士〕의 떠들썩한 대소동의 간격의 허디 거디 곡〔曲〕의 시칠리아 조〔調〕의 콘체르티노 합주곡 속의 퍼스 오레일리들의 분위기에 의하여 예심고무〔銳心鼓舞〕된 채, 매인〔每人〕과 악수했는지라.*)

354.22. 〔평화가 뒤따르고, 전반적 화해: 아일랜드 곡들이 연주되고, 만인의 악수, HCE는 소진한 곤충으로 이울러진다.〕

그 옛날 모든 세계가 사원(蛇園)이었고, 안티아(Anthea)〔희랍 신화. 사랑과 미의 여신〕가 최초에 그녀의 사지(四肢)를 펼치고 수풀이 진동 하던 때, 거기 사무라이(용사) 쌍둥이가 있었나니. 그들은 저 바람 부는 소림(疏林)에 자신들의 모(母)속삭이는 이브(Eve)들과 자신들의 모살(謀殺)하는 생각들 및 부식하는 분노를 지녔었도다. 그러나 까치들이 갈 까마귀와 비둘기에 관해 지껄이는 시원한 암자에는 화사(花絲)한 꽃들이 피어 있으리라. 비록 그대가 그의 머리의 섹스(the sex of his head)를 사랑하고, 우리들이 그의 한 벌의 바지를 싫어할지라도, 그는 여자들을 향해 춤을 추며 칼을 흔들고 있도다. 그리하여 그는 바람, 비단 및 봉밀(蜂蜜)의 잡동사니와 함께, 소년들을 매(買)할 것이요 소녀들을 사행(詐行)할지니, 한편 나머지 우리는 악마와 천사의 경기를 놀이 할지라. 그리고 우리를 위한 푸딩 과(菓)는 우리의 수줍은 사촌의 입을 한층 침 나게 하는 도다. 고로 바트가 소련 장군을 다시 사살할 때까지, 타프로 하여금 그의 정당한 분노로 번성하게 하고, 바트로 하여금 스위프트 식의 터무니없는 이야기에 매달리도록 내버려둘지라.

355. 〔대단원의 피날레: 다섯 번째 막간, 휴식의 순간. 환의 끝과 시작의 선포, 우주적 배우들이 이상적 형태로 재 소집된다. 전쟁의 소음이 끝난다. 과거 및 미래에 대한 현재의 상관관계가 모든 감각자들에게 알려진다. 전반적 공식들이 모든 가치를 위해 드러난다. 화면이 점점 희미해진다…… 고로 대(大) 라디오 프로그램이 종결된다. 파이프들이 거두어진다. 텐트들이 말려진다. 쇼는 끝난다. 스크린이 공백을 등록한다.〕

그리하여:

〔펌프 및 파이프 오지발진기(五指發振機)가 이상적으로 재구성되었도다.

접시와 사발이 금고 챙겨지나니. 모든 현존 자는 촉(觸)으로부터의 미(味)를 자신들이 일단 후(嗅)할 수 있으면 청(聽)에 대하여 자신들이 볼 수 있는 자신들의 과거 부재의 소재를 미래의 관점에서 결정하고 있는 도다. 영(零)에 가치를 발견할지라. 광포(狂暴)한 과다허수목록(過多虛數目錄). 월(越)(엑스)일 때 부여(不與)한 것. 말하자면. 정두(靜頭). 공백]

355.8. 폐쇄라, 그리하여 바드는 정당하게 행사했나니. 그리하여 만일 그가 자신의 거울 속에 암울하게 묵가(黙歌)한다면 담화가 얼굴 대 얼굴 사방에 비치리라. 〔TV 방송의 결말, 고객들은 논평의 고함 속으로 분산된다. 바트는 이야기를 멈추었지만, 그의 감정은 이해되었도다.〕 야종(夜終)인지라, 나의 귀자(貴子)여, 정복자의 편향도(偏向道). 그들의 전쟁 뒤에 그대의 아름다운 가슴.

355.21~356.04. 〔HCE의 논평, 그의 사과〕

바트에 대한 청중의 행동을 전반적으로 시인한 뒤에, 주점 주인 HCE는 러시아 장군의 자기─단언적 활력에 대한 짧은 사과와 함께 앞으로 나선다. 그는 이 사나이를 자비롭게 생각하도록 타이르며, 고관의 죄는 대체적으로 인류에 의하여 분담되는 것임을 보여주기 위하여 자신의 생활로부터 예들을 인용한다. 그는 모인 사람들 앞에 모든 인류는 과오를 범하는 것이 인도(人道)임을 목매여 선언한다. 그 누구인들 전적으로 천진한 이는 없다고, 그는 단언 한다. 모든 사람은 나환자인지라. 우리들은 실낙원의 차가운 황야의 모든 방랑자들이도다. 그는 솔로몬의 섬들에서, 독일에서 그리고 이집트에서, 추락의 예들을 인용하나니, 마치, 이러한 보편성을 지속하면서, 그는 자기 자신의 추산으로 "Khummer─Phiett(방귀─변호)" 속을 관찰하는, 잘 양육된 신으로 자기 자신을 고양시킨다. 한편 이층에서는 그의 배우자 "An─Lyph)"(ALP) 가 그의 침대를 덥히고 있다. 그리하여 그가 허언─발각자들 및 진리─마약자들에 관하여 말하고 있는 동안, 그들이 자신에 관해 말하는 것에는 자초지종 한점의 진리도 없음을 마침내 스스로 확신한다. 무슨 사람들이 비방으로부터 자유로울 수 있겠는고, 그는 묻는다. 그의 궁지는 자신의 머리가 그의 양 어깨 위에 얹혀 있듯 확실하게 그들 각자에게 공통적인 것이다. 〔HCE의 변명—사과의 계속, 여기 그의 사과(변명)는 애절하다.〕 이는 우리들 모두의 "한 가지 전도(顚倒)이나니, 나의 궁지야 말로 나의 관두(棺頭)가 양판견(兩板肩)에 걸터앉아 있듯 진실하도다."

356.5. HCE는 간원한다. 모든 이로 하여금 그것이(인간의 죄) 노벨 최우상(最優賞)이 되는지 아닌지, 생각하도록, 우주의 최초의 수수께끼, 즉 왜 저 늙은 위법자(違法者)인, 인간은 하처(何處)에 존재하는 지를, 재고하도록 간원한다. 그리하여 그것은 "의문(疑問)의 적점(滴点)인지"에 대한 예들을 제시 한다. 그는, 누구나 제외함이 없이, 구경꾼들로부터 자유로운 충고를 청원한다. 그리고 그들이 아마 법(兒馬法) 이론을 공부하고, 형이상학을 읽었는지, "우주(迂宙)로부터의 원초(遠初)의 묘미담(妙謎談)을, 왜 저 늙은 위법자(違法者)인, 인간은 어디에 존재하며, 자신이 동일하기 때문에 무타자(無他者)인지를," 그에게 설명해 줄 수 있는지를 요구한다.

〔여기 HCE는 "인간이 인간이 아닐 때, 그가 솀일 때"(170)라는 우주에 관한 솀의 앞서 최초의 수수께끼의 망가진 번안으로 이를 주장하고 있다.〕

356.16. 〔이제 HCE는 문제의 요점을 증명하고, 자기 자신에 관한 일화를 서술한다.〕 그는, 한때. 내(그)가 농아(弄兒)였을 때, 검둥이들이 주정석식(酒酊夕食)을 펼쳤는지라, 거기에는 어반(魚飯) 프라이가 빛났도다. 그리하여 모두들 큰 북 솥 안에 맛있는 붉은 빵을 달콤한 육으로 흠뻑 적셨나니. 그러나 이제 요약건대. 나는 방금 한 권의 발매금지 된 책을 읽고 있었거니와〔그는 이단자가 아닌지라〕—그것은 거의 이해되지 않는 책으로, 나는 이 초기의 목판조각 앞에 최온(最溫)의 존경을 가지고 즐겨오고 있도다. 그는 설명하기를, 자신은 삭제도판(削除圖版)으로 미장(美裝)되고,(179 참조) 이전의 출판에서 거의 더 나을 것도 없는 종이로 프린트 된, 책을 탐독하고 있다는 것이다. 그는 그것을 충분히 읽어냄으로서, 그것이 가장 광범위한 유통과 그의 장점을 공유한 명성을 얻을 것을 인식한다. 그것은 시종 일관되게 많은 정보들로 충만 되고, 특히 그것의 도판은 베네치아 당초문(唐草紋)의 명장(明匠)이요,

357. 오동통 멋진, 값싸고 값싼 그리고 한번 사용(試用)해볼 대단한 값어치의 것을 대표한다고 말한다. 〔HCE가 읽고 있는 책은 값싼 오물로도 읽을 가치가 있는지라〕 우리는 그 속에 어떤 녀석에 관한 아라비안의 무엇을 느낄 수 있도다. 주(酒)천만환영…… 얼마나 이국적 책이람! 얼마나 에로틱한 예술이람! 얼마나 전조적(前兆的)이람! 얼마나 사랑스러운 행동이람! 이 시대의 어떤 왕도 그토록 수많은 교호(交互)의 야락(夜樂)을 가지고 감동 속에 그보다 더 풍요롭게 향연 할 수는 없으리라. 만일 그가 거짓말을 한다면 그에게 염병을! 그가 화장실에 앉아 명상하며 책장을 빈둥빈둥 넘기면서 책을 읽고 있었나니. 그가 기억할 수 있는 한, 약 2주일 전에, 당시 그는—표현을 허락 받는다면—그의 전원의 야채 원에서 배변하는 목적으로 참호 속에 명상하며 앉아 있었느니라. 그는 자기 앞에 거기 그림이 그려진 장면들에 의해 이따금 생기를 얻었나니, 그리고 당장 특별한 시간이 아닌 때 그 장면 뒤의 먼 관계와 자기 자신의 속사(速寫; 스냅숏)를 살펴보고 있다는 무의식적 생각을 가졌도다. 〔비평가 Danis Rose는 이 책이 필경 비어드스리(Aubrey Beardsley)〔영국의 흑백 화가〕의 그림이 담긴, 오스카 와일드의 『살로메(*Salome*)』로서—비록 HCE는 그것을 다른 책들, 예를 들면 『아라비안나이트』와 혼돈할지라도—여기에 그는 자기 자신을 헤로드(Herod) 왕으로, 이씨를 살로매로, 그리고 그의 비방자를 존으로 동일시하고 있다고 평한다. 다른 수준에서 책은 「팃비츠(*Tidbits*)」(진미)의 헤진 페이지와 다름없는 바, 그는 그것의 몇몇 페이지들을 『율리시스』의 블룸처럼 화장지로 쓰기 전에 일별 한다. (U 55) 아라비안의 주제와 합치시킴에 있어서, 우리는 텍스트가 페르시아(『피네간의 경야』)의 단어들로 삼투되고 있음을 알 수 있다.〕(Rose 198 참조)

358.1. 나는—나의 삼산란(三産卵) 배터리 부분으로부터보다 높은 소리의 보고(報告; 쉬쉬!)에 의해—나의 계약적(契約的) 소비 뒤에, 내가 나를 재혼집(再魂集) 했을 때, 나는 전적으로 정말 중대하다는 것을 보는 것이 대단히 기뻤는지라. 〔여기 HCE는 자신이 행하듯 자기 자신을 축소하고, 자신을 곤충(집게벌레)으로 명명함에도 불구하고, 그가 최근 보도에 의하여 자신이 크게 사료되고 있음을 알고 전적으로 기뻐하며 고무된다.〕 나야말로, 나는 전선적(全善的)으로 정말 중대하도다.(I am, I am big altoogooder.)

358.17. HCE는 이야기의 종말에 도달한 다음, 그는 자신의 정상적 업무를 시작하고, 그의 주막은, 모든 것을 실은, 한 척의 보트로 바뀌기 시작한다. 그러나 고객들은 HCE의 연설에 의하여 지나치게 인상을 받지 않는다. 그리고, 그를 별개로 하고, HCE에 관해 모두들 만장일치로 말하기 좋아하는지라, HCE는 자신의 이야기의 방주(方舟)를 바닷가에서 끌어 올리고 포도밭을 갈고 개간하기 시작한다. "그는 자신의 이야기의 방주(方舟)를 바닷가에 끌어 올렸도다; 그리하여 부재배(夫栽培)하고 처포(妻葡萄)하기 시작했나니."

358.27. 〔전망은 갑자기 바뀌고 우리는 재차 라디오를 귀담아 듣고 있다.〕

그것은 이제 단편들의 진행을 보도하고 있다. 이것들은 해체와 분해의 주제를 광고하고 있음이 곧 분명해진다. 주점 주인 HCE는, 주인형의—개인에 대한 동정을 배신했는지라, 대중에 대한 불찬성의 결말을 이제 경험할 참이다. 한층 특별하게도, 이제 그는 조각들로 찢어지고 자기 분해되고 바람에 휘날릴 판이다〔자기 해체와 자기 비하〕

"자웅압(雌雄鴨)의 30 빼기 1"의 여걸들이 그를 분산하고 있나니, 그(HCE)를 해체하고, 그의 오월주(五月柱)에 대한 차별과 그의 등 혹을 문지르고, 사람들은 서류 1호에 관해 말하기 즐기는지라. 그는 죽어야 마땅하다.(he hade to die it) 그는 자신을 해행(害行)했도다.(he didhithim self)

359. 집게벌레인 HCE는 죽었음이 틀림없다는 것, 물고기들이 단지 그의 몸신을 해쳤도다. HCE는 홍수 전에 나빴으나, 후에도 낳을 것이 없도다. 이전보다 나아야했던 것보다 더 나을 것이 없으며, 그가 이전에보다 나을 수 있었던 것보다 낫지도 않도다. 그는 똑같은 낡은 두 푼짜리 급수(級數)의 똑같은 낡은 오물 조각인지라, 그런고로, 누군가 HCE, 늙은 천승 맞은 악한을 가두게 하라. 고객들은 HCE와 아담을 혼돈하면서, 페라기우스(Pelagius)〔영국의 수도사, 신학자로 뒤에 이단시 됨〕에 반대하는 이설(異說)에 대한 공격들을 기록한다. 이는 일시적으로 HCE를 천물(賤物)들인, 철광, 유황, 금속, 청산염, 피, 사향, 인도 대마초, 코카인 마약, 탄소화, 또는 연필흑연, 그리고 모든 염소물체(鹽素物體), 골회(骨灰)된, 진질(塵質)

등으로 각하하는 듯하다.

그러나 그들이 바로 지금 듣고 싶은 것은 라디오의 "감환전차승자(甘歡戰車乘者)를 저가(低歌)하는 숲의 찍찍 짹짹 우짖음"인지라.

359.21. 그룹 A. 〔라디오 발표〕

그대는 방금 존 위스턴(John Whiston)〔스웨덴의 정치가〕의 제작품인, 『육내석(六內席)의 마차(*The Coach With Six Insides*)』로부터의, 지나간 시대의 석화(昔話)로부터의 발췌(拔萃)를 듣고 있었나니. 그것은 『피어슨 나이트리』(야간공자〔恣子〕) 지(誌)에, 연속될 것이라.

차렷! 섯!! 쉬엇!!! (Attention! Stand at!! Ease!!!) 〔우리는 뒤따르는 "나이팅게일의 이중가(二重歌)"에 귀를 기울일지니, 음악적 용어들과 유명한 작곡가들의 이름으로 된 모자이크인, 이 막간은 HCE의 Terseus에 대한 Procene — Philomena와 마찬가지로 두 이씨들 Jenny Lind(스위스의 나이팅게일)와 Florence Nightale(영국의 간호사, 크리미아 전쟁 동안 근대 간호학의 창립자)로 묘사한다.〕

〔음악 프로그램을 유포하는 라디오 중계(hookup)〕 우리는 이제 이 연속물을 그들의 은신처로부터, 매력림(魅力林)의 헤더 측구(側丘)의 장미경(薔薇景)의 건초 속에 숨어있는, 나이팅게일의 두 겹 노래를 우리들 애인들에게 방송하고 있나니……

359.31~360.16. 〔라디오 중계의 내용인 즉, 한 탁월한 비평가의 지적대로, 이는 가수들, 노래, 악기 및 작곡가들을 혼성하면서, 『피네간의 경야』의 가장 즐거운 장면들 중 하나에 속한다.〕(Tindall 202)

359.34. 성(聖) 존 산(山), 지니(신령〔神靈〕) 땅(우리들의 동료는 무어 마루공원)으로부터 황혼박(黃昏箔)에 의하여 어디로 날랐던고, 스위프트(급히) 성소(聖所)를 찾아서, 일몰 패거리를 쫓아 (오보에)……!

360.1~16. ……여기저기에! 거의 휘청대는 점보(点步)! 나는 대쉬(dash)돌

(突)해야 하나니! 그들의 평화를 부분음(部分音)에 쏟아 붓기 위해(프로프로 프로프로렌스), 달콤하고 슬픈 경쾌하고 유쾌한, 쌍(雙) 조롱노래 구애자(求愛者). 한 피치의 모든 소리를 공명 속에 조용히 보관할지라, 흑인 까마귀, 갈 까마귀, 첫째 및 둘째 그들의 셋째와 함께 그들에게 화가 미칠 진저, 이제는 넘치는 류트 악기, 이제는 달시머, 그리하여 우리가 페달을 누를 때(부드럽게!) 그대의 이름을 골라내고 모음을 더하기 위해. 아멘. 그대 행태만부(行怠慢父). 그대 메이(單) 비어(裸) 및 그대 벨리(부리)니, 그리하여 그대 머카(능글) 단테(미려한) 그리고, 베토벤(점점 더), 모든 그대의 심(甚)쿵쿵 찬가와 함께 그대 철썩 디들 바그너 숭배자들! 우리는 그토록 먼 행운 속에 자그자그 행복이라. 잠시 멈추었던 맨 구드팍스(선허남[善狐男])의 관종(管鐘)과 함께 여우 울음과 사냥개 짖는 소리, 그런고로 우리들의 야야(夜野)의 짤랑 모음곡을 허락하사, 밤의 감미로운 모차르트 심곡(心曲), 그들의 카르멘 실 바비(妃) 나의 탐객(探客), 나의 여왕, 루가 나를 공기냉(空氣冷)하기 위해 비탄해야 하는지라! 나를 꼬부라지게 사리 틀지라, 사랑하는 비틀거리는 자여! 노래하여 번창하기를 (하림[下林]에서), 합주돌(突) 속에, 만세 번성하기를(뉴트 여신 속에, 뉴트 공[空]에) 피로돌(疲勞突)까지! 비밀 중계.

[위의 구절에는, Jenny Lind를 비롯하여 Rossini, Bellini, Mercadante, Meyerbeer, 및 Pergolesirk, Bach, Mozart, Hayden, Gluck, John Field, Beethoven, Arthur Sullivan, Fox Goodman, Cad의 종장 (bellmaster), 모두가 포용되고 있다. 작품의 모든 음조(pitch)가 부(父)와 모 (母)에서부터 이사벨, 쌍둥이, 스위프트 및 빨래하는 아낙들(Hitherzither)에 이르기까지 여기 담겨 있다. 이것들이 유쾌한 구성을 형성하는바, 그 속에 음률과 소리가 의미와 함께 관습적 화음 이상의 조화를 이룬다.]

360.17. 이제 청취자들은 방송인의 목소리 속에 늙은 로드브래그스(Roguenaar Loudbrags) [9세기의 덴마크의 항해사]의 복화술을 인지하도록 요구한다.

그동안 나이팅게일의 두 겹의 노래가 물결처럼, 나무 잎처럼, 흐른다.

360.23~361.35. 〔이씨의 독백 — 여기 그녀는 '나,' '그대,' '우리' 등으로 격이 수시로 바뀐다. 이하 옥외의 평화와 조화, 새들, 꽃들, 곤충들의 간주곡〕

　　—나는 나이팅게일, 고(孤)바비론! 나는 할 의지인지라. 그대는 의지적으로 할지라. 그대는 자신이 최면기억(催眠記憶)하듯 할 의지가 아닌지라. 나는 불망(不望)이나니. 이건 황금 낫(鎌)의 시간이도다. 성스러운 달(月)의 여 사제, 우리는 겨우살이의 포도 타래를 사랑 할지라! 쥐(鼠) 나방 어떻게 된 노릇이고? 분(糞)! 타 바린즈〔파리 거리의 돌팔이 의사〕가 다 가오도다. 우리들의 최미녀(最美女)를 때려 넘어뜨리기 위해. 오 비나니, 오 재발! 평화, 성시가(聖詩歌), 살로메! 술잔치! 오 과연 그리고 우린 조심! 그리하여 두건(頭巾)의 까마귀가 있었대요. 나는 복숭아에서 치솟았나니 그리하여 몰리 양(孃)이 그녀의 배(梨)를 또한, 보았대요, 하나 둘 셋 및 멀리. 녹초황마(綠草黃馬)를 탈화(脫花)하기 위해, 클레머티스 위령선(威靈仙)(植) 우리들의 지후(地嗅)를 밀봉하도다! 이런 식(式)의, 이런 하(何)의, 괴기스러운 휘그 당원 공기(空氣)스러운 집게벌레를 그대는 시(視)하고, 그대는 안(眼)하고, 그대는 매견(每見)했던고? 심지어 세상의 극지(極地)까지? 딩동 종! 악극대(惡極大)의 그의 것, 우리들의 극소로 작은! 꼬마 꼬마, 저 기다란 창(槍)의 자(者)(HCE)! 이 개미언덕에 앉아 우리들의 주름장식 옷 이야기를 하게 해요, 베일에 가린 마음을 경쾌하게 하는 이날이 끝난 뒤에, 우리들의 베짱이 은화석식(銀貨夕食)이 판쵸마스터를 우리에게 대접하기 전에 그리고……

361. 〔이씨는 크게 흥미를 느끼며, 나무 잎들의 천개(天蓋)가 그녀 위를 덮을 때, 소리 내어 웃지 않을 수 없다.〕 HCE로 하여금 우리들의 속옷을 슬쩍 들여다 보도록 내버려둘지라. 우리는 그로 하여금 일편(一片)의 자세를 취하게 하고, 아서(Arthur: 왕)가 우리를 공격하고, 성 패트릭이 개혁 될 때까지, 그에게 아일랜드어로 곡구(曲球)를 가르칠지라. 우리는 일곱 가지 유혹의 나무들이라. 산사나무, 사시나무, 물푸레나무 및 주목(朱木)나무, 버들나무, 참나무 와 함께 금작(金雀)나무, 그리하여 미행(尾行)해요.

나를 위협적으로 조롱할지라! 누구의 콧대가 방금 질투 때문에 꺾였던 고? 글쎄, 무거운 몸체. 흑인(或人)이 그걸 집어넣으면, 하인(何人)은 그걸 꺼낼 건고? 키티 켈리를 불러요! 고양이 계집애 킬리(殺)켈리[아일랜드 민요의 소녀]! 하지만 얼마나 깔끔한 약녀(若女)이람(Call Kitty Kelly! Kissykitty Killykelly! What a nossow! buzzard! But what a neats ung gels)!

361.18. 여기 모든 나무 잎들이 높이 솟았다가, 옴브레론(海傘) 그리고 쉴레리 군(郡) 산의 검고 강한 군위(群衛)와 더불어 그의 파라솔 군인들 위에 큰 웃음소리 내며 떨어졌도다(Here all the leaves alift aloft, full o'liefing, fell alaughing over Ombrellone). 무지(無知)의 무적자(無敵者)들.[나무 잎들 사이, HCE의 다가올 해체에 관해 노래하면서], 우리는 침략자에 대항하는 고대 아일랜드에 있어서 전투의 희미한 속삭임을 듣는 도다. 종달새 같은 경활숙녀(輕活淑女)들! 은침(隱沈)한 오렌지 황갈남(黃渴男)들(A lark of limonladies! A lurk of orangetawneymen)![보잉 강 전투. 오렌지 당원들의 인유]

361.26. 그리하여 그들(소녀들)은 엽시(葉時)의 최고로 엽쾌(葉快)하게 엽리(葉離)하고 최고로 엽무(葉茂)했는지라(And they leaved the most leavely of leaftimes and the most folliqagenous), 드디어 환락(歡樂)의 환상자(歡傷者)와 모든 농(弄)살 맞은 자들 가운데 '찢는 자 재크'가 다가 왔나니. 그리하여 이어 모두들은 존재하기를 멈추었도다. 그러나 우리는 우리의 생시에 그들만큼 소리 내어 웃으리라. [이씨는 나뭇잎의 천개(天蓋)가 그녀 위에 떨어질 때, 웃지 않을 수 없었으니] "자타(自他), 최후까지 그리하여 그들의 고소(高笑)를 즐겼나니 시대는 다쾌(多快)한지라 그때 우리들에게 또한, 하이(高) 히라리온(고환희[高歡喜; High Hilarion])을 하사하옵소서!" [플로베르의 가사에서]

361.32. HCE, 그가 마구 떠들며 돌아다니는 것을 재발 멈추어요.(Cease, prayce).

361.36~363.16. [주막 소란의 복귀, 여기 12고객들은 죄 많은 주막 주

(HCE)를 재차 비난한다. 그의 부재 시에 그들은 그가 행한 것, 행한 이유, 행하지 않은 이유를 토로하고, 그의 부부가 살아온 상태에 대한 서술로서 종결짓는다.〕 "한발(旱魃)로 되돌아갈지라(Back to Droughty)! 면수(面水; 땀)가 흘렀나니. 돈촌(豚村)의 연기(煙氣) 속에 모든 유감─이중 턱의 오안남(汚眼男)들〔고객들〕"

362. 벌족다부린(閥族多敷麟)의 대합조개(貝) 결투장(카르텔)에서, 돈촌(豚村)의 매연 속의 드루이드 환(環)의 육지군단(六脂軍團)〔단골손님〕들이 하선(下船)하여, 늙은이 (HCE)를 비난하는데 동의하는지라, 왠고하니, 혹자가 혹자에게 설명하려 애쓰듯, 그 자가 제도제국(諸島帝國)으로부터 퇴출했나니, 바다가 그를 멸하기까지, 자신이 출석 점호에 답하고, 냄비 경매에서 나오는 것이 그에게 좋았을 것이라는 걸 알았기 때문이라. 그(HCE)는, 창녀군(群)의 저 훈 족(族), 한 사람의 핀 족이요, 그의 텐트 아내(ALP)와 그들의 집안을 볼지라. (HCE의 빈약한 가정 신분) 불결한 털 뭉치 침구 같으니, 천장을 통하여 떨어지는 물방울, 이면(裏面) 시문(視門)에는 세 개의 소개(疏開) 청소기, 남편에 의하여 번갈아 사용된, 한 개 상자에 쌍 의자, 형평법상(衡平法上)인 드루이드 성직자, 그 밖의 사회단체를 위하여 글을 쓸 때, 왜소한 천과 함께 거친 마모(馬毛)의 소파, 어린것들에 의하여 사용된, 고탄주(古彈奏)를 끌어내기 위한, 세를 낸 미불의 피아노, 이층에는 세 개의 침실, 그들 중 하나는 벽로대를 갖고, 기대 되는 온실.

363. 〔주막의 무리들은 HCE을 조롱하기 시작한다.〕

그 자는 자신의 죄를 자유로이 인정하지만, 무고한 "행복의 죄" 속에 자신이 던져졌던 거다. 그 자는 여기 모인 사람들, 즉 자신의 동료 죄인들에게, 자신에 관한 어떤 루머가 순환되고 있지 않았나 오랫동안 의심해 왔다고, 말하도다. 비록 그 자가 늦은 밤의 공연 뒤에 여배우들에게 뜨거운 완두콩을 던지거나, 오물을 쓰레기 더미에 쌓지 않고 흘렸을지라도, 그 자는 주장하거니와, 자신은 여태껏 죄불가(罪不可)한지라. "그것은 단지 그들에 대한 나의 궁색한 어변(語辯)일 뿐이외다." 그러자, "글쎄, 그 자는 현행범으로 채포되었다오." 라는 소리가 들려 왔는지라. (주[走]라, 주[奏]

라, 옛 음영시인의 저 가곡(歌哭)을) 추리탐정 올마이네 로저스[노래의 패러디]가 자신의 목소리를 오장(誤裝)하고, 무절제하게 거친 흉곡(胸曲)을 비호하나니. 열파(熱波)가 솟아오르도다. 그들은 익살을 계속 장미 피우는가 하면, 그 자는 솟으며 깡충 뛰고 껑충 뛰는지라. 얼마나 멀리였던고!

"그대는 저 톰 놈(HCE)을 아는고?(You known that tom?)" 어떤 자가 묻는다. "나는 확실히 알도다." 그자가 대답한다. "그들의 유아는 쌍세례(双洗禮)를 받았는고? 그들은 구제되었던고?"[계속되는 HCE에 대한 질문들]

363.17. [주점 주인은 이제 더 이상 참을 수 없다.]

그는 자신의 주먹에 침 보라를 뱉었나니 (맹세코!) 그는 그들 친구들의 갈색 빵에 소금을 뿌렸도다.

363.20. [HCE의 계속되는 변명]

"그래요, 나는 죄를 지었소. 그러나 동료 죄인 여러분!(Guilty but fellows culpows!)" 과연, 나는 저 잠수(潛水)된 얼굴이 수변(水邊) 노동자들에게 그 사건을 배신했음을 느껴요. 그러나 우리는 그런 것을 바꾸어 온 이상, 가정의 모든 것이 변화된 이래, 그것이 한 조각의 뗏장 속에 희롱 당한 엉클어진 머리카락을 통하여, 마치 들리지 않는 통행자에 관해 말하듯, 말하는 것은 커다란 유감천만이오. 비록 나는 한 가지 죄를 지었거나, 또 다른 죄를 지었을지라도. 천사 앵글로색슨주의(主義)로부터 방배(防背)의 영향과 함께, 비(非)간음의 정자영(亭子影) 출신의 직개자(直開者)들로부터 위험을 당한 "불락소녀(不落少女)들(upfallen girls)을 부승(孚昇)하는 것이야말로(unlifting up)" 내게는 여태껏 불가한지라. 그것은 단지 그들에 대한 나의 궁색한 어변(語辨)일 뿐이외다. 불변오해(不變誤解) 된 채(Missaundderstaid) 말이오.

364. [HCE의 변명 독백 계속: 그의 변명을 허위 입증하려는 자들]
20명가량의 여인들이 그의 값진 호의를 위하여 선물을 들고 우체국으로 급히 달려가고 있는지라. 참된 아일랜드 인들은 습격을 승인하도다! 그건 모두 분명한 오락이요. 그리하여 악마로 하여금 최고 잘 생긴 자를 강간하게 하소서. 그리하여 아무리 그의 처가, 모든 이에게 그녀의 선물을 주면서, 그 때문에 꽥꽥대며 굴뚝새 마냥 술래잡기 나돌아 다닌다 해도[앞서 ALP의 선물 분배, 8장 참조], 그(HCE)는 자신의 마음으로부터 비난을 비워버리는지라. 그는 설명하기를, 관련된 두 소녀들은 단지 하녀들이요, 철면피한 왈패들이로다. 그들은 그의 거대한 관대함과 관용의 증거로서 커다란 꾸러미의 선물을 분배하기 위해 대령하고 있는 2천대 가량의 마차들을 가질 수 있도다. 그가 여태 하고 싶은 모든 것이란 "그들의 스커트 속에 나 자신을 파묻고 그들과 함께 도약하기를 매년 갈망하고 또한, 내가 자웅양성임을 보여주고 싶었도다."

[『율리시스』의 블룸처럼, U 444~450)] 멀리 과거로 되돌아 가, 그(나)는 예외적 시민이 아니었던고? 그는 모든 자신의 행위들을 의무적으로 등록하지 않았던고? 저 두 요녀들[공원의 유혹녀들]은 그로부터 어떤 지나친 권고 없이 묵묵히 따랐도다. 그의 위치에 있는 어느 남자인들 똑같은 짓을 하지 않겠는고, 확실히. 그는 호소하도다.

365. 나(HCE)는 날 때부터 훌륭한 가문 출신임을 자부하나니. 나는 생각하고 싶거니와, 금강절금강정신(金剛切金剛精神; diamond cap diamond)의 신성모독을 걸고, 생래의 품위까지 나의 남작신사가문에 속함을…… 지금 나는 냉기에 싸여 있으나 본래는 온기의 인간이라. 비록 나는 자신의 복부에 냉기를 부풀리거나 나의 이각(耳殼)까지 때때로 부풀게 할 수 있을지언정, 보통은 상조시(常潮時) 유서(柔鼠)나 아호(雅狐)를 위하여 한층 온기를 지니고 있도다. 여인들과 함께 어울리는 것이 나쁜 건가요? 오히려 여인들이 나로부터 도망가는 도다. 미색(美色)들이 나의 홍수 같은 뺨으로부터 비도(飛逃) 했도다! 저 귀여운 가씨네들 같으니! 그대는 어떤 모부(母婦)든 동작의 사경(斜傾)을 저지할 막대를 갖지 않나니. 그대는 단지 삼흉(三胸) 나란히, 벽시판(壁示板)에 코를 비비거나 나를 저주할지 모르나, 경칠, 나의 꼬마 애 제자, 그건 한갓 느낌인지라, 왠고하니 나의 만개(滿開) 야자수는 세상의 해초 파슬리 곱슬머리 여인에게 이미 주어졌을[약혼했을]지라……

〔위의 구절에서 HCE의 자기 옹호는 햄릿의 말을 상기시킨다: "나는 이 곳 태생이라 이 나라 풍습에 젖어 있지만, 이건 지키는 것보다 깨뜨리는 것이 오히려 명예가 아닐까."(김재남 802) 여기 HCE는 생래의 태도와 고상한 품위에 있어서뿐만 아니라, 문자 그대로 생래의 영구 권리에 있어서, 자신은 한 사람의 신사요 귀족임을 주장한다.〕

366. 〔HCE의 자기 옹호의 계속〕

죄인을 단판(斷判) 하는 것은 하느님의 행위인지라, 그는 죄를 받아 죽을 각오가 되어 있도다. 나는 빛에 항소하도다! 증거의 무존(無存)을! 나는 당신들에게 이토록 오랜 동안 참으로 많이 감사할 것을 원해 왔도다. 당신들에게 감사하오. 나의 대담하고 아름다운 젊은 병사들이여, 당신들은 우리들의 러브 테니스 스콰시 라켓에서 자신의 분담을 눈 여겨 보아왔도다. 그리고 그 당시 공(불알)을 가진 용자(勇者)가 당연히 쇄녀(衰女)를 가질 자격이 있었나니, 그리하여 내가 꿈에서부터, 무의(無衣)로, 자랑스럽게 태어난 나의 심해의 딸(이씨)을 이토록 여기 노정하는 동안, 내가 자신의 장년기에 파침(波枕)하고 있었을 때, 나는 선언하노니, 꼬마 소녀들을 유혹하는 가상(假想)으로 부당한 천식 걸린 남색의 늙은 불량배인지라. 만일 야만스러운 시골얼뜨기들 또는 경계하는 녀석들이 단지 인심(人心) 속의 꿀꿀 돼지를 본다면, 그땐 나는 내막 폭로하리라, 그리고 나는 말하기 원하나니, 만일 내가 이와 같은 사람들을 응당 지배할 가치가 있다면, 나는 군신삼월(軍神三月)의 어느 흉일에 기꺼이 총 맞을지라. 정지락경(停止落硬)(팔스타프; Falstaff)하리라. 〔그의 변호 후에, 주막은 이제 노래와 가십으로 양도된다.〕

366.32. 〔노래: HCE의 해저 하강〕

그리하여 공상(空想) 마공티(Magongty) 〔hce 격〕가 행차하강(行次下降) 했나니, 전해(戰海)의 폭분저(爆墳底)까지, 자신의 전고(全古) 의류로 복장하고.

367.4. 〔HCE의 변호 끝〕

　　여기 킨킨나투스(원로원; 元老員; chinchinatibus)의 담화의 종말. 세련도
족(洗練跳足)의 종지부를 위한 으윽과 함께. 핑크, 탄원(歎願) 핑크, 두 탄
원 핑크.

　　핑크(종지부).

　　〔HCE의 지금까지의 자기변호의 독백은 『율리시스』의 「키르케」 장면
에서 블룸의 그것을 닮았거니와(U 428~437), 이상에서 보듯, 그의 자기방
어는 『피네간의 경야』의 대부분의 주제들을 커버한다. 이를테면, 암탉과 편
지, 쥐여우와 포도사자, HCE의 재판, 버클리, 스위프트, 빨래하는 여인들,
플로라, 야감(野感)하는 백합꽃, 자신의 성조기(盛潮期; brime)에 파침(波枕)
하고…… 내가 아몽(我夢)에서부터, 무의(無衣)로, 자랑스럽게 태어난 나
의 심해(深海)의 딸, 친족상간의 죄, 바다, 파도(billow), 배변하는 소련 장군
등등.〕

　　〔이어지는 4페이지들(366~69)은 주막의 인물들 및 잡담의 잡집(雜集)을
제공한다. 4판사들(노인들)이 그들의 평결을 내리며 HCE를 괴롭힌다. 그들
의 성직자적 양상이 강조된다. 다음으로 주막의 배심은 공원과 편지의 오랜
이야기들을 개작하거니와, 이들 양 사건들은 지금쯤 해체와 병치에 의해 완
전히 붕괴되었지만, 그런데도 그들의 본질적 기미를 보존한다.〕

　　4복음 외숙(外叔)들(노인 판사들). 가면(假面) 하나. 가면 둘. 가면 셋. 가
면 넷. 〔그들은 눈을 뜨고, 지친 채 주위를 살펴보며 대화한다.〕

367.15. 그리하여, 삼화비담(三話悲談)이 그들에게 너무 지나친지라, 그들은
　　마태광(馬太狂)했고 마가쇠육(馬加衰肉)했고 그들은 누가무열(累加無熱)에다
　　그들은 요한나태(瑤翰懶怠)했도다.

　　〔항해자 노아/HCE가 대홍수의 잔해를 관망하다.〕

〔이제 주막은 홍수 표면에 떠있는, 페리보트인, 노아의 방주로 바뀌고, 해항자(Jeucalion; HCE)가 범람한 잔여물을 쳐다보자, 서로서로 지껄이는 대조(大鳥)들 같은 지친 4노인들을 본다. 이들은 대저택 출신들로서, HCE를 괴롭힌다.〕

367.20. 주코리온(Jukoleon)〔홍수의 생존자들〕〔노아/나폴레옹〕처럼, 늙은 항해자인, 그(HCE)가 자신의 페리보트에 다가가 승(乘)하자, 명선(命船)하고 자신의 어린 암탉들을 움켜잡고, 그들을 차례로 앞을 나아가도록 전송(前送)했는지라, 그는 대홍수의 잔여물을 보았도다. 아직도 안개 같은 졸림이 강행하는지라, 4늙은 가면 자들이, 이 길 저 길 직면하는데, 그들은 각각의 꿈의 대저택으로부터 왔는지라, (ⅰ) 거기 빛이 뇌운(雷雲)으로부터 솟는 곳, (ⅱ) 거기 맥쿨(MacCool)이 양막(羊膜) 쓴 신부(新婦) 곁에 누워있는 곳, (ⅲ) 그 속에 우리들의 육체의 원자가 휴식을 얻는 변방 (ⅳ) 지정소(指定所)—그것이 모두로다. 〔여기 4노인의 대저택들은 비코의 환의 4시대들, 즉 우레의 시대, 결혼의 시대, 분괴의 시대, 회귀의 시대를 암시한다.〕

368.1. 〔4복음자들의 도래는 총포(Guns)로 알려진다. 그들은 HCE에게 신랄한 명령(충고)을 행한다.〕

후향(後向)할지라, 어떤 일이 있어도, 그대 사람들을 놀라게 하지 말지라.

368.7. 〔이어 4복음자들의 12계율(금기)의 열거〕

절대로 공포 속에 어슬렁어슬렁 출몰하지 말지라. 버클리 러시아 장군을 죽이지 말지라. 사경(四更)에 예루살렘 주변을 나돌아 다니지 말지라, 무슨 일이 있어도, 자기 자신의 생활을 통하여, 호주성벽(好酒性癖)의 음미에 의하여, (문자 그대로) 미주(米酒)와 (약간의) 식용돼지 간의 역시(亦是; also's)를 야기하는 일이 없도록 할지라. 그리하여, 여하간, 그들이 자신들의 양심상 죄를 품지 않는 한, 절대로 수(首) 사제로 하여금 우식(愚食)하게 하지 말지라. 그리하여, 종국에, 결코, 밀고자들이여, 멋진 종결이 완수될 때까지, 멈추지 말지라, 등등.

368.24~26. 4복음자들이 술에 취한 채, 오마 카이얌(Omar Khayyamdm) (페르시아의 시인)의 4행시를 읊는다.

　　이리하여 주점의 비밀 간방 안에
　　현고자(賢高者)들, 시험된 진실이 그들을 분발하고
　　마상창시합(馬上槍試合)으로 하여 찌르도록 명령하자,
　　진리잔(眞理盞) 위의 건량(乾量)의 편치 술을 홀짝이도다.

368.27~29. 그들은 또한, 존즈(Casey Jones; 미국 철로 민요의 영웅)를 노래한다.

　　K.C. 노(老) 턱뼈, 그들은 비밀을 알고 술에 흠뻑 젖었도다. K.C. 노(老) 군턱, 그들은 확실히 현명한지라. K.C. 노 턱뼈 최공명(最公明)의 중개상들. 「올빼미 홀리」.〔존즈 작의 민요 제목〕

368.30. 4노인들의 얼굴 모습에 대한 서술(There is to see): 사각의 커다란 얼굴(마태) 밝고 갈색의 눈(마가) 뾰족한 야옹 코(누가) 불그스름한 적초발(積草髮; 요한); 환언하건대. 모스코(그레고로비치), 아테네(리오노코포로즈), 로마(타르파나치) 및 더블린(더글더글), 그리하여 그들 모두 일시에 응시(凝視)하나니, 침대에서 껴안으며 서로 달래도다.

369. 한편 4복음자들의 부드러운 침상이 잡담을 야기하고, 구걸에 의해 그들의 모든 요구가 공급된다. 그리하여 그들은 해명(解明)을 위해 주행(走行)했던고? 저 주인 HCE는 주점의 흑자에게 공짜 술을 대접한다.

369.6. 12배심원들 중 6명이 등장하여, 다양한 종교적 관점에서 HCE에 대

한 평결을 내리려고 한다. 그들의 면면(面面)인 즉, S. 브루노즈 터보건 가도 G.B.W. 애쉬버너 씨(氏), 카로란 크레선트, 벨차임버즈의 팩스구드 씨, 인민(人民) 포풀라 공원, 구격문(丘隔門)의, I. I. 챠타웨이 씨. 개이지 피어, 전망의 Q.P 다우돈니 씨, 지프 엑스비 도로, 다양산장(多樣山莊)의, T.T. 어치데킨 씨, 사자기념항(死者祈念港)의, W.K. 페리스—펜더 씨…… 그들에 덧붙여 잭이 세운 주막의 스타트 맥주를 펌프질했던 유객꾼들이 첨가된다.

369.18. 여기 배심원들은 과거 주막에 관한 소문을 들었는지라. 거기 여궁(旅宮)에 최초로 로더릭 왕이 왕래(王來)했던 일, 저 커다란 광경인즉, 장갑 형(型) 수세미가 달린 횃대 막대기가 거기 있었던 일, 숭배가 여성을 득하는 반면, 예법이 남자를 삼는 일, 고로, 혹자가 이야기를 하기 시작하면, 어찌 그대는 그걸 좋아하지 않으랴?

369.23. 〔거기 모든 이들의 ALP 편지에 대한 잡담〕

(a) 비서가, 문사(文士) 셈으로부터의 자동 암시와 함께, 송자(送者)에게 글을 쓰는 척 가장했다는 것 〔즉, ALP는 셈으로부터 어떤 암시를 가지고 HCE에 관해 하인 시거슨에게 편지를 쓰는 척했다는 것〕 *(b)* 저 타이기 여제(女帝: Madges Tighe), 성직지명청문녀(聖職指名聽聞女)(이씨)는, 그녀가 대담기분(大膽氣分)의 숙자(熟者)일 때, 언제나 거기 가는 자 누구냐의 초병(哨兵)이라, 더 이상의 부세론(父世論) 없이 자신의 단명장례(短命葬禮)가 닦아오기 전에 후부(後父)(HCE)로 하여금 대배(大杯) 차(茶)(T)를 가지고 나타나도록 마카엘 신부(神父)에게 희망하고 있었는지라, 그것은 똑같은 거 중앙(토中央) 우체국 우표의 작별화물(作別貨物)이나니, 〔즉, 이씨는 편지가 나타나기를 초조하게 기다리고 있음을〕

370. *(c)* 배달부 숀은 자신의 정사(情事)가 그의 힘을 소진했기 때문에 편지를 쓸 시간을 갖지 않았을 것이라는 것 *(d)* 내가 그대에게 감사한지 오래인지라…… 나는 그대에게 감사하나니…… 그대가 내게 사랑의 비밀을 소개해주었기 때문에…… *(e)* 이것들은 결국 건전하게 남으리라? *(f)* 우지보(愚止步)! 〔끝〕 (Fool step!): "a foolish step, a full stop" 및 셰익스피어의

『피네간의 경야』lstaff의 함축 어구; 〔Foolish steps는 down『피네간의 경야』ll을, a『피네간의 경야』ll은 a full stop을 각각 의미한다.〕

370.15. 그만(모두) 닥쳐요, 혈련안(血緣眼)! 의성명점계(擬聲名點計)(Nut it out, peeby eye! Onamassofmancynaves.)

그러나 (But)(바트) 정(頂)(Top)(타프)

370.17. 그대들〔주점의 혼성 손님들〕은 또한, 그대들 자신의 같은 보트를 타고 있었는지라, 신사 여러분, 그대 12인들. 그대들은 우리가 기대한 대로 그대들의 사실들을 희망 없게도 혼성시켰도다. 그러나 음주와 생각은 곧 그들 모두를 위해 끝나리라.

370.30. 〔청소부 시가드센(Sigurdsen)이 주점을 청소하기 위해 방금 도착했나니.〕

모두들 그들의 술 취한 안개 속에 그가 누구인지 정확하게 확신하지 못하도다. 글쎄, 우리는 그의 금안(今顔)을 통하여 우리가 누구처럼 보이는지를 말할 수 없는고? 그러나 그들은 그가, 명성 있는 체플리조드의 마린가(Mullingar) 여옥의 털거덕 의자의 양측(兩側)을 청소하는, 술 조끼를 대접하는, 주막의 남종임을 바르게 생각하도다.

속커슨(Sockerson, 혹은 Sigurdsen)(강타자), 혹은 속커슨 소년(The Sockerson boy):

그는 날뛰는 음주 가들을 부추겨, 불결한 술병들을 헹구고 있었는지라. 청수혈마(靑鬚血馬)에 승세(勝勢)를 건 경마권자(驚馬券者)! …… 마린거의 객실주장의 소인(沼人)들의 털거덕 타격좌(打擊座)의 양측을 탈진청소(脫塵淸掃)하는 도다.

여기 시가드센은, 마치 앞서(331.34~36)에서, HCE가 노르웨이 선장처럼 배융되듯, 『보르네오 출신의 야인(The Wild Man from Boreneo)』의 5회에 걸친 노래의 음률과 함께 소개된다. 만사에 접한 주막 주인(HCE)은 멀리로부터 노래를 부르며 접근하는 다수의 소리를 듣는데, 이는 그것의 종말을 약속하는 또 다른 민요이다. 점주는 숨을 돌리고, 폐점 시간을 서둘러 알리려고 애를 쓴다. 시간은 분명히 한밤중에 가깝다. 결문이 내려지고, 음주가들은 비틀거리며 밖으로 나간다. 여기 교묘하게도 조이스의 이미저리(imagery)는 주점이, 다리 아래 비틀거리며 내려가는 작별 방문객들을 실고, 떠나는 범선(스쿠너)으로 변형된다. 그들은 접근하는 다수자들과 엉키고, 그들의 목소리는 민요의 크레센도로서 합세한다.

또한, 여전히 배를 타고 있는 자들은 HCE와 그의 가족들, 마찬가지로 배의 아래층 침실에서, 파도의 율동에 흔들거리면서 잠들어 누워있는 4노인들이다.

371. 시간은 거의 한밤중: 음주 가들은 밖으로 더듬거린다. 그(시거슨)가 자신의 의무에 매달렸을 때, 멀리서부터의 피리 소리를 들었나니. 처럼?(as?) 의?(Of?)

피리 소리[노래]는 호스티(Hosty)가 지은, 앞서 운시(rann)의 다가오는 소리이다.

(노래 1절) 실로 고집 세고 침착한 자는 시길드슨이었대요.
그는 고성 구가했나니 그리고 그는 젊지 않았대요.
그는 나쁜 갈 까마귀를 반추했나니 그리고 그는 회발(灰髮)이 아니었대요.
해명(海鳴)에서부터 떠난 와수(渦水)처럼.

색슨 인(시거슨)은, 그것을 들으면서, 그가 과거에 배급한 모든 것들을 기억했는지라. 때는 문 닫을 시간. 손님들은 색슨 인이 문을 잠그기 전에 마지막 술 방울을 포착하려고 안달하고 있었도다.

(노래 2절) 오락의 모든 규칙이 그러하듯
청춘은 밤을 매료하는 것이 상속일지라
한편 노령은 낮을 염려하나니
저주라 와수가 해명에서부터 떠날 때.

홍홍거리며, 노래가 다가오도다.

늙은 핀굴 맥쉬그마드(HCE)는 모두에게 절하며 뒤로 돌아 반대향방으로 전환하며 오른발을 뒤로 빼면서, 그러자 이들 공익자(公益者)들은 그의 후대(厚待)의 확장을 위해 호통 치는지라. 그는 그들의 귀를 폭격하도다. 조시(潮時)입니다, 신사 여러분, 제발. 〔주점의 문 닫을 시간, T.S. 엘리엇의 『황무지』주제〕

(노래 3절) 무목(舞木)으로부터 수톤 석(石)까지
크라운 화(貨) 홈칠 젊은이들 없나니
그들의 부대를 채워 차(茶)를 빚기 위해
해명에서부터 떠난 와수와 함께.

371.33. 〔배로 변신한 주점〕

아웬두의 은소천(銀燒川)을 연(連)하여, 로췌르 가로와 자유구로 향하는 도중에 저들 마린가드의 마(魔)음유시인들은 마정렬(瑪整列)했나니, 곡적도(曲笛道) 곁으로, 그리하여 그 아래, 움푹한 언덕 위에 머리를 곧추 쳐든 채, 저 라이오즈의 가련한 사나이, 선량한 웰팅턴 비작(卑爵), 위그노 교도 (HCE)

372. 그들은 궁종(弓鐘)을 듣기 위해 도착했었는지라, 그를 비롯하여 성당의 종이 울리고, 콘월 마크 왕, 복강자(服狂者)등, 더블린의 멤버들이 줄지어 주막을 떠나도다, 하우스보이가 주점 덧문을 닫는 도다. 그들 모두는 유출하는지라. 그러나 단지 여기에 제외된 자는 숫양 투피터 소요아(騷擾兒) (Tuppeter Sowyer) 〔HCE, 즉 노아(赤露亞) 장군〕, 보인 강의 미급전사(美給戰仕), 여전히 우리들의 호인 벤자민 양조인, 언젠가 이 시안(市眼)의 프랭클린이라. 그리고 거기 그들은 모두 떠났나니, 모든 주점자들.

372.13. 왠고하니 그들은 배가 풀려나기 전에 출입문으로 빠져나가, 웰서즈 가문에 작별인사(켈리케클리)를 하고, 아무개의 강 제방의 갈색개암나무숲 (Brownhazelwood)까지 길을 나아가기를 원했기 때문이라. 그들은, 대인베

리 코먼 마을〔더블린 자유구역 뒷골목〕까지, 서향가정(西向家庭) 되돌아왔는지라, 그들의 40개의 양동이 술을 따른 다음, 마침내 그들은 모두들 해외풍(海外風)을 사로잡는, 모든 뒷골목 빈둥거리는 야유선객(揶揄船客)들! 모든 보트들이 길을 빽빽이 들어찼도다.

오 거봐요! 아 어어이!

올지라 그대 급한 호스티여! 경이(驚異)의 범람을 위하여!

〔이제 주막은 완전히 배로 변용하고, 그것은 리피강둑에 정박한다. 이들 군중들 가운데 민요 가수 호스티가 최후로 떠나고, 이어 그의 민요가 네 번째로 들린다.〕

(노래 4절) 그의 곤봉이 부러지고, 그의 큰북이 찢어졌도다.
금전을 위하여 우린 그가 쓴 모자를 보관하리라,
그리고 그의 진흙의 소인경(小橉莖)(植) 속에 뒹굴리라,
해명에서부터 떠난 와수 곁에.

372.28. 〔고객들의 노래; 파티 장으로의 변용〕

만세! 삼자유괴암산(三自由怪岩山)에서 개리오웬과 영광의 이로순정(二露純井) 까지! 자 이제 바나비(갈색소년) 피네간의 전신(前身)을 만나, 그의 시민초사(市民哨舍)의 주식사형(畫食私刑)(린치)의 별(別)파티를 위하여. 산 반(警瞥) 노파(老婆) 포대(砲臺) 도란의 천명사(喘鳴死) 그리하여 저 휘파람부는 도적, 오 라인 오란(해여신〔海女神〕) 그녀의 교활(狡猾) 같은 윤창곡(輪唱曲)과 함께 그리고 무소(無所)의 한 곡(哭)꾼.

373. 그러나 4노인들을 배의 정박 소에서 데려오는 것은 불가능했는지라. 그들은 배다리가 뒤집히면서, 물에 빠진 채 허우적거리나니. 그들은 소용돌이치는 물결 속에 어찌할 바 모르는지라, 사생결단하면서. 숨어! 찾아! 숨어! 찾아! 왠고하니 1번은 북부 번민가에 살았는지라. 찾을지라! 그리하여 2번은 남빈민궁가(南貧民宮)을 발굴했나니, 숨어! 찾아! 숨어! 찾아! 그리하여 3번인 그는 식동(食東)에서 백합 텍클즈와 함께 잠잤는지라. 그리

하여 최후인 4번은 서부로 향하는 보허 고속도상에서 정박했나니 그리하여 모두들은 애를 쓰며, 넘어지며 자빠지며 목숨 걸고 물과 더불어 허우적거리고 있었도다. 높이! 가라 안쳐! 높이! 가라 안쳐! 높이하이호높이! 가라가라안쳐!

　파도들.

(노래 5절) 배다리 계교(階橋)를 끌어당기고 노(怒)닻을 들어올리고
호스티는 깡통과 잔을 희배(稀杯)하자
비역장이의 배(船)를 속주(速走)하기 위해
해명에서부터 이별한 와수 너머로.

　HCE는 주막 안에서, 운집한 군중들로부터 비난의 소리를 듣는다. 그들의 소요는 그의 죄의 거대한 선언 속으로, 그를 근절시키기 위한 다양한 암시로 발전한다. 군중들은 그들이 그에게 가져올 다양한 죽음을 기대하며 즐긴다. 예상 속에 그들은 그를 물에 빠트리거나, 곤봉질하거나, 불태우거나, 모든 있을법한 운동 시합 속에 매질한다. 그들은 이러한 폭거에 경고를 첨가하는지라, 즉 경찰이 그를 조작하고, 그의 아들이 반항하고, 그의 아내가 그들이 선택한 사나이와 결혼하리라는 것이다. 그들은 그의 비참한 전체 인생담이 아침 조간신문에 실리고, 모두들 새로운 태양이 마침내 그의 거치대는 무존재(無存在)의 한 세계위에 솟으리라는 사실에 흡족해 한다. 재차 HCE는 자신에 대한 비난 성을 듣는다. 그는, 연금 타는 신처럼, 자신의 여가를 갖는지라. 저 자(HCE)가 코트 속에 자신의 모습을 감추다니, 로저(Roger)[아일랜드의 반도], 혹은 리처드 3세의 탐욕적 왕자라—해적과 너무나 나안(裸顔)스럽게 닮은 것에 자신이 수치를 느껴야 마땅하리라. 그의 동체의 큰 덩어리는 돼지의 지하 골송(滑送)을 위해서는 한갓 모욕일지라. 전조(前兆)의 더블 약질(弱質). 언제나 변성 알콜성(性) 신화적 사명을 띠고 공야(公野)를 사냥하면서! 그리고 의회 폐색자(閉塞者) 리나 로나 레이네트 론내인[의회의원]을 부르면서. 거리 청소부들, 교구하급리들 및 전단 당첨자들이 그의 소리를 들었도다. 그의 자탄(子誕)의 아내(ALP)가 그의 질녀가 되었나니, 그래드 석의자(石椅子) 환약이 그를 승마하게 했는지라. 그대의 수표를 내놓아요, 왜 주춤하는 고! 반칙,

제발! 이건 결코 어떤 모양이든 끝이 아니 도다. 천성이 그대의 골수에 배어있기 마련인지라……

374.4. 〔조간신문에 실린 HCE에 대한 반성명(反聲明; anti—statement)〕

……그대는 자신의 비행을, 내일 조간신문에서 읽게 되리라…… 그대여. 감탄부 두문자 및 발명반전(發明反轉)된 음정차(音程差) 콤마…… 소년승정(少年僧正)이 그대의 관구교서(管區敎書)를 얼레 독(讀)하는 것을 우리가 들을 때까지 기다려요! 혐의의 기호를 봐요! …… 소극(笑劇)에 강면(强面)한, 실점(失點) 따옴표! 눈에는 눈, 목에는 목, 그대는 읽을 수 있는지라, 그렇잖은고? 성직자가 그대에 관해 읽으면 얼마나 흥미로울 건고? 우리들의 섬, 로마 및 의무여! 착한 시도, 강경록(强硬鹿)! 타점을 올려요, 실책(펌블)!…… 매각인, 규정자! 피니쉬(끝) 매쿨 골(득점)! ……처음 그대는 노매드(유목민)였고, 다음에 그대는 나마르(호랑이)였고, 지금 그대는 누마(왕)인지라 그리하여 곧 그대는 노만(방면) 되리라. 외무성이 그대에게 일건 서류를 펼칠 것을 추진 중이 도다. 다비(Darby)〔수갑의 속어〕가 경찰국내에서 소구획과 변획(邊劃)을 그대를 위해 기획중이라, 우리는 애심(愛深)한 불결촌(不潔村)의 의(疑)블린을 위한 사도서간인식신학론(使徒書簡認識神學論; Epistlemadethemology)을 추천하도다. 속삭이는 경찰관, 그이 같은 최고인, 진정한 예술가, 그대의 평판을 조심하는 게 좋아요. 오스카와일드 풍(風)이 원주민 생활의 근사한 소년들에 대하여 다시 글을 쓰고 있는지라. 그대는 자기 자신에 관하여 쓰여 지고 있음을 인식하는고? 그대는 체플리조드의 오렌지 책 속에 누가 누구에 관해 써 있는지 아는고? 킹 가도의 양피왕(羊皮王)과 두 타남(他男)들. 이 냉 검(冷劍)(낙인)을 그대의 이마에 눌려요. 조심스럽게! 〔HCE는 이마에 낙인찍힌 가인의 후예 격인지라〕 바로 그거야. 지나난자(支那卵者)가 방금 말하나니, 어찌 그대는 이야기에서 이야기로 모래주머니처럼 채우면서 드러누웠던고.

375. 〔HCE에 대한 비난 성의 연속〕

어찌 그대는 손가락을 푸딩 파이 속에 틀어박는 것을 원했던고. 그리고 여기에 중인들이 있도다. 그에게 풀칠을 해요, 구더기 같으니! 닻을 하저(河底)해요, 동북한(東北漢) 같으니! 그리고 재크가 세운 집을 향해 킥킥 킬리킥(殺蹴)(killykick) 걷어차요! 그들이 그대를 잠자도록 보낼 때까지 기다려요, 폐선노(廢船奴) 같으니! 그대는 경기의 위조품으로부터 명성의 손실을 입으리라. 그런 다음 그대는 한때 그랬던 것처럼 젊은 전령에 의하여 발파(發破) 당하리라. 2만 2천 2백의 영혼들의 교구. 그리하여 그대는 제12교도소의 배심 석에서 우리들 감찰원들을 직면하게 되리라. 그들의 반월혈환(半月血環)의 색빌 산(山)수도원[체플리조드의]의 모든 아씨들 사이에서, 수치 때문에 죽도록 아절하게 숨을 헐떡이면서. 우리가 내버려둔 혹녀(或女)가 자신의 청문(聽聞)을 득할 때까지 꼼짝 말고 기다려요! 카메라 속에, 판사석의 만원 배심원 경(卿) 각하와 함께. 그런고로 하느님이시여 기도하고 그대를 도우도록 책에 입 맞출지라. 특별히! 그대는 그들(쌍자)이 결코 그대를 경야(經夜)하지 않을 것이라 상상했도다. 그대가 재판정에 갈 때 그대를 저버리는 것은 그대 자신의 아이인지라. 그땐 그대는 세각(細脚) 사이에 또 한 놈을 갖게 되리라! 그렇지, 귀뚜라미 야(野)? 한 우공자(牛公子)가 꼴사납게 자라고 그의 자통쌍자(刺痛双者)는 배심 재판에 의해 성독(聲讀)되었도다. 재판정이 봉집(蜂集) 될 때, 존부(尊父)를 저버리는 것은 아자(兒子)인지라. 잘 하도다, 리치몬드 로버여! 당당한 개임! 돌리마운트[더블린만의 북안]의 결정기(決定技). 그건 하나의 이야기를 삼으리라, 그대와 그녀! 러시아 대장의 내장(內藏)을 희롱대면서, 버클리의 사진이 트리뷴지(紙)에 실릴지니. 그리고 꼬마 부인, 반치자(反値者)를 매수하고 곤혹을 치르는 그대의 작은 과부는, 지방인들에게 그대의 영혼의 휴식을 위해 하느님 아버지를 말하도록 뇌물을 주어야만 하리라. 그대는 그대의 훔친 직장(職杖)과 모루에, 그리고 그녀의 빌린 서커스 의상을 입은, 베일에 가려진 적운(積雲)의 핀 맥쿨인지라……

376. [계속되는 장광설적 비방]

설화자는 여기 긴 서술에서 HCE를 "그이" 또는 "그대"의 인칭을 혼성한다. 그는 그이(그대)에게 사랑 법, 식사법에 대해서 교시하도다. (가장 사랑스러운) 리마 두녀(豆女), 이닌 맥콜믹 맥코드 이래, 단지 그녀는 약간 더 광폭(廣幅)할뿐. 호수 쪽으로 움직여요. 그대는 힐만 밍크쓰(hillman minx)

[소형 차]로 리무진을 만들 수 없도다. 경청할지라, 그대가 머드(泥)커트 (Mudquirt) 말투를 듣게 될 때까지. 이것은 벨기에의 이단마(異端馬)입니 다. 찰각. [죄, 추락, 재판 등의 이어위커와 『피네간의 경야』의 요약은 작 품의 그 밖에 다른 곳에서처럼, 케이트의 박물관의 여로와 다를 바 없다. 따라서 "Til"과 "Jik"는 앞서 웰링턴 박물관 장면의 재연인지라] (8~9 참조). 탁선(託宣)의 운명이 그대 위에 있도다. 왕실(王室) 하이머니언들은 녹─녹 협정(knock─knock agreement)[자동차 보험회사 간의 협정]에서 엄격하도다! 그대는 몸이 점점 무거워져 가고 있는지라, 그대는 과일을 듬뿍 식취(食取)해야 하나니, 그것이 그대를 마땅히 좋게 하리라, 경칠! 의 장흑인(蟻裝黑人) 사냥 도박가(賭博家)에서 그대가 풀어놓지 않으려고 묶어 두었던 질녀(姪女)는 그녀가 자신의 매안(魅眼)을 그에게 찰싹 붙인 이래, 조카에게 반하나니. 그는 자신이 어떻게 그녀의 연모를 끌 것인지를 보여 주도다─멋진 점프, 포웰! 그들의 머리통을 온통 청소해요! 우린 그것을 위해 그에게 키스할 수 있으니. 불꽃은 소녀들을 이기는 방법이도다. 그를 뒤따르는 게 좋아요. 기계총 머리여, 추구하구려!

377. [반대 성명의 계속]

이제 HCE를 포기하라. 군중은 이제 그가 죽을 것을 권장하기까지 한 다. 그를 위해 영구차마저 대령하고 있도다. 그의 장송을 위해 천을 깔 고, 그의 소진(消盡)을 위해 4대인(大人)들에게 기도할지라. 4송장귀신들 이 그를 못 박고 준비를 갖추도다. "천양(天羊)! 애신(愛神)! 적도(寂禱)!" (Angus! Angus! Angus!) HCE 가문의 낙단봉사(駱單峯舍)의 칠호(七戶)의 열쇠 지기가 화언(話言)하도다. 그걸 포기할지라! 마그로우![더블린 식품 상] 그대의 곱사 등 효시대(梟示臺)를 결코 상관 말지니. 그대의 밧줄 칼라 를 수목에 걸고 머리 위에 올가미 부대를 끌어 오려요. 만일 그대(HCE)가 뒤를 깡충깡충 맴돌며 면전에 나타나 풋내기 수병복을 입고 구걸한다 한 들, 아무도 그대를 알거나 혹은 유의하지 않으리라, 유복자 같으니. 호타 타(好打唾), 기지의 할미새! 주교 4세에 대한 앞잡이! 움직여요! 이제 멘델 스존의 행진곡이 각조(角調) 밀월(허니문)에 맞추어 시주(始奏)하는지라. 우 리를 꾀어 *알럼 관구(館丘)의 담쟁이 밤(Ivy Eve in the Hall of Alum)* [『더블 린 사람들』의 「위원실의 담쟁이 날」의 인유]을 언출(言出)하게 할지라! 불안감을 느끼면서? 그대는 밧줄이 맞물릴 때 단단함을 느낄지라. 지금이 절호의 기회로다! 피나와 퀴나[미상]가 낄낄—낄낄거리며 듀엣 연주하고 귀여운 아란나 신부[노래 가사의 패러디]가 자신의 다이아몬드 혼인을 기다리며 마음이 팔려 있도다. 얼마나 장대한 몸짓(제스처)을 그대는 이 계일(鷄日)에 우리에게 보여주려는고. 그리하여, 워 정지, 여기 4필마의 영구차가 지방자치의 십자가형 형리(刑吏)들과 함께 그들의 대자(代子)가 누가 될지 그리고 누가 뉴스를 어머니에게 터트릴 것인지를 추첨하고 있도다—우리들의 주신(主神) 동량지재(棟梁之材)[핀—HCE]는 잠에 떨어졌나니, 1페니 우편함 출신의 생신섬광등자(生身閃光燈者; fleshlumpfleeter), 그는 모든 자신의 영혼의 가죽위에 그늘진 잠재의식적인 지식을 폭로하는 도다. 거기 서명 할지라. "소생(小生), 암탉의 필치. 결말." 천을 깔면서, 그들의 앞에. 그리하여 물고기에 감사하면서, 그들의 핵저(核底)에. 호신(護神)을 위하여 기도하다니! 아멘. 마태, 마가, 누가와 요한. 그리고 뒤에는 나귀 차(車)! 놈들은 수영장 손수레와 데이트를 했도다. 자신과 우리들을 위하여 못질하려고 홀(笏)을 휘두르고 있으니 정말 대단하지 않은고!

[여기 종교, 결혼, 매장 및 부활에 대한 비코(Vico)의 연계는 장면을 넓히고, 시간을 확장한다.]

378. [이제 군중들은 HCE가 죽었다고 생각한다. 그의 이름이 우레성과 혼성된다. 그는 가요의 퍼스 오레일리가 되며, 그의 이름이 시장 벽에 각인된다.] 우린 그대가 13 및 빵 한 덩어리에 관하여 비화(飛火)했는지 어떤지를 불식했나니…… 즉, 모두들 HCE가 3211에 관해 이야기하는 것을 이해하지 못한다. [11은 창조요 32는 추락의 상징으로, 모두 합쳐 추락과 부활의 암시이다.] 그러나 HCE의 혐오스러운 군중은 이 거인이 사실상 아직 죽지 않았다는 슬픈 사실을 각성하는 듯하다.] 그(HCE)는 마치 대갈못처럼 아주 죽어버렸어요! 우리는 그대(HCE)를 먹을 수 있나니, 버커스로(입으로), 그리고 그대를 흡음(吸飲)하고, 선락(善樂)의 야생 분비물 속에 기운을 재보증(再保證) 받는지라. 한 잎 새 깃털, 한 배 병아리, 차처매인도래(此處每人到來) 시까지. 홍 직남(直男) 같으니! 저 자는 자신의 이름을 쿵 뇌성 속에 공청(恐聽)하도다. 르르르우우우우크크크르르르! 그리하여 섬

광 시장(市場)에 인광으로 적서(赤書)된 그것을 보였도다: P.R.C.R.L.L.
왕유도포성병대(王誘導砲聲兵隊)의. 음란탈주청전광총몽전차장(淫亂脫走青
電光總夢電車掌; The lewdningbluebolteredal luck all—traum conductor)! 〔시
장 벽에 각인 된 왕립 아일랜드 포병대(Royal Irish Artillery)의 Persse
O'Reilly (HCE)〕, 과야(過夜)에 녹도인(綠島人)이 되는 무명의 비(非)아일
랜드 혈통자! 그러나 우리는 그의 창자에서 조상(彫像)을 주상(鑄像)하고
있는지라. 광고 놈(HCE)은 아직도 거기 생화(生火)하나니〔살아있나니〕,
맹세코! 사(死)의 공포가 흉일을 어지럽게 하도다! 유역병(游疫病)은 곧 끝
나리, 쥐여! 죄몰(罪沒)! 꺼져! 우리가 바라는 모든 것이란 평화적 소유를
갖는 것인지라. 우린 왜 그대가 13 및 빵 한 덩어리에 관하여 비화(悲話)했
는지 알지 못하나니〔예수 최후 만찬 암시〕 아니면 우리들의 고산식물태어
(高山植物怠語)의 심오한 목사의인화격(牧師擬人化格)인, 그대의 폐식도언어
(肺食道言語)를 우리에게 대여할지라. 〔편지에 대한 비난성〕 쇼(Shaw)와 쉬
이(Shea)는 입센(Ibsen)에게 서둘도록 가르치고 있나니. 그대는 우리 같은
밀렵자를 속일 수는 없도다. 여기 모든 터브(桶)는 그이 자신의 패트(脂)
를 뺄나니, 아무튼 강제를 매달지라! 그리하여 그림(Grimm) 법칙〔독일 언
어학자의 자음 소리의 전환〕따윈 산산이 질파(窒破)시켜버릴지라! 애초
에 허어(虛語)있나니, 중토이(中土泥)에 음무(音舞)있나니, 그리고 그 뒤 자
주 그대는 재차 불확실이나니, 그리고 그 역(逆)인지라…… 그대는 습(濕)
덴마크 인의 사투리를 말하지만 우리들은 영혼의 언사(言辭) 방추역사(妨推
歷史)를 말하는 도다. 사고(思考)의 침묵! 언설(言說)할지라!〔영혼의 언어
는〕 외전적(外全的) 무미죄(無味罪)의 기교를 따나니! 그런고로 그것이 경
조(警朝)에 필라델피아에서 개봉될 때, 그런고로 *오월(五月)(메이)* 부(父)
가, *노강대자(老強大者)*인, 그대를 위하여 미봉(彌封)되다니, 그건 아주 미
친 짓이로다. 하하!……

379. 〔편지에 대한 비난성〕

킥 눅, 녹캐슬! 돈비(豚肥)! 그리하여 오 그대는, 우리로부터 한마디 경
고도 없이, 편지를 비지(鼻知)할지라. 우리는 그것〔편지〕을 하자에게 보낸
건지, 송자가 누군지 알지 못하도다. 하지만 그대는 영계 삐약삐약이 나팔
과 함께 당밀 단과자(短菓子)를 갖고 가는 걸 발견하리라…… 그 자(HCE)

의 사상(思想)의 가정에는 언제나 일곱 창녀들과 함께…… 어느 침대야
(寢臺夜) 그는 일곱 여왕들이 그를 군습(群襲)하는 환상을 지니는지라. 그
건 단지 상대를 괴롭힐 뿐이도다. 그는 우리들의 농사(聾死)일지니, 아빠
아빠 포옹화자(抱擁火者), 그래요, 선생, 실로, 그대 그럴지니. 우린 무엇을
추구하는고? 무엇 때문에 우린 왔는고? 그대 알 바 아니로다, 그대는 그
대의 저 암탉을 갖고 그의 40촉광을 후견할지라. 그러나 그대의 모든 쇠월
(衰月)들 가운데 그대의 기운찬 에일 주(酒)를 우리에게 송출(送出)하면 그
대는 그토록 나쁜 자는 아닐 지로다…… 호밀은 하심(何心)을 위해 좋지
만, 밀 빵이 적애(適愛)인지라. 그리하여 우리는 모든 종류의 지푸라기 기
타 등등과 함께 그대의 폐하가 '뎅 당 덩(BENK BANK BONK)' [여기 예
수의 수태를 알리는 3종기도 앤저러스(Angelus)는, 피네간의 추락, 심해의
보트의 동요, 궁극적 몰락, 숙명 및 최후의 부활, 주로, 가족의 힘의 변화,
등을 알린다.] 침입(寢入)하기를 상냥스레 길점(吉占)하는도다.

380. [손님들이 떠나간 후, HCE는, 몹시 낙심 한 채, 그들이 남긴 잔적
을 청소하기 시작하고, 병 속에 남은 찌꺼기를 마시며, 사방을 비틀거린다.
그리하여 하인들(그리고 벽의 조상들의 그림들)이 경악하게도, 그는 취락(醉落)
하여, 땅딸보(Humpty—Dumpty) 마냥 마루에 넘어진다. 그는 꿈꾸기 시작
하는지라, 잇따르는 기다란 결구(380.7~382) (단일 문)는 그의 가장 경쾌한
문구 중의 하나이다.]

380.7. 그렇게 아무튼, 고창증(鼓脹症) 의회의 나(HCE)의 귀족님들 및 귀
의원(貴議員)님들, 그 뒤로 그렌피니스크—계곡[프랑스 소재의]의 저 장
기추억소지집회(長期追憶所持集會)의 감사일(感謝日)을 청산하기 위해, 그
[왕—HCE]의 최초의 성찬식의 기념일, 저 똑같은 바비큐 두향연(豆饗
宴)이 초라하고 오래된 후대(厚待)의 곡물 및 달걀소(鷄卵素)가 모두 종료
된 다음, 로더릭 오코노 왕, 아일랜드의 최고지휘 수장(首長) 및 최후의 전
격 감동적 임금님(the paramount chief polemarch and last preelectic king of
Ireland), 그리하여 그는 그대 자신이 말하는 대로 당시에 50 홀수냐 50 짝
수냐의 나이 사이었나니, 그가 자신의 백주병(百酒甁)의 투영가(投影家)에

서 성대하게 베푼 이른 바 최후 만찬 뒤에, 라디오 전파 탑과 그의 격납고, 연돌과 마구간을 갖춘 집 또는, 적어도, 그는 전(全) 아일랜드의 최후의 초(超) 탁월한 왕 다음으로 여전히 자신이 실지로 자기 자신 전(全) 아일랜드의 탁월한 왕이었던 쾌나 그럴듯한 이유 때문에, 타라[아일랜드의 고대 수도] 왕조의 자신 선대의 전쾌노(全快老) 정상, 혁복군단(革服軍團)의, 현재 부분미상의, 아더 목모로 카후이나후(Koughenough) 웅왕(雄王) [아일랜의 고왕](신이여 그의 관용의 혼을 가호하소서!), 빈자(貧者)의 항아리 속에 밀렵조(密獵鳥)를 넣어 두었나니, 자신이 좋든 싫든 간에 삼추성(滲出性) 습진으로 자신의 짚 요에 적응하기 전에, 마침내 그는 우리들이 덮는 풀 이불 아래로 들어갔는지라, 그럼에도 불구하고, 우리는 그를 비누칠하고 면도질하고 조발(調髮)하기 위해, 마치 민둥민둥한 파도치는 부이(浮物) 마냥[노래가사에서], 그리고 자기 자신이 세 암소들에 매달렸나니, 눈(雪)과 진눈깨비의 여름 유희를 과부 노란(Nolan) 가(家)의 산양들과 아무렇게나 깔끔한 브라운(Browne) 가(家)[앞서 노란 가와 함께 대칭관계]의 소녀들과 행하면서, 가련한 늙은 로더릭 오코노 국왕, 전(全) 아일랜드의 경사로운 방수군주(防水君主), 당시 그는 자신의 멋진 옛 물러 받은 걸어 총(銃) 속에 홀로 있음을 발견하자, 그들 모든 자들은 그들의 진토성(塵土城)으로 그들 자신들과 함께 도망쳤나니…… 그러나

381. 정말이지, 그는 자기 자신의 바로 왕자다운 무릎 깊이의 낭비주(浪費酒) 팝 코르크를 통과하여 신나는 호주가(好酒家)의 원탁 주변[노래의 패러디]을 신발 뒤축 꼭 돌아다니고 있었나니, 넥타이 및 자신의 젠터 인(人)의 긴 장갑과 맥르레스필드[영국 북동부의 마을] 풍의 허세 및 레일즈[교구 목사] 기성복 그리고 범(汎) 장로교 파의 판초 외투라니, [왕의 초라한 차림] 가엾어라, 그것이 세상의 관례라, 가련한 그이, 그들 모두의 초(超) 탁월한 영주여, 다변(多變)의 조음설(調音舌)로서 자신의 굉장한 눈물과 낡고 얽힌 느린 말투를 통하여 자기 자신에게 온통 흥을 퉁기면서, 최고의 왕자다운 트림으로 강세(强勢)한 채, 로더릭 오코노 원기 왕성한 왕 폐하 그러나 아아 경칠 맙소사, 그는 자신이 겪고 있는 놀라운 한밤중의 갈증(渴症)을 자신의 양털 같은 인후를 낮춤으로써 최후화(最後化)했나니, 겨자같이 예리하게, 그는 자신이 무슨 에일 주(酒)를 마셨는지 말할 수 없었는지라,

자신이 머리에서 꼬리까지 끙끙 앓았는지를, 그리하여, 위샤위샤〔익사에 대한 암시, U 228 참조〕, 내버려 둘지라, 그 아일랜드 인〔HCE—왕〕이, 소년들이여, 어떻게 할 수 있을지, 만일 그가 비틀비틀갈짓자걸음으로〔노래가사에서〕 맴돌거나 흡입하지 않는 한, 정말이지, 한 트로이 인처럼, 어떤 특별한 경우에 자신의 존경받는 혀의 도움으로, 무슨 잉여(剩餘)의 부장독주(腐腸毒酒)이든 간에, 그토록 비다(悲多)하게, 몰타 기사들〔몰타 공화국의〕과 맥주 구두쇠들의 게으른 슬자(虱者)들이 구내의 자신들 뒤에 두고 간 다양한 각자 틀린 만후염(滿喉炎)의 음료기구들의 각기 다른 밑바닥에 남긴 것을, 저 돈두(豚頭)의 술통 전全 가족, 떠나 간 명예로운 귀가인(歸家人)들과 그 밖의 꿀꺽꿀꺽 술 마시는 도교외인(都郊外人)들,

382. 사실 그런 사람들, 넘어지고 자빠지고, 자신의 매력 있는 생활「메베스」(V.5.12의 글귀)의 건배를 위하여, 아무리 그것이 샤토 주병(酒甁)〔프랑스 제〕의 기네스 제(製)이거나 피닉스 양조맥주였거나 존 재임슨 엔드 존즈 주(酒) 또는 루부 코코라 주이거나 혹은, 그런 문제라면, 자신이 지옥처럼 바라는 오콘넬 제의 유명한 오래 된 더블린 에일 주 이거나, 나는 응당 말하거니와, 영법정액측정단위(英法液定測定單位)의 한 질 또는 노긴〔액량의 단위〕의 대부분보다 상당히 더 많은 것을, 여기 우리로부터 환영받을지라. 그리고 체플리조드의 성당창문의 얼룩이 우리들의 고색창연한 냉역사(冷歷史)를 착색하고 맥마이클 신부〔미상〕가 오크럭(o′clerk)(성직자) 아침 미사를 위해 발을 동동 구르고, 「리트비아의 시사회보」가 팔리고 배달되고, 그리하여 만사가 침묵 뒤에 재 시발하고, 바로 자신의 나침반을 온통 원점 행했나니, 게다가, 행하는 일자(一者) 그리고 감(敢)하는 일자(一者), 쌍대쌍(双對双), 무료(無僚)의 단쌍자(單雙者), 언제나 여기 그리고 멀리 저기, 자신의 위업의 질풍을 타고 흥분한 채 고리 달랑 달랑 그리고 흥분감각과 더불어 우리들의 맥가(麥家) 출신의 주인(酒人)인, 그(HCE)는 바로 왕위옥좌로 폭침(爆沈)했도다.

그런고로 저 왕강주선(頑强舟〔酒〕船)『낸시 한즈(Nancy Hans)』호(號)가 출범했는지라. 생부강(生浮江)(립)으로부터 멀리. 야토국(夜土國)을 향해. 왔던 자 귀환하듯. 원(遠)안녕 이도(離島)여! 선범선(善帆船)이여, 잘가라(선안녕)(善安寧)!

이제 우리는 성광(星光; 별빛)에 의해 종범(從帆)하도다!〔노래가사〕

　　최후의 로더릭 오코노 왕은 일찍이 권두에서 "rory"(혈동단)(3.13) 으로
서 나타난 바 있거니와, 무능한 자인지라, 침입자들인 노르만인들을 축출
하는 힘을 가졌는데도, 진취성을 결했도다. HCE〔왕〕는 남은 술을 다 마
셨나니, 그것이 어떤 술일지라도…… 이제 주막은 배로 변용된 채, 그는
"노래 칼로우까지 나를 뒤따라요(Follow My up to Carlow)"〔P.J. McCall
작의 민요〕속의 오브린(Feagh MacHugh O'Byrne)〔1598년에 살해된 아일
랜드의 반도〕수부처럼 홀로 리피 하구를 향해 『낸시 한즈(*Nancy Hans*)』
호〔『율리시스』 3장 말에서 스티븐의 3돛대 범선?〕를 타고 별빛 아래 출
범 한다. 그는 다음 잇따르는 장(II−4)의 조망(비전)을 한 가닥 꿈 인양
아련히 바라본다.

제II부 4장

신부선(新婦船)과 갈매기

— 트리스탄과 이졸데의 항해
— 4복음자들에 의한 연애 장면의 염탐
— 미녀 이졸트(이씨)의 찬가

【개요】 앞서 장과는 대조적으로, 이 장은 전체 작품 가운데 가장 짧다. 조이스는 이 장의 내용을 두 이야기들, "트리스탄과 이졸트" 및 "마마누요," 즉, 4나이 많은 남자들 (여기 마태 그레고리, 마커스 라이온즈, 누가 타피 그리고, 요한 맥도걸로서 신분을 지닌)에 근거하고 있는데, 이들은 HCE에 대한 4영상들이다. 조이스는 이들 두 이야기를 1923년 3월에 시작했다. 이 장의 초두의 시는 갈매기들에 의하여 노래되며(383.15), 무방비의 마크 왕에 대한 트리스탄의 임박한 승리를 조롱조로 하나하나 열거한다. 이때 HCE는 마루 위에서 꿈을 꾸고 있다.

조이스의 트리스탄과 이졸트의 이야기를 위한 중요한 원전은 프랑스의 로맨스에 대한 조섭 베디에(Joseph Bedier) 작의 각본이다. 베디의 마크 왕의 궁전의 4질투심 많은 남작들처럼, 여기 4노인들은, "모두 한숨짓고 흐느끼나니,"(384.4~5) 그들은 트리스탄과 이졸트에 관해 청취하고, 과거에 관해 반성한다 (386.12~395.25). 그들은 HCE가 이졸트와 함께 배를 타고 떠난 젊은 트리스탄에 의하여 오쟁이 당한 마크 왕으로 그를 몽상한다. 이들 여인(戀人)들은 신부선의 갈매기들 격인, 4노인들 "마마누요"에 의하여 에워싸여 지는데, 이들은 4방향에서(각자 침대의 4기둥의 모습으로) 사랑의 현장을 각각 염탐 한다. 장말에서 이들은 이졸트를 위하여 4행 1조의 4행시를 짓는다. 여기 상심하고 지친 HCE는 자신이 이들 노령의 4노인들과 별반 다를 것이 없음을 꿈속에서 느낀다.

[본문 시작]

383. ─마크 대왕을 위한 3개의 퀙!

확실히 그는 대단한 규성(叫聲)은 갖지 않았나니

그리고 확실히 가진 것이라고는 모두 과녁(마크)을 빗나갔나니.

그러나 오, 전능한 독수리굴뚝새여, 하늘의 한 마리 종달새가 못되나니

늙은 말똥가리가 어둠 속에 우리들의 셔츠 찾아 우아 규비산(叫飛散)함

을 보나니

그리고 팔머스타운 공원 곁을 그는 우리들의 얼룩 바지를 탐비(探飛)하

나니?

호호호호, 털 가리를 한 마크여!

그대는 노아의 방주(方舟)로부터 여태껏 비출(飛出)한 최기노(最奇老)의

수탉이나니

그리고 그대는 자신이 독불장군이라 생각하나니.

계조(鷄鳥)들이여, 솟을지라! 트리스티는 민첩한 젊은 불꽃(스파크)이

나니

그건 그녀를 짓밟고 그녀를 혼(婚)하고 그녀를 침(寢)하고 그녀를 적(赤)

하리니

짓털 꼬리에 여태껏 눈짓하는 일없이

그리고 그것이 그 자가 돈과 명성을 얻으려는 방법이나니!

〔위의 시구에서 보듯, 우리는 첫 문단인 바다 갈매기들의 노래에서 그
들이 트리스탄과 이졸트의 전설상 무력한 마크 왕을 조롱하고, 혈기 넘치
는 트리스탄을 노래함을 읽게 된다. 그녀를 짓밟고 그녀를 혼(婚)하고 그녀
를 침(寢)하고…… HCE의 마음 또한, 이제 배를 탄 바다 방랑자처럼 항해

한다. 백조들의 비상(飛翔)이라, 비공(飛空)한 채 날카롭게 비환(飛歡)을 외치며…… 여기 4노인들(마마누요)이 이들 트리스탄과 이졸트의 사랑의 배를 염탐 한다. 그리하여 그들 또한, 있었나니……]

384. [4노대가—사인방(四人幇)의 소개]

이들은 조니 맥다갈, 마커스 라이온즈, 루크 타피 및 매트 그레고리로서, 앞서 트리스탄과 이졸데 두 애인들의 바다의 모험에 대하여 차례로 평하고 회상한다. 그들은 사인방인지라, 아일랜드의 사주범파(四主帆波)들 [『율리시스』에서 스티븐은 러셀의 3막 극시 중의 대사에서 바다의 마왕이 다스리는 4파도를 생각한다. U 155 참조], 모두는 귀담아 듣고 있었나니…… 트리스탄는 여수령여급사(女首領女給仕)의 입방소옥(立方小屋) 뒤의, 15인치 애침의자(愛寢椅子) 위에, 자신의 백미(白美) 아가씨요 진짜 미녀, 오스카 자매[와일드의 자매]를 포살(抱殺)하면서, 꼭 껴안거나, 건실하게 애(愛)토끼를 품고 있었는지라, 저 영웅, 게일의 챔피언, 그녀의 선택의 유일자, 그녀의 청안미상(青眼美想)의 소녀 친구…… 당시 그녀에게는 너무도 많은 모든 것을 의미하나니…… 화상(火傷)한 육척성음남(六尺性淫男), 미남이요 사냥꾼…… 그녀를 꼭 껴안으며 키스하면서, 요정의 매력 여인, 그녀의 마돈나 블루(blue) [성모 색]의 앙상블 속에, 그물의 웃옷과 함께…… 이솔라 도녀(島女), [9살에 익사한 오스카 와일드의 누이] 그녀에게 트리삼양도남(三陽島男)에 관해 속삭이며 혀짤배기 하면서…… 그리하여 자기 자신 시치미 떼면서, 아 키스—의—아라[부시코트 연극의 여주인공]처럼 그의 키스로서, 사랑 사랑하는 일년초…… 그리고 어찌 그들이 그 때에 속이(俗耳) 속에[공간] 그녀를 꼭 껴안고 어량소화(魚梁燒火)하곤 했는지를 기억(記憶)했는지라……

385. [4대가들의 학창시절 회상]

카린 헛간의 생굴 만찬 뒤에, 그녀의 겨우살이 수풀 아래로부터 그리고 키스하며 귀담아 들으면서, 아 키스—의—아라(Arrah—na—pogue)의, 옛 사람, 디온 부시코트(Dion Boucicault)[아일랜드 극작가]의 정다운 옛 흘러간 나날의 시절에, 그리고 갈대 베는 자, 매슈와 함께, 어느 멀고 먼,

칠흑(漆黑)의 세기에, 그리하여 그들이 모두 암묵적인 넷 대학생들이었을 때, 노더랜즈 너스케리[가인의 땅] 근처, 백의당원들과 견목당원(堅木黨員) 들, 여명당원들과 피리 부는 톰 당원들, 죄가 번쩍이는 동안 큰 소동을 피 우면서, 그들의 석관과 책가방과 더불어, 혼성구성원들과 함께 프로리언 우화와 원추곡선론(圓錐曲線論)[기하학]과 분수(分數) 놀이를 하면서, 퀸즈 울토니언 대학(Queen's Ultonian cpllege)[북 아일랜드 소재] 시절에…… 그리고 자신의 키스—의—아라, 그때 그녀는 중얼거리게도, 그녀가 기 침을 한번 토한 다음, 그녀의 단호한 명령을 내렸나니, 설사 그가 마음에 들지 않는다 할지라도, 불륜애향(不倫愛鄕)의 최고로 좋아하는 서정적 국 화(國花)를 수십망번(數+望番) 노래해줄 것을, 최순(最純)의 화창한 공기를 여러 모금 들어 마시고 위대한 호외에서 주락(酒樂)하면서, 그들 4인방 앞 에, 아름답고 멋진 밤에, 별들이 밝게 빛나는 동안, 남월(男月)의 여광(女 光)에 의하여, 우리는 서로 애무하기를 갈망했는지라, 그리하여 거기 그들 은, 마치 소용돌이 속의 4돛 박이 범선처럼, 귀 기울이면서…… 이졸데는 트리스탄더러 자신의 상황을 반영하는 최선의 시를 말할 것을 간청하는지 라, [트리스탄은 바이론의 운시를 서술하도다.] "거기 그들은, 마치 소용 돌이 속의 4돛 박이 범선처럼, 귀 기울이면서, 로란도의 깊고 검푸른 오시 안의 소용돌이에……"

386. [4인방의 바다 모험에 대한 논평]

모두들은 몹시도 지쳤는지라, 즐거운 모주꾼들, 그들의 입으로 침 흘리 며, 바다의 늙은 배우(配偶)의 사람들……

386.12. [4노인들 중 첫 번째 요한(조니 맥다갈)의 트리스담과 이졸트의 바다의 모험에 대한 회상]

요한(조니) 전(傳). 아하, 글쎄, 분명히 바로 그런 자이라…… 그들 4친 애하는 나이 든 숙녀남(淑女男) 중의 하나이었거니와, 그리하여 정말로 그 들은 경치게도 잘 생기고, 너무나 근사하고 최선 존경스레 보였나니…… 요한(조니)은 경매인이요, 오클러리 백화점 근처 정면에…… 마치 호스 (馬) 쇼에 가는 치안판사 제임스 H. 틱켈[미상] 경매자를 닮았도다.

387. 조니는 그의 회색의 반고모(半高帽)와 그의 목걸이와 그의 분홍색의 마구와 그의 가죽 삼각돛과 그의 싸구려 양피 셔츠를 입었는지라. 4노인들, 4염수과부(鹽水寡夫)들은 과거 여러 사건들을 기억 하나니. 그들은 그때 미인 마가레트가 혼감(婚甘)의 빌렘[노래가사]을 기다렸는지라…… 제일즈 캐이스맺 귀부인 [노래 가사]의 공식적인 상륙, 홍수역(洪水歷) 1132년에, S.O.S., 그리고 여왕볼터스비[배 이름?]의 기독세례, 붕붕 여왕벌…… 그리하여 당시 파라오[이집트의 황재]와 모든 그의 보행자들의 익사가 있었나니…… 그런 다음, 연금(年金)으로 정청에서 쫓겨 난 관리인, 가련한 머킨 코닝함,

[그는 더블린 정청(Castle) 관리인 Martin Cunningham으로, 1904년 단 레어리(Dun Laoghaire) 항에서 익사한, Matthew Kane의 모델, 『율리시스』, 「이타카」 장, U 579 참조] 그때 그는 아일랜드 도연안(島沿岸)에서 완전히 익사했나니, 그 당시에, 붉은 바다 속에 그리고 유쾌한 조간신문(弔刊新聞)의 일건(一件) 그리고 유감스럽게도, 누구의 말처럼, 그는 더 이상 살아지고 없었던 것이로다. 그리고 그것이 이제 과거지사였나니. 그의 땅딸보 우골(愚骨) 해안선 넘어 황갈색의 심해. 그리하여 그의 현기증 나는 과부가 그녀의 총애공물(寵愛供物)로서 그녀의 실록(實錄)을 잡상남월보(雜商男月報)에 기장(記裝)하고 있도다……]

388. 그(코닝함)의 사통(私通)은 무(無)하나니. 끝(핀). *왕가의 탐이혼극(貪離婚劇)*의 낡은 광고전단에 실린 새 배역들 마냥. 재즈 음향 및 매리루이스 및 싸구려 여급인 그녀[코닝함 부인]는 최고의 보금자리를 마련하도다.

388.10. [4노인들 중 2번째 마가(마커스 라이온즈) 전(傳): 그의 바다 모험에 대한 평설]

플랑드르 무적함대(the Flemish Armada)가, 어느 아름다운 아침, 약 11시 32분 경, 흩어져, 모두 공식적으로 익사했는지라, 성 패트릭과 성 케빈, 나폴레옹, 그리고 그때 프랭키쉬 함대가, 자신의 반(半) 전통의 회색

모를 쓴, 보나보치 장군[나폴레옹] 지휘 하에 양육(揚陸)했나니, 그리하여 그(트리스탄)가, 퀸즈 칼리지 근처, 브라이언 또는 브라이드 가(街) 1132 번지에서 그녀(이졸데)를 부정하게 음행하고 있었으니, 그리고 이어 재차 그들[4대가들]은 라마사(羅瑪史)의 최대의 영예(榮譽) 강좌를 대양 충만한 대학생들에게 베풀곤 했도다.

389. 이들 4노인들, 성자들 그리고 프리마우스 형제교단[1830년 잉글랜드에서 일어난 교단으로, 서립자는 트리니티 대학 출신], 그들은 청승스레 지껄이며, 기쁜 환호성 어릿광대 마냥…… 4개의 트리니티 대학에서 대강연(大講演)을 가졌도다. 저들은 잰네스댄스 래이디 앤더스도터 대학[런던 최초의 여성 의과대학]에 최대의 산부인과 의학사들이었나니…… 그리고 랄리(Lally) 녀석[사제 또는 순경], 그가 자신의 반모(半帽)의 일부와 자신의 모든 소지품을 잃었을 때, 자신의 낡고 하찮은 차림, 망토, 타월과 도개 바지라니…… 그리고 4노인들은 가장 훌륭한 강의를 제공하는지라, 그들의 12탁(卓) 주변에, 궤양(潰瘍)스터, 월성(月星)스터, 경시(傾視)스터 및 포(砲)노트의 4개의 트리니티 대학들에서, 과거와 현재 및 미래의 시제의 시간 속에 신성되게 발전한, 자연의 정신을 보여주면서―*무기와 인간을 나는 노래하도다*[베르길리우스의 대서사시] 그러자 그들이 그(트리스탄)가 그녀(이졸데)를 농(弄)하며 꼭 껴안는 것을 살피자…… 우리들의 4사람들 앞에, 그[요기에 빠져든 메스꺼운 영웅이요, 여인의 눈에 의하여 현혹된 전형적 애인]가 로마 가톨릭의 양팔 안에, 한편 그의 심해치한(深海癡漢)은 그녀[이브, 헬런, 에바 맥머러 등 아일랜드 역사에서 고통을 결과한 사악한 여성의 증표들(율리시스 U29 참조)]의 침침(沈沈)코팅한 깜찍구른 눈독 번쩍이는 안구(眼球) 속을 응시하고 사시(射視)하고 현혹광황시(眩惑狂慌視)했나니

[그리고 라이온즈의 선반공 랄리에 대한 회상이라.]

아아, 아참 맙소사 저런! 신부(新婦), 숨을 죽이고, 얼간이가 결혼을 흘끗 보았는지라. 불결의 견신모(犬神母)여! 그건 2곱하기 2의 우리들 사자전원(四者全員)은 너무나 통렬하게도 유감천만이라, 그들의 나귀친구와 더불어, 사자(死者)를 애도하다니 그리하여 랄리 녀석 그가 자신의 반모(半

帽)의 일부와 자신의 모든 소지품을 잃었을 때, 자신의 낡고 하찮은 차림으로, 망토, 타월과 도개(跳開) 바지, 그리하여 스스로 반복하며 이제 그에게 말하면서, 만보신보(漫步新報)……

390. 〔마가의 잡담 계속〕

성(聖) 브라이스 일(日)의 대학살〔1002년, 영국의 덴마크 인들의 대학살〕을 탐(探)하여, 과거를 잊는 법을, 강도인 그 자가 참자(慘者)를 교유기(攪乳器) 기름 속에 밀어 넣었을 때,〔버클리의 소련 장군 암살 암시〕 맞은편, 몰즈 언덕과 소구평원(小丘平原: 이슬람)이 있는, 오란 이슬람교 성원(聖院)의 사나이 그리고 가정(家庭)의 노인들 및 총기상(銃器商) 및 랩풀 연지(蓮池) 및 식빵제공 장엄혼례식(莊嚴婚禮式),〔고대 로마의 결혼식〕 캐비지등기부(登記簿)〔더블린 성의〕의 부고(富庫)를 통해서처럼, 최악서찰(最惡書綴)된 고문서(古文書) 가운데, 그리하여 그는 웰즈 남(男), 톰 팀 타피〔어중이떠중이〕에 관해 소리 내어 웃지 않을 수 없었나니, 그리고 넷 중년의 과부(寡夫)들, 모두 북각천사(北角天使)들, 남각(南角)천사들, 동각(東角)천사들 및 서각(西角)천사들〔동서남북의 천사들〕 그리고 이제, 그것이 내게 상기시키는지라, 웨일스 파(波)의 네 사람을 잊지 않도록, 뛰었다 웃었다하면서, 자신들의 럼백 보도(步道)〔리피강가의〕에서, 오래된 깃털 제기 채 와 깃털 공치기 너머로, 자신들의 반라마모(半羅馬帽)를 쓰고, 그 위에 한 개의 고대(古代) 희랍 윤십자가(潤十字架)를 달고, 취스터 대학 경매〔1700년 지코뱅 당원의 땅 경매〕에서 그리고, 하느님 맙소사,

390.34. 〔3번째 누가(루크 타피) 전(傳), 그의 비참한, 후회의 회상, 부(父)의 여인과의 실패〕

오 그들은 당시를 너무나 잘 기억할 수 있었는지라, 황금어족(黃金魚族)의 잉어(魚) 카퍼리〔아일랜드 왕족 명〕가 풀랜드(지국: 池國)의 왕좌에 있었을 때, 그녀의 끝이 퍼진 가발과 턱수염을 한 미망인인, 아일랜드 고등법원 판사 스콜치먼 부인……

391. 누가의 비참하고 후회스러운 독백이 부친의 실패를 부활시키다. 누가는 이야기를 전임자들[요한, 마가]처럼 다양한 변화로서 반복할지언정, 그이 홀로 트리스탄과 이졸트의 사건을 알아차리기를 실패한다. 그러나 그의 눈은 마태와 마가의 그것처럼, 트리스탄과 이졸트에 머문다. [그의 회상] 담비 모피 가운의 여제(女帝)! Y.W.C.A. [청년 여성 기독연합] 1132 또 는 1169 또는 1768의 수치매년(羞恥買年) 경에, 비탄아일랜드애착국(悲嘆 愛蘭愛着國)의 기혼남성가정남(旣婚男性家庭男)의 경매인의 구애정(求愛庭)에 서. 도우갈 가(家)의 씨족의 가련한 조니, 불쌍한 분남(奮男), 아무래도 색 정적(色情的)인지라, 잊을 수 없나니, 그녀의 부푼 젖가슴 때문에(휙! 움켜 진 채!) 너무나 경탄했는지라…… 그리고 그때 그 자리에 그리고 또한, 가 련한 디온 카시우스 푸시콤[로마 귀족]이 거기 있었으니, 역시 온통 술에 빠진 채, 세상 그리고 그녀의 남편 앞에, 왜냐하면, 그건 가장 부당하고 가장 잘못된 일이니.

392. 그(HCE)는 단지 못된 장난으로 재미를 보고 있었는지라 그리하여 노령 (老齡)이 자신에게 다가오자, 글쎄, 그는 시도했거나, 혹은 코나키(조니 맥 다갈), 그는 어떤 훈 족(族)의 성적 추행을 시도하고픈 유혹을 받았나니, 조야한 대양(大洋)(홍해)의 상한 잉어 게(蟹)를 먹은 다음 그리고, 천지(天 知)맹세코 확실히, 그는 죽도록 뱃멀미로 병상에 누었는지라(그건 참으로 지 독한 일이었도다!) 그녀의 가련하고 늙은 이혼 당한 사나이, 순교 맥카우리 부인 병원[더블린의 미자리코디아 병원]의 사일(死日)을 위한 가불안락원 (家拂安樂院)에서, 노령이 자신에게 다가오자, 글쎄, 그는 어떤 훈 족의 성 적 추행을 시도하고픈 유혹을 받았나니, 간호원의 시중드는 손을 잡으려 고, 그리고 잠자러 갔도다. 아아 친친친(親親親)의 애자(愛子)여!

392.14. [4번째 마태(매트 그레고리) 전(傳)의 증언과 회상: 여기 매트는 he—she 및 HCE로 혼교하거니와]

그리하여 그대(마태)는 어디에서 이별하는 고, 퇴역군인 마태여? …… 그들은 모두들 쓸모없는 마태를 참으로 가엾게 생각했는지라, 그에게는 너무 큰 염수모(鹽水帽)와 그녀의 덧옷, ─불쌍한 마태, 그리고 여왕 연(然)한 사나이, 그곳에 앉아, 주거(住居)의 바닥, 지하, 속죄의 의식(儀式) 속에, 그녀의 비버 보닛을 쓰고, 아이를 낳으려는 듯, 코카서스 대의원회의 왕, 온통 자기 자신에게 속하는 일가족, 그의 다(多) 언어의 묘석 위에. 그리고, 그녀의 얼굴을 벽으로 향하고, 그의 두뇌를 날려 보낼 듯, 뉴아일랜드의 고지가 브리스틀 주점 소리를 들을 때까지, 종말이 다가 오기를 기다리면서. 아아 저런! 그건 전적으로 너무나 고약한 짓이었나니! 의회 법에 의하여…… 호박 여인의 활동적인 객실남(客室男)(싱거운 맥주) 수찬자(受讚者)에 의하여 그리고

393. 온통 쇄클틴과 킨 방앗간[더블린 부자의]과 할퀴는 사나이의 냄새 때문에 온통 탐음(貪淫)된 채, 그리고 그의 입은 침을 흘리나니, 산(酸)과 알카리; 그런고로 소금[염수]이라, 그러니 이제 그리스도를 위하여 빵을 건넬지라[최후의 만찬] 아멘. 따라서. 그리고 모두.

393.3. 그리하여 저 왕조시절에, 옛 이로상(泥路上)의 ─기아항(飢餓港)(리피 강상)의 장애물 항(障碍物港)[Hurdleford ─ on ─ Dublin]에서, 거기 처음 나는 그대를 만났나니, 그리하여 어찌 윌리엄이 자신의 버킷 물을 끌어 올려, 자신의 이름을 위해 대소동했는지.〔이어 마태는 HCE 내외에 대한 과거의 생활상을 회상한다.〕그들은 흘러간 옛 시절을 생각하면서, 그리하여 어찌 그들의 4호반의 유대들이 방금 노(老) 골스톤베리[1146~1220년, 존 왕과 아일랜드에 동행한 성직자]와 행복하게 결혼했는지, 그리하여 그들은 매야(每夜) 조조(早朝)까지 멋진 아름다운 진주를 언제나 산(算)하거나 오산(誤算)하고 있었는지라, 그들은 그들의 머리카락 속에 모든 근심을 지닌 채, 여명에 보스턴 추신전지(追伸轉紙)[ALP의 편지의 인유]가 왔는지를 보려고, 바람이 교실범선(校室帆船)을 뱅뱅 바퀴 돌리는 식으로, 그들의 잠을 교차시키면서……

394. 그리고 그들(HCE ─ ALP)이 반모(半帽)를 쓰거나, 말을 되풀이하면서, 마치 자신들을 뒤쫓는 칠면조를 피할 때 마냥, 그리고 그들은 학교의 학동들인 양했나니, 걸상 주위를 한 바퀴 빙 사방을 걸으며. 그리고 흰 플란넬

겉옷에 목욕 슬리퍼를 신고 사방 범주(帆走)하며, 그다음으로 너무나도 기쁘게 그들은 자신들의 밤의 촉수(觸手)를 지녔었는지라. 그리고 그들은 과거에 그렇게 하곤 했듯이, 배들의 항적 주위를 퍼덕거리며 맴돌면서, 그리고 던롭 타이어 바퀴처럼 선호(船弧)하면서, 다시 그들의 정다운 옛 흰 미풍(美風)의 항적(航跡)을 따라, 그들의 풍폭(風幅)의 파장(波長) 속에, 쾌속 범선과 다섯 척의 4돛 박이 배들과 버린 오물대(汚物袋)의 랄리〔남녀 공성의 순경〕 그리고 혈색 좋은 사기(詐欺)의 양 뺨의 로오(Roe)〔더블린 증류자〕, 주객(主客)에서 주객으로 벼룩들을 교환하면서, 그리하여 마태는 자신이 잊어버리기 전에 그에게 이야기를 하면서, 화제들이 그들의 장대한 정열이 되는지라.

394.30. 〔아래 마태는 자신이 저들 애인들의 "밀월" 오두막 속을 보는 것을 신학적 및 추상적 언어로 말한다. 여기 "안와(眼窩)"(눈구멍: eyesoft) ― "고양이"는 은하수의 영교를 받는 심미적 숭배자가 된다.〕

쌍안경의 내심적 자아성(自我性)의 안와(眼窩; eyesoft)〔고양이 ― 이졸데〕가 여하시 분별잠재의식적으로 다수학적(多數學的) 비물질성(非物質性)의 구렁텅이 심연에 관해 감각하는 지를, 한편으로, 범우주적(汎宇宙的) 충동에 있어서 그 자체는 그 자체만의 것이라는 총내재성(總內在性)은(들어라, 오 들어라, 아일랜드〔愛蘭〕잉어의 호성〔呼聲〕을!) 이 아처금시(我處今時)의 평면 위에, 분리된 고체의, 액류(液類)의 그리고 기화(氣化)의 육체를 외재(外在)시켰는지라(과학, 말하자면!) 재결합된 자기권(自己圈)에 관한 진주백(珍珠白)의 정열망(情熱望)하는 권평판적권평판(的) 직관을 가지고……

〔위에서 마태는 "애니 미니 여걸(女傑)(Aithne Meithne)"에 관한 암소(牛)로부터 갓 나온 생선녀(生鮮女)가 갑옷 남(男)과 결혼하는 일 그리고 또한, 한 마리의 우조(愚鳥; goth)가 황금 란을 낳았다는 조각상 사가(Engrva-kon Saga)〔전설 담〕의 일화(一話) 및 상류여왕(上流女王)의 공원변(公園邊)의 농담 등등, 혹은 "쌍안경의 안와(eysolt of binnoculises)의 분별잠재의식적

(分別潜在意識的) 감각"에 관하여 그에게 말하면서—그는 단지, 망원경의 사용을 최고로 잘 설명할 뿐만 아니라, 자신이 저들 애인들의 "밀월" 오두막 속을 들어다 봄을 말한다.]

395. [여기 마트의 서술 속에는 그들 4노인들의 모습 또한, 띄엄띄엄 노정 되고 있다.]

　　그리하여 명랑한 맥골리에게 말하며, 그리고 모든 다른 항년대기편자(肛年代記編者)들, 사주범퇴피선생(四柱帆退疲船生)들, 그리고 그들의 쌍록안(双緑眼)으로 엿들어다 보다니…… 훈 족(族) 미월자(蜜月者)들과 모든 일급 귀부인들을 보기 위해. 가련하고 늙은 퀘이커 교도들, 과인(過忍)으로…… [4대가들—그들은 이제 지친 노인들이다.] 그들은 트리스탄과 이졸트의 밀월 창문을 통하여 그들의 사랑의 현장, 살롱 귀부인용의 현대 화장실을 엿 보았도다. 담요 속에 구애하면서, 아무런 흉물 없이, 그리고 피미녀(彼美女), 피미녀, 온통 부덕하게, 멋진 조조(朝甪)의 화장실 안에서, 장미도남(薔薇盗男), 전율남(戰慄男), 탄식 고무남(鼓舞男)을 위하여, 그의 나체 목에 저 오리브 고동치게 하면서…… 그것은 다시 여제(女製)의 만사를 너무나 많이 유쾌하게 탐구했나니……

395.26~35. [이 장의 클라이맥스, 트리스탄과 이졸트의 성의 절정 장면]

　　그들의 성적 결합은 마태—HCE가 이졸트—ALP의 벌린 목구멍에 던진 한 조각의 돈피(豚皮) 소시지(성찬. Eucharist)로 암시된다. 또한, 아래 트리스탄과 이졸트의 성교 장면은 마치 축구 경기의 말투로서, 퍽 희극적이다. "전위(포인트; 前衛)의 양치선(라인; 兩齒線) 돌파…… 그녀의 식도의 골(득점) 안으로……"

　　왠고하니 바로 그때 순희(純戱)의 한 가지 미사(美事)가 필시 발생했는지라, 당시 그의 손이, 바로 정순간(正瞬間)에…… 저 생생한 소녀, 사랑에 귀먹은 채, 애수의 쾌소성(快小聲)을 지르며 그녀는 그들의 분리를 재무효(再無效)했는지라. 그러자 그 때, 될 수 있는 한 급히, 유지(油脂)의 돈피(豚

皮)있었나니, 아모리카(阿模理休) 챔피언, 한 가닥 오만스러운 돌입으로, 생식남승(生殖男勝)의 거설근(巨舌筋)을 홈인 시켰도다, 전위(포워드; 前位)의 양치선(라인; 兩齒線) 돌파 (하이버상아[象牙]의 다운, 애들아!) 당(堂) 딸랑쿵쾅 포성(砲聲) 그녀의 식도(食道)의 골(득점) 속으로.

396. 〔4대가들의 이졸트— 이씨에 대한 칭송〕

그리하여 이제, 똑 바로 그리고 그들에게 가세! 그리고 제발 정직할지라! 그리고 그대 자신 속으로 끌어들어요, 남녀가 상오 그러하듯! 거기 이러한, 소위녀(所謂女)가 있었나니, 한 사람의 고현대(古現代)의 아일랜드황녀(愛蘭皇女), 그녀의 목면(木棉)의 겉옷을 입고, 그녀의 모자 밑에는 붉은 머리칼과 단단한 상아 두개골만이 있을 뿐 그 밖에 아무것도. 누가 그녀의 행위를 욕하랴? 우리는 묻고 있는지라. 이에 비해 지친 마크 왕. 이브〔이졸트〕여 뭘 할 참인고? 저토록 지친 늙은 무유(無乳)의 숫양을 가지고, 그의 지친 의무식물(義務食物)과 그의 기관지, 지친 노모(老毛)의 오랑우탄(動) 턱수염을 하고. 〔이어 서술되는 그들 두 애인들의 결합의 타당성〕만일 전체 이야기가 말해지면, 쌍일합(双一合)되어 다함께, 그리하여 그것은 가련하고 늙은 시간 약속자들에게는 놀라운 순간이었나니. 숨통을 털어 막고 가둔 불꽃을 그가 움켜 질 때까지 그리고 그들은 그녀의 쇄락회당(灑落會堂)에서 핑 튀기는 그녀의 설골가(舌滑歌)를 들을 수 있었나니.

〔그러자 4복음자들은 이졸트(이씨)의 행동을 이내 잊어버린다. 아아 이제, 그건 전적으로 경탄할지라…… 그 뒤로 그들은 너무나도 잊어버리곤 했나니…… 그녀의 아름다운 처녀 명을 기억하려고 애쓰면서.〕

396.14. 이브여 뭘 할 참인고? 저토록 지친 늙은 무유(無乳)의 숫양을 가지고……?(What would Ewe do? With that so tiresome old milkless a ram……?) 4분석가(대가)들은 이졸트의 성적 행위를 옹호한다. 그대는 뭘 할 참인고?

〔여기 성적 문맥에서 암양과 숫양은 『오셀로』의 이미저리(imagery)를 상

기하거니와, 거기에서 "늙은 검은 숫양(오셀로)은 그대의 하얀 암양을 수간 (獸姦)하도다."(『오셀로』 I.i.88~89 참조).]

396.33. 〔마태 복음자의 보고(회상) 종결〕

앞서 마태의 탁월한 보고는 어디서 끝나고, 결론이 시작하는지는 불확실하다("핑〔Plop〕"이란 말은, Tindall이 지적하듯, 아마도 종결을 의미하는 멋진 말이리라).(Tindall 217)

397. 그리고 4노인들은 죽어 사라지기 마련인 것이다. 그들은 단지 딸꾹질의 대상일 뿐. 그들은 가련한 존재일 뿐이나니. 과거에 선행을 했건만 이제는 그만. 그레그 및 도우그로부터 가련한 그레그 위의 그리고 마(태) 및 마(가) 및 누(가) 및 요(한), 이제는 행복하게 매장된 채, 우리들의 사인(四人)들! 그리하여 바로 그녀 거기 있었나니, 바로 저 사랑스러운 광경, 그 귀녀(貴女)의 소미(少眉), 다영(多榮) 석일(昔日)로 말하거니와, 다부(多浮)의 그레고리. 아(我)고리. 오 연침상(宴寢床), 정자(亭子)에서가 아닌지라!〔노래〕 아, 슬프도다.

397.6. 〔지친 4인방들 그리고 그들의 사라 집〕

그러나 확실히, 그것이 이제 내게 상기시켰는지라, 그들이 어찌하여 기민증(嗜眠症)의 사랑 속에 빠지곤 했는지를, 만사의 종말에, 언제나, 온통 지친 채로, 가사(家事)를 행하고 꾸린 다음, 둘 식 둘 식 쭈그리고 앉아, 사자연맹(四者聯盟), 천년가도(千年街道), 양로병원 속에, 성상(聲箱)의 고(高)미다라, 매그리 살모(殺母)에 노우자(老愚者)를 닮은 마마누요, 둥글게 쭈그리고 앉으면서, 둘 식 둘 식, 사자연맹(四者聯盟), 키잡이 캑슨과 함께, 천년가도(千年街道), 양로병원〔킬메인함의 왕립 병원〕의 습공조정환기중(濕空調停換氣中)〔열(熱) 석쇠〕, 찬월계수지(讚月桂樹枝)에 스스로 착관(着冠)하면서, 자신들의 차가운 무릎과 자신들의 가련한(딸꾹) 사족(四足), 반숙란면(半熟卵眠), 그리고 한껏 화착(華着)한 채로, 자신들의 담요와 모성(母性)의 머플러와 고무밑창 신발과 자신들의 갈색 설탕 사발과 밀키와 샌드위치 덩어리를 위하여, 평화 일첩(一貼)을 핥으면서. 매일 밤 한 두 통의 편지를 읽나니, 그들의 구역(舊歷), 마마누요(M.M.L.J), 1132 구년전 야(舊年前夜)의 한 페이지 고사본(古寫本)을 위에, 쉐만스 부인에 의하여 쓰인, 역자로부터 입수한, 담황색의 오후 식판(食版), 레가타 능직물 커버에, 왠고하니 그들의 꿈을 부화(孵化)에 의하여 회상하기 위해, 그리고 그들과 함께 랄리, 그들의 녹괴저(綠壞疽)의 안경을 통하여. 그리고 그들은 온갖 선행을 자신들의 시간에 행했는지라, 엄격주의자(嚴格主義者)들, 로우 및 코니 압 머러의 오멀크노리를[4대가 중의 하나] 위하여……

398. 또는 랩 압 모리온 및 법플러 압 매티 맥 그레고리, 둔부자(臀部者), 드와이어의 대디부(父)의 마커스, 고깃국 노부대(老負袋), 황우(黃牛)들과 목동들, 촌뜨기들과 종자(從者)들[더블린의 명인들]을 위하여, 요컨대, 벌족 일동(閥族一同) 및 각자(성[性]) 및 하나 씩 하나 씩 그리고 마마누요를 노래하도다. 아일랜드의 최고영웅 챔피온과 그의 지주분발상륙자(支柱奮發上陸者)들을 향해 그리고 거백(去白), 거승(去勝) 그리고 거원(去遠)했도다.

[전매 구호의 인유: "낙찰, 낙찰"]

398.11. [4인방의 사라짐]

우리 다 함께 달려가 오아(吾我)의 기도를 말할지라. 그리고 홈 스위트 홈답게. 고도로 대륙적 출래사(出來事)의 감사한 경험을 충분히 실현한 다음, 대모(代母) 및 대부(代父)를 위해 잠(眠)의 사원(寺院)으로, 그리운 옛 지인을 위해, [노래 가사] 페레그린과 마이클과 파파사와 페레그린[『사대가의 연대기』의 편자들]에게, 편역(遍曆)의 항해사들[수부와 순례자들]을 위해, 모든 옛 제국과 피오니안(길 터라)[항해 구호] 미해(美海)를 통틀어 그리고 그대의 매녀(魅女)인, 어떤 이이스 양(Miss Yiss)에게 유행의 함타락(陷墮落)을 위해, 그대여, 긍안숙녀(肯眼淑女)에게[노래의 가사] 도리스 애증기(愛蒸氣)를 노래할지라, 여기 묘술(트리스탄)과 사지동물(四肢動物)[이솔더]이 있나니, 즐겁게도 우리들의 것, 홀딱 사랑에 빠진 귀여운 오리 새끼 파랑 녀(女)가 남(男)의 굴렁쇠를 굴리는지라, 그리하여 그녀가 어찌 달렸던고, 기지승유(機智勝由: wit won free), 보조개 같은 지복을 받고 경치

게도 뽐내다니, 정말 기쁜지라 우리는 결코 잊지 못하리라, 세월이 흘러가
도 여전히 그들은 젊은 꿈을 사랑하나니[무어의 노래] 그리고 늙은 누가
(Luke) 자신의 왕(王: 킹)다운 곁눈질(리어: leer)[4노인들은 딸들에게 버림
받은 리어 왕 격]과 더불어, 너무나 볼만한 가치가 있는 것, 그리하여 대
법전주(大法典主)[중세의 아일랜드 법전집]가, 분명한 악명을 소유한 채,
그리고 또 다른 하나의 대업가(大業家), 타자를 거명하지 않더라도, 그에
관하여 성취 분야에서 대사(大事)들이 기대되었나니, 나사로[죽음의 부활]
의 생애(生愛)와 흘러간 그 옛 시절[노래의 가사]을 위하여 그리고 그녀는
녹석영(綠石英)의 쾌공(快孔) 샹하이(상해[上海]) 위에 착(着)한 자신의 코이
누르 다이아몬드 덩어리를 환환환호(歡歡歡呼)하는 도다.

[4노대가들, 그들은 마치 셰익스피어의 리어(Lear) 왕, 또는 아마도 아
일랜드의 고왕 리어리(King Leary)처럼, 고독하고 외로운 처지가 된다. 그들
은 햄릿의 부왕의 새 생명에 대한 최후의 호소를 할 뿐이다. 4노인 복음자들
은 HCE 및 ALP의 침실 현장을 떠나면서, 아름다운 그들의 딸 이졸트를 위
하여 찬가시(讚歌詩)를 차례로 읊는다.]

[4구절로 된 이 시가는 아일랜드의 4지방(주)들 및 해신 맥크리어(Ma-
nanaan MacLir)가 주도하는 4파도(Four Waves)들과 일치한다. [앞서 『율리
시스』의 도서관 장면에서 스티븐은 리어 왕이 언급되자, 그의 의식 속에 러
셀 작의 3막 극시인 「데어드레(Deirdre)」의 대사인 같은 음의 맥크리어를 떠
올린다.(U 155 참조) 이 시가는 또한, 북남동서를 대표하며, 북쪽으로부터
의 금전에 대한 약속, 남쪽으로부터의 사랑의 속삭임, 동쪽으로부터의 사랑
의 꾸민 이야기 및 서쪽으로부터의 노파 바나클의 강력한 소리를 각각 담고
있다.]

들을지라, 오 들을지라, 아름다운 이졸데여! 트리스탄, 비운의 영웅이
여, 들을지라! 램버그의 큰 북,[얼스타의 대고] 룸보그의 갈대 피리, 룸배
그의 횡적(橫笛), 리미빅의 청동비음(靑銅鼻音)을.

[이하 4노인들의 이졸데를 위한 각각의 찬가]

398. 〔마태: 북쪽〕 우리들의 축복받는 주 예수 그리스도의 기원 얼스터 은행의 청흑장기(青黑腸器) 속의 구십구억구천만(九十九億九千萬) 파운드 영화(英貨).

값진 반 페니와 순금 파운드, 풍부한, 나의 아가씨여, 일요일이 그대를 멋있게 장식하리라.

399. 그리하여 경질 어느 시골뜨기도 그대에게 구애하러 오지 않나니 아니면 성령모(聖靈母)에 맹세코 살해 있으렸다!

〔마가: 남쪽〕오, 오라 딩글 해변의 모든 그대 아름다운 요정들, 파도타는 시빌의 염수신부(鹽水新婦) 여왕을 갈채하기 위해

그녀의 진주낭자(眞珠娘子)의 조가비 소택선(沼澤船)을 타고 그녀 주위에 은월청(銀月青) 망토를 걸치고.

해수(海水)의 왕관, 그녀의 이마 위에 염수(鹽水), 그녀는 애인들에게 지 그 춤을 추고 그들을 멋지게 차버리리라.

그래요, 왜 그녀는 울측낭자(鬱側郎子)들 혹은 흑기러기들을 참고 견디려 하는고?

〔누가: 동쪽〕 그대는 고독할 필요 없을지니, 나의 사랑 리지여, 그대의 애인이 냉육(冷肉)과 온병역(溫兵役)으로 만복할 때

뿐더러 겨울에 경야(經夜)하지 말지니, 매끄리 창부(窓婦)여, 그러나 나의 낡은 발 브리간 외투 속에 비가(鼻歌)할지로다.

과연, 그대는 이제 동의하지 않을런고, 말하자면, 내주, 중간부터 계속, 나의 나날의 균형을 위해, 무료로(무엇?) 그대 자신의 간호원으로서 나를 채용하도록?

다력(多力)의 쾌락자들은 응당히 경기사투(競技死鬪)했나니—그러나 누가, 친구여, 그대를 위하여 동전을 걸(乞)할 터 인고?

나는 그 자를 누구보다 오래 전에 내동댕이쳤도다.

〔요한: 서쪽〕 때는 역시 습(濕)한 성(聖)금요일의 일이었나니, 그녀는 다리미질을 하고 있었고, 나는 방금 이해하듯, 그녀는 언제나 내게 열광이 었도다.

값진 거위기름을 바르고 우리는 오로지 올나이트 물오리 털 침대를 들고 전적으로 잇따른 피크닉을 나섰는지라.

콩의 십자가 에 맹세코, 그녀는 말하나니, 토요일 황혼 속에 나 아래에서 솟으며, 미크, 매고트(구더기) 니크7) 또는 그대의 이름이 무엇이든 간에,

그대는 보허모어 군 출신, 나의 수중에 들어온 여전히 최고의(모세) 마음 드는 청년이라.

〔이리하여 트리스탄과 이졸트의 구절은 다음 부(部)의 선치역(先置役)으로 끝난다.〕

마태휴, 마가휴, 루가휴, 요한휴히휴휴!

이어 4노인들을 대동한 작별의 나귀 소리가 멀리서 들려온다. "마태휴, 마가휴, 루가휴, 요한휴히휴." 이졸트가 탄 배가 리피강구로 떠나자, 이들 4노인들은 다시 꿈의 세계로 몰입한다. 여기 나귀는 다음 장에서 4노인들과 함께 재현한다.

히하우나귀!

그리하여 여전히 한 점 빛이 길게 강을 따라 움직이도다. 그리고 한층 조용히 인어남(人魚男)들이 자신들의 술통을 분동(奔動)하도다.

그것의 기운이 충만한지라. 길은 자유롭도다. 그들의 운명첨(運命籤)은 결정되었나니.

고로, 요한을 위한 요한몽남(夢男)에게 빛(光)이 있을지라!

〔이상으로, HCE가 꿈꾼 것은 자기 자신의 과거로부터 기억되는 어떤 것임은 사실이지만, 그것은 또한, 그 밖에 어떤 것의 현재의 꿈이기도 하다. 성공적인 애인의 역할에 있어서 이 "그 밖의 자(somebody else)"는 케빈(손)인, 어느 날 나타날, HCE 자신의 아들로서의 한 멋진 금발의 영웅이었다.

그 꿈은 지금 마루 위에 깨어진 부친의 육체의 상자(flesh—case)로부터, 방금 이층에 잠자는, 미래로 넘치는, 저 젊은 아들(손)의 육체의 상자로의 그의 정신적 전환을 의미하리라.]

Tales from Finnegans Wake

제III부

제III부 1장

대중 앞의 숀

【개요】 이 장은 제III부의 첫째 장에 해당한다. 이는 한밤 중의 벨 소리의 울림으로 시작된다. "정적 너머로 잠의 고동"(403.5)이 들려오는 가운데, "어디선가 무향(無鄕)의 혹역(或域)에 침몰 하고 있는"(403.18) 화자(나)는 잇따른 두 장들의 중심인 물, 우체부 손에 의하여, 자신이 성취한 대중의 갈채를 묘사하기 시작한다. 1924년 5월 24일 자의, 하리엣 쇼 위버에게 한 한 편지에서, 조이스는 "이미 서술된 사건들을 통해 밤에 거꾸로 여행하는 한 우편배달부로서" 손에 대한 그의 서술에 관해 평한다. "그것은 14정거장들의 형태로서 쓰이지만, 사실상 그것은 리피강을 따라 굴러 내려가는 통이다."(「서간문」, I. 214) 손은 제I부의 1장, 2장, 그리고 3장에서 중심 무대에 있기 때문에, 조이스의 평은 모든 3장들을 커버할 수 있을지라, 단지 제III부의 1장 뿐 만이 아니다. 이 장을 통하여 셈/손의 갈등이 재연하는 주제는 많은 다른 방도들에서 재삼 표면화하거니와, 이들은 질문들에 대한 손의 대답들에서 분명하게 된다.

화자/서술자는 자신의 꿈을 토로하지만, 한 마리 당나귀의 목소리에 의해서이다.(405.6) 에피소드는 또한, 손의 먹는 습성에 관한 사실적 서술을 포함한다.(406) 그러나 이 장의 큰 덩치는 손과의 확장된 회견으로 구성되며,(409.8~426.4) 대중에 의하여 행해지는, 모두 14개의 질문들로서,

첫 번째 질문: 손은, (공공연히 말하도록) 누가 그에게 허락했는지 질문을 받자, 그는 사람들에게 작별하며, 자신은 최근에 많은 공장 노동자들을 개선하기를 믿게 되었다고 말하고, 그것을 성 커럼실의 예언들로부터 배웠다고 주장한다(409.8~10). 손은 여기 정치적 업무에 한 후보임이 분명하며, 그는 자신의 부친의 "사망"에 의한 공백을 매우기 위한 자리에 출마하고 있는 듯하다.

두 번째 질문: 숀은 우리들의 생활이 숙명적인지 어떻지, 혹은 적어도 그는 자신의 운명을 실연(實演)하고 있는지 어떤지를 질문 받는다(커럼실에 대한 언급에 의해 함축되듯). 그는 친부에 의하여 이러한 생활이 선고되었으며, 그는 한 가지 사명을 지니고, 한 사람의 우체부로서 양육되어, 그로부터 피할 수 없음을 말한다.(409.31~410.19)

세 번째 질문: 숀은, 우편에 관한 질문에 응답하여, 힘은 대포의 끝으로부터 나온다고 말한다.(410~23)

네 번째 질문: 숀이 어디서 일하는지를 질문 받자, 근는 여기서 일하며, 자신은 주당 60마일을 걷는 유목민으로, 성직(聖職)을 택한 뒤에, "불필요한 노업(奴業)(411.3)에서 사면되어야 한다고 말한다. 어떤 충고를 준 다음, 그는 음식 어(語)로 말장난하는 기도를 토한다.(410.28~411.21)

다섯 번째 질문: 그가 도회(더블린)의 우편함을 녹색으로 칠한대 대해 공격 받자, 이에 대해 그는 그것은 a) "무서운(프로이트적) 과오"이요, b) 그것은 일종의 유토피아 계획의 부분이라 말하고, c) 그의 공모자는 데이브 또는 셈이라고 응답한다.(411.35~36)

여섯 번째 질문: 질문자는 숀의 노래를 칭찬함으로써 그가, 과연 추구하는바가 무엇인지 묻는다.(412.9~12)

일곱 번째 질문: 질문자는 숀에게 그의 편지에서(스위프트 식의) 언급들을 설명하도록 요구한다.(9413.27~29) (캐데너스는 스

위프트가 바네사와의 편지에서 사용한 가명으로, 그가 애스터 반흠리에게 준 이름이거니와), 이 질문에서 사람들은 또한, 숀으로부터 한층 전기적 정보를 찾는다.

여덟 번째 질문: 그들은 숀에게 노래를 부르도록 욕구하지만, 그는 노래를 부를 수 없기 때문에. 그의 목구멍을 가다듬는지라(천둥소리를 토하면서), 그는 "개미와 베짱이"의 이솝 이야기(우화)를 말한다(414.16~419.8). 이는 실질적인 개미(숀)와 비 실질적인 탕아인 베짱이(솀)에 관한 상반된 우화이다. 이 우화는 『피네간의 경야』의 비평가들, 특히 윈덤 루이스에 대항하는 조이스의 방어이다. 이 장을 통하여, 솀/숀의 형제 갈등의 주제가 많은 다른 수준에서 다시 표면화되는데, 그의 대부분은 질문들에 대한 숀의 대답으로 분명해 진다.

아홉 번째 질문: 질문자들은 숀의 어휘 실력을 칭찬하며, 그가 HCE에 관한 솀의 편지를 읽을 수 있는지 묻는다. 숀은 그것은 그에게 희랍어 인지라, 자신은 로마 인이요(즉, 가톨릭 성당의 서부 분교 회원), 편지는 "멋진 산물이 아님을"(419.31) 말한다. 대신 그것은 비(非) 지적이요, 외설적 및 암울한 것이다. 설상가상으로, 아나와 솀은 숀의 타당한 신용을 갖지 않은 채 편지를 합작했도다. 그는 편지에 대한 오디세이적 한 페이지 길이의 서술로 결론짓는지라, 여기 봉투에 스탬프 찍힌 모든 구절들을 나열한다. 이를 통해서, 숀은 조이스의 작품들에 대한 비 동정적 비평가의 역할을 행사한다.(419.11~421.14)

열 번째 질문: 숀은 그가 10배만큼 편지를 나쁘게 쓰지 않았는지 질문 받자, 그는 공격을 부정하며, 사건의 전모의 배후에

셈이 있음을 말하고, 그가 질병들을 유발한 것을 비난한다.

열한 번째 질문: 그가 여전히 또 다른 우화로서 편지의 이야기를 말 하도록 하는 요구에 응답하여, 숀은 편지는 부분적으로 자기 자신의 것이지만, 셈이 그의 산문을 절단했다고 말한다. 그는 셈—조이스의 사이비 전기로서 그를 계속한다.(422.19~424.13)

열두 번째 질문: 숀이 셈을 파문함으로써 그의 최후의 대답을 끝내자, 그들은 그 이유를 묻는다. 숀은 셈의 "뿌리 언어"를 증오한다고 대답한다.(424.17) 이에 그는 말들에 대한 예술가의 힘의 공포로서 십자를 긋는다. 결과는 또 다른 천둥소리로서, 이는 『피네간의 경야』의 최후의 발생사이다(10번째 101개의 철자로서)(424.20~22). 이는 천둥의 북구 신, 토르(Thor)에게 직접 언급된다. 여기서 숀 자신은 토르(Thor) 신(神)〔전쟁 농업 신〕인 셈이다.(424.22)

열세 번째 질문: 그들은 어떻게 숀이 편지에 "접근할 수 있는지"(424.24)를 묻자, 그것에 대해 숀은 그곳에 담긴 모든 것은 표절이라고 말 한다: "그〔편지〕 속의 모든 저주암자(詛呪暗字)는 복제품이요 적잖은 수의 무녀철자(巫女綴字)와 전성어(全聖語)들을 나는 나의 하늘의 왕국에서 그대에게 보여줄 수 있도다."(424.32~34) 그는 자신이야말로 참된 "말"(424.23, 425.3)임을 말한다. 이 부분을 통해서, 숀은 그리스도가 되기를 요구하는 가짜 메시아 격이다.(「마가 전」 13:5~6)

마지막 열네 번째 질문: 숀은 그가 셈의 것보다 더 낳은 편지를 쓸 수 있을 만큼 명석한지 질문 받는다. 물론, 그는 할 수 있는지라, 그는 가로대, "나는 어떤 일이 있어도 결코 이러한 실행의 그토록 많은 수고를 감당할 의향이 없기 때문이로다." (425.33) 즉 그의 전통파적 인생의 책은 셈의 산물을 훨씬 능가하리라.(425.4~426.4)

〔이 응답에 이어, 숀은 그의 어머니에 대해 애통해하며, 졸린 채, 통속으로 추락하거니와, 언덕 아래 리피강 속으로 거꾸로 굴러 간다: "그는 무(無)자취로 소산(消散)하고 멸거(滅去)했나니, 마치 파파(아부〔兒父〕) 아래의 포포(아분〔兒糞〕)처럼, 환상(環狀)의 환원(環圓)로부터"(427.6~8) 그의 자매 이씨가 그에게 작별을 고하자, 모든 아일랜드가 그를 애도하고, 그의 귀환을 요구하나니, 이제 부활은 확약되도다.〕

[본문 시작]

403. 〔HCE 내외는 한밤중 침실에 있고, 화자는 교회의 종소리를 듣다.〕

들을지라!
열둘 둘 열하나 넷 (있을 수 없나니) 여섯.
경청할지라!
넷 여섯 다섯 셋 (틀림없나니) 열둘.
그리하여 정적 너머로 잠(眠)의 심장고(心臟鼓)가 낮게 엄습해 왔도다.

〔HCE에 대한 묘사〕 비공(鼻孔)을 닮지 않은 인간의 코. 그것은 자기채 색적(自己彩色的), 주름지고, 홍토색(紅土色)되었는지라. 그의 안면은 금작 화원통(金雀花圓筒)이 도다. 그는 너도밤나무 숲—아래—개복(蓋覆)된 가 스코뉴의 주춤대는 내종피(內種皮〔植〕)이나니, 그의 용모는 추억조(追憶鳥) 의 전공(前恐)에 너무나 뒤뚱거리며 가변적인지라…… 그는 야성(野性) 의 힌디간(북인도)의 매부리코를 갖고 있나니. 호호, 그는 은각(隱角)을 지 녔도다! 그리하여 방금 피안(彼眼)이 그대를 향하고 있는지라. 광세(프랑 스 철학자 「명상록」의 작가)(색남〔色男〕)이라! 베일 두른 방야곡계(方野谷溪)의 불빛, 그자(손)가 리띠에 매달린 램프의 빛으로 식별 하도다. 그리고 그는 그것의 빛에 의해 그것이 과연 "숀"임을 알리나니. 손은 도깨비 불 같은 환영 앞에, 손에 막대를 흔들면서, 최고 특질의 털 칼라가 달린 모직물 코 트를 입고, 망치 소리, 징 박은 쇠 뒤꿈치 달린 구두를 신고, 그의 크고 빤 짝이는 단추 달린 심홍색 재킷을 입었으며, 외투와 비단 셔츠를 걸치고, 한 위대한 백작처럼 찬연하게 대지에서 일어서도다. 그가 다름 아닌, 축복

받은 사나이, 숀 자신인 것이다.

404. 〔숀의 등장〕

이때 대지는 암울한 안개의 지표면이라, 마치 넘치는 기대 속에 근접한 풍향초지(風向草地)에 놓인 세탁물 옷처럼 보였도다. 그리하여 내(화자)가 꿈속에서 꿈틀거리고 있었을 때, 오랜 대지, 파충류와 땅 숨소리가 "숀이여! 숀이여! 우편을 우송할지라!" 하고 속삭이는 것을 꿈꾸었노라! 그리고 그 소리가 한층 커지자, 보라, 점차적으로, 어둠으로부터, 그(숀)의 불빛, 그의 혁대에 찬 램프가 나타나며, 그는 마치 올바른 의상을 입은, 한 백작인양 차림을 하고 아련히 나타났나니. 그를 살펴보건대, 이제 그것은 점멸광(點滅光) 같기도, 그는 지금 무우(霧雨)처럼 흑안(黑眼)이 도다. 그것은 그의 벨트 램프(혁대 등)! 최상품의 고전적 맥프리즈의〔모피의〕외투를 걸치고, 아일랜드 연락견(連絡犬)의 칼라에, 그가 신은 두툼한 굽바닥의 단화는 스코틀랜드 풍의 대중적 및 풍토에 알맞게 망치질 된 것, 쇠 뒤꿈치 및 분리할 수 있는 밑창, 그리고 그는, 그의 양털로 된 신의(信義)의 재킷 그리고 커다란 봉밀 단추, 스물 두개의 당근 빛을 띠고, 그의 거친 부대 포털 코트 및 그의 인기 있는 초커(목도리), 특대의 그리고 그의 화려한 보헤미아의 장난감과 다마스쿠스 능직의 오버 셔츠를 안쪽으로 자랑해 보이나니, 제퍼(서풍)의 직복(職服)에는 R.M.D.〔더블린 왕실 우편〕가 수 놓여져 있고, 지금까지 가장 성공적으로 수발(隨發)한 양각 소매, 만사 최고인지라(아하, 하나님과 성모 마리아와 성 패트릭의 축복이 그이 위에 온통 내리소서!)

405. 그 자가 바로 숀이라, 편지 배달부, 아아 정말로, 그리하여 다복하옵소서! 그는 얼마나 원초적 그림이랴! 만일 내(화자)가 4노인들처럼 현명하다면, 그러나 나는, 가련한 당나귀와 같나니, 하지만 그런데도 생각건대 당사자 숀은 내 앞에 서 있도다. 그리하여 나는 그대에게 맹세하거니와, 저 젊은이야말로 예술 작품이요, 미동(美童)이라, 미증유의 수려한 인물이 아니던고! 너무나 불타듯 멋있나니, 자신의 일상의 건강 이상을 보여주고 있도다. 틀림없는 저 빛나는 이마! 그의 찬란한 건강! 왠고하니 그는 맥주 주점에서 위대한 시간을 보냈기에, '세인트 로우쟁즈 오브 툴 여인숙', 쌓아 놓은 음식의 가득한 식사로 자신의 힘을 회복시켰는지라, 오렌지, 베이

컨, 약간의 저버린 냉(冷) 스테이크 하며……

406. 〔손의 식사에 대한 화자의 예찬〕

　　그의 식사는 스낵 식으로 뒤따랐나니 반 파운드의 둥근 스테이크와 그의 수프 냄비 만찬, 극히 드문, 포타링턴 정육점 산의 송판(松板) 최고품, 미두(米豆)와 코크 주(州) 산(産)의 아 라 메랑쥬(혼합물) 베이컨을 곁들이고, 두 고치의 고깃점, 그리고 언덕 위에 사는 수탉의 여주인이 은 석쇠로부터 덤으로 준 것에 육채소(肉菜蔬) 스튜 즙을 뿌리고, 부풀어 오른 조제(粗製) 호밀 빵과 화포식자(華飽食者)의 구근 양파 그리고 마찬가지로 두 번째 요리 코스와 함께 그리고 이어 최후로, 애플레츠 점 혹은 키찌 브라텐 점에서 사온 안장부대(鞍裝負袋) 스테이크의 11시 주식(晝食) 스낵 후에, 그리고 여주인의 오래된 피닉스 통주(桶酒)를 곁들인 보터힘〔브레턴 산〕 샌드위치, 자신의 목을 축일 타타르 주와 단 감자 및 또한, 아일랜드 스튜 그리고 그의 길을 따라 휘파람 불기 위해, 한 묶음씩 꿀꺽 꿀꺽 마시는 가짜 거위 수프, 그리고 자신이 혀를 한 바퀴 두른 다음, 게다가 덤으로 첨가한 보란드 점의 묽은 수프, 유감스럽게도 야침전주(夜寢前酒)와 *더불어* 자신의 수프 지불(支拂), 환언건대, 둘째 코스는 달걀과 베이컨으로 일관된 일종의 종부식(種阜食)(풍부한), 잠두(蠶豆), 고기, 스테이크, 먹장어, 다이아몬드 견골(堅骨)에 후추를 뿌려 뜨겁게 데운 것 그리고 한편 그다음으로 그는 수오리처럼 넉넉히 게걸스레 배불리 먹었나니, 더 많은 캐비지를 곁들인 송아지 냉요부(冷腰部)와 그들의 푸른 자유국의 완두 송이에 잇따라, 좌약녹두(坐藥綠豆). 그러나 그대의 주정(酒精)과 함께 평화를 주기 위한 한 골무의 라인 주, 갈증으로(진실로) 감사하도다. 빵과 식용 해태 및 티퍼라리 잼, 모두 요금 무료, 아만 버터, 그리하여 최고의 와인과 함께. 왠고하니 그의 심장은 자기 몸만큼 크기 때문이라, 그랬나니, 정말, 그보다 컸었도다! 엽(葉) 빵들이 개화만발하고 나이팅게일이 짹짹 우는 동안. 베리의 성(聖) 지리안 후의(厚誼)의 만인, 거기 땅딸보 노인 맥주 컵을 위하여 만세! 마브로자피네 희랍 주, 우리들의 커스터드(과자) 하우스 부두의 갈색의(더할 나위 없는) 자랑, 생기 있고 미식(美食)의, 감사하게도 아원기(我元氣)라, 우리를 원기 있게 할지라! 차(茶)는 지고로다! 그리운 옛 시절의 영원히! 이리하여 그는 이제 한층 후하게 되리니, 새롭게 되리라. 그리하여 버터와 버터 위에 베터 및 베터(한층 더 낮게) 메스트레스(굶주린) 반 홍리그[스위프트의 애인의 부친]의 신호에 따라.

407. 휘파람부는 목패(牧貝)의 굴 술(蠣酒)이 장난치는 동안, 폭식(暴食)과 폭도락(暴道樂) 사이, 점심전채(點心前菜), 매번 그는 음식에 대해 중상하는 말을 하거나 잘 드레스 된 파이의 맛난 정선식(精選食)과 함께 한 병의 아디론[기네스 맥주]을 마시고 싶어 하거나 아니면. 비록 그의 정미(正味)의 경기신근중(競技身根重)[경마와 권투 선수의 체중]은 대체로 질량단위로 한 마리 구더기 무게에 불과했을지라도, 그(孫)는 자신의 식과(食菓)를 온당히 먹어 치우는지라. 그리하여 그는 마부처럼 너무나 경쾌하여, 자신의 부활절의 월요일 인쇄면(印刷面) 너머로 여학생의 낙승(樂勝) 얼굴을 하고 유복하게 앉아 있었나니, 그리하여 그는 분명히 병사의 발걸음으로 행군중이라.

407.10. 서곡(序曲) 및 시자(始者)들이여! [연기(演技)의 시작, 대중에 의해 인터뷰 받는 숀.](407~14)

[화자(나), 숀의 말을 듣다.] 그때 보라 (주목, 오 주묵(注黙)!) 아견(我見), 아류(我流)했나니, 마치 녹색이 적색으로 청류(清流)하듯, 암흑의 아사(啞死)를 통하여 나는 녹성장(綠成長)의 그보다 깊이 한 가닥 목소리를 들었나니, 숀의 음성이라. 아일랜드민(愛蘭民)의, 원화(遠火)의 호음(呼音)을 [숀은 마치 불로부터의 한 가닥 목소리마냥 말하다.] 영(英) 오존 해(海)를 너머 미풍이 아일랜드지대(愛蘭地帶)로, 인치게라로부터 하탄식(何歎息)하듯 내내 부르나니, 크리브덴으로부터 애고(愛高)스러운 마코니마스트(柱)가 무선(無線)의 비소(秘所)를 윙윙 열 듯 상냥하게. 튜브 관(管)을 통해!

[숀이 손을 들어 말하다.] 그는 자신의 수장(手掌)을 들어 올려진 채, 그의 수패(手貝)가 잔(盞)했나니, 그의 수신호(手信號)가 가리키자, 그의 수심(手心)이 료봉(僚逢)했는지라, 그의 수부(手斧)가 솟아올라, 그의 수엽(手葉)이 추락되도다. 상조(相助)의 수(手)가 혈거개(穴擧皆)로 치료하는지라! 얼마나 성스러운지고! 그것이 신호(身號)했도다.

그리하여 그것이 말했나니.

—여봐, 인사로다, 가련한 숀이 지쳐 하품을 했나니, 자신의 총연설(總

演說)의 시연(試演)으로서(하품은 전날의 가루반죽 비둘기―파이―수프와 자신의 머릿속의 화요일의 샴페인 더하기 내내일〔來來日〕의 교신잡음〔交信雜音〕 때문이라), 높은 곳에서 자기 자신에게 말을 걸며 그리고 음성불만(吟聲不滿)을 가지고, 자신의 내일의 이득을 위하여 자신의 페티코트를 오늘 염색하는 스스로를 불평하면서……

408. 정적상(靜寂上) 자신의 입술(추자: 觸者)을 적시거나, 그의 두 선지(先脂)를 가지고 어금니와 마치(磨齒)를 깨끗이 문지르면서, 그(孫)는 자신의 거구를 침(沈)했나니, 숨을 헐떡이는 들 토끼처럼 기진맥진한 채(그의 체중 무게가 자신에게는 너무 지나쳐 스스로 불쾌한지라), 자신이 사랑하는 히스 들판 위에 수풀로 덮였나니, 그 이유인즉 여태껏 아일랜드토(愛蘭土)를 밟은 자는 누구든 간에 여지 꽃 묏장(토탄)〔아일랜드 애국의 상징〕과 떨어져 잠잘 수 있었던고! 〔이제 孫의 셈에 대한 생각〕 孫 왈: "글쎄, 나는 이러한 꾸밈으로 나 자신을 보다니 이제 다 된 것 같도다! 나는 얼마나 지나치도록 무언의 사나이인고! 단지 한 사람의 평화의 우편배달부, 폐하의 공신봉사(公信奉仕)의 우신서(多郵信書)의 특파봉지자(特派奉持者)가 되기 위해 하잘 것 없도다. 그것은 그의 시명(屍名)을 지닌 나의 타자(他者)(셈)였으리니―왜냐하면, 그는 머리(頭)요 나의 쌍둥이라. 셈은 오히려 여위어 보이나니, 나를 모방하면서. 나는 나의 저 타자를 몹시 좋아 하도다. 물고기 손(手)맥솔리 쌍둥이라! 우리들은 음악당의 쌍둥이, 기네스 축제에서 상을 득했도다. 나는 이 무대 위에서 그를 비웃어서는 안 되는지라. 그러나 그는 대단한 경기 패자이나니. 나는 그에게 나의 원반을 들어올리도다. 그는 여인의 생각과 행실을 해석하려고 애쓰면서 그의 전 생애를 살았도다. 나로 말하면 나는 창녀―숭배자가 아니지만 그녀(누이―이씨)를 숭배하도다! 우선 그는 제일 큰딸이 무엇을 펜지(생각)하고 있는지 생생하게 감지하고 있는지라". 孫은, 이렇게 말하면서, 셈이 그들의 자매인 이씨가 무엇을 생각하고 있는지를 의아해하고 있음을 말한다. "이 존 래인 주(酒)를 건배 헌관(乾杯玄關)에서 마셔요. 孫티(축배) 및 孫티(건승) 그리고 다시 孫티(축도)! 그리하여 십이역월(十二曆月)! 나는 창예숭세자(娼隷崇洗者)가 아니지만 그녀(이씨)를 숭배하도다! 나 자신의 고아(高雅)를 위하여! 그녀는 면학(勉學)했나니! 생선장수! 그대(셈)는 우아하도다!(각하!) 호의영지(好意領

地)의 사악자 같으니!"

409. 그러나 제미니 쌍둥이여, 그(셈)는 놀랍게도 홀쭉하게 보이는지라! 나는 사내 벤지(요정)가 만(灣)에서 광가(光歌)하는 것을 들었도다. 그를 저 아래 먼지 상자 사이에 눕게 해요. 경청! 경청! 아니 그래! 그래! 그래! 왜냐하면, 나는 그의 심장부에 있기에. 하지만 나는 한 사람의 서창인(敍唱人)으로서 응당 이러한 보상을 받을 종류의 일을 여태껏 해왔음을 회상하지 않을 수 없도다. 나는 국민의 유령우부(幽靈郵夫)가 아니나니! 뿐만 아니라 키다리 트롤로프(매춘부)에 의해서가 아닌지라! 나는 바로 그렇게 할 시간이 없었도다. 성 안토니 길잡이에 맹세코!

  〔첫 번째 질문〕 질문자들(대중 또는 화자)—그러나 우리는 지금까지 그 대에게 간원해 오지 않았던고, 친애하는 숀, 우리들은 기억했나니, 그건 누구였던고, 자네 착한이여, 우선적으로, 누가 그대를 교향(交響)동정심으로 〔우체부가 되기를〕 허락했던고?
  —〔숀의 대답〕 그는, 성당서명식 때 마냥 순결한 목소리로, 우아한 메아리로, 자신의 머리타래를 고양이 핥듯 심하게 끌면서, 자신의 캐비지 널찍한 배추 같은 두뇌를 선미하듯, 대답하도다. 나는 집토끼의 부엌과 구원 오트밀 죽이 싫어졌나니. 단지 몇 주 전, 나는 군 형무소에서 나온 한 쌍의 사나이들을 우연히 만난 적이 있었는지라, 그들은 나로 하여금 다섯 시간 공장 생활도 불충분한 수당과 사고 보험으로 내게는 부당하다고 믿도록 했던 것이다. 〔숀은 자신의 일의 힘듦에 대한 불평을 토로한다.〕 1백명도 들 수 없는 무거운 우편 낭, 나의 최중(最重)의 십자가, 피로, 무릎통, 척추 등……

  〔두 번째 질문〕—그러면, 그대는 필경 명령에 의하여 그렇게 되었을 터인고? 〔숙명에 의한 직업인고?〕
  —〔숀이 자신의 습한 입술로부터 대답했나니〕 나를 용서할지라, 내가 하고 싶은 일격사(一擊事)(발작) 때문이 아닌지라. 그러나 그네들의 에우세비우스의(E) 협화(C)설교(H)(協和說敎)〔3개월 동안 재임한 교황〕의 고용 장서(雇用長書)(복쓰)에 의하여 내게 진작 저주 선고된 것이었나니, 내 위에

군림하는 한 가닥 힘 때문이라. 〔HCE에 의한〕

410. 그것이 예의범절의 서(書)의(명령의), 높은 곳에서부터 나를 지배하고 있
나니; 그리하여 그것은 유전적인 강제인지라, 그리하여 나에게는 가시적
독선의 이득은 아무것도 없도다. 나는 지금 새로운 자동차 전용 고속도로
주변을 넌더리나도록 맴돌고 있는 듯한 느낌이요, 문자 그대로 진퇴양난
에 처해있나니 아니면 섬의 갑(岬) 위에 나의 다중자아(多衆自我)로부터 소
아(小我)를 고립시키는지라, 그러나 나는 도대체 어디로 몸을 돌려야 할지
알지 못하여, 유관지사(有關之事)를 행하는 어떤 일에도 진로이탈하기 무
회망이로다. 온몸이 눈으로 덮이고 얼음에 얼리고 우박으로 맞고, 드디어
지금은 이토록 쓸쓸한 숲 속의 을씨년스러운 10월 그리하여 어떤 유명한
화산의 분화구 또는 더블린 강 또는 도망치는 송어 다획보조금(多獲補助金)
을 생각함으로써 문자 그대로 진퇴양난에 처해있도다. 〔손은 여기 화산이
나 대양에 몸을 던짐으로써 자살을 생각하기도 한다.〕

　〔세 번째 질문〕—우린 그대가 그럴 거라 생각하도다, 정직한 손, 그러
나 우리가 듣기로는, 그대가 이 펼친 편지를 나르다니, 그건 그대 자신이
란 소문이라. 에밀리아(ALP)에 관해 우리에게 말할지라.
　〔손의 대답〕—그에 대해 나는 화약을 지녔나니〔힘은 총 끝에서 나오는
지라〕, 그리고, 바바라(턱수염)의 축복에 맹세코, 그것이 많은 것을 말해주
는 자물쇠로다.

　〔네 번째 질문〕—그대 우리들에게 말해 줄 터 인고, 손, 어디서, 언제
그대는 대부분 일을 할 수 있는고?
　〔손의 대답〕—여기! 손이 대답했도다, 유목민에게는 안식일이 없는지
라 그리하여 나는 대부분 걸을 수 있나니, 일 자체가 너무 수월하여, 하루
아침 세 미사와 하루 저녁 두 예배 사이 한 주 60가량의 마일을. 나는 언
제나 저들 도보자들에게 말하고 있나니, 나의 응답자들인, 톱, 시드 및 하
키에게.

411. 어찌 그것이 나의 인생의 휴가를 위해 사령(辭令; 명예 진급)에 의하여 나

에게 예언되어지는 것인지, 한편 건장한 양각(兩脚)을 소유한 채 성령(聖
令)에 따라 나의 흔적에 대하여 온갖 종류의 무모한 보행이라 할 불필요한
노예적 봉사로부터 사면되어야 마땅한 것이니…… 그대(손 자신)는 이 섬
으로 갈지라, 거기서 일가면(一家眠), 그다음 그대는 다른 섬으로 갈지라,
거기서 이가면(二家眠), 그다음 일야미로(一夜迷路)를 포착할지라, 그다음
애자(愛者)에게 귀가할지라. 그대가 방어하는 여인을 결코 향배(向背)하지
말지니, 그대가 의지하는 친구를 결코 포기하지 말지니, 적(敵)이 다총(多
銃)하기까지 그에게 결코 대면하지 말며 타인의 파이프에 결코 집착하지
말지라. 아멘, 이신(爾神)이여! 그의 공복(空腹)은 끝나리라! 화도토(和島
土)에서처럼 대륙 위에서. 그러나 나[손]의 단순성에 있어서 나는 놀랍도
록 착하다는 것을, 나를 믿어요, 나는 믿나니, 나는 그래요, 나의 뿌리에
있어서, 오른 뺨의 교훈에 찬양을! 그리하여 나는 지금 진심으로 나의 양
신(羊神)의 전능무언극인(全能無言劇人) 앞에 나의 육속박(肉束縛)의 손바닥
을 사도서간 위에 얹고, 나의 사리자(事理者)의 최선을 다하여 나의 잡화염
주두(雜貨念珠豆)를 읊을 것을 선언하노니, 그것은 그에 관한 예언이라, 그
가 평범한 정원의 일을 택하지 않는 것은 자신의 의지였다고, 인생에 있어
서 그의 소명은 설교를 하는 것이요, 규칙적으로 염주도를 낭송하는 것이
최선의 일. 그리하여 사실상 그는 언제나 그렇게 해왔도다. [여기 증거로
서, 손은 한 마디를 낭송한다.] 그리고 사람들은 그가 거짓을 말하는지 그
의 혀를 보면 알 수 있도다.

　[다섯 번째 질문] [화자는 손의 정직하게 불쑥 내민, 통통하고, 깨끗한
혀를 감탄하면서, 도시의 우체통이 녹색으로 칠해진 데 대하여 그 이유를
그에게 질문한다.] 그대는 어찌하여 그동안 우리들의 도회를 녹색 기마(騎
馬) 착의로 칠해버렸던고?
　[손의 대답] — 미소 지으면서, 손은 고백한다. 여기 그는 "그대" 또는
"나"로 인칭이 교환된다.] 게다가 그것은 그가 행한 도색 칠이 아니나니.
어떤 이들은 그가 행한 것이 나쁘다고 말한다. 예언으로부터 생각하는 방
식에서가 아니라, 그것은 당당했나니, 옛 것을 위한 새 램프들이요. 그리
하여 그는 그걸 행했는지라, 그의 램프를 가지고, 그들에게 알리는 것을
자랑하도다. 그래요, 나는 그랬는지라. 당신들은 그걸 어찌 추측했던고?

나는 고백하리니, 그래요. 그대의 디오게네스(진단)는 부정남(不正男)(셈)의 것인지라. 나는 음유시인 역을 했도다! 나는 모든 시가(詩歌)를 행했도다. 색슨의 법을 타도하라! 혹자는 아마 내가 잘못이라는 타 낭자의 인상을 암시하리라. 그렇지는 않아요! 그대는 결코 그보다 더 큰 무서운(프로이트적) 과오를 범하지는 않았나니,

412. 실례지만! 그대에게 돼지고기는 내게 쇠고기를 의미하는지라. 모두를 위한 신어세계(新語世界)를!(New worlds for all!). 〔그의 유토피아적 계획, 모두는 공모(共謀)〕

〔여섯 번째 질문〕〔질문자들은 손의 노래를 칭찬함으로써 그가 과연 추구하는바가 무엇인지 묻는다.〕—그대의 벨칸토 창법은 얼마나 선율적인고, 오 가조(歌鳥)여…… 폰토프벨익북〔아일랜드의 마을〕에서부터 키스레머취드〔우시장〕까지 우리들의 광도(廣道)를 나무들로 빽빽이 할 참인고? 우리는 "초목"의 의향인지 혹은 초목 광택(니스)인지 실질적으로 추측했던고?

〔손의 대답〕—그렇게 말하다니 어처구니없는 오욕(汚辱)이도다, 미화소년(美火少年) 손이 소리쳤는지라, 당연히 격앙하여, 자신의 귓바퀴로부터 붉은 후추를 헛뿌리며. 그리하여 다음번에는 재발 그대의 새빨간 빗댐을 타인(他人)에게로 제한할지라. 그는 여인들의 정조를 훔치는 것을 거부하도다. 내가 그대의 부덕에 관계하랴? 고로 그걸 접어 두어두기로 하자. 그리고 그들이 알기를 좋아하는 것이란 과거 관공리 하에 너무나 많은 사적 상비군들〔우체국의 사서우편무구와 페루안전기구들〕이 대부분 저들 연금 산양들에 의하여 착취당하고 있음을, 그는 말한다. 하지만 그는 한 켤레의 산양 복싱 글러브(장갑)의 모양을 따서, 웨일스의 척탄병을 둘러싼 저금통장을 작성할 의향인지라, 그를 지탱할 급료가 있는 한, 그에 관해 책을 써서, 그에 대한 사람들의 인식을 갖게 하는 것이 그의 선포된 의도로다. 나의 펜(筆)은 긁기 쉬울 정도로 능(能)하기에, 웨일스의 척탄병대 마스콧 총사들과 시(市)를 구한 그들의 속죄녹(贖罪鹿)들의 이러한 문제를 둘러싼 한 쌍의 산양 형태로 된 유지성(乳脂性)의 저축본(貯蓄本)의 타당한 제작을 구성할 참이나니, 나의 공발행인(公發行人)으로는, 노라나와 브라우노 서점

〔더블린 소재의〕, 인쇄 허락 불요(不要), 기독십자가인(基督十字架印)……

413. 〔손이 HCE에게 보낸 어떤 고인 샌더즈 또는 앤더즈의 죽음에 관한 편지〕

극히 존경하올 자의 수치의 영전에 바치어, 가장 고상하고, 언젠가 작가의 봉사에서 정원청소부, 경례. 고인 샌더즈 부인, 그런데 그녀(그녀에게 천지신명의 보험의 가호를!)로 말하면, 나는 불한술책(不漢術策)과 역시 불한당우(不汗黨友)였는지라. 그녀의 여 자매 선더즈 부인과 함께, 그들 양자는 고등마술학원 출신의 음의학(音醫學) 박의사(博醫師)요, 부활절 각란(脚卵)을 닮은 아이스킬로즈 비극시인 격이었도다. 그녀는 내가 여태껏 그녀의 편지를 획득한, 잘 교육된 무당(無黨) 부인의 최량(最良)인물이었나니, 단지 지나치게 뚱뚱할 뿐, 아가들에게 익숙하고, 너무나 다변인지라, 이것이 그녀의 수련의사(修練醫事)이니, 왜냐하면, 그녀는 일일상시(日日常時) 병(甁)을 흔들거나 약관경(藥光景)을 빌리기 때문이었도다. 그녀는 나이 아흔이 훨씬 못 되었는지라, 가련한 고부인(故婦人), 그리하여 시학(詩學)에 흥미를 지녔었도다. 나를 순례자 마냥 신선하게 바닷가에 멈춰 세웠는지라, 그때 또한, 천공의 달콤한 달(月)이 샌더슨 댁의 모퉁이에 서 있었도다. 가련(可憐) 미망인(P.L.M). 메브로우 본 앤더센은 나에게 양고기 수프를 준 여인이요, 그녀의 최대 파티를 위하여 대접해 주었나니. 오 나의 속구심(俗口心)의 슬픔인들 어떠하랴, 두 추락한 하급 노동자들을 위하여 2만 파운드 금화의 값어치라니, 이와 함께 차기 시합을 위하여 페피트〔Pepette: 스위프트의 애인 스텔라〕에게 쌍방의 미카엘 축일의 행복을 빌며, 여불비, 당신의 사랑하는 로저즈로부터, 내 사랑(M.D.D), 노애의박(老愛醫博)(O.D). 비나니 한발(투魅)의 이중적(二重適)을. 필(筆)하며. 〔위의 내용인 즉, 손의 편지는 스위프트의 두 여인 스텔라와 바네사에게 행한 작가의 편지에 대한 언급을 포함한다.〕

413.27. 〔일곱 번째 질문〕 〔이제 화자는 손의 제복의 전기적(傳記的)요소를 추구 한다.〕 진실하라, 그리고 전진(全眞)을! 그렇지 않으면, 솔직한 손, 우리는 추구했나니, 그대의 유신(柔身)의 연제복(煙制服)의 전기는 무엇이 될 것인고?

〔손의 대답〕하늘에 공사(空謝)하게도! (그는 의지〔意止〕했었나니 그리하여 방금 자신의 루비의 주름반지의 풀〔膠〕을 가까이 웅시하고 있었도다.) 그러나 그것 〔제복〕은 다소 로코코식(구식)의 낭만적임에 틀림없나니. 〔그는 말한다.〕

414. 그것의 전액(그의 제복의 비용)은, 그(손)에 의해, 크라운토킨 마을, 트레드카슬(삼성〔三城〕)의 목재남(木材男) 반 호턴 씨의 명의로 일시에 양도되었는지라. 그는 샌더즈 부인에 관해 자신은 결코 그 돈을 쓰지 않았도다. 그리고 손은 휴대용 봉투처럼 자신은 결백하다고 말한다. 그는 그 돈을 모든 그의 질녀들과 조카들에게 분배했나니. 그리고 자신의 제복에 관하여 변명 한다—어찌 그것이 전기가 될 수 있담? 그는 자신이 아더 기네스 (Arthur Guinness)의 향기롭고, 휴대용 등록된 통-(桶)들의 하나 속에 분명히, 가시적으로, 후각적으로 그리고 단단히 밀봉되어 있도다. 뿐만 아니라 그는 유령개념을 지니지 않는다. 그것이 고로 그의 규칙이나니. 아무튼 그 돈은 뜨거운 빵 수프처럼(날개 돋친 듯이) 사라졌는지라. 그리하여 이야기가 그를 신선한 점(點)으로 인도하나니. 그는 기네스의 맥주 통을 그대에게 선사하고 있도다.

〔여덟 번째 질문〕〔그러자 질문자들은 손에게 노래를 부를 것을 요구한다.〕
—그러할 지어다!(So vi et!) 노래를! 손, 노래를! 용기를 가질지라! 제시할지라!
〔손의 대답〕—그는 노래 대신 차라리 야곱과 이솝의 냉혹한(그림) 이야기 하나를 그들에게 선사하려 한다. 그런 다음 그는 목구멍을 가다듬고 기침을 하는데, 이는 우렛소리(9번째)로 연결된다.

나는 우화사과(寓話謝過)하는 도다, 손이 시작했나니, 그러나 나는 차라리 야곱과 이솝의 냉혹한(그림) 이야기의 하나를 그대에게 장황직담(張皇織談)(스피노자)하려하는지라, 우화, 연화(軟話) 역시. 우리 여기 참화건(慘禍件)을 숙고하세나, 나의 친애하는 형제 각다귀여(어험기침스텐스카펀기침시관屍棺침뱉기캑객저주저주기침각다귀귀신마른기침어험카시카시카라카라락트.)

그리하여 그는 "개미와 베짱이 이야기(ble of Ondt and Grasshopper)"를 시작한다. 여기 숀(개미 격)은 솀(베짱이 격)의 습성을 서술한다.

414.22. 아도(雅跳)베짱이는 언제나 급향(急向) 지그 춤을 추면서, 주선율(主 旋律)에 맞추어 행약(幸躍)했는지라(그는 자신을 대신할 상대 쌍방의 후족제금〔後 足提琴〕을 지녔도다), 혹은, 그렇잖으면, 그는 언제나 프로(빈대) 및 루스(虱) 및 비니비니(꿀벌)에게 볼품없는 전주곡을 연주하고 있었나니 그리하여 푸 파(번데기)―푸파와 빈대―빈대와 촉각(안테나)과 곤충체절(昆蟲體節) 놀 이를 하거나 자신과 함께 근친상간을 개시하는지라, 자신의 동공(洞空)에 다 암놈의 구기(口器)를 그리고 자신의 부리를 거기 암놈의 촉발돌기(觸髮 突起)에다, 심지어 단지 순결 할지라도, 상록월계수 림간(林間)에서, 말벌 물 단지를 후견하는 도다. 그는 물론 사악하게 저주하곤 했나니, 자신의 앞 여촉각(女觸角), 굴근(屈筋), 수축근(收縮筋), 억제근(抑制筋) 및 신근(伸 筋)에 의하여, 절룩거리며, 나를 공략(攻掠)해요, 나와 결혼해요, 나를 매 장해요, 나를 묶어요, 마침내 암놈은 수치로 암갈색이 되는지라……

415. 〔베짱이의 유락행위(遊樂行爲)〕

요정들이 베짱이(솀)를 유혹하고 있나니, 그는 회색의 벌레 상자 속에 겸입(鎌入)된 채, 그리고 자신의 핵과(核果)의 요정들인, 데리아와 포니아 가…… 그를 유혹하고 있는지라…… 그리하여 그리운(A) 귀부인(L) 장 화 신은 고양이(P)〔그의 어머니를 두고〕가 그의 두상을 할퀴거나 자신의 숨통을 피막(被膜)하나니, 그는 춤추며 일과를 보내도다. 그리하여 탬버 린 북과 집게벌레 캐스터네츠를 가지고 자신의 란구(卵丘) 주변을 맴돌며 회고 공포병 속에 그들의 죽음의 무도곡을 바퀴 곡명 하는지라…… 등치 에서 고갯짓까지, 마치 환상적 침탈자(侵奪者)와 사월 암탕나귀 마냥, 라, 라, 라, 라 곡에 맞추어, 느린 발뒤꿈치와 느린 발가락으로, 중얼모와 나 둔부(裸臀部) 복성매치 및 가봉(歌峰)의 앞잡이들에 의하여 반주되어 노래 하도다. *임야신(林野神)의 흡족한 온주토요일야(溫酒土曜日夜) 및 아늑히, 둥글게, 잔디벽壁 위에 우리 잠시 앉았도다.* 〔자장가의 패러디〕

아키나 큰일났도다 〔개미는 "파티"에 가지 않을지니〕 그리고 나의 영 혼에 축복을! 그건 무슨 놈의 협잡인고! 잠자리 같으니! 부실 각다귀! 이

(虱)같으니! 신(神)들로서 무슨 꼴이람! 악의(惡蟻)개미(손)가 토로했나니, 그리하여 그는, 여름 바보(나비)가 아닌지라, 자신의 풍창(風窓)의 거울 면 전에서 자기 자신에게 어리석은 얼굴을 신중하게 짓고 있었도다. 개미(손) 는 저 빈대 가(家)의 파티에 가지 않으려고 한다. 왜냐하면, 배짱이가 사 교부에 올라있지 않기 때문이다. 그런데도 그는 손을 높이 쳐들고 베짱이 (셈)를 위해 기도한다. 그로 하여금 무핍수(無乏水)하게 하소서!…… 엘리 제 들판이여! 그가 지닌 대로! 베피[이집트의] 왕국이 넓게 번영하듯 나 의 성대(聖代)가 번영할지라! [여기 셈―손, 시간―공간, 예술―과학의 적대 관계의 설명]

416. [개미―(손)는 자신을 위해 기도한다.] 천수(天讐)가 높이 번영하듯, 나 의 증식이 급증하리라! 성장하리라, 번영하리라! 급증하리라!

[개미와 배짱이의 라 폰테인 우화의 재화]

　　부의(否蟻)개미는 부우주남(富宇宙男)이었나니, 등 혹 공간적이요 강건 (剛健)하여, 동(銅)화폐처럼 위도적(緯度的)으로 측근(側近)히 보았도다. 그 는 자신이 자신의 심리혼(心理魂)에 농간하지 않을 때는 엄격하며 의장(議 長)처럼 보였는지라, 그러나 얼마나 이(슬: 虱)스러웠던고! 그가 자신의 심 령에 공간을 착조(着造)할 때, 파리 나방처럼 성스럽고 개미답게 현의장(賢 議長)처럼 보였도다. 이제 괴상우자(怪狀愚者)인 아도(雅跳)베짱이는 사랑과 빛(債)의 정글을 통하여 징글징글거리며 후악(後惡)으로 의혹(疑惑) 속에 생(生)의 점불(뒤범벅)을 통하여 쟁글쟁글난투(亂鬪)했을 때, 뒹벌들과 함께 주축(酒祝)하며, 수생충(水生蟲)들과 음주하며, 장다리 꾸정모기들과 등쳐 먹으며 그리고 음탕여조(淫蕩女鳥)를 각추(角追)하면서 *(나는 기회를 이용한답 니다)* 그는 성당머슴 마냥 병들어 마상창시합 추락하거나 성당왕자서(敎會 皇子鼠)처럼 궁핍했나니…… 마른 딱정벌레여! 소모된 수벌이여! 벌거벗 은 계산(鷄山)의 말벌이여! 그리하여 견견(見見) 전공계(全空界) 회전 할지 라! 무무급무(無無及無)라! 꿀벌 빵 조각을 대매(袋買)하기 위해 파리돈(황 전[蝗錢]) 무일푼 동화(銅貨)라도! 쇠파리 신(神)이여! 동통(疼痛)의 봉족(蜂 足)이여, 어느 궁지런고! 오 나의 소신(沼神)이여, 그는 우울로 통회(痛悔) 했나니. 아폭설당자(我暴雪當者), 그이 나태당자(懶怠當者)여! 나는 진심으로 공복(空腹)하도다!

〔이어지는 공복, 베짱이의 습성〕 그는 전간벽지(全間壁紙)를 온통 먹어 치웠나니, 5년형광등을 몽땅 삼켰나니, 40세층계단(歲層階段)을 탐식했나니, 식탁과 세기(世紀) 장의자를 통째 씹어버렸나니, 레코드를 득득 긁었나니, 오월 하루살이 입을 삐죽거렸나니, 그리고 흰개미 영구(永久) 둥우리의 바로 그 시장계(時場計)를 가지고 최고로 탐욕스럽게 거미(담충: 蟫蟲) 포식했나니……

417. 〔셈─베짱이 및 숀─개미의 얽힘〕

희아도(希雅跳)베짱이, 그런데 그는 비록 박쥐벼룩(나비)처럼 장님이지만, 그러나 재빨리 진공허(비코; 眞空虛) 속에 투신했나니, 하처에 자신이 행운하락(幸運下落)할 것인지 궁금했는지라; 다음번에 그가 부의개미와 서로 만나면, 자신이 이질세계(異質世界)를 보지 않는 한, 행운스럽게 느끼리라. 그런데 부의개미 전하를 볼지니, 호산나 연초를 흡연하고, 자신의 햇빛 방에서 자기 자신을 군온(群溫)하면서, 멋지게 옷을 입은 채, 맛있는 음식 쟁반 앞에 앉아, 리비도(욕망) 해변의 일욕소년(日浴少年)처럼 행주(幸酒)했도다. 벼룩, 이(슬; 虱), 말벌과 더불어. 그러자 질투의 희아도베짱이는 재채기 했는지라, 어찌할 바 모르나니, 뭘 나는 보는 고! 부의개미, 저 완벽한 숙주, 자신의 여왕들 사이, 육체가 가능한 최대의 희과(戲過)를 즐기고 있었나니, 그는 말벌류와 나비류를 엄청나게 홍의(興蟻)하고 있었나니, 벼룩을 추적하거나 이(虱)를 간질이면서, 그리하여 초야말벌을 슈미즈 연돌빈대로 자동 전축곡(電蓄曲)으로 자극하고 있었도다. 단샤나간〔Dun-shanagan: 개미 항(라틴어)〕 출신의 귀뚜라미도 그토록 춤추지는 못했으리라! 모중(毛重)의 야수로서, 만성적 절망을 뻔뻔스럽게 정당화하면서, 자신은 합창중량(合唱重量)을 위하여 너무나도 지나친 쿠쿠구명(鳩鳴)을 울렸도다.

418. 그(셈─베짱이)로 하여금 자신의 기생충들과 함께 피부를 껍질 벗기는 누자(淚者)로 내버려둘지니, 나(숀─개미)는 이제 기지(奇智)의 허풍방자(虛風放者)일지라. 그로 하여금 자신의 엉터리 글을 쓰는 자로 내버려 둘지니,

나는 금화를 주조하는 음률을 짓는 도다. 금전의 더 큰 영광을 위하여. 문지방의 암담자. 자신의 의주(蟻舟)의 전복자인, 그는 나로부터 갈대 훈(訓)을 구하다니, 그가 이전에 무시했던, 빵 괴주(塊主). 존재 할지라! 그대 나의 지혜를 접수할지니.

[개미는 베짱이에게 자신의 충고를 받아들이기를 권고한다. 그를 향한 개미의 불만에 보답하여 베짱이는 우화의 노래(시가)를 부른다.] 그(개미)는 유충소(幼蟲笑)할지라, 계속, 유충소할지라⋯⋯ [이 노래 속에 베짱이는 개미의 충고를 받아들일 것을 약속한다.] 나는 그대의 질책을 감수할지니, 친구의 선물을, 우리는 같은 운명. 우리들이 결핍으로 무량(無凉)이라, 전숙명(前宿命)된 채, 둘(형제)이 그리고 진실하게⋯⋯ [이하 베짱이의 노래]

> 그 일이 저 개미를 즐겁게 했나니,
> 그는 웃고 계속 웃었는지라. 그는 대단한 소요를 피웠나니,
> 베짱이가 자신의 목구멍을 오치(誤置)하지 않을까 두려워했도다.
> 나는 그대를 용서하노라, 개미여, 베짱이가 울면서, 말했도다.
> 소녀들을 조심할지라. 나는 그들을 그대의 보살핌에 맡길지니.
> 나는 한때 피리를 불었나니, 고로 이제 지불해야 하도다.
> 나는 그대의 질책을 감수할지니, 왜냐하면,
> 벼룩과 각다귀처럼, 우리는 상보적 쌍둥이기에.
> 그대의 저축의 보상은 나의 소비의 대가이라.
> 저들 파리들이 방금 그대 주변을 어슬렁거리나니,
> 나의 포도―사냥을 위해 그대의 쥐―같은 조롱을 삼갈지라.
> 시간의 확장은 경과해야하나니,
> 그러나 나의 책략을 자세히 음미해요, 그러면 만사는 행복하리라.
> 왜냐하면, 내가 그대의 원견(遠見)으로 바라 볼 때
> 나의 치유를 위해 그대 자신을 호출해야 하기에.

419. 여기 베짱이(셈, 시간)는 개미(손, 공간)를 용서하지만, 그러나 성스러운 마틴이여, 왜 그대는 박자(시간)를 맞출 수 없는고? 하고 묻는다. 이 우화

의 곤충 개임 밑바닥에서, 개미는 셈의 철학을 재 서술하고 있다. 거기에는 손의 소유물과 그들을 낳게 한 검약에 대한 이익들이 있는지라, 그들 모두를 베짱이는 인식한다. 그러나 그는 그들을 즐기기 위해 자신의 생활 스타일을 청산하려하지 않는다. 베짱이는 개미가 지닌 견해의 요점을 알 수 있지만, 왜 개미는 자기 것을 볼 수 없는고? 개미가 이 우화를 서술하는 사실은 그가 베짱이의 존재적 매력을 아주 잘 알고 있으면서도, 자신은 그것을 즐길 수 없음을 인식하고, 그도 자신의 창고에 보관된 모형을 세상에 많이 부과할 것을 주장하고 있는 듯하다.

개미는 베짱이의 노래를 십자가의 기도로서 종결짓는다. 전자와 후자와 양자의 전번제(全燔祭)의 이름으로. 아멘.

419.16. 〔아홉 번째 질문〕— 질문자는 손의 엄청난 어휘 실력〔곤충에 관한〕을 칭찬한다. 그러면서 HCE에 대한 셈의 편지를 그가 읽을 수 있는지 묻는다. —그런데? 그대는 해설에 있어서 얼마나 능란한고! 얼마나 광범한 …… 그대의 인공 어휘인고!…… 그의 기독 폐하(HCE)를 위해 특허된 저들 셈의 희랍적 서체의 장식을 읽을 수 있는고?

〔손의 대답. 편지에 대한 탄핵〕— 희랍적이라! 그걸 내게 넘겨줘요! 나는 교황과 물(水)이 나를 세례 시킬 정도로 고귀하게도 로마적(낭만적)이나니. 〔손은 자신의 청각 귓불 뒤의 깃촉을 가리키며, 대답한다.〕 오토먼 어(語)〔오스만 제국 어〕로든 또는 콥트 어제(語題)〔고대 이집트 어〕든 또는 그 밖에 어떤 초고(草稿)로든 또는 종편으로든, 눈을 몽땅 감은 채, 손가락 끝으로, 번역할 수 있도다. 〔이어 그는 베짱이에 대한 비동정적 비평을 가하기 시작한다.〕 그것은 소량의 낙서요, 주병(酒餅)의 값어치도 없도다…… 그러나 맙소사, 그것은 경치게도 티눈에 나쁘나니. 나는 방금 *관여된* 그대의 서술에 동조하거니와, 그 이유인즉 과연 나는, 그것(편지)이 좋은 저작물이 아님을 말할 위치에 있도다. 그것은 소량의 낙서요, 갈겨쓸 값어치도 없나니. 게다가 경매물이요, 온통 범죄와 명예훼손에 관한 것이니! 불탄 오물이도다……

420. 〔탄핵 계속〕 허튼 소리라, 나는 그걸 부르고 싶은지라, 그것은 하나의 상자요, 구술불가자(口述不可者)의 어머니(ALP)에 의해 원고로 옮겨졌던

것. 그녀에 관한 모든 것 그리고 하나의 부대(負袋) 그리고 파이프를 문, 공원의 부랑자 캐드(Cad)라는 녀석. 단지 숲속의 두 소녀와 세 군인에 관한 옛 이야기일 뿐. 어찌하여 그들 두 광녀가 요수(尿水)했던고. 그리고 왜 교외 산림 속에 삼목도남(三木倒男)들[병사들]이 있었던고…… 그런 다음 그 자가 부엌에서 그의 사진들을 프랑스 인들과 독일인들에게로 행상(行商)하는 것을 생각하면. [캐드는 HCE의 부엌 심부름꾼이기도] 이것은 나의 어머니요 이것은 나의 아버지입니다! 그리고 네덜란드 인들이 죽어라 웃어대다니. 아마 비 오는 날 마루 위에 란곡주(卵穀舟)를 띄우는 유아(幼兒)가 더 많은 재치를 가졌으리라.

　　[이어 셈(메뚜기)의 봉투 위에 찍힌 일련의 주소와 명칭들] 손은 자신이 편지를 읽을 수 있음을 보여주기 위해 그걸 들어 올린다. 그리고 그것이 밀봉되고, 열수 없음을 기억한다. 편지는, 셈의 어머니 ALP가 손의 아버지 Hek(Hec)를 위해 묘사하고, 셈이 집필한 것으로, 손이 배달한 것이라 ……그것은 멀리 배회해 왔는지라, 그것의 주소들은 위치를 고정할 수가 없도다. 그의 능력을 증명하기 위해 손이 할 수 있는 것이란 봉투 위의 다양한 서명들과 표적들을 크게 읽는 것이다. 봉투는, 과거에 편지들이 배회하는 동안, 그 위에 찍힌 이름들, 스탬프들, 통지, 주소들, 소인들, 광고들, 등등, 그것은 분명히 많은 사람들의 형태들에 의해, 다른 주소들로 배달되었다. 그러나 서술된 많은 이유들 때문에 매번 허탕만 쳤도다.

420.17. [이하 편지의 내용]

　　편지, 헤크(HCE)의 아들, 손이 배달한, 손의 형, 셈이 쓴, 셈의 어머니, 알프(ALP)를 위해 언급된, 손의 아버지, 헤크를 위하여. 두문자 된 채. 지이(Gee). 실종. 하드웨어 새인트 29. 대부시(貸付時)까지 차용(借用). 장애물—항도(障碍物—港都). 서력(西曆) 1132년 정월 31일. 당처(當處)(H) 래상방(來商方)(C) 침골(砧骨)(E). 반대편가(反對便家) 시문(試問). 피츠기베츠 가(街) 13. 로코 광장. 위험함. 세(稅) 9펜스. B.L. 기네스 양조 귀하. L.B.(『율리시스』의 주인공 Leopold Bloom) 노스 리치몬드 가(街) 1132 a. 12번지에 미지(未知). 성명미상(姓名未詳)……

421. 패터센의 성냥(더블린 성냥 제조소)을 살지라. 그의 가약속(假約束)의 손으

로. 오키드 로찌〔오랜지 신교도당〕에 의하여 지난 수확제(收穫祭)〔8월1일〕에 폭파되다. 주인불명화물취급우남(主人不明貨物取扱郵男)을 탐(探)함. 망명자들〔로마 집정관들〕에 의해 불량선고(不良宣告) 당한 집. 수분(數分) 후에 되돌아 옴. 수리폐점(修理閉店). 쉘번 패가도(貝街道) 60. 열쇠는 케이트점(店)에 맡김…… X,Y 및 Z 주식회사. 숙명의 눈물. A,B, 부재, 발송인. 보스턴(메서츠). 육월 31일. 13, 12. P.D. 점자(點字). 찌푸린 날씨. 공(空). 심(心). 만엽(灣葉) 집달리 당존(當存). 거기에서 현관으로 외답(外踏)하나니, 에어위크가, 경칠 큰 유방(乳房)을 하고. 마개. 정(停). 병(甁). 술부대. 지(止). 정다운 옛 공란(空蘭)으로 햇빛 태워 저 되돌아오다. 스톱.

〔열번째 질문〕 하지만, 숀, 그대의 언어는 솀의 것보다 10배나 나쁘지 않은고?—친절한 숀, 우리는 모두 요구했나니, 이걸 말하는 것은 싫은 일이나, 하지만 그대는 금전의 사용에 대처한 이래, 수백만의 울기분(鬱氣分)을 한 순간도 암시함이 없이, 속언어(俗言語)를 통십배(桶十配) 써버리지 않았던고, 그대의 고명한 형에 의하여 대단한 주저(躊躇: hesitancy)로서 범어원고(梵語原稿: 산스크리트) 속에 사용된 필적보다 악어(惡語)들을—실례를 언급함을 실례하네 만?

〔숀의 대답〕—고명하다니! 숀은 자신의 아일랜드 방언의 땜장이 비어(秘語)〔아일랜드 땜장이들의 비밀 언어〕의 비호(庇護) 아래, 자신의 마법의 등(燈)을 총의식(總意識)의 백열(白熱)이 되도록 활발하게 비비면서 대답했느니라. 주저폐하(躊躇陛下)!〔HCE—HeCitEncy〕〔앞서 97.25 참조〕 그대의 말(언[言])이 나의 육현이(六絃耳)에 거슬리는 도다. 필경 악명 높을지니, 만일 내가 나의 의견을, 적당히 토출(吐出)하건대, 나는…… 솀 씨를 전문자(前文字)를 가지고 서술하고 싶은 느낌이 들지라. 그러나 나는 덴마크의 견해에 대하여 적극적으로 당장 악평할 정도로 나 자신의 역에 대하여 불실하고 싶지는 않는 도다. 천만에, 나리! 그러나 나의 지고신(至高神) 앞에서 나의 모든 신앙은 내가 그것을 극히 의심하고 있다는 사실을 나로 하여금 말하게 해 줄지라. 나는 저 친구(솀)를 위하여 나의 동성애기숙객(同性愛寄宿客)의 여지를 갖고 있지 않나니, 나는 바로 그렇게 할 수 없는지라. 나는 루터즈와 하바스 통신〔뉴스 통신국 명〕으로부터 길리간의 오월주(五月柱)〔무선 안테나〕를 통하여, 아주 감동적 통지 속에, 시시로 알고

있는 바대로, 그이, 저 괴별(怪別)스러운 시간 낭비벽자(浪費癖者)는, 불명료한 성직자들과 마지막까지 자신의 혈색 좋은 얼굴을 항시 자만하고 있도다! 그녀, 저 포유모(哺乳母)(ALP)는, 그에 의해 곤궁(困窮)된지라, 저 죄악자(罪惡者)는 자신의 자유방탕을 탈환 당해야 하고, 미사 도묵(禱黙) 당하고, 부대마포(負袋麻布)되어야 하도다. 〔여기 숀은 셈의 비행을, 그가 ALP한테서 받은, 영감의 중요성을 토론하면서, 그를 맹비난 한다.〕

422. 〔숀의 셈에 대한 저주의 연속〕

그리하여 그자는 반(反) 교황대척지 건너의 어떤 직물시설 속에 처넣고 철쇄(鐵鎖) 당해야 하나니. 그가 담망증(譫妄症)과 소모주(消耗酒; 폐병) 및 매독을 지닌 것은 잘 알려진 일이라. 부자(腐者) 같은 이! 아첨마족(阿諂馬族)! 편평족! 나는 그대를 한 마디로 서술할지라. 호모!(동성애!) 그의 유일한 일각수와 구빈사도왕자(救貧使徒王子)의 자존심을 가지고, 양 세계 위를 온통 어정대면서! 만일 그가 기다리면 마침내 내가 그에게 회교도 인의 선물을 사줄지라! 그인 나의 반사촌(半四寸)도 못되나니, 돈명(豚皿)이라! 뿐만 아니라 바라지도 않는 듯! 나는 차라리 서리(霜)로 우선 아사(餓死)하리라. 돈자(豚者) 같으니!(Aham!)

422.19. 〔열한번째 질문〕〔질문자들은 숀에게 또 다른 우화를 사용하여 편지를 설명할 수 없는지 묻는다.〕 …… 우리가 그대에게 청원해도 좋은고, 광휘의 숀이여…… 더욱이 또 다른 한 가지 이솝피아의 우락화(寓樂話)를 가지고……

〔숀의 대답〕—〔이에 숀은 편지의 일부는 자기 자신의 것이요, 셈이 산문에서 표절했다고 주장한다.〕 나는 그대가 그것에 대하여 모두 알고 있는 줄 생각했나니, 그것은 오래되고 잘 알려진 이야기인지라. 명예 동기를…… 그래요 비어 맥주 남(男)의 허세가 바로 그 시작인지라…… 그의 옛 이야기이나니…… 〔동시에, 숀은 자신의 공복(空腹)이 그를 쓰리게 하는지라, 일착(一着), 가봉(假縫) 및 삼위일체의, 자신의 벌집 형 브라함 및 식용율모(食用律帽)를 마음껏 한 번 물어뜯으면서, 대답했도다.〕 그 이야기는 성 도미니카의 바댄 벌처럼 오래된 것이요. 노산구(老山丘)로서, 초야(草野)의 두 백합녀들, 낸시 바보녀와 폴타 매춘녀로다!〔공원의 두 소녀〕

423. 〔손은 계속 솀을 그의 자서전적 레벨에서 공격한다.〕 솀은 발트 해남 (海男)〔발틱의〕과 그의 충가(忠家)의 이혼에 관하여, 거짓으로 고함치고 있었는지라. 이들은 모두 부르주아 배설(背舌)의 터무니없는 인간 통화제(桶話題)들이로다. 그리고 그(솀)는, 사제처럼 땀 흘려 열망하면서, 현관방의 안락의자에 단단히 매인 채, 육지필(六指筆)을 들고, 자신이 발명한 어원 어휘를 모두 받아 적고 있었도다! 모방자 같으니! 나는 만사에 출석했거니와, 그건 당연한 보상이 주어졌기 때문이로다. 저 무혈(無血)의 난방자 (煖房者), 솀 스키리벤취〔트리에스테의 학생〕를 내가 생각할 때마다, 어렵쇼, 정말이지 나는 턱 멍청이만을 당하는 꼴이 도다! 글쎄, 그대 알다시피 그는 별난지라, 그는 세 살에 백발이라, 당시 대중에게 절하고 눈까지 조개삿갓(바나클)(코 집게) 당하자 일곱 살에 후회했도다. 그는 이상야릇하여, 자신의 야채 영혼에 이르기까지 중세적이라. 그의 사족(似足)이나 탠 껍질의 얼굴이랑 결코 상관 말지니. 그 때문에 그는 난감시체법령하(難堪屍體法令下: Helpless Corpses Enactment)〔인신보호령〕에 친구 되기를 금지 당했도다. 그는 가려움 때문에 학교에서 퇴출당했는지라. 그러자 그는 성 안토니 피부열병에 걸려, 예수회에 들어갔도다.

424. 〔손은 솀의 일상생활을 계속 맹비난 한다.〕 언젠가, 그가 까딱하면 살해될 뻔 했을 때, 이 기행 인간은 도미니카 인으로 성직계(聖職界)에 합세하기를 원했도다. 그는 도피자가 되어야하기 때문에 늘 회피 당하곤 했었나니. 그러자 그는 자기 자신 스스로 세실리아 가(街)로 가서, 갈레노스 의사를 만났도다. 〔조이스가 파리로 의학을 공부하기 위해 간 것의 암시〕 그는 혈맥 속에 잉크 상피(相避)〔친족상간(incest)〕를 지녔도다. 솀 수치라! 〔182.30 참조〕 나는 그 때문에 그에게 최고의 경멸을 갖고 있나니. 동상(프로스트: 凍傷)! 양심 병역 거부 자 같으니! …… 챠카 해구(海鷗) 티켓으로 가타뷔아와 가비아노옥행(獄行)이라! 바다 너머로 갈지라, 이건초도 (異乾草徒), 나로부터 그리하여 트리니티 대학(TCD)〔더블린의〕에 그대의 애책(愛冊)을 남기는지라. 당신의 푸딩이 요리되고 있도다! 그대는 대접받는지라, 크림 경칠! 운(運) 여불비례…… 파문(破門)당할지라. 파. 파. 파.〔Excommunicated〕

〔열두 번째 질문〕—그러나 무엇 때문에 그대는 그를 그토록 증오 하는 고, 우아한 손이여? 대답을 할지라. 자 어서, 왜?

〔손의 대답〕—그의 조잡 언어인, "뿌리 언어(root language)" 때문이나 니, 당신 내게 이유를 묻는다면, 손이 응답했는지라, 〔셈의 "뿌리 언어" 는 성스러운 판단을 뜻하는 뇌성(雷聲)의 메아리들로 가득 차 있도다. 그 의 말은 손이 대표하는 문맹을 파괴할 수 있는 토르(Thor)의 해머로다. 여 기 조이스는 모든 언어야 말로 원초적 뇌성의 의미를 인간의 노력 속에 그 기원을 두고 있다는 비코의 개념을 따르고 있다. 셈의 언어는 그러한 의 미를 명확히 할 징후를 보이며, 그리하여 사회에 대한 손다운 판단으로 충 만 되고 있다. 셈의 언어에 대한 손의 공포는, 손인 그가, 그의 형제의 비 밀의 힘을 아주 잘 알고 있음을 보여준다. 그리하여 손은 언어에 대한 예 술가의 힘의 공포를 느끼며 십자를 긋는다.〕 이때 뇌성〔마지막 10번째〕이 이에 합세한다: (424.20~22) 궁신(弓神)맹신(盲神)괴우레지신(地神)링너운신 (運神)오딘창(槍)로키자子토오신(神)망치아트리매(妹)너어화계(火界)지배자 울호드터든위엄머드가르드그링니어얼드몰닝펜릴루크키로키보우기만도드 레닌써트크린전라킨나로카으르렁캉캉부라! 여기서 손 자신은 토르(Thor) 신(神)〔전쟁 농업 신〕이요, 그의 형제는 로키(Loki)〔파괴, 재난의 신〕가 되는 셈이다.

여기 뇌성의 소리는 파생어로서, 「라그나록(*Ragnarok*)」(북구 신화)에서 여러 신들과 악마들의 최후의 대결에 의한 세계의 파멸 시대의 신들에 반 항하는 괴물들을 암시하는 음절들로 가득 차 있는지라, 이를테면. Midgar 독사, Fenris 늑대, Surf 쇄파(碎波) 등. 그리하여 우리는 여기 토르 신의 해머(hammer)인 Molnir와, 괴물들의 아버지인 Loki를 식별한다. 〔뇌성 은 손의 방귀소리 일수도〕

424.24. 〔열세 번째 질문〕—그러나 그대는 어떻게 그 편지에 근접할 수 있 었던고?

〔손의 대답〕—평화! 평화! (그는 자신의 목대〔木帶〕로부터 존 제곱슨 위스 키 한잔을 꿀꺽 들이킨다). 단지 그대는 탄환의 편차를 놓쳤을 뿐이라. 내 가 뜻하는바는 편지 속의 모든 암자(暗字)는 복사품이요. 그것은 표절주의 의 최종어(最終語)이라. 나아가, 그것은 새빨간 무교양의 조직적 어중이떠

중이(robblemint) 도적행위요! 그래요. 그가 나의 편지를 사육(飼育)하고 있도다.

425. 〔열네 번째 질문〕―하지만 보기에 따라서는, 그대(孫)에게 아첨하는 것은 아니나, 우리는 그대를 자부하거니와…… 그대는 머리가 좋은 대다가, 자신을 활용 할 수 있을 것인 즉, 만일 그대가 자신의 시간을 그토록 취하고 그렇게 하는데 수고를 아끼지 않는 다면 말씀이야.

〔孫의 대답〕―의심할 바 없이. 孫이 대답했는지라, 내가 할 수 없으면 슬픈 날이 될 것인지라, 내가 좋아한다면, 나는 충실히 그걸 해야만 하나니. 한편 나는 누구보다도 샴 어(語)를 잘 독백할 수 있지만, 그건 비밀이나니, 나는 설명 메뉴를 가지고 두 기적의 대가를 위하여 완두 콩 한 줄 먹듯 쉽사리 그것을 연필할지니. 생(生)의 전통삼심렬본(傳統三深裂本)이라, 나의 샴 형제, 음모주자(陰謀主者)에 의한 흑치장인쇄(黑治裝印刷) 위조물을 훨씬 능가하리로다. 그리하여 이들 기분 좋은 어느 날, 나는 광신성(光神性)처럼, 있는 그대로 집필하고, 그것을 마치 공(功)의 작물처럼 인쇄(파트릭)하여 내심발명(內心發明)할지니, 내 말을 잘 표(마크: 標)할지라. 그리하여 그것이 그대를 위해 눈을 열게 할지니. 〔하지만 이제 孫은 수고를 감당할 의사가 없다고 대답한다.〕 왠고하니 나는 그와 같은 종류의 일을 탐지하기 위해서는 전적으로 지나치게 교활하기에. 그리하여 나는 그대에게 서약하노라…… 孫은, 여기 셈의 표절성을 비난한 다음, 자신도 셈만큼 시인의 재능을 가졌으며, 그의 형의 용모를 회색 시킬 정도의 작품을 쓸 수 있다고 단언한다. 그는 3개의 전질 2절판으로 된, 자기 자신의 대본이야말로, 만일 그것이 빛을 본다면, 진실 된, 정통파적 "인생의 책(Book of Life)"이 될 것이요, 볼셰비키 날조자의 저 수치스러운 위조물이 흑백, 잉크로 인쇄될 수 있는 것을 훨씬 능가하리라, 말한다. 그의 형의 작품은 시인들의 난폭한 비극이라! 문자 그대로 과오의 비극이니(Outtragedy of poetscalds! Acomedy of latters)! 그는 모든 허구적 등장인물들, 어중이떠중이들을 자신의 마음의 눈 속에 볼 수 있다. "광열형제(廣熱兄弟)여, 단지, 교황 파요 미숙자요 신참자(新參者)요 당당표본(堂堂標本)이요〔(It). handsome model〕, 111 타물(他物)들로서, 나는 어떤 일이 있어도 결코 이러한 실행의 그토록 많은 수고를 감당할 의향이 없기 때문이로다."

426. 그리고 손(그런데 그건 악규옥[惡叫獄]의 이름인지라!)은 경외(敬畏)에 맹세하고 서약하노니, 나는 여태껏 나의 루니 영혼모(靈魂母)에 불을 지르려고 [노래가사에서] 진력하는 여하인(如何人)의 어떤 방화범이든 또는 하여민(何如敏)의 악남(惡男)이든 그를 분화(焚火)할 것을 맹서하도다. 나를 지체없이 암동(岩動)할지니, 나는 쳇 할지라! [손에게 자신의 영혼모를 모독하는 자(셈)는 불용!]

[이상 질의문답의 종결]

426.5. [손의 어머니 생각]

그리하여, 비애가 모든 미소를 탈진(奪盡)시켜 버렸던 그(손)의 삼각(三脚) 아귀성(餓鬼聲)의 경련 찰싹 소리와 함께, 커다란 열정의 허스키 목소리의 소란하고 힘찬 관활(寬闊)의 권투가로서(실지로 그는 그런 사람이었나니), 그는, 그녀(ALP)를 너무나 잘 알고 있는지라, 그녀의 머리카락에 감길 정도로 은누(銀漏)의 사랑에 스스로 압도되었나니, 왜냐하면, 확실히, 그 자(셈)는 세상에서 제일 유약(柔弱) 추레한 얼간이로서, 자신의 전시흉(展示胸) 안에 몽고메리[통속남의 이름]의 것과 같은 심장과 자신 속에 하비의 감정(感情)의 짐(harvey loads of feeling) [작품 속의 주인공, 결혼을 수락하자 죽는다.]를 지니는데다가, 선육낙(鮮肉落)의 망아지처럼 천진하고 무(無) 기도적(企圖的)이었기 때문이라. 하지만, 자병적(自病的)으로 별나게도 비이기적인지라, 그는 불안 공포를 명투(皿投)하고, 자신의 통통한 양 뺨의 홈침과 사과조의 꿀떡으로 그것을 웃어 넘겼나니, 자신의 눈의 눈물을 백조병구(白鳥病鳩)처럼 치유하며, 사방을 두리번거리도다. 그의 아랫배는 허술한 비둘기 두더지에 속하지 않았도다. 자신의 볼 베어링의 양극단의 조화적 균형을 상실하면서, 진(술) 번개주잔(酒盞)처럼 그는 머리를 경선(傾船)한 채, 자신의 술통의 강과중(强過重)에 의하여, 그가 연주할 수 있던 가장 어진 후주곡(後奏曲)으로서, 앙상블로 붕괴했나니 그리고 일별도 못된 순간에 거꾸로 라티간 옥(屋)의 모퉁이를 경유하여 원이난청(遠耳難聽) 먼 곳에서부터 자신의 뒤축 닳은 구두 신은 동작의 극히 호기적양상(好奇的樣相)과 더불어 부양(浮揚)토록 굴러갔는지라. [여기 손은, 별들을 쳐다보며, 균형을 잃은 채, 술통 속으로 붕몰(崩沒)한다.]

427. 〔손의 작별〕

화완족(和緩足), 화봉지자(火奉持者) 희보(戱步)롭게, 화등자(火燈者) 활보(闊步)하듯, 그리하여 킬레스터 지역〔더블린 지역〕의 호구(湖丘) 곁으로 도락석주(跳落石走)나니, 코르크, 막대기와 다엽(茶葉) 그리고 자신의 용골노(龍骨櫓) 쪽으로 더 많은 거품을 일으키며, 아일랜드평화(愛蘭平和)스러운 그리고 아주 안이한 길을, 도우(都牛)가 울부짖을 때, 맥 아우럽 가(家)〔아나 리비아 가〕, 고상가(苦像家) 방향으로, *문을 조용히 열지라*, 골짜기 아래 그가 정말로 직돌입(直突入)하기 전에 구릉지의 침하(沈下)에 앞서(온통!) 그(손)는 무(無)자취로 소산(消散)하고 멸거(滅去)했나니, 마치 파파(兒父) 아래의 포포(兒糞)처럼, 환상(環狀)의 환원(環圓)으로부터. 아아, 천(賤)아멘!

사라사라사라졌도다! 요주의(要注意)! 〔셈의 이별의 이미지들이 꿈으로부터 살아진다.〕

427.10. 〔손은 자신 뒤로 자취를 남기지 않고 살아지는지라.〕 그리하여 스텔라 별들이 빛나고 있었도다. 그리하여 대지야(大地夜)가 향기를 확산했나니, 그의 주관명(奏管鳴)이 흑습(黑濕) 사이에 기어 올랐느니라. 한 가닥 증기가 기류를 타고 부동했도다. 그는 우리들의 것이었나니, 모든 방향(芳香)이. 그리하여 우리는 일생 그의 것이었는지라. 오 감미로운 꿈의 나른함이여! 연초(煙草)꾸꾸꾸(토보쿠쿠)!(Taboccoo!)

그것은 매형적(魅型的)이었도다! 그러나 매형(魅型)스러웠나니!

그리하여 램프가 더 이상 계속하여 광분(光焚)할 수 없는지라 꺼져버렸나니, 그래요, 래프가 류광(溜光)할 수 없기에 꺼져버렸도다.

427.17. 〔떠나는 손을 위한 최후의 곡(哭)〕

글쎄, 여일광(汝日光)이 쇠(衰)하는 시각에 우리는 어떻게 그대를 애등(哀燈)하랴! 모두가 둔맹(鈍盲)하고 황미(黃迷)한지라 그리하여 그대가 여기서 사라지다니 정말 유감이라, 나의 형제여, 유능한 손, 햇빛의 아침이 우리들의 최신고(最辛苦)를 진정하기 전에, 설신(雪神)의 묘람(猫籃)과 돌고래 평원을 넘어, 육체관계와 불친(不親)한 얼굴들로부터, 그곳 유상(油象)들이 스크럼 짜고 있는 독일상아국(獨逸象牙國)의 은토(隱土)로,

야마천루(野摩天樓)가 최만(最慢)스럽게 성장하는 아미리클[Amiracles：
America＋miracle]의 외서부(外西部)까지, 더더욱 유감이나, 그대가, 수
수(手手) 겨루며 천만무수(千萬無數) 심지어 자질구레한 것까지, 그토록 자
주 유순(柔順)했던 그리고 영원히 행사하는 그대의 선의(善意)의 모든 행위
에도 불구하고, 그곳 덕망이 겸양(謙讓)인, 우리들의 더 겸손한 계급이 말
할 수 있듯, 우리들이 그 옛날, 신 모이 평원(Sean Moy：식민자)의 땅에서,
그대와 좀처럼 헤어질 수 없다니, 성소년(聖少年)이여, 그대는 살아 있는
성인(聖人)이요, 그대 또한, 과과(過過) 끈기 있는 체재자(滯在者), 신들과
후하층관객(後下層觀客)[소아시아의 옛 민족]의 총아요 경야(經夜)의 살루
스 위안신(慰安神)이었기 때문이로다. 용안(容顔)의 소산(消散)을 다정한 퓨
인(Fuinn：平者)은 심통하게 느끼는지라. 경도박(競賭博)의 승리자, 면학청
중(勉學聽衆)에서 수위(首位)요, 화승부(話勝負)로부터 전예언자(前豫言者)나
니, 현노인(賢老人)들의 선인(選人)인지라! 우리들의 유장엄(幽莊嚴)한 묵화
(默話)의 말숙괴짜대 변인(代辯人)! 혹시라면, 거기 웅계갱(雄鷄坑)에서 우
리를 애명심(愛銘心)할지니, 가련한 십이시학자(12時學者)들을, 언젠가 또
는 그 밖에 그대가 시간을 생각할 때마다. 원복(願福)하나니(과연), 비디하
우스(병아리 집)의 우리들에게 귀가할지라 이러나저러나 우리들이 그대의
미소를 놓치고 있는 도처(到處).

428. [최후의 결구: 잃어버린 손을 위한 이씨의 애탄 및 조이스의 망명
생활의 연상]

　　화자는 손이 그의 삭막한 여로와 이국땅에서 밟을 풀과 미나리아재비의
서정을 노래한다. 여기 그의 죽음과 이별, 그의 등불의 꺼짐을 애도하는
글귀 속에, 우리는 그의 회귀와 부활의 암시 또한, 느낀다.

　　하지만 그는 가버렸어도, 그의 돌아옴이 예언되나니. 또 다른 성 패트
릭, 그는 되돌아오리라, 덕망의 한 노예 및 게일 족의 한 영웅으로, 짙은
빗줄기 속에, 등에 부대를 매고, 또는 눈 속에, 새로운 송금을 위해 포켓
을 뒤집어 매단 채…… 그러나! 여기 사모아 섬의 우리들 백성들은 그대
를 잊지 않으리니 그리고 4노장들은 토론하고 있으리라. 도대체 어떻게
그대가 생각하고 있을 것인지, 어떻게 그대가 격투할 것인지, 그리고 어떻
게 그대가 이러저러한 상황 하에서 행동하고 있을 것인지. 아일랜드가 그

대를 부르도다. 그대의 웃옷을 뒤집을지라, 우리들 사이에 묵을지라, 단지 한번만 더. 만사가 그대의 뜻대로 되게 하소서―우리는 잘 알고 있지라, 그대는 우리를 떠나기 역겨워했음을, 뿔 나팔을 불면서, 우체부여, 그러나 확실히, 우리들의 선잠(眠)의 맥박, 그대는 와권해(渦港海)를 가로질러 도선(渡船)하고, 그대 자신의 말세론 속에 휘말릴지니, 등에 우대(郵袋)를, 그대는 선량한 사람인양, 그리하여 그로부터 여기까지 아무튼 돌아올지니, 비옵건대 살아있는 총림(叢林)이 그대의 밝힌 잡림(雜林) 아래 재빨리 자라고, 국화가 그대의 미나리아재비 단발 위로 경쾌하게 춤추기를! 〔이상 화자의 최후의 기도〕

제III부 2장

성 브라이드 학원 앞의 죤

【개요】 여기 숀이 죤(Jaun)이란 이름으로 재등장 한다. "한 갓 숨을 자아내기 위하여…… 그리고 야보(野步)의 후(厚) 밑창 화(靴)의 제일 각(脚)을 잡아당기기 위하여" 멈추어 선 뒤에, 죤은 "성 부라이드 국립 야간학원 출신의 29만큼이나 많은 산울타리 딸들"을 만나, 그들에게 설교한다. 그는 이씨에게 그리고 다른 소녀들에게 성심성의 연설하기 시작한다. 화제가 섹스로 바뀌자, 죤은 자신의 관심을 그의 누이에게만 쏟는다. 그는 셈에 관해 그녀를 경고하는데, 그녀에게 그를 경멸하고, 자제하도록 충고 한다: "사랑의 기쁨은 단지 한 순간이자만, 인생의 서약은 일엽생시를 초욕(超欲)하나니."(444.24~25)

죤은 자신의 설교를 종결짓기 전에, 공덕심을 위한 사회적 책임을 격려 한다: "우리는 더블린 전역을 문명할례할지니"(446.35). 그런 다음 그는 자신이 좋아하는 주제 중의 하나인, 음식에 대하여 초점을 맞춘다(음식에 대한 관심은 앞서 숀의 특징이요, 장의 시작에서 음식과 음료에 대한 그의 태도가 당나귀에 의하여 생생하게 묘사된 바 있다).(405.30~407.9) 장말에 가까워지자, 이씨는 처음으로 이야기를 시작하며(457.25~461.32) 떠나가는 죤을 불성실하게 위안하는데, 여기서 후자는 낭만적 방랑탕아인, 주앙(Juan)으로 변신한다.(461.31)

"죤은 그의 사랑하는 대리자를 뒤에 남겨둔 채"(462.16) 떠나가는 오시리스 신처럼, 하늘로 승천을 시도하는데,(469.29~470.21) 이때 소녀들은 그와의 작별을 통곡한다. 그러나 그는 성공을 거두지 못하고, 연도가 암송되면서, 떠나기 전에 그의 정령은 연도(連禱)가 합창되자 "전원적(田園的) 혼"(471.35~473.11)으로서 머무른다.

앞서 장에서 숀은 정치가 격이었으나, 이 장에서 한 음탕한 성직자의 색깔을 띤 동 쥐앙(시인 셸리의 영웅이기도)이다. 그의 설교는 몹시도 신중하고 실질적이며, 냉소적, 감상적 및 음란하기까지 하다. 그는 자신이 떠난 사이에 그의 신부(新婦; 이씨)를 돌볼 셈을 소개하며, 그녀에게 그를 경계하도록 충고한다. 그는 커다란 사명을 띠고 떠나갈 참이다. 그의 미래의 귀환은 불사조처럼 새 희망과 새 아침을 동반할 것이요, 침묵의 수탉이 마침내 울 것이다.

조이스는 1924년 6월의 한 편지에서 하리에트 쇼 위버에게 이 장을 개관했거니와, "그의 자매 이씨에게 긴 불합리한 그리고 오히려 친족상간적 사순절의 연설 뒤에, 숀은 그의 평행 눈썹의 거친 털 아래로부터 아일랜드의 장난기 어린 절반 시선으로 그녀와 작별한다. 이 말들은 독자가 볼 수 있는 말 일 테지만, 그러나 그가 들을 수 있는 것은 아니다"(「서간문」I.216).

주목 할 일은, 4년 뒤에 1928년 8월 8일 자의 위버에게 보낸 또 다른 편지에서, 조이스는 『피네간의 경야』의 마론 파 교도 (Maronite)(주로 레바논에 살며, 아랍어의 전례를 쓰는 귀일 교파의 일파)의 연도 및 그 밖에 다른 곳에서(470.13~471.34) 소녀들의 합창에 관한 그의 의도를 상술한 바 있다.(「선간문」I.263~247 참조)

[본문 시작]

429. 〔장면은 성 브라이드 학교 앞의 죤이 소녀들을 만나는 것으로 시작된다. 앞장 말에서 리피강을 타고, 여행에 지친 죤은, 이제 여기 리자르 가도 곁의 둑에 멈추어, 자신의 구두를 느슨하게 푼다. 그는 고대의 석주(石柱; 매장된 채), (순경 시거드센 또는 HCE 격)에 몸을 기대고 있다. 그는 한갓 숨결을 자아내기 위하여 멈추어 섰나니, 비록 그의 사각(四角)의 조상(彫像)이 과거 그러하듯 그대로인데도, 땀을 흘리며, 하지만 그런데도 아늑히 졸린 채, 대구(大口)의 성시인(聖詩人)으로, 석주에 기댄 채, 버터 금발을 한 평화의 감시자로다.〕

〔죤의 생피화(生皮靴) 서술〕

조활(嘲活)한 죤, 내가 그것 조금 전에 알아차렸듯이, 한갓 숨결을 자아내기 위하여 이어 멈추어 섰나니, 자신의 야보(夜步)의 짙은 밑창 화(靴)의 제일각(第一脚)을 잡아당기면서, 그리고 느슨하게 하는지라(신의 아들로 하여금 방금 저 가련한 서론구자〔序論口者〕를 내려다보게 하소서!) 그의 스타킹보다 얼마 전에 분명히 만들어진 자신의 생상(生傷)된 양쪽 생피화를, 라자르 산책로 곁의 둑에서…… 그 자는, 오스본(미상) 부처처럼 직입 매장되어, 아늑히 졸린 채, 치료주둔장(治療駐屯場) 뒤에 야근 시에 취침 중 나태무활(懶怠, 無活)하게, 독점된 병(甁) 포위사이에 평형(平衡)된 채, 침도(寢倒했)나니.

430. 죤은 비록 피곤하지만 멋있어 보인다. 그러자 그는 강둑에 앉아, 성 브라이드 야간학원에서 나온 29명의 여학생들을 만난다. (왜냐하면, 그들은 때가 아직도 윤년임을 기억하는 듯 했기에). 이들 아카데미 소녀들은 인생에 관한

학습을 배우기 위해 거기에 머문다. 죤은 그들에게 이정표처럼 보인다. 인류의 최초의 황석(黃石) 이정표의 회녹(稀綠)스러운 광경에 매료된 채……곱슬머리 죤은 그들에게 매료당한다. 그들은 그이 위에 운집하고 부산을 떤다. 그들 모두는 그의 키스의 손을 읽기 위하여 꿀벌이 가능한 모든 붕붕 소리처럼, 죤의 도토리(음낭)를 감촉하고, 그가 얼마나 숙녀 살인자인지 평한다. 그의 통통 살진 배를 재치 있게 감촉하며 그의 젤리 부대를 풍진(風振)하면서…… 그런데 그는 특히 그들 중 이씨에 의하여 가장 매료되도다.

그러자, 그들은 인생의 오전수업을 공부하면서, 연못 가 나무 아래, 자리하여, 돌기둥의 광경에 매료된 채, 자신들의 58개의 페달 족(足)을 가지고, 모두들 철벅철벅 물놀이하고 있는 동안, 술 취한 자의 코고는 소리에 불쾌감을 느낄지라도, 그는, 보기에 무감동한 채, 네덜란드 인의 토착어로 중얼거렸는지라: *이것은 최고의, 나의 아름다운 병(甁)!이로다.* 죤, 그는 모자를 벗고, 선의의 소녀들의 칭찬의 합창에 절을 하자, 모두는, 자신들의 주연약우(主演若友)인, 그이 위로 붕붕 소동을 피우면서 돌진 해 왔나니—모두들이, 핀프리아의 최고 미녀, 저 하나(이씨)만 제외하고—그는 최살(最殺)의 레이디 킬러였도다.

431. 죤은 다음으로 소녀들의 개인적 용모에 관하여 몇몇 산만한 말들을 넌지시 알리기를 계속했나니, 그리하여 이씨에게 그녀가 아일랜드의 전설을 읽은 적이 있는지를 묻도다. 그리고 그녀에게 그녀의 넓적다리가 치마 가두리 아래로 보이는 것을 점잖게 꾸짖으면서, 그리고 또 다른 아이에게 그녀의 어깨의 후크가 그녀의 등 뒤로 약간 열려있음을 속삭이도다. 왜냐하면, 죤은, 온갖 창조물들을 사랑하는 자로 통하거니와, 저러한 몇몇 예비 행위 다음으로, 자신의 관능경(官能鏡)을 통하여 사랑하는 자매 이씨의 출현을 파악했기 때문이라. 그리하여 그는 그녀의 얼굴 붉힘으로 알고 있었나니, 뿐만 아니라, 그는 게다가 그녀의 대부(代父)요, 그녀의 형제임을 잊을 수가 없으며, 그녀에 관한 세계를 생각했도다.

〔죤의 설교의 서곡〕

—최애의 자매여, 죤은 진정지급(眞情至急) 배달전(配達傳)했는지라, 어

법과 일반송달의 재고정리에 의하여 특징 된 채, 자신이 깊은 애정을 가지고 시간을 벌기 위하여 즉시 자신의 스콜라스티카(성 베네딕트 자매) 교사(校舍)를 작별하기 시작하자, 우리가 퇴장하는 순간에 그대가 신순(辛純)히 우리를 보고 싶을지라 우리는 정직하게 믿고 있나니, 때가 거의 다 되어, 위대한 하리(헨리 8세의 해군 함정)에 맹세코, 우리는 우리들의 긴 최후의 여행에서 선발탈로(船發脫路)할지라도 그대에게 하물(荷物)은 되지 않을지니. 이것은 그대의 가르침의 총수익(總收益)인지라 그 속에 우리는 양육되었나니, 그대, 자매여, 우리들에게 지극히 훌륭한 소개장을 써주곤 했으니, 그리하여 지금 당장 우리들에게 말할지라(우리는 아주 잘 마음에 늘 상기하기 마련이니) 수직사(手織事)와 호기(豪氣)와 사암담사(死暗澹事)와 야호 아빠의 그대의 고세간(古世間) 사담(事談), 그대에 의하여 그토록 서술된 우리들의 마음을 반(反) 문자 그대로 털어 냈던 이 이야기들, 자매여, 완벽하게, 총율동반(總律動班)의 우리들의 총애 생도와 우리들의 본생가(本生家)의 중요 생업, 당시 우리들 약자(若者) 쌍둥이들[셈과 숀]은 침대 속에서, 파리쉬〔식품회사 명〕 당밀 위에 카스토 오일을 저장한 다음 꽤나 수음(手淫)하고 있었는지라⋯⋯

[이씨에게 행하는 죤의 설교. 여기 그의 자기 자매에 대한 간명한 설교는 이 장의 대부분을 형성하거니와, 이는 아마도 『햄릿』에서 레어티즈(오필리아의 오빠)가 햄릿에 관해 누이를 경고하는 연설에 빚지고 있는 듯하다. 특히 이 장의 431페이지에서 레어티즈의 연설에 대한 얼마간의 평행이 엿보인다.]

432.4~457.24. [설교의 시작]

나는 일어나는지라, 오 아름다운 무리들이여! 나는 시언(始言)하도다. 그럼 이제, 이 서문의 초입경에 이어, 나의 은하(銀河)처녀들이여, 자계하인(雌鷄下人)에 대한 지시에 *대하여* 나는 교구목사(P.P). 마이크 신부, 나의 일요기도 웅변술과 청죄사, 신학박사 (C.C.D.D)로부터 절대금주(T.T). 의 충고를 요청하고 있는지라. 그런데, 신부는 여차여차 많은 색욕적 말로 말하고 있었으니, 그가 어떻게 두 처녀들과 함께 서로 얼굴을 맞대고 이야기하고 있었는지, 방출(放出)과 함께 혼성(婚盛)을 위하여 얼마나 법공(法恐)스러운 날을 그가 보내고 있었는지, 그가 왜 전력을 다하여 나를 결혼시키려고 했는지, 〔죤은 갑자기 설교단에 선 듯, 신부의 충고의 말을 반복하면서, 그가 사명을 위해 조국을 떠나는 동안, 처녀들은 이들 충고를 명심하고 실행하도록 요청한다.〕

나는 자신의 영감의 말로 방금 재차 젊은이들에게 나의 충고를 부여하고 있나니, 이리 와서, 모두들 귀담아 들을지라! 나를 가까이 따라요! 자 이제. 우리들의 짧은 부재 동안에 덧붙일 십계(十戒)만큼 가능한 많은 충고들─대체 우리는 어디에 있는고? 불러질 최초의 노래는 무엇인고? 나는 그를 축복하는 순간 저 병든 복사(服事)를 해고할지니! 나는 달력 속의 선택할 모든 성인들을 알고 있도다. 그것이 내가 그의 포도자(葡萄者)를 위하여 할 수 있는 최선일지로다…… 만일 내가 캘린더의 모든 성인들을 선용(選用)한다면 나는 희망의 선택을 가지리라.

433. 여기 그녀가 있는지라, 이사벨, 하얀 처녀, 스물아홉 번째의 마돈나. 도레미의 기도! 의기양양하게 취해진 말(言)들, 나의 귀여운 조력자.

〔죤의 율법 목록〕 그대는 미사를 결코 놓치지 말지라. 그대의 성 금요일에 순돈육(純豚肉)을 결코 먹지 말지라. 호우드 언덕의 돼지로 하여금 킬리니의 그대 백합 아마사(亞麻紗)를 발밑에 결코 짓밟게 하지 말지라. 그대가 그의 다이아몬드를 환승(還勝)할 때까지 결코 상심하지 말지라. 행상인의 흡연 장에서 위험한 즉흥 노래를 경가(輕歌)하지 말지라. 그리하여, 말이 난 김에, 아홉 비스킷을 계속 바삭 바삭 소리 내며 상자 속에 투대(投袋)했던 자가 그대인고?…… 첫째 그대는 미소하지 말지라. 두 번째 그대는 사랑하지 않을지라. 욕말(慾末), 그대는 우상 간음을 범교(犯交)하지 말지라. 남자변소에서 그대의 단정체(短停滯)를 결코 주차(駐車)하지 말지라. 그대의 불결한 한 벌 가위 받침 접시를 가지고 그대의 단추 잔(盞)(미나리아재비)을 결코 청소하지 말지라. 우리들의 최종 장소로의 그대의 최근 지름길이 어디 있는지 그의 1인칭에게 결코 묻지 말지라. 약속의 손으로 하여금 그대의 성골(聖骨)의 단번처녀막(單番處女膜)을 결코 함부로 사용하게 하지 말지라. 도끼의 부드러운 쪽! 밧줄의 사리, 수줍어하는 처녀, 수풀의 홍조(紅潮)가 첫 남자의 웃음을 비탄하는 살모(殺母)로 변경시켰도

다. 오 어리석은 사과원죄(司果原罪)여! 아아, 주사위의 과오여! 그대의 한 벌 바지가 땀에 젖는 동안 항아리 속에 결코 담그지 말지라. 그대의 황금 시대의 대문을 통하여 은(銀) 열쇠를 결코 끼우지 말지라. 사람과 충돌하고, 돈과 충모(衝謀)할지라. 그대가 범매(帆買)하기 전에 나의 상가(賞價)를 선망(先忘)할지라. 그대가 의속(衣束)의 용의주도하는 곳을, 누요(漏尿)하기 전에 살펴볼지라. 예야. 부식(腐蝕)이 눈에 띌 때까지 서양모과 사과를 결코 세례하지 말지라. 잡초가 있는 곳에 그대의 엉겅퀴를 적시고 그걸 그대는 후회할지니 가시덤불로부터. 특별히 경계할지라. 〔이들 금지 상황들은 대부분 성적이요. 그들 중 몇몇은 귀에 익은 가톨릭교의 규범들에 그 모형을 두고 있다.〕

434. 〔죤의 이씨에 대한 설교 계속〕

여기 죤은 잠시 동안, 미사를 준비하는 신부(神父)의 역할을 한다. 그는 이 특수한 일요일을 위하여 여러 지시들을 찾고 있는지라, 오늘은 무슨 성인의 날 인고, 무슨 색깔의 제의를 입을 것인 고, 무슨 기도문을 읽을 것인 고, 무슨 찬송가를 부를 것인 고, 등등. 〔이어, 갑자기, 우리는 죤이 자신의 설교를 시작할 설교단에 서 있음을 발견한다.〕 회사에서는 냉정한 신의를 지니며, 가정에서는 따뜻한 초망(鍬望)을 가지며, 그리고 자비의 자중(自重)이 되는 것을 가정에서부터 시작할지라…… 〔그리고 그는 당부한다.〕 나를 잊지 말지니! 기다려요, 전지설득(前止說得)하고 용서할지라! 태커리와 디컨즈 류〔영국 인기 소설가들〕의 소설을 주의할지라. 허영의 도피와 진실의 공포! 마미(魔美)! 고래 뼈(鯨骨)와 고래수염이 그대를 상하게 할지라도. 그러나 그대의 가슴의 비밀을 결코 나출 하지 말지니…… 덕훈(德訓): 만일 그대가 백합훈(百合訓)을 강조할 수 없다면, 경칠 여기에서 나갈지라(Moral: if you can't point a lily get to henna out of here)!

〔이제 죤의 설교는 어떤 자폐술자(自閉術者)인 앨지(Autist Algy)에게로 귀결된다. 이 자는 솀인 동시에, 조이스에게 '예술을 위한 예술'의 주창자인, 심미주의 작가 스윈번(Swinburne)을 암시한다. 『율리시스』에서 조이스가 받은 그에 의한 영향은 괄목할 만하다. 죤은 부패한 드라마와 문학의

영향에 관해 여기 이씨에게 경고하고 있는 듯 보인다. 딜레탕티즘(dilettan-
tism; 아마추어 예술) 문학의 애호가인 앨지(스윈번—셈)가 죤 자신(조이스)을
엉터리[극장에 유혹한 것을 여기 회상 한다.]

435. 그리하여 그대를 역병 극장으로 데리고 가『비너스의 오행(*Smirching of
Venus*)』(셰익스피어 작『베니스의 상인』의 은유적 암시)을 보여주나니…… 그러
자 죤은 셈이 이씨가 카메라맨들 앞에서 나체로 포주를 취하도록 요구하
는 것을 경계하도록 말한다.

435.3. 또는 옛 귀속 말의 제언으로, 아주 낮은 깔끄러운 목소리로, 상냥하
고 아주 작은 말투로 그리고 아주 작은 상냥하고 풍요한 말씨로, 요구하는
지라, 한 예술가의 모럴(덕목)이 되고 나신으로 지방심미국부마취(地方審美
局部痲醉)로서 수다스러운 노거장(老巨匠) 앞에 포즈를 취할 의향을, 그리하
여 그대를 소개하나니, 좌에서 우로 일단동지군(一團同志群), 그들의 여수
(餘手)의 대량살화백(大量殺畵伯)과 함께 간청우자(懇請愚者)와 킥킥 소자(笑
者)와 수치자(羞恥者)와 용기자(勇氣者)와 같은 화랑돈자(畵廊豚者)들, 더하
기 일상사기한(日商詐欺漢)의 한 다스의 초라한 카메라맨들에게.

　　그리고 음란 시인 바이런의 운시들을 조심할지라. 일찍 잠자고, 일찍 일
어날지니, 그대가 프롬프터(대사자[臺詞者])의 목소리를 들을 때 그대의 이
각(耳殼)에다 양초심지를 쑤셔 박을지라…… 조공기(早空氣)의 원무시(圓
舞時)를 지키면 벌레는 옛것이나니……수음(手淫)은 금물이라. 손가락 만
지작거리다니 아베 마리아여 맙소사……터널(갱도) 씨(氏)의 낭하의 쌍지
주(双支柱) 들보와 함께 자주 교제하거나, 지간(枝間)의 부도덕 행위를 범
하는 목적으로, 다같이 친교 하는 담배꽁초(호모 목적)를 위한 통(桶) 취미
를 결코 습득하지 말지니(그걸 타도하라).

436. 소등행위(消燈行爲) 하에, 얽힌 덩굴과 벨트 대님 사이 애완동물을 손가
락 토닥토닥하듯, 그건 (큰일을 저지르는) 작은 실마리 나니, 그대의 발걸음
에 쐐기를 박아요! 그러나 위험하고 개량 예술에 대한 그의 관심이 무엇

일지라도, 자신의 의식의 순환의 중심은 언제나 음식과 섹스로 되돌아오는지라, 〔이는 마치 『율리시스』 8장에서 블룸의 음식과 섹스의 카니발이즘에 대한 인간의 양대 욕망의 향방과 같은지라〕, 얽힌 덩굴과 벨트(피대) 양말대님…… 남녀의 회롱과 유혹을 경계하라. 금지된 제한 구역 내에서 비위생적으로 애무 키스를 행하는 저 골목길의 기분을 억제하며, 껍질을 벗기고, 굽고, 불 질러버릴지라. 〔친족상간에 대한 충고는 『율리시스』 제9장 도서관 장면에서 스티븐이 갖는 그의 의식과 대등하다.〕(U 169) 소독되고 합법적 사랑이 바람직스러운지라, 통상적 채널을 통한 사랑을. 주점과 회관의 문간을 조심할지라. 파티가 신통치 않을 때, 그들은 존경을 잃기마련, 돈만 빼앗기나니. 그대는 청구총액, 지겨운 토요일 및 일요일 저녁의 술 대금을 매일 아침에 지불할지라. 그러나 만일 그대가 가인(佳人) 캉캉 춤을 추고 큰 소동을 일으키려는 혹 괜한 생각을 하면, 나는 그대를 도리깨질하기 십상일지니.

437. 그대의 규칙적인 식사, 그대의 스포츠 및 생리 현상이라. 손잡이 위에 그대의 발뒤꿈치를 올려놓고 자전거 타기를 삼갈지라. 그러나 그대가 얼마간 움직일 필요가 있으면, 불결한 트랙으로 들어가 가볍게 뛸지라. 훌륭한 건강은 펀트 향(Punt's Perfume)〔아프리카 동부 지역인 소말릴 랜드의 해안, 그곳에서 고대 이집트 사람들은 향수와 건포도를 수입했다.〕보다 훨씬 값지나니. 잘 먹을지라, 규칙적인 월경을 위한 마음가짐을, 그대의 콩팥을 활분(活奮)시키기 위하여 건강한 체질개선의 불제(祓除) 운동을 필요로 하나니…… 스포츠 광이 될지라(Be a sportive). 가구 부(付) 하숙인들이 극단 및 피아노 곡주와 함께 식사 계산서를 지불하는지를 눈을 잘 열고 살피리라. 너무나 친구다운 친구 따위, 그리하여 그 자는 흥락(興樂) 사이에서 마음 편히 스스로 혼교하면서, 상아 건반을 저토록 유쾌하게 찰싹찰싹 치는지라, 그 이유인즉 그는 그대의 파멸과 해악을 곧 증명할지니, 그(솀)가 출가하는 동안, 그의 애인의 무릎 속에 일광욕에 익숙할지라.

438. 〔존의 솀에 대한 서술〕
이씨는 솀을 피해야하나니, 그는 그대를 스캔들로 곤궁에 처하게 하고, 그것이 신문에 날지 모르도다. 〔또한, 존은 그녀더러 솀을 위시한 엉터리

대학생들과 어울리지 말도록 충고한다.] 카메라맨이 그대를 사로잡았다고 가상해 보라. 만일 그대가, 불운 숙녀의 도취의 죄를 범하여, 조정자의 자격으로, 사악 집단의 탁월한 대처성원(帶妻成員)과 함께, 직접적인 관계를 지속 보유하고, 돈불(豚拂)한다면, 누가(Luke)의 반―생활의 비(非) 입증된 하류계의 향락주연 여인이 됨으로써, 제 2급으로 덜컥 황락(慌落)할지라. 그것만은 절대로, 황금신(黃金神)의 공포와 사랑에 맹세코! 나 같으면, 어떠한 대학 허세 자들과도 사귀지 않으리라. (그대 알다시피, 나는 불알 소년들에서부터 아리따운 소녀들에 이르기까지 사랑의 분약고(糞藥庫)와 그의 서곡을 온통 너무나도 통성(通聲)하는지라 따라서 나는 저 불량배들의 화랑(畵廊)을 알 온갖 이유를 지녔나니, 야조(夜鳥)들과 암캐 애호가들, 행운의 둔자(臀者)들 및 경(輕) 린지 놈들, 건방진 해밀턴 놈들과 경쾌한 골던 놈들, 투약되고, 의약(醫藥)되고 그리고 기타 된 채).

[죤의 설교는 소녀의 성스러운 처녀성에 대한 강조로서 여기 그 절정에 달한다.]

439. [죤은 무용사년(舞踊師年)에 그대의 위험지대를 침범하는 대학 허세 자들을 나무란다.] 만일 그대가 그 짓을 하는 것이 내게 들키기만 하면, 명심할지니, 매음할 자는 바로 그대 자신인지라! 나는 그대를 벌줄지니, 호되게, 심하게 그리고 무겁게.

439.6~14. 그대가 전례도(典禮禱)를 말할 수 있기 전에! 혹은 나의 할아버지의 최대색성(最大色盛)이 자신의 환락의 인과를 위하여 나의 숙모의 애(愛) 자매와 더불어 자신의 비(非) 지혜의 좌(座)를 그 위에 앉히게 했던 맥주통(麥酒桶)의 평판(平板)을 쿠퍼 화니모어[미국의 19세기 소설가]가 그로부터 대패질하여 빼낸 전나무를 주된 마무리 공(工)(그래드스톤)을 고무시켜 베어 넘기도록 한 성광星狂 간행물작가(刊行物作家)의 통두(桶頭)를 그토록 뒤집어 놓은 무어의 가요집을 난도질했던 서정시인을 뒤쫓아 달아난 초연무지(初戀無知)의 양모(養母)[여기 희랍 신화의 다이덜러스의 파시피에 참조, U 464참조]를 월광으로부터 개종시킨 백의의 탁발 신부 위에 슬공

마(風恐魔)의 저주가 두드러기처럼 내리게 하옵소서! 쾌(快)멘. 〔마론파 교도의 연도 패러디 구절〕

439.15. 〔죤은 잠시 자신의 노래 소리를 시험하고 찬양하기 위하여 여기 멈춘다.〕 훅! 거기 그대를 위해 한 묵음(默音)이라, 어렵쇼, 그리고 하프 음률, 숨결이 나의 주변에 풍요하도다! 만일 나의 턱이 나의 노래 위에 만기(滿期) 이슬방울 마냥 금관악과(金管樂過)해야 한다면. 그리하여 그대가 기대했던 고곡발송음(高曲發送音)이 나의 송장성(送狀聲)이 되게 하소서! 친애하는 자매여, 다시 완전한 애엽(愛葉)으로 나는 말하는지라, 형중매(兄仲買; 죤 자신)의 충고를 취할지니 그리하여 스스로 명심할지라, 이 봐요, 만일 그들이 게다가 그대를 흥분 설레게 한다면, 말을 하거나 고개를 끄덕이지 말지라. 재잘재잘쩩쩩과 함께 치카치카빰빰을 금하니, 그대 그리고 그대의 마지막 정남(情男) 및 그대에게 묘약을 열거하는 선정고해실(煽情告解室)의 신부(神父). 혹을 백을 신봉하는 저 따위 경계자에 대해서는 망설일지라. 마찬가지로 심체(心體)의 위생을 위하여 안에서 문 닫을지니 그러나 무보경마도자(無報競馬睹者)를 경원할지라. 나는 그대를 비탄하게 하는 책들은 불태우고, 톰 프라이파이어(화열〔火熱〕) 또는 졸파네롤(분서주의자〔焚書注意者〕)를 대도질식(代禱窒息)하게 하는 총분산(總分散) 드리안의 화장장작더미를 불지를지라. 대신, 그대의 「*주간 표준(週間標準)*」 지(신문 명)을 숙독할지니, 그건 모든 압쇄계(壓刷界)에 의하여 영기(에델; 靈氣) 왕독(王讀)되는 우리들의 남진기관지(男眞器官誌)로다.

440. 〔죤의 이씨를 위한 독서 목록 추천〕
그대의 다섯 기지를 사최진종서(四最眞終書)에 적용할지라. 알스디켄〔영국 작가〕 저의 *미라큐라(기적)에 관한 보고 또는 승정수렵자(僧正狩獵者)에 의한 죽음에 대한 관찰*이 카슬 바(성봉: 城棒)에도 불구하고 그 분야에서 여전히 첫째인지라, 윌리엄 아쳐〔더블린의 유명한 국립도서관원〕의 장낭만(壯浪漫) 훌륭한 정화(淨化) 카탈로그가 우리들의 국립도서대배(國立圖書大盃)로의 노선(路線)에 생기를 줄지니⋯⋯카니발 컬린〔더블린 대주교〕 저의 *시순절편두(四旬節扁豆) 구비(口碑)*와 같은 경건(敬虔) 소설을 고성서독(高聲誓讀)할지니⋯⋯이 최행운년(最幸運年)에 시장(市場)의 두 베스트 셀라는, 부(父)길 사(社) 제작, 자(子)길 사(社) 발행 및 길리 성령신(聖靈神)의 가격에 음울소수적(陰鬱小數的)으로 환(還) 유포하는 도다…… 심문과학(審問科學)은 그대의 둔예(臀藝)를 위해 선행(善行)하리라. *전(前)수탉 산란(産卵)과 성(聖) 가장토(假裝土)의 매질과 함께*. 주로 여아들을 위한 것. 성찬차(聖餐茶) 너머로 우리들의 성인(聖人)들 및 명점성권존자(皿点聖權尊者)들의 긴 열전(列傳) 속으로 여입(旅入)할지니, 소품문(小品文)들과 함께, 그대의 탐상(探想)의 신박하개선(辛薄荷改善)을 위한 권위자들에 의하여 쓰인 초보교본 속으로 지름길 취할지라. 중풍 환자들을 잊지 말지니. 불쌍하고 늙은 금제염인(禁制厭人)을 위하여 석양을 켜고 분열광환자(分裂狂患者)를 위하여 야자치유(椰子治油)를 송(送)할지라.

441. [죤의 이씨에 대한 잇단 명령조의 충고]

결혼식을 위한 징이 울릴 때 그대의 마구(馬具)에 발을 들여놓고 저 혼인무효소송을 파기할지라. 기녀(饑女)여, 자제 할지라! 왠고하니 경주는 최급(最急)에 달렸는지라, 쾌주하고, 도주하고, 질주하는 것. 관선(串線〔醫〕)의 흑장(黑障), 녹내장 및 백내장을 끌어내리고, 유장은하(乳漿銀河)와 톱밥을 끌어 올려요. 하의가 있으면 상의가 있기 마련? 백생(白生)있는 곳에 열린 희망있나니, 둔부(臀部)여, 나를 잊지 말지라. 조용히! 착한 백작 험프리와 함께 걷는 여인은 축복받나니, 왜냐하면, 그가 그녀를 행복 식욕할 것이기에. 행하라! 그대는 그대가 떨어뜨릴 수 있는 모든 유지(油脂)를 마실 수 있는지라, 그리하여 만일 그대가 만사를 돌봐줄 양친이 있다면 이러한 나태 속에, 임의로 또한, 탐색 의연할지니. 그것이 캔티린(요람가; 搖籃歌) 백작부인의 마음을 사로잡았던 것이라, 한편 그녀는 매비스 토피립스 마왕[『파우스트』의 악마]에게 계속 주장하여 그녀의 고령노후의 복음남편을 양식(養殖)했나니, …… 저 보석을 지킬지라, 시씨(이씨)여, 풍부하고 회귀한 것이나니…… 그대가 그토록 자랑하는 보석을 소유한자는 극소수인지라 왠고하니 그와 버금가는 것은 이제 검은담비 도적이나 부랑자 이외 아무것도 없기 때문이 도다. 그에게 한 편의 딸랑 노래를 할지라. 나를 겸손하게 촉할지라. 그러면 나는 그대를 그토록 색정(色情)하리라, 나의 여차 여차여. 드러내고 드러낼지라. 자랑되게 자랑할지라.

442. 〔죤은 당나귀의 울부짖음으로 솀에게 공격을 퍼붓다.〕

그 자는 저 시간부터 시장 요주의인물인지라······ 그의 문외한의 얼굴을 박살내기 위하여 장도(壯途) 할지라. 그의 입을 파열할지라. 만일 내가 나팔 총 얼뜨기라면, 나는 사격투남행(射擊鬪南行) 경악할지니······ 나는 경칠 두 페니 짜리 땜장이의 저 돼지 같은 놈이 누군지 전혀 상관하지 않거니와, 뿐만 아니라 모퉁이의 두 푼 올뺴미도, 언덕 위의 셋 고함소리도······

442.21~28. 왜냐하면, 그럼 아마도 우리는 손 식(式)이 어떤 따위의 것인지 경칠 그에게 이내 무언극화할지니, 그의 쾌남의 여초유향(汝招油香; bringthee balm)〔예레미야. 8:22〕과 그의 아루피의 여가곡(汝歌曲: 노래 가사)을 가지고 그대에게 환심을 산데 대하여 그를 위해 그의 문외한의 얼굴을 박살내기 위하여 우리가 어떻게 장도(長途)할지, 그대의 혼례지(婚禮指)를 그의 이차원을 가지고 느끼기 전에 나의 간수두(看守頭)를 성소(聖所) 속으로 우연시입(偶然試入)하다니. 이제 그럼, 만일 내가 나팔총 얼뜨기라면, 나는 사결투남행경악(斯決鬪男行驚愕)할지라! 〔죤의 위협들은 가학호색적(sadistic—lecherous)이거니와〕

443. 〔이어 죤은 솀을 경찰(아일랜드공화국형제단의 제일 경찰청년기동대원)에 넘길 생각을 한다.〕

그리고 한 다발의 형벌판사들 및 열두 음유선배심원들(吟遊善陪審員) 면전에 소장(訴狀)을 그가 출원 중이나니, 이어 그가 거리 청소를 행하는 것을 필경 그의 예정표에다 심지어 끼워 넣지 않을 것인고? 솀은 자신의 사고(思考)를 위하여 정당한 보상을 가질지니, 〔죤은 그를 반쯤 죽일 생각을 한다.〕 나는 그대를 위하여 그대의 찰리 내 사랑(솀)을 반쯤 죽이도록 그리고 그를 자신의 창조주에게 보내도록 고안하리라―〔솀의 용모 서술〕 특히 혹시 그가 신도(身跳) 필경 5피트 8을 가진, 진저리나는 한량(閑良)으로 바뀌지 않을지, 통상의 XYZ 타입, R.C. 콜벗 사원, 오직 적포도주 혈

(血)일 뿐…… 칫솔 코밑수염과 턱의 토기치(土器齒)를 갖고, 물론 턱수염도 없이, 바 스툴(의자) 위에서 약간의 위트리 맥주를 홀짝이면서, 기네스 상사의 호직(好職) 및 연금과 함께, 그의 약간의 더껑이 낀 청록의 눈은 일련의 골난 홍포(興泡)를 생기게 하는지라……

444. 〔죤은 셈이 HCE처럼 알코올 속에서 위안을 찾는 자로 여긴다.〕

그리하여 결혼 매듭을 누구에게 묶어야 할 것인지에 관해 이견이 없도록 할지라. 그 땐 저 귀여운 작은 꼬마(셈)가 자신의 요람 속에서 저 불결한 늙은 대 걸인(HCE)이 장차 자신이 해관(咳棺)을 통해 끽끽 비명을 지를 것을 보고, 깩깩거릴지니, 그대(이씨)는 광란파도(狂亂波濤) 주변에 포신(砲身)을 올곧이 정착하는 것이 더 낳은지라. 내가 그대에게 추천한 대로, 나의 이름과 그대 자신과 그대의 아기 가방을 서푼짜리 목동에게 희생시키면서, 나를 경락(競落)시킨데 대하여 나는 그대와는 온통 끝장낼지니. 사랑의 기쁨은 단지 한 순간이지만, 인생의 서약은 일엽생시(一葉生時)를 초욕(超慾)하는지라. 만일 내가 어느 무의미 속의 그대를 붙든다면, 나는 그대에게 그대를 훈련시키는 방법을 가르칠 당사자이도다. 그대는 더 이상 늑대 두목과 돌아다니지 말지니.

〔이제 숀의 의식 속에 셈과 HCE이 혼돈되듯, 여기 이사벨(이씨)은 ALP와 혼돈된다.〕

그들은 다 함께, 공원의 두 소녀들 격이다 나는 여기 있도다, 나는 행하도다 그리하여 나는 고통 받도다.

〔죤은, 자기 자신을 그리스도 및 시저와 혼돈하여 말하는데, 이는 『율리시스』제5징에서 블룸 몰래, 보한 신부(神父)가 그대는 "그리스도인가 빌라도인가?"하고 묻는 이중 혼돈, 그 자체다. 그러자 블룸이 말한다: "그리스도지요, 하지만 그런 이야기로 저희들을 밤새도록 잡아두지 마세요."〕(U

67) 〔이어 콘미 신부는 제10장 제1삽화에서 이 설교의 순간을 회상한다. "빌라도, 왜애 그대는 저 오합지졸을 어억제 못 하는고?"〕(U 180)

445. 〔재차 죤은 이씨에게 솀과 사귀는 것을 못 마땅이 여긴다.〕

만일 그대들 둘이 철로 위를 걸으려고 한다면, 경계 할지라, 그리하여 나는 덤불 언저리를 두드려 성난 짐승을 그대를 몰아내도록 부추 킬지니! 그리하여 그대의 비단피부를 칼로 잘라 양말대님으로 삼을지라. 자 이제 잠자라. 이제 소등(消燈)할지라 (훅!) 그리고 잠잘지라. 나의 고집불통 망아지여, 왜냐하면, 강타할 쌍 주먹을 지닌 자는 바로 나이기에.

〔이어 숀의 장광설은 애정의 감미로운 선언 및 그의 귀환으로 바뀐다.〕

그대에게 미지(未知)한 채 나는 바다너머 되돌아올지라. 교황 대사로서 여기 되돌아올지니, 멀리 떨어져, 나는 가장 깊은 사랑과 회상을 가지고 그대를 생각하리니…… 우리들의 가역시인(家役詩人), 프레드 웨털리〔노래 작사〕가 그걸 개선해 줄지라—그대는 나의 애정 어린 심장 속의 큰 모서리를 채울지니. 이어위크(HCE)는 나의 혈통, 고로 우리를 모래처럼 배가(倍加)하게 하소서.

446. 〔죤은 여행에서 귀국하여 그녀를 사랑하리라. 소녀들을 위해 보석을 마련하리라.〕

나는 그대를 원하노니! 만일 내가 나 자신 얼마나 명예남(名譽男)임을 증명한다면, 나로 하여금 그대의 미복(美腹)을 보게 할지로다. 만일 내가 생존한다면, 감미로운 키스로서 그대를 덮을지라, 나는 기어이, 되돌아오고, 올지니, 그 때, 우리들은 더 이상 불별(不別)하는 거산(巨山)처럼, 그대는 내게 키스 세례할지라, 귀향의 위대한 순간은 기필코 다가오리라.

446. 30~34. 길음복감(吉音福感)(유포리아─행복감)을 향해 출선(出船)! 머피, 헨손 및 오드워, 위체스터의 간수들이여, 궐기하라! 만일 그대가 슈미즈를 착료(着了)하면 나는 셔츠를 단시간에 입으려니 그리하여 우리들의 분담된 셔츠 소매로서 우리들 사이, 브래지어에 가죽 띠 및 조차원(操車員)에 규자(叫者), 우리는 우리들의 진행 중인 프로그램을 연탈(延脫)할지로다. 원조합(園組合)에 가입하고 가간구(家間口)를 자유로이 할지라. 우리는 더블린 전역을 문명할례할지니. 우리들, 진짜 우리들, 모두로 하여금 우리들의 연옥적(煉獄的) 등급에 있어서 사도 역(役) 인양 연소(聯燒)하게 할지라.

447. 〔죤의 세계 개선론에 대한 설교〕

　　부업용구(用具)에 조구(助具)할지니, 우리들의 잭 자매가 돈혈(豚穴)을 청소하는 것을 도우며, 총체적으로 사물을 생강격려(生薑激勵)할지로다. 다량의 세계개선론(世界改善論; Meliorism)이, 수령액(受領額)을 복권 식 판매하거나 독점경마총액을 배꼽 바퀴 통, 살과 테까지 분담하면서, 찬송가처럼 윙윙 소리 나게 할지라. 그는 펜이 결하여, 글을 쓸 수 없는지라……만일 내가 여기 나의 유쾌한 젊은 뱃사공 붓이라도 가졌다면 혼자서 그걸 몽땅 쓸 터이지만…… 나의 학자들이여, 유대배심원의 생애 및 킹 할링턴〔영국의 조신으로, 아일랜드에 관한 책을 씀〕의 최고시(最高時)의 출생 사망률에 관하여, 그의 총체를 가로수 도로를 따라 개설하면서. 우리들의 사제─시장─임금─상인에 의하여 수행되는, 모든 훌륭한 공중의 일들을 명심할지니. 그밖에 다른 일들과 비교할지라. 시민과 이교도를 대조할지라. 아세아에는 왜 이토록 많은 종교 서품들이 있는지 설명 할지라! 에스파나 혹해에서 떨어진 최록(最綠)의 섬은 어디에 있는고? 〔죤은 이제 이 씨에게 여행을 떠나도록 권장한다.〕 야외 여행에 들어감으로써, 사실을 그대 혼자서 확인할지라. 전차를 타요, 이를테면, 아스톤 부두〔리피강의〕에 서는 거야, 한 권의 종자잡초법령(種子雜草法令)을 들고.

　　〔여기 죤은, HCE처럼 또는 『율리시스』의 블룸처럼, 도시의 건축자로서, 귀향하리라〕 "더블린을 온통 할례하고", 그의 신앙심을 개량하리라, 단지 아일랜드적인 것만을 ─ 예를 들면, 토탄과 책들을 불태우면서, 그는 가로를

건축하고, 내기 경마장을 수립하고, 페뷔우 또는 클론타브에 쓰레기 공원을 만들지니(오늘날 죤의 소원은 모두 실현되었거니와), 이 모든 것을 "지금은 코를 고는" 저 순경이 할 수 있듯 그렇게 하리라.]

448. [죤은 자신의 사업상의 성공에 대한 확신으로 이씨를 비위 맞춘다.]

　　만일 그대가 더블린 거리를 헤매면, 그대는 어느 근처의 상점 진열장 속을 한껏 동경의 시선으로 들여다볼 것이요, 약 32분의 시간 과정에 그대는 뒤를 바싹 따라 이전의 방축 길 방향으로 방향을 바꿀지라. 그리하여 교통 잼의 혼잡에 의하여 야기된 케이크 같은 진창 눈(雪)으로 온몸을 뒤집어쓰게 되는 것을 보고 놀랄지니. 그리고 우리는 물으리라, 저 오물청소부는 어디에 있는 고, 케이트여?[HCE 댁의 청소부] 언제 우리들의 그토록 사랑하는 더블린의 얼굴이 리버풀이나 맨체스터처럼 세례백반(洗禮白斑)되리요? 누가 모든 이러한 아일랜드의 장소들을 다듬으랴? 그대들 무엇인지 아는 고, 꼬마 소녀들이여? 나는 코고는 투표 탐자(貪者)에 의하여 영원히 만사 포기하고 물러나도록 충고 받고 있는지라, 나로 하여금 자동 모빌유를 증가하고, 목욕 탕치장의 치료를 위한 지갑을 마련하기 위해 어떤 준비가, 비소(秘所)―봉인된 명령 하에, 일우어질 때까지, (비록 어디서 그 돈이 나올 것인지는―) 나는 그것이 선혈의 범위 한계에 관한 것임을 확실히 생각하기에. 그러나 이번에, 어디서 그 돈이 나올 것 인지, 그는 알지 못하도다. 요한 맹세코, 그것은 선혈의 범위 한계에 관한 것임을 소득망세(所得網稅)로서, 방금 나는 확마(確魔)로 생각하나니. 아멘. [죤은 투표자들이 그를 싫증내고 연금으로 물러나기를 바라는 것을 불평한다.]
　　죤은 다소 음울한 잡성(雜聲)으로, 설사 여전히 고(高) 솔―파 루투 곡이긴 하나, 그때 그는 그녀에게 비위를 맞추기 위해 자신의 등지느러미를 돌리고, 음표와 악보를 주기 위해 자신의 책의 책장을 넘겼도다. 그는 "사랑하는 매(妹)여"라 이씨에게 말을 걸며, 밤을 찬양하도다.

449. 〔죤은 자신에게 약속의 처녀만 있다면 기필코 되돌아오리라.〕

한편 그의 불확실한 눈을 위쪽으로 던진 채, 상상적 나르는 재비를 재빨리 추적하나니 오, 베니씨(Vanissy)의 허영이여!〔스위프트의 애인 명 및 태컬리의『허영의 시장』의 인유〕만일 나의 심적인 지명(指名)의 민활여(敏活女), 기독사도다주식교회(基督使徒多株式敎會)의 모나 버라, 자신의 안전한 행실 아래 요리법에 의하여 나를 안내하는, 나의 라이온즈의 귀녀〔죤의 장래 애인〕를 오직 시견(匙見)할 수만 있다면, 나는 혹시 일지 모르나 기꺼이 귀향(歸向)하리로다. 그것이 나의 성미에 한층 맞는지라⋯⋯ 내가 현재 있는 곳에 머무는 것보다 더 이상의 친절한 운명을 나는 요구하지 않을지니, 나의 들꿩들에 휩싸인 채, 그리하여 여기 나는 꿈꿀지니, 지저귀는 새들의 벽 사이 나는 부숙(富宿)할지라, 그때 노래 지빠귀들이며 붉은 다리 까마귀들이 나의 숨결에 맞추어 급급할지니, 나의 이발(耳髮)은 놀란 토끼 마냥 잘도 치솟고 나의 장각(長脚)을 동상(同上) 끌면서, 그리하여 거기 소적고(小赤狐), 여우가! 두려운 광경에 돌비(突飛)하는지라, 나는 성 그로세우스(뇌조: 雷鳥)의 울부짖음까지 와와 외침 시간동안 안전 측에 앉아 있을 수 있나니, 그리고 최광이(最廣耳)를 도요새 사냥꾼의 큰북에다 꿈에 어리듯 전향하고, 아름답고 늙은 애어리얼〔전설적 공기 요정〕의 무선 하프 및 야강(夜江)을 건너는 우편열차(꿉꿉! 꿉꿉!) 그리고 숲 속의 쏙독새 소리를 들으면서, 그리고 개구리들에게 개골개골 쩍쩍 소리 나도록 울리면서⋯⋯ 〔죤은 이씨에게 새, 물고기, 음악, 샴페인 등에 관하여 서정적으로 서술한다. 그는 자기를 부양해줄, 직업을 가진 소녀를 바랄 뿐, 개인적으로, 나(그)는 전혀 성급하지 않도다.〕〔죤 자신에 대한 계속되는 설교〕나의 저 흉취(胸醉)의 친구. 여기 바깥 공원에서 나의 팔꿈치에 기대면서, 그리하여 그것이 나의 성미에 한층 맞는지라. 내가 현재 있는 곳에 머무는 것보다 더 이상의 친절한 운명을 나는 요구하지 않을지니, 나의 갈색 차 깡통과 함께, 그리고 나의 십자향로 복사(服事)로서, 자상(刺傷) 당한, 나의 저 흉취(胸醉)의 친구, 지저귀는 꿩들 사이, 나의 이발(耳髮)은 놀란 토끼 마냥 쫑긋 솟아, 그리하여 마침내 밤의 가슴 속으로, 개똥벌레를 울타리로부터 잠거나 나의 익살 혀끝에 안개 이슬을 잡으면서. 나는 합법적 혼인의 순간까지 꾸준히 기다릴 수 있나니, 그동안 행할 멋진 일들을 찾으면서, 새벽까지 숲 속의 쏙독새 소리, 개구리들의 개골개골 소리를 귀 담아 들으면서. 그런 다음, 나의 뒤에 피크닉 깔 짚을 남기고. 마침내 나는 나의 상향(上向)의 측운경(測雲鏡)을 통하여 홀로 서향(西向)하는 자장 자장가 달(月)을 뒤좇는 동안, 나는 일출을 기다릴지니……

450. 〔죤의 자연 및 밤의 찬양, 그는 여기(아일랜드)에서 물고기를 낚으며, 29소녀들에게 피리 부는 방법을 가리키며 살리라〕 무엇 인들 나는 지느러 미 물고기들과 함께 향연을 나누지 못하랴. 나는 백조도(白鳥道)를 화주(火 走)하며, 뱀장어, 숭어 및 잉어를 선도(先跳)하리라. 황어, 은어, 뱀장어, 송어, 잉어…… 또는, 내가 나 자신 홀로 있고 싶을 때, 나의 돌기둥에 기 댄 채, 나의 얼.굴.(f.a.c.e)에는 나의 선율(g.b.d).; 〔F, A, C, E,는 'space notes(공간선율)', G, B, D,는 음계의 'pipe notes(도관선율)', 이들의 총화 는 a.b.c.d.e.f.g.으로, 파이프—홉연자와 음악가의 콤비네이션〕 잔(盞) 같은 손에는 성냥을, 터키 산 살담배를 나의 코 구멍을 위하여, 재스민 초 (草)의 향기처럼, 그리고 나의 주위에 커다란 나무의 향기를 빨아 드리나 니, 낚시질하면서, 나는 나의 조롱 할 소녀들에게 즐거운 가락을 가르치리 라. 도, 레, 미, 화, 솔, 라, 시, 도, 수풀이 재차 메아리 칠 때까지. 나는 한층 어려운 구절을 노래 할 수 없을지 몰라도, 그러나 그대는 내가 키(鍵) 를 결코 놓치게 할 수 없으리라. 나는 '킬라니의 백합(白合)'에 정통하도 다. 〔이 페이지는 음악과 자연, 새들과 물고기들과 나무들의 교향악이듯, 『율리시스』의 "사이렌"(11장) 서곡의 문체를 닮았다.〕 그러나 녹림의 잡 담은 이제 충분. 조소(鳥巢)는 조소(鳥巢)로다. "(Birdsnests is birdsnests)." 〔HCE 주막의 장사는 장사라(Business is business).〕

그러나 나는 가정독(家庭獨) 킬라니의 백합〔노래 가사〕 해오라기 성가 (聲歌)하는 도다. 그건 반 저음인지라. 하지만 불모원야(不毛原野)을 주의 할지니, 그대! 금작지(金雀枝)에 좋은 것은 정원의 (가축)몰이 막대도 마찬 가지. 로간 딸기 속에는 치명독(致命毒)이 밀독은폐(密毒隱蔽)된지라. 낙엽 교목(落葉喬木)을 염(厭)할지니. 번지르르한 사잔(死盞; 독버섯)을 내 팽개칠 지라! 브리오니 오브리오니(植), 그대의 이름은 벨라다마(植)로다! 그러나 녹림의 잡담은 충분. 그대 것은 정행(停行)이요 내 것은 수행(遂行)이니.

그리하여 이제 내게 반 고음을 연주할지라. 나는 모든 나의 시험륜(試驗輪)을 통하여 두 과목 수석 수위선두(首位先頭)하리라. 그리고 어떤 민감도음(敏感導音)의 금전을 내가 은행가족[더블린의]에 소유하고 있을지라도, 어렵쇼, 나는 그것을 총계 몰(沒)할지니,

451. 〔죤의 이씨에 대한 자신의 자랑과 넘치는 자신 감: 여기 "그"와 "나"의 얽힘〕

확실히, 죤은 내기 할지라, 만일 그가 원한다면, 그리하여 그는 이씨에게 말하지만, 나라의 럭비 클럽도 그를 붙들지 못하리니. 리피강의 늙은 연어에 맹세코, 작은 잠어의 신이여, 아무것도 그를 멈추게 하지 못할지니, 그이야말로 나는 그대의 투자로 수월하게 돈을 벌 수 있는 유일한 사람이라. 심지어 얼수터의 총기병대도 코크의 의용병대도 더블린의 폭죽수 발총병대 그리고 코노트의 집결된 무장 순찰대도 불가(不可)라! 나는 현금 등록기처럼 지불할 수완가이나니 마치 막대 위의 단지처럼 확실하도다. 나는 버킷 가득 현금을 대량 생산하고, 클로버 속에 뒹굴며, 그들은 샴페인을 마시는 것 말고 아무것도 하지 않을지니, 그와 그녀가 대주교를 쏠 때까지. 그럼! 그건 얼마나 하분(何糞)이랴? 나의 보물이여〔죤은 이제 그의 자매 이씨로 하여금, 높이, 더 높이 노래하도록 권고하고 있다.〕대담할지라! 움츠림은 단지 자연스러운 일! 그것은 성스러운 대담한 공포이나니—그대가 나의 신부(新婦)일지니, 그대를 전적으로 망가트리리라. 나는 음란의 무릎 속에 그대를 식(植)할지니……

452. 〔죤은 감기에 걸려 있다.〕

그는 "절삭 풍"이 그를 절멸할 것이라 말한다. 이는 그의 서정적 건강에 해가 되리라. 그건 사실이나니—왜냐하면, 나는 거짓말을 할 수 없기에—엣쵸!

〔죤의 자기 숙명에 대한 설명〕

친애하는 자매여, 나는 그리 멀지 않은 지난날 테니슨의 「아서 왕의 죽

음(*Morte d'Arthur*)」을, 케임브리지 우등생 졸업 시험(tripos)을 준비하면서, 나의 삼각대좌 위에 걸터앉은 채, 혼자 읽고 있었는지라, 그리고 얼마나 오래 동안 내 자신이 여기 머물러 있는 것이 좋을까 계속 생각하면서, 그림들을 탁탁 치거나, 꿈꾸면서, 마루 위의 축음기와 라디오에 귀를 기울이면서. 내가 오늘밤 떠나다니, 슬픔으로 도취되는지라, 우리들의 무층가(無層家)에서부터, 이 축복의 심부름으로, 그러나 그것은 역사적으로 무상적(無上的) 영광의 사명이나니, 우리들의 언제나 푸른 리피강의 모든 연대기를 통하여 ─비코 가도는 뱅뱅 돌고 돌아 종극(終極)이 시작하는 곳에서 만나도다. 하지만 원들에 의하여 계속 호소되고 재순환에 의하여 비경(非驚)되 듯, 우리는 온통 마음 편히 느끼는지라, 이는 우리들의 아름다운 의무의 일에 관한 것이로다. 나는 자랑하노니, 왜냐하면, 왕을 배알하려 가는 것은 장대한 일이라, 매야왕(每夜王)이 아니요, 아일랜드의 월왕(越王) 자신─아일랜드의 모든 구획이 있기 전에 루칸〔체플리조드 변방〕에는 상제(上帝)가 살았도다. 그리하여 나는 신혼 일에 완전한 자신을 갖나니, 그는 어떤 일이든 따르리라, 바라노라. 어머니에게 그걸 말할지니, 그게 그녀를 즐겁게 하리라.

〔죤의 설교의 종결〕

452.34. 자 그럼, 무분별한 조부모와 더불어 회고담의 무화과종(無花果終)으로! 왠고하니 나는 자신이 해(태양)멀미에 걸리기 시작함을 여호수아에게 선언할지라! 나는 전혀 헛된 노르웨이 인이 아니나니. 결빙(結氷)은 너무나 시의 적절하지만,

453. 아아, 우리들의 저 세월은 그대가 동고(凍固)되도록 바라고 싶을 정도로 그렇게 멀지 않도다. 그런고로 이제, 나는 그대에게 부탁할지니, 그대로 하여금 나의 초라한 새침데기 앞자락의 경야(經夜)에서 울고불고 소란을 피우지 않도록 할지라.〔죤은 자신의 나쁜 습성들에 대해 이씨에게 주의를 환기시킨다.〕그리하여 우리는 합심하면 행복하리라. 아아, 우리들의 저 세월의 종말은, 그대가 바라 듯, 그렇게 멀지 않도다. 그런고로 이제, 나는 그대에게 부탁할지니, 그대의 앙알대는 암평아리 난투극의 베개

싸움을 하지 않기를, 그대가 혹맥주를 내뱉거나, 소금에 절인 고등어를 추적하는 일을, 뿐더러 그대가 자선계(慈善界)에서 벽로(壁爐) 너머로 레몬주스를 한 입 가득 뱉지 말지니, 조반 방귀를 최후의 만찬식과 사이론 차(茶)로 바꾸거나—그대의 습한 중이소골(中耳小骨)에 김을 쐬거나, 기도하면서 말이로다. 그동안 고의상인(古衣商人)이 자신의 개와 함께 숲을 통해 지나가거나, 너도밤나무 깔쭉깔쭉 깎은 자리에서 구드보이 하기소년(夏期少年)을 성가시게 권유하거나, 그리고 청풍시인(淸風詩人)이, 나의 설화본(說話本)으로부터 책장을 넘기면서, 자신의 꼬마 아이들을 끌어안는지라(그때는, 사실상, 나의 축제의 이득이나니), 만일 내가 여태껏 이토록 진흙투성이의 많은 구더기를 본다면, 나의 혀를 쑤시게 하소서! 부재자 우편 손(존)을 위하여 화로 곁에 평의자(平椅子)를 곧이 놓아두게 할지니, 그러면 그대가 길을 택하는 순간 나는 그대를 자신의 동방의 반구로 삼을지라. 충심고양(忠心高揚)할지라. 〔존은 자신의 출발의 주제를, 감상적으로, 조연하기 시작한다.〕 사람들은 그의 기억을 위해 울거나 싸우지 않으리라. 〔그는 그리스도적 인물이요, 자신의 부친의 일을 위해 나아가려고 준비하는 자로 대표된다.〕 내가 탈선하는 동안, 그리고 그대로 하여금 그로부터 슬픔을 갖지 않도록 할지니—볼지라, 개선(凱旋)의 시대가, 뼈(骨)의 과수원에서, 그대를 기다리는 도다! 성체배령적(聖體拜領的)으로, 유낙원(엘리시움; 誘樂園)의 야야(野夜) 사이, 선민의 엘리트, 시간의 상실의 땅에, 언젠가 우리들은 갈고리에 낚기 우고 행복할 때가 있을지라. 천국에 그대 자신을 위해 보물을 저축할지라! 숙녀들이여, 제발, 사순절 따위 꺼버릴지라! 금식절(禁食節)은 거(去)하도다. (『피네간의 경야』stintide is by).

454. 〔이씨와의 작별〕

그대 취할지니, 비틀 반지는 그대의 것, 사랑이여. 이 시전(時錢)은 그대를 나의 시주완(施主腕)으로부터 정령 추방하는 도다. 안녕, 연약부단녀(軟弱不斷女)여, 굿 바이 잘 있어라! 확실히, 나의 보옥(寶玉)이여, 문인(文人)(셈)은 전혀 무미한 행간(行間)을 그대가 파악해 줄 것으로 종종 생각하도다. 나는 서명하나니. 불굴비례(不屈備禮). 단우남(單郵男) 손〔존〕 계속. 천행운(天幸運)을!

〔화자의 개입: 죤의 설교, 후주곡, 결미〕 포복절도성의 뭔가가 서방음유(西方吟遊)의 죤나단〔이하 죤에 대한 감탄〕에게 발생했음에 틀림없는지라, 왜냐하면, 한 가닥 장대나심(壯大裸心)스러운 대음성(大音聲)의 소성(笑聲)이 (심지어 은둔한 노예노조(奴隷勞鳥) 마저 날개깃을 떨어뜨린 것으로 생각되었도다)〔이는 그리스도의 옆구리의 칼자국의 상처와 평행한다.〕 그들〔29소녀들〕이 얼마나 즐겁게 그의 윤성(輪聲)을 낭랑한 목소리로 흉내 내고 있는지의 적나라한 생각에, 그(죤)의 텁수룩한 목(구멍)으로부터 심야(深野)의 두상(頭上) 위로 쳐 올린 구(球) 마냥 도출(跳出)했나니, 그리하여 한여름 밤의 극도총광란(極度總狂亂)의 진전형(眞典型)인 그들 일동 역시 찬란한 찔레나무 딸기와 더불어 섬광호색환회(閃光好色歡喜)를 곧장 시동하고 있었는지라, 너무나 희락하고, 참으로 깜찍스러운, 오, (그대 순한!) 우리들의 동정녀! 그대 신성한! 우리들의 건강! 그대 강한! 우리들의 승리! 오 건전한! 우리들의 견고한 고독을 지속 할지라, 그대 잘 달래는 그대여! 들을 지로다, 털 많은 자들이여! 우리(소녀들)는 그대에게 구혼하나니 단지 늦었을 뿐 그때 갑자기(얼마나 여인다운고!), 수은(水銀)처럼 급하게 그(죤)는 응시성(凝視星)으로 윤회(輪回)하는지라 허세(虛勢)스럽게도 갑자기, 너절한 것을 보기 위해 자신의 도래송곳 안(眼)을 오히려 엄하게(스턴) 뻔뜩이면서. (얼마나 까맣게 천둥처럼!) 그런고로 모두들 잠자코 서서 경이했도다. 마침내 우선적으로 그는 한숨지었나니 (그리고 얼마나 유황식통〔硫黃息痛〕했던고!) 그리하여 그들은 거의 부르짖었는지라 (땅의 소금이여!) 그 후로 그는 숙고하고 최후로 대답했도다……

454.26. 〔죤의 이씨에 대한 작별, 그의 천국의 교외(郊外)에 관한 비전과 기도〕 뭔가 더 있도다. 이별의 한 마디 그리하여 마음의 음조를 잠재울지라. 채무, 나는 그대에게 봉인(封印)할지니! 그대 안녕히, 공평히 잘! 내가 그대에게 말할 수 있는 모든 것이란 이것이라, 나의 신통매(辛痛妹)여. 그건 온통 놀랄 거대한 시간 동안 쌓이고 쌓인 기도나니, 어럼쇼, 젊은 영광송(榮光頌)의 군성(群聲) 대(對) 늙은 송영(頌詠), 천국원(天國園)의 교외에서, 한때 우리는 통과할지라, 초간단(超間斷) 뒤에, 온통 청징(淸澄)한 채 목과 목 같은 더비 및 조안(Joan) 주랑을 통하여, 우리들의 아늑한 영원의 응보의 보상으로. 아성(我聖)하사(Shunt us)! 〔기도〕 아성하사! 아성하사! 만일

그대가 행복죄래(幸福罪來)되길 원한다면 공원주차(公園駐車)할지라. 거기
성낙(聖樂)이여! 해상원(海上院) 및 불평천중(不平賤衆)의 유적. 그것으로,
그것으로! 탐두상애급낙야(探頭上埃及樂野)! 거기[천국 원]에는 어떤 사소
한 가족인들 사소한 일로 싸우지 않나니.

455. 〔앞서 천국의 낙원과 대조적으로, 오늘 세계의 묵시록적 비전의 전개,
존은 이씨에게 죽음이 유일한 확실성임을 경고 한다.〕 작별이라! 그가 그
들에게 말할 수 있는 모든 것이란, 천국의 교외에서는 언제나 기도만이 있
는지라. 거기에는 헐리게임이나 럭비도, 어떠한 핀칭도, 요들도 없나니.
거기 그들은 새로운 술병 속의 오래된 술을 거의 식별 불가라, 이전 죄인
은 훗날의 성인과 같나니. 신과 마리아와 패트릭이여, 그들을 축복하사!
확실히, 그는 설명하거니와, 내세의 환희와 비교건대 여기 이 현세의 비참
한 존재보다 더 무서운 것이 있을 수 있을 것인고? 참된 생은, 타당하게
말해서, 진짜로 어디서 시작하는 고!

455.11. 〔현재의 묵시록적 비극―그리고 비참한 내일―비코의 순환.
존의 참혹한 비전〕

그대는 새 분접(紛雜) 떠는 늙은 아내 및 그의 최후일 도화(圖畵)의 죄인
을 거의 인식하지 못할 지로다. 그대는 그것을 위해 요한 한니 〔나일 강의
원류를 발견한 자〕의 조언을 취 할지라! 내일 그리고 내일 그리고 내일!
〔『젊은 예술가의 초상』 1장에서 도란 신부―멕베드의 말 참조〕 그것은
우리들의 둔내일(鈍來日)이요, 털 많고, 상시 상록인생이라, 마침내 어떤
최후 금일안부(今日安否)의 도약 악취 자가 한 톨 뼈를 가지고 종을 땡땡
치자 그의 악취한(惡臭漢)들이 홀(笏)과 모래시계를 가지고 그의 뒤에 냄새
품기 도다. 우리는 아담원자(原子; atoms)와 이브가설(假設)(ifs)로부터 오
고, 촉하고 행할지 몰라도, 그러나 우리는 끝없는 오즈(不和; odd′s)를 갖
도록 선확적(先確的)으로 숙명 되어 있는지라…… 오늘 우리들의 비참한
지구는 내세(來世)익살 촌극(寸劇)의 환락극장(歡樂劇場)과 비교하여 여기
무슨 경칠 땅딸보로 보이는고. 천국에는 어떤 타(打) 인기 요들 가락도 없
을 뿐만 아니라 만사 무무무(無無無)로다. 아아, 확실히, 농담은 제쳐놓고,
암소의 꽁지에 맹세하나니, 그 당시 이러한 진재(眞在)의 구체극좌(球體劇

座)의 왕실연발권총(王室連發拳銃)이 그의 *사죄도(赦罪禱)*로 하여금 왕당(王
黨)히 기독인(基督人)마스의 복마무언극(伏魔無言劇)이 끝나도록 그리고 할
리퀸 광대 익살극을 시작하도록 불 지르나니, 라마인민상원(羅馬人民上院;
SPQueaRking)이 타당하게 괴성(魁聲) 지르거니와. 시간(타임)의 최종후(最
終後) 유회를 표적(마크)하라. 전우주(全宇宙)를 호두 껍데기 속에 집약하
면서. 〔이상에서 라마인민상원은 분명히 최후의 날을 서술하거니와, 존은
그의 입을 빌려, 최후의 심판 일을 햄릿의 메아리로 개략한다.〕

455.30~57. 〔이어지는 존의 식이 요법적 추신: 이제 만찬은, 그리스도
의 최후의 만찬인양, 음식으로 이어지고, 존은 그를 찬양하도다.〕

자 그럼, 그러나 내게 매번 맛있는 가정요리를 줄지라! 그러나 나는 몇
몇 원산지 굴을 먹은 다음에는 전처럼 느꼈던 것보다 두 배로 피곤함을 느
끼나니. 우리에게 끓은 차를 한잔 더 줄지라, 사환! 그건 경칠 맛있는 끓
은 잔(盞)이었도다!

456. 〔존의 식사 예찬 계속〕

그는 음식을 우적우적 씹는도다. 음식분쇄기의 소리. 식사가 끝난 다음
그는 우편배달을 위해 출발할지라. 나는 뜨거운 맛있는 오찬을 즐겼나니,
나는 정말 그랬도다, 삶은 프로테스탄트 감자와 함께 〔1846년, 감자병의
해 동안, 개신교로 전향한 신도들은 감자 수프를 대접받았나니, 그들은,
고로, "스프 먹는 자," 감자 "프로테스탄트"라 불리었다.〕 내(존)가 여태
껏 먹은 가장 부드러운 쇠고기인지라, 약간 지나치게 짠 완두콩이 아니었
던들. 그리고 신시나티 캐비지를 내게 주오, 이탈리아 산 치즈와 함께, 여
름날을 위해 올리브기름을 아낄지라. 수프는 그만, 감사해요. 그러나 저
털 코트를 나는 애써 끌ㄹ러 입을지니! 다음으로, 나는 꽃양배추와 함
께 오리고기를 시식할지라. 미사와 미육(味肉)은 누구의 여행도 손상하지
않는 도다. 미사는 끝. (*Ite, missa est*)

〔여기 기름, 포도주, 의상 등에 대한 모든 언급들 뒤에, 조이스는 존의

설교를 일종의 미사 축하로 바꾸어 놓았다. 죤은 다양한 프로테스탄트 종파를 소모하며, 그들을 큰 기쁨으로 씹어왔다. 따라서, 여기 죤의 폭식은『피네간의 경야』및「성찬」자체와 연관된다.〕

456.18. 식종 미사 종(Eat a missal lest). 신경통에는 호두, 적풍(笛風)에는 여린 돼지 옆구리 살 그리고 심장방(心腸房)을 즐기기 위해서는 양념 제도(諸島)의 화주(火酒), 커리와 계피, 처트니와 정향(丁香). 모든 비타민은 씹는 도중 점벙점벙 소진하기 시작하고 딸랑딸랑 짤랑짤랑 하모니에 맞추어, 무른 캔디, 스테이크, 완두콩, 쌀 및 왕 오리에 곁들인 양파와 캐비지와 사와삭 그리고 삶은 감자우적우적 우쩍우쩍(xoxxoxo and xooxox xxoxoxx-oxxx) 마침내 나〔죤은 순환을 위해 떠나야 한다.〕는 박제 팔스타프마냥 식만복(食滿腹)되고 그리하여 아주 곧장 지금부터 우편지급 떠날지니 그대는 볼지라 내가 나의 일상일주배달급행 하는 것을. 하부(下部) 종착역(終着城) 및 킬라다운 및 레터누스(편지올가미), 레터스피크(편지화; 便紙話), 레터먹(편지오물) 경유 리토라나니마〔아일랜드의 여러 주도들〕까지 그리고 나의 다음 항목의 플랫폼이란…… 타드우스 캘리에스크〔그리스도의 아우〕귀하, 차변(借邊)에 의하여, 비망인쇄물(非望印刷物)을 위해 내게 빚진 나의 직무 외의 우편 송료를 징수(徵收)할 것인고.

457. 〔그는 그에게 빚지고 있는 모든 우편요금을 수금해야 한다.〕

그는 여행의 위험을 경멸하며, 이씨에게 그걸 말한다. 공도인(公道人)이 그를 약탈할지도 모르도다. 하지만 그는 떠나야 한다. 그를 둥둥 쾅쾅 문 두들겨 방기(放棄)할지라! 두 성(聖) 콘노피 형제〔아일랜드의 두 럭비 형제〕의 양쪽 스무 개의 뿔에 맹세코, 나는 그를 미불(未拂)로 공갈갈취할지니.

457.5. 〔죤의 여행의 위험에 대한 경멸〕
자 그럼, 여기 그대를 보고 있는지라! 만일 내가 그대 셋님들을 결코 떠나지 않는다면, 나는 한 애욕의 부(父)가 되도록 유혹 당할지라. 나의 공복(空腹)이 중압(重壓)되나니. 나의 노염이 완진(緩鎭)되는지라! 단단히 앉아 있을지라, 꼬마 속인모(俗人母: 이씨)여, 침울한 추수자(秋收者)가, 축복을 가장하듯, 가까이 올 때까지. 악마여 나는 상관하랴! 만일 어느 저주할 노상강도 놈이 나를 붙들어 세운다면, 나는 나의 도마(跳馬) 뒤꿈치로 그의 배를 걷어 찰지로다. 그대 자신을 위로할지라, 사랑하는 자여! 나로부터 그대에게 상환금이 주어질 것인즉, 고로 나에게 그대의 의무를 유념할지라! 세월이 날개처럼 지나갈 때 나를 더 한층 보고 싶을지니. 그리고 그를 떠나도록 시계가 뚜우 뚜우 울릴 리라.

457.24~61.32. 〔이씨의 연서(戀書) 대답: 그러자 이씨는 존이 떠나감을 처음으로 의식하며 말한다.〕

─내게, 내게, 그래요, 우리 아기, 우린 너무나 행복했는지라……이씨는 그녀의 답을 속삭이니. 얼굴을 붉히며, 그러나 그녀의 흑구(黑鳩)의 눈을 빤짝이면서, 나는 알아요, 형제여, 우리는 그토록 행복했나니. 나는 뭔가가 일어나리라 알고 있었어요. 하지만 귀담아 들으리로다, 애형(愛兄)이여, 가까이 오구려, 나는 나의 원함을 속삭이기를 바라요. 나는 이 메모 노트 지의 마지막 순간의 선물에 대하여 부끄러워하나니, 하지만 나의 이 소품을 받을지라〔이씨는 그에게 편지지가 든 박스와 손수건을 선물한다.〕

458. 〔이씨의 답장, 그녀는 마치 편지의 결구처럼 말한다.〕

X.X.X.X. 그리고 손수건은 그녀의 최애(最愛)의 교구승정으로부터 천중(天重)하게 우강복(牛降福)받았던 것인지라, 그걸 아침부터 생명이 다 할 때까지 지키도록 존에게 당부한다. 하녀 매기(Maggy)가 아니고 자기를 기억하기 위해서란다. 존은 이씨에게 편지할 것을 기억할 것이며, 그녀는 이의 답장을 잊지 않기 위해 티슈 휴지로 매듭을 매어둘 것을 다짐 한다. 그리하여, 귀담아 들을지라, 아침과 더불어 생명이 다할 때까지 손수건은 간수할지라. 오직 확신할지니, 그대가 감기에 걸려 우리한테 옮기지 않도록.

그리하여 이것은, 푸른 꼬리 풀(植) 가지요, 고로 그대의 베로니카를 명심할 지로다. [죤은 그의 최후의 만찬에 관해 말하고 실지로 그걸 먹었다.] 그의 길을 울지 말도록 타이르는 여인들, 그들 사이의 성녀 베로니카 [형장으로 끌려가는 예수의 얼굴을 닦자, 그의 얼굴 모습이 천 조각에 새겨졌다 한다.]와 연결될지라. 물론, 제발 편지를 또한, 쓸지라, 그리하여 그대의 의혹의 작은 부대(負袋)는 뒤에 남겨둘지니, 그것이 누구인지 내가 생각할 수 없을 경우에, 사랑의 비둘기[정령의 영취(靈臭)]에 의해 메시지를 즉시 반송할지라. 고로 만일 특별 송달이 아닌 한, 나는 수고할 것 없나니, 나는 그의 지불을 모으고 있는 데다[이씨가 셈으로부터 이혼할 때의 수당], 그 밖에 아무것도 원치 않는지라, 고로 너는 단순히 나의 아름다운 곱슬머리를 위해 살수 있도다. 나는 나의 거울 앞에서 난형(卵形)의 오우와 서툰 오오(oval owes and artless awes)를 연습할 지로다.

459. [이씨의 죤에 대한 계속되는 연설, 하녀 매드지(Madge)에 대한 질투, 그녀의 몇몇 애인들의 실토]

하지만 그녀는 죤에게 충실할지니. 나는 로자리 기도를 전지 전능자에게 말할지라. 유모 매드지는 나의 거울 소녀[이씨와 그녀의 거울 반사는 두 유혹녀들, 그리고 또한, 이씨와 하녀 케이트를 암시한다. 이 구절은 상하급 발음의 아이를 강조하는데, 그것은 다른 암시들과 함께, 이씨는 고성당파(High Church)이요, 하녀는 로마 가톨릭임을 암시한다. 그리스도로서 죤은 자신의 족적(足跡)에 이들을 남긴다.] 그대는 그녀의 거친 의상과 검정 양말을 귀여워할지니, 단지 우스워 죽을 지경이라, 나는 그녀를 쏘시(Sosy)라고 부르나니, 그녀는 내게 사교(社交; society)이기 때문이로다. 그녀가 너는 얼마간 모멸감(스콘)을 더 느끼지 않니 하고 말하면 나는 너는 몇몇 학교(스쿨)를 더 다닐 생각이 없니 하고 말하는지라 그리고 그녀가 친애하는 이텔(athel)에 관해 말하면 나는 단순히 사랑하는 아텔(무신론)에 관해 결코 말하지 않는 도다. 그러나 그와는 별개로, 그녀[하녀 매드지]는 나의 친구들을 부추기기 위해서 참 착하도다. 내가 발바닥의 장심통(掌心痛)을 앓을 때 나를 위해 내 구두를 시연(試演)하는지라. 그녀는 정말로 경치게도 착한지라. 그리고 나는 나름대로 언제나 그대에게 참될 지니, 한편 그(셈)가 스스로 진배(眞背)할지라도 나는 그를 진념(眞念)하리니, 단지 한

번이 아니고. 그대 이해할 수 있는고? 오 염형(厭兄)이여, 나는 그대에게 진고(眞苦)를 말해야만 하도다!

457~61. 〔이씨는 연서로서 답한다.〕

내가 관계한, 나의 최근 애인들의 연애편지를. 나는 그를 몹시 좋아하나니, 그가 결코 저주하지 않기에. 연(憐) 꼬마. 애(愛) 핍. 그가 잘 생겼다고는 말할 수는 없지만, 나는 그가 수줍어하는 걸 확신하나니. 그는 나의 입술, 나의 음(洼) 확성기에 홀딱 반했는지라. 나는 그의 힘을 더듬어 찾았나니, 사랑하는 교수여, 그대는 나를 믿을 수 있을지라, 비록 내가 그대의 이름을 바꾼다한들. 나는 나의 것인 그대의 귀여운 얼굴을 나의 둘째 번 상대에게, 주지 않으리라. 〔여기 이씨는 그녀의 약속 속에 자신이 다른 애인들을 가질지라도, 근본적으로 존에게 충실하게 남으리라는 성직자적 비유를 담고 있다.〕

460. 〔이씨의 존에 대한 충성의 맹세, 그녀는 그에게 거듭 당부한다.〕

그대 악한이여, 나를 비참 속에 가두지 말지니, 그렇잖으면 나는 우선 그대를 살인할지라, 그러니 다음 약속으로, 그대가 아는, 마운트조이 광장의, 쉽 주점 곁에서 만날지라. 달콤한 돼지 같으니―내가 그대를 잊는 즉시 다글 강이 건유(乾流)하리라. 나는 나의 금 펜과 잉크로 그대의 이름을 온통 써둘지니, 기억의 나무 잎들이 떨어지는 동안 나는 그대의 이름을 적어두고, 나무 아래서 꿈꿀지라. 그러나 그(셈)에게 말하지 말지니 아니면 나는 그의 사인(死人)이 되리라! 그리하여 그것이 나의 영기파도(靈氣波濤)를 타고, 소란해협(少亂海峽) 너머로 그대에게 운반하리라. 그대가 떨어져 있는 동안 내내, 여기 나는 그대를 기다릴지라. 오, 나는 이해하는 도다. 귀담아 들을지라, 여기 나는 아름다운 발할라 전당(殿堂)〔북구 신화의 전당〕이 조심스러운 다과사(茶菓事)를 행할 때까지 그대를 시중들지니, 바닐라(植)와 혹(黑)건포도보다 한층 감미향(甘味香)하게 적합보존(適合保存)하여, 그대가 나를 닮을 때까지 타고난 신사처럼, 그대가 떨어져 있는 동안

내내, 나는 그대에게 맹서하노니, 나는 할지라, 성촉일(聖燭日)에 맹세코! 그리하여 잘 들을지니, 죠(낙[樂])여, 나를 귀찮아하지 말지라, 나의 노상신(老常新) 조카여.

461. [이씨의 죤에 대한 당부 계속]

이씨는 그녀의 얼굴 양면을 크림으로 도장(塗裝)하고 죤을 기다릴지라. 비록 러시아의 다른 애인이 있다 해도 그녀는 죤에게 성실할지니. [이제 그녀는 "뒹구는 법"에 응하여 섹스의 오르가즘을 상상한다.] 네게 어찌 아아 아앙 아아…… 할 것인고. [여기 죤의 이름은 탈타 색남인 동 쥐앙(쥰; Juan)으로 바뀐다.] 나는 그대의 귀환을 위해 약간의 꽃을 사리라. 이 시각쯤에, 나는 비밀리에 나의 키 큰 소련인 핀차프파포프[미상]와 함께 몰래 가버릴지도 모르나니, 그런데 그는 장차 남근대장(男根大將)이 되리라. 그러나 마지막으로 밤에, 나의 이층 침실에서 나의 황금의 결혼 뒤에, 나는 그가 마이클의 그것을 닮았는지를 보기 원하도다. 나는 그의 시선 앞에서 옷을 홀랑 벗을지니―그리고 밤의 외국 남들을 위하여 나의 지나(支那)의 객실우(客室友)을 쇠로 묶어 침대 아래를 심하게 막대기로 찌를 지니, 그리하여 "쉔(Shane)"이란 그대의 이름이 나의 입술 사이에서 나올지라, 내가 최초의 아침 꼬끼오에 의하여 막 깨어날 때. [이씨는, 그녀 뒤에 남은 그리스도처럼, 고(高) 성당(High Church), 저(低) 성당(Low Church), 라틴, 희랍, 러시아의 모든 종파의 구애자들에게 그의 복음적 호의로서 관대할지니, 그녀는 그리스도의 이름으로 그들 모두를 포용하리라] 그런고로 이제, 매그(Mag)와 함께 오르간 앞에 앉은 채, 우리는 잠자러 가기 전에 한 가지 짧은 기도를 말하리라. 내게 뒹구는 법을 코치해 줄지라, 애(愛)재임이여, 그리고 귀담아 들을지라, 지고의 관심을 갖고, 쥰(후안)이여……

461.33. [죤의 답창]

―아멘 남(男)! 후안(쥰; Juan)이 그녀의 자매다운 자명음(自鳴音)에 응하여 충영창적(充詠唱的)으로 답창(答唱)했는지라, 자신의 편수(片手) 속에 자신의 부푼 거품과 방금 수중복(手中福)의 자신의 성배주와 함께 대문자스럽게 자기 자신을 흉내 내면서. (반할; 半割), 여봐요, 반잔(半盞)이라, 봐

요 봐! 영원히 영광스럽게 여불비례라! 그리하여 나는 진실로……

462. 〔후안(쥰)의 만찬 뒤의 연설〕

여용(汝用)을 위해 성찬식례(聖餐式禮)하도다. *성부와 집사장 역시.* 자 그럼, 신사 및 숙녀 여러분, 아일랜드여 건배할지라! (쥰)은 이씨에게 울지 말도록 타이른다.〕 성(星) 에스털레스여, 조나탄이 패(敗) 할지라도 그대 울지 말지라! 사랑의 젊은 포주(泡酒)를 휘 젓기 위해 나는 이 혼(婚) 굴레 의 컵 샴페인과 경쟁할지니, 그리고 나의 반짝이는 이빨이 그대의 유두(乳 頭)를 꽉 물고 있는 동안, 나는 맹세하나니, 나는 그대의 애호에 결코 부 실함을 증명하지 않을 것임을. 고로 안녕, 나의 가련한 이씨여! 그러나 나 는 그대의 위안을 위하여 나의 사랑하는 대리자 무도남(舞蹈男) 데이브(솀) 를 뒤에 남겨두고 떠나는지라. 그는 내가 여태껏 휘두른 최강의 필산(筆 傘)이라, 의혹의 그림자를 넘어서! 그러나 조용히! 나는 전율하도다! 여 기 그(솀—데이브)가 왔나니! 저 사나이를 볼지라, 주만보혜사(走晩保惠師) 의 귀환을! 나는 알았노라, 내가 마늘과 파 냄새〔불멸의 상징〕를 맡았는 지를! 그런데 나의 스위스를 축복하사, 여기 그가 있나니, 사랑하는 데이 브는 보혜사(保惠師)인 성령과 동족이요, 〔최후의 만찬에서 그리스도로서 쥰 및 솀은 그를 뒤따를 보혜사 격〕 그(솀—데이브)는 순수 정령의 불에 의해 무아경인(無我境人)이 되었도다, 마치 묘구생(描九生) 마냥, 바로 때맞 추어, 마치 그가 우주에서 떨어진 듯, 평복으로 온통 치장한 채, 사순절의 환륜차(環輪車)를 타고, 우리들의 산들로, 그의 프랑스의 진화혁명(進化革 命) 뒤에.

〔이는 사순절(Lent)의 시작 전날인 성화요일(Shrove Tuesday)에 대한 언 급으로, "프랑스 혁명"이 사육제의 향연의 날인 식육참회(Mardi gras)로 변 형되었다.〕

463. 〔그러나 데이브(솀)는 쥰의 분신이나니, 쥰은 그에 대해 이씨에게 비난 성을 토하기도 한다.〕

팻(Pat)의 돼지처럼 얼굴 붉히면서, 그 자는 자신이 20년 연보를 나타내는 표창장을 오른 손에 갖고 다니는 것을 부끄러워하지 않는지라. 〔20년간의 성 패트릭의 수련기간에 대한 인유, 그의 역할은 여기 성령의 그것과 동일하다.〕 그 자(셈)는 우리들의 은밀한 닮은꼴이니, 나의 축소판의 자아(自我)요, 나처럼 로미오의 코 모양을 하고 있도다. 영원토록 둔사(遁辭)를 자기 자신에게 저토록 경쾌하게 지껄이면서, 그는 여느 활발한 소녀의 웃음 짓는 양 뺨, 이슬의 눈물 사이에 장미 빛의 얼굴 붉힘을 이내 들어낼지니. 그는 신기한 생각을 품고 있는지라. 그리하여 그는 때때로 기묘한 어물(魚物)이나니, 그러나 나는 터무니없게도 저 외래인 생각으로 만복한지라. 유일 산양(山羊)에 의하여 득(得)되고, 똑같은 유모에 의해 젖 빨린 채, 하나의 촉각, 하나의 천성이 우리를 고대 동족으로 삼는 도다. 나는 그의 특허 헨네씨(이단)에 대하여 그를 혐오하거니와, 하지만 나는 그의 람 주빛의 늙은 코를 사랑하노라. 그는 자기 앞의 모든 것을 차입한 다음에, 모든 고명한 아일랜드 인을 접하고 있지 않은고? 그는 노령 해 보이는지라, 또한, 쇠하여, 자신을 훼손해 왔나니, 그러나 나는 아무 말도 건네지 않는도다. 그가 콜레라에 걸리지 않기를 희망하나니. 거기 확실히 단순한 도전을 위해 촛불을 붙들어 줄 자는 아무도 없도다!

464. 〔쥰(후안)의 셈 — 데이브에 대한 서술, 여기 서술에서 셈, 이씨 및 쥰은 다양한 인칭(그대, 우리, 그이, 그녀, 나)으로 혼용된다.〕

알고 있는지라 내가 저 지적 채무자(감사하게도!) 대이비드 R. 주교장(主敎杖) 존사를 위하여 자신의 평탄도(平坦道) 나름으로 그 어느 하인(何人)보다 최고의 존경을 품고 있음을. 그리하여 우리는 가장 밀접한 단 짝 친구로다. 내가 그대(셈)를 이용하는 것을 잘 알아둘지니, 장부(丈夫)여! 내가 그대를 어떻게 여채(汝採)하는지 유념할지라, 표절자여! 그대로서 방심말지라, 나는 역(逆)을 찌르나니, 복사자(複寫者)여! 그가 그걸 볼 수 없음은 유감천만이라 왜냐하면, 나는 그에게 경치게도 착하기에. 웨일스 인의 양초, 인어들의 불꽃이여! 광두원(狂頭院)의 충실자, 브라실 도(島)의 승률(勝栗)이여! 최고의 범중무력(汎重無力)의 사나이여! 노예(奴禮)같으니(Shervos)! 성스러운 뱀에 맹세코, 누군가가 그의 거친 다이아몬드 경조(競漕)

두개골을 사자(使者)의 파이 접시처럼 그를 위해 말끔히 면도해 버렸나니! 망사 및 명석 깔개 할 것 없이 몽땅 태워버린 채! 낙뢰천기(落雷天氣) 우라질, 치즈 햄 값도 지불치 않고 카이버 산 고개 산초 판자(sansa Pagar; 돈키호테의 종자)처럼 도망치도다! 그는 침 튀길 침 뱉는 자인지라, 그렇고 말고, 온통 비듬 껍데기, 흑경찰(黑警察)의 안대(眼帶)의 눈을 하고〔조이스처럼〕, 나의 대신농자(大辛聾者)인, 노(老) 십자군 전사, 셈웰 해구여인(갈리버; 海鷗旅人)의 돌출(突出) 단추 구멍에 산양수(山羊鬚)를 쑤셔 넣은 채, 그가 자신의 고모(古帽)를 벗었을 때! 그것이 그의 뒤의 프루 프루쓰 팬 광(狂) 소녀단(Flu Flux『피녜간의 경야』)〔3K: Ku KluxKlan의 익살〕의 무리로 하여금 나를 타당하게 보도록 했던 거로다. 아아, 그는 대단히 성선동정적(聖善同情的), 그 길이 인텔리겐치아 형제요, 자신이 압생트 주(酒) 무심(無心)하지 않을 때, 자신의 파리 수신인(受信人)과 더불어! 그는 진짜라, 정말로. 그대(이씨)가 그의 우골(牛骨)을 딸까닥 소리 내는 걸 이청(耳聽)할 때까지 덤벙(난청)(難聽)대지 말지니! 어떤 두꺼비 개골개골! 그대〔셈은 세계 여행자〕의 귀환을 환영하는지라, 월킨주,〔정복자 윌리엄과 HCE의 청소부 케이트의 접합체〕서리(霜) 속의 붉은 딸기로! 그리고 여기 노과(怒鍋) 가득한 마르세유 홍합어류(紅蛤魚類) 수프와 함께 그대 고적대(鼓笛隊)에 대한 버터 교환이 있나니 그리하여 젊은 양키 두들 얼간이가 수음 비틀비틀 자신의 유성(有聲) 조랑말에서 벽낙(壁落)했도다. 나는 그대의 청발(聽髮)에 지쳤는지라. 착모(着帽)할지라! 그대의 극묘염우수(極妙染右手)를 여기 내놓을지니, 포형(泡兄), 크레다〔골웨이 시의 어촌〕걸쇠를! 나는 날렵한 멋쟁이(대퍼 댄디)와 만났는지라 그리하여 그는 내게 돈수(豚手) 크게 충격을 주었도다. 그대의 시계 망태기는 어디에 있는고? 그대는 모든 종류의 형태와 크기를 보아왔는지라, 여기저기 지리구(地理球)를 습격하면서. 수탉과 투우는 어떠한고? 그리고 오랜 오지리석화(奧地利石花)와 헝가리 공복 귀뚜라미는? 유럽 물약의 저 터키 아래의 회랍 유지(油脂)를 잊지 말지니 그리고 큰 사과와 함께 그의 로키가던(岩園)의 스위스 자유궁사수(自由弓射手) 아비(父; 스위스의 전설적 영웅)는? 그리하여 그대는 도대체 러시아 피터 대제와는 만났던고? 그리고 그대는 탑두목(塔頭目) 바이킹 침자(侵者)를 반문했던고? 모나(月), 내 자신의 사랑, 〔노래 제목〕그녀는 응당 자신보다 너 크지 않는지라, 그대가 자신의 흉법(胸法)을 마련하고 그녀를 마련하자 자신의 최선행(最善行)의 장원태(莊園態)로 그대를 마료(魔了)하지 않았던고, 내게 말할지니? 그리하여 그대는 램배이 만도(灣島)로부터 도경(跳景)〔우편 엽서의〕를 좋아하지 않았던고? 나는 열 개 콩팥보다 더 즐거운지라! 그대는 나를 재락(再樂: rejoice)시키나니! 정녕코, 나는 그대를 자랑하노라, 프렌치(열광의) 양피향마(羊皮香魔)여!(french davit!)

465. 〔죤(후안)은 자신의 숙모에게 데이브와 이씨를 소개한다.〕 이것은 나의 숙모 주리아 브라이드,〔이는 성 패트릭이 아일랜드에 성령을 소개되고 있음을 암시한다.〕 그녀는 자신의 숲이 우거진 곡(谷) 속에 그대를 고달프게 하고 싶어 죽고 못 사는지라. 당신〔숙모〕은 저이를 인식하지 못하나이까? 자 서둘지라, 불행독녀(不幸獨女)여, 그대(이씨) 솜씨를 보일지라! 소심하게 부끄러워 말지니, 사내(셈)여! 그녀는 우리들 양자를 위하여 다량의 방을 지녔나니, 밀고 나가라! 재미를 볼지라. 나의 솔직한 자극에 그녀를 숫기 없이 포옹할지니 그리하여 내가 그녀의 안부를 묻고 있음을 말할지라. 우리로 하여금 성(聖)하고 악(惡)하고 그녀로 하여금 금지(金枝) 위의 평화되게 할지라. 확실히, 우리들이 다 함께 미사 소년이었을 때, 그녀는 그대의 삼엽(三葉)의 사진〔성 패트릭의 3부로 나누어진 생애, 즉 2위 1체론, 교황의 삼중 관 및 클로버〕에 황홀했나니. 언제나 헛소리에 날뛰면서, 얼마나 우리는 달팽이—매자(魅者)의 주름을 지녔던고. 요구하면 가지는 법. 그녀(이씨)를 가질지라! 나는 3실링을 줄지니, 마치 그녀가 십자가 상(像)인양 그녀를 자유로이 그대가 전신 키스하는 것을 숨기기 위하여. 그대는 완전한 걸 맞는 상대가 되려니. 〔또한, 아래 구절에서 『햄릿』처럼, 여기 쥰—레어티즈는 그의 초기의 충고를 번복하며, 이씨—오필리아에게 셈—햄릿에 대하여 주의하도록 타이른다.〕

465.29~36. 그대는 꼬마 원숭이를 시험할지니, 그의 꽁지 장식 술에 맞추어. 경기(競技)는 인종 차별주자(差別走者), 건방진 여인이여. 땅은 혼자만을 경(耕)하기 위한 것이나니. 자기류(自己類) 될지라. 자기친친(自己親親) 될지라. 혈형제(血兄弟) 될지라. 아이리시 될지라. 도서적(島嶼的) 될지라. 찌꺼기 오필리아 될지라. 작은 마을(햄릿) 될지라. 교황재산음모(敎皇財産陰謀) 될지라. 야호요크 왕가와 홀쭉랭커스터 왕가 될지라. 냉(쿨: 冷) 될

지라. 그대 자신을 돈(豚)무크서(鼠; 맥) 될지라. 종(終; 핀) 될지라. 목사조
물(牧師造物)이 어디 아무리 순교한들 가방(家房) 같은 역소(疫所)는 없는지
라. 그것은 포도복통(葡萄腹痛)을 포기하도다. 그로 인해 그대의 호시(虎時)
를 걸리게 할지라. 호상(湖上)의 영슘부인과 숲의 죄수.

466. 저런, 그들[이씨와 셈]은 부귀(父鬼) 및 마미(魔謎) 일지니! 꼬부랑 머리
시인이…… 읊었듯이…… 그대 자신을 무크 서(鼠; 쥐) 될지라…… [여
기 쥰은 안내자로서 셰익스피어의 말을 쓰고 있는 듯하다.] 꼬부랑 시인
의 백조도(白鳥道)를 살필지라.(Watch the swansway). [쥰(후안)은 이씨에게
셈과 서로 즐기고, 그에게 키스하여 노래 부르도록 권장한다. 또한, 여기
쥰과 셈은 "우리"로 합치 된다.] 그리하여 나의 영웅이여, [여기 쥰은 셈
을 영웅이라 부른다.] 이씨와 셈은 단짝 친구가 될 수 있도다. 저런……
우리들에게 그녀를 위해 핀을 주면 우린 그걸 동전던지기라 부를지라. 그
대 위치를 역전할 수 있는고? 주변의 모든 자리(座)는 모두 내 것으로 삼
을지니. 나는 그대가 부패될 수 있음을 느낄 수 있도다. 퇴각할지라. 나는
그대가 의념(疑念)을 싹 틔우고 있음을 볼 수 있나니. 뒤로 물러날지라—
나의 영웅이여! 만일 그대가 여인을 득하기를 원하면 그녀가 바라는 모든
것을 껍질 벗길지니! 그대는 자신의 하프를 가지고 작은 앙코르를 감언유
곡(甘言誘曲)할 수 있는 고, 헤이? 만일 고무(鼓舞)되면, 그는 언제나 노래
하기에 너무나 공을 들이는지라. 그리하여 조화의 제2를 탄(彈) 하리로다.
그대의 덤시 디들리 덤시 다이에 맞추어(With your dumpsey diddely dump-
sey die), 피들 현악기 화(『피네간의 경야』), *경칠!* 아니면 자 어서, 학교기색
(學校旗色)을, 그리고 우리는 찢어발기리니, 융단이고 돗자리고 그런 다음
두 개의 처 부서진 감자 마냥 단짝 친구 될지라. 강변토(江邊土)의 결투 혹
은 배심(陪審)의 배신(背信). 좋아! 그대 오늘 안녕, 토끼 아저씨를 유념할
지라? 뭐라고, 선생? 우체비국장(郵遞秘局長)[죤]? 통성취(痛成就)! 그대,
그대! 그대 뭘 말하는고?

467. [쥰(후안)의 셈에 대한 생각, 그는 그에게 서로가 헤어지기 전에
구두를 빌려주었다.]

우리들이 균열하기 전에 나는 빌리 참화(慘靴: 구두)를 그(셈)에게 빌려
주곤 했는지라 그리하여, 세월의 구멍이 생기나니, 하늘의 반사처럼 그것
은 호누(湖漏)하고 있었도다. 그러나 나는 그에게 말했는지라 그대 것으로
만들면 괜찮을 지니 총의장군(總意將軍)을 따를지라, 그러하면 나는 그를
위해 참회를 기도하리라. 재삼! 재사! 그리하여 나는 그대의 호담역사(豪
談譯士)되리니. 트리스탄 노(勞)할지라! 〔이씨를 얻기 위해 트리스탄처럼
노력할지라〕 그대는 그의 독백에 저 우려의 표현주의를 음조목격(音調目
擊) 했던고? 나보다 완전 한 옥타브 아래! 그리하여 그대는 그가 자기 자
신에게 설교하고 있었을 때 눈살 환(環)이 방울뱀 소리 내는 것을 들었던
고? 그리고, 와아! 토끼풀 시엽(視葉)이 그의 이(虱) 블라우스 자락 아래
로 핼쑥하니 기어 내려오는 것을 지맥(枝脈)하는고? 그는 무의(無意)라. 그
는 허치(虛恥)로다. 저 명사, 교수형 당한 나의 노부(老父)의 숙부, 그를 나
는 군중 속에서 잃었나니, 그의 저 변설(辯舌)이, 일본어—라틴어를 띄엄
띄엄 말하곤 했는지라, 나의 여숙(汝叔)의 부엉이 매상(賣商), 그러나 그건
내게는 모두 농아(聾兒)의 둔허세(臀虛勢)인지라, 경칠. 그 자〔셈〕는 기적
을 행사하는 법을 나보다 훨씬 더 잘 알고 있도다. 그리하여 나는 그가 자
신의 침묵된 방광(膀胱)으로부터 말더듬을 무심코 입 밖에 내는 것을 자신
의 설사일기(泄瀉日記)에 의해 보나니, 그것은 내가 친구요 형제로서 그를
한층 고착하여 한 얼뜨기를 애써 키우려고 노력하며, 제 4차원 속으로 그
이 자신을 침고(沈考)함으로써 그의 부동족(不動足) 아래로 시성(諡聖)하게
하고, 그이와 우리들 사이에 대양(大洋)을, 심해의 수도원 안에 성당 묘지
를 두고자 한 이래였나니, 그가 과거 분자(分子)(원칙) 항거죄(抗拒罪) 때문
에 벨리즈 영어학교에서 탈모 당하고 성당을 불알농락하다니, 민활(敏活)
한(스위프트) 실용문학사(B.A.A)처럼 국내 성령(聖靈)의 평판을 득한 다음
의 일이었도다. 그러나 자신의 말을 단숨에 해치울수록 어구분석을 말하
는 우리들의 신탁의 집게벌레(셈)는 더욱 약해지도다. 흉성자(얼스터: 凶星
者) 익살자(먼스터), 순활자(라인스터: 脣活者)의 자우척골(콘노트: 雌牛蹠骨),
그를 송(送)한 것은 학사사각중정(學舍四角中庭)에서였나니 그리고 트리니
티 대학 역시. 그리하여 그는 나와 함께 여태껏 무우 우는 어느 황소처럼
쩍쩍 노래할 수 있나니, 정상 발끝 가수로다! 그는 그대를 위해 그대의 아
일랜드가(愛蘭耳)를 곧 조율하리라. *최약주(最弱奏)로*. 단시(單時)에 일매무

(一枚舞)라, 차선무인(次善無人)이요, 은시연자(銀試演者) 로물루스[늑대로부터 젖을 빤 쌍둥이 중 하나]로부터 타퀴너스 수퍼버스[로마의 전설적 왕]에 이르기까지, 그의 라틴어 작시법의 위적(僞跡)을 가진 로마의 길을 읽기 위한 안커스 마티우스 교각축자(橋脚築者: 로마의 교각 건설자)와 함께, 그대가 있는 여하한 곳에서부터 내가 멀리 떨어져 있는 동안, 나의 우편마차에 봉사하리라.

468. 〔쥰(후안)의 최후 고별사: 이어 그는 이씨에게 솀의 유학시절에 대해 언급하고, 그녀에게 섹스에 대한 충고를 행한다.〕

애초에는 행위가 있었나니, 그는 정당하게 말하는지라. 왠고하면 끝은 말—없는—육체, 여인과 함께 있도다, 한편 남자는 (성교 행위) 이전보다 이후에 더 나쁜 경우에 있나니, 여인은 반듯이 누운 채 남자를 위해 남근을 만족시키기 때문이라! 그대는 하찮고, 경박하며, 심각했도다, 스미스 양[이씨의 별칭], 그런고로 그대는 자신을 예쁘게 정장(正裝)할지라. 그대가 하리라 보여주면, 그이는 의지(意志)하지 않겠는 고! 그의 청취는 의문 속에 있나니, 마치 나의 시견(視見)이 신중하듯. 그런고로 공점(空點)까지 그를 지탄(指彈)하여 그대가 불완전 영어를 말하는 곳에 그로 하여금 자기 자신을 위해 눈 깜짝이게 할지라. 그대는 내가 의미하는 바를 느낄지니, 다정한 명명자(命名者)여, 그대가 슬치(膝恥)의 키스를 나무라는 것을 나로 하여금 결코 보지 않도록 하라!

〔여기 화자가 개입한다.〕 메아리여, 종말을 읽을지라(Echo, read ending)! 극장 막(幕)을! 여기 참여(개입)의 구절은 천둥과 번개의 시련으로부터 꼬마가 태어나듯, 쥰은 이별의 수난을 겪어야 한다.

468.23. 이것이 쥰 자신의 마지막 단계임을(Well, my positively last at any stage) 선언하면서, 지금은 일어나 완보(緩步)할 시간, 나의 중간 발가락이 가려운지라, 고로 나는 화장실에 가야하도다. 시비(時飛) 박자는 안절부절이라. 이 오두막은 이제 나에게는 충분히 크지 않도다. 그는 펼친 날개를 타고 떠나려 애를 쓰지만, 실패하도다.

469. 〔그럼에도 후안(쥰)은 떠나도다.〕그리하여 그녀의 양 젖통 사이에서 심야욕월(深夜慾月)이 쟁희롱(爭戱弄)할 때 장중전능(長中全能) 부르짖나니! 천국의 딸들이여, 어둠의 빛이여, 붉은 흑토(黑土)의 방랑하는 아들들에게 선회매무(旋回魅舞)의 행광(幸光) 될지라! 대지의 속보(速步)여! 태양의 절규여! 대기의 지그 춤이여. 강유(江流)는 위대하도다! 일곱 오래고 오랜 언덕들과 하나의 푸른 발광자(發光者). 나는 떠나노라. 나는 알고 있나니, 그러함을. 나는 그러함을 내기할 수 있는지라. 어딘가 반바〔아일랜드의 시명〕의 해안으로부터 나는 멀리 떠나가야 하도다, 내가 어디에 있든 간에. 말안장도 없이, 여행종자(旅行從者)도 없이, 그러나 당장(當場)의 박차(拍車)를! 그런고로 나는 해적약탈자의 충고를 받아야 하리라 생각하도다.

그는 또한, ALP의 상봉(相逢)을 예측한다. 그리고 염수가 그의 안내역이 될지라. 이제 그가 떠남은 유감천만. 대지의 속보여! 태양의 절규여! 대기의 지그 춤이여. 강류는 위대하도다! 내가 어디에 있는지 간에. 나는 공허의 세계 너머로 여행할지라. 〔그가 갑자기 넘어지자 다시 일어난다.〕 나는 그때 교묘하게도 상처를 입었나니! 오라, 나의 개구리 행진 자들이여! 우리는 추락을 느꼈는지라, 그러나 우리는 모독을 대면하리로다. 나의 노모(ALP)는 달리는 강물이 아니었던고? 그리하여 그녀를 급하게 한, 결박자(結縛者)는 해탄(海灘)의 핀갈(질풍)이 아니었던고? 질풍승선(疾風乘船)할지라, 염수(鹽水)가 나의 연부(戀婦) 될지니. 유도할지라, 솔로, 솔론, 소롱(안녕)!(Solo, solone, solong!) 여기 나 출발하는지라. 지금 당장 아니면 부결(否缺)이나니, 감아(甘兒)여! 하나, 둘, 셋―그대 나의 연소(燃燒)를 살필 지로다.

469.28. 〔쥰의 출발. 다시 화자의 개입〕

〔가련한 우체부 쥰의 가두연설이 끝난 다음에, 이제 29명의 소녀들이 그의 출발을 돕는다.〕 가련한 우장담가(郵壯談家)(쥰―후안)의 마지막 불꽃 없는 말들이 끝난 다음, 희롱(戱弄) 날개를 지닌 28 더하기 1녀들이, 만일 그가 도약하면 갈채 할 것이요, 만일 그가 넘어지면 저주하려고 준비했는지라, 그러나 유람 버스를 탄 모든 지품천사들의 직접적 시도를 격퇴하는도다.

〔쥰의 출발〕

　가련한 우장담가(郵壯談家) 쥰의 가두연설(街頭演說)의 우편후주곡(郵便後奏曲)의 최후불화(最後不火)의 말들이 칠천국(七天國) 안에서 끝난 다음, 희롱 나래를 지닌 28 더하기 1녀(女)들이 그의 원조를 위하여 흘러나오고 있었나니 (모두들 저 권모중[捲毛中]의 권모를 가위질하여 자신들의 장갑을 장식하고 키드 가죽 구두를 빤짝빤짝 빛나게 할 수 있었으랴) 만일 그가 도약하면 갈채 할 것이요 혹은 만일 그가 넘어지면 저주하려고 준비했는지라, 그러나 자신들의 이중삼중혼(二重三重婚) 여마차(旅馬車) 로데오 곡예〔카우보이의 말 타기 쇼〕와 함께, 대형 유람버스를 탄 지품천사들, 여기 앉거나 저기 세단 가마에 탄 채, 그대(쥰)는 자신의 입에 한 개의 멍에(속박) 또는 한 조각을 물고 싶지 않은고, 초수직접(初手直接) 모든 시도를 격퇴하면서……

470. 더할 나위 없는 무(無)로서, 우리들의 크게 오해받은 위인(爲人)은, 우리들이 감지했거니와, 어떤 종류의 헤르메스〔희랍 신화의 신들의 사자〕 같은 찌름〔자극 혹은 급한 관심〕을 보이는 흥분을 스스로 드러내는지라, 이는 마법처럼 작용되었거니와, 한편 용설이월(溶雪二月)의 딸들의 방진(方陣)은, 호의(好意)의 꿈, 호의스러운 꿈을, 처녀들은 자신들이 알고 있는 바를 어떻게 자신이 믿는지를 알고 있도다. 그런고로 그녀들은 비탄하는지라.

〔화자의 개입, 딸들의 애탄〕

　아 오늘의 우탄(憂嘆)이여! 오 금일의 비탄(悲嘆)이여! 오시리스 명부왕(冥府王) 탐스럽게 그것은 찬미가창(讚美歌唱)했는지라. 작일(昨日)의 염성가(厭聖歌)가 마론과 내일의 애탄(哀歎)으로 답송(答誦)하도다.

〔그리하여 처녀들의 연도가 울리는지라, 이하 「불가타」 성서의 성구의 변형〕

　오아시스, 삼목(杉木)의 무성귀향(茂盛歸鄕)의 엽지하오(葉肢下午)여!
　오아시스, 탄식의 냉(冷)사이프러수목(樹木) 산정(山頂)이여!
　오아시스, 최종려(最棕櫚)의 무성귀향의 환영일일(歡迎日日)이여!

오이시스, 젤리콜의 환상적 장미도(薔薇道)여!

오아시스, 신엽(新葉)의 공광가(空廣歌)의 야영성(野營性)이여!

오아이시스, 프라타너수림(樹林)의 로착신기루(露着蜃氣樓) 테니스유회(遊戲)여!

피페토(皮廢土)여, 파이프 적타(笛打)는 비침을 부지(不知)했도다!

[여기 시인 R. 브라우닝의 시제「피파 지나가다」의 패러디]

[이제 29명의 소녀들이 쥰의 이별을 애탄하고, 그러자 그는 마치 오아시스(Oasis) 신처럼 하늘을 오르려고 시도한다.]

소녀들의 이별의 연도(連禱)가 쥰을 애통해한다. 십자가 위의 그리스도를 애통하듯 이들 딸들은 쥰을 예수―구세주로 신뢰하고 있다. 위의 연도에서 다양한 나무들이 쥰으로 비유된다.

그러나 이때 한 가지 가장 이상스러운 일이 발생했나니, 쥰은 트럼펫을 불며, 자신에게 우표딱지를 붙이고, 자기 자신을 우송하며, 암말을 탄다. 그리하여 그가 리피강을 하류하자, 소녀들은 평화의 손을 흔들도다.

[처녀들의 연도에 이어, 쫀은 현장을 떠난다.]

그러하나 가장 이상스러운 일이 발생했나니. 바로 그때 나는 보았거니와, 우(郵)쥰이 자신이 전적으로 강 속으로 몰도(沒倒)하기 위한 가능성을 가지고 이륙을 위하여 뒤로 황급(遑急)하면서, 비탄자들 사이에서 가장 점잖은 이유자(離乳者)로서, 낯익은 황색의 딱지(레테르)를 모으는지라, 그 속에 그는 한 눈물방울을 떨어뜨리나니, (그리고 모두들은 이때쯤 최종 우편의 통과를 반낙엽(半落葉) 속에 비탄하고 있었나니), 저주를 묵살한 채, 너털웃음으로 질식한 채, 객담적(喀痰的)으로 침을 뱉으면서, 자기 자신의 트럼펫을 불었도다. 그리하여 다음의 일은 그가 끈적끈적한 배면(背面)을 고무 점성(粘性)의 침으로 핥고, 신의(信義)의 난형(卵形) 기장(記章)(배지)을 자신의 양천사(羊天使)의 이마까지 불억제(不抑制)의 경근하고 진정한 예기(銳氣)를 가지고 스탬프 붙이자, 이는 자신의 귀부인 같은 어린 암 망아지를 아일랜드 쾌희(快戱)의 반일별(半一瞥)을 가지고 자신의 평행양미간(平行兩眉間)의 조모(粗毛) 아래로부터 변덕뒤죽박죽으로 쉽사리 변용하게 하는 것이라. 그 때였나니 그는 마치 오직 파도 때문 인양 이별의 고지(告知)로서 그 대신 해도수(海渡手)를 흔들었으니, 한편 평화소녀(平和騷女)들은 역(逆)방향으로 자신들의 수완평화협정(手腕平和協定)을 맺었도다.

471. 〔이어지는 29소녀들의 29가지 평화의 노래〕

〔평(平)프리다! 평(平)프레다! 평(平)파짜! 평(平)파이시! 평(平)아이린! 화(和)아레이네트! 화(和)브라이도매이! 화(和)벤타매이! 화(和)소소솝키! 평(平)베베벡카! 평(平) 바바바드케씨! 평(平)규구구토유! 평(平)다마! 화(和)다마도미나! 화(和)타키야 화(和)토카야! 화(和)시오카라! 평(平)슈체릴리나! 평(平)피오치나! 평(平)퓨치나! 평(平)호 미 호핑! 화(和)하 메 하피니스! 화(和)미라! 화(和)마이라! 화(和)소리마! 평(平)샐미타! 평(平)새인타! 평(平)새인타! 오 피시평화!〕

그러나 쥰(후왕)은 자신의 체구의 균형을 스텔라와 베네사 (스위프트의 연인들) 사이에 바로 잡으면서, 비틀비틀 쓰러졌도다. 볼사리노 모(帽)를 사랑의 돌풍 속에 휘날렸는지라, 단독으로 재차 새 출발을 하나니, 그리하여 적두(赤頭)의 쥰, 뒤를 추적하며, 속보로 급히 떠났는지라! 스타디움 교각 곁을 숙녀 성(城) 저쪽으로, 이어, 돌풍의 견(犬)처럼 풀려난 채, 자신의 풍향을 향해 쳐든 손수건의 파도와 더불어, 그리고 모든 값진 선물의 폭풍을 새우 망(網)의 깔때기 속으로 가득 채우면서, 민족의 공도(公道)를 따라, 아일랜드 단독으로, 그는 재빨리 자취를 감추었도다.

〔여기 죤의 떠나감은, 마치 『율리시스』, 「키르케」 장말에서 "시민"의 공격을 피해, 주막으로부터 도망치는 블룸의 서사시의 익살 문체를 닮았다 (U 280). 이는 또한, 블룸이 리피강 속으로 떨어뜨린 꾸겨진 종이 배(엘리아)가 루프라인 다리(더블린 중심부의) 아래를 파도 타면서 동향하는 그의 출범을 연상시킨다(U 186~87).〕

어디에 변덕쟁이*(구더기) 하비 무릎을 꿇었던고 금궤부대(金櫃負袋)여?* 앤드류가 먹었나니 꾸꾸꾸 구명(鳩鳴) 돈모(豚母)여 안녕히! 〔덴마크 어의 변형: "얼마나 많이 우리는 망설였던고? 코스를 바꾸기 위해 그리고 작 별"〕

〔욘(쥰)의 작별〕자 그럼, 이제, 선민(鮮民)들이여 그대를 도중무사하게 하옵시기를, 전원(田園)의 욘이여, 수출 흑맥주 강자(强者), 그게 그대인지 라, 환기자(喚起者)의 달콤한 비탄으로 태어난 소성가수(小聲歌手),

472. 〔화자는 죤─쥰(후앙)의 망령인 욘(Yaun)의 행운을 기도하고 작 별을 고한다.〕

그래요, 그리하여 토끼풀 주(州; 샴록샤)의 수중(手中)의 마음이여! 그대 의 백발이 더 희유(稀有)하고 더 미발 되소서, 우리들 자신의 유일한 백두 (白頭)의 소년이여! 〔이제 완전이 "욘"으로 바뀐, 그는 떠나는 신으로서 애도된다. 여기 그는 가인(歌人), 조인(釣人), 안무인(按舞人)으로 변용한 다.〕천성으로 선량하고 조작(造作)으로 자연스러운지라, 그대가 우리에게 일시적 부담이었다 해도, 효인(Hauneen; 게일어의 후앙) 젊은이여, 나는 그 대에게 긴 석별의 정을 보내는지라, 우리들의─예수─크리쉬나〔인도 성 현]여! 커다란 기쁨 주는 그대의 배달소식을 우리들의 절대무만착애우편 함(絶代無晩着愛郵便函; nevertoo─latetolove)에 너무나 자주 위탁하는 그대. 그대의 방금 명멸광(明滅光), 자주개자리(植)를 우리는 결코 다시 볼 수 없 으리라. 세상에는 죽음의 천사에 의하여 아직 요구되지 않은 다수인들이 있도다. 그리하여 그들은 자신들의 이 지구를 결코 떠날 수 없도록 천상영 령에게 열렬히 기도할 지니……

473. 〔죤의 출발〕

장고통(長苦痛)과 수십년주(數十年周)의 단영광(短榮光)을 겪은 뒤, 기도 (旗道)의 하파두(夏波頭)를 타고 진군 귀향할 때까지.

473.6. 인생, 그것은 사실인지라, 그대 없이는 공(空)일지니 왜냐하면, 무광

지(無狂知)으로부터 무다우(無多憂)까지 거기 진공(眞空)은 전무(全無)요, 모로크 신희생전(神犧牲戰)이 악마기(惡魔期)를 가져오기에 앞서〔노래 가사의 패러디〕, 날짜와 귀신소인(鬼神消印) 사이 한 조각의 시간, 다아비의 한축일(寒祝日)〔세례 요한의 축일〕여신(餘燼)에 의해 분할되고, 저 멋쟁이 요한 세례락(洗禮樂) 낚아채 인 채, 그날 밤부터 우리는 존재하고 느끼고 사라지며 작일자신(昨日自身)으로 전향하기 위해 우리는 길을 걷고 또 걷는도다.

그러나 소년이여, 그대는 강(强) 9펄롱〔길이의 단위, 1퍼롱: 1마일의 1/8〕마일을 매끄럽게 기록시간에 달행(達行)했나니 그리하여 그것은 진실로 요원한 행위였는지라, 유순한 챔피언이여, 그대의 고도보행(高跳步行)과 함께 그리하여 그대의 항해의 훈공(動功)은 다가오는 수세기 동안, 그대와 함께 그리고 그대를 통하여 경쟁하리라. 에레비아〔낮과 밤을 낳게 한 카오스 신의 아들〕가 그의 살모(殺母)를 침몰시키기 전에 불사조원(不死鳥園)이 태양을 승공(昇空)시켰도다! 그걸 축(軸)하여 쏘아 올릴지라, 빛나는 베뉴 새여!〔이집트의 불사조〕*아자자(我子者)여!*〔불어: 나의 아들!〕머지않아 우리들 자신의 회불사조(稀不死鳥) 역시 자신의 회탑(灰塔)을 휘출(揮出)할지니, 광포한 불꽃이 태양을 향해 활보할지로다. 그래요, 이미 암울의 음산한 불투명이 탈저멸(脫疽滅)하도다! 용감한 족통(足痛)의 혼〔죤의 망령〕이여! 그대의 진행(進行)을 작업할지라! 붙들지니! 지금 당장! 승달(勝達)할지라, 그대 마(魔)여! 침묵의 수탉이 마침내 울지 로다. 서(西)가 동(東)을 흔들어 깨울지니. 밤이 아침을 기다리는 동안 그대는 걸을지라, 광급조식운반자(光急朝食運搬者)여, 명조(明朝)가 오면 그 위에 모든 과거는 충분낙면(充分落眠)할지니. 아면(我眠).

〔이상의 결구에서 보듯, 날씨는 이미 "암울의 음산한 불투명이" 사라졌다. 그것은 태양의 낮의 부활에 의해 대표되는, 죤(혼)의 귀환의 약속으로 끝난다. 망명자로서 죤―쥰―후앙은 셈이요, 아일랜드의 합창 속에 의기양양하게 돌아오리니, 죤은 재삼 셈이 될지라. 죤은 자신의 시민전쟁 뒤에, "기도의 하파두를 타고 진군 귀향할 때," 그는 혼이요, 숀이요, 후앙이요,, 셈이나니, 그들은 자신들의 부활절 봉기를 다 같이 즐길지라. 불사조는, 방

첨탑 위에서 불타고 하늘로 솟으며, 죽음 뒤에 자신의 부활에 정성을 쏟는 동안, "악마기(惡魔紀; devil era)"는 "스핑크스의 불꽃"의 한계 너머로 부활을 가져오며, 아일랜드 역사상 1916년의 부활절 봉기(the Easter Rising) 및 독립 아일랜드 공화국의 기초를 다듬는 도다. 이집트의「사자의 책」에서 따온 베뉴 새(Bennu bird)는 불사조 또는 신조(新鳥; new bird)이요, 〔호우드 언덕의〕ben은 게일어의 "꼭대기"이며, 아자자는 브리타니 어 Va 『피네간의 경야』otre인 "나의 아들"이다. 아침의 수탉이 동을 깨우는 울음을 터트릴 때, "광파급조식운반자"인, 흔은 이내『율리시스』에서 스티븐 데덜러스의 마왕(Lucifer)〔악마기의 빛을 나르는 자〕이요, 몰리의 아침 식사를 접시위에 나르는 블룸(Bloom), 즉 "경조식운반자"가 된다. 이 최후의 고무적 구절은 이 장의 총괄을 장식한다.〕(Tindall 247 참조)

제III부 3장

심문 받는 욘

【개요】 여기 숀은 용(Yawn)이 되고, 그는 아일랜드 중심에 있는 어느 산마루 꼭대기에 배를 깔고 지친 채, 울부짖으며, 맥없이 쓰러져 누워 있다.(474.1~15) 4명의 노인 복음자들과 그들의 당나귀가 그를 심문하기 위해 현장에 도착한다. 그들은 엎드린 거한(巨漢)에게 반(半) 강신 술로 그리고 반(半) 심리(審理)로 질문하자, 그의 목소리가 그로부터 한층 깊은 성층에서 터져 나온다.(477.31~83.14) 그리하여 여기 욘은 HCE의 최후의 그리고 최대의 함축을 대표하는 거인으로 변신하여 노정된다. 그들은 욘에게 광범위한 반대 심문을 행하는데, 이때 성이 난 그는 자기 방어적 수단으로, 한 순간 프랑스어로 대답하기도 한다.

4명의 심문자들은 욘의 기원, 그의 언어, 편지 그리고 그의 형제 솀과 그의 부친 HCE와의 관계를 포함하는, 가족에 관하여 심문한다. 추락의 다른 설명이 트리클 톰(앞서 I.2 페이지에 소개되었거니와)과 다른 사람들(이씨, 색커슨 및 케이트)에 의하여 제시되지만, 이제 욘에서 변신한 이어위커는 자기 자신을 옹호할 기회를 갖는다. 자신을 용호 하는 동안, 그는 스스로의 성취를 일람하지만, 단서로서 시작 한다: "만사는 과거 같지 않도다."(540.13)

여기 초기의 아기로서 욘 자신은 후기의 부식하는 육신의 노령으로 서술된다. 그리하여 그는 인생의 시작과 끝을 대변한다. 그는 매기로서 수상(隨想)되는 구류 속의 아기 예수인 동시에, 오점형(五點型; quincunx)의 중앙에 놓인 십자가형의 그리스도이기도 하다. 532~554의 부분은 HAVETH CHILDERS EVERY-WHERE로서, 1930년에 그리고 재차 1931년에 소책자로서 출판된 바 있다.

여기 노령의 이어위커는 자신의 업적을 개관한다. 그는 자신의 업적 가운데 아나 리비와의 그의 결혼을 포함한다: "그리하여 나는 이름과 화촉 맹꽁이자물쇠(정조대)를 그녀 둘레에다 채웠는지라."(548.5) 그리고 그는 많은 업적과 선행을 수행했도다. 그러나 그의 자기 옹호의 성공은 불확실하다. 한 무리의 두뇌 고문단이 심문을 종결짓기 위하여 4심문자들을 대신 점거한다. 그 밖에 다른 질문자들이 재빨리 증언에 합세한다. 그들은 초기의 과부 케이트를 소환하고, 마침내 부친(HCE)을 몸소 소환한다. HCE의 목소리가 거대하게 부풀면서, 총괄적 조류를 타고 쏟아져 나오고, 전체 장면은 그의 원초적 실체로 이울어진다. 그는 자신의 죄를 시인하지만, 문명의 설립자로서 스스로 이룬 업적의 카탈로그를 들어 자신을 옹호한다.

[본문 시작]

474. 〔이제 욘(Yawn)으로 불리는, 그는 아일랜드의 중부인 미드 군(郡)의 한 언덕 위에서 울부짖고 있다.〕

저(底)하게 장(長)하게, 한 가닥 비탄성이 그로부터 터져 나왔도다. 순수한 욘이 초원의 작은 언덕 위에 누워있었나니, 그림자 진 광경지(光景地) 사이 잠자는 심혼(心魂)으로. 그의 곁에는 짧은 우편 가방, 그리고 팔을 느슨히, 전통전가—보장(傳統傳家—寶杖)인, 자신의 시트론 영광수지(榮光樹肢)의 지팡이. 그의 꿈의 독백인 즉, 그의 연극 초다변논법(超多辯論法)은 아직 끝나지 않았나니, 그는 비탄했는지라, 그의 성 누가 광채의 머리타래를, 원숙하게 물결치게 하면서, 저 현란 속눈썹의 눈꺼풀, 한편 그의 비스듬히 열린 입으로부터 자신의 숨결을 토출하나니, 나른하고 고달픈 모습이라. 반막연실(半漠然失)한 욘.

〔그러자 이때 4노인들(대가들)이 그에게로 접근한다.〕

그 때, 윙윙 사이렌이 경기병여단(輕騎兵旅團)을 불러오듯, 가화로(家火爐)를 계속 불태우면서, 그토록 찍찍 우는 부름에 응하여 그들 모두가 그에게 다가왔나니, 동중앙지(東中央地)의 서경(西境)으로부터, 세 패(카드놀이)의 세 왕(王)들과 한 왕관자(王冠者), 모든 그들의 기본방위로부터, 브로즈나〔아일랜드의 강명〕의 비늘 금작화구(金雀花丘)가 있는 호박도(琥珀道)를 따라. 네 원로들이, 박명(薄明)의 최초의 괴성(傀聲)에 의하여 산지(山地)의 두더지 흙 두둑을 깡충 도상(跳上)했나니, 기억할 가치도 없는, 흘러간 옛 시절의 풍토를 횡단하면서. 뭔가 구실을 찾으며,

〔이때 4노인들은 퇴비 더미 위의 지친 욘을 발견한다. 그들은 그이 곁에 쪼그리고 앉아 그에게 일련의 신문들을 개진한다.〕

475. 〔공포 분위기〕

그들은 야청습한(夜靑濕汗)을 흘리면서. 피휘공(恐)! 포포공공(恐恐)!! 포츠차포(怖)!!! 아갈라우(憂)!!!! 지쉬포(怖)!!!!! 파루라황(慌)!!!!!! 우리디미니공황(恐慌)!!!!!!! 그들 스스로 공포(恐怖)하다니 그(욘)가 십 중팔구 도대체 어떤 급의 십자도(十字道) 말풀이자(crossroads puzzler)인지 경이했는지라, 자신(욘)의 몸 두께(厚)를 가산(加算)하는 길이(長) 대 넓이 (幅), 자신의 그토록 많은 평방 야드, 그가 누워있는 것을 그들은 어렴풋 이 식별했나니, 꽃피우는 화단 위에 밧줄 마속(馬束)된 채, 최대한 경모직 (輕毛織)을 뻗은 채, 수선화 사이, 나르시스의 꽃들이 그의 각광(脚光)을 사 족쇄(四足鎖)하며, 야생감자(野生柑子)의 후광 울타리가 그이 위로 맴돌며, 쾌락주의자 에피쿠로즈〔고대 그리스의 철학자〕가 원예충자(園藝充者)들과 왈츠 춤추며, 청교도 새싹들이 아란 섬 추장들에게로 전진하면서. 포포공 공(恐恐)!! 그의 운석 같은 펄프 질(質), 솔기 없는 우궁홍피(雨弓紅皮). 그 의 무정(無情)의 배꼽을 지닌 운무의 공복(空腹). 파루라황(慌)!!!!!! 그리 하여 흑석류(黑石榴)의 효성광(曉星光)을 발사하는 그의 혈관, 그의 크림가 (加)카스타드의 혜성발(彗星髮)과 그의 소흑성(小惑星)의 손마디, 갈빗대 및 사지. 우리디미니공황(恐慌)!!!!!!! 그의 전기취음성(電氣醉淫性)의 꼬인 내장대(內臟帶)로다.

475.18. 〔심문자 4노인들 및 나귀의 등장〕

저들 네 점토인(粘土人)들은 그에 대한 자신들의 맹세된 성실법원심문 (星室法院審問)을 갖기 위하여 함께 여기 등반했도다. 왜냐하면, 그는 여태 껏 자신들의 심문쟁(審問爭)의 대상이었는지라, 멀지 않은 목초지는 태양 자(太陽子)의 휴지(休地)로다. 최초로 등단한 산지원로원(山地元老員) 그레고 리〔마태〕, 깊은 시야(時野)를 통하여 자취를 탐하며, 산지원로원(山地元老 院)의 라이온즈(마가), 구획족적(區劃足跡)의 파선(波線)을 질질 끌며, 이어 자신의 기록직(記錄職), 원로원 타퍼(누가), 명예스러운 면양(眠羊)을 산양 추적하면서, 아니스 열매로 몸이 달아올라, 그리고, 자신의 후견 모퉁이로부터 불쑥 솟은 채, 도보자 맥다갈(요한), 계주(繼走)하여 그들의 후미에, 정족수를 맞추려고. 그는 그들의 나귀를 밧줄로 묶고 있었는지라, 그들의 공회색(空灰色)의 속보동물(速步動物), 그리하여 게다가 놈에 붙은 그 같은 돌출부[나귀의 등 혹]에 대하여 결코 무각(無脚)이지 않는지라 그들은 그만큼 균(均)일정하여 놈이 사한도(四限度) 거리에서 넘어지면, 마스코트[행운 신]의 외침 이내에서 (아주 가까이), 쪽쪽 우족(右足), 쪽쪽 좌족(左足), 웃음거리(봉) 야노(野老), 캐비지 밭 속의 산양 마냥, 등치 큰 나귀, 자신의 무원(無援)의 귀를 가지고 공중의 하프 음을 들으려고,

476. [그중 우두머리 십장이 손을 들어 침묵을 명한다. 4노인들은 온 곁에 앉아 그를 심문한다. 그들 마마누요(멍청이들)는 약간 우둔한 자들이다.]

그대 어떻게 생각하는 고, 단지 온 말고, 누가 그들 앞에 누워 있으리오! 그는 온통 큰 대자로, 그는 양귀비꽃들 사이에 뻗어 누워있었는지라, 그는 잠들었나니.

십장(什長)은 그러자 엉킴을 통하여 어슬렁거리고 있었는지라, 대자(代子)의 대원부(代遠父), 대부주의(代父主義)를 위해 대리(代理)하면서 그리고 자신의 주둔장(駐屯場)은 경작지구(耕作地丘)의 기상측(氣象側) 몇몇 퍼치[길이의 단위]였나니 그리하여 어찌되었거나, 만일 그곳이 아니면 그 밖에 아무 곳도 아닌 곳에서부터였는지라, 그는 영기(靈氣) 메스머[오스트리아의 최면술자]의 선서수(宣誓手)에 맹세코, 침묵을 뜻하는 손을, 최근신장(最近伸張)했도다. 초원상월(草原上越)의 도녹자(跳鹿者)들[4대가들] 같으니, 그 길로 그들은 그의 주위를 감시했는지라, 복종을 행하면서, 고개 끄덕이고, 허리 굽히고, 절하고 사의(謝儀)했나니, 마치 프로즈펙트 묘지[더블린의 글레스네빈 묘지 반대편]의 간수자(看守者)들처럼, 자신들의 입상설두(粒狀雪頭) 위의 탐사자(探査者)의 광악모(廣鍔帽)를 들어올리면서, 그리하여 사실인정(事實認定)의 순회 재판관들[4대가들]이 그의 아일랜드도함정(愛蘭倒陷穽) 속의 저 포로(捕虜)를 순회했도다. 그리하여 그들은 자신들이 미친 듯 사순간(四瞬間)의 속기사들이 되었나니, 현인들과 심리혼(心理魂)의 우자(愚者)들, 그리하여, 그대 어떻게 생각하는 고, 단지 온 말고 누가 그들 전향(前向)의 특히 모든 타자들 위에 그곳에 누워 있으리요! 온통

큰 대자로 그는 양귀비 사이에 뻗어 누워있었는지라, 그가 오스카 면(眠) 잠들었나니. 그리하여 그건 한 예하지배자(隸下支配者)와 훨씬 유사한 것이라 사방 둘러싸인 자못 감동적인 미(美)와 함께 그가 거기 누워 있었나니, 그 새침데기, 혹은 총화(總和) 내가 아는 한 루멘(光) 경(卿)〔크림 전쟁 기병대장〕을 닮았는지라, 신의(信義)와 교의(敎義) 속에 자신의 바람직한 성좌(星座)로 마차를 몰면서, 노(老) 매트 그레고리, 그는 별(聖)동물원을 지녔나니, 마커스 라이온즈와 루카스 매트칼프 타피 및 그이 뒤에 숨은 나귀를 결코 용서하지 않는 유객(誘客), 새끼나귀 조니를 위하여.

〔그들은 욘의 영혼의 발포(發布)를 살피나니, 그는 언제나 퀴즈애 답하는지라, 지금은 질문 시간〕

그들 자신들은 그러한지라, 연분(煙奮)하는 검열관들, 자신들이 꾸꾸꾸 쭈그리고 앉아 있을 때 자신들의 발뒤꿈치와 의자를 정당하게 구별할 수 없는 식으로, 그의 입방체의 구유 곁의 마마누요(멍청이들), 질문시간이 접근하여 영혼의 집단지지(集團地誌)의 지도(地圖)가 자신들의 사등분내(四等分內)에 눈에 띄게 솟아나자, 팽이 혹은 연 혹은 굴렁쇠 혹은 공깃돌 놀이를 위해, 그에게 멍청한 짓을 하면서, 그의 비기(鼻氣)의 발산(發散)을 탐탐색색(探探索索)하나니, 그리하여 그중 하나가 다른 하나에게 유성(柔聲)하는지라, 모두 악귀탐자(餓鬼探者)들.

477. 〔서로 교환되는 질문〕

그때 그들은 누워있는 욘 위로 그물을 치는지라, 그것은 그가 토하는 생선숨결을 막기 위해서로다. 욘은 입을 벌리고 자리에서 일어나는지라. 그리고 마침내 말하나니, 그들은 욘이 누워있는 땅의 역사성을 알고 싶어 하도다. 그러자 그는 대답 하는지라. 이 똑같은 선사적(先史的) 분묘라니, 오렌지 밭이로다. 4노인들 가로대,

—아아 정말, 그가 술이 취했는고?

—아니면 그가 혹자의 장례를 시연(試演)하고 있는고?

—거기 잠묵(暫黙)이라! 왁자지껄 금(禁) 할지라!

그리하여 그들이 자신들의 그물을 펼치고 있었을 때 그들 사이에 동의의 한 마디 말이 있었으니.

—착수할지라, 이 봐요!

왜냐하면, 그것은 그들의 마음의 이면에 품고 있었나니, 어찌 그들이 그런 식으로 그물을 펴야할 것인지. 한편 시간이 시간으로 이울어졌을 때, 욘 자기 자신이 삼중모음과 장단을 맞추면서, 입을 열려고 했는지라, 황야의 이슬과 물안개가 자신의 입속에 녹으려고 했기 때문이도다.

—왜?

쭈그린 4자들의 하나가 묻도다.

—그것은 당신들의 세월 이전이었도다, 그러자 엎드린 존재 내부에서부터 한 가닥 목소리가 대답하도다.

—알았소, 질문자가 동의한다, 그러나 시간의 무슨 공간 뒤에 그것이 일어났던고? 그것은 사자향(獅子香)의 땅에서였던고?

질문자 중의 하나가 그에게 재확인한다. 우리들은 친구들인지라! 만일 우선적으로 그대가 상관하지 않는다면, 그대의 사적선례(私的先例)를 이름 댈지라.

—그건 똑같은 선사적 분묘요, 오렌지 밭이로다.〔편지가 묻힌 퇴비 더미의 암시〕

478. —곁에 있는 편지 부대에는 무슨 내용물인고?

—기백만…… 나의 사랑하는 애자를 위한 것이나니.

욘은 대답하는데, 이는 이씨를 마음에 두고 있는 듯하다.

이 분묘 속에는 애자를 위해 우레(Thunder)가 보낸 편지들이 들어있도다.

—여기 내 이야기를 들을 수 있는고, 타이페트(애인)여!

다른 심문자가 화제를 바꾸도다.

—한층 집 가까이 느끼기 위해, 그는 말하나니, 나는 우리들의 당나귀—통역사에 의하여 들은 바인지라, 비록 세속의 군주를 서술하는 그대의 토착 언어에는 꼬박 606개의 단어들이 있긴 하지만, 정신 주체성을 의미하기 단 한 마디의 누곡어(淚谷語)도, 뿐만 아니라 우리들을 구원으로 인도하는 여하한 길도, 없는지라. 그게 경우인고?

―어째서? 욘의 목소리가 대답하며, 프랑스어로 말을 계속한다. 당신,
그건 그럴 수 있을지라. 그럼에도 불구하고, 나는 들판에서 클로버―열쇠
를 발견했도다.

〔성 패트릭은 그가 들판에서 뜯은 샘록(클로버)을 보임으로써 아일랜드
를 3위 1체의 믿음으로 개종시켰다. 패트릭 및 하나의 참된 성당의 대표자
가 되려는 욘의 요구는 잇따르는 페이지들에서 개진된다, 즉, Trinathan
partnick. 욘의 클로버―패트릭―Trinity―트리스탄―등은 동질적
HCE인 셈이다.〕

그가 누군지 질문을 받자, 그 목소리는 욘으로 하여금 그를 대답하게 한
다. 삼위 패트릭 여신증여자(汝紳贈與者; Trinathan〕 3위 1체의 조나단(trinune
Jonathan. Partnick. Patrick part Nick. Dieudonnays). 하나님에 의하여 증여
된, 그리하여 이 이름을 준데 이어, 목소리는 묻는 도다.

―그대는 나의 유일애자를 본적이 있는고? 타이페트(애인), 나의 지촉
각(指觸覺)이여!

그들은 용이 방금 부(父) 토탄 연기(파더릭)에 속하는지 어떤지를 알기를
요구한다. 그러자 심문자 하나가 말을 가로 챈다.

―나는 누구보다 저 장소를 잘 아는 도다, 확실히.

479. 욘이 자기 조상의 옛 마을을 들먹인다. 이어 그는 자신이 그토록 부자
(富者)인지 미처 알지 못했다고 말한다.

그러자 질문자는 욘에게 자신의 종형인 도우갈 씨(Mr Jasper Dougal)를
아는지 묻는다.

―나(욘)는 언제나 나의 조모 댁에 규칙적으로 가곤 했었는지라, 청춘
몽향(青春夢鄉; Tear―nan―Ogre)〔영원한 젊음의 켈트 땅〕, 아일랜드의 꿈
의 땅인, 나의 조모의 작은 집에 자주 가곤했도다. 그때 그 장다리 개가
짖어댔나니. 내가 과거 얼마나 풍요했는지를 결코 알지 못한 채, 거기 소
요하고 소요하면서, 나의 통역사를 대동하고, 미화불가(尾話不可)의 저 당
나귀와 함께, 해안을 따라.

―나는 행위하나니, 욘이 거듭 대답한다. 그러나 질문은 아픈 곳을 터
치했도다, 주막 주(HCE)는 자신의 아버지이라. 욘은 갑자기, 심문 뒤의
다정치 못한 목적을 감각한다. 그는 두려워한다. 그러나 무엇 때문에 나를

괴롭히는고? 그는 낄낄거린다. 그는 다음처럼 애소한다,

　—재발 늑대들에게 나를 던지지 말지라! 필사(必死) 아사(我思), 폭루트〔메이요 주 소재〕의 숲 늑대들아! 하고(何故)로 나를 괴롭히는고? 재발 12호(狐)들에게 나를 투축(投蹴)하지 말지라! 〔이는 내심으로 그의 못마땅한 HCE와의 부자관계를 두고 하는 말인 듯.〕

　노인(심문자)은 욘에게 영국의 늑대와 노르웨이 선장, 무덤과 패총 및 선조에 대해서 말할 수 있는지 질문한다.

479.17. —그런데 잠깐만, 〔노인은 자신의 질문을 밀어붙일 판이다.〕새들이 우리에게 알려주었나니, 시체의 매장, 나쁜 위스키 무더기, 그리고 난처 행위의 범행에 관하여 어디에, 어떻게 그리고 언제였는지. 나는 이 청색 초호(礁湖) 주변에 가마우지 한 마리를 보내는 것이 흥미로울지니, 그가 무엇을 알아내는지를 보기 위해. 〔근처 공원에서 범해진 사악한 HCE의 범죄〕 그리고 모든 증거가 아직 밝혀지지 않았으나, 만일 우리가 그걸 발견하면, 우리는 그대의 노령의 명성에 무엇이 일어날지, 알리라 짐작하도다. 그대는 나의 박우(博友)에게, 조금 전, 이 분묘에 관하여 말했나니. 이제 나는 그대에게 암시하거니와, 오래 전에, 매장전선(埋葬戰船)이 있었는지라, 여지하국행(汝知何國行; bound for Weisssduwasland), *바이크 파스 호(Pourquoi Pas;* 남극 탐험 호)이요, 결코 돌아오지 않은 우리들의 배, 한 척의 오렌지 보트였도다. 뭐라! 그것에 관해 그대는 말할 건고!

〔그러나 욘의 대답은 다분히 회피적이요, 엉뚱하다.〕

　—장의(葬儀) 행렬차, 분묘 운반차를 생각할지라! 용의 회피적 대답이 이어진다. 각자는 그가 진격나팔 소리를 들을 때 물러나야하도다. S.O.S. 온존야(溫戰夜; Warum night!)〔안 될게 뭐람!〕

480. 〔욘의 계속적 대구〕

　두 속수취인(俗受取人)을 조타지휘(操舵指揮)하면서. 노르웨이의(Norsker): 그의 갈 까마귀 기(旗)가 펼쳐졌나니, 노예선이. 나는 선신(善神)을

믿는지라, 대지의 창조신을, 선신의 아이 그리고 신의인(信義人)으로. 몸을 낮게 구부릴지니, 그대 세 비둘기들아! 글쎄다, 저 탠 황갈색의 꺼끄러기 머리다발을 한 소녀를 부를지라! 랑견(狼犬)을 부를지라! 바다의 늑대를. 야랑(野狼)! 야랑!

〔심문자의 요청〕

—이제 아주 좋아. 저 민속화(民俗話)는 당나귀의 이야기와 일치하도다. 나는 양친선(兩親船)의 문제와 더 나아가기를 원하나니, 날씨가 허락한다면, 저 푸른 언덕으로부터 한층 멀리, 어떤 항구로부터 그것의 출발을 토론하기 바라도다. 자 이제, 이 동서부토(東西部土) 위의 야밤 패총의 문제까지 이르도록. 덴마크의 땅으로부터 저 황소 눈의 사나이(HCE)가 항해했는지라, 이제 내가 말하는 것을 잘 명심할지라.

〔욘의 HCE에 관하여〕

—등치 큰 마그너스 수패이드비어드(가래수발〔鬚髮〕)(HCE), 배반(背叛)의 웰스 인(人). 우리들 항구의 파괴자인, 그는 자신의 퀸 물을 퍼내는 삽으로 내게 서명했도다. 내가 젖 빨도록 자신의 가슴 유두(乳頭)를 발가벗겼나니, 보라, 크리스만(성 기독남; 聖 基督男)을! HCE는 나의 진부(眞父)가 아니요, 양부(養父)인지라. 그는 자신이 여기 우리들의 항구에 도착했을 때 나를 그의 가슴으로 데리고 갔도다.

—그는 누구인고? 하수(何誰)인고?

〔욘〕—헝카러스(錢奴巨淑人)(H) 챠일다드(C) 이스터헬드(E)로다. 그건 그의 잃은 챤스이나니, 에마니아. 〔여기 욘은 HCE의 이야기로 억지로 관통하려고 애쓰고 있다.〕 처음에 흐릿하고 불길한, 반 회피적 기억들로 도달하나니. 운명의, 영웅적 연관의 짙은 분위기가, 모든 기저에, 위대한 총양부(總養父)의 충만한 인물을 천천히 벗기려고 하도다.

〔심문자〕—헤이!(여 봐!) 그대는 그대 자신의 위장을 반추하고 있던 것을 꿈꾸었던고, 그대가 저 사경고(斜頸孤)(여우)〔레이나드〕에 스스로를 빠졌던 것을? Reineke Fuchs(Fox)〔여우 Reynard, 중세의 수계(獸界)의 영웅. (전출, 97 참조) HCE의 여우 연관이 여기 확약된다.『율리시스』제9장에서 화자는 여우—그리스도와 여인과의 치정 관계를 명상한다. "가죽격

자 바지 입은 기독여우(Christfox), 숨으면서…… 그가 정복한 여인들, 상냥한 사람들…… 법관의 위부인들……"(U 159) 또한, 여우는 『켈즈의 책』의 퉁크 페이지의 삽화로서 나타난다.]

〔욘〕—나는 이제 알았노라. 우리는 짐승 순환계(循環界)로 이입(移入)하는 도다. 그대는 내가 말하려 하는 것을 앞질러서 말해 버렸나니. 글쎄 그대는 늑대 새끼처럼 젖 빨며 살았는지라, 늑대 마냥 울부짖는 방법을 배웠도다

〔심문자〕—늑대 새끼들이 나를 추적하는지라, 총(總) 무리가.

〔욘〕—성인(聖人)들과 복음자들이여! 늙은 짐승이 다시 달리도다! 핀갈 해리스 사냥 단(아일랜드 수렵단)을 찾을지라!

〔심문자〕—뭐라고? 울프강(호당; 孤黨)?(What? Wolfgang?) 와아! 아주 천천히 말할지라!

481. 〔이에 욘은 3행시구를 읊는데, 그 내용은 그의 육체적 부(父; HCE)에 대한 해학이다.〕

—그를 이단(H)으로 환영할지라, 그를 마석(磨石)으로 치료할지라!
사냥꾼(C), 삭구권자(溯求權者), 요정이 바꿔친아이…………………?
총종(總終) 같은 노인(E), 대지…………………………?

누군가가 욘의 이 시를 각운강경중적(脚韻强硬症的) 신외발기적(神猥勃起的)!이라 평하고, 그대의 조상은 아일랜드 낙원에 살았던고? 하고 묻는다. 이에 욘은 그것은 모두 꿈같은 이야기라고 답한다. 그러자 그들은 욘의 시를 이해한다고 말 한다. 이어 그는 HCE의 다양한 변화와 가변성에 대하여 언급한다. 구사(丘師)인, 자신의 용암분출과 자신의 방랑하는 성지하철신음(聖地下鐵呻吟)을 지닌, 조간고대(朝間高臺)의 터블링 타운(都人)에 이르기까지…… 아빠여,…… 오부(悟父), 성 아리 바 바여……

욘은 HCE의 두문자와 역사를 포함하는 고대 북구의 룬 문자 수수께끼를 발표한다.

〔심문자〕—그대의 이 조상은 초기의 낙원 아일랜드에 아니면, 선사시대 동안, 현대의 매음의 나날 이전에 살았던고?

〔욘〕—꿈인지라. 비일(非日)에 나는 잠자도다. 나는 혹일(或日)을 꿈꾸었나니. 어느 승일(勝日)에 나는 잠깨리라.

〔심문자〕—나는 이제 그대의 룬 시를 이해하노라. 똑같은 것이 세 번 다르게 반복하다니, 추상적인 것으로부터 구체적인 것까지, 저 역사적 만인(蠻人)인, 핀센 패이닌〔핀의 아들〕으로부터, 그대의 똑같은 세속화된 이 시인의 신사, 자신의 목욕탕과 지하철을 지닌, 터플링 타운(都人) 씨에 이르기까지, 혈통을 이으면서. 우리들은 그러나 그의 다양한 시대의 다양한 위치라는 견지에서 원부(遠父)에 관하여 말하고 있나니.

〔욘〕—우리들의 오부(悟父; HCE), 성 아리 바바(Ouer Tad, Hellig Babbau), 그런데 그는 족장인 동시에 토템적 동물이로다. 그는 원죄를 범했는 지라, 나는 그걸 계속하거니와, 그리하여 그것은 미래를 위해 남아 있도다. 우리들 모두에게 가일층의 수치라. 그대는, 저들 고대의 이교도의 시대에, 여기 장애물항도(障碍物港都; 더블린)의 담 너머로, 한 개의 돌을 던져 넘길 수 없었으리라. 하지만 그것은 어떤 간통하는 부부의 이면 저쪽에 도 약할지니. 그것이 내가 참여하기를 두려워하는 남자(HCE), 토미 테라코타〔영국 군대의 사병〕로다. 그리하여 그(HCE)는 모든 그대의 그리고 나의 아빠이요, 라네일리(Ranelagh; 더블린의 별칭)의 왕자남(王者男)의 파운드 인의 결박자의 발견자의 아빠의 창설자의 형제 일 수 있나니. 성부, 성자, 성령이여……

482. 〔심문자〕—조용히 그의 이름을 숨 쉴지라.

〔욘〕—미다스 왕은 장금이(長金耳)를 지녔도다. 꿰찌르는(퍼스), 꿰찌르는, 꿰찌르는, 꿰찌르는! 〔마다스 왕의 이야기: 그의 이발사가 조심스럽게 그의 당나귀 귀의 사실을 땅의 구멍 속에다 속삭였다. 뒤이어 곧, 근처의 모든 갈대들이 그 이야기를 세상에 속삭이고 전파했는지라. HCE의 죄 많은 비밀은, 겁먹은 소년에 의해 고독 속에 재차 속삭인 채, 퍼스 오레일리의 발라드와 가십 속에 사방으로부터 퍼졌나니. 이는 집게벌레(Earwig)와 오레일리의 주제로서 하나의 새로운 함축을 첨가한다.〕

〔심문자〕—대돈천식성(大豚喘息性)의 퍼스 오레일리(HCE!)! 그러나 어디서 우리는 이야기를 입수하랴?

〔욘〕—기차 정거장, 루카스〔더블린 근교의 루칸〕와 더블린 순환선에

서! 세계 갱생의 4첩 순환선(loop line)에서. 음문! 음문! 음문!(ALP)

　〔맥도갈〕—대서양의 도시…… 그대의 펼친 독수리를 조종하여 역할을 다할지라.

　〔이어 그레고리가 욘의 대형(對型)인 케빈(솀)에 대하여 질문한다.〕

　〔그래고리〕—우리들의 지방원죄후계와 무당(巫堂) 압낙원(鴨樂園)으로 이가(離家)할지라.

〔이에 맥도갈의 대답〕

　—혹시 내가 시성(諡聖)된 성인(聖人)을 안다면? 〔욘은 마치 기도하듯 수분동안 침묵을 지키나니…… 이는 케빈(솀)에 대해 언급함으로 여기 쌍둥이의 주제를 부각시킨다. 이어 4인방 모두들이 암탉이 파낸 편지에 대하여 욘에게 질문한다. 본래의 장소, 그의 언어, 그의 가족, 솀, 그의 부친에 관해.〕

　〔심문자의 대구〕—거기 근원적으로 습독(習讀)을 발견한 것은 시인(솀)이라. 그것은, 우리들의 살인서(『켈즈의 책』)의…… 분변종말론(糞便終末論)이 요점이도다…… 〔여기 솀은 케빈의 역할 속에 원고를 발견한 공로를 샀었다. ALP의 편지에 대한 언급과 함께, 그의 발견은 원인과 결과이다. 편지에 관해 묻자, 그것은 위조품이요, 누군가가 역환(逆換: inversion)을 발견, 즉 원인은 결과라고 말한다. 우리는 결과를 야기하는 유발적(誘發的) 원인…… 성부, 성자 그리고 성령을 의미하나니, 그리고 청정성령(淸靜聖靈)이여! 이는 그가 솀이 철저하게 동일체 또는 동질임을 말한다. 그리하여 그는 영혼의 가장 깊은 곳에 위협을 받고 있다고 독백한다.〕

483. 〔욘의 기다란 대답〕

　—나는 이 필남(솀)이 이야기를 왜곡함을 암시하는 도다. 이야기는 욘에 관한 것이나, 그것을 쓴 손은 솀의 것이도다. 케빈〔욘—욘〕은 그(솀)가 위조자라는 강한 의념(疑念)을 품나니. 그는 토이조(土耳鳥)들을〔터키인들〕에 설교하고 모든 인도인들을 세례 할지라. 그는 그의 부활절 여성 모자 류(類)에 그들의 새로운 출현을 맡기려는 모든 이들에게 부활이란 말을 가져가려하도다. 그대는 자신의 마음속에 그에 관한 어떤 주저를 가지고 있는고? 천만에! 〔욘의 목소리가 대답한다.〕 나의 손 안의 이 걸쇠가

나의 담보물 되기를! 그러나 왜 저 알랑대는 필남(筆男; 셈)의 이야기를 불러일으키는고? 이토록 처참한 자가 내게 뭘 말할 수 있으며, 혹은 어찌 내가 그와 관계하랴? "나는 형제의 파수꾼 인고?(Been ike hins kindergardien?)"〔조이스의 아우 스테니스로즈 저의 『나의 형의 파수꾼』에 대한 익살〕 나는 알지 못하는지라, 최초의 발동자인, 나의 형제의 면전에서 내가 정명(定名)되었을 때,

484. 〔욘의 독백 계속〕

그대(셈)는 내가 교황의 권능을 끝까지 가르쳤는데도, 내가 그대를 나병자로부터 데리고 왔는데도, 더블린 시에다 나를 마구 풀어 놓았도다. 그대의 저주 할 안명(顔面)을 집어치울지라…… 나는 그대를 히타이트 적족(敵族)〔고대 소아시아의 종족〕의 면전에서 구했나니…… 그런데 나를 고(古) 더블린의 시민오총(市民汚塜)에다 풀어 놓았도다…… 그(셈)는 나(욘)로 하여금 깨끗이 고백하도록 권했나니, 그것을 나는(지금의 내가 그 속에 존재하는 인간) 그렇게 행하지 않았도다. 그러나 오, 나의 형제여, 그대는, 조카와 험프리에게, 그의 밤의 사무실에 앉아 그 따위 우직(郵職)을 설명하면서, 나를 항상 기꺼이 돕겠다고 지껄여댔던고? 그러자 이어, 그대는 나의 사일(死日)을 그대가 축하하겠노라 여타 세례원자(洗禮願者)들에게 말하며 돌아 다녔던고? 글쎄, 나는 그대의 속조(俗造)의 추기경들 때문에 그대에게 진저리나도다. 나는 그대에 대한 교창성가(交唱聖歌)를 낭송하나니. 나는 그대를 적으로부터 구했는데도, 그대는 더블린의 전全 도시에 나를 거침없이 말했도다. 나는 그대에게 가르쳤고, 그대는 나를 사방 강복(降服)했도다…… 나의 카스트(세습 계급)는 그대 것 위에 있나니. 나의 세대의 노각(勞刻)을 볼지라! 나에 관해 고증(高證)된, 나의 옥인(獄印)을 볼지라. 〔이어 욘은 형 셈에게 바라옵건대 유복(留福)하기를! 하고 기도한다.〕 나의 이마의 표식을 볼지라. 달걀빈담수어(鷄卵貧淡水魚) 여불식(汝不殖) 호기빈마(好奇牝馬)여(*Eggs squawfish lean yoe nun feed mare curious*).

485. 〔욘의 자기 집 가문 문장(紋章) 서술〕

나는 관모(冠毛)와 꼬리 표어가 달린 패트릭의 문장을 위해 자화자찬할 수 있나니. 나는 섬기노라, 나의 것은 하느님의 최후 심판의 날에 들리는

최초의 개인적 자아명(自我名)이 도다. 안녕(오러브와)！(Hastan the vista!)
〔웰스 왕자의 모토, 스페인 어〕혹은 겔만 어로. 수장절(收藏節)의 향연:
(빨지라〔Suck at！; 독일어의 Sukkoth〕)！〔조상의 황야 방랑을 기념하는 유대
인의 헤브라이의 초막절(草幕節; the Feast of Tabernacles)〕〕

485.8~28. 〔이때 맥다갈이 퉁명스레 이 구절을 상업적 중국 영어로 말한
다.〕—그걸 그대 스스로 빨지라(삭잇)(Suck it yourself), 사탕막대를! 그
대는 우리가 그대의 상(傷)한 발가락 혹은 뭔가를 보도록 요구하고 있다
고 생각하는 고. 우리는 영어를 말하는 고, 아니면 그대가 독일어를 말하
고 있는 고? 이봐요, 세세를 통하여 그대의 노령(인)은 어떻게 되는 건고,
그의 호랑가시나무 여보세요 담쟁이덩굴과 함께, 세상에 소리가 있기 전
에? 그의 최고 친구는 얼마나 큰 고?…… 그이(HCE) 최선 들치기 친구
는 얼마나 크게 그리고 자신 상하이(상해: 桑海)화(化)되었던고? 멍청이 같
으니! 전과이범자(前科二犯者), 일마간(一馬間) 속에 세 새끼〔셈, 숀, 이씨〕
를 낳았는지라. 그에게 고성주(高聲主)의 저주를! 우리가 내이(內耳)로 뒤
퉁스레 그를 청(聽)할 때 만일 그대가 그를 외이(外耳)로 청한다면, 아침의
미반(米飯)에서부터 야반(夜飯)까지. 호 하 히 그이 숙취(宿醉)! 친나(親那)
친나! 〔인사의 영—지나 어(Anglo—Chinese).〕

〔이에 욘은 부친 HCE에 대하여 잘 모르는 척, 같은 상업적 중국 영어로
대답한다.〕

〔욘〕—나는 더 이상 무노(無怒)라, 나는 장난감의 가짜를 말하는지라.
그(HCE)는 넘버 완 피녀속(彼女屬)이라.
〔맥도갈의 대구〕— (H)지옥의 (C)공자(孔子) 및 (E)자연력(自然力) 같으
니! 그것은 이야기하는 우정서기(郵政書記; 숀)가 결코 아닌지라,

486. 〔심문자〕—그대는 로마 까악트릭(묘기; 妙技) 432인고? 〔욘은 기원
432년으로, 성 패트릭이 아일랜드에 도착한 가상적 해와 그의 가족에 대
한 암시를 담은 수수께끼를 통해 다음처럼 대답한다.〕

—나의 멍에를 사두마인차(四頭馬引車)할지라.[4]
나의 밀회(密會)를 삼회(三回: 트리플)할지라.[3]
나의 종마(種馬)를 이종(二縱)할지라.[2]

〔심문자는 중세 인도 철학을 들먹이며, 신이 여인을 포용하여 우주를 낳았다고 말하고, 자신의 눈을 잘 들여다보라고 명령 한다. 그는 T 자를 이용하여 욘을 시험한다. 마침내 그는 욘에게 다시 태어나면 현재를 대찬(代撰)할 수 있는지, 지나(支那) 어와 일본어를 혼용하여, 말한다.〕

486.6. 〔심문자〕— 역사는 피녀(彼女)처럼 하프 진주(進奏)되도다. 이일조(二一調)에 맞추어 그대의 노야웅(老夜鷹)은 허언(虛言) 했나니. 탄트리스, 햇트릭(帽技), 밀회와 이별, 이모음활주(二母音滑走)에 의하여! 나는 입(口)이 과연화(過然話)하는 전율낙(戰慄樂)을 느끼는지라. 오 통역남(通譯男)이여, 두 손은 대역(代役)이나니. 노동사(櫓動詞)하는 잠입어(潛入語). 단지 인간의 마임(무언극): 하느님은 당농담(當弄談)하도다. 오래된 질서는 변화하나니 그리하여 최초처럼 후속하는지라. 각각의 제삼남(第三男)은 자신의 양심 속에 지나녀(支那女)는 자신의 마음속에 일담(日談)을 지니도다. 자 이제, 나의 눈의 소동자(小童子)에 고착할지라, 미뉴시우스 맨드래이크(맹자남용(孟子男龍)여, 그리하여 나의 작은 심리중화학(心理中華學)을 따를지라, 투사(投蛇)의 빈완자(貧腕者)여. 이제 나는, 타투의 대왕(大王)〔이집트의 명부 왕〕인지라, 매장비취(埋葬翡翠)의 저 두문자 T 사각(四角)을 잠시 그대의 관자놀이에 꼭 바로 세워 놓을 지로다. 그대는 뭔가를 보는 고, 템플 측두골기사단원(側頭骨騎士團員)이여?

〔Tatrick Trisstram〕 중세 인도의 탄트릭 철학은 그것의 성적 상징주의로서 가장 잘 알려져 있다. 전체 우주는 시바 신과 그의 배우자의 포옹에 의하여 생성된다. 이는 분명히 HCE와 ALP의 포옹으로, 모든 그것의 함축 속에, 그리고 트리스트람의 주제 속에, 강조된다. 모든 역사와 신비는 욘의 육체 속에 숨어 있다. 심문은 HCE로부터 우주의 기원의 문제로 접근한다. Hatrick Parick(햇트릭〔帽技〕 패트릭) 오래된 질서는 변화하나니

그리하여 최초처럼 후속(後續)하는지라. 각각의 제삼남(第三男)은 자신의 양심 속에 맹점(盲點)을 지니며 각각의 타녀(他女)는 자신의 마음속에 일담(日談)을 지니도다

〔문장은 상징인, T 자로 방향을 돌리거니와, 이는 그것의 직입 자세의 트리스탄을 대표한다. 옆으로 누우면, 그것은 이씨가 된다. 한편 그것이 거꾸로 뒤집히면, 그것은 신비적으로 "문 뒤의 도약자"—분명히 배짱이 혹은 무도자로서, 개관되고, 프랑스의 밀반죽 요리사로서 상술되는, 도덕적으로 직입의 트리스탄(손 같은)에 반대되는, 셈 류(類)의 트리스탄이 된다.〕

486.20. —경건한, 한 경건한 사람. 무슨 트리스탄(歎)의 소리가 나의 귀를 이쫄데 공격하는고? 나는 똑같은, 양두(羊頭)를 가진 이 뱀(蛇)(T)을 수평으로 놓았나니, 그리하여 그걸 그대의 입술 쪽으로 약간 가볍게 향하게 놓았도다. 그대 무엇을 느끼는 고, 순애자(旬愛子)여?

〔욘이 크게 말한다.〕

—〔부랄(ballocks)처럼 행동하면서〕, 그리하여 삼부작환상(三部作幻想) 〔즉, 인간의 역사적 비전〕이 지나도다. 언덕 중턱에서부터 언덕 중턱 속으로. 사라지는 미요정(美妖精). 다시 나는 그대 매상(妹像)의 영화려성(映華麗性)에 의해 희락(喜樂)했나니. 이제, 나는 여태껏 그런 일이 그대에게 혹시 일어났던가를 방문하고 싶은지라.

487. 〔4대가들이 욘에게 질문가(質問可)한지, 그로 하여금 생각하게 한다.〕

—그대(욘)가 상보족적(相補足的) 성격에 의하여, 목소리는 별도로, 대체(代替)될 수 있을 것이라는 생각이 여태 일어난 적이 있었던고? 생각할지라! 다음의 말은 그대의 답에 달렸도다.

〔욘의 대답〕―나는 생각하고 있는지라. 내가 빈대(蟲)를 느꼈다고 생각했을 때 나는 바로 생각하려고 애섰나니. 나는 그럴 지도 모르는지라. 말할 수 없나니. 한두 번 내가 오단버러〔에덴〕에서 나의 형제와 함께 있었을 때, 당시 나는 그의 복장을 입어보려고 상상했도다. 나는 우연히 수차례 상상 속에 나 자신으로부터 생존권(장자상속권)을 뻗어보려고 했도다. 나는 내가 전혀 내 자신이 아닌 것을 맹세했도다. 그때 나는 얼마나 걸맞게 내가 되어 가고 있는지를 인식했도다.

〔4노인들의 생각〕―오, 그대에게는 그게 그런 식 인고, 그대 피조물이여? 애당초에 숙어(宿語) 있었나니, 두건(頭巾)은 탁발 형제와 친하지 않도다. 목소리는 야곱의 목소리이요, 나는 두렵나니. 만일 그대가 나의 단도직입적 질문에 답하는 것을 상관하지 않는다면, 그대는 로마(Roma)인고 아니면 애(愛)아모(Amor)인고? 그대는 우리들의 모든 공감을 가졌나니, 패트릭(욘) 군이여.

〔여기 심문자들은 욘의 자기 형과의 상관관계의 요점을 추적하고 있다. 텍스트는, 뒤로 그리고 앞으로 읽힌 채, 둘을 합치는 수수께끼로서 점철된다. Roma와 그 역철인 Amor가 문제의 핵심이다. 따라서 Roma, 즉 로마 제국은 욘이요, 기독교의 사랑인, Amor는 셈인 셈이다. 그러나 성당에 있어서(정치적으로 효과적이지만) 그런데도 제국이 구류(拘留)하는 "그분의 말씀"을 설교하면서, 양자는 혼성 된다. 마치, 과연, 그들이 모든 총체인 듯, 두 형제는 인간의 두 얼굴이다. 전자가 가시적이라면, 후자는 전적으로 부재일 수는 없다. 따라서, 욘에 대한 4대가들의 첫 발견의 하나는 이 거인 HCE의 아들(욘)이 때때로 그의 형(셈)과 거의 구별할 수 없는 목소리로 말했다는 점이다. 그들이 이제 그가 정말로 그들 둘 중의 어느 쪽인지 알려고 애쓸 때, 형제의 모든 수수께끼는 삭막한 단편들로 신원이 분산되고, 그들 둘 중 보다 현자의 자국을 남기지 않은 채 살아진다.〕

〔욘〕―신이여, 수사(修士)를 도우소서! 나는 상관하지 않는지라, 당신의 엄격한 힐문에 대답하는 것을, 그에 반하여 당신이 앞서 묻지 않았더라

면 무의미했을 것인 것처럼 내가 방금 대답하는 것이 비윤리적일지라. 동사(同事)(셈)는 불가요. 고향(햄) 무지(無志)나니, 나는 귀행(歸行) 중이라. 귀환은 나의 것 그리하여 나는 귀환할 지로다. 당신은 나를 한번 알았지만, 나를 두 번 알지 못하리니. 나는 솔직히 이질적인지라, 학예(學藝), 사랑하고 도적(盜賊)에 있어서 자유일(自由日)의 아이도다.

〔심문자〕— 저 대답의 일부는 그대가 성 시노디우스의 필서(筆書)에서 따온 것처럼 보이는 도다.

〔다음 몇 페이지들(488~491)에서, 욘은 셈을 사랑하는 척, 그를 그리고 그의 부친을 토론한다.〕

488.4. — 친실(親實)로 사랑하는 형제여, 욘은 대답한다. 브루노와 노라, 더블린 시내의 나소우 가(街) 월편의 책과 문구의 협동자들은 작주(昨週) 그걸 번갈아 설명하고 있었도다. 노라와 브루노는 한때 동등했으며, 영원히 대립적인지라, 도발적이도다. 가련한 범주자(汎酒者)여, 가사(歌獅) 영원토록. 그가 그렇게 되게 하소서!

〔한편, 아탈리아의 노란 출신의 철학자 브루노는 지역과 인물, 두 상반된 철학 이론가들로 대변되지만, 그러나 결국은 동일의 "반대의 일치"의 철인으로 바뀐다. 따라서 여기 욘은 자신과 셈이 동질의 형제임을 강조한다.〕 이제 노인(심문자)은 두 사람을 넘어 핀 맥쿨의 사자후(獅子吼)를 듣기 바란다고 한다.

〔심문자〕— 누군가가 그들의 월편에서 재차 들을지 모르나니, 핀 맥쿨(그의 다양한 특질들을 양자는 분담하는지라)의 저 공중의 사자후를. 그건 곰 — 사자(노란)의 경우인고? 아니면 노란이지만 보란(Nolan but Volens)〔不如意〕이란 뜻인고? 비이기적으로 단수로 고통 받으면서 그러나 적극적으로 복수(復讐)를 즐기면서?

〔욘〕— 나는 우체부가 되는 것을 결코 바라지 않았는지라, 그러나 나는 나의 알리 바이 소년 형제, 네고이스트 캐이블러(Negoist Cabler)(셈)는 자신이 오스트리아의 어딘가에 있다고 주장하도다.

〔욘의 자기 설명〕— 오그레그레요(Oyessoyess)! 〔욘의 활기 찬 긍정은 햄릿 부왕(유령)의 그것을 닮았다. 즉, "Oyeh! Oyeh!"는 유령이 햄

릿에게 명하는 말의 변형으로, "들어라! 들어라!(List!, List!)". "Oyeh! Oyeh!"는 "oyes, oyez"의 복수형이다(Webster 사전 참조).〕나는 우편배 달원으로 이전에 결코 꿈꾼 적이 없지만, 그러나 나는 나 자신에 관해서가 아니라, 나의 알리 바이 소년, 나의 깊이 사랑하는 형제에 관해 말하고 있 도다. 그(솀)는 이 도시의 도약신(跳躍神)(속죄양), 뒤에서부터 성당을 봄으 로서 추방당했는지라, 그리하여 솀의 전보 기억인 즉,

그는 만성인전야(萬聖人前夜) 산문신서(散文新書) 및 매(每) 제령일야(諸靈 日夜) 악운문(惡韻文)의 송자(送者)로다. 하이 브라질 브랜단의 지연전보 중 지구 클레어 어(語), 0009. 기선 편. 더브리어, 구주도(歐洲道) 경유, 부점 (附點). 오늘 굶주림 연극 스톱 내일 개봉 둘 연극 부점 전보 지불 현금 플 러스 부점 전신. 그대는 가련한 알비 소브리노스, 제프리를 여태 잊었는 고, 그대 지긋지긋한 고엽병자(枯葉病者)〔172.20~25 참조〕

489. 〔욘은 솀을 사랑하는 척, 기도한다. 그리고 자신이 그에게 해를 끼 친 것을 인정한다.〕

그가 심지어 망실자(亡失者)들 사이에 있게 하옵소서!…… 나는 그대를 학대 했도다. 〔욘의 솀에 대한 유년시절의 기다란 회상〕 우리는 가난하여 쌀죽을 먹고 살았단다. 우리가 형 및 매(妹)처럼 우리들의 양념 병과 포리 지 죽을 함께 나누고 있었을 때…… 나는 학자가 아니나, 아프리카 입술 을 가진 그(솀)를 사랑하노라. 그가 죽었다고 결론지으며, 그를 애도하는 혹자들이 있는가 하면, 서서 기다리는 자들도 한층 많을 지로다. 가련한 형제를 위해 기도하나니, 그가 교수대(絞首臺)를 피하고, 한층 충실하게도 우리들의 고인이 된 자와 머물게 하옵시기를. 나는 그가 오스트리아의 대 척지의 하처에, 자신의 쉬쉬 돈으로, 안전하게 살고 있는지 알고 싶도다. 그가 도망(跳望)했는지 또는 무슨? 나는 기억하는지라, 우리는 피차를 창 피하게 생각하고 있음에 틀림없었나니. 그는 빈곤에 찌든 상태에 있도다. 나는 저 사나이를 사랑했는지라. 나의 수다쟁이 솀! 나의 자유자(自由者)! 나는 그대를 나의 반형제(半兄弟)라 부르나니 왜냐하면, 그대는 나의 타고 날 때의 형제를 상기시키기 때문이도다.

〔심문자〕—그대가 그걸 노래하듯, 4노인 중의 하나가 선언한다. 그것은 일종의 학구(學究)로다. 나의 타인에게 자필한 저 편지, 저 절대 미완의 영원히 계획된 것.

〔욘의 대답〕—이 무일(無日)의 일기(日記), 이 통야(通夜)의 뉴스 얼레(newsreel: 이는 『율리시스』에 도전한 미국의 존 도스 파소스 작 *USA*의 중요 기법이거니와).

〔4노인 중 하나 왈〕—맙소사 나리! 이 무선시대에 여하한 늙은 올빼미수탉인들 멍텅구리를 쪼아내지 못하리(편지는 보스턴에서 쓴 것).

490. 노인(심문자)은 왜 셈이 그렇게 되었는지 욘에게 묻는다. 욘은 자신 속에 두 삶이 있음을 대답하자, 심문자는 이상론자야 말로 이중생활자라고 말한다. 그러자 심문자 맥다갈이 욘의 대답이 모호하고 불확실하다고 말하고, 욘은 셈이 강음자(强飮者)라 말한다. 셈이 ALP를 위하여 편지를 우서(右書)했나니, 그녀는 그로 인하여 좌생(左生)했다고, 그는 말한다.

〔심문자〕—그러나 왜 그는 그토록 번민의 상태가 되고 고충(苦衷) 했던고?

—한 대의 근접유모차가 그의 등을 공격했는지라, 그는 그 후로 자신이 격련 실감(失感)해 왔도다.

—마돈나[1916년의 아일랜드 반도]와 영아(嬰兒)! 이중생활을 영위하는 이상주의자! 그러나 누구인 고, 노란이란 자?

〔욘〕—노란 씨는 필경 유명론적(唯名論的)으로 신여자(神輿者) 씨(셈)로다.

〔맥다갈〕—나는 과연 알았도다. 존 맥다갈이 마침내 기뻐 부르짖는다. 그는 여성형의 직접 목적 앞에 그대를 위해 버티고 서 있도다. 자 이제, 그대는 그대의 비망록을 통하여 이 체현(體現)하는 부(副)노란, 불결견상(不潔肩上)의 미발두(美髮頭)를 바로 탐색할 용의는? 그대의 중간키에, 모래 빛의 구레나룻을 기른, 국외 망명자를?

—최근 나는 그를 4실링 6페니 때문에, 〔셈은 이제 HCE의 역할 속에 있고, 숀(욘)은 공원의 캐드의 입장에 있다. 이는 앞서 페스티 킹(Festy King)의 유형이다.〕(85 ff.) 그를 놀라게 했나니, 크리스마스 묶음을 갖고 귀향하며, 축복의 양육장에서 내게 불결한 짓을 행하고 있는지라. 그녀

(ALP)가 그에게 편지를 썼나니, 노브루 씨(브루노) 뚜우 뚜우! 그대를 위해 한 통의 편지라, 아놀 씨(노란)! 이것이 우리들의 길이 도다. 적상대면 일조(赤相對面日朝: a redtetterday morning)의.

—그대의 반향인(反鄕人)이 우서간(右書簡)을 찾고 있을 때 그건 좋은 징조가 아니겠는고?

—그건 그렇지 않은 확실한 징조로다.

—하지만 그의 마음의 웅돈(雄豚)에 대해서는 어떠한고?

—만일 그녀가 그대의 창(窓) 턱을 먹는다면 그대는 용돈을 말하지 않으리라.

—만일 내가 그대에게 다른 새들을 놀라게 하는 자신의 꽁지에 호루라기 달린 한 황소, 우장사(牛壯士)를 그대가 지녔는지를 묻는다면, 그대는 놀랄 터인고?

—나는 그러하리라.

〔이상의 대화의 상호 교환적 의미는 우리를 혼미하게 한다. 심문은 쌍둥이 형제의 문제를 통해 부친과 모친의 그것으로 움직이고 있다.〕

491. 〔맥더갈〕—그대는 신디 및 샌디와 함께 황소 고리아스(Goliath)〔물질주의 추구의 고위 성직자〕를 시중들고 있었던고?

〔욘〕—나는 단지 장례식에 참가하고 있었는지라.

〔맥더갈〕—터그백〔더블린의 옛 지역 명〕은 백커트 가(街)의 것인지라, 두 가지 숙명들을 나는 알도다. 우리는 문제의 저 국면을 다룰 수 있나니. 그러나 그대는 어떤 밀회소에 관하여 말했도다. 나는 방금 경탄하는지라, 비밀을 누설하지 않고, 나는 하처에서 그(HCE)의 이름의 언급을 들었던고? 그에 관한 한 가지 노래를 우리에게 타가(打歌)할지라.

〔다음 욘의 운시를 통한 대답〕

　—*마르크! 마르크! 마르크!*
　그는 공원에서 그의 바지를 떨어뜨렸나니,
　그리하여 그는 요오오크의 대주교한테서 빌려야만 했도다!

〔맥다갈〕 ─브라브딩나그〔거인국 인〕가 소요(逍遙)를 위해 외출을?

〔욘의 대답〕 ─그리고 리리파트〔소인국 인〕가 초지(草地) 위에.

〔Brobdingnag. 스위프트의 『걸리버 여행기』의 거인국 인, 여기 언급
은 물론 부친 HCE에 관한 것이요, 난쟁이 나라인 Lilliput는 유혹여 격인
ALP에 관한 언급이다. 우리는 공원의 스캔들의 이야기를 통해 부친의 문
제에 당도하고 있다.〕

〔맥다갈〕 ─재삼 존재물 속의 재삼 존재,(A being again in becomings
again) 공세(攻勢)〔두 소녀들〕로부터 동맹〔세 염탐꾼 ─군인들〕까지 그들
의 중심연합세력(HCE)을 통하여? 〔우리들의 동맹 속의 공세 (Sally in our
Alley): Allies 대 중심력, 군대의 공세. 공원의 HCE의 문제에 접근하면
서, 우리는 첫째로 그의 전투 연합을 통해 압박한다.〕

〔욘의 응답〕 ─피어스! 퍼스! 〔퍼스 오레일리(HCE)의 민요 인유〕
퀵! 퀙!

〔ALP의 말들: 욘을 통한 그녀의 목소리가 HCE의 몰지각을 토론한다.〕

〔4인방의 HCE에 대한 기억〕 ─오 타라의 개똥지빠귀(鳥), 무시세불량
증권관매인(無時勢不良證券販賣人)! 그리하여 그(HCE)는 초록세족목요일(草
綠洗足木曜日)을 위하여 평균초온도(平均草溫度)를 단지 재고 있었다고 자신
이 말했는지라, 경찰 얼룩 사다리 운반 꾼 같으니! 누군지 그대 알고 있는
고, 저 홍합남(紅蛤男), 완력남(腕力男) 그리고 겨우살이남(男)? 항울(抗鬱),
마미, 나의 홍 맘! 그는 드루리(음산한) 골목길을 사랑하도다. 방금 권모동
녀(捲毛童女)들을 쌍생(雙生)하게 한 농인(聾人) 가발자(假髮者)씨에게 연축
복(戀祝福)을 느낄지라! 그는 호록 방직(紡織) 이불 사이에서 휴식하고 있
었나니, 백(白)의 병전(兵戰)을 비탄하면서, 보어 찬전(贊戰) 친영파, 그리
하여 양도(讓渡)의 장애에 의하여 비편견(非偏見)된 채 그러나 최초의 각일
(覺日), 뇌신에 맹세코, 그는 공세에 맞섰는지라 그리하여 발틱 해의 자신
의 신병휴가 바지와 승마 에이프런을 입은 채, 늙은 무기력남(無氣力男) 같
으니, 그건 아란(亞蘭)의 대담한 부소년(浮少年)들이 입대하려 하지 않았던
때였도다.

492. 〔4인방의 질문〕

―그대는 그걸 어떻게 설명하겠는고? 그(HCE)는 큰 선인(善人)이 아닌지라. 지금 당장 그에게 물어 볼지니, 어찌하여 그가 공원에서 배변의 사건으로 실추했는지를. 그리하여 그 때문에 그는 조소 받았던고? 그런 다음 그는 유혹 당했던고?

〔욘의 대답〕―과연 그(HCE)는 조소 받았나니!

HCE의 조소당한 7가지가 비방인 즉:

―월요광기 된 채! 화요순교 된 채! 수요광경야(水曜狂經夜)된 채!!! 목요유대고인(木曜猶太故人)된 채!!!! 성금요쌍교녀위협(聖金曜双嬌女威脅)된 채!!!!! 토요견유(土曜犬儒)된 채!!!!!! 그리하여, 일요요화(日曜要話)된 채, 위선활강(僞善活降)된 채!!!!!!!

〔욘을 통한, ALP의 HCE를 위한 기다란 증인―옹호〕

492.13. ―나는 동상의 진술을 부인하기를 간청하는지라. 당시 나의 존경하는 주인(HCE)은 감방에 감금되어 있었나니. 그리하여 나는 나의 기묘약용식액량처방법(奇妙藥用式液量處方法)에 따라 나의 세단 의자 속에 나의 이안포대(泥顏包袋)와 함께 나의 현금약종상(現金藥種商)이요 가정약사인, 수의사 서래이저 도우링으로부터 우리들의 이외과의(耳外科醫)인, 아파마도 해어독터 아킴드 보룸보드, 약종학박사(藥種學博士)(M.A.C.A)., 존사, 시링가 패드함(망우수화: 忘憂樹花), 알레루야 도시, 옴브릴라 가(街) 1001 번지까지, 나의 선수(善水), 나의 중습성(中濕性)의 호우수(豪雨水)가 어떠한 지를 살피기 위해 가져가고 있었도다. 〔여기 그녀가 날랐던 맥주(尿), 비유적으로, HCE는 소녀들이 공원에서 배뇨하는 것을 보면서, (술―요)에 도취 되어 있었다.〕 나는 감옥소의 그를 방문했도다. 그는 당시 불결 열 속에 곱사 등으로 앉아 있었나니, 감성적(感性的) 속음문성(俗陰門性)으로 고통 받으면서. 나의 순평판(純評判)의 남편각하(H.R.R).

493. HCE는 아내인 ALP에게 신문에 난 자신의 얼굴에 대하여 물었노라. 구주(歐洲) 아프카니스탄의 샘뱃 일요신문에…… 자신의 용화(容畵)를 나(ALP)더러 보도록 말하면서…… 나의 매력자(HCE), 나는 그이 속에 나

의 편수(片手)를 담구었는지라, 그는 단순히 내게 자신의 수직지주연봉(垂
直支柱鉛奉)[남근]을 보여주었나니, 바다 독사 마냥 쉬쉬 소리 내며 황홀취
(恍惚醉)하는지라, 그리하여 그것을 당시처럼 일력왕당파예술수호자(日力王
黨派藝術守護者)들[예술의 수호자들]의 최현자(最賢者)로서 남도(男道)답게
들어냈던 것이라. 나의 애.인.(M.D.)

　　[심문자]—방금 한 말은 하자가 하인에게 인고?

　　[온—ALP 대답]—나는 기억할 수 없도다.

　　[심문자]—환상(환타지)! 모든 것은 환타지이라! 그리하여 월하(月下)
에 더 이상의 나신(裸新)은 없도다. 그의 꼬마 아내, 그가 그녀를 위해 마
련해준, 그녀의 새 모내의(毛內衣) 속에 그녀의 빈둥대는 땅딸보와 충돌했
을 때, 모든 그들의 거만 속에, 부채 꼴 펼쳐진 채, 주름 장식되고, 프랜지
패니(植) 화향(花香)된 채, 그녀는 무쌍의 독일 소녀들을 단정히 앉도록 했
던 것이다. 영국의 승리는 독일의 종말이라. 아크라이트[영국의 배틀 발
명자]여! 운영할지라, 당장!

　　그러자 이 때, 해구(海狗)의 천리안의 감독자, 뉴멘(성지: 聖志)[심문자]
은, 이집트의 "입의 열림"이란 스타일로 의기양양하여, 성협문(城夾門)의
애니 빗장(Ani Latch)(ALP)더러 고함지르도록 요구하도다. 외칠지라!

[그녀의 부르짖는 아일랜드의 목소리]

　　—나의 심장, 나의 어머니여! 나의 심장, 나의 어둠의 출현이여! 그들
은 나의 마음을 알지 못하는지라, 얼마나 경찬(敬讚)스러운 고, 친애하는
설교사(說敎師) 씨여,

494. [이어 ALP는 무지개가 된다. 이제 그녀는 남편의 모든 죄를 고백
할 채비다.]

　　[심문자]—올카 전여신(戰女神)이여!(ALP) 지구호성(地球呼聲)에 천국
규성(天國叫聲), 시시리의 아토스 산(山)? 용(溶)모세의 애암(愛岩)을 위한
그대의 화산과학(火山科學)을 사활(死活)하게 할지라!

　　[ALP 왈]—구분출금(口噴出禁)은 그대요 내가 아니나니, 야유자(HCE)
이라!

494.9. 〔화자〕—토륨 석평선(石平線)위에 가시(可視)하는 오피우커스〔성좌―HCE〕, 토성(土星)사탄마(魔)의 사환제(蛇環制)에 의하여 폐쇄된 연약여인,(ALP) 소어신성(小魚新星) 아도니스 및 노(老) 익사가요정성좌(溺死歌妖精星座)는, 북쪽 하늘의 미려한 용모로다. 지구(砥球), 화성(華星) 및 수성(繡星)〔공원의 세 군인들의 암시〕은 천정부분(天頂部分)의 테 밑에서 분승(噴昇)하는 동안, 최휘(最輝) 악투라 성(星), 비성(秘星) 마나토리아, 비너스 및 석성(夕星) 메셈브리아〔4노인〕는 자신의 대장원(大莊園)에서 무북방(蕪北方), 급동방(急東方), 검댕남방(南方) 및 황서방(荒西方) 너머로 울음 짓는도다.

〔4노인들 중 하나의 개입, ALP의 증언을 악화하다.〕

—이브(ALP)가 자신의 도영향(跳影響) 아래 나맥(裸麥) 인양 취하는지라! 그(HCE)는 우랄 산(山)을 움직이나니 그리하여 그는 자신의 스톰보리 화산도를 가지고 그녀를 진동하게 할지라! 여기 그는 계속 움직이나니, 사자초(獅子草)와 우울창림(牛鬱蒼林)을 통하여 살금살금 걸으면서, 당밀 곁들인 블라망주 과자처럼 위장된 채! 노인은 화산, 뱀, 혜성 및 별들을 중얼거린 뒤 헤바(Heva; 이브)〔또는 초기 기독교의 교부(敎父)의 어원에서 "독사"의 뜻).〕만세삼창 그리고 생명녀명(生命女名)을 위한 헤바 헤바!

〔ALP의 남편 옹호 계속, 이제 만사가 그녀의 새로운 각본을 통해 개관되다.〕

—거인태양이 방사 중이나니. 그러나 그(HCE)가 여태껏 그들에 의해 포위되었던 저들 백색의 소요성(小妖星)들의 대장은 어느 것인고? 그리하여 그대들은 내가 그의 칠번여(七番女)였을 것으로 생각하는고? 그는 나의 팔꿈치를 간질지니. 그의 나이는 어떠한고? 그대 말할지라. 나는 그의 죄를 고백하고 한층 얼굴 붉힐지니. 나는 명예훼손에 대하여 견책하도록 행할지라. 합성 다이너마이트는 그들에게 너무 과하도다. 해안단의(海岸短衣) 입은 두 삼십대들이 나에게 다음과 같이 감히 썼도다: "당신의 늙은 견부

(犬夫)에게 경고 좀 할 터 인고, 그는 굴 따는 걸부(乞婦)들에게 짖어대며, 그의 사슬을 씹으면서. 즉답하는지라."

495. 상술한 설리(Sully)〔12용병 두목〕라는 자, 〔아래 설리와 남편이 그녀의 생각 속에 혼성된다.〕

땜장이들과 연관된 한 야유자, 흑수(黑手)〔시실리의 마피아〕샤벨(부삽) 수승화물부(手乘貨物夫)(12 가수들 중 하나) 파시교전(敎典) 페르시아 어로 쓰인 최곤혹익명(最困惑匿名)의 편지 및 험어무요(險語舞謠)의 로이터 통신사 기자인지라, 그리하여 그는 마그라드〔캐드?〕의 흉한이요, 마치 심해의 잠수 모주군처럼, 주염가(主廉價)스럽게 파워 회사 제의 위스키〔아일랜드 산〕의 악취를 풍기나니, 그리하여 그는 곰에게 창자를 던져주기에도 충분히 부적한 자로다. 하녀가 무(無) 하녀일 때 그는 그녀 대신 여하가(如何可)의 짓도 서슴지 않겠노라 내게 요정언동하면서! …… 만일 그들이 바느질 방석에다 녀석의 코를 자른다 해도 일곱 가지 상당한 이유가 있을지라. 동지 노동자 및 동료 우인회(同僚友人會), 린치 형제가 T.C. 킹 및 골웨이의 수장(首長)과 함께, 그를 힘으로 성광(星光)에 바쳐 뻗치려 준비할 때, 크리켓 좌측 필드 수비수(L.B.W). 헴프, 교수(絞首)밧줄, 만세! 월광의 주장(主將)이 말하도다. 나는 성 바울을 위하여 그의 차용(借用) 장소 너머로 나 자신을 뒹굴고 싶기에 그 자(설리)를 나의 친둔(親臀) 밑에 처넣고 밤새도록 그를 깔고 누워 잠잘 수 있을지라…… 그러자 나는 그를 나의 지느러미 왕(Finnyking)이라 냉호(冷呼)하나니 그는 너무나도 거회(巨喜)한 졸부이로다. 쿵! …… 만일 당신이 나를 방면하고 싶지 않으면 멈춰 서서 제발 나의 상각(上脚)을 즐기도록 할지라. 자 당신 알겠는 고! 존경. 반신즉답(返信卽答)(S.V.P). 당신의 아내. 암. 안음. 암. 안. 〔그녀의 남편에 대한 구두편지의 끝〕

〔심문자〕─그대(은─ALP)는 우리들을 끌어들이고 싶은지라, 마리아 은총 부인이여, 점차로. 그러나 나는 두려 우나니, 그대는 오도 되고 있도다. 〔여기 심문자들은 그녀의 보고를 액면 그대로 받아들이려 하지 않는다.〕

496. 〔ALP는 탄식한다.〕

―생활의 낙편(樂偏)을 위한 탄식을!

〔그러나 신문자는 여하자도 이 고약한 HCE와 맞먹을 자 없다고 말하며 그를 저주한다.〕 당신이 저 늙은 사기꾼(that old humbugger)을 옹호하여 뭘 말할지라도, 그는 타당하게 "타도(唾具)되었도다(conspued)." 〔이 말은 『율리시스』 제12장에서 건달 레너헌의 상투어이다: "영국놈들을 타도하라(*Conspuez les anglais!*)"〕(U 267).

〔심문자의 HCE 비방 계속〕

496.7. 떠듬떠듬이, 뒹굴뒹굴 땅딸보, 벽 위에 앉은 주정뱅이, 백만 인을 위한 묵예(黙藝). 대인즈 아일랜드 및 도지(都地)의 어떤 대승원장(大僧院長)도 우먼(여성)의 아일(도: 島) 출신의 어떤 만 도인(島人)도 사주호(四洲湖)의 어느 누구도 그의 전기독교적(全基督敎的) 화해집회장(和解集會場)의 전륜(全輪)의 하자(何者)도 뿐만 아니라 지구의 총 전대표면(全大表面)의 어느 혹무여인(或無女人)도 그이(HCE) 다음 또는 맞먹는 자 없었는지라, 뱀장어 채찍자 씨도, 종자 및 종묘주인도, 또는 그의 유객(留客) 방갈로, *나의 도움은 주님으로부터 만이 오도다* (자비), 압운이든 이성이든, 치질에서 안면까지, 그걸 뒤따를.

〔ALP는 이를 시인한다.〕

―모든 귀가 실룩거렸도다…… 퍼스 오레일리(HCE)는 공원에서 소스라쳐 놀랐도다(flappergangsted).
〔심문자〕― 재 상술(詳述)할지라!
〔ALP ― 욘〕―나는 여기 핀갈〔영웅 편〕의 종말처럼 환하대요. 집안의 염탐 자는 지나가는 모든 것을 보았도다 ― 엄마의 아빠, 아빠의 엄마(Ma's da. Da's ma)

〔회문. palindrome 사이. 여기 욘은 자장가 형식으로 아빠와 엄마 사이에 지나가는 모든 것을 다 보았다고 말한다.〕

〔심문자 왈〕— 저 늙은 사기꾼(HCE)은 구옥(丘獄)에서, 소년배척(보이스 카우트) 당하고(boycotted), 소녀배절(걸 스커트; 少女排切) 당했나니, 내가 방금 이해하는 대로, 그이 다음 또는 맞먹는 자 없었는지라, 또는 그의 유객(留客)의 방갈로, 압운(押韻; rime)이든, 이성(理性; ration)이든, 그를 따를 자 없나니.

〔4노인들은 진행을 추궁하면서, 이제 그들의 질문들을 심리—목소리의 화랑으로 몰고 간다. 해답은 "경야" 장면을 마법처럼 불러낸다. 그들은 가족의 부친과 분수령의 소녀들로부터 화제를 바꾸면서, 숀과 함께 그와 동일 신분인 HCE로 방향을 돌린다.〕

〔심문자 왈〕
—*숙부의 아빠가 가족의 딸들과 함께.* 혹은, 그러나 이제, 그리고, 그녀의 신기루 따위의 마가린 분수령(소녀들)에서부터 공분(空噴)하면서, 저 첨가제(添加題)를 외상극작(外傷劇作)으로부터 가끔 변경하기 위하여, 그리고 연출(아빠)로 돌회향(突回向)하면서, 만일 그렇다면 그대(숀)는 그대 속의 그이(HCE), 저 파요무침상인(波搖無沈商人), 혈(血) 양부(養父)요 유이자(乳泥者)와 그대 자신을 동일 신분할 수 있을지니⋯⋯ 우리 피네간의 경야와 『피네간 경야』를 토론하세⋯⋯ 만일 그렇다면, 그대(숀) 속의 그이(HCE)와 함께 그대 자신을 동일 신분으로 할 수 있을지라. 그(HCE)는 맥주 업을 계속하기에 앞서 다업(茶業)에 종사하지 않았던고, 혹은 한때 필경 뭔가 당중업(糖重業)을 행하지 않았던고? 첫째로, 그는 자신의 방주로부터 크리스티 코롬(비둘기)을 파견했는지라 그러자 그것은 자신의 부리에 전과조(前科鳥)의 부가물(不可物)을 물고 되돌아 왔나니. 뒤이어 그는 캐론〔사육〕(死肉) 크라우(가마귀)를 파견했는지라. 〔『성서』의 방주 이야기〕 그리하여 경찰관들이 여전히 그를 찾고 있도다. 척주전만증(脊柱前灣症)의 탐색자, 양친군(兩親群)의 봉분신(蜂奔身)들. 우측을 향해 말할지라! 회전자는 신중할지라! 그는 결코 괴롭힘 받을 수 없지만 상시 경야해야 하는 도다. 만일 현재인 모든 과거 속에 미래가 있다면, *그를 알지 못할 자는 하자인고 그리고*

497. *피네간의 전율에 하다락(何多樂)! 땅딸보여!* 그의 생산자들인 그들은 그의 소비자들이 아니던고?「곡진행중(曲進行中)의 정도화(正道化)를 위한 그의 진상성(眞相性)을 둘러 싼 그대들의 중탐사(衆探査)」이라.

〔이 구는 『피네간의 경야』가 아직 집필 중이고, 그 일부가 『트랜지숑』지에「진행 중의 작품」이란 임시 타이트로 출판 중이었을 때 작성된 조이스의 작품에 대한 심포지엄 토론의 타이틀이다. 조이스는 여기서 자기 자신을 HCE와 동일시하고, 그의 작품을 후자의 제국, 그의 비평가들 및 도제들〔모두 12명〕을 재판의 배심원들과 일치시킨다.〕 변론할지라! (Declaim!)

497.4~499.3. 〔욘의 경야에 대한 설명, 경야의 축하객들〕

—아라 이라라 하나님 만만세 인간이여. 그들은 비밀리에 양(羊)의 궁향연(宮饗宴)의 단합을 위하여 도착하고 있지 않았던고, 무중호통자(霧中號筒者)들과 범아일랜드동면풍류인(汎愛蘭冬眠風類人)들, 균열비기(龜裂肥期)와 열쇠년(劣衰年) 뒤에, 두피수렵인(頭皮狩獵人)들 및 사냥 만인(蠻人)들, 대명신(大明神)의 음악사자(音樂使者)들과 같은, 회차(廻車) 가득한 눈꼴사나운 자들, 양 칼날 폭죽단(爆竹團), 총계하건대, 특사각(特使脚)들 및 고위 감독자들, 그들의 집계연령(集計年齡) 2 및 30 보태기 그들의 11백 〔1132〕, 내부인(內部人)들, 여외부인(餘外部人)들 및 총주악사(總奏樂士) 모두 합쳐, 라스카, 라산가, 라운드타운 및 러쉬 마을〔더블린 인근〕 출신, 아메리카 가도 및 아세아 지방 및 아프리카 도(道) 및 유럽 광장 및 리피강의 북 및 남부두에서부터…… 메리온 거주자들, 덤스트덤 고수(鼓手)들, 루칸인(人)들, 애쉬타운 촌인(村人)들, 바터즈비 공원인들 및 크룸린 보야즈, 필립스버그〔더블린 지역들〕 가도인들, 카브라 인들 및 핀그로수 인들, 볼리먼 인들, 라헤니 인들 및 크론탑 걸인들…… 왕들과 인도고무 제왕들 및 파슬리의 사울 왕 및 모슬린의 이슬람 승정 및 살타나의 여왕(乾葡萄) 및 요르단의 시여자(施輿者)(아몬드) 및 잼 사히브의 한 행렬 및 페티코트 입은 이상왕녀(異狀王女) 및 야기사(夜騎士) 클럽의 여왕 및 크래다 환지자(環持者)들 및 두 살로메 딸들 및 반(半) 햄(노아의 아들) 및 두 살찐 왕녀와 함께한, 한자스 칸 대사〔1819년 더블린을 방문한 페르시아 대사〕 및 독일 카

이저 황제 자신 그리고 그는 마광(磨光)했는지라, 일시 경멸적으로, 자신을 너무나 자부(自富)스럽게 딸랑딸랑 방울 울리면서, 그리하여 J. B. 단롭[고무 타이어 발명자]이 거기 자리했나니……

498. 〔계속되는 경야 장면〕

오아일랜드시절(悟愛蘭時節)의 최선폭정(最善暴政), 그리하여 허세의 프렌치 와인 스트워드 왕조 청지기들 그리고 튜도 왕조 유품 및 당좌계정(當座計定)을 위한 시이자비취 경마…… 리오더가리우스 성(聖) 레가레거가 마치 아마쏘디아스 이스터로포토스 마냥 노새 등을 슬안장장각(膝鞍裝長脚) 승마하고 견목층계(樫木層階)를 오르나니, 둔부를 정면으로 그리고 좌양족축(左揚足蹴)이라, 그리하여 그는 자신의 진매춘적(眞賣春的)으로 자연스러운 축가: *마공(馬公)이여 꽁지를 쳐들지라*를 수장악(手掌握)했나니 그리하여 텅 빈 왕좌알현실(王座謁見室) 현관 크기만큼, 올드롭스 식료품 저장고는 오렌지 댁 및 버터즈 대의원 댁을 안전하게 수용 가능했나니, 드루이드교 교승(教僧) 강제 추방인, 브레혼즈 무열판관(武烈判官), 및 프로우후라그스 불로장사(不老壯士), 그리고 애가몬 자유연애 단체 사도 그리고 반(反)파넬파(派) 교구목사, 그리고 얼스터 콩 및 먼스터 전령, 장애물항 기장(旗章)과 더불어 그리고 아스론 시종자 및 그의 카슬린 대제(大帝), 그의 자진유아(自進唯我), 그리고 유대 승복을 입고 서품의식(敍品儀式)하는 보석 코(비; 鼻)의 색슨 제재인(制裁人) 및 그의 다이아몬드 두개골의 대공작 아담과 이브 리우복(애; 愛)코스 바에 의하여 침참(侵參)되었는지라……

〔위의 경야 장면은 ALP의 목소리로, 이상하게도 확장되고, 미술적으로 변형된다. 관대(棺臺)의 시신(屍身)은 원초적 시대의 피네간이 아닌, 자신의 제국의 충만 된 영광 속의 HCE인 것처럼 보인다. 그리하여 "경야"의 참석자들은 "백성의 건달들"이 아니라, 대영제국—동양의 왕들, 군주들 및 수장(首將)들, 대영제국—대양주와 아프리카의 두목 사냥꾼들 및 마녀 의사들, 그리고 유럽과 아메리카의 대영제국 선단국가(船團國家)의 대사람들이다. "경야" 이미지의 시간적으로 충만 된 깊이와 생중사(生中死)의 비전의 충만된 힘이 갑자기 『피네간의 경야』의 정환(全還)을 재촉하고 설명하는 구절 속

에 자신의 권리를 확약한다. 욘의 심문에서, 아나의 목소리는 "저 파요무침 상인(波搖無沈商人)"(496.26) 및 관심 영역의 범위를 토론하는 시체를 통하여 들린다.] (Benstock 59 참조)

499. [이어 경야의 환락이 사라지자, 29소녀들로부터 29가지 다른 언어의 비탄성이 들린다.] 비탄의 언급은 소녀들의 목소리를 출분(出奔)하고, 그들은 HCE의 사거를 그리고 죽음(Death)을 규분(糾紛)하도다.]

499.4. —불행—행—계곡 및 우리들 모두에게 작살! 그리하여 모든 그의 미용체조 하는 열애가들. 성무(聖舞)를 경쾌히 춤추면서, 스물아홉 소녀들이 만가(輓歌)하는지라. 노새 신(神) 망자여! 동성애 망자여! 지하사자(地下死者)여 오! 사(死) 사 사! 오 죽음이여! 오 악령이여! 오 암사자(暗死者)여! 오 살해자여! …… 우(憂) 구사자(丘死者)여! 여(汝) 사망자(死亡者)여! 여사(汝死)여! 여순교자(汝殉敎者)여! 저주망자(詛呪亡者)여! 망사여! 합사자(合死者)여! 율망자(慄亡者)여! 호아사망(呼我死亡)이여! 부적사(不適死)여! 부적망(不適亡)이여! 망(亡) 오 사(死)여! 생(生) 아 사여! …… 오 주여, 영원한 빛이 그들 위에 비치게 하사! 악운이 영원토록 그의 눈을 풀어지게 하옵소서(원문대로)!

[이때 어떤 무례한이 갑자기 등장하여 저주를 외친다.]

 —그대 왕을 도우소서(Lung lift the keying)!
 그러나 HCE는, 피네간의 경야처럼, 자신은 죽지 않았다고 선언한다 (49916~18).
 —신이여 그대의 왕답게 농노(農奴)하옵소서, 오이디푸스 국왕이여! 나는 아침에 넷 그리고 점심에 둘 그리고 나중에 석 잔, 그러나 악마에게 혼령(魂靈), 그대는 내가 죽었다고 생각하느뇨?

[갑자기 장면이 바뀌고, 불가시적 인물의 소리가 들린다. 이를 본 4인방들이 그에게 묻노니.]

499.19. 〔그들의 흥분〕─불원가(不願可)한 허언층(虛言層)의 불과가(不過可) 한 뒤범벅! 그대는 현재 그대가 있는 곳에 거기 그대로 착석 할 생각인 고, 하고 그들이 묻자,

〔욘의 거만한 응답, 도전적이요 자신에 넘치는 화자는 거인부(巨人父) 자 신의 한 양상이요, 바로 존재의 조롱조의 복화술의 화신이라.〕

　　─나는 고총(古塚)에 앉아 있을 참인지라, 찌르퉁한 자여, 나 자신 속에 포식한 채, 내가 살아있는 한, 나의 가수직물복(家手織物服) 입은 채로, 취 침(就寢) 팽이처럼, 불실(不實) 불미(不味) 아내부(我內部)의 죄에 매장된 만 사와 더불어. 만일 내가 이 상형(常衡)의 짓눌린 올리브 신들을 뒤집을 수 없다면 나는 토루성(土壘聲) 그를 깔고 앉아 있을지라.
　　〔불가사이의 인물〕─올리버! 저(욘)인 대지 존재일지도 모르나니. 저 건 한 가닥 신음 소리였던 고, 아니면 내가 낭패(狼狽)한 전쟁의 디글 마을 백파이프(고지피리)를 들었단 말인고? 살필지라!

〔심문자들은 신음 소리를 듣나니, 그건 아마도 불가사이의 인물로부터 들려오는 피리소리일지라.〕

　　─*나의 영혼은 죽음에까지도 슬프나니! 사랑의 죄수여! 매애애 우는 수사슴 심(心)! 저속 두(頭)! 황갈수(黃褐手)! 상관족(傷慣足)! 물(수; 水)! 물! 물! 목편(木片)……*
　　〔욘〕─신의 분노와 도니브룩 천동 화(火)? 미계(迷界)가 움직이는 묘총 (墓塚) 아니면 이 무슨 정(靜)의 바벨 수다성인 고, 우리에게 말할지니?
　　〔욘을 향한 질문〕─피하수(彼何誰) 피하수 피하수 피하수 연결! 피하수 피하수 피하수?

〔욘이 첫 예언의 소리를 외치자, 심문자들은 땅에 귀를 대고, 이상하고 도 거친 부르짖음을 듣기 시작하지만, 이는 아마도 군인들 혹은 먼 곳의 말

발굽 소리인고? 천만에 그것은 오히려 전화 목소리 도다.]

500. 〔심문자들은 이 소리를 군마(軍馬)의 소리로 오인 한다. 이 페이지의 계속되는 대화는 『율리시스』의 제11장인 "세이렌" 장의 첫 서곡처럼 다양한 음악적 주제와 형태를 함유한다. 트리스트람과 이졸트 간의 사랑의 전화 대화, 스위프트와 스텔라의 사랑, 경야의 환희의 소요, 시계 소리, HCE의 침실 창문을 긁는 나뭇가지 소리, "딸그락 딸그라," 등등, 다분히 바그너 오페라와 같은 서곡의 언어 주제들(verbal motifs)을 연상시킨다.〕

—스네어 드럼(군고: 軍鼓)!(군마의 소리) 귀를 땅에다 댈지라. 죽은 거인. 생인간(生人間)! 그들은 골무와 뜨개바늘 놀이를 하고 있도다. 게일의 일족! 도(跳)! 속에 하수(何誰)?

—구담(鳩膽)(덴마크 인)과 미(美)(핀) 상어 지느러미, 그들은 구출(救出)을 위해 달리고 있도다!

—딸그락. 딸그라. 〔이 주제는 경야의 환락의 잡음과 내내 연관되고, 추락의 주제를 동반한다. 그것은 또한, 시계 소리이기도 하다.〕

—크럼 어뷰! 크롬웰의 승리를 위해!

—우리는 그들을 찌르고 그들을 베고 그들을 쏘고 그들을 히죽일지라.

—딸그락(Zinzin).

—오, 과부들과 고아들이여, 그건 향사(鄕土)인지라! 영원한 적(赤)정강이! 랑카스(터) 만세!〔게일 대 골의 혈투〕

—노루(動)의 외침이라 그건! 흰 수사슴. 사냥나팔 부는 사냥개!

—〔신문들: 성 패트릭의 찬가〕 우리들의 아이리시 타임스 지(紙)의 그리스도! 우리들의 아이리시 인디펜던스 지의 그리스도! 그리스도가 프리먼즈 저널 지를 지탱하소서! 그리스도여 대일리 익스프레스 지를 밝히소서!

—격군학살(擊軍虐殺)할지라! 딸을 범할지라! 교황을 질식할지라!

—광청(光聽)할지라! 운부(雲父)여! 불확부(不確父)여! 무선(無善)이여!

—딸그락.

—팔렸나니! 나는 팔리도다! 염신신부(鹽辛新婦)! 나의 초자(初者)! 나

의 말매(末妹)! 염신(鹽辛) 아씨여, 안녕히! 〔평화 애인도래: 트리스탄과 이졸데; 수위프트와 스텔라〕

— 친애하는 관적(管笛)(Pipette dear)! 우리에게! 우리에게! 내게! 내게!

— 퇴거! 퇴거! 진격! 전진!

— 내게! 나는 참되나니. 참된! 이졸트여, 애관적(愛管笛). 나의 귀녀!

— 딸그락.

— 염누(鹽漏) 새색시, 나의 값을 내기할지라! 염누 아씨여!

— 나의 값, 나의 값진 이여?

— 딸그.

— 염누 신부, 나의 값! 그대가 팔 때 나의 값을 받을지라!

— 딸그. ·

— 애관적(愛管的)! 파이프트, 나의 무상고가자(無償高價者)!

— 오! 나의 눈물의 어머니! 나를 위해 믿을지라! 그대의 아들을 감쌀지라!

— 딸그락. 딸그락.

— 자 이제 우리는 그걸 이해하도다. 음량을 맞추고 이역(異域)을 청취할지라! 여보세요!

501. — 딸그락.

— 헬로! 팃팃! 그대의 칭호를 말할지라?

— 새 아씨.

— 여보여보세요! 여긴 볼리마카렛! 나는 이씨와 연결? 미스? 진짜?

— 팃! 하시(何時)인고……?

〔그러나 이들의 전화 또는 말의 진행은 불연속─침묵으로 끝난다. 이는 말의 진행 및 환의 종말에 상당한 휴지를 가리킨다. 욘은 라디오가 되고, 그로 하여 우리는 외국의 방송국들을 청취한다. 그러나 우리가 막 시간을 맞추려하자, 라디오 접촉은 끊기고, 침묵의 순간이 잇따른다.〕

침 묵.

〔연극의 연출을 계속하면서, 무선의 호출 소리는 더블린의 여름밤의 날씨와 풍경으로 바뀐다. 새롭고 분명하고—선명함이 이 시점에서 대질 심문에 나타난다. 거기에는 커튼, 전기, 각광을 요구하는 외침이 들린다. 4대가들은 그들의 연결을 얻으려고 시도한다. 그들은 라디오 광고에 귀를 기울인다. 일기 예보. 쾌청한 날씨, 봉화, 백야, 비⋯⋯ 공원의 밤은 맑았던고? 그들은 자신들이 한층 깊이 몰입하고 있음을 알고 있다. 그들은 무녀(Sibyl)를 부른다. 그들은 재차 자계(磁界) 안에 있다. 그들 중 하나인 누군가가 자신들이 흥미를 느끼는 특별한 한여름 밤에 관해 어떤 세목들을 욘으로부터 개설하려고 시도 한다.〕

모든 흥분 뒤에, 장면은 여전히 HCE의 재판에 관한 그것임을 알게 되다니, 실망스럽다. 한 증인이 빠르고 예리한 심문을 받고 있다. 우리는 마침내 진리에 도달하고 있음을 스스로 느낀다. 그는 공원에서 첫 내외의 최초의 만남의 시간과 장소를 서술하고 있다. 그이 자신도 거기 있었던 듯보인다. 우리는 재차, 상세히 설명을 요하는 추락의 이야기로 향한다.

501.7. 중막(中幕). 스탠드 바이(待期)! 차안등(遮眼燈)! 막 올림. 전기, 좀! 각광!

　—여보세요! 댁은 58 및 번 인고?〔전화 번호〕

　—난 알았도다. 40 당근 깡통(번)이라. 〔전화 번호〕

501.10. 〔4자들 라디오를 듣다.〕

　—정확하도다(Parfey). 자 이제, 잠깐 시에스타(siesta: 낮잠) 뒤에, 내게 한 순간만 허락할지라. 제대(除隊)의 저주전어(詛呪戰語)에는 한 가닥 휴전. 전선일소(戰線一掃), 우선점호(優先點呼)! 시빌(무녀)(Sybil)! 저것이 이보다 나은 고, 아니면 이것이? 이쪽 끝! 저 쪽 길이 한층 나은 고? 소형 휴대용 스포트라이트를 따를지라. 좋아요. 이제 아주 좋아. 우리는 다시 자장(磁場)에 있도다. 그대는 쾌청 일에 잇따른, 특별한 성 누가 성하(盛夏)의 밤

을 기억하는 고? 낙뢰를 위하여. 빛의 깜박임과 제광(制光)을 주의할지라!

—자 그런데. 아일도(亞馴島)는 타임스이도다(시보; 時報).

—아직도 그의 특평양(特平洋)의 혹파(或波)로부터 부르짖음이? 더 이상 아니? 단연속(斷連續)의. 그날 밤 성(聖) 아일랜드의 모든 민둥산 언덕에는 불이 타고 있었도다. 그래서 한층 나아졌던고?

—그들은 봉화들이었던고? 그것은 분명?

—진봉화(眞烽火)!

—글쎄 그건 고백야(高白夜)였던고?

—인간이 여태껏 보았던 최백야(最白夜).

—혹시나 비가 왔던고, 무로(霧露)?(Was there rain by any chance, mistanddew?)

502. [이어지는 욘과 4심문자들 간의 대질 현장. 공원의 겨울 야경에 대한 질문, 서리, 얼음, 차가움, 안개, 일기, 물마루, 지저깨비, 비, 우레, 우박, 눈, 천둥 등, 공원의 겨울 날씨가 서술되다.]

502.2. —약간의 소동설(小冬雪)의 강(降)이 떨어 졌는지라, 성(聖)호랑가시나무—상아(象牙)—담쟁이덩굴 마냥, 내가 헤아리건대, 가을?

—싸락눈 칠시(七時)까지. 아무튼 최고량(最高良). 성구(聖丘)—및—평탄한 동(冬) 히말라야적(積)으로.

—어떤 질풍(疾風)이 불었던고, 서춘(西春) 또는 동추(東秋), 오히려 강하게 약하게, 부조화의 온통 익살 속에, 마치 솟았다 뛰었다할 때처럼?

—모든 익살로부터 그건 그랬도다. 피펩! 아이스콜드(寒氷). 새색시, 나의 값! 낙하의기양양(樂夏意氣揚揚)!

—여전히 부르고 있나니! 번(番)! 전화태평(電和太平)! 그대는 월란(月卵)이, 저 고락야(高樂夜), 비치고 있었는지를 도대체 공교롭게도 회상하는고?

—확실히 그녀는 그랬도다, 나의 대낮의 애인! 그리하여 하나가 아니고 한 쌍의 예쁜 소월(笑月)을.[1339년, 더블린의 동트기 전에 2개의 달이 보였다 한다.]

—하시(何時)에? 단번(單番)? 일부행락(日附行樂)!

—만조(晩早)에! 만조에! 만조에! 만조에!

502.17. 〔심문자들〕—그건 확실히 가소(可笑)로운 일이었는지라. 그리하여 근처에 성애꽃과 짙은 날씨 및 후빙(厚氷), 즉서(卽暑), 즉동(卽凍), 온상한 (溫上寒) 그러나 습(濕)하게 메마른, 그리고 아지랑이 기탄식(氣歎息)과 지옥(地獄) 싸락눈과 염구(焰球)와 억수 비 회오리다 뭐다 주형(舟形)의 모포 (毛布)가 누구든 기쁘게 하기 위해 있지 않았던고?

502.22. —다자비(多慈悲) 위은총(偉恩寵) 충낙(充落)! 성상(聖霜) 무(霧)의 모살(母殺)이여! 거기 있었나니, 그런고로 그대의 공기조(空氣潮)가 유희(遊戲)하는지라. 철저하게 비등한 채. 철폐(撤廢)하게 냉(冷)고깔 쓴 채. 그리하여 그들의 최한원(最寒園)에 쥬리와 류리.

—쾌적(快適), 모든 쾌적과 함께 쾌적 중의 쾌적. 그리하여 처녀계곡(處女溪谷)에는 유명(有名)한 유연적(油煙的) 유초무(唯初霧)의 유포성(流泡性) 유고(有固)가?

—숨바꼭질과 숨 웅크린 채!

〔욘은 말하는지라〕—이들은 생명의 나무요 십자가이다. 〔그는 이들 위대한 나무가 죄의 스캔들의 3군인들과 2소녀들을 피난시켰다고 말한다.〕

503.4. 〔심문자는 HCE의 죄의 현장인 피닉스 공원에 관해 묻는다.〕

—이 공유지와 정원은 이제 성좌사실적(星座事實的)으로 깨진 도기와 고대의 야채를 위한 청취의 성장(星場)인고?

〔욘의 응답〕—단순히 경칠 오장(汚場)이라, 한 개의 영불결(永不潔)의 재떨이 도다.

〔심문자〕—나는 알았노라. 이제 그대는 저 최초의 걸맞지 않은 부부 〔HCE와 ALP〕가 처음 서로 만났던 그 유명한 패총을 아는고? 노익장 파내간이 살았던 곳? 유귀공자(幼貴公子) 펀나긴(Funagin)(재락; 再樂)의 생시 (生時)를?

〔욘〕—과연 당시 나는 그러하도다, 유명패총(W.K).(wellknown kikkinmidden)이라.

　—펀갈에서 또한, 그들은 생거목(生巨木) 아래 소(小) 평화소(平和所)에서 만났나니, 안락구(安樂區)의 황주가(黃酒家), 탄층갱로(炭層坑路)의 우락폭포(愚樂瀑布)의 암주(岩株)를 가진 서광산(西鑛山)—웅록(雄鹿)과 천녀종가(賤女終家), 양가(兩家) 모두, 설상(雪上) 스쿠터와 겸허광차(謙虛鑛車)를 지닌?

　〔욘〕—전지능신이여, 당신은 화자의 특마(特魔)로다!

　—그건 최후의 사종풍(四終風)에 아주 부부노출(夫婦露出)된 장소인고?

　〔욘〕—글쎄, 나는 자비스럽게도 내가 희망하는 모든 것이 반진실(半眞實)이면, 과연 그렇게 성심신의(誠心信義) 믿는 도다.

　—이 임계(林界)의 하적장(荷積場), 그건 우탄(憂歎)의 덴마크 저소(底所)인고?

　〔욘〕—그건 회괴저병(灰壞疽病)의 애이래(愛而來)의 흑록수대(黑綠獸帶) 태양 하에서 하물(何物) 또는 전타물(全他物)에 관한 것은 무엇이든지 궁핍시에 우탄(憂歎)할지로다.

　—그리하여 그것에 관한 임입경고(林入警告)는 하언(何言)인고?

　〔욘〕—무단묘술침요자(無斷妙術侵尿者)는 대격리고소(對隔離告訴)함이라.

　—거기 과거 한 그루 나무가 서 있었던고? 한 그루 영관과풍(永遠過風)의 양 물푸레나무가?

503.30. 〔욘〕—과거 그러했나니, 분명히. 아날 강 곁에. 스리베나몬드의 여울 가에. 옥크트리(참나무) 애쉬즈(물푸레목) 느릅나무. 한 장과(漿果)나뭇가지로부터 머리떠눈더미와 함께. 그리하여 야성(野性) 왜일즈(州)의 전치적사(全治積史)에 있어서 최장생(最長生) 최영관(最榮冠)의 신성오월주(神聖五月柱). 프리틀웰 간행물, 노란 출판의 브라운 저(著)의 *식물보전(植物寶典)*에는 그와 같은 유형은 없는지라. 왜냐하면, 우리들은 그의 수풀로 식사하고, 그의 목재로 옷 입고, 그의 나무껍질로 제주(製舟)하기에.

504. —이제, 그대의 굴뚝새를 말(斗) 덤불 아래 감추지 말지니! 그것(나무)은 거기서 뭘 하고 있었던고, 예를 들면?

　—우리와 마주보고 서 있었도다.

—수메르(유프라테스 강) 여름의 일광(日光) 속에?

—그리고 키메르(영원의 그늘 속애 사는 종족)의 음율(陰慄) 속에.

—그대는 자신의 은소(隱所)에서 그걸 가시(可視)했던고?

—아니 도다. 나의 불가시(不可視)의 누운 곳에서.

—그리하여 당시 그대는 발생사가 수행된 것을 입체경(立體鏡) 속에 기록해 두었던고?

504.14. 〔피닉스 공원의 큰 느릅나무에 대해 심문자는 재차 묻는다.〕—공간의 기관원을 향해 소생 거슬러 올라가거니와, 이 발군의 거목은……얼마나 거대한 것 인고, 수목 선생? 〔여기 세계 최고의 거목은 인생의 원초적 상징을 비롯하여 인간과 우주 및 HCE와 ALP의 결합의 상징이다. 마치 톨스토이의 『전쟁과 평화』에서 아드레아에게 영감의 참나무처럼.〕

〔아래 욘의 나무에 대한 기다란 서술: 그는 나무와 돌을 제1자의 양상들로서 서술한다. 그리고 이 제1자는 그를 향해 우리들의 전체 심문이 움직이는 존재의 위대한 수수께끼다.〕

—자색(紫色)의 앤디여, 청(聽)할지라, 그걸 창(唱) 할지니! 흉조각하(凶兆閣下), (신의) 내재론자(內在論者) 그리고 범죄의 우애목제군(友愛木諸君)들이여! 거기 튜더 왕조향(王朝香)의 여왕시녀들 및 아이다호 점포녀(店鋪女)들 그리고 그들 숲의 아가들이 그녀 위에 성장하고 있었는지라 그리하여 푸란아간 새가 첨단 돛대 위에서 향도향(嚮導向) 수위니 요가(搖歌)하며 그리고 우라니아 사과들이 천지의 감자(甘薯) 놀이를 하며 그리고 타이번 피니언들이 그의 〔나무의〕 몸통 속에 코 골며 그리고 교차대퇴마골(交叉大腿馬骨)이 그의 성상(聖床)을 뒤덮으면서 그리고 에라스머스 수미스의 감화원 소년들의 범죄자들이 그들의 하수(下手)의 연필을 가지고 향신료(香辛料)의 기원을 위해 그의 나무 아귀를 기어오르며 그리고 견청(絹靑)의 측안(側眼)을 가진 챠로트 다링들(애인들)이 그들에 대한 불찬성 속에 재잘거리며, 긴 팔 원숭이처럼 게걸스레 먹으면서, 젤프 당원처럼 깩깩거리며 그들의 동일승(東日昇)에 기도로(祈禱露)를 찬제공(贊提供)하면서 그리고 그들의

지각격변(地殼激變) 위에 돌풍을 고엽(枯葉)하게하며 그리고 노불구병사(老
不具兵士)들의 연금수령자들은 과도(過倒)의 이정표를 경타하여 그들의 부
자연의 원기회복을 위하여 덩굴월귤과(果) 파이 사과를 투석으로 떨어뜨
리며 그리고 수채화의 본데없는 소녀들은 그로부터 뚜쟁이들을 꺾으며 그
리고 코크 로빈 새들은 대부분 그의 북구주신금지(北歐主神金枝) 난목(卵木)
에서 가일층 새끼를 까는지라, 해와 달이 인동화(忍冬花)와 흰 헤더 꽃을
말뚝

505. 박으며 그리고 곤줄박이 박새가 거기 나무 송진을 똑똑 두드리며 그리
고 전부취조(戰斧鷲鳥)가 타르를 여타지(餘他地) 살피면서, 원야(原野)의 생
물들이 그를 근접하는지라, 담쟁이덩굴과 함께 호랑가시나무가지 사이
를 할퀴거나 비비적대면서, 사막의 은둔자들이 나무의 삼문자근(三文字根)
과 그의 도토리 위를 그들의 지옥의 정강이를 껍질 벗기는지라 그리고 솔
방울들이 나무로부터 사방팔방으로 광사(廣射)하며, 다수초목(多數樵牧) 이
만이천(22,000), 최공풍치(最恐風致)의 농땡이들을 추적하나니 그리고 그의
하지(下枝)가 사음탕(蛇淫蕩)─노르웨이─말씨로 여인의 혼신(魂身)의 그
토록 유행 매력적인 사틴 의상을 저 정교한 창조물로부터 탄원하는지라
그리고 그의 나무 잎들이, 나의 가장 사랑하는 애자들, 야시(夜時) 이래 죄
죄죄사(罪罪罪射)하나니 그리하여 그들 가지들이 각자 모두 자신들의 신세
계에서 …… 그리하여 영원(永圓)히 그를 에워싸도다. 바커스 무당의 부
르짖음이여! 〔그리하여 욘은 그의 은소(隱所)로부터 그걸 보는지라, 일어
난 것들을 적어 놓았도다. 그것은 가장 비범한 광경이었도다. 이상의 거목
에 대한 서술은 『율리시스』 제12장에서 수목세계의 결혼 축가〔epithala-
mium의 장면을 연상시킨다.〕(U 268)

　　〔서술은, 모든 신화들에 알려진 세계의 축(World Axis)인, 위대한 세계
의 나무에 관한 것이다. 이는 생의 원초적 상징으로, 영원히 자라면서, 그의
영원히 죽은 잎들과 가지들을 떨어뜨리면서, 남성 및 여성 그리고 중성으로
동시에, 모든 것을 숨기며, 모든 것이 그 주위에 맴도는 극성(極星)까지 솟으
면서, 심연의 천수(泉水)에 뿌리박은 채, 이 인간과 우주의 힘과 영광의 거대

한 식물 상징은 여기 HCE와 ALP 두 인물의 영원한 결합이라.]

나무 곁의 한 톨 돌멩이 있나니. 거대한 단석(單石) 또는 탑산(塔山)은 세계의 축의 또 다른 유명한 신화적 상징이다. 돌 속에는 급진적 활력(다이너미즘)은 있지 않으나, 대표되는 우주의 영겁이 들어 있도다. 우주의 과정을 통제하고 영원에서 영원으로 인내하는 영원하고 통제하는, 불변의 법칙은 저 불변의 돌 속에 상징화되고 있도다.

여기 공원에는 나무와 함께 새들, 과일, 동물들이 서식하고 있음이 또한, 서술된다. 욘은 나무들 가운데서 그와 맞먹을 자를 보지 못했다고 단언한다. 욘은 나무에 기어오르고, 자신이 가장 악질적인 악마라 불리고, 거기서 나오도록 일러 받았으며, 그 때문에 여생 동안 수치를 받았도다. 그러나 거목(HCE 격)은 왜 통(痛) 속수무책이 되었던고, 저 패물 자가, 녹아웃(타격)되어, 노역 속에 기진맥진했던고? 화자는 질문하고 욘은 대답한다. 그것은 그(HCE)가 공원의 동물들에게 조잡행위를 했기 때문이니.

— 거목은 그토록 고양된, 현저한, 비상 낙농의 그리고 탁월한 것인고?
— 그는 그들에게 진리를 말하고 있는고?
— 맞아, 대동소이할지라도.

그러나 왜 이 목남천사(木男天使)가 그의 통 속수무책이 되었던고? 글쎄, 그(HCE)는 상시 동물에 대한 조잡행위의 증여를 위한 장본인이었는지라.

506~510. 〔접촉자 "톰(Thom)"(HCE)에 관하여〕

욘은 또한, 거목에 이름을 새기곤 했나니. 두꺼비, 집오리 및 청어를 나무에 새겼는지라…… 이에 거목(HCE)은 균형을 잃었나니, 이것이 ALP와의 균열의 원인이 되도다. 그리하여 자신의 생활의 균형전(均衡戰)을 위하여 스스로를 수치스럽게 했도다. 여기 HCE의 수치의 죄가 부각 된다. 오 행복한 냉죄(冷罪)여! 이어 HCE에 대한 본격적인 죄의 실체가 토론된다. 심문자는 욘에게 HCE를 아는지 묻는다. 그대는 하인 위기일발 '톰' (Toucher 'Thom')(HCE)으로 알려진 한 이단자에 정통하는 고,

왠고하니 그는 자기 자신의 주석별명(朱錫別名)을 나무에 새겼는지라. 그러자 대 선구자가 그를 뇌성 야단쳐 스스로 수치 되게 했도다. 그들이

골짜기를 통하여 그를 각인(脚引)했나니. 그리하여 그것이 그로 하여금 삼목락자(三木落者)들의 최초의 왕자가 되게 했는지라.

〔이제 심문의 정신이 바뀐다. 거대한 신화적 이미저리(imagery)가 사라진다. 공원의 추락이 『피네간의 경야』의 낯익은 말들로 제시된다.〕

〔욘은 이 모두갑(帽頭岬)에 그가 얼마나 가깝게 느끼는지 요구 받는다. 그는 추운 날에는 자신이 멀리, 그러나 비 오는 밤에는 가까이 있는 듯하다고 대답한다.〕

〔심문자 묻다.〕—욘에게 50세 가량의 남자요, 밀크와 위스키를 탄 아나(A) 린사(L) 점의 흑다(黑茶)(P)에 반한 남자 (HCE)를 아는지 묻는다.

506.9. 〔심문자〕—오 핀래이〔Thomas Alysius, S.J. 1848~1940, 「아이리시 홈스테드」 지의 첫 편집자〕 의 냉보(冷褓)여! (행복한 냉죄〔冷罪〕여!) 〔HCE의 수치〕

〔욘〕—아담 죄의 필요여! 〔인류 공동의 죄〕

—그대는 거기 있었던고, 웅 숭자(崇者)여? 그대는 그들이 골짜기를 통하여 그대를 각인(脚引)했을 때 거기 있었던고?

〔욘—나 나! 누구 누구! 찬송가시시(讚頌歌時時) 공황(恐慌)이 나를 사로잡아 구불구불 굽이치게 했도다.

—비탄! 비애! 그리하여 그것이 그(HCE)로 하여금 하찮은 삼목락자(三木落者)들의 최락림왕자(最樂林王子)가 되게 했는지라.

〔욘〕—회목자(灰木者; 물푸레나무) 그리고, 어떤 별명이 부재할 경우에, 우리들의 진남근상(眞男根像)의 최성당미자(最聖堂美者)여. 세세자(洗洗者) 목사(木蛇)여!

—그대(욘)는 이 모두갑(帽頭岬)에 얼마나 가깝게 느끼는 고, 나리?

〔욘〕—그(HCE)가 멀리 멀리 길 잃은, 한 채의 암벽하숙옥(岩壁下宿屋)처럼 보일 때 우리들 사이에 건냉기(乾冷氣)의 나날이 있는지라 그리고 그가 모든 종류의 방법으로 내게 양파 눈물수프를 만들고 있을 때 젖은 휘파람부는 밤들이 정령 있도다.

―이제 그대(욘) 한층 변경지에 가까웠는지라, 랜즈다운 가도(더블린의) 그녀(ALP)는 자신의 핍핀 사과를 부근에 던졌나니 그러자 그들이 이 성곡도(聖哭島)를 발효하게 하기 위하여 증오(憎惡)로서 단변(單邊) 치아(齒牙)를 작물식(作物植)했도다. 자 이제, 형극탄자(荊棘誕者)여, 스포트라이트를 따를지라, 제발! 어떤 소년에 관계하여. 그대는, 대리적으로 하인(何人) 접촉자 '톰'으로 알려진, 한 이단자(HCE)를 정통하는고. 나는 피노그람을 그의 서식지로서 암시하나니. 이제 대좌(臺座)위에서 자기 자신을 사료하고 그대의 말(言)을 살피고, 나의 충고를 택할지라. 그대의 모토(표어)를 이렇게 삼을지니: *운중(雲中)의 광휘로다.*

〔욘〕―그대는 나의 어머니 혹은 그녀의 거소에 관해 결코 염려하지 말지니. 만일 내가 그렇게 한다고 내가 생각하면, 나는 감탄된 악(惡)을 놀랍도록 수치스럽게 느낄지라.

―그는 50가량의 남자(HCE)요, 밀크와 위스키를 탄 아나(A) 린샤 (L) 점의 흑차(黑茶)(P)에 반한 채, 그리하여 그는 가옥 마사지를 행하며 빈대를 지닌 늙은 개보다 더 많은 오물을 지녔는지라, 돌을 걸어차거나 벽에서 눈(雪)을 두들겨 떨어버리면서.

507. 〔심문자: HCE에 대하여〕

그대(욘)는 여태껏 물고기의 응시(fishy stare)를 한 이 노 소년인 '톰(HCE)'이라나 혹은 'Thim(HCE)'에 관하여 들은 적이 있는 고? 그런데 이 자는 소작지역(小作地域)인, 킴매이지(더블린 지역)에 속하는지라, 그리하여 언제나 그곳에 붙어있지 않나니, 그리하여 만일 그가 그렇지 않을 경우에는 언제나 그이 자신답게, 자신의 대부분의 시간을 그린 맨〔주점의 통칭〕에서 보내는지라, 그곳에서 그는 물건을 훔치거나, 물건을 전당잡히거나, 트림을 하는지라 그리고 한 저주자(詛呪者)이나니, 폐점 두 시간 뒤까지 술을 유쾌하게 마시며, 지껄지껄 허깨비들에 대비하여 자신의 코트의 피측(皮側)을 외측(外側)으로 대고, 구두 안창을 고무 탄측(彈側)으로 외봉(外縫)하고, 아주 미약한 종류로 자신의 두 손을 손뼉 치면서 그리고 조직적으로 대중들과 어울려 식료잡화(食料雜貨)를 위해 외출하며, 자신의 장선대(腸線帶)를 가지고 대소학위시험(大小學位試驗)마냥 소리 높이 찰싹 찰싹 치면서, 노골측(露骨側)을 펄럭 펄럭이면서 그리고 마치 장완(長腕)의 러그

신(神)처럼, 그가 자신의 차(茶)로 끝맺고 싶을 때에는 언제나 감실통관절가옥(監室桶關節家屋)의 성수반(聖水盤) 정면에서 자신의 장식의상(裝飾衣裳) 차림으로 사방 왈츠 춤을 비틀거리나니.

〔욘〕―그가 가시나무 관목처럼 미쳐 가지고. 그를 접할지라. 변호인들이 그의 격자무늬 통 바지에 달라붙어서 그리고 꼭 끼는 바스크의 베레 모(帽)를 찰싹 찰싹 치면서. 그는 내게 한번 이상 입 맞추었나니, 나는 말하기 미안하지만 그리고 만일 내가 쾌(快)익살을 범하면 귀천주(貴賤主)여 그걸 용서하옵소서! 오 기다릴지라, 내가 그대에게 말할 때까지!

507.30. 〔또 다른 심문자의 HCE 비난〕

자 이제, 바로 그대의 기억을 조금 씻고 솔질해버릴지라…… 고로 나는 발견하거니와, 현재남(現在男)(HCE)한 고귀(古貴)한 발광연와투자(發狂煉瓦投者)의 장부(丈父)에 관하여 언급하건대, 나는 마음속에 나 자신 의문하고 있거니와, 접촉자, 한 감리교도였나니, 그의 이름은, 타인들이 말하는바, 정말로는 "톰"이 아닌지라, 보터즈타운〔다블린 지역〕 출신 한 세기의 이 염자식(鹽子息), 쉬버링 윌리엄〔셰익스피어〕, 여태껏(e) 호객매상(呼客賣上)된(h) 목편(木片)(c) 중 가장 최봉우(最封愚) 늙은 우라질 놈이나니, 그리하여 그는 언제나 자신과 함께 대견목(大樫木) 주점과 그리고 호주점(弧酒店)(아치)〔더블린의〕에서 함께하는지라

508. 그(HCE)의 이빨이 오견의(誤犬醫)에 의하여 흡강(吸腔)으로부터 흔들린 뒤에, 자신의 5파인트 73의 비아일랜드혈(非愛蘭血)을 해발접선(海拔接線) 고물(해〔海〕) 가까이 흘렸기 때문이라, 그 산유혈자(散流血者)는, 자신의 선복의(船腹衣)와 뒷단추가 달린 양조인(醸造人)의 곡물모형(穀物模型)의 의사복(擬似服)을 걸치고, 그 위에 모토(표어), *성탄절을 기억할지라*를 달고, 단지 제 12일째 평화와 양자(量子)의 결혼만의 경우를 위하여 걷치레로, 나는 경이(驚異)하고 있도다.

〔욘〕―틀림없이 그대 그러하리라. 글쎄, 그(HCE)는 배회하고 있었도다, 확실히, 자신의 행사(行事)가 무엇이든지 간에, 또한, 자기의 마음속에, 그를 인정하네 만, 왠고하니 나는 미안하지만 그대에게 말해야만 하기에, 바커스 예찬자(禮饌者)의 성계성(聖桂聲)에 맹세코, 그것(바지)이 그로

부터 흘러내렸던 것이로다.

〔심문자〕—얼마나(H) 기묘(奇妙)한(C) 에피파니(현현; 顯現)(E)이람!

〔욘〕—금일(H) 내의(內衣)(C)의 하락 사유는(E)?

〔심문자〕—그건 아주 그럴 듯이 보였는지라.

〔욘〕—〔공원의 두 소녀〕이제 준분반구체(準分半球體)에 불룩하게(凸〔하게〕) 오목(凹)해지며(여성 둔부의 서술, U604 참조) 그리고, 여성각도(女性角度)로부터, 음악 애동요급(愛動搖給)하면서, 저 하결자매(下結姉妹)들, P. 및 Q. (앞서 프팬퀸의 암시), 크로패트릭(Clopatrick)(Clio: 역사의 뮤즈 여신+클레오파트라+성 패트릭) 클레의 익은 버찌, *필요변화가 이루어졌나니*, 거의 똑같은 오이지(조건), 모든 파이돔(山麓)의 살구(果), 모든 식근(植根)의 탐색을 추적하여?

〔심문자〕—피퀸(尿女王)(프팬퀸의 암시) 우리들 자신, 내가 여태껏 경도견(驚盜見)했던 불가경(不可競)스러운 묵내의(黙內衣)의 가장 예쁜 피클(오이지)을 보고 보았도다, 해패도회(海貝都會)가 쾌락축제(快樂祝祭)(취리히의 봄 축제)를 계계속행(行)한 이래.

〔욘〕—섹스 어필(絹衣裳) 및 실쭉(春祭) 욕망?

〔심문자〕—소년과 현기소녀(眩氣少女), 하품과 지루(脂漏).

〔욘〕—나는 이들 두 여신들이 그 사내(HCE)를 자칫 고소하려고 하는 걸 듣고 있는지라?

〔심문자〕—글쎄, 두 환대여(歡待女)들이 도주하여 그를 사(射)하지 않기를 희망하나니.

〔욘〕—양자는 피아노 연주에 흑건반술(黑鍵盤術)에서 백(白)했나니, 하여(何如)?

〔심문자〕—바흐(背) 여(女)들, 나는, 초췌해졌나니, 리스트〔독일, 헝가리의 작곡가 등〕 변폭(邊幅)된 채. 우수연수(右手練修).

〔욘〕—글쎄 소녀들도 그랬던고? 그리하여 그들도 마찬가지로 감시자가 그러했듯 마찬가지로 그대를 감시하고 있었던고?

〔이상의 구절을 요약하면〕

HCE는 자신의 선복의(船腹衣)와 …… 의사복(擬似服)을 걸치고 있었는바, 이는 결혼만의 경우를 위하여 겉치레로 입었는지라. 이에 욘은 공원에서 옷이 HCE의 허리로부터 흘러 내렸다고 말하자, 심문자는 고함친다. 그리하여 그는 마음으로 의아해하고 있었나니, 그것(바지)이 그로부터 흘러내렸던 것이로다. 심문자기 가로대, 얼마나 기묘한 에피파니(顯顯)이람!(How culious epiphany!)〔인간의 눈에 나타난 하느님의 현시. 젊은 조이스는 자신의 예술을 에피파니라 말한다. 그의 각 작품은 에피파니 자체로 상상된다. 『영웅 스티븐(Stephen Hero)』에 대한 T. 스펜서가 쓴 탁월한 서문 참조.〕(SH 23)〔여기 나무 잎 또는 수풀과 연관된 "에피파니"란 단어는 『율리시스』의 「프로테우스」 장에서 스티븐이 명상하는 말로서, 이는 조이스가 20세기 문학에 공헌한 위대한 업적 중의 하나로 볼 수 있다. 그가 명상하는 "초록빛 타원형 잎사귀(green oval leaves)"(U 34)에 쓰인 이 글자는 프로이트적 잠재의식과 베르그송적 직감의 결합으로 풀이되기도 한다.〕

이때 P와 Q (공원의 두 소녀)가 쳐다보고 있었는지라, 그들 또한, 바지가 흘러 내렸도다.〔위의 구절에서 "오이지"와 "식근"은 여성 음핵을 암시한다.〕

509. 〔욘〕—어디서 그대는 그런 떠돌이 부평(浮評)을 얻는고? 이러한 진술은 나의 경험과 일치하지 않는지라. 그들(소녀들)은 감시 받는 자(HCE의 암시)가 감시하는 것을 감시하고 있었도다. 감시자들 모두.

〔심문자〕—좋아. 저 감시단문(監視短文)을 가지고 이 간시(奸視)를 한층 장문(長文)할지라. 이제, 수정 가필하는 친구 톰키〔러시아 크리미아 전쟁의 연대 병정이기도〕, 적(敵)이여, 그대는 그가 떨어뜨린 것에서 많이 수집했던고? 우리는 그 때문에 여기 앉아 있도다.

〔욘〕—나는 러시아 인(人)처럼 광탐(狂耽)했도다, 허언무(虛言無).

〔심문자〕—나는 틀림없이 그대가 그랬던가를 의심하도다.

〔욘〕—당신은 자신의 뇌성 같은 과오를 범하고 있도다. 그러나 나는 또한, 그에게 저분(詛糞) 미안했는지라.

〔심문자〕—오 손이여! 정말 아니? 그대가 당시 그(HCE)에게 홀딱 미쳐있었기에 미안했던고?

〔욘〕—내가 단신에게 말하는 것은 당시 나는 전적으로 나 스스로 러시아 조모광(祖母狂)했기 때문이라, 나는 정말 그랬었나니, 그에게 미안한데

대하여.

　　〔심문자〕―그런고?

　　〔욘〕―철저하게.

　　〔심문자〕―그대는 모든 단계에서 그(HCE)를 비난할 참인고?

　　〔욘〕―나는 많은 고참자(古參者)들을 믿는 도다. 그러나 한 사람의 희
랍인에게 위안처럼 보였던 것이 한 사람의 거이방인(巨異邦人)에게는 북 올
가미처럼 요약되었는지라. 카이로에서 고양이를 죽이는 수자(誰者)가 갈리
아에서 수탉을 달래는 도다.

　　〔심문자〕―나는 그대에게 의견을 묻나니, 이는 오로지 그(HCE)가 해
바라기 상태에 있었으며, 게다가 그의 굴광성식물모(헬리오트로프 햇트: 屈光
性植物帽)(담자색 모)가 처녀들이 그를 위해 모두 한숨을 짓게 하고, 그를 위
해 위험을 무릅쓰고 겨루게 했던 이유였는지라. 흠?

　　〔욘〕―푸타와요(브라질), 캔사스, 리버남(유고슬라비아) 및 뉴 애미스터
덤(뉴욕 시) 다음으로, 그건 나를 전혀 조금도 놀라게 하지 않으리라.

　　〔심문자〕―저 해독맥(害毒麥) 그리고 이 사마귀, 그대의 눈물 그리고
우리의 미소. 만일 여심(女心)의 눈이 우리들의 오랜 타락이었다면 이 생
명은 허언이라. 고리 뒤에 고리. 나의 치수로 그의 기형(畸形)을 개형(改形)
할지라. 나의 콧구멍을 주취(酒吹)할지니, 그대 나의 귀 밖으로 땅(정)벌레
를 내뿜지 않으련 고?

　　〔욘〕―그(HCE)는 자신의 탕녀의 탄생에 자신의 눈을 양폐(兩閉)할 수
있었나니, 그는 그녀의 유회의 절반을 통하여 내내 한 덩어리 될 수 있었
는지라, 그러나 그는 광대 마냥 그녀의 소극(笑劇)을 통하여 대소(大笑)할
수 없었나니, 그 이유인 즉, 그는 그런 식으로 부리 건조(建造)되지 않았기
에. 그리하여 자신의 늙은 팬타룬(어릿광대 역)을 절하하며, 한 편의 제일
완전 인칭의 시도기(詩陶器)를 부잔류(腐殘留)로 남겨 갖고 있도다. 세척(洗
滌)한 채.

510~20. 〔경야에 대하여〕

510.1. 〔심문자〕―폭탄과 둔중한 재(再) 폭음의 꿍꽝 소리? 〔배변(러시아 장
　　군의)과 성교의 장면(파티의)들이 소동의 경야 및 결혼 장면으로 물러난다.

속기로부터 실체화(stenography)로 움직이면서, 4대가들은 욘에게 얼마나 많은 자들이 그 별난 아침에 결혼했는지 묻는다. 그들은 욘 주위의 낮은 의자에 앉아있다.〕

〔욘〕―그대에게도 동일 목표를!

〔심문자〕―미담(尾談)이, 너무나 거상적(巨象的)인지라, 그대가 그걸 말하자 그대 자신의 거상구(巨象口)의 숨결을 빼앗는 듯 거의 움찔하게 하도다. 하지만 포도음주 속에 행해진 우행성(愚行性)으로 하여금 진덕(眞德)으로 된 불합리성을 용서하게 할지라. 얼마나 많은 자가 아침의 모든 건체성교(健體性交)의 정점에서 결혼했던고, 야밤중의 칠면조 쫓기 후에, 나의 선량한 감시자여?

〔욘〕―그건 화과(話過)할지라. 남자의 허허와 여자의 헤헤와 더불어. 그러나 나는 잔디 암말이든 샛길 풀 깎기 여인이든 그리고 황야의 모든 도제공(徒弟公)이든 그를 마사지하는 것을 허용하지 않을지라.

〔심문자〕〔재단사의 홀의 무도회 장면 및 경야 장면〕

―이제 가너 쇼트랜드에서 기네스 원근화법장면(遠近畵場面)으로 움직이면서. 태일러즈 홀〔재단사의 회관〕의 발레 무용회관으로 다가올지라. 우리는 매일러즈 몰에서 혼성난전(混成亂戰)할 작정이나니. 그리하여 게일러즈 골(게일 인의 담낭)까지 뛰고, 스케이트 타며 그리고 우롱할지라. 잠에서 깨요! 와요, 경야제(經夜祭)로다! 피혁세계(皮革世界)의 모든 늙은 피자(皮者), 사실상 누출주통(漏出酒桶)의 고가(古家) 주식회사(레퍼토리 극장)가, 비굴하게 술에 취했는지라, 둘 씩 둘 씩, 매장(埋葬)의 걸인들과 함께 적취자(笛吹者)들을 토굴 잠복시키면서, 흑백지발보충병(黑白芝髮補充兵)들 및 브랜디 와인 은행 강도들, 진짜 노르망디 풍을 하고, 나는 들었는지라, 여윈 은행서기에 이르기까지? 어떤 불결한 무딘 클럽들이 웨슬린 술병 반란행위의 전통에 따라서 운영되고 있었나니 그리하여 몇몇 접시들이 주위에 내던져지고, 큰 술잔들이 사방에 파동 치는 신선한 맥주의 혼적을 남기나니⋯⋯

〔욘의 반응〕―글쎄, 자연히 그는 그랬었나니, 촌녀 또한, 성남(性男) 여러분. 성탄절 십자가를 울러 매고. 그들은 모든 토지로부터 파도를 넘어 이니스펄의 노래를 탐하여 왔도다. 사방 초혹(招惑)된 묘원(墓園)에 둘러

싸여. 그러나 존경하올 신부 존사, 홉신본드 씨 와 존경하올 신랑 당선자는 정말 술 취하지 않았도다. 내 생각에, 그들은 정신 멀쩡 했느니라.

511. 〔노르웨이 선장과 재단사의 딸의 경야 또는 결혼식의 재현〕 (모두들 춤추며, 술 마시며, 차며, 밀치며.)

그러자 심문자는 욘에게 경야(결혼) 현장에 신부(神父)가 술을 먹지 않았다고 한 것은 잘못이라 느낀다. 모두들 홀에서 그들의 마누라를 근질근질 간질이고 있는 동안에, 그 자가 늙은 교회 사남(使男)을 걷어차고 있는 것을 그는 들었단다. 그의 생각으로 그것은 한 파인트의 맥주 때문이라. 그러나 이 모든 것은 단지 저 아기 해산녀(解産女)가 경치게도 옆구리 찢어져라 포복절도했기 때문이었도다. 그건 여자 역(亦) 여자 및 남자 통(通) 남자에 관한 것이었는지라.

〔신부(新婦)의 의상 서술〕

　〔욘〕―탄―태일러 부인? 바로 부동(浮動)의 패널(화판), 비서밀활(秘書密滑) 속옷, 그녀의 클로버 위의 열쇠타래, 그녀의 백금지환(白金指環) 위의 은지륜(銀指輪) 그리고 그녀의 헤어아이론(오그라진 혀)의 40앵초.〔여기 작가―욘은 현대적 회화와 심미적 철학의 말로 신부의 의상을 서술하고 있다.〕

512. 〔신랑 HCE〕―그의 셔츠 차림에 곧추선 역역총우남(月歷總牛男) 황소처럼, 곰(웅; 熊)에 비한 수흉(獸胸), 우리들의 포도주 통수로(桶水路)의 대(大) 마제란 항해자,〔세계를 항해한 최초의 자〕리피(생엽도강; 葉跳跳江)에서 생명을 짜내고 있는지라.

〔신부 ALP〕―그녀의 눈 속의 대들보(대양; 大梁)를 꾀는 그의 광휘충전(光輝充盞)의 필수자(必需者)? 이 가면무도회의 저 사향종타자(麝香鐘打者)! 아나벨라(미녀)(A), 라브벨라(애미녀; 愛美女)(L), 풀라벨라(복미녀; 複美女)(P).

512. 21. 〔심문자의 HCE와 ALP의 묘사〕

―해상 수부, 해상 수부여, 우리는 그대 없이는 무소(無所)인지라! 카바 커피의 증기 대신에 이제 정자차(亭子茶)가 우리들의 숨결 위로 법석거리는 도다. 그리하여 화목(火木)이 다환락(多丸樂)을 타닥타닥 소리 나게 하는 반면 영산탄(英産炭)이 노화(爐火)를 갈채하는지라. 그런고로 그녀(ALP)는 그의 남성을 채굴하기 위해 그에게 귀를 빌려주나니 그리하여 그의 가명(家名)을 빌리도다? 혼안(魂眼)과 비우청백(悲憂淸白)의 조발(藻髮) 그리고 그녀의 생강 맛의 (기운의) 입으로부터 병독취(病毒臭)가, 조조(早弔)의 더블린 주막처럼〔노래 가사〕

〔ALP는 그녀의 수부―남편―항해자를 사랑하는지라, 이제 그는 상류하여 주막을 가지도다. 그 집은 나귀마차라 불리는 다리 옆의 투탕―카멘―인(Toot and Come―Inn)(도취우래옥; 陶醉又來屋)이었느니라〔리피강 상류에 위치한 HCE의 주막 브리스틀―마린가 주점(현존)〕

513. 〔HCE와 ALP의 결혼에 대한 욘의 보고〕―세천랑성적(世天狼星的)으로 그리고 셀레내월적(月的)으로(Siriusly and selenely), 별과 달처럼, 저 행복한 쌍들은 덧문 뒤에서 번성했는지라, 그들 두 사람은 행복했도다. 때는 서력(주님의 해)이라. 그들은 결혼식에 흥겨워했도다.

513.20. 〔욘〕―노위(老危)의 파파게나〔저급 코미디언〕의, 늙은 중풍 걸린 프리아모스 왕〔트로이 최후의 왕〕, 에드윈 하밀턴 작의 크리스마스 빵따른 무언극〔Xmas 팬터마임〕, 개이어티 극장에서 공연된 *에디퍼스 왕과 흉포(凶暴)표범*으로부터 귀가하여, 아리아(영창: 詠唱) 주위를 성락도무(聖樂蹈舞)하면서, 그의 52의 상속 년과 함께! 모두들 그와 같은 유사자(類似者)들에게 눈이 얼레처럼 어리병병할지니〔무어의노래〕 그러나 노아 선인(善人)은 정강이를 감추도다.

　〔결혼 하객들〕―그리고 쌍둥이 셈과 숀의 출생. 그리고 처녀니브(이씨)의 출생이라. 예식장에 참가한 객들: 이들 사인방들도 또한, 거기 있었나니, 만일 내가 과오하지 않는다면, 표류물적(漂流物的) 및 투하물적(投荷物的), 부표부부하물적(浮漂付浮荷物的) 및 유기물적(遺棄物的), 〔『율리시스』

17장에서 블룸의 부(富)의 축적 계획 참조, U 590] 케리 카드릴 곡 과 리스트타웰 창기병 곡을 내내 홍청망청 음주하면서 그리고 자신들의 저 연속 오도에 맞추어 언제나 주체집가(主體集歌)하면서, 응? 12각(脚)의 테이블 아래를 들락날락 출입하는 현명한 코끼리들 마냥?

514. 〔결혼 하객들에 대한 재 서술〕

〔욘〕─그들은 단순한 스캔들 상인들이었도다, 저 친숙한, 그 밖의 모두! 북노만인(北露蠻人), 남대수만인(南擡袖蠻人), 동오수만인(東吳須蠻人) 및 서계만인(西憩蠻人), 〔동서남북에서 온 하객들〕 대 혼란 여기저기 마(魔) 역사에 남을 짓을 하면서!

〔심문자〕─신랑의 이름과 구제소를 댈지라, 그러면 우리는 오늘밤은 이만해 두리니!

〔욘의 대답〕─이(i) . . . . 우(o) . .을(l) 〔Finn McCool〕

〔결혼의 선언〕─필시. 우리를 위해 기도하라, 뇌(雷) 목(木)요일, 호우드 천구(天丘)의 소례정(小禮亭)에서, 타타르 산(産)의, 아담 피츠담 백(伯), 데이메투스(신공자: 神恐者) (저주강: 詛呪江)의 아내, 혹은 강명(江名)에 의한, 보니브르크(애천; 愛川), 생자를 위한 길조요원(吉鳥療院)의, 색빌─로우리 및 몰랜드웨스터 그리고 조신부(鳥新婦) 들러리의 경호인(警護人)이요 신랑 대리인인, A. 브리그스 차리슬 교황 미사 회찬(會餐)이라.

514.32. 〔하객들의 난동〕

─프라드 속(屬). 핑크 남(男), 재채기, 일축일배(一蹴一杯). 행차(行次). 그러자 게일어화(語化)를 위한 일타. 여우. 등불을 가진 숙녀. 맥(麥)부대의 소년. 궁둥이 깔고 앉은 노인. 대혼전! 그건 우리들과 그대와 그대들과 나와 성가피(聖歌彼)와 해피녀(害彼女)와 족미피(足未彼)와 방패녀(防牌女). 최초 아일랜드 종족, 유구한 국민, 상주(常駐)했던 최고공(最古空)의 장소.

515. 이에 심문자는 욘에게 HCE가 무일언(無一言)했는지 묻자, 욘은 가증스러운 일…… 무선미(無鮮味)라고 대답한다. 그러자 심문자는 욘에게 이를 보고 참았는지 물으며, 계속 독촉하는지라. 아아, 자 이제 계속할지니, 최

후로, 욘은 장례 유희를 재건하도록 요청 받는다.

　〔심문자〕―그대는 그렇던고 그렇잖았던고? 스스로 답을 물어 볼지니,
나는 그대에 짧은 질문을 하지 않고 있나니. 자 이제, 혼성하지 않도록,
나는 그대에게 원하나니, 이 서사시적 싸움 〔부자간의〕의 증인으로서, 그
대의 것이 듯 나의 것인지라, 우리들을 위해 재현할 것을, 그대 될 수 있
는 한 간결하게, 심안(心眼)의 견해처럼 똑같이 정확하게, 이들 장의락(葬
儀樂)의 유희가, 어떻게 하여 성명(聖名) 규합이 발생했을 때, 그것이 신조
(信條) 대랑 학살했는지를.

　〔욘〕―어느 것을? 분명히 나는 당신에게 그걸 직후 말했는지라. 나는
지난 밤 만취했나니.
　〔심문자〕―글쎄, 그걸 내게 공평 직시 말할지라,
　〔욘〕―아아, 확실히, 나는 무망유령(霧忘幽靈)이라.
　〔부자 및 형제간의 갈등에 관한 심문자의 재촉〕―아아, 자 이제 계속
할지니, 마스터 본즈(골군: 骨君), 작살에는 익살, 그대의 언어장애와 그대
의 부수묘기(附隨妙技)를 가지고! 그대는 언제나 신사 시인이었는지라, 건
초 감시구(監視區)에서 온 비둘기, 잔소리꾼 사내? 그에 관해 세심할지라,
본즈 마이노(미성골군: 未成骨君)여! 의락(椅樂)하게 보일지라! 자, 허약자
여! 끝까지 갈지라,

516. 〔솀의 등장, 욘의 보고〕

　―과연, 그때, 취리먼(의장) 씨여(『피네간의 경야』faith, then, Meesta
Cheeryman), 처음 그(솀)가 다가 왔나니, 법석대는 익살꾼으로…… 자신
의 회색 발에 쿠쿠 빗을 꼽고…… 전당포 근처를 당혹하며 그리고 침 뱉
을 꼭두각시 준비를 하면서, 자신 스스로 더불어 원했던 자계대회(雌鷄大
會)의 전신건전성(全身健全性)을 새 무지(無知)로 불량아처럼 알고 싶었던
것이도다. 〔욘은 솀이 어떻게 애초 도회로 다가 왔는지 서술한다.〕 조끼
의 킬대어 쪽에 바람개비 수탉을 여봐란 듯이 단 채, 위에서 보면 지겨운
고안, 『청의(靑衣)를 입고(Wearing of the Blue)』를 휘파람 불면서, 그리하
여 자신의 일상의 자유로운 그리고 안이한 모습으로, 모든 이에게 아침을
인사하면서, 자신의 손발톱을 깨끗이 한다거나 정장(正裝)을 한다거나, 그

리고 자신의 구레나룻을 빗질 하며. 나리여, 만일 그가 자살하거나 자신의 목숨을 구하기에 앞서 자신의 육체를 도로 되돌려 받기를 원치 않는다면, 나를 반쯤 목 조를지니, 그런 다음, 그는 자신의 포켓 브라우닝 권총으로 32초까지 11을 헤아리며, 계속 저주하면서, 그리고 무슨 일이 행해졌는지 알고자 하면서. 셈은 거기 터보트 가[더블린의 텔버트 가]의 모퉁이에 오직 서 있었는지라, 침 뱉을 준비를 하면서, 무엇인지에 관해서 아무것도 알지 못했나니.

〔그러자 심문자는 그들 사이에 대 접전이 벌어졌는지 질문 한다.〕

516.31.—사르센사암분출자(砂岩噴出者), 마치 냅 오팔리 프래터 랜디 무어 및 버거스 경쟁자들의 혼잡(混雜)처럼? 환언하면, 그것은 어찌하여 만사(萬事)의 통상주년과정(通常呪年過程)에서, 하지만 축사(祝辭)의 보충으로서, 내가 그것이 비범한 것처럼 말해야하고 말할 인간의 관례를 좇아, 그들의 천주(天住)의 더 명민(明敏)한 천사전(天使戰) 또는 사진판정대접전(寫眞判定大接戰)이 시작되었던고?

517. 〔형제의 갈등, 욘의 셈에 대한 악평〕 그는 볼링 녹장(綠場)에서 가져온 자신의 까만 구장(舊裝) 소총을 가지고 타봉지자(打棒持者)를 무단삭제조롱 하려 했도다. 그런 다음 그들은 서로 박쓰(상자: Box)니 칵쓰(키잡이: Cox)니 하고 이름을 부르며 다투었는지라, 11.32분에 서로 고함지르며 절규했도다.

517.12. 〔심문자 질문〕

—그이(셈), 최초의 스파이크맨(대못남[男]), 최후의 대변인에게 무슨 짓이 일어났던고, 그리하여 그 때, 그들 사이에 어떤 더 많은 검댕덩어리와 왕겨찌꺼기를 들어올린 다음, 그들 형제들은 시궁창 속으로 다 함께 배수 굴러 떨어졌던고? 흑돈방벽(黑豚防壁) 같으니?

〔욘〕—아니, 그는 후두부에 자신의 이빨을 박고 있었도다.

〔심문자〕—박쓰(상자)(셈)는 당시 자신의 낯짝을 광(光) 내려고 애썼던고?

〔욘〕—아니, 그러나 칵쓰(키잡이)〔욘 자신〕는 재담문사(才談文士)(셈)를 정강이 깔려고 했도다.

〔심문자〕—설사 그가 결코 리버홀마〔영국 비누〕제를 다시는 사용하지 않겠다는 최악의 절규와 그가 일생(日生)을 언제나 지킬 수 있을 것이라는 최선의 절규를 부르짖었던고?

〔욘〕—진실로 그가 여태껏 행한 최선, 그리고 내가 결코 하지 않을 암 퇘지의 취태였도다.

518. 〔심문자〕—그것 (형제의 다툼)에 관한 쌍방격감정대립(雙方激感情對立)의 마르스 군신(軍神)의 애증을 위한 이 교전을 언어화할지라. 그대는 자신이 일백 피트 그들의 그림자를 나중에라도 보았다고 변함없이 맹세할 터 인고, 이것, 저것 그리고 다른 것을 두고 마성적(魔性的)으로 다투면서, 그들의 미덕 찬(贊)과 그의 천사권품(天使權品) 부(否) 모두 함께, 드로그헤다가(더블린 중심가), 폐허구(廢墟區) 근처, 그리하여 마레지아(아일랜드 최후의 식민자들) 풍(風)을 향하여 악마 자신의 먼지를 걷어차면서?

〔욘〕—나는 할지라. 나는 했도다. 그들은 그랬나니. 나는 맹세하도다. 천국의 의용군 마냥. 고로, 곡간마(谷間魔)여 나를 난파하소서! 만일 그것이 B. 덴마크 하자(何者)의 의지라면, 천명(天命)의 두장석(頭長石)〔운명석, 신의 돌멩이〕위에, 나의 혀를 가지고, 구두 앞닫이를 통하여.

〔심문자〕—눈물짓는 로칸 수호성자여! 그들(형제)은 어떤 경이적인 작업에 시간을 보내야만 할지니, 정말, 은밀하게, 이 무기협상 동안(휴전), 육식자들 대 채식자들처럼. 그대는 그렇게 생각하지 않는고?

〔욘〕—찬성.

518.15. 〔심문자〕—〔전투 동안의 무기들〕불법시하는 사격장 혹은 방호책(防護柵), 일명 이탄채굴철기구(泥炭採掘鐵器具), 기관사, 인질기계회사(人質機械會社)(HCE)의 생산품은 그 무기교역 동안에 회전된 찔레나무(쇠톱)처럼 몇 번이고 주족主足을 바꾸었던고? 피프(Piff: 파이프)(관: 管)을?

〔욘〕—퍼프(Puff: 딸꾹)! 그대 실례할지라. 그건 급수관이었도다.

〔심문자〕—그들(형제)은 전쟁이 끝난 줄을 몰랐는지라 그리하여 우연히 또는 필요에 의하여, 맥전(麥戰)과 포도화(葡萄和)〔톨스토이 작의 「전쟁

과 평화」제목의 변형]의, 가병(假甁)을 가지고 단지 서로 모반(謀叛)하거나 반박하고 있었나니, 마치 셔츠픽트인들〔클론타프 시의 덴마크 인들〕및 만인(漫人) 스코틀랜드인들 사이처럼, 덴마크희랍인들의 추배제(追排除)〔1904년 클론타프 전투 시의 덴마크 인들의 추방〕를 비축하(悲祝賀)하기 위해, 아일랜드 로망(소설)의 그들 카락타커스 추장(酋長)〔로마인들에 저항한 대영국 추장〕만화들 마냥? 그대는 뭘 말하는 고, 실례지만?

〔욘〕―그것이 모두로다. 왠고하니 그(셈)는 심하게도 직립(直立)한〔강직한〕사나이였는지라, 토스카니〔이탈리아 중서부〕지방구(地方口)의 라마어화자(羅馬語話者), 익살맞은 낙수홈통 같으니.

〔심문자〕―나는 모간 족속 그리고 도란 족속〔남녀 이름〕을 의미하는지라, 인피니쉬(in finish)(종국: 終局)에?

〔욘〕―나는 당신이 그렇잖은 걸 알고 있도다, 인피니시(in Feeney'sh)(결미: 結尾)에.

518.31. 〔심문자〕―하지만 이 전쟁은 평화를 보상했는지라? *포도주 진실 속에.* 혼돈으로부터 법률제정, 무기 당연히?

〔욘〕〔평화의 성취 및 보상〕―오 벨라! 오 종교전(宗敎戰)! 오 영대(英代)! 아멘. 우리들 사이에 벽거(壁居)한 채. 발버스인〔골에 벽을 쌓려던 로마 인〕에게 감사축배!

〔심문자〕―언제나 그대에게 들리나니, 그것이 크리스천들을 위해 지옥각(地獄殼)처럼 저주스럽게 땡그랑 짖어 댈 참인고?

519. 〔욘〕―〔욘〕그러나 총합적으로, 만일 당신이 감죄(感罪)했다면, 그건 신경구주인(神經歐洲人)들에게 개방된 영천사(英天使)처럼 지옥연(地獄然)하게 들릴지니. 그런고로 불침번(不寢番) 설지라!〔「베드로 전서」5:8의 인유.〕

〔심문자 질문〕―그리하여 부우자(否愚者) 및 찬탈품(贊奪品)의 이 유형 혁명적 발발 광무언극(鑛無言劇)〔형제 갈등〕이, 돼지와 사랑, 주간 내내 계속되었는지라, 래리의 밤에 이어 그대의 밤,〔노 가사에서〕그대의 황당무계한 이야기에 따르면? 루드 왕장기(王長期), 필경 세세연연 동안?〔계속적 형제 갈등〕

〔욘〕그건 오랜 세월은 정(당)하도다. 이것이 그의 장구한 인생인지라,

그것은 옳도다. 〔그러나 그의 이러한 설명을 심문자는 정말 이상하게 생각 한다.〕

519.14. 〔심문자〕─우스꽝스럽도다! 그게 낙태평(樂太平) 보일지 모르나 그건 기행이로다. 〔그리하여 심문자는 욘의 지금까지의 증언이 온통 조롱 같은지라, 자신들의 이해에 안내자가 되지 못한다고 한다.〕

　〔심문자〕─이것은 충분한 안내가 아닌지라. 철면피 씨여. 만지작거리거나 그러모으거나 윙윙 날거나 악취를 토하면서! 그리하여 온통 그대의 조롱이요 조기(造欺)요 조언(租言)이라! 내가 타륜(舵輪) 곁에 잠자고 있었다고 생각했던고? 그대 맹세코 북극의 아테네 대배심원에게 말할 참인 고, 나의 젊은이여, 그리하여 우리로 하여금 그대를 믿도록 요구할 참이라.

519.26. 이에 욘은 도전 받고, 탄핵된다. 그러자 그는 이야기를 친구인 타피(Luke Tarpey) 〔4대가 중의 셋째〕 한데서 들었다고 선언 한다. 그 자는, 3시의 미사 뒤에, 40일 대사(大赦)와 함께, 안트(남극) 타티 빌라(별장)의 병자인지라, 라이온즈 부인에게 얼마간의 비(雨)가 약속되었으니, 많은 꿀꺽 잔과 접시와 함께 그리고 마찬가지로, 내게 말했도다.

520.1~21. 〔욘의 증언 계속〕
　─그(타피: Tarpey)는 피닉스 공원에 산보 중이었나니, 그리하여 그는 어느 화요일 마이클 클러리 씨(氏)(Mr Michael Clery)와 만났는데, 후자는, 맥그레고 신부(『피네간의 경야』, ther MacGregor)가, 고해실 안의 3실링 건에 관한 진실을 신부에게 말하려고, 그리고 라이온즈 부인(Mrs Lyons)이 매슈 신부(『피네간의 경야』, father Mathew)가 병졸들과 비신자(非信者)들 및 오신자(誤信者)들에 의해 범해진 모든 불법행위에 대하여 심야가면성자(深夜假面聖者) 미사를 올리도록 마틴 클러리 씨에게 3실링을 우송할 것을 약속했는지를 말하려고 그이, 타이피에게 필사적이었음을 말했도다.

〔위의 구절에서, 욘의 입을 통하여 타피가 공원을 거닐면서 경험한 긴 일화는, 그의 편재성, 천국의 성좌, 육지의 지형, 재국의 거대한 문어, 인간

사들, 상징적 취지의 나무와 돌, 등이 옭힌 가장 알쏭달쏭한 내용이다.〕

520.27. 〔심문자의 다그침〕

―허튼 소리(Quatsch)! 얼마나 그대 변덕부리는 고, 그대 절름발이 서한(鼠漢) 같으니! 내가 그대를 훈련시킬지라! 그대는 당장 그대 양 의견에 그 날을 맹세 또는 확언하고, 그대가 일견에 이득 했다고 단언했던 모든 것을 철회할 터 이고, 왜냐하면, 그대의 남향 말투가 온통 벼 밭치레 인지라? 찬(贊) 또는 부(否)?

〔욘의 대구 및 맹서〕―긍아(肯我) 긍화(肯話)로다⋯⋯ 나는 단호히 맹서하노니.

〔심문자는 되묻는다.〕―그대의 맹세에 대한 보상은 무엇인고? 얼마나 극히 많은 반짝이는 양배추 또는 박하(薄荷) 화폐(peppermint)를 대가로 끌어내야 하는고? 그대는 모든 맹세를 위해 금화를 끌어낼 참인고? 발광자 (發光者), 연양(軟羊)이여?

521.3. 〔욘의 대구〕

―내가 바라는 것은 없도다. 감자 구근. 그래 마음대로 하구려! 아주 공무(空無)라, 오 감자취자(甘蔗醉者)여, 나는 더욱이 내가 에식스 각하(Es-sexeley)에게 말할 수 있기에 그렇게 부르나니, 그리하여 나는 나의 허공 그대로 경신(輕信)하지 않고 있는지라, 골든 브리지(금문교) 진실로. 지전 (紙錢)이든 엽전(葉錢)이든 총액 무로다. 루칸〔더블린 외곽 지역 명〕의 한 잔도 고지남(高地男)의 하의의 대가만큼도 또는 그대의 휘장공(徽章孔) 둘레의 세 왕관(약간 구역질나지 않은고?)도 아닌지라, 저주 경칠 모두 통틀어!

521.10. 〔심문자〕―자 이봐요, 조니! 우리는 어제 태어났던 것이 아닌지라. 큰 은혜에 대하여 우린 뭘 보답하랴? 나는 그대의 스카치 칵테일 돈미(豚尾)에 맹세코 그대가 말하기를 청하나니, 그대는 어떤 비틀비틀 주스 혹은 사마(死馬)를 가지고 벌금기배(罰金幾倍)를 약속 받았는지라, 소량이든, 다량이든, 라빈 주점 및 슈거롭 옥에서, 존즈 절름발이든 혹은 재임스 속보 (速步)든, 어쨌거나?

〔욘〕─부쉬밀 알라여! 〔이슬람교의 주신〕 당신은 잠시라도 생각하는 고? 그래요, 그런데. 얼마나 아주 필연적으로 진실이랴! 내게 페어플레이를 행할지라.

〔심문자〕─비둘기 옥 그리고 갈 까마귀 주점에서? 그대의 자금고갈을 적시기 위해?

〔욘〕─물(水), 물, 살오수(撒汚水)여! 주빌리 지지(芝地) 〔가톨릭 성지〕까지 솟아라! 토탄맥(土炭麥)이여, 퇴각 할지라!

〔심문자〕─그걸 요구한들 무슨 해결(害缺)이람! 그대는 얼마나 자신의 올 바른 이름을 지금 듣고 싶은 고, 개지 파워〔아일랜드의 사기한〕여, 나의 트리스탄 우울악사(憂鬱樂士)여, 만일 그대가 솔직한 논평에 공포탄(恐怖歎)하지 않는 다면?

521.24. 〔욘〕─프랑커(솔직한) 하신(何身)의 가스 파워든 또는 악성의 궤양 (潰瘍)이든, 게다가 무경악(無驚愕)한 채.

〔심문자〕─그대의 숙부(앙클)!

〔욘〕─당신의 식도(갈릿; 食道)!

〔심문자〕─그대는 그걸 밖에서 내게 반복할 터인 고, 옹색불편한(壅塞 不便漢)이여?

〔욘〕─당신이 몇 마디 고함을 지른 뒤에? 나는 적시에 그러할지라, 얼스터 호랑가시나무여.

〔심문자〕─좋아요! 우린 경투(競鬪)할지니! 3대1로! 준격(準擊)?

〔욘〕─그러나 아니 도다, 예(例)로부터, 에마니아〔얼스타 주의 고도〕라파루(군중)! 당신은 뭘 지녔는고? 무슨 의미 인고, 당당한 자여? 피니언 인(人)들을 위해 페어플레이! 나는 나의 유머(해학)를 가졌나니. 확실히, 당신은 비굴한 짓을 하거나, 나 귀자를 매춘하지 않을지라? 내가 매범중 (賣帆中)인(seilling : selling + sailing) 퀸즈 가도에게 말할지니. 안녕히 그러나 언제든지! 바이(Buy)!

522.4. 〔심문자〕욘의 조상이 북방 아일랜드 출신인지, 그리고 그는 어떤 범죄 또는 심각한 혐의의 비난받음을, 죄과 가운데 어느 것을 택할 것인고……

522.12. 이에 욘은 어물쩍거린다. 당신은 별아 별 일들을 듣는지라……

그러자 심문자가 다시 질문 한다…… 무슨 오렌지 껍질 벗기는 자(경찰
관)들 혹은 녹색목양신자들(청과물상)이 그대의 숲의 가족보(家族譜)에 주기
적으로 나타났던고?

522.18. 이에 욘은 만일 내가 안다면 비역 당할지니! 하고 대답하며, 불쑥
"하(Hah!)"하고 부르짖자,

심문자가 묻기를, 그대 무슨 뜻인 고, 자네, 그대의 "하" 이면에(What
do you mean, sir, behind your hah)!

이에 욘은 설명한다.—천만에, 나리. 단지 한 개의 뼈(骨)가 장소 속으
로 움직이고 있는지라.(Only a bone moving into place). 〔여기 두 개의 죄
과가 제시되고, 심문자는 욘으로 하여금 택일을 요구한다.〕(1) 시바 암곰
앞의 수소 놀이, 아니면 (2) 경마 피안의 뒷 다리질. 〔욘은 자신 속에 들어
있는 타자의 힘을 빌리려한다.〕—나는 나 속에 뭔가가 내 자신에게 말을
하고 있도다. 〔그러자 심문자는 욘에게 그의 정신분석을 요구한다.〕

522.31~2. —그대 자신을 정신분석 받을지라!(Get yourself psychoanolised!)
〔욘은 그건 자신에게 불필요하다고 말한다.〕

〔욘〕—오, 어렵쇼, 나는 당신의 갈색의 3/4 카프카스〔흑해의 한 지
역〕혈(血)과 1/4흑인 혈의 전문인 간호 온상동정(溫床同情)을 원치 않은지
라.〔욘은 정신분석을 거절한다.〕그리하여 나는 내가 원할 때는 언제든지
나 자신을 정신잠석(精神潛析) 해제할 수 있나니, 그대의 간섭이나 또는 그
어떤 다른 구도인(鳩盜人) 없이.

523. 〔심문자들〕—견본(Sample)을! 견본을! 〔여기 "S"음은 잇따른 소녀—
형사 Silvia Silence〔소녀 형사〕로 연결된다.〕

523.2. 〔실비아의 질문〕—그대〔욘〕는 지금까지 오반영(悟反映)한 적이 있는
고, 오기자(悟記者)여?

욘은 심문자들이 요구하는 견본으로서, HCE가 지닌 호모섹스에 대한

5가지 다른 목소리를 제시한다.

1) 소녀 형사(Sylvis Silence)의 목소리: 악은, 비록 그것이 의지(意志)될지라도, 아무튼 전신화(全新化)를 향해 선(善)으로 계속 나아가나니. 〔이는 『율리시스』「아이올로즈」장에서 화자(스티븐)의 명상의 인유인 듯: "만일 그들이 지고로 선해서도 아니고 선하지 않아서도 아니오 비록 선한 것이 아직 부패되지 않았다 할지라도 선한 것도 부패한다는 것이 내게 개시되었다."(U 117)〕

2) 또 다른 사람의 목소리: 사람은 저지른 죄만큼 죄 비난을 받아야만 하지 않은고?

3) 제3자의 목소리: 호치키스(경마)(H) 칼쳐스(C), 에버레디(文化常備)(E)는 미세스 맥마니간의 안마당에서 유(留)할지라.

4) 제4의 목소리: 그것은 거만한 "—ation"(논리의 명제)의 페턴으로 말한다. 그것은 트리클 톰(Treacle Tom; 전 죄수)의 목소리로서, 총체적 계속화(繼續化; genral continuation)를 위하여 그리고 그대의 단수 심문화(審問化; interrogation)에 대한 특수 설명화(說明化; explication)에 있어서 우리들의 단언 행위화(行爲化; asseveralation)로다.

5) 제5의 목소리: 쇼트리(Frisky Shorty; 트리콜 톰의 쌍둥이)의 것, 그는 공원의 만남의 각본을 제시한다. 톰은 말한다: 나와 나의 동숙 친구인 프리스키 쇼티는 미들섹스(중간 성) 파티를 수행하고 있었도다.

이어지는 욘의 기다란, 불연속적 구절(523.21~ 525.5)

524. 여기 욘은 이제 트리콜 톰의 입을 통해 HCE, 호스티, 프리스키 쇼트리, 공원의 두 소녀들, 코핑거 씨〔성직과 관계되는 인물〕, 물기들(fishes)에 관한, 사이비 논리적 및 칸트 식, 길고도 지리멸렬한 설명을 끌고 간다. —우리(나와 쇼트리)는 코핀거 씨라는 존경하올 목사에게 한 조각의 화연관(火煙管)에 관하여 물었나니. 종경하올 그는 몇 가지 예를 열거했도다. 예를 들면, 한밤중에 훈제해각(燻製海角) 월편의 청어 떼의 오월승(五月乘)의 가설적 경우를. 그들은 부딪치며, 공격하며, 버티며, 후퇴하며, 날뛰며, 움츠리며, 기울며, 돌진하며, 쏘며, 뛰어오르며 그리고 쌍미(雙尾)를 지닌 자신들의 배수대(背獸帶)를 흩뿌리면서, 그리하여, 존경하올 목사님, 그가 말하는지라, 뭔가 약간의 문제적, 저 사회주의자의 태양에 맹세코,

탈장(脫腸)할지라, 작은 훈제청어들 만큼 기쁘나니, 그리고 그들 모든 자들, 꼬마 상하 광란자들이 그들의 초기 양성주의(兩性主義: bisexualism)[암수양성의 구실을 하는 섹스]의 증거를 들어냈도다.

525. [앞 문단 계속]

이러한 것이, 어찌 존경하올 코핀거 존목사(尊牧師)인, 그가 편협하고 세련되지 못한 가인(家人)의(h) 신조(信條) 핵심난제(核心難題)의(e) 윤리관(e)을 명시화(明視化)하나니. 그대의 염기불쾌불결(鹽氣不快不潔)의 혼변소(昏便所)에서 매조낙조(每朝落照) 경섬세(耕纖細)하게 혹계(酷戒)할지라. 냉수의 사용은, 루티 박사[18세기 광천수의 이점을 칭찬한 더블린의 의사]가 증시(證示)하는바, 선천적 완욕망(緩慾望)의 암종속(暗從屬)을 위하여 격렬히 추천될 수 있을지니. 쾌(快) 건강할지라, 어군(魚群)들!

[그러자 일련의 문제들이 물고기의 이미지들을 개진한다.] HCE는 위대한 연어(the Great Salmon)가 된다. 물고기 같은 유혹녀 중의 하나는 바그너(Wager)의 왕자 맥시미란(Maximilan)의 아름다운 여인인, 생생하고 사랑스러운 로라(Lola Montez)이다. 라인 강의 처녀들 및 리피강의 처녀들 그리고 추적의 연어가 호스티(Hosty)의 인기 있는 풍자시를 위해 새로운 운시(韻詩)를 고무한다.

— 자 고양(高揚)할지라, 호스티여!(Lift it now, Hosty!) [4자들은, 운으로부터 재차 출현한, 호스티로 하여금 인간 뇌어(雷魚)인, 오레일리에 관한 그의 유명한 랜(rann; 운시)을 다시 한 번 노래하도록 격려한다.]

그리하여 욘은 HCE — 물고기 — 핀 맥쿨 — 리피강을 거슬러 오르는 덴마크의 침입자에 관한 민요를 작문한다.

— 정액이 가득한 늙은 연어가 있었으니
톰(수컷)과 아씨의 뒤를 도욕(跳慾)하면서.
우리들의 인간(H) 콩(C)장어(E)(어; 魚)!

525.26. [심문자] —으윽(Hep)! 나는 그를 어망(漁網) 속에 볼 수 있나니! 저 친구를 잡을지라! 그를 맞상대 할지라!

〔욘〕─그대 당길지라, 나리! 그는 껍질을 벗기기 전에 울부짖으리라. 폐어(肺魚)!

〔심문자〕─그(HCE)는 그녀의 입을 놓쳤고, 디 하(河)(Dee)로 입입(立入)했나니〔성 패트릭은 고대의 Dea강인 Vantry 하구에서 상륙했다.〕…… 천만에, 그는 스케이트처럼 굴렀고, 그녀의 소계(小溪) 위에 정박(碇泊)했나니, 결코 두려움 없이 그러나 그들은 그를 상륙시킬지라.

526. 〔HCE가 연어로, 핀 맥쿨로, 덴마크의 침입자로, 그리고 리피강의 여인들(공원의 소녀들)로, 가각 이어진다. 4노인들은 자신들의 질문을 통하여 과거 속으로 들어가는 듯하다. 이에 욘은 요정의 모습으로 이들에 대답하는데, 이는 앞서 8장의 리피강가의 빨래하는 아낙들의 말투를 닮았다.〕

─후들후들 떨고 있는 사초(식; 植) 사이 그렇게? 수초파동(水草波動)치며.

─혹은 아래 쪽 골 풀 지(地)의 튤립 밭.

─어두운 뒤라 그대의 잔(盞)을 어디로 가져가 썼으런?

─물길로, 텅 빈 시골뜨기, 토미 녀석.

─거품 지껄이는 물결 곁에, 지껄지껄거품이는 물결의?

〔그러나 그들의 질문들을 되돌리기 위해, 이야기는 다시 공원의 3군인 척탄병들과 연관된다. 욘이 말하는 저들 3군인들은 누구였던고?〕

526.11. 〔심문자 왈〕─척탄병들. 그리하여 방금 내게 말할지라. 이들 낚시꾼 천사들 또는 수호천사들이 *그들의 제삼자(tertium quid)*와 함께 또는 없이 공존하고 공현존(共現存)했던고?

〔이에 욘은 자신과 솀과의 적대 관계를 다음과 같은 3행 시구로 대답한다.〕

—삼위일체, 하나와 셋.
셈과 숀 그리고 그들을 떼어놓은 수치(羞恥),
예지의 자(子), 우행의 형제.

증인[욘]은 해산되고 또 다른 증인[새로운 욘]이 소환된다.

526.16. 〔심문자〕—그대의 정력에 신의 축복을, 뒤틀뒤틀흔들흔들! 〔술 취한 듯한 욘, 우체부의 암시〕그건 삼성강(三城溝)과 화구 버너(분화구)인지라. 그대는 요정 소년들을 위한 영마(靈魔) 소녀들을 잊고 있도다. 뭐라, 워커(산책자) 존 존태사(尊怠師)? 〔19세기 아일랜드 종파의 창설자〕, 최대연(最大演)할지라! 그리고 세계 종말 느슨하게!

새 욘은 아일랜드 북서부의 콘낙트의 요한의 목소리로 말한다. 그는 자신이 두 탈의의 나(裸) 처녀들과 함께 삼엽(三葉) 토끼풀 속에 숨어 있었다고 생각했나니, 한편 다른 꼬마 소녀(이씨)가 최가연(最價淵)의 냉수류(冷水流) 속에 자신의 이미지를 감탄하고 있었도다. 욘 왈:

526.20.

—천연스러운 크로찬 왕좌!Naif (Cruachan)〔콘낙트의 지역, 고대 왕들의 왕좌〕화상화(禍上禍), 위데브 댈리〔미상, 몰리가 독백하는 호텔 문지기? U 635참조〕가 말하는지라. 여자는 야계(野界)를 유수(遊水)할 것이로다. 그리하여 우행의 처녀는 영광처(榮光處)로 가리라. 확실히 나는 생각했나니, 그건 두 탈의의 나주막처녀(裸酒幕處女)들, 스틸라 안더우드와 모스 맥그레이와 함께 설태(舌苔) 낀 계곡의 삼엽 토끼풀 속에 숨어 있었는지라…… 그 후로 개울 속의 자신의 독신누설(獨身漏泄)의 닮음에 얼굴〔이씨의 거울 이미지〕을 찌푸리고 대기 속에 몸을 식히면서, 그녀 그걸 기뻐하면서, 그녀 그걸 칭찬하면서, 아리스 버드나무와 과부수세류(寡婦水細柳)와 함께, 온통 뒤틀린 채, 사실상, 극여우(劇女優), 방목장호(放牧場湖)의 사랑이여!

526.34. 〔이씨 왈〕—오, 방목장연(放牧場然)한 작은 아씨가 덧붙여 말하는지라! 온통 그녀 자신의 것! 나르시스 자기 도취중은 전도(傳倒)의 망령 딸

과 같은지라. 그리하여 그들의 소급경(笑級鏡)을 통한 앨리스 아씨들은 후생(後生)의 소우하녀(沼友下女)가 되는 도다. 〔이졸데가 거울 속의 자기 자신의 반영을 꾸짖거나 위안하자, 그녀 자신으로부터 답이 나온다. 새로운 증인은 그가 두 나신의 바걸들과 함께 클로버 속에 숨어있었다고 생각했나니, 한편 다른 꼬마 소녀가 개울의 자기 이미지를 감탄하고 있었다.〕

527. 〔심문자 왈〕─그건 체플리조드와 동등한 것처럼 보이는고? 그래? 말해주구려! 무엇을 멍하니 생각하는고!

〔아래 긴 구절에서(527.3~528.25), 나르시스 상이 된 망령든 이씨는 겁 없이 거울 속의 자신을 보며 독백한다. 그리하여 그녀는 자신이 요정, '황금의 집(house of gold)'(성모상), '상아의 탑(tower of ivory)'〔『젊은 예술가의 초상』, 35~6 참조〕임을 스스로를 감탄한다. 그녀가 거울에 대고 말하는 자신의 사랑스러운 말들은 시인 브라우닝(Daddy Browning)과 퍼치즈(Peaches)(두 유혹녀들) 또는 손─스위프트 및 스텔라(143~48)와의 교환사(交換辭)를, 그리고 『율리시스』의 거티 맥도웰의 그것을 닮았다.〕

527.3. 〔이씨와 자기 거울 이미지와의 대화〕

─귀담아 들을지라, 나의 애자여! 다가와, 이 가슴 속에 쉴지니! 정말 안 되었도다, 그대가 그를 놓치다니. 물론 나는 그대가 심술궂은 소녀임을 아는지라, 저 몽소(夢所)에 들어가다니 그리고 그날의 그 시각에 그리하여 심지어 밤의 어두운 흐름 아래, 그 짓을 하다니 정말 사악했도다. 하지만 그걸 용서할지니, 그리고 누구나 불가시(不可視)의 복장을 한 그대가 참으로 귀엽게 보이는 걸 알고 있도다…… 물론 그건 그가 철저하게 몹시도 사악하나니, 나를 변장하여 만나며. 얼마나 우리들은 피차 숭경(崇敬)하는고. 소개해도 좋을까! 우리의 달콤한 그대! 오 쾌첩(快疊)할지라! 거울이여 정의를 행사할지라, 상아의 심지 탑, 맹약의 심주(心舟). 황금의 굴렁쇠여! 나의 베일이 그의 영영(靈永)의 불(火)로부터 불멸하며 그를 구할지니! 그건 유아(唯我) 우리들 둘 뿐인지라, 우리의 우상이여 얼마나…… 나의 무지개 미녀!, 그의 스톰 칼라 속에, 내가 그의 사향 코밑수염의 입

술로부터 작야 경지(傾知)했듯이, 심지어 나의 포메라니아[오스트레일리아] 산(産)의 작은 개(犬)까지도 흥분했나니, 그리하여 그때 나는 그의 머리를 자신의 똑같은 사나이다운 가슴 위로 향하게 하고, 그를 더 많이 키스했도다…… 이 이씨는 나의 미래 교접녀(交接女)이나니, 입술과 종애(終愛) 용모. 하지만 나는 그대와 함께, 그대 가련한 냉아(冷兒)여! 수태모와 화해하면 우리들 사이 영광 있을지니……

528. 〔이씨의 독백 계속〕

이졸데(이씨)는 아주 격려된 채, 결혼을 기대한다. 분명히 그녀 자신과 함께, 성당에서 멘델스존에 의한 음악, 타당한 의식으로. 톨카 강의 둑 위에 따뜻한 입술을 하고 누우면서…… 〔여기 그녀와 그녀의 이미지는 스위프트의 두 애인들 바네사와 바스로뮤의 그것이다.〕

그리하여 이제 나르시스의 여인으로서의 이졸데가 사라지자, 초조한 심문자가 그녀에 관해 묻는다.

528.14. 〔심문자〕―유사피아[심령술의] 영매(靈媒)여! 이 번민하는 히스테리는 무엇인고? 그녀는 만사 침묵이라! …… 이건 도대체 어떻게 된 일인고? 차체(此體)에 있어서 그 물체 인고 아니면 저건 유두(乳頭)인고? 서사산문시(敍事散文詩; posepoem)라. 겨울 속에 뒤집힌 산문시(prose poem)의 소녀는 매혹경(魅惑鏡)을 통한 앨리스(Alice; 동화의 여주인공)인고? 그녀는 그녀 자신의 환영(幻影)에서 양쌍적(兩雙的) 행위〔거울과의 대면〕를 하고 있는고? 그녀는 수태고지의 성처녀인, 그녀 자신의 환영 속에 콘수라(Consuelas)가 소니아스에게처럼 행위 하고 있는고? 〔프랑스 소설의 주인공 이야기〕

―땡! 그리고 밧줄, 사화자여 오! 〔4노인들의 종식〕

〔어떤 무선의 방해를 통해 꾸짖는 소리가 들린다.〕

528.27. ―피차 및 피차들! 그대의 순번으로부터 그대의 딱딱 성(聲)이라, 그리하여 더블린 방송 호출번호 2 R.N. 〔1926년 더블린 방송사의 본래의 호출 번호〕와 우장각(牛長角) 콘낙트 주(州)여, 나의 주파(周波)에서 멀리

떨어질지라. 그리고 그대는 1542년 이래 사자(獅子)의 주보(株報)를 지녔나니, 그러나 우리는 그대를 밟으리라. 그리하여, 나리, 나의 질문에 우선 답 할지라, 호난(狐男)이여!

529. 〔이 초조한 심문가는 마가(moonster), 요한(Connacht), 그리고 누가(the Leinstrel boy)를 나무라는 이상, 그는 마태임에 틀림없는지라, 자신이 문제에 대해 한층 공격적인 접근을 요구한다.〕 노쇠한 무능 자들로 남아 있는 대신, 우리는 참신한 두뇌 고문단(brandnew braintrust)이 되어야만 한다. 고로 고양된 채, 그들은 소녀들 〔마르타와 메리 양〕, 두 스위프트 류(類)의 처녀들 및 세 재단사들의 문제를 해결할 수 있을 것이다.

〔두뇌 고문단의 등장〕

〔4노인들은 그들이 할 수 있는 한 멀리까지 사건을 처리해 왔다. 그러자 이제 명석하고, 예리하며, 조직적인 그룹의 이보다 젊은 두뇌 고문단원들이 그 대신 자리를 대신한다. 최고의 확실성과 권위를 가지고, 그들은 케이트(박물관의 늙은 여경비원)를 불러내는데, 후자는 자기 자신이 원초 시대의 위인과 아주 가까웠다. 그리하여 그녀가 자신이 말할 바를 말한 다음에, 그들은 만사의 근원으로 직접 그리고 두려움 없이 나아간다. 그리고 HCE 자신을 소환 한다. 여기 4노인들로부터 젊은 그룹의 두뇌 고문단의 이동은 19세기 과학, 학문, 및 정치로부터 20세기의 그것으로의 진행을 암시한다. 노인들에 의하여 재창된 문제들은 너무나 깊고 거대하기 때문에, 인간적 힘의 가장 엄격하고 중요한 조직만이 그들과 맞설 수 있다. 이는 역사적 진행의 최후요, 궁극적 순간이다. 두뇌 고문단이 소환할 수 있는 것은 가장 극한적인 거대하고, 원시적 힘이다. 그것은 봉기적(蜂起的), 솟으면서, 무한정으로 돌출하고, 만사를 저절로 용해시킨다. 아들과 손자의 모든 세계는 단지 꿈처럼 사라지고, HCE와 ALP의 원초적이요, 전형적 존재만이 여기 남는다.〕

여기 새로 등단한 두뇌 고문단은 HCE에 대하여 질문을 행사함으로써,

답을 알 권리가 있다. 이어 그들에 의하여 HCE에게 10가지 질문이 행해진다. (1) 두 쌍 장군들이, 자신들의 최후의 지위로부터 해고되었을 때 자신들의 기도서를 주문했는지 (2) 어찌하여 오바조룸센(O'Bejorumsen : 프랑스의 경쟁자)이 복세(腹洗) 맥주통(the barrel of bellywash)을 소유하게 되었는지 (3) 왜 그 사나이가 쿰 가〔더블린의 빈민가 및 사창가〕에 있었는지, 당시 그는 그라스툴 종착역〔던 레어리의 역마차 종점〕의 마부처럼 안쪽에 자신의 둔부를 깔고 앉아 있었어도 좋았을 것을? (4) 세 군인들은 어디로 가고 있었는지 (5) 언제 그(HCE)는 푸로 연초를 피우는 것에 기식(寄食)하였으며 어찌 자신의 패터슨 및 헤리코트소〔더블린 석양 제조소〕에서 파승(破僧) 파이프를 피우기 시작했던고? 그건, 철저하게 입증된, 사실적 사실인 고, 털 깎은 양모 바지, 아이의 킬트 복, 젖먹이의 유온복(乳媼服) 및 웨링톤 복장을 한, 가장복장의 북구남으로, 곤봉, 목 굴장식(屈裝飾)과 머리장식과 더불어, 프토로메이 주옥의 이전 경영인(人)인, 그는 자신의 주옥을 시작했는지 (6) 그가 투계광장의 공동소유자인지

530. (7) 그〔가짜 쇼맨 HCE〕는 자신이 짓궂게 성가심을 당한데 대해 경찰파출소에게 불평 해왔는지 (8) 그가 자신의 자식으로 하여금 맥주 단지를 사오도록 보낸 다음, 자신의 아내 앞에 그걸 놓고는, 자신이 도로를 거니는 동안, 그녀더러 집을 살피도록 청하지 않았는지. 그의 저 상호 농아의 자식, 성 패트릭의 화장실의 잡품 배급 계, 어떤 로마 인을 변심시키고 회전의자를 떠나, 자신의 낡은 볼브리간〔18세기 더블린 카운티〕제의 양말을 신고 외출하도록 위협하게 한 것이 그 자였던 고, 무뢰한 같으니, (9) 사건을 보고한, 저 보조 순경, 세커슨(Sackerson)은 어디에 있는지 (10) 문지기요, 그녀의 염주를 지닌, 키티(케이트)를 부를지라.

고문단은 새로운 증인으로 순경 (또는 하인) 세커슨을 다시 호출한다. 이에 세커슨의 노래가 그에 응답한다:

— 일회피자(日回避者) 사부표차(四浮漂車)로 그는 시장을 신록화(新綠化)하는지라.

고독주(高毒酒)······ 는 어뢰(토피도)로 하여금 그녀의 난초를 욕탐(欲探)하게 했도다.

이 운시의 구절은 『성서』의 「창세기」에서 노와 방주에 대한 입센의 글귀의 변형으로, 다소 그 내용이 모호하다. 이는 입센의 "건축 청부업자(Bigmester)"(530.32)를 우리에게 상기시킴과 함께, 도시의 건설자인 HCE의 도래를 마련하는 동기가 된다.

530.25. HCE의 출현 전에, 그러나 키티(케이트)가, 자신의 차례로 소환 된다. 그녀의 난초를 탐할지라! 그녀는 조(색커슨: 하인)에 의해 능가당하기를 원치 않으며, 욘의 입을 통하여 말한다.

그녀는 깊나니. 그녀야말로 욘 속에 깊이, 그러나 HCE처럼 그토록 깊지 않게. 여기 키티는 자신의 내부는 "깊지만," HCE처럼 그렇게 "깊지" 않다고 말한다.

530.36. 〔키티의 HCE에 대한 기다란 증언〕

—그의 터키 악의(惡意)의 아르메니아 무례(武禮)를 위한 주主기도문 방귀소요자(『피네간의 경야』rternoiser), 오주(珸主)의 전부(前父)(HCE).

531.5~26. 〔여기 키티의 증언은 방송과 합세한다.〕

그녀는 HCE를 등 혹의 차일에 우리들의 매애(每愛)의 양(養) 빵을 하사하는 과오범한 오주(汚酒)의 전부(前父)(HCE)라 부른다. 그런 다음 HCE는, 방만(放漫)을 위한 트렌드—평의회원에 의해 찬조되는, 성탄 당과(糖菓) 격이라, 그의 방만 행위인 즉, 키티는 부엌 식탁 위에서 HCE의 어깨의 삼각 근(筋)을 마사지했도다. 마침내 그는 애유(愛柔)의 안구와 더불어 얼굴을 붉혔나니 그리하여 그의 큰솥 북을 나(키티)의 가짜 맷돌 속의 볶은 콩처럼 감나게 하거나 덜걱덜걱 소리 나게 했도다. 키티는 그를 위해 등을 채찍질해야만 했나니. 그는 멋진 수프 여우같은 그녀의 사진을, 그녀의 가슴 브로치로 지글지글 소리 내었나니, 빤히 쳐다보면서, 그리고 그녀가 너무나 숙녀처럼 캉캉 춤 킥킥캑캑 춤추기 시작했을 때, 그는 그보다 결코 더 멋진 모습을 본 적이 없었도다. 그녀는 자신의 경야에 춤추며, 그녀의 주봉(속내의)(juppettes)을 추켜올리면서. 충만취흥락(充滿醉興樂)했도다! 〔앞서 8장의 노인을 즐겁게 하기 위한 아나의 시도에 대한 설명과 비교하라 (198).〕

531.27. 〔고문단의 명령〕

—그러자 이때 고문단이 여기 갑자기 소리치도다. "모두 정지!(All halt!)" 순간 방송도 함께 끝난다: "그것으로 충분하나니, 일동……"그들은 이제 HCE가 직접 고백할 차례라고 말한다. 그의 변덕을 변명하는 마지막 한 표(票)를. HCE가 나라의 모든 가면을 벗겨야 한다면, 그는 그것에 도달하리라.

532. 이제 그들(두뇌 고문단)은 욘(그의 유령―HCE)에게서 직접 증언을 듣고 싶은지라, 그를 깨어나도록 청한다. 그들은 엎드린 욘을 불러낸다. 성당토지관리자(聖堂土地管理者)인, 다름 아닌 본인 자신, 거물중의 거물, 옛 카리손〔얼스터 신교도 및 오스카 와일드 재판 고발자〕일당과 함께. 그대의 페르시아 슬리퍼 따윈 벗어 던져버려요! 여(汝)의 핀(네간)을 탐(探)할지라! 죄인은 참회포의(懺悔布衣) 아래. 하 히 후 헤 홍! 〔『리어 왕』 III.4.187: "흐 홍(영국인의 피 냄새가 나는군〔I smell the blood of British man〕!〔냉소 표시〕)"(Fie & fum) 이 구절은 『피네간의 경야』에서 최소한 10번 이상 인용된다. 『율리시스』 제3장의 아침의 샌디마운트 해변의 산보에서 스티븐은, 바위에 앉아, 해변의 개의 시체를 바라보며, 『리어 왕』의 인유어(引喩語)를 새김질 한다: "흐흐 홍 나는 아일래으으인의 피이 내엠새를 맡는 도다"(Fee 『피네간의 경야』 wfum. I zmells do bloodz odz an iridzman)(U 37) (여기 그는 죽음―황무지의 부정적 의미를 생각한다). 마귀 깍깍, 악행자여!. 일어날지라, 유령(幽靈) 나리! 또한, 부왕 햄릿으로서의 HCE, 그대가 살아 있는 한 타자는 없으리라. 탈의(Doff)!

532.6. 〔자기방어에 대한 HCE―나의 연설 시작〕

—암스아담인사(我膽人事: Amtsadam), 나리, 그대에게! 라마영원시(羅麻永遠市)〔영원한 도시 로마〕여, 만세! 여기 우리는 다시 있는지라! 나는 오래 전 절판된 왕조의 낙타조(례駱駝條例) 아래 기포유(氣泡乳) 양육되었는지라, 쉬트릭 견수(絹鬚) 일세(一世)〔더블린의 바이킹 족의 왕〕로다, 그러나 고승(高僧) 절대 교황으로, 나는 자신의 아일랜드―앵글로색슨 어가 쓰이는 어디서나, 세계를 통하여 성인(聖人)들 및 죄인들에 의하여, 청렴

결백 인으로 알려져 있나니…… 〔이 구절의 암스아담인사(雅談人事; Amt-sadam)은 아담 및 창조적 및 행복한 추락자요, 세계의 행정관의 의미로, 더블린의 덴마크 암스테르담 침입자 중의 하나를 모두 포용한다.〕

532.13~36. 그리하여 나는 나의 아내에게 범죄행위를 절대로 범하지도 않았도다. 사실의 문제로서, 나는 내 자신에 관하여 말하거니와 얼마나 나는 최숙(最熟)의 꼬마 애처를 구상지구(球狀地球) 주변에 둔부(臀部) 소유하고 있는 고, 그 위에 그녀는 스킨너의 광장 소로(小路)〔더블린의〕둘레를 무사태평하게 세계 화월요일(花月曜日)에 사방 뛰놀고 있었나니, 현저하게도 고운 의상 속의 두 유방으로 핸디캡 된 채, 나는 예리하게 그녀를 사랑하는지라 그리고 나는 스릴스릴(전율전율)(킥킥)〔말의 더듬거림〕이런 것을…… 전율토록(킥) 사랑하는 도다(I kickkick keenly love such).

533. 〔아내에 대한 자랑〕

특히 모든 이들의 최고 완전 절정에서 그들의 풍미(豐味)를 풍미(風味)하는 동안 헬리오트로프 튜립(두 입술) 영향기(永香氣)를 봉접(奉接) 받았을 때, 거기 나는 실로 그녀(ALP)의 과거의 순순결미(純純潔美)에 나의 쾌유혼(快遊魂)을 흠뻑 적시는 도다.

533.4. 그녀는 나의 최선 보존된 전처(全妻; wholewife)인지라, 지금 그녀와 마찬가지로 이후에도, 천국안(天國眼)으로 보아, 차이나타운 밖으로 상대할 수 없을 정도의 문수최소화(問數最小靴)를 지녔는지라. 그것은 엄청나게 상등품이나니, 진짜 북경(北京) 식으로 말해서. 우린 그걸 추천해도 좋지 않을 고? 그건 나의 도제(徒弟) 봉사 시대로부터 보중필품(保證畢品)이었도다. 〔HCE는 깨끗한 인격의 소유자〕나의 깨끗한 성격에 관해 어떤 아주 격찬사(激讚辭)를 그대에게 크게 말할 수 있는지라 당시 나는 그녀(ALP)를 사주선율자(四柱旋律者)들에게 소개했나니…… 〔HCE의 불타는 야망의 하나는 승정이 되는 것〕유년시절로부터 나의 유말(幼末)의 인생의 야망 가운데 하나는, 광성당(廣敎會)를 의도한 채, 나는, 그 일에 충분히 감지하고 있었기에, 우리들의 자매 수녀의 친애하는 목사보—저작자에 의하여 지방초본(脂肪草本)의 침대 속에 교구지방적(敎區地方的)으로 견진성사(堅振

聖事)를 베풀어 받았도다. 〔그러자 이 HCE의 가수성(歌手聲)은 라디오의 방송과 전조(轉調)되면서, 광고의 잡물을 방송하기 시작한다.〕 본토교신 핌핌의 보통주(普通株) 4실링구반 9반 페니. 숀 셈셴, 하시(何時)를 언젠지 말할지라. 국내주가 시장세불안전(市場勢不安全). 리버 간지(肝池) 대돈(大豚) 번거로운 1파운드 4실링 2펜스. 선(善) 차선(次善) 최선(最善)! 미안! 감사! 오늘은 이것으로 끝. 〔여기 방송은 광고의 타래 아래 사라지기 시작한다.〕

534. 〔HCE의 방송을 종결〕

끊을지라. 신득점별야(神得點別夜), 절양자(癤瘍者). 종급(終及) 이락(泥樂) 분쇄식성탄(粉碎食聖誕)! 약사(略謝) 여신(汝新) 뉴요크(년: 年) 돌풍관세(突風關稅). 여사경도(汝謝京都)! 사(謝). 〔(Godnotch, vrygoily. End a muddy crushmess! Abbreciades anew York gustoms. Kyow! Tak)": goodnight, everybody, a merry Christmas, appreciate New Year customs, thank you)": Kyoto(1868년까지 일본의 수도—왕도) + Thanks.

534.4. 〔이때 4노인들이 짧고 애매한 코멘트로 HCE의 말을 가로챈다.〕
—똑딱똑딱.
—풍소수락.
—거련자우 그의 유대 복재인(複製人).
—그건 쿵 쿵 쿵이나니.

〔다시 HCE의 목소리—방송 계속—그의 정절〕

—정적(靜寂: Calm)이 들어(has) 왔도다(entered) 크고 큰 정적(BBC), 아나운서. 그건 커다란 여홍인지라. 절대의 진리! 나는 나의 악행에 대한 차 한 스푼의 증거도 없음을 항변하는 도다. 그리하여 나는 천국의 저 자들 앞에 나의 결백을 입증하기 위하여 나의 불결의류착복(성공회의) 39조항을 오염종결적(汚染終結的)으로 인용할 수 있나니……

〔여기 HCE는 심령술적 교령회에 참석한 듯한 말투로, 더듬거리며 길게 서술하는데, "불결의류착복(성공회의) 39조항을 오염종결적(汚染終結的)으로"라는 구는 그가 종교적인 척하는, 불결하고 늙은 자일뿐만 아니라, 성공회에 대한 언급을 통해 그를 영국 장로교회와 동일시한다. 또한, 독자는 『율리시스』의 "키어난 주점"에서 사자인 디그남의 유사—과학적 심령술자의 강심술적 서술을 이미 경험한 바다 (U 247~248). 또한, 여기 HCE는 도시의 치한(癡漢)인 캐드에 의한 자신에 대한 고소에 분노하거니와, 앞서 283페이지에서 영국 성당의 39항의 주제가 Kev(숀)의 상점주의 산수를 통하여 이미 소개되었다.〕

나 자신이 영원히 엄격하고 완고함을 증명하기 위해. 나는 키스저스 골목〔중세 더블린의〕의 술 취한 불량배요 도시민에 의한 비방의 공포에 대한 나의 항의에 대하여 당국자에게 돌입할지라. 그 자〔캐드〕의 역겨움에 수치를! 피의 깔 짚 속에 엎드린 버림받은 맹견을 위해 찌무룩 놓여있는 그의 정액남(精液男)의 남근에 밀고수치(密告羞恥)를! 오(誤) 귀족은 마침내 교수탑!(絞首塔!) 그의 인낙필(認諾畢)한 심장을 통해 투창을 간통(姦通)할지라! 즉시!

535. 〔HCE는 한때 폐하에게 열쇠를 증정할 특권을 가졌는지라.〕

535.6. 나는 포유모군주(哺乳母君主), 약간대군(若干大君), 대(大) 폐하 각하에게, 우리들의 최고숭(最高崇), 이 신지구(新地球)의 제일시(第一市)〔더블린〕의 임대소건(賃貸小鍵)(열쇠)을 급승마(急乘馬) 자유 봉중했나니, 당시 폐하는 그의 귀중무가(貴重無價)의 군마(軍馬)에 등마(登馬)한 채, 전광석고(電光石膏) 퍼디난드 마전하(馬殿下), 나의 이 모든 약속대지(約束垈地)를 통하여 서명첩(署名帖)의 환영인사와 더불어, 수진악수(手振握手)의(h) 여호여타자축하(汝好如他者祝賀)를(c), 이크레스 각하(e)(handshakey congrandyoulikethems, ecclesency): 여기 HCE는 (1) congratulation＋you＋like＋them ("them": 셰익스피어, 단테, 블룸, 조이

스, 등을 포용한다) (2) **Your Excellency**: 더블린의 Eccles 가(블룸이 사는 거리) 및 Eccles: 더블린의 시장 각하의 이름. 조이스는 『피네간의 경야』에서 한 번 이상 자기 자신을 3대 문필 거장들의 무리 속에 앉힌다: 그는 괴테, 셰익스피어 및 단테 3총사를 제시하는데, 이들은 서부 유럽 문화의 대표자들이다. 그러나 이 구절에서 조이스는 괴테의 이름을 생략하고 있는 반면, Eccles 가의 블룸을 통해서 『율리시스』의 자신을 포함시킨다. "Congrandyoulikethems"은 Can Grande에 대한 언급으로, 그에게 단테는 세평에 의하면 "회곡(Comedy)"의 네 가지 수준을 다루는 편지를 썼다. "Shakey"는 셰익스피어에 대한 암시다. 여기 세 위인들은 단일 가족 속에 모여 있다. 그들은 축하 속에 조이스와 악수하는지라— 왜냐하면, 그는 "likethems(그들+동류)"이기 때문이다.(Cheng 180 참조)

535.13. 〔이어지는 막간〕〔제3의 목소리가 HCE에 대한 모든 비방자들의 일람을 기록되는 바, 여기 15개의 감탄사 "!"가 동원되고 있다.〕

　찢는 자 잭을 본 수하자(誰何者)가 감히 이것을 흉중에 수장악(手掌握)할고? 저들 생강친우(生薑親友)들. 혹자가 총사인(總四人) 우리와 함께 있었도다. 대적(大敵). 대못 악마! 런즈엔드의 최초의 거짓말쟁이! 늑대! 그대 저 주부두(主埠頭)의 엉킨 피 자국을 볼지라! 그리하여 저들 박새(鳥) 소녀들! 비단 매춘녀들! 오히려 내가 병자(病者) 연하게 보수적이라? 겉껍데기 같으니! 이따위 서굴(鼠窟)의 충군(蟲群)을 나는 거의 마음에 상상할 수 없나니! 히스테리 사상(史上) 최비천(最卑賤)의 지하천의(地下賤意)! 입센 최음탕(最淫蕩) 무의미! 충분화(充分話)! 피터 껍데기 벗기는 자(경찰관) 및 폴 발톱! 상심한 사실상의 의자(蟻者)! 혈사건(穴事件)은 돼지 돈(豚) 호저돈(豪豬豚)의 폐물로 부패하도다. 환관충분(宦官充分)!

535.22. 〔다시 4심문자들의 물음. 그들은 HCE를 거기서 나와 자신을 들어내도록 압박한다.〕

　—그건 그대인 고, 하이트헤드(백두)여?

—그대는 지금 소음을 가졌는고?

—우리들에게 그대의 철자오기 수신을 줄지라, 어때?

—생선을 건넬지라, 재발!

535.26. 〔HCE의 응답〕

—늙은 백(白)호우드구(丘)인 그(HCE)가 다시 말하고 있도다. 유스타 키오관(管)(구씨관)을 열지라! 가련한 백서(白誓)를 불쌍히 여길지라! 친애하는 사라진 허례억(虛禮憶)들이여, 안녕! 나는 1천년을 통하여 참되게 살아 왔음을 전계(全界)에 말할지라, 단지 자신의 속물행위로서, 가련한 오스카 와일드(O. W.)의 기질일 뿐, 그[나]는 자신의 연민을 호소하도다. 그는 한때는 육(肉)을 사랑하는 자였으나, 이제는 무육(無肉)의 존재일 뿐. 친애하는 영부인이여, 그는 그들에게 말하는지라, 그들의 동정을 청하면서, 자신의 머리칼은 이제 백발이요, 나이 39세, 그의 기억은 자신을 실퇴(失退)시키고, 사지는 연약한 채, 독사처럼 귀먹었도다…… 가련한 해브스(Haveth) 차일더스(Childers) 에브리웨어(Everywhere)(HCE)를 이살모(泥殺母)로서 불쌍히 여기소서!

〔이제 HCE는 제3자의 전달자 신분으로 바뀐다.〕 그것은 통고자였는지라, 한 전(前)육군대령. 한 불화신(不化身)의 영령(英靈),

536. 〔HCE―통고자―욘의 자기 고백〕

리오 데 자이로 출신의 세 바스천이라 그 노쇠한 HCE는 불리었나니, 〔여기 통고자 HCE―"나"―"그이"―"우리들"의 모두 동일 신분〕 나의 출발을 위한 전언과 함께 머지않아 필경 전화하리라. 우리로 하여금 그를 갈채하게 하고, 미래의 데이트를 위하여 약속을 할지라. 여보세요, 통보자여! 언제나 회의적인지라, 그는 우리들의 정신혼(情神魂)을 믿지 않는도다. 그는 아주 잠깐 동안 소화불량을 가졌나니. 가련한 개둔행복악자(開臀幸福惡者)! 그에게 아주 고약하게도. 흰 모자를 쓰고, 쇠 지팡이를 들고, 버클 달린 긴 양말을 신고. 그는 자신의 시가를 조심스럽게 피우며 절약하도다. 우리들, 그의 생질과 그의 이웃과 함께, 그와 그의 시가에 의하여 분향되고 선무(煽霧)된 채. 그러나 그는 오스카 와일드의 주옥에서 우리들의 최고 비어(백주)의 낙맥잔(樂麥盞)을 가지리라. 그의 소성(笑聲)은 여전히 평탄적(平坦笛)이요 그의 입은 아직도 진홍색을 띠고 있는지라, 비록 그의 아마발(亞麻髮)은 은(silver)으로 후추 뿌려졌어도. 그것이 그가 감옥으로 보내졌던 이유로다. 어느 날 나는 그의 이야기를 말하리라. 그건 타자가 나의 짐을 짊어지고 있는 듯이 보이는 도다. 나는 그렇게 내버릴 수 없나니.

[여기 HCE는 와일드, 루터, 글래드스턴, "오 시에(O Shee)!"이다. 그는 그의 4참여관(參與官)들의 비평적 방백에 요지부동한 채, 하느님 앞에 맹세하며, 전달자로서 자신의 변호를 계속한다.]

글쎄, 관리국원들, 나는 나의 전술 과거를 나출(裸出)했나니, 나는 스스로 우쭐하도다, 양쪽에. 심지어 해법(鮭法)에 의한 제이분할(第二分割)의 두 달을 내게 줄지라 그러면 나의 최초의 광포사업(廣布事業)은 회노인신용상인(灰老人信用商人)의 만사 중의 왕사(王事), 혹은 시키비니스 법정, 제루 바벨(영포; 零泡) 브렌톤 법사(法史), 요나 백경병위(白鯨兵衛), 확정설간(確定鱈幹) 혹은 오이(식; 植)직립부(直立部)의 법원 판사, 나의 참여관들[선서자들]에게 이의를 제기하려니와, 만일 그것이 다시 일어나지 않는다면. 오 우리들을 음율도(音律禱) 할지라! 고국의 야심(野心)인, 우리들의 부왕[노르웨이 최후의 왕]; 하로드의 명남(名男)이여. 나의 친아(親兒)여 올지라, 나는 건승할지라. 피대자(皮帶者; 루터) 같은 이 전무(全無)나니 오 시에(요녀)![파넬의 이혼 사건] 그리하여 향가(享家)의 향수남(鄕愁男)들,

537. [그의 주막, 공원의 두 소녀, 세 군인들]

537.12. 만일 어느 자든 마지못해 금전지불한다면 그는 자신의 끈적끈적한 포도당을 위해 그의 꽤 상당한 도매가를 지불할 의향이나니…… [그의 정절의 순백성] 나(HCE)는 여기 그대에게 말하려니와, 켈트 인이 되도록 계획하고 있도다. 내게 반대하는 그 어떤 것을 가진 어떤 사람이든 단지 터놓고 이야기할지니, 그럼 나는 나의 대가를 지불할 의향이라. 그리하여,

사실의 문제로서, 나는 모든 소송 절차를 전적으로 철회할 것을 약속하는지라 그리하여 나는 나의 무구혹인녀(無垢黑人女)〔공원의 소녀〕를, 빌럽스 군君, 탄광 출신의 친구인, 나의 1/4 형제(my quarterbrother)와 나누도록, 그런데 그 자는 때때로 매문소액환상(賣文少額換上) 나의 대리 역을 행사하고 있는지라. 프릭스(현금) 불꽃, 무발화황인(無發火黃隣)이여, 만일 내가 마님의 처녀〔하녀 케이트〕를 성교했다면, 나를 급소(急燒)할지라! 이러한 행위는, 나의 만화본(漫畵本)을 위한, 일종의 희락(喜樂)인지라, 돈키브르크〔당나귀실개울〕 시장(市場)의 광대에 의하여 조소당하리로다. 그건 호드 가(街)의 그리고 코커 가(街)의 매춘업자들을 웃게 만들지라.

538. 〔HCE의 계속적인 자기변호〕

그는 유혹녀(케이트)에 무관심한지라, 그녀에게 굴하지 않으려니. 만일 그녀, 아일랜드 화된 매리온 테레시안(Marryonn Teheresiann)〔오스트리아의 대공비〕이 자신의 보수대가(報酬代價)로서 처리된다 하드라도,

538.10. 그것〔유혹녀를 범한 죄〕은 고대 카르타고의 중세강악(中世强惡)의 폐방(廢房)에서 우리들이 열탐(熱眈)하는 그들의 적나생(赤裸生)과 분비의 식(糞秘儀式)에 극히 상응하는 공황무도(恐慌無道)함이었도다〔고대 역사 소설로, 장인성으로 유명〕 전적으로 불가부당! 천만에 고금(古金) 또는 백혼금(白魂金)으로도! 빵 덩어리 위의 조약돌 한 개, 설교단상의 임령(淋鈴) 두 개, 또는 후문에 노크한 세 개의 두창(痘瘡) 자국으로도! 6펜스 고환(睾丸) 3페니 죄음경(罪陰莖)의 세전(細錢) 또는 유홍지〔옛 에든버러의 조폐국〕의 대금으로도 안 되도다! 고로 캐시〔더블린 시장 각하〕의 가호를! 나의 의중이라.

그건 본질무관심이로다…… 아무리 돈을 주더라도, 전적으로 불가부당! HCE는 이제 4심판관들에게 신사처럼 행동하도록 요구한다. 나의 비어(緋魚) 신사 여러분! 본건의 불합리라니…… 그는 이들 여인들〔공원의 두 소녀〕을 접촉하는 방법을 모르는지라. 나의 전도(前途)의 사마처녀(詐魔處女)들…… 그들의 상속녀들을 접촉하는 것을 알지 못할지니…… 두 처녀들을 모함하려고 무슨 꾀를 부리는 고! 그는 법에 맹세하노니. 그리하

여 나는 모든 자유 열(熱) 속에 서 있었던 곳에 설 의지인지라…… 재삼 부랄 친구 같으니! 나는 그의 경칠(Gothamm)〔조이스 서적을 가장 많이 판매하는 뉴욕의 서점〕 멋부림을 좋아 했도다! 말더듬이 통(桶)! 무슨 관목(灌木)의 꾀를 부리려는 고! 나는 우육(牛肉)의 몸값을 위하여 나의 백모과(白帽鍋) 아래 맹서두(盟誓頭)〔호우드 언덕을 두고〕를 둘지니, 그리하여 내가 모든 자유열(自由熱) 속에 서 있었던 곳에 설 의지인지라,

539. 〔HCE의 시(市)에 대한 자신의 사랑 및 미덕의 옹호, 『율리시스』에서 블룸의 "미래의 블룸 성지"(U 395)에 대한 그것처럼. HCE는 시에 대한 자신의 사랑을 열거함으로써 자신의 미덕을 옹호한다.〕

539.3. 우리들의 전초(全初)의 기념입석인(記念立石人)(『율리시스』에서 블룸이 명상하는 장석 기념비, U.76)의 장석발기사원(長石勃起寺院)〔더블린 상륙을 기념하는 덴마크인들의 장석〕을 걸고, 나의 무의(無衣: 솔직한)의 덕을 증언하도다. 나는 필경 정직하게 그걸 그대에게 말하거니 근사인(近邪人)(이어위커 자신)의 명예를 걸고, 나는 일반대중이 현재의 차제(此際) 그리고 다가올 피제(彼際)에 경탄하는 움찔자(단테: Daunty), 통풍자(괴테: Gouty) 및 소매상인(셰익스피어: Shopkeeper)의 합자회사〔『율리시스』를 처음 인쇄한 파리의 출판사〕를 저 일급의 사랑 받는 대륙 시인의 언어가치(워즈워스: wordworth)로서 언제나 생각하는지라.

〔여기 HCE는 이들 시성(詩聖)들에 대한 자신의 사랑을 증명하기라도 하듯, 셰익스피어 및 거장 작가들이 여기 페이지들(539~43)에서 수 없이 인용된다.〕

　　HCE는 만난을 극복하고 최선의 정책 모델로서 최선을 다하리라. 그는 덴마크인 침범자로 바다를 넘어 더블린 항에 들어와 주점을 세웠나니, 헨리 2세와 헨리 8세 아래 도시를 세우고 그를 개화시켰도다. 그의 도착 이래 기근은 이 땅에서 사라졌는지라. 영국의 발한역병(發汗疫病) 및 도회 전염병을 수반한 기근은 물러갔도다…… 우리들의 런던 선왕(善王)들, 교황

어번 1세 전하(T.R.H) 및 에드워드 7세의 친구인, 샴페인 검댕 남(男) 및 애(愛)빵 헝가리(空腹) 왕인 헨리 2세의 양비호(羊庇護) 아래, 그리하여 여기 나의 종신업무와 토지순화(土地馴化)의 노역이 처음 시작되었나니, 여인의 중압(重壓)과 함께 나의 세보(稅寶) 및 부채유죄(負債有罪) 그러나 나의 확실한 안내인으로서 대(大) 까마귀들의 변덕자들, 1528년의 영국의 발한 역병 및 도회전염병을 수반한 기근……

540.1~8. 총류(總類)의 뱀들과 함께 양치(兩齒)의 용충(龍蟲)들은 다수 국민들의 이 토지연맹으로부터 완혼성적(完混成的)으로 탈퇴했는지라…… 우리들의 시(市)의 이 거처석(居處席)은 사방팔방 유쾌하고, 안락하며 건전한지라. 만일 그대가 언덕들을 횡단하면, 그들은 멀리 떨어지지 않았나니. 만일 챔피언의 땅이라면, 그건 사방에 놓여 있도다. 만일 그대가 신선한 물로 기뻐하고자 한다면, 프톨레마이오스 명(名)의 리브니아 라비아라 불리는, 명강(名江)이 급히 흐르는 도다. 만일 그대가 바다를 취관(取觀)하려면, 그건 근수(近手)할지니. 유의할 지로다!

[HCE는 자신이 창조한 더블린 시(市)를 계속 찬양한다.] 우리들의 시의 이 거처석(居處席)은 사방팔방 유쾌하고, 안락하며 건전한지라…… 4복음노인들은 이에 드럼콜라[더블린의 한 지역]를 방문할 것을 동의하고, 4개의 언어(영, 불, 독, 이)로 반복되는, 그들의 초청이 광고된다.

—그대가 무슨 일을 하든지 드럼콜로가를 행할지라! (영)
—미의 드럼콜로가를 방문할지라! (불)
—그대 드럼콜로가를 방문하고 우선 구경할지라! (독)
—드럼콜로가를 본 다음 그리고 죽을지라. (이)

[이어지는 HCE의 자기 업적에 대한 장광설, 그는 단서를 달기도 한다.]

540.13~36. —만사는 과거 같지 않도다. 어디 내게 짧게 개관하게 할지라. 선포 차렷! 핍! 찍찍! 핍피치![작가 스위프트의 연서의 결구] 저기 족제

비 쩍쩍이던 곳, 거기 휘파람 휘휘 부나니. 여기 타이번 목 졸린 곳[공개
처형장], 이제 군중의 중얼거림이 행진 하도다: 버스가 멈추는 곳, 거기
나는 쇼핑하나니:[더블린의 현대적 쇼핑 몰] 여기 그대 보는 곳, 긍아(肯
我) 휴식하나니. 나를 덮쳐, 그대의 잠자는 거인. 그대 그러하리라! 그들
그러하리라! 나의 고지(高地)의 성채두(城砦頭)로부터 나의 족운(足運)인 괴
저(壞疽)까지. 최고의 모세 이끼의 끝이 모든 무질차서(無秩此序)의 시작이
라. 고로 당시의 집행관의 최후가 오늘의 집달리로 칭하는 최초일지라. 그
들 상인방(上引枋) 아래 나의 각남(角男)들이 자신들의 각조(角繰) 처녀들
을 서로 만나도다. 귀남과 천녀, 부두향사와 노예선 복자(伏者), 화해(話海)
로부터의 논단이 레티 녀(女)와 부패한 완고두(頑固頭)의 수다쟁이, 사슬죄
수들과 맵시 짐 마차꾼들을 위하여, 도민(都民)의 복종은 중도(重都)에 의
한 행복 죄를 흩뜨리나니,[더블린의 모토] 우리들의 돈지갑과 정경(政經)
희극은 선량한 조크 쉐퍼드[영국의 교수형 법죄자]와 함께 금고 속에 있
는지라, 우리들의 생명은, 야성의(와일드) 및 지대한(그레이트), 양 조나단
과의 교제 속에 계속 확실하도다. 자유용서할지라! 그대 감사하도다, 최
선자들이여! 살모자들(殺謀者)들은 감소했나니. 청광단발(靑光短髮)은 유행
에서 멀어지고, 촉단발(觸段髮)은 이제 아주 시대 밖이로다. 도적 수간(獸
姦)은 장갑과 벙어리장갑 마냥 드무나니, 나환자는 결하고, 무지의자(無知
蟻者)들은 아이스큐라피우스 의신(醫神)[로마의]의 비처(悲妻)처럼 의혹 하
에 나타나는지라. 진주(眞晝)의 매매경장(賣買景場)에서는 여편(女便)으로
하여금 주식욕(晝食欲) 발견하게 할지라. 그녀의 하이드 파크에서는 아주
(我主)가 귀녀를 탐하나니. 만사는 선삼(善森) 속이로다. 우리는 그대에게
건배라! 불벌레들, 확 타오름(축복)! 뒤틈바리(풋내기선원)들아, 만일을 한
층 대비할지라! 선원들이여, 우리는 그대의 하녀들과 아내에게 축복하는
도다!

[여기 HCE는 불가타 성서의 「창세기」 하나님처럼, 또는 『율리시스』
샌디마운트 해변의 스티븐처럼, "그의 들판 위에 각인 된 채색된 상징들
(Coloured emblems hatched on its field)"(U 40)인, 자신의 작품들을 쳐다보
면서, 창조자—HCE에게 "만사는 선(善)질서로다" 하고 설파한다.]

541. 〔HCE의 도시 창조에 대한 독백 계속〕 그는 7언덕을 보았고, 그의 마음의 심도가 그의 안내자였나니. 그는 마이칸 교회(『젊은 예술가의 초상』에서 스티븐이 참회한 더블린의 교회)의 외소(外所)에 돔 사원을 건립했도다. 그는 부를 득했고 덴마크 사람들을 직면했으며 많은 왕들을 대면했도다. 그는 브라이엔보루〔크론타프의 명장〕를 용기로 일깨우고, 그로 하여금 협안(峽岸) 스칸디나비아 인들을 후퇴하게 했는지라…… 그는 도시를 개량했나니.

〔아래 더블린의 진화(進化)에 대한 HCE의 장광설적 서술〕

541.31. ―사향(麝香) 주변에 속삭임이 감돌았으나 뮤즈 여신들이 횡횡 울었는가 하면 야수(野獸)가 붕붕 소리를 냈는지라. 헤어지는 물처럼 감미의 테너 가수가 서항도인(西港都人)들로부터 적유(笛流)했나니 한편 동쪽의 식도능보(食道稜堡)로부터 오렌지오랑우탄(성성이) 설쟁성(舌爭聲)이 울려 왔도다. 나의 색스빌 가〔더블린 중심가〕염병(페스트) 광장은 온통 공포통로였으나 나의 메클렌버러 가〔더블린 매음 가〕에는 금시처소(禁視處所)였나니. 감자괴근(柑子塊根)(肺丸)을

542. 나는 감자묘종원(柑子苗種園) 호킨소니아〔최초의 감자 수입자〕로부터 가래를 사용하여 재배했는지라 그리하여 아이리시스튜의 다혈증을 통치(痛治)했도다. 나는 나의 자유구(自由丘)〔더블린 빈민가〕의 견습직공〔신교도〕들이 자신들의 경마 말빗을 통하여 스스럼없이 마구 굴며, 나의 진청(眞靑) 보수주의자〔장로교도〕들이 통곡조벽(痛哭調壁) 앞에서 만세례(萬歲禮) 예루살렘을 외치는 소리를 듣는지라. 나는 환목목욕통(丸木沐浴桶)의 우외피(雨外皮)〔통의 널판〕를 풍토루(豊土壘) 쌓아 올리고 갈의자(喝椅子) 및 강삭(鋼索)과 함께, 분출강성(噴出强聲)을 으르렁거리면서, 느릅나무 재목의 장관(長管)을 통하여 그걸 운반했나니. 오존 외대(外帶)에 대한 취미에서 나는 그들을 나의 착륙 운반차에 싣고 환영 식사 호텔까지 운반했도다.

〔HCE의 자기 치적 계속〕

그는 자신의 백성들을 행복하게 했으며, 많은 점잖은 여인들을 보호했

도다. 그는 동물원을 설립하고, 어느 시민이나 맛있는 차를 마실 수 있도록 차(수)도관을 부설했도다. 〔"차(tea)"는 HCE와 함께(260), 『율리시스』에서 블룸의 의식을 적시는 지배적 주제요,(U 58 참조) "titty, 젖꼭지"와 연광 된다.〕 시민관리로서, 지방세에 의지하나니, 나는 궁병자(窮病者)들과 지방리들을 위해 있도다. 나의 인심의 인정으로 나는 이봐 노상강도를 송출하여 징글징글 흔들며 이륜마차 소풍했는지라……

543.4. 나는 보타니 배이(식물만)〔더블린 트리니티 대학의 사각 정원〕까지 나의 경계선을 타출(打出)하여 양키 팀이 제국을 야유하고 있는 동안 나는 24까지 숫자를 급히 늘었나니. 나는 나의 밴달인의 경이소옥(驚異小屋)을 건립해 왔는지라. 〔이어 HCE의 소옥(小屋)〔주막 브리스틀 또는 마린가〕에 대한 2페이지(544~45)에 달하는 서술 계속〕 아름다운 가정, 하지만 별반 가구가 없는 가정을 마련했나니. 오물에 소진되고 폐물로 차단된 집, 불붙은 로우 양조장처럼 번창하면서…… 그들의 영내혼(靈內魂)의 절감을 위하여 그들의 비천남(卑賤男)을 평가 절하했도다. 그는 자신의 경계선을 확장했나니, 흉익명(凶匿名)의 편지들과 탄원서를 접수해 오고 있는지라, 풍자문(諷刺文)들이 벽에 붙어왔도다. 그러나 귀담아 들을지라. 멀리 그리고 넓게 식민지들을 수립했도다. 그는 허가장들을 수여하고, 농장들을 설립했는지라. 그는 모든 형태들을 자신의 보호 하에 수취했나니

〔여기 대여옥(貸與屋)에 대한 광고가 잇따른 페이지들에 걸쳐 뒤따르는데, 이는 이 위대한 제국 건설자의 넓은 보호 하에 번창해 왔던 황량한 주거들에 대한 서술이다.〕

과잉 군중의 아름다운 가정. 정연하지만 극소가구(極少家具)라, 공정주택가(公正住宅街)는 초만원인 채, 여덟 다른 거처와 공용 변소와 함께…… 그리하여 항아리 든 활동적인 꾀죄죄한 아낙네들……

544. 〔HCE의 자신이 구축한 셋방 광고〕
변소, 사설 예배당, 식도구들, 노폐한 난로의 재떨이, 마루, 수도꼭지

등의 개량 및 부설. 눈에 띄는 많은 무삭제의 신앙서적들, 지붕의 개탄스
러운 째진 틈, 리오 제사장 이래 거미줄 쳐진 클라레 포도주 지하 저장고,
능직 리넨 바지를 입고 희귀불상(稀貴佛像)을 수집하는지라…… 두 다락
방을 소유하나니…… 하인의 참모를 갖는지라, 골목길을 사용하는 불(不)
행실아(行實兒)들에 의하여 더러워진 외관이라…… 언제나 그녀의 11개의
옷 트렁크를 가지고 여행하나니, 정떨어져 남은 굶주린 고양이, 존경성의
극치, 식민지 봉사 후에 휴식하면서, 공장에서 노동하나니, 그의 많은 여
(女) 후원자들의 절망, 칼로리는 로운트리즈(木)와 가루반죽 푸딩으로부터
배타적으로, 1봉(棒)의 일광은 전정월(全正月)과 반이월(半二月) 그들에게
행사하는지라, V 가(家)의 V는 (동물 식이요법) 5층 절반 별채에서 사나니

[여기 HCE의 표면적 사실주의 및 자연주의의 문체는 부동산 소개업자
의 광고나 가옥 및 정원에 관한 잡지의 기록에서 빌려온 듯하다.]

545. [HCE의 왕연(旺然)한 자기 능력]

그가 장인한테서 물러 받은 실크 모…… 상아 상자 속의 장식품……
그리하여 존경받고 존경스러운, 존경이 존경스러울 수 있을 정도로 존경
스러운…… 사람들은 HCE의 농예(農隷)나니, 특허장 집을 가졌고 그는
그들에게 지대과세(地代課稅)했도다. 그리하여 이제 왕이 된 HCE는 자신
의 헌장을 톨브리스[브리스틀] 시에 하사했는지라, 마치 헨리 8세가 더
블린 시에 그랬던 것처럼 헌장에 헨리커스 국왕(Henricus Rex)으로 서명
했는지라, [조이스는 여기 이를 "헨리커스 오파멸(悟破滅) (Enwreak us
wrecks)"으로 익살부리고 있다.]

545.24. [HCE의 자기 업적과 선행의 계속적 나열]

투쟁의 장(長)필롱(길이), 그는 리브라멘토 언덕[리오 자네이로의]을 발
끝으로 걸어 왔는지라…… 스스로 시노(市奴)처럼 고생을 했는데도, 사람
들 사이에 장화(長話)가 많도다. 그는 법정, 병원, 묘지를 건립하도다……
나의 권능의 포위좌(包圍座) 위에서 나는 짐(朕)의 신민(臣民)을 관대화(寬
大和)롭게 했으나 최암흑(最暗黑)의 가두에서 나는 당당자(堂堂者)를 극복했

는지라: 나는 미약미녀(媚藥尾女; 칠칠치 못한 여인)들을 나의 소법정(小法廷)에서 속량(贖良)했는가 하면 나의 숙경내(鼎境內)에서 진족(塵足)을 숙판(宿判)했도다: 가이 원(院)에서 그들은 붕대 감기 우고, 포우크 장(場)에서 채찍 당하고, 어떤 곰매츠 놈을 위한 장난감, 사형(私刑)을 위한 삽: 만일 내가 규율 바른 아일랜드입법자로서 이끼(苔) 관대했다면, 나는 자신의 발기(勃起)에 의하여 성(聖) 루칸 혁명화(革命化)되었으리라: 공도(公道)와 변도(邊道) 노변종(路邊種)을 나는 살포했나니, 자신의 구야(溝野)에서 나는 돈하수오물(豚下水汚物)을 긁어모아도다: 쉐리단즈 서클[뉴욕 시의 광장]에서 나의 기지(機智)는 휴식하고, 흑사병 걸린 유아의 흑갱(브랙 피츠; 黑坑)에서 그는 입 다무는 도다.(참나무 심장이여, 그대의 뿌리를 편편[片便]히 하옵소서!)

546. 〔시 건축자로서 HCE〕

그런고로 왕은 그를 존경하여, 그에게 별명과 가문과 방패를 하사했나니, 그의 집 가문(家紋)이란, 관모에, 두 어린 물고기가, 성식(星蝕)된 채, 펴덕이는, 그들의 복장 없이, 검은담비 색 피의(皮衣), 은빛 드로어즈와 함께⋯⋯ 신기(新奇) 특허문자로 쓰인 모토. *작금명일관성축제(昨今明日歡聲祝祭)(HCE)*이라. 그는 이를 나의 창조의 용맹에 의하여 받을 자격이 있나니, 여명궁(黎明弓)(새벽녘)까지 그러하리라. 그는 자신의 수태와 탄생에 관하여 어느 한쪽만을 묻는 것은 부질없는 짓인지라, 가장 확실하게 동시적인 것을 선택할 것을 주장하며 요구하도다.

〔4대가들은 HCE의 말을 찬동하는 듯, 비코의 1234를 헤아리나니〕

　　―그대의 무감수(無感數)는 무엇인고? 둔(臀)!(1)
　　―누가 그대에게 저 무감수를 주었던고? 푸!(2)
　　―그대는 여분전(餘分錢)을 몽땅 집어넣었던고? 나는 귀담아 듣고 있는지라. 비(鼻)!(3)
　　―부전(副錢)을 깨끗이 청산할지라! 전(前)!(4)

〔4심문자들의 차단 및 이어지는 HCE에 의한 ALP의 정복에 대한 그의 열거〕

546.29. ─텔레복스(전송성; 電送聲) 씨, 토브스팀(농아) 부인 및 불가시(不可視)의 친구들! 〔4인방을 두고〕 나는 말하고자 가가미(可呵味)하도다. 정절의 풀비아(ALP)가 방랑하다니 유혹된 채, 그녀가 언덕을 오르는 도중, 혹은 풀비아, 그녀는 어떤 배회변도남(徘徊邊道男)들의 암시에 스스로 등을 돌렸는지라. "애인색남(愛人色男)들의 탐색에…… 풀비라 풀비아(Fulvia…… louvers…… Fulvia Fluvia)" (1) 여기 Fluvia는 ALP요, 흐르는 강이며 HCE의 아내. Fulvia는 셰익스피어의 『안토니와 클레오파트라』의 제1막에서 안토니우스(Mark Antony; 로마의 장군)의 정절의 아내로, 그녀의 죽음이 그에게 알려진다. (2) ALP ─Fulvia로서, Fluvia는 HCE의 애인들 및 "아일랜드의 사나이들"을 탐색한다.

547. 〔HCE의 독백 계속〕

ALP의 정조를 뺏은 것은 바로 그 자신이었도다.

547.4. ─나는 그걸 엄마의 착한 하물부두처(荷物埠頭妻)에 의해 들었나니, 왜냐하면, 나는, 주로 최종진심(最終眞心)으로 단언하거니와, 풀비라 풀비아(ALP) 생래이상(生來以上)의 숙녀를 위하여, 미려함에 속했던 만사, 내가 아첨근거(阿諂根據)하는 이 가소(假所), 방임했던 사실을 여태껏 이익(利益)까지 추증(追證)했기 때문이라. 실로 그러하도다, 왜냐하면, 나는 그녀에게 사랑을 고용했기에: 그리하여 그녀의 수요정내의(水妖精內衣)를 더럽혔나니. 그리고 그녀는 울었는지라: 오 나의 애주(愛主)여!

그러자 4노인들은, 비극적 시기(猜忌)의 주제로 익살부리면서, HCE의 칭찬의 찬가에 코러스를 마련한다.

우리가 만날 때까지!

우리가 헤어지기 전에!

만사통(萬事通)!

이번에 1백년! 〔조이스에게, 그의 작품들, 특히 『피네간의 경야』의 수수께끼 풀기 위한 시간이기도〕

547.14. 〔HCE의 ALP 정복, 여기 "그"와 "나"의 혼교〕

—그러나 나는 그녀에게 단호했도다. 나는 나의 환락, 나의 질투를, 착취했나니, 변장하고, 애스맥 베일〔이슬람교 여인의 얼굴 가리개〕 가리고, 귀(耳)붕대(繃帶)하고, 코(鼻)리본 동이고, 그리하여 그녀를 수로가치(水路價值)있게 뗏목으로 해행(海行)했는지라 그리하여 그녀의 육로로 좌도진보(左導進步)시켰나니, 암초도(暗礁跳)에서 리피 환상선교(環狀線橋)에 이르기까지, 퇴조류(退潮流)하며, 응당 시청주리(市廳主吏)처럼, 케빈즈 여울목과 장애물 항 및 가드너즈 산책길 곁에서 구슬프게 훌쩍이며, 긴 강변 차도, 커다란 제방, 링센드 프롯과 도선장(渡船場). 그리하여 거기, 파변(波邊) 곁으로, 남수안(南水岸) 위에, 갈고리 직장(職杖)을 돛대 높이 세우고, 쿠크래인〔아일랜드의 전설적 영웅, 그의 동상이 더블린의 GPO 광장에 서 있다〕처럼 의기양양하게, 기 꺾이지 않는 노상강도인, 나는 자신의 미술사의 너벅선 돛대, 세 갈퀴를 부(父)삼는 트리톤 해신의 첨장(尖杖), 지팡이의 페롤(물미)를 매앙양(魅昂揚)했는지라, 그리하여 나는 저들 다음복포효고명(多音複咆哮高鳴)의 황해(荒海)로 하여금 우리로부터 그들 스스로 물러갈 것을 명령했나니(후퇴할지라, 그대 해해〔海海〕 말더듬이여!) 그리하여 나는 경칠 멋진 마명기(馬名技)를 가지고 다리(橋) 축소했는지라 드디어 나는 그녀의 처녀 경마, 나의 나(裸) 슈미즈의 새 색시를 약세(弱勢)시켰나니, 그리하여 나의 모든 음란체(淫亂體)를 가지고 그녀를 창성숭배(娼性崇拜)했는지라, 나의 혼인처(婚姻妻)를: 천국이여, 그는 뇌관성(雷館聲) 질렀도다; 황천전성기(黃泉全盛期)에, 그는 위녀축복(爲女祝福)을 내던졌느니라. 그리하여 나는 그녀에게 양철판(洋鐵板)의 환희를 퍼부었나니, 둔부과첨단(臀部過尖端), 환호의 둑에서부터 공명제방(共鳴堤防)까지, 강궁(强弓)의 힘으로 (갈라타! 갈라타!) 〔승리의 함성, U 5참조〕 우리는 하나로 너무나 준강(峻强)했는지라, 여심연(女深淵)에 감싸 인 남류와권(男流渦券; 큰 소용돌이): 그리하여 환상도(環狀道)로 나는 아일랜드(愛蘭)의 애린(愛隣)으로 그녀를 모지압(母脂押)했나니, 그녀의 장쾌한 나의 것에 남상표(男商標)를 찍었도다(trademan-marked).

〔그녀를 육체적으로 점령하자, 하늘에 천둥이 그녀의 창성숭배(娼性崇拜)를 행했는지라…… 그는 뇌관성(雷管聲)을 질렀도다. 이 HCE―대신관(大神官)은, 그녀의 강의 흐름을 다리들로 아치를 놓으며, 그것을 언덕으로부터 도시로, 뉴욕의 강변, 런던의 제방을 따라, 더블린의 링센드 등대로 인도했나니, 거기, 자신의 삼지창(三枝槍: Poseidon)의 제해권을 쳐들면서, 그는 호머의 바다로 하여금 물러갈 것을 주장했도다. 그는 자신의 새 색시를 포세이돈으로 누그러뜨렸나니, 그의 혼인처를.〕(628 참조)

〔HCE는 지금까지의 자신의 업적들 가운데 APL와의 결혼을 크게 부각시키고 있거니와〕

548. 리브랜드(생토: 生土)로부터, 건강 건배, 라트비아(공화국)로부터, 만세환배(萬歲歡杯)! 그녀의 쌍하요정신부(雙何妖精新婦) 들러리를 위해 그리고 그녀의 낭군의 음악을 위해 노래하는 사토(沙土)를, 오합지졸이 칸초네 칸소곡(小曲)했는지라 그리하여 그녀는 자신의 소심화우(小心花羽)를 내게 들어 올렸도다: 그리하여 나는 이름과 화촉 맹꽁이자물쇠〔정조대〕를 그녀 둘레에다 채웠는지라(wedlock boltoned), 그걸 그녀의 무덤까지 나를 수 있도록, 나의 사랑하는 다린(多隣), 아피아(A) 리비아(L) 프루비아빌라(P), 그리하여 그동안 나는 지금 그리고 여태껏 그녀의 생명분신이나니: 나는 그녀의 정조 상자를 쇠고리에 매어 씨근대는 포옹자들을 꽉 움켜쥐게 했는지라, 그녀의 소옥실(小屋室)을 누수이도(漏水泥塗)하여 격노폭자(激怒暴者)들을 직벌(織罰)하게 했도다: 나는 그녀의 고광대자(高廣大者), 그녀의 집착자, 그녀의 에베레스트 산이었는지라, 그녀는 나의 애니(愛襧), 나의 로라라이(월계수) 강, 나의 란자(卵子)였도다. 나는 대도자산(大都資産)의 사나이로서 나의 권리에 의하여 요새 취(醉)한 채, 나는 그녀, 나의 식초 소스 서양국수 요리녀를 남자의 힘이 자라는 한 모든 사랑의 친절을 다하여, 환(環)띠를 둘러 주었나니 그리하여 그녀를 자유구의 변방으로 해방시켰느니라.

548.19~36. 〔그는 그녀에게 갖가지 선물을 제공했는지라.〕

나는 결국 나의 백합유년(百合幼年)의 칠면조 허벅지까지 선물했나니,
소프트 구즈와 하드웨어(목차, 도처) 그리고 올이 풀어지지 않는 메리아스
제품(스타킹 점의 의류 참조), 코퀘트 코입(두건)(파리의 아그네스 모자 점 참조)
및 흑옥과 은빛 나는 수(水)장미의 마디(옹두리)의 최고 취미 페니 짜리 물
건들 및 나의 예쁜 신안(新案)의 허울 좋은 물건들 및 적(赤) 고사리와 월
계가(月桂價)의 가늘고 성긴 프록 드레스, 여성나우(女性裸牛)와 같은 투명
의상들 및 쌓인 모피류, 핌 포목상 및 스라인 및 스패로우 양복상의 최고
급품, *라 프리마메르, 피라 피하인, 오르 드 레느보오, 수리루 드히브르*와
같은 위장 일광 미안 화장품 및 일주폭(一州幅)의 크리놀린 천, 그리고 그
녀가 구두의 심통(甚痛)으로 알고 있는 자신의 발을 위한 모형 및 장난감
으로 통하는 구슬목걸이 및 쇠똥 수은 광택의 거울, 나의 그리고 여다시
(汝茶時), 컵과 조기 음주 시의 온갖 진미를 위하여: 그리고 나는 나의 백
조가희(白鳥歌姬)의 목걸이 수처(首處) 주위에 그녀가 묵묵히 해가(海歌)를
스윙 식 흔들도록 일군의 모일 해패각(海貝殼)을 감아 주었도다: 그리하
여, 그녀의 섬뜩한 비탄성을 외면한 채, 킹즈 카운트(군)에서 그녀를 새김
눈 자국 내면서, 하지만 얼마나 초월 통렬했던 고, 나는 그녀의 매부리(鳥)
계류(溪流)를 꿰뚫었는지라,

549. 〔ALP를 위한 HCE의 업적 나열〕(549.9)

나는 해안을 따라 등(燈)을 설치했도다. 전율하고 있었던 지지(芝地)는
더 이상 지진(地震)하지 않았고, 동결되었던 허리(요부)는 생동했나니. 나
는 감자 음료를 가지고 그녀를 살찌게 했는지라. 그녀에게 가장행렬을 보
여주었나니. 그리하여 나는 크리스마스에 나의 이울어지는 루나 월신(月
神)을 그녀에게 매달았나니, 케틸 프라시노즈(뻔쩍 코) 왕〔바이킹 왕〕에 원
조조(援助助)된 채, *나의 뻐꾸기, 나의 미인*〔솔로몬의 아가에서〕인, 나의
흑한자(酷寒者)의 수프 석찬시각(夕餐時刻)을 위하여, 황서풍(荒西風)의 타르
칠한 지층 가(街)와 엘긴 대리석 관(館)에서, 흑후(黑後)에서 후구간(後區
間)까지 도약 점등하면서, 리 바니아〔리피강〕의 볼트암페어 전량(電量)을
통하여, 양극(+)에서 음극(-)까지 그리고 와이킨로프래어〔위클로우 산
맥〕의, 모운 산(山)의 황색 석류석(石榴石)으로부터, 아크로우〔아일랜드 난
부의 항구 도시〕의 사파이어 선원의 유혹 물과 웩스터포드〔아일랜드 남해

안 도시)의 낚시 및 갈고리 등대 곁으로, 하이 킨셀라[부족 땅]의 간척지까지……

549.28. 대담한 오코너가 모공해상(母公海上)에서 결합한 채, 저 은빛의 개울 곁에 황갈 빛이 기어가는 곳에, 나는 만좌(滿坐)하고 나의 노상(爐床)의 귀여운 아가씨와 함께 안주했도다: 그녀의 지성을 나는 이른 바 실익사상(實益思想)을 가지고 매혹했나니, 그녀의 토르 뇌신 상(像)을 나는 아민주 가(街)의[더블린의] 치안을 위하여 감자음료(柑子飮料)를 가지고 살찌게 했는 지라: 나의 술꾼의 교구 하급리가 그녀에 크래프트길드(기교동업조합)의 가장행렬의 승리 행진을 보여주었나니, 고관 아담[더블린 총독 각하]은 양재의상(洋裁衣裳)을 새것 같이 꾸민 채, 콘과 아울[바이킹 인]은 살인 청부업자의 바구니와 함께, 노아 기네스 경(卿), 그의 유람(遊覽)선(船)성(性)에서 축출 당하고, 조우 스타 나리[조이스 부친의 암시]는 낙타 체(體)의 혹이 되었도다: 나는 제황(帝皇)을 게일의 구주(九柱)를 써서 나사 틀어박았는지라……

550. 〔그리하여 HCE의 명사(名士)들이 멀리 그리고 넓게 열렬히 갈채 받았도다.〕

〔4대가들의 이어지는 개입, 그들의 HCE를 위한 칭송 곡〕
　　　—그는 전적으로 무실(無失)하거나 으스대지 않도다.
　　　—그러나 그의 수족은 수불식적(手不食適)하도다.
　　　—공동 예절을 위한 스티븐 그린(綠穀)
　　　—S. S. 포드래익 호(號)가 항구에 정박하도다.

〔이들 Stephen Green, College Green, S. S. Paudraic : green 색은 희망과 새 비전의 상징이요, 또한, 아일랜드의 색이거니와, 『젊은 예술가의 초상』의 스티븐 데덜러스는 UCD 교실 창문을 통해 희망의 공원을 바라보며, "my Green"이라 되뇐다.〕〔4노인들은 그를 노래하면서, 가정적(家庭的) HCE는 전혀 무용한 존재가 아님(not a bum)을 칭송하도다.〕

550.8.—그리하여 이런 여차 여차의 사건들 뒤로, 나는 그녀를 부양했는지라, 나의 여인, 나의 영어나세(英語裸細)한 계보조타녀(系譜操舵女), 그녀의 쓰레기 숨결을 위해 양념을 맞추고, 이탤릭 어파(語派)의 마늘 및 한 입 듬뿍한 우슬(牛膝) 뼛골 및 마늘쪽과 돼지후추와 캐비지 초본(草本)과 피카딜리 식용 다시마, 성 팬크라스의 축제가 다가오면, 상등품의 용설란(龍舌蘭)과 정치(精緻)의 젤리 품 그리고 파스 부활절을 위한 쇼트케이크 영양당과 및 성령강림절의 푸딩, 대점(大店) 습요리(濕料理)의 항아리에 든 선육(鮮肉), 그리고 카파와 제루파의 약제 및 아스카론 산 양파, 피녀용(彼女用)의 편리한 음식을 부양하면서, 그들을 대지에 배설하도록 했는지라.

〔HCE는 ALP를 위하여 갖가지 봉사를 행했나니.〕음식, 약제, 양념, 음식물, 연고, 화장품 등을 준비했도다. 그리고 여러 가지 유희도 마련했나니, 그는 "항아리에 든 선육(potted fleshmeats)"〔『율리시스』에서, 의심의 여지없이, 보일런에 의해 몰리에게 대접 되듯, Plumtree 상표의 항아리 고기〕및 소로몬의 시바를 닮은, 소녀를 위한 화장품을 그녀를 위해 마련했도다. 그녀는 "갈색이지만 소희(梳(빗)戲)스러웠도다(brown but combly)". 그는 그녀에게 그녀의 가무잡잡한 전탐(全探)의 머리카락을 빗질하도록(comb) 빗을 선사했는지라. 그와 자신의 빗질한 애인은 더블린의 대저택에서 인생을 즐겼나니, 이전 시장(市長) 각하들인, 고집통이 쿠색〔『율리시스』의 「시민」의 모델〕, 비수(匕首) 웨팅스톤〔런던 시장 각하〕의 유포(油布) 되고 총점유화 된 그림들을 벽으로부터 관찰했도다.

551. 그리하여 모두들 커미스 속옷 입은 그의 아내 ALP를 감탄했나니, 그는 그녀를 위해 편리한 화장실을 가진 카운티—시티를 건립했도다. 그는 또한, 대학들을 설립하고, 도시 전원을 건설했도다. 나는 12사침(絲針) 통로를 건설했도다. 그들의 도시로서, 그는 민주 정부를 건립했나니, 이는 많은 자들이 등록되지만, 선발 된 자는 극소수인, 인간 세계에 타당하도다. (551.17) 그리하여 그들은, 이전에 자신들의 전적인 궁핍, 적성, 쾌활, 유용 및 포상이었던 것의 확장화(擴張化)에 있어서 정점화(頂点化)을 향한 추락 없는 어떤 부가(附加) 및 확대 더하기 그들의 가설 및 중대의 조직화를 위한 대등함에 있어서 관대한 기여를 통한 편성 상, 자신들의 제2의 아담

안에서, 모두들 삶을 얻으리라.(551.31) 나는 상형문자의, 희랍신력(新曆)의 그리고 민주민중의, 암각적(岩刻的)[나일 강 석비에 새겨진] 독자들을 갖지 않았던고? 삼성곽풍(三城郭風)의, 복성본위제(複性本位制)의, 그리고 나의 7다이얼의 변화하는 수로도(水路圖)에 의하여 나는 하이번스카 우리 짜스[프라하의 거리 명]를 12사침통로(絲針通路)[런던 거리] 통과하게 하고 신문(뉴게이트: 新門)과 비코 비너스 가(더블린 외곽의 비코 가도)를 구목부합(鳩目附合) 시키지 않았던고? 나의 낙타의 행보, 굉장한(고로사이) 굉장한(고로사이)! 어떤 숭고한 오스만 제국의 왕조도 나의 화장문(火葬門)[힌두교도의 화장]을 (鼻孔)하지 않았도다.

552. [HCE는 쌍사원(双寺院)을 건립했도다.] 과연, 브라버스(Blabus)가 자신의 벽을 무너뜨리듯, (『젊은 예술가의 초상』 P 43 참조) HCE 역시 위대한 건축가[입센의 건축청부업자]로서, 그의 벽을 세우고 무너뜨렸도다. 그는 인류로 하여금 숙명의 길을 따르도록 강요했거니와 아내를 미로(迷路)로 추적하기 위해 그의 일곱 개의 세풍로(細風路)를 추적했나니, 그는 또한, 그녀를 위해 성당을 개조했도다.

552.21. …… 영구 집게벌레(HCE)로서, 나는 미사 행종(行鐘), 성당 머슴의 육타시성가단(六打時聖歌團), 발작 신자(信者)를 명심위협(銘心威脅)하는 사원 및 성원기도시각자(聖院祈禱時覺者)들과 함께 나의 멋진 돼지 새끼, 나의 아름다운 구흉(鳩胸), 자신의 적갈색의 수줍은 움찔녀(女)를 위하여 십자구(十字丘: 더블린 북부 외곽지역) 위에 도전궁(稻田宮)을 개수하고 복원했는지라: 정명(定命) 처녀모(處女毛) 정명(定名) 종작고사리(植): 그리고 화선(텐포스: 話先)[오르간 제작자]의 영광을 찬미하는 천사탁선(天使託宣) 오르간: 그리고 여기에 첨가하여 그녀의 지옥화(地獄火)를 시방(始紡)하는 한 개의 얇은 선반과 그녀의 퇴창가(退窓家)의 화창문(花窓門)들: 복음의 신연민기도문(神憐憫祈禱文), 그리스도 신(神)연민기도문: 경색(驚色) 트럼펫, 타라 통치의 오르간(대포): 그리고 그녀는 석좌(石坐)하는지라, 제단석(祭壇石) 위의 칠리(냉냉: 冷冷) 봄봄 및 40보닛 모(帽)을 쓰고……

[이때 재차 코러스 4중주(대가들)의 모호한 코멘트가 HCE의 행적과 업

적을 독일어로 찬양 한다.]

—환영!(Hoke!)

—환영!

—환영!

—환영!

553. 그는 아내가 글을 읽도록, 그녀 앞에 부드러운 매트를 깔았는가 하면, 정원의 풀을 가꾸고, 황금 주(酎)를 빚고, 포도원을 장만했도다. 그리고 그녀의 쾌락을 위해, 그는 세계의 7대 기적 중의 하나인 코니(Coney) 섬, 피닉스 공원, 그리고 많은 다른 아름다운 가로수 길들을 건설했나니. 그리하여 나는 에블나이트[지동설의 더블린 명]의 종종걸음 산책로 앞에 나의 자갈 깐 완만 마차도(馬車道), 나의 남북순환도, 나의 동다지(東多地)와 서지다(西地多)를 부설했나니, 불 바르 가로수 행을 달리며 시드니 급한 파래이드 행진하면서, **553.31.** (관가마차[棺架馬車]꾼들이여, 오슬로 느긋하게! 신혼자들이여, 유출할지라! 그러자, 야후[수인간;獸人間] 남[男]을 닮은 진남[眞男]의 만투라 주문차[呪文車]를 타고 [더브린연합전철회사 교차장{狡車掌}]이 모든 여로 찻삯을 지불하도록 호출할 때까지 기대할지라, 이 호세아[『구약성서』의 예언자]의 마차에 탄 수전노 협잡꾼들 모두 환영!), 아라비아 짐수레 말과 함께 클라이즈 데일 복마(卜馬), [스코틀랜드 산] 히스파니아 왕의 쾅쾅트럼펫 악대와 함께 배회라마제국(徘徊羅馬帝國)의 인력거들……

554. [HCE가 건설한 도로 위를 달리는 마차들과 야생마들]

…… 발광추락적(發狂墜落的)인 브론코 야생마들[북 아메리카 서부 산], 우편유람마차 및 급달(急達)우편봉사차, 그리고 높디높은 이륜무개마차와 고개 끄떡 끄떡 두마차(頭馬車), 타자들은 경쾌한 경야료원(夜療院)의 추기경 하복(下僕)이륜(輕二輪) 경쾌하게, 몇몇은 세단 의자 가마 차를 조용히 타고: 나의 꼿꼿한 신사들, 동침, 동침, 나의 귀녀들이 유측안장(柔側鞍裝)한 채, 은밀히, 은밀히, 그리하여 로우디 다오[으스대는 사람]는 뒤쪽 횃

대: 노새 마와 수말 및 암나귀 잡종과 스페인 산 소마(小馬)와 겨자 모(毛)의 노마(老馬)와 잡색의 조랑말과 백갈색 얼룩말이 생도(生跳)롭게 답갱(踏坑)하는지라(그대 왼발을 들고 그대 오른 발을 스케이트 링크 할지라!) 그녀의 황영(歡影)을 위해: 그리하여 그녀(ALP)는 경무곡(輕舞曲)의 타도일격(打倒一擊)(도미노) 속에 회초리의 엇바꾸기에 맞추어 소(笑)소리 내어 웃었도다. 저들을 끌어 내릴지라! 걷어찰지라! 힘낼지라!

[이어 4인방을 포함하는 당나귀의 울음소리가 들린다.]

—마태태하! 마가가하! 누가가하! 요한한한하나!

[여기 당나귀는 지금까지의 HCE의 긴 업적을 비웃기라도 하듯, 우리는 그의 서술의 내용을 불확실하게 읽어야 할 것인고? 종착역의 마태, 마가, 누가, 요한은 "내가 눕는 침대를 축복하사," 이는 뒤이은 장의 침대 격으로서, 거기, 과연, 그들은 HCE와 ALP 및 그들의 불완전한 성교행위를 관찰하는 4침대 기둥들로 봉사한다. 행동, 또는 비행동이 어디서 일어나는지는 분명치 않을지라도, 그러나 각자의 장소와 시간 속에, HCE 자신처럼, 그들은 다른지라. 여기 그리고 저기, 무능한 분석자들, 향수적 감상주의자들, 마치 역사가와 닮은, 그들은 바로 염탐 자들이 도다.]

[지금까지, 우리는 HCE의 연설의 패턴을 따르기에 별 어렵지 않았는지라, 즉, 그는 존경받기를 요구하고, 만사를 부정하고, 자기 재산의 가치를 지적하며 (빈민굴의 주인으로서, 그는 대영 제국인지라), 아나 리비아의 정복을 서술하지만, 프로이트적 단편 지식들은 한결같이 그의 개성의 더 어두운 면을 노정한다. 그의 방어는 분명히 비성공적인지라, 왜냐하면, 여기 제I부 3장 말에서 우리는 4대가들이 당나귀처럼 우는 것을 듣기 때문으로, 앞서 제I부 4장 말에서 그들이 그랬듯이 당나귀의 울음은 이어위커의 서거를 신호했었다.]

제III부 4장

HCE와 ALP—
그들의 심판 침대

【개요】 제I부의 마지막 장의 열리는 몇 페이지들은 때가 밤임을 반복한다. 독자는 현재의 시간이 포터(이어위커) 가(家)의 늦은 밤임을 재빨리 식별하게 된다. 포터 부처는 그들의 쌍둥이 아들 제리(셈)로부터 외마디 부르짖는 소리에 그들의 잠에서 깬 채, 그를 위안하기 위하여 이층으로 간다. 그들은 그를 위안하고 이어 자신들의 침실로 되돌아와, 그곳에서 다시 잠에 떨어지기 전 성교를 시도하지만, 만족스럽지 못하다. 이때 창갈이에 빛인 그림자가 그들 내외의 성교를 멀리 그리고 넓게 비추는데, 이는 거리의 순찰 경관에 의하여 목격된다. 새벽의 수탉이 운다. 남과 여는 다시 이른 아침의 선잠에 빠진다. 이러한 모든 시간 동안 이들 부부를 염탐하는 무언극(559.18에서 시작하여)은 양친들에 대한 4가지 견해를 각자 하나씩 제시하는데, 각각은 4침대 기둥(4노인들이요, 4복음자들의 변형)에 해당한다.

첫째의 견해인, "조화의 제1자세(First position of harmony)" (559.21)는 마태의 것으로, 그것은 양친과 자식들에 대한 그들의 관심을 서술한다. 두 번째 마가의 "불협화의 제2자세(second position of discordance)"(564.1~2)는, 다른 것들 가운데, 공원의 에피소드를 커버하고, 재판에 있어서처럼 양친의 현재의 활동들을 심판한다. 세 번째 견해인, "일치의 제3자세(Third position of concord)"(582.29~30)는 누가에 속하는 것으로, 새벽에 수탉의 울음소리에 의하여 중단되는 양친의 성적 행위를 바라보는 견해이다. 최후의 "용해의 제4자세(Fourth position of solution)"(590.22~23)는 요한에 의한 것으로 가장 짧으며, 이 장의 종말을 결구한다. 이 견해는 비코의 순환을 끝으로, 『피네간의 경야』의 잇따른 장과 최후의 부(部)로 계속되는 회귀(recorso)를 시작한다.

[본문 시작]

555. 〔이제 장이 열리면서 우리는 시간과 공간 속에 우리들 자신을 찾으려고 노력 한다. 하지만 정말로 지금은 하시경(何時頃)? 그럼 얼마나 많은 시간을 우리가 공간(空間) 속에 살고 있는지를 부연(敷衍)할지라. 화자가 대답하나니, 그는 여기 4복음자 및 그들의 당나귀를 소개한다. 거기 침실에는 케빈 매리(숀)와 젤리 고돌핑(솀)이 잠들고 있다. 여기 HCE, ALP, 4대가들, 당나귀, 솀과 숀의 총괄적 소개가 드러난다.〕

　고로, 매야(每夜)에 영야(零夜)에 나야(裸夜)에, 흘러간 저들 그립고 지겨운 옛날, 옛날에, 우리는 말할 터인고? 하자(何者)에 관해 우리는 말할 터인고? 유치아(幼稚兒) 보호자들〔HCE와 ALP〕이 그들의 침대 쌍자(双子)들〔솀과 숀〕을 유념하는 동안, 거기 지금 그들〔4복음자들〕은 서있었나니, 단풍목(丹楓木)들, 그들의 모두 사인(四人)들, 그들의 4일열(日熱)의 학질(瘧疾) 속에, 주(主), 머줄커, 소(少) 마놀카, 상(常) 이비자 및 발효(醱酵) 포멘테리아가 그들의 대소동의 취수확인(吹收穫人)과 더불어, 사야(四夜)에 의한 사무야(四無夜), 그들의 사묘우(四猫隅)에, 그리고 저 나이 많은 고유물연구가(古遺物研究家)들〔4복음자들〕, 사공포(四恐怖)스러운 마팜매자들(馬販賣者) 역을 하면서, 그리고 당나귀……

556. 〔4노인들에 대한 소개적 구절에 이어, 우리는 갑자기 전환이나 설명 없이, 이사벨(이씨)에 관한 시 또는 노래 속에 우리들 자신을 발견한다. 그녀는 잊혀진 나뭇잎 마냥 행복하게 잠자고 있는지라, 그녀에 대한 아름다운 묘사 속에, 우리는 22살의 그녀가 성녀, 수녀, 유모, 즐거운 과부, 또는

『율리시스』의 「나우시카」 장의 거티(Gerty) 〔그녀의 나이 또한, 22살〕를 보는 듯하다.〕

여기 남자 하인—시가손이 등장하고, HCE의 갑작스러운 변전이라, 그는 마룻바닥에 술 취한 채 누워 있다. 이때 이층의 하녀 케이트가 아래층 쾅 소리에 놀라 내려온다.

만청청야(萬晴晴夜) 및 다음 청야 및 최후의 청야 그동안 하녀 코써린〔케이트〕은 그녀의 출생침대(出生寢臺) 속에, 천애보(千愛寶)를 지글지글 끓이는 꿈과 더불어, 저 하시(何時)에 하층 계단 문에 대기(對氣)를 꿰뚫는 노크 소리가 들려옴을 자신의 침대의 베갯잇에 바스크 언욕(言浴)하고 있었는지라 그리하여 피녀 하행(下行)하여 살피나니……

557. 여기 케이트는 주인(HCE)이 주점 바닥 대팻밥 위에 쓰러져 있는 것을 발견한다. 그때 그녀가 양초를 쳐들고 보았을 때…… 노크 소리가 들렸는지라…… HCE는, 그러나 그녀로 하여금 정숙하도록, 그녀에게 침묵을, 그리하여 그의 경건한 백안구(白眼球)가 그녀에게 궁내정숙(宮內靜肅)을 쿠쿠 구성(鳩聲)으로 명령하도다.

거기에는 또한, 그의 유죄를 재판했던 12선인들인, 고객들이 있다. 밤마다 이들은 그들의 마음속에 HCE을 전력을 다해 살펴왔는지라, 그들은 두 소녀들과 가랑이 사이의 그(HCE)의 사통(私通)을, 혹은 합리적 완화의 환경적 압력 속에 어떤 군인들의 흥분적 의도와 함께, 그의 부분 나신(裸身)으로, 공원의 비방적 죄의 암시가 그에게 있음을 발견한다.

558. 비록 HCE는 판단과 높은 지위의 남자일지라도, 여전히 사람들은 그의 인품을 평가하나니, 그리하여 법의 위배에 대한 경감이 있을 수 없기에, 공원의 역병(惡疫)에 대하여 3개월, 흠정소송법 제5의 4조, 3절, 2항, 1단에 의거, 형의 선고는 명일 아침 6시 정각에 있을지라. 그러니 주여 그의 영혼에 자비를 베푸소서!

그러자 잠자는 아들 숀의 행복원(幸福園)에서 29무지개 소녀들이 밤마다 환희 속에 여정(興情)을 행하나니, 그와 즐거운 시간을 보내도다. 양(良)에 의한 아(雅)에 의한 결(潔)에 의한 질녀들, 명상의 행복에 젖은 9와 20의 윤년애녀(閏年愛女)들, 모두 창사낭(槍射娘)들이, 엄청난 즐거운 시간을 가졌느니라.

여기 HCE와 ALP가 침대에 누워있다. 그들의 심판의 침대 속에, 고난의 베개 위에, 기억의 광채 곁에, 비겁의 이불 아래, 그의 권력장(權力杖)(남근)을 억제하고, 그녀의 생피미의(가운: 生皮美衣)가 못에 매달린 채······ 이때 이층의 아이들의 침실에서 막후일성이 들리나니, 그것은 젤리(솀)가 악몽에서 깬 놀란 목소리이다.

559. 〔이어 HCE 내외의 침실 내부 묘사〕

홈(溝) 2. 실내장면. 특등석(박스). 보통 침실 세트. 연어벽지의 벽. 배면(背面), 빈(空) 아이리시 화상(火床), 아담 제의 노대, 풀죽은 환기선(換氣扇)과 함께, 검댕과 금박장식, 불량품. 북쪽, 실물 창이 달린 벽. 여닫이 창문의 모조 은색 유리. 틀 문, 위쪽 금속부품 덮개, 무(無) 커튼. 창 가리게 내려진 채. 남, 한쪽 편벽(便壁). 스트로우베리 딸기 침대보의 더블베드, 유세공(柳細工)의 클럽 의자 및 착유용(窄油用) 세 발 의자. 바깥에 서류감(書類龕), 위쪽의 얼굴 타월. 1인용 의자. 의자에는 여인의 의상들. 십자 띠의 멜빵이 달린 남자 바지, 침대 머리 위의 칼라. 해소진주(海蛸眞珠) 단추가 달린, 탬버린 장식 방울과 걸쇠가 붙은 남자 코르덴 겉옷이 못에 걸린 채. 상동(上同)의 여성 가운. 백로대 위에 미카엘의 그림, 창(槍), 사탄 마(魔) 살해용, 화연(火煙)을 토하는 용(龍). 침대 가까이 작은 테이블, 정면. 침구가 있는 침대. 여분용(餘分用), 기(旗) 헝겊조각 이불. 물오리 솜털 디자인. 석회광(石灰光). 무전구(無電球)의 불 켜진 램프, 스카프, 신문, 텀블러 컵, 양(量)의 물, 젤리 단지, 괘종시계, 사이드 버팀목, 접부채, 남성 고무제품(콘돔), 핑크 색.

그러자 무언극. 매트(4대가들 중 첫째)의 조화의 제 1자세(First position of harmony) 〔침대 위의 HCE의 자세〕에 대한 서술.

시간은 새벽 4시이라, 〔여기 『피네간의 경야』 I제I부 4장은 2시간 반 동안 점령한다.〕

뒤따르는 무언극. 4대가들은 4입지(立地)에서 서로 바라본다.

클로즈업(근접촬영) 주역들.

전면에는 나이트캡을 쓴 남자(HCE), 그의 뒤에 컬 핀을 머리에 꽂은 여자(ALP), 남자는 여자를 부분적으로 가리고 있다. 그는 짐승 같은 표정, 그녀는 앉아 있고 천정을 쳐다본다. 무대 밑의 지시.

연출.

그때 이층에서 한 가닥 비명이 들린다. 암말(ALP)이 침대에서 일어서 나가자, 숫염소 (HCE)가 거수족(巨手族)의 여왕의 선도(先導)를 쫓아 위관 추적(偉觀追跡)했도다.

559.32. 암말 퍼카혼타스[영국 경마]의 강근골(强筋骨)의 전사반부(前四半部)에 의하여 그리고 어찌 저 민활한 청황색녀(靑黃色女)[이씨]가 마치 메소포토맥[강 이름] 노모(老母)처럼 침상에서부터 암염소의 개전(開戰)을 위해 방금 깡충깡충 뛰어 나왔는지를 그대는 틀림없이 보았으려니와 그리하여 8곱하기 8의 64스퀘어[장기 판의 평방 넓이]라, 문으로, 그녀의 야기사등(夜騎士燈)을 들고, 뒤이어 숫염소 거수족(巨手足)이 여왕의 선도(先導)를 쫓아 위관추적(偉觀追跡)했도다.

560. 그러자 주인 내외는 이층으로 돌진하나니, 위층으로 오르는 계단의 묘사 장면이 바뀐다. 배경 막, 스포트라이트 및 움직이는 벽. 그들의 이상적인 주거에 대한 묘사, 그건 진성제단(眞星祭壇)을 위한 이상적인 주거로다. 주인을 잠에서 깨우는 곡종(曲鐘)…… 찌링찌링…… 그러자 돌 벽을 통하여 쳐다보건대.

그런데 내게 뭔가를 말할지라. 포터(HCE) 가문은 훌륭한 사람들. 포터 씨는 탁월한 조부이며 그의 부인 역시. 아래 구절은 고희가문(古稀家門)으로 완전하게 결합된 그들의 사실적 표현이라.

내게 뭔가를 말할지라. 포터 가문은, 말하자면, 신문부대(新聞負袋)의 도영(盜影)에 따르면, 아주 훌륭한 사람들이라, 그렇지 않은고? 아주, 모두 4대가들이 언술했도다. 그리하여 포터 씨는 (바소로뮤[12 사도 중의 하나?], 중악당(重惡黨), 고물에, 고등어 셔츠, 건초발두[乾草髮頭; 가발] 탁월한 선부(先父)인지라 그리고 포터 부인은[주역부; 主役婦], 양귀비[植] 두[頭], 매춘녀 사프란[植]색

의 야의[夜衣], 현란한 체플리조드 모발) 대단히 친절심(親切心)의 식모(食母)로
다. 그토록 결합된 가족 부모는 지상(紙上)에서 또는 지외(紙外)에서 더 이
상 존재하지 않는지라. 열쇠 주(主)가 자물통에 꼭 알맞듯이, 그들은 총항
잡부적(總港雜夫的)인 것 이외에는 아무것도 상관하지 않는지라. *브로조 산*
(産) 와인[이탈리아 산] 그건 정말로 경치게도 멋진 것이 아닌고? 그대는
그들이 고희가족(古稀家族) 출신임을 그들의 의상(衣裳)으로 인지(認知)할
수 있거니와……

561. [이씨의 방에 대한 마태의 서술]

여기 이층에 두 개의 방들이 있나니, 꼬마 포터 아가를 위하여. 그런데
1호 실에는 누가 자는 고, 이씨의 방, 그녀는 버터컵(미나리아재비)(植)이라
불리도다. 4노인들이 그녀를 치켜보고 있는지라. 그녀는 아빠 신(神)의 최
량(最良)의 보석이요, 형제족의 뱅충이 숙모 색시로다…… 그녀의 패각배
(貝殼背)의 골무상자 거울이 단지 그녀의 최애의 소녀 친구를 비칠 수 있나
니. 그녀의 우아함을 잘 말하기 위해서는 희랍어를, 그녀의 선의를, 저 황
금전설[13세기 성인들의 생활 기록집]을 요구하리로다. 그녀의 낙수면(落
睡眠)…… 그리고 그녀의 애인 격인 고양이. 그녀는 언제나 고양이를 보
고 그녀의 놀이 암 망아지와 함께 애칭을 말할 수 있기에……

562. [다시 잠자는 아이들에 대한 묘사]

자신이 견면(絹綿) 명석 위에 앉아 있을 때, 자갈돌을 아주 불쌍히 여기
는 그녀인지라…… 그녀는 언제나 한층 더 많은 충만 약속을 바람 불지
니…… [여기 그녀를 묘사하는 화자는 "나" 또는 "우리"인지라, 조이
스의 여성에 대한 묘사인 즉, 예를 들면, 아나 리비아 및 이씨를 비롯하여
심지어는 『율리시스』의 거티와 몰리의 독백에 이르기까지 3인칭의 그녀에
다 1인칭의 나—화자 식의 공동 묘사 방식을 갖는다.]

맞은편의 제2호실 방에는 쌍둥이 형제가 잠자고 있다. 그들은 동시에
태아적(胎兒的) 구더기들이요, 이를 가는 유아, 젊은이들이다. 우리들의 명
석한 황소 아가 프랑커 케빈은 성심(聖心) 소매 편에 있었도다. 그대 그
(손)를 깨우지 말지라! 우리들의 원문(遠聞)의 금발우총남(金髮郵寵男), 그
는 행복하게 잠자고 있는지라…… 우편남인 그는, 우리들이 아는 대로,

스위프트 수석 사제이며, 트리스탄 격. 그는 행복하게 잠자고 있는지라, 주님의 양지(羊肢), 지복(至福) 속에 좌양(左揚)된 채, 그의 기적역사장(奇蹟役事杖), 마치 축복 천사처럼 그는 너무나 닮았기에, 그리하여 자신의 입을 반개(半開)하고 마치 그가 자전거를 타고 나팔 요들노래 페달을 밟고 있듯이. 내가 눈 속의 저 미소를 볼 때마다 그건 재삼 퀸 신부(神父)[미국의 『율리시스』 원고 수집 변호사의 이름이기도]로다. 그는 머지않아 아주 달콤하게 향미소(香微笑)할지니 그때 그는 젖 뗄 전조(前兆)를 들으리라. 감탄, 저 소년은 어떤 야기사(夜騎士)로 명칭(鳴稱)될지니 그때 그는 자신의 성직(聖職)의 맹세를 취할지라, 그리하여 우리들의 노루(爐淚)를 포기하고, 무망(無望)의 양친에도 불구하고, 현금사(現金事)를 탐(探)하여 아모리카[America＋Armorica]로 행차하리라. 자신의 허영의 태연오만(泰然傲慢)을 지닌 저 날카로운 사제(司祭) 같으니! 오, 나는 저 세속음악(世俗音樂)을 숭배하는지라! 만능(萬能)달러(富)! 그는 정말로 너무나 가청숭배(可聽崇拜)서러운지라! 나는 이야기 책 속에 그와 같은 혹아(或兒)를 본 듯 추측하나니, 나는 혹처(或處) 그가 그와 유자(類者)되려는 혹양아(或羊兒)를 만난 듯 추측하도다.

563. [젤리―셈 묘사]

젤리는 잠 속에 울고 있었으니, 침대를 적셨도다. 그의 울음이 그의 양친을 심난하게 했나니. 쉿! 그 자는, 설간유(鱈肝油)로 쌍 젖을 뗀 채, 자신의 잠 속에 울부짖고 있었나니…… 무슨 이빨을 들어 낸 괴짜람! 얼마나 광(狂) 조각상의 책을 쓴 담!…… 행복악태아면(幸福惡胎兒眠)이여! 아아, 숙명 빈약아(貧弱兒)여! 타자…… 그는 바이런이나 W. 블레이크 족속이 될지라. 케빈(손)과 젤리, 이들 쌍둥이들은 자신들의 스크럼 빵부스러기를 쫓으며 두 아주 절친한 사이인지라…… 그들은 그렇게 태어났으리니…… 4복음 노인들, 청취자들 혹은 관찰자들은 아이들을 방해할 까 두려워하며, 그들 사이 침대 위에 한 잎 동전을 남기나니, 아마도 크리스마스 선물일지라. 그리고 작별. 아듀, 조용한 작별, 이 멋진 현선물(現膳物)을 위하여, 명일(明日)까지!

564. [복음자 마가의 견해]

저미니(쌍자궁; 雙子宮), 방금 불협화(不協和)의 제2자세(a second position of discordance)를 점령하고 있는 견해는 무엇 인고, 그걸 제발 이야기할지라? 마가여! 그대가 저 후후방(後後方)에 그걸 목격함은 남성부동산권(男性不動産權)이 보호 여성을 부분적으로 가리고 있기 때문이도다. 그건 불협화음을 위하여 그렇게 메시도[음악의 계(階)]라 불리는지라. 침대 위의 광경이란, 마가는 여기 잠자는 HCE의 양 둔부(arse)를 후면에서 처다보는데, 그가 부분적으로 여인(ALP)을 가리고 있다. 이는 피닉스 공원의 지형과 비유된다. 이 공원의 미둔부(美臀部)로부터 풍요롭게도 멋진 경치를 전망하고 있는 것이 아닌고? 피닉스 공원에는 수많은 수목이 울창하나니, 그것은 이곳을 방문하는 모든 이방인들에게 커다란 감탄이 되어 왔는지라. 중심을 가르는 직선도로는 양성(兩性) 분할로서, 오른 쪽은 멋진 총독의 저택에 의하여, 반면 양 둔부의 왼 쪽은 서기장의 멋진 주거에 의하여 경탄 받도다. 거목들, 기마도(騎馬道), 골짜기, 산 요정, 사슴, 초목들, 분홍색 핌퍼넬(植), 노새, 등등. 이 왕립 공원의 광야 저지는 밤늦도록 대중에게 개방되어 있나니, 고로 환자들과 계간(鷄姦) 도보자들이 우굴되도다.

564.20. 이러한 건장초목(健長草木)으로부터 관절유용(關節油用)의 쥬스와 이교도 용의 관모(冠毛)를 가져오나니. 경청! 그건 진목(眞木)의 이야기로다. 어찌 현(賢)오리브목(木), 저 전나무활목이, 그의 생도강변(生跳江邊)[리피강변]에 무식(茂植)했던고. 어찌 거송목(巨松木)이 대개화(大開花)를 견지했던고. 어찌 북구(北歐)의 적십자가. 검푸른 표식이 삼림지계(森林地界)를 비스듬히 가로질러 서 있었던고, 그건 이제 겨우 너무나 탈색된 수목대(樹木帶)의 존재를 경계(境界)하도다. 거기 그와 함께 그늘진 기마도(騎馬道)가 촌락기사(村落騎士)에 도움이 되는지라. 저 쪽 골짜기에, 또한, 산 요정이 머물도다. 그 속에서는 어느 예쁜 꽃사슴도 사로잡힐지니 그러나 그건 평원의 나쁜 연민이라.

565. 공원의 저지(低地)에는 펜타포리스(사해의 지역 명)의 경찰 홍악대(興樂隊)의 대원들이 바람 부는 삼(森) 수요일에 자신들의 깡 울리는 대인기의 호곡(狐曲)을 바순 음전(音栓) 취주(吹奏)하고 있도다.

565.6. 침실에서 나와 현장에 나타난 슬래브 말투의 어머니가 젤리를 위안 하는지라. 그대는 하고(何故)로 감이 전율하기 시작하는고? 그대는 오율 (汚慄)하고 있도다…… 오 침묵을 지킬지니…… 이때 공중 뇌성이 들리 는지라. 요점등(要點燈). 느린 음악. 아일랜드 공중의 우레 성. 그들(아들 들)에게 아빠는 불결한 존재. 아빠는 내일 더블린으로 원거리행하나니, 러 블린(폴란드의 도시)까지 행적도(幸積道)를 따라[노래 가사에서.]

그러자 4노인들이 에스페란토어로 속삭인다.

　　—이 놈(셈)은 잠들지 않았는고?
　　—쉬! 심히 잠들었도다.
　　—뭐라 소리치는 고?
　　—꼬마의 말투. 쉬!

[이어 ALP의 젤리(셈)에 대한 위로]

　　그건 단지 모두 그대의 상상 속의 환영일 뿐…… 여기 『성서』의 「신 약」 중 복음 관습에 따라 마크는 앞서 마태가 본 것의 변형을 반복한다. 그대가 꿈꾸고 있는 혹 곰―부친은 단지 그림자―환영에 불과 할 뿐이 라. 어둑한. 가련하고 작은 무상(無常)의 마법국(魔法國), 마음의 어둑한 것! 이제 내게 시화(示靴)할지라, 꼬마여! 나의 시자(市子)여!

　　[마린가 여인숙 광고] 그대가 루카리조즈[루간＋체플리조드: 더블린 근교] 지방을 지나, 유황광천(硫黃鑛泉)을 방문하기 위해 마차 여행할 때, 그걸 놓치기보다 맞히는 것이 한층 안전한지라. 그의 여숙(旅宿)에 머물지 라!…… 굴침대(窟寢臺)하는 것이 더 아늑할 지로다. 그대의 백(白)담요를 챙겨 넣을지라!

566. 그리고 식사대접, 잘게 썬 눈물 프라이 양파, 스튜 요리한 염(鹽)제비, 마시는 담즙찌꺼기…… 여인숙의 방. 4목격자들은 그들의 나귀와 함께. 모두 의자에 앉아, 그들의 연필을 날카롭게 다듬고 있도다. 하인 색코손과 청소부 케이트, 12고객들이 팔짱을 끼고 곁에 서 있는지라, 그들은 나중에 모두 자신들의 농장으로 되돌아가리니. 처녀―아씨, 노처녀의 나이로 쇠

퇴하리라, 그녀는 두 왕자들을, 있는 그대로, 보지 않은 채, 누워있도다. 혹 지배인(HCE)은 미망인에게 그의 무기(武器)(성기)를 제시하나니, 모두에게 보이지 않도록 방향을 바꾸도다. 이제 새 날이 새도다.

〔마가의 HCE에 대한 에스페란토 어의 경고〕

 "보라, 돈자아(豚自我)여! 그들은 그대를 살피고 있도다. 되돌아갈지라, 돈자아여! 이건 품위 있는 일이 못되나니."

〔이어지는 구절. HCE의 성기에 대한 묘사, 딸이 아빠의 남근을 엿보다.〕

566.28. 천상에서 망을 거둘지라! 환영(幻影). 그러자. 오, 망상조직(網狀組織)〔HCE의 성기〕의 돌물(突物), 황홀한 광경! 무각록(無角鹿)! 저 울퉁불퉁 바위들! 외피구(外皮丘)! 오시리스 명부왕(冥府王)이여! 그런고로 우연발사는 시발하려 않는 고! 그런고로 그대 무엇을? 그대는 암(暗)나귀가 두려운고? 약탈자의? 나(이씨)는 우리들이 우리들 자신의 것(성기)을 잃지 않은지 두려운지라(그걸 허락하지 말지라!), 이들 야폭(野暴)한 부분들을 존경하면서. 도대체 어떻게 된 타종(打終)인고! 얼마나 온통 조모(粗毛)스럽고 짐승 같은 고! 그대 무엇을 보는고? 나는 보이나니, 왜냐하면, 나의 불운(不運) 앞에 그토록 뻣뻣한 지시봉(指示棒)을 봐야하기 때문에. 사다리 주(主)〔천국과 땅을 연결하는 하느님〕에 맹세코, 어째서 폐경도(肺經度)!〔여기 화자는 주점 밖의 거리 표시판을 읽는 듯하다.〕 그대는 그러면 원초전설(遠初傳說)〔지도 표식〕을 읽을 수 있는고? 나는 실무(失霧)의 증부(僧父)로다. 동의(同意)갈대(草)여! 단 리어리〔더블린 근교〕의 오벨리스크〔방첨탑〕까지.

567. 〔이제 4대가들은 주점 밖으로 배회하나니, 그들은 공원에서 길을 잃은 듯하다.〕

앞서 무기(wappon)는 간판 기둥으로 변용한다. 모두들은 그 쪽 방향을 보면서, 그것을 열렬히 쳐다본다. 방향들이 기둥에 적혀있다. 단 리어리의 오벨리스크로. 중앙우체국 수천의 인내보(忍耐步). 웰링턴 기념비……사라 교까지…… 곶[岬](point)까지…… 그들 중 하나가 곁눈질하나니, 그가 곶 위에 핑크 색의 사냥모를 보기 때문이도다. 여기 곶은 HCE의 남근두(男根頭)요, 사냥 모(huntingcap)는 콘돔인 듯. 그러나 사냥모자는 다른 뜻으로, 왕, 왕후가 내일, 미카엘마스, 3시와 4시 사이에 왕림할 예정임을 알리는 간판일 수도 있다. 영국 왕 조지 5세의 아일랜드 방문, 여왕은 노도질풍으로 외국 체재 중인지라. 왕은 개들을 대동하고 여우 사냥에 나설 참이다. 그를 환영하는 다수 군중들. 모든 사람들이 전차, 기차, 자전거, 세발자전거를 타고 오리라. 골프장에서는 경기를 멈춘 채, 왕을 환영할지라.

568. 〔왕을 배알하는 HCE의 주막의 관중들, 그들은 모두 창 밖을 내다보고 있다. *불정억제지(不停抑制紙)*속에 보도된 폐하의 배알. 시장이 된 HCE가 왕을 접견하고 폐하께 연설하도다.〕

568.16. 〔시장―HCE의 왕의 배알에 관하여〕

어찌하여 마인헤루 매이아워(시장市長 각하), 우리들의 촌행장(村行長), 충실한 토르 뇌신남(雷神男)이, (우리들의 낸시[여자 이름, Anna]의 애씨(愛氏), 우리들 자신의 낸니[여자 이름]의 대곤봉남[大棍棒男]), 자신의 목통(木桶)을 높이 치켜든 채, 나들이옷을 입고, 버크럼의 야자피(椰子皮)에 우링턴 부츠[장화의 일종]를 신고, 자신의 구름무늬가 있는 지팡이 및 목 올가미 후광(後光), 고정준남작(固定準男爵)과 군민간(群民間) 자신의 충시자치공동체(充市自治共同體)에 둘러싸인 채, 구두쇠 골목길, 돈구(豚丘), 암소로(暗小路), 교수대초지(絞首臺草地) 및 멋쟁이 보도(步道) 및 소승정가(僧正街) 및 집달관소로(執達官小路)로부터 손의 연(連)사슬에 의해 제지된 채, 광석총구(廣石塚丘)에서 안녕내일(安寧來日)의 열쇠[HCE의 왕 배알 및 왕에게 증정되는 더블린 열쇠]와 더불어 자신의 폼페이우스 쿠션 위에 돔 킹[더블린의 시장 각하]을 수령하는지. 자비폐하(慈悲陛下)에게 신(臣)의 광대측대보(廣大

側對步)의 경의를! 일어나시오, 폼키 돔키 경(卿)이여![HCE─더블린 시장] 이청(耳聽)! 이청! 난청(難聽)……! 그는 자신의 금문자채색(金文字彩色) 양피지로부터 연설독(演說讀)에 의하여 평온전하(平穩殿下)에게 연설할지니, 알파 버니 감마 남(男) 델타취급자 에트새라 등등 제타 에타 태터 당밀(唐蜜) 여(汝)타 카파 포자(捕者) 롬돔 누를(alfi byrni gamman dealter etcera zezera eacla treacla youghta kapto lomdom noo). 〔이는 비록 희랍어일지라도, 『율리시스』의 밤의 환각 장면에서 블룸의 헤브라이어의 연설과 다르지 않다. "알파 베타 삼마 델타 유월절의 전야제 성구함……(Aleph Beth Chimel Daleth Hagada……)"(U 397).〕 그리하여 그는 의미간(意味間)에 저 조명자(照明者), 페핀레인 족(族)의 파피루스 왕(王)〔프랑스의〕, 우리들의 경(卿), 위대한, 대왕은, (그의 족판〔足板〕은 가장행렬주〔假裝行列主〕 렉스인그람에 의하여, 훈도(訓導)하기 위해, 거기 건립되는지라) 자신의 소(小) 갈대 궁(弓)을 들고 아리스 천의 이른 바 눈부신 의류를 입고 갑자기 나타나는지라……

569. 왕은 귀부인들을 위해 축배를 들고, 그를 맞아 성당들은 축종을 울리며, 편종타자(編鐘打者)들이그들의 음계종(音階鐘)을 울리리라. 링, 링! 링링! 성(聖) 북─부─장노원, 성 환상(環狀) 마가원(院), 성 장비상자(裝備箱子)─곁의─로렌스 오툴원(院), 성 마이라 니코라스원(院). 그대가 즉신청(卽新聽)하는 성 가드너 성당, 성 조지─루─그리크 성당, 성 바크래이 공황(恐慌) 성당, 성 피브, 사도─파울과 함께 야원(野原)의─아이오나 성당. 그리고 시(市)의 가청반대편(可聽反對便)에: 성 대문측(大門側)─주드, 부르노 수사(修士) 성당, 성 웨스터랜드─로오─안드류 성당, 성 모리노 외지(外持) 성당, 성 마리아 스틸라마리즈 위즈 브라이드─앤─오데온즈─비하인드─워드보그 성당. 효과상(效果上) 얼마나 관종매력적(管鐘魅力的)이람! 만사 따르룽 종주명악(鐘奏鳴樂)! 그토록 많은 성당들을 우리는 모두 기도를 기원할 수 없도다. 성년(聖年)의 날, 주교연(主敎宴), 황연(皇宴), 속삭임의 일색이라.〔이상 모두 더블린의 실재 성당들〕

시장─HCE는 도회인과 여인(旅人)을 위하여, 자신의 금백(金帛)의 만자권장(卍字權杖)을 높이 치켜든 채, 우산─파라솔 식으로, 드브랜〔더블린]의 각하(閣下)는 모든 이들에게 고하리라. 축복 수혜자 축복할지라! 이어지는 환영 만찬과 음식물들의 분배. 배우들을 식탁에 부르고, 연극의 공연 그리고 이어지는 환담의 잔치 또 잔치, 마마 내게 더 많은 샴페인을!

570. 모두들 환영에 합세하나니, 비록 내일과 오늘이 결코 오지 않을지라도. [여기 내일의 국왕의 번영과 영광의 축제의 전제는 다가올 이어위커 부부의 육체적 혼교(婚交)의 행복향(幸福鄕: euphoria)의 기분을 암시한다.] 만사는 사랑스러울지요, 문제는 축복과 영광이 될지라. 왕은 노래할 것이요, 교황은 축복을 하사할지니, [여기 왕의 예상되는 도착은 작품의 제1부, 2장의 이미지를 되 불리는지라, 당시 왕은 선인 험프리 주막에 멈추자, 후자는 꼭대기에 화분을 매단 장대를 들고 나왔었다.] (31) 현재의 장면의 남근적 상징주의가 분명히 발전하는데, 때맞추어 발기적 HCE는 그의 아내를 뒤따라 그들의 꼬마 아들의 침상으로 나아간다.

570.14. 4복음자 중의 화자인 마가가 잠시 HCE의 주제로 돌아가고, 그의 행복과 건강을 칭송 한다. HCE는 두 아들과 한 딸을 낳았다. 진실로! 진실로! 내게 향사 포터 씨에 관해 더 많이 말할지니…… 그 자는 언제나 건장하고, 이전보다 한층 건장하니…… 언제나 오랫동안 결혼하고 있었도다. 시녀, 시녀, 시녀! 그러나 나는 곁눈질하고 있지 않나니, 실례지만. 나는 아주 심각하도다.

570.26. [4노인들은 잠시 피닉스 공원으로 산보를 나설지 말지 논한다.]

그대는 당장에 어딘가 가고 싶어서는 안 되는고?…… 우리들의 국립 제일로(第一路)인, 1001로로 하여…… 그러나 뒤돌아보지 말지라, 소금기둥 될지니[『성서』의 롯의 아내처럼] 그대가 염주를 상도(常倒)하지 않을까 경계 염려 하도다. 나는 당장에 어딘가 가야 하나니, 저 욱신욱신 쑤시는 열감(熱感)! 사라 숙모 댁소(宅所)의 1번지까지 우리 원족 합시다[『율리시스』 3장 샌디마운트 해변의 스티븐은 사라 숙모 댁에 들릴 생각을 한다.] (U 32)

571.1. 〔이어지는 공원의 풍경들〕

농아자(聾啞者)여! 이들 안경광휘(眼鏡光輝)의 파도광(波跳光)! 그대가 그
들에게 어떻게 노래하는지 제발 내게 말할지라. 활탐(活耽) 활력(活力)! 그
들〔반딧불〕은 우리들의 공원 근방의 맑은 춘수도정(春水跳井)에서 솟는지
라, 그건 발광농자(發狂聾者)를 온통 맹청(盲聽)하게 하도다. 이 친애(親愛)
의 장소! 얼마나 그건 맑은 고! 그리하여 얼마나 그들은 스스로의 주문(呪
文)을 그 위에 던지는 고, 그곳에 부동하는 엽상체(葉狀體)들, 책보표(册譜
表)의 나뭇가지! 모착(毛着)의 나무줄기, 나무에 절각(切刻)된 애엽(愛葉)
들, 그대는 그들의 탄트라 경전(經典)〔힌두교의 종교 고전〕의 철자를 볼
수 있는고? 나는 해독할 수 있나니, 여선생이 도와준다면. 느릅나무, 월계
수, 이 길로, 킬데어 참나무, 메시지를 적어요, 황갈색의 바늘 금작화, 너
도밤나무, 창백한 버드나무, 소나무에서 나를 만나요. 그래요, 그들은 우
리들을 물의 밀회장(密會場)으로 데리고 갈지니, 처녀 공작고사리의 울타
리 곁으로, 그런 다음 여기 또 다른 장소에 안락교회당(安樂教會堂)이 자리
하는지라, 노래를 위하여 팔리고, 그에 대한 나의 칭찬을 그대는 너무 고
가(高價)로 생각했도다. 오 마 마! 그래요, 시온의 슬픈 자여? 내게 팔지
라, 나의 친애하는 영혼을! 아아, 나의 비울(悲鬱)이여, 그의 수도직(修道
職) 바곳(植)으로 울창한 수도원, 얼마나 죽도록 슬픈 고, 온통 담쟁이
넝쿨! 거기 기근(饑饉) 속에 차가운. 하지만 볼지라, 나의 표백(漂白)의 키
스벨(미인)이여,〔이씨―이졸데의 암시〕하밀의(下密衣)를 입고 그녀는 온
통 경쾌한지라, 그녀의 푸른 스커트, 그녀의 하얀 다듬이 예복(禮服), 그녀
의 모란배(植果), 그녀의 겨우살이 자두(植果)! 나는, 쳇쳇, 나는 또한, 재
빨리 이 소락회당(小樂會堂) 안으로 스스로 조용히 밀회해야만 하도다. 나
는 차라리 아일랜드보다! 그러나 나는 간원(懇願)하거니와, 선감(先感)! 그
대의 안이요(安易尿)를 할지라! 〔ALP의 배뇨 광경〕오, 평화, 이건 하늘
기분이 도다! 오, 포올링투허의 왕자 씨(氏), 무엇이든 행하여 두이락(豆易
樂)할 고? 왜 그대는 그토록 실물 크기인 고, 나의 진귀자여, 나 그대로부
터 듣는 대로, 리머릭 호(湖)의 비탄으로, 저 부푼 자(者)를 쫓아? 나는 한
숨짓고 있지 않는지라, 확실히, 그러나 단지 나는 나의 사라 지(地)의 모
든 것에 대하여 너무너무 안 됐도다. 잘 들어 봐요, 잘 들어 봐! 나는 '쉬'
를 하고 있나니. 한층 저들 소리를 들을지라! 언제나 나는 그걸 듣고 있나

니. 마(馬)에헴(H) 기침(C) 한껏(E). 안요정(妖精)(A)이 음(陰)비밀히(P)
혀짤배기소리 하도다(L).

〔위의 글에서 애엽(愛葉)들에는 탄트라(Tantrist) 경전(經典)의 철자가 적
혀있다. Tantrist는 여행자(tourist)를 암시하는바, 인도와 티베트의 탄트라
섹스 상징주의에 대한 언급이다. 그런 다음 여기 또 다른 장소에 안락 교회
당(체플리조드)이 자리하는지라. 보라! ALP는 요강에 앉아, 배뇨하고 있도
다. 나도, 쳇쳇, 조용히 해야만 하도다. 오, 평화, 이건 하늘 기분! 여기 그
녀의 배뇨는 『율리시스』의 몰리(U 633)와 조이스의 초기 시 「실내악(*Cham-
ber Music*)」의 주제를 닮았다. 마(馬)에헴(H) 기침(C) 한껏(E) 안 요정(A)
혀짤배기 하다(L) 비밀히(P) 그러자 갑자기 4노인들은 침실에서 HCE 내외
의 속삭이는 소리를 듣는다. 누군가 한숨을 쉰다, 왜 그가 한숨을 쉬는지 질
문 받자, 그는 험프리가 아니고 사라(ALP) 때문이라고 한다.〕

571.27~34. 〔4복음자들은 중얼댄다. 그리고 그들은 HCE와 ALP의
소리를 듣는다.〕

— 그(젤리—솀)는 이제 한층 조용해졌도다.(He is quieter now).
— 풍요개조지색등(豊饒開朝之色燈).〔램프의 접근〕
— "대(待)! 사(史)! 이청하세!(Wait! Hist! Let us list!)"

그들은 젤리가 이제 한층 조용하고, 램프가 접근한다고 말한다. 여기 혼
합어들인 "풍요개조지색등(Huesofrichunfoldingmorn)"은 John Keble(영
국의 목사—시인)(1792~1866) 작의 시 「그리스도의 해(*The Christian Year*)」
(1827)로부터의 융축어이다: "풍요로이 펼치는 아침의 색체들……(Hues
of the rich unfolding morn)". 복음자들은 HCE와 ALP의 파트너로서 합법
적 부부 접근의 권리에 대하여 토론 한다. "갖고 지닐지라."

571.35~572.06. 왠고하니 우리들의 하계(下界)의 회심적(會心敵)들이 초
과시(超過時)로 치조작업(齒爪作業)하고 있기에: 지맥(地脈), 두꺼비묘혈(墓
穴), 흉신경절(胸神經節), 염치장(鹽置場)에서, 영양 부족 된 채: 양심 가책
하는 불(火) 트집 잡는 자들이 미망남(迷妄男)을 그의 후촉수(後觸手)로부터
문 두드려 깨우고 있도다. 무덤이 그들의 도구일지라! 그때 유처녀들이
이내 자신들의 도박자들의 횡하상(橫下床) 위로 절단 다이아몬드를 후도(後
盜)하리니. 자신들의 사두마차 선조들을 위하여 묘호(墓壕)를 말쑥하게 흙
손으로 바르면서. 그대의 클럽을 위하여 투표할지라!

〔위의 구절은 꾀나 모호하다. 그 암시적 내용인즉, 젊음과 노령의 불가
피한 연속, 지하의 정령들, 하계의 그들은 지하굴, 죽음의 광산, 소금 지하실
에서 이빨과 손톱을 씹고 있다. 이들은 쌍둥이들로, 영양부족 된 채. 젊은이
들은 늙은이들을 위해 무덤을 파고 있나니. 아들은 양친의 무덤을 팔지 모르
며, 딸은 느릅나무와 돌로 세탁부들을 대신할 것이다.〕

572.7. 이어 4전도사들의 최음적 독백,
　　—기다릴지라!
　　—무엇!
　　—그녀의 문!
　　—열어?
　　—볼지라!
　　—무엇!
　　—조심스러운.
　　—누구?

헹운 작별을!(Live well). 피차개일반! 악음(樂音)!
들을 수 없도다! 그녀의 갑충(甲蟲) 딸? 하수회(何誰希)? 그녀의 신중
한 딸들의 희망? 하수망? 네게 말할지라, 느릅나무, 애석 내게 말할지
라! 곧!
함께 생각해 볼지라.

"기다릴지라! 무엇!…… 누구?" 이는 전도사들이 침실의 열리는 문을 관찰하는바, ALP에 관해서다. 그들은 또한, 아들(셈)과 딸(이씨)에 대해 서술하는데, 이는 앞서 8장의 여울목 아낙네들의 속삭임을 닮았다. "들어 오는 이는 누구?" 그것은 ALP이다.

"함께 생각해 볼지라(Let us consider)" 우리는 아이의 침실을 방문하는 양친들의 이 가족적 장면의 충분한 취지를 살피도록 여기 초대 받는다.

572.21~576.0.8. [이어지는 화자의 서술은 『피네간의 경야』에서 퍽이나 복잡하고 가장 괴기한 구절이다.]

호누프리우스는 모든 이에게 부정직한 제안을 하는 호색적인 퇴역 육군 소장이도다. 그는 *베게 권리*를 호소하면서, 처녀인, 페리시아와 단순부정을 범한 것으로, 그리고, 유제니우수 및 제레미아스, 둘 또는 셋의 형제애 인들과 부자연한 성교를 습관적으로 행사한 것으로 사료되는지라. 호누프 리우스, 페리시아, 유제니우수 및 제레미아스는 최저 도(度)까지 동일혈족 이나니.

[위에서 화자는 법학교수─박사이요(마치 『율리시스』, 「키어난」 주점의 블룸─저명한 과학자 루트폴트 블루멘프트 교수처럼) (U 250), 그는 HCE를 비롯한 그의 침실의 주역들을 익명으로 서술하는데, 그 내용은 HCE의 딸에 대한 친족상간적 성 변태 및 그들의 다양한 성도착을 담고 있다. 이 구절의 등 장인물들을 열거하면. 이름들은 제국 시 (Imperial City)에서 따온 것으로, HCE의 식구들이다.]

등장인물

* 호누프리우스(Honuphrius) HCE
* Anita. ALP
* Felicia. 이씨
* Jeremias. 솀
* Eugenius. 숀
* Fortissa. 케이트
* Mauritius. 조우(Joe)
* 신부. 마이클(Michael)
* 4묘굴자들(대가들) 마태, 마크, 누가, 요한(Gregorius, Leo, Vitellius 및 Mac-dugalus)
* 주식회사 상급 회원들. Brerfuchs, Brey 『피네간의 경야』wkes, Brakeforth 및 Break 『피네간의 경야』sy
* 주식회사 하급 회원들. Warren, Barren, Ann Doyle, Sparrem 및 Wharrem

〔위의 인물들은 복잡한 가족적 잠재 속에 출현한다. 이 추상적 연극 속에서도 분명한 것은, 이들은 자신들을 둘러싼 꿈의 어둠 속에 나타나면서, 그 효과를 보증한다는 사실이다. 인간 대 인간의 인성(人性)으로부터 공포속에 퇴각하면서, 우리는 여기 가일층 웃음을 자아낸다. 왜냐하면, 이러한 애증적(愛憎的) 혼란은 공포와 흥미를 결합한 형이상학(Metaphysics)에서 보는, 이른 바 "괴기함(grotesquerie)"의 본보기이기 때문이다. 추상 속의 인류는, 여기 추상 자체가 구체적으로 입증하듯, 이는 작가〔조이스〕의 변칙적 연구이다. 이 로마의 공포영화 장면 같은 배경은 체플리조드이요, 서술은 직설적이다.〕

576.10. 〔HCE와 ALP는 그들의 잠자는 아들을 방문한 뒤, 아래층 침대로 내려간다. ALP의 자장가를 닮은 대화 단편이 아래 이어진다.〕

　　—저 애(솀)는 잠 속에서 탄식했나니.
　　—우리 뒤돌아 갈지라.
　　—그가 선각(先覺)하지 않도록.

―우리들 스스로 숨을지라.

　꿈의 나래가, 공포로부터 나의 작은 꼬마 마네킹을 숨기는 동안, 나의
커다란 남중남(男中男: manomen)(셈)을 지킬지라.
　―[우리]
　침대로.

576.18~577.35. [마가의 HCE 가문을 위한 기도 형식의 축복이 침대
속의 양친의 평화를 위해 하느님께 기도한다.]

　HCE는 시굴자(試掘者), 거인 건축자로서, 우리들의 최초의 양친, 우리
들의 아담과 이브에게 손을 빌리소서, 이 남자를 찌르고 이 여자를 유타
(乳打)하고, 모든 원인 중의 원인. 알파와 오메가, 은총의 원천이여, 우리
들의 강제지불세(强制支拂稅)를 도우소서. 우리는 그대에게 간원하는지라,
그이와 그의 아내. 그들의 야경 봉사의 사다리 층계 아래로 그리고 일광
분출 시에 최하층 군족단(群足段) 자신들의 의붓자식들과 함께 그들을 나
르나니, 그들의 미로와 그들의 오아시스를 통하여 그들을 안내하고, 그들
의 이름이 모든 무수한 방랑자들로부터 그들을 울타리 두르며, 분실로부
터 그들을 구하소서, 그들이 그대에게 자신들의 의무를 수행하는 한……

577. [마가의 기도의 연속]

　그가 그녀를 덮고, 그녀가 그를 벗기도록, 그들을 찌부러뜨리도록, 그리
고 그들이 어떤 길을 따르던 간에 스스로를 도우도록, 그들이 침대에서 합
세하도록 보호하소서!

577.4~35. 그대가 그들의 피커딜리를 용서하듯, 그들의 중죄를 용서하라.
그들이 행복을 누리게 하라. 그가 그녀를 비명 지르도록, 한 사람이 와서
그들을 찌푸리도록, 그들이 손실을 되찾도록…… 그가 그녀를 접시 덮도
록, 그녀가 그를 비결(非結)하도록, 차시과시(此時過時), 재삼재사, 주기적
으로 그들의 여로를 돕도록, 월세스까지, 부쉬밀즈에서 엔노스까지. 하렘

에서 고레츠까지, 스키티쉬 위다스에서 견목화상(堅木火床)까지; 비아 마라 경유, 하이버(과도) 통과, 고산(高山)(알프)궤도에 의한 그의 수문통로. 허공토지를 통과하여, 수많은 만다라지세(蔓荼羅地勢)를 쫓아. 그들의 최초의 경우에, 다음 장소를 향해, 그들의 기만(欺瞞) 켈리까지. 고도(高道) 및 변도(邊道), 위원(圍原)도 평원(平原)도 둘 다. 노랗고, 누르고, 노란 앵초 들판을 가로질러, 살찌고, 자색연(紫色然)한 호박(植)들을 지나…… 그들이 곤드레만드레 광타(廣他) 법정(法廷)에 묵혀, 아더시트 아래 기다란 지글지글 혹서도(酷暑道), 그를 더비로, 그녀를 도회로, 침시조(寢時潮) 잠들 때까지: 침토(寢土) 또는 운터린넨에서: 실비탄(失悲歎) 그리고 신중히: 선측(船側)에, 수도원 곁에: 수도사와 침모(寢母), 부대포(負袋布) 속 비단스럽게: 별난 몽상가들, 별난 연극들, 별난 악마남(惡魔男), 표절주남(剽竊晝男), 유희도화(遊戲道化) 친애자(親愛者), 음침염병자(陰沈染病者): 왜냐하면, 스랭포드의 식민들이 염항의(厭抗議)하고 있는지라, 〔그들이 무슨 길을 걷든 간에 축복을.〕그리하여 방만스러운 악당들이 그걸 건조(乾燥)하고, 나병자유구(癩病自由區)의 소승(少僧)들이 길을 난간으로 막고 있나니, 수라이고 만도(晚道)를 향해 혼쇄(魂鎖)라!

577.36. 〔그러자 복음자들은 어떤 움직임을 의식하고, 그걸 보기 위해 기도를 멈춘다.〕

그것은 다름 아닌 나무들 사이 속삭이는 바람 소리일 뿐. 정지! 움직였나? 아니, 고정되도다…… 고로 그는 조용하도다. 그건 단지 바깥 길 위의 바람인지라, 모든 부들부들 떠는 정강이를 코고는 잠에서 깨우기 위해서로다.

578.3~580.22. 〔마가의 HCE에 대한 긴 독백〕

그러나. 도대체, 이 주교관남(主教冠男)인 그 자(HCE)는 누구인고? …… 그 자는 누구일고, 어떤 동효모(東酵母)의 왕, 자신의 성유를 바른 청동색의 백가발(白假髮)에, 자신의 입속의 설포(雪泡) 및 카스피 해성(海聲)의 천식을 지니고, 그토록 큰 부피의 체구라니? 파라오 목인(牧人)과

레위 족인(族人)의 유물! 아가미 딕, 허파 툼 또는 거(土)지느러미 맥핀의
냉청어(冷鯖魚), 어중이떠중이인고? 그는 단지 다보온상자(茶保溫箱子) 덮
개와 완두설형(豌豆鱈型)의 다브릿 상의와 함께 울지 제(製)의 주름 중백
의(中白衣) 만을 입고, 또한, 쌍 발에는 이중폭(二重幅)의 단 양말을 신었나
니, 그 이유인즉슨 그는 언제나 망토 걸친 미소녀처럼 한 쌍의 양모충(羊
毛充)의 담요작업대 사이에서 온침(溫寢)을 확보해야만 하기 때문이라.

578.16. 그리하여 그이 곁의 소체(小體)는 누구인고……? 그녀가 램프를 움
직이고 있는 모양을 봐요. 〔여기 **ALP**는 앞서처럼 재차 강으로 묘사 된
다.〕 아무렴, 저건 소건(掃乾) 나이 많은 마님이도다! 글쎄, 글쎄(우물), 글
쎄아주멋진! 다뉴브 강 날씨! 알데 강 끈질기게도! 숫 공작(孔雀)처럼 뽐
내는 그녀의 반절남편(半折男便)과 함께, 알바나 강 온통 향유(香油)되어,
그리고 그녀의 트로트벡 강구(江口)에 떨리는 입술, 자장자장자장가……

578.29. 〔이어 마가의 그들 인생 여로에 대한 서술〕
    어느 근도(根道)를 그들은 가고 있는고?……그들은 다이아몬드 여행에
서 되돌아오는지라……

579. 아래로, 올라간 길, 통행세로(通行細路) 밑으로 그리고 무대의 칸막이 막
을 누비듯 지나며, 성(星) 발판을 피하며 그리고 미끄럼판에 미끄러지며,
양딱총나무 암자에서부터 라 피레까지, 등 시계를 바로 잡으며, 연인 식으
로…… 〔그리고 두 내외의 생활 슬로건에 대한 마가의 묘사〕 냉온수 그리
고 정기장치, 서비스 및 라운지 및 유보장 무료개방과 함께. 저 성경을 쇄
신할지라. 기적을 요범(尿犯)하지 말지라. 청구서를 연기하지 말지라……
나의 취급주(取扱主)를 따를지라. 나의 가격에 팔지라. 지하층에서 사지
(買) 말지라. 프로이트 우(友)에게는 팔지 말지라. 금처(今處) 영어를 포기
하고 평문기도(平文祈禱)를 배울지라. 그대의 런치에 기댈지라. 나의 앞에
무설신(無鱈神). 설교를 실행할지라. 그대의 위장 속에서 생각할지라. 코
를 통하여 수입할지라. 신앙 홀로 만으로. 계절의 날씨. 고모라. 소돔 안
녕. 부를 나누며 행복을 결딴낼지라. 나의 시간은 직접 통에서 따르나니.
그대 자신의 시간을 병에 넣을지라. 그대의 런치에 기댈지라. 나의 앞에

무설신(無鱈神). 코를 통하여 수입할지라. 신앙 홀로 만으로. 나의 조표(潮表)로부터 〔롯〕 다식할지라. 집게벌레의 능처(能妻)로 하여금 그대에게 댄스를 가르치게 할지라. 신이여 그들을 구하소서! 방금 법률 주께서 그들을 후원하사 그리하여 그들의 추락을 안이 하게 하옵소서!

579.27. 〔이어 HCE 내외의 황량했던 지난날에 대한 묘사〕

왠고하니 그들은 만나고 짝 짓고 잠자리하고 죔쇠를 채우고 얻고 주고 박차며 일어나고 몸을 일으키고 설소토(雪消土)를 협강(峽江) 안에 가져왔었는지라. 그리하여 그들을 바꾸고, 바다로 체재시키면서 그리고 우리들의 영혼을 심고 빼앗고 저당 잡히고 그리하여 외경계(外境界)의 울타리를 약탈하고 부자연한 혈연관계와 싸우고 가장하고 우리들에게 그들의 질병을 유증하고 절뚝발이 문을 다시 버티고 폐통지(肺痛地)를 지하철 팠는지라. 음침한 온(溫)한 우(憂)한 우녀(愚女)가 문질러 닦는 동안 일곱 자매들을 남식(男植)하면서, 그리하여 코트를 뒤집고 그들의 혈통을 제거하고 첫날의 교훈을 결코 배우지 않고 뒤섞으려고 애쓰고 절약하려하고 적의 새끼 보금자리를 깃털로 덮고 그들 자신의 것을 더럽히고……

580. 〔HCE 내외는 지금까지 인생의 분방함을 경험했었다.〕

이제 그들은 잠자리에 눕게 되고, 상냥한 이졸트—ALP가 HCE로 하여금 다시 짝짓도록 간원 하도다. 그들은 자신들의 죽음의 위기일발 시에 청산(淸算)에서 도망치고 인구 과밀 지역에 책임을 지고…… 그리고 이직(離職)을 이직하고 속행을 속행하고……자신들의 고객에 의하여 외상 받고 장대 발치에서 먼지를 씹었나니. 그들을 내버려 둘지라! 그녀는 손에 등불을, 키 자루를 높이, 면혹처(眠或處)의 수풀을 암통 깡꿍 야웅 놀이하며, 마침내 그가 일부서(日附書)〔이집트의 「사자의 책」의 익살〕를 닫고, 그녀는 자신의 여행 작별을 노래하는지라 그리고 상냥한 이사드 이수트〔미상〕가, 야엽(夜葉)의 치레 말로 속삭이면서, 피네간에게, 다시 죄 짓도록 그리고 험상궂은 할멈으로 하여금 훼르롱 거리도록, 한편 날이 새는 최초의 희색 회광(曦光)이 그들의 싸움을 조롱하려고 은색으로 희도(戱盜) 하도다. 여명이여 핀을 재차 죄짓게 하소서! 상냥한 이졸데는 속삭이나니. [핀으로 하여금 재차 죄 짓도록 속삭이는 이졸데]

580.23. [HCE 내외의 아들들의 방 계단 발치 접근, 그의 고원의 죄의 전파] 그들은 계단의 기점에 가까웠는지라, 저 커다란 무형의 판매허가 포도주 양조인(釀造人)(HCE), 그리고 자신의 마음 넉넉한 청수(淸水) 같은 삐약 삐악거리는 동반자 ALP. HCE는 캐드(Cad)를 피닉스 공원에서 만났고, 캐드는 HCE의 공원의 사건을 자기 아내에게 말하고, 이를 그녀는 신부에게 누설하자, 신부는 그걸 퍼뜨리고 마침내 트피클 톰과 프리스키 쇼티의 귀를 메우자, 후자는 잠결에 클로란과 오도넬과 뜨내기 악사 호스티에게 중얼댔는지라, 후자는 렌 가(歌)에 운을 달고, 그러자 이는 그 지방의 사방에 맴돌고, 호주머니를 날치기하고 음탕한 청취자들의 갈빗대를 간질이고, 그리하여 호스티가 제작한 민요를 그는 삿도다. [이상 『피네간의 경야』 2장 말 참조.]

581. [화자의 철학적 명상, HCE가 그의 주막으로부터 군중에 의해 악명들로 호칭되다.]

여하튼 (사태는 어수선하고 남근위험적(男根危險的)이라) 그들은 많은 자신들의 조소분개집회(嘲笑憤慨集會)에서 그를 격렬숙원(激烈宿怨)의 복수(復讐) 병원체전염적(病原體傳染的) 일제사격으로, 침입탈자(侵入奪者) 및 외래상륙자(外來上陸者)로, 부르지 않았던고, 저명인사들이, 그의 주변에 명예훼손을 자신들의 살리번의 기동력 있는 턱수염 속에 산산 조각내면서, 그들의 정당한 영명적(令名的) 족장이라고? 사방 깡통 얼간이 남(男)(HCE)과 그녀 백조자신(白鳥自身)(ALP) 그리고 그들이 자신들 간의 인생으로 밀항(密航)한 아일랜드경야자(愛蘭經夜者)의 가족고(家族庫)들이라, 큰소리치면서: 경찰밀정(警察密偵) 출신남(出身男)을 위한 무료식당, 확실히, 그(HCE)는 결코 각벽(角壁)의 방귀만도 못했는지라, 그리하여 그의 추방요정(追放妖精)(밴지)의 (침대용) 각로(脚爐)인 그녀(ALP)는 오랜 괴상하고 시큼한 괴취(怪臭)[방귀]로다: 그들이[고객들] 그의 날 찾아 봐요 식의 최냉습(最冷濕)한 포도원(葡萄園)으로부터 처향(妻向)으로 그들의 활기도(活氣道)를 천천히 행차했을 때, 병목의 통로를 통하여 도상약탈(하이잭킹; 途上掠奪)하면서, 그들이 자신들의 돈두(豚頭)와 더불어 가향행향(家向行) 했을 때, 부간언(斧諫言)하면서, 그리고 대웅좌의 청울화(靑鬱火)와 화성(火星)의 서리(霜)로부터 마음을 드높이, 고깔 쓴 위안성좌(慰安星座)를 요구하면서?

581.15. 그들, 우리들의 무소(無小)한 상거래 인들은, 관습적으로 HCE를 혐오하지 않았던고. 저 아직 무성회춘(無性回春)의 우렛우자(雨雷愚者), 당시 긴장완화하고 있는 피남(彼男)사나이를, 그들 모두 4복음자들 마태마가누가요한 및 당나귀가 그를 보아왔는지라. 셋. 둘. 그리고 단신화(單神話)를, 아아 저런! 더 이상 그에 관해 말하지 말지라! 나(마가)는 미안하나니! 나는 보았나니. 미안! 나는 보았도다!

581.26. 〔다시 화자의 철학적 사색, HCE 내외는 이제 순종적이라.〕 여하간에 우리들 사이에 또한, 또 다른 자가 가(可)하지 않은고? 그들 HCE 내외는 저 구타자(舊他者)와 같은 또 다른 타자 그러나 아주 이런 피차자(彼此者)가 아닌 그리고 한층 그러나 전혀 자기 동일자가 아닌 그리고 그러나 여전 일자(一者) 만사 언제나, 그러함에도 불구하고, 약간의 차이와 함께, 항시 순종할 수 있도록 만들어지지 않았던고?

582. 하지만 그(HCE)는 둔생부(臀生父)로다(Yet he begottom).

582.2. 〔HCE에 대한 감사〕

그리하여 우리는 실험인 HCE에게 감사합시다: 그런고로, 잡아 찢는(괴로운) 세월이여, 전후전도장미(前後顚倒薔微)의 다감사의 색출투표를 당장 제의하도록 할지라, 여태 자신의 최선의 손을 우연위기에 맡기고 최고의 감언 설득하는 실험 인에게…… 우리가 자신의 부(父)인 HCE에 관해 뭐라 말하든, 그는 우리를 낳고, 이러한 봉사로서 감사의 투표를 받아야 마땅하도다. 3색(황달) 너머 노균병균(露菌病菌)의 푸른곰팡이 병(病)을 더블린 위로 물결치게 할지라, 수치 셈, 협잡 햄 및 이익 야벳, 그들의 자손들이─노아의 아들들과 3군인들과 마찬가지로─매하(每何) 사나이를 칭송하는 동안, 그의 아내는 우리들의 칭찬을 나누어야 하는지라.

582.13. 우리는 좋아하든 안 하든 양친[HCE 내외]을 받아들여야만 하도다. 그들은 우리에게 브루노 및 비코의 법처럼 필요 하는지라. 그러니 원기를 돋우고 노래합시다.〔이하 노래 가사〕 옛날 한 가닥 즐거운 …… 있었대요 …… 그의 쾌심한 납땜 꺾쇠, 길(道)가래 삽, 망치 각(脚) 그리고 …… 그러자 거기 한 젊은 아씨가 있었대요 …… 그녀는 자신의 놀이를 하고 있었대요 …… 그리하여 그녀는 그대를 암심소년(岩心少年)이라 말했대요 …… 그대 나의 습지에서 안달할 참 인고 …… 그리하여 그는 서 아일랜드(西愛蘭)에서 그녀를 멱장 입혔대요, 마이즌헤드에서 유갈〔아일랜드의 도시들〕까지 그녀의 길을 포장했대요. 그리하여 그런 방식으로, (E)족장 (C)챔피언, (H)험프리가 자신의 것(요새)을 지키는지라. 소심감미(小心甘味)의, 그녀(ALP)는 휴식하도다.

582.28. 〔누가의 일치(一致)의 제삼 자세의 서술, HCE와 ALP가 침대에 나란히 누워있다.〕

혹은 그를 이제 드러낼지라, 제발! 더그(협호〔峽湖〕)의 붉은 얼굴이 틀림없이 패틀릭의 연옥(煉獄)하게 할지니. 저속수법(低俗手法), 자신의 고둔부(高臀部)의 웅피야복(熊皮夜服)에! 일치(一致)의 제3자세이라! 전방에서부터 멋진 볼거리. 시도미음계(音階)(HCE). 여성이 불완전하게 남성을 은폐하고. 그의 이마 각인(刻印) 적점(赤點; Redspot) 〔초기 천체(天體)의 양상을 띤 HCE의 음경 및 발기〕 여인은 미끼나니! 저것(토르 신〔神〕의 뇌성)이 달키킹즈타운블랙록(우둔열쇠임금마을검은바위웨곤선〔線〕 뇌성과 달키 행 밤 열차의 잠음 + HCE의 인물의 혼합, 성〔섹스〕은 지리적〔地理的〕, HCE는 마차 행렬로서 나타난다. 이는 마치 『율리시스』의 몰리 블룸의 독백에서처럼, "프르시이이이이프로오오오웅 열차〔freeeeeeeeefrong train〕"〔섹스의 심벌〕가 된다.〔U 621〕) 여기서 루터스타운를 향해 갈아탈지라! 단성(單聖) 로마인(人)들만, 그대의 자리를 지킬지라!, 그것이 모든 귀부인들을 우리들의 위대한 상봉매춘부(메트로폴리스)로 간절히 끌었도다. 그는(HCE)는 자신의 별장의 확장을 위하여 왕도(王都)〔지금의 단 레어리〕를 구획하고 있도다! 방금 운동타성중(運動惰性中)의 그를 지켜볼지니!.

583. …… 그녀의 궤도 위에 직립한 채, 그리하여 그의 노가주목 방주성채(方舟城砦)의 들어올림이 작동하자, 그의 군합제(軍艦臍)(배꼽)를 나(누가)는 보는 도다. 초라하고 작은 외대박이 삼각돛배가…… 〔이 구절에서 궤도, 노가주목, 군함 등, 성기의 이미지들이 도열하고 있다. HCE 내외의 성교 행위가 진행하는 동안 3층의 쌍둥이와 이씨는 평화 속에 잠들어 있도다.〕 요정위성(妖精衛星)〔등불〕이여! 아나는 등불이 되고, HCE에게 이제 등 심지는 그녀 속에 박힌 초심지가 된다. 사랑은 일종의 게임, 크리켓과 같은 것, 그러나 한층 빨리, 한층 빨리. 큰 돛배 선원이 그의 수사슴의 갈색 몽자마(夢雌馬)를 타고 의기충천. 대도통굴자(大盜痛掘者)와 그의 소백합탕녀(小百合蕩女).

583.14. 〔이때 바깥 거리의 야경 시커센이 창가리에 비친 이들 성교 장면의 그림자를 염탐한다.〕

오, 오, 그녀의 요정위성(妖精衛星)이여! 페르시아의 덧문에 이토록 그림자를 던지다니! 거리의 저 사나이〔순경 시커센〕가 다가오는 사건을 볼 수 있도다. 포토 플래시(섬광 전구)의 번쩍임이 그걸 그토록 원광(遠廣)하게 비치다니. 그건 온통 우라니아 뮤즈 신을 통하여 이내 알려지리라. 공포를 타이탄 성(星) 조이는 질투의 환희처럼; 혹성 주위를 감도는 뜬소문처럼; 외인혜성(倭人衛星)을 덥석 무는 지나(支那)의 용(龍)처럼; 동(東)에 솟는 회색 애장미 마냥. 유원목신(類猿木神)이 최근(最近)의 월여신(月女神)을 에워싸도다. 여기 홍수 있나니 그리하여 속수무책의 무저항(無抵抗) 이란(伊蘭)을 덮칠 아마 색의 홍수가. 리브(강)와 그녀의 베티여선(女船)을 악폐(惡蔽)할 자 아무도 없는고?

〔HCE는 강탈자, 여기 실질적 성교 행위의 서술은 (1) 천체의 움직임 (2) 크리켓 경기 (3) 성적 화합 (4) 지리적 지형 (5) 경마 (6) 암탉을 걸터탄 수탉 (7) 양초 심지 등으로 혼합 묘사된다.〕

583.25. 〔섹스는 크리켓 킥킥(축축: 蹴蹴)〕

그녀는 차며 웃음 짓지 않을 수 없었었도다. 블록(위치)의—그녀의—낡
은—막대기에. 사나이가 자신의 배(腹)를 난타(亂打)하고 있는 모양이라,
이중 팔꿈치인 채, 야수좌익(野手左翼) 야수우익(野手右翼), 마치 꿋꿋한 킹
윌로우〔크리켓 방망이〕처럼, 강탈자(HCE) 캐인 제작자의 직장(職杖) 그리
고 머리에서 발까지 밀랍 칠 한 채. 그러나 그의 열습(熱濕)의 이마 위에
폭군의 낙인이. 급(急) 아침 6시 반. 그리하여 그녀의 램프가 온통 비스듬
히 기울었나니 그리고 경칠 그녀—속의—심지가 흔들리며, 환연소(環燃
燒) 한 채. 그녀는 혹 불어야 했나니, 그녀는 고공축구(高空蹴球)해야 했도
다, 연기 어린 굴뚝을 넓게 직상(直上) 널름거리면서. 그리하여 심지 사악
한 타자의 후위(後衛)를 흑패(黑閉)했는지라, 그녀는 자신의 다리 뒤로 치
솟는 졸부(拙夫)의 봉하옥(捧下玉)을 뒤좇아 그의 천 조각의 부대 팬츠의
터널 틈새를 통하여 일별 목견(目見)을 몰아치려 할 때마다, 그가 종마 짓
하거나……

584. 〔섹스의 연속〕

그녀의 구성상영어(鳩聲商英語)로 사나이를 혀끝 음정조정하면서, 윤
활을 위한 삼주문(三柱門) 위의 가로장의 일타와 함께, 자신이 한층 빨
리…… 내게는 2대3으로 족할지니 그리하여 그대에게 그 남자 및 당신에
게 그 여자. 태평할지라, 왜냐하면, 그는 피곤하여 던롭 고무타이어〔콘
돔〕(피임구)을 찢거나 자신의 젖통 아기 만들기 짓을 하면서…… 그녀의
형벌의 생리대가 여성의 권리에 의하여 있어야만 하는 그녀의 주름 음문
과 함께…… 〔그러자 이러한 성행위를 방해하는 것은 이때 울려오는 수
탉의 새벽 울음소리〕 그녀를 밟아 으깨며, 그 때, 보라, 도란(새벽)의 수탉
괴막(怪幕) 속의 암탉이 꼬꼬 소리로 그 짓을 웃어넘기기 시작했는지라,
예이, 예이, 네이, 네이. 아침의 수탉은 성공을 선언하며, 새벽을 울부짖
는다.

꼬꼬댁꼭꼬!(Cocorico!)〔수탉 우는 소리, 섹스의 신호〕

584.28. 〔4복음자들의 섹스에 대한 감사〕

아마셋돈 전능지배군사(全能支配軍使) 영단식(永斷食)의 군주(群主)여.
〔전능＋영원＋주여〕 꾀오! 그런고로 선기수(船機首)에 종명(鐘鳴)〔런던의

(弓鐘)]을. 미남에게 미녀처럼. 우리는 여기 함께 안전하게 결합된 이래 그들과 그들의 호의에 대하여 청취자의 감사를 기꺼이 환원(還元)했는지라. 꼬꾀이!…… 메아리여(Ech), 꼬꾀 꼬끼오! 오 나는 그대 오 그대 나를(IOU)! 자 이제, 우리들 모두 사려깊이 뭉쳐 감사로서 보답하는지라, 자 이제, 재과식사(再過食事)의 사랑 사이, 그대의 명예의 용서를 청하면서, 자 이제……

585. 〔복음자들의 HCE 내외의 성 관찰에 대한 감사가 신문에 실릴지라.〕

그리하여 그것은 전 우주를 둘러싼 족히 최광역(最廣域)의 발행 부수를 지닌 넵춘의 센티넬 및 트리톤빌 야광 올빼미 지(紙)(Neptune's Centinel and Tritonville Lightowler)의 다음 영겁 호(號)에 실릴 지로다.

〔섹스의 종결〕한편 더블린의 새벽이 늦잠꾸러기를 깨울지니. HCE 내외는 쌍이 되어 여전히 자리에 누워있도다.

585.4. 여기 그이 있도다! (꼬꾀 꼬깨 꼬꾀 꼬꾀 꼬꾀오!) 어떻게 내게 오 나의 그대 어떻게 내가 그대에게 감이 오? 겸손한 촉광양(램프: 燭光孃)과 말끔한 매트리스(침대요) 군(Master Mettresson)에게 더 한층 감사를. 〔맬서스(Malthus)가 두려워했던 인구 증가는 선행적(善行的)이요, 파견 가능하게도 보충가능한지라, 이를 위해 그리고 파트너를 위해 감사〕그런데 그들은 명예의 처녀로서 그리고, 마찬가지로, 혼례 옷자락 드는 긴장자로서 각기 자신들의 축봉사(祝奉仕)를 상냥하게도 이롭게 했는지라. 그리하여 축배다감사(祝杯多感謝)의 최간곡(最懇曲)의(of chinchin dankyshin) 짧은 고개 끄덕임을…… 맬서스의 심이탁선(心耳託宣)과 마찬가지로, 프로메테우스의 독창적뇌우신(獨創的雷雨神)〔회랍 신화에서 인류에게 불을 전한 최초의 신〕이 최초로 (그대 환영! 그대 진정 환영이라!) 사랑의 번갯불에 길을 가르쳤나니 (연민을 들어 낸 채). 모든 그대 염소 신부(神父)들 및 신음조모(呻吟祖母)들이여 올지라, 모든 그대 명성득자(名聲得者)들 및 정수리 맹타자(猛打

者)들이여 올지라, 모든 그대 노동절약고안자(勞動節約考案者)들 및 충전절전(充電節電) 배당인(配當人)들이여 올지라, 화기발견자(火氣發見者)들이여, 급수(給水) 노동자들이여, 그를 깊이 조위상조(弔慰相助)할지라! 작생득(昨生得)의 죽음과 함께 있는 정물(靜物)인 만사(萬事)여, 행하고 고통 받기 위해, 하지만 하지 않을 수 없는 모든 현자다언무용(賢者多言無用)이여, 〔현자에게 한 마디 말이면 충분〕 모든 피조물이여, 모든 곳에서, 그대 제발, 그녀를 상냥하게 동정할지라! 한편 얼룩회색의 새벽이 더블린의 겉잠 자는 모든 만면자(慢眠者)들을 깨우기 위해 근접 근접하고 있도다.

585.22. 〔섹스의 종결〕

험퍼펠트〔등 혹의 HCE〕와 안스스카(혈맥결)(血脈結)(ALP)가, ……관상기관문합(管狀器官吻合) 속에 방금 영구히 혼결(婚結)했는지라, 염주(鹽酒)의 미남과 귀부인. 토템총남(總男)과 에스키모 야녀(野女), 그리하여 그들은 새로운 욕망을 향해 그렇게 족쇄이별(足鎖離別)할지니, 분열의 유대(紐帶) 속에 결합하는 통합령(統合令)을 폐지할 지로다. 오. 그래요! 오 그래! 그대의 구성원을 철회 할지라! 종지(終止). 이 침소(寢所)는 개문포기(開門抛棄)된 채 서 있나니. 이러한 선례(先例)는 대체로 패어부라더즈 필드〔더블린의 자유구〕의 녹음측(綠陰側)처럼 장생(長生) 동안 돈널리즈 오차드〔더블린 과수원〕 력(集合抑制能力)의 결(訣)에 대한 한 가지 원인인지라, 험보(Humbo)〔Humphrey〕여, 그대의 냄비를 자물쇠 채울지라! 애니여〔Anna Livia〕, 그대의 초 심지를 불어 끌지라! 식탁보를 걷어치울지라! 그대 결코 차를 끓이지 않도다! 그리하여 그대는 즉향도(卽向道) 그대의 대홍수이전력(大洪水以前歷)의 안티 딜루비아(ALP)에게 돌아가도 좋을지니, 험프리, 그것 다음으로!

〔위의 인용구에서 보듯, HCE와 ALP가 성적 오르가즘에 도달한 후에, 성 행위는 끝나고, 장면은 법률 용어로 서술되거니와, 법정 〔그들의 성적 침소〕은 문이 닫힌다. 따라서 "O yes! O yes"는, 재차, 법정에서 사용되는, "Oyez!, Oyez!"(또는 hear—hear), 다른 말로, "경청! 경청!(List! List!)"이다. 정숙. 4대가들은 이제 방해하지 않고 물러가야 한다. 그대의 이웃을

괴롭히지 말지라, 왜냐하면, 타인들도 그대처럼 자신들이 지쳐 있기에.]

585.34. 그대의 인근촌인(隣近村人)을 우선 오란(誤亂)함이 없이 고이 쉬기 위해 물러갈지라, 좌절부류(挫折部類)의 인류여. 타인들도 그대처럼 자신들이 지쳐 있도다. 각자 몸소 지치는 것을 배우게 할지라. 엄밀하게 요청되고 있는 바,

〔이제 그들은 머지않아 헤어져야 한다.〕

    남자는 책상보와 촛불을 치우고, 타인을 괴롭히지 않고, 물러날지라. 그리고 최초에 사랑의 번갯불에 길을 알린 천둥에게 역시 감사하도다. 올지라, 그대 제발, 그녀를 상냥하게 동정할지라, 한편 얼룩회색의 새벽이 근접하고 있도다.

586.1. 〔HCE 주점의 지켜야 할 수칙과 예절〕

    큰 파이프 흡연, 침 뱉기, 주장 잡담…… 화상(火床) 앞 또는 밖에서 방수(防水)를 금지/할지라, 그대를 저버리는 장갑〔콘돔〕을 침구 속에 결코 버리지 말지라. 하녀 모우드는 모든 허드렛일을 하는 자신의 가슴 친구에게 마구 지껄여대는지라. 그러자 소문은 강으로, 세탁부들에게로 가고, 마침내 더블린의 모든 이가 알게 되도다. 여기는 가부락(家部落)이지 창가(唱家)가 아니도다(Here is a homelet not a hothel).

    그건 옳으신 말씀, 노 주인나리!

586.19. 〔이제 그들의 성교 후 만사는 조용〕

    모든 것이 사실상 바로 옛 장소에서 언제나 그랬듯이 모두 예처럼 이내 정돈되었는지라. 만일 그〔순경 시커센〕가, 저 소등조(消燈鳥)한테서 데었을 때, 모든 숲의 건초전(乾草錢)과 은백천파전(銀白川波錢)을 총집(總集)하려고 바로 이와 같은 시점에서 여기 근처의 경계구역을 뒤지며 돌아다닌다면…… 순찰자 시커센의 존재가 그의 주인의 최후를 총괄하는 보고를 시작하도다. 시커센의 목요일은 휴무, 이제 그는 자신의 급료를 모금하기

위하여 우물쩍거리고 있는지라…… 만일 그가 평화롭게 자신의 구두를 도로 위에 멈추게 한다면, 그는 단지 방랑수(放浪水)의 소리만 들었으리니.

587. 거리의 순경은 단지 나무들 사이의 바람 소리 만을 들었으리라…… 그는 그들 나무 사이 연풍(戀風)을 신애(紳愛)한지라.

587.3. 〔HCE의 죄에 대한 목격자들의 재 증언, 3복음자들(누가 제외)은 아지랑이를 통해 그들이 본 것을 토로한다.〕

　　3목격자들의 HCE의 죄에 대한 재진술: 히쉬(Hiss)! 그와 함께 우리가 본 것은 단지 우리들의 아지랑이 뿐. 〔여기 히쉬(Hiss)!는 잇따르는 "Sish, Briss, Phiss, Treiss, Trem, Tiss(587.3~588.35)와 함께 바람소리다.〕 그들 3인은 이제 Jimmy d'Arcy, Fred Watkins, Black Atkins〔복음 전파자들〕로 불린다. 그들이 진술한 바, 자신들의 나쁜 시야에도 불구하고, 그들이 염탐한 상대는 바로 그 자(HCE)인지라, 그는 바지를 벗고 있었도다. 그들이 캠브리지 암즈 주점에서 아늑하게 자리하고 있는 동안, 해적 같은 HCE가 그의 캐드불리 익살 초콜릿이 든 멋진 우드 바인 궐련 담배를 그들에게 선사했는지라. 그는 당시 맥주거품을 불면서, 그의 긴 인생의 힘과 소잔배(小盞杯)를 우리들의 만성왕(萬聖王)에게 건배했나니. 이어 3복음자들은 재차 HCE의 공원의 죄, 3군인과 2처녀를 다시 회상한다. 당시 나와 나의 조력자들, 우리(4목격자들)는 볼 정도의 불빛을 갖지 못했나니. 함께 보인자는 누구? HCE의 관점인 즉, 그들은 전체 회중 앞에서 그를 혁대 타하고 피혁 도살해야 마땅하다고 선언한다. HCE는 내게 진실했던고? Fred Watkins가 여기 그를 하니삭클 벌꿀 핥는 자라 부른다. 누가 연초 죄인녀(罪人女)들을 신고 할 건고? 우리들의 피닉스 왕실 소유림(所有林) 감시자들의 불법 방해에 관하여, 둘 및 셋―누가 내게 죄를 범했던고! 그게 가발 쓴 그 자(HCE)이나니. 누가 모든 4거장(巨匠)들을 두려워하랴!

588.1. 〔목격자들(증인들)은 HCE의 공원의 사건을 계속 토로한다.〕

그리고 그들은 또한, HCE가 자기들에게 두 병의 맥주와 맛있는 술값을 지불했음을 들먹인다. 그 자는 상호대립포수(相互對立砲手)요 자신의 코르크 주벽성(酒癖性)이 프레다가 가져온 한 병의 샌디 혼합주 및 그 자가 따뜻하게 데운 *피노 노로로소(향양주(香良酒))*와 함께 환희의 두 병을 대접했도다.

588.15. 〔이때 복음자 누가가 다른 복음자들에게 그들이 주점을 나와 그(HCE)를 뒤따랐을 때, 고원에서 그들이 무엇을 보았는지 묻는다.〕

그대, 두 흑백인들(Black—and—Tans)은 거기 있었던고? 당시 날씨는 어떠했던고? 눈과 비가 오고, 천둥이 쳤던고? 그들은 말할 수 있으리라. 아무도 들을 사람은 없나니, 단지 주위의 나무들과 숲 풀 그리고 바람 뿐, 그들은 뉴스를 들었을 때 전율(戰慄)했도다…… 양기병(兩騎兵)들, 그대들은 거기 있었던고? 눈(雪), 월토루(月土壘)의 눈의 휴전(休戰)이었던고? 아니면 구름이 지상(地上)에 호박색(琥珀色)으로 그의 뇌광(雷光)을 통하여 매달려 있었던고? 구름의 초라한 양량이 희미하게 보였던고? 아니면 얼룩 통(痛)의 비(雨)가 살수(撒水)로 내렸던고? 만일 강물이 흐를 때처럼 그들이 말을 할 수 있다면! 안절부절 톰이여, 종(鐘)에 관 덮개를 덮을지라! 이씨는 곡간하(谷間下)에서 바쁘나니! 낮은 망탑(望塔), 여여(汝汝), 일번(一番), 깊은 습윤(濕潤) 속에! 귀담아 들을지라, 미도무쌍자(迷導無雙者)여, 제발! 재(灰)에서 재나무(회목〔灰木〕), 먼지에서 억수잡어(億數雜魚)! 목(木)리쓰! 오직 이와 같은, 저와 같았던 나무들만이, 거기 파동 치면서, 기나(幾那)(버크)목(木), 찔레(오즈리언)목(木), 마가(로완)목(木), 바람 부는 암자 근처 후한관목(後漢灌木), 한층 많은 서거목(書巨木)들. 트렘! 숲 속의 모든 나무들이 숙명일(宿命日)의 란계(蘭界)정글로부터 최신기사를 들었을 때. 모두가 전율하고, 콧대 꺾여 윙윙거리나니.

588.35. 〔HCE의 흥망에 대한 서술〕

티씨!(Tiss!) 〔바람 소리〕 두 예쁜 겨우살이 목(木)들〔고원의 두 소녀들〕, 한 나무에 리본 된 채, 해방자〔다니엘 오코넬〕가 기립했는지라 그리

하여, 상상할지라, 그들은 삼자유(三自由)였도다! 네 기지(機智)의 양처(孃妻)들,

589. 〔HCE는 예쁜 겨우살이들에게 자신을 노출했나니, 그의 축재(蓄財)라.〕

그는 자신의 자산을 사리추구(私利追求)로서 모았는지라, 푼돈 모아 거금, 돈이 돈을 모았도다. 두건(頭巾) 아래로 윙크하면서, 총각들처럼 처녀들을 오월(五月) 기둥타기를 사랑하도록 했는지라 그리하여 우리들의 녹지(綠地)를 곡예연(曲藝然)의 커플(부부)로 점철했나니, 50과 50, 그들의 칠트런 헌드레드.〔사직 의회위원에게 부여하는 한직, U135 참조〕 그런고로 어린아이(칠드런)의 엽전(葉錢)을 살피면 어버이의 화폐가 붓는 법 그리하여 부(富)를 향한 돌진도(突進道)가 이(虱)들이 빈민굴을 가로질렀던 세상의 길처럼 다자(多者)들이 돈을 버렸나니, 그리하여, 그 같은 모든 원인으로, 그(HCE)는 불타는 도시구(都市球)처럼 자기 자신을 단조전진(鍛造前進)했는지라, 슬픔을 삼기기 위해 통삼중(痛三重) 양조(醸造)하며, 내 것 및 네 것을 주고받으며, 자신의 세 개의 황금 공을 가지고 10억 당구놀이하며, 지주사리(地主私利)로부터 공동자본을 일구면서, 고역에는 가볍게 그러나 지갑에는 무겁게, 우리들 (h)최거대(最巨大)의 (c)상업적 (e)제국 중심자, 자신의 아들들은 먼 곳에서부터 집으로 부우 야유하고 딸은 자신의 곁에서 새치름해하면서. 핀 긴 수염의 고래 같으니!(Finner!)(HCE)

589.12. 〔누가의 HCE의 축제에 대한 질문 연속〕
어떻게 그는 그걸 축적하고, 그걸 허세(虛勢)부렸던고, 파운드 너벅선의 포경인(捕鯨人), 한 기니에 한 그로트(귀리 밀), 그의 차감잔액(差減殘額)에 물가 지수 및 게다가 이토록 부(富)라니 자신이 화물마차 속에서 미리 구해냈던 위조 수표와 함께? 획물(獲物)을 찾아 전진하면서, 행상달인(行商達人), 야음하(夜陰下) 및 뒤쪽으로 기면서, 숨는 개(犬) 마냥, 내일모래. 조심성 있게 추락하고 저리(低利)하게 일어나고, 실패들의 상설(詳說)이라. 〔이제 누가는 HCE의 몰락과 실패의 7가지 원인을 상술한다.〕 (1) 병약: 첫째로, 칠일면허(七日免許)의 변경을 위하여 그는 농부의 건강에서부터 옆

길로 빗나갔는지라, 고로 자신의 초기의 교구낙원생활(教區樂園生活)을 잃었도다. (2) 화재: 여섯 유월태생견(六月胎生見)의 화염안(火焰顔)들이 그의 목사의인화(牧使擬人火)된 협문(夾門)을 통하여 무순(無順)으로 뿔뿔이 흩어져 마구 다가오며, 무면(無眠)의 긴야(緊夜) 속에 애송이 소녀들의 온갖 모습들을 드러내 보였도다. (3) 홍수: 피후(彼後) 무일부(無日附)의 시대에, 아주 타당하게도 그들 자신에게 12선세대(先世代), 한 대양(大洋)이 우연히 파열하여 그의 재산을 오홍수(誤洪水)로 흘려보냈는지라. (4) 바람: 네 번의 허리케인 급질풍(急疾風)이 돌발하여, 그의 판유리의 집 벽과 그의 관리인이 요리하고 있던 계산용의 슬레이트 석판을 타쇄(打碎)해 버렸도다. (5) 도난: 다음으로, 당연한 발반성(發反省)으로, 그러자 세 소년 뿔 나팔 부는 놈들이 다가와 그를 역착복(逆着服)하고 상교각적도주(相交角笛盜走)했나니. (6) 침식(寢食): 잇따라 조금 뒤 같은 초저녁에 두 보헤미아 개종자 종녀(從女)들이 그의 준칙불이행(準則不履行)을 통하여 그로부터 도망 이탈했는지라, 부정신여(不貞信女)들 같으니. (7) 증류소의 폭발: 마침내, 궁극피안적(窮極彼岸的)으로, 무쌍의 맥(麥) 지푸라기가 떨어졌나니, 그때 그의 증류장의 폭발이라. 그러나 그의 불행이 그를 압도했도다.

590. 〔HCE의 이어지는 실패〕

그의 최호의(最好意)의 죄적(罪笛)에 이르기까지 그의 모든 건조물을 농아화(聾啞化)시키고 그를 추락시켰는지라, 칠왕국주(七王國舟)의 잔해, 리어 왕으로 근시안(近視眼)되고 간질병 걸린 채, 그의 파산둔부(破産臀部) 깔고 앉아 빈사우속(瀕死憂束)되어 울고 있었으니.

590.3. 〔그러나 HCE여, 실망 말지라, 실패는 성공〕

원원기(元元氣). 지참자에게 지불할지라…… 실패 뒤에 어떻게 성공할 수 있는고! 그대는 보험금을 탔나니. 그대가 행한 신의 약속을 제발 선불(先拂)할지라! 그대는 로이드 보험협회(Lloyd's)〔런던의 보험회사〕에 위임했나니. 포니스(Phoenis) 화재보험회사의 정책이 그대에게 선서했도다. 그러나 다시는 결코. 그들은 그대가 위장(僞裝) 색깔을 띤 카메룬임을 마침내 알았도다. 그대는 멋진 젊은 질녀의 보험금을 탔나니. 나의 신의 약속을 재발 선불할지라!

590.13. 동의했나니, 약속 실패자, 그(HCE)는 봉생(蜂生)에 있어서처럼 지상(地上)의 배석(陪席)에까지, 노호사령교활(老狐司令狡猾)로 충만했는지라 그러나 누가, 헤이 여보, 그의 후자의 가치에도 불구하고, 엄격정직하게 최전완전(最全完全), 견물상사(堅物商社)의 범주직장(帆柱職長)이었던고? 민중기분(民衆氣分)에서 환영받고, 일부에서 원탄(遠歎) 받고, 결론에서 적운(積雲)된 채, 뉴아—뉴아 왕(王), 네피림 거인들[「창세기」: 하느님의 아들들＋인간의 딸들]의 대부호왕(大富豪王)! 결국 도제용모(徒弟容貌)를 위하여 뒤따르다니? 방금(方今)이 가까이 접근한 이래 작금(昨今)이 사라지는 지라. 제비즈[셈—젤리], 우, 켁, 프타 신(神),[이집트의 예술 신] 그건 병사였도다! 사악골(邪顎骨)[손—케빈], 멍청이, 이 쪽은 정말로 감미(甘味)의 명령한(命令漢)인지라! 그러나 뒤죽박죽 허세자(虛勢者)여(HCE), 넨장, 나리, 저쪽은 다시 한 번 우리들의 모든 (h)명예로운 (c)예수탄생시조(誕生時潮)의 (e)부활절동방인(復活節東方人)일지니. 용해(溶解)의 제4자세. 얼마나 멋쟁이[요한]인고! 지평에서 최고의 광경이라. 마지막 테브로(場面畵). 양아견(兩我見)(HCE) 남(男)과 여(女)를 우리는 함께 탈가면(脫假面)할지라. 건(gunne)[이슬람 국가들의 여왕]에 의한 여왕재개(女王再開) 됨 채! 누구는 방금 고완력(古腕力)을 취사(臭思)하나니 새벽! 그(HCE)의 방패견(防牌肩)의 목덜미. 도와줘요! 그의 모든 암갈구(暗褐丘)[던드럼: 더블린 지역]를 고몽(鼓夢)한 연후에. 한족(漢族)! 그의 중핵(中核)의 인치코 [Inchicore:더블린의 지역 명]까지 노진(勞盡) 한 채. 한층 더! 종폐막(鍾閉幕)할지라. 그동안 그가 녹각(鹿角)했던 여왕벌(ALP)은 자신의 지복을 축복하며 진기남(珍奇男)(HCE)의 축하일(祝賀日)을 감촉하는 도다. 우르르 소리.

행갈체(行喝采), 층갈채(層喝采), 단갈채(段喝采). 회환원(回環圓).

[4번째 복음자 요한이 설명하는 HCE 내외의 "용해의 제4자세"(Fourth position of solution)는 가장 짧다.] 얼마나 멋쟁이이랴! 지평으로부터 최고의 광경. 마지막 테브로(Tableau)(극적장면), 남과 여를 우리는 함께 탈가면(脫假面) 할지라. HCE는 여우의 재주로 충만된, 뎅벌이요. ALP는 여왕벌. 그들은 Jeebies(셈)와 Jawboose (손)의 두 아들을 낳았다. 새벽. 성교

뒤에 그들은 탈진한 상태, 떨어져 누워 있다. 뒤죽박죽 허세자(Jumbluffer) 인, HCE는 그가 행한 모든 것을 행한 뒤에 노진(勞盡) 한 채, ALP는 지복 (祉福)을 축복하며 진기남(眞奇男)의 축하일(祝賀日)을 감촉하도다. 〔HCE는 ALP의 목덜미에 조용히 숨을 토하고 있도다.〕

〔비록 여기 이 견해는 요한의 것일지라도, 우리는 최후로 4복음자들의 각각으로부터 듣는 듯하다. 누구는(그는) 방금 완력을 취사(臭思)하나니. 새 벽! 그의 명방패견(名防牌肩)의 목덜미. 사람 살려! 그의 모든 암갈구(暗褐 丘)를 고몽(鼓夢)한 연후에. 훈족! 그의 중핵(中核)의 1인치(코)까지 노진(勞 盡)한 채. 한층 더! "우르르 소리(Rumbling)"〔HCE의 위장의 소리인지라〕 이는 바로 비코의 우렛소리로 이어진다. 용기를 낼지라! 동, 서, 남, 북, 4견 해는 비코의 환이 될지니, 그의 순환처럼 새 희망의 회귀가 있을지라! 그의 환은 언제나 마냥 돌고 돌아(rounds): "행갈채(行喝采), 층갈채(層喝采), 단 갈채(段喝采). 회환원(回環圓).〕

〔여기 『피네간의 경야』의 제I부는 잠 속에 막을 내리나니, 그들 부부는 완전한 성교 없이 잠에 빠진다. 그러나 『율리시스』의 「이타카」 말에서, 마 치 남(블룸)과 여(몰리)가 그러하듯, "무언부동의 성숙한 동물성을 나타내 는…… 전방부 지방질 및 여서의 후반부 반구 엉덩이에 대한 도처의 만족 감……"(U 604)을 즐겼는지라, 그들은 잇따른 『피네간의 경야』의 제IV부의 대미에서 재차 잠에서 깨어나리라.〕

제IV부

제IV부 1장

회귀

【개요】『피네간의 경야』의 마지막 제IV부는 단지 한 장으로 구성된다. 산스크리트의 기도 어인 "성화(Sandyas)"(이는 새벽 전의 땅거미를 지칭하거니와)의 3창의 반복으로 시작되는 이 장은 새로운 날과 새 시대의 도래를 개시하는 약속 및 소생의 기대를 기록 한다: "우리들의 기상시간이나니."(598.13) 이는 대지 자체가 성 케빈(숀)의 출현을 축하하는 29소녀들의 목소리를 통하여 칭송으로 노래된다. 그리하여 성 케빈(숀 격)은, 다른 행동들 가운데서, 갱생의 물을 성화한다.(604.27~606.12)

천사의 목소리들이 하루를 선도한다. 잠자는 자(HCE)가 뒹군다. 한 가닥 아침 햇빛이 그의 목 등을 괴롭힌다. 세계가 새로운 새벽의 빛나는 영웅을 기다린다. 목가적 순간이 15세기의 아일랜드의 찬란한 기도교의 여명을 알린다. 날이 밝아 오자, 잠자는 자들이 깨어나고 있다. 밤의 어둠은 곧 흩어지리라.

그러나 이 장이 포용하는 변화와 회춘의 주요 주제들 사이에 한 가지 진리의 개념을 위한 논쟁 장면이 삽입된다. 그것은 발켈리(Balkelly)(고대 켈트의 현자, 솀 격)와 성 패트릭(성자, 숀 격) 간의 만남(611.4~612.36)의 중심적 중요성에 관한 것인지라, 이들 논쟁의 쟁점은 "진리는 하나인가 또는 많은 것인가," 그리고 "유일성과 다양성의 상관관계는 무엇인가"라는 데 있다. 이 토론에서 발켈리(조지 버클리)는 패트릭에 의하여 패배 당한다. 이 장면은 뮤타(솀)와 쥬바(숀) 간의 만남에 의하여 미리 예기된다.(609.24~610.32) (여기 뮤타와 쥬바는『피네간의 경야』를 통한 형제의 갈등, 쥬트/뮤투―솀/숀의 변형이다.)

진리의 인식의 문제는 또한,『피네간의 경야』에 그리고 예술적 표현의 신비에 관계한다. 조이스는 1939년 8월 20일자의, 프랭크 버전에게 행한 한 편지에서(『피네간의 경야』의 출판 3개월 뒤) 성 패트릭과 성자 발컬리에 대한 인유들 뒤의 의미를 설명했는지라, 당시 그는 쓰기를, "한층 더 많은 것이 현자 버컬리 및 그의 중국식 영어 그리고 성 패트릭 및 그의 일본식 영어 간의 대담(對談)에서 의도된다. 그것은 또한, 책 자체의 옹호와 고발로서, 버클리의 색깔 론과 패트릭의 문제의 실질적 해결이다."

발켈리와 성 케빈의 토론에 이어, 이야기의 초점은 아나 리비어에게로 그리고 재생과 새로운 날로 바뀐다. 아나 리비아는 처음에 그녀의 편지로(615.12~619.16) (이를 "알마 루비아, 플라벨라 [Alma Luvia Pollabella]" [619.20~628.16]로 서명하거니와), 이어 그녀의 독백으로 말한다. 아나 루비아 플루라벨의 서명은 『피네간의 경야』를 통해 그녀가 행사하는 의미를 반향(反響)하며, 성격과 역할을 표현하는 이미저리(imagery)를 함유한다. 아일랜드의 강의 여신의 유일한 옛 이름이 바로 Anna Livia였다. anna란 영어의 avon, 스코틀랜드 어의 afton, 게일어의 abhainn을 각각 뜻한다. Livia란 이름은 Liphe에서 유래한 말로, 이는 강 자체보다 강이 궁극적으로 바다에 당도하기까지 그사이를 빠져 나가는 더블린의 서부 평원을 의미한다. 조이스는 여기에 이탈리아어의 plurabelle이란 말을 첨가하는데, 이는 "가장 아름다운"이란 뜻이다.

그러자 아나는 자신이 새벽잠을 자는 동안 남편이 그녀로부터 떨어져 나가고 있음을 느낀다. 시간은 그들 양자를 지나쳐 버렸나니, 그들의 희망은 이제 자신들의 아이들한테 있다. HCE는 험티 덤티의 깨진 조가비 격이요, 아나는 바다로 다시 되돌아가는 생에 얼룩진 최후의 종족이 된다. 여기 억압된 해방과 끝없는 대양부(大洋父)와의 재결합을 위한 그녀의 강력한 동경이 마침내 그녀의 한 가닥 장쾌한 최후의 독백을 통하여 드러난다.

이제 아나 리피(강)는 거대한 해신부(海神父)로 되돌아가고, 그 순간 눈을 뜨며, 꿈은 깨어지고, 그리하여 환은 새롭게 출발할 채비를 갖춘다. 그녀는 바다 속으로 흐르는 자양의 춘엽천(春葉泉; Spring)이요, 그의 침니(沈泥)와 그녀의 나뭇잎들과 그녀의 기억을 퇴적한다. 최후의 장면은 그녀의 가장 인상적이요 유명한 독백으로 결구한다.

[본문 시작]

593. 〔밝아오는 신기원의 여명〕

핀―이어위커, 그의 경야, 잠깨고 있다. 수탉의 울음, 그리고 최초 태양 광선의 출현이라. 수루영봉(戍樓靈峰), 잠에서 깨어나는 광시골(谷)골짜기, 산새들의 지저귐, 현현지향(顯現之鄕). 박명조가(薄明鳥歌). 장익비상(長翼飛翔)이여!

성화(聖和)! 성화! 성화!

모든 여명(黎明)을 부르고 있나니. 모든 여명을 오늘로 부르고 있나니. 오라이(정렬; 整列)! 초발기(超發起)(發復活)! 모든 부(富)의 청혈세계청(靑血世界)으로, 아일랜드의 이어위커. 오 레일리(祈願), 오 레일리(再編成) 오 레일리(光線)! 연소(燃燒), 오 다시 일어날지라! 저 새(鳥)는 무슨 생을 닮은 징조(徵兆)가 가능한고. 그대 다반사(茶飯事)를 탐(探)할지라. 오세아니아(대양주)의 동해(東海)에 아지랑이. 여기! 여기! 새벽의 타스 통신(通信).

〔이 최후의 장은 비코적 회귀(Vicoian *recorso*)로서, 천사들의 새 날과 새 여명의 기원으로 그 막이 열린다. 부활은 숀(Shaun)을 위한 관능적 말들인, "성화!, 성화! 성화!(Sandhya! Sandhyas! Sandhyas!)"의 기원과 더불어, 이제 HCE는 자리에서 일어나리라. "오, 오! 모두 여명(黎明)을 부를지니. 만사는 다시 시작하고, 운무가 걷히기 시작하도다. 오세아니아(동방)의 동해에 아지랑이. 여기! 들을지라! 타스(통신)의 아침 방송. 신아일랜드국(新愛蘭國)이 부활 할지라. 화태양(華太陽)이여, 신페인 유아자립(唯我自立)이여! 환영 황금기(黃金期)여! "성화(Sandhyas)"는 스티븐 데덜러스가 『율리시스』의 「스킬러스와 카립디스」에서 한결같이 거론하는 영겁(Aeons)(U

153) 간의 시기로서, 교차(交叉)의 황혼을 의미하는 산스크리트어이다. 여기 장의 열리는 무드는 인도의 시성 타고르(Tagore)의 코리아(Korea)에 대한 영시(靈詩)를 강력히 불러일으키거니와 (주 1), 이 여명의 에피파니는 부활과 깨어남을 시작하는, 한 빛나는 등불의 순간, 앞서 "광급파경조식운반자"(lightbreak『피네간의 경야』stbringer)(473)"의 아들인, 손의 존재를 수립하는바, 그는 십자가형(十字架荊)을 당한 채, 이제 태양자(太陽子; sun—son)처럼 찬연히 솟는다. (태양자의 주제는『율리시스』의 산과병원 장면에 가장 강력하게 부각 되거니와)(U 338), 때는 마침내 낮의 시작이요, 오늘은 사망한 그리스도 부활절(Easter)이니, 솟는 태양은, 그의 추락 뒤에 솟는, 또는 경야에서 솟는, 피네간, 또는 잠 뒤에 깨어나는 매인(每人)처럼, 새롭게 대천명(待天命)하는 이어위커로다.)

이때 구름으로부터 여광(黎光)의 손가락들[중세의 하느님의 상징]이 출현하여, 지도(地圖)[세상]를 펼치도다.
순간『이집트의 사자의 책』의 잦은 소리의 여운이 그와 함께하도다.

노아공신(空神)(손)의 말(言)을 나르는 밤과 스튜냄비 속에 웅크리고 앉아 메스 공신(空神)(셈)을 제조하는 밤이 지나자 테프누트 농아여신(聾啞女神)[이집트의 여신]의 지배목사(支配木舍) 속에 암소 냉(冷)한 올빼미의 자돈(雌豚)에게 빛의 씨앗을 뿌리는 영파종신(永播種神)이요, 은탐프린[더블린] 피안계(彼岸界)의 승태양(昇太陽)의 주신(主神)인, 푸 뉴세트[태양 신]가 최선으로 기고만장 솟는 도다.

(주 1)「동방의 등불」
일찍이 아시아의 황금시기에
빛나던 등불의 하나 코리아,
그 등불 한 번 다시 켜지는 날에
너는 동방의 밝은 빛이 되리라. ―타고르
(1929. 4. 2.「동아일보」에 등재되었고, 조이스의『피네간의 경야』는 1939년에 출간되었다).

「The Lamp of the East」
At the golden age of Asia
Korea was one of its lamp—bearers
And that lamp is waiting to be lighted once again
For the illumination in the East.

594. 〔새벽 여명의 출현〕

부싯돌은 스파크를 날리고, 재빨리 화염을 토하도다. 동시에, 태양 광선이 앨런 언덕(킬데어 주의 핀〔Finn〕 본부)을 비치고, 그러자 그것은 붉게 이글대나니. 점차로, 그것의 느린 확산 속에 조광(朝光)의 손끝이 거석의 커다란 원의 중앙 탁석(卓石) 위에 향촉(向觸)하는지라. 이제 과거는 밤과 함께 살아지도다. 밝아오는 풍경 속에 "괴상한 괴 회색의 귀신같은 괴담이 괴혼(塊昏)속에 괴식자(塊食子)처럼 장거(長巨)하는지라(Gaunt grey ghostly gossips growing grubber in the glow)", 주점 뒤로 분견(糞犬)이 배설하려 밖에 나갔도다. 닭 우리에는 부수됨이 시작되고, 다(茶)는 다려지고 있도다. 주막의 위층으로부터 소음이, HCE가 침대 속에 몸을 뻗자, 침묵을 부수도다. 그에게는 타월과 온수의 목욕을 위한 아침인지라. 호우드 구(丘)의 익살스러운 낄낄대는 웃음, 닭들이 그들의 새벽 합창을 새되게 울지니. 수탉 및 암탉, 아나 여왕계(女王鷄)가 뒤퉁뒤퉁 꼬부라져 꼬오꼬오 압주(鴨走)하도다.

595. 〔교수―안내자와 함께 황혼의 여행〕

때는 회귀(recorso) 및 기각(起覺)의 시간, 체플리조드 근처 캐슬 노크(언덕)(Castle Knock)의 문간에서 노크하는 한 새로운 HCE(또는 숀)가 있도다.

〔서술의 음조가 갑자기 변하면서, 묵시록적 이미지들이 『피네간의 경야』의 꿈―여행 주제로 자리를 양보한다.〕

여기 교수가 우리와 함께, 역사로 지배된 촌변(村邊)의 광경과 기념비들을 재차 서술하도다. 강 곁에 언덕이 거기 뻗어있는지라. 우리는 웰링턴 기념비 근처 어딘가에 서 있는 듯하다. 말발굽, 전차, 손수레, 등등 사이. 여기 계속되는 세대가 더 깊은 영겁의 심곡(深谷) 속에 매장된 심장과 함께 쉬고 있나니. 아무것도 일어나지 않았지만, 그럼에도 앞으로 일어날 모든 것은 이전에 일어났었나니.

풍경의 펼쳐 짐 [여기 교수는 마치 웰링턴 기념비 꼭대기에 선 듯, 경치를 안내한다.] 산천은 의구할 뿐, 인걸은 간데없도다. 햇빛이 아일랜드 32개의 군(郡)들 위를 조용히 내려 비치나니.

그건 수위(首位)의 신아일랜드토(新愛蘭土)까지 기나 긴 광로(光路)로다. 코크 행(行), 천어(川漁) 행(行), 사탕과자 행, 부용(구기수프) 행, 편(偏) 소시지 행, 감자(甘蔗) 행, 소돈육(燒豚肉) 행, 남(매이요; 男) 행, 오행속요(리머릭; 五行俗謠) 행, 수가금(워터포드; 水家禽) 행, 요동우자(웩스포드; 搖動愚者) 행, 시골뜨기(루스) 행, 냉공기(킬대어; 冷空氣) 행, 연착전차(레이트림; 延着電車) 행, 카레요리(커리) 행, 마도요(카로우; 鳥) 행, 리크(레이크; 植) 행, 고아선(오파리; 孤兒線) 행, 다랑어갈매기(도네갈) 행, 청(크레어; 淸)황금도(골웨이; 黃金道) 행, 폐요새(롱포드; 肺要塞) 행, 월광유령(모나간; 月光幽靈) 행, 공금(퍼마나; 公金) 행, 관(카밴; 棺) 행, 울화(안트림; 鬱火) 행, 갑옷(아마) 행, 촌(村)까불이(위크로우) 행, 도래악한(로즈코몬; 到來惡漢) 행, 교활행진(스라이고) 행, 종달새수학(미드; 數學) 행, 가정상봉(웨스트미스; 家庭相逢) 행, 메추리육(肉)(쿼일스미스) 행, 킬레니 행. [이상 아일랜드의 주들]

이리하여 모든 서술을 색인 고인돌과 고대의 묘총(墓塚)들이 가시적이 되고, 우리는 풍경 위로, 너머, 그리고 아래로 무수한 세대들이 그들의 사자(死者)들을 눕혀왔음 이해하도다. 호우드 언덕과 램배이 섬으로부터 녹크 개이트까지, 공원의 체플리조드 가까이, 잠자는 거인(Finn—HCE)은 풍경을 가로 질러 누워있는지라.

재삼 우리는 아침의 햇빛으로 막연히 고통 받고, 침대에서 뒹구는 잠에 어린 자(HCE)를 목격하나니, 곧 그 자(각하)에게 편지가 배달될 것이요, 우리는 곧 아나에게 작별을 고하는, 29처녀들의 노래를 들으리라. 수면(睡眠)! 그들이 그의 상점의 셔터를 끌어내릴 때까지. 그는 안이면(安易眠)인지라. 여기 휴지(休止). 다시 수탉이 운다. "꼬꾀오."

596. 〔새벽잠에서 깨어나는 HCE가 숀, 그리스도, 미카엘 천사, 성 케빈, 가브리얼, 핀 맥쿨 등으로 변용한다.〕

　　그를 위해 심면(深眠)은 레몬 쓰레기 더미로다. 유산양시장(乳山羊市場)에서, 완충(完充)의 견신(犬神)에서, 추락(墜落) 위의 이토(泥土); 적절아일랜드 인(適切愛蘭人), 수탈분리(收奪分離)된 남성의 백년남군촌(百年男郡村)의 우레투자가(雨雷投資家).

　〔아래 길게 이어지는 이어위커(이제는 숀)〕의 속성들. 그는 마침내 아일랜드의 대중 문인인 스위프트(Swift)의 속성을 딴다: 수실(收實)한, 수직의, 성스러운, 수장(修將)의, 세침(細針)한, 수종합(受綜合)의, 성급한(스위프트). 〔스위프트는 조이스의 최대 우상일 뿐만 아니라, 『피네간의 경야』에 최대의 소재를 공급한다.〕

　　이들 모든 영웅들은 그들의 속성에 있어서 서로 별 다를 바 없다.

596.12. 모든 노서인(露西人)들의 과황제(過皇帝); 연못(더브)의 사시교외(斜視郊外)의 종부(種父); 디긴즈(掘鑿始), 우던핸즈를 사방 어슬렁거리기 위하여; 부화서반아산주(孵化西班牙産酒)와 더불어 그의 영취마비(英醉痲痺)…… 영인감비(英人感痺); 쭈글쭈글땅신령날씬요정불도마뱀인어; 대좌상인(大挫傷人), 항사비석(港死碑石); 포술(砲術) 건닝 가(家)의 총수(銃手), 건드; 하나 둘 혹은 셋 넷 다섯 휴일군중(休日群衆) 속에 해후가능자(邂逅可能者); 술통에 축복 하옵시기를; 뚜껑 없는, 갤런 술통; 담배꽁초, 수소(水素) 주(主), 일종의 퇴적(堆積), 팜필 노름꾼, 설(雪) 포도주 통, (e)편집자의 소위 (h)위생 (c)고안구(衛生考案具); 그대의 허벅지의 두께; 아시는 바와 같이; 응당; 목사의 희비(喜悲)에 대하여 말하며; 오월주경위(五月柱警衛)에 의하여 파괴되고 있는 사녹(絲綠), 허백(虛白), 호청(糊靑); 당사자; 고아일랜드(古愛蘭) (X)엘가에 (c)두루미 소리 (h)들리지 않을 때…… 아담과 이브 신인지(神認知)의 정신적 자아; 노루자(老淚者)로서가 아니고 소

무협가(少武俠家); 백발무결(白髮無缺) 및 무절제거사(無節制居獅); 그가 익살스러운 색(色)으로 보일지라도; 얼마간 더듬거림; 그러나 딜리아 꽃을 뒤쫓는 아주 큰 한 마리 벌레; 경소경색경사(警所哽塞警査); 천문학적으로 전승인물화(傳承人物化)된 채; 영감현자(靈感賢者) 지암 바티스타 비코가 그를 예견했듯이; 자신의 언질어(言質語)를 재매(再買)하는 마지막 절반 성구(聖句).

596.34. 〔HCE―숀는 멀리서 왔도다.〕 그는, 또 다른 야곱처럼 책략으로 그의 상속을 성취했나니, 그는 스칸디나비아 출신, 저 외투에 묻은 물방울은 핀갈(더블린)의 강우(降雨)가 아니라, 스칸디나비아의 해수(海水)로다. 그러나 HCE―숀은 되돌아오나니―섹슨 인으로, 어유(魚油)로 충만한 채. 그는 책략을 통해서 그의 상속원(相續顧)을 성취 했도다.

597. 〔다시 아침 시간〕

과거 시간은 흘러가고 새 시간이 흘러들어 오도다. 지금 바로, 지금 바로 막, 전전경과(轉全經過)할 참이로다. HCE는 적대의 냉혹성을 반성하며, 잠자리에서 어느 쪽으로 몸을 돌려야 할지 궁금하다. 서거(西去)와 동거(東去), 그의 오른 쪽에는 두 왕자들(셈과 숀) 그리고 왼쪽에는 한 공주(이씨)가 잠자고 있다. 그러나 잠은 이제 끝나리니. 경야도 끝이 나고, 매화(每話)는 그의 멈춤이 있는지라…… 아침 조식으로 무엇을 먹을 것인고? 그의 염려는 아마도 숙취(宿醉) 때문인 듯.

597.24. 견시(見視)! 〔솟는 태양〕 현행(現行)의 전율은광(戰慄銀光)의 한 가닥 화살, 노고(老姑)된 채. 냉신(冷神)의 진적(眞蹟)(정년코)! 요신(搖神)! 저 온(溫)은 어디서부터 왔는고? 그것은 무한소적(無限小的) 발열(發熱)인지라, 휴지열(休止熱), 상승열(上昇熱), 아리아의 삼박자무(三拍子舞), 잠자는 자의 기각(起覺), 인간의 배면예감(背面豫感)의 소규모 속에, 깁, 그리고 다시, 젬, 필경 마야환상성(摩耶幻想性)의 미래로부터의 한 가닥 섬광이 세호선(世互選)의 세경이(世驚異)의 세풍창(細風窓)을 통하여 세강타(勢强打)하듯 새 지저귐의 선회(旋回)가 하나의 세상이도다(through the windernof a wonder in wildr is a weltr as a wirbl of a warbl is a world).

597.30. 톰(Tom). 〔라디오의 전송, HCE에게 직접 말을 건다.〕

〔일기예보〕 섭씨도(攝氏度)는 완전상승하도다. 수요정(水妖精) 갈 가마기는 아직 인지라. 구름은 있으나 새털구름이니. 이네모네(植)가 활향(活香)한 채, 혼온도(昏溫度)가 조상(朝常)으로 되돌아오고 있도다. 체습성(体濕性)은 온통 선공기(鮮空氣)로 자유로이 안도를 느끼고 있는지라. 마편초(馬鞭草)는 풀(草)관리자로서 선도(先導)하리니. 그렇고, 사실상 그렇고, 참으로 그러할 지로다. 그대는 에덴 실과(失果)를 먹는지라. 무엇을 말하랴. 그대는 한 마리 물고기 사이에서 사식(蛇食)했나니.

598. 〔날씨—아침의 구름〕

때는 긴 밤이었건만, 아침이 여기 있도다. 우리가 꿈꾸었던 모든 사람들은 "오늘(today)"의 연극에서 행동하고 있나니. 그대(HCE)가 금단의 열매를 먹은 뒤의 실낙원, 아침의 구름이 나일 강으로 흐르는지라. 그리고 방랑의 몽유뇌우운(夢遊雷雨雲).

598.6. 때는 길고도, 아주 긴, 어둡고도, 아주 어두운, 거의 무종(無終)의, 좀처럼 인내할 수 없는, 그리하여 우리는 대개 아주 다양한 그리고 하혹자(何或者)가 굴러 더듬거리는 밤을 추가할 수 있으리로다. 작종송금일(作終送今日). 일신(日神)! 가는 것은 가고 오는 것은 오나니. 작일(昨日)에 작별, 금조환영(今朝歡迎). 작야면(昨夜眠), 금일각(今日覺). 숙명은 단식정진(斷食精進). 숙행(熟行)…… 지금 낮, 느린 낮, 허약에서 신성(神聖)으로, 일탈할지라. 연꽃, 한층 밝게 그리고 한층 자매에게, 종형개화(鐘形開花)의 꽃, 시간은 우리들의 기상 시간이나니. 똑딱똑딱, 똑딱똑딱. 로터스(연꽃) 비말도(飛沫禱)여. 차차시(此次時)까지. 작금별(昨今別).

〔아침 기도의 시간〕

HCE 주변에는 초월적 뭔가가 있으니, 예를 들면, 성체(Eucharist)가 그것이다. 〔여기 HCE는 성변화를 숙고한다.〕 "Panpan and vinvin"(라틴어: 빵과 포도주)는, 이를 뒤집으면, 남부 인디언 말로 "vanvan and pin-

pin"이 되지만, 성체 빵과 포두주가 되기는 마찬가지. 곰팡이(마태), 암흑 (마가), 누출(누가), 및 허풍(요한) (Mildew, murk, leak and yarn)이 침실에서 무엇으로 보이든, 그리고 잡다 언어의『피네간의 경야』인, 비교 곤충음향학상(comparative accountomology)의 최후 음들이 무엇이든, "오래된 작일효모"(昨日酵母) 빵은 그루터기 통속의 터무니없는 부화(腐話)요 물주전자 화(畵)는 벽 위에 원자행(原子行)이 도다. 〔성변화의 신비〕 때는 길고, 어둡고, 거의 무종(無終)의 밤이었는지라, 연꽃 힌두교의 3대 신의 하나인, 잠자는 비시뉴(Vishnu)는, 그의 꿈이 우주인지라, 황금의 연꽃이 존재의 각 새로운 환희가 열릴 때, 그의 배꼽에서 꽃을 피우도다. 종들이 울릴지니, 우리들의 기상 시간이라. 그가 일어나면, 거기 환상의 커다란 힘이 있으렷다.

   팀! (Tim!) 〔시간을 알리는 라디오 신호〕

598.28. 〔시간〕 로카 우주좌(宇宙座) (Ysat Loka)(체플리조드)의 그들은 들으며, 들었도다. 과거와 현대의 동일 신분은 종을 울려 내보는지라. 도시는 궤도하나니! 연속 시제에서 그 때의 지금은 지금의 그 때와 함께. 차임벨 종소리가 칠 때, 그와 그녀의 주간일 개시(開時)로부터 정확히 수 시간이 될지니. 도시의 아이들과 하녀들은 억수만년(madamanvantora)을 즐길지라.

599. 〔이제 시간은 지나고 장소에 대한 생각〕

   HCE는 의식 속에 다시 솟으면서, 시간과 공간 사이에 자기 자신을 위치하도다. 그리하여 그는 "회고적 편곡(retrospective arrangement)"(U 71) 속에 초기 유목민들의 발자취를 재 답습하는지라. 땅과 바다의 경계는 비코의 연속을 통하여 불변하나니. 자, 오라 이제 일어나, 아침의 술을 한잔 드세나. 호수도(湖水都)에 주막이 있도다. 여기 커다란 나무들, 이와 함께 위대한 인생의 향연은 번성하고 끝없이 반복하는지라. 한 걸음 한 걸음, 새벽 운동의 조건들이 노정되고 있도다. 〔고체와 액체의 정치(定置)〕 시간의 양상이 토론되는지라. 그것은 빛의 첫 화살의 순간이도다. 이제 장소의 양상이 사료되도록 다가오나니. 장소는 그토록 많은 것이 일어났던 이 물고기의 강 연못이라. 여기에 커다란 나무와 돌이 있도다. 여기에 위대한 생의 잔치가 번성하리니, 또는 마찬가지로, 은둔자의 오두막이 서 있으리라. 〔원시의 상태는 물러갈지라도, 정치(定置)는 세월을 통해 집착한다.〕 자 와요 늙은이, 그 이야기는 내게 그만. 한잔하세나. 그대 다(多)감사, 겸손한 죄중(罪衆)이여! 호수도(湖水都)에 주막이 있도다.

팁(Tip). 〔라디오의 광고〕

599.24. 〔장소—공간의 서술〕

어디에. 적운권운난운(積雲卷雲亂雲)의 하늘이 소명하나니, 욕망의 화살이 비수(秘水)의 심장을 찔렀는지라, 그리하여 전 지역에서 최고 인기의 포플러나무 숲은 현재 성장 중이나니, 피크닉 당황한 인심의 요구에 현저하게 적용된 채, 그리하여 상승하는 모든 것과 하강하는 전체 그리고 우리들이 그 속에서 노역하는 구름의 안개 및 우리들이 그 아래서 노동하는 안개의 구름 사이에…… 바다의 노인과 하늘의 노파는 비록 그들이 그에 관하여 절대 아무것도 말하지 않을지라도 여전히 자신들은 우리에게 거짓말을 하지 않는지라, 무언극(팬터마임)의 요지……

〔큰 나무들과 돌들이 거기 있는지라, 위대한 인생 향연은 번성하도다.〕

600.1~4. 〔계속되는 장소—공간의 서술〕

식인왕(食人王)(HCE)으로부터 소품마(小品馬)에 이르기까지, 단락적(單落的)으로 그리고 유사적(唯斜的)으로, 우리들에게 상기시키나니, 우리들의 이 울세소로계(鬱世小路界)〔더블린〕에서, 시간(타임스)부(父)와 공간(스페이즈)모(母)가 자신들의 목발을 가지고 어떻게 냄비를 끓이는가〔생애를 꾸려 나가는가〕하는 것이로다. 그것을 골목길의 모든 처녀 총각들이 알고 있는지라. 따라서.

〔이제 장소는 더블린의 산들과 아름다운 명소인 위클로우 주로 옮겨간다.〕

꿈과 서술적 현실의 복잡한 혼성 속에, 우리(혹은 HCE)는 아나의 연못과 물고기의 개울에 대한 자세한 서술을 읽는지라, 그들은 dubh linn 또는 baile atha cliath(장애물항)라는 도회로부터 호수와 목장 사이 골짜기를 흐르나니, 도회와 강의 공생(共生)을 상기시키도다. 바이킹 족이 처음 도시를 건립한 날 이래, 아일랜드 해와 더블린 대양을 건너 온 외국인에 의해, 그는 느릅나무의 푸름과 애인 좌(坐)를 가린 그늘 속에 아일랜드 민족주의의 흥망을 생각하는지라. 아름다운 피닉스 공원, 느릅나무, 리피강, 더블린 산과 위클로우 주, 물고기, 언덕, 계곡, 호수, 늪, 목장, 꽃, 풀, 갈대. 여기 한 개의 거대한 돌이 있나니, 이는 HCE에게 램베이 섬(Leeambye)[더블린 연안 소재]을 상기시키는 바, 스칸디나비아의 침공을 위한 디딤돌이기도 하다. 바람에 휘날리는 갈대 어(語), 갈대 바람은 잠자는 HCE의 나둔(裸臀)을 부채질하는지라,

이에 HCE는 손 및 나체의 요가 수도자(yogi)로 변신하도다. 이 수도자는 아침의 세정식(洗淨式)을 행하는지라[여기 수목과 지형들은 의인화된다.]

600.5. [장소: 생의 아나 강의 연못에 대한 자세한 설명]

다(多)잉어 연못, 이나라비아의 연못, 사라 주(州)의 유즙(乳汁)이 마치, 이슬목장의 가장자리의, 수대성좌(獸帶星座) 피스시엄과 사지타이어스 소성(小星)의 델타 사이에서처럼, 그리하여 그 속에 한때 우리는 용암층의 골짜기에 생세(生洗)했는지라, 그것의 고수(하이아워터; 高水)로부터 여기 회희낙락 즐기면서, 요하상(尿河床)의 이용교(泥鎔橋), 생명들의 강, 크리타 바라 장애물항의 편(네간)과 닌(안)[피네간과 아나]의 유령성(幽靈性)의 출현의 화신의 재생, 아린니[더블린] 이방인들의 왕역(王域), 모이라모 해(海), 리블린 대양의 엄습자(掩襲者), 저주의 사략선족(私掠船族), 과거를 상관 말지라! 거기 올브로트 니안드서 저수지가 비기네트 니인시 해(海)[나일 강의 2개의 서부 저수지들]를 추적하여 그의 린피안 폭포를 낙관(樂觀)하고 쇄토굴단(碎土掘團) 어중이떠중이들이 최초의 뗏장을 뒤집었도다. 수문! 고추 선 대폭포(直立大瀑布)! 취경(臭耕)에 성공을! (우연히 그는 담보물신전(擔保物神殿) 앞에서 탄금(彈琴)한 것으로 믿어지고 있거니와, 왜냐하면, 이러한 이

득점(利得点)(클로즈업)은 넘어서야만 하기에, 비록 서풍향(西風向)으로 몇 시간, 저 (e)퇴역대령 (c)코로널 (h)하우스의 월과직(越過職) 여후견인(女後見人)(HCE) 이는, 자신의 것이 그녀의 것에 잘렸나니, 나중에 고소언(苦笑言)을 오래도록 끌게 했도다). 거기에 한 거루 알몬드 누릅 목(木)이 녹무(綠茂)하기 시작하나니, 심히 애좌(愛座)로 보이는 채, 우리가 알 듯 그녀 당연히, 왠고하니 그의 법(法)의 본질승천(本質昇天)에 의하여, 고로 그것이 모두를 이루는 도다. 그것이 백(白) 틀레머티스(植)에 성인 인양 향(香)나게 하나니. 그리하여 그녀의 작고 하얀 소화(素花) 블루머가, 재잘재잘 세녀(洗女) 손질된 채, 더블린 요귀(妖鬼)의 요술이 되는지라…… 거기 또한, 한 개의 진흙 판석(板石)이, 상시불멸기념비(常時不滅記念碑)처럼, 모든 소택(沼澤)의 단 하나. 그러나 너무나 나(裸)하게, 너무나 나고표석(羅古漂石), 나허풍(那虛風) 너들 너들 느슨하게 넘보는지라, 바린덴즈 속에, 백(白) 알프레드의 어떤 난폭도살승(亂暴屠殺僧)의 치마(에이프런)를 차용(借用)하듯 했도다. (H)스칸디나비아 속(屬)의 (CE)인근남자(隣近男子)! 해풍(海風) 람베이 섬〔더블린 연안 소재〕의 그의 명승지. 노파(老婆) 집시 혜녀(慧女). 혹! 그러나 우울 빛을 띤 광휘가 여기 그리고 저기 백조 수영하는 동안, 이 수치암(羞恥岩)(샘록)과 저 주취설(酒臭舌)의 수중목(水中木)은 입맞춤의—밀주(密酒) 패트릭과 그의 방자한 몰리 개미(蟲) 바드에게, 선금작화란(善金雀花蘭) 어(語)로 말하노니,〔여기 나무와 돌은 밀주 패트릭과 그의 방자한 몰리를 말하는지라〕 아 저런, 이곳이야말로 적소인지라 그리하여 성축일(盛祝日)은 공동추기경〔더블린 대주교〕을 위한 휴일이나니, 고로 성스러운 신비를 축하할 자 존(存)할지라 혹은 주본토(主本土)의 순찰단으로부터의 험상순례자(險狀巡禮者), 저 용안(容顏)에 의한 정엽(靜葉)의 소옥상자(小屋箱子)……

601. 〔성 케빈의 등장: 호수로부터 목소리가 들린다. 일으켜지도록 일으킬지라…… 우리들의 라만 비탄호(悲歎湖).〔제네바의 호수; 엘리엇의 『황무지』 189행 참조〕 그러자 그녀의 목소리는 29윤녀(潤女)들의 합창으로 바뀐다. HCE는 그들을 헤아린다.〕

601.10. 〔성 케빈의 에피소드는 또한, 손의 것인지라, 그를 향한 29소녀들의 찬가〕

구천사녀(丘天使女)들, 벼랑의 딸들, 응답할지라. 기다란 샘파이어 해안. 그대에서 그대에게로, 이여(二汝)는 또한, 이다(二茶), 거기 최진(最眞) 그대. 가까이 유사하게, 한층 가까운 유사자. 오 고로 말할지라! 일가족, 일단, 일파, 일군소녀(一群少女)들. 열다섯 더하기 열넷은 아홉 더하기 스물은 여덟 더하기 스물 하나는 스물여덟 더하기 마지막 하나 그들의 각각은 그녀의 좌(座)의 유사(類似)로부터 상이(相異)하나니. *바로 꽃잎 달린 소종* (*小鐘*)처럼 그들은 보타니 만(灣) 둘레를 화관찬가(花冠讚歌)하는 도다. 무몽(霧夢)의 저들 천진한 애소녀(愛少女)들. 천동(天童) 케빈이여! 천동 케빈이여! 그리고 그들은 음악이 케빈이었네를 노래노래하는 오통 뗑뗑 목소리들! 그이. 단지 그는. 작은 그이. 아아! 온통 뗑그렁 애탄자(哀歎者)여. 오오!

601.21. 〔이어 29소녀들의 합창은 29개 성당 종소리로 이울어지면서, 15세기 아일랜드의 기독교의 여명을 축가한다.〕

소녀들은 앞서 제I부 1장에서 그랬던 것처럼, 노래, 춤, 그리고 꽃으로 천국 같은 성 케빈을 환영한다. 성자다운 케빈은 누구인고? 그는 29소녀들의 경쾌하고, 천사 같은 노래에 의해 예배받는, 초기 아일랜드의 성자의 점잖은 가장(假裝)을 한 채, 호수로부터 솟는 도다. 일어날지라! 그대는 관개(灌漑)를 작업해야 하나니. 그대의 침대로부터 상승할지라. 아일랜드가 기다리도다.

601.31. 〔케빈이여 일어날지라.〕

유처녀(幼處女)들이 설화집합(舌話集合)했도다. 목통굴(木桶窟)〔성 캐빈이 그 속에서 잠잔 글렌달로그의 나무통 굴〕인, 그대(케빈)의 침상으로부터 승기(昇起)할지니, 그리하여 묘휘(廟輝)할지라!〔성구에서〕 카사린은 키천〔글렌다로그의 교회〕이도다. 비투(悲投) 당한 채, 나의 애우(哀友)여! 그대는 모든 펠리컨 군도를 관개(灌漑)하기 위하여 육지로부터 취수(取水)해야만 하도다. 점성가 월라비가 이신론자(理神論者) 토란〔더블린에서 추방당한 이신교(理神教) 신봉자]과 나란히, 그리하여 그들은 뉴질랜드로부터 우리들의 강우안(降雨岸)을 원포기(遠抛棄)했나니, 그리하여 여석아금(汝昔我今) 우리들의 수임령(受任令)에 서명했도다. 밀레네시아[오세아니아 중부의 군도]는 기다리나니. 예지(비스마르크; 銳智)할지라.

602. [이어 성 케빈(Kevin), 숀, 다이아미드의 신분의 합체와 그들의 면모]

　　우리는 완전한 견본을 찾는지라. 특별히 어떤 사람? 또는 이상적 및 총체적 어떤 것, 공중에 매달린? 케빈이야말로 적당 크기의 완전 균형의 풍향에 흔들리는 섬세한 면모로다.

602.09~603.33. [잇따르는 긴 구절은 케빈―HCE을 축하는, 전환적(轉換的) 글귀(transitional passage)로서, 여기서 케빈은 더모트(Dermot)[핀 맥쿨의 조카] 및 HCE의 신분들로 온통 합류한다. 그의 인생 및 불륜을 알리는 조간신문이 도착하고, 그것의 헤드라인이 그의 추락에 대해 언급한다, 그러자 여기 케빈의 칭찬이 4대가들의 나귀에 의한 뉴스 보도에 의해 차단된다. 그는 연기가 꺼진 불로부터 떠나듯 그를 포기할 참이다.]

602.9~36. [재차 숀―케빈―HCE의 출현]

　　콤헨(케빈)은 무엇을 행동하는고? 그의 운소(隱所)[위클로우 주의 그랜 달로우에 있는 그의 은거지]를 분명히 말할지라! 한 선행삼림행자(善行森林行者). 그의 도덕압정(道德押釘)[더모드의 칼 이름]이 여전히 그의 최선의 무기인고? 좀 더한 사회개량주의는 어떠한고? 그는 골석(滑石)을 더 이상 토루(土壘)하지 않을지라. 그건 로가(솀)의 목소리로다. 그의 얼굴은 태양자(太陽子)의 얼굴이나니. 그대의 것이 정숙의 관(館)이 될지라, 오 자라마여![「출애급기」의 예언자] 한 처녀, 당자(當者)가, 그대를 애도할지니. 로가의 흐름은 고숙(孤肅)이라…… 파토스[뉴스 영화 제작자] 뉴스에 의해. 그리하여 거기, 홍분의, 안개 낀 론단(유가; 幽家)에서부터 빠져 나와, 곡강(曲江)의 대상도로(隊商道路)를 따라서, 그것이 지나간 세월과 함께 있는지라, 온화한 파광(波光)에 자신의 북극곰(星)의 자세를 취하면서, 별들 가운데 키잡이, 신뢰화파(信賴火波) 그리고 그대 진짜 잔디 밟고, 다가오나니, 우편물 분류계(分類係), 똑똑 계산마(計算馬) 한센 씨(孫), 무도(댄스)로부터 행복도가(幸福跳家)하는 낙군중(樂群衆)의 처녀들 사이에 연애의 희망에 관하여 도중 내내 혼자 떠들면서, 자신의 요령열쇠 주머니 속에 관절건(關節鍵)을 상비하고……

603. 〔케빈―HCE―손의 덕망 및 속성들의 묘사: 성적 인유로 총만된 그에 대한 기다란 산만한 설명〕

그는 완구(玩具)를 탐색(探色)했나니 달걀과 베이컨을 나르도다. 여기 방독면을 쓴 그대에게 배청(杯聽)있나니, 후편지배달인(後便紙配達人)이여! 우편처럼 정확하게 그리고 취혼미(醉昏迷)처럼 둔비(鈍肥)하게! 선화(善靴)의 손! 주자(酒者)의 손! 우우남(愚郵男)인 손! 뭘 멍하니 생각에 잠긴 채! 〔손의 조반 운반〕차(茶), 탕, 탱, 통, 미차(味茶), 축차(祝茶), 차(茶). 빵가마는 우리들의 빵을 버터 칠하는 빵 구이를 위한 것. 오, 얼마나 뚜껑 열린 가마의 냄새람! 버터를 버터 칠 할지라! 오늘 우리들의 우편대를 우리에게 갖고 올지라! 모든 뉴스와 스캔들, 우리들의 관할우체공사총재(管轄遞信公司總裁)(G.M.P)와 동맹을 맺으려고 애쓰는 근면 노동의 직보행(直步行)의 직단절수(直斷切手)의 직안봉인(直安封印)의 관리들이 청소를 위하여 그들이 데리고 들어온 분신타녀(分身他女)와 야근교대(夜勤交代)를 위하여 베개에다 자신들의 머리를 받힐 때, 피녀(彼女)를 위해 행하는 짓이라니 〔관리들의 음행〕삼월 카이사르 흥일의 하이드 공원의 충실한 복행자(福行者) 같으니. 그대는 〔HCE의 과거〕범죄를 들었는 고, 아가 소년이여? 사내(HCE)는 배심부인(陪審婦人)의 무채(霧菜)의 현찰침대(現札寢臺) 위에서 현기(眩氣)했나니, 재촉 받은 이야기인즉, 비밀녀(秘密女), 꼬마녀(女), 남구녀(南毆女), 다시녀(茶時女), 음녀, 야간녀(夜間女) 또는 사모아 신음녀(呻吟女)들과 함께, 추권(追勸)되고, 별 쪼인 채, 술 취한 얼뜨기들과 함께 포동포동 풍만하고 옥외관람의 멋진 활녀(活女), 그리고 이런, 저런 다른 돈피축구광남(豚皮蹴球狂男) 또는 실책(펌블: 失策)의 성도자(性倒者), 그는 숙녀들에게 현기(眩氣)했는지라, 마침내 의사 챠드가 그의 등뼈를 바꾸었도다. 그것은 어둠 뒤의 매사이라. 절세 기독 성당의 문전(門前) 부전

명예훼손(附箋名譽毁損)이요, 최혹자(最或者)가 그에 대하여 환(環) 속죄해야
만 할지라.

603.34. 〔교회의 착색유리에 새겨진 케빈의 전설〕

그러나 케빈은 무엇을 하고 있는고? 근처의 체플리조드의 성당, 그것의
청록반류(靑綠礬類) 창유리에 구일도(九日禱)의 아이콘 성상(聖像) 그러나
그의 전설을 회담(稀淡)하게 비치기 시작하는 도다. 전설은 박명(薄明) 속
에 들어나는지라.

604. 〔지친 채, HCE는 셈에게, (그러나 목소리는 숀의 것) 더 이상 묻지
말도록 청한다.〕

들판은 새소리들과 함께 푸르다. 별은 아직 사라지지 않았다. 은화수의
무수한 별들의 전망〔분명히 그의 침실 창문을 통해서〕은 HCE에게 밀크
를 실은 새벽 열차가 아직 지나가지 않았음을 상기시킨다. 그는 가짜 셈
에게 침묵을 청하자, 창송가가 성당에서 들리기 시작하고, 그는 잠과 꿈속
으로 추락한다. 〔성당의 창문에 빛인 광경들〕 포도 넝쿨이 열매를 맺었는
지라, 대중의 해치(문)는 미사를 위해 아직 열리지 않았도다. 주님의 천사
는 마리아에게 아직 선언하지 않았나니, 하지만 그리스 행의 시베리아 항
성철도(恒星鐵道)(The greek Sideral Reulthway)는 곧 출발하리라. 심지어 나
무상자 가득한 신하(神荷) 실은 견인 화차의 천사 엔진도 아직 아니나니.
새벽 6시의 삼종기도(Angelus)를 위해서도 너무 이르도다. 성당이 *성인전
적(聖人傳的)으로 노래하도다.*

그러자 라디오가 다시 활성화하고, 숀은 외래인들 사이에 있으며, 복음
적 상속으로 기분이 우쭐한지라, 왜냐하면, 그는 이제 아일랜드의 주교들
을 축복 할 수 있기 때문이다. 라디오 아나운서는 아일랜드 인들에게 그리
고 모든 섬들의 주민들에게 폭풍경보를 토로한다. 여기에 또한, 최후의 트
럼펫을 불도록 천국의 심판의 명령이 들린다.

604.22. 오궁청(肯聽)! 오궁청오아시스! 오궁청궁청오아시스! (Oyes! Oy-

eses! Oyesesyeses!) 갈리아인(人)들의 수석대주교(首席大主敎), 악명고위성
직자두(惡名高位聖職者頭), 〔12 고위 성직자단의 우두머리〕 나(손)는 경남(莖
男)인 경남(莖男)인지라,(I yam as I yam)〔「출애굽기」 3:14〕 대기(大氣)의
아일랜드자유국(愛蘭自由國)의 주질소자(主窒素者), 방금 게일 경고질풍(警告
疾風)을 불러일으킬 참이로다. 시술불능(施術不能) 아일랜드안소도(愛蘭眼小
島), 〔호우드 언덕 건너편 바다의〕 메가네시아, 거주(居住) 및 일천도(壹千
島), 서방(西邦) 및 동방근접(東邦近接).

〔이는 아일랜드 자유국의 주질소자(主窒素者)인, 손―케빈―HCE의 의
기양양한 기백의 암시요, 라디오의 경고 질풍의 신호인, "Oyes!"인지라.
〔『율리시스』의 종말에서 구혼 받은 몰리 블룸의 최후의 긍정의 "yes" 격이
요〕, 새로운 HCE 자신〔손〕의 궁전을 여는 신호의 선포이다. "나는 경남(莖
男)으로서 경남(莖男)인지라 (I yam as I yam)", 즉 "나는 나 그대로로다. (I
am what I am)" 또한, 이는 본래 신세계에서 온, 아일랜드 산 감자를 먹는,
『율리시스』의 리오폴드 블룸처럼, 아일랜드 자유국의 대기 속의 주질소자(主
窒素者)…… 거주(居住) 및 일천도(壹千島), 서방(西邦) 및 동방근접(東邦近
接)인 케빈―손이다. 그리하여 여기 새 케빈―손―HCE는, 『율리시스』의
구애받은(courted) 몰리 블룸처럼, "I yam as I yam"의 최후의 말들과 함
께, 그의 궁전(court)을 열면서, Oyesesyeses을 선언하는 셈이다.〕

604.27. 〔다시 장면은 일전하여 성 케빈의 우화가 시작된다.〕 여기 성당의
창에 빛인 케빈의 그림은, 정신적 고독과 성스러운 종교의 의식 및 지혜의
몰입을 의미한다. 성 캐빈은 아일랜드 해(海)의 아일랜드 섬에 살고 있었
으나, 그렌달로우 호(湖)〔오늘날 나그네는 그 유서 깊은 담호를 경관 하
거니와〕로 가서, 그곳 섬에 수도하게 된다. 섬에는 작은 연못이 있고 그
연못 속보다 작은 섬이 있나니 그는 이 작은 섬에다 오두막을 짓고, 1피트
깊이의 작은 웅덩이를 판 후에, 연못가에 가서 물을 끼려다 이 구명을 채
우나니, 작은 욕조가 된다. 그는 옷을 벗고 이 욕조에 들어가, 창중신(創增
神)의 종복(從僕)에 관하여, 창조주의 효성공포자(孝誠恐怖子)에 관하여, 그

리하여 이타주의의 통일성의 인식을 통하여 지식애(知識愛)를 위한 탐구 속에, 인간의 세례와 재생의 성사(聖事)에 관하여 명상을 계속한다.

604:27~607:22. 〔성 케빈의 우화, 그의 욕조 속의 명상〕

케빈에 관하여, 그리하여 그는, 자라나는 풀(草)에 주어진 채, 키 큰 인물(어중이), 미끄러운 놈(떠중이), 뛰는 뒤축 직공(놈들)에게 몰두했는지라, 우리가 지금까지 보아 온대로, 그렇게 우리는 들어 왔나니, 우리들이 수신(受信)한 것, 우리들이 발신(發信)해 온 바, 이리하여 우리는 희망할지라, 이를 우리는 기도할지니 마침내, 망연자실을 통하여, 그것이 다시 어떠할지 다시 그것이 어떠할지, 네 마리 불깐 숫양을 털 깎는 걸 제쳐놓고 미려한 매일의 미낙논장(美酪農場)을 지나 도중에서 무릎 가득한 생탄(生炭)을 떨어뜨리나니······

〔성 케빈의 은거소는 앞서 ALP가 이른 대로 "아일랜드의 정원(garden of Erin)"(203)이라할, 수려한 경치의 위클로우 산자락에 있는 그렌달로우 호수로서, 여기 조이스의 텍스트에서 명명된 물결(waters)은 이 지역의 개울들과 호수들이다. 여기에는 아나 리피강의 젊고, 춤추는 요정이 사는 곳이다. 앞서 빨래하는 아낙들은 그들의 목마름을 적시기 위해 입술로서 물결을 감촉하는 수사(修士)에 관해 말한다.〕 (303 참조)

605. 〔성 케빈의 수도(修道) 이야기, 그의 기적, 죽음 및 삶〕

여기 숀은 성 케빈의 이미지로, 공원을 가로질러 나무사이, 바위틈의 샘에 몸을 씻고 새로운 아빠 HCE가 되는 것에 비유 된다. 우리들의 영혼세례를 돌보도록 내맡기면서, 기적, 죽음과 삶은 이러하도다. 잇따르는 성 케빈의 수도에 관한 우화의 긴 이야기(605.3~606.13)는 『피네간의 경야』의 가장 매력적인 구절 중의 하나다.

사제의 창조된 휴대용 욕조부제단(浴槽付祭壇: altare cum balneo)의 실특권(實特權)과 함께, 그리하여 독신혼례 속에 조도종(朝禱鐘)에 의해 그는 일어났는지라. 그리하여 서방으로부터 래(來)하여, 승정금제상의(僧正金製上衣)를 입고 대천사장의 안내에 의하여 우리들 자신의 그렌다로우―평원의 최 중앙지에 나타났나니, 거기 이시아 강과 에시아 강의 만나는 상교수(相交水)의 한복판, 고호상(孤湖上)에, 케빈이, 성삼위일체를 칭송하면서, 자신의 조종 가능한 제단욕조(祭壇浴槽)의 방주진중(方舟陣中)에, 구심적으로 뗏목 건넜는지라, 하이버니언 서품계급(序品階級)의 부제복사, 중도에서 부속호(附屬湖) 표면을 가로질러 그의 지고숭중핵(至高崇中核)의 이슬 호(湖)까지, 케빈이 다가왔도다. 그곳 중앙이 황량수(荒凉水)와 청결수(淸潔水)의 환류(環流)의 수로(水路) 사이에 있나니, 주파몰호(周波沒湖)의 호상도(湖上島)까지 상륙하고 그리하여 그 위에 연안착(沿岸着)한 뗏목과 함께 제단 곁에 부사제의 욕조, 성유로 지극정성 도유(塗油)한 채, 기도에 의하여 수반되어, 성스러운 케빈이 제삼 조시(朝時)까지 노동했는지라. 그러나 예법의 속죄고행(贖罪苦行)의 밀봉소옥(蜜蜂小屋)을 세우기 위해, 그의 활무대(活舞臺) 마루, 케빈이 한 길 완전한 7분의 1 깊이만큼까지 혈굴(穴掘)했나니, 그리하여 존경하올 케빈, 은둔자, 홀로 협상(協想)하며, 호상도(湖上島)의 호안(湖岸)을 향해 진행했는지라, 그곳에 칠수번(七數番) 그는, 동쪽으로 무릎을 끓으면서, 육시과(六時課) 정오의 편복종(遍服從) 속에 그레고리오 성가수(聖歌水)를 칠중집(七重集)했나니…… 축복받은 케빈, 자신의 성스러운 자매수(姉妹水)를 불제마(祓除魔)했도다.

606. 〔캐빈의 욕조―세례―묵상 계속〕

영원토록 정결(貞潔)하게, 그런고로, 잘 이해하면서, 그는 그의 욕조제단(浴槽祭壇)을 중고(中高)까지 물 채워야 했는지라, 그것이 한욕조통(漢浴槽桶)이나니, 가장 축복받은 케빈, 제구위(第九位)로 즉위한 채, 운반된 물의 집중적 중앙에, 거기 한복판에, 만자색(滿紫色)의 만도(晚禱)가 만락(漫落)할 때, 성 케빈, 애수가(愛水家), 자신의 검은 담비(動) *대견(大肩)*망토 *(cappa magna)*를 자신의 지천사연(智天使然)의 요부 높이까지 두른 다음, 엄숙한 종도시각(終禱時刻)에 자신의 지혜의 좌에 앉았었는지라, 저 손 욕조통(浴槽桶), 지력(智力)을 고찰하면서, 은둔자인 그는, 치품천사적 열성을 가지고 세례의 원초적 성례전(聖禮典) 혹은 관수(灌水)에 의하여 만인의 재탄(再誕)을 계속적으로 묵상했도다. 이이크(Yee).

606.13. 〔이제 빛이 사라지자, 창문은 정물(靜物)의 이미지: 바이올렛 어둠 별이 내리자, 성 캐빈은 세례의 성례전에 대해, 명상한다.〕시복(諡福)을 향한 단계는, 학사이든 은자이든, 율법 하에서, 계절에 합당한, 복음적 색깔들에 맞추어, 종경하올 존사에서부터 축복의 성자에게로 진행 하도다. 황금 색, 붉은 색, 자색 그리고 검정 색. 약간의 주된 덕행들―예를 들면, 견인불발―은 사방에 존재하지만, 거기에는 치명적 죄들은 하나도 없도다. 이러한 유쾌한 정렬(整列)에서 요소들을 답습함은 우리에게 기쁨과 희망을 안겨 줄 것이라.

승주주교(乘舟主教), 암성장(岩城將)의 우전례(右典禮)로 사각(斜角)! (Bis-ships, bevel to rock's rite!) 미사의 봉사부동(奉仕浮童), 벗어진 하늘 아래 호우드 언덕의 3꼭대기로부터의 희후경(稀後景)이 다른 쪽 끝에 있는지라…… 이런 양상으로, 케빈의 시간과 공간이, 평온한 명상에 감싸인 채, 축소되나니, 이는 정물(靜物; still life)의 이미지도다.

〔여기 구절은 마치 성 케빈의 그것처럼 자연 속에 강하게 자리하는지라, 우리들의 주의는 바다와 산으로부터 더블린, 공원, 체플리조드, 이어위커의 가정, 및 침대 속의 HCE와 ALP으로 초점이 맞추어진다.〕

〔그러나 거기 유사한 것들은 이제 종결하는지라, 왜냐하면, 신경질적 무질서의 이미지에서 질서의 이미지로 돌진하는 죄 의식적 근심스러운 명상이, 그리스도적 조화와 평화스러운 마음의 불란(不亂)한 명상 대신에, 여기 있기 때문이다. 따라서 케빈―HCE의 아름다운 명상은 죄 의식과 혼성한다. 잇따르는 침울한 구절 "오 행복의 죄여! 아아, 요정쌍자(妖精双者)여!(O ferax culpla! Ah, 『피네간의 경야』irypair!)"는 그의 공원의 사건과 비유된다. 이는 공원에서 저지른 HCE의 "행복의 죄"의 각본 바로 그것이다. 그리하여 거기 늙은 실내화 마녀가 발을 질질 끌며…… 그녀의 요괴스러운 발톱 재능을 들어내기 시작하도다. 갖가지 도시의 환상들이 괴물로 득실거린다. 심지어, 날씨 자체도 불안하고, 우레, 천둥, 안개와 바람으로 혼성되고 있다.

이들은 『피네간의 경야』의 다른 곳의 주제들을 메아리 한다. 케빈의 우물은 아일랜드 바다가 되기 위해 다시 한 번 재 확장 된다. 그의 욕조는, 영국 및 아일랜드 기선회사(Steam Packet Company)의, 리버풀로부터 정규 아침 항해에서 더블린만을 들어올 때 우항우하는, 배가 된다. 부표의 등대들은 도시의 해안선이 가시적이 되자, 저절로 깨어진다. 공원들, 전차선로들, 자갈길들 그리고 주점 자체를 에워싼 조망이 그것 자체가 한 폭의 그림 인양 묘사되고 있다. 빛과 어둠과 안개, 심지어 천둥의 매력적인 세목들은 여인의 영향 덕분이다.〕

　　케빈이 그 속에서 명상하기 위에 앉아있는 물은 성 프랜시스의 모습을 따서, "자매 수(sister water)"라 불린다. 성인의 행위는 세례, 미사, 및 결혼의 천사연(天使然)한 결합이다. 구절의 끝에서 "이이크(Yee)"(606.12)는 성자의 차가운 물의 냉기요, 앞서 약 3페이지의 구절(604.27~607.22)은 성케빈의 점진적 고독과 성스러움 종교의 의식 및 지혜 속의 그의 함몰을 집약해서 기록한다.

607. 〔이제 무(無)시간 & 계절과 시간의 정지. 이러한 환상 속에 야곱(손)은 파이프를 빨고, 에서(셈)는 편두를 먹고 있다.〕(606.13~607.16) 〔독자는 성당 창을 읽고 있거니와 핀 맥쿨 가족의 모토는 "위대한 죄인일수록, 착한 가아(家兒)이나니(Great sinner, good sonner)"이다. 장갑 낀 주먹이 1175년 전에 그들의 장인사제(丈人司祭)의 나무를 파고 들어갔도다〔조각의 암시〕 네 개의 도회 시계들이 있는지라, (파이프 문) 야곱과 (빌린 접시를 든) 에서, 그리고 이어 변경되는 매시간 마다, 사도들의 행진. 이 시간적 꼭두각시 행진은 우주의 최초 및 최후의 수수께끼를 대표 한다. 그것은 『피네간의 경야(Finnegan's Wake)』〔작품 속의 유일한 제목〕, 늙은 채프리 마비자(痲痺者)(체플리조드) 경이 자신의 은거(隱居)의 그늘을 찾는. 그리고 젊은 샹젤리제가 그들의 짝들을 다유락(多愉樂) 치근대는, 신호이다. 비록 이 구절은 조용한 무시간 또는 시간과 계절의 정지의 표현으로 열릴지라도, 어둠과 잠의 억압 그리고 연속적 빛과 경각(警覺)이 위협받고 있다. 태양은, 침실에 누워 있는 HCE의 붉은 머리카락이 그의 기운 몸통 위로 솟아 있듯, 더블린만(그리고 더블린 모래사장을 가로지른 사구〔砂丘〕) 위로 곧 드러날 것이다.

607.17. 〔HCE 내외의 기상 시간〕

HCE가 죽음(잠)에서 일어나려는 시각이다(And it's high tigh) 그는 아나(Anna)로부터 몸을 떼면서, 움직이며 생각한다. "Tetley"차를 마실 알맞은 시간, 그들 내외는, 어색하게, 몸을 쿵 부딪치고, 사과 한다. 용서. 실례. 미안. 그러나 HCE는 여전히 졸리다.

그리하여 때는 최고로 유쾌한 시각. 제시(題時) 고조시(高潮時). 그대의 옷 기선장식에 눌러 붙은 나의 치근거림이라니. 각다귀 짓은 이제 질색. 아니, 당장 나의 문질러 비비고 떠드는 짓이라니! 나는 그대의 하신(荷身)을 자루에 넣는 도다. 내 것은 그대의 무릎이라. 이것은 내 것. 우린 여상위남(女上位男) 망혼(妄婚)의 어떤 부조화 교각(交脚) 속에 서로 사로 잡혔나니, 나의 미끈 여태(女態), 그로부터 나는 최고 승화(昇華)하도다. 사과(謝過), 나의 영어(暎語)! 아직 피곤(疲困) 하시(何時)인고.

하!

607.24. 〔여명의 밝음〕 날은 더해가도다(Dayagreening gains in schlimning-ing).

우박환호(雨雹歡呼), 물러가는 어두움 암습(暗濕)의 우왕(雨王), 우레전광(雨雷電光) 천둥, 시간과 계절의 다가옴. 태양인, 일광왕일세(日光王一世)가 더블린 주장(酒場) 위로 모습을 드러낼지니, 보어 시장(市長) "다이크(Dyk)" 〔새 HCE〕 의하여 크게 환호 받았는지라. 이 이미지들은, 여기 "함장제독(艦長提督) 기포포로(旗布捕虜) 번팅 및 블래어 중령"이라 불리는 양자에 의하여 동행된 "수부 왕(sailor—king)"의 임박한 재 도착에 대한 언급 속에 아로새겨져 있다. 그(HCE)는 높은 뭔가를 지니고 있도다. 그는 "그의 유증대백마(遺贈大白馬)로부터 천개동행(天蓋同行) 된 일광기포(日光氣泡)의 누더기 모(帽)(물항(物項) 39호),〔권위의 상징〕로 최고 여분락(餘分樂)하듯 보였도다." 기상(Up).

607.34. 〔조간신문의 도래〕(Blanchadsrown mewapeppers) "브랜차즈타운 마간신문(馬間新聞)이 호소마(呼訴馬)하는지라." 그리고 아침 식사 준비하는 소리. "우리에게 식탁의 자비를 고양하소서!"

608. 〔여명의 숫음〕

모든 것이 잠의 꿈 세계에서 현실의 깨어있는 세계로 널리 통과하고 있도다. 눈에 띄는 요술이 HCE를 점령하자, 그는 그들의 외모가 황혼과 안개 그리고 반 잠 속에 사기적(詐欺的)임을 상기하나니. 그가 자신 앞에 보이는 듯한 것은 공원의 사건에 대한 바로 또 다른 이미지들로, 포목상(HCE), 두 조수들(아씨들), 세 군인들, 사거손이다.

〔HCE의 불륜의 장면 재 탐방〕

608.1. 그것은 이러한 몽롱한 가시성의 단일의 태도양상(매너리즘)이나니, 그대 주목할지라, 블레혼 공과학마법사협회(恐科學促進魔法師協會)〔고대 아일랜드의 법률재도〕의 습기현상학자(濕氣現象學者)〔기상학자〕에 의하여 일치되는 바와 같은지라, 왜냐하면, 이봐요 정말이지, 숨을 죽이고 언급하거니와, 순수한(무슨 부질없는 소리!) 재질상(在質上), 바로 포목상 한 사람〔스위프트─HCE〕, 제도사의 조수 두 사람 그리고 낙하물옥(落下物屋)의 자선조합 사정관(査正官) 세 사람이 그대에게 면전도발적(面前挑發的)으로 자기용해(自己溶解)하고 있었기 때문이로다. 그들은, 물론, 아더(곰: 熊) 아저씨, 당신의 니스 출신 두 종자매들 그리고 (방금 조금 억측이라!) 우리들 자신의 낯익은 친구들인, 빌리힐리, 발리홀리 및 불리하울리, 프로이센 인(人)들을 위한 시가드 시가손 혈압측정기구조합(血壓測定器具組合)에 의하여 무례한 처지에서 불시에 기습당했도다.

〔HCE가 자기 앞에 보는 듯한 것은 고원의 또 다른 사건의 각본〕

더 이상 부재(몽마), 그렇잖은고? 〔잠으로부터의 이탈〕
하 하!
이것이 미스터 아일랜드? 그리고 생도(生跳) 아나 리비아?
그럼, 그럼. 찬성, 찬성, 나리.

608.16. 손(Stena, Stone)이 HCE를 경각(警覺) 속에 얼리나니. 그러나 셈의 목소리(Alma, Elm)가 꿈속의 자신을 재 확약시키도다. HCE는 자신에

게 갖고 오는 조반의 딸그락거림을 듣는다. 꿈의 기억이 사라지기 시작한다. 하지만 그의 졸림 속에 그는 자신의 가족 세계의 상징들을 전시하게 하는 망가진 듯한 사물들을 기억하는 듯하다. 이러한 기호들은 전형적 가족의 무리를 대표하는 징후들로서, 세상에 넘치는 존재가 될 것이다. 나뭇잎들이, 아침 햇살에 열리기 시작하듯, 그들의 낮의 생활은 펼쳐질 것이다. 그리하여 장례(葬禮) 장작의 회진(灰塵)으로부터 불사조(피닉스)는 솟아나는지라. 해돋이에, 모든 이는 "신인(newman)"이요, 어떤 면에서 한 태양자(太陽子; sun—son)이다. 아버지 HCE는 그의 꿈에서 깨어나고 있다. 두 쌍둥이 역시. 아니는 차(茶)를 위해 그를 불러 내리고 있나니, 그는 꿈에서 무엇을 보았던고? HCE는 시종(始終)(피네간) 불사조가 경야각(經夜覺)하자(the Phoenican wake) 깨어나고 있는지라, "아세아의 회진(灰塵)"(Ashias)으로부터 일어나도다.

608.19. 중국 잡채 요리 설탕 암소 우유와 함께 포리지 쌀죽, 그 속에 미래가 담긴 다린 차(茶)를 운반하도다(its ching chang chap 넣묘 kaow laow milkee muchee bringing beckerbrose, the brew with the foochoor in it). 톱 자(者)?(HCE) 아니? 아니야, 나는 여차여차를 기억하듯 생각하도다. 일종의 유형(類型)이 삼각배(三脚盃)가 되었다가 이내 그게 아마도 골반을 닮았거나 아니면 어떤 류의 여인 그리고 필시 사각(斜角)의 이따금 웅계(雄鷄)라나 그녀 뭐라나 하는 것과 함께 예각배(銳角背)의 사각중정(四角中庭)이, 그의 왕실 아일랜드의 갑피화(甲皮靴)와 더불어 다엽(茶葉) 사이에 놓여 있었도다. 그런고로 기호들은 이러한 증후로 보면 여기 저기 한때 존재했던 세계 위에 뭔가가 여전히 되려고 의도하는 것인지라. 마치 일상다엽들이 그들을 펼치듯. 혹형(黑型), *암래호(暗來號)(Nattenden Sorte)*[입센 작]의 난파항적(難破航跡)에서; 하시(何時), 하구훼방(河口毀謗) 당하고 외항장애(外港障碍) 받은 채, 경야제(經夜祭)의 주간(週間)이 거종(去終)하도다; 심약(甚弱)한 (초)심지가 무리수(無理數)의 아진아(亞塵亞)로부터 홍 쳇 쳇 발연(發煙) 발발(勃發) 발력(拔力)으로 기립하듯, 탄탄(炭炭)(템템), 진진(塵塵)(탐탐), 시종(始終)(피네간) 불사조가 경야각(經夜覺)하는지라(the Phoenican wakes).〔이 세상에는 여전히 되고자 하는 뭔가의 증후들이 있도다.〕

608.33. 시간의 경과로다. 하나. 둘. 잠에서 우리는 지나가고 있도다. 셋. 잠으로부터 광각(廣覺)의 전계(戰界) 속으로 우리는 통과하고 있도다. 넷. 올지라, 시간이여, 우리들의 것이 될지라!

그러나 여전히. 아 애신(愛神), 아아 애신이여! 그리고 머물지라.

609.1. 〔무시간을 여행하는 유쾌한 꿈으로부터의 깨어남.〕

그것은 역시 참으로 쾌록(快綠)스러웠도다, 우리들의 무(無)기어 무(無)클라치 차를 타고, 무소류(無所類) 무시류(無時類)의 절대현재에 여행하다니, 협잡소인백성(挾雜小人百姓)들이 대장광야신사(大壯曠野紳士)들과 함께, 로이드 백발의 금전중매전도도배(金錢仲媒傳道徒輩)들이 소년황피(少年黃皮) 드루이드 교의 돈미(豚尾)와 함께, 그리고 구치(口)입술의 렌덜린 녀(女)들이 반죽 눈의 상심녀(傷心女)들과 함께 뒤얽히면서; 불가매음(不可賣淫)을 빈탐(貧探)하는 그토록 많은 있을 법하지 않는 것들. 마타〔이브와 뱀의 자손〕와 함께 그리고 이어 마타마루와 함께 그리고 제발 이어 마태마가누가와 함께 멈출지라 그리고 이어 마태마가누가요한과 제발 멈출지라.

모든 것이 HCE의 잠의 꿈―세계에서부터 현실의 깨어 있는 세계 속으로 지나가도다. 하지만 그것은 모두 지위 고하의 평민과 귀족, 흑과 황 및 백으로 혼성되면서, 시간과 공간에 의해 매이지 않은 채, 거기 환영들 사이에 너무도 쾌락스럽도다. 고로 몽자(HCE)는 의식으로 움직이는 것을 싫어한다. 그는 4노인들, 당나귀, 그리고 어린 소녀들을 기억한다. 그의 시선은 빛과 그림자가 창문을 가로질러 펄럭거리는 방을 횡단하고, 이는 많은 창문들이 되어, 다양한 예(例)들 속에 인간 드라마를 노정한다. 그러나 이미지들은 합체하여, 솟는 태양에 의해 반사되고, 마을 성당의 때 묻은 창문의 또 다른 판벽을 통해 제시된다. 이들 환상 속에 만인들이 얽히고, 여행하는 군상들이 뒤엉킨다.

609.9. 그리하여 또 다른 괴물의 등장. 아아 그래 나귀, 얼룩 당나귀이라! (And anotherum. Ah ess, dapple ass!), 이 당나귀는 솟은 태양의 사자(使者)가 시간과 공간 위에 자리 잡을 때 더블린 중심가의 윈즈 호텔(Wynn's Hotel) 〔오늘날 나그네를 위한 또 다른 이정표〕를 근처에서 여화(女花)들

사이 나무 잎을 따먹고 있는지라. 이때 솟은 태양이 마을 성당의 유리창을 비친다. 그동안 우리들, 우리들은 기다리나니, 우리들은 대망(待望)하고 있도다. 피자찬가(彼者讚歌)를.

609.24. 〔이제 장면은 변전하여, 성자 패트릭과 현자(드루이드 대사제)가 등단하고, 그들의 복잡한 에피소드가 진행한다.〕

여기 뮤타(Muta)와 쥬바(Juva)가 그들의 도착을 살피고 있다. 〔이들은 앞서 제I부 1장의 뮤트 및 쥬트의 변모되고 회춘된 모습들이요, 그들은 빛과 진리의 특질을 어둡게 암시한다.〕 새벽이 호우드 언덕 위로 구름〔HCE 주점의 식사준비를 위한 연기일수도〕처럼 걸려있다. 성 패트릭이 수사(修士)들, 문지기들, 마부들을 대동하고 현장에 도착한다. 한편, 드루이드 현자는 큰 키에, 변장한 채 서 있다. 그들의 대화는 찬가(讚歌: Hymn)에 중심을 두고 있다.

〔때는 기원 432년으로 거스른다.〕 만사는 이제 『피네간의 경야』 제IV부의 중요한 순간을 위해 대비한다. 과연, 역사적 중요한 순간이요, 쇄신적(刷新的) 충격의 순간이다. 이 위기는 수호성자인, 성 패트릭(389?~461?)의 아일랜드에의 도착(기원 432년) 및, 고왕 (High King Lughaire)(Leary) 이전의 드루이드 대사제(Archdruid)요, 현자(sage) 조지 버클리(Berkeley) (1685~1752) 〔기독교로 개종전의 골(Gaul)과 영국 고대의 켈트 족의 성직자로서, 그는, 『율리시스』에 의하면, "클로인의 그 선량한 주교요," "그의 삽모자에서 사원(寺院)의 휘장(베일)을 꺼냈다: 그의 들판 위에 각인 된 채색된 상징들을 지닌 공간의 휘장"(U 49)〕와의 토론에 의해 묘사된다. 여기 유라시아(歐亞)의 장군(Eurasian Generalissimo)으로 불리는, 성자 패트릭은 사이비 일본 영어로 말하고, 버킬리(Bulkily)로 불리는 대사제 드루이드 현자는 중국(中國) 어법의 사이비 영어(pidgin English)로 말한다. 후자의 이름은, 첫째로, 아일랜드의 형이상학자인 조지 버클리(Berkeley; 1685~1753)이요, 그

의 엄격한 이상적 철학은 칸트(Kant)의 기미를 강하게 띤다. 그는 상징적 색깔의 의상을 입고 있다.〕

〔한편, 실질적이요, 완고한 성 패트릭은, 드루이드교의 초월론자의 논쟁의 경향을 따를 수는 없지만, 인기 있는 대답을 주는 방법을 충분히 알고 있다. 베드로의 바위(the Rock of Peter)의 대표자로서, 그는 효과적인 행동을 행하는 주역이다. 그는 옛 소아시아 왕국(Phrygia)의 왕 고디우스(Gordius)의 소위 "형이상학적 매듭(Gordian knot)"〔어려운 난제의 상징으로, 알렉산더 대왕이 칼로 그것을 끊어버렸다 함〕을 아주 멋진 역습으로 영광스럽게 자르고, 민중으로부터 승리의 갈채를 얻는다. 한편, 드루이드 현자기 갖는 명상의 깊은 밤은 흩어지고, 길은 진보적 행동의 날을 위해 열린다. 『피네간의 경야』의 논리 그 자체는, 수면(睡眠)과 드루이드적 신화의 논리로서, 성 패트릭의 강타에 의해 극복된다. 이는 깨어나는 생으로의 전환의 순간이다. 여기서부터 계속 작품(『피네간의 경야』)은 낮을 향한 눈의 열림을 향해 재빨리 미끄러진다.〕

〔조이스는 패트릭 성자와 드루이드 현자와의 현제의 만남의 장면을 두 괴자들인, 뮤타(Muta)(셈)와 쥬바(Juva)(숀) 간의 한 가지 토론으로 여는데, 그들은 처음에 성자의 도착과 그의 짐꾼들의 행렬을 멀리서부터 주시한다.〕

> 뮤타. 우리들의 부성(父星)이여!
> 쥬바. 그건 국화상륙자(菊花上陸者)인지라……
> 한편, 뮤타는 드루이드 현자를 목격한다.
> 뮤타. 우랑우탄…… 일편 단신……!
> 여기 뮤타가 먼저 일행을 보자, 쥬바는 그를 패트릭이라 말하고, 뮤타가 이어 드루이드 현자를 가리키자, 쥬바는 그가 버클리라 말한다.

610. *쥬바*: 버킬리, 그런데 그는 전창경마적(全娼競馬的) 의사진행(議事進行)에 대하여 근본심적(根本心的)으로 접신염오적(接神厭惡的)이도다.

뮤타: 석화무기력자(石化無氣力者)! 오 잔혹미발자(殘酷美髮者)! 기념가지하구(紀念家地下球)로부터 방금 재기부활(再起復活)하다니 도대체 누구람?

쥬바: 단호신의(斷乎信義), 신의(信義)! 핑 핑(捕手)! 〔핀〕 왕폐하(王陛下)!

〔그러자 이때 두 젊은이들이 보는 핀(Finn), 즉 아일랜드의 고왕(高王)(리어리 왕)의 모습: 쥬바 왈: "단호신의, 신의! 핑핑(포수) 왕 폐하!" 또한, 그는 이 고왕이 버컬리와 패트릭을 반반씩 비슷하게 도왔음을 언급한다. 여기 뮤타는 "기념가지하구(紀念家地下球)로부터 방금 누군가 부활하는(Who his dickhuns now rearrexes from undernearth the memorialorum)"것을 본다. 쥬바는 그것이 고왕(Leary)인, 군주 자신이라고 선언한다. 왜 그가 그렇게 미소 짓고 있느냐라는 뮤타의 물음에, 그는 군주가 그런 식으로 웃고 있나니, 그 이유인 즉, 버클리와 패트릭 양자에게 반 크라운을 내기 걸었는지라, 어떤 일이 있어도 자신은 잃을 수 없기 때문이라 대답한다.〕

뮤타: 하진확실(何眞確實)? 그의 권능이 레도스(드루이드) 백성들을 지배하도다!

쥬바: 용장무도(勇將武道)하게! 그의 권장(權杖)의 끝까지. 그리하여 도처민(到處民)의 접종(接從)은 피닉스 시(市)의 국리민복(國利民福)이나니.

뮤타: 왜 지고지대자(至高至大者)가 자신의 적규(赤規) 입술에 한 가닥 리어리 추파(秋波)를 위해 혼자서 미소 짓는고?

쥬바: 지참전액도박(持參全額賭博)! 매년상시(每年常時)! 그는 버케리 매만(買灣)에서 자신의 절반 금전선원(金錢船員)을 조도(助賭)했으나 자신의 크라운 전(錢)을 유라시아의 장군(將軍)을 위해 구도(救賭)했도다.

610.14. *뮤타*: 협곡도주(峽谷逃走)! 그럼 확실여명(確實黎明)은 이리하여 극락냉소적(極樂冷笑的)인고?

쥬바: 실낙원(失樂園)할지라도 책은 영원할지라!

뮤타: 마구간 경마(競馬)에 동액도금(同額賭金)을?

쥬바: 무승산마(無勝算馬)에 10 대 1!

뮤타: 꿀꺼? 그는 들이키도다. 하(何)?

쥬바: 건(乾)! 타르 수(水) 타르 전(戰)! 도(睹).

뮤타: 애드 피아벨(종전: 宗戰)과 플루라벨?

쥬바: 주관(酒館)에서, 수하녀(誰何女) 및 가(歌).

610.23. *뮤타*: 그런고로 우리가 통일성을 획득할 때 우리는 다양성(多樣性)
으로 나아갈 것이요 우리가 다양성에 나아갈 때 우리는 전투의 본능을 획
득할 것이요 우리가 전투의 본능을 획득할 때 우리는 완화(양보)의 정신으
로 되돌아 나아갈 것인고?

쥬바: 높은 곳으로부터 우리에게 일송하강(日送下降)하는 밝은 이성(理
性)의 빛에 의하여.

뮤타: 내가 그대로부터 저 온수병(溫水甁)을 빌려도 좋은 고, 이 고무 피
(皮)여?

쥬바: 여기 있나니 그리고 나는 그게 그대의 난상기(暖床器)가 되길 희
망하는지라, 아일랜드 철물상(鐵物商) 같으니! 사(射)할지라.

뮤타의 이름은 버컬리 격이다. 기념비 아래로부터 늙은 핀의 유령이
재기부활(再起復活)하고 있는지라, 즉 끝과―재(再)시작이 임박하다. 핀
(Finn)은 아일랜드의 고왕인 Leary의 모습으로 화신화(化身化)하여 일어선
다. Leary 왕은 미소한다. 그는 자신의 왕관 절반을 버컬리(드루이드 현자)
소년(boy)에게 걸지만, 절반은 Eurasian Generalissimo(패트릭 성자)에게
건다: "그는 버컬리 소년에서 자신의 절반 금전선원(金錢船員)을 조도(助
睹)했으나 자신의 크라운 전(錢)을 유라시아의 장군전(將軍戰)을 위해 구도
(救睹)했도다". 이는 이중으로 의도적이며, 이중으로 냉소적이다. Leary
왕은 물을 한 목음을 마시는데, 이는 그가 윈즈 호텔에서 마신 건습잔(乾
濕盞: dry―wet glass)이다.

뮤타는 역사 공부(工夫)가 환의 공식으로 종합될 수 있는지의 여부를
묻는다: "통일성으로부터, 다양성(多樣性)과 전투의 본능을 통해서, 완화
(양보)를 향해(From unification, through diversity and instinct―to―combat,
toward appeasement)". 쥬바는 동의하지만, 그러나 낮(day)이 높은 곳에서
부터 우리에게 보내는 밝은 이성(理性)의 빛으로부터 과정이 진행되는 합

리적 개선을 지닌다. 뮤타는 "통일성의 획득"은 "완화의 정신"을 결과하는 "전투적 본능"으로부터 불리 될 수 없는 "다양성"에 의해 뒤따르는 것이 분명하다고, 호언장담한다.

게다가, 뮤타와 쥬바는, 꺼져가는 영겁(aeon)을 대표하면서, 완화(양보)에 도달한다: 뮤타가 묻나니: "내가 그대로부터 저 온수병(溫水甁)을 빌려도 좋은 고, 늙은 고무피(皮)여?" 쥬바가 대답한다: "여기 있는지라, 그리고 나는 희망하나니 그건 그대의 죽음이라, 아일랜드 철물상 같으니!" 그러나 드루이드—현자와 전도사—성자의 상봉에서, 다양성(변화)은 즉각적으로 재차 효력을 나타낸다.

뮤타는 온수 병을 쥬바로부터 빌리는데, 그러나 이는 아마도 펜(필)일지라. 여기 왕이 마시는 물은 변화의 상징이다. 물—차(버클리의 만능약)(『율리시스』에서 블룸의 Elixer)는 세례수(洗禮水; 패트릭의 정신적 재 생물)와 혼성된다. 이어 그들의 토론은 막을 내린다.

〔최후의 구절은 피닉스 공원에서 경마 경기 대회의 사건들을 기술하는 뉴스 방송을 패러디 한다. 뮤타와 쥬바의 도래와 그들의 불가피한 충돌은 여기 경마로 비유되고 있다.〕

610.34~611.2. 토론공원에서 음률과 색. 대국자연(大國自然) 속의 최후 경마. 테리비전 승자. 신무대(新舞臺) 석시(昔時) 잔디 경합을 부여할지라, 위승(偉勝)의 의지(意志)의 위저〔여성 기수〕를 회상하면서. 2바지(드로우). 헬리오트로프(이씨)가……

611. 하렘으로부터 선도하도다. 3무승부(타이) 로파(살인광) 조키(기수; 騎手)가 레입(간통자) 재크를 홱 끌도다. 패드록(경마 잔디밭)과 버컬리(예약) 상담(相談).

〔위의 인용구에서, 공원의 사건에서 관련되는 참석자들의 짧은 이미지는 상상적으로 추론하여, 2벌의 바지(소녀들)와 3타이들(tie)(재차 공원의 사건, 소년—군인들)이다.〕

611.3. 〔버클리 현자 및 성 패트릭 성자의 논쟁 시작〕

그리하여 여기 (그들의 토론의) 상세보(詳細報) 있도다.

611.4~612.15. 이제 버클리 현자의 문단은 "Tunc"라는 단어로 열리는
바, 이는 그의 대화를 『켈즈의 책(the Book of Kells)』의 Tunc 페이지와 연
관시키기 때문이다. 〔패트릭과 버클리의 대적은 아일랜드의 성자들 대 교
황 Adrian 4세, 포도사자(Gripes) 대 쥐여우(Mookse), 4심문자들 대 욘
의 대적 관계와 같다.〕 인간의 눈에 의해 보이는 현상적 형태(phenomenal
form)는 햇빛이 프리즘에 의하여 깨지는 반사된 색채들에 비유된다. 세계
의 광물, 야채, 동물 및 보통의 인간 서식자(棲息者)는 전체 빛의 근원을
경험할 수 없다. 그러나 참된 천리안(seer)은 존재의 지혜(the Wisdom of
Being)의 제7도에서, 실재의 내부(the Ding an sich), 즉 각 물체의 본질을
인지한다. 그리하여 그에게 모든 대상물은 그들 안에 있는 종자 빛의 원광
(gloria of seed light)과 더불어 비친다. 전체 세계는, 버클리에게 바로 일종
의 현현(顯現: epiphany)인 것이다.

그러나 패트릭은 그러한 경향을 따르지 않는다. 현자 버클리가 달변 속
에 몰입되어 있는 동안, 성자의 눈은 고왕 리어리(Leary)에게로 흘러가는
데, 후자를 그는, 시간을 보내는 방법으로, 추수왕(秋收王: King Harvest)으
로서 비유하려고 애쓴다.

여기 드루이드 버클리는 자신의 신분(왕과 맞먹는)을 나타내는 7색깔의
망토를 입은 채, 패트릭에게 색채의 이론을 토로하는데, 이에 후자는 장백
의(長白衣)를 입은 채, 말이 없다. 이 이교도 패트릭은 그에게 가르치나니,
아무도 "범현시적(凡顯示的) 세계(panepiphanal world)", 즉 현상 세계의 잡
다한 환영을 받기 쉬운 모든 것으로부터 자유로울 수 없다는 것이다. 모든
물체들, 대지의 가구(furniture of the earth)라 할, 동식물 및 광물은 태양
광선의 7가지 스펙트럼의 유일한 반사 하에 추락한 인간에게 나타나기 마
련인 것이다. 그러나 그는 천리안에게, 드루이드적 지식의 지혜를 나타내
는 7도(度)를 획득한 자에게, 모든 물체들은, 그들의 내부에 잠재하는 6가
지 색채의 영광 속에 빛을 발하며, 실지로 그들이 있는 그대로, 스스로를
나타낸다는 것이다.

이들 토론의 논점은 "진리는 하나인가 또는 많은 것인가," 그리고 "통

일성과 다양성의 상관관계는 무엇인가"이다. 이에 버클리는 현실의 주관적 견해를 논하고 패트릭은 절대적인 것을 논한다. 먼저 버클리 왈. "턴크(Tunc) (예술가의 십자가 상징) 전도미상, 황우연(黃牛然)한 화염의 두 푼짜리 주교 신 및 모든 그토록 많은 다환상(多幻像)들이야말로……" 그러자 이에 패트릭은 그의 취지를 따를 수 없는 듯 침묵만 치킨 채, 앞에 있는 고왕(高王)의·눈을 쳐다본다.

612. 형이상학적 이론가인 버클리의 색(colour)에 대한 현실적인 주관 견해에 의하면, 우장(雨裝) — 월계수는 잎 — 임금님의 우안(牛眼) — 향초(香草) — 보석 — 편두 — 임금님의 타박상 — 쵸쵸 잡탕 요리(중국 요리), 등으로 보인다. 이어 그의 이론이 종결된다.

612.16. 〔패트릭의 대답〕

"핑크. 거시자여(Punc. Bigseer)". 반면, 패트릭의 주장에 의하면, 지식이 천공까지, 즉 "무지개 황폐 전치배(前置盃)의 최담원칙(最談原則)에서부터 창공"으로 나아감은 잘못이다. 사물은 절대성일 뿐, 그는 현실주의자이다. 그것이 바로 실재인지라. 논쟁의 질을 무시하면서, 패트릭은 클로버(Shamrock)을 집어, 삼위 일체를 설명하기 위해 그것을 사용 한다 — 원리는 너무나 분명함으로 현자는 동의하지 않을 수 없다(612~35).

여기 버킬리는 패트릭에 의한 자신의 패배를 시인 한다. "수자(誰者)는 예수(藝守)의 애양(愛羊) 램프 위에 뚜껑을 규폐(叫閉)하려 하고 있었는지라…… 예분각하(藝糞閣下)에게 엄지손가락을 곧추 세웠도다."

"터드(Thud)"(패트릭에 의한 현자 버클리의 패배의 암시)

613. 〔이에 군중들은 패트릭의 승리를 환호한다.〕

〔대중의 환호〕

파이어램프(화등: 火燈) 선신(善神) 안전! 태양노웅(太陽奴雄)들이 태환호(泰歡呼)했도다. 아일랜드황금혼(愛蘭黃金魂)! 모두가 관호(館呼)했는지라.

경외(敬畏)되어. 게다가 천공(天空)의 접두대(接頭臺)에서, 쿵쿵진군(進軍). 오사(吾死). 우리들의 애숙명주(愛宿命主) 기독예수를 통하여. 여혹자(汝或子) 승정절도(僧正切刀). 충(充)홍홍 하자(何者)에게.

타라타르수(水)? 〔버클리의 만병통치약?〕

〔전환〕〔야음(夜陰)은 원과(遠過). 아침이 시작의 환을 가져오다.〕

613.6. 〔성송자(聖送者)〕〔성자. 패트릭〕 및 〔현잠자(賢潛者)〕〔현자, 버클리〕, 캐비지두(頭) 및 옥수수두(頭), 임금 및 농군〔캐비지와 왕의 대위법적 관계〕, 천막자(天幕者) 및 조막자(嘲幕者; HCE)

613.8. 성 패트릭의 승리는 새로운 날의 태양의 솟음인지라, 그것은 꿈의 스스로를 명상하는 신화적 시대의 깊은 밤 그림자를 흩어버리도다. 모든 눈(眼)들은 깨어있는 생의 딱딱한 현실에 대해 이제 열릴 것이요, 3차원적, 및 불투명한 상오의 것으로부터 구별하듯, 합리적으로 간주 될 것이다. 미묘한 밤의 허구들의 황량한 유동성, 그들의 이상하지만 놀랍도록 친근하고 측정불가의 유력함을 지닌 채, 자신들을 바로 보는 상호 및 꿈꾸는 자와의 그들의 동일성, 그리고 잠행성(潛行性)을 띤 그들의 인광(燐光)은 이제 흩뜨리질 것이요, 알려진 것의 심연 아래, 함정 속으로 까라 앉으리라.

613.13. 〔변화는 무〕

하지만, 정말로 바뀐 것은 하나도 없다. 그것은 단지 질서로서, 그 속에 변한 것은 변화된 것으로 간주될 뿐이다. 따라서 피차 그들의 상관관계는 변형된 것이요, 이 변형은 하나의 새로운 시대를 약속하도다. *과재현재(過在現在)!* 아침이 시작의 환(環)을 가져오나니. 새로운 장면, 패트릭의 승리는 신일(新日)을 가져오는지라. 우리들의 눈은 발생하는 생의 확고한 현실로 열어지도다. 어둠은 사라지고. 이제 암야(暗夜)는 원과(遠過) 사라지나니.

613.15. 볼지라, 성자와 현자가 자신들의 화도(話道)를 말하자 로렌스 아일

랜드(愛蘭)의 찬토(讚土)가 이제 축복되게도 동방퇴창광사(東邦退窓光射)하도다.

613.17. 〔막간〕

〔바깥 세계, 일광의 커져감. 꽃과 식물들, 자연의 식물세계, 그것은 굳은 현실의 세계라. 추락, 조반, 어둠, 패트릭의 승리, 새 날 그러나 만사 무변화, 비코의 과정〕

근관류연(根冠類然)한 영포(穎苞〔植〕)의 불염포(佛焰苞〔植〕)가 꽃뚜껑 같은 유제(葇苐〔植〕) 꽃차례를 포엽윤생체화(苞葉〔植〕輪生體化)하는지라: 버섯 균조류(菌藻類〔植〕)의 머스캣포도양치류(羊齒類〔植〕) 목초종려(木草棕櫚) 바나나 질경이(植); 무성장(茂盛長)하는, 생기생생한, 감촉충(感觸充)의 사(思)뭐라던가 하는 연초(連草)들; 잡초황야야생야원(雜草荒野野生野原)의 혹인 뚱보 두개골과 납골포낭(納骨包囊)들 사이 매하인하시하구(每何人何時何久) 악취 솟을 때 리트리버 사냥개 랄프가 수놈 멋쟁이 관절과 암놈 여신(女神) 허벅지를 악골운전(顎骨運轉)하기 위해 헤매나니; 조찬전(朝餐前) 부메랑(자업자득) 메스꺼운 한잔을 꿀꺽 음하(飮下)하면 무지개처럼 색채 선명하고 화수(花穗)냄비처럼 되는지라; 사발(沙鉢)을 화환(花環)하여 사장(私臟)을 해방할지라; 무주료(無走療), 무취열(無臭熱)이나니, 나리; 백만과(百萬菓) 속의 따라지 땡. 염화물잔(鹽化物盞).

613.27. 〔건강, 기회, 결혼을 위한 축일〕

HCE와 ALP. 이제 그들 내외의 건강과 결혼을 위한 호의의 축일이 있을 것이요, 아침과 저녁은 도끼를 매장 〔화해〕하도다. "건강(H), 우연성배(偶然聖杯)(C), 종료필요성(終了必要性)(E)! 도착할지라(A), 핥는 소돈(小豚)처럼(L), 목고리(P) 속에! 건장이라!" 그러나 우선. 이들 무질서한 것들을 바꿀지라. 이제 태양은 떴도다. 세탁, 조반 및 편지가 발견되었나니. 험프리(Humphrey)는 잠깨고, 씻고, 먹고 읽도록 계속 강요되도다. 하지만 그는 여전히 곁의 아나와 침대에 누워있다. 이제는 꿈의 끝이다. 잠을 깨자, 꿈은 살아지고, 우리는 그것을 잊을 것이다. 하지만 밑바닥에 깔린,

꿈을 통해 들어난 무의식으로부터 반사하는 진리들은 아직 잃지 않았다. 그들은 억압된 것의 불가피한 낮 대 낮을 통하여 저절로 노정될 것이라.

614. 〔세월의 연속, 비코적 일상적 역사 순환〕

모든 것은 애절부단(哀切不斷)하게 되돌아올지니…… 모든 옷가지는 몇 번의 빨래 비누 헹구기를 요하는지라. 파멸하는 것은 무(無)요, 습관은 재연(再燃)하도다. 고로 이 세탁을 온통 계속할지라. 오늘은 내일에 집착하나니. 이제 HCE의 내장은, 그가 조반을 먹고, 몸을 철저히 씻고, 창자를 청결하도록 권고 받은 채, 미결로 남아 있도다. 밤과 꿈은 부득이 끝나고 있다. 천둥에 의하여 불길하게 선언된 미래는 도래했고, 그의 언제나 어리석은 낙관적 상속자에 의해 물론 감수될 것이다. 야외의 결혼을 위한 화창한 날이 되리라. 손과 셈은 화해를 동의 했나니. 재단사는 선장의 양복과 바지를 잘 재단하리라. 배는 포구(浦口)로 입항할 것이요, 이씨는 그녀의 모든 동료들과 함께, 자신의 가족 내에서, 그녀의 신랑을 선택할 것이다. 쥐여우와 포도사자는, 그들의 모든 이야기와 더불어 끊임없이 되돌라 오리라. 이리하여 우리는 종결에 도달하도다. 여기 요구되는 것은 독자의 인내인지라. "주제(主題)는 피시(彼時)를 지니며 습관은 재연(再燃)하도다. 그대 속에 불태우기 위해. 정염(情炎) 활기는 질서를 요부(要父)하나니." 영겁은 재차 반복하고, 낡은 불은 다시 피어오르나니, 내일은 모래 속에 지속하도다.

614.19. 뭐가 가버렸는고? 어떻게 그건 끝나는고?

지난날을 잊기 시작할지라. 그건 모든 면에서 스스로 기억할 것이나니, 모든 제스처를 가지고, 우리들의 각각의 말(言) 속에. 오늘의 진리, 내일의 추세(趨勢)가 있도다.

잊을지라, 기억할지라!

614.23. 우리는 기대(期待)를 소중히 여겨 왔던고? 우리는 숙독음미(熟讀吟味)의 자유편(自由便)인고? 우리는 정말로 잠깨는 날이 지나간 날보다 오는 것이 되기를 기대하는고? 우리는 그것이 어떤 다른 것이 되기를 기대

하는고? 우리는 진실로 계시(revelation)를 찾는고? 왜? 꿈은 무엇인고? 우리는 어디에 있는고? 왜 뒤에 무슨 어디 앞에? 그런고로 ALP는 다시 HCE를 함께 되돌릴 수 있는고? 재 집합된 단편들은 함께 새로운 실체, 부활된 문학을 구성하는지라, 리피강의 평원 위에, 더블린(Eblana)의 도시 안에, 호우드 언덕 아래. 암울한 암(暗) 델타(델타 여신)의 데바 소녀들에 의하여.

잊을지라, 기억할지라!

614.27~615.10. 〔아침 조반 시간. 달걀의 소화와 새로운 조직 및 배설물에 대한 자세한 설명〕

우리들의 완전분식(完全粉食) 수차륜(水車輪)의 비코 회전비광측정기(回轉備光測程器)는 후속재결합(後續再結合)의 초지목적(超持目的)을 위하여 사전분해(事前分解)의 투석변증법적(透析辨證法的)으로 분리된 요소들을 수취(受取)하도다.

〔이 과정에서 다충적 은유가 텍스트의 다른 곳에서 발견되는 변화를 통하여 연속에 대한 몇몇 낯익은 주제들과 개념들을 설명한다.〕

615. 〔계속〕

장소에 의한 형태, 잡동사니로부터의 편지, 수용소의 말(言), 일무(日舞)의 상승문자(上昇文字)와 함께, 역자 폴리니우스 및 작가 코롬세라스(박물학자), 서간 집 역자〕의 시대이래, 하야신스(植), 협죽도(植) 및 프랑스 국화(植)가 우리들의 중얼거림 모국(母國)에서 온통—너무—악귀 같은 그리고 비서정적(非抒情的)인 및 무수한 낭만적인 것 위를 흔들었던 때, 모두, 문합술적(吻合術的)으로 동화되고 극사적(極私的)으로 이전동일시(以前同一視)된 채, 사실상, 우리들의 노자(老者) 피니우스〔핀〕의 동고승부대담(同古勝負大膽)의 아담원자구조(原子構造)가, 우연지사 그걸 효력적으로 할 수 있는 한 전자(電子)(e)로 고도(高度)히(h) 충만 된 채(c), 그대를 위하여 거기 있을 것인 즉, *꼬끼오꼬끼오꼬끼오꼬끼*〔HCE: 이제 닭 울음소리와 함께 식탁으로〕, 그리하여 그때 컵, 접시 및 냄비가 파이프 관(管) 뜨겁게 달아오르는지라, 그녀 자신(ALP)이 달걀에 갈겨 쓴 계필(鷄筆)〔메일과 편지〕을 들고 달걀에 낙서를 낙필(落筆)하듯 확실하게.

원인물론(原因勿論), 그래서! 그리고 결과에 있어서, 마치?

615.12~619.19. 〔조간신문에 실린 아나의 편지〕

편지의 마지막과 확장된 전개는 494~95 페이지들의 최후 구절의 기분으로 계속된다. 편지에서 ALP 자신을 "우리(We)"로 이야기한다. 남편은 "그이(he)"로. 그녀는 남편의 공원의 스캔들을 퍼트린 "쓰레기 쥐놈들인, 맥크라울 형제들"(마그라비스, 매그라스, 캐드)을 매도한다.

615.12. 친애하는. 그리고 우리(나)는 더트덤(퇴비 더미)으로 계속 나아가는 지라. 존경하올(Reverend"(귀하)〔편지의 서두로서, 작품의 첫 단어인 "riverrun"에 대한 언급일 수도〕 (언제나 그것에 대한 감사, 우리는 겸허하게 기도하노니) 그리고, 글쎄, 이 야광최후시(夜光最後時)를 정말 아주 낙야(樂夜)했도다. 자명종시계〔이어워커〕를 불러내는 쓰레기 쥐놈들〔마그라스 및 그의 아내 릴리를 비롯하여 고원의 죄를 퍼트린 자들〕, 그들은 잘 알게 될지니. 저기 구름은 좋은 날을 예기하며, 이내 사라질 지로다. 숭배하올 사몬 나리(HCE)여, 그들은 그가 그러하듯 애초에 틀림없이 두 손잡이 전무기(戰武器)를 가지고 태어났을지니 그리고 그이가 우리들이 마치 구름 속에 지나가듯 여전히 쳐다보고 있음을 우리는 생각하는 도다. 그가 우리 곁에 땀 흘려 잠을 깨었을 때 그를 용서할 참이었는지라, 금발남(金髮男)이여, 나의 지상천국, 하지만 그는 우리가 팬터마임을 위한 사랑스러운 얼굴을 지녔음을 백일몽했도다. 저 이(HCE)는 결코 휴대품 속에 한 목음의 우도산(牛道産) 밀크 이외에 떨어뜨리지 않았나니. 그것이 내게 몽국(夢國)의 열쇠를 준 나에 대한 굴대의 막대기(남근)였도다. 풀(草) 속으로 몰래 기어가는 뱀놈들, 접근 금지! 만일 우리가 모든 저따위 건방진 놈들의 대갈통을 걷어찬다면, 자신의 숙박시설을 위하여 수군대는 녀석들, 나의 밥통들 같으니,

말하자면, 그리고 그들의 베이컨과 버터를 망치는 것들! 그건(HCE의 스캔들) 명예의 제십계율(第十戒律)에 의하여 엄격히 금지되어 있는지라, 이웃촌놈의 간계에 반(反)하는 밀어를 폭로하지 말지라. 그대 주변 동굴문(洞窟門)의 무슨 저따위 인간쓰레기들, 통곡하며, (거짓말이 그들에게서 주근깨처럼 흘러나오는지라) 수치를 암시하다니, 우리인들 할 수 있을 것인고? 천만에! 그런고로 저주여 그로 하여금 저들의 과오를 망각하게 하소서.

616. 〔계속 되는 편지 내용〕

몰로이드 오레일리(HCE)는, 저 포옹침상(抱擁寢床)의 광둔(狂臀)을 상대하여, 방금 잠자리에서 일어나려고 하는지라, (e)여태껏 (h)가장 배짱 좋은 저 (c)냉발자(冷髮者)! 무가아일랜드 인(無價愛蘭人) 중의 영인(零人), 자신의 일등항사(一等航士)에 의해 딱정벌레(HCE)라 불리는지라. 우리의 올드미스 이야기를 믿는 비슷한 의심녀(疑心女)들로 하여금 모두 저 창부공헌(娼婦貢獻)을 갖게 하옵소서! 그리하여, 정말이지, 누군가가 최대의 기쁨을 가지고 사살(私殺)에 의하여 어떤 이의 시신(屍身)을 장만할 지로다. 그리고 화학적 결합의 항구성(恒久性)에 완전대조(完全對照)되게도 놈의 남은 모든 육편(肉片)을 다 합쳐도 소매치기 피터로 하여금 한 사람의 5분의 3접시(皿)를 만들기에도 충분하지 못할지니. 〔이상 HCE의 적들에 대한 ALP의 공격〕 그(HCE)는 우리의 특권적 견관(見觀)을 위하여 아이 때부터 최고의 원자가(原子價)를 소유한지라, 언제나 완전한 털의 가슴, 오금 및 안대(眼袋)야 말로 세일즈 레이디의 애정 무리들이 추적하는 표적이 나니. 그의 진짜 헌물(獻物). 꿈틀거리는 파충류의 동물들을, 주의할지라! 그에 반하여 우리는 이따위 흩뿌린 듯한 구멍 뱀들을 모두 분쇄(憤碎)하도다. 그들은 언제나 염병창(染病娼) 짓을 하고 있나니! 아니면 위쪽에서 똑같은 간판 아래 그 짓이 행해지는 것을 볼 수 있을 지로다.

616.20. 저 원죄성욕한(原罪性慾漢)(HCE)과 그의 달걀 컵의 사이즈를 아는 것에 관하여〔닭과 달걀의 우위를 구별하는 지혜〕 첫째로 그는 한때 책임기피매인(責任忌避賣人)이었는지라 그러자 쿠룬〔농부 고용주〕이 그를 터무니없이 해고(解雇) 시켰도다.

〔『율리시스에서 블룸 또한, 조 카프에 의해 회고되었다. (U 337) 한편

우리는 우리들의 운노동자(雲勞動者) 감정보상법안(感情報價法案)(1906년 노동자 보상법)의 주의를 끌고 싶은지라. 그리하여 어떻게 그가 계단을 목동등(目動登)하다니 그건 속보(速步)의 힘의 결과였도다. 그의 미상인(未詳人)의 거인목(巨人木). 금도(禁盜)의 하찮은 우물쭈물 무원(無願)의 이야기라니! 우리가 럭비 걸인(乞人)의 무림(茂林)에 도착하기 전에 이제 질서를! 우리는 방금 최선 속에 온통 성 로렌스[더블린 수호 성자]에게 희망하며 폐종(閉終)해야만 하도다. 덕훈(德訓). 스토즈 험프리즈 부인(ALP) 가라사대: 고로 당신은 골칫거리를 기대하고 있는 고, 고지자(考止者)여, 문제의 가정적 서비스로부터? 스토즈 험프리씨 왈(HCE): 꼭 마치 착한……

[HCE는, Persse O'Reilly, Huckleberry Finn MacCool, 또는 그를 뭐라 부르든, 파이프를 문 캐드, 및 소녀들, 그리고 세 "염병창(染病娼) 짓하는" 군인들에 의해 추락당한 뒤 다시 일어나리라. 그러나 "성상(聖霜), 빙(氷)담쟁이덩굴 및 겨우살이(植)에 관통불가(貫通不可)할지라, 저 원죄성욕한(原罪性慾漢)"(HCE + 훈족Hun + 암닭 hen — ALP)은 방탄시(防彈視)되도다. 그는, 기상하면서, 조반을 위해 소시지와 차를 즐기리라. 아나는 성 오툴에게 기도와 함께, 모든 이에게 축복을 빌며 그리고 도덕적 대화를 덧붙이며, 그녀의 편지를 닫기를 결정하도다. Mrs Stores Humphrey(ALP) 가라사대: "고로 당신은 골칫거리를 기대하고 있는 고, 고지자(考止者)여, 문제의 가정적(家庭的) 서비스로부터?" Mr Stores Humphrey(HCE) 왈: "꼭 마치 저녁에 선행(善幸)이 있듯이, 나의 뺨은 완전한 결백하도다."[여기 ALP는 HCE에게 아주 솔직하게 하녀가 그에 의해 임신했는지를 묻는 듯하다. 『율리시스』 제15장에서 블룸이 하녀 드리스콜에 저지른 죄를 몰리가 묻듯](U 375) 남편은 자신이 무구(無垢)하다고 대답하는데, 이는 그의 상습적인 도전적 대답이라.]

여기 아나는 사이비—난해한 법률 용어 속으로 몰입하며, 저주의 헹가래 속에 혼동한다. 그녀의 생각이 쌓이고, 편지가 황화(黃化)되고, 조숙한 결론에 접근하자, 한층 더한 혼동이 뒤따른다. 그녀는 남성들과 혼성하지는 않지만, 그들의 이미지들이 믿어지지 않은 속도로 서로 대치된다.

〔ALP는 도덕적 담화를 첨가하며, 편지를 결구하도록 결정한다.〕

617. 그러나 ALP는 천번만번 축복을 바라며, 결론 내려야만 한다. 그녀는 자신의 두 번째 욕설에 대한 준비를 이미 시작했다. 그녀는 누가 누군지 사람들을 기억할 수 없다. 그러나 그녀는 체격 좋은 자를 잊지 않으리. 무엇이든 그리고 누구든, 누가 아무튼 그들의 머리를 성가시게 하는, 맥크라울 형제와 같은 비천하고 불쾌한 놈, 공원 살인자의 저 신비의 사내를 애써 마음에 떠오르게 하라. 그녀는 말하나니, 캐논 볼즈(대포알; 불알)가 그에게서 위장을 펀치 호되게 뺏어버리리라. 우리는 단순히 소리 내어 웃지 않을 수 없도다. 그녀의 마음에는 적어도, 매그라스(Magrath)〔즉, 맥크라울, 캐드의 별명〕는 이미 죽은 것과 마찬가지. 그는 자신을 구제하기 위하여 몸소 대살모(代殺母)를 필요로 하리라. 모든 그의 흉악범들이 그를 재차 다같이 편절(片節)하리라. 우행(愚行; foon)은 이제 끝장. 그의 장례식이 오싹하게 하는 시간에 몰래 일어나리니. 그것은 멋진 순간이 되리라. 맥주가 마련될 것이오. 왕이 몸소 출석하리라. 사건의 그림들이 신문에 실릴지라. 『보스턴 정사(轉寫)(*Boston Transcript*)』지와 『모닝 포스트(*Morning Post*)』지에 게재될지니. 여인들은 저 애중스러운 교구목사(가련한 마이클 신부)의 목소리를 들으려고 우세하리라. 〔여기 마이클 신부는 분명히 ALP의 옛 연인이요, 여기 숀의 모습을 딴다.〕 2월녀들(Femelles)은 물론 2월녀들. 동시에 28부터 12는 시간상으로 12시 28분전, 즉 11시 32분, 그리고 소녀들 보태기 장례에 참석한 12단골손님들. 마야일(摩耶日)의 최충절인(最忠節人) 올림 〔여기 ALP는 편지의 끝을 서명한다.〕

〔그러나 편지는 계속된다.〕

617.30. 그럼(Well), 여기 그녀(ALP)는 한 성직의 친구와의 근거 없는 추정상의 경험들에 관해 계속한다. 〔이러한 잡담은 한 익명의 편지로 그녀를

앞질렀음을 분명히 믿으면서] 무엇에 관해서? 그녀의 몸매는 아주 감탄할 만큼 젊다. 그녀의 다갈색의 머리카락은 그녀의 천진한 허벅지만큼이나 매달려 있도다(the Swees Aubumn vogue is hanging down).

618. 만일 모든 MacCrawls〔Magrath의 별명〕 형제들이 처녀들을 마이클 신부처럼 다투려고 한다면! 그러나 마이클은 결코 염려 말지라. 캐드(Cad)에 관해, 아나는 쓰고 있나니, 파이프의 아내, 킨셀라(Lily Kinsella)(그녀에 관해, 그녀를 덧붙이거니와, 단지 그녀의 오명을 씻기 위해 저 좀도둑과 결혼했겠다)를 가진 캐드 놈 그리고 입 맞추는 구걸자……글쎄, 이제! 그 용병두목(Boot lane brigade), 설리(Sully)(the Thug)(Sullivan 또는 12인의 영도자)에 의해 치장 당한 채, 아나는 쓰고 있나니. 그리고 킨셀라는 허가 받은 음식점의 술병 속에 어떤 약(소변?)을 넣어갖고 다니는지라. 그녀가 아는 한 그 납 쟁이(구두장이, 설리)는 현재 입원 중이라, 그는 결코 퇴원할 수 없으리라. 그리고 만일 어떤 이가 어느 날 4.32 또는 8과 22.5 시 경에 그의 편지함을 통해 들여다 본다면, 그는 소파 위의 릴리를 발견하고, (그런데 귀부인을!) 그녀가 낮게 끌어당긴 채, 그런 다음 그 밖에 구걸자의 진사(唇事; 입술) 놀이를 행하고 있는 것을 발견하면, 얼마간 놀라 껑충 뛰기 시작하랴!

618. 20. 아나는 아주 훌륭하게 대접받지 못했음을 암시하면서, 쓰나니: 우리(내)가 나의 쿠바 활창자(滑唱者)와 함께 원터론드 가도를 사방팔방 헤매고 다닐 때 경찰과 모든 사람들이 우리에게 모두 머리 숙이고 있었던고? 더욱이 그녀는, 일항(一項), 결코 의자에 쇄박(鎖縛)당하지 않을 것, 그리고, 이항(二項), 어떠한 홀아비이든 그녀를 뒤따르지 말 것. 그녀는 HCE에 대해 말한다, 그는 송이버섯처럼 점잖고 아주 감동적인지라. 관련자 제위, 라고 그녀는 쓴다, 설리 놈은 일단 술이 취하면 흉한(兇漢)이 되나니, 비록 자신이 직업상 훌륭하고 멋진 도화인(賭靴人)일지라도. 비록 그렇더라도, 만일 그녀가 경찰에 불평을 한다면, 놈의 건강과 머리통은 순차일변도(巡次一邊倒)로 도공(陶工)의 냄비 속으로 부서져들어 갈지라.

618.35. 자, 우리의 이야기는 100퍼센트 추적인간(追跡人間; HCE)과의 한층

은근한 대화로서 재개될 것인 즉,

619. 그의 몇 잔의 맛좋은 술과 연초 뒤의 향락(예의 바른 대화)을 곧 계속 할 지라. 누구든 저 팬케이크 한 조각을 좋아하는 자에게는 아담에게 감사 할 일이나니, 우리들의 이전의 최초 핀래터(Finnlatter)요, 우리들의 식료 품 국교도(Adam Findlater, 신교도 잡화상인 HCE), 그의 아름다운 크리스마 스 꾸러미를 주서서. 〔이 구절에서 ALP는, 진실이든 대리적이든, 꿈에서 든 또는 깨어서든, 인간 존재의 계속성을 확약한다. 침대 속의 그녀 곁에 누워있는 HCE, 그는 호우드 언덕 아래 매장된 거인(Finn)의 생명을 재생 할지니, 마치 이어위커의 칭호와 이름을 가장하기 위해, 발기하여, 자신 있게 영웅적으로 일어날 때, 아들 손이 자신의 것을 재생할 것인 것처럼 (중세의 아일랜드에서 새로이 선발된 추장은 그의 부족 명을 따르는지라, 예를 들면, "O'Reilly" 같은). 또한, 늙은 HCE, 그러나 그는 구애할지니, 왜냐하면, 그녀 또한, 신선하고 신생할 것이기에.

619.6. 자 이제, 우리는 라스가〔더블린 변방, 조이스 출생지〕 벽촌인인, 그 들의 경칠 건방진 양볼(臀臀)자(HCE)를 단솔(單率)히 좋아할지니, 여기 나 의 양성침대(兩性寢臺) 속의 음률(音律) 주변 둘레를 어정거리는지라 그리 고 그는 땅딸보 등 혹의 누추락(陋醜落) 때문에 가경(可竟) 있을법하게도 권태 받고 있도다. 확신이상개량자(確神異狀改良者)들이, 우리는 이 단계에 첨언하거니와, 필리적(必利的)으로 아주 동조적(同調的)인 심농인(深聾人) 에게 말하고 있도다. 여기 그대의 답을 부여하나니, 비돈(肥豚) 및 분견(糞 犬)! 그러므로 우리(ALP 내외)는 두 세계에 살아 왔는지라. 그는 잡목산(雜 木山)의 배구(背丘)〔호우드구〕 아래 유숙(留宿)하는 또 다른 그이로다. 우리 의 동가명성(同家名聲)의 차처각자(此處覺者)(HCE)는 그의 진짜 동명(同名) 이요 그리하여 그가 몸치장하고 잠자리에서 일어나면 (e)직발기(直勃起), (c)자신 있고 (h)영웅적이 되나니, 그때 그러나 늙은 옛날처럼 젊은 지금, 나의 매일의 안선참회인(安鮮懺悔人)으로서, 쉬쉬 그는 우리의 한 구애아 (求愛兒)로다.

〔ALP는 서명을 끝낸다.〕 그대에게 모든 나의 사랑을: "알마 루비아

폴라벨라.”

619.17. ALP의 추서는 그녀의 딸 이씨(Issy)의 연인, 즉 군인 롤로(Rollo)
에 대해 언급한다. 〔역사적으로, 롤로는 북인(Northmen) 도당의 지도자
로, 그들은 세례를 받는 대가로 북부 프랑스의 땅을 하사받거니와, 이는
노르만 인들의 형성, 그리고 궁극적으로, 영국(1066년)과 아일랜드(1172)의
정복을 결과한다.〕 이씨는 성장하여, 무미연육아운(無味連育兒韻; nonsery
reams)(『피네간의 경야』의 자장가 음률이요 무의미 시연(詩聯))으로, 방금 돈비육
(豚肥肉)되려고 하는지라, 그리하여, 왕연(旺然)히 성장(盛裝)하여 살고 있
도다. 그러나 ALP 자신은 그렇지 못하니, 그녀는 옷이 남루하고 헤어졌
다. 그녀는 지쳐있도다. 그러나 그녀는 아직도 역시 자신의 갑판인간적(甲
板人間的) 호박(琥珀)(deckhuman amber)이나니.

〔ALP의 최후 독백 개요〕
(『피네간의 경야』의 종말은, 사라져가는, 어머니, 아내 그리고 강인 아나 리비아
의 독백으로, 비평가들에 의하여 조이스의 모든 작품들에서 가장 아름다운 구절로서
자주 그리고 정당하게 평가된다.)

〔HCE의 밤은 멀리 뒤에 있다. 과부의 편지―메모는 만사가 지나갔음
을 우리로 하여금 알게 한다. 낮의 다가옴과 더불어, HCE와 ALP의 신비적
인 잠의 몸체는 이탈되었다. 각자는 단지 자기 자신, 떨어져, 3차원으로, 홀
로 남는다. 남자의 형체는 강을 따라 굴러갔나니, 여인은 이제 그로부터 재
빨리 흘러간다. 그녀의 최후의 독백은, 모든 문학의 위대한 구절 중의 하나
인지라, 그녀가 나이 들고, 피곤하여, 도시의 오물로 불결한 채, 더블린을 통
해 바다로 되돌아 갈 때, 리피강의 엘레지가 된다.〕

619.20. *ALP의 인사, 도시. 리피강은 말하다. 나의 황금 행차를 위한 일엽
(一葉), 일어날지라.*
부드러운 아침, 도시여! 찰랑! 나는 리피(강) 엽도락화(葉跳樂話)하나니.

졸졸! 장발(長髮) 그리고 장발 모든 밤들이 나의 긴 머리카락까지 낙상(落上)했도다. 소리 하나 없이, 떨어지면서. 들을지라! 무풍(無風) 무언(無言). 단지 한 잎, 바로 한 잎 그리고 이어 잎들. 숲은 언제나 엽군(葉群)인지라. 우리들은 그 속 저들의 아가들 마냥[팬터마임] 그리고 울새들이 그토록 패거리로. 그것은 나에게 황금의 혼행차(婚行次)를 위한 것이나니. 만일 그렇잖으면? 멀리! 일어날지라, 가구(家丘)의 남자여, 당신은 그토록 오래 잠잤도다! 아니면 그건 단지 내 생각에? 당신의 심려의 손바닥 위에. 두 갑(頭岬)에서 족갑(足岬)까지 몸을 뻗은 채. 파이프를 사발 위에 놓고. 피들 연주자를 위한 삼정시과(三定時課)[기독교의 새벽 3시 기도], 조락자(造樂者)를 위한 육정시과(六定時課), 어떤 키티[민요의 여인]를 위한 구정시과(九定時課). 자 이제 일어날지라 그리고 기용(起用)할지라! 열반구일도(涅槃九日禱)는 끝났나니. 나는 엽상(葉狀)인지라, 당신의 황금녀, 그렇게 당신은 나를 불렀나니, 나의 생명이여, 그래요 당신의 황금녀, 나를 은엽(銀葉)으로 해결할지라, 과장습자(誇張襲者)여! 당신은 너무 군침 흘렸나니. 나는 너무 치매(恥魅)당했도다. 그러나 당신 속에 위대한 시인(詩人)이 역시 있는지라. 건강한 혈귀(血鬼)가 당신을 이따금 놀려대곤 했도다. 그 자가 나를 그토록 진저리나게 잠에 침울 빠지게 했나니. 그러나 [나는] 기분이 좋고 휴식했는지라. 당신에게 감사, 아자즙부(椰子汁父)여, 탠 여피(汝皮)여! 야후 하품. 나를 돕는 자, 술 들지라. 여기 당신의 셔츠가 있어요, 낮의 것, 돌아와요. 목도리, 당신의 칼라. 또한, 당신의 이중 가죽구두. 긴 털목도리도 마찬가지. 그리고 여기 당신의 상아빛 작업복과 상시(常時) 당신의 산형화우산(橵形花雨傘).

620. *(家□)의 남자여 일어날지라. 당신은 나로 하여금 나의 옛 연인들을 생각하게 하도다. 아이들은 여전히 잠자고 있나니. 당신이 소녀(딸)를 낳던 밤을 기억할지라. 그건 어떠했을 고.*

그리하여 키 커다랗게 곧이 설지니! 똑 바로. 나는 당신이 나를 위해 멋지게 보이도록 하고 싶은지라. 당신의 깔깔하고 새롭고 큰 그린벨트랑 그리고 모두와 함께. 바로 최근의 망우수 속에 꽃피면서 그리고 하인(何人)에게도 뒤지지 않게, 꽃 봉우리![Budd:Dub(lin)의 역철] 당신은 벅클

리 생일 복을 입을 때면 당신은 샤론장미에 가까울 지니.〔「아가」 21〕 57
실링 3펜스, 현금, 강세부(强勢付)라. 그의 빈부실(貧不實)아일랜드와 더불
어 자만의 엘비언〔배반적, 부의 영국〕, 그들은 그러하리라. 오만, 탐욕낙
(貪慾樂), 시기! 당신은 나로 하여금 한 경촌의(驚村醫)〔돌팔이 의사〕를 생
각하게 하는지라 한때의 나. 아니면 어떤 발트국의 수부〔『아라비안 나이
트의』의〕, 호협탐남(好俠探男)〔최초의 지구 탐험가〕을, 팔찌장식 귀를 하
고. 아니면 백작이었던고 그는, 루칸의〔더블린 근교의〕? 혹은, 아니, 그
건 아일랜드의 공작(公爵)〔웰링턴〕인고, 글쎄. 아니면 암혹의 나라에서 온
어떤 려마(驢馬)의 둔(臀) 나귀. 자 그리고 우리 함께! 우리는 그렇게 하리
라 언제나 말했나니. 그리고 해외로 갈지니. 아마 태양의 항구의 길을. 여
아(女兒)(이씨)는 아직 곤히 잠들고 있는지라. 오늘 학교는 쉬는 도다. 저
들 사내들〔쌍둥이〕은 너무나 반목이나니. 두(頭)놈은 자기 자신을 괴롭히
는지라. 발꿈치 통(痛)과 치유여행(治癒旅行). 골리버〔담즙간(膽汁肝)〕와 겔
로버〔걸리버의 소인극 정당들〕같으니. 그들이 잘못하여, 바꾸지 않는 한.
나는 눈 깜짝할 사이에 유사자(類似者)를 보았나니. 혹(셈) 너무나 번번이.
단(單)(손) 시시각각. 동유신(同唯新)이라. 두 강둑 형제들은 남과 북이 확
연이 다르도다. 그중 한 놈은 한숨쉬고 한 놈이 울부짖을 때 만사는 끝이
라. 전혀 무화해(無和解). 아마도 그들을 세례수반(洗禮水盤)까지 끌어낸 것
은 저들 두 늙은 이줌마들일지로다. 괴짜의 퀴이크이나프 부인과 괴상한
오드페블 양(孃)〔앞서 빨래하는 아낙들〕 그리고 그들 둘이 많은 것을 가질
때 공시(公示)할 더 이상의 불결한 옷가지는 없나니. 로운더대일(세탁 골)
민씨온즈 출신. 한 녀석이 성소년(聖少年)의 뭐라던가 하는 것에 눈이 희번
덕거리자 이 놈은 자신의 넓적한 걸 적시는지라. 당신(HCE)은 펀치〔꼭두
각시〕처럼 기뻐했도다. 전쟁 훈공과 퍼스 오레일리〔부활절 봉기자〕를 저
들 거들먹거리는 멍청이 놈들〔더블린 사람들〕에게 낭독하면서. 그러나 그
다음날 밤, 당신은 온통 변덕쟁이였는지라! 내게 이걸 그리고 저걸 그리
고 다른 걸 하라고 청하면서. 그리고 내게 노여움을 폭발하면서, 성거(聖
去)스러운 (주디)예수여, 당신이 계집아이를 갖(낳)다니 뭘 바라려고 한담!
당신의 원은 나의 뜻이었나니. 그런데, 볼지라, 느닷없이! 나도 또한, 그
런 식. 그러나 그녀(이씨)를, 당신은 기다릴지라. 열렬히 선택하는 것은 그
녀의 망령에 맡길지니. 만일 그녀가 단지 상대의 더 많은 기지를 가졌다

면. 기아(棄兒)는 도망자를 만들고 도망자는 탈선을. 그녀는 베짱이처럼 여전히 명랑하도다. 슬픔이 통적(痛積)되면 신통(辛痛)할지라. 나는 기다 릴지니. 그리고 나는 기다릴지라. 그런 다음 만일 모든 것이 사라지면. 내 존(來存)은 현존(現存), 현존은 현존. 그러나 그들로 하여금 내버려둘지라. 비누 구정물 주점잡동사니 그리고 데데한 매춘부 역시. 그(사내)는 그대를 위하는가 하면 그녀(계집)는 나를 위하는지라. 당신은 하구(河口)와 항구 주위를 미행하며 그리고 내게 팔품만사(八品漫詞)를 가르치면서. 만일 당신 이 지그재그 파도를 타고 그에게 당신의 장광설을 늘어놓으면 나는 오막 집 케이크를 두고 그녀(계집)에게 나의 사모장담(思慕長談)을 철자할지라. 우리는 그들(쌍둥이)의 잠자는 의무를 방해하지 말지니.

621. *나올지라, 그대의 조가비로부터! 그래요, 나는 내 솔을 가질지니. 당신 의 손을 쥐요. 당신의 과거에 나쁜 일이 있지만, 우리는 그걸 몽땅 씻어버 리라. 우리는 종들이 울리기 전에 산보 할지라.*

  불순(不純) 계집은 계집(물오리)대로 내버려둘지라, 때는 불사조나니, 여 보. 그리하여 불꽃이 있나니, 들을지라! 우리들의 여행[아침의 산보]을 성 마이클 감상적으로 만들게 합시다. 마왕화(魔王火)가 사라진 이래 그리 고 사오지(死奧地)의 책[『사자의 책』]이 있나니. 닫힌 채. 자 어서! 당신의 패각(貝殼)에서부터 어서 나올지라! 당신의 자유지(自由指)를 치세울지라! 그래요. 우리는 충분히 밝음을 가졌도다. 나는 우리들의 성녀의 알라딘 램 프[마법의 램프]를 가져가지 않을지니. 왜냐하면, 그들을 위해 네 개의 고 풍대(古風袋) 공기질풍이 불어 올 테니까. 뿐만 아니라 당신은 류색(등 보따 리)도 아니. 당신 뒤로 하이킹에 모든 댄디 둥 혹[소설 속의 곱사 등] 남 (男)들을 끌어내리려고. 대각성(大角星)[리피강변의 양조회사]의 안내자를 보낼지라! 지협(地峽)! 급(急)! 정말 내가 여태껏 기억할 수 있는 가장 부 드러운 아침이 도다. 그러나 소나기처럼 비는 오지 않을지니, 우리들의 공 후(空候). 하지만. 시간이 될 때까지. 그리하여 나와 당신은 우리들의 것 을 만들었나니. 열파자(裂破者)들의 자식들은 경기에서 이겼도다. 하지만 나는 나의 어깨 솔을 위하여 나의 낡은 핀 바라[클레어 주명] 산(産) 비단 을 가져가리라. 숭어는 조반어찬(朝飯魚饌)에 가장 맛있나니. 나중에 흑소

산(黑沼産)〔옛 더블린〕의 롤리 폴리〔폴란드 산〕 소시지의 맛과 더불어. 차
(茶)의 싸한 맛을 내기 위해. 당신 토스트 빵은 싫은고? 우식반도(牛食盤
都)〔북 더블린 지역 명〕, 모두 장작더미 밖으로! 그런 다음 우리들 둘레에
서 재잘재잘 지껄대는 모든 성마른 행실 고약한 어린 어치들, 그들의 크림
을 응고절규(凝固絶叫)하면서. 소리 지르며, 이봐, 다 자란 누나! 나는 진
짜로 아닌고? 청(聽)할지라! 단지 그러나 거기 한번 그러나 당신은 내게
예쁜 새 속치마를 또한, 사줘야만 해요, 놀리. 다음 번 당신이 놀월 시장
〔리피 북안의〕에 갈 때. 나는 아이작센〔더블린 부자 상회〕 제(製)의 그의
선(線)〔더블린 리피강상의 철로〕 하나가 기울었기 때문에 그게 필요하다
고, 사람들이 모두 말하고 있어요. 저런 명심해요? 정말 당신! 자 어서!
당신의 커다란 곰 앞발을 내 놔요, 옳지 여보, 나의 작은 손을 위해. 하지
만 당신은 이해했지요, 졸보? 나는 언제나 당신의 음양(陰陽)으로 알 수
있는지라. 발을 아래로 뻗을지니. 조금만 더. 고로. 머리를 뒤로 당길지
라. 열과 털 많은, 커다란, 당신의 손이로다! 여기 포피(包皮)가 시작되는
곳이나니. 어린애처럼 매끄러운지라. 언젠가 당신은 얼음에 태웠다고 말
했지. 그리고 언젠가 당신이 생성(生性)을 빼앗은 다음에 그건 화학처방(化
學處方)되었나니. 아마 그게 마치 인양 당신이 벽돌 두(頭)를 지닌 이유일
지라. 그리하여 사람들은 당신이 골격을 잃었다고 생각하도다. 탈(脫) 모
습 된 채. 나는 눈을 감을지니. 고로 보지 않기 위하여. 혹은 동정(童貞)의
한 젊은이만을 보기 위하여, 무구기(無垢期)의 소년, 껍질을 벗기면서, 작
은 백마(白馬) 곁의 한 아이. 우리들 모두가 영원히 희망을 품고 사랑하는
아이. 모든 사내들은 뭔가를 해 왔도다. 그들이 노육(老肉)의 무게〔육체의
길〕에 다다른 시간이로다. 우리는 그걸 씻어 내릴지니. 고로. 우리는 저
시원(時院)에서 세속종(世俗鐘)이 울리기 전에 산보를 가질지라. 관묘원(棺
墓園) 곁의 성당에서. 성패선인(聖牌善人)〔르 파뉴 작의 인유〕 될지니. 혹은
새들이 목요소동(木搖騷動)하기 시작하는지라. 볼지니, 저기 그들은 그대를
떠나 날고 있어요, 높이 더 높이! 그리고〔「누가복음」2:14의 인유〕

622. *새들이 그대에게 행운을 까악 까악 우짖고 있도다. 다음 선거에 당신은
당선되리라. 그 뒤로 오랜 세월이 지난 것 같구려. 우리들의 소년 소녀 시
절을 기억할지라! 우리는 사냥 떼가 재차 방문하기 전까지 많은 시간을*

갖는지라.

쿠쿠구(鳩), 달콤한 행운을 그들은 당신에게 까악까악 우짖고 있도다, 맥쿨! 글쎄, 당신 볼지라, 그들은 설(雪)까마귀처럼 하얗도다. 우리들을 위하여. 다음 이탄인투표(泥炭人投票)〔peaters〕〔Peter—Pauls : 선거는 승패의 대위법〕에서는 당신이 당선 될지니 그렇잖으면 나는 당신의 간절선거(懇切選擧)의 신부(新婦)가 아닐 지로다. 킨셀라〔캐드 부인〕 여인의 사내가 결코 나를 저가(低價)하지 못할지라. 어떤 맥가라스 오쿠라 오머크 맥퓨니〔고원의 불한당 캐드〕라는 자가 나팔의 핀 갈 여숙소(旅宿所)〔파넬을 거역한 팀 힐리의 피닉스 공원 경내 숙소〕 주변에서 꼬끼오 거리거나 내 내 삐악 삐악거리며! 그건 마치 화장대 위에 창피침실요강을 올려놓거나 혹은 어떤 독수리 대관(代官)〔4복음자 중의 요한, 그의 의전적 짐승은 독수리〕의 눈썹까지 톰 아저씨〔스토우 작의 작품 주인공〕의 고모(古帽)를 베레모인양 씌우는 것과 같도다. 그렇게 큰 활보는 말고, 뒤죽박죽 대음자(大飮者)〔남편—HCE〕여! 당신은 내가 그토록 오랫동안 아껴온 나의 도화(跳靴)를 찌그러뜨릴지라. 그건 페니솔〔반도〕 제(製)로다. 그리고 두 최매(最魅)의 신발. 그건 거의 누트(멋쟁이) 1마일 또는 7도 안되나니, 화중묘(靴中猫) 양반〔팬터마임의 구두 속의 고양이〕 같으니. 그건 아침의 건강을 위해 아주 좋은 것인지라. 승림보(勝林步)와 함께. 사방 완만한 동작. (al)여가 (p)발걸음으로. 그리고 (hce)자진산책치료용이(自進散策治療容易)라. 그 뒤로 아주 오래된 듯하군, 수세월(數歲月) 이래. 마치 당신이 아주 오래 멀리 떨어진 듯. 원사십금일(遠四十今日), 공사십금야(恐四十今夜)〔성서의 대홍수〕, 그리하여 내가 암흑 속에 당신과 함께 한 듯. 내가 그걸 모두 믿을 수 있을지 당신은 언젠가 내게 말할지니. 당신은 내가 당신을 어디로 데리고 가는지를 아는고? 당신은 기억하는고? 내가 찔레 열매를 찾아 월귤나무(학클베리) 히히 급주(急走)했을 때. 당신이 해먹(그물침대)으로부터 새총을 가지고 나를 개암나무 위태롭게 하기 위해 큰 계획을 도면(圖面) 그리면서. 우리들의 외침이라. 나는 당신을 거기 인도할 수 있을지니 그리고 지금은 여전히 당신 곁 침대 속에 누워 있도다. 더블린 연합 전철로 단그리벤〔호우드 언덕〕까지 가지 않겠어요? 우리들 이외에 아무도 없으니. 시간은? 우린 충분히 남아돌아가는지라. 길리간과 홀리간〔HCE의 비방자들]이 다시 무뢰한을 부를 때까지. 그리고 그 밖에 중요 인물들. 설리간 용병단(傭兵團), 왼쪽에서 오른 쪽으로. 이리(狼) 떼 가족, 저 호농민(狐農民)들[아일랜드 농민들의 별칭] 같으니! 혹 가면자들이 당신을 자금 지원으로 보석하려고 생각했는지라. 혹은 산림일각수장(森林一角獸長), 나울 촌(더블린 카운티의 마을) 출신의, 각적대장(角笛隊長)이 문간에 도열하여, 명예로운 수렵견담당자(狩獵犬擔當者) 및 존경하는 포인터 사(여우 사냥협회 부회장) 그리고 볼리헌터스 촌(메이요 카운티의 마을) 출신, 쉬쉬 사냥개의 두 여인 패게츠(총독 수행 여인)와 함께, 그들의 도드미 꽉 끼는 승마습모(乘馬襲帽)를 쓰고, 그들의 수노루, 수사슴, 심지어 칼톤의 붉은 수사슴에게 건 승축배(健勝祝杯)를 들었도다. 그리하여 당신은 이별주무(離別酒務)로서 접대할 필요가 없는지라, 머리에서 발끝까지, 한편 모두들은 그에게 술잔을 뻗었지만 그는 잔을 비우려고 결코 시작도 않으니. 이 어진 놈의 대갈통을 찰싹 때리고 귀에다 이걸 쑤셔 넣을지라, 꿈틀 자여!(HCE) 미인부답(美人 不答) 부자미불(富者未拂). 만일 당신이 방면 되면, 모두들 도둑이야 고함치며 추적할 지니, 히스타운, 하버스타운, 스노우타운, 포 녹스, 프레밍타운, 보딩타운,[더블린 카운티의 마을들] 델빈 강상(江上)의 핀 항(港)까지. 얼마나 모두들 플라토닉 화식원(글라스네빈 식물원)을 본을 떠 당신을 집 재우기 위해 집을 지었던고! 그리하여 모두 왜냐하니,

623. *우리는 노(老) 영주를 방문할 수 있으리라. 그는 법원(法院) 자체이나니. 나는 거기 프랜퀸처럼 행동하리라. 우리는 앉아서 태양의 솟음을 볼 수 있으리라. 당신이 기다리는 편지가 해안에 떠밀리는지 볼지라. 편지를 쓰는 것은 어려운 일.*

　그녀는 자신의 반사경에 넋을 잃은 채, (E)진피(眞皮)집게벌레가 세 마리의 경주밀렵견(競走密獵犬)을 가죽 끈으로 매고 (h)사냥연(然)하게 (c)귀가하는 것을 것처럼 보였기에. 그러나 당신은 안전하게 빠져 나왔는지라. 저 (h)각역자(角笛者)의 (c)각(角)은[자장가의 패러디] 이제 (E)그만! 그리고 오랜 투덜대는 잠담! 우리는 노영주(老領主)[호우드 성의 백작]를 방문할까 보다, 당신 생각은 어떠한고? 내게 말하는 뭔가가 있도다. 그이는 좋은 분인지라. 마치 그이 앞에 많은 몫의 일들이 진행되었던 양. 그리고 오

래된 특유의 돌출갑(突出岬)[호우드 동단] 그의 문은 언제나 열린 채. 신기
원의 날을 위해. 당신 자신과 많이 닮았나니. 당신은 지난 식부활절(食復活
節)에 그를 환송했는지라 고로 그는 우리에게 뜨거운 새조개와 모든 걸 대
접해야 할지로다. 당신은 흰 모자[권위의 상징]를 벗는 걸 기억할지라, 여
보(ech)? 우리가 면전에 나타날 때. 그리고 안녕 호우드우드, 이스머스 각
하(how d'yo do, his majesty) 하고 말할지니! 그의 집은 법가(法家)이라. 그
리고 나는 또한, 최은(最恩)의 예의를 무심한 듯 입 밖에 낼지니. 만일 명
산당(明山堂; Ming Tung)이 내게 경의를 표하지 않는다면 의경(意敬)이 산
명당(山明堂; Mong Tang)에 고두(叩頭)를 예(禮)할지로다[격언, 땅에 고두
하는 중국식 인사] 최하처(最下處)에서 일어서는 의식예법(儀式禮法)을 베
풀지라! 가로 되: 돌고래의 미늘창을 끌어올리기 위해 무슨 횃불을 밝히
리요, 제발? 그분은 제일 먼저 당신을 아모리카(갑옷)[호우드의 최초의 백
작 명] 기사로 작위하고 마자르(헝가리) 최고염사원수(最高廉事元首)로 호칭
할지 모르나니…… 그리고 나는 당신의 왕청(王聽)의 안성여폐하(眼性女陛
下)가 될 지로다. 그러나 우리는 헛되나니. 명백한 공상이로다. 그건 공중
누각(空中樓閣)[호우드 성 격]인지라. 나의 생계유천(生計流川)이 우둔표어
공예품(愚鈍標語工藝品)들[강의 흐름에서 남는 고예품들]로 가득하나니. 풍
향(風向)은 이제 충분 그만[충분은 충분] 우리가 그대로 받아들일 수 있을
지 혹은 말지. 저이는 자신의 경마안내서[Ruff 작의]를 읽고 있는지라.
당신은 저곳으로부터 우리들의 길을 확실히 알고 있을지니. 어망항(漁網
港)의 길, 한때 우리들이 갔던 곳을 그토록 많은 마차를 타고 쌍쌍이 그 이
래로 우행(愚行)해 왔는지라. 약세노마(弱勢老馬)! 도주 성게(動)의 암말에
게 그의 생(生)의 구산(丘山)을 부여하면서. 놈의 불가사노세주(不可死老衰
主)와 함께! 휴이님 족(族) 흠흠 마인(馬人)![『걸리버 여행기』의 노쇠 남자
들] 암활(岩滑)의 우뇌도(雨雷道; rocky road)(U 26 참조), 우리는 헤다 수풀
우거진 호우드 구정(丘頂)에 앉아 있을 수 있는지라, 나는 당신 위에, 현
기정(眩氣靜)의 무의양심(無意良心) 속에. 해 돋음을 자세히 쳐다보기 위해.
드럼렉 곶(호우드의 남쪽 곶)으로부터 밖으로. 그곳이 최고라고 에보라[아일
랜드 병사 트리스탄 아모리]가 내게 말했나니. 만일 내가 여태. 조조(弔朝)
의 달(月)이 지고 살아질 때. 다운즈 계곡[위클로우 골짝 명] 너머로, 운
월여신(雲月女神) 루나[입센의 극 중 인물] 우리들 자신, 영혼(靈魂) 홀로

〔신 페인의 모토 변형〕구세양(救世洋)의 현장에서. 그리하여 살펴볼지라 당신이 기다리고 있는 편지가 필경 다가올지니. 그리고 해안에 던져진 채. 나는 기원하나니 나의 꿈의 주남(主男)을 위해. 그걸 할퀴거나 소기도서(小祈禱書)의 대본으로 짜깁기하면서. 그리하여 얼마나 호두 알 지식의 단편을 나는 나 스스로 쪼아 모았던고〔편지의 소재〕모든 문지(文紙)는 어려운 것이지만 당신의 것은 분명 여태껏 가장 어려운 난문이 도다. 도끼로 토막 내고, 황소를 갈고리로 걸고, 안을 갖고, 주저주저. 그러나 일단 서명되고, 분배되고 배달된 채, 안녕 빠이빠이, 당신을 유명하게 하도다. 보스주(州), 마스톤〔Mass. Boston의 역철〕시(市)로부터의 몽사통신(夢寫通信)에 의하여 조초(彫礎)된 채. 그의 고대의 나날의 세계를 일주한 뒤.

624. *파도가 그대를 포기할 때 땅이 나를 위해 도울지니. 나는 자신의 희망을 기록했고 천명성탄(天命聖誕)이 다가올 때까지 나의 페이지를 매장했는지라. 대들보여! 정상을 사다리로 오를지라! 모든 당신의 지계음모(地計陰謀)는 거의 무과(無果)로다! 투명한 변방에 나는 자신의 가정을 꾸렸도다. 당신의 비행(卑行)일랑 다시는 시작하지 말지라. 위대노살탈자(偉大老殺奪者)여! 만일 내가 당신이 누구인지를 안다면! 첫 번에 당신은 불렀는지라! 당신에 대한 당신의 유형형의 비방.*

차통(茶筒) 속에 운반된 채 혹은 뭉겨지고 코르크로 까맣게 칠해진 채. 그의 원통투하(圓筒投荷)된 해면(海面) 위에. 간들, 간들거리며, 병에 넣어진 채, 물방울. 파도가 그대를 포기할 때〔기도서의 문구〕대지가 나를 도울지니. 언젠가 그 땐, 어디선가 거기, 나는 자신의 희망을 기록했고 페이지를 매장했는지라 그때 나는 당신의 목소리, 방향타의 뇌성을 들었는지라, 너무나 크기에 더 이상 큰 소리는 없을, 그리하여 천명성탄(天命聖誕)이 다가올 때까지 거기다 그걸 내버려 놓아두었도다. 고로 지금은 나를 만족하게 하는지라. 쉬. 우리들의 은행차입(銀行借入)의 방갈로 오막 집을 허물거나 거기다 새로 지을지니 그리하여 우리〔HCE 내외〕는 존경스럽게 서로 동루(同樓)하리라. 데이지 국화족(菊花族), 서방님, 나, 마담을 위해. 뾰족한 바벨 원탑(圓塔)과 함께 왠고하니 발굴성(發掘星)들이 있는 곳 야웅 그리고 엿보기 위해〔창문을 통해〕조브와 동료들〔펜터마임〕이 어떻게 이야기하는지 우리가 들을지 어떨지를 바로 보기 위해. 근엄단독성(謹嚴單獨性) 사이에. 정점까지, 동량지재여(HCE)! 정상[호우드의]을 사다리로 오를지라! 당신은 이제 더 이상 현기증이 나지 않을 지니. 당신의 모든 지계음모(地計陰謀)는 거의 무과(無果)로다! 덜렁[등 혹]이여, 당신이 우리(나)를 들어올릴 때 그리고 철벅, 당신이 나를 물에 처넣을 때! 그러나 나의 근심의 탄(歎)이여 경칠 사라질지라, 화려한 패트릭 항주(港舟)여! 투명한 변방 위에 나는 자신의 가정을 꾸렸도다. 나를 위한 공원과 주점. 단지 당나귀의 옛 시절 당신의 비행(卑行)일랑[공원의 죄] 다시는 시작하지 말지라. 나는 저걸 당신에게 교사(敎唆)한 그녀[캐드의 아내 릴리]의 이름까지 추측할 수 있나니, 견율(堅栗)!(Tefnut: 이집트의 여신). 대담한 도박배언(賭博背言). 무한죄(無限罪)의 사랑 때문에! 적나라한 우주 앞에. 그리하여 자신의 눈을 외면주(外面走)하는 베일리 등대 꼬마 순경 같으니! 언젠가 어느 좋은 날, 외설의 악선별자(惡選別者)여, 당신은 다시 개신(改身)해야만 하도다. 축복받는 방패(防牌) 마틴 같으니![성 마틴] 너무나 부드럽게. 나는 자신이 지닌 최애엽(最愛葉)의 의상을 너무나 세세히 즐기는지라. 당신은 앞으로 언제나 나를 최다엽녀(最多葉女)로 부를지니, 그렇잖은 고, 애자여? 경탄어충(驚歎語充)의 고아마(古兒馬) 같으니! 그리고 당신은 나의 파라핀 향유를 반대하지 않을지라, 콜루니[슬라이고 카운티의 마을]의 향유된 것, 한 잔의 마라스키노 주(酒)[야생 버찌 술]와 함께. 취(臭)! 그건 작금 예스터 산(産)의 고산미소(高山媚笑)로다. 나는 만인이 움츠리는 한련비공(旱蓮鼻孔) 속에 있는지라. 심지어 호우드 구비(丘鼻) 속에. 최고가신(最高價神)에 맹세코! 터무니없는 도부화(都腐話)로다. 위대노살탈자(偉大老殺奪者)![글래드스턴, 영국 수상] 만일 내가 당신이 누구인지를 안다면! 공중으로부터 저 청금(淸琴)이 핀센 선장이야말로 의적운(衣積雲)하고 자신의 양복을 몹시 압박하고 있다고 말했을 때 나는 말했는지라 당신 거기 있나요 여기는 나밖에 아무도 없어요. 그러나 나는 샘플 더미에서 거의 떨어질 뻔 했도다.[전화에 답하기 위해 샘플 더미 위에 서야했던 노르웨이 선장의 딸의 일화에서] 마치 당신의 손가락이 내가 듣도록 이명(耳鳴)하게 하듯이.[귀를 통해 임신했다는 마리아] 브래이[위클로우 카운티의 해안 마을]에 있는 당신의 유형제(乳兄弟)가 당신은 스스로 금주맹세를 한 뒤에 남편은 불결벽로대소(不潔壁爐臺所) 속으로 언제나 굴러 떨어지고 아내는 수장절(收藏節) 페티코트를 잃어버릴 것이기 때문에 브로즈탤 교도소[브리스틀의 감화원]에 의해 당신이 자랐다는 그 지역에 관해 말하고 있는 것이 옳은 고? 그러나그런데도아무튼, 당신은 내게 잘 했는지라! 왕새우 껍질을 먹을 수 있는 지금까지 알려진 유일한 남자였나니, 우리들의 원초야(原初夜),

625. *당시 당신은 나를 어떤 마리네 쉐리 그리고 이어 XX로서 자신을 서명하는 두 독일 친사촌으로 오인했나니. 당신의 여행용 백 속의 가발. 다음의 요리 코스를 위하여 접시를 바꿀지라! 저 사인(四人)들에게 물어볼지니. 그것은 모두 너무나 자주 있는 일이요 내게는 여전히 똑같은 일. 새로운 세월, 오래된 관습. 이것이 그 길이라.*

당시 당신은 나를 어떤 마리네 쉐리[프랑스 공화국의 의인화] 그리고 이어 XX로서 자신을 서명하는 두 독일 친사촌으로 오인했나니 그리고 가발을 나는 당신의 여행용 백 속에서 발견했도다. 당신은 필경 파라오 왕[고대 이집트의 왕]을 연출할지니, 당신은 요정 족(族)의 왕이로다. 당신은 확실히 가장 왕왕다운 소동을 피우고 있는지라. 나는 모든 종류의 허구들[풍경들]을 당신에게 말할지니, 이상스러운. 그리하여 우리들이 지나는 모든 단순한 이야기 장소들에 당신을 안내할지라. *심만환영, 어서 오십시오, 크롬웰 환숙(歡宿), 누가 헤어지랴, 허곡촌(虛谷村) 중의 허별장(虛別莊): 허영 중의 허영의* [「전도서」의 패러디] 다음의 감자 요리 코스를 위하여 접시를 바꿀지라! 애진옥(愛盡屋)은 아직 거기에 있고, 성당규범(敎會規範)은 강행(强行)하고 그리고 크라피 점[더블린 전당포]의 제의사업(祭衣事業)도 그리고 우리들의 교구허세(敎區虛勢)도 대권능(大權能)이 도다. 그러나 당신은 저 사대인(四大人)들[4복음자들]에게 물어봐야만 할지니, 그들을 이름 지은 그 자들은, 그대의 볼사리노 모(帽)를 쓰고 언제나 주매장(酒賣場)에 기분 좋게 앉아있나니, 그것은 코날 오다니엘[오코넬]의 최고유풍(最高遺風)이라 말하면서, *홍수 이래의 편갈을* 집필하면서. 그것은 어떤 진행 중의 왕다운 작품[조이스의 「진행 중의 작품」]이 될지라. 그러나 이 길로 하여 그는 어느 내일조(來日朝)에 다가올지니. 그리하여 나는 우리가 그곳을 지나면 당신한테 모든 부싯돌과 고사리가 소주(騷走)하고 있음을 신호할 수 있도다. 그리하여 당신은 작은 엄지손가락만큼 노래하며 이어 그것에 관해 현명한 연어의 설교를 행하리라〔핀은 큰 결정이 요구될 때 엄지를 빨았다.〕 그것은 모두 너무나 자주 있는 일이며 내게는 여전히 똑같은지라. 홍? 단지 잔디 냄새일 뿐〔ALP는 갑자기 잔디 냄새를 맡는 듯〕 심술쟁이 여보! 크래인 주(州)의 잔디 향기라. 당신은 타프 잔디의 탄 솜(綿)을 결코 잊지 않았을 지니, 그렇지 여보, 브라이언 보루 굴(窟)의 〔호우드 언덕의〕, 뭐라? 많? 글쎄, 저건 다방(多房) 버섯들이오〔호우드 언덕의 버섯 집들〕, 밤사이에 나온. 봐요, 성전(聖殿) 지붕의 수세월(數歲月). 성당 위의 성당, 연중가옥(煙中家屋), 그리고 올림픽을 열유(熱遊)하기 위한 중요 부분. 스타디움, 거상(巨像) 맥쿨! 당신의 큰 걸음을 유의해요. 그렇 잖으면 넘어질지라. 한편 나는 먼지 통을 피하고 있는지라. 내가 찾은 걸 봐요! 그리고 여길 봐요! 이 캐러웨이 잡초씨앗. 예쁜 진드기들, 나의 감물(甘物)들, 그들은 전광(全廣)의 세계에 의하여 버림받은 빈애자(貧愛子)들이었던고? 새 도회를 위한 운인가(雲隣街). 우등 애부라나〔더블린 별명〕가 농아이토(聾啞泥土)로부터 아련히 솟아나는 것을 당신은 아지랑이 시(視)하도다. 그러나 여전한 동시(同市). 나는 너무나 오랫동안 첩침(疊寢)했는지라. 당신이 말했듯이. 시간이 어지간히 걸리나니. 만일 내가 1,2분 동안 숨을 죽인다면, 말을 하지 않고, 기억할지라! 한때 일어난 일은 재삼 일어날지니. 왜 나는 이렇게 근년연연세세(近年年年歲歲)동안 통주(痛走)하고 있는 고, 온통 낙엽인 채. 눈물을 숨기기 위하여〔순교자를 위해, U 234 참조〕, 이별자(離別者)여. 그건 모든 것의 생각인지라. 그들을 투기(投棄)했던 용자(勇者). 착의미녀(着衣美女). 지나 가버린 그들 만사. 나는 곧 리피강 속에서 다시 시작하리라. 합점두(合點頭). 내가 당신을 깨우면 당신은 얼마나 기뻐할 고! 정말! 얼마나 당신은 기분이 좋을 고! 그 뒤로 영원히. 우선 우리는 여기 희미로(稀微路)를 돌지라 그런 다음 더 선행(善行)이라. 고로 나란히, 재차 문을 돌지라, 혼도(婚都; 웨딩타운), 런더브(런던+더블린)의 시장민(市長民)을 칭송할지라! 나는 모든 천국이 우리들을 볼 것을 단지 희망하나니.

626. *나는 거의 기절할 것 같은 느낌이나니. 나를 기대게 해줘요. 아일랜드 교(橋). 기억할지라! 포크를 들고 나를 뒤따르던 녀석. 당신이 가졌던 버*

룻. 나는 당시 모든 이의 애자. 그러나 당신은 변하고 있어요. 그리고 나는 이끼 마냥 조용히 누워있어요. 그리고 언젠가 당신은 엄습했나니, 암울하게 요동치면서, 커다란 검은 그림자처럼 나를 생판으로 찌르기 위해 번뜩이는 응시(凝視)로서. 그리하여 나는 얼어붙었나니 녹기 위해 기도했도다. 그러나 당신은 변하고 있어요, 나의 애맥(愛脈)이여!

왜냐하면, 나는 거의 기절할 것 같은 느낌이 드는지라. 심연 속으로. 아나모러즈 강에 풍덩. 나를 기대게 해줘요, 조그마, 제바, 표석강(漂石强)의 대조수자(大潮水者)여!(HCE) 총소녀(總少女)들은 쇠(衰)하나니. 수시로. 그래서. 당신이 영구 강직할 동안. 획, 북서에서 불어오는 양 저 무지풍(無知風)! 마치 천계현현절(天啓顯現節)의 [묵시록의] 밤이듯. 마치 키스 궁시(弓矢)처럼 나의 입속으로 첨벙 싹 고동치나니! 스칸디나비아의 주신, 어찌 그가 나의 양 뺨을 후려갈기는 고! 바다, 바다! 여기, 어살(둑), 발 돋음, 아일랜드 브리지(橋). [리피강과 바다 조류가 만나는 최후 다리] 당신이 나를 만났던 곳. 그 날. 기억할지라! 글쎄 거기 그 순간 그리고 단지 우리 두 사람만이 왜? 나는 단지 10대였나니, 제단사의 꼬마 딸처럼. 그 허세복자(虛勢服者) [재단사]는 언제나 들치기하고 있었는지라, 확실히, 그는 마치 나의 아빠처럼 보였도다. 그러나 색스빌 가도 [오코넬 가의 옛 명] 월편의 최고 멋 부리는 맵시 꾼. 그리고 포크 가득히 비계를 들고 반들반들한 석식탁(夕食卓) 둘레를 빙글빙글 돌면서, 한 수척한 아이를 뒤쫓는 여태껏 가장 사납고 야릇한 사내. 그러나 휘파람 부는 자들의 왕. 시이울라!(Scieoula!) [미상] 그가 자신의 다리미에 나의 공단 새틴을 기대 놓았을 때 그리고 재봉틀 위에 듀엣 가수들을 위하여 두 개의 촛불을 켜주다니. 나는 확신하는지라 그가 자신의 두 눈에다 주스를 뿜어 뻔쩍이게 하다니 분명히 나를 깜짝 놀라게 하기 위해서였도다. 하지만 아무튼 그는 나를 매우 좋아했는지라. 누가 지금 빅로우 [위클로우, 리피강의 발원지] 언덕의 낙지구(落枝丘)에서 *나의 색(色)*을 찾아를 탐색할지 몰라? 그러나 나는 연속호(連續號)의 이야기에서 읽었나니, 초롱꽃이 자라고 있는 동안, 거기 봉인애탐인(封印愛探人) [극장 지배인의 아들 간]이 여전히 있으리. 타자(他者)들이 있을지 모르나 나로서는 그렇지 않도. 하지만 우리들이 이전에 만났던 것을 그는 결코 알지 못했는지라. 밤이면 밤마다. 그런고로 나는 떠나기를 동경했나니. 그리고 여전히 모두와 함께. 한때 당신은 나와 마주보고 서 있었는지라, 꽤나 소리 내어 웃으면서, 지류(枝流)의 당신의 바켄틴 세대박이 범선(帆船) 파도를 타고 나를 시원하게 부채질하기 위해. 그리고 나는 이끼 마냥 조용히 누워있었도다. 그리고 언젠가 당신은 엄습했나니, 암울하게 요동치면서, 커다란 검은 그림자처럼 나를 생판으로 찌르기 위해 번뜩이는 응시(凝視)로서. 그리하여 나는 얼어붙었나니 녹기 위해 기도했도다. 모두 합쳐 3번. 나는 당시 모든 사람들의 인기 자였는지라. 왕자연(王子然)한 주연소녀(主演少女). 그리하여 당신은 저 팬터마임의 바이킹 콜세고스[골(Gall)의 추장]였나니. 아일랜드의 불시공격(不視攻擊). 그리고, 공침자(恐侵者)[바이킹 침공자]에 의해, 당신이 그처럼 보이다니! 나의 입술은 공회락(恐喜樂) 때문에 창백해 갔도다. 거의 지금처럼. 어떻게? 어떻게 당신은 말했던고 당신이 내게 나의 마음의 열쇠를 어떻게 주겠는지를[노래 가사에서] 그리하여 우리는 사주(死洲)가 아별(我別)할 때까지[결혼 의식 문구] 부부로 있으리라. 그리하여 비록 마(魔)가 별리(別離)하게 하드라도. 오 나의 것! 단지, 아니 지금 나야말로 양도하기 시작해야 하나니. 연못(더브) 그녀 자신처럼. 이 혹소(더블린; 黑沼) 구정상(久頂上)[호우드 정상] 그리하여 지금 작별할 수 있다면? 아아 슬픈지고! 나는 이 만광(灣光)이 커지는 것을 통하여 당신을 자세히 보도록 더 낳은 시선을 가질 수 있기를 바라노라. 그러나 당신은 변하고 있나니, 나의 애맥(愛脈)이여, 당신은 나로부터 변하고 있는지라, 나는 느낄 수 있도다. 아니면 내 쪽인고? 나는 뒤얽히기 시작하는지라. 상쾌하게

627. *자부(子夫)여, 그리하여 당신은 바뀌고 있어요, 나는 당신을 느낄 수 있는지라, 다시 언덕으로부터 낭처(娘妻)를 위하여. 히말라야의 완전 환상(幻像), 그리하여 그녀(이씨)는 다가오고 있도다. 나의 맨 후부에 부영(浮泳)하면서, 나의 꽁지에 마도전(魔挑戰)하면서, 바로 획 날개 타는 민첩하고 약은 물보라 찰싹 질주하는 하나의 실체, 만일 내가 가면 모든 것이 가는 걸 언제나 생각하면서. 일백 가지 고통, 십분의 일의 노고. 일생 동안 나는 그들 사이에 살아왔으나 이제 그들은 나를 염오하기 시작하는 도다. 나의 고독 속에 고실(孤失)하게. 그들의 잘못에도 불구하고. 나는 떠나고 있도다. 오 쓰디쓴 종말이여!*

그리고 아래로 견고(堅固)하면서, 그래요, 당신은 변하고 있어요, 자부 (子夫)(아들남편)여, 그리하여 당신은 바뀌고 있나니, 나는 당신을 느낄 수 있는지라, 다시 언덕으로부터 낭처(娘妻)를 위하여. 히말라야의 완전 환상(幻像), 그리하여 그녀(이씨)는 다가오고 있도다. 나의 맨 최후부에 부영(浮泳)하면서, 나의 꽁지에 도전하면서, 바로 획 날개 타는 민첩하고 약은 물보라 찰싹 질주하는 하나의 실체, 거기 어딘가, 베짱이 무도하면서. 살타렐리[팬터마임, 신델레라]가 그녀 자신에게 다가오도다. 내가 진난 날 그러했듯이 당신의 노신(老身: HCE)을 나는 가여워하는지라. 지금은 한층 젊은 것이 거기에. 헤어지지 않도록 노력할지라! 행복할지라, 사랑하는 이들이여! 내가 잘못이게 하옵소서! 왜냐하면, 내가 나의 어머니로부터 떨어졌을 때 그러했듯이 그녀는 당신에게 달콤할지라. 나의 크고 푸른 침실, 대기는 너무나 조용하고, 구름 한 점 거의 없이. 평화와 침묵 속에. 내가 단지 언제나 그곳에 계속 머물 수 있었다면. 뭔가가 우리들을 실망시키나니. 최초로 우리는 느끼는 도다. 이어 우리는 추락하나니. 그리하여 만일 그녀가 좋다면 그녀로 하여금 비(雨) 오게 할지라. 상냥하게 혹은 강하게 그녀가 좋은 대로. 어쨌든 그녀로 하여금 비 오게 할지라 나의 시간이 다가왔기에. 내가 일러 받았을 때 나는 최선을 다 했도라. 만일 내가 가면 모든 것이 가는 걸 언제나 생각하면서. 100가지 고통, 10분 1의 노고 그리고 나를 이해할 한 사람 있을까? 일천년야(一千年夜)?[1001, 「아라비안나이트」의 향연] 일생 동안 나는 그들 사이에 살아왔으나 이제 그들은 나를 염오하기 시작하는 도다. 그리고 나는 그들의 작고도 불쾌한 간계(奸計)를 싫어하고 있는지라. 그리하여 그들의 미천하고 자만한 일탈(逸脫)을 싫어하나니. 그리하여 그들의 작은 영혼들을 통하여 쏟아지는 모든 탐욕의 복 받침을. 그리하여 그들의 성마른 육체 위로 흘러내리는 굼뜬 누설(漏泄)을. 얼마나 쩨쩨한 고 그건 모두! 그리하여 언제나 나 자신한테 토로하면서. 그리하여 언제나 콧노래를 계속 흥얼거리면서. 나는 당신이 최고로 고상한 마차를 지닌, 온통 뻔적 뻔적하고 있는 줄로 생각했어요. 당신은 한 시골뜨기(호박)일 뿐이나니[신델렐라 이야기] 나는 당신이 만사 중에 위인으로 생각했어요, 죄상(罪狀)에 있어서나 영광에 있어서나. 당신은 단지 한 미약자일 뿐이로다. 가정! 나의 친정 사람들은 내가 아는 한 그곳 외월(外越)의 그들 따위가 아니었도다. 대담하고 고약하고 흐린 대도 불구하고 그들은 비난받는지라, 해마여파(海魔女婆)들, 천만에! 뿐만 아니라 그들의 향량소음(荒凉騷音) 속의 우리들의 황량무(荒凉舞)에도 불구하고 그렇지 않도다. 나는 그들 사이에 나 자신을 볼 수 있나니, 전신(알라루비아: 全新)의 복미인(플루라벨: 複美人)(ALP)을. 얼마나 그녀는 멋있었던고, 야생의 아미지아,[희랍신화의 용감한 여인] 그때 그녀는 나의 다른 가슴에 붙들려 있었는지라! 그런데 그녀가 섬뜩한 존재라니, 건방진 니루나[나일 강]여, 그녀는 나의 최 고유의 머리카락으로부터 낚아채려 할지라! 왠고하니 그들은 폭풍연(然)하기에. 황하(黃河)[중국의]여! 하황(河黃)이여! 그리하여 우리들의 부르짖음의 충돌이여, 우리들이 껑충 뛰어 자유롭게 될 때까지. 나르는 미풍, 사람들은 말하는지라, 당신의 이름을 결코 상관하지 말라고! 그러나 나는 여기 있는 모든 것을 염실(厭失)하고 있나니 그리고 모든 걸 나는 혐오 하는 도다. 나의 고독 속에 고실(孤失)하게. 그들의 잘못에도 불구하고. 나는 떠나고 있도다. 오 쓰디쓴 종말이여! 나는 모두들 일어나기 전에 살며시 사라질지라. 그들은 결코 보지 못할지니. 알지도 못하고. 뿐만 아니라 나를 아쉬워하지도 않고. 그리하여 세월은 오래고 오랜 슬프고 오래고

628. *나의 잎들이 나로부터 떠나도다. 그러나 한 잎은 여전히 매달린 채. 첫째. 우리는 풀(草)을 통과하고 조용히 수풀로. 쉬! 한 마리 갈매기. 다가오면서, 멀리! 여기 끝일지라. 우리를 이어, 핀, 다시(어겐)! 가질지라. 그러나 그대 부드럽게, 기억할지라! 입술(들을 지니). 열쇠. 주어버린 채! 한 길한 외로운 한 마지막 한 사랑 받는 한 기다란 그*

　……슬프고 지쳐 나는 그대에게 되돌아가나니, 나의 냉부(冷父), 나의 차가운 아버지, 나의 차갑고 미친 두려운 아버지에게로, 마침내 그를 보는 단안(單眼)의 근시(近視)가, 수(數)마일 및 기(幾)마일, 단조신음(單調呻吟)하면서, 나로 하여금 바다 침니(沈泥) 염(鹽)멀미나게 하는지라 그리하여 나는 돌진하나니, 나의 오직, 당신의 양팔 속으로, 나는 그들이 솟는 것을 보는 도다! 저들 무서운 3중의 갈퀴 창(槍)[해신 넵춘의]으로부터 나를 구할지라! 둘 더하기, 하나둘 더 순간 더하기. 고로. 안녕이브리비아[아나 리비아] 나의 잎들이 나로부터 부이(浮離)했나니. 모두. 그러나 한 잎

이 아직 매달려 있도다. 나는 그걸 몸에 지닐지니. 내게 상기시키기 위해. 리(피)! 너무나 부드러운 이 아침, 우리들의 것. 그래요. 나를 실어 나를지라, 아빠여, 당신이 소꿉질을 통해 했던 것처럼! 만일 내가 방금 그가 나를 아래로 나르는 것을 본다면 하얗게 편 날개 아래로 마치 그가 방주천사 (方舟天使) 출신이 이듯 〔「마태복은」 1:20〕 나는 가라앉나니 나는 그의 발 위로 넘어져 죽으리라. 겸허하여 말없이. 단지 세탁하기 위해, 그래요, 조시(潮時)여. 저기 있는지라. 첫 째. 우리는 풀(草)을 통과하고 조용히 수풀로. 쉬! 한 마리 갈매기. 갈매기들. 먼 부르짖음, 다가오면서, 멀리! 여기 끝일지라. 우리는 이어, 핀, 다시(어겐)! 가질지라. 그러나 그대 부드럽게, 나를 기억할지라! 수천송년(數千送年)까지. 들을 지니. 열쇠. 주어버린 채! 한 길 한 외로운 한 마지막 한 사랑 받는 한 기다란 그

〔ALP의 최후의 독백(619~28)은 『율리시스』의 절세가인, 몰리 블룸 부인의 그것에 결코 못지않다. 아니, 더 아름답고 고차원적이다. 양자들은, 그들의 남편들의 소박함을 보면서, 그들이 현실 도피 불가함을 발견한다. 아마도 그녀의 "거상(巨像) 맥쿨!"은 자신에게 신데렐라의 "시골뜨기"이지만, 그는 또한, 남편, 아들 그리고, "암담하게 고함치는 "아버지다. 이제 노파인, ALP는, 기네스 맥주 통 속에 "딸―아내"로서, 아들―손이 앞서 그랬듯이, 그녀의 아버지의 애정 속에 대신 들어 앉아, 그녀의 대양부(大洋夫)(父)인 바다로 흘러들어 간다. 아들이 아버지를 대치하듯, 딸은 어머니를 대치하기 때문이다. 외롭고 슬프게, 그녀는 "빠져나가고 있다." 그녀의 작별의 엘레지는, 시적이요, 부드러운지라, 가장 순결하고, 몹시 감상적인 음악 "쉬말츠(schmalz)"이다. 우리의 굳은 확신이 무엇이든 간에, 그러나 정당한 곳에, 정당한 시간에, 작은 "쉬말츠"는, 아름답고 감상적이다. 우리들의 굳은 신념이 무엇이든 간에, 우리는 결국, 인간적이거나 혹은 그래야만 하도다. 우리의 슬픈, 외로운 아나 리비아 플루라벨, 그녀는 바다로 빠져나가면서, 희망과 생의 초월론적 비전이 없지 않는지라, 왜냐하면, "재차 핀 맥쿨"이 그녀를 기다릴 것이기에. 거기 돌리마운트 해변에는 아들―갈매기의 음악

또한, 들릴지니, "―꽉꽉꽉꽉꽉꽉꽉꽉꽉꽉꽉꽈!" 이제 그녀의 독백은 최초의 페이지로 되돌아가거니와, 그리하여 "강은 달리나니, 이브와 아담 교회를 지나"(riverrun, pa―st Eve―phen),", 그녀 자신은 "셍장(生杖; lifewand)"을 든 아들(Stphen) 또한, 재차 만날지라.]

파리,
1922~1939

〔작품의 끝〕

집필 초기의 제임스 조이스(1923)

더블린 남부에 위치한 아름다운 위클로우 산과 성 케빈(St. Kevin) 수도원

호우드 언덕의 정상:
피네간의 두상(頭狀)으로 전해짐

더블린 동북부에 위치한 호우드 언덕과 호우드 성

『피네간의 경야』의 배경인 마린가 하우스(mullingar House) 주점

아일랜드 수도 더블린의 중심가인 오코넬 거리와 리피강

『피네간의 경야』의 배경 막을 이룬 피닉스 공원과 중앙 도로

위클로우 들판을 사행(蛇行)하는 리피강

더블린 남부 외곽으로 뻗은 비코 가도(Vico Road):
『피네간의 경야』의 초두의 글: "강은 달리나니…… 비코 가도로 하여……"

더블린 거리에 박힌 수많은 동판 태그:
그 위에 적힌 『율리시스』와 『피네간의 경야』의 문구들

더블린 시와 리피강

더블린 중심부에 있는 트리니티 대학의 위용

더블린 시내의 아일랜드 국립 도서관

피닉스 공원 내에 서 있는 웰링턴 기념비

ALP의 의식을 적시는 더블린만의 베일리(Bailey) 등대

필자와 위장(僞裝) 조이스(더블린에서) (1999)

제II편 『피네간의 경야』 이해하기

Understanding Finnegans Wake

아일랜드적 환영의 온기는 "낯선자는 그대가 이미 만난 친구다, 라는 옛 아일랜드의 격언에 의해 요약된다. 아일랜드(Ireland)는 누구나 언제든지 노래하기를 원하는 아일랜드(island)다. 아일랜드는 그대와 그대의 마음 사이의 이야기다.

　조이스는 그의 『피네간의 경야』에서 자신은 어느 동료 작가들보다 그의 상호텍스트성(intertextuality) 및 자신의 문체와 기법을 한층 대담하고, 철저하게 도입했음을 말한다. 한 사람의 천재 작가로서, 그는 이해의 일치, 이론적 회로(回路)의 인상적 배진(配陣)을 통해서 그들을 끌고 간다.

　『피네간의 경야』는 조이스가 1922년 『율리시스』 출판과 1941년 사망하기까지 그의 창작적 에너지를 몽땅 헌납한 야심작으로, 그것의 혁명적 요소는 내용보다는 형식(특히 문체)에 더 많은 관심을 쏟았었다. 그리하여 이는 분명히 전(前) 세기 실험 문학의 가장 위대한 기념물들의 하나임이 틀림없다. 그는 작품의 문체, 기법, 구조에서 그것의 시발부터 그가 경험할 미지의 "항해에 나서는 파도의 위험성"을 미리 각오했었다.

　신비평(New Criticism)에서 모더니즘의 주된 원리의 하나는 구조주의 (Structuralism)요, 포스트모더니즘의 주된 원리는 포스트구조주의(Poststructuralism)다. 일상의 언어와 직설적 서술의 포기에서 『피네간의 경야』는 영문학의 주류에 대한 급진적 파괴를 의미한다. 그의 대표적인 비평으로는 문학 작품의 형식론적 장치인 구조주의로서, 소련의 언어학자인 니코레이 투루뱃스키브(Nikolai Trubetskev) 시대에 번성한, 테베탄 토도로브(Tevetan Todorov)가 있고, 미국의 로만 제이곱슨(Roman Jakobson) 등이 유명하다. 여기 전자는 그의 이론을 조이스의 초기 작품인 『더블린 사람들』에 적용한 것으로 잘 알려져 있다. 그리고 저럴드 제네트(Gerald Genette) 같은 후기 구조주의자는 그의 비평을 조이스의 『율리시스』 및 『피네간의 경야』에 도입하기도 했다.(「한국 영어 영문학회지」 Vol.27, No. 1, 1981년 봄호 참조) 본래 제네트의 비평은 프루스트의 『잃어버린 시간을 찾아서(*A la recherche du temps perdu*)』의 서술(recit)을 분석함에서 시간 개념을 다루었다. 이어 『피네간의 경야』와 연관하여 데리다(Derrida)의 후기구조주의(Poststructuralism)가 으뜸으로, 그에게는 『율리시스』와 『피네간의 경야』가 그의 이론의 전부라 해도 과언이 아니다.

조이스는 독자들이 직면한 어려움을 보상하기 위해 그가 『피네간의 경야』를 작업했을 때, 작품의 부분들을 우선적으로 출판했거니와, 그의 제IV부를 중국에 별도로 하고, 파리의 전위지인 『트랑지시옹(*transition*)』에, 그리고 다른 부분들을 다른 잡지에 인쇄했는가 하면, 그들과 별개로 각각 얇은 팸플릿으로서 출판하기도 했다. 그는 또한, 다른 비평가들 및 작가들 가운데, 이른바, 12사도들—베케트를 비롯하여 길버트(S. Gilbert), 윌리엄 카로스 윌리암즈(Williams) 등—이 집필한 논문집, 『진행 중의 작품의 정도화(*Incamination of Work in Progress*)』를 출판했다. 이들 필자들의 가장 큰 주제적 관심사는 언어와 그것의 구조주의에 있다. 특히, 길버트의 「진행 중의 작품의 서언(*Prolegomena to Work in Progress*)」이란 논문은 언어에 관한 유명한 것으로, 같은 『트랑지시옹』(No. 13, pp. 17~19) 지에 진작 실렸던 것이다. 특히, 그의 『율리시스(*Ulysses*)』는 초기의 언어적 개척 본으로 유명하다.

앞서 구조주의 및 포스트구조주의는 언어의 분석을 위한 비평도구(批評道具)로서, 『피네간의 경야』의 이해의 핵심은 그것의 구조를 위하여, 어의(語義)의 실체, 특성, 언어학적 번역에 주안점을 둔다. 그중에서도 한자(漢字)(그들의 많은 것은 오늘날 이미 한어화[韓語化; Koreanization]되었거니와)가 으뜸이다. 그러나 사실상, 『피네간의 경야』의 한국어 번역에 있어서 그것의 중국어화(Chinazation) 이외에, 구조주의적 및 포스트 구조주의적 방책과 연구로는 그것의 고차원적 해석을 기대하기 힘들다.

『피네간의 경야』는 조이스에 의한 일종의 희극 작품으로서, "기본적 영어(basically English)"(절반 이상)와 더불어, 그것의 실험적 문체 및 다양한 언어의 혼용으로 묘사된다. 이들은 "기본적 영어" 이외에, 대체로 특유의 조어(助語)들과 함께 쓰였는바, 이는, 영어의 어의적 항목(lexical items)과 신조어의 언어유희 및 복합어의 혼성으로 구성된다. 여기 한어역(韓語譯)에서도 구조주의 혹은 포스트구조주의는 그것의 시험장(testing ground)으로 작품의 해석을 활성화시킨다.

『피네간의 경야』의 초기 반응은, 최초의 시리즈로 연재된, 그리고 최후의 출판으로 된 형태에서는, 대체로 부정적이었다. 이는 조이스가 행한 영어의 급진적 개발에서 오는 텍스트 낭독의 좌절에서부터 인습에 대한 존경의 결핍으로 인한 공개적 적의로 뻗어 간다. 여기 초기의 가장 난색자(難色者)로는, 작가의 아우인 스태니슬로스(Stanislas: 당시 UCD 교수)와, 나중에 미국의 절친한 친구요, 전위 시인인, 파운드(E. Pound)였다. 애초에 조이스를 비롯하여 뒤에야 『피네간의 경야』를 지지한 파운드 및 포드(Ford Maddox Ford)는 당대 파리의 3대 모더니스트들로서, 그들의 활동을 활성화했다.〔엘먼의 조이스 전기에는 그들의 우정을 담은 사진이 실려 있다.〕(엘먼, 『제임스 조이스』, 사진 XV, 1959 참조). 특히, 이들 중 파운드는 『피네간의 경야』를 기초로, 그의 나중의 『후기 캔토스(Later Cantos)』에서 자신의 한자 번역을 시도한 것으로 유명하다.

케너(H. Kenner) 교수는 그의 『더블린의 조이스(Joyce's Dublin)』라는 비평 서에서 조이스의 책들에 대한 구조주의적 연구와 한자의 번역에 대한 배려를 도발적으로 시도한다. 특히 그의 또 다른 저서인, 『파운드 시대(Pound Era)』에서 조이스의 "현현(顯現)(epiphany)"(Kenner, p. 289~298 참조)에 대한 한자 풀이가 독자의 관심을 끈다.

많은 비평가들은 『피네간의 경야』를 한 인간의 잠과 꿈의 경험을 재창조하려는 시도로서 믿는다. 오늘날 작품은 그것의 광범위한 언어적 실험, 밤의 무의식의 흐름의 필법, 수많은 문학적 인유, 자유분방한 몽상의 연상 그리고 이야기 줄거리의 무화(無化)와 인물 구성의 인습적 포기 등 때문에, 그 난해성으로 인해 일반 대중들에게 대체로 읽기에 부적한 것으로 알려져 있다. 여기 이 책(『피네간의 경야 이야기』)의 필자는 더 절실한 독자들을 위해 언어와 그 밖의 난제의 해독을 위해 특별히 노력을 쏟았거니와, 이를 바탕으로 독자들의 작품 자체에 대한 독서열도 고조되리라 기대해 본다.

필자는 지금까지 『피네간의 경야』의 초역과 개역에 생경한 신조어들을 많이 조탁했었다. 그러나 새로운 한어역(韓語譯) 역시 여전히 독자에게 읽기 힘듦으로써, 이번의 『피네간의 경야 이야기』에서는 재래의 조어를 다시 전용(轉用)하고, 한때 시도했던 한어(漢語)를 재수정 하기를 기본 원칙으로 삼았다. 비록 예외적인 것들이 있을 수 있으나, 심지어 그때라도 독자들이 의미를 그로부터 가능한 축출할 수 있도록 그들을 다른 말로 변조(變調)하기도 했다. 따라서 독자들에게 이번의 한자(漢字)에 대한 필자의 새로운 배려는 부지(不知)의 신안(新案)이 될 것이요, 새로운 "독서"를 위해 책 속에 내재하는 수많은 "가능성의 가능성"을 개척하는 데 도움을 줄 것이다.

『피네간의 경야』는 심지어 한층 본질적으로 "문학의 코미디"요, 소극(笑劇)인지라, 마치 세속적 주막의 농담이나 소담(笑談)의 연속처럼 즐겁고 흥미롭다. 작품의 이러한 독서를 위해 다음의 제Ⅱ편 『피네간의 경야 이야기』의 21항의 보조적 이론들을 여기 싣는다. 이번의 연구는 심지어 "보통의 독자(common reader)"에게도 그것의 조건들에 맞추어 용이하게 읽히도록 배려했는지라, 새 책에 실린 이번의 21항(項)들의 도움으로 다양하고 새로운 개방성이 이루어지기를 기대한다.

조이스는 『피네간의 경야』에 있어서 그의 의도가 "야간 생활을 재건하는 것임을" 잘 알고 있었거니와, 이번의 『피네간의 경야 이야기』가 조이스의 "어두운 밤의 책"을 여는 열쇠를 단금(鍛金)하는 데 독자들로 하여금 더욱 힘이 되도록 도우리라. 나아가, 그들이 이를 탐독함으로써, 작품의 내용과 형식, 그리고 구조의 새로운 감각을 실감하리라. 그들의 독서에 있어서, 프로이트, 비코, 이집트의 『사자의 책(Book of the Dead)』 등은 새로운 의미를 가져올지니…… "그대들은, 마치 자신들이 숲 속에서 길을 잃은 듯 느끼

고 있는 고, 선량한 독자여?" 필자는 이번의 새로 출판되는 『피네간의 경야
이야기』가 힘겨운 독자들에게 부디 새로운 힘이 되도록 또한, 겸허히 바라마
지 않는다.

1. 『피네간의 경야』의 기원

조이스는 『율리시스』를 완성한 다음, 너무나 지쳤기 때문에 1년 동안 한 줄의 산문도 쓰지 않았다. 1923년 3월 10일에 그는 자신의 재정적 후원자인, 위버(H. Weaver) 여사에게 한 통의 편지를 썼었는데, "어제 나는 두 페이지를 썼거니와, 이는 『율리시스』의 최후의 "그래요(Yes)" 이래 내가 쓴 최초의 것이오. 애써 나는 펜을 발견하고, 내가 글을 읽을 수 있도록 대판양지(大判陽紙)의 이중 판에 커다란 수기로 그들을 복사해야 했다오."(『서간문』 III p. 72) 이것이 『피네간의 경야』를 쓸 작가의 최초 언급이다.

문제의 두 페이지는 『피네간의 경야』에서 HCE가 아일랜드의 역사적 최후의 왕 오코노(R. O'Conor)로서, 그가 손님들이 술을 마신 뒤 자신들의 술잔에 남긴 찌꺼기를 비우는 짧은 스케치로 이루어졌다. 조이스가 1923년 7월과 8월, 영국 보그너(Bognor)에서 휴일을 보내는 동안, 4개의 짧은 스케치들을 썼는데, 이들은 아일랜드 역사의 다른 양상들을 다루는 것들로, "트리스탄과 이졸데", "성 패트릭과 성직자 드루이드," "케빈의 은거" 그리고 4대가(大家)인, "마마누요(Mamalujo)"로서 알려진다. 그러나 이러한 스케치들이 종국에 『피네간의 경야』로서 한 가지 형태 또는 다른 형태로 합치는 동안, 나중에 책의 등뼈를 형성하게 될 중요 등장인물들, 혹은 중요 이야기 요점들은 어느 것도 이들에 포함되지 않았다. 결과적으로 작품이 될 최초의 중후는, 1923년 8월에 조이스가 "매인도래(每人到來; Here Comes Everybody)"의 스케치를 썼을 때, 나타났는데, 이는 그것의 주인공 HCE를 최초로 다룬 것이었다.

다음 수년에 걸쳐, 조이스의 방법은 노트─쓰기의 "점진적으로 강박 관념적 관심"의 하나가 되었는데, 이는 그가 자신이 쓰는 어떠한 단어든 간에 노트 속에 우선적으로 기록되어야 한다고 분명히 느꼈기 때문이다.(엘먼, 『서간문』 III, 146) 이들의 총화는 『잡기(雜記; Scribbledehobble)』라 불리거니와, 조이스가 이러한 잡다한 소재의 노트를 그의 작업 속에 합체시키기를 계속했을 때, 텍스트는 점진적으로 조밀하고 복잡해져 갔다.

1926년까지 조이스는 대체로 『피네간의 경야』의 제I부를 완료했었다. 비평가 레노(G. Lernout)는 주장하기를, 이 초기의 단계에서 책은 "HCE[만인도래]의 스케치에서 발전된 사실상의 초점," 즉 주인공 험프리 침던 이어위커(Humphrey Chimpden Earwicker; HCE)와 그의 아내 및 아이들의 이야기를 완성했다는 것이다. 이는 제I부 2~4장들에서 HCE 자기 자신의 모험들과 5장에서 그의 아내 ALP의 편지에 관한 서술, 7장에서 그의 아들 셈에 대한 탄핵, 그리고 8장에서 ALP에 관한 두 아낙들의 강가의 대화이다. 그런데도 이들 텍스트들은 하나의 통일성을 형성했다. 같은 해에, 조이스는 파리에서 그의 친구인 마리아 조라스(Maria Jolas)와 그녀의 남편 유진(Eugene)을 만났는데, 바로 그때 그의 새로운 작품은 독자들과 비평가들의 점진적인 부정적 반응을 보이고 있었다. 이는 1926년 9월 제I부의 4개의 장들을 발표하기를 거절하는 『다이얼(The Dial)』지에서 절정을 이루었다. 조라스 부처는 조이스에게 『피네간의 경야』를 쓰는 긴 과정을 통해 값진 격려와 물질적 원조를 제공했으며, 그들의 문예지인 『트란시옹(The Transition)』에, 『진행 중의 작품(Work in Progress)』이란 제제(提題) 하에, 연재로서 부분들을 발표했다. 다음 수년 동안 조이스는 작품을 위해 급속히 작업했는데, 제I부 1장과 6장을 그것에 첨가했고, 이미 쓰인 단편들을 개정함으로써, 한층 어구적으로 복잡하게 만들었다.

그러나 이때 쯤하여, 당대 시인 파운드(E. Pound)와 작가의 아우인 스태니슬로스 조이스(Stanislaus Joyce)와 같은 이들은, 그들의 생각을 돌려, 그의 새로운 작업에 대하여 점진적으로 비동정적이 되기 시작했다. 그러자 이때 한층 호의적 비평 기미를 창조하기 위하여, 한 무리의 조이스 지지자들(사무엘 베케트, 윌리엄 카로스 윌리엄즈, 라베카 웨스트 및 타자들을 포함하여)이 새로운 작품에 관한 비평 논문집을 마련했다. 이것이 전술한 『진행 중의 작품의 정도화(正道化)를 위한 그의 진상성(眞相性)(Our Exagmination Round His Factification for Incamination of Work in Progress)』이라는 논문집으로, 지금도 작품 이해에 큰 도움을 준다. 모두 14편의 논문들 중 두 편을 제외하고는 작품에 모두 긍정적이요, 동정적이다.

1929년 7월에, 조이스는 자신의 작품이 점진적으로 대중에 의해 그것의 빈약한 감수로 가일층 퇴락하자, 작품을 완성하려는 가능성에 관하여 그의 아일랜드 친구요, 당대 시인인 스티븐즈(James Stephens)에게 접근했다. 조이스는 1929년 말에 앞서 위버 여사(Weaver)에게 편지를 썼는지라, 그가 작품에 관해 모든 것을 스티븐즈에게 설명했고, "만일 내가, 나의 조건에서, 작품이 광적(狂的)임을 발견한다면, 그리고 다른 해결 방도를 발견하지 못한다면, 책의 제I부요, 종곡 또는 제IV부가 될, 그것의 완성을 위해 마음과 영혼을 스티븐즈에게 스스로 헌납할 것을 약속했다"는 것이었다.(엘먼,『서간문〔Letters〕』 II p. 196) 분명히 조이스는 스티븐즈를 미신적 토대 위에서 선택했는데, 왜냐하면, 그는, 정확히 1주일 뒤에, 조이스처럼 같은 병원에서 태어났고, 조이스 자신의 그리고 그의 작품의 분신인 스티븐 데덜러스(Stephen Dedalus)의 첫 이름들을 분담했기 때문이다. 종국에, 스티븐즈는 작가로부터 작품을 끝마치기를 요구받지 않았다.

1930년대에, 조이스가『피네간의 경야』의 제I부와 제IV부를 쓰고 있을 때, 그의 진행은 심각하게 그 속도가 늦추어졌다. 이는 1931년에 그의 부친 존 조이스(John Joyce)의 사망을 비롯하여 그이 딸 루치아 조이스(Lucia Joyce)의 정신적 건강에 대한 우려, 그리고 주로 자신의 쇠약해가는 시력 등등을 포함하는 많은 힘든 요소들 때문이었다. 그럼에도 불구하고, 드디어 1939년 5월, 17년간에 걸친 도탄지고(塗炭之苦)의 작업 끝에, 책의 형태로 출판되었고, 조이스는 2년 동안의 행운유수(行雲流水) 같은 일생을 마감으로, 1941년 1월 13일 취리히에서 사망했다. 백골난망의 일생이었다. 독자는 아래 그가 진작 쓴『실내악』의 한 시구를 연상하리라.

영광을 잃은 자,
그를 따를 어떠한 영혼도 찾지 못한 자,
조소와 분노의 적들 사이에
조상의 거룩함을 견지하면서,
저 높은 고독한 자여—
그의 사랑은 그의 친구로다.

「실내악」(XXI)

2. 『피네간의 경야』의 표제

조이는 『피네간의 경야』를 "진행 중의 작품"으로서 창작하는 동안, 그것의 제목을 아내 노라 바너클(N. Barnacle)에게 토로했을 뿐, 그 밖에 누구에게도 말하지 않았다. 아래 작품의 제자가 품은 실질적 함축의(含蓄意)를 살펴보자.

1) 조이스는 그의 작품의 제목으로 "피네간의 경야(Finnegan's Wake)"라는 아일랜드 민요의 이름을 언어유희하고 있는데, 이는 선천적으로 술을 사랑하는 한 벽돌 운반 공, 팀 피네간(Tim Finnegan)의 추락과 부활을 유머러스하게 다룬다. 이 민요에서, 팀은 술에 취해 사다리에서 추락하여 죽은 것으로 사료된다. 그의 경야(經夜)에서 조문객들은 난폭해지고, 그러자 누군가가 실수로 위스키(whiskey; 아일랜드 산은 위스키에 "e"를 삽입하거니와, 이는 게일어의 *usqubaugh*로부터 파생한 것이다)를 그의 얼굴에다 엎지르자, 사자가 자리에서 다시 살아나게 되고, 군중의 향락에 합세하게 된다. 따라서 이 코믹한 민요는 조이스의 『피네간의 경야』 작품의 제자뿐만 아니라, 그것의 코미디성의 근간이 된다. 이 민요는 대중에게 아주 인기가 있고(우리나라의 「아리랑」이나 「도라지 타령」처럼), 많은 편곡들이 있다. 민요의 필자는 미상으로, 19세기 초에 작곡된 것으로 전해진다. 조이스는 이 민요로부터 그의 제목을 따왔으나, 소유격 부호를 떼버린 채, 작품의 신화적 하부구조(mythic substructure)를 위해 죽음과 부활의 주제로서 이를 사용한다. 아래 그 일부를 선별하면,

> "피네간의 경야"

> 팀 피네간은 워커(보행자) 거리에 살았대요,
> 한 아일랜드의 신사, 힘센 자투리.

그는 작은 신발을 지녔는지라, 그토록 말끔하고 예쁜,
그리고 출세하기 위해, 한 개의 호두(나무통)를 지녔대요.
그러나 팀은 일종의 술버릇이 있었나니.
팀은 술에 대한 사랑과 함께 태어났대요,
그리하여 매일 자신의 일을 돕기 위해
그놈의 한 방울을 마셨나니 매일 아침.

코러스
철썩! 만세! ─ 이제 그대의 파트너에게 춤을!
마루를 차요, 그대의 양발을 흔들어요,
내가 그대에게 말했던 게 사실이 아닌고,
피네간의 많은 재미를?

이처럼 조이스는 『피네간의 경야』를 쓰면서, 적어도 그것의 근거를 극히 대중적 (또는 저속한) 소재 위에 두고 있다. 작자는 이 대중의 민요로부터 인간의 죽음과 부활의 주제, 거리의 노래 속에 부동하는 불멸의 영웅들과 부활 신의 소재를 따왔다. 이는 조이스의 작품 자체가 표면상 아무리 어려운 고전이라 하더라도, 대중의 보드빌(희가극: vaudeville)이 그 기저를 이루고 있는 이상, 작품은 단지 지식인(highbrow)만을 위한 것이 아니요, 보통의 독자(common reader)를 위한 것임을 입증한다. 왜냐하면, 비록 지식인의 요소가 그 표면에 마치 다엽(茶葉: tea─leaf)처럼 부동할지라도, 그 본질은 달인(blew) 차(茶)에 불과하기 때문이다. 주인공 HCE는 극히 보통 사람이다.

2) 제자는 또한, 핀 맥쿨(Finn MacCool)을 포용하는데, 그는 아일랜드의 "피아나 용사단(Fianna Group)"의 한 전설적 용사요, 아일랜드 영웅담인 "오시아나 환(環)(Ossianic cycle)"의 부족 영웅 및 중심인물로, 콜맥 왕을 섬긴 가장 용맹스러운 인물이다. 그리고 그는 성자 오툴(Lawrence O′Toole)의 요청에 의하여, 스웨덴의 룬드(Lund)에 성당을 건립한 탁월한 건축 청부업자(master builder)이기도 하다. 따라서 핀은 『피네간의 경야』 작품명의

일부를 빌려준 셈이요, 하나의 전형적 인물로서, 작품의 중심인물인 HCE 의 화신 격이다. 결국, 조이스는 HCE의 성격상 켈트적(Celtic) 및 북구의 (Nordic) 기원을 끌어내기 위한 제목으로 그를 의도했다. 핀이란 이름은 스칸디나비아의 조상 및 더블린만(灣) 북안의 호우드 언덕(Howth Hill)에 누워 있는 아일랜드의 전설적 거인을 동시에 암시한다. 작품에서 핀 맥쿨(Finn MacCool)과 그 이름의 변형에 대한 많은 직접적 언급들은 그에 대한 독자의 계속적인 인식을 확약시켜 준다.

3) 제자는 이탈리아의 철학자 브루노(Giordano Bruno)의 철학 원리인, "윤회적 반대 대응설(dialectical process of opposites)"을 함축하는데, 이는 등장인물, 장소 및 사건들의 다양한 신원의 이원론(二元論; dualism), 추락/부활, 죄/면죄, 부패/갱신의 유형학(typology)에 의해 대표되는, 반대의 상호작용으로, 『피네간의 경야』의 구조적 및 주제적 구도를 돕는다.

4) Finnegan은 Finn — again의 언어유희로서, 이는 『율리시스』에서 주인공 블룸(L. Bloom)이 재생된 오디세우스(Odysseus)(Ody — Noman+sseus — Zeus)이듯, 전설적 아일랜드 영웅, 핀 맥쿨의 현대적 화신의 재생을 함축한다. 또한, Tim Finnegan은 영국 민요의 땅딸보(Humpty — Dumpty), 아담과 사탄, 입센(Ibsen)의 건축청부업자, 파넬, 트리스탄과 이졸데, 전설의 마크 왕, 『성서』의 술 취한 노아, 낙마(落馬)한 영국 역사의 리처드 III세, 또는 오쟁이 진 자(cuckold) 등이 됨으로써 그것의 배경 막(backdrop)이 된다.

5) 비코의 역사주의(Viconian Historicism). 『피네간의 경야』의 구조는 앞서 비코의 사상이 그 골격 열쇠(skeleton key)를 형성하거니와, 그에 의하면 모든 사회는 신정시대(神政時代; theocratic age)에 이어, 봉건시대(feudal age), 민주시대(democratic age) 그리고 회귀(*recorso*)로 나아간다. 조이스의

작품의 구조는 4부로 구성되는데, 각 부는 이상과 같은 비코의 역사의 3단계 및 "회귀"를 각각 암시하고 있다. 여기 독자는 작품의 시작이 원시의 동굴인을 종교적 신앙의 공포로 몰아넣고, 문명의 환을 다시 되돌리는, 그리하여 작품의 초두에서 보듯, 그의 반복되는 뇌성의 다철어(多綴語)(bababadal-gharakamminarronnkonnbronntonnern —thunntrovarrhounawnskawntoohoo — hoordenenenthurnuk!)(3)처럼, 역사의 원초적 단계임을 인식한다.

6) 제목은 작품의 주제에 대하여 더 많은 지식을 함축할 수 있다. Finnegan은 Finn —Egan으로, 이를 분석하면, 아일랜드의 망명 애국자인 이건(Kevin Egan)을 암시함으로써, 영국과 아일랜드의 정치적 주제를, 그리고 종(終) *fin*(프랑스어의) 및 시작(again)의 결합을, 나아가, 게일어의 *fionn*(fair 또는 white)을 뜻함으로써, 주제의 상호 함축의(connotation)를 돕는다. 또한, 이는 시작과 끝을 암시하는 환적 무한성의 가능성(possibilities of cyclic endlessness)을 드러냄으로써, 작품이 지닌 "팔지의 고리들(the rings of a bracelet)"같은 무수한 환중환(環中環; circle within circle), 즉, 비코에서 시작한 역사의 환적 이론의 주제를 암시한다.

7) 이처럼 『피네간의 경야』어는, 이의 예에서 보듯, 그 단어가 지닌 모든 의미가 텍스트 해석에 다 적용되고 이해되는 종합어다.

8) 작품이 지닌 "팔 치의 고리들(the rings of a bracelet)"같은 무수한 환중환의, 비코에서 시작한 역사의 환의, 이론적 주제를 암시한다. 『피네간의 경야』에서 이러한 다언어적(multilingual) 언어유희는 우리로 하여금 다른 대부분의 소설가들에서 보이는 분명한 등장인물보다 작품에서 집합적 무의식의 만인(Everyman)을 다루고 있다는 생각을 갖게 한다.

9) 이처럼 『피네간의 경야』어는 그 단어가 지닌 모든 의미가 텍스트 해

석에 다 적용되고 이해되는 종합어(synthetic language)이기도 하다. 따라서 『피네간의 경야』의 텍스트는 단지 문장만을 읽어서는 안 되며 그를 구성하는 단어 하나하나의 세밀한 연구와 해체(dissolution, decomposition) 및 재구성(reconstruction) 속에 읽어야 한다.

이상의 분석을 요약하면,

1) 역사적, 신학적 해석(Vico)

2) 철학적 해석(Bruno)

3) 신화적 해석(Tim Finnegan)

4) 전설적, 지리적 해석(Finn MacCool)

5) 정치적 해석(Kevin Egan)

6) 언어적 해석(게일어, *fionn*)

7) 문학적 해석(Ibsen) Finn MacCool, master builder

이상의 『피네간의 경야』 제자의 분석은 『피네간의 경야』가 담고 있는 다양한 함축의(含蓄意)를 우리에게 보여주거니와 그것의 언어의 실체는 모체(matrix)와 그 측음적(側音的; 부차적) 요소(lateral element)로 구성되고, 그의 동음이의(同音異意; homonym)가 필수다. 이러한 제자의 해석 및 어의적 분석(exegetical analysis)은, "텍스트는 이런 식으로 읽어야 한다."는 『피네간의 경야』 작품 전체의 해독법을 예증하고, 보여준다.

3. 『피네간의 경야』의 줄거리 및 문체

『피네간의 경야』의 확정된 개요나 이야기의 줄거리는 사실상 불가능하다. 왜냐하면, 그의 언어적 복잡성과 다차원적 서술 전략은 너무나 많은 수준과 풍부한 의미 및 내용을 지녔기 때문에, 단순한 한 가지 줄거리로 유효적절하게 함축될 수 없다. 어떠한 작품의 개요든 간에, 그것은 필연적으로 선발적이요, 축소적인지라, 여기 작품의 개요 또한, 그의 다층적 복잡성 때문에 가일층 그러할 수밖에 없다.

『피네간의 경야』의 이야기는 한마디로 주인공이 갖는 공원의 죄의식과 함께, 인류 역사상 그를 둘러싼, 인간의 대소사(大小事)를 다룬다. 거기에는 하나의 지속적 이야기인, 추락의 이야기로, 이는 작품을 통하여 재삼재사 반복된다. 거기에는 계속적인 논쟁이 있는지라, 그것은 사실상 두 개의 문제들을 함유한다. 즉, "추락은 무엇인가?" 그리고 "그것의 결과는 무엇인가?" 주인공 이어위커는 과거 더블린 외곽의 피닉스 공원에서 한때 저지른 이 범죄 행위 때문에 잠재의식적으로 끊임없이 고심하고 있거니와, 이는 더블린의 거의 모든 사람들에게 구전되어 왔다. 그런데도 이는 별반 근거 없는 스캔들이다. 이는 그의 무의식을 통하여 한결같이 그를 괴롭히는 아담의 원죄와 같은 것이다. 그것의 내용인즉, 더블린의 피닉스 공원의 무기고 벽(Maga-zine Wall) 근처의 숲 속에서 두 소녀들이 탈의하고 있는 동안(소박한 목적을 위해), HCE가 그것에 자신의 관음증적(觀淫症的) 엿봄을 행사함으로써, 스스로의 나신(裸身)(수음[masturbation]을 위해?)을 드러낸다는 내용이다.

한편, 방탕한 세 명의 군인들이 엿보는 HCE를 엿보거나, 그의 행실을 가로막는다. 『성서』에서 부친 노아의 나신을 훔쳐보는 그의 아들 '에서(Esther)'와 같은 세 명의 군인들은 또한, 죄인의 증인들이 된다. 『피네간의 경야』의 가장 중요한 주제 중의 하나인 이어위커의 이 공원의 죄는 그것을 표현하는 말투가 거의 모든 페이지를 수놓고 있다. 이는 인간의 원죄와 더불어, 약간의 변형과 함께 거듭 반복되는, 한정된 소재의 거대한 배치(配置)처럼 보인다. 이어위커의 죄는 총체적으로 관음적, 성적 및 분비적(糞泌的) 특질(voyeuristic, sexual and scatological nature)을 지닌다.

여기 『피네간의 경야』에서 조이스는 모든 시간과 공간을 에워싸는 간격 사이에 한 잠자는 인간(HCE)의 수많은 심적 악몽의 환상들과 잠재적 또는 무의식적 꿈의 감정을 총괄하는 밤의 세계를 창조하려고 노력한다. 그리하여 대다수의 독자들은 『율리시스』처럼, 『피네간의 경야』의 문학적 목적과 성취를 충분히 이해하기 위해 그에 대한 비평과 해설 및 언어의 석의(釋義)의 과정을 위한 광범위한 보조문학(subsidiary lit.)을 필요로 한다. 조이스는 『율리시스』에서 "의식의 흐름"의 내용으로 한 인간의 낮의 사고와 이미저리(imagery)의 테두리를 분명하고도 예리하게 보존했었다. 그러나 그는 여기 『피네간의 경야』에서 인간의 꿈의 세계가 지닌 만화경적 특성과 그의 등장인물들의 신분들이 온통 어둠에 감싼 채, 모든 것을 암담하게 기록하고 있다. 여기 작품은 주인공 HCE의 꿈꾸는 이야기로서, 꿈의 양상과 그 속의 기억들은 무의식에서부터 잠 속에 자유로이 부동하기 때문에, 작품의 에피소드들과 그 배열은 인류의 집합적 의식으로서 막연히 언급될 수 있는 존재가치 및 개인의 경험을 훨씬 초월한다. 이 작품은 그 속에 회극적이요, 괴기(怪奇)하고, 슬프고 절망적이며, 정열적이요, 보편적인(그리고 이들이 모두 동시에) 꿈의 변화무쌍함 속에 그 의미를 함축 포용하고 있다. 그리하여 등장인물들은 타인들로 그리고 무생물의 사건들로 변용하는가 하면, 그 배경 또한, 끊임없이 변화한다.

그런데도 독자는 이 작품의 난마와 같은 얽히고설킨 내용의 복잡성 가운데서도 이 꿈꾸는 자에 관한 몇몇의 사실들을 쉽사리 확인할 수 있다. 이는 작품의 이야기 줄거리(plot)로서 행사할 수 있을 것이다. 이를테면, 그는 분명히 덴마크계의 조상을 지니며, 이름은 이어위커로서, 더블린의 피닉스 공원 외곽의 체플리조드 마을 및 리피강 상류 근처에 브리스틀(Bristole) 또는 마린가(Mullingar)라는 한 개의 주점을 경영하고 있다. 또한, 더블린 사람들에게 그의 이름은 언제나 농담과 조롱의 대상이 되어 왔는바, 이는 그 이름이 담은 외국어 음에 덧붙여, 곤충을 암시함으로써 때때로 "집게벌레(ear-wig)"로 언급되기 때문이다.

　이제 HCE 자신의 옛 죄에 대한 감정은 어느 떠들썩한 토요일 저녁 주점에서 그가 너무나 술에 취했다는 사실로서 재인식된다. 거기에는 또한, 어떤 종류의 언쟁이 벌어지나니, 필경 음주가 강제적으로 폭음되었기에, 그사이 욕설이 교환되고 돌멩이들이 던져진다. 그리하여 이러한 소란이 이어위커로 하여금 그의 초기의 심적 가책을 상기시켰던 것이다. 그가 잠자리로 갔을 때 여전히 술에 취해있으며, 하루의 사건들이 그의 잠을 어지럽게 만든다. 그와 그의 아내는 한때 그들이 서로 지녔던 성적 열정을 더 이상 가질 수 없기 때문에, 그의 꿈은 그녀에게로 향하지 못하지만, 그 대신 자신의 아이들을 그 속에 말려들도록 한다. 그의 죄의식은 자신의 꿈의 친족상간적(incestuous) 성질로 재차 야기되지만, 이러한 전도된 욕망의 금기가 딸 이씨를 전설의 유명한 미녀 이졸데로, 그리고 자신을 트리스트람으로 변형시킴과 동시에, 그들의 부녀(父女)의 근친상간을 자아내게 한다. 그리하여 많은 똑같은 과정에 의하여 꿈속의 다른 인물들도 각양각색의 다른 개성들과 의미들로 뒤바뀐다. 새벽녘에, 쌍둥이 중의 하나인, 셈이 그의 방에서 잠자다 고함을 지르자, 그의 어머니가 그에게로 가서 그를 위안한다. 이어위커는 그녀가 그곳으로 가는 것을 단지 반쯤 의식한 채, 다시 잠을 계속한다. 작품이 끝날 때쯤 날이 새고 이들 부부는 잠에서 깨어날 채비를 갖춘다.

　『피네간의 경야』의 첫 장에서 다음절로 된 천둥소리는 비코의 환을 암시하지만, 그러나 그것은 또한, 앞서 벽돌공인 팀 피네간의 추락과 연관된다. 그의 경야 제(祭)는 만족스럽게 끝나는 일종의 떠들썩한 잔치요, 그러나 한 단계에서 각성(wake)에 의하여 재생됨으로써, 그는 자리에서 일어나 다시 걷도록 위협받는다. 팀 피네간의 매장은 "호우드 성과 그 주원"의 풍경으로 이울어지는데, 그로부터 그는 다시 똑같은 대문자(HCE)를 지닌 같은 인물로 출현하기도 한다. 팀 피네간처럼, 이어위커는 신화시대의 인물이요, 작품에서 그는 자신의 이름이 암시하는 대로 "만인도래(萬人到來)"인 동시에,

"보통 인간의 보편성(Haveth Childer Everywhere)"을 지닌다.

『피네간의 경야』는 형식, 의미, 언어 및 문체에서 대담한 실험을 의미한다. 그것은 반복적이요 그의 단편적 에피소드들과 언어의 표현을 그 극한까지 밀고 나가려는 작가의 노력은 너무나 고무적이요 영웅적이기까지 하다. 여기 그는 인간을 도덕적 및 사회적 관습의 역사를 통하여 그의 기원의 신비에까지 거슬러 올라가게 한다. 그가 작품 말에서 인류의 몰락과 재생의 약속을 긍정함은, 오늘의 불완전한 인류를 위한 그의 놀랍도록 비범한 문학적 대공적이라 할 것이다. 작품의 끝나지 않는 마지막 문장에서부터, 이어지는 작품의 첫 구절에 이르기까지, 흐르는 물과 아담과 이브, 그리고 호우드 성과 그 주원의 이미지들과 함께, 작가가 여기 묘사한 환(環)의 문학은 인생과 그 흐름이요, 역사 및 시간의 기록으로, 우리들의 간단없는 내일의 약속을 의미한다. 조이스의 이러한 대 환적 역사 알레고리는 세계문학 사상 그 예가 드물 상 싶다. 이는 그의 길몽(吉夢)이요, 운수 좋은 화서지몽(華胥之夢)이 아닐 수 없다.

『피네간의 경야』의 언어는 사실상 그것의 재창조를 의미한다. 이 작품에서 조이스는 문학의 영역에 있는 모든 다양한 문체를 노출하는바, 그의 다층면의 효과를 성취하기 위해 수많은 언어의 기법적 방안들을 동원한다. 따라서 작품의 의미의 주된 맥을 견지하는 것은 그것이 진행되는 긴 이야기의 줄거리보다. 오히려 의미를 확장하는 한결같은 언어와 문체의 유희(遊戲)에 있다 할 것이다. 이 작품을 이해함에 있어서 많은 것이 그의 언어적 및 문체적 기법에 달려 있기 때문에, 독자는 그의 시각적 및 청각적 효과에 극히 민감해야 한다. 따라서 우리는 작품을 눈으로 읽어야 함과 동시에 귀로 들어야 한다. 〔독자는 조이스가 녹화한 리피강의 음과 그를 기록한 녹음을 들을 것이다. 이는 작품의 제I부 8장의 끝에서 여섯 페이지에 해당한다.〕 더욱이, 작품의 이야기가 돌고 도는 구조적 기법은 단순한 신문적 서술보다 한층 시적이요 음악적이다. 어린 조이스는 한때 음악가 지망생이었거니와, 성숙기에 아마도 당대 모더니스트 작가들 가운데 가장 위대하고, 어느 시대이고 가장 음악적 작가 중의 하나였다.

앞서 지적한 대로, 비코의 역사적 4순환처럼 『피네간의 경야』는 이어위커 또는 총체적 인간의 탄생, 결혼, 죽음 및 부활의 반복, 존재의 현실과 비현실의 주제를 다룬 엄청난 대 알레고리이다. 구조적으로, 조이스의 작품은 4대별 속에 17장들이 있는데, 이의 각 장은, 앞서 지적처럼, 비코 시대의 하나하나와 대응한다. 제I부의 8개장은 두 부환(副環; subcycle)을 구성한다. 제I부와 제I부 내에 2개의 환이 선회하고, 이들 각 부는 각 4장들을 지닌다. 제IV부는 단일 장으로, 전반적 "회귀"의 장이다. 이것이 끝나면 우리는 다시 책(작품)의 처음으로 되돌아가기 시작한다. 하나의 환은 더 작은 환들로 구성되는지라, 전체 작품은 하나의 커다란 윤(輪)으로, 그것은 "운명의 수레바퀴(Wheel of Fortune)" 및 "수차륜(水車輪)의 비코회전비광측정기(回轉備光測程器)(millwheeling vicociclo—meter)"(614)의 형태를 지닌다. "오래된 질서는 변화하나니 그리하여 최초처럼 후속하는지라,(The old order changeth and lasts like the first)"(486), "비코 가도(街道)는 뱅뱅 돌고 돌아 종극이 시작하는 곳에서 만나도다.(The Vico goes round and round to meet where terms begin)"(452)(나그네는 더블린만[灣]의 환상과 환적 외도[外道]를 여러 차례 왕복할 수 있다).

『피네간의 경야』에 있어서 부자(父子)의 문제는 부(父)의 인물인 나이 든 남자를 거듭해서 만나고 전복하는 자식들의 음모의 전형이 된다. 이러한 만남은 피닉스 공원에서의 이어위커와 부랑자 캐드(Cad)(보통 명사로는 "천격 인간") 간의 근본적 만남의 재화(再話)요, 아일랜드의 주막 주인과 노르웨이 선원 및 세바스토폴의 크리미아 전투(Crimean War)(이 전쟁은 오늘날도 격렬한지라, 역사의 수레바퀴런가!)에서의 버클리와 러시아 장군의 이야기 등등 속에 재현된다. 셈은, 젊은 조이스 자신처럼, 일생 자기 자신 속의 부권(父權), 더블린과 조국, 성당의 신부들, 예수회원들, 하느님 아버지, 그리고 입센, 단테 및 셰익스피어와 같은 문학적 거장들과 투쟁해 왔다. 그러나 그는 또한,

자기 자신을 부(父)의 모습, 노공장(老工匠)의 제자로 보고 있다. 그는 부친의 안내역을 떨쳐 버리고 자기 자신의 날개로 비상하기를(그리스 신화의 이카로스처럼) 장익비상(張翼飛翔)이라, 자기 자신이 창조자—부(父)의 모습이 되기를 열망하고 있다. 『피네간의 경야』에서 부자의 만남은 쌍둥이 형제들인, 셈과 숀의 협동 속에 이루어지는데, 여기 그들은 철학자 브루노식의 "반대의 일치(the coincidence of contraries)" 속에 부(父)인, 이어위커를 전복하고, 그를 대치하는 공동의 모습으로 나타난다. 이와 함께 작품 속에 등장하는 모든 자식의 모습들은 한 근본적인, 찬탈자적 자식을 형성함으로써, 노인들과 젊은이들 간의 만남은 전형적 부친살해 (parricide)의 전형이 된다.

재차 말하거니와, 『피네간의 경야』에 있어서 형제(셈과 숀)의 갈등은, 도스토옙스키(Dostoevski)의 『카라마조프의 형제들(Bratya Karamazovy)』처럼, 원초적 및 가장 지배적 주제 중의 하나다. 작품 최초의 5개의 장들을 통하여 폭발하는 형제의 싸움은 제I부의 6장과 7장에서 그 절정에 달한다. 6장에서 셈은 12개의 질문 중 1개를 제외한 모든 질문을 행하고 이들을 숀이 대답하는데, 특히 11번째 질문은 그들 형제간의 상관관계의 극한을 드러낸다. 여기서 숀은, 만일 그의 가련하고 망명자인 형 셈이 그에게 음식을 구걸하거나 원조를 청하면, 그를 도울 것인가라는 질문에, 그는 단호히 "천만에(No)!" (149)하고 답한다. 이 부분에서 숀의 설교는 푼돈—현금(Dime and Cash)의 문제와 함께, 쥐여우(Mookse—Shaun)와 포도사자(Gripes—Shem)의 일화 속에 그들 양 경쟁자에 관한 설교를 설파한다. 이들은 철학자 브루노처럼 수많은 양극화를 대변하는데, 예를 들면, 공간과 시간, 이어위커와 캐드, 영국 국민과 아일랜드 국민, 성자와 악마, 윈덤 루이스와 조이스 자신 등이다.

작품 말 ALP의 독백은 사랑과 질투, 울분과 오락, 혐오와 공포, 감성으로 충만 되어 있지만, 그러나 탄생과 갱신의 많은 언어들이 부동한다. 『율리시스』에서 몰리의 독백 길이의 1/4에 해당하는 그녀 앞에 놓인 짧은 독백에서 "가자궁묘(家子宮墓)(homb. home+womb+tomb)"의 대양, 파도, 폭풍, 바다를 그녀는 혐오하지만, 그런데도 그들을 동경한다. 새로운 시작, 재탄생, 회춘, 다시 아침, 어머니, 조류의 흐름, "누보레타(Nuvoletta)"(113)(운처녀; 雲處女), 조이스의 작품에서 이 장대한 유희는 무수한 지상의 신화적 기존 의식을 고수한다. 마찬가지로, 오늘의 이어위커의 꿈은 바빌로니아 신화의 봄과 식물신인 태마츠(Tammuz), 또는 이집트 신화의 명부(冥府) 왕 오시리스(Osiris), 희랍 신화의 미소년 아도니스(Adonis)의 그것처럼, 매장과 소생의 역사를 대변한다. 그리하여 이 작품의 주제는 또한, 너무나 태고의 것이요, 우주적인지라, 이는 바로 프레이저(Jamse Frazer) 교수가 그의 『금지(Golden Bough)』에서 신화와 종교의 근원을 교호(交互)시킨 주제, 즉 매장과 부활의 주제이기도 하다. T.S. 엘리엇의 『황무지』에서 몸과 그림자가 서로 화합하여 위로하듯, 또 다른 형영상조(形影相助)의 순리던가! 조이스도 엘리엇처럼 미스 제시 웨스턴의 『로맨스의 의식(From Ritual to Romance)』에서 암시받았던가?

『피네간의 경야』에 대한 비코의 『새 과학(New Science)』의 개념적 중요성을 알리는 한 가지 방법으로서, 작품의 장들은 4개의 그룹으로 정렬된다. (『율리시스』의 3부〔트리오〕구조와는 달리). 『피네간의 경야』는 4부로 분할되는데, 그의 첫째는 8장들(또는 4장들의 두 세트, 『율리시스』의 "페넬로페" 장의 몰리의 독백 구조처럼)을 가지는바, 한편 제I부와 제I부들은 각각 4장씩을 갖고, 제IV부는 홀로이다. 제I부의 첫 4개의 장들에 걸쳐, HCE가 『피네간의 경야』의 원초적 인물로서 소개되고, 이어 점차 시야에서 물러나, 사라지며, 자기 자신의 그리고 자기 자신에 대해 무의식적, 문자 그대로, 부재의 주체가 된다. 작품의 첫 장은 우리를 『피네간의 경야』의 밤의 하부 세계 속으로 인도하고, 한 남자의 성층화(成層化)된 육체의 내부에 초점을 맞춘다. 그리하여 그는 세계(world)에 대하여 죽었거나(경야에서, 침잠했거나), 또는 말(word)로 죽는지라(침대에서, 경야가 아니고)―그러나 어느 경우에서도 의식이 없다. (『율리시스』에서 마사의 "친애하는 헨리"에게 행한 편지에서 "저는 당신을 심술꾸러기라 불러요 왜냐하면, 다른 '세계〔world〕'는 싫으니까요.")(U 63).(마사의 편지에 쓰인 '말〔word〕'은 잘못된 철자요, '세계〔world〕'란 철자의 잘못은 블룸의 잦은 의

식처럼 HCE의 빈번한 오류를 암시하거니와). 이 작품의 첫 페이지에서 "육봉구두"로부터 "땅딸보 발가락"에 이르기까지 뻗어 보인 채, 그의 가로누운 육체는 이 장을 통하여 시야에서 들락날락한다. "기피자(欺彼者) 자신의 육봉구두(肉峰丘頭)가 신속(愼速)하게 비문(非門)의 객(客)을 그의 땅딸보 발가락을 탐하여 한껏 서쪽으로 보내는지라."(3)

시체에 대한 이 전반적 초점은 제I부("민요")의 두 번째 장에서 청각적 기관 속으로 수축하고 내부로 끌어 들인다―그리하여 그것은, 소문(所聞)과 과문(過聞)에 관해 온통, 꿈꾸는 자의 귀(첫째 장에서 "암흑의 눈"으로 불렸거니와) 속으로 내부의 후퇴를 신호한다. 여기 청각적 영역의 초점화(focalization)가 부분적으로 일어나는데, 그 이유인즉슨 조이스가 지적한 대로, "잠 속에서 우리의 감각은, 청각의 감각 이외에는 잠자는바, 청각은 언제나 깨어있는지라, 왜냐하면, 그대는 귀를 닫을 수 없기 때문이다." 따라서 이어위커라 불리는 한 주인공에 중심을 둔 채―그의 성(姓)은 "상시경각자(everwaker)" 또는 "감시자(watchman)"를 의미하는 고대 영어의 파생된 것이요, 분명히 귀를 환기시키는지라―가장(家長)은 아주 그 말의 모든 의미에서, "과문(overhearing)"에 관한 것이며, 소문과 풍문을 통해서―엿듣는 것(eaves―dropping) 또는 아일랜드―영어로 "집게벌레 짓(earwigging)"을 통해서―이어위커가 자신의 사회적 관계와 아일랜드에서의 그의 신분에 관해 청취했던 감각을 부분적으로 그의 독자에게 제공한다(제I부 2장은 음악의 단편들로 끝나면서, 이 장은 또한, 음악과 소리에 있어서 『피네간의 경야』의 깊은 근원을 설명하는 데 돕는다). 이 장이 들려주듯, 『피네간의 경야』야 말로 음악과 소리의 소설이다. 마치 『율리시스』의 "사이렌" 장의 음악적 화음의 축적처럼.

제I부의 3장과 4장은 『피네간의 경야』의 첫 두 개의 장들보다 읽기에 한층 음산하고 한층 딱딱하다. 부분적으로, 그 이유인 즉슨, HCE는 심지어 한층 더 깊이 의식 생활로부터 물러나고, 이제는 "거의 사라진 채," 문자 그대로 부재하게 되며, 그런고로 소문, 농담 및 보고에서 단지 간접적으로 제시되기 때문이다. 캠벨(Campbel)과 로빈슨(Robinson)의 책 『골격 열쇠(A Skeleton Key)』에서처럼, 그들에 의해 "HCE의 서거와 재판"으로 제자(題字)된, 제I부, 3장은 의식으로부터 HCE의 살아짐 뿐만 아니라, 밤의 세계에 있어서 그의 부동성, 즉 그의 육체적 "체포(逮捕)"와의 관계를 행사하는 듯하다. 한편, 작품의 의미심장한 전환점인 4장에서, "용해(disselving)"와 확산의 과정이 시작하는데, 이때 HCE가 중심적 초점으로부터 먼 배경 속으로 이울어지고, 대신 이상하고 합성적 인물들—케이트, 4노인들, 셈과 숀 및 아나 리비아가 그의 위치를 점령한다. 이들은 모두 HCE의 소속된 식구들이요, 기네스 맥주를 다루는 강산풍월주인(江山風月主人)들이다. 이러한 이울어짐은 조이스가 없었던들, 그와 프로이트는 단지 셰익스피어가 그들 양자에게 야기할 듯한 오염의 번뇌를 아마도 결코 느끼지 못했을 것이다.

이러한 제2의 인물들의 출현은 HCE의 변화된 신분—이제는 문자 그대로 부재의 실체 속으로—그리고 그의 무의식의 심층적 탐사를 공히 의미하는 듯하다. 왜냐하면, 만일 단호한 가부장적 남성 신분의 날에 의한 지속이 무법적(無法的), 여성적 및 아이의 특질들의 억압을 필요로 한다면, 이러한 특질들은 분명히—그런고로 HCE의 무의식의 양상들—『피네간의 경야』의 연속적 다음 4장들에서 크게 부상하는 것들이기 때문이다. 작품의 변통성(變通性)은 또한, 이 점에서 그것의 진전으로 변화하는지라, 즉 연대기적, 역사적 서술처럼 읽는 것보다 오히려, 『율리시스』의 어떤 독자도 놀라지 않을 움직임으로, 그 대신 그것은 각각이 새로운 주제와 형식을 취하는, 일련의 장(章)—길이의 동위적(同位的) 소품문(小品文)들(비네트)을 통하여 진화하기 시작한다. 『율리시스』 10장의 19경 바둑판 비네트들처럼.

『피네간의 경야』에 대한 뭔가 중요한 분석 평론이라 할 제I부 5장은—오렌지 향의 진흙더미의 핵심 속에 잠들어 놓여 있던 매몰된, 보스턴에서 ALP가 HCE에게 보낸 편지 그리고 경야의 "외상기(外傷記: traumscript)"를 위한 암호로서 부분적으로 이바지하는 것, 그 자체가 결국 일종의 "매장된 편지"인, 그녀의 "모음서(mamafesta)"를 개척한다. 왜냐하면, 우리는 그의 본문의 표면 하에서 잠재적 의미를 발견하지 않으면 안 되기 때문이다. 밤의 의식 속에 일어나는 것은 일종의 수수께끼요, 프로이트에 따르면, 꿈이다. 나아가, 서술의 연속성을 포기한 채, 고로, 제I부의 6장은 수수께끼의 형태를 택한다—이는 무시간적 마디—또는, 하층 타당하게, 12수수께끼들, (마치『율리시스』의 7장의 단편들처럼) 그들 각각은『피네간의 경야』의 주된 인물들 혹은 논제들의 하나를 그의 해결로서 갖는다.(조이스는 이 장을 "가족 앨범의 그림 역사"로서 언급했다). 제I부의 7장과 8장은, 최후로,『피네간의 경야』의 밑바닥에서, 솀과 숀 및 아나 리비아 플루라벨의 인물들을 각각 음미하는데, 이들은 극악하게 "저속하고," 무법적인 것의 대표자들이요, HCE의 모성적 및 여성적인 차원들이다. 그는 여기 양성천사(兩性天使; androgynous angel)인 셈이다.

조이스는 제I부의 첫 장을—이는『피네간의 경야』의 구조적 한 가운뎃점이니, 8개의 장들은 그를 선행하고, 8개의 장들은 그를 뒤따르는지라—(주. 이는『율리시스』의 최후 장인 "페넬로페"의 구조주의를 닮았다. 로버트 보일 신부가 재치 있게 지적하듯, 이 장의 8개의 문장들에서, 조이스는, 너무나 빈번히 거듭하듯, 숫자 8의 형태와 구조를 사용하고 있다. 이를테면, 장의 시종에서 S+S로 횡단의 영원을, 블룸의 조반을 위한 2개의 달걀을, 전체 8의 하부 절반인, 몰리의 중위의 강(腔)인, 항문(anus)과 8의 상부 절반인, 그녀의 질(膣; vagina)을 대표하거니와, 이들은『피네간의 경야』의 주요한 주제다).『피네간의 경야』에서 이들 달걀들은, 경야에서처럼, (1) 과거의 결별과 태양의 미래의 지시 (2) 미사에서 영적 교섭(communion) (3) 새로운 시작인 부활(Resurrection) (4) 가브리엘(Gabriel)에 의해 선언되고, 그리스도 교회에 의해 언급되는 "말씀(Word)"을 각각 상징한다.(615, 184)〔『제임스 조이스의 율리시스』에서 로버트 보일, p. 412, 420 참조〕 이는『믹크, 닉크 및 매기의 익살극』이란 제목으로 출판했는데, 한 아이("악마")가 다른 아이들("천사들")에 의하여 선택된 한 가지 색깔을 마치게 되어 있는 "천사들과 악마들" 또는 "색깔들"이라 불리는 아이들의 게임에 기초를 두고 있다.

그것이 『피네간의 경야』 속에 재연될 때—그리고 여러 가지 상호 연결된 이유들 때문에—가 경기는 HCE의 아이들인 셈, 숀 및 이씨에 의하여 놀이 되는바, 이들은 이제 자신들의 양친을 대신하고, 작품에서 중심 단계를 점령한다. 그들이 아마도 그렇게 하는 이유는, 민속에서 그리고 대중 관용구에서, 잠은 "회춘(rejuvenating)"으로 말해지기 때문이리라. 한편 정신분석적 용어로, 잠은 "유아 복귀(infantile regression)"를 수반한다. "꿈은 단순히 우리들을 다시 한 번 우리들의 생각과 감정 속에 아이들로 만든다." 작품이 아침 부활의 순간을 향해 그의 중심을 지나 움직이기 시작할 때, 환언하면, "경야(wake)"란 말의 원자(原子)가 장의(葬禮)로부터 부활로 바뀐다. 인생을 마감한 한 노인의 경야에 중심을 두기보다는 오히려 (『피네간의 경야』의 제I부에서처럼), 그것은 이제 "깨어남" 및 수많은 작은 피네간들의 깨어남의 "빛을 향한 마음 열기"를 개척하기 시작한다.

"천사들과 악마들" 또는 "색깔들"의 아이들의 게임이 『피네간의 경야』의 이 장에서 끝까지 연출될 때, 더욱이, 암담한 인물인 셈은, 숀, 이씨 및 이씨의 놀이 친구들에 의하여 선택된 색깔의 이름을 마치려는 일로 분담된다. 그는 "담자색(굴광성; heliotrope)"이란 이 숨은 색깔을 발견하는 데 실패하고, 자신이 암흑 속으로 도로 떨어지는 사실은, 나아가, 작품 자체가, 이 장으로 시작하여, 이제 "담자색적으로(굴광성 적으로)"되어가고, 태양, 부활 그리고 의식의 재탄생을 향해 움직이고 있음을 암시하기 때문이다.

제II부의 2번째 장을 조이스는 "야간 수업"이라 불렀거니와, 그는 인간의 지식과 지각의 토대를 회상하거나, 기록함으로써, 이러한 진전들을 따른다. "여기 기법"은, 조이스에 따르면, 쌍둥이들에 의한 가장자리 주석들, 소녀에 의한 각주들, 그리고 유클리드 도표와 이상스러운 그림들 등으로 메워진 남학생(그리고 여학생) 용 옛 교과서의 재생으로, 쌍둥이들은 절반쯤에서 그들 주석의 위치를 바꾸지만, 소녀는 그렇지 않다. 아라비아 숫자와 구문(그리고 "죄화〔罪話; sintalk〕)" 및 요약해서, 문자의 신비스러운 어려움과 봉착하는 아이들이 어떠한가를 우리 하여금 마음속에 두게 하면서, 이 장은 공히 반초본(反初本; antiprimer) 및 안내서, 인류의 학문과 문화의 기초 분석 그리고 지식의 기본적 원리의 복귀에 해당한다. 최후로, 아이의 마음의 형성을 위한 재구성은 작품의 초기에서, 무의식과 경야로 나아갔던, 깨어나는 강렬한 자들의 힘을 보여주는 두 장들로 뒤따른다. 한때 솀(여기 돌프로 불리거니와)은 숀(여기 케브로 불리거니와)이 유클리드 도안을 그리도록 돕자, 후자는 그가 ALP의 음문의 도안을 그렸음을 인식하고 돌프를 친다. 이 뒤로 돌프는 케브를 용서하자, 아이들은 52인의 유명 인들에 대한 숙제를 배당받는다. 장은 아이들의 양친에 대한 "밤 편지"로서 종결되는바, 그곳에서 그들은 자신들의 양친을 극복하려는 욕망으로 분명히 결합한다.

제II부 3장의 "주막 장면"은, 그의 배경적 세목이 나이 먹은 HCE가 그의 주점의 일을 걱정하는 것을 보여주는지라, 가정과 노쇠에 순차적으로 굴복하는 노인을 나타내는 세 이야기들을 제공하는데, 이제 그는 쇠락했기에, 클라이맥스에서, 그의 아들들에 의하여 압도되고, 대치된다. 4장은, 상보적(相補的)으로 (마마누요; Mamalujo)(마태+마가+누가+요한), 트리스탄과 이졸데의 로맨스를 암담하게 회상하면서, 노인이 자신 없는 미래 속으로 출항하는 젊은 애인들에 의해 그에게 거절되고 방기되는 마크 왕의 처지를 불러일으킨다. 4장은 비교적 짧다.

조이스는 초기 『피네간의 경야』의 창작에서 작품의 제I부에 대해 "숀의 망보기(Watches of Shaun)"로서 언급했거니와, 그를 이미 서술된 사건들을 통하여 밤 속을 뒤를 향해(거꾸로) 여행하는 한 우체부에 대한 서술로서 특징 지웠다. 그것은 14개의 정거장들의 "순항(via crucis)"의 형태로서 서술되지만, 사실상 단지 리피강을 따라 아래로 흘러가는 한 개의 나무 통(桶)일 뿐이다. 신세계와 우편물의 배달을 위해 여행하는, 한 우체부로서, 숀은 모든 교양인이 할 수 있는 것을 행한다. 즉, 그는 단순히 우편부대 속만이 아니고, 그의 머릿속에 그리고 혀끝으로 편지를 나르며, 바로 편지처럼, 아침에 그들을 나를 준비를 갖춘다. 제I부를 통한 그의 성장하는 탁월성은, 따라서, HCE의 학식 있는 그리고 편지를 지닌 의식의 심야에서부터 그리고 차례로,

그의 자기 인식과 자기 보존을 위한 능력의 깊이로부터 재상승하는 것 같은 어떤 중요한 인물을 대표한다. 비록 1인칭 서술이『피네간의 경야』의 초기에 나타났지만—8장에서 가장 길게 그리고 손에 의해 또는 그와 관계가 있는 구절들에서—그것은, 마치 유식한 의식(意識)과 함께, 꿈꾸는 자의 "자아 (*ego*; 라틴어의 "나")가 스스로를 회상하려고 서술하고 있는 듯, 제II부의 지배적 형식이 된다. 제II부의 과정에 걸쳐, 사실상, 손이 자신의 사명을 띠고 한층 멀리 그리고 차례로 여러 세월에 걸쳐 여행할 때, 그는 더욱 더 강하게 HCE와 닮아 가고—드디어,『Haveth Childers Everywhere』라는 제목 아래 출판된 구절에서, 그는 마침내 HCE와 동일한 인물로 바뀐다. 그의 부친의 기품(氣品)과 이미지로서, 이를 또 다른식으로 서술하면서, 손은 제I부와 제II부의 과정을 걸쳐 성장하여,『피네간의 경야』의 시작에서 사라졌던, 그리고 제III부와 제IV부의 마지막 두 부에서 재기를 준비한 채, 재현하는 인물이 된다.

제III부의 첫째 장에서, "손의 첫째 망보기"인, 손의 꿈같은 인물이, 연대기적 시간의 식욕을 일으키는(그의 서술 속으로 서로 얽히는 음식에 대한 무수한 말장난들은 작품이 아침과 조반으로 한층 가까이 움직일 때 공복(空腹)의 잠 내에 솟아오름을 암시한다).

그러나 그대의 정신(주정; 酒精)과 함께 평화를 주기 위한 한 골무의 라인 주(酒). 갈증으로(진실로) 감사하도다. 빵과 식용 해태(海苔) 및 티퍼라리 잼, 모두 요금 무료, 아만 버터, 그리고 그리하여 최고의 와인과 함께. 웬고하니 그의 심장은 자기 몸만큼 크기 때문이라, 그랬나니, 정말, 더 컸었도다! 엽(葉)빵들이 개화만발하고 나이팅게일이 짹짹 우는 동안. 그리고 끝내야 할 필요가 있는 일의, 성장하는 감각과 더불어, 공허에서부터 출현한다.(406)

손의 출현은, 편지를 나르는 의식(意識)의 상승과 함께, 종교에 대한 감각과 개인적 및 시민적 도덕성의 재각성을 한층 신호하는지라—우리 모두는 십자가를 지탱해야 한다.

이 도덕가적 인식의 상승은 제III부의 2장인 "숀의 둘째 망보기"에서 진행되고 견지되는데, 여기서 숀은—이제 십자가의 성 요한, 동 쥐앙, 그리고 존 맥콜맥을 포함하는 일련의 유명한 "요한들(Johns)"을 소환하는 존으로 불리는지라—그는 설교하는 신부 또는 세속적 형제 역할을 취하는데, 후자는 오르간의 부푸는 소리 너머로(아마도 또 다른 부푸는 오르간의 저변에 놓인 존재 때문에), 사명을 띠고 신세계로 자기 자신이 출발하기 전에 29소녀들(성 브라이 학원의 이씨와 그녀의 반 친구들)에게 경고의 엄한 말들을 구사한다.

국가적 신원과 현실에 대한 상승하는 한갓 의식(意識)은 숀의 셋째 망보기(제III부, 3장)에서 도덕성에 대한 이 여전히 솟는 감각을 대신하는데, 여기서 숀은 (이제 "욘"이 된다) 자신이 『피네간의 경야』의 첫 4개의 장들에서 사라졌던 자와 동일한 흙더미 또는 성충화된 육체 내에서부터, 4노인들에 의해 행해진 심문 또는 집회에서, 연설을 하며, 성 패트릭의 국가적—종교적 역할을 재차 취한다. 그리하여 그것의 내부에서부터, 이 장이 진행함에 따라, 작품 시작에 사라졌던 HCE가 재현하고, "Haveth Childers Everywhere"에서 생산적 시민과 시민적 지도자로서 자신의 역할을 확인한다.

제III부의 과정을 통해 일어나는 모든 요소의 재응집적(凝集的) 자아 인식과 의식은 그것의 최후 부분인, 4장에서 마침내 합병하는데, 여기서 조이스는 그들의 생활이 『피네간의 경야』의 꿈을 위한 작업의 기초가 되는, 가족의 "진실한" 세속적 환경과 분위기를 서술하기 위해 가장 가까이 접근한다. 여기, 어둠 속에서 그의 아이 중 하나의 부르짖음이 꿈꾸는 자—이제 "포터씨(Mr Porter)"로 불리거니와—에게 자기 자신의 침실과 환경의 희미한 감각을 불러일으키자, 그는 차례로 그의 아내를 침대에서부터 일어나도록 하고, 그의 여인이 자신보다 젊은 사내(솀)의 침대를 향함으로써, 사실상 자기를 포기하리라는 긴 밤의 공포를 느낀다.

조이스는 이 끝에서 두 번째 장에 관해서 말했다. "나는 도로들에 관한 것, 새벽과 길들에 관한 모든 것을 알고 있다." 그것은 의심의 여지가 없거니와, 왜냐하면, 새벽의 임박함은 식별할 정도로 친근한 공간성의 복귀뿐만 아니라, 포터 씨의 침실 밖 도로의 교통 및 소음을 초래하기 때문이다. 접근하는 새벽과 깨어남의 비교되는 표식들이—수탉 울음소리, 성당의 종소리, 그리고 교통과 배달 트럭의 소음들을 포함한다.

이어『피네간의 경야』제IV부의 최후의 장 속으로 확장되는데, 이는 햇빛, 여명 의식과 활동, 부활과 창조 신화, 그리고 임박한 깨어남의 다른 증후들로 넘친다. 작품의 맨 끝에서, 다시 한 번, 한정(限定)되고 임박한 출현을 가리키는 최후의 말—정관사 "the"—를 따르면서, 의식적으로 깨어나는 실재의 견고하고도 한정된 세계가 필경 되돌아온다. 전쟁은 끝나고 평화로운 새 시절이 귀마방우(歸馬放牛)하도다!

제IV부에 대한 로랜드 맥휴(Roland McHugh; UCD 교수) 저의『피네간의 경야 주해(*Annotations to Finnegans Wake*)』로부터의 7가지 사건 개요를 아래에 적거니와,

(1) HCE의 깨어남과 부활 (2) 일출 (3) 밤과 낮의 갈등 (4) 정확한 시간을 확약하려는 시도 (5) 제I부의 숀 인물과 억압된 시간 (6) 낮의 밤에 대한 승리 (7) ALP의 편지와 독백

4. 『피네간의 경야』의 판타지 문학

『피네간의 경야』는 무엇보다도 조이스의 당대 작가인 루이스 캐럴(Lewis Carroll)의 『이상한 나라의 앨리스(*The Wonderland of Alice*)』와 같은 판타지의 문학을 사랑하는 독자에게 호소력을 지닌다. 이는 꿈의 책이요, 그의 유머는 한층 통렬한 함축성을 띤다. 작가는 신과 인간의 상관관계, 그리고 우주의 특성에 대한 그들과의 아주 행복한 견해를 제시한다. 조이스는 자신의 만년의 반소경과 딸 루치아의 정신분열증에서 오는 비참한 자서전적 배경에도 불구하고, 그가 이 작품에 묘사한 판타지는 한결같이 유머러스하거니와, 이 회비극적(tragicomic) 유머야말로 인생에 생기를 돋우는 만능약(elixir)이 아니겠는가! 이는 아일랜드 문학의 본질이기도 하다.

『피네간의 경야』는 신화와 서사시, 신들과 신화의 영웅들을 좋아하는 독자에게 퍽 호소적이다. 여기에는 바그너의 신화와 전설(트리스탄과 이졸트)을 다룬 오페라의 주인공들이 등장하는가 하면, 에다(Edda) 등, 고대 아일랜드의 서사시적 소재들로 넘실거린다. 시인 테니슨(Tennyson)은 만일 하느님이 국가를 만들고 인간이 도시를 만들었다면, 악마는 틀림없이 국가 도시를 만들었음이 틀림없다고 말했다고 한다. 울적한 단순함, 비열함, 불가피한 도덕적 부패—요컨대, "지방적"이라 불렸던 이 모든 것은 조이스가 노래한 판타지 문학의 소재들이요, 주제들이다.〔테니슨의 "경가마병대의 공격(The Charge of the Light Brigade)", 『비평문』〕(p. 260 참조)

조이스는 그의 『율리시스』보다 한층 큰 범위에서 『피네간의 경야』 속에 인류 역사의 모든 것을 포용하려 하고 있다. 그가 이 작품을 쓸 당시 사용했거나 그 속에 도입한 평소의 지식원(知識源)은 그 범위나 심도에서 우리들의 상상을 초월할 정도로 넓고 깊다. 작품 속의 이들 인유들은 모두 그의 판타지의 소재를 형성한다.

작품의 제목 또한, 고대 아일랜드의 전설적 영웅인 핀 맥쿨(Finn Mac-Cool)과 민요의 벽돌공인 팀 피네간(Tim Finnegan)을 함축한다. 작품의 제I

부 1장 초두는 특별히 신화의 거인들과 전쟁으로 충만하고 있는데, 이는『율리시스』의 신화적 배경인 호머의 일리아드 또는 오디세이, 그리고『성서』구약의 전쟁에 나오는 인유들과 비유되기도 한다.

『피네간의 경야』는 수수께끼를 사랑하는 독자를 위한 것이다. 이는, 많은 문학이 수수께끼나 모호성들로 이루어지듯, 예를 들면, 앵글로색슨의 또는 북구(北歐)의 시에 등장하는 완곡어법(kenning)("대양"을 "고래의 목욕탕"으로 비유하듯)을 비롯하여 영국의 형이상학 시 및 기타의 수수께끼로 점철되고 있다. 수수께끼는 판타지의 한 부분이요 "난센스" 문학의 일부다.『율리시스』의「네스토르」장인 디지 씨(Mr Deasy)의 "학교 수업 장면"은 수수께끼로 시작되거니와("수수께끼를 풀어 봐요, 수수께끼를 풀어 봐요, 랜디로, 아버지가 내게 심을 씨를 주었지." U 22),『피네간의 경야』또한, 그 풀이를 요구하는 수수께끼로 시발한다. 제I부 1장의 "후터 백작과 프랜퀸"의 장면이 바로 그 것이다. "우울자(憂鬱者) 마르크여, 왜 나는 세 줌의 주두(走豆)처럼 닮아 보일까요?"『피네간의 경야』는 작품 자체 그리고 전체가 수수께끼요(그 대표적 케이스가 암탉이 퇴비 더미에서 캐어낸 편지의 실체이거니와), 그 속에 묘사된 수수께끼 같은 우주는, 마치 과학자들이 탐색하려고 애쓰는 물리적 우주처럼, 판타지요, "난센스" 문학으로 넘치는 스릴과 호기심의 공간이다. 조이스는 『피네간의 경야』속에 이 신비스러운 수수께끼의 허구를 구축하고 독자로 하여금 그를 판독하고 풀도록 한다. 작품의 제I부 7장에서 셈은 모든 꼬마 동생들과 자매들 가운데 우주의 최초의 수수께끼를 자주 말했나니 묻기를, "사람이 사람이 아닌 것은 언제지? ······ 그것은 자신이 한 사람의 가(假)셈 일 때, 라고 했도다. 여기 예술가적 평가를 아이로니컬하게 감수하면서, 셈은 자신을 한 가짜(Sham)라 부른다."(170)

『피네간의 경야』는 조이스의 사망 전후 동안, 과학자들이 탐색한 것과 같은, 현대의 우주를 다룬 한 타당한 책이다. 지금부터 30여 년 전에, 미국의 이론 물리학자요 노벨 수상자이기도 한 겔만(Murray Gell-Mann)은 자신이 새로 발견한 우주의 한 기본 미입자(微粒子)를 "퀴크(quark)"라 명명했는바, 이는 바로 『피네간의 경야』의 제II부 4장인 "신부선(新婦船)의 갈매기" 장면의 초두에서 갈매기가 외치는 조롱의 울음소리에서 따온 것이다. "마르크 대왕을 위한 3쿼크!"(383). 과연, 이는 그가 자신의 전혀 새로운 개념을 위하여, 함축의(含蓄意)가 전혀 없는, 무의미한 단어를 궤변적으로 선택했음을 의미한다. 그러나 이는 아주 타당하게도 작가가 구축한 언어의 우주로부터 인출된 것으로, 조이스가 그의 작품을 물리적 우주처럼 신비스럽고 복잡하게 만들려는 노력을 반증한다. 그는 분명히 당대 물리학의 대중화를 연구했거니와, 작품 속에 아인슈타인과 그의 "상대성 원리"에 대하여도 간접적으로 언급하고 있다.

5. 『피네간의 경야』의 생태학

생태학(ecology)은 생물의 생활(자연계에서 생물이 자기 유지와 증식을 하는 과정)을 연구하는 생물학의 한 분야이거니와, 『피네간의 경야』에는 생물적 자연의 평형(平衡; 조화) 상태와 구조, 생물이 갖고 있는 환경 및 그것이 만들어 내는 다양한 관계와 연관의 지식으로 넘친다.

『피네간의 경야』는 또한, 생태학의 수준에서, 자연의 순환에 대한 강조와 함께, 오늘날 우리에게 커다란 공감을 주는 작품이다. 작품은 강으로 시작한다. "강은 달리나니……"(3). 8장의 과정에서 리피강은 원류에서부터 더블린까지 흐른다. 마지막 장에서 죽어 가는 강은 돌리마운트 해변 〔『젊은 예술가의 초상』 4장 말에서 스티븐은 여기서 잠시 잠들었거니와〕에서 바다와 융합하고, 그의 상속인인 젊은 강이 구름과 비의 형태로서 다시 출발한다. 〔스티븐은 이곳 해변에서 "흐르는 구름"의 생태학을 주목한다.〕 이 특별한 자연의 순리에 따라 작가가 취한 그의 낙관주의적 형식은 자연에 대한 과학적 견해에 기초하고 있거니와, 자연은 그것이 인간에 의하여 혼란되지 않는 한, 그 속의 모든 존재물들은 적재적소의 정당하고 온당한 실체들이다.

예컨대, 리피 하구의 푸른 해수를 비롯하여 『율리시스』의 2장 말의 "그의(스티븐의) 현명한 어깨 위에 바둑판 같은 나뭇잎 사이로 태양은 반짝이는 금속 조각, 춤추는 동전을,"(U 30) 3장 말에서 그가 어깨너머로 바라보는 세 대박이 배에 이르기까지. "후측주시(後側注視). 세대박이 배의 높은 돛대들이 대기를 뚫고 움직이며, 그의 돛을 가름대에다 죄인 채, 귀항하며, 조류를 거슬러, 묵묵히 움직이고 있었으니, 한 척의 묵묵한 배."(U 42) 이 모두 자연의 현상학이다. 베케트는 또한, 『피네간의 경야』의 "아나 리비아 플루라벨" 에피소드에서 이러한 자연의 생태학을 프랑스어로 번역하는 데 도왔다 한다.(『노라』, 252) 조이스는 이 에피소드를 가장 미려한 생태학으로 끝냈다.

1924년 초에, 많은 사람들은 그것을 『피네간의 경야』의 가장 유쾌한 부분으로 알았다. 그는 밤이 떨어지자 한 그루의 나무와 한 톨의 돌이 되는 두 빨래하는 아낙들에 의해 강(리피강)을 건너 재잘대는 자연의 담화로서, 강은 아나 리피로 불린다고, 그것을 미스 위버(Weaver)에게 서술했다.

모든 생태학적 체계는 자기정화적(自己淨化的)인 성격을 띠는바, 조이스의 유명한 조어인 "시곡체(屍穀體; corpse)"에서 보듯, 죽음은 생물학적 이득이 된다. 그리하여 죽음과 부패, 재생과 성장의 위대한 환(環)은 완전하며, 이는 작품 속에 끝없이 반복하고, 대환(大環) 속에 소환(小環)으로, 즉 환중환을 이룬다. 생태계의 모든 생물들은 너무나 조화롭게 그리고 아름답게 균형을 짓고 있기 때문에, 이들은 수수만년에 걸쳐 우리들 지구 상의 생명의 연속 그 자체로서 진화되어 왔다. 결국, 자연은 인간에 의하여 익히 악에 물들지 않는 한, 선(善) 그 차체요, 조이스의 작품은 분명히 생태계의 이 건전한 섭리 위에 그 바탕을 두고 있다.

6. 『피네간의 경야』의 주요 등장인물

『피네간의 경야』의 구조란 조이스가 하느님과 동량지재 다이덜러스 (Daedalus)의 자부심 강한 모방으로 만든 미로의 계획에서 빼낸 것이다. 『피네간의 경야』에서, 모든 곳은 유희가 밤에 행해지는 집, 브리스틀(Bristole)에 의해 대표된다. 내부에 연극을 행하는 집은 잠자는 머리인지라, 그것은 가까스로 꿈의 비 한정된 세계를 에워싼다. 아마도 극장 격인 여옥(旅屋)은 리피강의 체플리조드(더블린 근교)에 위치한다. 이 극장에서 배우들은 드라마의 시체의 "흐트러진 단편(*disjecta membra*)"인 역사의 불리한 조건의 편린들 속에서 역할을 하는지라, 그것은 마치 당장 그리고 미래의 파국(破局)인 양 무질서하고, 천대받고, 씹힌 것이다. 실패한 연극은 코미디였고 그럴 것인지라. "하느님과 매인은 역사 속에 현시한다." 이 하룻밤의 소극에서 한 식구가 『피네간의 경야』의 연극을 연출하고, 주된 배역을 재론하거니와, 동량지재인 주인공 HCE와 아들들인, 솀과 숀은 동등한 쌍둥이, 동등한 반대자들, 반자아(反自我)들이다. 자궁―무덤―천국―연옥―지옥에서 그들은 지위를 위하여 다투고, 월등함을 위해 싸우고, 종족, 종교, 민족적 기원, 국민적 명예, 개인적 성취, 문학적 혹은 과학적 불쾌의 펜과 칼을 가지고 싸운다. 부딪침은 호모섹스의 사랑이 아니라, 그것은 여성의 사랑을 통과하나니, 왜냐하면, 그것은 신격화의, 순수한 승리적 광휘―순수한 곤혹스러운 광휘의―허세를 달성하는 젊은 남성을 위한 길이다. 그들은, 죽음, 해체, 여인에게 냉대받는 형제의 전쟁을 수반할지라도, 사회적 안정을 위협하지 않는다. 비코의 경근하고 순수한 전쟁(봉건적 영주의 그것처럼), 안전한 전쟁인바, 왜냐하면, 그들은 부친을 위협하지 않나니, 그 자야말로, 젊음이 합세하고 그에게 항거할 때만이 전도될 수 있기 때문이다. 그들은 모친에게 경근하고 순수한 전사(戰士)들이지만, 카우보이와 인디언 역을 하는 꼬마 소년들이다.

1) 험프리 침던 이어위커(Humphrey Chimpden Earwicker; HCE). 그는

『피네간의 경야』의 주된 인물이요, 주점 주인이다. 그는 신화의 한 잠자는 영웅(주인공)으로 동일시되고 있거니와, 그의 꿈꾸는 마음은 작품의 중심적 의식이요, 작품의 행동이 차지하는 심리적 공간이다. 그의 존재, 신분, 직업 및 역사는 작품의 꿈같은 역학 내에서 일어나는 다양한 변화와 변전변화(變轉變化)를 받고 있다. 작품을 통틀어, 이어위커와 그의 아내 아나 리비아는 서로 양극적 상대요, 피차의 신원과 그들의 존재 자체를 위해 상호 구별되지만, 그러면서도 서로 의존하는 힘으로서 존속한다. 즉 HCE는 공간과 시간의 원칙이요, 재생과 생명의 원천으로서 작동한다. 그는 딸(이씨)과의 관계에서 친족상간적(incestuous) 함축을 지니는데, 그녀는 그의 성적 욕망을 자극하는 듯하기 때문이다.

이어위커의 두문자 HCE는 『피네간의 경야』를 통하여 수 없이 나타나거니와, 때로는 다른 순서로, 그리고 이는 다양한 이름들, 관념들 및 장소들을 의미하기도 한다. 예를 들면, Haroun Childeric Eggeberth, Here Comes Everybody, Howth Castle and Environs, 그리고—거꾸로, ech 등, 그의 여러 역할들 가운데, 때에 따라서 여관주인, 노르웨이 선장, 건축 청부업자 (입센 작의 연극의 제목처럼), 그리고 러시아의 장군 등으로 변신하기도 한다. 또한, 그는 아일랜드 역사상 최후의 왕인 로더릭 오코노(Roderic O'Conor)로, 민요의 주인공 땅딸보(Humpty Dumpty)로, 그리고 벽돌 운반공인 팀 피네간으로 동일시되는데, 후자의 추락과 부활은 앞서 아일랜드의 희극적 민요 『피네간의 경야』의 주제이기도 하다.

이어위커는 그의 신화적 화신인 핀 맥쿨(Finn MacCool)이 더블린의 호우드 언덕 꼭대기에 그의 머리를 고이고, 두 발을 피닉스 공원 서단의 두 언덕들(knocks)에 파묻고 잠자며 누워 있는 전설적 거인과 동일시되고 있다. 그는 또한, 오레일리(Perse O'Reilly)란 명칭으로서 나타나는데, 이는 해학시(詩)인 "퍼스 오레일리의 민요(Ballad of Perse O'Reilly)"의 주제적 인물이다. 이런 식으로, 서술은 독자로 하여금 행동의 규범적 과정을 제시하지 않은 채, 그의 이름의 의미를 한층 멀리까지 이끈다. 퍼스 오레일리는 프랑스어의 *perceoreille*(집게벌레 또는 지렁이)의 영어화 된 형태로서 나타나며, 이러한 연관성은 독자로 하여금 또 다른 말의 익살인—곤충(insect)/친족상간(incest)으로 안내함으로써, 이는 『피네간의 경야』의 여러 주제들을 결속시킨다.

2) 아나 리비아 플루라벨(Anna Livia Plurabelle)(ALP). HCE의 아내로서, 『피네간의 경야』의 여주인공이요, 셈, 숀 및 이씨의 어머니이다. 여성 비평가 노리스(M. Norris)는 "남성 몽자의 미해결의 죄, 공포와 욕망의 투영으로서, 늙고, 젊고, 추하고, 아름답고, 성실하고, 불성실하고, 잔인하고, 속임수의, 거절당한, 욕망의, 벌충의, 유혹적," 아나의 다양한 형태와 작용을 설득력 있게 설명한다. (Norris, 『조이스의 여성』 p.211) 이처럼 복잡다기(複雜多岐)의 아나는, 우선적으로, 작품에 나오는 모든 강들을 대표한다. 그녀는 또한, 인생과 재생의 상징으로서 역할 한다. 아나는 "강"을 의미하는 아일랜드어(Ennie)로부터 그리고 리비아는 강의 원류인 리페(Liphe)에서 각각 유래한다. 플루라벨은 "가장 아름다운"이란 이탈리아어이기도 하다. 조이스는 자신이 작품을 집필하고 있을 때 아나 리비아를 의미하는 삼각형의 부호(siglum)를 사용했다. 그녀의 기호는 자신의 이름을 지닌 작품의 제I부 8장의 서두에서 삼각주(delta)의 디자인으로 발견된다.

이 부호는 또한, 제II부 2장의 "학습 시간 장면"에서 그녀와 관계되는 구도 속에 로마자의 두문자(ALP)와 함께 나타난다. 『피네간의 경야』를 통하여 성숙한 여성의 전형역(典型役)을 행하면서, 그녀는 자신의 다양한 형상과 실체를 거쳐 일련의 모성적, 성적으로 상호 간의 연관성을 불러일으키는데, 그중에서도 가장 중요한 것은 아마도 만인의 어머니라 할, 『성서』의 이브일 것이다. 작품을 통하여 그녀의 존재는 두드러진다. 작품의 처음과 마지막 페이지들에서 그녀의 이미지와 목소리를 자아내게 함으로써, 작가는 그녀 속에 재생과 부활의 모든 것을 포용하는 여성상을 창조한다. 아나는 작품에서 가장 서정적이요, 시적 구절들로 그녀와 연관되고 있는데, 이들은 특히 잇따

르는 "아나 리비아 플루라벨" 장 (8장)에서 발견된다. 『율리시스』의 여주인
공 몰리 블룸(Molly Bloom) 보다는 덜 관능적인 듯하다

3) 셈(Shem; 또는 젤리, 돌프, 글루그, 문사〔文士〕) 『영웅 스티븐』의 다이
덜러스(Daedalus), 『율리시스의 스티븐 등. 그는 HCE 가문의 손(아우)과 함
께 쌍둥이 형제 중의 하나다. 그(형)는 한 꿈 많은, 보헤미아의 실패자로 묘
사되고 있다. 그는 손과는 대조적으로, 상상적 인물을 대표하며, 한결같은,
이따금은 소심할지라도, 강직한 문학적 비평가다. 그러나 그는 자신의 형제
를 특징짓는 상상적 자유와 관용을 결핍하고 있다.

셈은 한 전형적 예술가로서, 전 작품을 통하여 나타나는 비슷한 개성의
문학적 및 역사적 대표자 중의 하나다. 즉, 베짱이, 성 패트릭, 젤레미아, 조
이스 자신, 『성서』의 가인(Cain), 추프, 닉, 야곱, 쥬트 및 카게우스(카이사
르) 등이다. 셈과 손의 경쟁 관계 및 형제의 갈등, 그리고 그들이 의미하는
바는 작품의 중요한 주제 중의 하나다.

조이스는 1925~1926년 사이에 발표한 『피네간의 경야』의 제Ⅰ부 7장을
"문사 셈(Penman Shem)"이라 칭한 바 있거니와, 이 장은 셈의 특수한 천성
및 모든 예술가들의 그것과 연관된 전반적 특성을 분석한다. 이 장은, 아우
손을 통하여, 셈의 육체적 및 감정적 취약성을 단호한 냉엄성을 가지고 검토
함과 아울러, 그의 성격의 상투적 요소들을 가능한 가장 "면밀 주도한 천박
성(scrupulous meanness)"을 가지고 묘사한다.

작품의 제Ⅰ부 제7장의 서행(序行)에서부터, 손은 셈의 천성에 대한 부정
할 수 없는 과오를 강조한다.

> 그가 토착적으로 존경할 만한 가문 출신임을 확신하는 몇몇 접근할 수
> 있는 완숫자(頑手者)들도 있는지라…… 그러나 오늘의 공간의 땅에 있어
> 서 선의의 모든 정직자라면 그의 이면 생활이 흑백으로 쓰일 수만은 없음
> 을 알고 있도다. (169)

그리하여 그의 육체적 기형 및 그의 전도된 성격의 결함이 독자의 초기의 개념을 지배한다. "셈은 가짜 인물이요 저속한 가짜다." 또한, 손의 서술은 셈을 한 사람의 배교자로 묘사한다. 비록 그는 우상 파괴자의 위세를 결하고 있을지 모르나, 언제나 사회의 영역 밖에서, 그리고 그와는 본질적으로 상반되게 활동하고 있다. 그럼에도 불구하고, 셈이 그의 어린 동생들에게 묻는 우주에 대한 수수께끼 —"사람이 사람이 아닌 것(what is a man not a man)"(170.5), 즉 위선자가 되는 것에 대하여 이 장이 마련하는 집중적인 대답을 우리는 반드시 그의 기질상의 부정적인 특질로서 해석할 수는 없다. 이 이야기가 반복적으로 단언하듯, 셈은 보통의 범속한 인물이 아닌지라, 그의 천성의 유독성은 예술가적 기질의 핵심적 요소로서 노출되고 있다. 『더블린 사람들』의 「죽은 사람들(The Dead)」의 가브리엘(Gabriel)과 유사한 정적(static) 기질의 소유자다.

여기 셈은 또한, 조이스의 장편 시인, 『지아코모 조이스(Giacomo Joyce)』의 주인공 지아코모 및 그의 사고와 그가 사용하는 문체 또한, 흡사한지라, 우리는 사실상 이러한 시의 스케치들이 『젊은 예술가의 초상』, 『망명자들』 및 『율리시스』 속 여러 곳에 동화되어 있음을 발견할 수 있다. 엘먼의 해설에서 보듯, 『지아코모 조이스』는 "독립적 생명"이요, "그것은 이제 자기 방식으로 하나의 위대한 성취 물로서 존재"한다. 이 장편 시는 조이스가 『젊은 예술가의 초상』을 탈고하고 『율리시스』를 쓰기 시작할 무렵, 그의 작품 활동의 성숙기에 썼다는데 그 의미를 찾을 수 있다. 앞서 두 거작들의 위력에 가려지지 않았던들, 이는 하나의 커다란 문학적 성취 물로서 문학적 가치를 인정받기에 충분하리라. 그것의 크기, 범위, 기법과 형식, 내용 면에서 엘리엇의 「J. 프르프록의 연가(The Love Song of J, Frufrock)」나 파운드의 「휴 쉘윈 모우벨리(Hugh Selwyn Mauberley)」와 거의 대동소이하다.

아래 『지아코모 조이스』의 시 한 구절을 인용한다.

나는 잔잔하고 물결 같은 미지근한 말씨를 불어낸다. 스베덴보리, 사이

비—아레오파기트, 마이구엘 드 모리노스, 요아킴 아바스. 물결이 다한다. 그녀의 반(班) 친구, 그녀의 뒤틀린 몸을 다시 뒤틀면서, 맥 빠진 비엔나 식 이탈리아어로 가르랑거린다. *정말 유식하지!* 긴 눈꺼풀이 깜박이며 치뜬다. 따끔한 바늘 끝이 벨벳 홍채 속에 찌르며 전율한다.

『피네간의 경야』의 같은 장의 후반에서 셈은 이러한 몸가짐을 가지고, 자기 자신을 『성서』의 한 인물인 '자비(Mercius)'로 차용(借用)하는데, 이 장의 마지막 페이지에서 양심을 대표하는 숀—'정의(Justius)'에 의하여 호되게 심문을 받기도 한다. 비록 '정의'의 숀이 '자비'의 셈을 매도하는 데 있어서 보여주듯, 그가 셈을 고발하는 데 예리하다 할지라도, 후자의 이러한 갈등은 훨씬 덜 편향적이다. 자신의 위험을 초월한 스스로의 확신을 반영하면서, '자비'는 직접적이요, '정의'의 야만성의 현물(現物)로 대답하기를 거절한다. 결국에, '자비'를 억제하려는 '정의'의 죄에 찌든 노력은 여기서 효력을 잃는다.

> 그가 생명장(生命杖)을 치켜들자 벙어리는 말하도다.
> ─꽉꽉꽉꽉꽉꽉꽉꽉꽉꽉꽉꽈!(195)

이처럼 적어도 일시적이나마, 여기 자기 긍정의 예술가는 승리를 초래한다. 육체는 죽었어도 혼은 영원하리! 셈이여 천만 만만세!

『피네간의 경야』에서 셈은 앞서 지적처럼, 『율리시스』의 스티븐 데덜러스와 함께, 모더니즘의 전형적 인물로서, 그의 의식은 유아론적 반성론(solipsistic reflexivism)에 잠겨 있다. 문사인 그는 작가인 조이스 자신의 화신으로서, 그는 전통의 창조자이다. 그리하여 이들의 다양한 변신들은 이들 작품들의 특징인 복잡한 의미의 직물을 짜는 데 이바지하고 있다. 그는 포크너(Faulkner)의 『소리와 분노(*Sound and Fury*)』의 퀜틴(Quintin) 같은 인물이다. 포크너는 한때 자신을 조이스의 모더니스트적 후계자로 주장했다.

4) 숀(Shaun; 또는 케빈, 욘, 죤, 추프)〔『영웅 스티븐(*Stephen Hero*)』의 모리스 (Maurice)격〕 그는 우편 배달원으로, 셈과 함께 쌍둥이 형제 중의 다른 하나이다. 『피네간의 경야』에서 숀은 중산 계급의, 물질적으로 성공한 남성 인물로 대표된다. 포크너의 제이슨(Jason) 같은 인물이다. 그는 『율리시스』의 벅 멀리건(Buck Mulligan)처럼 실질적인 인물로서, 예술가적 셈과는 정반대다. 그는 셈의 상상적 그러나 비련(非練)되고 무책임한 인격을 한결같이 비판한다. 전형적 실용주의자(프래그머티스트)인 그는 역사적 및 문학적 다양한 변장(變裝)으로 묘사되거니와, 개미(Ondt), 드루이드교의 현자, 스태니슬로스 조이스, 윈덤 루이스(조이스의 비판자, 당대 문인), 성 케빈, 추프, 미크, 바트와 부루스 등등.

그러나 이러한 유형에도 불구하고, 작품의 시초에서 아주 분명한 듯 보이는 그와 형 셈 간의 분명한 구분이 때때로 흐려 보일 때도 있다. 그 대표적 경우는 아이들의 수업 시간 장면의 주석들로, 이 주석들은 중간에서 그들 형제의 교호(交互) 또는 교호(交好)처럼 좌우의 위치가 서로 바뀐다. 이러한 그리고 그 밖에 무수한 예들에서, 이야기의 서술적이요 자의식적 변동은 독자로 하여금 이 쌍둥이 형제들 간의 현저한 유사성을 느끼게 한다. 철학자 브루노의 상극이 합치되는 원리이기도 하다.

숀은 우체부다. 그의 이름 "숀(Shaun)"은 더블린 출신의 아일랜드 극작가 디온 부시코트(Dion Boucicault, 1820~1890) 작의 『키스의 아라(*Arrah—na—Pogue*)』 극에서 유래된 것이다. 이 극에서 하층 신분의 여주인공 노라 (Nora; 조이스의 아내 명을 띤)는 옥중에 있는 상류층의 양형(養兄)을 그녀의 키스를 통해 메시지를 그에게 전함으로써 그의 탈옥을 돕는다. 그녀는 나중에 같은 계급의 한 유머러스한 인물인, 우편배달부 숀과 결혼한다. 『피네간의 경야』의 제II부 4장 ("신부선과 갈매기")의 처음 페이지들에서 트리스탄이 이졸데를 포옹하고 키스하는 것이 4복음 자들에 의하여 염탐되는데, 이 장면은 바로 아나—나—포그와 디온 부시코트를 상기시킨다. 또한, 『율리시스』에서, 이 극에 대한 암시(인유)는 주인공 블룸(Bloom)이 몰리(Molly)와 호

우드 언덕에서 갖는 초기의 낭만적이요, 정열적인 시절을 회상하게 한다. (U 144 참조)

『피네간의 경야』의 제II부 (1장, 2장, 3장, 4장)는 꿈을 포괄하는데, 그의 중심인물은 숀이다. 여기 그는 다양한 형태 속에 이어위커의 야망과 자신의 생활을 괴롭히는 실패들을 극복하려는 희망의 구체화로서 출현한다. 이 꿈은 숀의 미덕뿐만 아니라 그의 흠(欽)들을 기록하며, 그의 승리와 함께 패배를 차례로 서술한다. 그의 꿈이 미래를 위한 욕망들을 노정 하는 반면, 이에 반해 강제적 실용주의가 그들을 전수(傳受)하는 낙관론으로 한결같이 대치된다.

5) 형제의 갈등: 여기『피네간의 경야』의 주된 주제 중의 하나는 두 아들, 형제들인 셈과 숀의 암투다. 전체로 또는 부분적으로 상처 입은 채, 아들들은 상호 역할의 교환에 의하여 자기 실현 속에 교육을 계속하기 위해 나아간다. 각 형제는, 어떤 시기로부터(287~293) 그의 형제의 역할을 넘겨받고, 그들을 달리 희롱하는지라, 즉, 상호 변장가로 바뀌기 전에, 셈은 사탄(악마)을 가장하여 악으로 놀아나고, 숀은 성 마이클의 가장 속에 선을 행한다. 변장 뒤에, 셈은 나귀처럼 그리스도로 변장하여 착해지고, 숀은 거짓(반)그리스도(Anti—Christ)의 가장 속에 악하게 된다.

『피네간의 경야』의 제II부 1장에서 이어위커가 잠이 들자, 12개의 종이 치고, 숀의 군중으로부터 일연의 14개의 질문이 시작하며, 이들은 장의 나머지의 대부분을 점령한다.『피네간의 경야』의 계획에서, 아버지는 한 사람 또는 더 많은 자식의 인물들과 만남에서 압도당하는바, 그리하여 이어 "형제들은" 추락한 아버지에 의한 빈 자리를 위해 서로 다툰다. 형제들 간의 이 다툼은, 비록 많은 변장 아래 일지라도, 작품에서 누차 반복적으로 재현한다. 즉, 여러 번 들먹이거니와, 부루스와 카시우스, 맥베스와 맥다프, 여우와 포도, 츄프와 글루그, 케브와 돌프, 케빈과 젤리, 개미와 배짱이, 그리고 나무와 돌로서이다. 이러한 형제의 경쟁으로 가장 밀집되게 관련된 부분은『피네간의 경야』의 제I부의 6장 및 7장들로서(특히 후반에), 이는 숀(존즈 교수)과 셈 간 대결의 요점들이다. 쌍둥이들의 투쟁은, 셰익스피어적 언급들을 통해서, 그의 작품을 향한, 특히 『피네간의 경야』을 향한, 조이스 자신의 느낌들에 관해, 우리에게 많은 것을 노정한다. 거기에는 1950~1960년대 실존주의 철학의 태두인 사르틀(Sartre)와 함께, 카프카(Kafka)의 중편 『변신(*Die Verwandlung*)』(1916)이 있나니, 그의 3부작 『성(*Da Schlos*)』(1925)에서도 브르노의 상극의 주제와 화해의 주제는 있다.

제II부 1장의 14개의 질문들 가운데 11번째에서, 존즈 교수로서 숀은 그가 만일 자신의 궁핍하고, 술 취한, 굶주리는, 망명의 형("법석대는 술잔치에서 우환(憂患)의 한 불쌍한 안질환자(眼疾患者)"(148.33) ─ 아일랜드 출신의 눈병 앓는 망명자에게 약간의 돈을 빌려줌으로써, 그를 기꺼이 도울 것인지를 질문 받는다. "그대는 어쩔 참인고?"(149.10)하고 묻자, 숀─존즈는, 반대자들 간의 다툼─공간 대 시간, 눈 대 귀, 돌멩이 대 나무, 여우 대 포도, 블루러스 대 캐시어스─에 관한 한 공간자─와권자─프로이트─셰익스피어로서 학생 "슈트"(149.19,24)에게 그의 연설을 시작하는데, 이때 셰익스피어에 대한, 그리고 셰익스피어의 연극들의 어니스트─존즈의 프로이트─오이디푸스적 독서 (128.36)에서 "오이디푸스 콤플렉스"에 대한, 암시로 흥분하고 있다.

최후로, 같은 장의 아주 나중에, 그는 금전 대부를 위한 요구로 되돌아가, 모세(Moses)의 법칙에 호소함으로써, 자기 자신을 사일록(Shylock: 셰익스피어 작 『베니스의 상인』에 나오는 유대인 고리대금업자)으로 "정의"로서 동일시한다(다음 I부 7장에서 "정의〔Justius〕"와 "자비〔Mercius〕"간의 대결을 예상하면서). 아래 인용구에서 읽듯, 숀은 그의 본래의 반응인, "천만에(No)"(149.11)를 반복하며, 그의 자신에 과도한 대답으로 종결짓는다.

"천만에(No)!"…… 나의 불변의 '말(言)'은 신성하도다…… 자신의 혼저(魂底)에 모세 율법을 지니지 않으며, 말(言)의 법의 정복(征服)에 의하여 경외(敬畏)되지 않는 저 단남(單男)…… 만일 그가 나 자신의 유흉형제(乳胸兄弟)라도…… 비록 그것이 그걸 기도하기 위해 나의 심장을 찢는다 한들, 하지만 나는 두려운지라 내가 말하기 증오할지니!"(167.18~168.12)

숀은 '말'에 대한 율법적, 모세의 가치에 호소하면서, 그리고 자신의 혼에 있어서 "모세 율법"을 지니지 않는 자가, 자신의 형이라 할지라도, 여호와 신에 거절당하리라, 말하고 있다. 그는 자신의 영혼에서 "어떠한 모세"도 갖지 않은 셈―자비를 비난하면서, 정신을 초월한 모세의 율법서를 옹호한다. 실지로, 형제들 간의 다툼에서 자비의 특질을 나타낼 자는 셈―"자비"일 것이다. 숀이 모세를 존중함은 이스라엘의 족장으로서, 모세가 『성서』의 "출애굽기"의 길잡이였다는 사실 이외에도, 그가 여호와 신을 민족적인 유일신으로 받들고, 행한 위업을 형 셈에게 전가하고자 하는 욕망이 그의 의식 속에 잠재하고 있기 때문이리라. 결국, 숀은 욕망의 사나이요, 성인(聖人)은 아닌 듯하다.

형제들 간의 가장 큰 대결은 『피네간의 경야』의 "셈" 부분인, 제I부의 7장(169~195)에서 일어난다. 이 구절은 그의 아우, 숀에 의하여 셈에게 퍼부어진 일련의 독설적 비난들을 함유한다. 조이스는 이전의(그리고 잇따른) 비평가들이 조이스 자신에 대항하여 행한 큰 비난들의 모두를 숀의 입속에 쏟아 부었다. 이리하여, 형제들 간의 갈등은 여기 조이스―숀과 그의 비동정적 비평가들 대 세계의 조이스―셈들 간의, 악의적 만남의 부대적(附帶的) 의미를 갖는다.

숀은 자신의 장광설을 셈의 "저속함(lowness)"에 대한 공격으로 시작한다. 그의 형은 나쁜 음식을 먹는 자요, 흉한 얼굴 모습을 지닌 불한당이다. 그는 불결하고, 몸을 씻지 않은 채, 그리고 냄새를 품기며, 마약 탐닉자요 취한(醉漢)이다. 그는 훌륭한 논의에 참가하려 하지 않는 자이다. 그는 많은 다른 비속한 것들이다. 숀의 공격들 가운데 약간은 다른 것들보다 한층 삼투적인지라, 이들은 문인(시인)으로서 셈―조이스의 역할을 다루는 것들이다.

〔이제 조이스는『피네간의 경야』를 통해서 숀의 비중을 셰익스피어와 비교하여 아래처럼 크게 다루는 이유의 정당성을 지닌다.〕

숀은 예술가와 작가의 직업을 존경할 수 없거나, 자신은 속수무책의 것이라 말한다. 그는, 불결자로 쫓겨난 채, 유럽의 다양한 수도(首都)들에서 날조자로 노닐든 솀의 구직 광고를 아래처럼 적는다.

〔본(本) 제임스는 폐기된 여성 의상, 감사히 수취한 채, 모피류 잠바, 오히려 퀼로트 제의 완전 1착 및 그 밖의 여성 하의류 착의 자들로부터 소식을 듣고, 도시 생활을 함께 시발하고 자원함. 본 제임스는 현재 실직 상태로, 연좌하여 글을 쓰려 함. 본인은 최근에 십시계명(十時誡命)의 하나를 범했는지라 그러나 여인이 곧 원조하려 함. 체격 극상, 가정적이요, 규칙적 수면. 또한, 해고도 감당함. 여불비례. 서류 재중. 유광계약(流廣契約)〕
(181.27~33)

위의 글은 "세월이 난장판이야! 오 저주할, 내가 그걸 바로잡을 운명을 지고 태어나다니"(I.v.188~89)(김재남 805)라는 햄릿의 말이 메아리로 울린다. 그런데도, 숀 아닌, 솀—햄릿은 미국의 시인 롱펠로(Longfellow)처럼 인생에 성실해야 하나니, 인생은 한갓 꿈이 아니요, 살아야 할 현실이기 때문이다.〔본서 "머리말" 참조〕 이러한 생의 애착의 철학은 위인들의 전유물이다.

더군다나, 솀은, 시인이 되기를 선택하는 동안, "방랑시인적 기억력에서 저속했도다."(172.28) 자신의 기억들이 개탄스러울 뿐만 아니라, 그의 아버지의 연옥의 그늘은 솀—햄릿이 견딜 수 있는 것 이상의 것이었다. 숀은 솀의 예술적 자만 때문에, 그리고 거장(사용—셰익스피어)의 성스러운 글쓰기에 대한 그의 존경의 결여 때문에, 그를 재차 공격한다.

솀은 언제나 모독적이라, 너무나『성서(聖書)』롭게 기록된 채, 빌리…… 플 마이스토르 쉬에머스에 의해…… 그는 스스로 선밀(先密)하게 자신의 극지적(極地的) 반대자와 닮지 않거나 아니면 전확(前確)히 자기 자신과 똑같다고 상상 또는 추측했나니, 어떤 다른 다모자(多毛者)도, 다른 피숫자(彼鬚者)도 으윽(실례!) 의식하지 않았는지라……(177.23~34).

숀은 여기, 솀이 시인(셰익스피어)의 턱수염을 흔들거나, 〔여기 우연일지라도, 다모자(多毛者)요, 다른 피숫자(彼鬚者)들로서, 셰익스피어와 롱펠로의 "장발성(長髮性)"은 두드러지다.〕 그의 라이벌로서 어떤 다른 셰익스피어도 생각하지 않을 정도의 예술가적 자기 중심벽(中心僻)을 가지고 모독적으로 '문사 윌 거장'(셰익스피어) 역을 하려고 애쓰고 있음을 비난한다. "그가 어떤 다른 다모자(多毛者)도, 다른 피숫자(彼鬚者)도 의식하지 않는다."라는 비난은, 셰익스피어 연구서인, 『상당한 값어치의 기지(A Groat Worth of Wit)』라는 책에서, 저자 로버트 그린(Robert Greene)이 갖는 그의 비슷한 공격을 마음에 떠올린다. 〔이는 이들 페이지들에서, "4테스타와 1그로트를 위해"(170.03)라는 구절 속에 언급되어 있다.〕 〔그린은 『율리시스』의 도서관 장면의 셰익스피어 토론 장면에서 스티븐의 입을 통해 뒤져 나온다.〕(U 9. 172~3) 셰익스피어는 "자기 자신의 자만으로 나라에서 단지 유일한 '섹스—신(Shake—scene)'이라 자기 자신을 생각했다는 것이다."무슨 권리로 솀은 셰익스피어의 턱수염을 흔들 것인가? 무엇을 솀은 사실상 창조했기에, 그는 자기 자신을 이러한 "섹스신(Shakescene)"(U 172)으로 믿을 것인가? 그는 단지 "자기 자신에 관한 비예술가적 초상"(182.19)을, 즉 "내년이(內年耳)의 독견(獨見)으로"(182.20) "무용(無用)한 율리씨(栗利氏)스의 독서불가한 청본(靑本)"(179.27), 그리고 "짓이긴 감자, 몽타주 뭉치들"(183.22)로 넘치는, 한 세트의 "발효어(醱酵語)"(184.26)만을 생산했을 따름이다.

숀은 "솀이 가짜요, 저속한 가짜(low sham)임"(170.25)을 계속 말한다. 마치 로버트 그린이 셰익스피어를 "우리들의 깃털로 미화된, 모방자"임을 공격했듯이, 숀은 솀을 가짜—허위자, 위조자, 및 표절자임을 비난한다. 솀은 햄릿처럼, 거드름 피우고, 그와 닮은 필명 아래 행세한다. "이 돈골(豚骨)의 견(犬) 시인은 자신이 부여한 베데젤러트라는 교숫자(絞首者)의 이름 아래 스스로를 가장했도다."(177.21~22) 그린은 셰익스피어가 영국의 다른 극작가들을 복사한 데 대하여, 그리고 그들의 작품들을 가필하고, 그 자신의 이름 하에 그들을 무대에 올린 것을 비난했다. 그는, "우리들의 깃털로 미화된, "유희자들의 껍데기에 싸인 호랑이의 심장"을 가진…… 건방진 '까마귀'임을 비난했고, 최선을 다해 무운시를 호언할 수 있는, 절대적 "이오네스의 잡부역"이 됨으로써, 자기 자신의 자만으로, 나라 안에서 가장 위대한 "섹스틱수염투창자"(Sakespear)(U 172)라 상상함을 경고했다. 비슷하게, 숀은 셈이 "무대 영국인들을 모사(模寫)하려고 애쓰는 것을" 비난하나니, 이리하여 "그는 집이 가라앉아라, 하고 고함을 질렀다(he broughts btheir house down on, shouting)."(181.01).

6) 이씨(Issy) 또는 이소벨(Isobelle;『영웅 스티븐』의 이사벨) 격. HCE 및 ALP의 외동딸로서, ALP 다음으로 작품에 등장하는 젊고 주된 여성 인물이요, 셈과 숀의 누이 동생이다. 작품을 통하여 이소벨, 이졸데 또는 이씨로 알려진 그녀는, 젊은 여성의 전형이요, 천진성과 관능성, 자유분방과 금제(禁制), 약속과 거부의 결합체다. 작품에서 남자들과의 그녀의 관계에서, 이씨는 하나의 자극적 및 고무적 역할을 한다. 그녀는 자신의 아버지와 형제들의 성적 충동에 부응하며, 만족을 번갈아 약속하거나 이러한 관심을 수치로서 경멸하기도 한다. 그녀는 부수적으로 감각과 감성을 향하는 일연의 조숙한 태도를 드러내며, 클레오파트라, 살로메, 잔다르크(Joan of Arc)와 같은 역사적으로 탁월한 여성들을 연상시킨다. 유혹녀요, 무구(無垢)의 귀감으로서, 이씨는 젊은 여성들을 향한 남성들의 다양한 태도의 논평자로서 작용한다. 그녀는 또한, 그녀의 어머니 ALP에 대한 자의식적 대조 역을 행하며, 이런 점에서 전형적 모녀간의 경쟁적 입장을 취한다.

이씨는 작품의 한 핵심적 인물이요, 딸, 자매, 라이벌로서 그녀의 복합적 역할 속에, 수많은 가장된 인물들로 나타나며, 이들의 다양한 성격적 특성과 태도를 구체화하는데, 이는 그녀 이름의 변형된 철자들 속에 입증된다. 작품의 "수업 시간" 장면(10장)에서, 그녀의 수많은 각주들(모두 229개)은 독자에게 그녀의 독립된 성격과 유머(이들은 분명히 그녀의 쌍둥이 형제들의 그것과 병치되거니와)에 집약적인 초점을 제공한다. 조이스는 여기 그녀의 인물 창조를 돕기 위하여 필경 자기 자신의 딸 루치아 조이스(Lucia Joyce)의 성격에 의존하거나, 이를 그의 다른 자매들의 젊은 시절의 회상에서 따왔으리라.

7) 이 밖에도 작품 속에 자주 등장하는 다른 수많은 인물들도 변용에서 변용을 거듭한다. 예를 들면, 12명의 주점 손님들은 심판관들이요, 대중의 여론을 대변하는 자들이다. 4명의 노인들은 판사들이요, 『성서』의 4복음의 필자들 및 우주의 4요소들, 그리고 신화의 4파도가 되기도 한다. 이들 인물들은 과거와 현재의 역사에 의하여 언제나 둘러 싸여 있으며, 꿈의 환영 속에 전설과 상징의 모습을 띤다.〔이들 인물들은 마린가 주점의 상시의 고객들로서, 이들 취객들은 귀갓길에 주점 앞을 달려오는 거리의 전차를 조심해야 한다.〕(전출) 그리하여 조이스는 이들을 일종의 꿈의 언어로서 묘사하는 데, 이를 위해 가능한 시적 언어 능력의 자원을 총동원하고, 그 한계를 극복하기 위해 노력한다.

7. 『피네간의 경야』의 구조와 주제

조이스가 『피네간의 경야』를 쓰는데 17년의 인생을 보냈는 데는 국제적 명성의 세월이 있었지만, 그것은 또한, 가족의 비극과 다가오는 장님의 세월이 있었다. 그런데도 질병과 절망 및 그의 친구들의 의혹이 있었음에도, 그의 영웅적인 야심작을 결코 포기하지 않았다. 당시 그의 서간문에 의하면 그의 독서는 극히 고통스러웠고, 편지의 내용은 사실상 그의 영혼의 울부짖음이었다. 그러나 이 모든 편지를 통하여 흐르는 한 가지 결정적 결심이란 그가 자신의 "진행 중의 작품"에 대한 확고부동한 헌신적 야심이란 사실이다. 이러한 야심은 끝에서 끝까지 온몸의 신체발부(身體髮膚)까지 뻗고 있었으리라는 것이 당대 지인들의 중구난방(衆口難防)이었다.

조이스의 이러한 개인적 사정들은 강조되어야 하거니와, 그 이유인즉 『피네간의 경야』야 말로 일종의 기묘한 문학적 장난이거나, 유행의 실험이 아니라, 최고의 심각한 그리고 『율리시스』 말고도, 일생일대의 야심적 작품이라는 그의 의도를 보증하기 때문이었다.

『피네간의 경야』는 최고의 합리적 작품으로, 그 구조에 있어서도 마찬가지이다. 그것의 구조는 리피강의 조류가 그의 하구에서 왼쪽에서 오른쪽으로 더블린만(灣)을 맴도는[호우드 언덕 정상의 산책길처럼] 와권적(渦港的)으로 순환한다. 이 작품은 문자 그대로 시작과 끝이 없는 환적 구조이다. 이는 인류 역사의 순환적 견해를 반영하나니, 삼라만상의 돌고 도는 만휘군상(萬彙群象)의 순리였다. 조이스는 인생이란 강물처럼 계속 흐르지만, 새로운 것은 발생하지 않음을 믿었다. 그 대신, 똑같은 유형의 개성, 똑같은 유형의 상황이 여러 가지 다른 형태로 잇달아 발생함을 믿었다.

HCE가 두 처신없는 여인들과 세 군인들에 의해 더블린의 서쪽 외곽의 피닉스 공원에서 유혹될 때, 그는 단순히 에덴동산의 원형적 유혹을 재연하고 있을 뿐이었다. 조이스는 이 주제를 "아나 리비아" 장의 말에서 "엇비슷한 새로움. 수많은 시간과 행복한 귀환(The srim anew. Ordovico or viricordo)"(215. 23), 이라 총괄하는데, 이 구절에서 "Ordovico"는 비코(Vico)의 철학적 질서를 의미한다. 이 철학자의 영향을 조이스는 스스로 인정하는 바, 이는『피네간의 경야』의 구조상의 중요한 권위를 의미한다.

비코는 역사의 첫 단계는 성스러운 것으로, 인간사에서 신들의 직접적 참여로 특징짓는다. 이 시대에 잇달아 영웅시대가 다가오고, 우리가 지금 살고 있는 민주적 시대가 차례로 등장한다. 현대의 시대가 종결되면,『피네간의 경야』에서 뇌성(雷聲)으로 상징되는―하느님의 성스러운 힘의 투입이 있을 것이요, 그리하여 역사의 순환은 다시 시작한다.『피네간의 경야』는 4부로 구분되고, 이는 비코의 역사의 4단계와 일치하며, 이 중요한 순환 속에 많은 구조적 주전원(周轉圓; epicycle)이 돌고 있다.

거듭하거니와, 이처럼『피네간의 경야』는 구조적 원칙을 비코에 크게 의존하는지라. 그 이외에도 단테의『신곡』의 건축 기법(architectonic technique)인, 균형의 조화(balancing)가 있다. 즉 그것은「지옥편」,「정죄편」,「천당편」의 3부곡(三部曲; Trilogy)으로, 각 부곡은 33장(canto)이 되고,「지옥편」에는 다시 서장(序章)이 1장 추가되어, 총계 100장(33×3+1=100)으로 구성된다. 단테 시대에 100이라는 숫자는 3을 기반으로 하여 완전의 표상으로 삼는데, 이 숫자학(numerology)이 보여주는 것처럼 그것은 또한, 기독교의 3위 1체(三位一體; Trinity)의 상징이기도 했다. 조이스의『율리시스』의 구조 역시 3부로서,「텔레마키아(Telemachia)」,「방랑(Wanderings 혹은 Bloomiad)」, 및『귀향(Nostos)」의 3부(Part)로 구분된다.『피네간의 경야』는 캠벨과 로빈슨에 의하면, I권,「양친들의 책」, II권,「아들들의 책」, III권.「인민들의 책」, IV권,「회귀」로 배열되고, 틴달(Tindall)에 의하면,「인간의 추락」,「갈등」,「인간성」및「경신」으로 4대 별이 되었다.

조이스는 또한, 비코의 4부분의 환이 개인 생활에 적용하도록 그것을 사용했는지라, 즉 탄생, 결혼, 죽음 및 부활의 4국면이다. 그리고『피네간의 경야』의 영웅은 그것 자체가 순환적 재탄생의 상징으로, 왜냐하면, 그의 개체 속에 똑같은 형태가 재삼재사 재탄(再誕)하기 때문이다. 이 부활이나 환생의 주제는 작품의 제재(制裁)의 의미와 원천의 양자에게 단서를 제공한다. 그를 나타내는「피네간의 경야」민요의 한 구절인 즉,

> 어느 아침 팀은 오히려 속이 거북했나니,
> 머리가 무겁고 그를 건들거리게 했대요.
> 그는 사다리에서 떨어져 두개골을 깨었으니,
> 고로 모두들 그를 날았는지라, 그의 시체를『피네간의 경야』로.
> 모두들 그를 멀끔한 천으로 단단히 묶었대요,
> 그리고 그를 침대 위에 눕혔는지라,
> 발치에는 한 갤런의 위스키를
> 그리고 머리맡에는 한 통의 맥주를.

『피네간의 경야』와 연관하여, 구조상으로, 예를 들거니와, 스펜서의『선녀여왕(仙女女王; Faerie Queene)은 총 7편으로 구성되고, 프루스트의『잃어버린 시간을 찾아서』는 작가가 20여 권의 수첩을 자료로 하여 이룩한 숙명의 대 장편이다. 후자는 제1편「스완가 쪽」, 제2편「꽃피는 아가씨의 그늘에서」, 제3편「게르망뜨 쪽」, 제4편「소돔과 고모라」, 제5편「갇힌 여자」, 제6편「사라진 알배르띠느」, 제7편「다시 찾는 시간」등으로 구성되어 있다. 조이스의『피네간의 경야』역시 중첩에 중첩을 거듭하는, 비록 628 페이지의 단권일지라도, 대 장편인 셈이다. 특히 길이에 있어서『피네간의 경야』를 해체하면, 프루스트와 조이스는 서로 대적할 만하다. 앞서 스펜서를 비롯한 이들 세 작품들은 구조상으로 너무 방대하여, 단지 적은 무리의 열성적 전문가들에 의해서 만이 읽힐 수 있을 것이거니와, 이들은 옛말로 차영손설(車螢孫雪) 고학(苦學)을 요구하는 자이언트 장편들이다.

조이스의 전체 문학 정전(canon; 正典)을 통해 환적 구조의 또 다른 예로,『더블린 사람들』의 첫 이야기「자매」의 감정이입(感情移入)과 그것의 종곡(coda)이라 할「죽은 사람들」의 눈 내리는 정감(情感)을 비롯하여『젊은 예술가의 초상』의 초두의 부정(父情; paternity)과 같은 작품의 말미의 예술가

적 긍정의 연상(聯想), 그리고 『율리시스』의 초두의 말인 "당당한(Stately)"
과 권말의 몰리의 3개의 "Yes I said yes I will Yes"를 들 수 있거니와,
특히, 그들 중의 "S"자가 형성하는, 2개의 결합은 뱀이 자신의 꼬리를 무
는 영원 등은 조이스 문학을 통틀어 비코의 순환의 역사를 각각 상징하는 것
으로 상상한들 무리가 있을 것인가! 특히, 몰리의 결구 중 처음과 끝의 2개
의 "Yes"는 호우드 언덕의 과거의 낭만과 6월 17일 새벽 그녀의 남편 곁에
누워 있는 ALP처럼, 그녀의 현재의 응답으로, 2개의 겹친 시제를 각각 뜻
한다. 그리고 『피네간의 경야』 초두의 "강은 달라나니(riverain)"와 권말의
"그(the)"는 비코적 순환의 연결을 암시하는바(많은 평자들의 주장처럼), 여
기 "the"는 어김없이 되돌아오는 순환의 낮(해의 정광사성(定冠詞性))을 암시
한다.

　　『피네간의 경야』의 이야기는 한마디로 주인공이 공원에서 갖는 도덕적
추락이다. 거기에는 하나의 지속적 추락(Fall)의 이야기로, 그것은 작품을
통하여 재삼재사 반복된다. 주인공 이어위커에게 이는 HCE의 무의식을 통
하여 한결같이 그를 괴롭히는 아담의 원죄와 같은 것이다. 스캔들의 내용인
즉, 더블린의 피닉스 공원의 무기고 벽(Magazine Wall)(영국 식민지가 건립한)
근처의 숲 속에서 두 소녀들이 탈의하고 있는 동안(소박한 목적을 위해), HCE
가 그것에 자신의 간음증적 엿봄을 행사함으로써, 스스로의 나신(이제 수음
을 위해?)을 드러낸다는 것이다. 한편 방탕한 세 군인들이 이 엿보는 HCE를
엿보거나, 그의 행실을 가로막는다. 인류의 원죄마냥, 『성서』에서 부친 노아
의 나신을 훔쳐보는 그의 아들처럼, 이 세 군인들은 또한, 죄인의 증인들이
된다. HCE에게 이러한 양상이 자신의 몰락의 죄의식 속에 한결같이 부동함
으로써, 이 밤의 무의식은 돌고 도는 구조를 설립한다.

　　조이스는 아일랜드의 민요인 「피네간의 경야」 속에 그의 자신의 불멸의
영웅을 위한 상징을 보았거니와, 그 자는—단지 재차 깨어나기 위한 아담과
이브 그리고 험프티덤프티의 주인공(영국 동요 「어미 집오리[Mother Goose]」)
이요, 재삼 추락과 재기를 교번하는 한결같은 오뚝이의 존재다. 이 인류 영

원의 "추락과 부활"의 주제는 조이스뿐만 아니라, 과거 수많은 작가들의 작품들이나 인물들, 이를테면 밀턴 작의 『실낙원(*Paradise Lost*)』이나, 윌리엄 블레이크의 원시인(the Primordial Man)인, 알 비언(Albion)과 다르지 않다.

그러나 비코의 환의 개인적 적용을 기억하면서, 우리는 조이스의 선배 예이츠나 후배 베켓으로부터 크고 많은 것을 제작할 수 있다. "경야(wake)"란 단어는 최소한 세 개의 의미를 가짐이 틀림없다. 앞서 거듭하거니와, (1) 배의 선적(船跡)으로서, 그것은 영원의 죽음을 대표한다. (2) 조이스의 영웅은 결코 죽지 않고 깨어나며, (3) 그의 죽음은 부활에 의해 따르나, 핀―재차―경야(Finn―again―wakes)의 함축이다.

8. 『피네간의 경야』의 시간 및 수비학

『율리시스』의 "블룸즈데이(Bloomsday)"의 정해진 날짜(1904년 6월 16일)와는 달리, 『피네간의 경야』의 날짜에 대하여 평자들 간에 이견이 분분하다. 고던(John Gordon) 교수는 "이어위커즈나이트(Earwickersnight)"는 1938년, 3월 21일, 월요일과 22일, 화요일의 이른 아침임을 단정한다. 그에 의하면,

1) 한밤중의 시계가 치는, 제I부의 시작에까지, 날짜는 월요일이다. 빨래하는 아낙들은 제I부 8장에서, 세탁 일을 하고 있거니와, "세일속복(洗日俗服)의 통미(桶尾)"(333)에 대한 언급은 우리에게 월요일이 세일(洗日)임을 알린다. 확실히, 다음날 새벽에 ALP는 남편에게, "여기 당신의 셔츠가 있어요."라고 말한다. 주막의 라디오에서 아나운서가 주일의 프로그램을 광고할 때, 그는 내일을 화요일로 시작한다.(325) 다음 날 아침 신문 기자는 급보를 발송할 때, 그의 마감일은 "doomsday"인바, 이는 독일어로 화요일인, *Dienstag*이다. (602) ALP가 지인인 맥그라스(McGrath)의 장의를 알릴 때, "그의 우장의식(愚葬禮式)이 금목요일(今木曜日) 오싹하는 시간에 몰래 일어나리라"라고 하듯, 금일은 화요일이다.

2) 달은 3월이다. 본문 211페이지에서, 숀은 "칼과 스탬프를 포함하는, 무양지도(無陽地圖) 달력"을 받는다. 그리하여 우리는 화성(Mars)의 달(3월)의 어느 그림에서든 칼을 기대한다. 603페이지에서, 누군가 3월의 이 시기에 아름다운 날씨를 지닌 햇볕 쬐는 아침에 관해 말하는 것을 도청당한다. 본문 347페이지에서, 바트(Butt)는 "백마의 날(a white horseday)"에 발생했던, 그 날의 불길사(不吉事)를 기억하는데, 그가 여기 분명히 "워터루의 큰 백마(big white harse)"에 대해 언급하고 있을지라도, *horse*에 대한 웨일스어는 "march"임이 타당하다.

3) 날짜는 3월 21일과 22일 아침으로, 이는 노라 바나클(조이스의 아내로서 ALP)의 생일이요, 그 다음의 날이다. 사건은 그녀의 선물인 새 가운을 선물 받은 다음으로, 이는 벽에 걸려 있다. 그것은 또한, 아마도 제I부 4장에서 결혼의 침방 뒤의 일로서, 그 이유는 본문 583페이지에서 이 일은 1년에 한 번 있는 일로, "모든 천문역(天文曆)의 기념일(every ephemeral anniversary)" 이기 때문이다. 이리하여 그것은 이씨―루치아(딸)의 생일 뒤의 또는, 9개월 뒤, 한 겨울밤의 빛의 페스티벌의 근처이다.

다른 한편으로, 하트(Clive Hart) 교수는, HCE의 날을 자연주의적 레벨에서 전세기(20세기)의 아주 초기에 어느 날의 더블린 근처 한 주막의 사건으로 연관시킨다. 이는 금요일로써, 윌슨(Edmund Wilson) 교수가 주장하듯, 토요일은 아니라는 것이다. 경야의 날이 아무튼 토요일이 될 수 없다는 사실은 조이스 시절에 더블린의 주점은 토요일 밤에는 저녁 10시면 문을 닫는 것으로 나타난다. 한편, 이어위크의 주점은 저녁 11시에 닫거니와(370), 이는 월요일―금요일 동안에는 일반적 폐점 시간이다. 조이스는 더블린의 토요일 밤의 조기 폐점 시간을 잊지 않았으며, 그는 본문 390에 이에 관해 언급한다.

이 시점에서 『피네간의 경야』가 조이스의 낮의 책인 『율리시스』에 균형을 맞추어, 밤을 다룬 작품이라 말함은 당연하다. 『율리시스』가 깨어있는 시간의 사건들을 서술한다는 점에서 낮의 책인 반면, 『피네간의 경야』는 과연 한 잠자는 사람의 마음속에 일어나는 것으로 상상되는 밤의 책이다. 그러나 달리, 이러한 이분법은 아주 완전하거나 합리적이지 않다. 적어도 『율리시스』의 절반, 그런데 한층 중요한 것은 어둠 다음에 일어나는바, 반면에 『피네간의 경야』의 3분의 1 이상은 낮 시간의 활동과 관계한다. 제I부의 거의 다는 낮에 일어나기 때문이다. 제I부는 어둠과 한밤중 사이의 시간을 대표한다. 제I부는 한밤중에서 새벽까지 계속된다. 제IV부는 해가 뜨는 순간이다. 작품의 이야기 줄거리는 오직 이러한 시간적 유형을 마음속에 분명히 지닌다면 이해될 수 있다. 전반적 환의 조직과 더불어, 조이스는 제I부의 대부분이 단지 완성되었던 다음으로, 시간-구도의 분명한 개념에 도달했던 것 같다. 고로 제I부 및 제IV부는 시간 구성의 한층 큰 세목을 보여주지만, 그러나 이러한 조항으로도, 전반적 구도는 아주 분명하고 타당하다.

제I부는 주점의 아침 음료 행위로서 시작한다.(06) 전체 부(部)는, 아나(Anna)가 그녀의 편지에서 말하듯, 오전 11시 32분의 마(魔)의 시간에 시작한다. 제I부의 종말에서 밤은 6시의 삼종기도가 울리고 있을 때 시작한다.(213~216) 〔삼종기도 시각은 『율리시스』의 13장 말에서 거티(Gerty)가 듣는 저녁 시간이다.〕 이제 일상적 행동의 환이 끝나고 두 개의 밤의 환들이 다가올 참이다.

제I부는 오후 8시 30분의 팬터마임과 더불어 시작한다. 제I부의 2장은 오후 10시의 종이 울리자 아이들이 침대로 보내질 때 끝난다.(308) 그것은 꼭 한 시간 계속되는데, 왜냐하면, 제I부 1장의 말에서, 그들의 기도 소리가 들리기 때문이다. 고로 이 첫 장은 오후 9시에 끝난다. 그리고 "익살극(Mime)"은 "30분 전쟁"(246)이라 불리기 때문에, 극의 활동은 연극 공연의 스타트를 위한 정상적 시간, 오후 8시 30분에 시작해야 한다. 제I부의 기다란 장인, 3장은 저녁 10시에 시작하고, 고객들이 모두 귀가한 뒤, 저녁 11시로서, 주인 이어위커는 마루 위에 술 취한 채 쓰러져, 저녁 11시와 한밤중 사이, 섬망증(譫妄症)의 환각에 굴복한다. 그 속에 그는 자신의 주방(酒房)이 트리스탄과 이졸데의 신부선(新婦船)으로 변용하는 것을 본다. 한밤중 그는 침대에 안전하게 누워 잠들려 하거니와, 그런고로 얼마간의 시간이 제I부 4장과 제I부 1장의 시작 사이에 지나가고, 그가 이층 침실로 가, 잠자도록 허락한다. 따라서 제I부는 24시간의 둘레의 바로 절반인, 저녁 11시 30분에 끝나는 것으로 생각하는 것이 아주 순리다.

제I부는 한밤중의 차임 벨 소리로 시작하고〔『율리시스』의 제4장과 제17장에서도 차임 벨 소리는 아침과 새벽에〕, 시간은 같은 부(部) 동안 간헐적으로 서술되며, 마침내 오전 4시 32분에 분명히 끝난다. 숀은 본문 449에서 시계가 새벽 2시를 치는 것을 듣는다. 본문 474에서 "박명(薄明)의 최초의 괴성(傀聲)"이 들리며, 또한, 본문 586에서 시간은 작품의 다른 곳에서보다 한층 분명하게 서술 된다. "맥석금(脈石金) 20곱하기 3의 절반은 5점 더하기와 함께 로마 숫자로 "LVII"이 되는 도다."(586.23~25)

다시 한 번 부(部)들 간에 휴지(休止)가 있는데, 제IV부는 아침 6시에 시작하고 끝난다. 작품의 모든 근원들을 포함하는 무시간의 순간(timeless moment)이 존재한다. 『피네간의 경야』는 춘분(春分)에 시작하고 끝나기에 고로 제IV부에서 태양은 정확히 아침 6시에 솟는다.(593) 그리고 장이 끝나자 여전히 솟고 있다. 장의 모든 물질은 한 개의 환으로부터 다음의 것으로 순간적인 변화의 상태에 있으며, 여기 행위 속에 얼어붙어 있다. 제IV부는 과연 "이 통야(通夜)의 뉴스 얼레"(489) 속에 수많은 "정지"(stills) 가운데 가장 중요하다. 태양신 격인 이어위커는 같은 부의 첫 페이지에서 졸린 채 침대에서 걸어 나오고 있지만, 그의 아내는 종말 가까이 619페이지까지 그를 달래어 잠을 깨우지 않았다. 그는 594페이지에서 수평선 너머를 엿보며, 드루이드교의 환을 통해 그리고 계속 제단으로 빛줄기를 보내고 있다. 597에서, 그는 여전히 같은 상태에 있는데, 그동안, 604페이지에서, 새벽의 삼종도(三鐘禱)는 항시 기대되고 있다.

『피네간의 경야』의 복잡한 시간―설계는 궁극적으로 신비적 "영원의 현재(Eternal Now)" 속에 해결된다. "영원의 현재"는 절대자의 눈에서, 신비적 동시성을 포함하는, 통상적 경험이 과거, 현재, 미래로 불리는 모든 것을 함유하는 옛 철학자의 관념이다. 이러한 관념은 조이스의 시대에서 이러저러한 형태로 아주 유행했으며, 세기의 전환기에 시간과 그것의 문제들의 중요성의 재발견을 추구한다. 시인 워즈워스(J.C. Wordsworth)는 그의 『마음(Mind)』(338)의 시에서, (XXVI 권) "시간의 연속"을 다음과 같은 구절로 서술하는데, 이는 문학에서 혼한 사상이었다.

시간의 모든 부분은 영원한 현재의 부분들이다…… 그리하여…… 우리는 어느 한계를 현재에 고정하거나, 또는 우리가 잘못 "과거" 및 "미래"라 부르는 어느 부분을 그로부터 배제할 수 없다.

우주적 동일성의 결과는 시간의 어느 시점에서 영원의 잠재적 내재성이기에, 따라서 역사의 어느 부분의 핵은 어떠한 "사건"에서도 존재할 수 있다. 인과(因果)는 시간의 연속적 사라짐과 함께 또한, 없어져야 할지니, 고로여기 우리는 조이스의 "세계 시대(World Ages)"의 기초가 되는 단자적(單子的) 원칙(monadal principle)을 위한, 그리고 분명히 단독적 무질서에 있어서작품의 충동적 힘의 빈번한 분산을 위한, 한층 먼 합리화를 발견한다.

시간의 숫자와 연관하여『피네간의 경야』의 객관적이요, 형식론적 특징들 가운데 하나는 수비학(數秘學; numerology)이다. 비코(Vico)의 3역사의기간들의 최초의 환(circle)을 기록하기 위하여 작품에는 첫 100문자로 된 천둥소리(thunderclaps)가 들린다.(3.15～17) 작품에서 통틀어 모두 10개의 천둥소리가 있는데, 애초 9개는 100의 철자를 시작으로, 최후의 것은 101의 철자로 이루어진다. 101의 숫자는 "숫자회문(數字回文; numerical palindrome)"이라 하여, 완성과 환적회귀(環的回歸; cyclic return)를 상징한다. 최초의 천둥소리는 피네간의 존재와 추락을 선포하거니와, 피네간, HCE, "동량지재피네간(Bygmester Finnegan)"(4.18)을 가장한다. 확장하여, 모든 추락들이암시됨으로써, 그들은 아담과 이브, HCE와 ALP 통틀어 포용한다.

『피네간의 경야』에서 1132의 숫자(작품에서 거듭되는 숫자)는, 이의 절반인 566과 함께, 1개의 세트로서 작품을 통해 두 번 일어난다. 1132는 추락과연관되고, 또한, 경신(更新; renewal)을 상징한다(그 밖에『율리시스』에서, 작가는 32를 추락과 연관시키는데, 주인공 리오폴드 블룸[Leopold Bloom]은 이를 낙체의 비율로 들먹이는지라, "매초 매초에 32피트 이라. 낙체의 법칙")(U 5.44～45). 11은 경신의 숫자, 새 10년의 시작의 숫자로서 두드러지다.『피네간의 경야』에서 "아인소프(Ainsoph)라는 직립자(直立者)들은, 1 및 0과 함께 01로 대표하는데," 여기 1은 HCE, 그의 아내 01은 ALP다(261). 조이스에게, 숫자3211(1132의 역배열)은 추락의 개념에 직접 연관되는데, 여기 그의 32는 자신의 추락을, 11은 그의 아내 아나 리비아와 연관시킨다. 나중에 그는 ALP를 숫자 111로 삼음으로써 의미를 한층 강화한다. 또한, 566은 여인들의 숫자요, 1132의 절반이며, 그의 반분(半分: better half)이다.

나아가, 이들 3211과 그의 회문 자인, 1132 그리고 566은 비코의 3환을 구성하며, 이는 부활과 몰락하는 가족의 역사를 대변한다. 그리고 ALP 자신은 다른 숫자를 가지는데, 이를테면, 40은 노아의 40일 주·야간의 물(水)의 홍수를, 그리고 111 또는 1001은 그녀의 쌍둥이 아들들의 숫자요, 재생과 창조를 의미하기도 한다. 이는 『아라비안나이트 1001(夜話)(*The Arabian Thousand and One Nights*)』로서, 『피네간의 경야』 자체를 상징한다.

9. 『피네간의 경야』의 인유

조이스는 『피네간의 경야』속에 인류 역사의 모든 것을 포용하려 하고 있다. 그가 이 작품을 쓸 당시 사용했거나 그 속에 도입한 평소의 지식원(知識源)은 그 범위나 심도에서 우리들의 상상을 초월할 정도로 넓고 깊다. 작품 속의 이들 인유들〔오늘의 신 비평가들이 말하는 상호 텍스트성(intertextuality)〕은 모두 그의 소재를 형성하거니와, 다음의 것은 이들 인유들 및 그들의 전거(典據) 가운데 중요한 것으로서 그에 대한 해설이 작품 이해에 도움이 될 것이다.

(1) 문학의 모더니즘

문학의 모더니즘(Literary Modernism)은 문학상으로, 19세기에 시작하여 1차 세계대전 동안에 두드러진 운동으로, 학자들은 그것의 특별한 양상들을 토론하거니와, 그것보다 넓은 특징에 관하여 전반적 동의가 있는지라. 그것은 당시의 과학적, 사회적 그리고 문화적 변화를 반영한다. 문학적 모더니즘은 행동의 도덕적 표준을 규정하고 촉진하는 그들의 권위를 거역하면서, 가족, 교회 및 국가와 같은 전통적, 사회적 단체의 합법성을 논하는 운동으로 구성한다. 대신에, 모더니즘은 개인으로 하여금, 빈번한 예술가의 사회적 규범을 무시하게 한다. 아마도 한 가지 추론으로서, 문학의 모더니즘은(다른 예술에서 모더니즘처럼) 의식의 흐름, 모호성, 불신의 화자와 자기-참조(허구로서의 텍스트의 저자의 강조)와 같은 방책들의 사용을 촉진하거나, 있을 법한 환영(幻影)을 파괴하면서, 형식적 실험주의의 특정을 마련한다. 문체들은 작가로부터 작가로 크게 다양화하여 아주 개인적이다.

학자들은 보통 조이스를—파운드, T.S. 엘리엇. D.H. 로렌스 및 버지니아 울프와 더불어—영어의 모더니즘의 첨단 발의자들 사이에 둔다. 우리는 『더블린 사람들』과 가장 분명하게도 『젊은 예술가의 초상』을 모더니즘의 모델로 적합하다고 분명히 논한다. 그러나 『율리시스』가 모더니스트인지 혹은 포스트모더니스트인지의 문제에 대하여 많은 토론이 있다. 대부분의 비평가들은 『피네간의 경야』가 분명히 포스트모더니즘의 범주에 든다고 말한다.

1972년 미국 털사 대학에서 개최된 "『율리시스』 출판 50주년 기념 국제 심포지엄"에서 템플 대학의 비 비(Mauris B.B.) 교수는 모더니즘의 특징으로 다음 4가지를 들었다.

첫째, 모더니스트 문학은 그것의 형식주의(formalism)에 의해 두드러진다. 그것은―심미적 자율성과 예술작품의 독립적 실체로서―"시는 의미라는 것이 아니라 존재 한다(a poem should not mean but be)"는 유명한 공식에 의하여 개관되는 정도까지 구조와 디자인의 중요성을 주장한다. 둘째, 모더니즘은 유리(遊離)와 비 위탁(detachment and non―commitment)의 태도에 의해 특징짓는바, 그것을 나는 신비평가들(New Critics)에 의하여 사용되는 말의 의미에서 "아이러니(irony)"란 총체적 표제 하에 둔다. 셋째, 모더니스트 문학은 신화가 신념을 위한 훈련이나 혹은 해석의 주제로서 그보다 초기에 사용했던 식으로서가 아니라, 예술을 질서화하는 자의적 방법으로서, 그를 사용한다. 그리고 마지막으로, 나는 모더니즘의 시대를 인상주의자들의 시기로부터 날짜를 잡는바, 그 이유는 인상주의로부터 내성주의(Reflexivism)까지의 발달을 위한 분명한 선이 있다고 나는 생각하기 때문이다. 모더니스트 예술은 내성적이요, 대체로 그것 자체의 창조와 작업에 관계한다. 개관자가 개관된 주체보다 한층 중요하다는 인상주의자의 주장은 궁극적으로 모더니스트 예술과 문학의 세계 속의 유아론적 세계(solipsistic world)로 인도한다.

필자는 당시 『율리시스』를 위의 4가지 특징으로 분석한 바 있다. 모더니즘의 비평은 "신비평(New Criticism)"인지라, 이는 반―언어학적(semi―linguistic), 사이비―과학적(pseudo―scientific) 및 행동주의적 심리학(behavioristic psychology)의 기조 위에 둔다. 뒤에 필자의 이 논문은 "『율리시스와 문학의 모더니즘(*Ulysses and Literary Modernism*)』이란 책자로 출판되었다(서울. 탐구당, 1985). 이 책자에 대한 서평은 스텔리(Thomas F. Staley) 교수(하리 랜섬 인문학 연구소 소장, 오스틴, 텍사스 대학)의 『제임스 조이스의 주해서지 비평(*An Annotated Critical Bibliography*)』(p. 142, St. Martin's Press, 뉴욕, 1989)이란 책에 다음과 같은 평으로 실렸다.

『율리시스』를 당대의 예술적 조망 속에 둠으로써 그리고 〔조이스의〕 예술적 이론들과 작품에서 그들의 활용을 개척함으로써, 그것을 문학적 모더니즘의 패러다임으로서 살핀다. 현대 소설의 새로운 이론과 기법을 위한 중요한 시험장으로서, 김(Kim)은 관찰하는바, "조이스의 소설은 전체 운동의 중요 특징들의 '총화'요 전시로 사료된다." 이 연구는 파생적이지만, 그것은 한국의 학자들에 의한 조이스의 지속적 흥미를 반영한다. 김은 또한, 『율리시스』의 한국어 번역자이기도 하다.

오늘날 우리는 21세기에 진입했거니와, 포스트모더니즘의 증언(manifesto)이라 할 『피네간의 경야』는 지금까지의 모더니즘의 그것과는 상당한 거리가 있는 듯, 덜 형식주의(less formalism), 덜 신화 구조(less mythic structure), 덜 유아론적(less solipsistic)으로, 이를 오부라운(Norman O' Brown) 교수는 "다기적(多岐的) 변태(polymorphic perversity)"라는 말로 표현한다. 이러한 "다기성(polysemy)"은 『피네간의 경야』에 최고로 잘 해당하리라.

(2) 포스트모더니즘

포스트모더니즘(Postmodernism)은 빅토리아 조의 사고와 가치에 대한 19세기 후반과 20세기 초반의 도전으로서, 모더니즘으로부터 직접 파생한 문화적 및 지적 운동이다. "post —"란 말은 시기적으로 "후기 —"라 할 수 있으나, 문학적 및 문화적 성질로 보아 "속(續) —"이란 말, 즉 속—모더니즘으로 표현할 수 있을 것이다. 학자들은 포스트모더니즘을 구성하는 특별한 요소들에 관해 오래 토론해 왔으나, 어떤 광의의 특징들에 관한 총체적

동의가 있을 뿐이다.

조이스는 자주 그의 동포인 베켓과 함께 현대문학에서 포스트모더니즘의 선각자 중의 하나로 손꼽힌다. 물론 시기를 엄격하게 한정하면, 후자는 사르트르와 함께, 전세기에서 1차 세계대전의 1910년대와 2차 세계대전의 1930~40년대 중간의 실존주의(Existentialism) 또는 부조리 철학(Absurdism)의 작가로 잘 알려 있지만, 그의 작품의 형식주의적 실험성은 조이스와 함께 다분히 모더니즘 또는 포스트모더니즘의 범주에 속한다. 오히려, 베켓은 그의 작품의 방책들에서 분명히 덜(less) 조이스적이요, 오히려 카뮈나 사르트르의 기괴함(grotesques)에 한층 가깝다. 베켓의 특별히 어느 곳으로도 인도되지 않는『몰로리(*Molloy*)』의 주인공 몰로이의 산발적 독백은『율리시스』의 몰리(Molly)의 그것을 닮았다. 베켓의 부랑자들(bums)은 형이상학적 실체들이요, 비록 우자(愚者)처럼 보일지라도, 그들 자신의 권위를 성취함에, 조이스의 몰라나『피네간의 경야』의 ALP처럼, 긍정의 비전을 얻는다. 이들 카테고리의 문학은 분명히 폐허의 도시에 우뚝 솟은 찬란한 강철 빌딩들로서, 실존주의적 베켓은 그들 그늘에 얼마간 가려진 채 있다. 억지로 베켓을 포용한다면, 이들은 T.S. 엘리엇의『황무지(*The Waste Land*)』의 종말에서 초월론적 희망을 갖는 "샨티 샨티 샨티(Shantih shantih santih)"의 모더니스트 혹은 포스트모더니스트들이다.

(3) 비코

이탈리아의 역사―철학자인 비코(Vico, Giambattista, 1668~1744)는 역사, 언어, 신화 및 사회에 관한 자신의 극히 독창적 저서『새 과학(*The New Science*)』에서, 인류의 역사를 3대별하고 있는바, 신들의 시대, 영웅들의 시대 그리고 인류의 시대로, 그리고 그에 잇따른 혼돈(카오스)의 짧은 변화인, 회귀(recorso)로 각각 구분한다. 그리하여, 그 다음 단계로 새 과정이 다시 시작한다. 조이스는 비코의 사상에 엄청난 흥미를 가졌었다. 인간 진전의 거듭되는 유형에 대한 비코의 이론과 언어 및 신화에 대한 그의 세밀한 연구는

『피네간의 경야』의 구조 및 원동력을 간파하는 데 크게 기여하거니와, 특히 그의 구조와 동력의 삼투를 위한 토대를 마련한다. 『율리시스』에서도 또한, 그의 신화 및 유형에 대한 이해가 풍부하다. 『피네간의 경야』는 비코의 분명한 인유로서 첫 행이 열린다. "회환의 광순환촌도(vicus) 곁으로 하여 우리들을 되부르도다……."(03). 이것이 비코의 역사 순환의 시작이다.

(4) 브루노

브루노(Bruno, Giordano, 1548~1600)는 이탈리아의 르네상스기의 철학자 및 시인, 그는 나폴리 근처의 노라(Nola)에서 태어났다. 이 지형의 이름은 『피네간의 경야』에서 그의 이름에 동화되어 Nolan Bruno가 되기도 한다. 서역 1565년 그는 가톨릭의 이단적 종교 재판소(Inquisition)의 중심인, 나폴리의 도미니카 수도원에 들어갔다가, 기소된 뒤에 1576년에 로마로 도피했다. 노란(Nolan)이라, 브루노는 자신을 불렀거니와, 다음 16년을 철학적 정통파에 도전하거나, 반─아리스토텔레스의 사상을 제공하며, 지적 불관용과 대면하면서 세월을 보냈다. 그는 1591년에 베니스로 돌아오기 전에, 북이탈리아, 스위스, 프랑스, 영국 및 독일을 여행하며 강연했다. 그의 귀환 직후, 브루노는 그의 바티칸의 은인이요 학생인, 지오바니 모체니고(Govanni Mocenigo)에 의해 배신되어 종교 재판소에 넘겨졌다. 그는 로마로 이관되고, 거기서 이단으로 확정되어, 1600년 2월 10일 화형되기 전에 8년 동안 감옥살이를 했다.

브루노의 비평적 태도와 비 정통파적 진리 탐구뿐만 아니라, 무한한 우주 및 다른 비인간적 세계들에 대한 마술적 종교와 우주론에 관한 그의 연금술적 사상은, 17세기 유럽의 사상에 의미심장한 영향을 끼쳤다. 결국, 그는 지적인 자유와 심문을 위한 순교자로서 환영받았으며, 19세기 말에 그의 동상(銅像)이 그의 명예를 위하여, 그의 죽음의 자리인, 캠포 데 비오리에 세워졌다. 그의 많은 작품들 가운데, 영국의 시인 필립 시드니 경(Sir Philip Sydney)에게 헌납한, "의기양양한 야수의 추방(The Expulsion of the Triumphant

Beast)"이 가장 잘 알려져 있다. 종교재판소가 브루노의 투옥과 처형을 요구 하다니. 그것은 근원적으로 이 작품 때문으로, 이는 사회악을 은유적으로 다 루고, 도덕적 및 종교적 경신을 재의한다.

조이스는 철학적으로 그리고 예술적으로 뿐만 아니라 개인적으로도 브루 노에 동정적이었다. 이 혁신적이요, 용감한 철학자에 대한 그의 친근함과 흥 미는 그의 인생을 통하여 일찍 시작되었으며 계속되었다. 1901년의 그의 논 문인 「소요의 날(the Day of the Babblement)」은 그가 노란으로부터의 인용 으로 시작한다.

브루노는 그의 윤회적대응설(輪廻的對應說: dialectical process of oppo-sites)로 유명하거니와, 이 이론에서 그는 "반대의 일치(coincidence of con-traries)"를 주장함으로써, 결국 "실재(the actual)"와 "가능(the possible)" 은 "영원에 있어서 다르지 않다"는 것이다. 조이스는 이 사상을 『피네간의 경야』에, 예를 들면, 솀—숀의 상관관계의 이분법에 있어서, 분명한 반대 의 결합(union of opposites)으로 연결시키고 있다. 그의 철학은 일종의 이원 론으로, 자연에서 모든 힘은 그것 자체를 실현하기 위해 반대를 함유해야 하 고, 반대는 재결합을 가지고 온다는 것이다. 브루노에 대한 다른 언급들은 『젊은 예술가의 초상』(제5장)과 『율리시스』에서, 특히 "네스토르"(제2장)에 서 읽힌다. 그의 원리는 『피네간의 경야』의 제I부 4장의 재판 장면에서 다음 과 같이 명료하게 실증된다.

마치 그들은 *이것과 저것* 상대 물의 동등인양, 천성의 또는 정신의 동일 력(同一力), *피타자(彼他者)*로서, 그것의 피자피녀(彼子彼女)의 계시(啓示)에 대한 유일의 조건 및 방법으로서 진화되고, 그들의 반대자의 유합(癒合)에 의한 재결합으로 극화(極化)되는 도다. 현저하게 상이한 것은 그들의 이원 숙명(二元宿命)이었도다. (92)

그의 비평가들인 엘스워드 메이슨(Ellsworth Mason)과 리처드 엘먼 (Richard Ellmann)은 『제임스 조이스의 비평문(*The Critical Writing of James*

Joyce) 』을 편집하고 각 논문의 서문을 쓴 바 있거니와, 다음의 글은 그들에 의한 "브루노 철학(The Bruno Philosophy)"(1903)에 관한 것이다. 아래 단락은 다소 길지라도, 비코의 위대성을 설명하기에 족하다.

1903

제임스 조이스는 그의 아우에 따르면, 한때 배우가 되기를 생각했으며, 무대 명(예명)을 "고던 브라운(Gordon Brown)"을 삼았고, 그것은 자신이 존경하던 지오다노 브루노에 대한 경의의 표시였다. 이 서평을 쓸 때 지음에, 조이스는 브루노의 작품에 친근했으며, 『소동의 날(The Day of the Babblement)』에 그것을 인용했다. 조이스는 UCD에서 그의 스승이었던 이탈리아 인인 게지(Ghezzi) 신부와 브루노에 대해 토론했거니와 게지 신부는 브루노가 광적인 이교도였다고 했고, 조이스는 그가 잔인하게 화형 되었음을 주장했다.

1600년에 사망한 브루노는 두 세기 동안 세인의 관심에서 잊혀 있었는데, 19세기가 되어서야 다시 논의되기 시작했다. 1889년에 브루노가 화형에 처한 곳인, 로마의 캄포 대 피오리(Campo dei Fiori)에서 그의 동상이 제막되었다. 조이스는 그의 인격과 철학으로 인상을 받았다. 그것은 투옥의 면전에서 생각을 일관되게 주장했던 브루노의 영웅적 완강함, 견고한 철학과 금욕 생활에서 오는 외로움을 달래 주는 일시의 휴식, 그리고 『피네간의 경야』에서 셈과 숀의 관계의 근간을 이루는 브루노의 "반대의 일치"의 이론에 의한 것이었다. 그러나 여느 때처럼 이 책에서, 조이스는 노란의 브루노를 더블린의 서적상인(書籍商人) 브라운 앤 노란(Browne and Nolan)에 연관시킴으로써 묘사한다.

"브루노 철학"인즉, 맥인타이어(J. Lewis McIntyre)의 『지오다노 브루노 (Giodano Bruno)』 대한 조이스의 견해는 1903년 10월 30일에 『데일리 익스

『프레스』지에 나타났는바, 이는 음조 상으로 이탈리아 르네상스 철학자인 브루노에 대해 동정적인 것으로, 그의 사상에 대한 인생과 사상 및 열성에 대한 즉각적 지식을 노정한다. 그의 짧은 논문을 통하여, 조이스는 브루노의 서구 철학을 위한 그의 공헌에 대해 맥인타이어(McIntyre)의 평가를 찬양한다. 논문의 첫 문장에서 브루노의 생활과 사상에 관해 소수의 책들을 영어로 주석함으로써, 아랫글에서 보듯, 조이스는 맥인타이어의 비평적 연구에 관해서 뿐만 아니라 중요성을 그에게 부여한다.

　　관심이 주로 전기적인 책인『영국 및 외국의 철학 도서관(the English and Foreign Philosophical Library)』이란 책을 제외하고는, 노라의 삶과 철학을 조명한 중요한 책이 영국에서 나타나지 않았다. 브루노가 약 16세기 중순에 태어났으므로, 그에 관한 평가―영국에서 최초로 나타난 평가―는 다소 늦은 감이 있는 듯하다. 이 책의 1/3 못지않게 그것은 브루노의 생애에 대해 이바지하고, 책의 나머지는 그의 철학 체계의 설명과 비교의 개관이다. 그의 삶은 오늘날 수백만 사람들에게 영웅적 우화로서 읽힌다. 도미니크회의 신부요, 집시 교수이며, 고대 철학에 대한 논평가, 새로운 철학의 창시자, 극작가, 논객, 자신의 방어를 위한 상담자, 종국에는 캄포 대 포이리에서 화형을 당한 순교자인 브루노는 이러한 존재의 모든 양태와 사건들(그가 부른 대로)이 한결같은 정신적 통일성으로 남아 있다.
　　초기의 휴머니즘의 용기를 가지고 전통을 배척하면서, 브루노는 소요학자의 철학적 방법으로는 그의 철학적 탐구를 거의 가져오지 못했다. 그의 활동적 두뇌는 계속적으로 가설을 언급한다. 그리고 비록 그 가설적 숙고에서 철학자에 의해 정당하게 사용될지라도, 그리고 투쟁적 반박이 그를 이토록 그에게 허락될지라도, 가설과 역(逆)비난은 브루노의 페이지들을 너무나 많이 점령하는지라. 어떤 것도 그들로부터 지식의 위대한 애인의 부당하고 부당한 개념을 수락하는 것 이상으로 용이하지 않는다. 그의 철학의 어떤 부분들―왜냐하면, 그것은 많은 면임으로―는 제외될 수 있다. 기억에 대한 그의 논문, 레이몬드 루리(Raymond Lully)의 예술에 대한 논평, 심지어 익살스러운 아리스토텔레스조차도 좋은 평판을 득하지 못했던 저 위험한 영역으로의 유람, 도덕성의 과학은 단지 그들이 너무나 환상적이요, 중년이었기 때문에 관심을 가진다.

독립적 관찰자로서, 브루노는, 그러나 높은 명예를 받을 만하다. 베이컨(Bacon)이나 혹은 데카르트(Descartes) 이상으로, 그는 이른바 현대철학의 아버지로 간주되어야 한다. 합리주의와 신비주의, 유신론과 범신론에 대한 잇따른 그의 사유 체계는 도처에서 그의 숭고한 마음과 감식력 있는 지력으로 각인됐기에, 르네상스 시대의 생명이었던—"자연의 자연(*natura naturata*)"처럼, 자연에 대한 열렬한 동화로 가득 채워졌다. 스콜라 학파(Scholastics)의 사물과 형태로—엄청난 이름들—그것을 정신과 육체로서 그의 체계에서 그들의 형이상학적 성격을 거의 지속시키지 않는 이들—을 화해하려는 그의 시도에서 브루노는 한 가지 가설을 거의 주장하지 않음으로써, 이는 스피노자(Spinoza)의 이상한 예상이다. 그럼, 콜리지(Coleridge)가 그를 이원론자로 정하고, 사실상 다음처럼 말하는 자로 대표시키다니 이상하지 않은가? "자연에 있어서 그리고 정신에서 모든 힘은 그것의 현시(顯示)의 유일한 조건과 방법으로서 반대를 발전시켜야 한다. 그리고 모든 반대는, 그런고로, 재결합을 위한 경향인 것이다."

하지만 그것은 브루노가 복잡성을 단순화시키려고 시도했던 것처럼 어떤 사유 체계에 대한 주된 주장임이 틀림없다. 비평 철학의 견해에서 보일 수 있는 보장되지 않은 어떤 영혼이나 물질적 사물과 관련된 정신적이요 냉담하고 우주적인 원칙에 관한 사유는 마치 아퀴너스(Aquinas)의 주체가 어떤 물질적 사물(the Materia Prima)과 연계되어 있듯이, 사학자의 종교적 무아경에 대한 명백한 가치를 갖는다. 신에 도취된 인간은 스피노자가 아니라 브루노이다.

그러나 나폴레옹 신봉자들(Neoplatonism)에게처럼, 영혼의 병폐에 대한 왕국으로, 혹은 기독교인들에게처럼, 시험의 장소로서가 아니라, 정신적 활동성을 위한 기회로서 그에게 보였던, 물질적 우주로부터 내부로, 그리고 영웅적 열성으로부터 자신을 하느님과 합일시키려는 열성으로 브루노는 나아간다. 그의 신비주의는 모리노스(Molinos)의 그것이나, 십자가의 성 요한과는 다른 것이었다. 그 속에는 정적주의(靜寂主義; quietism)의 요소나 암흑의 은둔 생활의 요소가 존재하지 않는다. 그것은 강렬하고, 열광적이며, 호전적인 것이다. 신체의 죽음은 그에게 존재의 양태에 대한 정지상태요, 이와 같은 믿음과 그 믿음에 대한 증거인, 확고하나 강건한 성격 때문에 브루노는 죽음에 직면하여 두려움을 갖지 않은 고매한 사람들 가운데 하나가 되었다. 우리에게 그의 직관의 자유에 대한 변론은 영원한 기념비임에 틀림없으며, 명예로운 전쟁을 수행하는 자들 가운데도 그의 전설은 가장 명예롭고도, 아버로스(Averroes) 혹은 스코터스 애리제나(Scotus Erigena)의 그것보다 한층 신성하고, 한층 진솔한 것임이 틀림없다. 〔『제임스 조이스의 비평문』 p.132 참조〕

브루노의 이름은 『피네간의 경야』에서 다른 어떤 철학자들보다 1백 번이상 언급된다.

(5) 드루이드 고위성직자

드루이드 고위성직자(Archdruid)는 『피네간의 경야』의 제IV부 1장(611.4~613.16)에 나오는 짧은 비네트(소품물; vignette). "성 패트릭과 드루이드"의 논쟁에서 성 패트릭의 반대자. 이 논쟁에서 그는 드루이드 고위성직자 버클리(조지 버클리와 동일함)로 등장, "그의 칠색 칠염 칠채의 등자 황록색 극 섬세한 망토 차림으로," 지각(perception)과 현실(reality)에 관한 버클리의 개념에 기초한 색깔의 철학을 논한다.

〔드루이드―버클리〕 텅키(시율; 時律)퉁퉁 텅. 전도미상(前途未詳), 황우연(黃牛然)한 화염(火焰)의 두 푼짜리 주교(主教) 신(神) 중국상영어(中國商英

語)의 발켈리, 아일랜드섬(愛蘭島)의 축배축배(祝拜祝拜)의 드루이드 수성직자(首聖職者), 그의 칠색(七色) 칠염(七染) 칠채(七彩)의 등자 황록남색 극세심(橙子黃綠藍色極纖細)의 망토 차림으로, 그는, 장백의(長白衣)에, 언제나 동성(同聖) 천주 가톨릭의 수사동료(修士同僚)와 함께, 그가 단식하는 프란체스코 수도회 가족의 성직복 입은 신음자(呻吟者)들과 동시(同時)에, 자신의 부속(附屬) 콧노래 후가음(喉歌音)을 홍홍거리며, 천주교 패트릭 손님 귀하를 대동하고 나타났는지라……. (611. 4~11)

이에 따르면, 사물은 그들을 지각하는 마음 밖으로 그의 존재를 알 수 없는지라, 그리하여, 모든 색깔을 함유하는, "백색"은 지각된 다른 색깔들의 환영(幻影)을 강조한다. 이는 『피네간의 경야』 자체의 해석 상의 두 분명한 이원론, 즉 합리주의자인 성 패트릭 그리고 관념론자의 버클리에 의하여 각각 구체화되는 것으로, 작품 전반을 통하여 발견되는 셈/숀의 이분법에서 그 절정에 달한다.

(6) 버클리

버클리(George Berkeley, 1685~1753)는 앵글로―아일랜드의 철학자 및 성직자다. 몇몇 분야에서 그의 독창적 사상으로 알려진, 아일랜드의 지적 역사상의 주된 인물로서, 그는 스위프트의 제자였으며, 1710년에 아일랜드 교회에서 사제로 임명되기 전에, 더블린의 트리니티 대학에서, 신학, 희랍어 및 라틴어를 강의했다. 그는 1728년부터 1731년까지 로드아일랜드의 브리티시 콜로니에 살았으며, 1734년에 아일랜드의 콜론(Cloyne)의 승정으로 임명되었다.

버클리의 철학적 작업은 지식과 현실의 연구인 인식론의 분야에 중심을 둔다. 철학적 이상주의의 지도적 해설로서, 그의 주된 논의는 아마도 "존재하느냐 혹은 인식되느냐"란 그의 단언에 가장 잘 총괄된다. 그는 감각 지각의 대물은 그들을 지각하는 마음 밖에 어떠한 지식의 존재를 갖지 않는다는 것을 주장하는지라, 즉 전재로부터 작업하면서, 그는 모든 현실은 궁극적으로 하느님의 마음속의 관념 속에 존재한다고 추론한다.

『피네간의 경야』에서 바켈리는 앞서 "그의 칠색 칠염 칠채의 …… 망토" 차림을 한, 버클리로 등장한다. 그의 망토 색깔은 재탄생과 약속의 『성서』적 상징인, 무지개의 이미지를 야기 시킨다. 그는 작품의 제IV부 1장에서 지각과 진리에 관하여 성 패트릭과 토론한다.

버클리는 또한, 스티븐 데덜러스가 샌디마운트 해변을 산책하면서 마음에 떠올리는 철학자 중의 하나이기도 하다

> 그의 그림자는 그가 허리를 꾸부리자 바위 너머로 뻗었다. 끊기면서. 왜 가장 먼저 별까지 끊임없이 뻗치지 않을까? 별들은 이 빛 뒤 바로 거기 어둡게 자리 잡고 있다. 밝음 속에 빛나는 어둠, 카시오페이아의 델타 성 (星), 세계들. 나는 여기 복점관(卜占官)의 물푸레나무 지팡이를 짚고 앉아 있다. 빌린 나막신을 신고, 낮에는 이 검푸른 바닷가를, 사람의 눈에 띄지 않고, 자색(紫色)의 밤에는 황량한 별의 지배 하에 걷는 것이다. 나는 나에게서 나온 이 끊긴 그림자, 불가피한 인간상을, 투영하여, 다시 되부른다. 끊임없는, 그것은 나의 것인가, 나의 형상 중의 형상인가?(519~30)

(7) 호우드 언덕의 꼭대기

더블린 북동부에 위치한 호우드 반도의 정상(Ben of Howth). 꼭대기에는 고대의 케른(cairn; 원추형 돌무덤)이 있는데, 이는, 아일랜드의 전설에 따르면, 그것의 신화에서 페니언(Fenian)의 환(環) 속의 한 위대한 용사, 즉 핀 맥쿨(Finn MacCool)의 머리로 믿어진다. 핀은 더블린 풍경을 바탕으로 잠자는 한 거인이요, 그의 발은 피닉스 공원의 작은 두 언덕(knock)이다. 『피네간의 경야』의 제3장 말에서 조이스는 케른 및 돌과 호우드를 잠자는 HCE와 일치시키는데, 후자는 작품의 주인공이요, 핀 맥쿨로 간주되고 있다. 작품의 첫 구절 "호우드 성과 그 주원(Howth Castle and Environs)"은 주인공 HCE의 두문자를 형성함으로써, 인간—지형이 형상화되는 대표적 예다. 호우드 꼭대기는 『율리시스』에서 블룸이 몰리에게 결혼 제의를 한 장면이요, 이를

그와 그녀는 그들의 의식 속에 각각 생생한 보물로서 기억한다. 오늘날 나그네는 이 캐론을 여전히 목격한다.

(8) 호우드 성(Howth Castle)

호우드 성(Howth Castle)은 1177년이래, 성 로렌스 가족의 집으로, 현재의 성은 1564년에 건립되었으며, 그중 많은 것이 18세기에 재건되었다. 그것은 더블린만(灣)의 북쪽, 반도에 위치한다. 그의 정원은 대중(나그네들)에게 공개된다. 『율리시스』에서, 리오폴드와 몰리 블룸은 8장에서, 그리고 몰리는 최후의 18장에서 그들의 약혼을 생각할 때 그곳의 만병초꽃(rhododendron)을 상기한다. 〔그들의 꽃은 그들만의 전유물인 듯하나, 우리나라 서울 북쪽의 '축령산정(祝靈山頂)'에 오르면, 시 당국에 의해 가위 벌레 숲 아래 "만병초 꽃나무"란 팻말이 세워져 있다.〕『피네간의 경야』의 시작되는 구절의 셋째 행에서 조이스는 "호우드 성과 그 주원"을 언급하거니와, 그곳은 또한, 제1장에서 발견되는 프랜퀸과 잘 반 후터의 이야기를 위한 세팅이기도 하다.

〔후터 백작과 프랜퀸 이야기〕 그것은 밤에 관한 이야기, 늦은, 그 옛날 장시(長時)에, 고(古)석기 시대에, 당시 아담은 토굴거(土掘居)하고 그의 이브 아낙 마담은 물 젖은 침니(沈泥) 비단을 짜고 있었나니, 당시 야산거남(夜山巨男; 아담)은 매웅우(每雄牛)요, 저 최초의 늑골강도녀(肋骨江盜女)〔갈비뼈를 훔친 이브〕, 그녀는 언제나 그의 사랑을 탐하는 눈에 자도현혹(自道眩惑)〔이브의 유혹〕하게 했는지라, 그리하여 매봉양남(每棒羊男)은 여타 매자계청녀(每雌鷄請女)와 독애(獨愛)를 즐기며 과세(過歲)했나니, 그리고 반 후터 백작은 그의 등대가(燈臺家)에서 자신의 머리를 공중 높이 빛 태웠는지라, 차가운 손으로 스스로 수음유락(手淫遊樂)〔수음〕했도다.
그리고 그의 격노(激怒)제비꽃 남색분노(藍色憤怒)의 적황청록전투권복(赤黃青綠戰鬪卷服) 입은 한 오렌지 당원처럼 그 자신의 널리 알려진 얼레천의 고무장화를 신고, 그(후터 백작)의 힘센 궁남(弓男)의 미늘 창(槍)을 전장(全長)까지 뻗으면서. 그리고 그는 이락(異樂)의 문(門) 고리에 붉은 우수

(右手)를 갖다 대고 분명(奔命)하며 그의 둔탁한 말투로 그녀로 하여금 상점 문을 닫도록 요구했으니, 이봐요 어리석은 여인. 그러자 그는 둔녀(鈍女)의 문의 슈터를 탁하고 닫았던 것이로다.(21.5~23.15)

이 야기는 17세기 아일랜드의 해적 그레이스 오말리(Grace O'Malley)의 전설에 기초한 것으로서, 그녀는 숙박을 위해 이곳 호우드 성에 머물기를 원했다. 그때 호우드 백작은 저녁 식사 중이라, 그녀의 입실을 거절하자, 그녀는 백작의 아들을 납치하고 백작이 성의 문을 저녁 시간에 언제나 열어두도록 약속할 때까지 그를 납치했다.

(9) 『켈즈의 책』

『켈즈의 책(Book of Kells)』은 『성서』의 4복음서의 정교하게 도색화(塗色化) 된 우피장정(牛皮裝幀)의 원고본이다. 대부분이 달필서예(達筆書藝)로서 쓰이고, 사람과 신화적 인물 및 금수의 모습을 담은 화려한 페이지들이 함께 삽입되고 있다. 원고의 정확한 날짜는 미상이며, 18세기 말 및 19세기 초로 추정되고, 아일랜드의 Meath 주 Kells 시의 Columban 수도원에서 만들어졌다 한다(현재 더블린의 트리니티 대학 도서관에 소장됨). 『피네간의 경야』의 제I부 5장에서, 그의 장식, 철자, 기원 "퉁크(Tunc)" 페이지에 대한 다양한 직접적 암시가 묘사된다. 그에 대한 정교한 언급들이 『피네간의 경야』의 여타 페이지에도 나타나고 있다. 이 책의 "퉁크" 페이지는 한 개의 X형태(십자가의 상징)로서, 성 마태에 따른 복음서의 예수 십자가 처형 장면의 텍스트요, 이러한 십자가 처형의 주제는 예술가에 대한 조이스의 개념을 위한 이미지가 되는바, 예를 들면, 『피네간의 경야』의 제I부 7장에서 숀의 셈에 대한 저주 속에 표현되고 있다. "오, 너는 자신의 참혹가정(慘酷假定)의 십자가에 묶힌 명예 속에 가통(架痛)하나니!"(192 17~19). 조이스의 전기가 R. 엘먼은 1922년 12월, 조이스가 그의 『피네간의 경야』를 시작할 무렵, 자신이 H. 위버 여사에게 크리스마스 선물로서 오설리번(E. O'Sullivan)의 주석이 붙은

『켈즈의 책』의 몇 페이지의 팩시밀리 판을 보냈다고 적고 있다.(엘먼 545) 이 책은 『율리시스』에서도 수시로 언급된다.〔이 책의 아름다운 도색 판의 한 페이지는 필자의 최근 저서 『피네간의 경야 주해본』(고려대학교 출판부, 2012)의 커버로 역하고 있다.〕

(10) 『사자의 책』

『사자(死者)의 책(The Book of the Dead)』은 기원전 고대 이집트의 장의록집(葬儀錄集). 이는 "날의 다가옴의 장(章)(The Chapters of Coming—Forth—by—Day)"으로 또한, 알려져 있거니와, 조이스는 이 제목을 『피네간의 경야』에서 언급한다. "날의 어둠의 출현이여!"(494.34~35) 이 책에는 이집트의 납골당 안에 새겨진 마법적 정칙(定則)뿐만 아니라, 태양자(太陽子) Ra에 대한 찬송가를 함유한다. 이 정칙들은 차 세계의 안전하고 평화로운 여로를 확약하는 방법들로 사료된다. 이 책은 "부정(否定)의 고백(The negative confession)"으로 알려진 부분을 함유하고 있는데, 『피네간의 경야』에는 이에 대한 언급이 수차례 나타난다. 이는 버즈(E.A. Budge) 경(고대 이집트 연구가)이 영어로 번역하여 1895년에 출판했는데, 조이스는 이를 『피네간의 경야』에서 광범위하게 이용하고 있음을 아서턴은 지적한다(191~200). 조이스에 의한 『사자의 책』의 인유에 대한 지식은 『피네간의 경야』를 이해하는 데 커다란 도움을 준다. 예를 들면, 이에 관련된 자료가 발견되는 "석실분묘(mastaba)"에 대한 언급은 "석실분묘(mastabatoom, mastabadtomm)"(6.10~11)로서, 그 예를 들 수 있다.

(11) 『피네간의 경야』

「피네간의 경야(Finnegan's Wake)」는 팀 피네간(Tim Finnegan)이란 이름의 한 벽돌 운반공에 관한 아일랜드의 민요. 우리나라의 「아리랑」이나, 「도라지 타령」과 같이, 이 민요는 대중에게 아주 인기가 많아, 많은 편곡들이

있으며, 필자는 미상이다. 19세기 초에 작곡된 것으로 전해진다. 술을 사랑
하는 자로 태어난, 팀은 어느 날 아침 집을 짓기 위해 벽돌을 운반하다 사다
리에서 떨어져 죽는 것으로 생각한다. 그의 피네간의 경야(장의를 위한 밤샘)
에 조문객들의 소동이 벌어지자, 약간의 술이 그의 머리에 엎질러지고, 그러
자 그는 깨어나며, "당신들은 내가 죽은 줄 생각하는고?(Thanamo'n dhool,
do you hnk I'm dead?)"라고 소리치며 침대에서 뛰어나온다. 조이스는 이
민요로부터 그의 『피네간의 경야』의 제목을 따왔으나, 소유격 부호를 떼버
린 채, 작품의 신화적 하부구조(substructure)를 위해 죽음과 부활의 주제로
서 이를 이용한다. 『피네간의 경야』에는 이 민요에 대한 암시 및 그 내용
의 인유가 수 없이 그리고 끊임없이 나타나며, 한 곳에는 제목(Finnegan's
Wake)이 그대로 나타나기도 한다.(607.16) 『율리시스』의 「사이렌」 장에서
「까까머리 소년(*The Croppy Boy*)」처럼, 『피네간의 경야』를 쉽게 읽기 위해
「피네간의 경야」의 노래 가사를 일별할 필요가 있다. 이들 구절들은 『피네간
의 경야』 작품을 통하여 들판의 한운야학(閒雲野鶴)처럼 하늘거린다. 아래 노
래를 실음은 작품의 전문(全文)을 통하여 그의 구절이 음식의 후춧가루 같이
흩뿌려져 있기 때문이다.

　　　　　「피네간의 경야」

　　팀 피네간은 워커(보행자) 거리에 살았대요,
　　한 아일랜드의 신사, 힘센 자투리.
　　그는 작은 신발을 지녔는지라, 그토록 말끔하고 예쁜,
　　그리고 출세하기 위해, 한 개의 호두(나무통)를 지녔대요.
　　그러나 팀은 일종의 술버릇이 있었나니.
　　술에 대한 사랑과 함께 팀은 태어났대요,
　　그리하여 매일 자신의 일을 돕기 위해
　　그놈의 한 방울을 마셨나니 매일 아침.

코러스

철썩! 만세!—이제 그대의 파트너에게 춤을!
마루를 차요, 그대의 양발을 흔들어요,
내가 그대에게 말했던 게 사실이 아닌고,
피네간의 『피네간의 경야』의 많은 재미를?

어느 아침 팀은 오히려 속이 거북했나니,
머리가 무겁고 그를 건들거리게 했대요.
그는 사다리에서 떨어져 두개골을 깨었으니,
고로 모두들 그를 날았는지라, 그의 시체를 『피네간의 경야』로.
모두들 그를 멀끔한 천으로 단단히 묶었대요,
그리고 그를 침대 위에 눕혔는지라,
발치에는 한 갤런의 위스키를
그리고 머리맡에는 한 통의 맥주를.

그의 친구들이 『피네간의 경야』에 모였대요,
피네간 마님이 식사를 소리쳐 불렀나니.
그리하여 맨 먼저 모두들 차와 케이크를 들여왔대요,
그런 다음 파이프와 담배 및 위스키 펀치.
비디. 모리아티 아씨가 소리치기 시작했으니.
"여태껏 이토록 아름다운 시체를 보았나요?
아아, 팀 내 사랑, 왜 당신은 죽었나요?"
"입 닥쳐요," 주디 매기가 소리쳤는지라.

그러자 페기 오코너가 그 일을 저질렀나니,
"맙소사, 비디," 그녀가 말했지요, "너의 잘못이야, 분명히,"
그러나 비디는 그녀에게 입에 한 대 먹였대요.

그리고 그녀를 마룻바닥에 뻗어 눕혔는지라,

쌍방이 이내 전쟁을 시작했나니.

그건 여자 대 여자 그리고 남자 대 남자.

몽둥이 법이 모두의 분노였는지라

그리하여 경칠 소동이 이내 시작되었대요.

미키 마로니가 그의 머리를 쳐들자,

그때 한 갤런의 위스키가 그에게로 날랐대요.

그것이 빗맞자, 침대 위에 떨어지면서,

술은 팀 위에 뿌려졌대요.

"아흐, 그가 되살아났도다! 그가 일어나는 걸 봐요!"

그러자 티모시, 침대로부터 껑충 뛰면서,

말했대요, "그대의 술을 빙빙 날릴지라 불꽃처럼—

악마에게 영혼을! 그대 내가 죽은 줄 생각하는고?"

코러스

철썩! 만세!—이제 그대의 파트너에게 춤을!

마루를 차요, 그대의 양발을 흔들어요.

내가 그대에게 말했던 게 사실이 아닌고.

피네간의 『피네간의 경야』의 많은 재미를?

이처럼 조이스는 『피네간의 경야』를 쓰면서, 적어도 그것의 근거를 극히 대중적 (또는 "저속한") 소재 위에 두고 있다. 작가는 이 대중의 민요로부터 인간의 죽음과 부활의 주제, 거리의 노래 속에 부동하는 무사(無死)의 영웅들과 부활 신의 소재를 따왔다. 이는 『피네간의 경야』 자체가 표면상 아무리 어려운 고전이라 하더라도, 대중의 보드빌(vaudeville; 희가극)이 그 기저를 이루고 있는 이상, 그것은 단지 지식인(highbrow)만을 위한 것이 아니요,

"보통의 독자들(common readers)"을 위한 것임을 입증한다. 왜냐하면, 비록 지식인의 요소가 그 표면에 마치 다엽(茶葉)처럼 휘날릴지라도(blow), 그 본질은 달인(blew) 차(tea)에 불과하기 때문이다. 여기 주인공으로, 『피네간의 경야』의 노래를 듣는 HCE는 극히 보통 사람이다. 아일랜드 장의 곡은 장엄하고 경쾌한 희곡이다. 그것은 "헤이호, 헤이호, 어기 영차 헤이호"라는 한국의 장의 곡을 닮았다. "헤이호(Heigho)!"는 『율리시스』 4장(417)과 17장에서 조지 교회에서 울리는 아침과 새벽의 종소리의 장엄한 여운이다.(U 578)

(12) 핀 맥쿨

핀 맥쿨(Finn MacCool)은 아일랜드의 Fianna(용사 단)의 한 전설적 용사—지도자 및 아일랜드 영웅담의 오시아닉 환(Ossianic cycle)의 부족의 영웅 및 중심인물. 콜맥 왕을 섬긴 가장 용맹스러운 인물로, 핀은 또한, 성 로렌스 오툴(St. Lawrence O'Toole)의 요청에 의하여, 스웨덴의 Lund에 성당을 건립한 탁월한 건축 청부업자(master builder)(4)이기도 하다. 핀(Finn)은 『피네간의 경야』의 작품명의 일부를 빌려준 셈이요, 하나의 전형적 인물로서, 작품의 중심인물인 HCE의 화신 격이다. 조이스는 그를 이어위커의 성격상 아일랜드의 및 북구의(Nordic) 기원을 끌어내기 위한 제목으로 의도했다. Finn이란 이름은 스칸디나비아의 조상 및 호우드 언덕에 누워 있는 아일랜드의 거인을 동시에 암시한다(언덕 꼭대기는 오늘날 흩어진 돌들의 잔적을 볼 수 있는바, 이 거인의 두개골 및 그의 치아[齒牙]로 믿어진다). 조이스의 작품에서 핀 맥쿨과 그 이름의 변형에 대한 많은 직접적 언급들은 핀에 대한 독자의 계속적인 인식을 확약시켜 준다.

(13) 4복음 노인들

4복음 노인들(Four Old Men)은 『피네간의 경야』에서 4복음 노인들에게 부여된 집합명사로서, 작품의 제II부 4장에서 그들은 한 마리 당나귀를 대동한 채, 마태 그레고리, 마가 라이온즈, 누가 타피 및 요한 맥다갈로서, 요약하여 마마누요(mamalujo)로 알려져 있다. 이들은 트리스트람과 이졸데의 사랑 이야기에서 마크 왕의 궁전의 4남작들처럼, HCE와 ALP의 연애 현장을 침대의 4기둥이 되어 염탐한다. "마마누요"는 또한, 아일랜드 연대기의 4역사가, 4노인 및 아일랜드의 4파도를 의미하기도 한다. 이들이 등장하는 제II부 4장(383~399)은 『피네간의 경야』의 최초 출판된 부분으로, 당대 조이스의 파리 친구인 포드(Ford Madox Ford)의 『*Transatlantic Review*』지에서 "진행 중의 작품으로부터(From Work in Progress)"라는 타이틀로 진작 선보였다.

(14) 등 혹

등 혹(Hump)은 『피네간의 경야』에 나타나는 주인공 Humphrey Chimpden Earwicker 이름의 변형. 작품상으로, 문학적 및 지리적 암시를 반영하며, "등 혹"으로서의 이어위커는 땅딸보(Humpty Dumpty)(45.1~6) 및 더블린의 풍경으로(3.20) 동일시된다. 또한, 성적 암시가 그 속에 어려 있다.(584.18)

조이스만큼 음악적인 작가도 드물 것이다. 『율리시스』와 『피네간의 경야』에는 200여 종의 노래가 삼투되고 있다. 여기 영국의 동요인 「등 혹」은 주인공 HCE를 읊은 희곡 민요로, 독자들을 경쾌한 무드에 잠기게 한다. 땅딸보는 커다란 달걀 모양의 인물로 담장에서 떨어져 깨어진다. 여기(추락의 주제).

노래의 무드는 우리나라 민요인, 「도라지 타령」을 닮았다.

험티 덤티
험티 덤티가 담장에 앉아 있었대요　humpty dumpty sat on the wall
그는 그만 땅에 떨어지고 말았대요　had a great fall

왕이 말들도, 왕의 신하들도 모두	all the king's horses, all the kings men
그것을 볼 수가 없었대요	couldn't put him together again
아이들이 솔과 풀을 가지고	came the children with brushes and glue
새 것으로 만들어 주었대요.	put him together as good as new.

이를 한국 통속 민요인 「도라지 타령」과 비교해 본다.

도라지 도라지 백도라지
심심산천의 백도라지
한두 뿌리만 캐어도 대바구니로
반실만 되누나
에헤요 에헤요 에헤야 어여라 나다
지화자 좋다 저기 저 산 밑에 백도라지.

(15) 이졸데와 트리스탄

이졸데(이솔트). 젊고 아름다운 아일랜드의 공주로서, 중세의 전설에 따르면, 콘월(Cornwall; 잉글랜드의 남서부의 주)의 마크 왕과 약혼했었다. 이졸데는 그녀의 미래의 남편에 대한 충절의 확약으로 사용되는 것으로 전해진 사랑의 미약을 트리스탄(트리스트람)(마크 왕에 의하여 아일랜드 해를 건너 콘월로 그녀를 호송하도록 파견되었던 기사)과 잘못하여 마신 다음에, 이들은 비극적 사랑에 빠진다. 이들의 사랑과 마크 왕의 질투의 비극은 서부 유럽 문학, 특히 영국의 작가 매럴리(Mallory), 바그너(Wagner)의 음악 및 영국 시인 A. 테니슨 등의 문예의 지배적 주제를 형성한다. 이졸데란 이름은 더블린의 서부 외곽 지역(피닉스 공원 곁의)인, 체플리조드(Chapelizod)(Chapel of Iseult)(『피네간의 경야』의 지형적 배경)에 붙여진 이름이기도 하다. 『피네간의 경야』에서 조이스는 이졸데를 이씨의 성격을 위한 중심적 모델로서 사용한다. 그녀는 피하거나 통제할 수 없는 유혹 성을 지닌 숙명적 미인으로서, HCE의 딸 이씨(Issy)와의 직접적이요, 아이러니한 유사성을 수립하며, 그녀의 다양한 이름들, 이슬트, 이솔트, 등은 이씨의 천성의 다양성을 크게 반영한다.

(16) 믹, 닉 및 매기의 익살극

『피네간의 경야』의 제II부 1장에서 "믹, 닉 및 매기의 익살 극(Mime of Mick, Nick and the Maggies)"은 셈, 숀 및 이씨에 의하여 연극의 형태로 각색되는데, 더블린의 아이들의 유희인 "천사와 악마, 또는 색채들(Angels and Devils, or Colors)"을 조이스가 극화함으로써 구체화된 것이다. 이 연극에서 셈은 글루그(Glugg)라는 등장인물로 묘사되는지라, 그가 이씨와 매기들(프로라 또는 28무지개 소녀들)이 낸 수수께끼의 3가지 각본을 대답하는 데 실패하자, 그들의 한결같은 조롱의 대상이 된다는 이야기다. 이 극의 제목이 암시하다시피, 연극은 빛(믹키, 성 마이클, 숀)과 어둠(닉, 악마, 셈) 간의 기본적 갈등을 묘사한다.

(17) 노르웨이 선장

노르웨이 선장(Norwegian Captain)은 『피네간의 경야』를 통하여 이어지는 한 지배적 주제를 형성한다. 이 인물의 기원에 대하여 조이스의 부친, 존 조이스(John Joyce)가 자주 이야기했는바, 엘먼에 의하면, 이 이야기를 그는 본래 조이스의 대부(代父)인 필립 맥칸(McCann)에게서 들었다 한다. 이야기인 즉슨, 등에 혹이 난 어떤 선장이 더블린의 한 양복상에게 양복을 한 벌 주문하려고 시도하는 것이다. 그 내용은 재단을 제대로 하지 못하는 양복상을 비난하는 선장과 그의 체격의 균형을 비난하는 골난 양복상 간의 싸움이다.

이는 『피네간의 경야』의 제II부 3장의 HCE의 주점에서 술 취한 술꾼의 동료들 사이에서 시작된다.(301.1~332.9) 여기서 노르웨이 선장은 HCE와 유령선(Flying Dutchman)의 선장 등으로 변신하기도 한다.

(18) 쥐여우와 포도사자

"쥐여우와 포도사자(The Mooks and The Gripes)"는 『피네간의 경야』의 제I부 6장의 한 부분을 이루는 이야기로서(152.15~159.18), 본래 이솝(Aesop) 이야기인 "여우와 포도(The Fox and Grapes)"의 번안이다. 이는 숀(쥐, Mookse)과 셈(사자; 獅子; Gripes)의 형제 갈등을 비유한 내용으로, 작품에서 존즈(Jones) 교수는 자신이 제시하는 강의의 중심 사상을 설명하기 위하여 이 이야기를 도입한다. 이야기는 묵스(숀)에 초점을 맞추는데, 그는 아일랜드의 역사에 두드러진 영향을 끼친 영국의 두 인물, 즉 가장 주목할 교황 아드리안(Adrian) 2세(유일한 영국의 로마 교황인 니콜라스 브릭스피어〔Nicholas Breakspear〕)와 헨리 2세(1171년 아일랜드를 침공한 영국 왕)의 결합을 대표한다. 산보를 나온, 묵스는 그라이프스를 만나는데, 후자는 아일랜드의 두드러진 인물들, 특히, 영국의 침략 당시 더블린의 승정이었던, 성 로렌스 오툴(Lawrence O'Toole)을 대표한다. 그라이프스는 묵스가 발걸음을 멈추는 반대편의 개울둑에 위치한 한 그루 나무에 매달려 있다. 여기서 묵스와 그라이프스는 아일랜드 성당과 로마 성당 간의 신학적 차이를 개괄하는 논쟁을 시작한다. 그들이 자신들의 논쟁에 종사하고 있는 동안, 한 젊은 여성 누보레타(Nuvoletta; 운처녀; 雲處女)가 지나간다. 그러나 그녀는 자신의 최선의 노력에도 불구하고, 그들의 주의를 끌거나 화해를 이루는 데 실패한다. 이야기는 어둠이 내리자 결론 없이 끝난다. 묵스와 그라이프는 마침내 침묵하고, 누보레타는 이제 구름으로부터의 비의 형태로, "과거에 한 가닥 개울이었던 강 속으로" 사라진다. 아래 구절은 묵스의 개울 도착을 알리는 장면이다.

성―무벽―정자(聖―無壁―亭子) 근처, 그(묵스―숀)는 자신이 여태껏 눈여겨보았던 가장 무의식적으로 소지(沼池)처럼 보이는 개울과 우연히 마주쳤도다(예언의 111번째 항에 편향[偏向]하건대, 무변[無邊]의 강경[江境]은 영원히 존속하는지라). 구릉으로부터의 개울은 스스로 미요녀(美妖女) 니농이란 별명으로 기원(起源)했도다. 그것은 귀여운 모습을 하고 다갈색 냄새를 풍기며 애로(隘路)에서 생각하며 보라는 듯 얕게 속삭였도다. 그리하여 그것이 달리자 마치 어느(A) 활기찬(L) 졸졸 소용돌이(P)처럼 물방울 똑똑 떨어졌나니: *아이(我而), 아이, 아이! 아(我), 아! 작은 몽천(夢川)이여 나는 그대를 사랑하지 않는도다!(153)*

(19) 악의 개미와 아도자 베짱이

"악의(惡蟻)개미와 아도자(雅跳者)베짱이(The Ondt and Gracehoper)"는 『피네간의 경야』의 제III부 1장의 한 부분의 이야기로서, 폰테인(La Fontaine; 파리 근교의 한 작가)의 "개미와 메뚜기(베짱이)의 우화"에 기초를 둔, 이 이야기는 숀이 "나의 친애하는 형제 귀하"에게 하고 말하는 장면을 둘러싸고 시작된다. 폰테인의 "메뚜기"(조이스 자신처럼), 아도자는 자신의 자원을 무모하고 안일하게 탕진하면서, 매일 매일을 보내는 한 선견지명이 없는 개인이다. "악의"개미는, 마치 폰테인의 개미(그리고 조이스의 동생 스태니슬로스 조이스)처럼, 한층 통제되고 검약한 생활을 영위하며 살아간다. 조이스 이야기의 종말에서, "아도자"는 악의가 자신의 물질적 풍요를 구가하는 동안, 그는 무일푼이 되며 굶주린다. 이 우화는 검약과 낭비를 대조하는 한 단순한 경고적(警告的) 이야기 이상의 의미를 지닌다. 이는 또한, 예술가적 "아도자"와 중산계급의 "악의" 사이의 태도와 기질의 차이를 보여주는 데서 그 절정을 이룬다. 여기 조이스의 숀과 셈 간의 대조는 분명하지만, 또한, 그들의 상호의 반격에서처럼 동시에 상호 매력에 있어서의 흥미 또한, 보여주고 있다.

(20) 피닉스 공원

피닉스 공원(Phoenix Park)은 더블린 시경(市境)의 서변(西邊), 리피강의 북쪽 둑에 위치한 광활한 공원(사방 7마일), 이는 유럽에서 가장 큰 자연공원으로 알려지고, 그 가장자리 둘레가 돌담으로 둘러쳐져 있다. 『피네간의 경야』의 제I부 5장에서 셈은 그의 4번째 질문으로 이 "세계에서 가장 큰 고원"을 언급한다. 이 공원의 북서 / 남동을 축으로 하는 중앙의 도로는, 공원 내 다양한 편리 시설을 갖추는 데 이바지한, 18세기 더블린 총독의 이름을 따서 Chesterfield Road로 명명되어 있다. 『피네간의 경야』에서, 피닉스 공원은 이야기의 주된 부분인 부활의 주제를 계속적으로 야기시키는 신화적 불사조(Phoenix)와 함께, 커다란 연관성을 지닌다.

피닉스 공원은 『피네간의 경야』의 전반적인 상상적 궤도와 병행하여 에덴동산의 신화와 재판을 환기시킨다. 이 공원은 또한, 다른 신화와 전설을 불러온다. 거인 핀 맥쿨의 발은 이 공원 근처의 두 언덕을 형성하며, 이졸데에 대한 자신의 사랑과 그녀가 약혼한 마크 왕에 대한 충성심 간의 갈등에 의한 절망으로 트리스트람이 은퇴하는 현장이기도 하다. 이곳은 또한, HCE가 범한 죄의 장소이다. 공원의 이정표들, 예를 들면, 웰링턴 기념비, 동물원, 사슴공원, 무기고 벽(Magazine Fort)에 대한 언급들이 작품을 통하여 무수히 나타나며, 그와 연관하여 공원의 역사적, 자연적 및 신화적 연관성이 초래된다. 그 밖에 이 공원은 조이스의 모든 작품에 그것의 위치와 이정표를 제공한다. 조이스의 초기 단편집 『더블린 사람들』의 「참혹한 사건」에서 공원은 제임스 더피 씨(Mr Duffey)의 고독을 상징하며, 『율리시스』의 10장과 16장에서 아일랜드 총독 관저의 위치를 비롯하여 유명한 피닉스 공원의 암살 사건의 현장에 대한 언급과 연관된다.

(21) 웰링턴 기념비

웰링턴 기념비(Wellington Monument)는 1817년, 피닉스 고원에 세워진

205피트의 거대한 방첨탑. 이는 공원의 주된 입구 바로 안에 세워지고, 기념비의 초대(礎臺)의 4측에는, 뒤에 웰링턴 공작이요, 나폴레옹 전쟁 동안 영국과 프랑스 간의 워털루 전투(the battle of Waterloo) 및 그 밖에 전투에서의 영웅인, 더블린 태생의 아서 웰즐리(Arthur Wellesley)의 공적이 조각되어 있다. 기념비는 더블린의 이정표요, 『피네간의 경야』에 자주 언급된다. 이는 핀 맥쿨의 남성 심벌(남근)로서, 그리고 작품의 제I부 1장에서 피닉스 공원의 무기고와 연관되며, 한 유머러스한 여행의 세팅으로서 웰링턴 박물관으로 변형되기도 한다.

(22) 단테

사무엘 베케트(S. Beckett)는 최초의 『피네간의 경야』 연구서인 「우리들의 중탐사(衆探査)」를 쓴, 이른바 12사도 중의 한 사람이거니와, 그는 여기서 처음으로 『피네간의 경야』에 대한 단테(Dante)의 영향을 지적한다. 그 밖에 아서턴(Atherton) 및 레이놀즈(Mary T. Reynolds) 연구자들은 단테의 『피네간의 경야』에 끼친 영향을 광범위하게 탐색하고 있다. 작품의 제II부 2장의 "아이들의 시간"에서 단테와 그의 『신곡』에 대한 언급이 사방에 산재한다.

예를 들면, 같은 장에서 단테로부터의 한 가지 인용은. "우리는 화보(和步)하고 그의 율법을 따르나니⋯⋯"로서, 이는 그의 「천국 편」의 유명한 글귀(Ⅲ, 85)이거니와, 여기 HCE의 인상적인 와상(臥像)이 서술되고 있다. 단테의 이름들이 6차례 작품 속에 망가진 형태로 기록되고 있는데, 예를 들면, "꾸물꾸물 장시간의 암사본(暗寫本) 속의 가장 단테감질나는(dantellising) 복숭아를 파헤치며 만지작거리는지라. 갈릴 레오에 관한 이 구절을 볼지라"(251 23~3)로서, 이는 앞서 「오레일리의 민요」(44~47)를 익살스럽게 칭찬하기 위해 소포클레스(Suffoclose), 셰익스피어(Shikespower 및 아노니모세(Anonymoses)와 더불어 사용되고 있다. 또한, "울러라 계속. 읍고(泣考)하라, 비인(非人)솔로몬의 노래! 그를 양안(羊眼)괴테와 양(羊)셰익스피어 및 저주단테가 잘도 아는지라"라는 구절(344.5~6)에서, 단테는 셰익스피어 및 괴테와 함께 3대 작가의 한 사람으로 포함되고 있다.

『신곡』, 제3곡에서 단테는 베르길리우스와 지옥문을 나서는 장면을 연상한다. 이어 그들은 지옥문에 이르러 그 위에 쓰여 있는 무시무시한 간판을 읽는다.

비통의 도시(지옥)로 가려는 자, 나를 거쳐 가라,
영원한 고통을 당하려는 자, 나를 거쳐 가라
저주받은 무리들 속으로 가려는 자, 나를 거쳐 가라,
정의는 자존하신 창조주를 움직여, 그 성스러운 힘과
최고의 지혜와 시원(始源)의 사랑으로 나를 만들었나니. (「지옥편」, 제3곡 1~5)

(Through me the Way id to the city of Woe,

Through me the way into the eternal pain,

Through me the way among the lost below,

Rrighteousness did my Maker on high constrain.

『피네간의 경야』 제I부 장에서 HCE가 잠이 든 채, 자신의 죽음과 장지를 꿈꾼 뒤, 수중묘를 탈출하는데, 이때 그의 묘지 문 위의 간판 글귀는 위의 단테를 닮았다.

(23) 괴테

『피네간의 경야』에서 조이스의 괴테에 대한 평판은 결코 좋은 것이 못 된다. 예를 들면, 그의 이름들이 여기저기 뒤틀려 있다. "양안(羊眼)괴테 (Goatheye)"(344.5) 그리고 "다가올 피제(彼際)에 감탄하는 움찔자단테, 통풍자괴테 및 소매상인셰익스피어(Daunty, Gouty and Shopkeeper)"(539.06) 등, 그리고 그의 작품에 대한 언급들은 이따금 경멸적이다. 예를 들면, 제II부 2장의 학습 장면에서, 학생 중의 하나인 프랑키가 유클리드 기하학과 대수를 풀 수 없게 되자, 그는 말한다. "유독 자신의 유클리드 기하학 및 대금

산수에는 총체적으로 둔점(鈍点)을 따다니. 어쨌거나 어디서나 자신의 위치를 종잡(herman dordorrhea)을 길 없었도다.”(283.27) 이 말은 유클리드와 대수가 괴테의 서사시 「Hermann & Dorothea」보다 심지어 더 나쁘다는 것이다. 아서턴 교수가 지적하다시피, “『피네간의 경야』에 나타나는 것은 괴테의 작품들보다 한 인간으로서의 그이 자신이다.”(Atherton 83)

조이스의 아내 노라(Nora)의 전기를 쓴 마독스(Brenda Maddox) 기자는 그녀의 장례식과 관련된 일화를 다음과 같이 썼다.(Nora: p. 372)

　만일 조이스가 거기 있었더라면, 그는 과연 다른 뭔가를 들었으리라. 시골뜨기요 무식한 신부(神父)는 괴테의 『파우스트』로부터 귀에 익은 어구들을 지껄이는 것 이상으로 노라의 과거의 죄를 그녀의 무덤 위에 던졌을 것 같지는 않았으니 — 괴테로부터의 인용은, 셰익스피어로부터의 영어의 인용이 그러하듯, 독일어의 평범한 교양적 표현이었다. 다음 구절은 성처녀에 대한 기도 속에 나타난다(복수형으로 쓰인 채).

　그대 크게 죄짓는 여인들
　당신께 가까이 오도록 허락하사
　성실한 참회에 의해 승리하면서
　모든 영원을 통하여 축복을.
　이 착한 영혼에 당신의 축복을 하사하옵소서,
　단 한 번 이외 누가 자기 자신을 잊었으리오
　그녀가 탈선하고 있었음을 누가 몰랐으랴,
　당신은 거절을 용서하지 않을지니!

　(Die du grossen SIIderinnen
　deine Nahe nicht verweigerst
　und ein bussendes Geweinnen
　in die Ewigkeiten steigerst,
　gonn auch dieser guten Seels, die
　die sich einnal nur vergessen,

die nicht abnte, dass si feble,

dein Verzeiben angemessen!)

(24) 오스카 와일드

오스카 와일드(Oscar Wilde)는 HCE의 다양한 인물의 한 구성 요소로서 『피네간의 경야』 속에 그 위치를 점령한다. "Fingal Mac Oscar"(46.20)는 필경 와일드에 대한 언급이고, 'wild'란 단어에 'e'자를 첨가한 것은 배경 속의 그의 존재를 암시한다. 와일드의 작품들, 그중에서도 『도리언 그레이의 초상(The Picture of Dorian Gray)』이 작품 속에 두 번 언급된다. 예를 하나 들면, 그가 수정의 세계로부터 먹물 뿜어 감추었던 오징어 자신은 자신의 과거의 압박 속에 "유감스럽게도 도리언거레이(道理安居來而)"처럼 사라져 버렸도다.(dorian grayer in its dudhud).(186.8) 와일드의 작품들 가운데서도 『심연(深淵)에서(De Profundis)』가 두드러진다. 『피네간의 경야』에서 와일드는 "그러나 나는 당신을 너무 늦게 또는 너무 일찍 만났도다."라고 쓰고 있는데, 이를 조이스는 "나는 당신을, 새여, 너무 늦게 만났군요. 또한, 아니면 벌레처럼 너무 일찍이."(37. 13)라고 쓰고 있다.

그 밖에도 와일드 작의 연극, 『어니스트가 되는 중요성(The Importance of Being Earnest)』, 『윈더미어 부인의 부채(Lady Windermere's Fan)』 및 『중요하지 않은 여인(A Woman of No Importance)』 등의 패러디가 자주 등장한다. 만일 우리가 어떤 캠벨(Colin Campbell) 부인의 말인, "와일드는 커다란 백색의 모충(毛蟲)을 내게 상기시킨다."를 기억한다면, 그에 대한 혐오스러운 언급을 식별할 수 있을 것이다. 실은 그는 멋쟁이 심미주의자이거니와, 『피네간의 경야』에서 모충이 언급될 때마다 호모섹스에 관한 언급과 동행하는데, 예를 들면, 조이스는 이를 HCE와 연관하여 쓰고 있다. "그를 그 어떤 그리고 온갖 극악이 가능한 커다란 백색의 모충으로 분명히 상상하고……."(33. 23)

(25) 파넬 이야기

글레신(Adaline Glasheen) 교수의 유익한 저서 『피네간의 경야의 통계조사(*Census of Finnegans Wake*)』가 지적하다시피, 파넬과 그의 생애에 관한 언급들이 『피네간의 경야』의 도처에 점철되어 있다. 특히 제I부 4장의 74 및 103페이지의 거의 모든 구절들 속에 그의 언급이 들어 있다. 예를 들면, 유명한 Festy King(또는 Pegger)의 재판 장면은 파넬의 오시에(O'Shea) 여인과의 그것에 대한 암시가 서려 있다.

> 부! 혀를 더 쓰란 말이야! 입술을 덜 비죽이요! 그러나 사자의 암경법 정(暗景法廷)에서 안면 경화된 시 중인의 반대신문을 통하여, 도야중의 도야의 때와 곳 저 삼자간의 매복이 꾸며진 사실이 새나오다니……(87. 32~34)

그 밖에 오시에 여인과 연관하여 "O'Shea" 혹은 "O'Shame(7장)" 등의 변형이 작품을 통하여 산재한다.

(26) 『피네간의 경야』 속의 『더블린 사람들』 및 그 밖의 작품들

『피네간의 경야』 속에 인유된 작가 자신의 초기 및 후기의 작품들에 대한 시사는 직간접으로 너무나도 많다. 왜냐하면, 만일 『피네간의 경야』가 아일랜드의 모든 중요한 책들에 대한 언급을 함유한다면, 그것은 조이스의 모든 작품에 대한 언급 또한, 함유할 것이다. 가장 눈에 띄는 언급들은 그의 초기 작품인 『더블린 사람들』에 대한 것들이다. 예를 들면, 186페이지에서 "악무신의 저주여(the dal dabal dab aldanabal)!"를 아서턴은 『더블린 사람들』의 제목으로 지목하고 있다. 이 페이지에는 이 작품의 15개의 단편들의 제목을 모두 포용함으로써, 초기 작가의 야망을 대변한다. "작은 군운(클라우드: 群雲) 속의 불결한 진흙(크레이) 행위 그리고 용모상의 중소란(衆騷亂)의 합자중상적인 효과로부터 어느 저녁(이브) 풋내기를 잘못 뜻밖에 만나다

니(카운터)."(186~7)

이 구절에서 작품의 4개의 제목이 언급된다. 『젊은 예술가의 초상』 또한, 『더블린 사람들』처럼 셈의 제I부 7장에 언급되는데, 이는 젊은 작가로서의 조이스에 대한 것이다. "…… 낭송하는 행위 속에 자기 자신의 비예술적 초상화를 끊임없이 점화(點畵)하곤 했나니……,(…… used to stipple endlessly inartistic portraits of himself)."(182. 18~19). 마찬가지로 셈의 장에는 「분화구로부터의 가스」의 해학시를 비롯하여 「실내악」 등의 제목을 포함한다. 그리고 그의 수필 「소요의 날(*The Day of the Rabblement*)」이 "새빨간 무교양의 조직 분파적 소요(lowbrown schisthematic robblemint)" 속에 암시된다. HCE가 더블린 풍경으로 변모하는 다음의 구절은 『젊은 예술가의 초상』의 4장 말에서 스티븐 데덜러스가 더블린만의 돌리마운트 해변에서 어깨너머로 바라보는 더블린 풍경과 같은 묘사의 패러디다.

그것은 마치 와일드 미초상(美肖像)의 풍경을 닮은 장면들 또는 어떤 어둑한 아라수 직물 위에 보이는 광경, 엄마의 묵성(黙性)처럼 침묵한 채, 기독자식(基督子息)의 77번째 종형제의 이 신기루상(蜃氣樓像)이 무주(無酒)의 고아일랜드대기(古愛蘭大氣)를 가로질러 북구의 이야기에서보다 무취(無臭)요 단지 무기이(無奇異) 게다가 암시의 기력이 덜하지 않은 채 우리에게 가시청하도다.(표도; 剽盜!)(53. 1~6)

『피네간의 경야』에서 『율리시스』에 대한 언급 및 패러디는 그것의 제I부 7장에 묘사된다. "이클레스 가의 그의 무용(無用)한 율리씨스의 독서불 가한 청본(靑本), 암삭판,"(189) 그리고 아이들의 시간(제II부 1장)에서 글루그(셈)는 "Heliotrope(담자색)"란 말에 대해 수수께끼를 풀 것을 요구받는데. 그는 3번의 질문에 모두 실패한다. 그러자 소녀들은 자신들이 무슨 색깔을 대표하고 있는지에 대한 질문을 그에게 행한다. 그는 종교로부터 도움을 얻으려고 공허하게 애쓴다. 이어 그는 아일랜드의 중요 문학 작품들을 언급함으로써 해결을 시도하고, 마침내 자신의 『율리시스』를 총괄함으로써 끝낸다.

(27) ALP의 편지

작품 속에 나타나는 ALP의 편지는 그것의 가장 불가사의한 것 중의 하나다. 이는 한 암탉에 의하여 피닉스 공원의 퇴비 더미에서 파낸 것이다. 1월 31일 미국 보스턴에서 익명의 사람에게 보내진 이 편지는 차(茶) 방울의 한 점으로 서명되고 있다. 『피네간의 경야』의 제I부 5장은 이 편지에 관한 것으로서, 한 학자에 의하여 그의 모양과 필체, 봉투의 크기 등에 대하여 자세히 거론된다. 이는 아마도 ALP에 의하여 지시되고, 문사 셈에 의하여 쓰이고, 우편원 숀에 의하여 배달된 것이다. 그 내용의 수수께끼 같은 존재 및 이 편지에 대한 다양한 접근과 이론 및 모호성은 마치 『피네간의 경야』 자체의 축소판이요, 유추처럼 보인다. 이는 유명한 『켈즈의 책』의 "툰크(tunc)" 페이지의 정교성을 띠고 있다. ALP에 의해 서명된 이 편지는 다음 날 아침 우편으로 배달되는데, 그 내용이 처음으로 공개된다(615~619). 그 내용은 주로 남편 HCE가 공원에서 저지른 범죄 및 그에 대한 사람들 비난의 변명이다.

(28) 스위프트

스위프트(Jonathan Swift)가 조이스에게 끼친 영향은 엄청나다. 그의 생활의 인유들은 그의 마음의 바탕 속에 풍부하게 동화되어 있다. 레빈(H. Levin) 교수는 "더블린의 위대한 산문 작가(스위프트)는 조이스 책의 모든 페이지에 흔적을 남겼으며…… 마찬가지로 『피네간의 경야』의 신화를 통괄(統括)한다."고 말한다. 『피네간의 경야』의 첫 페이지에서 우리는 스위프트의 두 연인에 대한 암시를 읽는다. "아직도, 비록 베네사 사랑의 유희에서 모두 공평하였으나, 이들 쌍둥이 애스터 자매가 둘 하나의 나단조와 함께 격하게 노정(怒情)하지 않았느니라."(3.12) 스위프트의 애인에 대한 별명 "Ppt"(다양한 철자의 "Pepette"와 함께, 스위프트가 스텔라에게 사용한 말)는 아빠(HCE)가 딸(Issy)에게 붙인 이름이요, 딸이 그녀의 인형에 붙인 이름이기도

하다. 앞서 레빈 교수는 조이스가 스위프트의 복잡한 성격을 작품 속에 이용하고 있다고 서술한다(Levin 117). 『피네간의 경야』에는 세 명의 주요 남성 인물들(HCE 및 두 쌍둥이 아들)이 있는데, 이들은 모두 스위프트와 동일시된다. 숀과 수석 사제 스위프트와의 가장 분명한 일치는 제Ⅲ부 1장에서 숀(당나귀)이 대답하는 아래 연설 속에 담겨 있다.

> 무망절대적(無望絶對的)으로 그대는 자신의 캐데너스(수사제; cadenus)와 함께 농살(弄殺)하고 있는지라 그리하여 우리가 어찌 저 백지(白紙)를 완성할 것인지는 산양(山羊)만이 비지(鼻知)하도다. 두 비너스 성애여신(性愛女神)들(Two venusstas)! 대견물(大堅物; Biggerstiff)! 참되지만 거짓이나니! 진(眞)하라 그리고 전진(全眞)을! 그렇지 않으면, 솔직한 숀(Shaun), 우리는 추구했나니, 그대의 유신(柔身)의 연제복(煙制服)의 자서전은 무엇이 될 것인고?"(413. 27~31)

위의 인용구는 숀으로 하여금 그의 편지 속의 (스위프트의) 언급을 설명하도록 요구하는 7번째 질문이다. 편지는 Stella(Esther Johnson) 또는 Vanessa(Esther Vanhomrigh)에게 보내진 것으로, 숀을 두 스위프트의 익명들인, Cadenus 및 Bickerstaffs로 부르고, 사람들은 두 베네사 자매에 관한 모든 진실을 요구하며, 그의 자서전을 알고 싶어한다. 그러자 이제 해학자 스위프트로 불린 숀은 성직자 스위프트로서 대답하며, "기도하세나(Hooraymost!)(라틴어)!"하고, 잇단 구절을 시작한다. 『피네간의 경야』에서 스위프트의 신격화(deification)를 위한 다른 이름으로 근 20개의 이름들이 불리고 있다. Swipht, Schwipps, Jonathan, Brother Jonathan, Jaunathaun, Ahaunathaun, Trinathan, Dean, Deanns, Dane, Draper, Deane, Biggerstiff 등. 또한, 스위프트의 작품들이 『피네간의 경야』 속에 한결같이 언급되고 있다. 예를 들면, 작품의 초두에서 한 구절(7.4~5)은 스위프트의 두 애스터 자매와 피터, 잭 및 마틴, 즉 『통 이야기(A Tale of a Tub)』의 로마, 앵글로 및 루터의 종교를 대표하는 세 형제를 포용한다.

스위프트의 『걸리버 여행기(*Gulliver's Travels*)』의 작품 제목은 『피네간의 경야』에서 여러 번 그의 뒤틀린 형태로 나타나는데, 예를 들면, "전원음유 여행(gullible's travels)"(173.3) 및 "그로트스키 골로바의 난항기(難航記)(Gorotsky Gollovar's Troubles),"(294.18) 등이 그들이다. 스위프트의 이 소설의 주인공들인 "Yahoos" 및 "Houyhnhnms" 같은 인물들도 수차례 나타난다.

(29) 루이스 캐럴

캐럴(Lewis Carroll)은 집필에 20여 년의 세월이 걸린 자신의 『실비 앤 브루노(*Sylvie and Bruno*)』에서 "문학에서 가장 어려운 점은 독창적인 작품을 쓰는 데 있다."라고 피력했거니와, 그에게서 영향을 많이 받은 것으로 전해지는 조이스는 자신의 『피네간의 경야』를 쓰는데 17년의 세월이 걸렸다. 그만큼 조이스의 작품은 캐럴의 작품 이상으로 독창적인 것이다. 캐롤의 『이상한 나라의 앨리스(*Alice in Wonderland*)』와 그의 『거울을 통하여(*Through the Looking—Glass*)』의 두 작품은 조이스의 『피네간의 경야』에 직접 또는 간접으로 언급되거나, 그의 많은 구절들이 인용되고 있다.

비평가 아서턴은 조이스가 캐럴의 "융합(accretion)" 기법(verbal trick)에서 많이 영향을 받은 것으로 적고 있다.(Atherton 125) (예: 캐럴의 "Your Royal Highness를 "Yrience"로) 또한, "Tell how your mead of, mard, is made of"라는 구절에서 3연속적 두운 어법을, 캐럴은 이를 "단어 사다리(Word Ladder)"라 칭했는데, 조이스는 『피네간의 경야』에서 이 기법을 무수히 활용한다. 또한, 조이스가 캐럴의 기법에서 빌린 가장 분명하고 중요한 것은 "혼성어(portmanteau word)"다. "slithy" = lithe + slimy에서처럼, 그의 이 "혼성어법"은 단지 두 단어만이 아니고 여러 개의 단어의 혼성으로 이룬다. 예를 들면, Humpty Dumpty = 인간 추락의 상징 + 부활(부활절의 달걀) + up and down. (Humps when you hised us and dumps when you doused us!(덜렁, 둥 혹), (당신이 나를 들어 올릴 때 그리고 철벅, 당신이 나를 물에 처넣을 때)," 이는 그를 비코의 역사 순환론과 연관시킨다. 그는 또한, HCE 의 일면이요, 때때로 피네간처럼 보인다. 그는 이집트 신화의 달걀 격이요, 더블린 시(市)이며, 때때로 전(全) 아일랜드를 대표한다.

캐럴은 그의 꿈의 묘사에서 두 인물을 한 인물로 합체하는데, 이 기법을 조이스도 『피네간의 경야』에서 수 없이 쓰고 있다. 예를 들면, 바트와 타프는 한 쌍의 잡담 코미디언으로 시작하여 한 인물로서 끝난다. "바트와 타프(결사적 노예 도박사와 비속봉건적인[非束封建敵人]이나니, 이제 동일격이요)." (354.7). 『피네간의 경야』에서 거울(looking―glass)의 주제는 자주 반복되는바, 일반적으로 다른 소녀들과 함께, 언제나 Alice를 동반한다. "Salices" 는 Sally와 Alice의 결합이요, "Secilas"는 그들의 거울―이미지를 합한 것이다. 그리고 "Iscappellas"는 Iseult와 캐럴의 또 다른 꼬마―친구 Isa Bowman을 합치고 있다. 이졸데(이씨)에 의한 한 페이지(527)의 긴 연설은 "상아탑(tower of ivory)" 또는 "황금의 집(house of gold)"(『젊은 예술가의 초상』에서 스티븐이 되뇌듯)인 연도(Litany)의 성모 마리아와 자신을 연결하는 거울 이미지(mirror image)에 대한 서술이다. 이렇듯, 캐럴의 언어 사다리 (word―ladder) 및 그와 그의 작품들은 『피네간의 경야』 속에 다양한 형태로 사통오달(四通五達) 이용되고 있다.

(30) 입센

조이스의 입센(Ibsen)에 대한 숭배와 감탄은 후자의 연극 『우리들 사자가 깨어날 때(When We Dead Awake)』에 대한 전자의 비평으로 널리 알려져 있거니와, 『피네간의 경야』에는 입센에 대한 언급, 인용 및 그의 작품 등이 광범위하게 산포(散布)되어 있다. 아서턴의 지적처럼, 조이스는 입센의 작품을 원어인 노르웨이어로 읽었기 때문에, 『피네간의 경야』에는 많은 노르웨이어의 응용이 함유되어 있다.(Atherton, 153) 입센의 이름에 대한 직접적인 언급으로. "입센취음탕(最淫蕩) 무의미(無意味)! 충분화(充分話)! (Atherton, Ibscenest nansence! Noksagt!)"(535.19)가 있는데, 이 구절은 HCE에 대한 비방자들의 일람표 중의 한 사람을 지칭하며, "충분화(Noksagt)"는 나태자에 대한 경멸적 용어이다. 『피네간의 경야』에서 HCE는 4복음 노인들에게 차(tea)에 관하여 언급한다.

> 나는 진주황문자(眞朱黃文字) 그대로 나의 악행에 대한 저공갈(底恐喝)에는 한 차 수푼 환(丸)의 증거도 없음을 항변하는 도다. 그대가 알지니, 사실상. 최초로 채집한 키먼 랩상 차(茶)라(I protest there is luttrelly not one teaspoonspill of evidence at bottomlie to my babad, as you shall see, as this is).(534.9~11).

작품에서 조이스의 차에 대한 잦은 언급은 스위프트의 커피에 대한 그것처럼 상징적 의미를 갖는다. 즉 차는 "사랑 없는 생에 대한 상징"으로 쓰이는데, 이는 입센의 연극 『사랑의 희극(Love's Comedy)』에서 "텅 빈 사교(empty social intercourse)"의 그것과 일치한다. 조이스가 입센과 연관하는 주요 주제 중의 또 하나는 더블린의 모토인, "시민의 복종은 도시의 행복이도다(The obedience of the citizens is the felicity of the town)."라는 구절로서, 입센은 그의 『인민의 적(An Enemy of the People)』에서 그와 반대의 뜻으로 이를 사용하고 있다. 또한, 조이스는 입센의 연극 제목들을 집중적으로 서술한 한 구절에서 더블린의 모토를 모조(模造)하고 있다.(540.22~26)

『피네간의 경야』에 암시된 입센의 연극들은 *Peer Gynt, Caesar and Galilean, The Lady from the Sea, Hedda Gabler, Ghosts, When We Dead Awaken, Pillars of Society, Rosmersholm* 등이다. 조이스는 이러한 연극들이 더블린의 모토를 논박(論駁)한다고 말하고 있다. *Rosmersholm* 은 또한, 『피네간의 경야』의 '아나 리비아' 장에서 언급된다. 이 언급에서 "하호 하악(Robecca or worse)"이란 구는 조이스의 당대 작가 웨스트(Rebecca West)를 지칭하는데, 그녀는 입센 극의 여주인공이요, 그녀의 『이상한 필요성(The Strange Necessity)』이라는 책에서 조이스를 공격했다. 연극의 종말에서 그녀와 Rosmer는 다리에서 강물 속으로 함께 몸을 던진다. 입센의

『야생 오리(*The Wild Duck*)』는 『피네간의 경야』에서 "Weibduck"(138.34) 및 "Wily geeses"(233.12)로 불리고, '아나 리비아' 장에서, "게다가 집오리로서 나는 그대를 수오리 삼나니. 그리고 거친 시선(야거위)에 의하여 나는 그대를 흘끗 보도다"(197. 13~14)의 구절을 함유하고 있다. 입센의 가장 많이 사용된 연극은 『건축 청부업자(동량지재; *The Masterbuilder*)』인데, 이는 노르웨이어인, "Bygmester Solness"로 불린다. HCE는 그의 최초의 화신 (化身)에서 "Bygmester Finnegan(동량지재 피네간)"(4.18)로 서술되고, 결국에는 "soleness…… bigmaster(근엄단독성…… 대들보)"(624.11)가 된다.

건축 청부업자의 모든 요소들이 『피네간의 경야』의 대위법적 위치에 있다. 예를 들면. "정점까지, 대들보여! 정산을 사다리로 오를지라! 당신은 이제 더 이상 현기증 나지 않을지니(Tilltop, bigmaster! Scale the summit! You're not so giddy any more)".(624. 11~12) 이 구절을 아서턴은 "조이스의 철학과 입센의 그것과의 기본적 차이를 설명한다."고 평한다(Atherton, 156). "Bygmester Solness"는 한 여인의 칭찬에 유혹되어, 탑에서 파괴로 추락하는 반면, 조이스 다양성의 주인공은 성공으로 나아간다. 만일 그가 추락한다면, 그건 단지 다시 일어나기 위해서다. 조이스는 그의 암울성에도 불구하고, 자신이 창조의 수수께끼에 답을 발견했던 낙관론자였다. 반면에, 입센은 자신이 대답할 수 없으리라 믿는 문제들을 제기하는 새로운 방법을 탐색하는 비관론자였다. 그 밖에, 『피네간의 경야』에서 언급되는 입센의 인유들은 부지기수다. 이는 길몽을 뜻하는, 화서지몽(華胥之夢) 격이다.

(31) 부시코트

『피네간의 경야』에서 크게 인용되는 아일랜드 극작가 부시코트(Dion Boucicault)의 연극은 『키스의 아라(*Arrah—na—Pogue*)』다. 이 극에서 Arrah는 옥중의 양(養) 오빠에게 그의 입속의 비밀 정보 쪽지를 그와의 키스를 통하여 전함으로써 그를 구출하는 데 성공한다.(『율리시스』에서 이러한 암시는 블룸과 몰리가 갖는 호우드 언덕의 애정 장면을 연상시킨다) 이 장면은 조이스의 4복음 노인들이 언급하는 장면으로, 그들은 이에 관해 말한다.

> 아 키스—의—아라의, 옛사람, 디온 부시코트의 정다운 흘러간 나날의 시절에, 이설(二舌) 투탕가맹(湯佳盟)의 열쇠를 넘겨 준 타계에서……
> (the good old days of Dion Boucicault, the elder, in Arrah—na—Pogue, in the otherworld of the passing of the key of Twotongue Common).(385.2)

여기 Arrah의 연인인 Sean은 우체부로서 조이스는 그를 숀의 동업자로서 모방한 것이다. 이 연극에서 Sean이 군중들에게 노래를 선택할 것을 요구하자, 모두들 「청의(靑衣)를 입고(*Wearing of the Blue*)」라는 곡을 선택하는데, 우리는 『피네간의 경야』에서 도처에 이를 읽는다.(516. 08)

(32) 셰익스피어

비평가 아서턴이 지적하다시피, 조이스는 자신을 셰익스피어(Shakespeare)의 경쟁자로, 아마도 최대의 경쟁자로 보았다. 이 경쟁에서 그의 주된 결함은 셰익스피어만큼 자신의 작품을 감상할 수 있는 대중을 발견할 수 없다는 사실이다. 그러나 셰익스피어에 대한 조이스의 숭배는 자신이 그를 『피네간의 경야』에서 "위대한 모형면(模型面)(Great Shapesphere)(295.4)"이라 부른 데서도 볼 수 있다. 셰익스피어의 거의 모든 연극으로부터의 인용구들이 『피네간의 경야』의 텍스트의 다양한 부분에 혼성되어, 스펀지처럼 젖어 있다. 또한, 그의 연극 대부분의 제목들이 언급되고 있다. 거의 모든 주요 등장인물들의 이름과 연극들로부터의 타당한 부분들이 이어위커 가족의 다양한 구성원들을 위하여 음식의 후추처럼 흩뿌려져 있다. 한 셰익스피어에 대한 언급은 『피네간의 경야』의 첫 페이지에서 서술된다. "베네사 애희(愛戱)에서 공평하였으나(all's fair in vanessy)."(3.11) ("In vanessy" =Inverness(소매 없는 외투)+Vanessa). 이는 『멕베스』에서 "fair is foul and foul is fair"의 인용이요, 『피네간의 경야』의 논리대로라면, "all′s fair"가 된다.(Atherton 163)

많은 학자들은 『율리시스』에서 셰익스피어의 중요성뿐만 아니라, 『피네간의 경야』에서 이 왕시인(王詩人) 작품의 중심적 및 편재적(偏在的) 존재를 지적하고 있다. 그 대표적 케이스가 쳉(Vincent J. Cheng) 교수다. 그의 유용한 저서 『셰익스피어와 조이스: 『피네간의 경야』 연구』에서 저자는 셰익스피어가 그의 인생, 그의 연극들 및 등장인물들 그의 인유의 광범위한 모체를 『피네간의 경야』 속에 형성하고 있음을 지적한다. 그는 또한, 셰익스피어의 영향과 인유들이 어떻게 『피네간의 경야』의 주제와 의미를 설명하는지의 비평적 견해를 제공한다. 그는 『피네간의 경야』의 거의 모든 페이지들은 셰익스피어의 직접적 및 간접적 인유들로 삼투되고 있음을 지적하고, 여기 근 1,000개를 수집하고 있다.

이들의 내용을 3대별하면, 1) 셰익스피어의 이름의 변형. 예를 들면, "Shikespower," "Chickspeer," "Scheekapair," "Great Shapesphere," "Will Breakfast," 등 2) 셰익스피어 작품의 제목의 변형, 예를 들면, "Miss Somer′s nice dream," "two genitalmen of Veruno" 등 3) 셰익스피어의 인용구의 패러디 및 인유들. 〔이들은 셰익스피어에 대한 언급들 가운데 가장 많은 분량을 점령한다.〕 예를 들면, "…… me ken or no me ken Zot is the Quiztune"(…… 우르르퉁탕 뇌신이 잡낭(雜囊)의 희롱신 인지를 알고 있든 또는 알고 있지 않든)(110.13~14), "Lead on, Macadam, and danked be he who first sights Halt Linduff!"(유인도; 誘引導)할지라, 매카담(포장도)이여, 그리하여 린더프(흑지; 黑池) 정(停)을 초시(初視)하는 자를 감사습(感謝濕)할지니!(469.20~21) 이상의 구절들에서 죤(숀)은 벅베스의 최후의 말(V. vII. 33~34)의 인유와 함께 작별을 고한다. 그는 또한, ALP의 상봉을 여기서 예측한다.

여기 우리가 주목해야 할 것은, 비록 조이스가 셰익스피어를 비롯하여 많은 문학적 인유들 혹은 최근의 포스트모던의 비평 용어로 "상호텍스트성

(intertexuality)"을 『피네간의 경야』에 도입함으로써 작품을 복잡하고 어렵게 만들고 있는 듯할지라도, 그러나 결국은 조이스 자기 자신의 이야기와 생각으로 귀착하는지라, 따라서 그 핵심은 작가 자신의 전기적 바탕 위에 둠으로써, 이들이 그렇게 복잡하거나 어렵지 않다는 사실이다. 그는 자신의 이런 취지를 『율리시스』의 도서관 장면에서 스티븐 데덜러스의 입을 통하여 설파한 바 있다.

> 만일 소크라테스가 오늘 집을 떠난다 하더라도 그는 그 현자가 자기 집 문간에 앉아 있는 것을 발견할 것이다…… 우리들은 우리들 자신을 통과하며 걸어갈 것이요…… 그러나 언제든지 결국에 가서 만나게 되는 것은 우리들 자신이다."(U 175)

여기 이 구절에서 조이스는 『피네간의 경야』로부터 그의 많은 셰익스피어의 인유들의 동원을 통해 그가 결국 자기 자신이 자기 자신의 강박관념으로 귀착한다는 것을 함축하고 있다.

이하 노트: 셰익스피어의 더 많은 인유들: 이하 그의 주제들에 의한 『피네간의 경야』 개요는 쳉 (V. Cheng) 교수의 것임을 여기 밝힌다(236~243)
『피네간의 경야』의 개관을 위하여 글라신(pp. xxiii~lxxi)과 캠벨 및 로빈슨(pp. 15~23)에 의해 마련된 이야기 줄거리 개요를 참고할 것. 현재의 개관은 『피네간의 경야』 각 장의 셰익스피어적 인유와 주제의 사용 및 빈도에 대한 짧은 색인만을 마련한 것임.

1) 제I부 1장

이 장은 『피네간의 경야』 공통의 요소들을 설명하며, 추락의 이야기를 여러 번 개략한다. 셰익스피어적 인유는 여기 덜 빈번하고, 어떠한 뭉치와 패턴도 나타나지 않는다. 11페이지는 보스턴으로부터의 암탉의 편지의 첫 서술을 포함하는데, 그것은 모든 문학과 역사를 상징화하기에 이른다. 더미를 파헤치는 암탉의 행위는 이 연구의 제2장에서 논의되듯, 학구성을 상징한다. 새로운 셰익스피어들과 새로운 학자들이 나타날지니, 거기에는 언제나 회귀와 조반이 마련되기 때문이다. "아침을 위한 달걀이 있을 것이요, 상의(喪儀)는 아침을 가져오고", "경야(wake)"는 각조(覺旦; awake)로 인도한다.

조반의 주제는 셰익스피어(문학의 상징) 및 '회귀(recorso)'와 연관된다. 우리들의 영원한 드라마의 유희자들과 요소들은 12페이지에서 역할 하는지라, 아일랜드 시인─노인, 그의 아내, 그녀의 처녀 딸 및 두 쌍둥이 소년들(펜과 우체)에 의해 영원히 노래된다. "지고 최대의 앙천국(仰天國)으로부터 맹렬한 세진(世振) 천둥"(14.19) 18~19 페이지에서, 뮤트와 쥬트 에피소드의 말에서, 우리는 "문학" 및 학구성과 역사의 상징인, 퇴비 더미와 매장 언덕의 첫 서술을 갖는다. 즉 수천의 인생 이야기들이 여기, 마치 눈송이처럼 두텁게, 공중으로부터, 똑같은 조상의 토루(土壘)에 의해 삼켜지는, 티끌과 문자(litters and letters)이라. 지구는 단지 먼지에 불과하고, 똑같은 것이 되돌아온다. 중표를 읽을 수 있는 자는 역사를 이해한다. 과거는 우리의 세계(world)요, 세계는 말(WORD)이니─즉 알파벳, 문자 및 문학의 원천이다. 조이스는 모든 문학의 상징으로서(더블린의 거인이요, 접합된 이중브린[Doublin]의 집계서), 모든 문학의 상징인, 『피네간의 경야』를 사용하여, 문학과 문학의 해석의 끝없는 풍요에 관해 논평한다. "그런고로 그대는 내게 어떻게 하여 단어 하나하나가 이중(二重)블린 집계서(集計書)를 통하여 60 및 10의 미처 취한 독서를 수행하도록 편찬될 것인지를 자세히 설명할 필요가 거의 없나니."(20.13~16)

2) 제I부 2장

이 장은 대체로 아들(캐드, 호스티, 등)에 의한 부친 인물(HCE)의 전도(顚

倒)에 관한 것이다. 이는 아주 셰익스피어적인지라, 결론적으로, 셰익스피어의 언급들이 여기 한층 빈번하다. 페이지 31에서 우리는 햄릿의 부자의 문제를 가지고, 부와 자(성 삼위일체에서)의 첫 연관을 발견한다. 페이지 32~33은 첫『피네간의 경야』의 극장 메타포의 중요한 진술을 포함하는바, 즉 세계의 무대(더블린의 마이클 건과 배시 서드로우즈 게이어티 극장), "세계무대(world-stage)"(33.03)에서 셰익스피어의 연출에 의하여 상징화된다. HCE와 캐드의 반항적 만남, 그리고 젊음에 의한 노령의 잇따른 전도가 3월의 기일(忌日)에 대한 그리고 줄리어스 시저에 대한 많은 언급들에 의해, 부의 인물들을 전복하는 아들들의 모습들의 반항적 날과 극에 의해 동행한다. "호스티"의 시가인, "퍼스 오레일리의 민요"는(조이스와『피네간의 경야』처럼) 오랜 "쉬스파우어(Shikespower)"(47.19)를 넘어뜨리고 대치하는 새로운 시인과 책을 상징한다.

3) 제1부 3장

이 장은 농담과 불확실에 관한, 진리를 배우는 불통(不通)과 불가능성에 관한, 그리고 모든 사건의 다양한 설명과 해석을 날조함으로써 행해지는 문학과 학구서의 시도에 관한 것이다. 재차, 생활은 셰익스피어적 연극—드루리 골목의 "드루이드드라마"(50.08), "흑수사"(48.03), 또는 "늙은 빅"(02.06)—이 가정 된다. 이 장은 HCE의 캐드와의 만남의 그리고 HCE의 추락의 이야기의 다양한 화술을 포함한다. 이 "연극"은 데이비드 가릭이("신독법〔新讀法〕"〔이야기의 3급 판〕을 들었는지라,) "새(新) 수비대"(55.34)와 같은 새로운 해석에 한결같이 지배되는지라, 왜냐하면, "과연 우리가 소유한, 비사실(非事實)〔공원의 죄〕이 우리들의 확실성을 입증하기 위해서는 너무나 불명확하게도 그 수가 적은지라."(57.16~17) 모두 우리의 귓구멍에 부어진 비방과 가십, 독(毒)이도다. 거리의 사람들의 다른 의견들이란 문학적 비평가들의 다양한 해석과 닮았는지라—대부분 거짓말이요, 아무것도 증명될 수 없기에. 58페이지에서 3군인들 중 하나는 심지어 HCE—햄릿 왕은, 스티븐 데덜러스의 셰익스피어처럼, 피곤한지라, 왜냐하면, 한 여인이 그를 들판에서 유혹했기 때문이다(58.29 참조.) 나머지 장은 이름이 포터인, HCE와, 체플리조드의 HCE의 주점 근처 캐슬 노크 케이트에서 캐드 간의 만남의 많은 다양한 각본들을 설명한다. 이 만남의 각본은 이리하여 『맥베스』의 포터(문지기)에 대한 그리고 게이트의 문간의 노크에 대한 다수의 언급들이 동행한다.

4) 제I부 4장

4번째 장은 HCE 추락의 다른 각본 속으로 탐사를 계속하며, HCE가 "노란 브르노"(93.01)로 재판되는 심판을 포함한다. "80. 17~18"에서 HCE의 역사는 셰익스피어와 앤 해서웨이에 비유된다. "음산몽극(陰散夢劇)"(78.28)은 우리에게 여전히 드루리 골목길에, 혹은 게이어티(98.11)에 있음을 상기시킨다. 캐드와의 만남과 HCE의 추락의 더 많은 각본에는 『맥베스』(여기 부친을 전복하는 아들들에 관한, 추락에 관한, 연극), 『햄릿』 및 『줄리어스 시저』에 관한 타당한 인유들이 뒤따른다.

5) 제I부 5장

이는 편지에 관한, 학구성과 본문 연구에 관한 장인지라, 거기서 조이스는 그의 작품들(편지는 모든 문학뿐만 아니라 『피네간의 경야』이기에)을 셰익스피어의 것들과 동일시하려 한다. 숀은 여기 학구성에 관해 자신의 연설을 시작한다. 셰익스피어의 학구성과의 모순당착이 더불어, 질문이 행해진다. 즉, "옥(獄) 도대체 누가 저 사악사(絲惡事: 편지)를 어쩌자고 썼단 말인고?"(107.36) 장은 위조자들 및 셰익스피어의 모방자들(루이스 티오볼드와 같은)에 대한, 즉. 123.01에서 "사각 엠"인 셰익스피어의 원고에 대한 많은 언급들을 포함한다. 숀은 편지의 원고와 해석을 토론한다. 여기『햄릿』에 관한 많은 언급들이 있다. 114.19 구절은『피네간의 경야』가 결국『햄릿』의 그것과 유사한 문학적 탁월성을 좋아할 것이라는 예언이다. 조이스는 이 장에서 문학적 비평의 다양한 학파들에 대한 패러디를 포함한다.『켈즈의 책』이나 셰익스피어의 전질 2절판과 더불어, 편지(『피네간의 경야』)는 학구성과 해석의 문제를 야기 시키는지라, 특별한 편지에 관한 연구는 마치 셰익스피어식의 학구성("차선[次善]의 롤빵과 함께 장대한 스타일의 묘굴[墓掘]의 집시 방랑자의 교배[交配]")(121.32)을 닮았다. 숀의 견해는 정신분석자인 어니스트 존즈의 견해에 접근하는지라. 그 자는 문학적 조반에 참가하는 듯하다.(124) 그러나 편지를 쓴 필경사는 누구였던가? 그것은 셰익스피어 역을 하는 표절자, 우체부 숀이 아니고, 125.14~15 구절에서 저 밉살스러운 그리고 여전히 오늘도 불충분하게 오평(誤評) 받은 노트 날치기인, 구역질 나는 문사 셈이다.

6) 제I부 6장

이 장은 많은 셰익스피어의 언급들을 포함한다.『햄릿』,『줄리어스 시저』, 및『베니스의 상인』이 특히 중요하다. 교수 숀(어니스트 데덜러스)은 마침내 12질문에 대답한다. 질문 9(143. p)는『햄릿』의 언급들로 충만하고, 예술가(셈—조이스—햄릿)의 궁지와 관계한다. 이 중요한 구절은, 적어도 부분적으로, 햄릿의 "죽느냐, 사느냐"의 연설의 재건일 것이다. 구절(145.24~34)은 셰익스피어 연극들의 저작권(즉, "셰익스액[液]과 베이컨란[卵])"(161.31)에 대한 몇 개의 다른 언급들이 이 장을 뒤따른다. 질문 11은 몇 개의 기다란 탈선을 포함하는지라, 즉, 쥐여우와 포도사자의 에피소드에서, 누보래타의 익사(157~59)는 오필리아의 것을 회상시킨다. 뒤이어 셰익스피어의『줄리어스 시저』에 대한 어니스트 존즈의 정신분석적 독해에 기초한, "안토니우스—브루투스—카시우스의 그룹 재판"에 관한 숀—존즈의 연설(161~67)이 뒤따른다. 최후로, 숀은『베니스의 상인』에서 사이록의 철학에 호소하며, 제 I부, 7장에서 '정의'―'자비'(그리고 자비의 특질)의 대조에 개입하면서, 대부(貸付)에 대한 그의 형의 호소를 거절한다.

7) 제부 7장

이것은 "솀"의 장이다. "예술가"에 대한 장으로서 우리가 기대할 수 있듯이, 거기에는 셰익스피어에 관한 많은 언급들이 있다. 3가지 주된 공격들이, 모두 특성에 있어서 셰익스피어적인지라, 솀에 대항한다. 즉, 표절성(혹은 위조) 그리고 예술적 괴벽성이다. 첫째로, 발광에 가까운, 광증은 햄릿의 예절의 광기요, 그리하여 이 장에서 숀은 거듭해서 솀이 미쳤음을 비난한다. 이 공격은 여기 많은 『햄릿』 언급들에 대한 주된 이유일 것이다. 둘째, "반미치광이"(179.25)로서, 솀은 "게이어티 팬터마임"(180. 04)의 극작가로서 성공에 대한 환상을, 그러나 사실상, 그는, 마치 그린(Greene)의 셰익스피어에 대한 비난에 있어서처럼 "표절자"로서,(182.03) 그리고 "무대 영국인을 묘사하려는",(181.01) 위조자로서 비난받는다. 솀은 "어떤 다른 다모자(多毛者)도, 다른 피수자(彼鬚者; 셰익스피어)"(177.32)인, 최대의 문필가로서 스스로를 생각함을 일러 받는다. 숀은 솀을 자기 자신이 강박되어 있음을 그리고 단지 자기 자신에 대해 글을 씀을 비난한다. 망명에 있어서, 솀은 요리를 하고 배변을 한다(창조적 행위). 숀의 솀에 대한 비난은 공격 속에 절정에 달하는, 조이스로서 조이스의 양심의 흥분적 답사인 즉, "쉬! 그대는 미쳤어!"(193.28) 그러나 한 중요한 구절(192.20)에서, 조이스는 그의 명성을 그리스도와 『햄릿』의 그것과 비유하고, 자신의 예술적 명성은 부활을 볼 것이라 예언한다. 장은 『베니스의 상인』에서 '정의'의 수행자 및 대변자인 숀―'정의'―사이록과 '자비' 및 예술의 대변자인 솀―'자비'―포셔 간의 대결로 종결하는지라, 후자의 펜과 생장(生杖)은 벙어리를 말하게 할 수 있다.

8) 제I부 8장

이 장은 잡담과 "험담의" 아나 리비아에 관한 것이다. 수많은 셰익스피어적 언급들이 있지만, 단일의 지배적 유형이나 뭉치는 없다. 잡담은, 재차, HCE의 공원에서의 범죄와 추락이다. ALP는 등에 배낭을 걸친 암탉으로서, 그녀 남편의 악평을 옹호하려고 애쓴다. 공원에서 일어난 것은 정확히 무엇인가? ALP는 HCE를 그의 "wee follyo"—그의 우행과 그의 전지 2절판에 관해 원기를 북돋우기 위해 셰익스피어적 조반(199페이지)을 대접하려고 애쓴다. ALP가 201페이지에서 작곡하는 음률—편지의 각본—은 이해를 위한, 마치 셰익스피어의 그것마냥 응분의 대중 "새로운 강독"(201.05)을 위한 조이스식의 호소인지라, 그런 고로 『피네간의 경야』는 그것의 타당한 인식을 받을 수 있다. 리피강으로서, ALP의 대양으로의 여행은 또 다른 익사한 강의 여인인, 오필리아에 대한 많은 언급을 포함한다.

9) 제II부 1장

이 장은, 『믹, 닉 그리고 매기의 익살극』으로, 한 편의 연극이며, 이 장은 『피네간의 경야』의 그리고 모든 역사의 소우주 격이다. 이 아주 중요하고 (어려운) 장은 극적 은유가 가장 한결같은 장으로, 모든 부분이 연극이다. 장에서 드라마에 관해 기대되듯, 여기에는 많은 셰익스피어적 인유들이 있다. 『익살극』은 가족 드라마로서, 양친 앞에서 아이들에 의해 공연되는 것으로, 유혹과 좌절의 팬터마임이다. 특히, 『피네간의 경야』처럼 그리고 비코의 환처럼, 그것은 4막을 갖는다. 장은, 특히 219페이지에서 221페이지까지 극장 은유로서, 이 연구의 제3장에서 설명된다.

광고 전단은 엘리자베스 조의 피닉스 극장에서의 연출을 위한 선언으로 열리는바, 무대 감독이 바라보는 동안 레퍼토리 극장(배역의 밤 연출과 함께)으로 공연된다. 가족 배역은 이조드(이씨), 춤(숀), 안(ALP), 그리고 "등 혹

(HUMP)"인, 게이어티 극장 지배인 마이클 건을 포함한다. 많은 『햄릿』 언급들은 이 연극이, "지겹고 변덕스러운 혈류살모(血流殺母)로부터 양자각색(養子脚色)된 것"(219.19)인지라, 아마도 세네카적 혹은『햄릿』을 닮았을 것이다. 무대 버팀목의 일람표에 잇따라 연극의 논의가 있다.

『익살극』은 이씨─이조드에 의해 인도되는, 매기들(플로라, 또는 꽃 소녀들)의 사랑을 위한 믹─춤과 닉─글루그 간의 경쟁에 관한 것인바, 그녀는 오필리아에 대한 그리고 오필리아의 꽃들에 대한 언급들 사이 거듭해서 나타난다. 글루그─셈의 궁지와 문제는 조이스 자신의 그것처럼 보인다. 익살극의 종말을 향해, 춤은 이조드에 대한 권리를 얻으려고 글루그와 싸우기 위해 되돌아온다. 이 페이지들(248～52)은『맥베스』에 대한 인유들의 짙은 타래를 포함한다. 춤은 글루그─맥베스에 대한 복수를 감행하기 위해 오는 맥다프로서 보인다. "왠고하니 버남 불타는 숲(추프)이 무미(無味)하게 춤추며 다가오도다. 그라미스(황홀; 恍惚)는 애면(愛眠)을 혹살(惑殺)했는지라 그리하여 이 때문에 코도우 냉과인(冷寡人; 글루그)은 틀림없이 더 이상 도면(跳眠)하지 못하도다."(250) 글루그는 패배 당한다. 연극의 이 시점에서, 익살극의 제4장(회귀)이 시작한다. "마감 시간"(255.06)은 임박하다─주막과 연극을 위해─그리고 "연출자(존 밥타수토 바커 씨)", 역사의 연술자(비코)가 연극을 끝내기 위해 도착한다. 양친들은 되돌아오고, 아이들은 추프와 글루그가 여전히 경쟁할 때, 이층 침대로 보내진다. 이때는 한 조각의 베이컨(또는 셰익스피어, 아마도)을 위한 시간이다. 페이지 257에서 커튼이 내리고 큰 박수가 울리는지라,

종막(終幕).
대성갈채(大聲喝采)!
그대가 관극(觀劇)한 연극, 게임이, 여기서 끝나도다. 커튼은 심(深)한 요구에 의해 내리나니.
고성갈채나태자(高聲喝采懶怠者)!

여신녀(女神女)들은 거(去)한지라, 구나의 돌풍송(突風送). 언제 (지[地]옥[獄]), 누구 색(色), 하(何) 색, 어디 색조(色調)? 궤도중재자(軌道仲裁者; God—Vico—HCE)가 답하나니: 다수 목숨을 잃다. 피오니아는 피지 퍼지 자(子)로 넌더리나다. 시랜드(해륙; 海陸)가 코골다. (257.29~36)

10) 제II부 2장

짙고 어려운, 비록 들뜬 분위기일지라도(특히 변경의 노트와 각주), 이 장은 아이들의 공부 기간에 관한 것으로, 학구성의 멋진 패러디들을 함유한다. 그러나 셰익스피어적 인유들은 자주 갖지 않으며, 어떤 중요한 유형을 들어내지 않는다. 셰익스피어에 대한 예를 들면, "위대한 셰익스피어"(295.04)와 274.I.4의 "섹스포크" 같은, 예를 들면, "theobalder"(263. 05)와 231의 3번 각주 같은, 위조 및 『햄릿』 같은 그리고, 학생들에게 멋진 이야기인 『줄리어스 시저』 같은, 많은 인유들이 있다. 이씨가 우울함에 부닥쳐, 자살을 명상할 때, 그녀는, 오필리아로서, 낙심한 자살과 충돌한다. 마가린—크레오파트라처럼 그녀는 부루스와 카사우스(숀과 솀)가 로맨스의 시도보다 공부를 행하고—이리하여 이 장에서 『줄리어스 시저』와 『안토니와 클레오파트라』에 대한 언급이 있는 사실을 신음한다. 케빈과 돌프(숀과 솀)는 기하학을 공부한다. 돌프가 놀란 케브에게 질(膣)의 삼각형을 노정하자, 후자는 그를 사기꾼 및 위조자로 비난한다. 돌프—'자비'는 케브에게 "모든 몽극(夢劇) 속의 모든 만화인물(303.31)을 쓰고 작문하는 방법을 보여주자—그 때문에 호의의 케브—'정의'는 돌프를 때려눕힌다.

11) 제II부 3장

이 길고도 엄청나게 어려운 장은 HCE 주점에서 일어난 일련의 환각적인 발생사들을 포함한다. 이러한 긴 부분에 비해, 셰익스피어의 인유들은 비교적 적다. 현재의 이것들은 크게는 『햄릿』, 『맥베스』, 『리처드 III세』 및 『헨리 IV세』에 관한 것이다. HCE는 여러 번 리처드 III세와 비교되는바, 러시아 장군은, 그의 사멸에 여러 번 암시된다.(370∼79 페이지에서 팔스타프로.) 문맥상의 설명을 초월하여, 필자는 II부에서 이 장의 셰익스피어적 인유들을 마련했으나, 어떤 의미심장한 패턴을 발견하지 못했다.

12) 제II부 4장

(4 노인들이 트리스탄과 이졸데의 연애 장면을 염탐하는) 이 짧은 장은 길고도 어려운 이전 장에 이어, 비교적 간단하다. 그것은, 또한, 그러나 오히려 셰익스피어적 인유들(그들은 II부에서 설명되거니와)은 드문지라, 이들은 어떠한 가시적 뭉치나 패턴으로 나타나지 않는다.

13) 제III부 1장

이 장은 많은 이유로서 쾌 짙은 타래의 셰익스피어적 인유들을 포함한다. 여기 HCE는 손에 관해 꿈꾼다. 셰익스피어적 평행은 『한여름 밤의 꿈』에서, 여기, 사실상 보텀(Bottom)의 꿈에 대한, "한여름 밤"에 대한, 그리고 한밤중에 대한 많은 인유들이 있다. 한층 나아가, 꿈은 『피네간의 경야』―이리하여 보텀과 또 다른 유대(紐帶)의 "나귀"―에 의해 꿈꾸는 듯하다. 꿈에서, 손은 음주의, 그리고 팔스타프 또는 토비 벨치 경(Sir Toby Belch)의 식도락의 습관을 가지며, 이러한 것은 팔스타프과 벨치에 대한 많은 인유들로 서술된다. 즉 벨치에 대해(즉, "그는 술 마시는고, 나는 심감〔甚憾〕하게도 캐이크〔과자〕와 벨즈〔술〕가 더 이상 없을 것이기에")(423,11) 꿈에서 손은 이씨―오필리아(그녀는 오필리아의 "팬지가 있어요, 그 생각 때문에"라는 오필리아에 대한 사랑에 의하여 거듭 특수화되거니와)에 대한, 그의 사랑과 셈에 대한 조소를 말한다. 손은 한 통의 편지 혹은 연극을 지으려고 계획하는지라, 그것은 셰익스피어의 유언장에 대한 언급들로서(413), 결국 그의 애인을 위한 유언장으로 드러난다. 그는 이어 "개미와 메뚜기"의 우화 속으로 진입하는데, 그것을 조이스는 로버트 그린의 『한 푼짜리 값어치의 기지』에다 패턴을 두었으리라. 숀은 솀―조이스의 편지('경야')를 쓰레기로 비난한다. 이어, 비논리적으로, 그는 편지를 자신의 것으로 요구한다. 그리고 페이지 422~25에서, 솀의 표절과 위조에 대하여, 제임스 맥퍼슨과 같은 다른 위조자와 마찬가지로 셰익스피어적 "위조자들"인, 티오볼드, 베이컨, 델라 베이컨 마에 대한 언급으로, 또 다른 비난에 진입한다. 숀은 솀(분명히 여기 조이스와 동일시되거니와) 숀 자신으로부터 작품들을 훔쳤다고 주장한다. 비난은 I부 7장의 유사한 것들을 상기시킨다. ("그〔편지〕속의 모든 저주암자〔詛呪暗字〕는 복제품이요, 적잖은 수의 무녀철자〔巫女綴字〕와 전성어〔全聖語〕들을 나는 나의 하늘의 왕국에서 그대에게 보여줄 수도 있도다.")(424.32 ff.)

숀은 그의 형처럼 재주가 있음을 요구하며, 지기 자신의

> 나의 솀 열형제(熱兄弟), 음모주자(陰謀主者)가 가청(可聽)의 혹치장인쇄(黑治裝印刷)로 정통친교(精通親交)하는 것을 훨씬 능가하리로다. 과격비극(過激悲劇)의 시인화상서(詩人火傷書)! 오문자(誤文字)의 아카데미 희극! 그보다 아주 훌륭하다고 자랑한다. (425.20~.24)

14) 제III부 2장

이 장은 이씨에 대한 그리고 윤년 소녀들에 대한 죤―숀의 강연을 포함한다. 강연은 오필리아에 대한 라에르테스(Laertes)의 작별 설교에 기초한다. 죤―라에르테스는 이씨―오필리아에게 그녀의 부덕을 지킬 것에 관해 충고를 주고, 데이브―솀―햄릿에 관해 그녀에게 경고한다. 결론적으로, 이 장에는 434.19~27행에서 어니스트 존즈의 『햄릿』과 『오이디푸스』에 대한 하나뿐만 아니라, 『햄릿』으로부터 많은 메아리들이 있다. ("배꼽 바퀴 통, 살과 테까지 분담하면서, 찬송가처럼 윙윙 소리 내도다." 오필리아에 관한 생각

은 재차 "팬지(pansies)"에 대한 인유를 포함한다. 죤은 많은 것들에 관해 충고를 권하고, 이씨에 대한 자신의 사랑을 내내 선언한다. 455페이지에서 죤은 죽음과 사후에 관해 경고하고, 글로브 극장으로서 최후의 날인, 묵시록적 세계무대의 비전을 창조한다. 456페이지에서 죤의 식사가 재차 벨치(Belch)와 팔스타프(Falstaff)에 대한 언급에 의해 동행된다. 그의 연설의 종말을 향해, 죤—레이어즈는 갑자기 그의 초기의 충고를 뒤엎고, 데이브—햄릿을 이씨—오필리아에게 소개하며, 그들이 사랑을 행하도록 권한다.

> 자기류(自己類) 될지라. 자기친친(自己親親) 될지라. 혈형제(血兄弟) 될지라. 아이리시 될지라. 도서적(島嶼的) 될지라. 찌꺼기 오필리아가 될지라. 작은 마을(햄릿) 될지라 교황재산음모(敎皇財産陰謀) 될지라. 야호요크 왕가와 홀쭉 랭커스터 왕가 될지라 냉(冷: 쿨) 될지라. 그대 자신을 돈(豚)무크 서(鼠: 맥) 될지라. (465.32 ff.)

죤은 이어 작별을 고하고, 『맥베스』를 인용하면서, 영광의 광휘 속으로 사라진다.

> 솔로, 솔로 단(單), 소롱(안녕)! 루드 매(每)나나여, 그대 애통별(哀痛別)하나니! 나와 함께 가경(歌競) 비상(飛上) 영상(永常)! 여기 나 출발하는지라. 지금 당장 아니면 감아(甘兒)여! 시간은 적행(敵行)이라!"(469.20~26)

15) 제III부 3장

이 장에는 많은 셰익스피어적 인유들이 있을지언정, 그들은, 장의 커다란 길이를 생각하면, 비교적 적은 셈이다. 그뿐만 아니라 어느 언급의 중요 타래나 패턴도 거의 나타나지 않는다. 장에는 많은 것이 일어나는지라 만사는 죤—숀과 기원하고, 그이 비전은 여전히 보텀(Bottom)의 꿈의 일부다. 이리하여, 이 장에서, 보텀에, 나귀들에, 당나귀들에, 그리고 "소머 양(孃)의 즐거운 꿈에, 재기(再起)의 언급들이 있도다."(502.29) "사실상 누출주통(漏出酒桶)의 고가(古家) 전(全)주식회사(레퍼토리 극장)"(510.17)에 대한, 그리고 "크리스마스 빵따룬 무언극, 개이어티 극장에서 공연된 에디퍼스 왕과 흉포(凶暴)표범"(513.21)에 대한, 극적 은유를 우리에게 상기시킨다. 이 부분은 재판을 포함하는지라, 그동안에 HCE는 시(詩)에 대해 그리고 셰익스피어에 대한 그의 사랑에 대해 언급하고, 도시들의 건축자로서 자신의 성취를 선포함으로써, 그리고 그의 연설에 셰익스피어를 인용함으로써, 그의 덕망을 옹호한다.

16) 제III부 4장

이 오락 구절은 침대기둥으로서 4늙은 사내들과 더불어, HCE와 ALP의 침실에서 일어난다. 꽤 많은 셰익스피어적 인유들이 있지만, 그 글은 두드러진 패턴을 형성하지 않는다. 560 페이지의 잇따른 페이지들은 우리들의 원형적 가족이 "포터가문"으로 불림을 드러낸다. 569 페이지는 많은 극적 및 셰익스피어적 언급들과 더불어, 더 많은 극장을 위한 즐거운 소환을 포함한다(즉, "베레노의 두 신사"). 아나 리비아와 HCE 간의 소송에 대한 설명은 셰익스피어, 앤 해서웨이, 그리고 셰익스피어의 유서에 대한 언급들을 포함한다. 그러나 장의 종말에서, HCE와 ALP는 4노인들이 살필 때 침대에서 사랑을 행사한다.

17) 제IV부 1장

『피네간의 경야』의 4번째, 마지막 부(部), 갱생의, 회귀의, 서(書)는 솟는 태양에 대한 그리고 새로운 새벽에 대한 조이스의 소환인지라, 그것은 또한, 아침의 상징인, 조반에 대한 소환이다. 셰익스피어적 조반(613.23)에 대한 언급들이 이 최후의 부분에서 풍부하다. 조반의 달걀은 구절

(614.27~615.10)의 중요한 설명을 마련한다. 모든 문학과 역사는 비코의 환들이다. 새로운 날이 새로운 HCE, 새로운 생목(生木), 새로운 셰익스피어—아버지—창조주를 가져오기에, 새로운 요소들을 수취한다. 그러나 쓰레기 더미로부터의 편지와 더불어, 새로운 환은 옛 것인 것 마냥 온통 새로운 작품들이요, 문학은 똑같은 날조된 문자의 단지 재화, 재결합, 그리고 재노동일뿐이다. 새로운 아침이 새로운 조반과 새로운 셰익스피어를 대접하기 위해 다가온다. 페이지 615~19는 HCE에 대한 ALP의 편지(『피네간의 경야』의 상징이라)의 최후의 최고 충만된 단서를 포함한다. ALP의 아름다운 최후의 독백은, 그녀가 바다로 나아갈 때, 셰익스피어의 비극적 여걸들에 대한 무수한 언급들을 포함하고, HCE—햄릿 자신의 말들을 메아리 하는, 그녀를 기억하기 위한 그녀의 남편에 대한 부름으로 끝난다. "기억(수; 水)할지라!"(628.14)

(33) 『성당 묘지 곁의 집』

우리는 조이스가 『피네간의 경야』를 쓰는 동안 르 파뉴(Le Fanu) 작의 고딕 소설을 사용했음을 알고 있다.(Atherton, 111) 조이스는 피닉스 공원에서 그의 부친과 한 부랑자가 만난 지점에 대하여 언급하고 있는바, 바로 여기에서 스터크(Sturk)라는 사나이가 악당 아처(Charles Archer)에 의하여 기절 당하고 죽어 있었는데, 이 악당은 앞서 르 파뉴의 소설에 나오는 자다. 스터크는 수술에 의하여 부활되고 뒤에 죽었으나, 그의 살인자의 이름을 댈 수 있었다 한다. 이 "공원의 범죄"는 추락과 부활의 한 예다. 공원은 또한, 에덴동산의 상징이요, 이는 『피네간의 경야』에서 성당 묘지 곁의 집에 관한 중요한 언급 중의 하나에서 분명하다.(80.4)

『피네간의 경야』처럼, "성당 묘지 곁의 집(The House by the Church-yard)"은 두 장소, 피닉스 고원과 체플리조드의 사건들에 관한 이야기이다. 이어위커의 주점은 체플리조드에 위치한다. 『피네간의 경야』의 제I부 8장말의 두드러진 돌과 느릅나무에 대한 묘사는 파뉴의 작품 초두에 나온다. 그리고 조이스는 나중에도 작품 속에 체플리조드의 성당과 돌과 나무를 서술한다. 그 밖에도 파뉴와 그의 소설에 대한 언급은 『피네간의 경야』의 여러 곳에 나온다.

(34) 『왕실의 이혼』

『왕실의 이혼(*A Royal Divorce*)』은 윌리스(W.G. Willis)작의 한때 인기 연극으로, 이 극의 제목은 『피네간의 경야』에서 10번 인용된다. 극은 나폴레옹의 조스핀(Josephine)과의 이혼 및 루이스(Marie Louise)와의 결혼에 관한 것이다. 그러나 그것은 나폴레옹의 생애의 종말까지 따르며, 죽어가는 조스핀에 의한 긴 독백으로 종결된다. 이 연극에서 관중은 나폴레옹 또한, 똑같은 순간에 죽어가며, 두 사람은 죽음에서 재결합하고, 다시 시작하는 것을 이해하도록 되어 있다. 『피네간의 경야』의 최후의 ALP의 독백은 그녀의 남편과 합세하기 위해 백두(白頭)의 파도를 가로질러 그것의 환상적 여행을 품은 조스핀의 발언에 뭔가 빚지고 있으며, 양 발언은 많은 공통점을 지닌다.

(35) 에드가 퀴네

에드가 퀴네(Edgar Quinet)는 프랑스의 시인 및 역사가(1803~1875), 그의 자유주의 사상은 19세기 프랑스 사회에 커다란 영향을 끼쳤다. 그의 최초의 중요 저서는 『인간성에 대한 역사철학의 소개(*Ideen zur Philosophy der Geschichte de Menschheir*)』로서, 조이스는 『피네간의 경야』 속에 이 연구에서 기다란 인용구를 도입하고 있다. 이는 "학습시간 장면"에 프랑스어 그대로 인용된다.

오늘날, 프리니와 코루멜라의 시대에 있어서처럼, 하야신스는 웨일즈에서, 빙카 꽃은 일리리아에서, 들국화는 누만치아의 폐허 위에서 번화(繁

花)하나니. 그리하여 그들 주변의 도시들이 지배자들과 이름들을 바꾸는 동안, 그중 몇몇은 절멸하는 동안, 문명이 서로서로 충돌하고 분쇄하는 동안, 그들의 평화스러운 세대는, 시대를 통과하고, 전쟁의 나날처럼 생생하게 그리고 미소하면서, 우리들에게 다가왔도다. (281)

위의 글은 역사의 환의 특성을 암시하는데, 그의 힘은 인간의 노력을 초월하여 그의 가장(假裝)을 조롱한다. 이 글 속에 구체화된 정신은 『피네간의 경야』의 서술에 융합되고, 아일랜드의 민족주의에 대한 조이스의 견해에 대하여 특별히 언급하는바, 그의 야망은 너무나 많은 불필요한 고통을 야기해 왔다. 퀴네의 그 밖에 글들이 『피네간의 경야』의 서술 속에 변형으로 여러 곳에 나타난다.

[퀴네 글귀의 패러디; 소녀들의 무도는 영원히 즐거운지라] 로물루스와 림머스 쌍왕(双王)의 나날이래 파반 중위무(重威舞)가 체플리조드 땅의 그들 과시가(誇示街)를 통하여 소활보(騷闊步)해 왔고, 왈츠 무(舞)가 볼리 바러 역(域)의 녹자습(綠紫濕) 교외를 통하여 서로 상봉하고 요들 가락으로 노래해 왔는지라, 많고 많은 운처녀(雲處女)들이 저 피녀법정(彼女法廷) 유랑전차선로(流浪電車線路)를 따라 우아하게 경보(輕步)하고, 경쾌 2인 무도(舞蹈)가 그랜지고만의 대지평원(臺地平原) 위에 래그타임 곡에 맞추어 흥청지속(興淸持續)해 왔도다; 그리하여, 비록 당시 이래로 스터링과 기네스가 시내들과 사자들에 의하여 대체(代替)되었고 어떤 진보(進步)가 죽마를 타고 이루어지고 경주(종족)가 왕래했으며 계절의 저 주된 풍미자(風味者)인, 타임이, 소화불량물(消化不良物)들 및 기타 등등 무정체(無正體)의 것들을 통상적으로 교활하게 사용해 왔는지라, 저들의 수선화 나팔무(舞)와 캉캉무음(舞音)들은 후영각(後泳脚)의 농아왕국(聾啞王國), 과다영겁(過茶永劫)의 맹시(盲市)를 통하여, 마치 모머스가 마즈에게 무언극을 연출할 때처럼 유연하고 유유(柔由)한 유지(柔枝) 마냥, 우리들의 명랑 기분을 위하여 환성도래(歡聲到來)해 왔도다. (236)

(36) 누보레타

『피네간의 경야』에서 한 작은 구름으로서의 이씨의 변신인 그녀는 "쥐여우와 포도사자" 에피소드 종말에 등장한다. 그녀는 여기 쌍둥이 형제의 논쟁에 간여하지만, 그들이 화해를 이루는 데 실패하자, 그녀의 눈물은 빗방울이 되어, "과거에 한 가닥 개울이었던 강 속으로" 사라진다. 이 에피소드의 한 점에서, 그녀는 "Nuvoluccia(Nuvoketta=Lucia)"로 서술되는데, 이는 분명히 조이스 자신의 딸인 루치아에 대한 언급이다. "Una Nuvoletta"는 더블린 사람들에게 『더블린 사람들』의 한 이야기인 「작은 구름(A Little Cloud)」의 이탈리아어 번역 타이틀이기도 하다.

(37) 『성서』

하느님은 우주의 창조자이시요, 『성서(The Holy Bible)』는 그의 창조의 책이다. 조이스는 "하느님 다음으로 많이 창조한 셰익스피어"와 함께, 그의 문학 세계를 창조한 하느님이요, 이는 그의 『피네간의 경야』에 깔린 기본적 원칙이다. 그가 『젊은 예술가의 초상』의 말에서 "나의 영혼의 대장간에서 나의 종족의 창조되지 않은 양심을 불리기(단조[鍛造]하기) 위해," 조국을 떠난 이래, 그의 『피네간의 경야』의 창조야말로 이러한 약속의 수행을 의미한다. 이를 위해 그는 작품 속에 세계 고금도처에서 여태껏 쓰인 이루 헤아릴 수 없을 정도의 성속(聖俗)의 책들을 함유하고 있다. 조이스가 자신의 책 속에 다른 책들을 적용했던 모든 방법은 그가 읽었거나 발견할 수 있었던 것들로부터의 단편을 선택하는, 또는 자신의 페이지들 속에 이들 단편들을 배포하는 스스로의 습관적 예술 행위에 기인한다.

이들 책들 가운데 조이스가 가장 많이 이용한 것은 물론 『성서』다. 『성서』는 서양 문학의 진수요, 조이스가 자신 속에 축적한 가장 중요한 지식원이기도 하다. 이는 조이스의 모든 작품들의 기본이요, 특히 『피네간의 경야』에 있어서 그에 대한 언급이 없는 페이지는 단 한 페이지도 없다. 『피네간의 경야』는 이른바, 수많은 "성전(聖典)"들, 불교신전, 유교신전, 이집트 신교 (神敎), 에다(Eddas)신화 등을 포함하고 있긴 하지만, 그러나 마치 그의 기본적 언어가 영어이듯, 그의 기본적 종교는 기독교 신앙이요, 『성서』가 그 주축을 이룬다.

이처럼 조이스가 수많은 성전으로부터의 인유를 사용하려는 것은 결과적으로 그 속에 포함된 창조의 신화를 자기 자신의 생의 이야기와 동일시하려는 데 있다. 그는 자신의 부친을 사랑하고 감탄했었다. 그러나 그의 부친은 또한, 가족이 감수해야 하는 모든 불행의 원인이기도 했다. 그의 『피네간의 경야』는 부친의 죄들, 자식들의 싸움 및 딸들의 간계에 대한 일련의 설명이다. 이들의 배후에는 다산과 비옥의 실질적 구체화인, 어머니의 모습이 언제나 도사리고 있다.

고대의 많은 종교들은 어머니 ― 여신의 존경에 기초를 두었는데, 『피네간의 경야』에는 그들의 많은 것이 암시되어 있다. T.S. 엘리엇의 말대로, 이들의(『성서』도 일종의 신화인지라.) "당대와 고대의 계속적인 평행(the parallel between antiquity and contemporaneity)"은 오늘의 카오스를 넘어 미래의 질서를 창조하기 위한 과학적 방법일 것이다.

조이스의 『성서』에 대한 지식은 그의 평소의 그것에 대한 탐독은 물론, 그가 소학교에서 대학까지 받은 가톨릭의 교육 및 가정적 배경, 특히 어머니의 영향에 기인한다. 그의 작품들은 성경에 대한 지식으로 마치 밤하늘의 별들처럼 사방에 흩어져 있다해도 과언이 아니다. 그는 『피네간의 경야』 속에 『성서』의 「구약(The Old Testament)」의 거의 모든 서(書; Books)들 (45개)의 제목을 포함하고 있다. 『성서』의 제목들의 인용은 『피네간의 경야』에서 아주 일찍이, 즉 작품의 서곡을 이루는 첫 4개의 구절들 직후에 시작한다. 여기서 『피네간의 경야』의 시조요, 주인공인 "동량지재 피네간(Bygmester Finnegan)"(4)이 『성서』의 첫 7서(書)들을 모세의 이름과 함께 소개한다.

『피네간의 경야』에서 『성서』의 「창세기(Genesis)」 이름이 기네스(Guinness's; 세계적으로 유명한 아일랜드산의 흑맥주)란 말로 변전된다. 이는 주인공인 핀(Finn)의 『피네간의 경야』와 부활의 창조주(創世酒)를 암시한다. 이러한 말의 수사(trope)는 앞서 인용구의 두 페이지 뒤에 다시 반복된다. "그를 종장(終長)의 침대에 눕히나니. 발 앞에 위스키병. 그리고 머리맡에는 수레 가득한 기네스 창세주. 총계 액주(液酒)가 비틀 만취를 자극하나니, 오!" (6.25~28) 죄의 모든 모습, 조이스의 주인공 죽음과 부활은 어떤 점에서 『성서』와 연결되고 있다. 「창세기」의 단 한 건도 『피네간의 경야』의 페이지에 언급되지 않는 것은 거의 없다. 과연 「창세기」의 사건들은 조이스에게 언제나 되돌아오는 역사의 순환에 따라 세계의 역사의 첫 순환으로 간주된다. 「창세기」의 추락은 모든 추락의 형태이요, 『피네간의 경야』의 추락은 창조의 원인이 된다. 이를테면, 「창세기」의 초두에서, 바벨탑은 조이스에게는 인간을 창조로 몰고 가는 죄의 한 예다. 그것은 건축자인 발부수(Balbus) 속에 의인화되어 있는지라, 그의 탑의 건립을 서술하는 구절은 『피네간의 경야』의 구절 속에 메아리치는바, 이는 작품 가운데 가장 풍부한 『성서』적 인유의 한 본보기다.

이브(Eve)의 창조는 『피네간의 경야』에서. 「창세기」 2장 21절과 평행을 이루는 말들로 서술된다.

> 왠고하니 연출자(요한 세례자 비커씨)는 태만자들의 조부 위에 깊은 무위면(無爲眠)을 내리도록 기인(起因)하게 했는지라 그리하여, 측산물(側産物)로서, 과거 신속히 현장에 키틀릿(육편;肉片) 사이즈의 배우자를 등장시켰는지라……(255.27)

이브는 『피네간의 경야』에서 아주 빈번히 언급되거니와, 정말 적합하게도, 작품은 그녀에 대한 언급으로 대단원의 막이 열린다. "강은 달라나니, 이브와 아담 성당을 지나……"(3.1) 작품 가운데 그녀에 대한 최후의 언급은 필경 최후 페이지의 "안녕이브리비아(Avelaval)"(628.6)일 것이다. 인류 최초의 서로 싸우는 형제는 「창세기」의 아벨(Abel)과 가인(Cain)으로서, 이들은 『피네간의 경야』에서 셈(Shem)과 숀(Shaun)의 최초의 화신이다. 아벨과 가인의 이름은 조이스에게 많은 언어유희를 위한 자료를 제공한다. "나는 가(可)인하지만 그대는 아(阿)벨 한고?"(287.11) 가인과 아벨과 함께 싸우는한 쌍의 형제의 신분은 다음처럼 암시된다. "그리고 페립스는 혹평하는 순경이 되고 말았으니. 그러나 그의 얼굴은 떨구어졌도다."(67.25)

노아(Noah) 또한, 『피네간의 경야』에서 여러 번 언급된다. 그는 대홍수이후로 지구에 인류를 퍼뜨린 족장으로서 중요하다. 그는 부(父)의 전형으로서, 적합한 인물이요, 술에 취하여 나신(裸身)이 되고 아들에게 발각되기도한다. 조이스는 그를 공원에서 죄를 저지르고, 나신이 되어, 3군인에게 발각되는 HCE의 전형으로 삼고 있다. 『피네간의 경야』에서 이 이야기에 대한많은 인유들이 있다. 그리고 많은 흩어진 암시들이 대홍수의 이야기 속의 사건들로 비교 된다.

> 그는 크리스티 코룸을 파견했는지라 그러자 그는 자신의 부리에 전과자의 주문부가물(注文不可物)을 물고 되돌아왔나니, 그리하여 다음으로 그는캐론 크라우 파견했는지라 그리하여 경찰관들이 여전히 그를 찾고 있도다.(496)

위의 문장에는 노아가 방주에서 내보낸 비둘기와 까마귀에 대한 암시가서려 있다.

여기에는 또한, 비치(T.M. Beach)에 대한 언급이 있는데, 아일랜드 역사상, 그는 비밀 봉사원으로 캐론(Henri Le Carron)의 이름을 지니며, "파넬위원회(the Committee Room)"〔『더블린 사람들』참조〕앞에 증언을 제시한자다. 한편, 크리스토퍼 콜럼버스(Christy Columb)는 부리로 나뭇가지를 물고 오는 대륙의 새의 광경에서 원기를 회복한다. 노아의 대홍수는 『피네간의경야』에서 조이스에 의하여 환(環)의 종말을 표(標)하는 도구로서 사용되거니와, 이는 환의 숫자인 1132의 수와 연관되기도 한다. 대홍수는 1132년 오

전 11시 32분에 일어난 것으로 전해지며, 11은 재생, 32는 낙하를 암시하기
도 한다.〔전출〕

그밖에도 『성서』의 등장인물들에 대한 인유는 부지기수이며, 그의 본문
의 인용구는 더 많다. 예를 들면, 「창세기」의 첫 행인 "애초에 하나님은 하
늘과 땅을 창조했는지라,"의 변형이 『피네간의 경야』에는 10회 이상 나온
다. "그의 말들 속에 시작이 있고, 신향(身向)하기 위한 두 신호측(信號側)이
있었는지라."(597.10)

(38) 불가타 『성서』

4세기에 이루어진 라틴어 역의 『성서』로서, 조이스는 이 고전에서 자
주 인용한다. 그는 셈이 그의 배설물로 잉크를 제조하는 묘사에서 "불가타
『성서』(Vulgates)"의 원문을 변형 없이 인용한다. "Lingua mea calamus
scrobae velociter scribentis(한편 나의 혀는 재빨리 갈겨쓰는 율법사의 펜이로
다)."(185.22) 그는 또한, 영어의 인용만큼 라틴어를 망가트린다. "Habes
aures et num videbis? Habes oculos ac mannepalpabuat?(귀를 가지고
볼 수 없는고? 눈을 가지고 느낄 수 없는고?"(113.29) "부루스와 카세우스"의 이
야기의 한복판에, 한 가닥 메시아의 예언이 "이사야 서"에서 인용되기도 한
다. "아가의 뭔가를 노래할지라. 버터와 벌꿀을 그가 먹을지니, 악을 거부
하고 선을 택할 지로다.(Butyrum et mel comedet ut sciat reprobare malum et
eligere bonum.)"(163.3) 『피네간의 경야』에는 HCE의 공원의 죄에 관한 일
련의 한결같은 암시가 서술되고 있는데, 이를 캠벨 (J. Campbell) 교수는 하
느님의 원죄와 연결시킨다.

그가 불륜의 죄를 범한 것은 자신의 주점 근처, 피틱스 공원(저 에덴동
산)에서인데, 이는 그의 생 — 악몽의 끝까지 그를 따라다닌다. 요약건대,
그는 피닉스 공원에서 한 쌍의 소녀들에게 염탐되거나 아니면 자기 자신
을 노출시킨다. 이 불륜의 행위는 세 술 취한 군인들에 의하여 목격되는

데, 그들은 자신들이 무엇을 보았는지 결코 확신할 수 없다…… 의심할 바 없이 그의 궁지는 원죄의 성질을 띤다. 그는 아담이 사과를 먹은 다음 경험하는 덧없는 죄를 분담한다."(Campbell 16)

조이스가 여기 그를 비난하는 죄는 구약상(舊約上)의 것으로, 이는 분명히 노아의 노출과 연관된다.

(39) 「신약」

『피네간의 경야』에는 또한, 「신약(The New Testament)」으로부터의 인용들이 무수하다. 그의 인용들은 작품을 통하여 비교적 균등하게 퍼져 있는데, 이들은 주로 4복음서의 각 부분으로부터 골고루 취해진 것들이다. 예를 들면, 「마태복음」 3장 4절에서 "메뚜기와 야생의 꿀"은 『피네간의 경야』의 "메뚜기와 야생의 봉밀"(184.20)에서 암시된다. 조이스의 "그대의 굴뚝새를 말(斗) 덤불 아래 감추지 말지니!"는 분명히 「마태복음」의 "말(斗)아래 빛에 관하여"(5. 15)를 메아리 한다. 그리고 『피네간의 경야』의 "소금처럼 맛있게"(483.23)는 「마태복음」의 "그러나 만일 소금이 맛을 잃으면,"(5.13)에서 분명히 따온 것이다. 들판의 수선화와 그의 모든 영광의 솔로몬과의 비유는 (「마태복음」 6.28) 『피네간의 경야』 속에 수차 나타난다. "내가 자주 야감(野感)하는 백합꽃처럼"(366.25)이란 구절을 비롯하여 조이스가 복음서의 등장인물들을 이용한 것이 자주 드러난다. "우리들의 네 복음외숙(福音外叔)들."(367.14) 이는 조이스의 4노인들로서, 이들은 분명히 4복음자들을 대표하도록 의도된 것이다. 마태, 마가, 누가, 요한, 그들의 이름은 작품에 한결같이 사용된다. 앞서 지적한 대로, 그들은 한 개의 단어로 축소된 채, 작품 속에 3번 기록된다, "마마누요(Mamalujo)"(397.11; 398.4; 476.32).

『피네간의 경야』의 제II부 3장인 "축제의 여인숙" 장면에서 HCE의 자기방어가 끝나자, 주점은 페리―보트로 변용하고 4복음자들은 그들의 꿈의 대저택에서 도래하는데, 이때 4복음적 상징이 나타난다. "천사의 신의전달

(神意傳達)? 명령수(命令獸)의 왕동굴(王洞窟)? 하립어피(魚皮)를 한 송아지? 저 집게벌레자질 하는 자?"(367.32). 이들은 「신약」에서 "네 살아있는 창조물들"("계시록")(4.7)로부터의 상징들이다. 그리스도의 성격이 셈과 숀 사이에 분담되고 있다. 그러나 숀이 주역을 하는데, 그의 29소녀들에게 행하는 설교는 그리스도가 예루살렘의 여인들에게 설교하는 것을 대표한다(이는 『피네간의 경야』의 제Ⅲ부 2장 모두를 커버 한다).(429~473) 십자가형(Crucifixion)이 작품 속에 여러 번 언급되는데, 예를 들면, 숀이 셈의 낭비와 꾀병을 바라는 장면에서. "오, 너는 자신의 참혹가정(慘酷假定)의 십자가에 묶인 명예 속에, 가통(架痛)하나니!"(192.18~19) 부활(Resurrection)은 『피네간의 경야』의 중요한 주제 중의 하나이거니와, HCE는 바로 부활의 의인화이다. 그는 자기 자신의 부활절을 의미한다. 왜냐하면, "그는 화성삼월(火星三月)의 22일 만큼 일찍이 시작할 수 있으나 이따금 발아월(發芽月) 25처녀일 전에 그만두나니."(134.12~13) 조이스는 이러한 부활의 주제를 단일어로 요약하는데, 이는 작품에서 밤의 종말에 새로운 날이 다가옴을 선언한다. "오라이(정렬)! 발부활(發復活)!(Array! Surrection!)" 등.(593.2)

(40) 성 케빈

위클로 주, 그렌다로우(Glendalough)에 7년 동안 홀로 살았던 은둔자요 성직자로, 기원 623년에 사망했다. 그는 밤에는 동굴에, 낮에는 호숫가의 한 공허하고 빈 나무 속에서 살았다 한다(오늘날 관광명소의 하나). 그러자 이전에 그렌다로우에서 그를 유혹했었던 한 젊은 미모의 처녀 캐슬린(Kathleen)이 다가온다. 케빈(Kevin)이 재차 그녀의 사랑을 거절하자, 그녀는 물에 빠져 죽는다. 많은 아일랜드 작가들, 예를 들면, 토머스 무어, 사무엘 로버, 조지 무어 등이, 이 케빈—캐슬린 전설을 토대로 시를 썼다. 『피네간의 경야』의 한 장면(605~606)에서 조이스는 성 케빈(St. Kevin)의 전설을 소개하는데, 이 구절은 가장 매력적인 묘사 중의 하나다.

〔캐빈의 욕조—세례—묵상〕영원토록 순결하게, 그런고로, 잘 이해하면서, 그녀는 그의 욕조욕제단(浴槽浴祭壇)을 중고(中高)까지 채워야 했는지라, 그것이 한욕조통(漢浴槽桶)이나니, 가장 축복받은 케빈, 제구위(第九位)로 즉위(卽位)한 채, 운반된 물의 집중적 중앙에, 거기 한복판에, 만자색(滿紫色)의 만도(晚禱)가 만락(漫落)할 때, 성(聖) 케빈, 애수가(愛水家), 자신의 검은담비(動) *대견(大肩)*망토를 자신의 지천사연(智天使然)의 요부(腰部) 높이까지 두른 다음, 엄숙한 종도시각(終禱時刻)에 자신의 지혜의 좌(座)에 앉았었는지라, 저 수욕조통(手浴槽桶), 그다음으로, 만국성당(萬國敎會)의 *도서박사(島嶼博士)*, 명상문(瞑想門)의 문지기를 재창조했나니, *비선고안(非先考案)*의 기억을 제의하거나 지력(知力)을 형식적으로 고찰하면서, 은둔자인 그는, 치품천사적(熾品天使的) 열성을 가지고 세례의 원초적 성례전(聖禮典) 혹은 관수(灌水)에 의하여 만인의 재탄(再誕)을 계속적으로 묵상했도다. 이이크,(606)

여기서 은둔자 케빈은 자기의 제단—터브(浴桶)(altare cum balneo)인 보트를 사용하여 호수 한복판에 있는 작은 섬으로 간다. 이 작은 섬에는 샘이 하나 있는데, 여기서 그는 물을 긷는다. 그는 거기 한 오두막을 짓고, 그의 마루에 웅덩이를 판 다음, 그곳에 물을 붓는다. 그런 다음 그는 그 물속에 앉아 명상을 시작한다. 여기 케빈이 앉아 명상하는 물은 "자매수(姉妹水; sister water)"로 불린다. 성인의 이 행위는 세례, 미사 및 결혼의 지품천사의 결합을 의미한다. 조이스의 앞서 구절의 종말 어인 "Yee"는 이 성인이 차가운 물 속에 앉을 때 내는 떨림의 소리를 암시한다.

(41) 코란

(아라비아어로 쓰인 이슬람교의 근본 성전으로, 알라신이 20여 년에 걸쳐 천사 가브리엘을 통하여 마호메트에게 하늘에 있는 "계전〔啓典〕의 모체"로부터 읽어 들려주었다는 계시를 사람들이 기억했다가 후에 집록〔集錄〕한 것, 모두 114수라〔sura; 장; 章〕로 됨.) 조이스는 코란(Koran)을 약간 자세히 공부했는데, 그가 손으로 하

여금 셈에 관해 말하게 했을 때, 이는 필경 자기 자신에 대하여 말하고 있는 듯하다. "나는 그의 (모르몬교의) 종 성당(정족수)의 이미지들을 온통 나의 수행원(망막) 상(上)에 따르나니, 마호메트(愚)하운 마이크."(443.1~2) 한 가지 의미의 수준에서 이는 조이스(그는 여기 자기 자신을 "마호메트 이슬람교도 아일랜드인"으로 장난삼아 부르고 있는지라)가 코란으로부터 수행원(망막)의 모든 이미지를 가진다는 것이다. 114수라의 각 장들은 약간 이상스러운 제목들, 이를테면, 개미, 꿀벌, 암소, 등을 이름 붙이고 있거니와, "수라"는 행(行) 또는 일련번호라는 뜻이다. 『피네간의 경야』에는 이 "수라"의 암시가 종종 나타나는데, 이를테면, "수라대위(帶圍)되었던(Surabanded)"란 말은 이슬람과 코란이 언급될 때마다 조이스가 "수라"의 제목들을 그의 텍스트 속에 짜 맞추고 있는바, 이는 독자에게 그걸 상기시키기 위해서이다.

"수라"의 제목이 짙게 나타나는 『피네간의 경야』의 구절에서 아라비아와 터키의 단어들의 예를 자주 포함하고 있거니와, 이를테면, 제I부 1장 말에서, "shebi(likeness)"; "adi(ordinary)"; "batin(belly)"; 및 "hamissim, hamisen"(29) 등이 있다. 이슬람교의 개조인 마호메트(모하메드; Mohammed, Muhammad)(570~632)의 이름이 『피네간의 경야』에는 많이 나타난다. 한 가지 예를 들면, 제III부 1장, "대중 앞의 숀" 장면에서 개미(숀)가 갖는 자신에 대한 불평에 응답하여 베짱이(셈)는 노래로서 그를 용서하는데, "그렇게 마호메드 촌(村)에 말하고 그대의 산(山)으로 가야만 하도다(So saida to Moyhammlet and marhaba to your Mount)!"(418.17)

이 구절에서 햄릿(Hamlet)은 모하메드와 결합하고 셰익스피어의 인물은 "my hamlet"과 연결하는 듯이 보인다. "Saida"는 아라비아어의 "Good evening"이요, "marhaba"는 "Good morning"의 아라비아어다. "Saida"는 또한, "said I"를 의미하며, 예언자의 양자(養子) Zaid의 이름을 함유하는데, 후자는 자신의 아내와 이혼함으로써, 마호메트가 그녀와 결혼할 수 있었다. 한 사람이 "Good evening"을 말하면, 다른 사람은 "Good morning"이라 말한다. "Mount"는 격언적으로 마호메트가 그곳에 가기를 거절했던 산(山)과 그가 자신의 최초의 계시를 받기를 요구했던 하이라(Hira) 산과 결합한다.

모하메드의 생과 성격의 몇몇 양상들이 작품에 노정 되는바, 이는 조이스에게 중요한 관심사였던 그의 성적 대담성과는 별개로, 작가 및 창조자로서의 자신의 면모를 포함시킨 듯 보인다. 모하메드는 자신의 사명을 계속하고 책을 쓰기 위하여 집을 떠나야 했던 망명자였다. 그는 조이스의 스티븐 데덜러스처럼, 자신의 종교적 신앙 때문에 어머니의 영전에 기도하기를 거절한 아들이었다. 이슬람교(Islam)는 『피네간의 경야』의 처음 부분에 나타남으로써 조이스에게 그 중요성이 인정된 듯하다. 이는 작품의 초두, 마지막 단어가 첫 단어와 결합하는 회귀(recorso)의 직후에, 그리고 모세 5경(Pentateuch)의 서(書)들의 제목과 얽히는 구절 거의 직후에 나타난다.

> 우리들의 입방가옥(立方家屋: cubehouse)이 계속 요동하는지라, 그의 아라바타스(arafata) 산의 천둥소리를 이목격(耳目擊)하듯 그러나 우리는 또한, 듣나니, 속세월(續世月)을 통하여 불사(不死)의 모슬렘돌(石)(muzzlenimiissilehims)의 초라한 잡창(雜唱)이, 천국에서부터 여태껏 투낙하(投落下)한 백석(白石: whitestone)을 불량배행(不良輩行)하곤 하는지라. 그런고로 실견(實堅)을 탐(探)하는 우리를 지지할지라, 오 지주신(支柱神)이여, 무슨 시간에 우리가 기상(起床)하든 그리고 우리가 언제 이쑤시개를 집든 그리고 우리가 피침대(皮寢臺) 위에 동그랗게 눕기 전에 그리고 밤 동안 그리고 별들의 소멸시(消滅時)이든! (5. 14~21)

여기 인용된 다소 긴 구절에서 "입방가옥"은 모하메드의 세계의 중심인 Ka´aba의 문자 그대로의 번역이요, "아라바타스"는 메카(Mecca) 근처의 평원과 언덕으로, 거기에서 모든 순례자들은 그들의 순례의 제9일째 정오부터 해거름까지 휴식했었다. "백석(白石)"은 Ka´aba의 유명한 흑석(Black Stone)으로, 그것이 천국의 낙원에서 내려왔을 때는 밀크처럼 백색이었으나, 결국 지상의 인류의 죄에 의하여 흑색으로 변한 것으로 전한다. "불사의 모슬렘 돌"은 순례의 의식에서 악마를 내쫓기 위해 던져진 돌이다.

(42) 에다 신화

주로 고대 북구의 아이슬란드 신화 및 전설 집으로, 비평가 버전(Frank Budgen)은『진행 중의 작품의 정도화(正道化)』에서 조이스의『피네간의 경야』에서 "고대 북구시(Old Norse Poetry)"의 사용을 지적한다.『피네간의 경야』에서 에다(Edda)에 대한 많은 언급들이 나온다. 조이스는『피네간의 경야』자체를 작품 속에서 "본(本) 빙토의 집게빌레 북구 전설집(this Eyrawyggla saga)"(48.16)이라 칭하고 있다. 한 경우에, 에다가『아라비안나이트』의 이야기와 결합할 때, 그의 제목에 대한 설명이 서술된다. 이는『피네간의 경야』의 새벽의 도래를 설명하는 대목 가운데, "심지어 명부(冥府) 및 불량계(不良界)의 백환(百環) 및 사악(邪惡)한 이교도 책자(冊子)에도 그리고 묘(墓), 임종(臨終) 및 공황(恐惶)의 기이(奇異)하고(eddas) 괴상(怪狀)한 책에도 일어날 법하지 않는,"(597.5~8)이란 구절 속에 보인다.

그러나 조이스는『피네간의 경야』를 통하여 이 에다의 작문에 관해 확실성을 갖지 못한다. 마마누요 장면(제II부 4장)에서 그는 의아해하는지라, 가로되. "어찌 그것이 모두 그들에게 와일(渦日)하며(eddaying) 다시 생각나게 했던고……."(389.21) 룬 문자(Runes)가 이따금『피네간의 경야』속에 언급된다. "룬 석문자를 읽는 자는 사방문(四方文)을 말할 수 있도다."(18. 5) 그리고 "세상은…… 지금도, 과거 그리고 미래에도 영원히 그 자신의 룬 석문자를 쓰고 있을지니."(19.36) 조이스는 룬 단어의 마력에 관한 자신의 의견을 지녔던바, 여기서 북구의 룬 문자와 이집트의 마력의 단어를 동시에 언급한다. 그는 룬 알파벳에 대한 북구 명을 작품에 사용하기도 한다. "더욱이(Futhorc, 신비의 룬 철자), 이 여인 형은 만인을 위한 부싯돌이라……"(18.34) 북구 신을 포함하는 구절은 이씨에 의하여 수업시간 장면(제II부 2장)에 그녀의 각주로서 언급된다.

자연은 그에 관해 누구에게나 말할 테지만, 나는 최락경기(最樂競技)의
모든 룬 규칙(runes)을 나의 나이 든 북구유모(北歐乳母) 아사(Asa)에게서
배웠나이다. 가장 모험적 노파요, 그녀는 전심(全心) 및 사언(四言) 우라질
모든 걸 잘 알고 있었나니." (279.27~8)

여기 유모 아사(Asa)는 북구 어의 신(god)을 영어로 부른 것이다.

이씨는 또한,『피네간의 경야』에서 "Thor"를 수없이(약 30회) 들먹이는
데, 이 우레(thunder)의 이름은 북구 신화에서 가장 인기 있는 신으로, 천둥
을 야기하기도 한다. 고대 북구의 단어들이, 특히 제II부 2장에 많이 사용
되고 있다. 예를 들면, "fjaell"(261.3)로서, 이는 산(山)을 의미하고, "lok-
ker"(270.21)는 유혹자를 뜻한다. 특히 조이스는 에다의 특별한 단어 "ken-
ning"를 사용하는데, "그의 완곡(婉曲)을 통곡할지라(keen his kenning."
(313. 31). 이 표현은 노르웨이 선장의 구절에서 서술되는바, 여기서 HCE는
Odin(앞서 Thor의 아버지)으로, 그의 갈 까마귀들에 의하여 보인다. "눈물 흘
리는 늙은 까악까악 까마귀에게 경칠 비둘기 감성(甘聲)을 꾸꾸꾸 이야기할
지니……"(327.36)

(43) 조이스의 동양 종교

조이스의 동양 종교에 대한 경험은 1936년 훨씬 이전에 시작되었다.
(Atherton: 225) 당시 더블린에는 러셀(G. Russell)을 위시하여 그의 신지학
(神智學), 접신론 등과 함께 비교론적 불교(Esoteric Buddhism)에 대한 화제
가 유행했었다. 이는『율리시스』에서도 수없이 언급되거니와, 조이스는 이
들의 공허한 이상주의를 탐탁하게 여기지 않았다. 『피네간의 경야』에서 그
는 불교를 존경심을 갖고 다루는 듯 보이지는 않는다. 여기 불타(Buddha)는
다른 모든 남신(男神)들처럼 부(父)의 모습을 띤다. 그는 단순히 HCE의 한
양상일 뿐이며, 그런 점에서 그는 "과오를 범하는 그리고 용서받을 수 있는,
인간적, 우리들의 무슨 우국(牛國)의 상들"(58.18) 중의 하나이다. 불타는

『피네간의 경야』에 종종 언급된다. 그리고 그의 계모(Mahaprajapati)도 가끔 눈에 띈다.(59.18) 불타의 아들인 Rahula는 『피네간의 경야』에서 Rahoulas 로 불린다.(62.5) 불타에 대한 또 다른 언급은 그를 이상한 무리들 사이에 끼우고 있는바. "그리하여 고안아(高眼我)는 아서 웰슬리경(卿) 연맹 휘하(揮下)의 아일랜드육군기병대(愛蘭陸軍騎兵隊; Sirdarthar Woolwichleagues)에 예속했는지라."(347.9~10) 그런데 이는 Siddartha Gautama(Buddaha)를 웰링턴 공작과 결부시키고 Sandhurtha(육군 아카데미)와 Woolwich(기병대)사이에 끼워 넣고 있다.

조이스에게 불타(Buddha)와 웰링턴 공작은 둘 다 건설자들이 아니고 파괴자들이었다. 그는 재탄생이야말로 죽음, 즉 무식의 결과, 불만의 욕구 및 슬픔의 원인에 대한 보상이라고 믿었다. 조이스가 힌두교의 비슈니즘(Vishnuism)과 불교를 결합한 것은 재탄생에 대한 그들의 주장 때문이다. 여기 "그들이 불타 신을 마약인(痲藥引)함에" 있어서 불타는 "무대 배경에 나오는 영화인물"(602.27), 즉 자가노트(Juggernaut; 인도신화의)로서 취급된다. 『피네간의 경야』의 이 구절은 HCE의 임박한 몰락을 언급하는 대목이다. 불타가 언급되는 최후의 경우는 유대교의 신년 및 러시아 장군에 대한 언급과 같이하는데, 이는 망우수(忘憂樹; lotus)에 대한 언급을 뒤따른다. 그것은 "망우수의 보석"으로 알려진 유명한 불타의 기도를 암시한다.

바로 최근망우수(最近忘憂樹) 속에 꽃피면서 그리고 하인(何人)에게도 뒤지지 않게, 블더획(獲)! 당신이 벅클이 탄일복(誕日服)을 입으면 샤론장미(薔薇)에 가까운지라.(620.2~4)

이 구절은 ALP의 최후의 독백 장면으로서, 여기 그녀는 남편을 자랑한다.

(44) 공자

『피네간의 경야』에서 공자(孔子; Confucius; Kung fu-Tze)는 다음과 같이 기술된다.

> 공자혼자(孔子混者)의 영웅두발(英雄頭髮)의 가장 소통(笑桶)스러운 통모(桶帽)를 지녔는지라 그리하여 그의 토실토실 뚱뚱한 지나(支那)턱은 마치 타이성산국(聖山國) 주변의 걸음마 발의 캥거루를 닮았도다.(131.33~35)

조이스는 가끔 "confucion"이란 단어를 공자를 암시하는 언어유희로 사용한다. "—지옥의 공자(孔子) 및 자연력(自然力)이라! 과과(過過) 다다(多多)!(Hell's Conficium and the Elements!)로다."(485.35)

『피네간의 경야』의 말에 접근할수록 산스크리트어(Sanskrit; 범어)의 사용이 눈에 띈다. 예를 들면, 영겁 사이의 황혼을 나타내는 "성화! 성화! 설화(Sandhyas! Sandhyas! Sandhyas)!"(593.1)[엘리엇의 『황무지』의 주제]는 힌두, 불교 산스크리트의 결합으로, 무극의 우주 환을 뜻한다. 여기 회귀(*recorso*)의 장(제IV부 1장)에서 천사들의 목소리가 새날의 여명을 기원한다.

(45) 『피네간의 경야』의 기호들

조이스는 『피네간의 경야』에서 인물들을 특징짓기 위하여 기호(sigla)를 고안한다. 예를 들면, E, △, ∧, ⊂, ▢, I, 등이 그렇다. 그는 또한, 작품 자체의 제목의 상징으로서 이들을 들고 있다. 기호들은 조이스의 서간문들, 『피네간의 경야』의 노트 및 원고 그리고 작품 최후의 출간된 모양 속에 나타난다. 이는 각 특정 인물의 속기적(速記的) 신분의 형태를 나타낼 뿐만 아니라, 그들의 성격이나 주제적 특색을 나타내기도 한다. 예를 들면, E는 HCE의 것으로, Ⅲ로 표기하면, 그가 뒤로 벌렁 두러 누운 집게벌레처럼 무력한 상태이며, 나아가 산(山)(山)의 형태로 그의 거구를, 그리고 ⊐로 포기하면 영국 남부지방의 고인돌 또는 환상초석(環狀礎石)이요, 곤충이나 신을 위한 의식의 제단 구실을 한다. △은 ALP의 것으로, 여성의 그리고 리피 하구의 델타를 상징하거나, 풍요의 땅을 암시한다. ∧와 Ⴀ는 HCE의 쌍둥이 자식들인 숀과 셈을 각각 상징한다. 전자는 ALP(△)와 성격적 유사성을 띠지만, 그의 비타협적 편협성은 그녀의 밑 빠진 ∧가 된다. 반면에 HCE(⊞)와 유사한 성격을 지니는 셈은 부친의 정력을 미치지 못하며, 남성의 성기가 없는 상태다.

(46) 캠벨

미국의 저자로서, 민속과 신화에 관한 비평가 및 권위자로서, 그의 가장 잘 알려진 작품은 아마도 『1천의 얼굴을 가진 영웅(*The Hero with a Thousand Faces*)』과 『하느님의 마스크(*The Masks of God*)』(전 4권, 1959~68)일 것이다.

캠벨(Joseph Campbell)의 현대 생활에 있어서 신화와 예술의 의미에 대한 흥미는 그를 조이스 작품들의 영구로 인도했다. 로빈슨(Henry Morton Robinson)과 함께, 캠벨은 1944년에 『피네간의 경야의 골격 열쇠(*A Skeleton Key of Finnegans Wake*)』를 발표했는바, 이는 조이스의 최후 작품에 대한 극히 영향력 있는 연구서다. 이 연구는 『피네간의 경야』의 구조적 분할, 이야기 줄거리의 자세한 개론 및 그의 텍스트의 석의(釋義)다. 비록 그것은 『피네간의 경야』의 신화적 차원을 지나치게 강조한 것으로 사료되지만, 수년 동안 작품의 독자들에 의해 사용된 지배적 보조 참고서의 하나였다. 이 고전적 서적은 일반인에게 지나치게 난해하여, 본서 서문에 밝힌 대로, 그가 이를 다소 쉽게 개조한 이유가 여기 있다.

(47) 사상파 운동

사상파 운동(Imagist Movement)은 1909년과 1918년 사이 당시 파운드(Ezra Pound)의 관심을 지닌 시의 유형을 특징짓는 심미적 가정을 위한 넓고, 협동적이요, 지적 기초를 마련하기 위해 정의되고 창조된 문학적 그룹이다. 전 세기의 낭만주의와 아주 닮은 사상파들은 보통 통속적 말씨의 언어를 사용한 시 쓰기를 추구하고, 상투어를 피하며, 그대신 의미를 공급하기 위해 분명한 단어들을 발견하는 것을 추구했다. 사상파들은 새로운 시적 무드를 공급하고, 그들의 주제의 선택에서 절대적 자유를 행사하기를 원했다. 그리고 마지막으로, 그들은 이미지들—자주 그들의 개요에서 거칠고 정확한 묘사를 제시하려고 노력했으며, 이것이 시의 바로 본질이라 믿었다.

비록 파운드는 리처드 알딩턴(Richard Aldington)이나, H.D.(Hilda Doolittle)와 같은 시인들에게 그 말을 적용했지만, 당대의 여류 시인 아미 로웰(Amy Lowell)이 그녀의 시론을 "아미지즘(Amygism)"으로 행사하는 것을 조소하면서, 그녀와 다툼 끝에 그 운동으로부터 이탈했다. 사상파 운동은, 그러나 파운드가 그의 1914년의 『사상파(*Des Imagists*)』라 칭하는 그의 시집에 조이스의 「실내악」 중 최후의 XXXVI 수인, "나는 군대의 소리를 듣는다(I Hear an Army)"의 게재를 허락했을 때, 그와 조이스와의 접촉의 기초를 마련했다. 이 시는 1914년에 출판되었다.(『서간문 II, 328 참조) 동시에, 조이스의 초기 작품의 특징들이 이미지스트의 신조와 우연히 일치하는 듯하는 동안, 조이스의 이러한 생각을 극한까지 추구했다. 예를 들면, 『율리시스』의 캐립소 에피소드의 종말에서 화장실 장면의 묘사는, 심미적으로 한층 보수적인 파운드와 그의 허락을 파기를 야기 시켰다. 그러나 특히 『피네간의 경야』에서 문체상으로 산문시 응축의 언어 및 문체의 양상은 사상파시의 영향과 효과를 현저하게 띤다. 파운드는 페놀로사(Fenollosa) 부처를 도와 한시(漢詩)를 영어로[또는 거꾸로] 번역한 것으로 유명하다. 페놀로사는 "시적 번역의 목적은 사전적 말의 정의가 아니라, 시 자체"라고 쓴 바 있다.

아래 파운드의 사상파시의 원칙(criteria)을 들면,
1) 주관적이든 객관적이든, "사물(thing)"의 직접적 취급
2) 진술(presentation)에 공헌하지 않는 단어의 절대적 금지

3) 음률에 관하여: 박절기(metronome)의 연쇄로가 아닌 음악적 구절의
   연쇄로의 시작(詩作)

(48) 유진 조라스

유진 조라스(Eugene Jolas; 1894~1952)는 미국의 작가요, 편집자로서,
그의 아내 마리아 조라스 및 앨리엇 폴(Paul)과 함께 실험 문학잡지인, 『트
란시옹』을 설립했으며, 이 잡지는 다른 것들 사이에 『피네간의 경야』의 연재
를 가장 많이 출판한 것으로 유명하다.

조라스는 뉴저지의 유니언 시에서 탄생했으나, 그의 생애의 비교적 어
린 시기에 미국 사회의 산업상의 초점에 환멸을 느꼈다. 1925년에 마리아와
의 결혼 후에, 부처는 파리로 이주했다. 조라스는 파리의 "셰익스피어 출판
사(*Shakespeare and Company*)"의 설립자인, 실비아 비치(Silvia Beach) 여
사를 통해 조이스와 친근하게 되었으나, 그들의 우정이 굳건해진 것은 단지
『피네간의 경야』 첫 부분의 초기 원고가 읽힌 1926년 12월 12일 이후의 일
이었다.

「트란시옹」의 편집에 첨가하여, 조라스는 그의 가장 훌륭한 작품인 『밤
의 언어(*The Language of Night*)』에 『피네간의 경야』의 초기 단편들을 게재
했고, 자신의 논문을 『진행 중의 작품의 정도화(正道化)』에 기고했다. 그의
논문은 「언어의 혁명과 제임스 조이스」라는 제목으로, 당시 잡지에 언어와
이미지를 위한 조이스의 비 인습적 응용을 옹호했다. 그는 1928년의 10월
에 출판된 『아나 리비아 플루라벨』의 서평에서 아일랜드의 작가 진 오파라
인(Sean O'Faolain)에 의해 이루어진 비평에 담합 했다. 그는 어떻게 우리가
조이스의 산문을 읽을 것인가의 몇몇 예를 제시함으로써, 그의 논설을 계속
한다. 그는 나중에 사무엘 베케트로부터 『아나 리비아 플루라벨』을 불어로
번역하는 데 도왔는지라, 이 일은 결국 성취되었다. 이것은 1931년 5월 1일
에 출간되었다.

조라스와 그의 아내는 그들의 밀접한 직업적 상관관계에 첨가하여, 조이스 및 그의 가족과 강한 개인적 유대를 가졌다. 그들은 특별히 1930년대 동안과 루치아 조이스의 정신병의 악화 동안, 상호 우호적이었고, 1940년에 독일의 파리 점령을 피하여 그곳으로부터 도피했다. 조라스와 조이스의 부수적 세목은 그들의 많은 서간문에서 발견된다.

(49) 마리아 조라스

마리아 조라스(Maria Jolas; 1893~1987)는 파리에 살던 미국의 국외 추방자로, 그녀는 남편 유진 조라스 및 엘리엇 폴과 함께, 「트란시옹」지를 설립했는지라(1927~30), 이는 1927년 4월부터 1938년 4~5월을 통해 당시「진행 중의 작품」으로 알려진, 『피네간의 경야』로부터 많은 에피소드들을 출판했다.

마리아 조라스는 미국 켄터키 주의 루즈빌에서 태어났다. 1925년 유진 조라스와 결혼한 후에, 그들 부부는 파리로 이주했다. 거기서 그녀는 조이스를 만난지라, 그와 함께 그녀의 남편 유진은 이미 1926년 12월 12일에, 실비아 비치를 통해 『피네간의 경야』의 첫 부분의 독회로서 서로 친근해졌다.

마리아 조라스는 조이스의 딸 루치아가 점진적으로 악화해가는 정신병을 앓는 동안, 조이스 가족을 위해 많은 정서적 지지를 마련했다. 그녀는 또한, 『피네간의 경야』의 생산의 다양한 단계를 통해 극진한 도움을 마련했다. 1939년 12월에 독일 점령에 의한 파리로부터의 도피와 1940년 12월의 스위스로 그들 최후의 이주 사이에 마리아 조라스는 조이스 가족으로 하여금 비점령국 프랑스의 한 마을의 생활을 정주하는 데 도왔다. 「트란시옹」에서의 그녀의 작업과 그녀의『피네간의 경야』의 도움에 첨가하여, 그녀는 다수 작가들의 작품들을 번역했다. 조이스 가족과의 조라스 내외 우정의 부수적 세목을 위한 그들의 40여 통의 편지가 있다.

10. 『피네간의 경야』어의 실체

유진 조라스(Eugene Jolas)는 「진행 중의 작품」에 실린 그의 「언어의 혁명과 제임스 조이스」라는 글에서, 『피네간의 경야』어의 실체를 다음과 같이 적고 있다.

제임스 조이스는 그의 단어들에 인습적 표준이 알지 못하는 냄새와 소리를 준다. 그의 초—시간적 및 초—공간적 작문에서, 언어는 우리들의 눈앞에 새롭게 탄생되고 있다. 각 장은 그 내용에 비례하여 전혀 다른 내적 음률을 지닌다. 단어들은 딱딱하고, 과격한 말투 속에 압축된다. 그들은 바닷속으로 흘러들어 가는 리피강의 템포를 지닌다. 현상의 세계가 보여주는 모든 것, 자율적 생활이 보여주는 모든 것은, 그가 수행하는 거대한 철학적 및 언어적 패턴과 연관하여 그에게 흥미를 주는 원칙이다. 그의 단어들을 가로질러 인간의 요소는 어떤 이상하고, 도피할 수 없는 숙명의 수동적 대리자가 됨은 두말할 것 없다.

『율리시스』의 제3장에서 스티븐 데덜러스가 명상하듯, "가청적인 것의 불가피한 양상(the ineluctable modality of the audible)"에 민감한 조이스가 사람들이 「진행 중의 작품」(『피네간의 경야』의 초기 명)을 큰 소리로 읽는 것을 들은 것은 그의 테크닉의 거대한 음운적 미를 알고 있기 때문이다. 그것은 음악적 흐름으로, 귀를 즐겁게 하고, 자연의 작품들의 조직적 구조를 지니며, 귀에 의해 형성된 모든 모음과 자음을 애써 변형한 것이다. 다음 발췌문은 『피네간의 경야』 제I부 7장의 후반에서 아우 숀이 형 셈을 비난하는 글인지라, 그를 크게 읽음은 이러한 생각에 이바지하리라. "귀는 모든 이에게, 입은 소수에게 열리기" 때문이다. 〔독자는 유감스럽게도 아래 구절이 번역문이라, 그의 음률을 『피네간의 경야』의 실체처럼, 들을 수 없거니와.〕

거기 그대 곁에 성장하고 있었나니, 세습—유보장의, 야만가(野蠻街),

노변야숙(路邊夜宿)에서, 제일 발 빠른 자의 우리들의 기도들 사이, 바보, 실직당하여, 불세(不洗)의 야만인으로부터 밀려난 자, 권위에서 도피하여, 그대 자신에 묻힌 채(나는 상상컨대 그대 알리라 왜 꾀병 자가 숨어 있는지, 그가 기어오를 고무나무 없기 때문이라), 저 타자, 무구자(無垢者), 머리에서 발끝까지, 나리여, 저 순결의 자, 고시(古時)의 애타진자(愛他眞者), 자신 하늘나라로 도망치기 전에 천계(天界)에 잘 알려졌던 그이…… 천사들의 짝 친구, 저들 신문 기자들이 그를 놀이 친구로서 그토록 시시하게 바랐던 한 청년…… 화석치원(火石稚園)으로 끌어내기 위하여, 제발, 그리고 그의 스케이트를 가져오게 하고 그들이 자부(慈父)가 사는 커다란 적정(適正)의 가정에서 모두 진짜 형제들인 양, 동경하고 만족하고, 그로부터 생명을 공취(恐取)하기 위하여 그리고…… (191.9~24)

우리들 일상의 영어는 그것의 보편성 때문에, 조이스에 의하여 상상된 글줄들에 따라 재현을 위해 특히 적합한 듯하다. 그의 영어 단어 형태와 탈형(脫型)은 여러 타수 이상의 외래어들로부터 야기된다 할지라도, 그의 외형적 배경으로서, 현재 및 과거의 대영제국에서 말해지는 언어를 택한다. 그는, 분명히, 어떤 당황스러운 『피네간의 경야』어를 창조했지만, 이는 그것의 정신 속으로 들어가려는 사람들을 위해 새로운 풍요와 힘을 지닌다. 심지어 그의 문체의 동시적 흐름은 전통적 구문의 형태를 무시하는 그의 생각에 의해 도움을 받기 마련이다. 언어유희를 사용하면서, 조이스는 독자들의 조롱에도 불구하고, 수많은 교묘한 새 윤곽을 우리에게 주는 데 성공했다.

여기 어느 문학이고 최초로, 조이스의 새 시도야말로 꿈의 저 거대한 세계, 기억되거나 억제된 사건들의 저 비논리적 연쇄, 지금까지 삼투불가처럼 보였던 마성적(魔性的) 유머와 매직의 저 우주를 서술하기 위해 실질적으로 새 언어를 창출하는 데 성공했다. 한 가지 예로, 호프트만(Gerhart J. Hauptmann)〔독일의 극작가, 1862~1946, 초기 자연주의의 개척자, 노벨 문학 수상자〕은 그의 『한넬레의 승천(Hannele's Himmelfarrt)』이란 연극에서 꿈의 상태를 제시하려고 시도했지만, 실질적 표현에 관계하는 한 낡은 언어의 문학적 개념들에 묵혀 있었다. 잠자는 마음의 동력은 인간적 및 비조직적 진화에 연관된 모든 공간뿐만 아니라, 과거, 현재, 및 미래를 다 함께 회오리치게 하는 상상력과 함께 제시되어야 한다.

또한, 여기 조이스는 호프트만의 『해뜨기 전의(*Before Sunrise, Vor Sonnenaufgang*)』이란 연극을 번역했거니와, 〔그는 1900년의 여름 그의 부친과 함께, 언어적 및 심미적 훈련을 위해 마린거〔중부 아일랜드 도시〕를 방문했을 때, 이를 번역했다(『영웅 스티븐』, XXVI 장 참조) 그는 또한, 이 기간에 호프트만의 『마이클 클라마(*Mixhael Kramer*)』극을 번역했는바, 『더블린 사람들』의 "참혹한 사건"에 언급되고 있다. 그의 극의 문체는 당시 조이스가 취했던 심미적 견해에 적합했는지라, 독일 극작가의 대화를 환기적(喚起的) 영어로 번역하는 도전이 조이스의 언어적 및 예술적 야망에 감동을 주었기 때문이다. 〔1978년에 미국의 헌팅턴 라이브러리는 퍼킨즈(Jill Perkins)의 소개와 함께 『조이스와 호프트만: 해뜨기 전』이란 제목으로 그의 번역문을 출판했다.〕 조이스가 독일어를 영어로 번역하는 과정에서 나온 다음의 한 구절은 이러하다.

> 그러나 이러한 주제를 개발하는 데 있어서, 잠의 요소들은 참된 밤의 언어가 관계하는 한, 결코 타당하게 서술되지 않았다. 분명히 우리는 잠자는 동안 우리들이 깨어 있을 때 쓰는 것과 같은 똑같은 단어들을 쓰지 않는다. 만일 그대가 자신의 꿈의 서술적 사건들을 문자화하는 실험을 행한다면, 그대는 영원히 이러한 어려움에 봉착할 것이다. 자신의 꿈을 우리에게 전달하려고 애써왔던 모든 작가는 그의 제시적(提示的) 및 말의 매개물의 불적합성에 봉착해 왔다. 왜냐하면, 뭉크러진 필름 및 동작에서 일어나는 단어들의 실질적 기계장치를 통해 부동하는 꿈의 망가진 이미지들은 급진적으로 새로운 태도를 필요로 하기 때문이다.

『피네간의 경야』에서 조이스는 우리에게 이러한 꿈의 언어의 해결을 마련하고 있거니와, 그의 언어는 이러한 필요와 취지에 해당한다. 작품의 한 구절에서 HCE(또는 Finn)의 꿈의 생리적 서술을 아래 귀담아 들어 보자.

> 그는(HCE) 대지면(大地眠)으로부터 경각(經覺)할지라, 도도한 관모(冠
> 毛)의 느릅나무 사나이, 오—녹자(綠者)의 봉기(하라)의 그의 찔레 덤불 골
> 짜기에(잃어버린 영도자들이여 생(生)할지라! 영웅들이여 돌아올지라!) 그리하여
> 구릉과 골짜기를 넘어 주(主)풍풍파라팡나팔 (우리들을 보호하소서!), 그의
> 강력한 뿔 나팔이 쿵쿵 구를지니, 로란드여, 쿵쿵 구를지로다.(74.1~5)

위의 구절에서 HCE(Finn)는 그의 예견되는 부활을, 그 뒤로 그에 관해
아무것도 들리지 않았거나, 그가 시야에서 사라졌어도, 그는 대지 면으로부
터 강력한 뿔 나팔에 맞추어 다시 깨어나리라. 그는 찔레꽃들 속의 한 그루
느릅나무 마냥 부활하여 노래하리라.

그리고 잇따른 구절은, 그 부활의 날에는 모두들 그의 하느님의 부름에
다시 운집하리라. 언덕과 골짜기에 그의 강력한 뿔 나팔이 다시 울리리라.
그의 하느님은 그를 부를지니. HCE는 라틴어로 물으리라. *"하느님 맙소
사, 당신은 제가 사멸했다고 생각하나이까?"* 여기 화자는 오늘 침묵이 그대
(HCE)의 회당에 있으나, 다환(多歡)의 소리가 밤공기 속에 울릴지로다, 라
고 창가 한다. 그리고 다시 이어지는 구절에서,

> 빈간(貧肝)? 고로 그걸로 조금! 그의 뇌흡(腦吸)은 냉(冷)하고, 그의 피
> 부는 습(濕)하니, 그의 심장은 건고(乾孤)라, 그의 청체혈류(青體血流)는 서
> 행(徐行)하고, 그의 토(吐)함은 오직 일식(一息)이나니, 그의 극사지(極四
> 肢)는, 무풍(無風) 핀그라스, 전포인(典鋪人) 펜브록, 냉수 킬메인함 그리
> 고 볼드아울에 분할되어, 지극히 극지(極肢)로다. 등 혹은 잠자고 있나니.
> 라스판햄의 빗방울 못지않게, 말(言)은 그에게 더 이상 무게가 없도다. 그
> 걸 우리 모두 닮았나니. 비(雨). 우리가 잠잘 때. (비)방울. 그러나 우리
> 의 잠이 멈출 때까지 기다릴지라. 방수(防水). 정적(停滴)(방울).(74.13~19)
> 〔HCE는 스웨터를 걸치고 장화(長靴)를 신고, 자신이 다시 부활하여 관
> (棺) 곁에 앉아 있으리라.〕

위의 구절들에서, HCE는 여기 잠의 모든 생리적 효과를 드러낸다. 그가 잠들자, 도시(리버풀, 더블린)를 닮았다. 낱말들은 더블린의 하수를 씻어 내리는 빗방울 마냥 그를 씻어 내린다. "핀그라스, 펜브르크, 킬메인함 그리고 볼드로일의 빗방울."

상기 구절들에서 읽듯, 초기의 윌슨(Edmund Wilson; 1895~1972) 교수는 일직이 『피네간의 경야』를 가리켜, "수법에서 뿐만 아니라 개념상으로 지금까지 쓰인 가장 대담한 책 중의 하나요…… 위대한 문학 작품"이라 평했다. 우리들 독자가 『피네간의 경야』의 텍스트를 읽을 때, 제일 먼저 봉착하는 놀라움은 그 자체가 일견하여 거의 읽을 수 없다(unreadable)는 사실이다. 특히, 작품을 쓴 단어들, 즉 어휘들은 지금까지 우리가 경험하지 못한 생경한 언어의 아수라장 같은 느낌으로 다가온다.

위의 서술들 속에 실감하듯, 『피네간의 경야』에 관한 윌슨의 논문인 "H.C. 이어워커의 꿈"은 조이스 연구에 있어서 또 다른 중요한 분수령을 기록하거니와, 그 이유인즉, 이 논문이야말로 작품의 지적 활력의 분석을, 『피네간의 경야』가 10여 년 동안 행사하는 동안, 인기 있는 접근 및 옹호를 미국의 청중들 앞에, 제시했기 때문이다. 조이스 작품의 언어를 레빈(Levin) 교수는 "무법의 언어(the language of outlaw)"라고 선언했거니와, 이는 지상에 처음 보는 제3의 언어처럼 느껴진다. 그러나 우리가 텍스트를 자세히 보면, 그의 절반 이상이 영어임을 알 수 있거니와, 비평가들은 작품의 신기하고 이상스러운 언어를 "우주어(universal language)", "초음속어(ultrasonic language)", 또는 "꿈의 언어(language of dream)"라 부른다. 조이스는 기존의 영어를 파괴하고 있는 듯한데, 이러한 생각은 『피네간의 경야』의 제I부 7장에서 셈의 허황된 야망이 이를 반증한다.

……만일 압운(押韻)이 이치에 맞아 그의 생명사선(生命絲線)이 견딘다면, 그는 비유적다음성적(比喩的多音聲的)으로 감언(敢言)하거니와, 모든(샛

길) 영어 유화자(幽話者)를 둔지구(臀地球)(어스 말) 표면에서 싹 쓸어 없애 버리려고 했도다.(178.5~7)

사실상, 『피네간의 경야』는 그 난해성으로 오늘날 세계에서 가장 덜 읽히고, 덜 이해된 책 중의 하나다. 비록 심각한 그리고 통찰력 있는 학자라 할지라도 이 작품은 이해하기 힘들고 그의 혁명적 언어와 기법은 이질적이요 기괴하게 생각한다. 『피네간의 경야』는 그것의 발명된 새로운 언어, 즉 밤의 또는 무의식의 언어와 함께, 한 우주의 발전적 전형으로서 그 위치를 차지한다. 인간의 꿈은 시공간을 초월하거니와, 이 새로운 언어는 꿈의 변화무쌍한 굴절성을 표현하기 위한 언어 수단으로, "말의 혁명(Revolution of the Word)"으로 통한다. 나아가, 그의 "혁명"에는 기존의 언어들을 다시 짜 맞춤으로써 새로운 신조어를 만드는 "제2의 혁명"을 필요로 한다. 그럼, 조이스의 "마성적(魔性的; diabolic)" 언어의 의도와 목적은 도대체 무엇인가? 이에 대해 레빈은 "동시적 면(面)위에 인간의 경험의 총화를 한꺼번에 품은, 즉 천년(millennium)의 무시간성(timelessness) 속에 과거, 현재 및 미래를 동시화(synchronize)하려는 조이스의 필생의 노력"(Levin 165)을 지적한다.

분명한 사실인 즉, 대부분의 비평가들과 심지어 조이스 자기 자신까지도 『피네간의 경야』의 소재를 밤의 언어 또는 꿈의 언어로서 서술하기를 고집했다는 점이다. 그러나 사실상 모든 보도들과 증거는 꿈의 언어가 언제나 단순하게도 깨어있는 세계의 언어임을 지적한다. 이상하고, 괴기하며, 혹은 환상적 상황은 특별히 기록된 꿈을 위한 틀이나 서술을 마련할 수 있으나, 그것 내부의 인물들은 통상적으로 효과적인 방법으로 소통한다. 대부분의 경우들 그리고, 조이스의 픽션의 구성에서 『피네간의 경야』의 단어들은 새롭고 판이하다. 반면에 문법과 구문은 본질적으로 인습적 영어의 그것들로 남는다. 작품의 제I부 1장에서 시작되는 프랜퀸의 이야기로부터의 문장은, 예를 들면, "그리고 그는 이락(異樂)의 문(門) 고리에 붉은 우수(右手)를 갖다대고 분명(奔命)하며 그의 둔탁한 말투는 그녀로 하여금 상점문을 닫도록 요구했으니, 이봐요, 어리석은 여인"(23.3~6)은 많은 양의 해설을 행사할 수 있지만, 형식에 있어서는, 소설의 압도적인 다수의 문장들처럼, 인식되는 것이다.

필경 한층 정확하게 말하거니와, 『피네간의 경야』는 꿈의 언어를 포함하는바, 대신에, 그들은 다양한 수준의 언어들이다. 우리들이 꿈을 여러 수준으로 해석할 수 있듯이, 고로, 우리는 역시 개인적 의식을 이해하게 되는 조이스 식의 문장상의 다양한 계층을 통해 움직일 수 있거나, 혹은 그래야 한다. 우리는 아마도 여기 꿈을 진실로 포함하지 않는 반면에, 개인의 목소리가 의도하고 기대하는 것보다 인물과 상황에 관하여 우리에게 아주 한층 많이 토로할 수 있는 언어상의 참여에 종사하고 있는 것이다.

아래 구절은 『피네간의 경야』의 제I부 1장에서 "피네간의 추락"을 묘사한 장면(6.13~28)으로, 그의 모체(matrix)에 대한 어의적 분석(exegetical analysis), 해설 및 번역(즉, 통틀어 『피네간의 경야』의 독서법)은 이 언어의 취지를 명확하게 예증할 것이다. 〔여기 이 분석은 1973년 네덜란드의 리오 크누스 교수의 지도로 필자를 포함한, 미국의 10여 명의 연구생들에 의해 이루어진 "머리를 동여맨," 현두자고(懸頭刺股)의 결과임을 겸허히 적는다.〕

(1) 모체(matrix)

Shize? I should shee! Macool, Macool, orra whyi deed ye dⅡe?
of a trying thirsty mournin? Sobs they sighdid at Fillagain's chris-
sormiss wake, all the hoolivans of the nation, prostrated in their
consternation and their duodismally profusive plethora of ulula-
tion. There was plumbs and grumes and cheriffs and citherers and
raiders and cinemen too. And the all gianed in with the shoutmost
shoviality. Agog and magog and the round of them agrog. To the
continuation of that celebration until Hanandhunigan's extermina-
tion! Some in kinkin corass, more, kankan keening. Belling him

up and filling him down. He's stiff but he's steady is Priam Olim!
'Twas he was the dacent gaylabouring youth. Sharpen his pil-
lowscone, tap up his bier! E'erawhere in this whorl would ye hear
sich din again? With their deepbrow fundings and the dustyfide-
lios. They laid him brawdawn alanglast bed. With a bockalips of
finisky fore his feet. And a barrowload of guenesis hoer his head.
Tee the tootal of the fluid hang the twoddle of the fuddled, O!(16.
13~28)

(2) 어의적 분석(exegetical analysis)

Shize : sighs(탄식하다), size(크기), Jesus(예수), jeez(저런, 어마나),
Scheiss(독일어. 분[糞]) schist(편암; 片巖)

I should shee : say, see, shee(게일어. 무덤), sidhe(게일어. 요정)

Macool : Finn MacCool(전설적 아일랜드 용사)

orra : oh(감탄사), arrah(아일랜드어. 아, 저런) ora(서반아어. 황금)

whyi deed ye dIIe? : Why did you die?(왜 그대는 사멸했는고), 피네간
의 『피네간의 경야』 민요 구절 및 『성서』의 패러디. "나의 하나님, 왜 당신
은 저를 왜 버리시나이까?"(「마태복음」 27.46)

of a trying : 『성서』의 예수 재판과 십자가형 및 HCE의 재판

thirstay mournin? : Thursday morning(목요일 아침), Thursday
mourning(목요일의 비탄), thirsty mourning(목마른 비탄), Thor's day(북구
뇌신의 날), "I thirst(나는 목타도다)"(예수의 소리)(요한복음. 19.28)

Sobs they sighdid : did sigh(한숨짓다), they sighed, sighted(목격했다)

Fillagain's : Finnegan, fill again(다시 채우다), Phil(the Fluter, 피리 부
는 필) again

chrissormiss : Christmas, chrism(성유, 유아의 세례 복), chrism—
consecrated(성유성화[聖油聖化]), Chris(Christopher, Christ), miss(여인)

wake : 『피네간의 경야』, cake(과자), vodka(북구어. Virgil. 성 요한 전야

축제), awake(잠에서 깨다), 항적(航跡)

all of the hoolivans: hooligans(깡패), 속요. "Miss Hooligan's Christmas Cake," (all) do one's Sullivan(게일어. 눈이 멍든, 흑안(黑眼)의)

of the nation: "A Nation Once Again(민족이여 다시 한 번)"(아일랜드의 노래 구절)

their consternation: 놀람, 경악, constellation(별자리), constermare(라틴어. 엎드리다)

and their duodismally: doubly dismal(이중으로 음울한), duodecimal(12진법의) (『피네간의 경야』의 12애도자들, 12국민들, HCE 주점의 12단골손님들, 12유태 종족들, 예수의 12제자들)

profusive plethora: profusive(풍부한)＋effusive(분출하는, 과장된); plethora. 다혈증, 『피네간의 경야』 향연의 넘치는 대접

ululation: 넘치는 비탄, 포효

There was plumbs and grumes and cheriffs and citherers and raiders and cinemen: "Miss Hooligan's Christmas Cake"를 만드는데 필요한 재료들. plums(서양자두), prunes(말린 자두), cherries(버찌), citrons(레몬, 불수감[佛手柑]), raisins(건포도), cinnamon(육계; 肉桂), 계피); trademen—plumbers(상인—배관공), grooms (하인), sheriffs(집달이), citerers(악사), raiders (bandits, 군인), cinema men(영화인), Chainman(중국인), sin men(죄인)의 일그러진 형태들

gianed: giant(거인), chimed(종을 울렸다)

shoutmost: shoutingmost(최 고함치는), "And the all……. shoviality. Phil the Fluter's Ball"(피리 부는 필의 무도회) 곡의 가사의 한 줄

shoviality: shoving(pushing, 미는); joviality(쾌활)

Agog and magog: a—gog(당황한), Gogmagogs 언덕(케임브리지 근처, 요정 Granta를 사랑한 변신된 거인으로 사료됨). God 및 Magog. 런던, Guildhall에 있는 Gog 및 Magog 목재상(木材像), 문지기들로 봉사한 포로 거인

들. 『성서』의 구약. 북부의 고군(古軍), 신약. 아마겟돈의 반군(叛軍)

the round of them agrog : 1) round. whole 2) agrog. 음주, 당밀주. 목마른 3) groggy (dizzy 아찔한)

Hanandhunigan's : he and she again (덴마크어. han＝he, hun＝she), Han(동) and Hun(북) again(서)；중국의 한(漢)왕조(207 B.C.~A.D. 220)；HanHungarian, Attila가 영도하는 아시아 유목부족들, 한 왕조에 항거함. Han(한족)은 질서, Hun(훈, 흉노, 4~5세기경 유럽을 휩쓴 아시아 유목민)은 무질서로 특징됨.

kinkin : 종족(kindred), cinn(게일어. 두〔頭〕, 주〔主〕된), kin(스코틀랜드의). kind(종류), caoin(게일어. 비탄), Kincora(1014년 크론타프에서 덴마크 인들을 패배시킨, Brian Boru의 집)

corass : chorus, cora(독일어. 소녀)

kankan : cancan(춤, 무용의 일종)

keening : wailing, lamenting

Belling him and filling him down : Belling. 나팔꽃 모양으로(bell─mouthed)하다. 종(鐘)모양으로 하다. 사냥개 짖는 소리를 내다. 조문객들이 시체를 주(柱)세우고 그를 주입(酒入)하다. filling him down. 그를 세우고, 목구멍에 비어를 붓다. 그를 매장하다(burying him)

stiff : 죽은, 뻗은, 죽도록 마신, 단단한

steady : 술 취하지 않은, 의지할 수 있는, 부동의

Priam Olim : Priam. 트로이의 최후 왕, 호머의 등장인물로서 50명의 아들들과 50명의 딸들을 갖다；Brian O´Linn(최초로 옷을 입은 아일랜드의 민요 속의 영웅)과 함께하다.

dacent : decent(버젓한)

gaylabouring : gay labouring(경쾌하게 일하는), daylabouring(낮일하는), "Twas he the dacent gaylabouing youth(그이는 버릇하고 경쾌하게 일하는 청년이었대요)", "쾌활한 일꾼 소년(Bonny Labouring Boy)"의 노래 가

사에서.

Sharpen his pillowscone: shape(shapen, 모양 짓다). scarf(목도리), scurf(비듬, 때, dandruff); pillowscone. 침통(寢桶), 침석(寢石; 돌 베개), pillarstone.(켈트의 경계석[境界石]). 야곱이 꿈꾸는 동안 베개로 사용한 돌멩이. scone. 원뿔 모양의 차(茶)빵, the Stone of Scon(웨스트민스터 성당에 보관하고, 왕 대관식 때 의자로 사용함)(왕의 무궁[無窮]의 상징)

this whorl would: in this whole world의 변형

hear sich a din again: din again. Finnegan

deepbrow. lowbrow: 비열한 짓. 도적(독일어. Dief), brew(독일어. Brau, 양조물[釀造物])

fundings: deepbrow fundigs, de profundis 『성서』(이 구로 시작하는 '시편' 제130편), 심연, fundigs(shindig, 떠들썩하고 흥겨운 모임), fun(재미, 흥[興])

dustyfidelios: dust(죽음), come to dust(죽다. 땅으로 돌아가다); gusty(돌풍의), lusty(호색의) fiddles(피들, 바이올린). Adeste Fideles(기독교 찬가); fellows(친구, 놈); fidelity(충실); Fidelio. 피델리오(여성 이름); 셰익스피어 작 『심벌인』에서 이모건(Imogen)의 남성 가장명(假裝名); 베토벤의 가곡 명(Fidelio); Phaedo(Plato)

brawdawn: braden(게일어. 연어); brow(스코틀랜드의. 착한, 좋은); brow down (brought down)

alanglast bed: on long, last; at long last(겨우, 마침내); a long guest; bed. dead

With a bockalips of finisky fore his feet: "피네간의 『피네간의 경야』" 민요의 가사 패러디. "그들은 그를 침대 위에 눕혔대요. / 발치에는 한 갤런의 위스키 / 머리맡에는 한 통의 맥주를." bockalips. Apocalypse(묵시록), boca(스페인어. 입)+입술, buccale(이탈리아어. 음주) Bock(독일어. 산양 또는 흑맥주) finisky.(게일어. whiskey; finis[라틴어, 끝]) fin(프랑스어. 끝)+key;

Finn(egan)

  barrowload：barrow(무덤, 고분), barrel(통), bar row(주점 소동), lode(광맥, 북극성. lodestar)

  guenesis：Guinness's(맥주), Genesis(기원, 「창세기」), guineas(기니, 영국의 옛 금화 단위)

  hoer：high over (저 위로), hoar(서리, 곰팡이 냄새나는), ore(광석)

  Tee the tootal：too(add up, 합계하다) the total, teetotaler(절대금주자), tea for the tootler(피리 부는 자를 위한 차), Tees(영국의 강명), tootle of the flute(피리의 붊)

  fluid：flute(피리), flood(홍수), flot(아군의 최전선), flue(어망[魚網])

  hang the twoddle：hang. sang; twoddle. twiddle(빙빙 돌리다. 비코의 암시), twaddle(실없는 소리); tweedledee, tweedledum(구별할 수 없을 만큼 서로 닮은 두 사람. 똑 닮음); two(둘, double talk. 애매한 이야기); double image(이중상[二重像]; 한 화상이 동시에 다른 화상으로도 보이는 일; 산이 자고 있는 거인으로 보이는 따위)

  fuddled：befuddled(억병으로 취하게 하다; 어리둥절하게 하다), muddle(혼합하다); futie(무모한); puddle(웅덩이, 어긴 흙)

  O!：O(비코의 환), O.(ALP의 여성기호), O([零], [無], 무효)

(3) 해설

이 장면은 사다리 위로 벽돌(hod)을 운반하던 피네간(Tim Finnegan)이 술에 만취되어 현기증을 일으키고 땅에 떨어져 죽는 현장이다. 그러자 한 때 "버젓한 사나이"의 피네간의 경야 제(祭)가 여기서 시작된다. 참석자들은 비탄과 축하를 겸하면서, 사자 역시 피네간의 경야의 축제를 즐기도록 그는 침석(寢石)과 높은 단(壇) 위에 바쳐진다. 피네간의 경야에 참석한 12조문객은 예수의 12제자 격이요, 「Miss Hooligan's Christmas Cake」란 장송

곡에 나오는 12조객들이기도 하다. 그들은 또한, 「Phil the Fluter's Ball」
과 「Briam D'Lynn」이란 조곡(弔曲)도 함께 부른다. 조객들과 친구들이 즐
거이 사자의 몸에 위스키를 뿌린다. 이 구절에는 종교(『성서』, 「창세기」, 예수,
그의 재판, 성유성화[聖油聖化], 성 요한, 묵시록, 시편)를 비롯하여 문학(셰익스피
어), 천문학(성좌), 무용, 노래(베토벤), 역사(한족, 훈족, Briam Boru), 민요,
신화(뇌신, 트로이, 켈트), 전설(용사) 등의 여러 은유들이 독일어, 프랑스어,
스페인어, 스코틀랜드어, 중국어, 덴마크어, 이탈리아어, 라틴어, 북구어, 게
일어 등의 언어들에 의하여 응축된 채 서술되고 있다.

(4) 그의 한어역

분탄(糞嘆)? 나는 응당 보리라! 맥크울, 맥크울, 저주래(詛呪來)라, 그대
는 왜 사행(死行)했는고? 고행하는 갈신(渴神)목요일 조조(弔朝)에? 피네
간의 크리스마스『피네간의 경야』케이크에 맹세코 그들은 애목탄식(哀目
歎息)하나니, 백성의 모든 흑안 건달들, 그들의 경악과 그들의 울중첩(鬱
重疊)된 현기(眩氣)에 찬 울다혈(鬱多血)의 탄포효(嘆咆哮) 속에 엎드린 채.
거기 연관하부(煙管下夫)들과 어부들과 집달리들과 현악사(絃樂士)들과 연
예인들 또한, 있었느니라. 그리하여 모두들 극성(極聲)의 환희에 종세(鐘
勢)했도다. 현란과 교란 및 모두들 환(環)을 이루어 만취했나니. 저 축하
의 영속(永續)을 위하여, 한부흉부(漢夫兇婦)의 멸종까지! 혹자(或者)는 킨
킨 소녀코러스, 다자(多者)는, 칸칸 애가(哀歌)라. 그에게 나팔 입을 만들
어 목구멍 아래위로 술을 채우면서. 그는 뻣뻣하게 뻗었어도 그러나 술은
취하지 않았도다. 프리엄 오림! 그는 바로 버젓한 쾌노(快勞)의 청년이었
는지라. 그의 통침석(桶寢石)을 날카롭게 다듬을지니, 그의 관을 두들겨 깨
울지라! 이 전 세계 하처(何處) 이따위 소음을 그대 다시 들으리요? 저질
(低質)의 악기며 먼지투성이 깡깡이를 들고. 모두들 침상 아래 그를 기다
란 침대에 눕히나니. 발 앞에 진(盡)위스키 병구(甁口). 그리고 머리맡에는
수레 가득한 기네스 창세주(創世酒). 총계 홍액주(興液酒)가 그를 비틀 만취
어리둥절하게 하나니, 오!

11. 『피네간의 경야』어의 특성

이상의 『피네간의 경야』어의 분석에서 볼 수 있듯이, 아일랜드인의 한 상징적 우주적 꿈을 띤 이 광범위한 이야기 『피네간의 경야』는 거대한 굴절성의 언어유희에 의하여 의미의 계속적인 확장을 개발하고 있거니와, 이러한 언어유희의 요소들은 역사, 문학, 신화 및 조이스의 개인적 경험의 모든 요소들을 함유한다. 우리는 작품 전체가 (적어도 한 가지 수준에서) 꿈을 형성하는데, 조이스는 단어들을 갖가지 형태로 맞춤으로서 재창조하고 있다. 그는 꿈을 융합시킨 "초음속어(ultrasonic language)", 즉 "꿈의 언어"를 발명한 것이다.

『피네간의 경야』가 담은 영어(보다 정확히 말하면, 더블린—말투의 영어) (Dublin—accented English)는 거의 절반은 정상적인 영어요, 나머지는 조이스가 개발한 신조어, 즉 "꿈의 언어"다. 여기서 우리가 주목해야 할 일은 이들은 거의 대부분이 눈과 귀의 동시적 동원, 다시 말하면 가시적(visible) 및 가청적(audible) 효과를 동시에 나타낸다는 사실이다. 조이스는 그의 책의 목적을 위하여 수개 국어의 "유수한 언어(polyglot—language)" 또는 구어부전(構語不全; *idioglossia*)을 단독으로 발명했다. 이 언어는 아마도 60내지 70개의 세계 언어들의 혼성으로 구성되고, 의미의 다층을 가져오기 위해 의도된, 언어유희(pun), 합성어(portmanteau word)(두 개 이상의 말들이 합쳐진, 예컨대, smog, motel 따위)를 형성하기 위해 결합된다. 스위스의 〈제임스 조이스 연구소〉의 소장인, 저명한 젠(Senn) 교수는 『피네간의 경야』어를 다원주의(polygenism)로서, 그리고 콜롬비아 대학의 틴달 교수는 "아라베스크 (Arabesque)로 표현한다. 캘리포니아 대학의 노리스(Norris) 교수는 그것을 "시(詩)처럼, 몇몇, 자주 모순당착적(矛盾撞着的) 사물들을 동시에 의미할 수 있는 단어들과 이미지들을 사용하는 언어"로서 서술한다.

『피네간의 경야』어의 언어상의 특성과 그 유형을 살펴보면 다음과 같다.

(1) 다의적 특성

다의적(多義的) 특성(polysemantic nature)은 한 개의 단어 속에 가능한 많은 함축어의(含蓄語義)를 포용하는 것으로, 영어의 혼성어와 대동소이하다. 이는 전체『피네간의 경야』어의 절반 이상을 차지한다. 예를 들면,

manorrwombanborn : (자궁태생남여; 子宮胎生男子)

man＋or＋woman＋womb＋and＋born

drummatoysed : (고극농[鼓劇弄] 된) drum＋dramatize＋toyed

thrice : (성삼노[盛三努]하다) thrive＋thrice＋try

joky : (조기[嘲氣]의) "jo＋joke＋joy＋Joyce＋joucity(조이스성[性], 조이스시[市], [嘲意市])

whouse : ([何家], 뉘집)

flesch : (육신[肉新], 선육[鮮肉]) flesh＋fresh

beanstale : (豆腐談) bean(豆)＋stale(腐)＝tale(談)

drummatoyed : (鼓劇弄化) drum(鼓)＋dramatize(劇化)＋toyed([弄]하다)

(2) 다성적 특성

다성적(多聲的) 특성(polyphonic nature)은 한 개의 단어 속에 가능한 많은 함축음성(含蓄音聲; 동음이의, homonym)을 포용하는 것으로, 『피네간의 경야』의 구성의 기본 원칙은 거의 이에 준한다. 예를 들면,

languishing : (무감고뇌어[無感苦惱語]) languish＋language＋anguish

cropse : (시곡체[屍穀體]) corpse시체＋crop곡물(죽음과 부활한 절묘한 조어[造語]). 여기서 우리는 귀로 듣기만 하면, 이 신조의 효능이 불완전하며, 따라서 눈으로 보아야만 그 이해가 가능하다.

notional: (국립념〔國立念〕) notional＋national

gullery: (수구사술관〔水鳩邪術館〕) gull＋gullery＋gallery

southernly: (〔南〕짜기) suddenly＋southerly

arraignmant: (조탄〔調彈〕) arrangement(조정)＋arraigment(규탄)

relevution: (혁명계시〔革命啓示〕) revolution＋revelation

Nichtian: (〔無〕니이체식의) Nicht(독일어)＋Nietzsche

frush: (개구리개똥지바귀) thrush(영어, 개똥지빠귀〔鳥〕)＋Frosch(독일어, 개구리)

Sandyas: Sanctus(라틴어, holy)＋Sandhi(산스크리트어, peace)

(3) 다어적 특성

다어적(多語的) 특성(polylingual nature)은 한 개의 단어 속에 가능한 많은 외래어를 포용하는 것으로, 그것이 구성하는 각 언어 어족의 유사성을 의미한다. 예를 들면,

Finnegan: Finn(게일어. 전설의 거인)＋fin(프랑스어. 끝)＋finis(라틴어. 끝)＋again(영어. "다시")

O carina: ocarina(악기)＋Povarina(모차르트의「돈 조반니」에서)＋O Catherina(노래)＋Kom, Karina(덴마크어, Come, Karina)＋carina(이탈리아어, 작은 거위)＋cara(게일어, 친애하는)

bababadalgharaghtakakamminarronnkonnbronntonner……: (천둥소리로 다국적 어의 혼용)

gleve: glove, god, love 및 sword(프랑스어)

Tautaulogically: ta(게일어. there), tauto(독일어. 똑같은), tau logos(독일어. 같은 말), tau(독일어, 이슬)

at hom: at home(영어), Hom(이탈리아어. 남자, 사람), Hom(네덜란드어. 물고기) horn. 뿔 나팔(악기), acorn(독일어. 도토리)

fiord to fjell: fjorf(스칸디나비아 어. 입강), fjell(스칸디나비아 어. 고원)

flittaflute: flute and lute(영어), flutpar(포르투갈 어. 수영)

So sigh us: So sei es(독일어. So beit), sosias(희랍어. 거울 이미지 이중)

(4) 순수 결합어

이는 기존의 영어 단어들을 별반 파괴함이 없이 "and" "of" 등의 접속사, 전치사를 생략한 채 한 개의 단어로 묶어버리는 경우다. 이는 『율리시스』에서도 수없이 나타나는 현상으로, 피차 결합되는 단어들의 동질성, 밀집성, 대등성을 집약하기 위한 조이스의 습관처럼 보인다. [조이스는 그의 초기의 작품들, 이를테면, 『더블린 사람들』, 『젊은 예술가의 초상』 등에는 이런 유의 "결합어"를 거의 쓰지 않거니와], 이의 "결합어"는 전체 『피네간의 경야』어의 거의 1/5을 점령한다.

예를 들면.

humptyhillhead: humpty+hill+head, 『피네간의 경야』어의 구성에서 우리는 여기 "h"의 두운(alliteration)을 발견하거니와, 이는 작품에서 무수한지라, 조이스는 이를 루이스 캐럴(Lewis Carroll)의 산물인, "말 사다리(word ladder)"에서 차용한 것으로 전한다. 캐럴은 그의 저서인 유명한 동화 『이상한 나라의 앨리스(*Alice in Wonderland*)』와 『거울을 통하여(*Trough the Looking—Glass*)』를 통하여 조이스의 『피네간의 경야』에 그의 두운법의 엄청난 영향을 공급했거니와, 예를 들면, "Winden wandan wild like wenchen wenden wanton"(243) ("그녀[ALP]는 빙빙 바람난 바쁜 춘부[春婦] 마냥 비황야[飛荒野] 부[浮]갈대 비틀 걸음걸이인지라.") [여기 제II부 1장에서 ALP는 "W"의 두운을 사용하여 HCE의 죄의 용서를 빌고 있다. 또 다른 예를 들면, 제I부 6장에서 느슨한 천재인 숀(존스)에 대한 부패하는 치즈(솀)에 관한 죽음의 위협에 관하여, "from appealing to my gropesarching eyes; a boosted blasted bleating blatant bloaten blasphorus blesphorous"(167) ("한 격앙된 경칠 깽깽대는 경란[輕亂]스러운 거만한 경불한당적[敬不汗黨的] 경불경한당[輕不敬漢黨]의 바보") 등이 있다.

upturnpikepointandplace： up＋turn＋pike＋point＋and＋place

seventyseventh： seventy＋senventh

fellowcommuter： fellow＋commuter

sweatyfunnyadams： sweaty＋funny＋Adams

salmonkelt's： salmon＋kelt´s

bloodfield： (혈야[血野])

southdowner： (南下人)

a lookmelittle likemelong hen： (잠시보아 오래 사랑하는 암탉)

Tankardstown： (대배촌[大杯村])

(5) 파창어

파창어(破創語; decreation)와 같은 이런 유형의 단어들은 전체 『피네간의 경야』어의 절대다수인, 거의 2/3를 점령한다. 이들은 거의 대부분이 파괴되어 융합된다(『율리시스』에도 흔한 현상으로, 예를 들면, Siopold ＝ 아내가 죽은 Simon Dedalus＋오페라 「마르타」에서 애인을 잃고 미처버린 비운의 Lionel＋아내에게 오장이 진 Leopold Bloom의 합성어 등).

upupa： upupa(대성조[大成鳥])＋Up.up (이제 끝장)＋Utopia＋upupa 유충＋pupa번데기＋ papa(아빠)

contransmagnificandjewbangtantiality： 신성동질전질유태통합론; mity([强]진드기 mighty＋mite) 등.

Joahanahanahana!： 4복음노인들은 자신들이 HCE 내외의 침실을 염탐하는 침대 기둥을 행사하면서, 분석가, 향수적 감상주의자, 염탐 자들로 역할 하는 공동체. 이층으로부터의 아이의 울부짖음이 히하―나귀의 울음소리, 즉 자신들에게 슬픈 작별의 집합적 울음이 된다.

like a rudd gruebleen orangeman in his vilet indigonation： (그의 격노제비꽃 남색부노[藍色憤怒]의 적황청록전투권복[赤黃青綠戰鬪卷服] 입은 한 오렌지 당원처럼)

stlongfelloa: (강장자〔強長子〕) strong＋long＋fellow

grousupper: 군식(〔群食〕베짱이) group＋supper＋grasshopper＋grou
se(뇌조〔雷鳥〕)

newseum: (뉴스물관〔物館〕) news＋museum

homlet: (햄릿가촌〔家村〕) home＋hamlet＋Hamlet

hoffistel: house＋office＋hotel

hothel: hotel＋brothel(창가〔娼家〕)

handshakey congrandyoulikethems ecclesency: hand＋shaky con-
gratulation ＋and＋you ＋like＋ them Eccles excellency(수진악수〔手振
握手〕의 유사여호녀타자축하(類似汝好汝他者祝賀), 이클레스 가(街) 각하)

heirs: hers＋here＋heir＋hair(여속발〔女續髮〕)

이처럼『피네간의 경야』어는 그 단어가 지닌 모든 의미가 텍스트 해석에
적용되고 이해되는 일종의 "종합어(synthetic language)"로서, 텍스트는 그의
문장을 단지 문장으로 읽어서는 안 되며 그를 구성하는 단어 하나하나의 세
밀한 구성과 해체 및 재구성 속에 읽어야 한다. 그의 단어의 모호성의 발굴
은, 엠슨(W. Empson) 교수(전출: 언어의 예리한 분석가요, 뉴 크리티시즘의 선구
자인 그는 자신의 유명한 저서,『의미의 애매성의 7가지 유형〔*Seven Types of Ambi-
guity*〕』에서 언어적 의미의 중층성〔重層性〕을 분석하거니와)가 지적한 대로, 이는
문학예술의 즐거움 중의 하나가 아닐 수 없다.『피네간의 경야』어는 그 해석
의 복수성(plurality) 및 모호성(ambiguity)이 그들의 본질인지라, 이는 바로
그의 해독의 부동성(浮動性; ambivalence)을 낳기도 한다.

다음의 잇따르는 설명은 "종합어"에 관한 것이다.

『피네간의 경야』의 제IV부 1장은 작품에 있어서 가장 흥미롭고 성공적
인 장 중의 하나이거니와, 이는 산스크리트어의 "Sandhyas(성화)"란 유명
한 말을 시작으로, 새벽의 여명이 열린다. 그것은 부활절의 기도다. HCE는

잠에서 깨어나려 한다. 곧 만사는, 예전과 똑같지만 변한 채, 새로 시작한다. 아들 쥬트(쥬바, 숀)는 부친 HCE(험프리, 이어위커)를 대신할 것이다. 대영국은 대양주(Oceanis)인, 신(新) 아일랜드(뉴 에이레; New Eire)(마치『율리시스의 블룸이 밤의 환각에서 자신의 야망인, "미래의 신성 아일랜드의 새 블룸 성지[the New Bloomusalem in the Nova Hibernia]"를 선포하듯)(U 395)를 향해 구(舊) 아일랜드를 떠날 것이다. 대지(지구)가 그의 축 위에 회전할 때, 이어위커(HCE)는 그의 침대 속에서 뒹군다. 주막의 아래층 주점에서 무선전신이 스위치로 연결된다. 라디오의 음파가 아일랜드로부터 그의 정반대인 대양주(大洋洲)를 향해 지구를 횡단한다. 이 장의 초반(594~95)은 신 아일랜드에 대한 비유들로 충만 되어 있다. HCE는, 반 잠에 어린 채, 전도(傳導) 속에 합세한다. 때가 신 아일랜드의 새벽인 반면, 시간은 황혼이다.

HCE는 부활을 위한 그리고 궐기를 위한 절규의 소리를 듣는다. "경칠 전(全) 세계에 대한 아일랜드─오 집결!" 매연이 걷히고, 아래층의 등불은 이미 빛을 발하기 위해 마련되고 있다. 변화와 연계(連繫)가 라디오에 의해 민족주의자의 슬로건과 진부한 광고의 혼성으로 알려 진다. "신페인, 신페인 만세! 좋은 아침, 피어즈(Pears) 제(製)의 비누를 쓰셨나요?" 험프리에게 이제 때는 너무 늦은지라, 그는, 비누처럼, 모두 탕진되고, 그를 위해 질서의 여지가 없다. 모두들은 그가 깨어나도록 그리고 그의 대리자(아들 쥬바, 숀)를 위한 미래의 여지를 마련하도록 호출한다.

구조상으로, 이 장은 몽타주의 원칙들을 따르는데, 이는 우리가 앞서 제 III부 4장에서 목격했던 분산된 사건들의 갑작스러운 병치에 해당한다. 그러나 이 장의 몽타주는 이 장보다 제I부 1장의 그것을 한층 닮았기 때문에, 기능의 병행은 평행의 방법을 요구한다. 여기 제I부에서처럼, 사건들의 병치는 제III부 4장에서 전적으로 결여된, 때로는 전환적 구절들에 의해 약해진다. 그러나 제I부 1장에서처럼, 이 장은 뒤얽힌 소재를 내포한다. 이에 이어, 워털루의 여행을 대신하여, 한 성자의 생활이 나타난다. 한 산만한 막간이 이러한 성스러움을 뮤타(Muta, Mutt, Mutta, Shem)와 쥬바(Juva, Jute ─

Shaun)의 세속적 토론으로부터 분리시킨다. 그들의 상호 의견 교환은 갑자기 버클리 드루이드 대사제와 성 패트릭의 그것에 의해 뒤따른다. 한 철학적 막간이 ALP로부터의 또 다른 편지를 우리에게 마련하는데, 이는 그녀의 최후의 독백으로 쉽사리 바뀐다. 그것은, 어떤 어미에서 『율리시스』의 몰리의 것을 회상시키거니와, 이는 작품의 제I부 1장을 종결짓는(29) 사자(死者)에 대한 연설을 대신하는 셈이다.

여기 재현하는, 위대한 여성의 말인 "그래요(Oyes)"(604.22)는 『율리시스』의 몰리의 독백 결구처럼, 재생과 생의 긍정(Yes)의 약속을 암시한다. 신화의 Isis 여신이 그녀의 죽은 남편을 "새 사람(newman)"으로 만들기 위해 되돌아온다. 빨래하는 아낙들은 그들의 비누를, 나일 강이든 리피강이든, 재생의 강 속에 불결한 세탁물을 빨기 위해 재삼 사용한다. 4대가들(노인 복음자들)이 재차 주위에서 관찰하고 있다. ALP의 편지는 그것의 단편들의 재생을 약속하나니, 왜냐하면, 시작의 말은 끝의 말인지라, 그리고 모두, 처음과 끝은, 그 말로부터 진행하기 때문이다. 앞서 『피네간의 경야』 제III부 4장은, 마치 『율리시스』의 「이타카」 장 (말미에서 2번째 장)이 작품의 종곡인 「페넬로페」로 이어지듯, 비슷한 회귀(recorso)로 나아간다. 작품의 모든 주요한 주제들의 마지막 재현이라 할, ALP의 최후 독백은, 몰리 자신 인생의 총화처럼, 통틀어 『피네간의 경야』의 회귀가 된다.

위의 설명에서, 산스크리트어의 "Sandhyas(성화)"란 유명한 말은 잇단 구절로 이어지거니와, 아래에서 『피네간의 경야』어의 특성의 또 다른 예를 하나 더 든다.

『피네간의 경야』의 종말 가까이에서, 아래 구절은 이집트식의 나태한 광대에 의한 장의 시간에 그의 내재적 경험을 우리로 하여금 충분히 감상하도록 한다. 여기, 이른 아침 시간에, 조이스의 토템갈멈―묘진혼사(墓鎭魂士; Totumcalmum)가 장의 침대 위에 홀로 누워있는지라, 태양의 보트가 "아멘타(Amenta)"의 깊이와 어둠에서부터 그를 나르기 위해 그의 머리 위의 세계로 방금 솟은 다음이다.(613) 〔여기 아침이 시작의 환을 가져온다.〕

〔No change〕 Yet is no body present here which was not there before. Only is order othered. Nought is nulled. *Fuitfiat!*

Lo, the laud of laurens now orielising benedictively when saint and sage have said their say.

A spathe of calyptrous glume involucrumines the perinanthean Amenta. fungoalgaceous muscafilical graminopalmular planteon; of increasing, livivorous, feeful thinkamalinks; luxuriotiating everywhencewithersoever amnong skullhullows and charnelcysts of a weedwasteworldwevild when Ralph the Retriever ranges to jawrode his knuts knuckles and her theas thighs ; onebugulp down of the nauseous forere brakfarsts oboboomaround and you're as paint and spickspan as a rainbow; wreathe the bowl to rid 손 bowel; no runcure, no rank heat, sir; amess in amullium; chlorid cup. (613.13〜26)

〔변화 무〕 하지만 거기 존재하지 않았던 몸체는 여기 존재하지 않는지라. 단지 질서가 타화(他化)했을 뿐이로다. 무(無)가 무화(無化)했나니. *과재현재(過在現在)!*

볼지라. 성자와 현자가 자신들의 화도(話道)를 말하자 로렌스 아일랜드 (愛蘭)의 찬토(讚土)가 이제 축복되게도 동방퇴창광사(東邦退窓光射)하도다.

〔막간. 바깥 일광, 야생의 꽃과 다종 식물들〕 근관류연(根冠類然)한 영포 (穎苞〔植〕)의 불염포(佛焰苞〔植〕)가 꽃뚜껑 같은 유제(葇荑〔植〕) 꽃차례를 포 엽윤생체화(苞葉〔植〕輪生體化)하는지라. 버섯 균조류(菌藻類〔植〕)의 머스캣 포도양치류(羊齒類〔植〕) 목초종려(木草棕櫚) 바나나 질경이(植); 무성장(茂 盛長)하는, 생기 생생한, 감촉충(感觸充)의 사(思)뭐라던가 하는 연초(連草) 들; 잡초황야야생야원(雜草荒野野生野原)의 흑인 뚱보 두개골과 납골포낭(納 骨包囊)들 사이 매하인하시하구(每何人何時何久) 악취 솟을 때 리트리버 사 냥개 랄프가 수놈 멋쟁이 관절과 암놈 여신(女神) 허벅지를 악골운전(顎骨 運轉)하기 위해 헤매나니; 조찬전(朝餐前) 부메랑(자업자득) 메스꺼운 한잔 을 꿀꺽 음하(飮下)하면 무지개처럼 색채 선명하고 회수(花穗)냄비처럼 되 는지라; 사발(沙鉢)을 화환(花環)하여 사장(私臟)을 해방할지라. 무주료(無

走療), 무취열(無臭熱)이나니, 나리; 백만과(百萬菓) 속의 따라지 땡. 염화물 잔(鹽化物盞).

위의 인용한 첫 구절에서,

"과재현재(過在現在: Fuitfiat)!": (1) 〔라틴어로〕"과거의 것은, 그대로 둘지라!" (2) 조이스에 의하면, 『피네간의 경야』의 제IV부에는 사실상 3부작이 있거니와 비록 중간 창문은 햇빛이 거의 비치지 않을지라도, 이를테면, (1) 새벽에 점차적으로 비치는 마을 성당의 창문들 (2) 한쪽에 성 패트릭과 Archdruid의 만남 및 성 케빈의 점진적 고립의 전설을 나타내는 창문들 (3) 노르웨이의 매장 된, 더블린의 수호성자, 성 오툴(Lawrence O'Toole)의 창문들(그의 심장은 더블린의 Christ Church 성당의 성 Laud 사원에 매장되었다. 그는 한때 그렌달로우의 승려로서, 더블린의 주교요 수호성자, 그리고 그는 1171년 영국을 위한 도시를 안정시키기 위해 헨리 2세를 환영했다).

위의 인용된, 단락의 열리는 구절에서 모든 단어들은 "amenta"를 제외하고는 영어다(존 비숍 설).

"amenta"(유제〔荑苐〕〔植〕 꽃차례): 그러나 존 비숍 설과는 달리, "amenta"(유제〔荑苐〕〔植〕 꽃차례)은 이미 영어화 된지 오래다.

spathe: 어떤 식물들의 꽃들을 둘러싼 크고, 칼집 같은 잎사귀

calyptrous: calyptra에 속하는 말로, 어떤 이끼의 포자(胞子) 상자를 감싸는 두건

glume. 잎사귀들의 하나로, 곡물의 깍지에 있어서처럼, 풀과 동심초의 꽃 피는 부분의 외측 봉투를 형성하는 말

perinanthean: 비교적으로, "perianth"에 봉착하는지라, 꽃들의 바깥 외피를 형성하는 구조를 뜻한다.

involucrumines: 조이스 식의 동사로서, 식물과 동물 기관의 피막을 감싸는 외피에 적용되는 해부적 및 식물적 용어인, 영어의 "envelope"로부터 파생하다.

fungoalgaceous: 단락이 야채 물의 개화된 핵심의 임박한 개화를 서술하는 의미 ― 스스로 개봉되는 꽃, 혹은 염화물 컵 ― 가 그것의 둘째 번 절에 의해 강조된다. 여기 조이스는 한층 복잡한 형태의 야채 생명을 의미하는 일연의 말을 통해서, 말 하나하나, 언어가 진전할 때 식물의 생명이 지닌 압축된 진화 역사를 마련한다.

Ralph the Retriever ranges to jawrode his knuts knuckles and her theas thighs: 리트리버 사냥개 랄프가 수놈 멋쟁이 관절과 암놈 여신(女神) 허벅지를 악골운전(顎骨運轉)하기 위해 헤매나니. 『율리시스』의 「레스트리고니언즈」 장면의 구절 패러디로서, "······한 탐욕스러운 테리어 개가 자갈 위에 파삭하게 씹힌 관절을 내뱉으며, 새로운 열성으로 그걸 핥았다(······ a ravenous terrier chocked up a sick knuckly cud on the cobblestones and lapped it with new zeal······)"(U 8. 147) 참조.

이상 언어의 어의적 분석은 존 비숍에 의한 것으로(117), 『우리들의 중탐사(衆探査)』의 길버트의 양식을 따른 것이다.(67~75 참조) 그에 의하면 이러한 설명은 거의 모든 종합적 단어들이나 구들에 부여된 것으로서, 어떤 인유들은 분명히 간과되었거나, 그중 몇몇은 해결되지 않은 채 남는다. 더욱이, 어떤 해석은 단지 시험적이다. 『진행 중의 작품』을 읽는 매력들의 하나는 실질적으로 무진장하다. 그것의 문학적 및 우주 철학적 혁신을 떠나서, 그것의 종합적 단어 ― 구조의 해결은 영어를 말하는 종족들의 현세대에 대한 특별한 호소를 가질 수 있을 것이다.

12. 『피네간의 경야』어의 번역

우리는 이른바 "문학의 극한"이라 할 낙락화서지몽(樂樂華胥之夢)의 『피네간의 경야』어를 어떻게 다른 말로 번역해야 할 것인가?

『피네간의 경야』의 문장이 보통 문장과 어떻게 다르며, 이의 차이는 어떠하며, 이를 어떻게 번역해야 할지를 다음 구절의 한어역(韓語譯)을 통하여 음미해 보기로 한다. 우리는 우선 "아나 리비아 플루라벨"(8장)의 결구에서 『피네간의 경야』어의 구성을 음미해 보기로 하자.

> Can't hear with the waters of. The chittering waters of. Flittering bats, fieldmice bawk talk. Ho! Are you not gone ahome? What Thom Malone? Can't hear with bawk of bats, all thim liffeying waters of. Ho, talk save us! My foos won't moos. I feel as old as younder elm. A tale told of Shaun or Shem? All Livia's daughtersons. Dark hawks hear us. Night! Night! My ho head halls, I feel as heavy as younder stone. Tell me of John or Shaun? who were Shem and Shaun the living sons or daughters of? Night now! Tell me, tell me, tell me, elm! Night night! Telmetale of stem or stone. Beside the rivering waters of, hitherandthithering waters of Night! (214.30~215.5)

위의 『피네간의 경야』어를 아래 다시 어의적(語義的; exegetically)으로 분석하면,

My foos won't moors: foos. foot; moos. move+Moos(독일어, Moss 이끼); 나의 발이 또한, 이끼로 변하고 있다.

liffey: leafy+leaping+living+Liffey

talk save: talk+save+safe+keep. 화구안보지(話救安保持)

moos: move＋mouse＋moss. 동서태(動鼠苔)

ho: ho＋whole＋old. 전고(全古)의

Telmetale of stem: Tell me tale of stem＋stone. 석간(石幹); stone and elm. 돌멩이와 느릅나무는 『피네간의 경야』에서 중요한 상징물들이다. 영원과 변화, 시간과 공간, 자비와 정의로서, 그들은 작품을 통하여 상징적 의미의 수많은 변화를 겪는다(이들 상징물들은 오늘날 나그네에게 호우드 성의 뜰 녘에 현존함을 알린다).

이상의 구절을 한어(韓語)로 역하면 다음과 같다.

들을 수 없나니 저 물소리로. 저 철렁대는 물소리 때문에. 횡횡 날고 있는 박쥐들, 들쥐들이 찍찍 말하나니. 이봐요! 당신 집에 가지 않으려오? 무슨 톰 말론? 박쥐들의 찍찍 때문에 들을 수가 없는지라, 온통 저 리피(생도엽; 生跳葉)의 물소리 때문에. 호, 이야기여 우리를 도우소서! 나의 발이 움직이려 않나니. 난 저변 느릅나무 마냥 늙은 느낌인지라. 손이나 또는 셈에 관한 이야기? 모두 리비아의 아들딸들. 검은 매(鷹)들이 우리를 듣고 있도다. 밤! 야(夜)! 나의 늙은 머리가 온통 낙하하도다. 나는 저쪽 돌(石) 마냥 무거운 기분이나니. 존이나 또는 손에 관해 내게 말할지라? 살아 있는 아들 셈과 숀 또는 딸들은 누구였던고? 이제 밤! 내게 말해요, 내게 말할지라! 내게 말해 봐요, 느릅나무! 밤 밤! 나무줄기나 돌에 관해 아담(我談)할지라. 흐르는 물결 곁에, 여기저기찰랑대는 물소리의. 야(夜) 안녕히!["야(夜)"는 음의(音義)를 동시에 함축한 콤비네이션]

음성학자 오거덴(C.K. Ogden) 교수는 위의 『피네간의 경야』의 원문을 기초 영어(basic English)(또는 모체 matrix)(『피네간의 경야』 독자에게 가장 절친한?)로 바꾸었다.

No sound but the waters of. The dancing waters of. Winged things in flight, field —rats louder than talk. Ho! Are you not gone, ho! What Tome Malone? No sound but the noise of these things, the Liffey and all its waters of. Ho, talk safe keep us! There's no moving this my foot. I seem as old as that tree over there. A story of Shaun or Shem but where? All Livia's daughters and sons. Dark birds are hearing. Night! Noght! My old head's bent. My weight is like that stone you see. What may the John Shaun story be? Or who were Shem and Saun the living sons and daughters of? Night now! Say it, say it, tree! Night night! The story say of stem or stone. By the side of the river waters of, this way and that way waters of. Night! (214.30~125.5)

이를 다시 한어(韓語) 역으로 옮기면,

물소리 이외에는 아무 소리도. 춤추는 물소리의. 날고 있는 날개 달린 것들, 말소리보다 더 큰 들쥐 소리. 야호! 당신 가지 않으려오, 야호! 무슨 톰 말론? 이들의 소리 이외 아무 소리도, 리피강과 그의 모든 물소리들. 야호, 이야기는 우리를 안전하게 지킬지라! 나의 이 발을 움직일 수 없나니. 나는 저기 저 나무처럼 늙은 것 같은지라. 숀과 셈의 이야기 그러나 어디에? 모두 리비아의 딸들과 아들들. 검은 새들이 듣고 있어요. 밤! 야(夜)! 나의 늙은 머리가 구부리도다. 나의 무게가 저기 돌멩이 같나니 글쎄. 존 숀의 이야기는 무엇일고? 아니면 살아있는 아들들 셈과 숀과 딸들은 누구였던고? 이제 밤! 그걸 말해요, 그걸 말할지라, 나무여! 밤 밤! 저 이야기가 나무줄기와 돌멩이에 관해 말하나니. 강물 가에, 이리로 그리고 저리로 물의. 밤 야(夜)!

앞서 논한바, 오그덴의 문장 번역은 우리들 일반 독자를 위해 가장 바람직한 것이다. 그러나 이러한 석의적(釋義的) 번역에는 무리가 없지 않다. 일반 독자의 이해를 위해 『피네간의 경야』 628페이지에 달하는 엄청난 분량을 석의적 해석으로 변용하기 위해서는 우리들의 능력과 시간, 에너지로 감당하기 힘든 무한정의 노력이 필요하기 때문이다. 그런 다음 오그던 표준어 영어를 일반 독자가 이해할 수 있도록 재차 한어로 바꾸기기 위해서(언어의 복수성의 조성을 위해) 또 다른 노력을 요한다. 여기 쾌락은 상시 고생에서 나온다는, 이른바 낙생어우(樂生於憂)의 결과라고나 할까.

위의 상반된 번역에서 조이스와 오그덴의 언어는 우리의 현대 바벨(Babel; 언어의 혼효(混淆))에 대한 반작용이다. 그리고 오그덴은 조이스를 "비혼유화(非混淆化; debabelization)"로서 환영한다. 비유하자면, 그의 적들은 문학을 분해하기 위한 캠페인을 행사하기 위해 공격해 온 반면, 그의 친구들은 "말의 혁명(the Revolution of the Word)"을 위해 집결해 왔다. 그러나 소박한 사실로, 조이스는 "반개몽주의자(obscurantism)"도 아니요, "언어데더러스트(logodedalist)"도 아니며, 게다가 언어의 파괴자도 아니요, 창조자도 아니다. 그는 만일 그가 중용주의자(neutralist)가 아닌한, 현미경적(microscopic) 정확성이나 복어의적(複語義的; polysemantic) 정교성을 거의 달성할 수 없으리라.(레빈 164) 조이스에게 그가 그랬을 법한 속물이나 "언어 왕"의 질투적 파노라마식이 되는 것으로부터 구출하기 위해서는 엄청난 노동과 치료법(therapeutics)이 필요했을 것이다.

위의 두 가지 번역은 가장 복잡한 영어와 가장 단순한 영어, 즉 조이스의 지극한 함축어(connotation)와 오그덴의 엄격한 명시적 원의(原義; denotation)를 각각 보여주고 있다. 조이스의 친구들은 그의 영어를 "말의 혁명(Revolution of Word)"으로 격찬하는 반면, 어그덴 일파는 그를 "벨탑붕괴의 인도양(引導羊; bellwether of debabelization)"으로 비난한다. 그러나 조이스는 언어가 지닌 모든 작용을 행사하는 언어의 달인(達人)이요, 한때 그는 그의 호호선생(好好先生) 버전(Frank Budgen)에게 "나는 언어를 가지고 무엇이든지 할 수 있다."고 말했다.

아래 『피네간의 경야』어의 해독을 위하여 한층 세세하게 더 분석해 본다.

(1) 번역을 위한 텍스트 해독의 학구성

『피네간의 경야』의 번역에 앞서 우리가 해야 할 일은, 새로운 언어를 창출하는 작가의 탐구처럼, 이를 해독하기 위한 필자의 끊임없는 학구적 노력이다. 원전의 언어를 몇 가지 의미와 다른 언어로 분석하느냐가 텍스트 해독의 우선적 요건이요, 이는 학구성의 작업이 아닐 수 없다. 또한, 이는 텍스트 해석의 복수성(plurality)이요, 해석의 모호성(ambiguity)을 의미하기도 한다. 언어의 천재인 조이스는 "독서"에 절박한 가능성들의 가능성을 개발하는 데 영도력을 지녔는지라 앞서 어의적 분석에서 드러나는 여러 가지 의미소(意味素; isomorphism)들, 즉 종교, 문학, 무용, 음악, 민요, 신화, 전설 등의 은유들을 그의 새로운 번역 속에 얼마나 수용하는가가 제일 중요하다. 물론 이 모든 것을 무한정 수용할 수는 없는 일이다. 그러나 필자는 이를 염두에 두고 최선을 다하는 것이 번역가의 노력이요, 바람직한 행위이다. 이를 위해 필자는 우선적으로 연구자가 되어야 한다. 그에 대한 기존의 연구서들을 바탕으로 여러 종류의 사전을 섭렵하는 인내와 끈질김이 필요하다. 그래야만 원작가의 주옥같은 해타성주(咳唾成珠)를 기대할 수 있다.

(2) 역작가의 감수성

『피네간의 경야』의 언어는 그 구성이 복잡다기(複雜多岐)한지라, 원어와 그 상대어의 메커니즘의 차이로, 어떤 언어로든 그의 이상적 번역을 기대하기란 사실상 불가능하고 무리다. 50~60개 국어로 혼합된 원전을 단일 언어로 번역한다는 자체가 일종의 역설이요, 억지처럼 느껴진다. 『피네간의 경야』 단어 속의 여러 언어의 혼성을 다른 말로 옮기는 일은 일종의 끝없는 해활천공(海闊天空)인양 기적처럼 느껴지거니와, 특히 『피네간의 경야』의 번역가는 "역작가(譯作家; transwriter)"가 됨으로써 창작가의 최대한의 감수성과 능력이 슬슬 행운유수(行雲流水)처럼 요망된다. 그는 첫째로 텍스트의 모든 정교성을 충분히 감상할 수 있는 원어(source language)의 감식가(connoisseur)가 되어야 한다. 제일 중요한 것은 원문의 모체(matrix)가 담긴 많은 의미의 층(layers of meaning)을 발견하는 일이요, 이를 그의 역문에 가능한 한 많이 도입하는 일이다.

(3) 어휘의 선택과 조작

조이스의 영어 실력은 사전을 거의 총괄하는 실력을 행사함으로써 역독자(譯讀者; transreader)를 놀라게 한다. 번역을 통하여 경험하는 일은 그가 영어 단어 최종의(最終義; 맨 끝 뜻)까지 다 헤집고 파악하고 있다는 사실이다. 그러나 『피네간의 경야』의 "길몽(吉夢)의 언어"는 영어가 주축이 되고, 여타 언어들이 붕괴 혼성된 새로운 언어지만, 그 구성에서 가장 논리적이요 합리적이다. 조이스의 이 유별난 언어유희를 이해하고 번역하는 것은 역독자에게 일종의 제2의 후기창조(postcreation) 같은 느낌이다. 예를 들면, "gullible's travels(가리〔假裏〕바의 여행)"의 한자 "(假裏; camouflage)"에서처럼, 이를 번역하기 위해서 우리는 눈과 귀의 동시적 효과를 동원해야 한다. 〔조이스는 『피네간의 경야』의 제I부 8장인, 아나의 장면을 집필하기 위해 파리의 센 강에 내려가 그의 물결을 직접 보고 물소리를 듣곤 했다는 유명한 에피소드가 있다.〕 이는 거듭 말하거니와, 역독자로 하여금 스티븐 데덜러스가 명상하듯 "가시적인 것의 불가피한 형태" 및 "가청적인 것의 불가피 형태"(U 31) 을 포착해야 하는 예술가적 노력을 의미한다. 이를 위해 원어를 해체하고, 그가 담은 다양한 의미들을 재규합하는 역독자의 창의력이 절대 요건이다.

또 다른 예를 들면, 만일 역독자가 "arraignmant"(219.05)라는 『피네간의 경야』어를 번역한다고 가정할 때, 그는 우선적으로 여러 가지 어려운 난관에 봉착하기 마련인데, 이 단어를 해체하면 arrangement(調整)＋arraignment(糾彈)가 된다. 이를 역독(譯讀)하기 위하여 그 배열과 선택의 기술이 필요하다. 즉 調整糾彈, 糾彈調整, 調彈, 彈調, 調糾, 糾調, 調糾彈, 糾調彈, 糾彈調, 調彈糾 등. 그리고 "relevution"란 단어는 revolution(革命)＋revelation(啓示)으로 해체됨으로써 같은 전철(前轍)을 밟는 수많은 가능성을 보이는데, 이러한 배열의 복수성(plurality)에서 타당한 의미소(意味素; isomorphism)를 선택하는 것은 역독자의 절대적 기술이요 창작에 버금가는(?) 일종의 감수성 및 재치에 해당한다. 이를 위해서는 1) 전후 콘텍스트 안에서 원활한 의미의 소통 2) 의미의 함축성 3) 시각 및 청각적 효과 4) 전체 발음의 뉘앙스 등을 고려해야 한다. 그 결과는 번역의 다양한 가능성과 함께, 작품 역독의 모호성(ambiguity)을 자아내기도 한다. 『피네간의 경야』는 일종의 모호성(ambiguity)의 문학이요, 그의 해석의 다양한 복수성은 여러 부동성(ambivalence)을 가져오기 마련이다. 해석의 "모호성" 밀 "복수성", 및 "부동성"은 모더니즘 문학의 본질이요, 작품해석의 결말은 열려 있다(open－ending).

『피네간의 경야』어의 모호성 또는 그 해석의 복수성을 입증하기 위해 한 개의 『피네간의 경야』구를 생각해 보자. 가령 제II부 2장의 "학습시간"의 장면에서 돌프(셈)는 그의 가련한 어머니를 생각하는데, 여기 "purr lil murrerof myhand"라는 구절이 나온다. 여기서 우리는 두 가지 복수적 해독을 경험한다. 1) Xmas의 노래(lil)의 은유, "Poor Little mother of mine(불쌍하고 가련한 나의 어머니)" 2) purr(고양이 울음), lilt(노래), murrerof(mirror of), myhind(my mind, my behind). "나의 배심(背心)의 가경(歌鏡)." 그러자 역독자(譯讀者)는 이상의 두 개를 타협하여, "으르렁 나의 마음의 사랑하는 경모(鏡母)"로 번역함으로 중용(中庸)의 타협을 선택해 본다. 그리고 보면, 여기 해석은 역독자로 하여금 바로 중용자임을 보여주거니와, 이러한 중용의 기술은 『피네간의 경야』어 번역의 필수 요건이 아닐 수 없다.

(4) 한자의 사용

『피네간의 경야』어의 한어역(韓語譯)을 위해 한자는 편리한 필수적 언어임이 틀림없다. 그것은 국어에 대한 이해력 향상을 비롯하여 사고력 신장, 인성 및 문화 정체성 교육의 바탕이기도 하다. 예를 들면, 다음과 같은 서산대사(西山大師)의 글에,

> 踏雪野中去不須胡亂行
> 今日我行跡遂作後人定

이를 한글로 풀어서 산문화하면,

> 들판의 눈을 밟고 감에 난잡하게 행동하지 말지니
> 오늘 내가 행하고 밟은 행동이 후세 인간을 결정하도다.

또 다른 예를 들면, 필자의 『피네간의 경야』 번역에 대한 金吉中 교수의 과분한 축시에 다음의 것이 있다.

> 題目: 是日也放金重而大人建

> 彼 四 姦 詩 讀 經 夜
> 海 三 夢 犬 甚 難 辨
> 嘲 二 笑 白 不 能 解
> 此 一 譯 本 誰 敢 編

이를 한어역(韓語譯)하면 〔작시자 번역〕,

제목: "오늘은(도) 놓인 금은 무겁고 대인은 강건하네!〔押韻. 辨, 編〕

1)
저 네 편의 간사한 시 밤새워 읽어도
해삼인지 멍게인지 심히 구별하기 어렵네.
비웃음 거듭하고 하얗게 웃으며 해독은 불능!
한데 이 번역서 보라 누가 감히 펴냈는가.

2)
피네간을 밤새워 읽어도
삼면이 바다로 둘린 나라의 꿈꾸는 개의 처지로서는 분별하기 어렵구나.
조이스 말씀하기를 "해독하지 못할 걸!"
한데 이 번역서 보라 누가 감히 펴냈는가.

우선 위의 4행에 이르는 한시는 2종류로 번역되어 있는데, 『피네간의 경야』의 문장 읽기의 범례를 제대로 따르고 있어, 김 교수의 작품 읽기의 숙달을 지각할 수 있다. 이는 수직적 깊이(vertical depth)를 따라 "인접연상(隣接聯想; contiguous association)"(시간, 공간상)의 서술 이야기가 설명되어 있음을 알 수 있다. 〔김길중 교수의 『피네간의 경야』식 한자 풀이에서 보인 그의 "기발한 착상(metaphysical conceit)"은 진작 드러나 있거니와, "모국어로 재어 본 『피네간스 웨이크』(*The James Joyce Journal*, No. 1, p.37~42, 1987)"를 참조하라.〕

위의 한시는 우선 퍽 함축적이다. 한글에서와 같은 "토씨"가 없는 데다가 시제 또한, 전무하여, 『피네간의 경야』어의 특성인 함축성과 암시성을 동시에 지닌다. 또한, 각 철자 하나하나 그리고 나아가 각 철자의 "획(劃)"이나 "변(邊)"이 독립된 뜻을 지니며, 단독의 이미지를 행사한다. 단어 또는 문장은 시각적 및 청각적 효과를 공유한다.

다른 예를 들면, 흔히들 공자(孔子)의 가르침을 인의(仁義) 두 자로 나타내거니와, 어질인(仁)자를 풀어보면 人＋二 두 사람 사이에 거리를 잡고 있는 모습 글씨요, 옳을의(義)를 풀어보면 羊＋我이라, 양은 신에게 바치는 회생물이요, 남들에게 나를 이롭고 올바른 상대적 존재로 정립한다는 모뜸 글씨다. 여기 한자는 그의 "획" 또는 "변"과 함께 몇 개의 이미지들이 군집되기도 한다. 반면에 한글 문은 시제와 "토씨"가 붙고 풀어씀으로써 산문적이요, 『피네간의 경야』어의 취지에 부적합하다. 왜냐하면, 『피네간의 경야』어는 함축과 시적 웅축이 그 생명이기 때문이다.

한자는 퍽 시각적이다. 예를 들면, 삼림(森林; forest)이란 단어는 나무들의 시각군(視覺群)을 형성함으로써, 그 웅집성은 『피네간의 경야』어의 취지를 충족시킬 만하다. 나아가, 우리나라 일상의 언어는 거의 대부분이 한자에서 유래한 것이요, 〔약 7활의 한국어는 한자의 동화(同化)다.〕 순수 우리말은 드물다. 예를 들면, 우리가 자주 쓰는 문자로, "마음먹은 일을 이루려고 괴로움과 어려움을 참고 견디다"이란 말에 "와신상담(臥薪嘗膽; 섶에 누워 쓸개를 맛보다)"이란 한 문자가 있거니와, 여기 그 고사(古事)와 글자를 지각하지 않고, 어찌 그 의미를 알겠는가?

그리고 다음과 같은 글에서 한자가 얼마나 유용한가를 보자, "He cupped his years(here's＋ hears＋ ears＋ years)"(그는 세이〔歲耳〕를 잔청〔盞聽〕했도다). "He cupped(hicupped)(그는 딸꾹질했다)." 그리고 "or the joy of the dew on the flower of the fleets⋯⋯ come to crown(정예화함대〔精銳花艦隊〕의 로환〔露歡〕이 방금 영관〔榮冠〕에 당도했기에.)" 또한, 한자의 다의의 중첩을 보라. "I messaged his dilltoyds sausepander mussels on the kisschen table.(나는 키스부엌 소침목탁〔小枕木卓〕 위에서 그의 어깨멜빵냄비 홍합삼각근〔紅蛤三角筋〕을 전언안마〔傳言按摩〕(마사지)했도다.)" "Dustify of that sole, you breather! Ruemember, blither, thou must lie!(저 유일혼〔唯一魂〕을 소진당화〔消盡當化〕할지라. 그대 식형〔息兄〕이여! 회억〔悔憶〕할지라. 허풍자〔虛風者〕, 그대 틀림없이 허언사침〔虛言死寢〕할지로다!)".

다른 예를 하나 더 들면, 케너(Hugh Kenner) 교수의 첨단 모더니즘 저서 『파운드 시대(*Pound Era*)』에서 "현현(顯現; Epiphany)"의 희한(稀罕)한 말풀이가 있는지라, 즉 日(날일)＋糸(실사)＋혈(頁)＋왕(王)＋견(見), 모두 합하여 5자의 글자 혹은 획으로 구성된다. 이 획(劃)의 한자를 풀이하면, 왕은 면(面) 또는 페이지(頁)에 햇살을 보거니와. Epi―'위, 그 위, 그 외'의 뜻 ＋―phany―현상(現象)의 총화는 데덜러스가 『젊은 예술가의 초상』에서 거론하는 심미론의 *claritas* 혹은 *quidditas*가 된다. "가장 공통의 혼(魂)인 즉, 그것을 짜 맞추면, 우리에게 방사(放射)이듯 하는지라. 물체는 현현을 성취 한다(The object achieves its epiphany). (『영웅 스티븐』, 218)

위의 "한시"나, "삼림(森林)"의 한자는 5개의 나무로 이루어지는 숲이요, 현현이란 말은 "그것 차체다(*that* thing which it is)." 한자의 다른 예로는, "동(東)" 자가 있거니와, 이 자는 동역 동(東)을 의미함과 아울러 나무에 걸린 아침 해, 즉 동쪽을 함축함으로써 『피네간의 경야』어 취지의 합당성을 정당화한다.

다음의 『피네간의 경야』 예문에서 재차 번역상의 한자의 역할을 음미해 보자.

It was of a night, late, lang(long, lag) time agone(ago, gone), in an auldstane(old stone) eld(elm, elder), when mulk(much, most, hulk, mulct, bulk) mountynotty(mountain, mounting, naughty, knotty, mountebank) man was everybully(everybody, bully, bull) and the first leal(real, loyal, little, lisle) ribberrobber(river―robber, river― rover, rib―robber, joker―thief) that ever had her ainway(own way, one way, rain, anal) everybuddy(everybody, buddy, bud, butt) to his lovesaking(lovesick, love―seeking, love―sake, love―making, love's aching) eyes and everybilly(everybody, King Billy, billy goat) lived alove(in love, alone, above, beloved) with everybiddy(everybody, Biddy the hen, bid) else, and Jarl van Hoother(Earl of Howth) had his burnt(burned, burnished, blunt) head high up in his lamphouse(lighthouse, lampoon), laying cold hands(masturbation) on himself.(21.5~11)

　〔번역〕그것은 밤에 관한 이야기, 늦은, 그 옛날 장만시(長慢時)에, 고목 석기시대(古木石時代)에, 당시 아담은 굴토마거(掘土魔居)하고 그의 아낙광녀(狂女)은 물 젖은 비단을 짜고 있었나니, 그때 유야거산남(乳夜巨山男)은 매웅우(每雄牛)요 저 최초의 충실 합법적 늑골도녀(肋骨盜女)가 하여간 그녀의 매신아(每身芽)를 그의 애탐진(愛探震)의 눈으로 현혹했나니 그리하여 매봉양남(每棒羊男)은 여타 매청자계녀(每請雌鷄女)와 사랑을 즐기며 과세(過歲)했나니, 그리고 반 호우드 후터 백작은 그의 등대가(燈臺家)에서 자신의 머리를 공중 높이 광휘(光輝)불태웠는지라, 차가운 손을 그 자신 위에 노략질했도다.

　위의 한자가 "응집된"『피네간의 경야』체의 문장을 다시 기본어(basic language)의 산문의, "느슨한"한어체(韓語体)로 뒤풀이하면,

　그것은 밤에 관한 이야기, 늦은 그 옛날 길고도 나긋한 시간에, 오래된 느릅나무와 돌멩이의 시대에, 당시 아담은 악마 같은 토굴에 살고 그의 미친 듯한 아낙여인은 물 젖은 비단을 짜고 있었나니, 그때 젖먹이 밤의 커다란 산 같은 사내는 온통 황소 같은 몸이요 저 최초의 충실하고 합법적인 늑골 같은 강도 여인은 하여간 그녀의 모든 꽃 봉우 같은 처녀들을 그의 사랑과 떨리는 염탐의 눈으로 현혹했나니 그리하여 온통 막대기 숫양 같은 사내는 여타 모든 간청하는 암탉 같은 여인과 사랑을 즐기며 세월을 보냈나니, 그리고 호우드 언덕의 반 백작은 그의 등대 같은 밝은 집에서 자신의 머리를 공중 높이 빛을 발하며 불태웠는지라, 차가운 손은 자신의 몸 위에서 손 노략질(수음)하며 보냈도다.

(5) 산문시로서의 번역

　『피네간의 경야』는 초(超)-모더니즘(hype-modernism)의 이상본(理想

本)으로서, 앞서 지적한 대로, 현대시에 더 가깝다. 이는 일종의 대 서사시인 동시에, 현대의 사상파(Imagism) 또는 와권파(Vorticism) 시를 상기시킨다. 예를 들면, "사상(寫像)"은 宀(움면)＋鳥(새조)＋人(사람인)＋象(코끼리 상)의 다섯 개의 작은 이미지(small image), 즉 소상(小像)들이 합쳐, 사그라져 가는 불똥(a fading coal)(스티븐의 말을 빌리면) 마냥, 감상자에게 불현듯 떠오르는 대상(大像; Big image)(에피파니)이 마음에 전달된다. 파운드(E. Pound)의 사상파 시에서는 "생생한 시각적 이미지"를 강조하는데, 이는 그의 『캔토스(The Cantos)』나, 또는 『후기 캔토스(Later Cantos)』의 근본적 기법인, 이른바 "비에나 식 기법(Viennese technique)"의 대표적 한 예다. 파운드가 내세운 이미지즘의 표준(criteria)에는 "표현에 공헌하지 않는 단어의 절대적 무(無)사용" 및 "음률의 필요"를 강조한다.〔전출〕

예를 들면, "막연(漠然)"이란 단어를 해체하고 그 이미지 군(群)을 한 번 관찰해보자. 이는 한 일간 신문의 "생활 한자"란에서 따온 것이다. "막(漠)"자는 물이 없이 생긴 모래벌판'을 뜻하는 것이었으니, '물(水)'이 의미 소로 쓰였다. '莫(없을 막)'은 발음과 의미를 겸하는 요소다. 사막은 매우 넓은 땅이니 '넓다. 아득하다'는 뜻으로도 확대 사용된 것은 매우 자연스러운 일이다. "연(然)"자는 '개(犬)', '불(灬)', '고기,(肉―月)가 합쳐진 글자다. '개불고기'가 아니라 개를 잡을 때 털을 불태우는 모습을 그린 것이다. '(불에)' 태우다, 라는 뜻을 그렇게 나타내기로 한 생각이 참으로 기발하다.(「조선일보」, 2001. 4. 3일 자, 36면) 여기 예는 한자 속에 이미지즘 시의 이미지의 부각을, 그리고 이것이 『피네간의 경야』어의 구성과 얼마나 비슷한가를 보여 준다.

이상에서처럼 『피네간의 경야』어가 담은 함축성, 모호성 그리고 그의 시적 직관은 번역의 모호성, 불확실성 그리고 복수성을 초래하는바, 『피네간의 경야』에서 신조어의 특성은 각 단어의 고립이 아니라, 이미지즘 시의 구성 속에 볼 수 있는, 이른바 중색(重色; weightcolous)의 효과, 다른 말로 색조판(palette)을 창조하고 있는 것이다.

『피네간의 경야』의 텍스트는 작품 자체를 위한 일종의 축제요, "장의락(葬儀樂)"(funferal, funferall, funforall)을 위한 의식(儀式) 같은 조문(弔文)을 연상시킨다. 이를 위해 조이스는, 앞서 이미 지적한대로, 과거어(過去語)를 무수히 사용함으로써 장중한 장의곡(葬儀曲)을 연주하는 듯하다. 예를 들면, 그는 수많은 노래의 은유들과 함께, 시적 두운을 가장 두드러지게 사용한다. "If Arck could no more salve his agnols from the wiles of willy wooly woolf!(만일 호고천사[弧高天使]가 더 이상 고의[故意]의 고모[姑毛]의 고[孤]늑대의 교활[狡猾]로부터 그의 번뇌양[煩惱羊]을 고약[膏藥]치료할 수 없다면!)"; "like the belzey babble of battle of boose(마치 폭음폭주병[暴飮瀑酒甁]의 파마왕[破魔王]의 폭음[爆音]처럼)" 등등.

그러나 이상의 예들에서 보듯, 역문에서 이러한 본문의 두음을 살리려고 애를 쓰면 쓸수록, 의미의 차질을 한층 초래하는지라 이는 퍽 이율배반적이다. 따라서 작품의 내용과 형식의 이상적 조화가 모더니즘[또는 포스트모더니즘] 문학의 정신일진데, 『피네간의 경야』가 그 이즘(ism)의 이상본이요 대표적 샘플인데도, 그의 역문은 그 취지를 따르기 극히 힘든 아이러니를 갖는다. 이는 양 국어(또는 만국어)의 언어의 구조적 차이 때문에 불가항력적이요 불가피한 일이다. 그 결과 필자는 여기 운을 살리기 위해 최선을 다할 뿐이다. 『피네간의 경야』의 독자는, 이 작품에서 말의 불합리(absurdity)와 어니그마(enigma)를, 필연적으로, 의미의 생산을 위해 적극적으로 행사하는지라, 거기 의미는 그런고로 "반합작자(反合作者)들의 계속적으로 다소 상호오해(相互誤解)의 정신들(the continually more or less intermisunderstanding minds of the anticollanorators)"(118.24~26)임이 틀림없다.

(6) 번역의 고전성

우리가 마치 『용비어천가(龍飛御天歌)』나 『목민심서(牧民心書)』를 대하듯, 『피네간의 경야』는 "고전(古典) 중의 고전" 같은 느낌이다. 이를테면, 이는 과거 이집트의 고전인 『사자의 책(*The Book of Dead*)』이요, 사자의 "즐거운"향연이다. 현대의 사람들 가운데, 과거 아일랜드인들은, 우리와 마찬가지로(여기 민족적 유사성을 느끼거니와), 장송(葬送)을 축하는 장엄한 장송곡(아일랜드의 희비극인양)을 즐긴다. 이러한 장송의 고전성을 살리기 위해 필자는 한국어의 고전을 탐색하게 되는데, 그 대표적 케이스의 하나가 고어요, 특히 그의 토씨, 이를테면, "가로대," "…… 한바," "하야," "할지니," "할지어다." "하나이다." "이로다." "이도다." "하노라." "이라." "같도다." 등을 그의 역문에 적용해 본다. 이는 또한, 『피네간의 경야』의 개역 서문에서 필자가 이미 밝힌 바와 같이, "원문의 고풍스러운, 연금술적 신비성"을 꾀하기 위한 배려이다. 이러한 고전으로의 회귀(recorso)는 한국의 대표적 고전 문학을 흉내 내는 노력인지라, 예를 들면, 유길준의 『서유기(西遊記)』 속에 독일 사람의 맥주 기호(嗜好)에 대하여 적고 있는 문체 같은 것이다. "이 나라 사람들은 모두 맥주를 기호하야 그 음량이 타국인에 추월한지라 매일 오후에 니취(泥醉)한 인중(人衆)이 노상에서 명정(酩酊)하야 고음낭요(高吟朗謠)하고 심한 자는 도방(道傍)에 실뇨(洩尿)하는 해괴한 습(習)이 있는지라."(이규태의 글에서 인용.「조선일보」, 1999, 10, 20)

또한, 번역의 고전성은 『성서』의 고전 역에서 길을 모색하기도 한다. "야곱의 아들들이 그들에게 말하되 우리는 그리하지 못하겠노라 할례받지 아니한 사람에게 우리 누이를 줄 수 없노니 이는 우리의 수용이 됨이니라."(「창세기」 34.14) "wake"는 아일랜드의 방언으로, "week"라는 전통적 의미를 지니며, 『성서』의 부활주(Easter Week)를 암시함으로써 『성서』적 함축의를 띠거니와, 번역문에서 『성서』 문체의 모방은 『피네간의 경야』의 정신에 크게 위배되지 않을 것 같다.

(7) 한국어의 "피네간의 경야어화"

오늘날 우리의 현실과 주변에서 『피네간의 경야』어와 같은 언어유희와 그 사용은 끊임없이 이루어지며 행해지고 있다. 우리는 매일 신문을 펼치면, 『피네간의 경야』어화(經夜語化; Wakoreanization)를 수시로 발견하는가 하면,

텔레비전의 오락 프로그램에서 젊은이들이 참새 짹짹 황구소아(黃口小兒)마냥 언어를 패러디하여 3행 시구로 글을 짓는 것을 자주 볼 수 있다. 그리하여 『피네간의 경야』의 "우주어"처럼, 어떤 기구나 단체의 명칭을 약자로 표기하는 것이 오늘날 우리 사회의 매스컴의 관행처럼 되고 있다. 버스를 타고 차창 밖으로 지나가는 상점이나 건물의 간판을 눈여겨 보라. 여기 눈에 띄는 수많은 『피네간의 경야』어식(語式)의 언어유희는 우리들 일상을 지배하는 희한한 매체의 변조형상이 아닐 수 없다. 이러한 편리한 "초음속어들"은 모두 오늘날 "초음속"의 빠름의 시대를 암시함과 동시에, 생활을 윤택하게 하는 언어의 묘미요, 문화의 진전임을 알 수 있다.

아래 예들을 더 들어 본다. 〔이들은 거의 대부분이 일상 매스컴에서 얻어진 것이다.〕 "영사모(영화를 사랑하는 모임)", "음대협(음란물 대책협의회)", "WTO(세계무역기구)", "ORCD(경제협력개발기구)", "財界의 큰 孫, 選擧戰(爭)을 치르니 바로 錢爭", "運動靴가 運動禍", "强風의 江風", "超强之妻", "Koram(Korean—American) Bank", "나볶기(나면＋떡 볶기)", "빌라트 Villat(빌라＋아파트)", "敎職社會 師師葛藤", "民願이 民怨", "내알탕(내장＋알탕)", "불버거(불고기＋햄버거)", "Doota(斗山＋tower)", "높푸르다(높고 푸르다)", "흩뿌리다(흩다＋뿌리다)", "올곧다(올바르다＋곧다)", "새록새록 새 생명이 생기는 새봄", "재밌다", "불법, 불찰, 불의에도 불구하고", "북한의 원조. 先供後得아닌 永久先供 일 뿐", "實業高 失業高", "高油價 苦物價", "向方과 方向", "오해에 대한 誤判도 誤判", "寒波一波萬波", "頂上 떠나면 定常으로 되돌아갑니다.", "同居同落", "요즘 Germany(젊은이)", "앗, 車車車!", "뭐니 뭐니 해도 머니(money)가 최고!", "豚이 돈번다.", "暴暑에 曝書(책을 널어 말림)", "선뵈다(선보이다)", "쌀(米)맛 나는 세상", "壽司(수시, 일어)飯店(반점, 중국어)", "수푼(영어, spoon) ＋ 꼭(한어)", "不便에도 不拘하고 不平없이 지내는 忍耐의 人心을 認定해야……", "小童의 騷動보고 호통 치는 長官의 壯觀", "多함께, 多되네", "萬多(많다)", "經夜의 마력은 숱한 밤(夜)을 經하게 하다.", "달콤세콤매콤", "사랑 海!", "歌

舞萬事成!", "미운 鄭, 고운 鄭", "아파트 올라갑니다(lift up＝life up＋lift up, 생활의 高揚).", "Ten elite brain＝Albert Einstein, I am weakest speller ＝ William Shakespeare", "오바마네이션(Obama, 미 대통령 ＋ nation)", "오바마＋토피아(Obama ＋ utopia)".

(8) 『피네간의 경야』어의 등가성

우선 우리는 『피네간의 경야』어를 번역함에 있어서 혁신적(innovative), 모험적(adventurous) 및 도전적(challenging)이어야 하는데, 여기에는 얼마간 의 위험성(riskfulness)이 따르기 마련이다. 조이스는 아랫글에서 이를 시인 하고 있다.

> 중요한 것은 우리가 무엇을 쓰느냐가 아니고, 어떻게 쓰느냐이며, 나의 의견으로는 현대 작가는 모든 위험을 기꺼이 감수하는, 무엇보다 모험자 가 되어야 하는지라, 그리하여 필요하면 자신의 노력 속에 침몰할 준비를 갖추어야 한다. 다른 말로, 우리는 위험스럽게 글을 써야 한다.(『서간문』 I, p. 321)

그리하여 필자 역시 작가의 이러한 위험성을 지니며, 자신의 번역 또 한, 원전의 등가성(等價性; equivalency)을 창출하는 최대의 노력임을 시인해 야 한다. 그러면서도 재삼 강조하거니와, 중요한 것은 『피네간의 경야』어의 그 구성상의 합리성과 논리성에 대해 그가 갖는 한결같은 강박관념이요, 이 어 그에게 원(原) 자가와 비교될 수 있는 창조적 상상력과 정교한 필치를 발 휘할 마음가짐이다. 필자는 이 난해한 작품을 번역하기 위하여 끈질긴, 그리 고 오랜 세월 가끔은 분통 터질 벅찬(demanding) 사전 뒤지기 작업을 감수 해야 한다. 그의 새로운 독자에게 이 등가의 효과(equivalent effect)를 생산 하기 위해 그는 본문을 해체하고, 재편하고, 실험하고, 모험함으로써, 그리 고 단어를 문지르고, 닦고, 갈아야 하는, 이른바 그들의 "수용 능력(receptor capacity)"에 최대한 이바지해야 한다. 그것은 자강불식(自彊不息)의 절차탁마(切磋琢磨) 같은 노력이다.

그리하여 여기에 수반되는 필자의 보상은 궁극적으로 남다른 창조의 기쁨 속에 찾아야 한다. 『피네간의 경야』의 번역은 일종의 심내(審耐)의 예술(art of torture)이요, 스티븐 데덜러스가 되뇌듯, "우리들, 혹은 어머니 다나가 우리들의 육체를 나날이 짜고 또 풀며, 육체의 미분자를 좌우로 움직이는 것과 같이, 예술가가 자기의 이미지를 짜고 또 풀기도 하는"(U 159.322) 일종의 공장(工匠)의 작업 같은 것이다. 여기 번역은 원전의 근사치에 접근하는 노력이요, 양국의 관습과 전통 및 문화의 차이, 특히 언어적 메커니즘의 차별에서 오는 상호보편성(interuniversality)의 결여는 우리들의 기대를 초월한다. 그런데 여기 유념할 것은 직역과 의역의 혼선인바, 전자는 원작가의 틀 속에서 행동이 극히 한정되는 반면, 후자는 자기만의 문학성을 즐기는 일종의 방종(放縱)이다.

아리스토텔레스는 그의 『시학(Poetics)』에서 "문학은 허구이긴 하지만 억측이 아니요, 개연성(probability)이다."라고 했다. 따라서 『피네간의 경야』어의 번역은 어느 언어에 의해서 든 간에 그 절대성(absolutism)이나 정확성(precision)을 요구하지 않으며, 할 수도 없다. 그것은 단지 개연성(probability)을 지닐 뿐이다. 그것만으로도 창조의 예술이요, 대장간 속의 단금(鍛金)의 시련이며, 다시 스티븐의 말대로, "가능한 것으로서의 가능성(an actuality of the possible as possible)"(U 21)의 잠재적 실재성(practicality)의 개발이다. 최근에 만인이 감탄하는 연구서라 할, 『조이스의 어둠의 책(Joyce's Book of the Dark)』의 저자인 존 비숍 교수는 말한다. "독서는 마치 의미의 해석과 발견처럼 『피네간의 경야』에서 복수적(複數的)으로 단금(鍛金)되도록 제작되어야 한다."(Bishop. 『피네간의 경야』 원본, 펭귄북스, 1992, XIII)

13. 『피네간의 경야』의 첫 단락 읽기

『피네간의 경야』의 수많은 인유들의 예에서 보듯, 조이스의 『피네간의 경야』 속에 함축된 지식은 가히 책더미 같은 한우충동적(汗牛充棟的) 백과사전 격이다.

아래 작품의 첫 페이지의 한 단락은 그것의 주요한 주제들을 비롯하여 그의 수많은 인유들을 수용하고 있는 본보기이다. 이를 읽기 위해 필자는 원문의 난마와도 같은 얽히고설킨 그 특유의 언어를 어의적(語義的; exegetic) 분석을 통해 그 실체를 파악하고자 한다. 이는 우리에게 엄청난 학구성(scholarship)을 필요로 하거니와, 각종 언어 사전들을 비롯하여 기존의 수많은 연구서들을 원본의 자매 본(sister book)으로 삼아, 그들과 계속 상담함으로써, 『피네간의 경야』 읽기의 실천을 수행할 수 있다.

작품의 첫 4개의 문단들(3~4)은 책의 서문 격으로, 전체 작품을 통하여 끊임이 돌고 도는, 작품의 주제를 돕는다(아래 자세한 어의학적 분석은 이 주제의 중요성을 강조하거니와, 이보다 자세한 분석은 필자가 행한 기존의 주석본〔註釋本〕을 참고해야 할 것이다.)

> riverrun, past Eve and Adam's, from swerve of shore to bed
> of bay, brings uo by a commodius vicus of recirculation back to
> Howth Castle and Environs. (03)

위에서 본문의 첫 문단은 『성서』의 「창세기(Genesis)」를 암암리에 암시한다. 여기 흐린 무대 위에, 그리고 우주를 배경막(背景幕; backdrop)으로 삼아, 지상의 장면들과 인물들이 창조의 드라마 속에 나타나기 시작한다. 풍경 자체가 행동을 모색하고, 그리하여 원초적 여명 속에 우리는 한 줄기 강과 한 뭉치 산을 아련히 식별한다. 이러한 배경(산하〔山河〕), 위크로우 산과 리피강)은 작품의 서문 격으로, 아래와 같은 본문의 언어 분석에서 가능하다.

riverrun：『피네간의 경야』의 최초의 단어로서, 이는 아주 적합하게도 소문자로, 문장의 중간에서 시작하며, 그것이 작품의 최후의 단어에 이어짐으로써, 이야기의 흐름은 시작이나 끝이 아니요 연속임을 보여준다. 따라서 작품은 환(circle)으로 구성되고, 최후의 단어가 최초로 이어져, 오메가가 알파로 바뀜으로써, 역사의 염주환(念珠環)이 된다. 따라서 "riverrun" (river+run, 강―흐름)은 『피네간의 경야』의 환상 계획에 의한 단서 이상으로 작품 자체의 본질을 특징짓게 한다. 왜냐하면, 이 작품에서 공간과 시간은 유동적이요, 의미, 등장인물들 및 어휘들은 한결같은 유동성 속에 존재하기 때문이다. 주인공(피네간)은 사방에 산재한다. 즉, 그는 연어 연못을 그늘 짙는 느릅나무 속에, 시내 물 위에 떨어지는 그림자 속에, 잔물결 아래의 연어 속에, 눈부신 햇빛 속에, 태양 그 자체 속에 존재한다. "riverrun"은 또한, 이 세상사들이 지탱하는 시간의 흐르는 강이기도 하다.

past Eve and Adam's：작품은 장소의 구성으로 시작된다. "riverrun"은 흐르는 리피강으로, 더블린 시내를 관류하여 더블린만까지 나아가는데, 한쪽 강둑에 Adam and Eve′s 성당이 있다.(본문의 이름의 전도〔顚倒〕는 Vico의 순환을 암시한다). 아담과 이브는 인류 역사의 시작으로, 그것은 작품의 시작이요, 에덴동산, 성적 양극성, 인류의 몰락 및 재생의 약속을 암시한다. "past Eve"는 "Stephen"으로 연계할 수 있을 것이다.

from swerve of shore to bend of bay：우리는 리피강의 하구에서부터 더블린의 해안선의 지형을 따르는지라, 거기 더블린만(灣)의 파도가 호우드 언덕을 조동모서(朝東暮西) 연타하고 있다. 해안의 변방은 도서(島嶼) 자체가 아름다운 여성의 수줍은 몸집 격으로, 만의 해수의 공격을 초래하는데, 이는 작품 속에 거듭되는 유혹의 주제를 암시한다. 더블린만(灣)의 해수는 호우드 언덕을 계속 침으로써, 방어자(防禦者)(아일랜드)의 머리를 계속 공격하는 침입자들(노르웨이인들0이 되는 셈이다.

a commodius vicus of recirculation: recirculation(회환)은 비코의 역사 회귀(recorso)의 주제를 선언함과 아울러, 그의 형이상학적 축 위에 피네간의 환이 맴도는 것을 암시한다. 핵심 용어인 vicus는 공도(公道)를 의미하며(나그네가 확인한바, 실지로 더블린 외관에는 '비코 도로'가 해안선을 따라 나 있다), 이탈리아의 철학자 Vico의 라틴어명 이기도 하다. "Commodius"는 우리를 로마의 역사로 되돌려 놓거니와, 이 용어는 Commodus 제왕 시절의 부패의 통렬한 상징이다. 이는 또한, 오늘의 문명을 파괴로 인도하는 광역도(廣易道)를 암시하기도 한다.

back to Howth Castle and Environs: 호우드 언덕은 더블린의 이정표 격이요, 그 허리에 성(城)을 지니며 만을 경계하듯 내려다보고 있다. 이는 전설에 의하면, 옆으로 누운 거인 피네간으로 간주되어, 그의 배(腹)는 더블린 시(市)요, 그의 두 발은 피닉스 공원의 두 작은 Knock 언덕이다. 만일 리피 강이 여성 주인공이라면, 이 잠자는 고래 같은[『율리시스』 제1장에서 스티븐은 이를 확인하거니와] 풍경을 띤 거인은 남성 주인공이요, 이 가로누운 몸체 주변에 역사적 사건들이 군집하고 있다. 이를테면, 언덕의 정상에는 핀 맥쿨의 보초들이 바다로부터 다가오는 침입자들을 경계하며 서 있다. 수세기 뒤에, 앵글로―놀만의 왕 헨리 2세가 섬을 점령했고, 현재의 성은 침입자의 무리 중의 하나인 트리스트람(Almeric Tristram) 경에 의하여 건립되었다. 그것은 아서 왕의 번성한 세기의 로맨스로서,

여기서 그와 함께 트리스트람과 이졸데의 서로의 사랑의 로맨스가 얽힌다.

Sir Tristram, violer d'amores, fr'over the short sea, had passencore rearrived from North Armorica on this side the scraggy isthmus of Europe Monor to wielderfight his penisolate war. nor had topsawyer's rocks by the stream Oconee exaggerated themselves to Laurens County's gorgios while they went doublin their mumper all the time. nor avoice afire bellowsed mishe mishe to tauftauf

thuartpeatrick. not yet, though venissoon after, had a kidscad but-
tended a bland old isaac. not yet, though all's fair in vanessy,
were sosie sesthers wroth with twone nathandjoe Rot a peck of
pa's malt had Jhem or Shen brewed by arclight and rory end to
the regginbrow was to be seen ringsome on the aquaface. (03)

Sir Tristram: 전설의 연인이요, 사랑의 악사인 Tristram(이졸데의 애
인)은 처음 영국 서남부의 주(州)인 크롬웰(Cronwall)로부터 배를 타고 아
일랜드에 도착했는바, 같은 해상을 호우드 성의 건축자인 Sir Almeric
Tristram(영국의 Brittany, North Amorica 출신)이 건넜다.

violer d'amores: violer. violator(능욕자=violenter(F), d'amore(F).
of love, violin player; viola d'amore. 악기 명. 셰익스피어 작 『12야』에
나오는 Viola의 암시

fr'over the short sea: from over the Irish sea

passencore: pas encore(F); not yet

rearrived: 비코의 순환의 암시

North Armorica: North Brittany는 영국의 트리스트람과 아일랜드의
이졸데의 사랑과 죽음의 현주소다. 그곳은 또한, 젊은 이졸데, 즉 브리타니
의 이졸데와 트리스트람의 상심하고, 신방(新房)을 치르지 못한 결혼의 장소
다. North America, 북미. 잇따르는 구절은 바다 건너 신세계에 대한 환기
로서, 그곳에서 많은 아일랜드인들은 영국의 약탈자들로부터 피신하고, 이
어 돈과 권위를 쌓았다.

scraggy: scraggy. 울퉁불퉁한; cragy. 수곡(首谷)의

isthmus: 호우드의 수곡(首谷) 격인 Isrhmus of Sutton(본토와 섬을 연
결하는 길목. 우리나라 제주도와 일출봉을 연결하는 분지와 유사); isthmos(G).
neck

Europe Minor: 아일랜드

wielderfight: refight; wickler(휘두르다); wielder(G). again

penisolate war: late 또는 recent war of penis, 또는 pen—isolate war(문사 Shem 또는 트리스트람의 고전[孤戰]; Peninsula War, 반도 전쟁 [1809~14]). 웰링턴은 더블린 태생의 최초의 백작인 Arthur Wellesley로, 그는 영국군을 이끌고 스페인, 포르투갈과 연합하여 나폴레옹의 프랑스군을 이탈리아 반도에서 몰아내었다. 이는 죄지은 사랑에 대한 트리스트람의 주제를 반영하는 것으로, 트리스트람과 두 이졸데(그녀는 왕의 약혼녀요 트리스트람의 애인)의 전설은 유명하다. 조이스는 이를 작품 주제의 하나로 삼고 있는데, 이 유형은 H.C. 이어위커에 아주 적합하다. 그는 자신이 이졸데로 비유하는 매혹적인 딸인 이씨(Issy)를 가지는 반면, 그의 변형인 자신의 아내 ALP는 그에게 아일랜드의 이졸데와 동일하다. 두 여인들 사이에 부심(腐心)하는, 이 남자는 젊은 여인(딸)에 의하여 매혹되고 파괴되지만, 그의 상처는 자신이 결코 버릴 수 없는 노여인(Anna), 즉 그의 아내에 의하여 치유된다. 여기 호우드 언덕은 일종의 반도 격이다.

topswayer's rock: Tom Sawyer와 Huck Finn 및 Mark Twain(아일랜드 출신의 미국 작가)과의 연관성, 두 사람이 통나무를 톱질할 때, topsawyer(위쪽 톱장이)는 성공자요, pitsawyer(구덩이 속의 아래쪽 톱장이)는 실패자로 각각 상징된다. 이 이미지는 양 적대자(형제)의 다툼을 암시한다.

rock: 바위 또는 money의 속어; 바위는 미국 조지아 주의 로렌스 카운트(이민자의 착지)에서는 재산의 상징이다.

the stream Oconee exagerated themselves to Laurens County's gorgios: 미국 Georgia 주 Laurens county를 통하여 흐르는 강; 아일랜드 최초의 이민자 Peter Sawyer(더블린 태생)는 이 강둑에 주의 수도로서 "더블린"을 세웠다(오늘날 미국에는 20여 개의 동명의 시들이 있는데, 이들은 모두 아일랜드 이민자들에 의해 세워진 것이다).

exeggerate themselves: 이는 "인구 또는 재산의 증가"를 의미한다. Georgia 주의 주민들은 "gorgios"라 불리는데, 이는 Topsawyer의 바위(돈)의 결실이다.

Laurens: 앵글로—놀만의 침공을 방어한 더블린의 수호성자요, 대주교인 Lawrence O'Toole. 이 구절은 아일랜드뿐만 아니라, 아메리카에 대한 언급이요, 또한, 앵글로—놀만 정복 시기의 아일랜드에 대해 분명히 언급한다. 나아가, 이때 성 Lawrence의 후원 아래 자신의 승리를 축하하기 위해 Sir Almeric Tristram은 그의 가족 명을 Lawrence로 개명했다.

double: Doubling all the time. "상시 배가(倍加)": 더블린의 표어.

mumper: in number, piling up(중첩). "mumper" 또는 "mum"은 감주(甘酒; beer)로서, 1492년에 처음 양조되었던바, 이 해에 아메리카의 신대륙이 발견되었다. HCE는 비어와 동일시되며, 그는 자신의 주점에서 비어를 소모할 뿐만 아니라, 손님들에게 판매하고 있다. "doubling mum"은 복수태(複受胎)의 주제, 즉 한 세계가 다른 세계 위에서도 서숙하는 것을 소개하는데, 이는 『피네간의 경야』의 역동성(dynamism)의 커다란 열쇠가 된다.

(이상의 이미지들로 충만된 구절을 요약하면. HCE의 성공한 아들들은 그들 이전의 그들의 부[아비]처럼, 동에서 서로 이주했는지라, 아메리카에 정주하여, 큰 자손을 낳고, 그들에게 화려한 번영을 유증하도다. 여기 생식과 번영의 생각은 "상시 그들의 수를 배가중첩하다."란 표현으로 드러난다).

avoice afire bellowsed mishe mishe to tauftauf thuartpeatrick: 이 구절은 근본적으로 성 패트릭과 그의 아일랜드의 기독 화에 대한 언급이다. 즉, 여기 성 패트릭은 토탄국(土炭國; tauftaufr)인 아일랜드를 세례 한다. Taufen은 독일어의 "세례"를 의미하며, 이는 성 처녀의 정신적 은사인 성 Germanicus를 상기시킨다. 지하의 한 가닥 불로부터 섬의 성처녀의 목소리가 들린다. 이 성처녀는 Brigit 여신으로, 자신이 세례를 받자, 성 Brigit가 된다. "Mishe. mishe"는 그녀의 원주민어로서,"I am, I am"의 뜻, 이리하여 이 말은 만물의 여성적 존재, 즉 ALP로서 그녀의 성격을 확약시킨다. 정신적 비유의 수준에서, 패트릭은 HCE, 즉 영원한 침입자이다.

mishe: 혼성, me, me(Gae), Moses, Moses. 여기 그는 자신의 영원한 생명의 활력을 가지고 어머니 아일랜드를 비옥하게 한다. 토탄 불은 성

패트릭의 연옥의 전설적 기적에 대한 언급으로, 그가 땅 위에 원을 그리자, 땅이 불꽃 속에 열린다. 이 불 속으로 그의 가장 열렬한 개종자가 내려간다.

bellowed: 혼성 풀무하다. 이는 사도의 바람 이는 설교에 대한 토탄불(peatfire)의 반응을 암시한다.

thuartpeatrick: windy St Patrick

not yet, though venissoon after, had a kidscad buttended a bland old isaac: 이 구절은 『성서』의 「구약」에서 Jacob(야곱, 동생)과 Esau(에서, 형)의 형제의 다툼(장자의 명분을 위한)에 대한 언급이다. 여기에서 큰아들을 축복하기를 바라는 아비 Isaac(이삭)은 악동(작은 아들)의 간계의 표적이 된다. 아일랜드의 역사에서 아이작 바트는 1877년에 젊은 파넬의 음모로 아일랜드 국민당으로부터 축출 당한다.

venissoon: 『성서』의 Esau의 사슴고기(venison), 그의 조달자(purveyor, Esau); very soon; kidscad; kid's trick. 양피 요술; 바트: "바트head(개머리판)". 파넬의 별명; 바트. ousted. 축출되다. bland old isaac. 얼빠진 늙은 아이작.

all's fair in vanessy: all's fair in the vain game of love. 셰익스피어의 맥베스(Macbeth)의 성(城) 이름. 맥베스는 운명의 3여신(Weird Sisters)의 간계에 의하여 유혹된다.

sosie: (F) twin

sesthers: Esther Sisters. 『성서』의 3여주인공 Susannah, Esther, Ruth의 변형, 젊은 여성들을 위한 노인들의 사랑을 포함하는 『성서』의 세 이야기들의 여주인공들. 스위프트가 사랑한 두 자매 Stella(Esther Johnson) 및 Vaness(Esther Vanhomrigh)이기도 하다.

twone: two ─ one; two ─ in ─ one

nathandjoe: Dean Jonathan Swift의 별명으로 Wise Nathan 및 Chaste Joshep. 그는 두 젊은 처녀 애인들인 스텔라와 바네사에 의하여 깊이 사랑에 빠지고 갈등한다.

Rot a peck of pa's malt: rot. 허튼소리; peck. 한 묶음; 노래의 인유.
"Not Willie Brewed a Peck o'Malt." malt: 맥주

Jhem or Shen: Jameson whiskey(아일랜드 산); 『성서』의 이야기에서
대홍수 뒤의 노아는 Ararat에 도착하고, 그곳의 땅을 경작하고 포도밭을 가
꾸나니, 그는 포도주를 마시고 취하자, 그의 장남 Ham에게 자신의 나신이
발각된다. 그러나 다른 두 아들 Shem과 Japhet이 그의 나신을 망토로 가려
준다. 이 이야기는 HCE 가문(주점)의 두 아들들인 셈과 숀의 쌍대성(雙對
性)으로 함축될 수 있다. Shen. (Ch) 신 또는 정령; 신시대의 도래

brewed: Guinness brewery

rory end to the regginbrow: rory end. bloody end(red colour) of
rainbow; (L) roidus. dewy; Rory는 아일랜드의 고왕(High King)이었던
Rory O'Cinnor를 함축하는데, 당시 정복자인 헨리 2세의 왕산정(王山頂)이
동쪽 수평선상에 나타났는지라, 이는 노아 시절의 무지개(영세의 상징)처럼,
신시대의 도래를 상징한다. reggginbrow. (G) Regenbogen, rainbow.

ringsome on the aquaface: (G) around; 반지 환(環); aquaface. 해
면. surface of water; 그리하여 동양을 향해 무지개는 바다의 표면 위에 그
반사를 던진다. 이 무지개는 하느님의 약속이요, 인간의 희망의 증표인지라,
그의 아름다운 7빛깔과 함께, 『피네간의 경야』의 지배적 이미지다.

무지개는 우레 성을 선언하나니, 이는 하느님의 분노요, 인간의 공포의
표식이다.

The
all(bababadalgharaghtakaminarronnkonnbronnbannerrontuonnthunntrovarrho
nawnshawntoohoohoordenenthurnuk!) of a once wallstrait oldparr is re-
taled early in bed and later on life down through all christian min-
istrelsy. The great fall of the offwall entailed at such short notice
the pftjschute of Finnegan, erse solid man, that the humptyhillhead
of humself promptly sends an unquiring one well to the west in

quest of his tumptytutoes and their upturnpike—pointandplace is at the knock out in the park where oranges have been laid to rust upon the green since devlinsfirst loved livvy.

babababadalgharaghtakaminarronnkonn......: "천둥소리"; (힌두어) karak; (희랍 어) brontao; (프랑스어) tonnerre; (이탈리아어) tuono; (스웨덴어) aska; (포르투갈어) trovao; (고대 루마니아어) tun; (덴마크어) tordenen 등.

wallstrai: 뉴욕의 벽가 붕괴(Wall Street Crash)

oldparr: 음란으로 비난받던 영국의 100세 노인.

christian minstrelsy: Christy Minstrels. 크리스티 악단(흑인으로 분장하여 흑인의 노래를 부르는)

offwall: 이벽(離壁)

pftjschute: 돌마간(突馬降), Lucifer's sudden fall; (F) chute. fall, 유성의 돌강(突降)

entall: cause 야기하다

erse: 늙은 (old)

solid man: "The Solid Man". 더블린의 음악당 연주자인 W.J. Ash-croft의 별명.

humtyhillhead of humself: Humpty Dumpty(땅딸보). 이어위커; 만일 호우드 언덕이 잠자는 거인(피네간)의 머리라면, 그의 발은 피닉스 공원에 고추 서 있다. 호우드 Head(Ben)에 있는 고대 캐룬(cairn; 원추형 돌무더기)은 아일랜드 신화의 Fenian의 환속의 한 위대한 용사, 즉 Finn MacCool의 머리로 믿어진다.

prumptly: promptly. promptly + prudently

humself: 그이 자신 himself; hum. 속임 또는 소리의 음

unquiring one: 문객 inquiring man, visitor

tumptytumtoes: tumptytum. humpty Dumb 혹 달린 벙어리; yum. 둥둥 음; HCE의 발가락(toes)

upturnpikepointandplace: Chapelizod의 turnpike

the knock. Castleknock. 피닉스 공원의 서쪽에 위치한다.

oranges...... upon the green: Orange. "최초로 먹은 과일"이란 어원을 지닌 오렌지에 대한 바스크(Basque; 스페인 산악지대)의 말. Green은 Orange와 마찬가지로 "도당"의 이름이기도.

rust: (Du) rest(휴식)

devlinfirst: first Dubliner 최초의 더블린 정주자

livvy: live, living, lift(도躍). Liffey강

이상의 『피네간의 경야』 언어의 분석적 해석에서 우리는 다음의 인유들이 함유되어 있음을 총괄할 수 있거니와, 이들은 모두 작품의 배경을 형성하고, 거듭되는 환의 소재들이다. 즉,

(1) 지형(지리) (2), 역사 (3) 문학(사랑, 전쟁과 평화) (4) 민속, 신화
(5) 신학, 『성서』 등.

이들을 다시 상설하면, 아담과 이브의 추락, 비코의 철학, HCE, 로마 제왕, 아서 왕의 로맨스, 트리스탄과 이졸데의 사랑, 웰링턴과 나폴레옹 전쟁, 마크 트웨인(작가), 성 패트릭, 조나단 스위프트, 노아의 홍수, 접신론, 뉴욕의 증시, 험프티―덤프티 동요, 호우드 언덕, 더블린만, 오렌지 당원, 리피강, 등등.

14. 『피네간의 경야』의 끝 단락 읽기

『피네간의 경야』의 종말 읽기. 그것은 진정 "공동의 독자"를 위한 감미로운 시(詩) 자체다. 작품의 최후인, 다음의 글귀는 『율리시스』의 몰리의 마지막 서정적 독백처럼, 무성(無性) 속으로 증발하고, 용해하며, 마지막 "해동(解凍; thaw)" 속으로 녹아든다. 이는 얼마나 읽기 쉽고 감동적이랴! 조화월석(朝花月夕)같은 새벽의 묘사다.

I sink I'd die down over his feet, hunbly dumbly, only to wash-up. Yes, tie. There's where. First. We pass through grass behush the bush to. Whish! A gull. Gulls. Far calls. Coming, far! End here. Us then. Finn, again! Take. Buss0ftlhee, mememormee! Till thousendsthee. Lips. The keys to. Given! Away a lone a last a loved a long the.(628)

위를 한역 하면 아래와 같다.

나는 사침(思沈)하나니 나는 그의 발 위에 넘어져 죽으리라. 겸허하여 벙어리 되게, 단지 각세(覺洗)하기 위해, 그래요, 조시(潮時). 저기 있는지라. 첫째. 우리는 풀[草]을 통과하고 조용히 수풀로. 쉬! 한 마리 갈매기. 갈매기들. 먼 부르짖음, 다가오면서, 멀리! 여기 끝일지라. 우리를 이어, 핀, 다시(어젠)! 가질지라. 그러나 그대 부드럽게, 기억(수[水]할지라! 수천송년[數千送年]까지. 들을 지니. 열쇠. 주어버린 채! 한 길) 한 외로운 한 마지막 한 사랑 받는 한 기다란 그.(628)

다음의 주석은 "보통의 독자"에게 위 구절의 더욱 쉬운 감상을 위한 것이 되리라. 이는 긍정의 "ta"인 아일랜드의 소리로서, yes를 뜻하며, 조이스가 그의 당대의 지인이요, 작가인 지에(Gillet)에게 말했듯이, "최후의 숨결이요, 무(無)이다." 남성과 여성의 대립(opposite)은 오르가슴의 잠음, 죽음, 프랑스인들이 말하는 *la pettite mort*(소사〔小死〕) 속에서 만난다. ALP 는 망각 속으로 추락하면서, "소사"를 숨 쉬고, "기억수(記憶水)할지라!" (mememormee!), 나를 나의 죽음에서 기억하라. 그녀의 입술 위에 트리스 탄(Tristan)의 어두(語頭) T 와 함께 죽는 이졸데(Isolde). Liebestod(독일 어)—죽음의 사랑이여.

ALP는 죽어가고 있는지라, 그녀의 딸 이씨는 자신의 자리를 대신하고 있다. "언덕으로부터 낭처(娘妻)를 위하여. 히말라야의 환환상(幻幻像), 그 리하여 그녀(이씨)는 다가오고 있도다. 나의 남자의 최후부에 부영(浮泳)하 면서, 나의 꽁지에 마도전(魔挑戰濕)하면서"(627), 해당화 화중선녀(花中仙 女)여!

작품의 마지막 페이지는 조이스의 백조의 노래(swan song)(또는『율리시 스』에서 셰익스피어의 스트랫포드-온-에이본의 백조의 노래(U 155)요, 미국의 작 가 오 헨리(O Henry)의 단편 이야기인, "마지막 잎사귀(Last Leaf)"및 리 피강의 최후로서, 마지막 다엽(茶葉)이다. "잎이 있는 곳에, 희망 있나니" (227). "단지 한 잎, 바로 한 잎 그리고 이내 잎들"(619). "그들(고대인들) 은 살았고 웃음 지었고 사랑했고 그리고 떠났지요.(18) 그리고 독자에 대한 조이스의 충고인 즉. "그걸 가질 것인가 이엽(離葉)할 것인가(tare it or leaf it.)"(118)

『피네간의 경야』의 첫 및 마지막 페이지는, 더블린의 트리니티 대학 스 트바넥(Strabanek) 교수의 지적대로, 시인 테니슨(Tennyson)의 「죽어가는 백조(*Dying Swan*)」의 시행을 상기시킨다.

내부의 목소리로 강은 달렸나니,
그 아래로 죽어가는 백조는 부동했도다.

여기『율리시스』의 초두에서, 벅 멀리건(Buck Mulligan)이 들먹이듯, "위대한 감미로운 어머니(the great sweet mother)"(U 4~5)인, 바다가 『피네간의 경야』의 말미에서 재현한 셈이다. 이는 물론 심미적(審美的) 스윈번 (Swinburne)의 「시간의 승리(*Triumph of Time*)」의 시행에서 따온 것이다.

> 나는 위대하고 감미로운 어머니에게 돌아가리라,
> 남자들의 어머니요 애인인, 바다.
> 나는 그녀에게 내려가리라, 나와 다름 나닌 자.
> 그녀와 눈을 감고, 그녀에게 키스하고, 그녀와 썩힐지라.
> 나의 입술은 그대의 입술의 거품을 즐기리라,
> 나는 그대의 솟음과 함께 솟으리라, 그대와 함께 가라앉으리라……

여기 스윈번의 "아름다운 백모(白母)"는 "냉광부(冷狂父)"를 대신하는지라, 핀 맥쿨, 리어 왕 그리고 아일랜드의 해신 마나난(Mananaan)이다. 차가운 바다를 포옹하는 리피강은 『율리시스』에서 그의 청년시절의 남편 리오폴드 블룸에 관해 꿈꾸는 몰리를 닮았다. "오 저 무시무시한 깊은 급류 그리고 바다…… 그리고 그의 심장은 그의 심장이 미칠 듯이 팔딱거렸어. 그리하여 나는 그러세요, 하고 말 했어. 그렇게 하겠어요. 네."(U 649~50)

조이스의 초기 시 「한 푼짜리 시들(*Pomes Penyeach*)」 중의 "하나의 기도(A Prayer)"에는 『피네간의 경야』의 종말의 예기적(豫期的) 씨앗이 들어있다.

> 멈춰요, 말없는 사랑이여! 나의 악운이여!
> 당신의 은밀한 접근으로 나를 눈멀게 해요, 오 자비를 베풀어요,
> 나의 의지의 사랑 받는 적(敵)이여!
> 나는 내가 두려워하는 차가운 감촉을 감히 견디지 못해요.
> 계속 내게서 끌어내요
> 나의 느린 인생을! 내게 한층 몸을 굽혀요, 위협하는 머리를……
> 나를 가져요, 나를 구해 줘요, 나를 위안해요, 오 나를 살려줘요!

"하얗게 편 날개 아래로 그가 방주천사(方舟天使) 출신이 듯이 (whitespread wings like he´d come from Arkangel´s)"라는 구절은 신화의 레다(Leda; Helen의 어머니)에게 하강하는 제우스 및 성수태 고지의 천사 가브리엘(Gabriel)을 대표하는데, 후자는, 전자처럼, 처녀를 임신시켰다. 처녀 탄생은 죽음과 부활로 인도할 것이요, 레다는 험티덤티(Humpty—Dumty)(땅딸보) 알을 낳을 것인 즉, 그로부터 쌍둥이들, 셈과 숀은 뛰쳐나온다. "그대의 시식인(屍食人)의 남인어(男人魚)가 우리들의 처녀 채식주의자의 백조를 좋아하게 될 때 무슨 일이 일어날지 알겠는고?(See what happens when your somatophage merman takes his fancy to our virgitarian swan?)"(171.02). 여기 가브리엘(Gabriel)은 『더블린 사람들』의 마지막 이야기 「죽은 사람들(The Dead)」의 끝을 상기 시킨다.

> 관용의 눈물이 가브리엘의 눈을 채웠다…… 우주를 통하여 사뿐히 내리는 눈, 그들의 최후의 내림처럼, 모든 사라지는 자들과 죽은 자들 위에, 사뿐히 내리는 눈 소리를 듣자, 천천히 여울져 갔다.(D 220)

백조는 이운다. 죽음은 가깝다. 흰 새(백조)는 어두워진다. "당신은 엄습했나니, 암울하게 요동치면서, 커다란 검은 그림자처럼 나를 생판으로 찌르기 위해 번뜩이는 응시(凝視)로서. 그리하여 나는 얼어붙었나니 녹기 위해 기도했도다."(626.24). "그(The)"—죽어가는 백조의 최후의 소리, 치명적 상처 입은(lethally wounded), 희랍 신화에 예수가 백조의 모습으로 사랑을 나누었다는 레다, "가장 작은 상처소음(the lethest zswound)"(214.10) 내가 망각의 강(Lethe)을 가로지를 때 나를 기억 할지라—무덤 너머로부터 조이스의 목소리를.

마지막 눈물이여, "그녀의 최후의 눈물로 한숨짓는 밤. 이제 끝(She signs her final tear. Zee End)"(628.27) "눈물을 숨기기 위하여, 이별자(離別者)여(To hide away the tear, the parted)."(625.30) 떠나는 자의 "그."(628.

16) 그것은 종말이라.

마지막 키스. 아라 나 포그(Arrah na Pogue), 키스의 노라, 그녀가 그에게 구강성교의 키스(a French kiss)를 주는 메시지의 수단(편지의 전달)으로 그녀의 애인을 해방하면서, ALP는 우리에게 그녀의 수수께끼에 대한 열쇠를 주나니. "열쇠. 주어버린 채(The keys to. Given)!"(628.15). 『피네간의 경야』의 문을 여는 골격의 열쇠(skeleton key)라. 예수는 베드로에게 말했나니, "그리하여 나는 그대에게 천국의 열쇠를 주리라"(「마태복음」 16.19). 그러나 『피네간의 경야』는 천국에 있지 않고, 지옥에 있다. 성 요한의 비전으로, "천사는 바닥없는 구덩이의 열쇠를 지니고 천국으로부터 내려왔도다."(「요한계시록」 20.1) 학립군오(鶴立鳴群)마냥.

최후의 구절인 즉,

핀, 다시(어젠)! 가질지라.	Finn, again! Take.
그러나그대부드럽게,	Bussoftlhee,
기억(수[水])할지라!	mememormee!
수천송년(數千送年)까지	Till thousendsthee.(628.14)

이제 아래『피네간의 경야』의 한 특별한 문장 읽기의 범례를 살펴보자. 어떻게 수직적 깊이(vertical depth)를 따라 "관념 연상(contiguous association; 시간, 공간상)"의 서술 이야기가 설명되는가?

프로이트의 정신 분석적 양상에 의하면, 무의식은 자유 연상에 의하여 인접한 사고들을 미로적 연쇄로 연결시킨다. 심지어 『율리시스』의 초기 부분들에서 조차, 조이스는 자유 연상의 원리 위에 대화를 구조한다. 스티븐의 멀리건과의 첫 대화 중 하나는 손수건의 요구로부터 스티븐의 어머니의 죽음으로, 코딱지, 바다 및 가래침의 색깔에서, 『피네간의 경야』의 꿈의 세계에서, 서술적 시종 일관성은 심지어 한층 큰 스케일의 관념 연상에 의해 있음직하지 않는 코스를 따라 굽이쳐 흐른다. 한 특별한 '경야' 문장은 어떻게 관념 연상적 연관이 서술적 행(行)을 따라 수직적 깊이를 창조하는지를 다음 에 보여준다.

—It was of The Grant, old gartener, qua golden meddlist, Pub-lius Manlius, fuderal private, (his place is his poster, sure, they said, and we're going to mark it, sore, they said, with a carbon caustick manner) bequother the liberaloider at his petty corpore lezzo that hung caughtnapping from his baited breath, it was of him, my wife and I thinks, to feel to every of the younging fruits, tenderosed like an atalantic's breastswells or, on a second wreathing, a bright rauth bight ahimmeryshaking for the welt of his plow. (336~21)

[HCE의 이야기 시작] 그것은 늙은 훈원사(勳園師), 그랜트 여장군(與將軍)[1], 황금 메달리스트에 *관한*, 공인(公人) 만리우스,[2] 연장병사(聯葬兵士)에 관한 것이라, 나의 아내와 나는 생각하나니, (그의 장소는 그의 포스터, 확실, 모두들 말했나니, 그리하여 우리는 주목하리라, 확실히, 그들은 말했나니,[3] 카본 가성식[苛性式]으로) 왠고하니 그 자유해방촉진당수[4]의 사소한 체취가 스스로의 지렁이 미끼의 숨결과 함께 풋잠 자듯 대롱거리고 있었는지라, 그건 자신의 속성임을, 나의 아내와 나는 생각하는지라, 모든 어린 과실에 촉수

---

1) 그랜드 여장군(The Grand): 미국 대통령(Ulysses Grant)은 식민전쟁해서 연방군을 토벌했다.

2) "공인(公人) 만리우스(Publius Manlius)": T. Manlius, 아들을 사형 선고한 로마의 집정관

3) "그의 장소는 그의 포스터…… 모두들 말했나니, 그리하여 우리는 주목하리라…… 그들은 말했나니(his place is poster, sure, they said.)": 자장가의 패러디. "어디 가는 길이요, 나의 예쁜 아가씨?". "나의 얼굴은 나의 재산 이야요, 나리, 그녀는 말했도다. 나는 시장으로 가요, 나리, 그녀는 말했도다.(Where Are You Going, My Pretty Maid? My face is my fortune, sir, she said. I'm going to market, sir, she said)".

4) "자유해방촉진당수(liberaloider)": (1) the Liberator. Daniel O'Connell (2) Liberal leader, 글래드스턴

를 느끼는 것이니, 대서양 파(波)의 흉융기(胸隆起)⁵⁾ 장미유화(薔薇柔化) 되
거나 두 번째 화환취(花環吹)에, 자신의 쟁기의 채찍 땀⁶⁾을 위하여 빛나는
밧줄을 팽팽히 친 만(灣)이 미광진(微光振)하고 있었도다. 〔여기 아담의 사
과와 "쟁기의 채찍"에 관한 생각이 이야기를 지연시킨다.〕

(인용문의 주석은 『피네간의 경야』 원서에 나온 내용이다.)

위의 문장은 최소한 4개의 주요 신화들 혹은 이야기들로 엉키는데, 그들
공통의 요소는 추락의 주제인 즉, 1) 버클리 소련장군의 사살 이야기, 2) 아
담의 추락의 『성서』적 신화, 3) 애틀랜틱 종족의 희랍 신화, 그리고 4) 미국
19세기 소설가 멜빌(Herman Mellville)의 빌리 버드(Billy Budd)의 서거(逝
去)다. 〔Margot Norris : 『피네간의 경야의 탈 중심의 우주(The Decentered
Universe)』 12~3 참조.〕

버클리 소련 장군의 이야기와 빌리 버드의 주제는 버클리—버드의 클랭
(klang)—영광을 통해서, 그들의 공동의 군사적 문맥에 의해 연결된다. 각
각은 처형, 육지에서 사살, 그리고 바다에서 교수형을 포함한다. 버클리—
소련 장군 이야기의 크림 전쟁(Crimean War) 세팅은 아메리카 시민전쟁으로
바뀌고, HCE의 인물은 북부 연방, 또는 친—연합 병사와 마찬가지로, 이제
아주 장식된 율리시스 S. 그랜트(Grant)가 된다. 1) 미국의 장군(1822~85),
18대 대통령, 남북전쟁의 총 사령관 2) 율리시스는 그리스 신화에서 이타카
의 왕이요, 호머의 『오디세우스』의 주인공 3) 오디세우스인, Odysseus의
라틴명 4) 1990년 우주 왕복선 '디스커버리' 호에서 발사된 태양 관측선. 노
병(2차 세계대전의 맥아더 장군?)을 손상시킴으로써, 그리고 캘빈으로 후부에
서(숨겨진 불명예의 입구) 총살함으로써, 정신을 잃게 만든다. 5) 빌리 버드의

---

5) "대서양파(波)의 흉융기(胸隆起)(atalantic's breastwells)": (1) Atlantic swell(해팽; 海膨)
   (큰 파도) (2) Atalanta. (희랍 신화) 걸음이 빠른 미녀.

6) "쟁기의 채찍 땀(the welt of his plow)": 「창세기」 3.19의 인유. "이마의 땀(sweat of
   blow)"

언급은 덜 분명하지만, 우리는 밧줄과 바다를, T—자 형의 십자가 또는 교수대, 대서양의 해변의 파도 등—교수형의 몇몇 암시를 발견한다. 6) 우리는 또한, 두 성좌에 대한 언급을 발견하는바, 그것은 「빌리 버드」에서 선장 "스타리 비어(Starry Vere)"에 대한 언급으로서 이바지할 것이다. 7) 비리 버드의 이야기는 심지어 투쟁의 윤곽이 어버이 살해적이기(patricial)보다 오히려 자식 살해적으로(filicidal) 분명히 반전 되는듯 할지라도, 완전히 HCE의 추락 주제에 합당한다. 두 가지는 빌리 버드의 퇴락이, 마치 불량아(공원의 캐드)와 주막 대결에서 HCE의 그것처럼, 치명적 자기 방어의 반응을 유발하는 사악한 비난으로 시작한다. 더욱이, 빌리의 흠점은—"사실상 다소 말더듬이의 조직적 주저," "경야" 구절에서 아마도 "미끼의 숨결"—HCE의 그것과 유사한지라.

여기 고려(考慮) 중의 구절에서, 구약의 아담은 위대한 "노 정원사(old gardener)"로서 언급되거니와, 그는 사과를 따기 위해 발돋움한다. 그의 물어뜯음(bite) ("bight")은 그에게 에덴을 희생시키고 ("atlantic"은 또한, 또 다른 대륙인, 아틀란티스에 대해 언급하거니와), 그의 이마의 땀에 의해 그에게 땅을 개간하도록 저주한다. 『성서』적 에덴 신화와 애틀랜틱의 희랍 신화의 공통의 요소는, 물론, 사과이다. 애틀랜틱는 종족을 잃었는지라, 왜냐하면, 그는 사과를 줍기 위해 허리를 굽히기 때문이다. 사과의 이미지는 황금 메달의 이미지와 융합한다. 애틀랜틱의 젖가슴과 만(灣)의 뻗쩍이는 굴곡 및 사과와 젖가슴에 대한 언급은 HCE의 오행(汚行)에 대한 단서들이다.

이상에서 보듯, 연대기와 장르에 따라서 광범위하게 분리 되는 반면, 앞서 『피네간의 경야』 단락에서 대표되는 4허구들은 연속적 소리, 이미지, 및 주제의 작용을 통하여 압축된다. 프로이트식의 꿈—작업에서 이러한 현상의 유추는, 물론, 응축이다. 장식(wreathing) 독서 (reading), 위대함(Grant) (grand), 경작(plow; 이마, brow)의 가장자리(welt) (땀)와 같은, 이러한 언어학적 응축의 예들에 있어서, 우리는 전통적인 소설적 기법으로부터 『피네간의 경야』 서술의 언어학적 출발을 본다. 소설이 어의적(語意的) 정확성을 강조하는 산문을 요구함에 반하여, 사물들에 대한 언어의 일치, 『피네간의 경야』에서 꿈의 기법은 어의학적으로 다차원적이요, 그의 의미가 전적으로 불확실한 단어들을 요구한다.

전통적인 소설의—반복되는 사건들, 불안한 인물, 연속된 연관, 어의학적 기행으로부터 『피네간의 경야』의 다양한 출발은 예술 형태의 풍요 혹은 심지어 오래되고 풍작의 역사에 이은 그것의 데카당(부패)보다 한층 중요한 것을 암시한다. 오히려, 이러한 출발들은 소설 자체의 비평과 결과적으로, 그것을 유지시켜 온 문학적 및 지적 전통의 비평을 의미한다.

15. 『피네간의 경야』의 초역 출판

『피네간의 경야』의 한국어 번역 초본은 그것의 연구 이래(1973) 32년이 흘렀다. 그러나 그것의 얽히고 설킨 내용은 말할 것도 없고, 거듭 들먹이거 니와 그 생경한 제3의 언어는, 작가 켠 에서, 언어로 세계인들을 하나로 만 들려는 한 가지 "언어의 혁명(Revolution of the Word)"인 것만 같다. 이 첫 한국어 판 역시 원문처럼 그것의 독해불가(讀解不可; unreadable)이요, 여태 껏 세계에서 생산된 몇몇 안 되는 번역들의 예 중의 하나였다. 필자 역시 이 를 해석하고 번역하기 위해 작가 못지않은 백과사전적 지식을 동원해야 했 다. 이를 위해 필자는 맥휴(R. McHugh) 교수가 저술한 『피네간의 경야 주 해(*Annotations to Finnegans Wake*)』에서 그 대부분을 차용했지만(그는 필 자가 UCD에 유학하는 데 일조했거니와), 그 밖에도 조이스 문학의 정전(正典; canon)의 총체적 연관에서 부여한 백과사전적 지식들이 많았다.

필자의 『피네간의 경야』 연구는 1987년에 영국의 리즈 대학에 개최된 국 제 심포지엄에서, 「『피네간의 경야』의 석의적 분석(Exegetical Analysis of *Finnegans Wake*)」이란 타이틀의 논문을 발표함으로써 시작한다. 당시 발 표자는 "아나 작품"의 제 I 부 8장의 일부인, 「아나 리비아 플루라벨」의 한 국판의 음률상의 "복수적 가단성(可鍛性)의 과정(pluralistically malleable a procedure)"의 낭독으로 그곳에 참가한 학자들로부터 커다란 호응과 이색적 감탄을 받는 듯 했다(당시 거물급 학자들로, 벤스톡[Benstock] 교수와 젠[Zenn] 교수가 청중 속에 있었다. 그는 발표자에게 한 책[冊]의 『한국 조이스 전집』을 자신의 보관용으로 요구했는지라, 나중에 기꺼이 전달했다.) 벤스톡 교수 역시 『피네간의 경야』 연구의 대가요, 그의 부인도 손꼽는 조이스 학자다. 한때 두 내외는 부부 조이스 학자로, 털사 교수진에 합세했는바, 필자도 그의 지도를 받았 다. 젠 교수 역시 미국 대학에서 필자에게 『피네간의 경야』를 소개한 선배이 다. 그들은 모두 조이스 연구에 필생을 바친, 조이스 연구가의 귀감들이다. 스위스에 있는 젠의 「조이스 연구소」는 아일랜드의 대통령이 방문할 정도로 세계적 명성을 떨친다. 필자의 『율리시스 전집』도 그곳에서 소장하고 있다. 이 연구소는 제네바의 레만(Leman) 호숫가에 위치하거니와, 엘리엇의 『황무지』에서 레만(Leman)은 lover, mistress의 옛 말로, 그가 읊은 시의 시인은 정욕의 강가에 앉아 노래하며 구슬퍼한다.(WL 189)

그로부터 수년 뒤 2002년에 『피네간의 경야』의 한국어 초역이 최초로 나왔다(서울, 범우사). 당시 「조선일보」는 다음과 같이 보도했다.

아일랜드 작가 제임스 조이스의 최대 노작이라는 『피네간의 경야』가 완역됐다…… 난마처럼 얽혀 복잡하고 헷갈리기 일쑤인 작품이지만, 그 실꾸트머리만 잡으면 잘 풀린다는 연구 경과를 토대로, 각 페이지마다 그 실꾸트머리에 해당하는 내용을 별도로 묶어 『경야의 평설 개요』라는 이름으로 소개함으로써, 이 어렵고 방대한 작업을 13년 만에 이루어냈다. 세계에서 4번째의 일이다.(「조선일보」, 2002. 3.20자 참조)

그러나 이 금성탕지(金城湯池) 같은 번역은 독자들로부터 냉대를 당하는 듯 했다. 원서처럼 번역본에서도 너무나 많은 신조어가 나와 독자를 현혹하게 했고, 그리하여 "읽을 수 없다"는 것이었다. 게다가 한자(漢字)에 무식한 젊은 세대들은 번역의 태반이 한자로 어울려 형성된, 신조어의 실험성을 완전히 외면했다.〔당시나 지금이나 정부는 한자 말소 정책을 쓰고 있는지라, 이는 뭔가 근시안적인 것 같다. 우리와 입장이 비슷한 일본은 세세연연 세 가지 형태의 글자들, "히라가나", "가타카나", "한자"를 전국 방방곡곡, 어디 할 것 없이 철저한 규칙과 질서로 쓰고 있는 데도 말이다. 우리는 일본을 본받아야 옳다.〕 우리나라의 문화는 중국에 오래 의존하는 데다, 우리의 말은 한자에서 유래하고, 한글은 2/3가 한어(漢語)로서, 지금도 선각들은 한어의 사용을 주장하고 있다. 한자(어)는 오늘날 우리글과 동화하여, 실제로 우리말, 우리 글자가 되어버렸다. 역본에 함몰된 한자의 수는, 조이스의 장대한 주인공인, "매인(每人)이 그 밖에 혹인(或人) 일 때는 누구는 누구(Who is Who When Everybody is Somebody Else)" 하에 유명하다. 한자와 한글은 사이좋은 막역지우(莫逆之友)가 되어야 한다. 그래야 우리는 세계화에 기여하고, 동양권의 후진성에서 탈피할 수 있다.

그러자, 한참 동안 『피네간의 경야』 한역본의 열기가 영 신통치가 않았다. 필자는 "예단기지(叡斷機智)를 기다리자, 때를 기다리자!" 그리하여 브루스(Robert Bruce) 재상(宰相)을 따르자. 〔그는 에드워드 왕과 함께, 1315년에 아일랜드에 갔는바, 거미가 벽에 기어오르는 것을 보고 "인내"를 배웠다는데, 이는 텍스트에도 나온다.〕(108.10) 아래 구절에서 주인공은 『피네간의 경야』를 습득하기 위한 브루스의 "인내"를 다짐한다.

> 이제, 인내; 그리하여 인내야말로 위대한 것임을 기억할지라, 그리하여 그 밖에 만사를 초월하여 우리는 인내 밖의 것이나 또는 외에서 이루어지는 것은 무엇이든 피해야 하도다. 공자(孔子)의 중용(中庸)의 덕(德) 또는 잉어(魚)독장(督長)의 예의범절별(禮儀凡節篇)을 통달하는 많은 동기를 여태까지 갖지 않았을 통뇌(痛腦)의 실업중생(實業衆生)에 의하여 사용되는 한 가지 훌륭한 계획이란 그들의 스코틀랜드의 거미 및 엘버펠드(E)의 지원(知源)개척하는(C) 계산마(計算馬)(H)와 합동하는 브루스 양(兩) 형제에 의한 그들의 합병의 이름들로 소유되는 인내의 모든 감채기금(減債基金; 투자)을 바로 생각하는 것일지라.

이러한 한어 역에 대한 독자의 부정적 반응은, 『피네간의 경야』의 굴지의 학자들인, 국립 더블린 대학의 카이버드(D. Kiberd) 교수를 위시하여, 아일랜드 상원의원이요 트리니티 대학 석좌 교수인, 노리스(David Norris), 영국의 하트(C. Hart) 교수, 주한 아일랜드 머리(P. Murray) 대사 등, 책의 권두에 선사한 추천사에 의해, 거의 무색 하는 듯 했다. 필자는 그것의 번역에 몰두한 나머지 그 결과와 대중의 무(無)인내의 반응에 대해서 별반 관심을 두지 않았던 것 같다. 참고로, 한국의 초역을 재정적으로(200 파운드) 후원했던 「아일랜드 문화 교환원(Ireland Literature Exchange)」의 글을 아래 싣는다.

그런데도, 이 작품의 만족할만한 번역은 어떤 언어로도 불가능한지라, 필자는 그것의 근사치에 접근하는 노력에 불과하다고 실토한다. 번역의 어려움은 주제의 다양성과 신조어, 즉 다언어적 언어유희 및 기법 상의 메커니즘 때문이다. 그리하여 필자는 그의 초역에서 원작의 다양한 주제 및 문체와 함께, 조이스의 생경한 언어를 모방하려고 무던히 애를 썼다. 이를 위해 그는 한글과 한자를 사용하여 수많은 실험성의 신조어를 조탁했다.

나아가, 필(역)자는 그간 동시에 출간된, 번역본의 자매본이라 할, 해설과 주석을 담은 총 190페이지에 달하는 『피네간의 경야 안내』(서울, 범우사, 2002)의 일부가 여기 이번 본서에 동화되었음을 자백하는바이다.

세계에는 오늘날 2012년 현재 『피네간의 경야』의 완역 본으로 프랑스, 독일, 일본의 것들이 세상에 나와 있다. 한국의 번역은 세계 4번째다. 한역 출간 이래 10여 년이 지난 지금, 중국과 브라질은 한창 번역 중이요, 중국어판(販)은 「芬泥根的囊夜」이란 제자를 달고 여성 학자가 그녀의 「진행 중의 번역」에 한창 열을 쏟고 있다. 중국의 역자는 지난 2012년 「국제 한국 제임스 조이스 학회」(광주 전남대)에서 논문을 발표한 바 있다. 본 필(역)자는 같은 해 미국 텍사스 주 오스틴 대학에서 번역의 경험을 발표하는 기회를 가졌는바, 이때 저명한 조이스 학자인 캐나다의 글로던(Grodon) 교수가 사회를 맡는 영광을 누렸다. 여기에는 필자의 은사요, 논문 지도 교수인 텍사스 대학의 "인문학 연구소"(Humanity Research Center) 소장인, 스텔리 박사도 청취하여 발표자를 흐뭇하게 했다.

재삼재사 들먹이거니와, 『율리시스』와 『피네간의 경야』는 일반 독자에게 읽히기보다는 자주 감탄만 받는, 가장 이질적, 어려운 책들이요, 비록 읽힐지라도, 끝까지 읽기에는 힘든 책이다. 특히 1973년에 연구를 시작하여, 번역 출판된 한국어 판 『피네간의 경야』의 경우, 많은 사람들이 이들을 읽기를 바라지만, 너무나 많은 분량과 해석의 어려움으로, 그것의 문학적 향락을 기대하기 힘든 것이 사실이다. 모든 독자가, 원문의 뉘앙스, 초점의 진전과 변전(變轉)의 이들 글줄들을 따르면서 혹은 겨루면서, 커버로부터 커버까지

다 읽을 시간, 정력을 갖지 못할 것이다.

『피네간의 경야』에는 작품의 628페이지의 엄청난 분량을 비롯하여 같은 단어가 반복되는 일이 드물게도, 한 단어를 한 번만 헤아리고도, 6만 여자의 어휘로 파종(播種)되어 있다. "언어의 왕(Lord of language)"으로 불리는 셰익스피어는 36편의 연극과 시를 2만여 자의 어휘로 썼다. 그런데 특이한 사실은 조이스가 선구자요 경쟁자로서 셰익스피어에 대한 시기(猜忌)를 그의 작품 속에 드러내고 있다는 익살스러운 사실이다.(J. 아서턴.『경야의 책』 162~3 참조) 엄격하게 말하건대, 조이스는 런던의 템스 강가의 글로브 극장에서 희대의 거장 사옹(沙翁)을 구경하는 마음 들뜬 관람자들[대중]을 더 시기한 듯하다. 『율리시스』의 도서관 장면에서 이글링턴이 되뇌듯, "하느님 다음으로 가장 글을 많이 썼다는 셰익스피어"(U 9. 5)는 엄청난 관중을 가졌는데 반해, 조이스는 단지 더블린의 협소한 애비(Abbey) 극장과 리피강가의 초라한 동아리들(coterie)을 지녔을 뿐이다.

번역의 과정에서, 여러 갈래로 얽힌 중첩된 층들(layers) 중 모체(matrix) (기본 이야기)가 있고, 이야기 타래들(skeins)이 있는바, 그들 중 어느 것을 택하느냐? 또는 선택된 타래가 선택 당하기에 충분히 중요한가? 이들을 동시에 번역하고 수용해야 하는가? 그것은 어불성설이다. 그러나 필자는 이 거대한 고전을 많은 사람들이 일부나마 읽어야만 하고, 그렇게 할 가치가 있는 것으로 믿어 왔고 지금도 믿는다. 그것이 자신이 옛 선비가 이르듯 현두 자고(懸頭刺股)하는 이유다.

그럼 우선적으로, 『피네간의 경야』가 읽히기 위해서는 일반 인기 있는 소설가들인, 토머스 하디(T. Hardy)나 디킨즈(C. Dickens)처럼, 가능한 쉽게 풀이 쓰고, 램(Lamb)의 『셰익스피어 이야기』처럼 축소하는 것이 필요했다. 이번의 책을 "이야기", "선집", "초역판", "축약본"이라 다양하게 부르거니와[본서 머리말 참조], 이런 취지의 것으로, 새 번역본을 재차 갖는 것이 우리의 자랑이듯, 필자는 번역 도중 수시로『율리시스』의 3장에서 스티븐 데덜러스가 샌디마운트 해변에서 갖는 그의 아침의 산책과 유명한 독백의 일부를 되뇌어 보았다. 〔1990년에 필자는 조이스의 조카인, 모나한(Ken Monaghan) 씨의 안내로 이곳 해변과 "피전 하우스(더블린 발전소)"의 "살을 꼬집는 격렬한 바람(nipping and eager airs)"을 가르며, 산보했거니와〕, 이제 아래 스티븐의 독백으로, 이 책의 끝을 마감하려 한다.

매일 밤 일곱 권의 책을 각각 두 페이지씩 읽는 거다. 그렇지? …… 한 권에 문자 한 개씩을 표제(表題)로 삼아 네가 쓰려고 했던 책들. 자넨 그의 에프(F)를 읽었나? 암 읽었지, 그러나 난 큐(Q)가 더 좋아. 그래, 하지만 더블유(W)가 근사하지. 오 그래, 더블유. 초록빛 타원형 잎사귀에, 깊이 깊이 몰두하여, 쓴 현현(顯現: 에피파니)들, 만일 네가 죽더라도 알렉산드리아를 포함하여, 세계의 모든 큰 도서관들에다 기증하게 될 너의 책들을 기억하라. 수천 년, 억만년 후에도 어떤 이가 거기서 읽게 되리라……세상을 떠나 버린 필자(著者)의 이러한 신기한 책을 읽게 되면 그 필자와 자신이 한때 같이 있는 기분이 들지…(U 32)

다소 본론에서 이탈한 듯 하나, 필자는 우리나라 국보 제151호이자 유네스코가 지정한 세계기록유산『조선왕조실록(朝鮮王朝實錄)』의 일부가 번역되어 최근에 읽었다. 아무리 세계적 문학 작품이라도 세계화 시대에 세계화되지 않으면 존재가치가 없듯,『피네간의 경야』가 남의 나라 고전일지라도, 우리나라 국민들이 읽을 수 있도록 우리말로 서둘러 쉽게 번역하여 읽지 않으면 그의 존재가치가 없는 것이다. 필자가『피네간의 경야』를 번역하는 이유다. 세계와 비견하는 우리는 아무리 어려운 고전이라도 이를 국문화(國文化)해야 세계의 문화 반열에 낄 수 있기 때문이다.

오늘날 세계인들은 더블린의 '작가 박물관'과 런던의 대영 박물관의 유리 진열관 속에『피네간의 경야』의 필사본이 보관되어 있음을 탐견(耽見)한다. 아일랜드 사람들은 그들의 국가적 보물인『켈즈의 책(Book of Kells)』을 더블린의 트리니티 대학 도서관 회귀본실에 철저한 경비로 보관한다. 조이스의『피네간의 경야』5장은 에드워드 설리번(Sullivan)의 4페이지 반

(119~23)에 달하는 『켈즈의 책』의 혼성된 희문(戲文)으로 묘사되고 있다. 필자는 이 구절을 좀 더 잘 음미하기 위해 트리니티 대학 도서관에서 그것을 사진 찍다 경비원에게 경고 당한 경험을 수치의 백척간두(百尺竿頭)로 생각한다. 그러나 즐겁고 보람 있는 경험이었으니 나중에야 발견한 일이나, 더블린 시내의 모든 서적 진열장에는 『켈즈의 책』의 복사 본들이 판매되고 있었다.

조이스는 『피네간의 경야』의 제작에 현대의 인간학과 심리, 그리고 영문학사에서 유래 없는 언어 박식을 총동원함으로써, 시공간을 통한 억만년과 동서고금의 지식을 작품 속에 함축하려는 야심을 가졌다. 그리하여 시간을 공간화하고, 공간을 시간화하고, 무변화(無邊化) 한다. 어떠한 정신분석자인들 작품 속에 함축된 이어위커의 판타지의 백과사전적 지식을 다 설명할 수 있으랴.

한국어의 필자(역자)는 초역이 독자에게 외면당하는 서러움을 갖고 있다. 우리는 애초부터 『피네간의 경야』의 번역을 철저히 염두에 두어야 할 것이거니와, 모더니즘(혹은 포스트모더니즘) 문학의 핵심인 이 작품은, 형식(베케트의 강조, "여기 형식은 내용이요, 내용은 형식이다[Here form is content, content is form].") 즉, 우리들이 흔히 말하는 문체, 기법, 구조, 언어에 관심을 두는 한편, 다른 한편으로 그의 내용, 즉, 스토리, 주제, 인유를 서로 혼용하는 것이 이상(理想)임을 염두에 둘 일이다. 번역 또한, 그래야 한다.

또한, 필자가 달리 염두에 둘 일은 이러한 모더니즘 작품의 번역은 그것의 "직역(literal translation)" 및 "의역(liberal translation)"의 조화가 바람직하다는 중용(中庸)의 철학이다. 필자는 『율리시스』나 『피네간의 경야』의 초역에서 이러한 원리에 충실함을 지상 목표로, 전범으로 삼으며, "영혼의 대장간 속에서" 담금질을 게을리 하지 않았다. 조이스의 경우 의역을 잘못하다가는 방종이 되기 쉽기 때문이다.

2002년의 초역에서 필자는 이러한 철칙을 수행하기 위해, 우선적으로 조이스의 "우주어(universal language)" 또는 "초음속어(ultrasonic)"의 구성에 충실했던 것 같다. 왜냐하면, 뭐니 뭐니 해도『피네간의 경야』의 매력과 특성은 그러한 언어에 있기 때문이다. 이때 번역 상 언어의 조성(造成)〔또는 '후기창조'(postcreation)(U 320)라 해도 무방하리라〕에서 필자는 일반 독자를 별반 의식하지 않고 원문에만 충실하려 했지만, 그러나 역(逆)으로 독자에게 충실하려면〔정상적인 언어에 돌아오려는 노력〕작가(조이스)에게 불실하지 않을 수 없는 일종의 아이러니를 갖는다.〔세계 어느 나라 말의 번역이든 그것의 완전한 "충실"은 불가한지라. 고로 "그것" 또한, 반역이다.〕

또한, 번역에 있어서『피네간의 경야』어의 본질을 살리기 위해 언어의 형식을 그대로 유지해야 한다. 예를 들면, 작품의 언어는 그 대부분이 수 개의 단어를 동시에 응축한 시적 뉘앙스를 갖는다. 그것은 끝임 없는 작가적 언어유희다. 예컨대, "어디路!", "바다를 좋아海", "알go", "챙기go", "해외여행 할지라. 너do, 나do", 따위. 설악산 오색 골짜기 입구에 "산애가(山愛家)"라는 여관 간판이 눈에 띄는데, 잘 생각해 보면『피네간의 경야』어의 다어적 구성인 것만 같다. "산에 가(행)", "산을 사랑하는 집" 등등. 또한, 자연의 소리는 퍽이나 이 작품의 유음유형(類音類型)을 닮았는바, "울렁울렁 울려오는 울렁소리"…… 개울의 물 흐르는 소리. 자연의 음향은 청각의 즐거움이요, 그것의 기록은 예술이다.

여기 초역에서 필자는 원전(原典)의 어휘와 기법을 그대로 모방하고, 새로운 한국어를 창조함으로써 작가 언어의 복수적(複數的) 의미를 재창조하려는 사이비 영웅심(?)을 지녔다. 이를 위해 "한글"의 다양한 음향 및 음절과 더불어, 원천적 한자(漢字)의 다양한 결합을 행사한다. 그것은 조이스의 기상천외의 언어유희 및 문장의 기법과 문체를 모방하는 다소 불합리한 정신소탈(精神疏脫)을 위한 장난이기도 하다. "한자"는 오늘날 한국에서 일부를 제외하고 사어(死語: obsolete)가 되거나, 젊은이들에게는 사장되어 가고 있는데도 말이다. 그러나 우리에게 사멸한 한자를 되살린다는 최근의 소식이 있다.〔본 연구의 "머리말" 참조〕당국은 2년 뒤부터 한자 교육을 실시한다지만, 어린 학도에게 비겁한 짓이라는 핑계와 비난이 있다. 그러나 천만의 말씀! 말은 일찍 배울수록 뇌리에 쉽게 각인되기 십상이니까!

그러나 번역의 첫 단계에서 이 순박하고 우매한 노력은 기대만큼의 성과를 거두지 못한 채, 필(역)자에게 실망을 안겨 줄 뿐이었다. 원전을 흉내 내는, 솔직히 가당찮은 모방과 노력은 그들(독자들)에게 원전만큼이나 "불가독(不可讀)"스럽고, 난해한 듯 했다. 첫 역본의 서문에 밝혔듯이, 경야어의 초현실적 함축을 위해 수많은 한자의 도입이 초기의 독자들을 실망시킨 것 같다. 그러나 필자 자신의 욕망인 즉, 『피네간의 경야』가 한국의 독자들에게 불가해한 작품으로서 해고당하기를 원치 않았고, 지금도 원치 않고 있다.

물론, 우리는 일반 독자들의 이해를 위해 가능한 한 책 전체를 지루하지 않게 번역해야 할 것이나, 그것은 오늘날 세계 어느 나라고 불가능할 것이기에(그것의 완독 또는 완역은 인간의 힘으로 거의 불가능할 양), 작품의 중요하고 흥미로운 부분들 혹은 단락들을 선택하여 쉽게 다시 풀이하고, 각각에 해설을 부여하며(왜냐하면, 그럼에도 새 문장들은 대부분 이해하기 어려운지라), 문맥을 설명하는 것이 한층 낳을 것이라 생각했다. 코끼리 덩치 같은 거대한 양의 원본을 재차 풀이하면, 독자들은 작품을 한층 쉽게 파악하고 읽을 수 있으리라 믿었다. 그렇다고 이를 풀이하여 "프루스트만큼의 길이(Proustian length)"로 끌고 가는 것은 속 터지는 분기충천(憤氣衝天)일 뿐! 비록 양 작가들인〔조이스와 프루스트〕은 단테의 『신곡』의 성취에 경쟁하고, 카프카(Kafka)의 『이방인』의 기개(氣慨)보다 우세하다 할지라도 말이다! 그러나 아무리 생각하려고 노력해 봐도, 여기 역설이 움돈다. 애당초 "가독을 위한" 작업이, 오랜 틀에 박힌 학자적 습관성으로, 이 졸본인 『피네간의 경야 이야기』의 취지가 그 난해성 때문에 무의식적으로 쇠퇴해 가고 있지 않나 하는 우려이다. 자신도 몰래 양육된 반세기에 걸친 학자적 기질 때문일 거다.

재삼재사 들먹이거니와, 『피네간의 경야』가 표면적으로 난해한 이유의 일부는 그의 엄청난 학문과 지식, 그를 운용하려는 엄청난 양의 재간(才幹) 때문이다. 이 작품처럼 가장 자극적이요, 가장 음악적이요〔어느 페이지, 어느 문장을 불문하고 음악이 흐르지 않는 곳은 없거니와, 보렐(Ruth Bauerle)

이 편집한 『제임스 조이스 노래책(*The James Joyce Songbook*)』참조, 가랜드 출판, 1982], 가장 셰익스피어 적이요〔작품의 거의 모든 페이지마다 천재사 옹(天才沙翁)의 구절로 점철되고, 『율리시스』의 9장은 몽땅 『햄릿』에 구조되고 있는지라〕, 나아가 가장 희극적으로, 발명적 세대를 경악하게 하는 작품도 없을 것이다. 한 가지 예로, 여기 발명의 재간을 자극하는 어귀(語句)가 있으니, 『피네간의 경야』 제II부 4장의 시작에서, "퀙(quarks)!"이란 갈매기의 소리다. 1966년 4월 26일자의 미국의 『뉴욕 타임즈』지는 "최근 어떤 물리학자(노벨 수상자 Murray Gell-Mann를 지칭)가 자신이 발명한 새로운 분자의 이름으로 이 단어를 선택했다."고 보도한 바 있다. 여기 갈매기들은 마크 왕을 공격하고 그의 무력함을 조롱하는바, (383. 1) 과학자 컬에서는 이 사소한 소리가 그의 위대한 발명의 원동력이 되기 때문일 것이다.

하버드의 블룸(H. Bloom) 교수는 그의 유명한 논문, "조이스의 셰익스피어와의 갈등(Joyce's Agon with Shakespeare)"에서 조이스의 걸작인, 『피네간의 경야』는 "너무나 많은 원초의 어려움 때문에 그것의 미래의 존속 (survival)에 관해 염려하지 않을 수 없다."라고 썼다.

글라쉰(Glasheen) 여사의 『피네간의 경야의 제3의 조사(*Third Census of Finnegans Wake*)』에 의하면, 『피네간의 경야』에는 실물과 허구의 인물을 합쳐 수천 명에 달한다고 했다. 『피네간의 경야』만큼 많은 어휘와 다른 국어가 동원된 작품들도 없을 것인지라, 과거 일찍이 『셰익스피어 용어 색임(*A Concordance to Shakespeare*)』을 편집한, 하트(Hart) 교수의 1973년에 출간된, 『피네간의 경야 용어 색인(*A Concordance to Finnegans Wake*)』에 의하면, 이 작품에 수록된 어휘 수는 약 64,000 여 자요, 『율리시스』의 어휘 수는 스텝(Wolfhard Steppe)에 의하면 29,899자로 그 절반도 채 안 된다.

언어는 작품의 자산이다. 집을 짓는 벽돌이다. 언어는 이어위커의 꿈이 그 위에 가장(假裝)된 소재(素材)다. 의식의 더 어두운 그림자, 잠자는 마음의 탐색, 잠잠과 깨어있음 간의 상태들은, 과거 어느 작가 치고도 결코 조이스처럼 그토록 민감하게 다루어지지 않았다. 그러나 조이스의 언어적 기법은 언제나 그의 심리를 선행하는 경향이다. 『피네간의 경야』어는, 그것이 왜곡하거나 패러디할지라도, 문학적 건전한 인습을 존경한다. 조이스의 작품은 그의 초기 시들인 "성직(Holy Office)"과 "분화구로부터의 가스(Gas from a Burner)"와 같은 범주 속에 한 패가 되는가하면, 『더블린 사람들』의 압축을 논한다(186~167). 그것은 다음처럼 『율리시스』를 개관(槪觀)한다.

> ……이러한 종류의 무작위 낙천적인 제휴(파트너십; 提携)를 율리시수적(栗利匙受的) 또는 사수적(四手的) 또는 사지류적(四肢類的) 또는 물수제비 뜨기적(的) 또는 점선통신(點線通信)의 모스적(的) 혼란이라 최초에 불렀나니……(123. 16~18)

심지어 불만스러운 독자라 할지라도, 여기 작가(조이스)에게 편지를 보내는지라, 답으로 작가는("……제발 종지부, 정말 제발 종지부, 그리고 오 정말 제발 종지부를 각각……")(124.4)라는 잦은 전신적(電信的) 호소를 그의 독백의 분류(奔流)로서 "초심의(abcdminded)"(18. 17) 독자에게 주기적으로 강조한다(구두점 찍는다).

16. 『피네간의 경야』의 개역

다시 2002년의 초판에 이어 개역판이 재출간 되었다. 그것은 "읽을 수 없는 초역을 읽을 수 있게 하는 쾌락의 과정이요, 노력이었다." 이번 개역판에서, 한층 독자의 이해를 돕기 위해, 역문 속에 무수한(약 3,000 개의) 보조 장치〔 〕를 도입했다. 이 개역본은 필자 퇴임 후 14년만인 2013년에 완성된 작업이다. 특히, 이 일은 필자가 그동안 일구어 낸 『제임스 조이스 전집』(어문학사, 2013, 11, 29)을 통한 경험과 지식을 바탕으로 하고 있는데, 그의 개역본의 서문에서 이 작품의 진귀한 문학성과 언어의 실험성을 들어, "오늘 우리의 모든 문화가 날로 변화하고 발전하는 현실에 문학만이 그대로 답보할 수 있을 것인가"라고 겸허히 묻고 있다. 여기서 그는 『피네간의 경야』 연구 및 해독이야말로 한국의 현대문학의 발전을 위해서도 그의 적극적인 소화 작업이 절실하다고 역설한다. 달면 삼키고 쓰면 뱉는 감탄고토(甘呑苦吐)가 아니렷다?

그러자, 「고려대 대학신문」은 『피네간의 경야』의 개역본과 그의 주해 본을 "번뇌를 잊을만큼의 재미가 담겨있다."라는 재하(題下)에 다음과 같이 기사화 했다.

"번뇌를 잊을만큼의 재미가 담겨있다"

김종건 명예교수
〈피네간의 경야〉
개역본과 주해서 출간

고려대학교 출판부가 김종건 명예교수의 〈피네간의 경야〉 개역본과 〈피네간의 경야 주해〉를 출간했다. 김 교수가 2002년 세계에서 4번째로 〈피네간의 경야〉를 번역한 이후 10년 만이다. 〈피네간의 경야〉 개역본은 단어와 문장을 수정하고 작품 곳곳에 짧은 설명을 곁들였으며 〈피네간의 경야 주해〉는 1만 1700여 개의 주석을 포함한 1100페이지 가량의 자세한 해설을 제시했다.

김종건 교수는 전문가들도 읽기 어려워하는 〈피네간의 경야〉의 진가를 일반인들에게 알리기 위해 10년 간 주해를 다는 작업을 했다. 김 교수는 "〈피네간의 경야〉에 담겨있는 지식들은 읽고 해독하면 얻는바가 많고, 페이지마다 해학이 묻어나 대단히 재미있다"며 "독자들은 문학적 소양, 즐거움을 읽고 번뇌를 잊을 수 있다"고 말했다.

〈피네간의 경야〉는 아일랜드의 작가 제임스 조이스(James Joyce)의 역작으로 총 60여 개의 언어, 6만 4000여 개의 어휘로 구성됐다. 선술집 주인인 이어위커의 의식을 통해 인간의 출생, 결혼, 죽음, 그리고 부활의 과정을 다루고 있다. 작품 제목에 등장하는 '경야(經夜)'는 죽은 사람을 조문하는 기간과 기상·부활의 순간을 동시에 의미하는데, 인물, 장소, 사건이 다양하게 변주되는 작품의 구도를 암시한다.
글 | 청태산 기자 san@
사진제공 | 출판부

고려대학교 출판부가 김○○ 교수의 『피네간의 경야』 개역본과 주해서를 출간했다. 김 교수가 2002년 세계에서 4번째로 이를 번역한 이후 10년 만이다. 이 개역 본은 단어와 문장을 수정하고 작품 곳곳에 짧은 설명을 곁들였으며, 주해서는 1만 1,700여 개의 주석을 포함한 11,000페이지 가량의 자세한 해설을 제시했다. (고려대 대학신문, 2013, 6, 7)

고(故) 김재남 교수의 평생의 업적인, 『셰익스피어 전집』 번역본의 서문에서 같은 셰익스피어 학자인 여석기 교수는 "러시아가 낳은 위대한 문학자 파스테르나크(B.L. Pasternak)는 평생에 '햄릿'을 여덟 번이나 번역했다."라고 썼다. 여기 필자는 조이스의 "유령의 잉크병(the Haunted Inkbottle)"(182. 32) 같은 밀실(密室)에 틀러 박힌, 셈—필자의 두문불출의 도탄지고(塗炭之苦)를 격찬했다.

그러나 본 개필 자의 2013년의 개역본과 그의 거의 2배에 가까운 주석본(1,140 페이지), 및 그 밖에 번역문 속에 해설적 노트들과 배경 삽화를 삽입했는데도 번역은 아직도 미진한 듯하다. 왜냐하면, 여전히 역문 속에 다수 신조어들이 이해하기 어렵게 남아 있기 때문이다. 그러자 여기서 이들 초현실주의적 정보들을 배제하고, 사실주의로 주석을 전환했다. 조이스 초기의 미완성 작품인 『영웅 스티븐(Stephen Hero)』은 과거의 발작(Balzac)식 사실주의와 졸라(Zola)식의 자연주의의 기법으로 이루었으나, 작가는 이를 폐습으로 포기하고, 모더니즘적 『젊은 예술가의 초상』의 새 기법으로 전환했다. 모더니즘은 지난날의 인습적 사실적자연주의(realistic naturalism) 또는 그 반대를 불타는 화로 속에 던져 넣어야 했다. 〔그를 구한 것은 그의 어머니였다.〕 여기 필자의 개역 본은 조이스의 포스트적 구조주의 초 현실에서 구습으로 역전하는 아이러니를 갖는다. 이는 조이스에게 거듭 모독적 배신 행위일 것이다. 그런데도 필자는 개역의 우선행위 때문에, HCE의 불치의 죄 인양, 데덜러스의 "양심의 가책(Agenbite Inwit)"인양, 그를 감수하며 이 모독의 죄를 감행해야 했다. 원작자인 조이스 자신도 단지 신(神)만이 그이 속에 유발시킬 듯한 오탁(汚濁)의 번뇌를 품은 채, 결코 그것을 느끼지 못했을 것이다.

필자는 아래 본래의 『피네간의 경야』 원문과 그의 초역 그리고 그의 재개역 본의 각 첫 번째 문장을 차례로 제시하거니와, 독자는 그 차이가 어떠한지를 비교함으로써, 작품 해독에 가일층 도움이 되기를 바란다. 차이는 백발백중 명약관화하다.

원문

riverrun, past Eve and Adam's, from swerve of shore to bend of bay, brings us by a commodius vicus of recirculation back to Howth Castle and Environs.

초역

강은 다리나니, 이브와 아담 교회를 지나, 해안의 변방(邊方)으로부터 만(灣)의 굴곡까지, 회환(回還)의 광순환촌도(廣循環寸道) 곁으로 하여, 호우드(H) 성(城)(C)의 주원(周圍)까지 우리들을 되돌리도다.

개역

강은 달리나니1), 이브와 아담 교회를 지나 해안의 변방으로부터 만(灣)의 굴곡까지, 우리를 회환(回還)의 넓은 비코 촌도(村道)로 하여 호우드(H) 성(C)과 주원(周圍)(E)까지 귀환하게 하도다.

주석. 1) "강은 달리나니(riverrun)". 여기 강은 리피강으로, 더블린의 중심을 관류하며, 여주인공 Anna Livia Plurabelle 및 요정을 암시한다. 작품의 제I부 8장인 "Anna Livia Plurabelle"에서 명시되다시피, 리피강은 Every—river이다. 또한, 생명(Life)은 리피의 옛 형태요, "life", "live", "alive", "living"이요, Anna Livia와 리피강의 명칭을 나타낸다. 그리하여 이는 또한, "river", "water", 또는 "whiskey"가 된다.

위의 개역에서 필자는 재차 일반 독자에게 불만스러운 반응을 안기는 듯했다. 아니 확실히 거듭 불만스럽다. 소련의 파스테르나크의 거듭되는 번역이 평생토록 허망한가! 『피네간의 경야』의 개역 또한, 거장(maestro)을 흉내내는 천재와 노력은 그 속에 한 푼의 기지(wit)도 없는 건가! "위트(機智), 너는 그(멀리건)가 모양내 입고 있는 청춘의 득의만면한 정복 차림을 위해서라면 너의 다섯 개의 위트를 모조리 제공하려는가. 욕정으로 충족한 표정 같으니." (U 163) 〔여기 블레이크의 「로젯티의 시(Poems from the Rosetti)」의 구절을 빌어 스티븐이 멀리건을 조소하는 대목〕 특히, 초창기 조이스의 『율리시스』를 "재난(disaster)"으로 간주하는 영국의 여류 작가 울프(V. Woolf) 자신의 조이스에 대한 부정적 비평이 이 한역(韓譯)에도 적용되는 것인가! 번역의 난해 어(語)를 용이하게 개축하고, 멀건 죽처럼 재차 휘 젖고 휘 젖는 데도 말이다? 켈트의 위대한 해신 마나난 맥 리어(Manannan Mac Lir), 그는 『율리시스』의 야도(夜都)에서 단 한번 출현하거니와, 또한, 셰익스피어의 『리어 왕』에서 리어(Lear)요, 그에게로 아나 리비아―코델리아(Livia― Cordelia)가 죽음으로 되돌아가는, "나의 냉부여, 나의 냉광부여, 나의 냉광황(冷恐惶)의 부여"의 함축적 번역이 서투르단 말인가! 남이야 뭐라던 호우호마(呼牛呼磨)할 터인가!

17. 『피네간의 경야』의 축약본

　필자는 이상의 여러 개역으로도 만족하기 어려웠다. 따라서 위의 예에서 보듯, 충실한 듯한 개역에서 "이야기(축약본)(縮約本: abridged edition)"로 재삼 개명하거니와, 대략 전체 작품의 정수(精髓)를 선발하고, 이야기와 축약본의 이해를 위해 실험적 응축어를 절반 정도 줄였다. 이 축약본은 그 의미를 상당히 가독(可讀)할 수(readable) 있지만, 개역어를 재차 초역(抄譯)의 그것으로부터(상당수) 약 1,500 단어 정도 망가뜨렸다(반역했다.)

　이제 (2015년) 연거푸 전체 『피네간의 경야』 텍스트의 쉽고 흥미로운 분량을 골라(줄여), 3역하는 셈이다. 그중에서도 특히, 작품의 종곡(coda)이라고 할 최후의 아나의 노래는 그 대부분을 모두 살렸으니, 『율리시스』에서 몰리 블룸의 최후의 유려한 명상(瞑想)처럼, 그녀의 아름다운 비가(엘리지)를 빠트릴 수 없기 때문이다. 『피네간의 경야』는, 모든 비평가들이 동의하듯, 『율리시스』가 종결하는 곳에서 시작한다. 이 새로운 주인공―매인(每人: Everyman), 험프리 침던 이어위커는 너무나 거대하기 때문에, 마치 블레이크의 원초적 인간(the Primordial Man)인, 알비온(Albion)을 닮았는지라, 인성(人性)적 범인(凡人)인 블룸과는 그 규모가 생판 다르다. 『피네간의 경야』 또한, 『율리시스』와는 달리, 하나의 모델로서 모든 문학을 포용하는지라, 작품의 제I부 6장의 첫 질문은 무려 12페이지에 달하는 HCE의 속성들을 기록한다. 그것 자체는 『햄릿』과 『오디세이』의 신기한 교착(交錯: amalgam) 위에 설립된 듯하다. 이에 수반하는 ALP의 독백 또한, 장대하여(모두 10페이지), 이번의 초록에서 그녀를 빼 놓을 수 없는 데다, 읽기에 편하다.

　필자의 이번 『피네간의 경야 이야기』는 페이지마다의 더 많은 평설과 본문의 편이한 선발을 택했는지라, 왜냐하면 이 개축본은 원본의 작품 전체를 자신의 염두에 두고 있는 학도나, 일반 독자의 필요에 최고로 이바지하리라 생각했기 때문이다. 당대 전위 시인이요, 조이스의 친구인, 파운드의 초현실적(surrealistic) 또는 입체파적(cubistic) 사상파의 무드를 본의 아니게 최대한 뭉크러트린 셈이다. 이러고 보면 『피네간의 경야』의 본질은 저리 가라! 이다. 오직 독자의 가독(可讀)을 위한 배려에서다.

물론, 책의 제목은 앞서 "머리말"에서 이미 밝힌 바와 같이 영국의 수필가요, 비평가로서, 필명이 엘리아(Elia)인, 램(C. Lamb)의 『셰익스피어 이야기(Tales from Shakespeare)』 또는 그의 『율리시스의 모험(Adventures of Ulysses)』을 모방한 것이다. 램의 『셰익스피어 이야기』는, 널리 알려지다시피, 그의 누이 메리(Mary)와 함께 집필한 책으로, 셰익스피어 최고의 희곡 명작들(램에 의한 4대 비극과 메리에 의한 5대 희극 등 총 20편의 작품들)을 초심자들과 젊은이들을 위해 쉽게 풀이하여 재탄생시킨 것이다. 그들은 책의 서문에서 다음을 밝힌다.

젊은 독자들에게 셰익스피어를 쉽게 소개하는 것이 목적이기 때문에 문장이 쉽다. 그러나 원문의 좋은 문장들은 최대한 살리려고 노력했으며, 원문을 읽고 나서 이 책을 읽으면 감동이 배가 될 것이다.

필자의 이번의 선집(단편) 또한, 다수 원문을 그대로 인용함으로써, 그의 미려하고 장대한 미와 표현을 수렴하려 노력했는지라, 읽으면 감동이 배가 되리라. 독자가 지금까지 경험한 『피네간의 경야』가 『율리시스』와 다른 점은 전자는 한층 풍요한지라. 그러나 필자가 애석해 함은 조이스가 부르듯, "세계의 역사"를 얻을지라도, 후자의 오쟁이 진 폴디(cuckolded Poldy)를 잃는 다는 애석함이다. 그 대신 『피네간의 경야』는 광범위한 문학사를 포함하여, 아주 특별하고 폭넓은 역사를 제공한다. 그리고 그것은, 『율리시스』와는 달라, 그것의 모델로서 모든 역사와 문학을 스스로 취한다.

글라신 교수는, 그녀의 『제3통계(Third Census)』(1977)에서 언급하기를, 셰익스피어 및 인간과 그의 작품들은 『피네간의 경야』의 모체(matrix)로서, "그 속에 금속, 화석, 보석이 둘러싸여 있거나 박혀 있다."고 했다. 명철한 학자 H. 블룸은 쓰기를, 『율리시스』의 셰익스피어(성스러운 유령)와, 『피네간의 경야』의 그것과의 차이는 조이스가 처음으로 그의 선각자요, 경쟁자(셰익스피어)에 대한 질투를 기꺼이 표현하는 것이라 했다. 글리신과 블룸의 비슷한 생각은 이미 아서턴 역시 표현한바 있거니와(아서턴, 162~163), 앞서 이 소개에서도 누차 지적한 바 있다. 블룸 교수는 이를 "정당한 질투"로 기록한다. 그러한 질투는 조이스가 의도했던 코미디보다 『피네간의 경야』를 오히려 희비극(tragicomedy)으로 만든다. 〔여기 희비극성은 모든 아일랜드 문학의 특징이 아니던가, 특히 싱(J.M. Synge) 작의 『서부 세계의 인기자(*The Playboy of the Western World*)』가 그러하다.〕

재차 블룸 학자의 지적을 적으면, "조이스는 『피네간의 경야』의 위대한 "아나 리비아 플루라벨" 속에 이를 다음처럼 통곡한다.

> "*대지(大地)와 구름에 맹세코 하지만 나는 깔깔 새 강둑을 몹시 원하나니, 정말 나는 그런지라, 게다가 한층 포동포동한 놈을!*"(201.06)

이의 짧은 구절은 빨래하는 아낙 중의 하나가 노래하는 율시(律詩)로서, ALP가 늙은 남편 HCE를 개탄하고 새로운 애인을 갈구하는 내용이다. 여기 필자가 이를 거창하게 인용하여 설명함은 이 선집에서 독자의 취향을 최대로 끌기 위한 자극제로 삼기 위한 배려임은 두말 할 필요도 없다.

셰익스피어의 연극들의 원문 또한, 조이스의 『피네간의 경야』처럼, 희곡의 형식 자체가 일반 독자들에게 낯설고, 내용도 이해하기 힘들다. 앞서 램은 그의 책으로 하여금 셰익스피어를 소설 형식의 산문으로 바꾸었다고 했다. 여기 『피네간의 경야 이야기』에서도 필자는 원문의 내용과 어휘들을 소설 형식과 정상적 언어들로 바꾸려고 노력했다. 필자는 여기 자신의 철저한 반역성(叛逆性)과 자괴(自愧)를 통한(痛恨)한다. 학자의 솔직한 심정은 남의 글의 유사(?) 표절이기 때문이요, 이는 기린아(麒麟兒) 조이스의 불가피한 메커니즘임을 또한, 언술하지 않을 수 없다. 아래 인용구는 조이스 자신의 초기의 글(『젊은 예술가의 초상』)에서 스스로 묘사한 더블린 풍경의 표절임을 지적한다. 이를 정직한 작가는 "포도(剽盜)!"라 개탄한다.

> 그것(서술)은 마치 와일더 미초상(美肖像)의 풍경을 닮은 장면들 또는 어
> 떤 어둑한 아라스 직물 위에 보이는 광경, 엄마의 묵성(黙性)처럼 침묵한
> 채, 기독자식(基督子息)의 제 77번째 종형제의 이 신기루 상(像)이 무주(無
> 酒)의 고(古) 아일랜드 대기를 가로질러 북구(北歐)의 이야기에 있어서 그
> 보다 무취(無臭)하거나 오직 기이하거나 암시의 기력이 덜하지 않은 채 우
> 리에게 가시청(可視聽)되도다. (표도[剽盜]!) (『젊은 예술가의 초상』 p. 167)

이런 유의 약점에도 불구하고, 여기 필자의 신역(新譯)(제3역)이 타산지
석의 보옥(寶玉)으로 부디 변용 되었으면 한다.

『피네간의 경야』의 초창기 양 선각자들인, 캠벨과 로빈슨 저의 『골격 열
쇠』는 작품에서 "무엇이 일어나는 가?"를 개략하기 위한 시도이다. 이런 질
문 자체가 난제인지라, 그럼에도 이는 유용한 안내서가 되어왔고, 작품의 본
질적 행(行)의 절단을 위한 용단으로서, 그것을 열, 첫 중요한 돌파구의 열쇠
역할을 했다. 조이스는 그들의 책 속에 이상적 독자들을 발견했는바, 후자들
은 그들의 책을 경건, 정열, 그리고 지력을 가지고 접근하고, 열쇠를 단금(鍛
金) 하는 데 진력해야 했으리라. 캠벨과 로빈슨의 책은 『피네간의 경야』 연
구를 위한 『성서』 해설서 격 인양, 독자로부터 사랑 받거니와, 특히 전자는
미국의 작가요, 비교 신화 분야에서 『피네간의 경야』 연구로 가장 잘 알려져
있다. 그는 1988년에 빌 모이어즈(Bill Moyers)와 TV 인터뷰 시리즈인, 『신
화의 힘(The Power of Myth)』에서 자신을 수백만 사람들에게 소개했다.

그러나 아쉽게 작가 ― 연구자들로서 그들의 명성에도 불구하고, 학계는
그들의 『열쇠』가 조이스의 텍스트를 자주 붕괴 하거나 과도하게 단순화함으
로써, 얼마간의 오류를 범하는 데 아쉬움을 느껴 왔다. 그들은 텍스트의 개
요를 포착하기 위해 대체적으로 성공한 듯하나, 그 설명이 난해하고, 조이스
의 신조어를 여전히 그대로 별 변동 없이 사용함으로써, 텍스트 이해를 힘
들게 하기에는 마찬가지라는 것이다. 하물며 자국어의 독자가 아니고, "우

리 같은" 외국 독자(foreign reader)는 말해 무엇 하랴! 그런데도(정말 다행한 "그런데도"이지만) 이는 20년의 연구 세월이 흐른 후에도 자신의 배경 탐구를 추구하는 준비가 결핍한 독자들에게 지금도 여전히 명실상부한 안내자로서, 원작을 읽는 데 유용한 도구요, 조이스 애호가들에게 『피네간의 경야』를 읽는 데 제2의 『성서』 구실을 한다.

또한, 필자는 이 『피네간의 경야 이야기』를 마련함에 있어서, 현대 영국 소설가요, 자신이 조이스 애호가인, 버지스(Anthony Burgess)의 편저, 『경야 단편(*A Shorter Finnegan Wake*)』(1965)에 크게 힘입었다. 그는 『피네간의 경야』를 바탕으로 한, 자신의 유명한 소설 『태양 같은 것은 없다(*Nothing Like the Sun*)』의 작가이거니와, 이 책에서 그는 조이스 꿈의 걸작을 적당하게 절단하는 기술을 지녔다. 그것은 『피네간의 경야』의 요지를, 계몽적 소개와 함께, 텍스트 내의 각성적 논평을 우리에게 유익하게 소개한다. 그의 책의 서문에 따르면, 자신의 희망은 이러한 사랑의 노동이 독자들로 하여금 총체적 『피네간의 경야』의 거대한 세계를 개척하고, 추적함과 아울러, 심오(深奧)한 유머 속으로 빠지게 하는 데 있다고 한다. 그의 조이스에 대한 남모를 탐닉(耽溺)에도 불구하고, 그러나 여기 조이스의 달콤한 유머에 관한 그의 예리한 지적이 있을지라도, 그것은 근원적인 효과가 얼마간 결여된 듯한 인상을 품긴다. 이는 『피네간의 경야』를 일반 대중에게 널리 보급 하고 싶은, 대중을 위한 호생지적(好生之德)의 열의임은 재론의 여지가 없다. 그리하여 최근에 신 비평가들(New Critics)이 주장하는 "작가의 죽음(the death of the author)"을 초래하게 하는 길은 결코 아니리라.

그런데도, 버지스의 『경야 단편』의 서문과 거기 적힌 『피네간의 경야』의 개략을 위한, 그리고 작품의 요소요소에 선발된 35개의 개요와 삽입이 극히 유익함에도, 그러나 이는 독자의 자유를 위해, 아마도 비유행적 동기인지 모를 일이다. 마찬가지로, 앞서 캠벨이나 로빈선처럼, 그도 또한, 총체적 독서 방법에는 큰 도움을 주지 못하는 아쉬움이 있다. 현대적 인기 작가인 그(버지스) 역시 이 불멸의 대가(조이스) 앞에서는 별반 기력을 발휘하지 못하는 듯, 그가 지적한 작품의 "적나라한 본질(bare essentials)"도 그를 읽기 위해서는 셰익스피어적 "차선(次善)의 침대(second best bed)"인양, 기대에는 다소 못 미치는 듯하다.

위의 버지스 유의 『피네간의 경야 단편』 같은 또 다른 책이 있으니, 고던 (John Gordon) 교수가 저술한 초기 연구서, 『피네간의 경야, 이야기 줄거리 개요(Finnegans Wake: A Plot Summary)』이다. 이 책은 1986년에 진작 나온 책으로, 특히 조이스의 작품을 미리 얼마간 알고 있는 "영어 내국인"에게 작품을 심도 있게 이해하도록 하는 데 유용하다. 이 책은 조이스가 건립한 책의 자연주의적 세목의 거대한 양을 개관하고 분류하기 위한 유일한 종합적 연구서다. 책의 열리는 장들은 책이 구성된 외형적 세팅, 시간과 인물들 및 이야기 개요를 순서대로 배열하고 있다. 저자는 조이스 가(家)의 역사, 특히 그의 부친, 아내 노라(Nora), 이탈리아 이름의 딸 루치아를 비롯하여 유년시절에 사망한 아우(모리스)를 향한 자신의 슬픈 감정을 포함하는 자서전적 배경이 그의 작품들 뒤에 숨어 있음을 논한다(『영웅 스티븐』의 한 주제). 나아가, 고던(M. Gorden)의 책은 아일랜드, 교회 및 전체 문맥을 통한 작가의 깊은 애통(哀痛)의 잠재성을 지적한다.

조이스의 복잡 무비한 고전을 처음 읽는 다소 겁먹은, 마비된 "엠퍼시 (empathy)"(감정이입)의 독자에게, 그러나 또한, 장(章) 대 장의 이야기 개요를 찾는 초심자(물론 성숙한 독자에게라도)를 위해, 고던의 연구서는 아쉽게도 조이스 비평의 독창적 공헌으로 작용하지 못하는 얼마간의 아쉬움이 있다. 앞서 캠벨 및 로빈슨 류의 단점을 동시에 공유한듯 한 인상이다. 〔지금 필자는 이를 논하면서 "진행 중의 자책감(remorse in progress)"에 사로 잡혀 있다.〕

필자의 『피네간의 경야 이야기』야 말로, 여기 세상에 떠도는 가담항어 (街談巷語)가 되기를 원치 않으나, 그의 첫째 취지인즉, 작품의 요지와 이야기의 전개를 우선적으로 그리고 성급하게 보여주고 싶은 심정이다. 그러나 거듭 말하거니와, 필자는 자신의 선집을 마련하는 데 미비한지라, 그것은 필자가 2차에 걸친 번역에서 얻은 경험에도 그들로부터 독자의 기대를 차출하지 못했거나, 호응을 얻지 못했기 때문으로, 독자 여러분의 깊은 질정(叱正)을 청하는 심정이다. 필자는 자신의 등하불명(燈下不明)의 아쉬운 총기(聰氣)를 자책하지 않을 수 없다.

필자는, 이토록 번역 본연의 특성을 살리려고, 그것의 백미는 결코 아닐지라도, 애써야 하다니, 이런 시련의 역정(歷程)은 몇 번이나 계속 겪어야 할 것인고? 필자는 『율리시스』를 별개로 하더라도, 『피네간의 경야』의 연구에 30여 년, 초역(初譯)과 개역에 17년간의 세월과 함께, 총 반 백 년을 견마지노(犬馬之勞)의 노동을 (실례지만) 겪은 셈이요, 모두 줄잡아 반세기의 세월을, 두 작품의 번역에 매달린 채, 주인공의 한 사람인, 변덕쟁이 셈이 당하는 갑작스러운 혹독한 치통(齒痛)처럼, 잦은 두통을 앓으며 각골통한(刻骨痛恨)해 왔다.

다시 본론으로 돌아가거니와, 본 축소판에서 텍스트의 1부를 선정하여, 한쪽으로 신조어(독자가 이해 가능하다고 느꼈기에)를 제외하고, 그 대부분을 일상의 보통 언어로 파괴 수정하여 재삼 개역해 보았다. 이 재재역본은 새 독자가 얼마간의 인내와 노력을 들이면 쉽사리 이해 가능하리라. 『피네간의 경야』의 선적동향(腺的動向: lenear drift)의 개관은, 적어도, 대체를 이해하고 작품의 건축과 형태의 총체를 달성하려는 심내(尋耐)의 즐거운 고통인 것이다.

이 새로운 한어(韓語)의 『피네간의 경야 이야기』 교본은, 캠벨과 로빈슨의 개정판을 최대한 모방하여, 조이스의 복잡한 꿈의 영웅 전설(dream — saga)을 최초로 쉽게 읽을 수 있도록 초본(抄本)으로 출판하는 셈이나, 필자의 사면초가 같은 무지의 고립을 어찌 탓하랴! 이번의 책에서 원본의 확장을 위한 유혹을 피하면서 그리고 단지 가장 중요한 주제들만을 짧게 선택하면서, 필자는 조이스의 이야기의 진행과 진가를 매 페이지마다 따르도록 노력했다. 그의 목적은 이미지들의 어느 구절 또는 그룹을 모두 설명하는 것이 아니요, 단지 기본적 서술만을 선택하는 것이다.

　그러나 솔직히, 여기에서도 필자는 그의 목적에 전적으로 충실하지 못했다. [어찌 유한하랴!] 본문의 많은 구절들은 매우 매력적이요, 흥미로운 데도, 그들의 삭제를 참아야 했다. 그는 원문의 함축의의 밀집된, 호기심의 뉘앙스 사이에, 문장에서 문장까지 정확히 한 두 행들이 고정되도록 선택하지 않을 수 없었다. 필자는 가능한 곳에는 어디서나 조이스 자신의 언어에 매달렸고, 서술(이야기)을 강조하기 위하여, 무겁게 하중(荷重)된 텍스트를 자유로이 회색(悔色) 시키거나, 단순화하고, 쉽게 바꾸어 썼다(패러프레이즈). 이런 유형적 현상은 필자 이외 아무도 더 이상 그의 무모하고 부당한 결정을 내리기에 힘들 것이다.

　그럼에도 불구하고, 심지어 그의 실패와 어색함을 통하여 텍스트의 커다란 골격 구조가 드러났고, 단약(單弱)하게나마 책의 장대한 논리를 분명하게 노출하기에 충분하다고 자랑하고 싶으니, 화생부덕(禍生不德)의 초치(招致)인가!

　만일 현재의 이 축약집이 이 밖에 아무 구실도 못한다면, 그것은 무용지물이 될 것이요, 조이스의 작품을 무가치한 것으로 만드는 우행일 것이다. 『피네간의 경야 이야기』는, 아무리 축소의 평가라 할지라도, 우리들 시대의 거대한 타임캡슐의 일부가 될 것이요, 그것이 완전하고도 영원한 기록이기를 독자에게 애정(哀情)으로 구걸한다. 만일 우리의 사회가 내일을 분쇄할지라도(조이스가 함축한 대로, 그것이 가능하리라), 우리는 『피네간의 경야』 속에, 그들을 돋우는 힘과 더불어, 모든 조각조각을 재결집하는 자력(磁力)이 있으리라. 『피네간의 경야』야 말로, 그 속에 모든 신화, 프로그램, 슬로건, 희망, 기도, 도구, 교육 이론, 그리고 과거 수천년 간의 신학적 잡동사니를 매장하고 있는, 이른바 "종합적 빙퇴적(氷堆積; synthetic moraine)"인지라. 그리하여, 여기 이 『피네간의 경야 이야기』보다 작은 규모로, 이보다 알차게, 그를 위해 부지런히 쟁기질 하는 경지(耕地)가 되었으면! 조이스의 빙퇴적은 벽돌 먼지가 아니요, 부식토(腐植土; humus)이듯, 이 졸본 또한, 다음을 말하기를 결코 지치지 않을 것이다.

> 고로, 어쨌거나 나태자의 바람이 책의 페이지에서 페이지를 넘기나니, 무구교황(無垢敎皇: 이노센트)이 대립교황(對立敎皇) 아나크르터스와 유쟁(遊爭)하사, 행사자(行死者) 서(書) 속의 생자의 책엽(冊葉)들, 그들 자신의 연대기가 장대하고 민족적인 사건들의 환(環)을 조절하나니, 화석도(火石道)처럼 통과하게 하도다. (13. 29~32)

필자는 이번 축약 본을 읽을 수 있게 하기 위하여, 기존의 일상적 한국어를 사용하고, 가능한 신조어를 다소 몰수하고 파괴하기를 기본 원칙으로 삼았다. 비록 예외적인 것들이 있을 수 있으나, 심지어 그때라도 독자들이 의미를 그로부터 가능한 축출(逐出)할 수 있도록 그들을 다소간 변조(變調)하려 애썼다. 이를 테면, 이러한 경우 특별히 신세진 것은 『피네간의 경야』의 1장으로, 거기에는 다른 장들보다 더 많은 주제들이 함축되어 있기 때문이다.

나아가, 필자는 조이스의 원서가 품은 단어들의 복수적 의미를 가져오기 위하여, 이미 앞서 설명한 대로, 작품의 초창기 작가의 노트들에서 도움을 구했다. 필자는, 전반적으로, 각 단어의 한 개 또는 기껏해야 두 개의 의미들을 번역했으며, 여타의 것은 노트에 의존했다. 이들 노트들은 작품을 쓰는 작가의 원칙의 산 기록이기 때문이다. 또한, 이러한 경우, 작품의 제II부 2장인 "학습 시간―삼학(三學)과 사분면(四分面)"(좌우 주석과 각주들)의 경우가 으뜸을 차지한다. 불가피하게도, 조이스의 많은 함축의(connotation)들이 노트들에 포함되었는데, 이는 그가 의도했던 모든 것을 암시하기 위해 그만한 여백이 필요했기 때문이다. 이러한 번역의 행사와 과정은 우리로 하여금 좌절을 남긴 채, 많은 것들을 포기하지 않을 수 없게 하기 때문에, 부득이한 고립감에서 벗어나기 힘들지만, 별 도리가 없지 않은가!

필자의 개별적 단어들의 하나 또는 둘의 복수적 의미들을 선택하고 번역하는 기본적 원칙은, 독자가, 의식적이든 무의식적이든, 글을 읽을 때, 단어들이나 그들의 의미 군(群)으로부터 하나의 선택을 갖게 하는 것이다. 그것은 그의 독서 자국에 남긴, 독자 자신의 초상(肖像)인 것이다. 여기 천재적 작품의 어지러운 만휘군상(萬彙群象)을 어찌 감당하랴! 그것은 번역의 작업에서 불가피하게 하나를 선택하거나, 아니면 여타를 버리는 것을 의미한다. 비평가 에코(Eco)는 그의 유명한 저서『혼돈계의 미학(Aesthetics of Chaosmos)』에서 논하기를, "독자는 독서의 과정에서 의미들을 모두 추구할 수는 없다. 우리는 가능한 해석적 통로들 가운데서 선택해야 하고, 그리하여 의미의 다양한 수준들의 애매모호한 점을 없애야한다." 이것이『피네간의 경야』의 현명한 독서법이다. 왜냐하면, 우리는 의미 군(群)을 일시에 다 해독하기 불가능하기 때문이다. 이에 첨가하여, 에코의 글대로, "우리는 여타의 의미소(意味素; isomorphism)에 대하여 민감해야 한다."『피네간의 경야』를 읽고 이해하기란 결코 쉬운 일이 아니다. 거기에는 독서를 방해하는 무수한 두드러진 장애 요소들이 반드시 대좌(對坐)하고 있다. 그를 읽기란 정글을 헤치는 모험이다.

물론, 그것의 가장 두드러진 특성이란 복수의 의미들을 갖는, 그리고 다양한 언어들로부터 따온 단어들의 편린들로 구성된 모호한 단어들을 갖기 때문이다. 작가(조이스)가 지닌 기존의 문법적 및 구문법적 무시는 별개의 것이다. 후기의 거작을 쓰는 대기만성의 조이스도 그의 친구 유진 졸라스와 그의 무리에 의해 발표된 "언어의 혁명(Revolution of Word)" 및 "선언서 (Manifesto)" 속에 옹호 받기 마련인가 보다. 전위문학 또는 이른바, "새 파도문학(New Wave)"을 비롯하여 다다이즘, 초현실주의, 난센스 문학, 아인슈타인의 영화 등에서 발견되는 몽타주 및 콜라주의 기법과 공통의 특기들은, 세목들 위에 세목들의 증식이 그러하듯, 우리들의 독서를 방해하는 또 다른 요소들이 있다.『피네간의 경야』, 즉 조이스 자신의 조어로, 이 "혼질서(chaosmos)", 즉 우주＋질서＋혼(란)을 헤쳐야만, 감명의 생산물이 나온다. 그리하여 우리는 그것이 분명히 작품을 본래대로 만드는 불가피한 요소들임을 부인할 수 없다.

여기 두드러진 현실은 필자가 번역을 바로 행하는 데 의지라는 이 국면으로, 『피네간의 경야』를 하나의 조직적 총화로서 나타내는 것, 서술의 이러한 연약한 그러나 확실히 존재하는 흐름을 선명하게 하는 것이, 그의 영원한 소원이다. 소리와 음률은 필자를 강박하지만, 그를 실패시킨 또 다른 것이다(우리는 조이스 자신이 작품을 쓰면서 파리의 세느 강변에 앉아 강물의 흐름을 시청각한 기록을 갖고 있거니와). 그는 자신의 역할에서 책의 음악성(musicality)을 "한층 과공미적(果恐美的)으로(fruitfully ＋frightfully＋beautifully)", 그의 역본에도 반영하기를 원했으리라. 이것은, 그렇다하여, 필자가 어떤 특수한 시적 장책(粧冊)들을 사용했음을 의미하지는 않는다. 그는 조이스 자신의 내적 리듬에 단지 복종했을 뿐이다. 어떤 평자는 조이스의 책에서 심지어 강물의 소리와 냄새를 듣고 맡을 수 있다고 말한다. 앞서 이미 인용한 바 있듯이, 베케트는 현대 문학의 양대 작용, 즉 귀와 눈의 동원, 듣고 보는, 〔스티븐이 샌디마운트의 아침 해변에서 이를 설파했거니와, 필자는 샌디코브의 "Forty Foot" 바위에 앉아 이를 한없이 실험했다.〕 필자 역시 자신의 『피네간의 경야 이야기』에서 그것이 무실한 하로동선(夏爐冬扇)이 되지 않기를 바란다.

치밀한 비평가 스필버그(P. Spilburg)가 1962년에 목록화(目錄化)한 데로, 초기 『피네간의 경야』는 조이스의 엄청난 양의 노트로서(『제임스 조이스의 기록문서(The James Joyce Archive)』, 그것의 원고는 현재 버펄로 대학 도서관이 소장하고 있다. 그를 통해 마침내 우리들은 모든 소재들을 가시청할 수 있게 되었다. 이 『잡기(雜記)(Scribbledehobble)』에 실린 잡물들은, 『율리시스』제3장에서 샌디마운트 해변의 모래사장의, 앞서 젊은 야인(野人)이 확인한 대로, 비유건대, "흰 갈기의 파도들, 우적우적 씹으면서, 밝은 바람의 고삐에 휘감긴 채, 마나난의 군마들인,"(U 32) 기호들 격이다. 그런데도(불가피한 "그런데도 이지만") 이들 무의미한 듯한 잡물 속에 잡기를 읽을 수 있나니, 조이스의 천재 탓이리라.

    …… 여기 읽으려고 하는 만물의 징후들, 어란(魚卵)과 해초, 다가오는 조수(潮水), 저 녹슨 구두. 코딱지초록빛, 청은(靑銀), 녹(綠) 빛. 채색된 기호들.(U 31)

여기 생생한 기록문서에서, 우리는 『율리시스』의 종곡(coda)을 마감하는 몰리 부름(Molly Bloom) 여인 자신이 그녀의 발랄하고, 생기 넘치는 "Yes I said yes I will yes"의 토로(吐露)의 반복을 듣는 듯하다(참고로 그녀의 말미에서 Yes의 한국어 번역은 *"그렇지, 나는 그러세요……네"*인데 대하여, 중국어 번역은 Xiao의 "후의〔厚意〕" 또는 "Jin의 진적〔眞的〕," 2종이 있다). 『젊은 예술가의 초상』의 말미에서 패기찬 데덜러스가 그의 일기장을 통해 되뇌듯, 세계는 구조될 수 있으며, 창조적이요, 예술적 상상의 행사를 통하여 만이 "민족의 양심이 재창조될 수 있다."(P 253) 최후의 "네(yes)"의 응답 시제(時制)는 호우드 언덕의 정상에서 갖는 혼전의 블룸에 대한 과거의 긍정이요, 1904년 6월 17일의 새벽에 갖는 당장의 블룸에 대한 그것이다.

이른바, "노트"로 또는 잡동사니(debris)로 축성된 『피네간의 경야』가 『율리시스』의 말미에서 몰리 블룸이 인류의 과거의 실재 및 미래의 잠재력의 이행을 가능하게 하는 상상력의 힘을 지니듯, 이 『피네간의 경야 이야기』 또한, 그것이 축약본(縮約本) 일지라도, 그 취지는 그럴 것이요, 그러하기 바란다.

조이스는 『율리시스』에서 주인공 블룸(Bloom)의 낮의 의식 속에, 기포드(Gifford)의 『율리시스 노트(*Ulysses Annotated*)』가 입증하듯, 현대인의 호메르스적 배회와 함께, 정신적으로 백과사전적 지식의 총괄을, 『피네간의 경야』에서 주인공 H.C. 이어워커의 밤의 무의식 속에, 맥휴(McHugh) 교수의 『경야 주해(*Annotations to Finnegans Wake*)』가 보여주듯, 잠재의식의 총화를 작품을 통해서 모두 집약하려 했다. 블룸(H. Bloom) 교수와 비평가 에코(Umberto Eco) 및 아서턴 〔그의 초기 유명한 저서인 『경야의 책(*The books at the Wake*)』의 필자〕 등은, 이러한 지식의 총체 및 인유들을 담은 작품의 백과사전적 총체성을 진작 지적하고 있거니와, 같은 시기에 모던 라이브러리 출판사는 『율리시스』를 20세기의 100대 소설들 중에 1위로, 『젊은 예술가의 초상』을 3위로, 그리고 『피네간의 경야』를 77위로 각각 손꼽았다. 1세기에 걸쳐 100대 순위 안에 3개의 작품이 드는 것은 기적 같은 일이다. 게다가 1등과 3등을 하다니, 믿기 힘들다. 〔2등은 피츠제럴드 작의 『위대한 게츠비』이거니와) 『피네간의 경야』는 그 내용물이 『율리시스』의 몇 갑절이 되지만, 그것을 담을 "지식의 부대"가 아직 모두 드러나지 않았다. 아마도 금세기 말에 가서야 가능하지 않을까?

그동안, 조이스 마니아들은, 이처럼 『율리시스』 및 『피네간의 경야』의 많은 정보에 밝은 채, 조이스의 두 작품에 포박되어 그들을 강독(强讀)하는 듯했다. 필자는, 짐짓, "강독하는 듯"이라 말하거니와, 왜냐하면, 이러한 두 작품의 선택은, 예를 들어, 프루스트의 대작 『잃어버린 시간을 찾아서(A la recherche du temps perdu)』나, D. H. 로렌스의 『아들과 연인(Sons and Lovers)』, 혹은 토마스 만의 『마의 산(Magic Mountains)』 등의 선택과는 달리, 드물게도 양 세기에 걸쳐, 거의 동시적이기 때문이다. 『율리시스』와 『피네간의 경야』는 양자 다 같이 일반 독자(혹은 전공자)에게 극히 이질적이요, 어려운 책들인지라, 읽히기 보다는 한층 자주 감탄 받거나, 읽혀질 때에도, 끝까지 통독하기는 드문 일이요, 끝까지 통독 할 때라도, 자주 시작을 잊어버린다. 심지어 양 작품들을 다 읽는다 해도 부분으로만 이해되기 마련이요, 시종(始終)을 기억하기 힘들다. 그런데도 「한국 제임스 조이스 학회」는 과거 10년(1992~2012)에 걸쳐 이를 통독하는 쾌거를 올렸다(「동아일보」 1991, 1, 21일자, 「교수 신문」 2012, 3, 20일자, 「조선일보」 2012, 10, 15일자 기사 등, 참조). 이들 기사 중 하나를 아래 소개하면,

2002년 9월부터 총 644쪽(번역본은 약 1,200쪽)의 책을 읽기 시작해 101회째인 이날 589쪽 1,657행으로 접어들었다. …… 연 10회씩 20명 안팎의 전공 교수·대학원생, 아마추어 애호가들이 모인다. 4년째 참석 중인 하버드대 박사과정 아만다 그린우드 씨는 "하버드에도 없는 모임을 서울에서 알기 돼 너무 신기했다. …… 모임은 먼저 오디오로 원어민이 읽는 것을 듣고 발제에 이어 토론하는 식으로 진행된다. …… ("3만 개 어휘 속, 10년째 '숨은 보물' 찾기", 「조선일보」 2012, 10, 15).

그러나 이러한 난제(難題)는, 특히 『피네간의 경야』이기에 속수무책 불가피하다. 그런데도 사람들은 이러한 난독(難讀)의 책들을 많이 이해하기를 요구할 뿐만 아니라, 얼마간 난독(亂讀)일지라도, 그에 대한 사랑을 단언한다—셰익스피어, 제인 오스틴, 혹은 디킨즈에 버금가는 강도의 사랑으로, 또는 더한 것으로 말이다.

대중이 얼마나 그를 사랑하는지, 『율리시스』의 "블룸즈데이(Blooms-day)" 100주년에 그를 축하기 위해 더블린에 운집한 군중은 1만 명이 넘었는지라. 그들은 거리에서 구운 돼지(양) 콩밭을 맛있게 먹었나니 당일 더블린 시장 각하 내외가 화려한 마차를 타고 샌디마운트 해변(상가 번지)에서 더블린 거리를 통과하여 그랜드 커널(운하) 및 로이얼 커널을 건너 글라스네빈 공동묘지까지 마차를 모는지라, 거리의 수많은 축하객들의 연달은 환호, 환호…… 축제의 물결…… 시내의 두 조지 성당의 종소리가 푸른 하늘을 향해 헤이호! 헤이호! 울리나니 15분마다 정확한 시간을 시민들에게 알렸도다. 수년 전 아일랜드 중앙은행이 조폐한 10파운드짜리 지폐 위에 조이스의 초상화가 실물이 더 비대하여 아일랜드 중앙은행 총재는 국가로부터 핀잔을 받았다 한다. 다른 지폐들에 오른 예이츠(5파운드)와 스위프트(1파운드)가 함께 일제히 박장대소라 회색만면하다. 기네스(Guinness) 아일랜드 산 맥주를 실은 바지선이 「창세기(Genesis)」를 찾아 배 고동을 울리며 시 중심가의 오코넬 다리 아래 런던으로 향하고 수호성자 성 케빈(St. Kevin)이 아일랜드 거장을 가장하여 호수에서 솟는다. 다음은 처녀들의 축하 노래다.

〔HCE: 소녀들을 헤아리다.〕 구천사녀(丘天使女)들, 벼랑의 딸들, 응답할지라. 기다란 샘파이어 해안. 그대에서 그대에게로…… 거기 최진(最眞) 그대. 가까이 유사(類似)하게, 한층 가까운 유사자(類似者). 오 고로 말할지라! 일가족(一家族)…… 일군소녀(一群少女)들. 열다섯 더하기 열넷은 아홉 더하기 스물은 여덟 더하기 스물 하나는 스물여덟 더하기 음력 마지막 하나 그들의 각각은 그녀의 좌(座)의 유사(類似)로부터 상이(相異)하나니. *바로 꽃잎 달린 소종(小鐘)처럼* 그들은 보타니 만(灣) 둘레를 화관찬

가(花冠讚歌)하도다 무몽(霧夢)의 저들 천진한 애소녀(愛少女). 천동(天童)케
빈! 천동케빈! 그리고 그들은 음악이 케빈이었네 노래노래하는 오통 뗑뗑
목소리들! 그이. 단지 그는. 작은 그이. 아아! 온통 뗑그렁 애탄자(哀歎者)
여. 오오!

　〔화녀들의 노래가 성당 종소리로 이울다.〕 성(聖) 윌헬미나, 성 가데니
나, 성 피비아, 성 베스란드루아, 성 크라란다, 샤—라—발스, 성 처스트
리, 성 크로우나스킴, 성 벨비스투라, 성 산타몬타, 성 링싱선드, 성 헤다
딘 드래이드, 성 그라시아니비아, 성 와이드아프리카, 성 토머스애배스 및
(전율! 비대성[非大聲]!! 츠츠!!!) 성 롤리소톨레스!

　기유희성(祈遊戲性)! 기유희성!(601)

　본『피네간의 경야』축약본은 원작자가 의도한 "전(全)우주를 호두 껍
데기 속에 장착하면서(Putting Allspace in a Nutshell)"(455. 29), 셰익스피
어의 햄릿처럼, 또는『율리시스』의 우자(愚者) 디지(Deasy) 교장처럼, 또
는 동적(kinetic) 기질의 벅 멀리건(Buck Mulligan)처럼, HCE의 세속적 쌍
둥이 중의 아우 숀(Shaun) 혹은 죤(Jaun) 등은 로마 의회의 "라마인민상원
(SPQuanRking)"의 입을 빌어, 최후의 심판 일을 개략하거니와, 무수한 독
자들은『피네간의 경야』(조이스가 일생의 2/3 동안 노동한)를 읽기 시작했으나
단지 몇 페이지 뒤에 포기하고, 이를 유감스럽게도 "위대한 실패(gorgeous
failure)"로서 각하하기 일쑤였다. 조이스 학자 차본(Chabon)은 강의실에서
한 학기 내내『피네간의 경야』의 20페이지를 읽었다 한다. 그런데도 그는 그
것의 토적성산(土積成山) 인양 감탄을 아끼지 않았다. 그는 말하기를, "나는
『피네간의 경야』를 여전히 가장 위대한 소설 중의 하나로, 심지어 아마도 모
든 것들 중 가장 위대한 것으로 손에 쥐고 있다."고 했다. 뉴욕의『피네간의
경야 학회(The New York Society of Finnegans Wake)』는 현재까지 36년 동
안『피네간의 경야』의 작품을 읽고 있다.

　필자가『피네간의 경야』를 공부하기 위해 도움을 받은 또 다른 석학
은 초기 조이스 개척자인, 프린스턴 대학의 리즈(A. Walton Litz) 교수다.

1974년에 그분의 강의를 오클라호마 대학의 한 서머 스쿨에서 청강한 이래, 재차 5년 뒤인 1979년에 그분의 옥스퍼드 대학 Ph.D. 논문이요, 뒤에 유명한 저서가 된 『제임스 조이스(*James Joyce*)』(뉴욕. 트웨인 출판사, 1965)를, 필자의 손으로 한국어로 처음 번역하여 출판하는 쾌거를 누리다니(서울. 탐구당, 1979), 어변성용(魚變成龍)의 복이었다. 그와 더불어 오늘날 무수한 독자들이 다짐하듯, 행운유수(行雲流水) 격인 『피네간의 경야』를 기필코 읽고 말리라, 우리 모두 동참해야 할 책이니까.

『피네간의 경야』에는 『율리시스』에서와 마찬가지로, 그 내용이나, 그를 쓴 언어의 구사에서 불합리는 전혀 없다. 이는 상기 리츠 교수와 UCD의 딘(Deane) 교수의 확약이요, 단언이다.

『피네간의 경야』의 "독서불능성(unreadability)" 또는 "번역불가능성(un-translatability)"을 해결하는 또 하나의 묘책은 조이스 문학의 순환적, 총체성(circular totality)의 구조로서, 어떠한 독자도 『율리시스』에서처럼, 그에게 빨려 들어가다니, 그것은 그의 자력성(磁力性; magnetism), 상보적(相補的; summa cum laude) 상호텍스트성(intertextuality) 때문이다. 우리는 『피네간의 경야』의 모든 것을 한꺼번에 흡수하려고 기대하지 않는 한, 그의 통독성(通讀性; reading through)을 기대할 수 있을 것만 같다.

이러한 논리로, 『피네간의 경야』의 재판(1999판) 소개자인, 존 비숍(John Bishop) 교수는, "『피네간의 경야』는 일반 독자에게 『율리시스』보다 한층 접근하기 쉬울 수 있다—혹은, 그런 문제라면, 톨스토이의 『전쟁과 평화』보다 한층 더 말이다. 그 이유인 즉슨, 우리는 그것으로부터 이익을 쉽게 얻거나 그를 즐기기 위해 작품을 총체적으로 읽을 필요가 없기 때문이다."라고 단언한다.

이처럼, 작품은 수많은 단편 이야기들의 환의 구조성 때문에, 단편 하나하나 자체만으로도 하나의 독립성을 즐길 수 있다는 것이다. 예를 들면, 한 권의 완전 본으로, 작품이 2년 전, 출판되기에 앞서, 『솀과 숀의 두 이야기』로 제자(題字) 된, 축소판이 1932년 10월, 페이버 앤 페이버(Faber and Faber) 출판사에 의해 출판되었거니와, 이 중의 두 이야기들, "쥐여우와 포도사자" 에피소드(152.15~159.18) 및 "개미와 배짱이"의 에피소드 (414.16~419.10)는 각각 하나의 독립적 이야기로 읽는 데 묘미가 있다. 『피네간의 경야』는 이러한 군소 이야기들의 중첩인지라, 처음부터 끝까지 연결성은 없을 것 같을지라도, 서로의 결합이 중요 주제를 형성한다. 『피네간의 경야』는, "신비평(New Criticism)"의 주장대로, 기실 작품의 종말은 없는데다 (No ending), 끝은 열려 있고(open ending), 저자는 작품에서 퇴장(Exit Author)한 상태로서, 독자는 각자의 해석을 자유로이 누릴 수 있다.

독자들은 지금까지 등장인물들의 중심적 역할과 전반적 이야기 줄거리에 관한 합의에 도달할 수 있었다. 오늘날 우리나라 독자들은 대체로 『피네간의 경야』의 난해성 때문에 그 이해를 위한 열을 쏟지 않고 있는 듯하다. 이는 이 거작의 독서가 이른바 불균형의 시간량을 요구하기 때문이다. 셰익스피어 작품들 중 책의 인기나 '글로블' 극장의 연극 관람객 수도 이를 능가하지 못한다. 이것이 필자가 여기 일종의 안내서로서 『피네간의 경야 이야기』를 마련하려고 애쓰는 이유인지라, 이는 장님들의 자기 나름의 억측 일 수도 있다. 그리하여 일반 독자 역시 이 책으로부터 『피네간의 경야』의 개관을 점차적으로 파악하기를 바란다. 그러기 위해서는 각 장의 대강을 우선적으로, 이어 각 페이지에 주어진 주석과 요약을 토대로 삼아, 테스트를 읽기 바란다. 텍스트의 한 페이지의 이해는 다음 페이지의 이해로, 이어 한 장의 이해는 다음 장으로 나아가리라. 이야기의 대강을 알기까지는 미리 『피네간의 경야』어, 우주어 또는 초음속 어의 응축(凝縮)을 대강으로 분석함으로써, 총체적으로 이야기를 감지하리라.

이 『피네간의 경야 이야기』(초역 본)는 『율리시스』에 관한 브라마이즈 (Blamires) 교수의 책인 『뉴 블룸즈데이(The New Bloomsday)』를 그 샘플로 따르기도 했다. 이번의 책에서 필자는 페이지 한 장 한 장의 논평의 방법을 취했는데, 이를 마음에 품은 채, 일반 독자들은 그들의 필요와 이해에 최대한의 보답을 얻을 수 있으리라 생각한다. 다시 말해, 필자는 우선적으로 수

많은 상징적 대응물들이나 일치들에 대한 설명의 유혹을 거절하고, 독자들에게 그들의 성급한 관심의 가동(可動)이 더 급선무라 믿었기 때문이다.

거듭 말하거니와, 『피네간의 경야』는 재래(在來)의 19세기적 전통 소설과는 달리, 그 내용이 비선적(非線的; unlinear)이다. 그러나 이번 책에서 그 내용 파악이 급선무인지라, 글을 다소나마 유선적(有線的) 전개가 되도록 노력했다. 그리고 저변에 깔린 이야기의 줄거리(plot)를 탐색하도록 애썼다. 필자의 이러한 행위는 작품의 총체적 작성 및 형태를 대체적으로 관찰하고 이해하는, 적어도, 한 가지 방도를 독자에게 제공할 것이다. 그리하여 모든 독자는 뉘앙스 및 초점의 진전과 변화의 이러한 행(行)들을 따르거나 논하면서, 이 고산준령과도 같은 작품을 처음부터 끝까지 다 읽을 힘을 발견할 것이다. 하지만 비록 그렇다하더라도, 보통의 독자는, 작품의 이러한 큰 디자인의 그 어떤 중요한 것을, 아주 작게나마 혼자의 힘으로 경험할 수 있을 것이다. 왜냐하면, 『피네간의 경야』의 최단(最短)의 접촉은 우리를 공상(空想) 진동 속으로 집어넣거나, 당황스러운 어의적(語義的) 회복, 그리고 작품을 통해 상세히 기록될 개안(開眼)의 재각성의 과정을 내적으로 유인하기 십상일 것이기 때문이다.

아름다운 리피강의 상부에 위치한 마린가(Mullingar) 호텔의 주막 그의 주인, "여기 매인도래(每人到來; Here Comes Everybody)"와 12명의 단골손님들 및 "마마누요" 사인방(四人幇)처럼(그들은 지금도 거기 대좌하거니와), 라인강의 로렐라이처럼, 리피강변의 요정의 노래를 실은 『피네간의 경야 이야기』야 말로, 경험들의 가장 공동의 그리고 가장 암담한 것을 탐구하기에, 그것은 더 많은 사람들이 즐길 수 있고 당연히 그래야 할 책이다. 그것이 상아탑 속의 고립적 존재로만 있어야 하겠는가!

필자는 과거 반년(1993년?)을 당시 더블린 대학 영문과 과장이요, 의회 의원인(시인 예이츠처럼) 맥휴 교수의 도움으로, 더블린 국립대(UCD)의 초빙 교수로서, 한 학기를 그곳 캠퍼스에서 머물렀다. 『젊은 예술가의 초상』의 어

린 학생이었던 스티븐 데덜러스가 교실 창문을 통해 큰 길 건너의 푸른 공원
인 "성 그린 ST.Green"을 보고 "나의 그린(My Green)"이라 되뇌듯(『젊은
예술가의 초상』 참조), 필자는 같은 창문의 교실에서 2차에 걸쳐(1993, 1995)
「국제 서머 스쿨」에 참가하여 강의한바 있거니와, 맥휴 교수의 당시 초청장
의 일부를 호기심으로 복사한다.

서머 스쿨 초청장

  ……우리는 당신을 UCD의 연례 제임스 조이스 서머 스쿨에서 조이스
 에 대한 강의를 할 것을 기꺼이 초청하나이다……

 오늘날 성 그린 공원에는 조이스 탄생 100주년을 기념하는 그의 동상이
행인으로 하여금 초록 빛 타원형의 잎사귀에 깊이깊이 모두하여, 쓴 "에피파
니를…… 매일 밤 2페이지 씩 읽도록" 권하며 서 있다. "만일 내가 죽더라
도…… 기억할 책…… 수천 년, 억만년 후에도……"(U 34)

나중에, 호우드 언덕에서 세 사람의 더블린 원주민들(두 여인과 한 소녀)과 함께, 산꼭대기의 망병초 꽃(rhododendron)을 즐기며, 그 아래 혹시나 블룸 같은 행운을 기대하며 『율리시스』의 지지적(地誌的) 배경 답사를 했다. 앞서 맥휴 교수는 필자에게 은전을 베푼 뒤 필자와 「한국 영문학회」의 초청으로 서울에 와서 강의를 했다. 그분의 아일랜드로의 귀국길에 우리는 폭 넓은 한강변 도로를 차로 달리면서, 갈매기들의 장닉비상(張翼飛翔)을 바라보며, 『피네간의 경야』에서 읽은, 리피강의 그들의 애처로운 절규를 들었다.

　　　　―마크 대왕(大王)을 위한 3개의 퀙!
　　확실히 그는 대단한 규성(叫聲)은 갖지 않았나니
　　그리고 확실히 가진 것이라고는 모두 과녁(마크)을 빗나갔나니.
　　그러나 오, 전능한 독수리굴뚝새여, 하늘의 한 마리 종달새가 못되나니
　　늙은 말똥가리가 어둠 속에 우리들의 셔츠 찾아 우아 규비산(叫飛散)함을 보나니
　　그리고 팔머스타운 공원 곁을 그는 우리들의 얼룩 바지를 탐비(探飛)하나니?
　　호호호호, 털 가리를 한 마크여!
　　그대는 노아의 방주(方舟)로부터 여태껏 비출(飛出)한 최기노(最奇老)의 수탉이나니
　　그리고 그대는 자신이 독불장군이라 생각하나니.
　　계조(鷄鳥)들여, 솟을지라! 트리스티는 민첩한 여린 불꽃(스파크)이나니
　　그건 그녀를 짓밟고 그녀를 혼(婚)하고 그녀를 침(寢)하고 그녀를 적(赤)하리니
　　깃털 꼬리에 여태껏 눈짓하는 일없이
　　그리고 그것이 그 자(者)가 돈과 명성(마크)을 얻으려는 방법이나니!
　　(383)

　　위의 갈매기들의 시가(詩歌)는 『피네간의 경야』의 제II부 4장의 "신부선과 갈매기"의 초두로서, 트리스탄의 신부(新婦)가 무력한 마르크 왕의 조롱으로 신랑과 함께 혼례선(婚禮船)에서 행사할 약속을 노래한다.

이처럼 『피네간의 경야』가 품은 많은 시의 소재와 언어는 미래의 우리들의 의식을 지배하고 공급하는 일상의 풍부한 전거(典據)가 될 것이다. 이렇듯, 우자(愚者: 필자)의 예언은, 모든 예언이 그러하듯, 우스꽝스러운 조롱이 될지 모르겠다. 그러나 오늘날 허튼 소리와 편의주의 세계에서 『피네간의 경야』에 실린 조이스의 목소리야말로 가장 진정한 것이요, 그의 정신적 조상인 밀턴이나 블레이크처럼, 이는 예언적 혁명이요, 그의 예술가적 양심과 이성은 만인에게 보편화되고 불후토록 살아남을 것이다.

시가의 첫 행의 "퀙(quarks)"이란 단어는 갈매기의 소리이거니와, 1966년 4월 26일자의 뉴욕 『타임』지는 "최근 어떤 물리학자(노벨 수상자 Murray Gell—Mann를 지칭)가 자신이 발명한 새로운 분자의 이름으로 이 단어를 선택했다."고 보도한 바 있다. 이러한 예에서 보듯, 『피네간의 경야』의 새 단어(얼핏 당장은 무의미한)는 우주의 신발명을 인간에게 매개하는 메시지가 된다. 부패한(무의미한) 시체에서 새 생명이 솟는지라, "시곡체(屍穀體: cropse)"의 브르노(Bruno)적 "변증법적 대응설(dialectical process)"의 본보기다.

그후 몇 달 뒤에 애석하게도 맥휴 교수는 지병으로 시신이 되고 말았으니, 심장마비가 그를 천국으로 데려갔다. 서울서 귀국길에 필자에게 행한 값진 약속도 허무로 돌아갔으니, 새 생명을 키우지도 못한 채였다. 그 뒤로 같은 상원이요, 트리니티 대학 교수인 데이비드 노리스(David Norris) 교수는 필자의 『피네간의 경야』 한국판 초역에 추천서(전출)를 썼거니와, 그의 낭랑한 목소리의 『피네간의 경야』 낭독이 더블린 전 시민을 감동한 듯 했고, 그의 무대 위의 출현이 인기 있는 배우마냥, 뉴욕의 브로드웨이 등, 세계를 누볐다.

필자의 『피네간의 경야』 배경 답사는 『율리시스』의 그것만큼 순탄하거나 만족스럽지 못했으니, HCE의 환상적 무실체(無實體)한 꿈 때문이 아니었던가! 더블린의 남과 북의 양 해안인, 샌디마운트와 돌리마운트의 한운야학(閑雲野鶴)은 부재했던가? 그러나 솔직히, 『피네간의 경야』는 그의 배경 지지를 답사할 만큼, 그 해독(解讀)이 이 때쯤 아직 충분치 못했다. 스티븐 데덜러스가 존 불(John Bull) 등대를 향하며, 바라보는 비둘기 소녀(dove—girl; 당시 UCD의 조교로서, 필자는 그녀를 갯가로 유혹했다)는 오늘날 어디 있는가? 등대로 향하는 바다 위의, 구멍 난 나무다리는 지금 쯤 말끔히 수선되고 있다. 방축 길도 넓혀졌다. 양쪽 돌무더기도 사라졌다. 수영하던 아이들의 '우우'성도 허공 속에 사라졌다 〔이상『젊은 예술가의 초상』4장 말 참조.〕

재차, 독자는『경야의 이야기』를 인기 있는 이야기로서 세상에 전파할 만큼 부지런히 읽어야 한다.『피네간의 경야』, 제Ⅲ부 1장의 종말에서, 화자는 주인공 숀의 이별을 노래하거니와 그의 두 큰 발이 밟고 지나갈 먼 야생초들, 들국화와 미나리아재비에 관해 읊는다. 비록 한 순간의 이별일지라도, 거기를 지나는 우체부 숀과 그의 램프의 꺼짐은 일종의 죽음을, 그러나 곧 소생을 대표할지니, "경야"의 주제라. 문득 나타났다가 문득 살아지는 홀형홀몰(忽顯忽沒)이라.

　　…… 그대는 와권해(渦卷海)를 가로질러 도선(渡船)하고 어떤 성당법자(敎會法者)의 여타일(餘他日)에 그대 자신의 도망말세론 속에 휘말릴지니, 등에 우대(郵袋)를, 슬픈지고! 설굴(雪掘)하면서, (그렇잖은고?) 그대는 선량한 사람인양, 그대의 그림 포켓을 신선송달(新鮮送達)을 위해 갈퀴같은 비(우; 雨) 속에 구측외향(丘側外向)하고, 그리하여 그로부터 여기까지 아무튼, 임차(賃借) 전차(電車)를 타고, 비옵건대 살아 있는 총림(叢林)이 그대의 밟힌 잡림(雜林) 아래 재빨리 자라고 국화(菊花)가 그대의 미나리아재비 단발(短髮) 위로 경쾌하게 춤추기를.(428)

18. 『피네간의 경야』의 텍스트 개정판(2013)

『피네간의 경야』의 원문 초판(初版)은 영국의 페이버 앤 페이버 출판 사에 의해 1939년에, 재판은 1966년에, 그리고 개정판(new text edition)이 2012년 4월에 각각 나왔다(참고로, 『율리시스』의 초판은 파리의 "셰익스피어 앤 컴퍼니" 출판사에 의해 1934년에, 그리고 계속되는 여러 판들이 다양한 출판사들에 의 해 과거 60년 동안〔1934∼1984〕이어졌다. 그러자 1984년에, 새 개정판이 영국 피카 도어〔Picador〕출판사에 의해 데니스 로스의 편집으로 1984년에 출판되었다. 그 책은 약 5,000개의 오류를 교정했다).

제임스 조이스의 최후작 『피네간의 경야』가 1939년 처음 출판된 이래 그 개정판이 최근 영국의 휴이넘(Houyhnhnm) 출판사와 펭귄 출판사에 의해 출 판되어 학계의 관심을 모으고 있다.

『율리시스』가 아일랜드의 한 현대인의 낮의 이야기라면, 『피네간의 경 야』는 범속한 주점 주인 H.C. 이어위커(Earwicker)가 갖는 밤의 이야기, 즉 인류의 탄생, 죽음, 부활을 다룬 대 알레고리다. 영국의 『가디언(*Gardian*)』 잡지의 최근 서평에 의하면, 이는 "현대 문학에서 가장 우상적이요, 독창적 텍스트"로 알려졌다. 그리하여 이 작품의 아름다운 새 판본의 출현으로 최근 그의 색다른 연구의 구체화가 드러났다.

『피네간의 경야』가 처음 출간되었을 때 그에 대한 반응은 부정적이었다. 이 작품은 그것의 난마처럼 얽힌 내용과 60여 개의 다른 언어들(그중 절반은 영어) 및 6만 여 개의 어휘로 쓰인 전대 미증유의 난해한 작품이다. 애당초 그에 대해 "우리는 작품이 아주 난해하여, 앞으로 수십 년의 세월동안 충분 한 연구와 비평의 도움으로 그것을 감상할 수 있을 것이다. 그러나 페이지마 다 웃음으로 넘치는 코믹이요, 그런데도 그 속에 부조리는 하나도 없다. 이 에 비하면 『율리시스』는 1급 독본이다."라는 한 서평이 나와 있다.

당시 『피네간의 경야』의 재판본 서문을 쓴 존 비숍(John Bishop) 교수는 그를 가리켜, "우리의 문화가 생산한 가장 의도적인 예술적 가공물"이라 격찬했다. 이어, 하버드 대학의 해리 레빈(Harry Levin) 교수의 글인 즉, "아일랜드는 조이스의 소우주다. 이 작품이 담은 담론의 우주는 시공간에서 외견상 무한정인지라, 사고와 언어유희의 결합으로 이루어져 있다. 그것의 종합이야말로 조이스의 최후 최대의 도전이다." 같은 하버드의 하로드 블룸(Harlord Bloom) 교수 역시 "만일 심미적 장점이 작품 정전(正典)의 중심에 재차 놓인다면, 조이스의 『피네간의 경야』야 말로 우리들의 카오스(혼돈)가 셰익스피어나 단태의 높이까지 가까워질 것이다."라고 했다.

『피네간의 경야』는 628 페이지에 달하는 방대한 작품으로, 초판본의 체제 상, 이 책은 애당초 조이스가 17년간에 걸쳐 이룩한 수많은 불완전 품목들로 이루어진 복합물이다. 그러나 오늘에서야 편집자와 인쇄자들은 그들의 최고 기술로 그를 새로 개정, 인쇄, 재단함으로써, 하나의 예술 작품으로 작가 본래의 의도를 성취한 것이다. 이는 인류의 경험을 동시적 영력에 담기 위한 1천년의 무시간 속에 과거, 현재 및 미래를 동시화하려는 조이스의 필생의 노력이다.

시머스 딘(Seamus Deane) 교수는 『피네간의 경야』의 새 판본에 대한 노트로서 다음처럼 말한다.

> 이 엄청난 일은 결코 일어날 것 같지 않았다. 애초부터, 그것은 불가능한 일이었다. 그러나 그것은 여기 있는지라, 멋진 판본이 우리에게 기적을 가시적으로 만든다. 그것은 오랫동안 발생하기를 기다리고 있었다. 기다림이 시작된 이래 이제 70년의 세월이 흘렀다. 그 기다림을 종결시키고, 우리에게 기회를 준 편집자들인, 데니스 로스와 존 오한런에게 존경과 경례를! 그들은 우리들이 비평적 수면으로부터 벗어나, 이 걸작을 깨끗하게, 빛나게 재차 당연히 보여주다니.

이번의 개정판은 아일랜드의 본문 학자인 데니스 로스(Danis Rose)와 존 오한런(John O'hanlon)에 의한 30년간의 집중적 노력과 정성을 쏟은 결과다.

그들은 조이스의 가장 당혹스러운 작품을 오랜 동안 작업과 수정 끝에 독자를 위해 한층 "읽을 수 있는(readable)" 책으로 만들어 놓았다. 이 신 판본은 최신 전자 하이퍼텍스트로 이루어졌거니와, 시머스 딘(Seamus Deane) 교수는 이를 가리켜 "측정하기 힘든 놀랍고도 즐거운 책략"으로 평가했다. 이는 영문학 사상 가장 어려운 작품들 가운데 하나로서, 단지 소수의 열성가들에 의해서 만이 읽혀질 것이지만, 그것은 애석한 일이요, 요는 그를 읽을 시간, 스태미나 혹은 성향이 문제일 것이다.

『피네간이 경야』의 새 판본은 수많은 페이지에 달하는 노트, 초고, 타자고 및 교정쇄를 확인하고, 요약하여, 대조, 해명함으로써 이루어진 것이다. 그들은 형태학적으로 출판사상 최초의 책을 재조판함으로써, 약 9천개의 교정과 수정을 행했는바, 그의 구두점, 글자체(폰트)의 선택, 간격, 오자, 잘못된 어구들과 파열된 문맥들을 모두 총괄한다. 그들은 이러한 변화야말로 책의 은유적 밀도와 본질적 짜임의 "매끄러운" 독서를 위해 필수적이이라고 강조했다. 앞으로 이 개정본의 출현으로 세계의 "경야 산업(Wake Industry)"은 더욱 활발할 전망이다.

로스 교수는 "나는 오늘이 있을 거라고 결코 생각지 못했다."라고 말했다. "텍스트의 애매성과 내용의 복잡성은 그것이 과연, 아주 어려움을 의미했지만, 우리는 그들과 부딪침으로써 마침내 해냈다." 거기에는 2만 페이지의 원고, 그리고 그것을 넘어 60여 권의 노트 및 그 밖에 수천의 다른 서책 자료들이 포함되었다.

편집자들은 이 신판으로 이제 『피네간의 경야』의 독서 시기가 다가왔음을 의미 한다"고 했다. 로스는 "우리는 마침내 조이스의 당대인이 되어가고 있다. 우리가 이를 읽기 시작하도록 배운 것은 『율리시스』 이래 90년만의 일이다. 이제 『율리시스』는 빗겨 설 수 있다." 또한, 1997년의 『율리시스』 개정자이기도 한, 그는 이번의 교정본의 출현이 조이스와 자신의 관계를 종결 짓는다고 덧붙였다. "상대가 여전히 감사하는 동안 떠나는 것이 최선이다."

휴이넘 출판사는 책의 새 한정판으로 권당 250파운드에, 그리고 잇따라

나온, 검은 우장피(牛裝皮)의 특별 판으로 750파운드에 각각 판매했다. 페이퍼백은 훗날 다량 출판 될 예정이다.

아래 글은 편집자들인 데니스 로스와 존 오한런이 쓴 것으로, 『피네간의 경야』의 참신한 해독을 위해 독자들에게 새로운 자료를 제공할 것이다.

　　제임스 조이스의 『피네간의 경야』는 영문학에서 20세기 문학 생산의 절정을 대표한다. 이 작품은 적어도 그것의 환상적 어려움이나 그것의 복잡한 작품의 광범위한 기간 때문이 아니라할지라도—다른 어떤 현대 소설보다 한층 비평적 편집을 요구한다. 애당초 1939년 이 유용한 독서 텍스트는 부패하기에, 본래의 출판으로부터 거의 병경되지 않았다. 더욱이, 책은 책으로서 인쇄상 결코 재차 세팅되지 않았는지라, 고로, 페이지에서 페이지로, 그것의 외형적 모습은 정적(靜的)으로 남아 있었다. 이는 단어들 자체로 침투하는 친근성을 허락하면서, 그들의 급진적 미(美)의 영향을 감소시킨다. 현제의 판본은, 철저하게 검증되고 재차 디자인 된 인쇄상의 세팅으로 『피네간의 경야』의 텍스트를 충분히 회복하고, 이것을 개정된 독서로 제공함으로써 이를 수정한다. 그것은 1939년의 판본을 위한 대본(貸本)이 아니요—왜냐하면, 수취된 판본은 언제나 그것의 역사적 중요성을 지속할 것이기 때문에—그것에 대한 대체본(代替本)이다.

　　새 독서 본은 제임스 조이스가 그것을 썼을 때처럼 분명히 텍스트를 재창조하고 회복함으로써—노트, 원고, 복사 본, 타자고 및 교정쇄로서—16년간의 기간을 거쳐 본래로 되돌아간다. 그것은 시간의 긴 과정 및 포함된 거대한 양의 서류들이 주어진 채 교정되었다. 정확한 판본의 욕망된 이상은 실질적으로 이론적이 아니라할지라도, 불가능하다. 그것은 기껏해야 접근할 수 있다. 물질적 증거의 간격은 이른바 본문 학자들이 "판본의 판단"이라 언급하는 것에 의해 단지 충만 될 수 있다. 이따금씩 편집자들은 학구적인 편집의 감수된 실재의 그리고 특별한 저자와 현안 작품의 자기 자신의 경험을 요구해야 하는지라—신뢰성과 개연성의 다른 정도를 가진 상호 독서를 평가하기 위해서다. 독서의 텍스트를 위해, 다시 말해, 학자들을 위해, 합당한 증거를 위한 이해의 분석으로서보다 오히려 대중을 위한 "문학적 예술의 작품으로서" 작품의 현실화를 위하여 결정은 궁극적으로 이루어져야 한다.

이러한 깊은 분석, 즉 30년 이상 동안 편집자들을 점령해 왔던 것이 그럼에도 불구하고 성취되었다. 이러한 새로운 독서적 텍스트의 출판은 연장된 노동의 최종─결과다. 충분한 분석은 환경이 허락하는 즉시 전자 하이퍼텍스트(단순한 1차원의 문장 구조에 머물지 않고 관련된 텍스트 정보를 짜 맞추어 표시하도록 한 컴퓨터 텍스트)의 형태로 학자들에게 그리고 흥미를 가진 대중에게 가능하게 이루어지리라. 하이퍼텍스트는 이 짧은 소개 본을 발문에서 한층 크게 서술되리라.

새로운 텍스트는 약 9,000개의 예들로서 옛 텍스트와는 다르다. 이는 실제보다 한층 과장되게 들린다. 『피네간의 경야』는 약 220,000단어들, 혹은 문자들의 약 여섯 배, 즉 글자, 공간, 구독 점을 함유한다. 변화는 개별 단어들의 철자의 교정으로부터(그래, 심지어 『피네간의 경야』에서 이런 과오는 일어나는지라) 놓친 감탄사와 구독 점의 부활까지, 구절의 재편성(이러한 것들이 조이스가 의도했던 곳보다 달리 끝냈을 때) 부주의하게 단편화된 문장들에 이르기까지, 다양하다. 압도적으로, 변화들은 어의(그들의 개별적 의미)보다 오히려 구문(단어의 흐름)에 관계한다. 구문의 변화는 그들이 처음 보였던 것보다 한층 중요하다. 『피네간의 경야』는 자주 음악으로서 서술되어 왔는바, 이를테면, 그것은 소리의 음악만큼 많이 감각의 음악이요, 그리고, 모든 음악처럼, 그것은 들리도록 방해되지 않고 흘러야 한다.

선량한 독자여, *어떻게 나는 이 책을 읽어야만 하는가, 고 질문할 것인가?* 우리는 답하리라, 즉, 수동적으로, 어떤 좋은 책처럼, 너무 빠르지 않게, 너무 느리지 않게. 그대가 한 개의 단어 혹은 단어들을 이해할 수 없기 때문에 멈추지 말지니, 즉, 그대는 모든 것을 다 이해하기를 기대되지 않는도다. 그대 자신이 아이로서 울타리에 기댄 채, 저 아래 진행하는 성인의 조롱을 듣는 것으로 상상하라. 그대는 언어, 즉 밤의 언어를 배우고 있도다. 아침이 다가오리니, 그러면 미지의 구름이 확산하기 시작하리라.

『피네간의 경야』의 비평 판의 준비만큼 야심적인 사업에서, 완전을 기대할 수는 없다. 수행의 과오는 불가피하게 발생하기 마련이다. 이들을 위해 우리는 사과하지만, 독서의 텍스트에서 연속되는 작은 소수의 변화만을, 그리고 우리는 그들에 책임이 있음을, 그들이 스스로를 대표한다고 자신한다. 특히, 제임스 조이스 "재산 위원회"는 새 텍스트의 어느 세목들에 대하여 책임이 없을 뿐만 아니라, 그래서도 안 된다.

이 서문은 시머스 딘(소설가, 시인, 비평가, 『아일랜드 작품들의 필드 데이 전집 [*Field Day Anthology*]』의 편집자)에 의한 서문의 노트를 따르며, 한스 월터 가블러(Hans Walter Gabler)(『율리시스의 비평적 및 개요[*Critical and Synoptric Edition of Ulysses*]』 판의 편집자)에 의한, (그와 함께 『피네간의 경야』의 우리들 판본이 동료 계획으로서 그것의 생명을 시작했거니와,) 그리고 데이비드 그리트함 (David Greetham)(비평적 편집에 관한 표준 교과서인, 『본문 연구: 소개』의 저자, 및 본문 연구학회의 설립자)에 의한, 부록을, 그리고 마지막으로 편집자들에 의한 발문을, 선행한다.

데니스 로스 및 존 오한런

19. 『피네간의 경야』의 지지(topography)

　필자의 『피네간의 경야』 배경 답사는 『율리시스』의 그것만큼 순탄하거나 만족스럽지 못했으니, HCE의 환상적 무실체(無實體)의 꿈 때문이 아니었던가! 더블린의 남과 북의 양 해안인, 샌디마운트와 돌리마운트의 야학(野鶴)은 부재했던가? 그러나 솔직히 이때는 『피네간의 경야』의 배경지를 답사할 만큼, 그 해독(解讀)이 아직 충분치 못했다.

　『피네간의 경야』의 실질적인 이해와 그 이상적인 번역을 위하여 작품의 지지 배경(地誌背景; topographical background)을 답사하는 것은 중요하다. 특히, 그중에서도 호우드 성(Howth Castle)과 그 주원, 즉 핀(Finn)이 몸을 뻗고 누워있는 호우드 언덕(Howth Hill)과 그가 베개로 삼은 꼭대기(Ben Howth)(Ben: 게일어의 top), 등을 그 예로 들 수 있다. 또한, 여기 호우드 성은 프랜퀸과 후터 백작의 이야기의 세팅이기도 하다. 더블린만(灣)은 아일랜드의 고대 침략자들인 바이킹 족과 스칸디나비아인들을 상륙시킨 파도의 바다요, 그 파도는 호우드 연안을 역사의 찬탈자 인양 사시사철 한결같이 연타하고 있다. 이 지형은 더블린만의 북동쪽이다.

　더블린 시의 서쪽으로, 핀 맥쿨(Finn MacCool; 아일랜드의 영웅담의 오시아니아 환의 중심인물이요, 콜맥 왕을 받든 가장 용감하고 가장 관대한 영웅)의 두 발이 되는 피닉스 공원의 작은 두 언덕(Knock)이 있다. 공원 자체의 현장, 그곳의 거대한 느릅나무의 영감(톨스토이의 『전쟁과 평화』에서 안드래이 공작이 나타샤와 그 아래에서 즐기는 "공원의 참나무"마냥), 바위들, 그리고 웰링턴 기념비는 『피네간의 경야』의 중요한 배경 막(backdrop)이요, 이정표로 구실한다. 그곳의 숲과 삼림은 아래의 글이 보여주듯, 『피네간의 경야』와 주인공 HCE의 낭만과 풍부한 자원이 된다.

　　방풍림대(防風林帶)를 필요로 하지만, ─가지 늘어진 너도밤나무, 독일 전나무 및 린덴 보리수는 그 주변이 황량(荒凉) 상태에 있는지라 ─ 크리켓 방망이 및 그의 두 종묘원(種苗園)의 충고자들이 제안했듯이, 무진장(無盡藏) 속하(屬下)에 응당 분류되어져야 하나니, 바로 이때 우리는 모든 그러한 버터 밤나무, 단(甘) 고무나무 및 만나 물푸레 적삼목(赤杉木) 등등을…… 삼목이 우리들에게 순수한 임분(林分) 그대로…… 플라타너스 목(木) 평명(平明)하게 응당 보이나니, 우리는 그것이 어라 당위(當爲)의 입지 조건을 갖고 있음을 의심하지 않는다 해도, 그러나 그 최대의 개인목(個人木)이 동(東)(E) 코나(C) 구릉(丘陵)(H)과 같은 올리브 소림(疏林)에 또는 속에 성장 할 수 있는 종(種)의 증거인 저러한 자기파종행위(自己播種行爲) 없이 그것(木)이 늘 푸른 아카시아 나무 및 보통의 버드나무와 그곳에 뒤엉켜 있나니 지금은 미숙(未熟)이라 포플라 민(民)들의 목소리라고 우리는 히코리(木) ― 호커리(하키 축구) 식으로 말하거니와 우리는 상록(부란디; 常綠)의 몇 잔을 더 들었으면 나는 바라노라. 왜 노변의 도맥(道麥) 혹은 명반(明礬) 냄비 위의 찌꺼기가? 시의원(市議員)오리목(木) 백량목(白樑木)이 바로 그거로다.(452)

피닉스 공원의 중앙 도로인 Chesterfield Road는 HCE의 양 둔부를 갈라놓는 중앙선 격이다. 작품의 제III부 4장에서 4복음 자들은 침대 위의 코끼리 둔부 같은 HCE의 엉덩이의 "불협화의 제2자세(a second position of discordance)"(564)를 뒤에서 염탐하는데, 이때 그것은 공원과 그 중앙도로 변신한다. 피닉스 공원의 서단(西端) 벽 아래 그리고 리피강의 상류 외곽에 위치한 마린가 하우스(Mullingar House; 일명 Bristol)는 HCE의 주막이요, 나그네들을 위한 여숙(旅宿)이거니와, 『피네간의 경야』의 주된 무대로서, 현재에도 성업 중이다. 그옛날 임금님도 가끔 그곳에 투숙하셨단다.

휴이넘 족(族) 흠흠 마인(馬人)! 암활(岩滑)의 우뇌도(雨雷道). 우리는 헤다 수풀 우거진 호우드 구정(丘頂)에 앉아 있을 수 있는지라, 나는 당신 위에 현기정(眩氣靜)의 무의양심(無意良心) 속에. 해돋음을 자세히 쳐다보기 위해. 드럼렉 곶(岬)으로부터 밖으로. 그곳이 최고라고 에보라가 내게 말했나니. 만일 내가 여태. 조조(弔朝)의 달(月)이 지고 살아질 때. 다운즈 계곡(溪谷) 너머로.(623. 24~28)

이 정겨운 여숙(旅宿)에는 오늘날 조이스의 사진과 초상 및 작품의 자료들이 그의 벽들을 도배하고 있다. 12길손들과 4대가들 "마마누조(Mamalujo)"가 상시 음주하고 한담으로 꽃을 피운다(그들은 모두 마귀, 마녀들 마냥 셰익스피어 작 『멕베스』의 마녀들처럼 허망스럽다). 3층으로 된 이 붉은 벽돌집은 침대, 거울, 요강, 화장대, 소파, 세면대, 굴뚝, 도우 벨, 울타리, 부엌, 라디오와 TV를 갖춘 바 룸, 등을 설비하고, 1층에는 두 하인들인 조와 케이트의 방, 2층에는 HCE와 ALP의 방, 3층에는 아이들의 방이요, 지하에는 술과 맥주가 저장되어 있다. 뒷마당에는 정원과 그 한쪽에 재래식 변소. 이들 지지(地誌)의 세세한 탐색은 독자에게 작품의 배경 효과를 제공하는데, 작가는 이를 그의 모든 작품들의 사실적 자료로 삼는다.

호우드 언덕은 『율리시스』의 16장에서 블룸이 "산보의 나그네가 섬을 좌회(左徊)하나니"라고 회상하거니와(이는 리피강의 하류가 더블린만을 우회하는 역순이거니와), 여기는 HCE와 ALP의 아침 산보의 장이요(그들은 머지않아 아침 산보를 나설 판이다), 그들의 그리운 추억과 기대의 현장이다. 섬의 동단 끝에 위치한 불(Bull)섬 (또는 등대)는 조광(朝光)을 받아 눈부시고, 그 곁으로 한 척의 우편선이 영국의 홀리헤드(Holyhead)를 향해 파도를 가른다. 호우드 항구에 있는 아일랜즈 아이(Ireland's Eye) 섬은 한 톨 보석인양 석양으로 눈부시고, 해변에는 또 하나의 마텔로 섬이 영불(英佛)의 나폴레옹 전쟁사(戰爭史)를 고증한다. 남쪽 샌디코브의 마텔로 탑(『율리시스』 제1장의 장면)에서 보면 더블린만 건너 호우드 언덕이 "고래의 등마냥" 아련히 보인다.

리피강으로 말하면, 세계 문학사상 『피네간의 경야』에 실린 그것보다 더 애정 있게 묘사된 강도 드물 것이다. 아일랜드의 강의 여신의 유일한 옛 이름이 바로 아나 리비아(Anna Livia)다. anna란 영어의 avon, 스코틀랜드어의 afton, 게일어의 abhainn을 각각 뜻한다. Livia란 이름은 Liphe에서 유래한 말로 이는 강 자체보다 강이 궁극적으로 바다에 당도하기까지 그사이를 빠져나가는 더블린의 서부 평원을 의미한다. 조이스는 여기에 이탈리아어의 plurabelle이란 말을 첨가했는데, 이는 "가장 아름다운"이란 뜻이다.

그것은 작품의 첫 행인, "강은 달리나니"로 시작하여 작품 말에서 아나 리비아 슬픈 독백 속에, 스스로를 그의 원류(源流)에서부터 열린 바다까지 흘러보내는 강 자체가 되고, 전 작품을 환상(環狀)처럼 관류(貫流)한다.

> 그래요, 조시(潮時). 저기 있는지라. 첫째. 우리는 풀을 통과하고 조용히 수풀로. 쉿! 한 마리 갈매기. 갈매기들. 먼 곳의 부르짖음. 다가오면서, 멀리! 여기서 끝일지라. 우리를 그런 다음. 핀, 다시(어엔)! 택할지니. 그러나 살며시, 기억수(記憶水)할지라! 수천송년(數千送年)까지. 순청(脣聽)의 열쇠. 주어진 채! 한 길 한 외로운 한 마지막 한 사랑 받는 한 기다란 그. (628. 12~16)

이처럼 강은 아나 리비아 자체로서, 성숙한 여성의 실재인 지형적 구체화이다. 『피네간의 경야』의 제I부 8장은 세계 도처의 약 700개의 강들이 온통 위장된 이름들을 지니며, 아나 리비아에게 이들의 패권을 부여한다. 그의 상냥하지만 강력한 형태 속에, 리피강은 위클로우(Wicklow) 산의 꼭대기 유원(流源)에서 그의 넓은 들판을 사행(蛇行)하듯 빠져 나오고, 아나를 특징짓는 한결같은 변화와 궁극적 연속을 지니는데, 이는 작품을 통하여 생의 긍정과 부활을 상징한다.

"저속한(low)"(170) 아들—주인공 셈은 이곳의 "여태껏 작살로 잡힌, 최고급 곤이 가득 찬 훈제 연어 또는 최고급 뛰노는 어린 연어 또는 일년생 새끼 연어"를 몹시 좋아한다. 조이스의 나그네여! 노을이 다가오는 어느 오후, 리피강가에 서서 "연어 도안(到岸)과 아일랜드 교(橋) 사이," 그 물결 아래의 뛰노는 연어(HCE의 분신)들과 함께 강물(언어—ALP)의 속삭이는 여운을 귀담아 들어 보라. 그녀의 속삭임을 가청(可聽)할 수 있을 것이다. 오코넬 다리 아래 기네스 맥주를 실은 선박이 그의 고동소리와 함께, 연기를 강바람에 휘날리면서 영국으로 서행한다.(『율리시스』 8장, 블룸의 독백 참조) 더블린 중심가인 오코넬 거리의 중앙에 서 있는 아나 분수령은 그녀의 양 어깨 너머로 물을 사시사철 흘러내리니, 더블린 1천 년 정도(定都)의 기념 동상이다. 시내 사방 거리에는 『율리시스』로부터 인용구를 색인 동판들이 박혀 있는지라, 더블린은 정령 조이스 문학의 축도요, 박물관인 셈이다.(더블린 지형에 대한 지식은 필자의 졸저 『율리시스의 지지재경〔*The Topographical Background of Ulysses*〕』〔고려대학교 출판부, 1996〕을 참고할 일이다.) 이들 동판들은 아일랜드 관광국이 설치한 작품들이다.

20. 『피네간의 경야』의 비평

1929년 조이스가 그의 12도제(徒弟)들을 소집하고, 그의 최후의 그리고 가장 어려운 작품에 선행하여 비평적 이해의 수문을 열려는 시도로서 책을 독자들과 비평가들의 수중에 넣게 할 수 있었다. 그의 수년에 걸친 자신의 작품에 대한 왜곡된 비평으로 인한 실망에도 불구하고, 그의 사후 수년 동안에 일반 독자와 학자를 위해 그에 대한 많은 유익한 비평서들이 동서양을 불문하고 쏟아졌는지라, 예를 들면, 『피네간의 경야』의 골격 구조, 통계 조사, 해독법, 용어 색인, 문학적 인유, 종교적 의미, 노래들, 작품의 구조와 주제, 작품 분석 등이 그들이다. 그밖에도, 오늘날 인기 있는 잡지들과 전문지들에 실린 『피네간의 경야』에 관한 수많은 논문들과 그림들은 작품의 이정표로서 풍요롭다.

『피네간의 경야』를 해독하는 것은 인내의 작업이다. 여기 우리는 작가가 행사한 천재성을 해독하고 그가 일구어낸 거대한 은유, 생명에서 분출하는 노도(怒濤)같은 문체를 탐구하기 위하여 필생을 인내로서 바치는 이유를 갖는다. 그리하여 그의 『피네간의 경야』의 세계를 답습하고 수많은 사전들을 섭렵하는 저간의 노력은, 이른바 "경야 더미(Wake Heap)"을 번성하게 했나니, 거기서 양산되는 보조문학(subsidiary lit.)의 도움 없이 그의 수확을 타작하기란 여간 힘든 것이 아니다. 레빈(H. Levin) 교수가 말하듯이, "필수조건은 박식이 아니다. 그것은 단지 조이스의 진귀한 방법에 불과하며 그의 특별한 강박관념의 인식이다. 그의 작품은 발명과 인유의 커다란 원천으로 풍요하기 때문에 그의 총체적 효과는 무한한 다양성이다."

다음의 『피네간의 경야』에 대한 참고서들을 비롯하여, 어휘 사전 및 총체적 연구에 대한 안내는 독자에게 작품을 이해하는 데 도움을 줄 것이다.

독자들이 처음 『피네간의 경야』를 이해하려고 시도한 것은 앞서의 『중탐사(衆探査)』라는 비평서가 발간하면서부터다. 『중탐사』는 조이스의 활동적 격려로서 이룬 하나의 프린트 물로서, 『율리시스』의 출판과 더불어, '셰익스 피어 앤 컴퍼니(Shakespeare and Company)'의 출판사 의해 나타날 수 있었 다. 또한, 이 판본은 서문에 본래의 출판자인, 미스 위버에 의한 특수한 소개 를 포함하고 있다.

이 연구서에 실린 12편의 에세이 가운데 몇몇은 파리의 전위 잡지인 『트 란시옹』에 이미 출판되었으며, 또한, 이 잡지는 「진행 중의 작품(Work in Progress)」의 단편들을 이미 게재한바 있다. 이 비평서에 실린 필자들과 그 들의 제목들은 조이스 자신의 권고에 의한 것이요, 사무엘 베케트의 「단 테……브루노……비코……조이스」, 프랭크 버전의 「제임스 조이스의 진 행 중의 작품과 고대 스칸디나비아 시(詩)」, S. 길버트의 「진행 중의 작품의 서언(序言)」, 로버트 맥칼몬의 「조이스 씨. 아일랜드의 언어무극(言語舞劇)을 지휘하다」, 및 위리암즈(W. C. Williams)의 「미국 비평의 요점」 등을 싣고 있다. 이들 에세이집은 대부분 조이스의 시학(詩學)과 언어 사용에 집중되 고 있다. 또한, 이 잡지에는 두 편의 항의문도 수록되고 있는데, 그들은 딕슨 (V. Dixon)과 스링스비(G.V.L. Slingsby)의 것으로, 후자의 "작가들, 공통 의 독자(Writers A Common Reader)"를 다음과 같이 번역해 본다.

제임스 조이스 씨에 의한 새 작품의 페이지를 내가 열다니, 그것은 심각 한 전율이 아닐 수 없었다. 한 인간이 율리시스를 끝내자마자, 한층 멀리 문학을 추구함은 내게는 있을 법 하지 않았다. 결국, 율리시스는 문학으로 하여금 7리그의 구두를 신도록 하여, 그를 위해 그것의 발걸음을 상당히 걷도록 하고 있었다. 고로 내가 이 새 책을 읽기 시작하고 광기의 페이지 들처럼 보이는 것을 발견했을 때 나는 놀라지 않았는지라, 나는 그것을 정 신병 수용소의 것이 아니라 그의 민감성이 어떤 선들을 따라 그의 독자들 의 그것을 훨씬 너머 멀리 뻗었고, 고로 그들은 이해할 수 없는 한 남자의 광중으로 믿을 판이었다.

나는 조이스 씨가 그의 정서, 그의 행동, 그리고 그의 의식의 흐름에 따라 한 인물을 취급하기 위해 더 큰 완성까지 제시하는 지극히 재미있는 생각을 가졌으려니 희망 했지만, 율리시스의 작가가 말해야만 할 어느 것보다 더한 말을 위해 그의 곁에 앉아있을 판이었다. 그런고로 나의 전율은, 조이스 씨가 분명히 우리로 하여금 한 가지 심각한 일처럼 주시하도록 인쇄의 미로를 내가 삼투하려고 노력하자, 우리를 결정적 실망 속으로 발전시켰다.

왜냐하면, 구식 생각으로, 나는, 그가 자신의 커다란 논의의 고도를 전적으로 포기하는 것 같았으나, 단어들을 음악처럼 이바지 하게 하고, 그들의 음을 각 단어의 실지적 특수한 의미로부터 아주 떠나 의미를 가져오도록 하는 범위까지 수행했으리라 결코 믿지 않았기 때문이다. 미스 거트루드 스타인(Gertrude Stein)은 이러한 선을 따라 실험하지만, 현재까지 우리가 이미 기존의 단어들을 가지고 생산할 수 있는 아주 단순한 광기로 만족하고 있다. 조이스 씨는 그러나 그녀를 한층 잘 인도해 왔고, 비록 상대가 그러한 이름으로 그들을 그럴듯하게 부를 수 있을지라도 자기 자신의 단어들을 발명해 왔다.

소리를 위해 단어를 읽는 이상, 우리는 단지 음률, 음조 그리고 표현을 구성하는 가장 초보적 개념을 가진 단순한 동굴 인간인지라, 고로 개발 중인 민중 가곡 단계의 독자가 충분한 오케스트라를 위한 문학적 「봄의 성전」과 직면하는 것은 극히 어려운 일임은 의심의 여지가 없다. 우리는 단지 투쟁 할 수 있다. 그리하여 이 경우에서 그대가 계속 읽을 수 있을 때 뇌막염의 높이까지 감각의 온도가 점차적으로 증가하거니와, 그대는 또 다른 페이지의 종말에서야 침대보 소모기와 합류할 것이다.

대중이 이러한 종류의 것을 흡수하도록 여태 훈련될 수 있을지 없을지는 극히 의심스러운 듯하다. 예를 들면, 귀를 움직이는 근육의 새로운 일을 행사할 시간을 보낼 그런 종류의 사람은 이러한 세포를 언제나 가상하면서, 두뇌의 새로운 운동을 개발하거나 세포를 받아들이는 곳에 흥미를 느낄 것이다.

나는, 얼마 동안 독서한 뒤에, 나의 의식으로부터 그 책이 제임스 조이스와 같은 이름을 그토록 의미심장하게 지니고 있다는 생각을 지워버리려고 애를 썼다. 나는, 이를테면, 치과의사의 대합실 독자가 있는 곳에 나 자신을 처넣으려고 애썼는바, 그리하여 나는, 자신이 임박한 숙명의 예리한 인식으로 도망치기 위하여 고고학으로부터 중기 용구에까지 한 편의 프린트된 물건 속에 내 자신을 처넣으리라. 얼마 뒤에 그러한 각도로부터 나는 뺨 속에 약간의 라블레 풍을 억제한 채, 한 예민한 악한이 쓴 책을 생각해야 할 결론에 도달했다. 왜냐하면, 만일 우리가 이러한 작품에서 소리의 미를 찾기를 포기한다면, 우리는 실질적 단어들을 감추거나, 다른 것들을 발명하는 방법 상의 어떤 의미로 인해 충격 받기 일쑤이기 때문이다. 조이스 씨의 돼지 라틴어가 외설을 문학을 위해 안전하게 만들고 있는가?

아니면 그는 자신의 대중과 더불어 그가 얼마나 멀리 갈 수 있는지를 보려고 애쓰는 엄청나게 영민한 소년을 닮았는가? 그는 채찍 위에 다른 손으로 램프의 균형을 잡는 동안, 이 책을 썼던가? 아니면 그는 문학의 밀호드 혹은 호네가인가?

조이스 씨는 그의 세대의 젊은이들에 의하여 너무나 깊이 존경받거나, 너무나 열렬히 추종당해 왔는지라, 그의 실지의 독자들의 길 위에 더 멀리 그림을 그리는 대신에 동물들을 껑충 뛰도록 그의 흐름을 달리 돌리지 않게 하는 것이 바람직하리라. (pp.189~191)

재차, 레빈(H. Levin) 교수는 그의 유용한 저서 『제임스 조이스: 비평적 해석(James Joyce. A Critical Interpretation)』(1941)을 초기에 출간했는데, 그 중 3개의 장들은 조이스 작 『피네간의 경야』의 언어와 기법에 대한 토론으로, 이는 작품에 대한 깊은 통찰력을 지닌 연구 논문들이다. 그의 비평서는 조이스의 『피네간의 경야』 뿐만 아니라 초기 작품들에 대한 가장 훌륭한 연구서 중의 하나로 손꼽힌다. 또한, 윌슨(E. Wilson)의 초기 비평문인, "HCE 이어위커의 꿈"(1947)은 이어위커의 성격을 해부하고, 조이스가 그의 새로운 작품에 형성한 꿈의 세계 뒤의 언어, 신화 및 심리를 설명하는 탁월한 연구이다. 이 논문은 1939 여름에 「뉴 리퍼브릭(New Republic)」지에 게재되었던 그의 견해를 다시 발전시킨 것이다. 또한, 초기 에델(L. Edel)을 비롯한, 랜솜(J. C. Ransom), 리처드슨(D. Richardson) 및 트로이(W. Troy)에 의한 논문들이 1939년에 발표되었다.

이들 비평들은 『피네간의 경야』의 언어, 수사학적 기법들(꿈의 주제) 및 신화적 패턴에 초점을 맞추고 있다. 『피네간의 경야』에 대한 최초의 통권(通卷)의 연구서는 캠벨(J. Campbell)과 로빈슨(H.M. Robinson)의 저서 『피네간의 경야의 골격 열쇠』(1944)로서(앞서 본 논문에서 재삼재사 들먹였거니와), 이는 조이스 작품의 신화적 요소에 대하여 거의 배타적으로 집중되어 있다. 이는 『피네간의 경야』의 본문에 대한 일종의 평설서요(학자들은 그의 얼마간의 불가피한 오류를 지적하고 있지만), 이는 초심자들을 위한 절대 필수 본으로서, 결코 배제할 수 없는 책이다. 캠벨과 로빈슨의 연구서가 출간되기 몇 해 전에, 앞서 레빈의 연구서가 1941년에 출간된 바 있거니와, 그 개정 및 증보판이 1960년에 다시 출간되었다. 1956년에 글라신(A. Glasheen)의 저서, 『피네간의 경야의 통계조사, 인물과 그의 역할의 색인(*A Census of Finnegans Wake" An Index of the Characters and Their Roles*)』이 1963년에 두 번째 조사(*Second Census*), 1977년에 세 번째 조사(*Third Census*)로서 각각 출판되었다. 그녀의 연구는 『피네간의 경야』에 걸쳐 일어나는 많은 인물들과 이름들(약 1,000항목)의 분명한 제시로서 작품 연구의 일람표로서 극히 유용하다. 항목들 앞에, 작품의 짧은 이야기 줄거리가 마련되어 있으며, 등장인물들의 다양한 신분들을 밝힌 차트가 부록으로 담겨 있다.

위의 글라신의 초기 연구서에 잇따라 『피네간의 경야』의 주제들, 인유, 외래어 및 구조를 설명하는 자세한 분석서들이 출간되었다. 조이스는 그의 작품의 크고 작은, 성속적(聖俗的)인 세계문학을 자신의 작품의 가장 중요하고 빈번한 자료와 근원으로서 사용한다. 이때 출간된 아서턴의 『경야 연구(*the Books at the Wake*)』(1959)는 이러한 문학적 인유들을 개척하고, 나아가 작품의 다른 양상들을 조명한다. 그의 장들은 스위프트와 루이스 캐럴과 같은 중요한 인물들에 이바지하는가 하면, 덜 중요한 항목들은 "아일랜드의 작가들" 및 "성당의 신부들"과 같은 제목으로 수록되고 있다. 그는 또한, 『피네간의 경야』의 다양한 해석을 개관하고, 조이스의 서간문들과 대영 박물관의 『피네간의 경야』의 원고들을 그의 집필에 이용했다.

이어 출간된 하트(C. Hart) 저인, 『피네간의 경야의 구조와 주제(*Struc-*

ture and Motif in Finnegans Wake)』는 작품의 환의 형태, 꿈의 구조, 공간의 환들, 대응, 주요 주제들을 연구한 유용한 초기 비평서다. 벤스톡(B. Benstock)의 『조이스—재차의 경야(*Joyce—Again's Wake)*』는 작품의 가장 훌륭한 비평서 중의 하나로서, 이는 그의 등장인물들의 성격 묘사, 이야기 줄거리, 구조 및 언어 대한 정교한 연구서로 정평이 나 있다. 특히 셈과 숀의 성격에 함축된 전기적 요소 및 종교와 정치에 대한 작가의 태도를 가장 합리적으로 설명한다. 나아가, 그의 작품의 각 장의 내용 리스트는 전반적 내용의 일람표로서 필수적인 항목이다.

크리스티아니(D.B. Christiani)의 연구서인 『경야의 스칸디나비아적 요소(*Scandinavian Elements of Finnegans Wake)*』(1965) 및 달턴(J.P. Dalton)과 하트(Hart)가 공동 편집한 연구 논문집인 『12 및 한 덤. 피네간의 25주년에 즈음한 에세이들(*Twelve and a Tilly. Essays on the Occasion of the 25th Anniversary of Finnegans Wake)*』(1965), 이들은 모두 『피네간의 경야』의 출간 1세대를 전후한 값진 연구서들이다.

이쯤하여, 조이스의 창작 기법에 관한 연구서가 이 기간에 출간되었는데, 그중에서도 특히 해이먼(D. Hayman)의 논문 「『피네간의 경야』의 극적 운동」을 비롯하여 그의 연구본으로, 1963년에 출간된 『경야 초고본(*A First—Draft Version of Finnegans Wake)*』, 그리고 『피네간, 진행 중의 한 문장』 등은 고무적인 것이다.

1962년과 1980년 사이에 출간 된 『웨이크 뉴스리터(*A Wake Newslitter)*』는 『피네간의 경야』의 형상들에 관한 노트와 짧은 에세이들, 및 책읽기에 대한 다양한 문제성 등을 발표한 전문 잡지다. 이어 작품에 대한 전반적 소개서들이 출판되었는데, 그중에서도 틴달(W.Y. Tindall)의 『제임스 조이스에 대한 독자의 안내(*A Reader's Guide to James Joyce)*』(1959) 및 그의 『피네간의 경야의 안내(*A Reader's Guide to Finnegans Wake)*』(1969)가 대표적 케이스이다.

1982년에 출간된 로스(D. Rose)와 오한런(J. O'Hanlon)의 『경야의 이해,

제임스 조이스의 걸작의 서술 안내(*Understanding Finnegans Wake. A Guide to the Narrative of James Joyce's Masterpiece*)』는 작품의 설명적 노트와 함께 그것의 포괄적 해석으로, 작품을 처음 해독하려는 초심자에게 필수본이 아닐 수 없다. 여기 필자의 번역을 위한 신세도 엄청나다.

1965년 이래 『피네간의 경야』에 대한 어휘 사전을 비롯하여 주석서 및 지형적 연구가 출간됨으로써 작품에 대한 심오한 비평을 촉진시켰다. 미국 털사 대학에서 발간되는 국제적 유일한 조이스 정규 연구 잡지 『제임스 조이스 계간지(*The James Joyce Quarterly*)』(초기 편집자는 Thomas. F. Staley, 현재는 Sean Latham)는 『피네간의 경야』의 3번에 걸친 특집호를 발간한 바 있다 (1965년 봄, 1972년 겨울, 1974 여름) 최근의 『계간지』(50권, No3, 2013, 봄호)는 본 필자의 『제임스 조이스 전집』(2013, 어문학사) 기사를 수록했는지라, 더불어 편집자에게 감사한다.

50년에 걸친 연구가 제임스 조이스 완역의 절정에 달하다

서울의 고려대학 영문학 명예교수인, 김종건 박사의 헌신적 탐구가 제임스 조이의 주석 판 완역 집으로 절정에 달했다. 김 박사의 아카데미 분야에서 조이스 작품들의 한결같은 증진은 그로 하여금 조이스와 그의 『피네간의 경야』 번역의 학구성의 인정으로 2013년 9월 13일 대한민국 학술 원상을 그에게 안겼다.

김 박사는 서울대학의 영문과에서 학사와 석사를 득했고, 1973년에 털사대학에서 박사학위를 성취했다. 1979년, 김 박사의 발의에 감사하게도, "한국 조이스 학회"가 창립되었으며, 한국의 조이스 연구 진전에 영향과 도움을 주고 있다.

1968년 『율리시스』의 그의 최초의 번역 이래, 감 박사는 그의 작업의 재독과 개역을 결코 중지하지 않았다. 그는 2013년 11월 29일, 『제임스 조이스 전집』을 두 권의 한국어로 번역, 출판했다.

김 박사는 1999년 고려대학에서 은퇴하여, 그의 번역을 계속 개역해 왔고, 또한, 학회의 회원들을 격려하여 조이스 작품의 토론을 확장하고 있

다. 회원들은 거의 12년 동안 매월 셋째 토요일일에 만나, 2014년 4월에 『율리시스』의 독해를 완료했다. 그들은 『더블린 사람들』의 이해를 위해 같은 모임을 현재에도 지속하고, 격년의 국제회의를 포함하여, 조이스에 관한 두 차례의 연례 학회를 후원한다.

뒤이어, 이때 『피네간의 경야』의 특별한 구성요소 및 그의 해석 방법에 관한 연구본들이 출간되었다. 솔로몬(M.C. Solomon)의 『영원한 기하학자, 경야의 성적 우주(*Eternal Geometer. The Sexual Universe of Finnegans Wake*)』(1969)는 기하학적 형태에 관련된 성적 주제들을 자세히 설명하는가 하면, 노리스(Margot Norris)의 『경야의 탈 중심화의 우주, 구조주의자의 분석(*The Decentered Universe of Finnegans Wake*)』(1974)은 작품의 해독에 대한 구조주의적 접근을 마련한 초기의 유익한 저서이다. 맥카시(P.A. McCarthy)의 『피네간의 수수께끼(*The Riddles of Finnegans Wake*)』(1980)는 조이스의 수수께끼 사용의 전략 및 주제적 중요성을 연구한 책이다.

또한, 다이버나드(B. DiBernard)의 『연금술과 경야(*Alchemy and Finnegans Wake*)』는 작품의 연금술적 이미저리(imagery)의 역할과 그의 은유적 의미를 발굴한다. 존 비숍(John Bishop)의 역저 『조이스의 경야, 그의 어둠의 책(*Joyce's Book of Dark. Finnegans Wake*)』(1986)은 작품이 담은 완전한 꿈의 상태를 묘사하는 언어에 대한 설득력 있는, 누구나 감탄하는, 토론이기도 하다. 그의 문체가 특이하고 고무적이다. 로버트 아담즈(Robert M. Adams)는 이를 『뉴욕 타임스 서평(*New York Book Review*)』을 통해 다음처럼 논평한다.

비숍 씨는 그의 어느 선임자들보다 한층 대담하게, 한층 철저하게, 한층 상상적으로 그리고 한층 더한 정보로서 작품 연구를 감히 진행한다. 그는, 텍스트가 설립된 대로, 스스로의 평을 행사한다. 그러나 만사를 암기함으로써(추측건대), 그는 독자가 알고 있는 1천배의 조화와 부조화를 배가할 수 있고, 이론적 회로(回路)의 인상적인 배열을 통해 그들을 화장할 수 있다.

또한, 첸(Vincent John Cheng) 교수의 『셰익스피어와 조이스, 피네간의 경야 연구(*Shakespeare and Joyce, A Study of Finnegans Wake*)』는 필자에게 큰 도움을 주었는바, 그는 셰익스피어의 글들이 모래알처럼 작품에 흩뿌려져 있음을 지적하는지라, 두 거장 작가들을 동시에 이해하는 데 크게 도움을 준다. 특히 첸의 영구 중 『피네간의 경야』 속의 상세한 셰익스피어 인유(113~192), 부록 및 셰익스피어의 주제적 총화(thematic summaries)는 사옹(砂翁)이 『피네간의 경야』에 끼친 연구 중 제1급에 속한다. 다음 글에 첸 교수의 책 서문을 소개한다.

> 몇 년 전에 나는 『피네간의 경야』 속에 상당한 양의 셰익스피어와 셰익스피어의 요소들이 담겨 있음을 알았다. 이러한 상황은 제임스 조이스의 한층 성숙한 독자들에게 이미 분명했으나, 나는 그 주제에 관해 어떠한 광의(廣義)의 연구가 없음을 알고 놀랐다. 그런고로, 나는 계속적으로 즐겁고 흥분적인 노력으로, 입증되는 것 속에 진입했다. 결국, 나는 이제 영어로 된 두 가장 위대한 작가들을 재독(再讀)하고 연구하는데 나의 시간을 쓸 기회와 구실을 가졌다. 이리하여 연구는 사랑의 희롱과 노동이 되었다. 나는 며칠동안 셰익스피어의 연극를 통해서 배회하고, 셰익스피어의 작은 숲을 재발견하기 위해, 『피네간의 경야』의 대 삼림 속으로 발을 들어 놓았다. 몇 달 이내 내가 본래 투시했던 작은 모노그래프(논문)는 그것 자체의 참고적 정글이 되었다. 이 책은, 결과적으로, 제작에 상당한 시간을 보낸 셈이다.

1960년대 데리다(Jacques Derrida)는 『피네간의 경야』에 의해 크게 영감을 받아 그의 "해체주의"(탈구조주의)(Deconstruction)의 개념을 개발했거니와 그는, "조이스를 위한 두 단어들(Two Words for Joyce)"이라는 논문에서 한 문학적 이론—특히 포스트(후기)구조주의가 『피네간의 경야』에서 조이스의 혁신과 야망의 전적인 포용을 의미함을 증명한다.

제임스 조이스 계간지(James Joyce Quarterly)

규칙적인 토대 위에 조이스와 그의 작품에 이바지하며, 오늘날도 계속적으로 번성하며 가장 오래된 조이스 연구 학술지로서, 1963년에 미국 털사 대학에서, 스텔리(Thomas F. Staley) 교수에 의해 설립된 채, 당대 조이스 비평의 가장 중요한 원천으로서 재빨리 자리 잡았다. 수많은 조이시언들(Joyceans)이 그를 위해 논문을 썼다. JJQ는 조이스 학자들에게 특별한 토픽으로 이바지하는 특집들을 발간했나니—특수한 이론, 개인적 연구, 전기 또는 그와 연관된 주제들이다.

초창기 이래, 오늘날도 JJQ는 아마도 조이스 학구의 발전상 어느 기관보다 가장 지속적 영향을 행사해 왔다. 그것은 좀 더 젊은 학자들에게 격려를 적시에 제공했는지라, 한편으로 동시에 기존의 학자들의 논문도 많이 수록해 왔다. 그것은 특히 『피네간의 경야』를 통해 포스트구조주의로부터 페미니즘, 라캉의 정신분석, 성의 연구와 문화적 비평에 이르는 이론적 방법론의 진화와 탐구를 불러 일으켰다. 잡지는 근년에 전권에 걸쳐 『피네간의 경야』 연구 논문들을 개척적으로 발간했다. 더욱이, 조이스의 텍스트 편집을 위한 다양한 접근과 장기간의 논의를 포함하여, 광역의, 이따금 자유륜(自由輪)의 논의를 위한 플랫폼을 마련해 왔다. 근 50명에 달하는, JJQ의 편집 고문들은, 중요 조이스 학자들로서, 오늘날 잡지는 가장 큰 규모의 권위지 중의 하나다.

오래 전 1990에 본인(필자)의 졸고 「한국의 조이스 연구(The Joycean Studies in Korea)」가 JJQ 27호(No.3)에 실렸다. 또한, 과거 서울에서 개최된 "2004 국제 제임스 조이스 학회"에서 회의의 참석자인, 미국의 존즈(Ellen Carol Jones) 교수는, 이 잡지에 『더블린 사람들』 중의 「에블린」에 나오는 "크레톤(cretone)" 천의 먼지가 청각적 에피파니로 작동함으로써, 마(魔)의 "Derevaun Seraun"라는 주술어(呪術語)의 의미를 해설한 서울대의 김길중 교수의 논설을 높이 평가했다. 김 교수는 이를 "여인의 종말은 얼마나

비참한가!" 혹은 "여인의 종말은 너무나 비참하다!"로 표현하는 Hill 여인
의 임종사(臨終詞; dying words)로 읽는다.(JJQ, Vol. 41, No 1~2 참조) 근
년에, '영남대의' 길혜령 교수의 희귀한 논문 「Soup Advertisements and
Ulysses」가 JJQ 47호에 등재됨으로써 독자의 호기심을 자극했다. 미국 템
플대의 브리빅(Shelly Brivic) 교수는 지난번 광주에서 민태운 교수가 주최
한 "2012 국제 제임스 조이스 학회"를 "고무적(inspiring)"이라며 세상에 알
렸다.(JJQ 48호) 본인(필자)은 『피네간의 경야』의 제IV부의 초두에서 인도의
시성 타골(Tagore)의 「동방의 등불」의 시감(詩感)을 지적한바, "일찍이 아시
아의 황금시기에 빛나는 등불의 하나 코리아"로서 참가자들의 값진 공감을
얻었다.(JJQ, Vol. 48,602)

JJQ는 이어 『피네간의 경야』의 세 번에 걸친 특집호를 발간한 바 있다
(1965년 봄 호, 1972년 겨울 호, 1974 여름 호). 이때 작품의 특별한 구성요소 및
그의 해석 방법에 관한 연구본들이 출간되기도 했다.

이어 1994년에, 『서부의 정전(正典)(*The Western Canon*)』이란 책에서,
블룸(Harold Bloom) 교수는 『피네간의 경야』의 심미적 목적을 들어 조이스
를 양대 거장들인 셰익스피어와 단테의 위치까지 고양시킨다.

『피네간의 경야』의 다른 작가들에 대한 텍스트의 영향이 그것의 초기 회
피성 탈피 이래 성장해왔거니와, 조이스의 복잡한 최후의 작품을 오늘날 감
탄하는, 미국 작가 톰 로빈스(Tom Robbins)는 이렇게 쓰고 있다.

　　그것의 언어는 믿을 수 없다. 신화와 역사에 대한 너무나 많은 층들의
　　언어유희와 언급들이 있다. 그러나 그것은 예태 쓰인 가장 사실적 소설이
　　다. 그것은 정확히 왜 그토록 비사실적인가이다. 그는 인간의 마음이 작
　　동하는 식으로 책을 썼다. 지적이요, 호기심의 마음이다. 그리고 그것이
　　바로 의식이 존재하는 식이다. 그것은 선적(線的)이 아니다. 그것은 바로
　　다른 것 위에 쌓이고 쌓인 것이다. 그리고 이는 모든 교차언급(交叉言及;
　　cross reference)들이다. 그리고 그는 그것을 바로 극한까지 택한다. 그와
　　같은 책은 지금까지 결코 있지 않았다. 그와 같은 또 다른 책이 있을 것이

라 나는 생각지 않는다. 그것은 절대적으로 인간의 성취물이다. 그러나 그
것은 읽기 대단히 어렵다.

1957년에 프라이(Northrop Fry) 교수는 『피네간의 경야』를 "우리들 시
대의 주된 풍자적 서사시"로서 서술했다. 안소니 버지스(Anthony Burgess)
교수는 작품을 "위대한 코믹 비전으로, 거의 모든 페이지에서 우리들을 크
게 웃게 만드는 세계에서 몇 안 되는 책 중의 하나"(전출)로서 격찬했다. 그
의 『단편 피네간의 경야(*Shorter Finnegans Wake*)』는 본서의 모델이 되었
다.〔전출〕

앞서 존 비숍(John Bishop)의 글귀는 『피네간의 경야』의 난독(難讀)을
지칭하는 한 가지 예로 퍽 예리하다. "『피네간의 경야』가 무엇에 관한 것인
지, 그것이 무엇에 '관한' 것이 아닌지, 또는 심지어 그것이, 단어의 어느 보
통의 의미로, '읽을 수 있는' 것인지 아닌지에 관한 동의는 없다."라고 평했
다. 또한, 그는 그것을 "우리들의 문화가 생산한 단일의 가장 의도적으로 기
교화 된 문학 작품"으로서 서술했는지라, "분명히, 20세기 실험 문학의 위
대한 기념물 중의 하나이다."라고 했다.〔전출〕 플로리다 대학의 파린더(Par-
rinder) 교수는, 작품 중의 가장 탁월한 한 부분으로 "아나 리비아 플루라벨"
(제I부 8장)을 "영어로 쓰인 가장 아름다운 산문시 중의 하나로서 널리 인정
받는 것"으로 서술했다.

조이스는 『피네간의 경야』에서 현대문학의 극한까지 추구한다. 그의 언
어가 그렇고, 기법과 구조, 나아가 그 주제의 전개가 그렇다. 우리는 문학을
읽을 때 일종의 연민, 즉 카타르시스를 느끼거니와, 새 세기 또는 새 밀레니
엄에 있어서 조이스의 『피네간의 경야』야 말로 미래의 '시대정신(*Zeitgeist*)'
을 대표하는 작가의 혁신적 예술 작품이요, 가히 혁명적 언어로 쓰인 그의
변화무쌍한 꿈 세계의 창조야 말로 앞으로 많은 독자들을 매료하고도 남을
것이다. 한때 "이클레스 가(街)의 무용(無用)한 율리씨(栗利氏)스의 독서불가
(讀書不可)한 청본(靑本)(usylessly unreadable Blue Book of Eccles)"(179)이

었던 『율리시스』가 오늘날 인기 있는 최고의 고전이 되었다시피, 최근의 미국 시사 주간지 『타임(The Time)』지의 포울 그레이(Paul Gray) 기자는, "오늘날 단지 헌신적인 조이스 학자들만이 『피네간의 경야』에 규칙적으로 매달려 있으나, 지금부터 한 세기가 지나면 그의 독자들은 조이스를 따라 잡을 수 있을 것이다."라고 예언했다. 이처럼 조이스의 『피네간의 경야』어는 100년 뒤에는 만인의 통어(通語)가 될 수 있을 것인즉, 우리말 사전은 이들을 수록하기 위해 재편되어 할 것이다. 오늘날 세계의 "경야 산업(Wake Industry)"이 입증하듯, 그 난해성에도 불구하고, 여전히 이는 우리들에게 연구되고 읽혀짐은 작가가 3·4세기 이전에 이미 나눈 인간의 희비애락의 감정이 현대적 감각으로 우리에게 공감대를 형성하고 있기 때문이리라.

『피네간의 경야』를 우리가 읽어야 할 필연성 및 당연성은, 그것의 첫째 보상이야말로 작품 자체가 기쁨을 준다는 점이다. 그것은 언어의 많은 가능성과 다양성(그리고 한계성)애 대한 교본(敎本)이지만, 또한, 작가가 그의 선험적 도식철학(圖式哲學)을 살리게 한, 부분에서부터 비상하게 감동적이기도 하다. 독자들이 『피네간의 경야』의 ALP 장(196~216) 및 HCE 부분(532~554)에 이바지한 위대한 구절들과 문장들을 읽고 감상할 때, 마치 신화의 창조를 스스로 목격하고 읽는 듯하다.

『피네간의 경야』의 두 번째 보상은 그것이 작가의 다른 작품에 투영하고 기여하는 효과다. 특히, 자서전적 소재를 다루는 데 있어서 작품은 초기 시(詩)인, 「실내악」과 초기 단편들인 『더블린 사람들』과 같은 주제들을 직결시킨다.

또한, 『피네간의 경야』와 작가의 예술을 초월하는 세 번째의 보상이 여기 또한, 존재한다. 이 엄청난 작품은 현대문학의 많은 방법과 가정(假定)을 그들의 논리적이요, 최후의 극한까지 추구하게 함으로써, 우리들의 관심을 중요하고도 의미심장한 심미적 문제로 쏟게 하는 데 있다.

그 밖에서도 『피네간의 경야』는 20, 21 두 세대에 걸친 "상징주의자(symboliste)"의 실험을 총괄하고 종합하는 것으로써, 그 결과는 지난 3·4

세기 동안 세계문학이 일으켰던 많은 것을 설명 및 찰관(察觀)시켜 주고 있는 것이다.

한편, 여기 필자의 간추린 책의 요지인즉, 조이스가 행하려고 노력한 것의 짧은 설명과 함께, 필자 자신이 텍스트의 가시밭 수풀에서 풋말들을 고르는 듯, 짧고도 비교적 쉽고, 재미있는 구절을 아린 엄지손가락으로 고르는 일이었다. 이는, 『피네간의 경야』 상으로, 조이스가 『율리시스』에서 그와 셰익스피어의 작별로서 이를 회고하고, 최후의 라운드에서 셰익스피어와의 경투(競鬪)로서 다진, 투우장 격이리라. 이를 블룸(Bloom) 교수는 "조이스의 셰익스피어와의 갈등(Joyce's Agon with Shakespeare)"이라 제재(題材)한 바, 아마도 이러한 거친 어구는 "조이스가 갖는 T.S. 엘리엇과의 갈등"(『황무지 〔*The Waste Land*〕』)와 맞먹는 일일 것이다.

솔직히, 여기 필자의 『피네간의 경야 이야기』는 조이스 본연의 작품과는 완전히 다른 이질적 작품 같은 느낌이 드는지라, 그 이유인 즉, 비록 작가의 천혜(天惠)의 문학적 재질이나 기질과는 가히 비교도 안 될지라도, 필자 역시 그의 언어와 기교를 순탄하게 활용한 듯, 이 작은 작업이 큰 의미를 가진 산물이 되길 기도한다. 과연 "시곡체(屍穀體)"가 되기를! 따라서 이는 완전한 별개의 작품이요, 이번의 번역 축소판은 스스로 하나의 이질적 독립체가 되리라. 그러나 따라서 이를 통해 우리는 새로운 조이스 문학을, 특히 이를 통해 한국 문학의 조이스다운 발전을 구현해야 할 것이다.

여기 새로운 『피네간의 경야 이야기』의 어휘들은 『피네간의 경야』 형태의 어체(語體)가 아니요(부당하게도), 일반 독자의 이해를 위한 범속한 일상의 단어들로 변조되도록 애쓴 것이다. 따라서, 이러한 일반 어휘들을 가지고 조이스의 원서를 개작하고 흉내내려 함은 어불성설인가, 무한 욕심의 득롱망촉(得隴望蜀)인가! 독자는 판단할 것이다. 그런데도, 방금 우리는 조이스의 난해 문학의 해명을 그대로 무시한 채 학수고대(鶴首苦待)만 하고 있을 것인가? 오늘날, 우리들은 초기 1920년대에 『율리시스』를 읽는 것에 비하면, 이 작품은 한강투석(漢江投石)이요, 한층 쉬워졌는바, 그 이유인 즉, 지금까지 학자들의 작업과 수많은 해설서 및 역서의 덕택 때문이다. 나아가, 조이스의 기법과 문학적 태도가 현대문학의 정통을 구현하는 데 우리를 도와주었기 때문이다. 이제 우리는 엘리엇의 『시중주(四重奏: *Four Quartets*)』나 파운드의 완권주의(蝸港主義)인, 볼티시즘(*Vorticism*) 풍의 자서전적 시집 『문화(*Culture*)』(1938)를 쉽게 읽을 수 있다. 조이스의 작품들도 엄청난 분량이라(두 작품 『율리시스』와 『피네간의 경야』를 합하여 644+628=1,272페이지), 그 난이도 역시 매한가지다. 우리는 우리의 손으로 독자를 만들어야 한다. 우리에게 필요한 것은 용기와 인내, 그리고 노력인 것 같다.

지금까지 거론하듯, 『피네간의 경야』는 문학적 모더니즘의 가장 반동주의적(反動主義的) 현시(Bolshevistic revelation)의 하나로, 보통의 언어 및 직설적 서술의 포기에 있어서 그것은 영어(국)문학의 주류와의 급진적 파열을 의미한다. 이런 언어의 파열을 우리는 포기해야 하는가? 그러나 문학의 세계화(globalization)가 그를 용납하지 않을 것이다. 3단계를 거친 (1973~2015), 이번의 『피네간의 경야 이야기』의 한국 번역이 어떻게든 그를 일반 대중을 위한 독서 본으로 삼으려는 노력을 희원해 본다.

일상의 생활과 사람들에게 문학 세계는 『피네간의 경야』 출판 이래 근 1세기가 흘렀다. 더 많은 일상의 독자들이 앞으로 다시 1세기를 두고 그를 연구하고 읽을 것이다. 그것은 우리가 알고 있듯이 문학을 파괴하는 혁명적 텍스트가 아니요, 예술의 성공적 작품을 점찍는 문학 형식의 극한적 실험이다. 우리의 현실에서 일부 전문 학자를 제외하고 그 해독(解讀)이 불가능할 것 같을지라도, "머리를 묶어 천정에 걸고, 침으로 허벅지를 찌르는" 불침(不寢)의 노동이 해결의 실마리가 될 것이다.

비평가 핫산(A. Hassan)은 선언하기를, "포스트모던 작가들은 자신들을 『피네간의 경야』 없이 이전 작가들과 스스로를 구별할 수 없을 것이다."라고 공언했다. 이는 분명히 앞으로의 100년간의 작품이요, 작업이다. 그것은 수많은 작가들의 작품들이 혼성된 "상호텍스트성(intertextuality)"으로 이루어진 공통적 문학으로서 그의 업보를 기대해 본다. 특히 이는 조이스가 그의 작품을 통하여 이탈리아의 3위 1체(Italian Trinity)의 거장들(비코, 브루노, 단테)에게 스스로 포박당하고 있음을 의미한다. 『피네간의 경야』를 통하여 한 가지 선의의 아쉬운 것이란 괴테와 셰익스피어의 눈에 띄지 않는 노골적 누락이다.

이들 5대 거장들은 조이스와 더불어 그들의 작품들이 모두 자기 경험의 고백과 완성을 주제로 한다. 특히 괴테의 『빌헬름 마이스터(*Wilhelm Meister*)』와 조이스의 『젊은 예술가의 초상』이 그러한지라, 후자의 주인공 스티븐은 빌헬름을 『율리시스』 9장 초두에서 그와 동일시하듯 회상한다. 조이스의 양대 「인간곡(*Human Comedy*)」이라는, 『율리시스』와 『피네간의 경야』는 단테가 추방과 유형으로 점철된 격정적 삶으로부터 씌어진 인류 최대의 걸작 『신곡(*La Divina Commedia*)』을 숭앙하지만, 그들에게 또는 조이스에게 『파우스트(*Faust*)』만은 "볼품없는(Goatish)" 것인지 모를 일이다.

재차 언어 비평가 이코(Umberto Eco)를 들먹이거니와, 그는 "조이스의 책이 아키너스(T. Aquinas)보다 더 중요하다."고 기승을 부렸다. 이처럼, 조이스, 특히 그의 『피네간의 경야』의 평들은 모두 오늘날 그의 야망의 학도들에게 "개척지(undiscovered country)"로서 군림한다. 필자의 이번 『단편 피네간의 경야』가 앞으로 당도해야 할, 1세기 뒤의 원활한 연구의 햇빛이 지평선 혹은 천평선 넘어 찬란하게 아련하기를 기대한다.

여기 『피네간의 경야』는 꿈과 같은, 아일랜드의 한 가족의 코믹 이야기로서 쓰이고, 비범한 날조된 세계를 포착하기 위하여 우화, 경구, 문학, 민요, 철학, 역사 그리고 종교적 텍스트들을 온통 동원하고 있다. 많은 비평가들은, 비록 『피네간의 경야』의 목적론(teleology)이야말로, 한 인간의 잠과 꿈의 경험을 재창조하려는 엄청나게 큰 시도로서 믿는다. 그러나 그것은 광범위한 언어적 실험을 비롯하여 영어보다 다른 많은 언어들을 메아리 하고 유희하는 조이스의 유독한 개인적 "무의식의 흐름"의 필기이지만, 수많은 문학적 인유, 자유분방한 꿈의 연상 그리고 무선적(無線的; nonlinear) 이야기와 인물 구성의 인습적 포기 때문에, 유감스럽게도 소수의 전문가들을 제외하고 일반인들에게 아직은 잘 숙달되지 않고 있다.

레빈(H. Levin)의 초기 연구서에서, 그중 3개의 장들은 조이스의 『피네간의 경야』의 언어와 기법에 대한 토론이 나온다. 윌슨(E. Wilson) 교수의 초기 비평문인 "HCE 이어워커의 꿈"(1947)은 이어워커의 성격을 해부하고, 조이스가 그의 새로운 작품에 형성한 꿈의 세계 뒤의 언어, 신화 및 심리를 설명하는 최초의 연구 가운데 하나다. 이 논문은 1939 여름에 「뉴 리퍼브릭(*New Republic*)」지에 게재되었던 그의 견해를 다시 발전시킨 것이다. 초기 에델(L. Edel)을 비롯한, 랜섬(J. C. Ransom), 리처드슨(D. Richardson) 및 트로이(W. Troy)에 의한 논문들이 1939년에 또한, 발표되었다. 이들 비평들은 『피네간의 경야』의 언어, 수사학적 기법들(꿈의 주제) 및 신화적 패턴에 초점을 맞추고 있다.

전세기 말에 발간된 조이스 연구서 중의 하나는 콜름 오설리반(Colum O'Sullivan)(UCD 교수) 저의 『조이스의 색채 사용: 『피네간의 경야』와 초기 작품들』(1985)이 있다. 이 책에서 조이스는 그의 생애를 통하여 색채에 대한 미신적 주의를 지불했음을 지적한다. "이클레스 가의 청본(the Blue Book of Eccles)"(179)을 위한 표지 색채를 선택함에서, 그는 희랍 국기의 푸름의 푸름과 정확히 걸맞은 푸름을 주장했다. 그리고, "나의 시각적 능력의 완전한 상실을 피하기 위해, 조이스는 점진적으로 녹색(푸른), 회색 및 흑색의 색조로서 옷을 바꿔 입었는지라, 그 이유는 그가 이들이 장님의 연속적 단계와 연관되는 3가지 색채라는 것을 읽었기 때문이다."

〔오늘 날 마텔로 탑의 꼭대기에는 푸른 색 그리스 깃발이 때마침 불어오는 해풍을 받아 활발히 퍼덕거린다.〕

나아가, 저자 오설리반은 색채와 색채의 상징성이 조이스의 작품의 많은 것을 읽고 해석하는 방법을 제공한다고 주장했는데, 이들은 색채의 요소들과 협동하는 많은 색채의 연관과 말의 구성을 포함한다. 어디고 이들은 그의 최후의 가장 복잡한 작품인, 『피네간의 경야』에 있어서보다 한층 분명한 것은 없는지라, 그 속에서 5가지 색채의 명시 혹은 암시 같은 큰 많은 것들이 각 페이지마다 발견될 수 있다. 저자는 우선 조이스의 단편 이야기 집인 『더블린 사람들』과 그의 다른 중요 소설들인, 『젊은 예술가의 초상』과 『율리시스』에서 색채의 패턴을 생각한다. 나아가, 『피네간의 경야』의 한층 자세한 연구에서, 그는 등장인물, 상징, 주제, 그리고 심리적 태도와 연관된 주요 색채와 그의 패턴을 살핀다. 그는 색채 언급의 집중이야말로 책 내의 주제적 클라이맥스를 자주 지시한다고 암시한다. 그의 책의 매력적인 개요에서, 저자는 『피네간의 경야』를 통하여―그들의 상호 짜임 및 다원자가(多元原子價)와 같은―모든 중요 색채의 연관을 조사하는 차트를 고안한다. 그는 단정하거니와, "'색채'야 말로, '문학적 및 비유적 의미에서' 조이스가 자신의 '가장 만화경적 책'을 형성하기 위한 기법상으로 의미 심장한 것"이라 한다.

21. 『피네간의 경야』의 미래(결론)

　　조이스의 사후에 출판된 『영웅 스티븐(*Stephen Hero*)』을 최초로 편집한 스펜서(Theodore Spencer) 교수는 『피네간의 경야』를 조이스 문학의 전형적(典型的)인 핵(quintessential core)인, 에피파니(Epiphany; 현현; 顯顯)로서 정의한다. 그것은 수루등(戌樓登)의 독수리 같은 존재로서 "물론 한 젊은이로서 조이스에 의해 생성된 똑같은 견해의 거대한 계몽(enlargement)으로 보여질 수 있다."라고 강조한다.(SH 22) 그것은 조이스의 전 작품들을 총괄하여, 『더블린 사람들』의 「죽은 사람들」의 종막에서 그레삼 호텔의 창 밖에 내리는 눈의 모습이요, "오그림의 처녀(The Lass of Aughrim)"의 버려진 사랑의 민요의 청각적 에피파니이며, 『젊은 예술가의 초상』의 스티븐의 심미론에서 시인 셸리(Shelly)의 "사그라져 가는 석탄(fading coal)"격인, 시각적 에피파니다. 그것은 『율리시스』의 "타원형 푸른 나무 잎에 갈겨 쓴 영감의 글"이요, 『피네간의 경야』의 "용해의 제4 자세(Fourth position of solution)" 성교후의(性交厚誼) 등, 수많은 것들의 결집(結集)인 것이다.

　　『피네간의 경야』의 최후의 궁극적 에피파니는, 한 가지 예를 들면, 조이스의 초기 『더블린 사람들』 중의 4번째 이야기인, 「에블린(Eveline)」에서 식별할 수 있다. 이 이야기는 그녀의 가정의 한 창가에 앉아있는 주인공 에블린이 갖는 그녀의 의식의 독백으로 열린다.

　　　　그녀는 창가에 앉아 길 위에 땅거미가 깔리는 것을 보고 있었다. 그녀의 머리는 창문의 커튼에 기대 있었으며, 먼지 낀 크레톤 천의 냄새가 콧구멍으로 스며들었다. 그녀는 피곤했다.(D 34)

　　위의 열리는 구절에서 에블린은 창 커튼의 크레톤 천의 냄새를 맡기 시작하여, 장차 이야기의 4페이지 반 동안을 꼼짝하지 않은 채 앉아 명상을 계속한다. 여기서 크레톤 냄새는, 이른바 "청각적 에피파니(audible epiphany)"역을 한다는 것이다. 프루스트의 『잃어버린 시간을 찾아서』에서 화자인 프루스트가 찻잔에 담군 "madrilene cake"에서 풍기는 냄새를 마시기 시작함으로써 그에게 기다란 의식을 자극하는 동기가 되듯, 여기 크레톤 냄새가, 에블린으로 하여금 상점 서기요, 가정주부, 및 그녀의 형제를 위한 대리모로서, 책임을 제한 당하는, 한 젊은 여인이 겪는 의식에 초점을 맞추게 한다. 이러한 청각적인 "정신적 현시(spiritual manifestation)"가 그녀의 도덕적, 문화적 그리고 종교적 마비를 불러일으키는 동기가 된다.

『젊은 예술가의 초상』의 제5장에서 주인공 스티븐이 전개하는 심미론은 미의 3가지 인식의 단계로서, 전체성(*integritas*), 조화(*comsonantia*), 및 광휘(*claritas, quidditas*)이다. 스티븐은 바구니를 예를 들어 미의 3가지 인식 단계를 설명하거니와, 전체성이란 바구니를 하나의 전체로서 보는 것이요, 조화란 바구니의 부분 부분을 분해해서 보는 것이며, 광휘란 다름 아닌 바구니 자체를 인식하는 단계다.

나아가, 그가 전개하는 미의 3가지 형식이란,

(1) 서정적(lyrical) 형식: 예술가가 자기의 이미지를 자기 자신과 직접적인 연관 속에 두는 것.
(2) 서사시적(epic) 형식: 예술가가 자신의 이미지를 자기 자신과 남에게 간접적으로 연관시키는 것.
(3) 극적(dramatic) 형식: 예술가가 자신의 이미지를 남과 직접적인 연관 속에 두는 것.

그리하여 스티븐은 예술가를 다음과 같이 정의한다.

예술가는, 창조의 하느님처럼, 그의 작품의 안에 또는 뒤에 또는 그 너머 또는 그 위에 남아, 세련된 나머지 그 존재를 감추고, 태연스레 자신의 손톱을 다듬는 거다. (The artist, like the God of creation, remains within or behind or beyond or above his handiwork, invisible, refined out of existence, indifferent, paring his fingernails.) (P 215)

여기 스티븐의 예술가에 대한 정의는 현대 문학을 특징짓는 이른바 몰개성화(deperonalization)의 원리이요, 비개인화(impersonalization)의 개념이다.(pp. 214~5 참조) 조이스의 문학적 전체 정전(正典)을 통하여 초기 작품들은 사소한 에피파니들의 수집(蒐輯)으로, 앞서 스펜서에 의한, 그들의 소현현(小顯現; epiphany)의 결집이 대(大)현현(Big Epiphany), 즉 『피네간의 경야』를 결과한다는 것이다. 이는 마치 파운드의 이미지즘에서 소상(小像; little image), 예컨대, 삼림(森林)의 5개의 목(木)의 결집이 하나의 대상(大像; Big Image), 즉 삼(森)림(林)의 대 현현이 되는 원리와 동일하다. 다시 스펜서의 이론은 이어진다.

원고에는 홀로 나타나고, 『젊은 예술가의 초상』에서는 완전히 생략된 스티븐의 미학 이론에는 한 가지 양상이 있다. 나(스펜서)의 의견으로는 그 이론을 묘사하는 구절이 전(全) 텍스트에서 가장 재미있고 의미심장하다. "그는 이클레스 가(街)를 지나고 있었다."라는 말로 시작하는 237페이지 이후의 구절이야말로 조이스의 에피파니 이론을 설명해 주는 좋은 본보기다.

나(스펜서)는 독자들이 이 구절을 펼쳐서 읽었으면 바라노라.

이 이론은 내게는 예술가로서의 조이스를 이해하는 데 중심적인 것 같고, 우리는 그의 후속 작품들을 그 이론의 예시, 강화 및 확대로서 기술할 수 있다. 『더블린 사람들』은, 말하자면, 서로 다른 인물들의 삶 속에서 얻으려는, 하찮지만 실제로는 중요하고 의미심장한 순간들을 묘사하는 일련의 에피파니들이다. 『젊은 예술가의 초상』은 조이스 자신을 젊은이로서 드러내는 일종의 에피파니로 보일 수 있다. 『율리시스』는, 조이스의 의도에 따라, 평범한 인간의 삶 중의 하루를 잡아, 그 사람을 지금까지 이전에 기술된 어떤 다른 사람보다 한층 풍부하게 기술한다. 그것은 몇 해 전

일찍이 이클레스가(우연히도 블룸 씨가 살던)의 안개 낀 저녁 무렵에 엿들은, 하찮은 대화가 순간적으로 드러낸 그 두 사람들의 삶들의 에피파니처럼 리오폴드 블룸의 에피파니다. 그리고 『피네간의 경야』는 물론 젊은이로서의 조이스가 생각해 내지 못한, 동일한 견해의 거대한 광장으로 보일 수 있다. 여기서 '에피파니화(epiphanization)'는 어느 한 개인이 아니다. 어떤 유형의 대표적인 것들은 그들을 기술하는 말들이 다양한 의미들과 결합함에 따라 상징화된, 인간 역사의 모든 것이기 때문에, H. C. 이어위커와 그의 가족, 그의 친지들, 그가 사는 더블린 시, 그의 도덕성과 종교는 인간의 삶을 전체로서 보는 에피파니적(的) 견해의 상징물이 되고, 그리하여 예술가의 최후 목적은 달성되는 것이다.

그리고 만일 우리가 이 이론을 명심한다면, 예술의 정적 이론의 한 가지보다 먼 양상이 현 텍스트를 통하여 발전되어져 나갔을 때, 그것은 조이스가 어떤 종류의 작가인지를 이해하는 데 우리로 하여금 도움을 줄 것이다. 조이스가 이 이론을 처음 생각했을 때 그가 깨달았던 것처럼 보이는, 이와 같은 이론은 희곡 작가에게는 그리 유용하지 않다. 그것은 삶의 극적인 견해보다 서정적 견해를 암시하는 이론이다. 그것은 시간의 특별한 순간, 부동(不動)의 순간에, 드러나는 사물 자체의 광휘(光輝), 광채(光彩)를 강조한다. 그 순간은 『피네간의 경야』의 대우주적 서정시에서와 같이 모든 다른 순간들을 포함시킬지 모르지만, 여전히 정적으로 남으며, 그것이 그의 주제를 위해 모든 시간을 지닌다 해도 본질적으로 시간의 제약은 없다.(SH 22~23)

위의 『영웅 스티븐』의 기다란 절편(切片)(미완성의)은 조이스의 후기 글과 반드시 연관하여 보존될 가치가 있는 것으로 생각할 필요는 없다. 그러나 이 절편은 탁월한 한편의 작품으로서 그것 자체의 진가(眞價)를 고수할 수 있다. 비록 『젊은 예술가의 초상』만큼 세심히 계획되고 집중된 것은 아니라 할지라도, 그의 간혹 보이는 미숙함에도 불구하고, 이 작품을 형성하는 문체의 경제성과 신랄함, 신선함과 직접성, 관찰의 정확성, 그 자체로서 음미되고 칭찬 받을 뭔가를 담고 있다. 그것은 성장하는 마음을 그린, 여태까지 씌어진 가장 훌륭한 서술 중의 하나다.(SH 23~24)

궁극적 질서의 회복, 에피파니의 순간 현시, 몰개성(depersonalization), 모자이크 점묘법(點描法; mosaic pointillism) 등의 특징을 지닌 전세기 문학의 모더니즘에 이어, 오늘날 포스트모더니즘(또는 "후기" 모더니즘 혹은 "연속" 모더니즘일 수도, 두 이즘의 경계[demarcation]를 줄 긋는 것은 극히 어려운지라) 이 지니는 메타픽션, 의식보다 글쓰기의 중시, 에피파니 불신, 새로운 질서의 포기, 의미의 열림, 모자이크를 대신하는 꼴라지(corge), 종이 저자(paper writer), 필경사(scripture) 등을 특징짓는 복잡다단한 오늘의 시대 속의 『피네간의 경야』일지라도, 그것은 여전히 조이스의 특산물이요, 그의 전매물인 "에피파니(epiphany)"인지라, 그것은 모더니즘 문학과 포스트모더니즘 문학의 가교(架橋)일지니, 감히 단언하거니와, 이는 그의 현대 문학에 끼친 공로 중의 공로이다. 『영웅 스티븐』의 어린(젊은) 주인공 다이덜러스(Daedalus)는 거의 작품 말에서 다음 구절을 생각한다.

그는 어느 저녁, 어느 안개 낀 저녁, 이러한 모든 생각들과 함께 그의 두뇌 속에 불안한 춤을 춤추면서, 이클레스 가를 통과하고 있었을 때, 한 가지 사소한 사건이 그가 「유혹녀의 19행시(villanelle)」라는 제목을 붙인, 한 수의 열정적인 운시를 짓게 했다. 한 젊은 아가씨가 아일랜드의 마비의 바로 화신처럼 보이는 저 갈색 벽돌의 집들 하나의 층계에 서 있었다. 한 젊은 신사가 그곳의 녹슨 난간에 기대 서 있었다. 스티븐이 탐색하며 지나가고 있었을 때 다음과 같은 대화의 단편을 들었는데, 그는 자신의 감성을 아주 민감하게 자극하기에 충분한 한 날카로운 인상을 그로부터 받았다.

젊은 여인 ― (신중하게 느릿느릿)… 오, 그래요… 저는… 예…, 배…, 당… 에 있었어요…

젊은 신사 ― (들리지 않게)… 나는…(다시 들리지 않게)… 나는…

젊은 여인 ― (부드럽게)… 오… 그러나 당신은… 아… 주… 심술… 궂어요… (SH 216)

이상의 애매모호한 남녀의 대화는 스티븐으로 하여금 조이스의 『에피파니 모음집(Epiphanies)』 40편 중의 하나를 리스트 하거니와, 이 말은 특히 이전에 감추어진 어떤 것의 본질적 존재인 상징적 "출현(apparition)" 또는 "개시(revelation)"를 암시한다. 그리하여 스티븐은 이를 근원으로 다음과 같이, 이른바 "에피파니"를 정의한다.

> 이러한 사소한 일이 그로 하여금 책 속에 현현(顯現)이라는 많은 순간들을 한데 모아, 에피파니 한 권에 모으도록 했다. 에피파니란, 말이나 또는 몸짓의 통속성 속에 또는 마음 자체의 기억할 만한 단계에서 한 가지 갑작스러운 정신적 계시(啓示)를, 그는 의미했다. 그는 문장가들이 지극한 세심성을 가지고, 그들 자체가 가장 세심하고 덧없는 순간들임을 알면서, 이들 현현들을 기록하는 것이라 믿었다. 그는 벨라스트 오피스(Ballast Office)(저화물 취급소, 현존)의 자명종 시계가 한 가지 에피파니가 될 수 있다고 클랜리(Cranly)에게 말했다……
>
> ─그래, 스티븐이 말했다. 나는 몇 번이고 그를 지나면서, 그것을 암시하고, 그것을 언급하고, 그것을 관찰할 거야. 그건 단지 더블린의 거리의 가구의 목차의 한 항목일 뿐이야. 그러자 나는 갑자기 그것을 보며 이내 그 실체를 알게 되지. 즉 에피파니를 말이야.(SH 216)

본래 "에피파니"는 기도교인들에 의하여 그리스도의 신성의 계시인 현현절의 축일, 1월 6일(『더블린 사람들』의 종곡이라 할 "죽은 사람들[the Dead]" 전후의 날짜이기도)을 기념하기 위하여 사용된 말이다. 조이스는 이 말을 "문학의 상징성"으로 창안(創案)했거니와, 니체의 지력(intellect)과 베르그송의 직감(intuition)의 결합에서 생기는 "수루등(成樓登)"의 영감으로 알았다. 조이스의 초기 작품에서 에피파니(Ephipany=eph[epi] [외{外}]+phany=penny)는 하나의 진실된 정신적 계시 또는 영감의 드러남의 순간을 가리킨다.

에피파니란 말의 형성은 고도로 주관적이지만, 조이스는 위의 말의 정의 이외에 더 이상 결코 정의하지 않았다. 그러나 그 개념인즉, 아마도 진 오화레인(Sean O'Faolain)의 "조명점(照明點; the point of illumination)"과 유사하리라. 『더블린 사람들』에서 에피파니는, 예컨대, 독자의 지각들이 이야기의 형태나 내용에서 만큼 그들에 의지한다. 조이스는 그가 자신이 가지고 다니던 노트 『잡기(雜記: *Scribble dehobble*)』에 에피파니들을 기록했거니와, 나중에 이들을 『영웅 스티븐』이나 『젊은 예술가의 초상』에 이용했다. 이들 에피파니들은, 로버트 스콜즈(Robert Scholes: 구조주의의 대가)나, 리처드 캐인(Richard Kain; 초기 조이스 연구의 대가)의 공저인, 『다이덜러스의 작업장 (*The Workshop of Daedalus*)』에 재차 프린트되었다.

스티븐 데덜러스가 『율리시스』의 3장 초두에서 명상하듯, "깊이 깊이 몰두하여, 푸른 타원형 나뭇잎 위에 쓰인 그대의 에피파니들"(U 34)은 조이스 문학의 본질이다. 푸른색 (green color)은 창조의 색깔이다.

이상의 에피파니의 실체에서 감지하듯, 조이스는 그러나 세계 문학계의 자신의 『피네간의 경야』의 손쉬운 감수의 기회를 의심하며, 필업(畢業)에 있어서 보상은 극히 미약하다는 것을 알고 있었다. 그는 궁극적 인식을 기다리지 않으면 안 되었다. 그러나 그는 자문하나니, 이러한 기다림 속에 혜지(慧智)는 어디에 있는가? 그것은 황무지 속에, 퇴비 더미 속에 놓여있다. 왜냐하면, 작품은 잠을 자며, 기다림 속에 그리하여 어떤 파헤치는 학자—암탉에 의하여 발굴될지니, 아마도 작가는 앞으로, 셰익스피어처럼, 런던의 템스 강변의 감상적 독서 대중을 가질지라, 전통과 개인의 재능을 위하여!

전 세기 말의 한 『타임』지 기자 파울(Paul)은 『피네간의 경야』의 실체를 앞서 세계 문학의 순위 중 77 / 100로 점찍었거니와, 조이스가 기록한 많은 소재와 언어는 미래의 우리들의 의식을 지배하고 공급하는 일상의 풍부한 전거가 되리라 예언했다. 그의 이러한 예언은, 여기 필자를 위시하여, 모든 예언이 그러하듯, 우스꽝스러운 조롱이 될지 모르겠다. 그러나 오늘날 허튼 소리와 편의주의 세계에서, 『피네간의 경야』에 실린 조이스의 목소리야말로 소리와 분노일진대, 가장 진정한 것이요, 그의 정신적 조상인 밀턴(Milton)이나 앨비언의 블레이크(Blake)처럼, 이는 예언적 혁명이요, 그의 예술가적 양심과 이성은 만인에게 보편화되고 불후토록 살아남을 것이다. 그것은 또한, 화형(火形)의 철학자 브루노이 '변증법적 반대'의 조화요, '합리성의 대작'으로서 수루등(成樓登)의 영원장구(永遠長久)한 광휘요, 영감의 원천일지라. 새벽녘 기러기 울어 대는 하늘 9만리의 여운 말이다.

젊은 셰익스피어의 학자인 쳉 교수(V. Cheng)는 그의 유용한 연구서『셰익스피어와 조이스, 『피네간의 경야』 연구(Shakespeare and Joyce. A Study of Finnegans Wake)』에서 『피네간의 경야』는 조이스가 생시에 즐기도록 감수(甘受)되지 못했다고 토로했다. 그러나 햄릿처럼, 조이스는, 자신의 작품이 진짜 잠자는 자가 되리라 믿으면서, 지금까지 각골통한(刻骨痛恨)으로 기다려 왔다고 했다. 그는 자기 자신에게『피네간의 경야』가 잠자도록 타일렀음이 틀림없다고 했다. 쳉 교수는 계속 술회하기를,

> "잠잘지라, 어디 황지(荒地)에 혜지(편지)가 있단 말인고?"(555.01) "너는 비코의 환속의 새(鳥; 햄릿)처럼 인정받으리라. 그때 그대는, 진짜 험릿(Hum Lit)이 되리니, 그것은 인문학의 애호가들에 의해, 읽히고, 즐기고, 감상되리라.(Cheng, 109)

오늘날 국내에서 많은 젊은 학자들의『피네간의 경야』에 대한 활발한 연구가 기대되고 있다. 앞서『피네간의 경야』 제I부 7장(문사 셈)의 한 구절(라틴어의 원어)은 학구의 화신이라 할 셈(스티븐 데덜러스 또는 '수루')의 성변화(聖變化; transubstantiation)의 연금술적 창조의 과정을 서술하거니와, 이 고독한 젊은 예술가는 자신의 배설물로 지워지지 않는 잉크를 제조하고 그것으로 미래의 야심작을 쓸 각오를 갖는다. 이 연금술 속에 담긴 성속(聖俗)의 결합, 즉 에피파니―성변화의 기적과 그의 야심은, 오늘날 우리의 젊은 학자들이 당장에 추구해야하는 미래의 연구와 맞먹는 것이 아니겠는가!

우리들 젊은이들의 야망은『피네간의 경야』의 제III부 2장에서 존(셈 또는 '수루')처럼, 고향을 떠난, 그의 귀향(歸鄉)의 희망을 새김질 하거니와, 그는 아래 구절에서, 직감보다 더 고차원적 자기 의식을 들어, 스스로 순탄한 미래의 귀로로서 결구한다. 그것은 "제2의 도래(the Second Coming)"가 될 것이다.

그러나 소년이여, 그대는 강(强) 구(九) 펄롱 마일을 매끄럽고 매 법석 떠는 기록시간에 달행(達行)했나니 그리하여 그것은 진실로 요원한 행위였는지라, 유순한 챔피언이여, 그대의 고도보행(高跳步行)과 함께 그리하여 그대의 항해(航海)의 훈공(勳功)은 다가오는 수세기 동안, 그대와 함께 그리고 그대를 통하여 경쟁하리라…… 빛나는 베뉴 새여! *아돈자(我豚者)여!* 머지않아 우리들 자신의 희불사조(稀不死鳥) 역시 자신의 회탑(灰塔)을 휘출(揮出)할지니, 광포한 불꽃이 (해)태양을 향해 활보할지로다…… 그래요, 이미 암울의 음산한 불투명이 탈저멸(脫疽滅)하도다! 용감한 족통(足痛) 혼(Haun)이여! 그대의 진행(進行)을 작업 할지라! 붙들지니! 지금 당장! 승달(勝達) 할지라, 그대 마(魔)여! 침묵의 수탉이 마침내 울지로다. 서(西)가 동(東)을 흔들어 깨울지니. 그대가 밤이 아침을 기다리는 동안 걸을지라…… 아면(我眠). (473)

이제 젊은 셈, 스티븐은 그의 글을 조이스의 초기 야망시인 「성직(*holly Office*)」의 다음 구절로서 결구한다.

> 나는 나 자신에게 지어 주리라
> 이 이름, 정화(淨化) ― 청결(淸潔)을.
> 나는 두려움 없이, 숙명처럼 서 있나니
> 동지도 없이, 친구도 없이 그리고 혼자서.
> 청어 뼈와도 같이 냉철하게,
> 사슴뿔이 거기 공중에 뻗뜩이는,
> 산마루처럼 굳세게.
> 그들로 하여금 대차대조표(貸借對照表)에 어울리도록
> 알맞게 행동하게 내버려 두라.
> 그들이 힘들여 무덤에 이를지라도
> 그들은 결코 내 정신을 빼앗지 못할 뿐만 아니라,
> 내 영혼을 그들의 영혼과 결합시키지 못하리라.
> 억만년이 다한다 해도.
> 그리고 그들이 문간에서 나를 쫓아 버린다 해도,
> 나의 영혼은 그들을 영원히 쫓아 버리리라.

필자, 평소에 거기 건강을 다듬던 뒷산에 오르니, 하얀 잔설로 대지가 눈부시다. 엎디어 양손으로 한오금 백설을 쥐고 백발에 문지르니 백혼(白渾)이 솟는다. 허공에 고함질러 목청을 턴다.

끝

참고문헌

글라쉰(Glasheen, Adaline), 『피네간의 경야의 세 번째 통계조사. 인물과 역할의 색인(*Third Census of 'Finnegans Wake'. An Index of Characters and their Roles*)』(버클리, 로스앤젤레스 및 런던. 캘리포니아 대학 출판, 1977)

노리스(Norris, Margot), 『『피네간의 경야』의 탈중심의 우주. 구조주의자의 분석(*The Decentered Universe of "Finnegans Wake". A Structuralist Analysis*)』(볼티모어 및 런던. 존스 홉킨스 대학 출판, 1976)

로스(Rose, Danis, 편), 『제임스 조이스의 「색인 원고」. 『피네간의 경야』 자필 문서 작업본 VI.B. 46(*James Joyce's 'The Index Manuscript. Finnegans Wake Holograph Workbook VI. B. 46*)』(콜체스터. Wake Newslitter 출판, 1978)

로스(Rose, Danis & John O′Hanlon), 『피네간의 경야 이해. 제임스 조이스의 걸작의 서술 안내(*Understanding "Finnegans Wake". A Guide to the Narrative of James Joyce's Masterpiece*)』(뉴욕. 가랜드 출판, 1982)

레노트(Lernout, Geert, 편), 『유럽의 조이스 연구 II, 피네간의 경야. 50년(*European Joyce Studies* II. *'Finnegans Wake'. Fifty Years*)』(암스테르담 및 애틀랜타. 로도피, 1990)

마피(Vicki Mahaffey), 『재험정의 조이스(*Reauthorizing Joyce*)』(뉴욕 캠브리지 대학 출판, 1988)

맥휴(McHugh, Roland), 『피네간의 경야의 기호(*The Sigla of "Finnegans Wake"*)』(런던. 에드워드 아놀드, 1976)

—『『피네간의 경야』 주석(*Annotations to Finnegans Wake*)』(볼티모어 및 런던. 존스 홉킨스 대학 출판, 1980)

버린(Verene, Donald Philip, 편), 『비코와 조이스(*Vico and Joyce*)』(알바니. 뉴욕 주립 대학 출판, 1987)

버지스(Burgess, Anthony), 『만인 도래(매인 도래)(*Here Comes Everybody*)』(런던. 페이버 앤 페이버, 1965)

벤스톡(Benstock, Bernard), 『조이스—재차의 경야(*Joyce—Again's Wake*)』(시애틀 및 런던. 워싱턴 대학 출판, 1965)

비숍(Bishop, John), 『조이스의 어둠의 책(*Joyce's Book of the Dark*)』(매디슨. 위스콘신 대학
출판, 1989)

어서턴(Artherton, James S), 『경야의 책(*The Books at the Wake*)』(런던. 페이버 앤 페이버,
1959, 중쇄 1974)

오설리반(O'Sullivan, J. Colm), 『조이스의 색채의 사용: 피네간의 경야 및 초기 작품들
(*Joyce's Use of Colors: Finnegnas Wake and the Earlier Works*)』(런던. 리서치 출판, 1987)

에코(Echo, Umberto), 『제임스 조이스의 중년. 혼질서의 심미론(*The Middle Ages of James
Joyce. The Aesthetics of Chaosmos*)』(E. 에스록 역) (런던. 허친슨 라디어스, 1989)

엘먼(Ellmann Richard), 『제임스 조이스(*James Joyce*)』(뉴욕. 옥스퍼드 대학 출판, 1959)

코놀리(Connolly Thomas E. 편), 『제임스 조이스의 잡기(雜記)(*James Joyce's Scribblede-
hobble, The Ur — Workbook for 'Finnegans Wake'*)』(에반스턴. 노드 웨스턴 대학 출판,
1961)

코프(Cope, Jackson I), 『조이스의 시(市)들. 영혼의 고고학(*Joyce's Cities. archeology of the
Soul*)』(볼티모어 및 런던. 존스 홉킨스 대학 출판, 1981)

턴딜(Tindall, William), 『피네간의 경야 안내(*A Guide to Finnegans Wake*)』(뉴욕. 눈대이 출
판, 1959)

하트(Hart, Clive), 『피네간의 경야의 구조와 주제(*Structure and Motif in 'Finnegans Wake'*)』
(런던. 페이버 앤 페이버), 1962)

—『피네간의 경야의 용어 색인(*A Concordance of Finnegans Wake*)』(미네아폴리스. 미네소타
대학 출판, 1963)

해이먼(Hayman, David), 『전환의 경야(*The 'Wake' in Transit*)』(이타카 및 런던. 코넬 대학 출
판, 1990)

—『피네간의 경야의 첫 초고본(*A First — Draft Version of Finnegans Wake*)』(오스틴. 텍사스
대학 출판, 1963)

히긴슨(Higginson, Fred. 편), 『아나 리비아 플루라벨. 한 장의 제작(*Anna Livia Plurabelle.
The Making of a Chapter*)』(미니애폴리스. 미네소타 대학 출판, 1960)

또한, 『제임스 조이스 기록문서(*The James Joyce Archive*)』 편. 마이클 글로던, 한스 윌
터 가블러, 데이비드 해이먼, A. 월톤 리즈 및 오한런과 함께, 대니스 로주, (63권)(뉴
욕. 가랜드 출판, 1977~9). 버펄로의 노트를 위해, 28~43권들 참조 및 『피네간의 경
야』의 초고, 타자고, 교정쇄를 위해, 44~63권 참조.

저자 **김종건**

약력

서울대학교 사범대학 영어영문학과 졸업

서울대학교 대학원 영어영문학과 졸업

미국 털사대학교 대학원 영어영문학과 졸업(문학 석·박사)

고려대학교 영어교육과 교수(영문학) 역임

아일랜드 국립 더블린 대학교 제임스 조이스 서머스쿨 초빙 강사(1993, 1995)

대한민국 학술원상 수상(제58회)(2013)

한국 번역문학상 수상(제9회) (국제 Pen Club)

고려대학교 학술상 수상(제10호)

현 고려대학교 명예교수

현 한국 제임스 조이스 학회 고문

저서 및 역서

『제임스 조이스 문학 읽기』(2015, 어문학사)

『제임스 조이스 전집』(2013, 어문학사)

『제임스 조이스의 아름다운 글들』(2012, 어문학사)

『피네간의 경야 주해서』(2012, 고려대학교 출판부)

『피네간의 경야(개역)』(2012, 고려대학교 출판부)

『노라』(2011, 어문학사)

『율리시스』(3정판) (2007, 생각의 나무)

『피네간의 경야(초역)』(2002, 범우사)

『피네간의 경야 안내』(2002, 범우사)

『율리시스 지지 연구』(1996, 고려대학교 출판부)

『율리시스 연구 I, II』(1995, 고려대학교 출판부)

『피네간의 경야』(1985, 정음사)

『제임스 조이스 문학』(1995, 고려대학교 출판부)

『율리시스(2정판)』(범우사)

『율리시스(초역)』(정음사)

『제임스 조이스 문학의 이해』(1993, 신아사)

『율리시스 주석본』(범우사)

Tales from Finnegans Wake

피네간의 경야 이야기

초판 1쇄 발행일 2015년 07월 24일

지은이 김종건
펴낸이 박영희
책임편집 배정옥
편집 유태선
디자인 김미령·박희경
마케팅 임자연
인쇄·제본 태광인쇄
펴낸곳 도서출판 어문학사
    서울특별시 도봉구 쌍문동 523~21 나너울 카운티 1층
    대표전화: 02-998-0094/편집부1: 02-998-2267, 편집부2: 02-998-2269
    홈페이지: www.amhbook.com
    트위터: @with_amhbook
    페이스북: https://www.facebook.com/amhbook
    블로그: 네이버 http://blog.naver.com/amhbook
        다음 http://blog.daum.net/amhbook
    e-mail: am@amhbook.com
    등록: 2004년 4월 6일 제7-276호

ISBN 978-89-6184-378-2   93840
정가 48,000원

이 도서의 국립중앙도서관 출판예정도서목록(CIP)은 e-CIP홈페이지(http://www.nl.go.kr/ecip)와
국가자료공동목록시스템(http://www.nl.go.kr/kolisnet)에서 이용하실 수 있습니다.
(CIP제어번호: CIP2015017600)